Inverno do Mundo

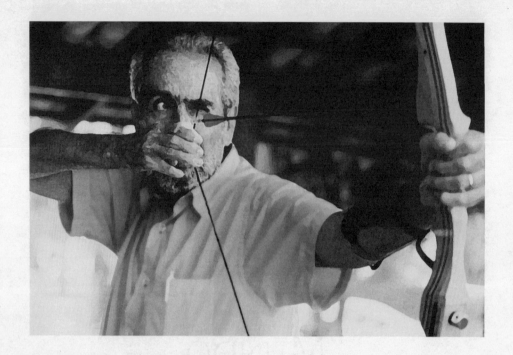

O ARQUEIRO

GERALDO JORDÃO PEREIRA (1938-2008) começou sua carreira aos 17 anos, quando foi trabalhar com seu pai, o célebre editor José Olympio, publicando obras marcantes como *O menino do dedo verde*, de Maurice Druon, e *Minha vida*, de Charles Chaplin.

Em 1976, fundou a Editora Salamandra com o propósito de formar uma nova geração de leitores e acabou criando um dos catálogos infantis mais premiados do Brasil. Em 1992, fugindo de sua linha editorial, lançou *Muitas vidas, muitos mestres*, de Brian Weiss, livro que deu origem à Editora Sextante.

Fã de histórias de suspense, Geraldo descobriu *O Código Da Vinci* antes mesmo de ele ser lançado nos Estados Unidos. A aposta em ficção, que não era o foco da Sextante, foi certeira: o título se transformou em um dos maiores fenômenos editoriais de todos os tempos.

Mas não foi só aos livros que se dedicou. Com seu desejo de ajudar o próximo, Geraldo desenvolveu diversos projetos sociais que se tornaram sua grande paixão.

Com a missão de publicar histórias empolgantes, tornar os livros cada vez mais acessíveis e despertar o amor pela leitura, a Editora Arqueiro é uma homenagem a esta figura extraordinária, capaz de enxergar mais além, mirar nas coisas verdadeiramente importantes e não perder o idealismo e a esperança diante dos desafios e contratempos da vida.

Ken Follett

★★ SEGUNDO LIVRO DA TRILOGIA O SÉCULO ★★

Inverno do Mundo

Título original: *Winter of the World*
Copyright © 2012 por Ken Follett
Copyright da tradução © 2012 por Editora Arqueiro Ltda.

Todos os direitos reservados. Nenhuma parte deste livro pode ser utilizada ou reproduzida sob quaisquer meios existentes sem autorização por escrito dos editores. Publicado originalmente por Dutton, um membro da Penguin Group (USA) Inc.

tradução: Fernanda Abreu
preparo de originais: Rachel Agavino
revisão: Hermínia Totti, Luis Américo Costa e Rebeca Bolite
diagramação: Valéria Teixeira
capa: Richard Hasselberger
imagens de capa: Soldados alemães, 1935: World History Archive;
Navio em South Hampton: C Woods / Alamy;
St. Basil's Cathedral: CJ Photo / Shutterstock / Getty
adaptação de capa: Miriam Lerner
impressão e acabamento: Associação Religiosa Imprensa da Fé

Este livro foi impresso com o papel Ivory Slim 58 g/m^2 fornecido pela Tecpel.

CIP-BRASIL. CATALOGAÇÃO-NA-FONTE
SINDICATO NACIONAL DOS EDITORES DE LIVROS, RJ

F724i

Follett, Ken, 1949-
Inverno do mundo / Ken Follett [tradução de Fernanda Abreu]; São Paulo: Arqueiro, 2012.
880p.; 16x23 cm

Tradução de: Winter of the world
ISBN 978-85-8041-089-1

1. Ficção histórica inglesa. I. Abreu, Fernanda. II. Título.

12-5050

CDD: 823
CDU: 821.111-3

Todos os direitos reservados, no Brasil, por
Editora Arqueiro Ltda.
Rua Funchal, 538 – conjuntos 52 e 54 – Vila Olímpia
04551-060 – São Paulo – SP
Tel.: (11) 3868-4492 – Fax: (11) 3862-5818
E-mail: atendimento@editoraarqueiro.com.br
www.editoraarqueiro.com.br

À MEMÓRIA DE MEUS AVÓS,
TOM E MINNIE FOLLETT,
ARTHUR E BESSIE EVANS

LISTA DE PERSONAGENS

NORTE-AMERICANOS

Família Dewar
Senador Gus Dewar
Rosa Dewar, sua esposa
Woody Dewar, filho mais velho do casal
Chuck Dewar, filho mais novo do casal
Ursula Dewar, mãe de Gus

Família Peshkov
Lev Peshkov
Olga Peshkov, sua esposa
Daisy Peshkov, filha do casal
Marga, amante de Lev
Greg Peshkov, filho de Lev e Marga
Gladys Angelus, estrela de cinema, também amante de Lev

Família Rouzrokh
Dave Rouzrokh
Joanne Rouzrokh, sua filha

Membros da alta sociedade de Buffalo
Dot Renshaw
Charlie Farquharson

Outros
Joe Brekhunov, capanga
Brian Hall, sindicalista
Jacky Jakes, aspirante a estrela de cinema
Eddie Parry, marinheiro, amigo de Chuck
Capitão Vandermeier, superior de Chuck
Margaret Cowdry, linda herdeira

Personagens históricos
F. D. Roosevelt, presidente
Marguerite LeHand, conhecida como Missy, sua secretária

Harry Truman, vice-presidente
Cordell Hull, secretário de Estado
Sumner Welles, subsecretário de Estado
General Leslie Groves, do Corpo de Engenheiros do Exército

INGLESES

Família Fitzherbert
Conde Fitzherbert, conhecido como Fitz
Princesa Bea, sua esposa
"Boy" Fitzherbert, visconde de Aberowen, filho mais velho do casal
Andy, filho mais novo do casal

Família Leckwith-Williams
Ethel Leckwith (nascida Williams), membro do Parlamento por Aldgate
Bernie Leckwith, marido de Ethel
Lloyd Williams, filho de Ethel, enteado de Bernie
Millie Leckwith, filha de Ethel e Bernie

Outros
Ruby Carter, amiga de Lloyd
Bing Westhampton, amigo de Fitz
Lindy e Lizzie Westhampton, filhas gêmeas de Bing
Jimmy Murray, filho do general Murray
May Murray, sua irmã
Marquês de Lowther, conhecido como Lowthie
Naomi Avery, melhor amiga de Millie
Abe Avery, irmão de Naomi

Personagem histórico
Ernest Bevin, membro do Parlamento, ministro das Relações Exteriores

ALEMÃES & AUSTRÍACOS

Família Von Ulrich
Walter von Ulrich
Maud, sua esposa (nascida Lady Maud Fitzherbert)

Erik, filho do casal
Carla, filha do casal
Ada Hempel, criada da família
Kurt, filho ilegítimo de Ada
Robert von Ulrich, primo distante de Walter
Jörg Schleicher, companheiro de Robert
Rebecca Rosen, órfã

Família Franck
Ludwig Franck
Monika, sua esposa (nascida Monika von der Helbard)
Werner, filho mais velho do casal
Frieda, filha do casal
Axel, filho mais novo do casal
Ritter, motorista
Conde Konrad von der Helbard, pai de Monika

Família Rothmann
Dr. Isaac Rothmann
Hannelore Rothmann, sua esposa
Eva, filha do casal
Rudi, filho do casal

Família Von Kessel
Gottfried von Kessel
Heinrich von Kessel, seu filho

Gestapo
Agente Thomas Macke
Inspector Kringelein, chefe de Macke
Reinhold Wagner
Klaus Richter
Günther Schneider

Outros
Hermann Braun, melhor amigo de Erik
Sargento Schwab, ex-jardineiro
Wilhelm Frunze, cientista

Russos

Família Peshkov
Grigori Peshkov
Katerina, sua esposa
Vladimir, sempre chamado de Volodya, filho do casal
Anya, filha do casal

Outros
Zoya Vorotsyntsev, física
Ilya Dvorkin, agente da polícia secreta
Major Lemitov, chefe de Volodya
Coronel Bobrov, oficial do Exército Vermelho na Espanha

Personagens históricos
Lavrentiy Beria, chefe da polícia secreta
Viatcheslav Molotov, ministro das Relações Exteriores

Espanhóis

Teresa, professora de alfabetização

Galeses

Família Williams
Dai Williams, ou Granda
Cara Williams, ou Grandmam
Billy Williams, membro do Parlamento por Aberowen
Dave, filho mais velho de Billy
Keir, filho mais novo de Billy

Família Griffiths
Tommy Griffiths, articulador político de Billy Williams
Lenny Griffiths, filho de Tommy

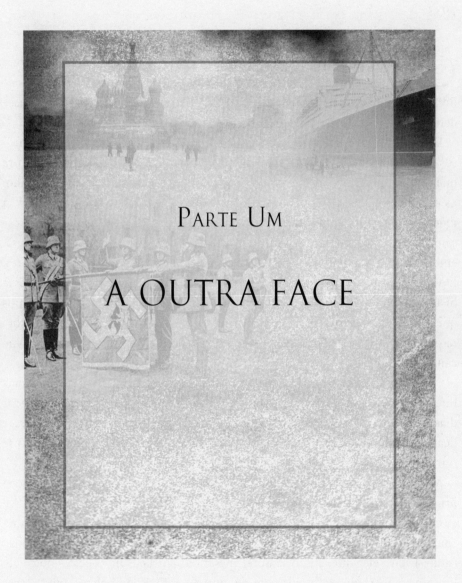

Parte Um

A OUTRA FACE

CAPÍTULO UM

1933

Carla sabia que os pais estavam prestes a brigar. Assim que entrou na cozinha, pôde sentir a hostilidade no ar, como o vento frio que varre as ruas de Berlim antes de uma nevasca de fevereiro – penetrante, de gelar os ossos. Quase deu meia-volta e tornou a sair.

Eles não brigavam com frequência. Na maior parte do tempo, eram afetuosos um com o outro – às vezes até demais. Carla ficava com vergonha sempre que os dois se beijavam em público. Seus amigos achavam aquilo estranho: os pais deles não se comportavam daquele jeito. Certa vez Carla dissera isso à mãe. A mulher rira com satisfação e respondera: "No dia seguinte ao nosso casamento, seu pai e eu fomos separados pela Grande Guerra." A mãe era inglesa, embora isso quase não transparecesse em seu sotaque. "Eu fiquei em Londres. Ele veio para a Alemanha e entrou para o Exército." Carla já tinha ouvido essa história muitas vezes, mas sua mãe nunca se cansava de contá-la. "Achamos que a guerra iria durar três meses, mas passaram-se cinco anos até que eu tornasse a ver seu pai. Passei todo esse tempo ansiando tocá-lo. Agora nunca me canso de fazer isso."

Com o pai as coisas não eram muito melhores. "Sua mãe é a mulher mais inteligente que eu já conheci na vida", tinha dito ele bem ali na cozinha, poucos dias antes. "Foi por isso que me casei com ela. Não teve nada a ver com..." A frase ficara pela metade, e ele e a mãe começaram a rir feito conspiradores, como se Carla, aos 11 anos, não soubesse nada sobre sexo. Que constrangedor!

Mas de vez em quando eles discutiam. Carla conhecia os sinais. E uma nova briga ia estourar.

O casal estava sentado em lados opostos da mesa da cozinha. O pai usava uma roupa sóbria: terno cinza-escuro, camisa branca engomada, gravata preta de cetim. Estava elegante, como sempre, apesar das entradas no cabelo e do colete um pouco apertado sob a corrente de ouro do relógio de bolso. Tinha o rosto congelado numa expressão de calma que não era verdadeira. Carla conhecia aquela expressão. O pai a adotava sempre que alguém da família fazia algo que o deixava zangado.

Ele estava segurando um exemplar da revista semanal para a qual a mãe trabalhava, chamada *O Democrata*. Ela escrevia uma coluna de fofocas políticas e diplomáticas sob o pseudônimo de Lady Maud. O pai começou a ler em voz alta:

– Nosso novo chanceler, Herr Adolf Hitler, fez seu *début* na sociedade diplomática durante a recepção do presidente Hindenburg.

Carla sabia que o presidente era o chefe de Estado. Apesar de eleito, ficava acima das disputas mesquinhas do dia a dia político, agindo como um árbitro. O premier era o chanceler. Embora Hitler tivesse sido nomeado para o cargo, o Partido Nazista, ao qual era filiado, não tinha a maioria absoluta no Reichstag, o Parlamento alemão. Assim, por ora os outros partidos ainda conseguiam restringir os excessos nazistas.

O pai falava com desagrado, como se estivesse sendo forçado a se referir a algo repulsivo, como esgoto.

– Parecia pouco à vontade de casaca.

A mãe tomou um gole de café e olhou pela janela para a rua lá fora, como se tivesse interesse nas pessoas que seguiam apressadas para o trabalho de luvas e cachecol. Ela também fingia calma, mas Carla sabia que estava só esperando a hora de se manifestar.

Ada, a criada da família, fatiava um queijo diante da bancada. Pôs um prato na frente do pai de Carla, mas ele ignorou a comida.

– Herr Hitler ficou visivelmente encantado com a esposa do embaixador italiano, a culta Elisabeth Cerruti, que usava um vestido de veludo rosa-claro debruado de zibelina.

A mãe sempre escrevia sobre o que as pessoas usavam. Dizia que isso ajudava os leitores a visualizá-las. Ela própria tinha roupas finas, mas os tempos andavam difíceis e fazia muitos anos que não comprava nenhuma peça nova. Nessa manhã, estava esguia e elegante num vestido de caxemira azul-marinho que devia ter a mesma idade de Carla.

– A *Signora* Cerruti, judia, é também uma fascista fervorosa, e os dois passaram vários minutos conversando. Será que ela implorou a Hitler que pare de fomentar o ódio aos judeus?

O pai largou a revista sobre a mesa, fazendo barulho.

Lá vem, pensou a menina.

– Você sabe que isso vai deixar os nazistas furiosos – disse ele.

– Espero que deixe mesmo – respondeu a mãe, calma. – No dia em que eles gostarem do que escrevo, largo o jornalismo.

– Eles se tornam perigosos quando são provocados.

Os olhos da mãe faiscaram de raiva.

– Walter, não se atreva a me tratar como criança. Eu sei que eles são perigosos... e é justamente por isso que me oponho a eles.

– É que não vejo sentido em enfurecê-los, só isso.

– Você os ataca no Reichstag.

O pai era deputado eleito pelo Partido Social-Democrata.

– Eu participo de um debate racional.

Típico, pensou Carla. O pai era um homem lógico, cauteloso, respeitador das leis. A mãe tinha estilo e bom humor. Ele conseguia o que queria graças a uma persistência silenciosa; ela, graças ao charme e ao atrevimento. Os dois nunca iriam concordar.

– Eu não deixo os nazistas loucos de raiva – acrescentou o pai.

– Vai ver é por isso que não os atinge muito.

A sagacidade da resposta deixou o pai irritado e o fez levantar a voz:

– E você acha que os atinge com piadas?

– Eu zombo deles.

– A zombaria é como você substitui a discussão?

– Acho que as duas coisas são necessárias.

Seu pai ficou ainda mais bravo.

– Mas, Maud, será que você não percebe que está pondo a si mesma e a sua família em risco?

– Muito pelo contrário. O verdadeiro perigo é *não* zombar dos nazistas. Que vida nossos filhos teriam se a Alemanha virasse um Estado fascista?

Esse tipo de conversa deixava Carla incomodada. Ela não suportava ouvir que a família estava correndo perigo. A vida precisava prosseguir como sempre havia sido. Queria poder se sentar naquela cozinha por uma infinidade de manhãs, com os pais em lados opostos da mesa de pinho, Ada junto à pia, e seu irmão, Erik, fazendo barulho no andar de cima, atrasado mais uma vez. Por que alguma coisa tinha que mudar?

Durante toda a sua vida Carla escutara conversas sobre política durante o café da manhã e achava que entendia o que os pais faziam e como planejavam transformar a Alemanha num lugar melhor para todos. Ultimamente, porém, os dois haviam começado a falar de um jeito diferente. Pareciam crer que um perigo terrível os ameaçava, mas Carla não conseguia imaginar que perigo era esse.

– Só Deus sabe como estou fazendo tudo o que posso para conter Hitler e sua laia – falou o pai.

– Eu também estou. Só que, quando você faz isso, acha que está agindo de forma sensata. – A expressão da mãe ficou mais dura, ressentida. – E, quando sou eu, você me acusa de pôr a família em risco.

– E com razão – rebateu o pai.

A discussão estava só começando, mas nesse momento Erik desceu as escadas fazendo o mesmo estardalhaço de um cavalo e irrompeu na cozinha com a bolsa da escola pendurada no ombro. Tinha 13 anos, dois a mais que Carla. Pelos pretos horrorosos brotavam acima de seu lábio superior. Quando eram pequenos, Carla e Erik brincavam juntos o tempo todo, mas isso agora era parte do passado e desde que ele ficara alto daquele jeito fingia pensar que a irmã era tola e infantil. Na verdade, ela era mais esperta do que ele e sabia muitas coisas sobre as quais ele nem desconfiava, como, por exemplo, os ciclos mensais femininos.

– Qual era aquela última música que você estava tocando? – perguntou ele à mãe.

Muitas vezes o piano os acordava de manhã. Era um Steinway de cauda – herdado dos avós paternos junto com a casa. A mãe costumava tocar a essa hora, porque, segundo ela, passava o restante do dia ocupada demais e, à noite, estava um caco. Nessa manhã, havia tocado uma sonata de Mozart e depois um jazz.

– Chama-se "Tiger Rag" – respondeu ela a Erik. – Quer um pouco de queijo?

– O jazz é uma música decadente – comentou o filho.

– Não seja bobo.

Ada serviu a Erik um prato de queijo e salsichão fatiado. Ele começou a comer em grandes bocados. Carla achava que o irmão não tinha modos.

Seu pai assumiu um ar severo.

– Erik, quem tem lhe ensinado essas bobagens?

– Hermann Braun diz que jazz não é música, só crioulos fazendo barulho.

Hermann era o melhor amigo de Erik e seu pai era do Partido Nazista.

– Hermann deveria tentar tocar jazz – sugeriu o pai. Em seguida olhou para a mãe e a expressão em seu rosto se suavizou. – Sua mãe tentou me ensinar o ragtime há muitos anos, mas eu não consegui aprender o ritmo.

A mãe riu.

– Foi como tentar ensinar uma girafa a andar de patins.

Aliviada, Carla viu que a briga havia terminado. Começou a se sentir melhor. Pegou um pedaço de pão preto e molhou no leite.

Mas agora era Erik que queria brigar.

– Os crioulos são uma raça inferior – afirmou ele, desafiador.

– Duvido muito – retrucou o pai, paciente. – Se um negro fosse criado numa casa boa, cheia de livros e quadros, e estudasse numa escola cara, com bons professores, talvez se tornasse mais inteligente que você.

– Isso é ridículo! – protestou Erik.

A mãe interveio:

– Não chame seu pai de ridículo, moleque. – Seu tom foi brando, pois ela havia esgotado toda a raiva com o marido. Agora, só parecia decepcionada e cansada. – Você não sabe do que está falando. Nem você, nem Hermann Braun.

– Mas a raça ariana com certeza é superior... nós dominamos o mundo! – disse Erik.

– Os seus amigos nazistas não sabem nada de história – falou o pai. – Os antigos egípcios construíram as pirâmides quando os alemães ainda viviam em cavernas. Na Idade Média, os árabes dominavam o mundo... os muçulmanos já sabiam álgebra quando os príncipes alemães não conseguiam nem escrever o próprio nome. Isso não tem nada a ver com raça.

Carla franziu o cenho e perguntou:

– Então tem a ver com o quê?

O pai olhou para ela com ar afetuoso.

– Essa é uma ótima pergunta. Você se mostra uma menina muito inteligente por fazê-la. – O rosto da filha se acendeu com esse elogio. – As civilizações ascendem e caem... chineses, astecas, romanos... mas ninguém sabe muito bem o motivo.

– Comam, vocês dois. E vistam seus casacos – disse a mãe. – Está ficando tarde.

O pai puxou o relógio do bolso do colete e o consultou com as sobrancelhas arqueadas.

– Não está tarde.

– Tenho que levar Carla à casa dos Franck – esclareceu a mãe. – A escola das meninas está fechada hoje... para consertar o sistema de calefação, parece. Então Carla vai passar o dia com Frieda.

Frieda Franck era a melhor amiga de Carla. Suas mães também eram grandes amigas. Na verdade, Monika, mãe de Frieda, fora apaixonada pelo pai de Carla na juventude – um fato hilário que a avó de Frieda deixara escapar certo dia depois de ter exagerado no espumante.

– Por que Ada não pode ficar com Carla?

– Ada tem consulta marcada no médico.

– Ah.

Carla esperou o pai perguntar o que havia de errado com Ada, mas ele apenas assentiu, como se já soubesse, e guardou o relógio no bolso. Carla queria saber o que era, mas algo lhe disse que não deveria indagar. Pensou que não podia se esquecer de perguntar à mãe mais tarde. No instante seguinte, porém, já nem se lembrava mais do assunto.

O pai foi o primeiro a sair de casa, com um sobretudo preto por cima do terno. Em seguida Erik pôs a boina da escola, posicionando-a o mais para trás possível na cabeça sem que ela caísse – como era a moda entre seus amigos –, e seguiu o pai porta afora.

Carla e a mãe ajudaram Ada a tirar a mesa. A menina amava Ada quase tanto quanto a própria mãe. Quando ela era pequena, antes de ter idade para ir à escola, Ada cuidava dela em tempo integral, pois a mãe sempre trabalhara fora. A criada ainda era solteira. Tinha 29 anos e uma aparência meio sem graça, mas um sorriso bonito e bondoso. No verão anterior tivera um romance com um policial chamado Paul Huber, mas a história não havia durado.

Carla e a mãe postaram-se em frente ao espelho do hall para pôr o chapéu. A mãe se arrumou sem pressa. Escolheu um chapéu de feltro azul-escuro, de copa redonda e aba estreita, do tipo que todas as mulheres estavam usando. No entanto, inclinou-o sobre a cabeça num ângulo diferente, dando-lhe um aspecto chique. Enquanto vestia o gorro de tricô, Carla se perguntou se algum dia teria o talento de sua mãe para o estilo. Maud parecia uma deusa da guerra: pescoço comprido, queixo e malares que pareciam esculpidos em mármore branco. Sem dúvida era uma mulher linda, mas não de uma beleza convencional. Carla tinha os mesmos cabelos escuros e olhos verdes da mãe, porém parecia mais uma boneca rechonchuda do que uma estátua. Certa vez, ouvira por acaso a avó dizer à mãe: "Seu patinho feio vai crescer e virar um cisne, você vai ver." Carla ainda estava esperando isso acontecer.

Quando a mãe ficou pronta, as duas saíram. A casa, situada no bairro de Mitte, o antigo centro da cidade, fazia parte de um conjunto de imóveis residenciais altos e graciosos construídos para ministros e oficiais militares de alto escalão que trabalhavam nos prédios do governo ali perto, como o avô de Carla.

Ela e a mãe pegaram um bonde que seguiu pela Unter den Linden. Depois embarcaram no trem rápido da Friedrichstrasse até a estação Zoo. Os Franck moravam no subúrbio de Schöneberg, a sudoeste da cidade.

Carla estava torcendo para encontrar Werner, o irmão de Frieda, que tinha 14 anos. Gostava dele. Às vezes, Carla e Frieda se imaginavam casadas com o irmão uma da outra, vizinhas de porta e com filhos que eram melhores amigos. Para Frieda aquilo não passava de uma brincadeira, mas Carla, no fundo, levava a fantasia a sério. Werner era bonito, mais velho e nem um pouco bobo como Erik. Na casa de bonecas do quarto de Carla, a mãe e o pai que dormiam lado a lado na pequena cama de casal se chamavam Carla e Werner, mas ninguém sabia disso, nem mesmo Frieda.

Frieda tinha outro irmão, Axel, de 7 anos, que nascera com espinha bífida e exigia cuidados médicos constantes. Ele morava num hospital especial nos arredores de Berlim.

Durante o trajeto, a mãe de Carla se mostrou preocupada.

– Espero que fique tudo bem – murmurou ela, meio para si mesma, enquanto as duas desciam do vagão.

– É claro que vai ficar – retrucou Carla. – Vou me divertir muito com Frieda.

– Não é disso que estou falando. Eu me referia ao que escrevi sobre Hitler.

– Nós estamos correndo perigo? Papai tinha razão?

– Seu pai quase sempre tem razão.

– O que vai acontecer conosco se tivermos chateado os nazistas?

A mãe passou vários instantes olhando para a filha com uma expressão estranha, e então disse:

– Meu Deus, que mundo é este em que eu fui pôr você? – Depois não falou mais nada.

As duas caminharam por dez minutos e chegaram a um casarão imponente situado num grande jardim. Os Franck eram uma família rica: Ludwig, pai de Frieda, tinha uma fábrica de rádios. Dois carros estavam parados em frente à casa. O maior deles, preto e lustroso, pertencia a Herr Franck. O motor estava ligado e uma nuvem de fumaça azulada saía do cano de descarga. Ritter, o motorista, estava de pé, pronto para abrir a porta. Usava a calça do uniforme enfiada para dentro das botas de cano longo e segurava seu quepe. Inclinando o corpo para a frente, ele falou:

– Bom dia, Frau Von Ulrich.

O segundo carro era pequeno, de apenas dois lugares, e verde. Um homem baixo de barba grisalha saiu da casa com uma pasta de couro na mão e tocou no chapéu para cumprimentar a mãe de Carla enquanto entrava no carro menor.

– O que será que o Dr. Rothmann está fazendo aqui tão cedo? – perguntou a mãe, preocupada.

As duas não demoraram a descobrir. Monika, mãe de Frieda, uma mulher alta com uma basta cabeleira ruiva, apareceu na porta da casa. Seu rosto pálido tinha uma expressão aflita. Em vez de convidar Carla e sua mãe a entrar, ficou parada na soleira da porta como se quisesse impedir que passassem.

– Frieda está com catapora! – exclamou.

– Ah, eu sinto muito! – disse a mãe de Carla. – Como ela está?

– Péssima, com febre e tosse. O Dr. Rothmann disse que ela vai ficar boa, mas está de quarentena.

– Claro. Você já teve catapora?

– Já... quando era pequena.

– E Werner também... lembro que ele ficou todo empolado. Mas e o seu marido?

– Ludi também teve quando era criança.

As duas mulheres olharam para Carla. Ela nunca tivera catapora. A menina logo entendeu que isso significava que não poderia passar o dia com Frieda.

Carla ficou decepcionada, mas sua mãe ficou bastante abalada.

– A edição desta semana é sobre as eleições... eu *não posso* faltar ao trabalho. – Ela parecia desnorteada. Todos os adultos estavam apreensivos com a eleição geral que aconteceria no domingo seguinte. Tanto a mãe quanto o pai de Carla temiam que os nazistas se saíssem bem o suficiente para assumir o controle total do governo. – Além disso, minha grande amiga veio de Londres me visitar. Será que consigo convencer Walter a tirar um dia de folga para ficar com Carla?

– Por que não telefona para ele? – sugeriu Monika.

Poucas eram as famílias com telefone em casa, mas os Franck tinham, e Carla e a mãe entraram no hall. O aparelho ficava em cima de uma mesinha de pernas finas junto à porta. A mãe pegou-o e disse para a telefonista o número do escritório do pai no Reichstag, sede do Parlamento alemão. Quando a ligação foi completada, ela explicou a situação ao marido. Passou um minuto ouvindo, então fez uma cara zangada.

– Minha revista vai incentivar 100 mil leitores a fazerem campanha para o Partido Social-Democrata – disse ela. – Você tem mesmo algum compromisso mais importante do que esse para hoje?

Carla podia prever como aquela discussão iria terminar. Sabia que o pai a amava muito, mas em seus 11 anos de vida ele nunca tinha cuidado dela um dia inteiro. Os pais de todas as suas amigas também eram assim. Homem nenhum fazia esse tipo de coisa. Mas a mãe de Carla às vezes fingia desconhecer as regras segundo as quais as mulheres viviam.

– Nesse caso, vou ter que levá-la comigo para o escritório – disse a mãe ao telefone. – Não quero nem pensar no que Jochmann vai dizer. – Herr Jochmann era o chefe dela. – Mesmo nos dias bons, ele não é lá muito feminista. – Ela pôs o fone no gancho sem se despedir.

Carla odiava quando os pais brigavam e aquela era a segunda vez no mesmo dia. As brigas faziam seu mundo parecer instável. Tinha muito mais medo delas do que dos nazistas.

– Então vamos – disse-lhe a mãe, e Carla se dirigiu para a porta.

Não vou nem ver Werner, pensou a menina, desanimada.

Nesse momento o pai de Frieda apareceu no hall. Era um homem enérgico e animado, de rosto corado e bigodinho preto. Com simpatia, cumprimentou a mãe de Carla, que conversou educadamente com ele enquanto Monika o ajudava a vestir um sobretudo preto com gola de pele.

Ele foi até o pé da escada.

– Werner! – gritou. – Vou embora sem você! – Ele ajeitou um chapéu de feltro cinza na cabeça e saiu.

– Estou pronto, estou pronto!

Werner desceu a escada correndo, com a graça de um bailarino. Era tão alto quanto o pai, só que mais bonito, e usava os cabelos ruivo-claros um pouco mais compridos que o normal. Trazia debaixo do braço uma bolsa de couro que parecia estar cheia de livros e, na outra mão, segurava um par de patins de gelo e um taco de hóquei. Apesar da pressa, deteve-se para falar com elas, muito educado.

– Bom dia, Frau Von Ulrich. – Então acrescentou em tom mais informal: – Oi, Carla. Minha irmã está com catapora.

A menina sentiu o rosto corar, sem motivo algum.

– Eu sei – respondeu. Tentou pensar em alguma coisa simpática e divertida para dizer, mas nada lhe ocorreu. – Nunca tive catapora, então não poderei ficar com ela.

– Eu tive quando era criança – disse ele, como se isso tivesse sido muito tempo antes. – Preciso correr – acrescentou, em tom de quem pede desculpas.

Carla não queria perdê-lo de vista assim tão depressa. Seguiu-o até o lado de fora. Ritter segurava a porta traseira do carro aberta.

– Que carro é esse? – perguntou Carla. Meninos sempre sabiam a marca dos carros.

– Uma limusine W10 da Mercedes-Benz.

– Parece bem confortável. – Viu de relance a expressão da mãe, meio surpresa, meio achando graça.

– Querem uma carona? – perguntou Werner.

– Seria maravilhoso.

– Vou pedir ao meu pai. – Werner pôs a cabeça dentro do carro e disse alguma coisa.

Carla ouviu Herr Franck responder:

– Está bem, mas andem logo!

Virou-se para a mãe, animada:

– Podemos ir no carro!

A mãe hesitou, mas só por um momento. Não gostava do posicionamento político de Herr Franck – ele dava dinheiro aos nazistas –, mas não iria recusar uma carona num carro quentinho naquela manhã fria.

– Quanta gentileza, Ludwig – falou a mãe.

Elas entraram. Havia lugar para quatro pessoas no banco de trás. Ritter saiu com o carro sem dar nenhum solavanco.

– Imagino que esteja indo para a Kochstrasse? – perguntou Herr Franck.

Muitos jornais e editoras tinham escritório nessa rua, no bairro de Kreuzberg.

– Por favor, não se desvie do seu caminho. A Leipziger Strasse já está bom.

– Eu a levaria até a porta com prazer... mas imagino que você não queira que seus colegas de esquerda a vejam sair do carro de um plutocrata gordo. – Seu tom ficava entre o bom humor e a hostilidade.

A mãe de Carla lançou um sorriso encantador para ele.

– Ora, Ludi, você não é gordo... só um pouco cheinho. – Ela deu alguns tapinhas na frente do sobretudo dele.

Herr Franck riu.

– Tudo bem, eu mereci.

A tensão se dissipou. Herr Franck pegou o fone interno e deu instruções a Ritter.

Carla estava empolgada por andar de carro com Werner. Queria tirar todo o proveito possível da situação e conversar com ele, mas no início não conseguiu pensar em nenhum assunto. Na verdade, queria dizer: "Quando você for mais velho, acha que poderia se casar com uma moça de cabelos escuros e olhos verdes, inteligente e uns três anos mais nova que você?" Acabou apontando para os patins e perguntando:

– Você tem jogo hoje?

– Não, só um treino depois da escola.

– Em que posição você joga? – Ela não entendia nada de hóquei no gelo, mas os jogos de equipe sempre tinham posições.

– Ala direita.

– Não é um esporte meio perigoso?

– Não se você for rápido.

– Você deve patinar muito bem.

– Eu me viro – disse ele, modesto.

Mais uma vez, Carla surpreendeu a mãe a observando com um sorrisinho enigmático. Será que ela havia adivinhado os sentimentos que a filha nutria por Werner? Sentiu-se corar outra vez.

Então o carro parou em frente ao prédio de uma escola e Werner desceu.

– Tchau, todo mundo! – falou, antes de entrar correndo no pátio.

Ritter voltou a dirigir, seguindo a margem sul do canal de Landwehr. Carla olhou para as barcaças sobre a água, com seus carregamentos de carvão encimados de neve, parecendo montanhas. Estava um tanto desapontada. Conseguira mais tempo com Werner insinuando-se para aquela carona, mas depois o desperdiçara falando sobre hóquei no gelo.

Mas sobre o que gostaria de conversar com ele? Não sabia dizer.

Herr Franck estava falando com sua mãe:

– Li sua coluna na revista *O Democrata*.

– Espero que tenha gostado.

– Lamentei seu tom desrespeitoso ao escrever sobre nosso chanceler.

– Você acha que os jornalistas deveriam escrever respeitosamente sobre políticos? – retrucou a mãe, animada. – Que opinião mais radical! Nesse caso, a imprensa nazista teria de ser educada em relação ao meu marido! Aposto que eles não iriam gostar.

– Não todos os políticos, é claro – respondeu Franck, irritado.

Eles passaram pelo movimentado cruzamento da Potsdamerplatz. Carros e bondes disputavam lugar com carroças puxadas a cavalo e pedestres, formando uma confusão caótica.

– Não é melhor que a imprensa possa criticar todo mundo sem diferença? – perguntou a mãe a Franck.

– Em teoria, é uma ideia maravilhosa – respondeu ele. – Mas vocês, socialistas, vivem num mundo de fantasia. Nós, homens práticos, sabemos que a Alemanha não pode viver de ideais. As pessoas precisam de pão, sapatos e carvão.

– Concordo – retrucou a mãe. – Eu mesma precisaria de mais carvão. Mas quero que Carla e Erik cresçam cidadãos de um país livre.

– Você superestima a liberdade. Ser livre não faz ninguém feliz. As pessoas preferem ser guiadas. Eu quero que Werner, Frieda e o pobre Axel cresçam em um país orgulhoso, disciplinado e unido.

– E para que sejamos unidos precisamos de jovens brutamontes de camisa marrom espancando velhos comerciantes judeus?

– A política é uma coisa violenta. Não há nada que se possa fazer sobre isso.

– Pelo contrário. Você e eu somos líderes, Ludwig, cada um a seu modo. É responsabilidade nossa tornar a política menos violenta: mais honesta, mais racional, menos bruta. Se não fizermos isso, estaremos falhando em nosso dever patriótico.

Herr Franck pareceu ofendido.

Carla não sabia muita coisa sobre os homens, mas podia perceber que eles não gostavam de ouvir sermões das mulheres a respeito dos seus deveres. Sua mãe devia ter esquecido de acionar o botão do charme naquela manhã. Mas a verdade era que todos estavam tensos. A eleição estava se aproximando e os deixando nervosos.

O carro chegou à Leipziger Platz.

– Onde posso deixá-las? – perguntou Herr Franck, frio.

– Aqui mesmo está bom – respondeu a mãe de Carla.

Franck deu uma batidinha na divisória de vidro. Ritter parou o carro e correu para abrir a porta.

– Espero que Frieda fique boa logo – disse a mãe antes de saltar.

– Obrigado.

As duas desceram e Ritter fechou a porta.

O escritório da revista ficava a vários minutos de caminhada dali, mas obviamente sua mãe não quisera passar mais tempo no carro. Carla torceu para que ela não começasse a brigar o tempo todo com Herr Franck. Isso poderia dificultar seus encontros com Frieda e Werner, e ela detestaria isso.

As duas saíram andando a passos rápidos.

– Tente não atrapalhar ninguém lá na revista – instruiu a mãe.

O tom de súplica em sua voz deixou Carla comovida e envergonhada por lhe causar preocupação. Ela decidiu se portar de forma impecável.

No caminho, a mãe cumprimentou várias pessoas. Até onde Carla conseguia se lembrar, ela sempre escrevera a coluna e era bastante conhecida no mundo jornalístico. Todos a chamavam de "Lady Maud", assim mesmo, em inglês.

Perto do prédio onde ficava o escritório da revista, elas toparam com um conhecido da família. O sargento Schwab havia lutado com o pai de Carla na Grande Guerra e ainda usava os cabelos muito curtos, ao estilo militar. Depois da guerra, passara a trabalhar como jardineiro, primeiro para o avô de Carla, depois para o pai. Mas roubara dinheiro da bolsa de sua mãe e fora mandado embora. Schwab estava usando o feio uniforme militar das tropas de assalto, os camisas-pardas, que não eram soldados, mas nazistas que gozavam da autoridade de uma polícia auxiliar.

– Bom dia, Frau Von Ulrich! – cumprimentou Schwab em voz alta, como se não sentisse qualquer vergonha de ser ladrão. Ele nem sequer levou a mão ao quepe.

A mãe de Carla aquiesceu com frieza e passou por ele sem parar de andar.

– O que será que Schwab está fazendo aqui? – murmurou ela, aflita, enquanto as duas entravam.

A revista ocupava o primeiro andar de um prédio comercial moderno. Carla sabia que uma criança não seria bem-vinda ali e torceu para que conseguissem chegar à sala da mãe sem serem vistas. Na escada, porém, cruzaram com Herr Jochmann. O chefe de sua mãe era um homem pesado, que usava óculos de lentes grossas.

– O que é isso? – perguntou ele em tom brusco, sem deixar cair o cigarro que tinha na boca. – Isto aqui agora virou um jardim de infância?

A mãe não reagiu à grosseria.

– Estive pensando no comentário que o senhor fez outro dia – disse ela. – Sobre como os jovens pensam que o jornalismo é uma profissão cheia de glamour e não entendem como é preciso trabalhar duro.

Ele franziu o cenho.

– Eu disse isso? Bem, com certeza é verdade.

– Então trouxe minha filha aqui para ver a realidade. Acho que vai ser bom para a educação dela, sobretudo se virar escritora. Ela vai fazer um relato sobre a visita para a turma da escola. Tive certeza de que o senhor iria concordar.

A mãe estava improvisando, mas Carla achou que a desculpa soava convincente. Ela mesma quase acreditou. O botão do charme finalmente havia sido acionado.

– A senhora não vai receber uma visita importante de Londres hoje? – perguntou Jochmann.

– Vou, sim. Ethel Leckwith. Mas ela é uma velha amiga... conheceu Carla ainda bebê.

Isso fez Jochmann se acalmar um pouco.

– Hum. Bem, temos reunião editorial daqui a cinco minutos, assim que eu comprar cigarros e voltar.

– Carla pode ir para o senhor. – A mãe virou-se para ela: – Há uma tabacaria nesta mesma rua, três prédios depois do nosso. Herr Jochmann fuma cigarros da marca Roth-Händle.

– Ah, isso vai me poupar a viagem. – Jochmann entregou a Carla uma moeda de um marco.

– Quando voltar, pode me encontrar na sala no alto da escada, ao lado do alarme de incêndio – disse-lhe a mãe. Então deu as costas para a filha e segurou o braço de Jochmann, confiante. – Acho que a edição da semana passada talvez tenha sido a melhor que já fizemos – declarou enquanto os dois subiam a escada.

Carla saiu correndo para a rua. Sua mãe conseguira se safar usando a mistura de ousadia e flerte que lhe era característica. Ela às vezes dizia: "Nós, mulheres, temos que usar todas as armas de que dispomos." Ao pensar nisso, Carla notou que tinha usado a mesma tática para conseguir a carona de Herr Franck. Talvez, no final das contas, fosse parecida com a mãe. Talvez por isso ela houvesse lhe lançado aquele sorrisinho curioso: estava se vendo trinta anos mais jovem.

Havia fila na tabacaria. Metade dos jornalistas de Berlim parecia estar comprando seu estoque para o dia. Por fim, Carla conseguiu seu maço de Roth-Händle e voltou para a sede da revista *O Democrata*. Foi fácil encontrar o alarme de incêndio – uma grande alavanca presa à parede –, mas sua mãe não estava na sala. Sem dúvida devia ter ido à tal reunião editorial.

Carla seguiu pelo corredor. Todas as portas estavam abertas e a maioria das salas, vazia, exceto por algumas mulheres que deviam ser datilógrafas e secretárias. Nos fundos do prédio, depois de virar num corredor, havia uma porta fechada na qual se lia "Sala de Reuniões". Carla ouviu vozes masculinas exaltadas discutindo lá dentro. Bateu na porta, mas ninguém respondeu. Hesitou, então girou a maçaneta e entrou.

A sala estava tomada pela fumaça de cigarro. Havia de oito a dez pessoas sentadas em volta de uma mesa comprida. Sua mãe era a única mulher. Todos se calaram, aparentemente espantados, quando Carla foi até a cabeceira e entregou a Jochmann os cigarros e o troco. Aquele silêncio a fez pensar que tinha sido errado entrar ali.

Mas Jochmann apenas disse:

– Obrigado.

– De nada, senhor – respondeu ela e, por algum motivo, fez uma leve mesura.

Os homens riram. Um deles falou:

– Assistente nova, Jochmann?

Então Carla entendeu que estava tudo bem.

Saiu depressa da sala de reuniões e voltou para a de sua mãe. Não tirou o casaco – fazia frio lá dentro. Olhou em volta. Sobre a mesa, viu um telefone, uma máquina de escrever e pilhas de papel e papel-carbono.

Ao lado do telefone havia um porta-retratos com uma fotografia de Carla e Erik com o pai. Fora tirada alguns anos antes, num dia ensolarado, na praia às margens do lago Wannsee, a uns 25 quilômetros do centro de Berlim. Seu pai estava de short. Todos riam. Aquilo fora antes de Erik começar a fingir que era um homem adulto e durão.

A única outra fotografia, pendurada na parede, mostrava sua mãe com o herói social-democrata Friedrich Ebert, primeiro presidente da Alemanha depois da guerra. Havia sido tirada uns dez anos antes. Carla sorriu ao ver o vestido solto e de cintura baixa da mãe e seus cabelos curtos: aquela devia ser a moda da época.

A estante continha publicações que listavam as figuras importantes da sociedade, cadernetas de telefone, dicionários e atlas em várias línguas, mas nada para ler. Na gaveta da mesa, Carla encontrou lápis, vários pares novos de luvas formais, ainda embrulhados em papel de seda, um pacote de toalhas higiênicas e um caderno com nomes e números de telefone.

Carla acertou a data no calendário de mesa: segunda-feira, 27 de fevereiro de 1933. Então inseriu uma folha de papel na máquina de escrever. Datilografou seu nome completo: Heike Carla von Ulrich. Aos 5 anos, ela declarara que não gostava do nome Heike e queria que todos usassem seu segundo nome. De algum modo, para sua surpresa, a família aceitara.

Cada uma das teclas da máquina fazia uma haste de metal se erguer e bater no papel por cima de uma fita de tinta, imprimindo assim uma letra. Sem querer, Carla apertou duas teclas ao mesmo tempo e as hastes ficaram presas. Tentou soltá-las, mas não conseguiu. De nada adiantou apertar outra tecla: agora eram três hastes emboladas. A menina soltou um gemido: estava encrencada.

Um barulho vindo da rua a distraiu. Ela foi até a janela. Uns dez camisas-pardas marchavam pelo meio da rua gritando palavras de ordem: "Morte a todos os judeus! Vão para o inferno, judeus!" Carla não entendia por que toda aquela raiva dos judeus, que pareciam iguais a todo mundo, a não ser pela religião. Ficou espantada ao ver o sargento Schwab à frente do grupo. Sentira pena quando ele fora demitido, pois sabia que seria difícil para ele arrumar outro emprego. Havia milhões de desempregados na Alemanha: segundo seu pai, o país passava por uma depressão. Mas a mãe dissera: "Como podemos ter um homem que rouba dentro de casa?"

Os gritos então se modificaram. "Destruição aos jornais de judeus!", entoaram os homens em uníssono. Um deles atirou alguma coisa e um legume podre se espatifou na porta da sede de um jornal de circulação nacional. Então, para horror de Carla, eles se viraram para o prédio onde ela estava.

A menina recuou e ficou espiando pelo canto da moldura da janela, torcendo para não ser vista. O grupo parou do lado de fora, ainda cantando. Um dos homens jogou uma pedra, que acertou a janela de Carla sem quebrá-la. Mesmo assim, a garota soltou um gritinho de medo. Instantes depois, uma das datilógrafas, uma moça de boina vermelha, entrou na sala.

– O que houve? – perguntou e então olhou pela janela. – Ai, droga!

Os camisas-pardas entraram no prédio e Carla ouviu botas na escada. Estava com medo: o que eles iriam fazer?

O sargento Schwab entrou na sala de sua mãe. Hesitou ao ver a moça e a menina, mas depois pareceu tomar coragem. Pegou a máquina de escrever e atirou-a pela janela, estilhaçando a vidraça. Carla e a datilógrafa gritaram.

Mais camisas-pardas passaram no corredor gritando suas palavras de ordem. Schwab segurou a mulher pelo braço e disse:

– E agora, querida, onde fica o cofre do escritório?

– Na sala do arquivo! – respondeu a secretária com voz aterrorizada.

– Mostre para mim.

– Sim, tudo o que o senhor quiser!

Ele a empurrou para fora da sala marchando.

Carla começou a chorar, mas então obrigou-se a parar.

Pensou em se esconder debaixo da mesa, mas hesitou. Não queria mostrar a eles que estava com medo. Alguma coisa dentro dela queria desafiá-los.

Mas o que ela deveria fazer? Decidiu avisar à mãe.

Foi até o limiar da porta e espiou. Os camisas-pardas entravam e saíam das salas, mas ainda não tinham chegado ao final do corredor. Carla não sabia se as pessoas na sala de reuniões podiam ouvir a confusão. Disparou pelo corredor o mais depressa que pôde, porém um grito a deteve. Ela olhou para dentro de uma das salas e viu Schwab sacudindo a datilógrafa de boina vermelha, aos berros:

– Onde está a chave?

– Não sei, eu juro que não sei! – gritava a moça.

Carla ficou indignada. Schwab não tinha o direito de tratar uma mulher daquele jeito.

– Deixe a moça em paz, Schwab, seu ladrão! – esbravejou.

Schwab olhou com ódio para a menina e, de repente, ela ficou dez vezes mais assustada. Então o olhar se desviou para alguém atrás dela e ele disse:

– Tire essa porcaria de criança da minha frente.

Alguém a agarrou por trás.

– Você por acaso é uma judiazinha? – perguntou uma voz de homem. – Parece que é, com todo esse cabelo escuro.

Aquilo a deixou em pânico.

– Eu não sou judia! – gritou ela.

O camisa-parda carregou Carla de volta para o corredor e a deixou na sala da mãe. Ela cambaleou e caiu no chão.

– Fique aqui – disse ele e se afastou.

Carla se levantou. Não estava machucada. O corredor agora estava cheio de camisas-pardas e ela não conseguiria chegar até a mãe. Mas precisava pedir ajuda.

Olhou pela vidraça quebrada. Um pequeno grupo já se juntava na rua. Dois policiais conversavam no meio desses observadores. Carla gritou para eles:

– Socorro! Socorro, polícia!

Eles a viram e começaram a rir.

Isso a deixou furiosa, e a raiva fez seu medo diminuir. Ela se virou de novo para o corredor. Seu olhar pousou no alarme de incêndio preso à parede. Ela ergueu a mão e segurou a alavanca.

Hesitou. Não devia soar o alarme se não houvesse um incêndio, e um aviso na parede alertava quanto às severas penalidades para quem descumprisse a regra.

Ela puxou a alavanca mesmo assim.

Por um instante, nada aconteceu. Talvez o mecanismo não estivesse funcionando.

Então um barulho alto e estridente de sirene encheu o prédio, o volume variando entre alto e baixo.

Quase na mesma hora, as pessoas que estavam na sala de reuniões surgiram no final do corredor. Jochmann veio na frente.

– Que diabo está acontecendo aqui? – perguntou com raiva, gritando mais alto que o alarme.

– Esta revistazinha judaico-comunista insultou nosso líder e nós vamos fechá-la – disse um dos camisas-pardas.

– Saiam já do meu escritório!

O camisa-parda o ignorou e entrou em uma sala ao lado. Instantes depois, ouviu-se um grito de mulher e um estrondo que soou como uma mesa de aço sendo derrubada.

Jochmann se virou para um de seus funcionários e ordenou:

– Schneider, chame a polícia agora mesmo!

Carla sabia que isso não iria adiantar. A polícia já estava lá e não fazia nada.

A mãe abriu caminho entre as pessoas ali reunidas e correu na sua direção.

– Você está bem? – exclamou, envolvendo a filha num abraço.

Carla não queria ser consolada como uma criança. Empurrou a mãe para longe e disse:

– Estou bem, não se preocupe.

A mãe olhou em volta.

– Minha máquina de escrever!

– Eles a jogaram pela janela. – Carla então se deu conta de que agora não estava mais encrencada por ter emperrado as teclas.

– Temos que sair daqui. – A mãe pegou o porta-retratos, segurou a mão de Carla e as duas deixaram a sala às pressas.

Ninguém tentou impedi-las de descer correndo a escada. À sua frente, um rapaz forte que devia ser um dos repórteres tinha imobilizado um dos camisas-pardas por trás, pelo pescoço, e o arrastava para fora do prédio. Carla e a mãe seguiram os dois até a rua. Outro camisa-parda saiu atrás delas.

Ainda arrastando o camisa-parda, o repórter chegou perto dos dois policiais.

– Prendam este homem – disse. – Eu o peguei roubando nosso escritório. No bolso dele há uma lata de café roubada.

– Solte-o, por favor – disse o mais velho dos policiais.

Com relutância, o repórter obedeceu.

O segundo camisa-parda se postou ao lado do colega.

– Qual é o seu nome, senhor? – perguntou o policial ao repórter.

– Rudolf Schmidt. Sou o principal correspondente parlamentar da revista *O Democrata*.

– Rudolf Schmidt, o senhor está preso por agredir um policial.

– Não seja ridículo. Eu flagrei este homem roubando!

O policial meneou a cabeça para os dois camisas-pardas e falou:

– Levem-no para a delegacia.

Os dois seguraram Schmidt pelos braços. Ele deu a impressão de que ia resistir, mas depois mudou de ideia.

– Todos os detalhes deste incidente serão publicados na próxima edição da revista! – gritou ele.

– Não vai haver mais nenhuma edição da revista – disse o policial. – Levem-no embora daqui.

Um carro de bombeiros chegou e meia dúzia de homens saltaram. O líder se dirigiu aos policiais em tom brusco.

– Precisamos evacuar o prédio – falou.

– Voltem para o quartel, não há incêndio algum aqui – esclareceu o policial mais velho. – São só as tropas de assalto fechando uma revista comunista.

– Isso não me diz respeito – retrucou o bombeiro. – O alarme foi acionado e nosso primeiro dever é esvaziar o prédio, com ou sem tropas de assalto. Vamos nos virar sem a sua ajuda, então. – Ele conduziu seus homens para dentro do prédio.

– Ah, não! – exclamou a mãe de Carla.

Quando a menina se virou, viu que a mãe estava olhando para a máquina de escrever, espatifada na calçada onde caíra. O corpo de metal havia se soltado, expondo as conexões entre teclas e hastes. O teclado estava deformado, irreconhecível. Uma das extremidades do cilindro arrebentara e a campainha que tocava para indicar o fim de uma linha jazia no chão, abandonada. Uma máquina de escrever não era um objeto precioso, mas a mãe parecia à beira das lágrimas.

Os camisas-pardas e os funcionários da revista saíram do prédio conduzidos pelos bombeiros. O sargento Schwab resistia, gritando com raiva:

– Não há incêndio nenhum!

Mas os bombeiros simplesmente continuavam a empurrá-lo.

Jochmann saiu à rua e disse à mãe de Carla:

– Eles não tiveram tempo de estragar muita coisa... os bombeiros não deixaram. Não sei quem foi, mas a pessoa que acionou o alarme nos prestou um enorme serviço!

Carla, que antes estava com medo de ser repreendida por causa do alarme falso, se deu conta de que tinha feito exatamente a coisa certa.

Segurou a mão da mãe e isso pareceu despertá-la de seu momento de tristeza. Ela enxugou os olhos com a manga da roupa, ato pouco usual que revelou quanto estava abalada: se Carla tivesse feito a mesma coisa, a mãe lhe teria dito para usar um lenço.

– O que vamos fazer agora? – A mãe nunca dizia isso. Ela sempre sabia o que fazer.

Carla percebeu duas pessoas em pé ali perto. Ergueu os olhos. Uma delas era uma mulher mais ou menos da mesma idade de sua mãe, muito bonita, com ar de autoridade. Carla a conhecia, mas não soube dizer de onde. Ao seu lado estava um rapaz jovem o bastante para ser seu filho. Era magro, não muito alto, mas parecia um astro de cinema. Tinha um rosto tão atraente que poderia ter sido quase bonito demais, não fosse pelo nariz achatado e torto. Ambos os recém-chegados pareciam chocados e o mais novo estava pálido de raiva.

A mulher foi a primeira a falar, em inglês:

– Olá, Maud. – Sua voz soou vagamente conhecida para Carla. – Não está me reconhecendo? – continuou ela. – Sou Eth Leckwith, e este é Lloyd.

II

Lloyd Williams encontrou uma academia de boxe em Berlim onde podia treinar por uma hora ao custo de poucos *pennies*. Ficava em Wedding, um bairro operário ao norte. Ele se exercitou com os malabares indianos e com a bola de peso, pulou corda, bateu no saco de pancadas, em seguida pôs um capacete e lutou cinco rounds no ringue. O professor da academia arrumou para ele um parceiro de treino, um alemão da mesma idade de Lloyd e tão corpulento quanto ele, que era meio-médio. O alemão tinha um jab muito bom e veloz, que surgia do nada e conseguiu machucar Lloyd várias vezes antes que ele acertasse o adversário com um gancho de esquerda que o derrubou.

Lloyd fora criado num bairro perigoso, o East End londrino. Aos 12 anos, sofrera provocações na escola.

– Comigo aconteceu a mesma coisa – dissera Bernie Leckwith, seu padrasto. – Quando você é o menino mais inteligente da escola, passa a ser perseguido pelo valentão da turma.

Bernie era judeu – a mãe dele só falava iídiche. Ele levara o enteado à Academia de Boxe de Aldgate. Ethel fora contra, mas Bernie havia ignorado a opinião dela, algo que não acontecia com muita frequência.

Ali, Lloyd aprendeu a se mover depressa e a desferir socos fortes, e as provocações na escola cessaram. Foi lá também que quebrou o nariz, comprometendo um pouco sua bela aparência. Além disso, descobriu um talento: tinha reflexos rápidos e um temperamento combativo, o que lhe rendeu prêmios no ringue. Seu treinador estava decepcionado por ele querer estudar em Cambridge em vez de virar boxeador profissional.

Ele tomou uma ducha e tornou a vestir o terno. Em seguida foi a um bar de operários, pediu um copo de cerveja e sentou-se para escrever uma carta contando o incidente com os camisas-pardas para Millie, sua meia-irmã. Ela estava enciumada por ele fazer aquela viagem com a mãe, e Lloyd prometera lhe enviar notícias com frequência.

A confusão daquela manhã deixara Lloyd perturbado. A política fazia parte de seu dia a dia: Ethel já fora membro do Parlamento, Bernie era conselheiro regional em Londres, e ele próprio era o presidente londrino da Liga Juvenil Trabalhista. No entanto, a política sempre tivera a ver com debates e votações – até aquele dia. Era a primeira vez que ele via um escritório ser vandalizado por brutamontes uniformizados enquanto a polícia assistia a tudo com um sorriso no rosto. Aquilo era política violenta, e ele ficara chocado.

"Será que isso pode acontecer em Londres, Millie?", escreveu. Seu primeiro instinto era pensar que não. Hitler, contudo, tinha admiradores entre os industriais e os donos de jornal da Grã-Bretanha. Poucos meses antes, um membro dissidente do Parlamento, Sir Oswald Mosley, fundara a União Britânica de Fascistas. Assim como os nazistas, eles gostavam de se pavonear usando uniformes militares. O que viria depois?

Terminou a carta, dobrou o papel e foi pegar o trem rápido de volta ao centro da cidade. Ele e sua mãe iriam jantar com Walter e Maud von Ulrich. Lloyd passara a vida toda ouvindo falar em Maud. A amizade entre ela e sua mãe surgira de um jeito pouco convencional: Ethel começara a vida profissional trabalhando como criada na mansão da família de Maud. Mais tarde, as duas tinham sido sufragistas e lutado juntas pelo direito de voto feminino. Durante a guerra, haviam publicado um jornal feminista chamado *The Soldier's Wife*, "a esposa do soldado". Depois disso brigaram por divergências políticas e se afastaram.

Lloyd se lembrava muito bem da visita da família Von Ulrich a Londres, em 1925. Tinha 10 anos, idade suficiente para sentir vergonha de não falar alemão enquanto Erik e Carla, com 5 e 3 anos respectivamente, eram bilíngues. Foi nessa ocasião que Ethel e Maud fizeram as pazes.

Ele foi andando até o restaurante, chamado Bistrô Robert. O interior era art déco, com mesas e cadeiras estritamente retangulares e luminárias rebuscadas, feitas de ferro maciço, com cúpulas de vidro coloridas. Mas Lloyd gostou dos guardanapos bem-engomados que aguardavam junto aos pratos, em posição de sentido.

Os outros três já haviam chegado. Ao se aproximar da mesa, Lloyd reparou que as mulheres estavam belíssimas: ambas seguras, bem-vestidas, atraentes e confiantes. Os demais clientes do restaurante as olhavam com admiração. Ele se perguntou quanto do senso de estilo da mãe fora herdado da amiga aristocrata.

Uma vez feito o pedido, Ethel explicou o motivo de sua viagem:

– Perdi minha cadeira no Parlamento em 1931 – disse ela. – Espero recuperá-la nas próximas eleições, mas enquanto isso tenho que me sustentar. Por sorte, Maud, você me ensinou a ser jornalista.

– Não precisei lhe ensinar muita coisa – retrucou Maud. – Você tinha um talento natural.

– Estou escrevendo uma série de artigos sobre os nazistas para o *News Chronicle* e assinei um contrato com um editor chamado Victor Gollancz para escrever um livro. Trouxe Lloyd para ser meu intérprete. Ele está estudando francês e alemão.

Lloyd observou o sorriso orgulhoso da mãe e sentiu que não o merecia.

– Meus dotes de tradutor ainda não foram testados direito – disse ele. – Até agora, só encontramos pessoas como vocês, que falam um inglês perfeito.

Lloyd tinha pedido vitela empanada, prato que nunca vira na Inglaterra. Achou uma delícia. Enquanto comiam, Walter lhe perguntou:

– Você não deveria estar na escola?

– Mamãe achou que eu aprenderia melhor o alemão assim, e a escola concordou.

– Por que não vem trabalhar comigo no Reichstag por um tempo? Infelizmente não posso pagar, mas você falaria alemão o dia inteiro.

Lloyd ficou muito animado.

– Eu adoraria. Que oportunidade incrível!

– Se Ethel não for precisar de você – acrescentou Walter.

Ethel sorriu.

– Talvez eu possa pegá-lo emprestado vez por outra, quando precisar muito dele.

– Claro.

Ela estendeu o braço por cima da mesa e tocou a mão de Walter. Era um gesto íntimo e Lloyd percebeu que o vínculo entre aqueles três era muito estreito.

– Você é muito gentil, Walter.

– Na verdade, não sou, não. Um assessor jovem e inteligente que entende de política é sempre útil para mim.

– Não tenho certeza se ainda entendo de política – comentou Ethel. – O que está acontecendo aqui na Alemanha?

– Nós estávamos indo bem em meados da década de 1920 – respondeu Maud. – Tínhamos um governo democrático e uma economia em crescimento. Mas tudo ruiu com o Crash de Wall Street, em 1929. Agora estamos mergulhados na Depressão. – A voz dela tremia com uma emoção que beirava a tristeza. – Às vezes chega-se a ver cem homens fazendo fila por um único anúncio de emprego. Fico olhando para o rosto deles... estão desesperados. Não sabem como vão alimentar os filhos. Então os nazistas lhes acenam com uma esperança e eles se perguntam: "O que tenho a perder?"

Walter parecia pensar que sua mulher estava exagerando. Em tom mais alegre, disse:

– A boa notícia é que Hitler não conseguiu conquistar a maioria entre os alemães. Nas últimas eleições, os nazistas tiveram um terço dos votos. Embora compusessem o maior partido, felizmente o governo de Hitler é minoritário.

– Foi por isso que ele convocou uma nova eleição – disse Maud. – Precisa da maioria absoluta para transformar a Alemanha na ditadura brutal que ele quer.

– E ele vai conseguir? – perguntou Ethel.

– Não – respondeu Walter.

– Vai – rebateu Maud.

– Não acho que o povo alemão algum dia vá votar em uma ditadura – disse Walter.

– Mas a eleição não vai ser justa! – argumentou Maud, zangada. – Vejam só o que aconteceu hoje na redação da minha revista. Qualquer um que critique os nazistas está correndo perigo. Enquanto isso, a propaganda deles está por toda parte.

– Ninguém parece revidar! – exclamou Lloyd. Ele queria ter chegado alguns minutos antes ao escritório da revista *O Democrata* naquela manhã, para poder dar uns socos em alguns camisas-pardas. Percebeu que estava com o punho cerrado e se obrigou a abrir a mão. Mas a indignação não passou. – Por que os esquerdistas não atacam os escritórios dos jornais nazistas? Assim eles vão provar do próprio remédio!

– Não podemos reagir à violência com violência! – disse Maud, enfática. – Hitler precisa de um pretexto para uma repressão: quer declarar emergência nacional, abolir os direitos civis e pôr seus opositores na cadeia. – A voz dela assumiu um tom de súplica: – Temos que evitar dar esse pretexto a ele... por mais difícil que seja.

Os quatro terminaram de comer. O restaurante começou a esvaziar. Quando o café foi servido, o dono do restaurante, um primo distante de Walter chamado Robert von Ulrich, e o chef de cozinha, Jörg, se juntaram a eles. Robert tinha sido diplomata na embaixada austríaca em Londres antes da Grande Guerra, na mesma época em que Walter trabalhava na embaixada alemã na capital britânica – quando se apaixonara por Maud.

Robert era parecido com Walter, mas vestia-se com mais apuro, com um alfinete de ouro na gravata, penduricalhos na corrente do relógio de bolso e muita brilhantina nos cabelos. Jörg era mais jovem, louro, com traços delicados e um sorriso franco. Os dois tinham se conhecido quando eram prisioneiros de guerra na Rússia. Agora moravam num apartamento em cima do restaurante.

Ficaram trocando lembranças sobre o casamento de Walter e Maud, realizado em segredo às vésperas da guerra. Não houvera convidados, mas Robert e Ethel tinham sido os padrinhos.

– Nós bebemos champanhe no hotel – contou Ethel. – Então, com muito tato, falei que Robert e eu iríamos embora, e Walter... – Ela reprimiu um acesso de riso. – Walter disse: "Ah, achei que fôssemos jantar todos juntos."

Maud deu uma risadinha.

– Vocês podem imaginar como fiquei contente com isso!

Constrangido, Lloyd manteve os olhos cravados em seu café. Tinha 18 anos e era virgem, e aquelas piadas sobre lua de mel o deixavam pouco à vontade.

Então, mais séria, Ethel perguntou a Maud:

– Vocês têm tido notícias de Fitz?

Lloyd sabia que o casamento às escondidas tinha criado um imenso abismo entre Maud e seu irmão, o conde Fitzherbert. Como ela não o havia consultado, na condição de chefe da família, e pedido autorização para se casar, Fitz a deserdara.

Maud fez que não com a cabeça, entristecida.

– Escrevi para Fitz naquela vez em que fomos a Londres, mas ele não quis me encontrar. Feri seu orgulho ao me casar com Walter sem lhe dizer nada. Infelizmente, acho que meu irmão não sabe perdoar.

Ethel pagou a conta. Tudo na Alemanha era muito barato para quem tinha moeda estrangeira. Estavam prestes a se levantar para ir embora quando um desconhecido se aproximou da mesa e, sem ser convidado, puxou uma cadeira. Era um homem corpulento, com um pequeno bigode no meio de um rosto redondo. Estava usando um uniforme dos camisas-pardas.

– Em que posso ajudá-lo, senhor? – perguntou Robert com voz fria.

– Meu nome é Thomas Macke, sou da polícia. – Ele segurou o braço de um garçom que passava e ordenou: – Traga-me um café.

O garçom lançou um olhar de dúvida para Robert, que assentiu.

– Trabalho no departamento político da polícia prussiana – prosseguiu Macke. – Sou encarregado do departamento de inteligência de Berlim.

Lloyd traduziu para a mãe em voz baixa.

– Mas quero falar com o dono do restaurante sobre uma questão pessoal – disse Macke.

– Onde o senhor trabalhava um mês atrás? – quis saber Robert.

A pergunta inesperada deixou Macke espantado e ele respondeu na hora:

– Na delegacia de polícia de Kreuzberg.

– E qual era o seu cargo lá?

– Eu cuidava do arquivo. Por que a pergunta?

Robert assentiu como se já esperasse algo daquele tipo.

– Quer dizer que o senhor passou de assistente de arquivo a chefe do departamento de inteligência da capital. Parabéns pela ascensão tão rápida. – Ele se virou para Ethel. – Quando Hitler virou chanceler, no final de janeiro, seu capanga Hermann Göring assumiu o cargo de ministro do Interior da Prússia e passou a comandar a maior força policial do mundo. Desde então, Göring vem demitindo policiais a torto e a direito e os substituindo por nazistas. – Ele se virou novamente para Macke e falou em tom de sarcasmo: – Mas, no caso deste nosso convidado surpresa, estou certo de que a promoção foi puramente por mérito.

Macke enrubesceu, mas manteve a calma.

– Como eu disse, quero falar com o dono do restaurante sobre um assunto pessoal.

– Venha me procurar amanhã de manhã, por gentileza. Às dez horas está bom?

– Meu irmão trabalha no ramo de restaurantes – continuou Macke, ignorando a sugestão.

– Ah! Talvez eu o conheça. O sobrenome dele é Macke? Que tipo de restaurante ele tem?

– Um pequeno estabelecimento para operários em Friedrichshain.

– Ah. Nesse caso, é pouco provável que já tenhamos nos encontrado.

Lloyd não tinha certeza se era sensato Robert se mostrar tão petulante. Macke era grosseiro e não merecia ser tratado com educação, mas poderia criar sérios problemas.

– Meu irmão gostaria de comprar este restaurante – declarou Macke.

– Seu irmão quer subir na vida, assim como o senhor subiu.

– Estamos dispostos a lhe oferecer 20 mil marcos, parcelados em dois anos.

Jörg explodiu numa gargalhada.

– Permita que eu lhe explique uma coisa – disse Robert. – Sou um conde austríaco. Vinte anos atrás, tinha um castelo e uma grande propriedade rural na Hungria, onde minha mãe e minha irmã moravam. Com a guerra, perdi minha família, meu castelo, minhas terras e até mesmo meu país, que foi... miniaturizado, digamos assim. – O tom de sarcasmo bem-humorado havia desaparecido e sua voz estava rouca de emoção. – Cheguei a Berlim sem nada a não ser o endereço de Walter von Ulrich, meu primo distante. Mesmo assim, consegui abrir este restaurante. – Ele engoliu em seco. – Este lugar é tudo que tenho. – Robert fez uma pausa e tomou um gole de café. Ninguém ao redor da mesa disse nada. Então ele se recompôs e recuperou parte da superioridade inicial de sua voz. – Mesmo que o senhor fizesse uma oferta generosa, coisa que não fez, eu iria recusar, porque estaria vendendo minha própria vida. Não é minha intenção ser grosseiro, ainda que o senhor tenha se comportado de forma desagradável. Mas o meu restaurante não está à venda por preço nenhum. – Ele se levantou e estendeu a mão para um cumprimento. – Boa noite, agente Macke.

Macke apertou a mão de Robert sem pensar e logo em seguida pareceu arrependido. Levantou-se, obviamente zangado. Seu rosto rechonchudo tinha adquirido um tom púrpura.

– Voltaremos a conversar – declarou, antes de sair.

– Que imbecil – comentou Jörg.

– Está vendo o que temos que aguentar? – disse Walter a Ethel. – Só porque ele usa aquele uniforme, pode fazer o que quer!

O que mais incomodara Lloyd fora a segurança de Macke. Ele parecia ter certeza de que conseguiria comprar o restaurante pelo preço oferecido. Reagira à recusa de Robert como se ela não passasse de um contratempo passageiro. Será que os nazistas já eram tão poderosos assim?

Aquele era o tipo de coisa que Oswald Mosley e os fascistas ingleses queriam: um país em que a força da lei fosse substituída por intimidação e agressão. Como as pessoas podiam ser tão burras?

Eles vestiram seus casacos e chapéus e deram boa-noite a Robert e Jörg. Assim que saíram na rua, Lloyd sentiu cheiro de fumaça – não fumaça de tabaco, mas de outro tipo. Os quatro entraram no carro de Walter, um Dixi 3/15 da BMW, que Lloyd sabia ser um Austin Seven fabricado na Alemanha.

Quando estavam atravessando o parque Tiergarten, dois caminhões de bombeiros os ultrapassaram, com as sirenes ligadas.

– Onde será o incêndio? – indagou Walter.

Instantes depois, viram a luz das chamas por entre as árvores.

– Parece ser perto do Reichstag – comentou Maud.

O tom de Walter mudou.

– É melhor darmos uma olhada – disse ele, preocupado, enquanto fazia uma curva repentina.

O cheiro de fumaça ficou mais forte. Por cima da copa das árvores, Lloyd pôde ver labaredas subindo em direção ao céu.

– É um incêndio *dos grandes* – falou.

Saíram do parque na Köningsplatz, a grande esplanada entre o prédio do Reichstag e a Ópera Kroll, em frente. O parlamento estava em chamas. Luzes vermelhas e amarelas dançavam por trás das clássicas fileiras de janelas. Chamas e fumaça saíam pela cúpula central.

– Ah, não! – exclamou Walter. Para Lloyd, sua voz soou desesperada. – Ah, meu Deus, não!

Walter parou o carro e todos saltaram.

– Que catástrofe – disse ele.

– Um prédio antigo tão lindo – comentou Ethel.

– Estou pouco ligando para o prédio – disse Walter, para surpresa de todos. – É a nossa democracia que está em chamas.

A uns cinquenta metros, uma pequena multidão observava o incêndio. Em frente ao prédio, caminhões dos bombeiros enfileirados esguichavam água sobre as chamas com mangueiras, direcionando os jatos para as janelas quebradas. Alguns policiais assistiam à cena sem fazer nada. Walter abordou um deles.

– Sou deputado no Reichstag – falou. – Quando começou esse incêndio?

– Há uma hora – respondeu o policial. – Pegamos um dos responsáveis: um homem vestido só de calça! Ele usou o restante das roupas para começar o incêndio.

– Vocês deveriam montar um cordão para isolar o prédio – disse Walter com autoridade. – Para manter as pessoas a uma distância segura.

– Sim, senhor – disse o policial e se afastou.

Lloyd saiu de perto dos outros e se aproximou do prédio. Os bombeiros já estavam conseguindo controlar as chamas: havia mais fumaça que labaredas. Ele passou pelos carros de bombeiros e chegou junto a uma janela. Aquilo não parecia muito perigoso e, de toda forma, sua curiosidade suplantara seu senso de autopreservação – como sempre.

Ao espiar por ali, viu que a destruição era grande: paredes e tetos haviam desabado e não passavam de pilhas de entulho. Além dos bombeiros, viu civis de sobretudo – provavelmente funcionários do Reichstag – andando em meio aos destroços para avaliar os estragos. Foi até a entrada e subiu os degraus.

Dois Mercedes pretos chegaram rugindo no momento em que a polícia montava o cordão de isolamento. Lloyd observou com interesse. Do segundo carro saltou um homem usando um impermeável de cor clara e um chapéu de feltro preto. Tinha um bigode estreito debaixo do nariz. Lloyd entendeu que estava olhando para o novo chanceler, Adolf Hitler.

Atrás de Hitler vinha um homem mais alto, com o uniforme preto da Schutz-staffel, a SS: seu guarda-costas. Mancando atrás deles vinha o chefe da Propaganda, Joseph Goebbels, que odiava os judeus. Lloyd os reconheceu das fotos que tinham saído nos jornais. Ficou tão fascinado por vê-los de perto que se esqueceu do horror que eles lhe provocavam.

Hitler subiu os degraus correndo, de dois em dois, indo na direção de Lloyd, que, por impulso, abriu a grande porta e a segurou para o chanceler passar. Com um meneio de cabeça para o rapaz, Hitler entrou e seu séquito foi atrás.

Lloyd se juntou a eles. Ninguém lhe dirigiu a palavra. O grupo que acompanhava Hitler parecia pensar que ele trabalhava no Reichstag, enquanto os funcionários do Reichstag acreditavam que ele estivesse com Hitler.

Um cheiro ruim de cinza molhada pairava no ar. Hitler e seu grupo passaram por cima de vigas carbonizadas e mangueiras, pisando em poças de lama. Hermann Göring estava no hall de entrada, com um sobretudo de pele de camelo cobrindo sua imensa barriga e a aba do chapéu erguida na frente, à moda de Potsdam. Aquele era o homem que estava enchendo a força policial de nazistas, pensou Lloyd, lembrando-se da conversa no restaurante.

Assim que viu Hitler, Göring gritou:

– Este é o começo do levante comunista! Eles agora vão atacar! Não temos nenhum minuto a perder!

Lloyd teve a estranha sensação de estar na plateia de um teatro, como se aqueles homens poderosos estivessem sendo representados por atores.

Hitler se mostrou ainda mais dramático do que Göring.

– Agora não haverá misericórdia! – gritou com voz aguda. Parecia estar falando para uma multidão. – Qualquer um que ficar em nosso caminho será massacrado! – Ele tremia e ficava cada vez mais furioso. – Todos os oficiais comunistas serão mortos a tiros onde forem encontrados. Os deputados comunistas do Reichstag têm de ser enforcados hoje mesmo! – Ele parecia prestes a explodir.

Mas havia algo de artificial naquilo tudo. O ódio de Hitler parecia real, mas aquela explosão era uma encenação para todos aqueles que o cercavam, tanto os seus homens quanto os outros. Ele era um ator – sentia uma emoção genuína, mas a estava amplificando para o público. E Lloyd viu que aquilo funcionava: todos os que conseguiam ouvi-lo o encaravam enfeitiçados.

– Meu Führer – disse Göring –, este aqui é meu chefe da polícia política, Rudolf Diels. – Ele apontou para um homem magro de cabelos escuros ao seu lado. – Ele já prendeu um dos responsáveis.

Diels não estava histérico. Com calma, falou:

– Ele se chama Marinus van der Lubbe, um holandês que trabalha na construção civil.

– Holandês e comunista! – exclamou Göring, triunfante.

– Foi expulso do Partido Comunista Holandês por ter provocado incêndios criminosos.

– Eu sabia! – exclamou Hitler.

Lloyd viu que Hitler estava decidido a culpar os comunistas, independentemente de quais fossem os fatos.

Com um tom deferente, Diels falou:

– A julgar pelo interrogatório inicial a que submeti o sujeito, está claro que se trata de um louco e que agiu sozinho.

– Que bobagem! – gritou Hitler. – Isto foi planejado com muita antecedência. Mas eles calcularam mal! Não entendem que o povo está do nosso lado.

– A partir de agora a polícia encontra-se em estado de emergência – disse Göring para Diels. – Temos listas de comunistas: deputados do Reichstag, representantes eleitos de governos locais, organizadores e ativistas do Partido Comunista. Prendam todos eles... hoje mesmo! Armas de fogo deverão ser usadas sem piedade. Não tenham misericórdia nos interrogatórios.

– Sim, ministro – disse Diels.

Lloyd entendeu que Walter tinha razão para estar preocupado. Aquele era o pretexto que os nazistas estavam procurando. Eles não dariam ouvidos a ninguém que dissesse que o incêndio fora obra de um louco agindo sozinho. Queriam um complô comunista para que pudessem anunciar uma repressão.

Göring olhou com desagrado para a lama que sujava seus sapatos.

– Minha residência oficial fica a apenas um minuto daqui, meu Führer, mas felizmente não foi atingida pelo fogo – disse ele. – Talvez possamos nos reunir lá.

– Sim. Temos muito que discutir.

Lloyd segurou a porta e todos saíram. Enquanto se afastavam, ele andou até o cordão de isolamento da polícia e tornou a se reunir à mãe e ao casal Von Ulrich.

– Lloyd! – exclamou Ethel. – Onde você estava? Fiquei morta de preocupação!

– Eu entrei lá – respondeu ele.

– O quê? Como?

– Ninguém me impediu. Está tudo um caos, uma confusão só.

Sua mãe lançou as mãos para o alto.

– Ele não tem a menor noção do perigo – disse ela.

– Encontrei Adolf Hitler.

– Ele disse alguma coisa? – perguntou Walter.

– Está pondo a culpa do incêndio nos comunistas. Haverá um expurgo.

– Que Deus nos ajude! – exclamou Walter.

III

Thomas Macke continuava ofendido com o sarcasmo de Robert von Ulrich. "Seu irmão quer subir na vida, assim como o senhor subiu", dissera ele.

Macke desejava ter tido presença de espírito suficiente para responder: "E por que não deveríamos querer isso? Valemos tanto quanto você, seu vaidoso arrogante." Agora ansiava por vingança. Durante alguns dias, porém, ficou ocupado demais para tomar qualquer providência.

O quartel-general da polícia secreta prussiana ficava em um prédio grande e elegante, de arquitetura clássica, no número 8 da Prinz-Albrecht-Strasse, no bairro governamental. Macke sentia orgulho toda vez que cruzava aquela porta.

A situação estava caótica. Quatro mil comunistas haviam sido presos nas 24 horas seguintes ao incêndio no Reichstag e mais deles eram detidos a cada hora. Uma praga estava sendo erradicada da Alemanha e, para Macke, o ar de Berlim já estava mais puro.

Mas os arquivos da polícia não estavam atualizados. Pessoas tinham se mudado, eleições haviam sido perdidas e ganhas, velhos morreram e jovens assumiram seu lugar. Macke estava encarregado de um grupo que trabalhava na atualização dos registros, procurando novos nomes e endereços.

Era bom nisso. Gostava de registros, diretórios, mapas de ruas, recortes de imprensa e qualquer tipo de lista. Seu talento não tinha sido devidamente reconhecido na delegacia de Kreuzberg, onde o serviço de inteligência consistia apenas em espancar os suspeitos até eles citarem alguns nomes. Esperava ser mais valorizado ali.

Não que tivesse algum problema em espancar suspeitos. Em sua sala, nos fundos do prédio, podia ouvir os gritos de homens e mulheres sendo torturados no subsolo, mas isso não o incomodava. Aquelas pessoas eram traidoras, subversivas, revolucionárias. Haviam arruinado a Alemanha com suas greves e fariam coisas ainda piores se tivessem oportunidade. Ele não nutria nenhuma simpatia por elas. Tudo o que desejava era que Robert von Ulrich estivesse lá também, gemendo de dor e implorando misericórdia.

Eram oito da noite de quinta-feira, 2 de março, quando finalmente teve uma chance de verificar os antecedentes de Robert.

Dispensou sua equipe e foi ao andar de cima levando uma pilha de listas atualizadas para a sala de seu chefe, o inspetor de polícia Kringelein. Então voltou a seus arquivos.

Não tinha pressa de voltar para casa. Morava sozinho. A esposa, uma mulher indisciplinada, havia fugido com um garçom do restaurante de seu irmão dizendo que queria ser livre. Os dois não tinham filhos.

Começou a examinar os arquivos.

Já descobrira que Robert von Ulrich havia entrado para o Partido Nazista em 1923 e saíra dois anos depois. Isso não significava muita coisa. Macke precisava de mais.

O sistema de arquivamento não era tão lógico quanto ele gostaria. De modo geral, estava decepcionado com a polícia prussiana. Segundo os boatos, Göring também não estava muito bem-impressionado e planejava separar os departamentos político e de inteligência da força policial regular para criar uma polícia secreta nova e mais eficiente. Macke achava isso uma boa ideia.

Por enquanto, porém, não conseguiu encontrar Robert von Ulrich em nenhum dos arquivos regulares. Talvez isso não fosse apenas um sinal de ineficiência. O homem podia ser mesmo inocente. Um conde austríaco tinha poucas probabilidades de ser comunista ou judeu. Aparentemente, o pior que se podia dizer a seu respeito era que tinha um primo social-democrata, Walter. E ser social-democrata não era crime – ainda.

Macke então se deu conta de que deveria ter feito aquela pesquisa antes de abordar Robert. Em vez disso, fora até lá sem dispor de todas as informações. Deveria ter percebido que isso era um erro. Consequentemente, fora forçado a se submeter à condescendência e ao sarcasmo. Tinha sido humilhado, mas iria se vingar.

Começou a vasculhar diversos papéis guardados num armário empoeirado no fundo da sala.

O nome de Von Ulrich também não aparecia ali, mas havia um documento faltando.

Segundo a lista presa com tachinhas na parte interna da porta do armário, devia haver um arquivo de 117 páginas intitulado "Polícia de Costumes – Estabelecimentos". Pelo nome, devia ser um inventário das casas noturnas de Berlim. Macke podia adivinhar por que estava faltando. A pasta devia ter sido usada recentemente: todos os estabelecimentos mais decadentes tinham sido fechados quando Hitler se tornara chanceler.

Macke voltou ao andar de cima. Kringelein estava instruindo policiais de uniforme encarregados de fazer buscas nos endereços de comunistas e seus aliados fornecidos por Macke.

Ele não hesitou em interromper o chefe. Kringelein não era nazista e teria medo de repreender um membro da tropa de assalto.

– Estou procurando o arquivo de estabelecimentos da polícia de costumes – falou.

Embora parecesse contrariado, Kringelein não protestou.

– Está na mesa do canto. Fique à vontade – respondeu.

Macke pegou a pasta e voltou para sua sala.

O levantamento fora feito cinco anos antes e listava as casas noturnas em funcionamento na época, descrevendo as atividades que ocorriam em cada uma delas: jogo, exposições indecentes, prostituição, venda de drogas, homossexualismo e outras depravações. A lista citava donos e investidores, sócios e funcionários das casas. Macke leu todos os registros com paciência: talvez Robert von Ulrich fosse viciado em drogas ou gostasse de putas.

Berlim era famosa por suas casas noturnas homossexuais. Macke leu a lamentável descrição da Pink Slipper, onde homens dançavam com homens e havia shows de cantores travestis. Às vezes seu trabalho era um nojo, pensou.

Correu o dedo pela lista de sócios da boate e encontrou o nome de Robert von Ulrich.

Deu um suspiro de satisfação.

Mais adiante, viu o nome de Jörg Schleicher.

– Ora, ora – falou. – Vamos ver como fica o sarcasmo de vocês agora.

IV

Quando Lloyd viu Walter e Maud outra vez, eles estavam com raiva – e mais assustados.

Foi no sábado seguinte, dia 4 de março, um dia antes da eleição. Lloyd e Ethel pretendiam participar de um comício do Partido Social-Democrata organizado por Walter, mas antes passaram para almoçar na casa dos Von Ulrich, em Mitte.

Era um imóvel do século XIX, de cômodos espaçosos e janelas amplas, mas a maioria dos móveis estava gasta. O almoço foi simples, costeletas de porco com batatas e repolho, porém o vinho servido era de boa qualidade. Walter e Maud falavam como se fossem pobres, mas, embora não houvesse dúvida de que estavam levando uma vida mais modesta que a de seus pais, não chegavam a passar fome.

No entanto, estavam com medo.

Hitler convencera o já idoso presidente alemão, Paul von Hindenburg, a aprovar o Decreto do Incêndio do Reichstag, que dava aos nazistas plenos poderes para fazer o que já vinham fazendo: espancar e torturar seus oponentes políticos.

– Desde segunda à noite, 20 mil pessoas já foram presas! – exclamou Walter com a voz trêmula. – Não apenas comunistas, mas indivíduos que os nazistas chamam de "simpatizantes do comunismo".

– Ou seja, qualquer um de quem eles não gostem – disse Maud.

– Como poderá haver uma eleição democrática agora? – indagou Ethel.

– Temos que nos esforçar ao máximo – disse Walter. – Se não fizermos campanha agora, estaremos ajudando os nazistas.

– Quando é que vocês vão parar de aceitar essa situação e revidar? – perguntou Lloyd, impaciente. – Por acaso ainda acham que seria errado reagir à violência com violência?

– Com certeza – respondeu Maud. – A resistência pacífica é nossa única esperança.

– O Partido Social-Democrata tem um braço paramilitar, o Reichsbanner, mas ele é fraco – disse Walter. – Um pequeno grupo chegou a propor uma reação violenta aos nazistas, mas foi derrotado em votação.

– Lembre-se, Lloyd: os nazistas têm a polícia e o Exército do seu lado – disse Maud.

Walter olhou para o relógio de bolso.

– Temos que ir.

– Walter, por que vocês não cancelam o comício? – perguntou Maud de repente.

Ele encarou a mulher, espantado.

– Vendemos 700 ingressos.

– Ah, para o inferno com os ingressos – retrucou Maud. – Estou preocupada com *você*.

– Não precisa se preocupar. Os lugares foram cuidadosamente marcados. Não haverá arruaceiros no salão.

Lloyd não tinha certeza de que Walter estivesse tão seguro quanto fingia estar.

– De toda forma, não posso decepcionar as pessoas que ainda estão dispostas a participar de um encontro democrático. Elas são a única esperança que nos resta.

– Tem razão – disse Maud. Então dirigiu-se a Ethel: – Talvez fosse melhor você e Lloyd ficarem em casa. Não importa o que Walter diga, pode ser perigoso. E este nem é o país de vocês, afinal de contas.

– O socialismo é internacional – disse Ethel, firme. – Assim como o seu marido, agradeço a preocupação, mas estou aqui para observar a política alemã em primeira mão e não vou perder esse comício.

– Bom, as crianças não podem ir – declarou Maud.

– Eu não quero ir, mesmo – disse Erik, seu filho.

Carla pareceu decepcionada, mas não disse nada.

Walter, Maud, Ethel e Lloyd entraram no pequeno carro de Walter. Lloyd estava nervoso, mas também animado. Aquela visão da política era muito mais privilegiada do que a que seus amigos na Inglaterra tinham. E, mesmo que houvesse briga, ele não sentia medo.

Eles seguiram na direção leste, cruzaram a Alexanderplatz e chegaram a um bairro de casas pobres e pequenas lojas, algumas com letreiros em hebraico. O Partido Social-Democrata era de classe trabalhadora, mas, assim como o Partido Trabalhista britânico, tinha alguns filiados ricos. Walter von Ulrich fazia parte de uma minoria de classe alta.

O carro parou em frente a uma marquise com um letreiro que anunciava: "Teatro do Povo". Uma fila já se formara do lado de fora. Walter cruzou a calçada até a porta, acenando para a multidão reunida, que o aplaudiu e deu vivas. Lloyd e os outros seguiram para dentro do teatro.

Walter apertou a mão de um rapaz muito sério, que devia ter cerca de 18 anos.

– Este é Wilhelm Frunze, secretário do comitê do nosso partido aqui no bairro.

Frunze era um daqueles rapazes que pareciam já ter nascido na meia-idade. Vestia um blazer de bolsos abotoados que devia ter sido moda uns dez anos antes.

Ele mostrou a Walter como as portas do teatro podiam ser bloqueadas por dentro.

– Quando o público estiver acomodado, trancaremos tudo para que nenhum arruaceiro possa entrar – explicou.

– Ótimo – disse Walter. – Muito bem.

Frunze os conduziu até o auditório. Walter subiu ao palco e cumprimentou alguns outros candidatos que já estavam lá. O público começou a entrar e ocupar seus lugares. Frunze mostrou a Maud, Ethel e Lloyd seus assentos reservados na primeira fila.

Dois rapazes bem jovens se aproximaram. O mais novo parecia ter 14 anos, porém era mais alto do que Lloyd. Ele cumprimentou Maud de um jeito muito educado e fez uma leve mesura. Virando-se para Ethel, Maud falou:

– Este é Werner Franck, filho da minha amiga Monika. – Então dirigiu-se a Werner: – Seu pai sabe que você está aqui?

– Sabe... ele disse que eu deveria descobrir sozinho o que é a social-democracia.

– Para um nazista, ele até que tem a mente bem aberta.

Lloyd achou que esse comentário era um tanto duro para se fazer a um menino de 14 anos, mas Werner não deixou barato:

– Meu pai não acredita muito no nazismo, mas acha que Hitler é bom para os negócios da Alemanha.

Indignado, Wilhelm Frunze interveio:

– Como prender milhares de pessoas pode ser bom para os negócios? Além de ser injustiça, elas não podem trabalhar!

– Concordo com você – disse Werner. – Apesar disso, a população aprova a repressão de Hitler.

– A população acha que está sendo salva de uma revolução bolchevique – argumentou Frunze. – A imprensa nazista a convenceu de que os comunistas estavam prestes a lançar uma campanha de assassinatos, incêndios criminosos e envenenamentos em todas as cidades e vilarejos da Alemanha.

O rapaz que acompanhava Werner, mais baixo porém mais velho do que ele, se intrometeu:

– Mas são os camisas-pardas, e não os comunistas, que arrastam pessoas para porões e quebram seus ossos com cassetetes. – Ele falava alemão fluentemente, com um leve sotaque que Lloyd não conseguiu identificar.

– Perdoem-me – disse Werner –, esqueci de apresentar Vladimir Peshkov. Ele estuda na mesma escola que eu, a Academia para Meninos de Berlim, e todos o conhecem como Volodya.

Lloyd se levantou para apertar a mão do rapaz. Volodya tinha mais ou menos a sua idade e era um jovem bonito, de olhos azuis e expressão franca.

– Conheço Volodya Peshkov – disse Frunze. – Também estudo na Academia.

– Wilhelm Frunze é o gênio da escola – disse Volodya. – Sempre tira nota máxima em física, química e matemática.

– É verdade – concordou Werner.

Maud examinou Volodya com atenção e perguntou:

– Peshkov? Seu pai por acaso se chama Grigori?

– Sim, Frau Von Ulrich. Ele é adido militar na embaixada soviética.

Então Volodya era russo. Ele falava alemão sem dificuldade, pensou Lloyd com um pouco de inveja. Devia ser porque morava em Berlim.

– Conheço bem os seus pais – disse Maud ao rapaz.

Lloyd já entendera que ela conhecia todos os diplomatas de Berlim. Era parte do seu trabalho.

Frunze olhou para o relógio e disse:

– Está na hora.

Ele subiu ao palco e pediu silêncio. Todos no teatro se calaram.

Frunze anunciou que os candidatos fariam discursos e em seguida responderiam às perguntas do público. Os ingressos tinham sido vendidos apenas para os membros do partido, acrescentou ele, e as portas já haviam sido fechadas, assim, todos podiam falar livremente com a certeza de estar entre amigos.

Era como fazer parte de uma sociedade secreta, pensou Lloyd. Aquilo não era o que ele chamava de democracia.

Walter foi o primeiro a tomar a palavra. Lloyd observou que ele não era nenhum demagogo. Não lançava mão de floreios de retórica. No entanto elogiou as pessoas da plateia, afirmando que eram homens e mulheres inteligentes e bem-informados, que compreendiam a complexidade das questões políticas.

Fazia apenas alguns minutos que ele estava discursando quando um camisa-parda subiu ao palco.

Lloyd falou um palavrão. Como aquele homem tinha conseguido entrar? Ele viera das coxias. Alguém devia ter aberto a porta que dava para o palco.

O homem era um brutamontes, com os cabelos cortados à escovinha. Avançou até a frente do palco e gritou:

– Esta é uma reunião subversiva! A Alemanha não quer comunistas nem agitadores! O comício está encerrado!

A confiança e a arrogância do camisa-parda deixaram Lloyd indignado. Ele desejou poder enfrentar aquele imbecil dentro de um ringue de boxe.

Wilhelm Frunze se levantou de um salto, foi se postar na frente do intruso e, furioso, gritou:

– Saia daqui, seu vândalo!

O homem empurrou o peito de Frunze com força. Ele cambaleou para trás, desequilibrou-se e caiu de costas.

O público já estava de pé. Alguns bradavam protestos irados, outros gritavam de medo.

Mais camisas-pardas surgiram das coxias.

Para sua consternação, Lloyd entendeu que os desgraçados haviam planejado aquilo muito bem.

O brutamontes que havia empurrado Frunze gritou:

– Fora daqui!

Ao ouvir isso, os outros camisas-pardas puseram-se a entoar: "Fora daqui! Fora daqui! Fora daqui!" Agora havia cerca de vinte deles, e não paravam de aparecer mais. Alguns carregavam cassetetes da polícia ou porretes improvisados. Lloyd viu um taco de hóquei, um martelo de madeira e até uma perna de cadeira. Os camisas-pardas andavam de um lado para outro no palco, lançando sorrisos maus e brandindo as armas enquanto prosseguiam sua cantoria. Lloyd não tinha dúvidas de que estavam se coçando para bater em alguém.

Sem pensar, ele, Werner e Volodya haviam se posto de pé e formado uma linha de proteção à frente de Ethel e Maud.

Metade do público tentava ir embora, enquanto a outra metade gritava e sacudia os punhos fechados para os intrusos. Aqueles que tentavam sair empurravam outros e pequenas brigas haviam estourado aqui e ali. Muitas mulheres choravam.

No palco, Walter segurou o atril e gritou:

– Por favor, tentem manter a calma, todos vocês! Não há motivo para desordem! – A maioria das pessoas não conseguiu ouvir e o restante o ignorou.

Os camisas-pardas começaram a descer do palco e se misturar ao público. Lloyd segurou o braço da mãe e Werner fez o mesmo com Maud. Juntos, avançaram em direção à saída. Porém todas as portas já estavam obstruídas por grupos de pessoas em pânico tentando sair. Isso não fazia a menor diferença para os camisas-pardas, que continuavam gritando para que o público se retirasse.

Os agressores eram, em sua maioria, homens no auge da força física, enquanto o público do comício incluía mulheres e idosos. Lloyd quis reagir, mas não era uma boa ideia.

Um homem usando um capacete de aço da Grande Guerra deu um empurrão em Lloyd com o ombro, fazendo com que ele se desequilibrasse para a frente e esbarrasse na mãe. Ele resistiu à tentação de se virar para enfrentar o agressor. Sua prioridade era proteger Mam.

Um rapaz com o rosto cheio de espinhas, de cassetete em punho, pôs uma das mãos nas costas de Werner e o empurrou com toda a força, gritando:

– Saiam daqui, saiam daqui!

Werner se virou depressa e deu um passo na direção dele.

– Não encoste em mim, seu porco fascista! – berrou.

O camisa-parda parou onde estava, com ar assustado, como se não estivesse esperando resistência.

Werner tornou a lhe dar as costas e, como Lloyd, concentrou-se em levar as duas mulheres para um lugar seguro. Mas o brutamontes que fora o primeiro a aparecer tinha ouvido o desafio e berrou:

– Quem você está chamado de porco? – Ele partiu para cima de Werner e tentou acertá-lo na parte de trás da cabeça com o punho fechado. Errou a mira e o soco pegou de raspão, mas mesmo assim Werner gritou e cambaleou para a frente.

Volodya se interpôs entre os dois e acertou o brutamontes no rosto duas vezes. Lloyd admirou os socos rápidos de Volodya, mas tornou a se concentrar na tarefa que tinha pela frente. Segundos depois, os quatro chegaram à porta. Lloyd e Werner conseguiram ajudar as mulheres a sair para o saguão do teatro. Ali, o empurra-empurra diminuiu e a violência cessou – não havia camisas-pardas.

Vendo que as mulheres estavam seguras, Lloyd e Werner tornaram a olhar para dentro do auditório.

Volodya enfrentava corajosamente o brutamontes, mas estava em apuros. Socava o rosto e o corpo do homem, mas seus golpes surtiam pouco efeito, e o adversário balançava a cabeça como alguém que está sendo importunado por um inseto. O camisa-parda era pesado e se movia devagar, mas acertou Volodya no peito e na cabeça, fazendo com que ele cambaleasse. O grandalhão recuou o punho, preparando-se para desferir um soco bem forte, que Lloyd temeu que fosse capaz de matar Volodya.

Nesse momento Walter saltou do palco e aterrissou nas costas do brutamontes. Lloyd quis comemorar. Os dois caíram no chão, formando um emaranhado de pernas e braços, e Volodya foi salvo, pelo menos por enquanto.

O rapaz espinhento que havia empurrado Werner agora estava importunando as pessoas que tentavam sair, acertando suas costas e cabeças com o cassetete.

– Seu covarde de merda! – gritou Lloyd, dando um passo à frente.

Mas Werner foi mais rápido. Passou por Lloyd com um empurrão e tentou arrancar o cassetete do rapaz.

O homem mais velho com o capacete de aço se meteu e acertou Werner com o cabo de uma picareta. Lloyd se adiantou e desferiu um soco, que o acertou em cheio perto do olho esquerdo.

Mas aquele homem era um veterano de guerra e não se deixaria abater tão facilmente. Girou o corpo e tentou atingir Lloyd com o porrete. Lloyd se esquivou sem dificuldade e lhe deu mais dois socos, que o acertaram no mesmo lugar que o primeiro, rasgando a pele ao redor do olho do homem. Mas o capacete o protegia, e Lloyd não conseguia acertar um gancho de esquerda, seu golpe nocauteador. Esquivou-se de uma investida do cabo da picareta e tornou a acertar o rosto do homem, que enfim recuou, com sangue escorrendo do corte em volta do olho.

Lloyd olhou em torno. Viu que os social-democratas estavam revidando e sentiu um choque de prazer selvagem. A maior parte do público já saíra pelas portas e no auditório restavam principalmente rapazes, que pulavam por cima das cadeiras do teatro, avançando na direção dos camisas-pardas – e havia dezenas deles.

Alguma coisa dura atingiu sua cabeça por trás. A dor foi tanta que ele gritou. Ao virar-se, viu um rapaz da sua idade erguendo um pedaço de madeira para bater outra vez. Lloyd chegou mais perto e o acertou na barriga duas vezes, primeiro com o punho direito, depois com o esquerdo. O rapaz arquejou e deixou cair o pedaço de madeira. Lloyd então acertou-lhe um gancho no queixo e ele perdeu os sentidos.

Lloyd esfregou a parte de trás da cabeça. Estava doendo muito, mas não havia sangue.

Notou que a pele dos nós de seus dedos estava esfolada e sangrando. Abaixou-se e pegou o pedaço de pau que o rapaz havia soltado.

Quando tornou a olhar em volta, ficou empolgado ao ver que os camisas-pardas estavam recuando: subiam desabalados no palco e desapareciam nas coxias, sem dúvida com a intenção de sair pela mesma porta que haviam usado para entrar.

O brutamontes que começara o tumulto estava caído no chão, gemendo e segurando o joelho como se houvesse deslocado algum osso. Wilhelm Frunze, em pé ao seu lado, batia nele com uma pá de madeira, repetindo o mais alto que podia as palavras que o homem usara para desencadear a confusão:

– Não! Queremos! Vocês! Na Alemanha! De hoje! – Incapaz de se defender, o brutamontes tentava rolar para longe dos golpes, mas Frunze não o deixava escapar, até que outros dois camisas-pardas seguraram o homem pelos braços e o arrastaram dali.

Frunze os deixou ir embora.

Será que nós os derrotamos?, pensava Lloyd, cada vez mais exultante. Talvez sim!

Vários dos homens mais jovens perseguiram seus oponentes até o palco, mas, ao chegar ali, pararam e se contentaram em gritar insultos enquanto os camisas-pardas desapareciam.

Lloyd olhou para os outros. Volodya tinha o rosto inchado e um dos olhos fechado. O paletó de Werner estava rasgado, com um grande quadrado de pano pendurado. Walter estava sentado em uma das cadeiras da primeira fila, ofegante e esfregando o cotovelo, mas com um sorriso no rosto. Frunze atirou longe a pá de madeira, fazendo-a voar por cima das fileiras de cadeiras vazias até os fundos da sala.

Werner, que tinha apenas 14 anos, estava exultante.

– Nós demos uma lição neles, não foi?

– Demos, sim, com certeza – respondeu Lloyd com um sorriso.

Volodya passou o braço em volta dos ombros de Frunze.

– Nada mal para um bando de estudantes, hein?

– Mas eles interromperam o nosso comício – disse Walter.

Os jovens o encararam ressentidos por ele estragar sua festa.

– Meninos, sejam realistas – falou Walter, parecendo zangado. – Nosso público fugiu aterrorizado. Quanto tempo vai demorar para que essas pessoas tenham novamente a coragem de ir a uma reunião política? Os nazistas conseguiram o que queriam. O simples fato de escutar um partido que não seja o deles é perigoso. Quem mais perdeu com isso tudo foi a Alemanha.

– Detesto esses camisas-pardas filhos da puta – disse Werner para Volodya. – Acho que talvez me junte a vocês, comunistas.

Volodya o encarou de modo severo com seus intensos olhos azuis e falou, em voz baixa:

– Se quiser mesmo combater os nazistas, talvez haja algo mais eficaz que possa fazer.

Lloyd ficou se perguntando o que Volodya queria dizer.

Nessa hora, Maud e Ethel entraram correndo no auditório, falando ao mesmo tempo, chorando e rindo aliviadas. Então Lloyd esqueceu as palavras de Volodya e não tornou a pensar no assunto.

V

Quatro dias depois, Erik von Ulrich chegou em casa vestido com o uniforme da Juventude Hitlerista.

Sentia-se um príncipe.

Estava com uma camisa parda igual à das tropas de assalto, com vários escudos e uma braçadeira com a suástica. Usava também a gravata e o short pretos que completavam o uniforme. Era um soldado patriota dedicado a servir ao seu país. Finalmente havia entrado para a turma.

Aquilo era ainda melhor do que torcer pelo Hertha, o time de futebol mais popular entre os berlinenses. Em alguns sábados, quando não tinha nenhuma reunião política, o pai de Erik o levava aos jogos. Aquilo lhe dava a sensação de pertencer a uma grande torcida, uma multidão de pessoas sentindo a mesma emoção.

Mas o Hertha às vezes perdia e o menino voltava para casa inconsolável.

Os nazistas eram vencedores.

Ele estava apavorado com o que o pai iria dizer.

Seus pais o irritavam com aquela insistência em andar fora da linha. Todos os outros meninos estavam entrando para a Juventude Hitlerista. Praticavam esportes, entoavam canções e viviam aventuras nos campos e florestas dos arredores da cidade. Eram inteligentes, atléticos, leais e eficientes.

Pensar que um dia talvez precisasse lutar numa batalha – assim como o pai e o avô haviam feito – deixava Erik profundamente preocupado, e ele queria estar pronto para isso, treinado e aguerrido, disciplinado e agressivo.

Os nazistas odiavam os comunistas, de quem seus pais também não gostavam. E daí que os nazistas odiavam os judeus? Os Von Ulrich não eram judeus. Por que deveriam se preocupar com isso? Mas seus pais se recusavam a entrar para o partido. Bom, Erik não aguentava mais ficar de fora e decidira enfrentá-los.

Estava apavorado.

Como de hábito, nem a mãe nem o pai estavam em casa quando ele e Carla chegaram da escola. Ao servir-lhes o chá, Ada franziu os lábios com ar de reprovação, mas disse apenas:

– Hoje vocês vão ter que tirar a mesa sozinhos... estou com uma dor horrível nas costas. Vou me deitar.

– Por isso você foi ao médico? – perguntou Carla, com ar de preocupação.

Ada hesitou antes de responder:

– Sim, foi por isso mesmo.

Era óbvio que ela estava escondendo alguma coisa. A ideia de Ada estar doente – e mentir sobre isso – deixou Erik perturbado. Ele nunca chegaria tão longe quanto Carla a ponto de dizer que amava Ada, mas a criada tinha sido uma presença agradável durante toda a sua vida e ele nutria mais afeto por ela do que gostava de admitir.

Carla, que estava tão apreensiva quanto o irmão, falou:

– Espero que você melhore.

Ultimamente, para espanto do irmão, Carla havia ficado mais madura. Embora fosse dois anos mais velho, ele ainda se sentia um garoto, mas a irmã agia como adulta durante a maior parte do tempo.

– Vou ficar boa depois que descansar – disse Ada num tom reconfortante.

Erik mordeu um pedaço de pão. Quando Ada saiu da sala, ele engoliu e disse:

– Estou só na divisão juvenil, mas assim que fizer 14 anos posso subir de grupo.

– Você está louco? Papai vai ficar uma fera! – disse Carla.

– Herr Lippmann disse que papai vai se encrencar se me obrigar a sair.

– Ah, que ótimo! – Carla havia desenvolvido um tipo de sarcasmo cruel que às vezes deixava Erik mordido. – Quer dizer que você vai fazer papai brigar com os nazistas? – perguntou com desdém. – Que ideia maravilhosa! Vai ser ótimo para a família toda.

Erik ficou espantado. Não tinha pensado no assunto por esse ângulo.

– Mas todos os meninos da minha turma entraram – retrucou, indignado. – Menos o francesinho Fontaine e Rothmann, aquele judeu.

Carla espalhou patê de peixe sobre o pão.

– Por que você tem que ser igual aos outros? – indagou a irmã. – A maioria desses meninos é burra. Você me disse que Rudi Rothmann era o mais inteligente da turma.

– Eu não quero ficar com o francesinho e com Rudi! – esbravejou Erik e, para sua própria consternação, sentiu lágrimas lhe subirem aos olhos. – Por que eu deveria ser obrigado a andar com os garotos de que ninguém gosta? – Fora isso que lhe dera coragem de desafiar o pai: ele não aguentava mais sair da escola com os judeus e estrangeiros enquanto os meninos alemães marchavam pelo pátio de uniforme.

Ambos escutaram um grito.

– O que foi isso? – perguntou Erik, olhando para Carla.

Ela franziu o cenho.

– Acho que foi Ada.

Então ouviram com mais clareza alguém chamar:

– Socorro!

Erik se levantou, mas Carla já havia tomado a frente. Ele seguiu a irmã. O quarto de Ada ficava no porão. Eles desceram a escada correndo e entraram no cômodo exíguo.

Havia uma cama de solteiro estreita encostada na parede. Ada estava deitada ali, com o rosto contorcido de dor. Tinha a saia molhada e havia uma poça no chão.

Erik mal pôde acreditar no que estava vendo. Ada tinha feito xixi na calça? Que coisa mais assustadora. Não havia outro adulto em casa. Ele não soube o que fazer.

Carla também ficou assustada – Erik viu isso na sua expressão –, mas não entrou em pânico.

– Ada, o que houve? – perguntou ela. Sua voz soou estranhamente calma.

– Minha bolsa estourou – respondeu Ada.

Erik não fazia a menor ideia do que isso significava.

Nem Carla.

– Não estou entendendo – disse a menina.

– O bebê vai nascer.

– Você está grávida? – perguntou Carla, atônita.

– Mas você não é casada! – falou Erik.

– Cale a boca, Erik... será que você não entende nada? – retrucou Carla, furiosa.

É claro que ele sabia que as mulheres podiam ter bebês mesmo não sendo casadas – mas não Ada!

– Então é por isso que você foi ao médico na semana passada – disse Carla à criada.

Ada assentiu com a cabeça.

Erik estava tentando se acostumar com aquela ideia.

– Você acha que mamãe e papai sabem? – perguntou.

– É claro que eles sabem. Só não nos contaram. Vá pegar uma toalha – ordenou Carla.

– Onde?

– No armário junto ao topo da escada.

– Uma toalha limpa?

– É claro!

Erik subiu a escada correndo, pegou uma pequena toalha branca no armário e tornou a descer às pressas.

– Não vai adiantar muito – disse Carla, mas mesmo assim pegou a toalha e secou as pernas de Ada.

– O bebê vai nascer logo, estou sentindo – falou Ada. – Mas não sei o que fazer. – Ela começou a chorar.

Erik observava a irmã. Carla agora estava no comando. Não importava que ele fosse o mais velho: era na irmã que buscava liderança. A menina estava se mostrando prática e mantendo a calma, mas ele sabia que estava aterrorizada e que seu equilíbrio era frágil. Ela poderia desmoronar a qualquer momento, pensou.

Carla tornou a se virar para Erik:

– Vá chamar o Dr. Rothmann – falou. – Você sabe onde fica o consultório dele.

Erik ficou muito aliviado por receber uma tarefa que era capaz de cumprir. Então pensou que poderia haver um contratempo.

– E se ele tiver saído?

– Então pergunte a Frau Rothmann o que fazer, seu idiota! – disse Carla. – Vá logo... rápido!

Erik ficou feliz por sair do quarto. O que estava acontecendo lá dentro era misterioso e assustador. Ele subiu os degraus de três em três e saiu correndo pela porta da frente. Correr pelo menos era uma coisa que sabia fazer.

O consultório do médico ficava a menos de um quilômetro de distância. Ele diminuiu o ritmo para um trote rápido. Enquanto corria, pensava em Ada. Quem seria o pai do bebê? Lembrou-se de que ela tinha ido ao cinema com Paul Huber algumas vezes no verão passado. Será que eles haviam tido relações sexuais? Provavelmente! Erik e os amigos falavam muito sobre sexo, mas na verdade não sabiam nada a respeito. Onde será que Ada e Paul tinham feito aquilo? Não podia ter sido no cinema, é claro! Não era preciso estar deitado? Ele não conseguia entender.

O Dr. Rothmann morava numa rua mais pobre. Erik ouvira a mãe dizer que ele era um bom médico, que tratava muita gente da classe operária que não podia pagar preços altos. A casa do médico tinha um consultório e uma sala de espera no térreo, e a família morava no andar de cima.

Do lado de fora estava estacionado um Opel 4 verde, um carrinho feio de dois lugares que ganhara o apelido debochado de sapinho.

A porta da frente da casa estava destrancada. Erik entrou, ofegante, e chegou à sala de espera. Havia um velho tossindo em um canto e uma jovem com um bebê no colo.

– Olá! – disse Erik. – O Dr. Rothmann?

A esposa do médico saiu do consultório. Hannelore Rothmann era uma mulher alta e loura, de traços marcantes. Ela fuzilou Erik com o olhar.

– Como se atreve a entrar nesta casa com esse uniforme? – perguntou ela.

Erik ficou petrificado. Frau Rothmann não era judia, mas seu marido, sim: de tão aflito, Erik se esquecera disso.

– Nossa criada está tendo um bebê! – falou.

– Então vocês querem ajuda de um médico judeu?

Erik foi pego totalmente de surpresa. Nunca lhe ocorrera que os ataques dos nazistas pudessem provocar retaliações dos judeus. De repente, porém, viu que a atitude de Frau Rothmann fazia todo o sentido. Os camisas-pardas andavam por aí gritando: "Morte aos judeus!" Por que um médico judeu deveria ajudar pessoas assim?

Agora ele não sabia o que fazer. Havia outros médicos, é claro, vários deles, mas Erik não sabia onde, nem se iriam se deslocar para ajudar uma desconhecida.

– Minha irmã me mandou vir aqui – disse ele, com voz débil.

– Carla tem muito mais juízo que você.

– Ada disse que a bolsa estourou. – Erik não sabia ao certo o que isso significava, mas parecia importante.

Com uma expressão de nojo, Frau Rothmann tornou a entrar no consultório.

O velho que estava no canto começou a resmungar:

– Somos todos uns judeus imundos até o dia em que vocês precisam da nossa ajuda! Aí é: "Por favor, Dr. Rothmann, venha nos ajudar", "Qual é a sua opinião de advogado, Dr. Koch?", "Empreste-me 100 marcos, Herr Goldman" ou então... – Ele foi acometido por um acesso de tosse.

Uma menina de cerca de 15 anos surgiu do corredor. Erik imaginou que fosse a filha dos Rothmann, Eva. Fazia anos que não a via. Ela agora tinha seios, mas continuava feia e gorducha.

– Seu pai deixou você entrar para a Juventude Hitlerista? – perguntou ela.

– Ele não sabe – respondeu Erik.

– Caramba, menino – comentou Eva. – Você está mesmo encrencado.

Ele tirou os olhos dela e os pousou na porta do consultório.

– Acha que o seu pai vai vir? – perguntou. – Sua mãe ficou muito zangada comigo.

– É claro que ele vai – respondeu Eva. – Quando as pessoas estão doentes, ele as ajuda. – Sua voz assumiu um tom de desdém. – Não verifica primeiro sua raça nem sua filiação política. Nós não somos nazistas. – Ela tornou a sair.

Erik estava pasmo. Não imaginava que seu uniforme fosse lhe causar tantos problemas. Na escola, todos achavam aquele uniforme uma maravilha.

Instantes depois, o Dr. Rothmann apareceu e falou aos dois pacientes que aguardavam:

– Voltarei assim que puder. Desculpem, mas um bebê não espera para nascer. – Então olhou para Erik. – Vamos, rapaz. É melhor vir no carro comigo, apesar desse uniforme.

Erik o seguiu para fora da casa e se acomodou no banco do carona do Opel verde. Adorava carros e não via a hora de ter idade suficiente para dirigir. Normalmente, gostava de andar em qualquer veículo, observar os mostradores e estudar a técnica do motorista. Mas nesse dia teve a sensação de que estava exposto, sentado com sua camisa parda ao lado de um médico judeu. E se Herr Lippmann o visse? A viagem foi uma agonia.

Felizmente, foi rápida: em poucos minutos eles chegaram à casa dos Von Ulrich.

– Qual é o nome da moça? – quis saber Rothmann.

– Ada Hempel.

– Ah, sim, ela foi ao meu consultório na semana passada. O bebê está adiantado. Muito bem, leve-me até ela.

Erik entrou na frente. Ouviu um choro de criança. O bebê já havia nascido! Desceu correndo até o porão, com o médico atrás dele.

Ada estava deitada de costas. A cama encontrava-se ensopada de sangue e alguma outra coisa. Carla segurava no colo um bebê muito pequeno, coberto de sebo. Uma coisa parecida com um barbante grosso saía do bebê e subia por dentro da saia de Ada. Carla tinha os olhos arregalados de pavor.

– O que devo fazer? – perguntou ela.

– Você está fazendo exatamente a coisa certa – garantiu-lhe o Dr. Rothmann. – Apenas segure o bebê por mais um instantinho. – Ele se sentou junto a Ada, auscultou seu coração e depois tomou seu pulso. – Como está se sentindo, querida?

– Muito cansada – respondeu ela.

O Dr. Rothmann aquiesceu, satisfeito. Tornou a se levantar e olhou para o bebê no colo de Carla.

– Um menininho – falou.

Com um misto de fascínio e repulsa, Erik ficou olhando o médico abrir a maleta, pegar um barbante e amarrá-lo no cordão umbilical, dando dois nós. Enquanto fazia isso, falou com Carla em voz baixa:

– Por que está chorando? Você fez um trabalho incrível! Fez o parto de um bebê sozinha. Quase não precisou de mim! Acho bom você virar médica quando crescer.

Carla ficou mais calma. Então sussurrou:

– Olhe a cabecinha dele. – O médico teve que se inclinar na sua direção para ouvi-la. – Acho que tem algo errado com ele.

– Eu sei. – O médico pegou uma tesoura afiada e cortou o cordão entre os dois nós. Depois pegou o bebê do colo de Carla e o segurou com o braço esticado, examinando-o. Erik não conseguiu ver nada de errado, mas o bebê estava tão vermelho, enrugado e ensebado que era difícil de dizer. Depois de pensar por alguns instantes, porém, o médico tornou a falar: – Ai, meu Deus!

Ao olhar com mais atenção, Erik pôde ver que havia mesmo algo errado. O rosto do bebê estava torto. Um dos lados era normal, mas no outro a cabeça parecia afundada e havia alguma coisa estranha com o olho.

Rothmann entregou o bebê a Carla.

Ada gemeu outra vez e pareceu fazer força.

Quando ela relaxou, o Dr. Rothmann levou a mão embaixo de sua saia e pegou um naco de algo que se parecia repulsivamente com carne crua.

– Erik – disse ele –, vá buscar um jornal para mim.

– Qual deles? – perguntou o menino. Seus pais compravam todos os jornais importantes diariamente.

– Qualquer um, rapaz – respondeu o Dr. Rothmann com a voz branda. – Não é para ler.

Erik correu até o andar de cima e encontrou o *Vossiche Zeitung* do dia anterior. Quando voltou, o médico embrulhou o naco de carne no jornal e o pôs no chão.

– Isso é a placenta – explicou ele para Carla. – Melhor queimá-la depois.

Ele então tornou a se sentar na beirada da cama.

– Ada, querida, você vai ter que ser muito corajosa – disse ele. – Seu bebê está vivo, mas pode ser que haja alguma coisa errada com ele. Vamos dar um banho nele, vesti-lo com roupas quentes e depois teremos que levá-lo ao hospital.

– Qual é o problema? – perguntou a mãe, assustada.

– Não sei. Ele precisa ser examinado.

– Ele vai ficar bem?

– Os médicos farão tudo o que puderem. O restante devemos deixar nas mãos de Deus.

Erik lembrou que os judeus adoravam o mesmo Deus dos cristãos. Era fácil esquecer isso.

– Acha que consegue se levantar e ir ao hospital comigo, Ada? – perguntou o Dr. Rothmann. – O bebê precisa de você para mamar.

– Estou muito cansada – repetiu ela.

– Então descanse por um ou dois minutos. Mas não muito mais que isso, porque o bebê precisa ser examinado logo. Carla vai ajudar você a se vestir. Vou esperar lá em cima. – Então ele se dirigiu a Erik com uma ironia suave: – Venha comigo, seu pequeno nazista.

O comentário deixou Erik envergonhado. A complacência do Dr. Rothmann era ainda pior que o desprezo de Frau Rothmann.

Quando eles estavam saindo, Ada chamou:

– Doutor?

– Sim, querida?

– O nome dele é Kurt.

– Ótimo nome – disse o Dr. Rothmann. Então saiu do quarto e Erik o seguiu.

VI

O primeiro dia de trabalho de Lloyd Willliams como assessor de Walter von Ulrich foi também o primeiro dia do novo Parlamento.

Walter e Maud lutavam desesperadamente para salvar a frágil democracia alemã. Lloyd compartilhava o desespero do casal, em parte por serem pessoas boas que, mesmo sem ter uma convivência próxima, ele conhecia desde que havia nascido, e em parte porque temia que a Grã-Bretanha viesse a seguir a Alemanha na estrada rumo ao inferno.

As eleições de nada haviam adiantado. Os nazistas obtiveram 44% do Parlamento, um aumento em sua representação, mas ainda sem chegar à maioria absoluta de que precisavam.

Walter tinha esperança. Enquanto dirigia o carro para a sessão inaugural do Parlamento, falou:

– Mesmo com as intensas intimidações, eles não conseguiram conquistar os votos da maioria dos alemães. – Ele deu um soco no volante. – Apesar de tudo o que dizem, eles *não* são populares! E quanto mais tempo ficarem no governo, mais as pessoas conhecerão sua crueldade.

Lloyd não tinha tanta certeza.

– Eles fecharam os jornais de oposição, prenderam deputados do Reichstag e corromperam a polícia – disse. – E mesmo assim têm a aprovação de 44% dos alemães? Não acho isso reconfortante.

O prédio do Reichstag tinha sido bastante danificado pelo incêndio e estava interditado, por isso o Parlamento se reunia na Ópera Kroll, do outro lado da Köningsplatz. A Ópera era um grande complexo, com três salas de espetáculo e 14 auditórios menores, além de restaurantes e bares.

Ao chegarem, os dois tiveram um choque. A Ópera estava cercada por camisas-pardas. Deputados e assessores se aglomeravam junto às entradas, tentando passar. Furioso, Walter perguntou:

– É assim que Hitler pretende conseguir o que quer? Impedindo-nos de entrar no parlamento?

Lloyd viu que camisas-pardas bloqueavam as portas. Deixavam entrar sem dizer nada os que estivessem de uniforme nazista, mas todos os outros tinham que mostrar as credenciais. Um rapaz mais novo que Lloyd o olhou de cima a baixo com uma expressão desdenhosa antes de deixá-lo entrar a contragosto. Aquilo era intimidação pura e simples.

Lloyd sentiu seu temperamento começar a esquentar. Detestava ser intimidado. Sabia que podia derrubar o camisa-parda com um bom gancho de esquerda. Forçou-se a permanecer calmo, dar-lhe as costas e entrar.

Depois da briga no Teatro do Povo, sua mãe tinha examinado o galo em sua cabeça e o mandara voltar para a Inglaterra. Ele conseguira convencê-la a deixá-lo ficar, mas por pouco.

Ethel dizia que Lloyd não tinha noção do perigo, mas isso não era exatamente verdade. Às vezes ele sentia medo, entretanto isso sempre o deixava combativo. Seu instinto era atacar, não recuar. Isso assustava sua mãe.

Por ironia, Ethel era igualzinha. Não voltaria para casa. Embora estivesse assustada, também se sentia empolgada por estar em Berlim naquele momento crucial da história da Alemanha. Ficava indignada com a violência e a repressão que via. Além do mais, estava certa de que poderia escrever um livro que alertasse os democratas de outros países sobre as táticas fascistas.

– Você é pior do que eu – dissera-lhe Lloyd, e ela não soubera o que responder.

Do lado de dentro, a Ópera estava coalhada de camisas-pardas e homens da SS, muitos deles armados. Postados diante de cada porta, eles demonstravam com expressões e gestos todo o ódio e desprezo que sentiam por qualquer um que não apoiasse os nazistas.

Walter estava atrasado para uma reunião do Partido Social-Democrata. Lloyd correu pelo prédio à procura da sala certa. Deu uma espiada na sala do plenário e viu uma gigantesca suástica pendurada no teto, pairando sobre o recinto.

A primeira questão a ser discutida ao se iniciarem os procedimentos daquela tarde era a Lei Plenipotenciária, que permitiria ao gabinete de Hitler sancionar leis sem a aprovação do Reichstag.

A perspectiva apresentada pela lei era dura. Ela tornaria Hitler um ditador. A repressão, a intimidação, a violência, a tortura e os assassinatos que a Alemanha havia testemunhado nas últimas semanas se tornariam permanentes. Era inconcebível.

Mas Lloyd não conseguia acreditar que algum Parlamento do mundo fosse aprovar uma lei assim. Eles estariam votando a perda do próprio poder. Era um suicídio político.

Encontrou os social-democratas num pequeno auditório. A reunião já havia começado. Lloyd levou Walter às pressas até a sala e em seguida mandaram que ele fosse buscar café.

Enquanto esperava na fila, ele se viu atrás de um rapaz pálido, de expressão intensa, vestido com roupas pretas e fúnebres. O alemão de Lloyd estava mais fluente e coloquial, e ele já se sentia seguro para puxar conversa com um desconhecido. Descobriu que o homem de preto se chamava Heinrich von Kessel. Estava fazendo o mesmo tipo de trabalho que Lloyd: era assessor não remunerado do pai, Gottfried von Kessel, deputado do Partido do Centro, de orientação católica.

– Meu pai conhece Walter von Ulrich muito bem – disse Heinrich. – Os dois foram adidos na embaixada alemã em Londres em 1914.

O mundo da política e da diplomacia internacional era mesmo bem pequeno, pensou Lloyd.

Heinrich disse a Lloyd que o retorno à fé cristã era a solução para os problemas da Alemanha.

– Eu não sou um cristão muito bom – disse Lloyd com sinceridade. – Espero que não se incomode por eu dizer isso. Meus avós eram galeses e viviam agarrados na Bíblia, mas minha mãe é indiferente à religião e meu padrasto é judeu. De vez em quando vamos à igreja do Evangelho do Calvário em Aldgate, sobretudo porque o pastor é do Partido Trabalhista.

Heinrich sorriu e disse:

– Vou rezar por vocês.

Os católicos não eram proselitistas, lembrou Lloyd. Que contraste com seus dogmáticos avós de Aberowen, para quem todos os que não acreditassem na mesma coisa que eles estavam voluntariamente fechando os olhos para o Evangelho e seriam condenados à danação eterna.

Quando Lloyd voltou à sala da reunião do Partido Social-Democrata, Walter estava discursando.

– Não tem como isso acontecer! – disse ele. – A Lei Plenipotenciária é uma emenda constitucional. Para votá-la é preciso que dois terços dos representantes estejam presentes, o que significa 432 de 647. E dois terços dos presentes precisam votar a favor para que seja aprovada.

Lloyd fez as contas de cabeça enquanto pousava a bandeja sobre a mesa. Os nazistas tinham 288 assentos, e os nacionalistas, seus aliados mais próximos, tinham 52, ou seja, um total de 340 – quase cem a menos que o necessário se todos comparecessem. Walter tinha razão. Não havia como aquela lei ser aprovada. Lloyd sentiu-se reconfortado e sentou-se para ouvir as discussões e treinar seu alemão.

Mas seu alívio foi breve.

– Não tenham tanta certeza – disse um homem com um jeito de falar da classe trabalhadora de Berlim. – Os nazistas estão negociando com o Partido do Centro.

– Era o pessoal de Heinrich, lembrou Lloyd. – Isso pode lhes dar mais 74 votos – concluiu o homem.

Lloyd franziu o cenho. Por que o Partido do Centro iria apoiar uma medida que tiraria todo o seu poder?

Walter expressou o mesmo pensamento de maneira mais brutal:

– Como os católicos poderiam ser tão burros?

Lloyd desejou ter sabido disso antes de sair para buscar o café – poderia ter conversado com Heinrich a respeito. Talvez tivesse descoberto algo útil. Droga.

O homem com sotaque popular de Berlim tornou a falar:

– Na Itália, os católicos fizeram um pacto com Mussolini, um acordo para proteger a Igreja. Por que não fariam aqui?

Lloyd calculou que o apoio do Partido do Centro faria os votos dos nazistas subirem para 414.

– Mesmo assim não são dois terços do total – disse ele a Walter, aliviado.

Outro jovem assessor o escutou e rebateu:

– Mas isso não leva em conta o último anúncio do presidente do Reichstag. – O presidente era Hermann Göring, o aliado mais próximo de Hitler. Lloyd não ouvira falar de nenhum anúncio. Ninguém mais parecia ter conhecimento daquilo. Os deputados se calaram. O assessor prosseguiu: – Ele disse que os deputados comunistas que não comparecerem porque estão na prisão não contam.

Protestos indignados irromperam por toda a sala. Lloyd viu o rosto de Walter ficar vermelho.

– Ele não pode fazer isso! – exclamou Walter.

– É totalmente ilegal – disse o assessor. – Mas ele já fez.

Lloyd ficou arrasado. A lei não podia ser aprovada com uma artimanha, podia? Fez mais algumas contas. Os comunistas tinham 81 assentos. Se fossem descontados, os nazistas só precisariam de dois terços de 566, ou seja, 378. Só com os nacionalistas, não teriam votos suficientes – no entanto, se conseguissem o apoio dos católicos, seria possível.

– Isso tudo é absolutamente ilegal – disse alguém. – Nós deveríamos nos retirar em protesto.

– Não! – retrucou Walter, enfático. – Eles aprovariam a lei na nossa ausência. Precisamos convencer os católicos a não fazerem isso. Wels tem que falar com Kaas agora mesmo.

Otto Wels era o líder do Partido Social-Democrata, e o padre Ludwig Kaas era o chefe do Partido do Centro.

Um murmúrio de aprovação percorreu a sala.

Lloyd respirou fundo e tomou a palavra:

– Herr Von Ulrich, por que o senhor não convida Gottfried von Kessel para almoçar? Vocês trabalharam juntos em Londres antes da guerra.

Walter deu uma risada sem alegria.

– Aquele patife! – exclamou.

Talvez o almoço não fosse uma ideia tão boa assim.

– Eu não sabia que você antipatizava com ele – disse Lloyd.

Walter pareceu pensativo.

– Eu o odeio... mas, por Deus, estou disposto a tentar qualquer coisa.

– Quer que eu o encontre e faça o convite? – perguntou Lloyd.

– Muito bem, pode tentar. Se ele aceitar, diga-lhe para me encontrar no Herrenklub à uma da tarde.

– Ótimo.

Lloyd foi depressa à sala na qual Heinrich havia entrado. Ali acontecia uma reunião parecida com a que ele acabara de deixar. Correu os olhos pela sala, viu Heinrich todo vestido de preto, cruzou olhares com ele e chamou-o com um gesto urgente.

Ambos saíram da sala e então Lloyd disse:

– Estão dizendo que o seu partido vai apoiar a Lei Plenipotenciária!

– Ainda não está certo – respondeu Heinrich. – Eles estão divididos.

– Quem está contra os nazistas?

– Brüning e alguns outros.

Brüning era ex-chanceler e uma figura conhecida. Lloyd ficou mais esperançoso.

– Quem são os outros?

– Você me tirou da sala para obter informações?

– Não, desculpe, não foi por isso. Walter von Ulrich quer almoçar com seu pai.

Heinrich pareceu duvidar.

– Eles não se dão bem... Você sabe disso, não sabe?

– Foi o que entendi. Mas hoje vão deixar as diferenças de lado!

Heinrich não pareceu tão certo.

– Vou perguntar a ele. Espere aqui. – Então tornou a entrar na sala.

Lloyd se perguntou se haveria alguma chance de aquilo funcionar. Era uma pena Walter e Gottfried não serem grandes amigos. Mas ele não podia acreditar que os católicos fossem votar a favor dos nazistas.

O que mais o incomodava era pensar que, se aquilo podia acontecer na Alemanha, também poderia acontecer na Grã-Bretanha. Essa sinistra perspectiva provocou-lhe um calafrio. Ele tinha a vida inteira pela frente e não queria viver em uma ditadura repressiva. Desejava trabalhar na política, como os pais, e fazer do seu país um lugar melhor para pessoas como os mineiros de Aberowen. Para isso, eram necessárias reuniões políticas em que as pessoas pudessem dizer o que pensavam, jornais capazes de atacar o governo e bares onde os homens pudessem conversar sem ficar olhando por cima do ombro para ver quem estava escutando.

O fascismo ameaçava tudo isso. Mas talvez o fascismo fracassasse. Walter talvez conseguisse convencer Gottfried e impedir que o Partido do Centro apoiasse os nazistas.

Heinrich saiu da sala.

– Ele aceitou.

– Ótimo! Herr Von Ulrich sugeriu o Herrenklub à uma da tarde.

– Sério? Ele é sócio?

– Imagino que sim... por quê?

– É uma instituição conservadora. Mas imagino que, como o nome dele é Walter *von* Ulrich, seja de uma família nobre, mesmo sendo socialista.

– Eu provavelmente deveria reservar uma mesa. Você sabe onde fica?

– Logo depois da esquina. – Heinrich explicou o caminho a Lloyd.

– Faço a reserva para quatro?

Heinrich sorriu.

– Por que não? Se eles não nos quiserem, simplesmente nos pedirão para ir embora. – Ele voltou para a sala.

Lloyd saiu do prédio e atravessou a praça depressa, passando pelo prédio do Reichstag todo queimado e seguindo em direção ao Herrenklub.

Em Londres também havia clubes de cavalheiros, mas Lloyd nunca entrara em nenhum. Achou que o estabelecimento parecia uma mistura de restaurante e funerária. Garçons de uniforme de gala andavam de um lado para outro a passos leves, dispondo talheres sem fazer barulho sobre mesas cobertas com toalhas brancas. O maître anotou sua reserva e escreveu o nome "Von Ulrich" de forma tão solene quanto se estivesse incluindo um registro no Livro dos Mortos.

Lloyd voltou para a Ópera. O lugar estava ficando mais movimentado e barulhento, e a tensão parecia maior. Lloyd ouviu alguém dizer animadamente que o próprio Hitler abriria os trabalhos daquela tarde com a nova proposta de lei.

Alguns minutos antes da uma da tarde, Lloyd e Walter atravessaram a praça.

– Heinrich von Kessel ficou surpreso ao saber que você é sócio do Herrenklub – comentou o rapaz.

Walter assentiu.

– Fui um dos fundadores do clube, há uns dez anos ou mais. Na época, chamava-se Juniklub. Nós nos reuníamos para fazer campanha contra o Tratado de Versalhes. Depois o clube virou um bastião da direita, e provavelmente sou o único membro social-democrata, mas continuo lá porque é um lugar útil para encontrar o inimigo.

Dentro do clube, Walter apontou para um homem de aspecto bem-cuidado sentado no bar.

– Aquele ali é Ludwig Franck, pai do jovem Werner, que lutou conosco no Teatro do Povo – falou. – Tenho certeza de que não é sócio do clube... nem nasceu na Alemanha. Mas parece que está almoçando com o sogro, o conde Von der Helbard, aquele senhor ao lado dele. Venha comigo.

Os dois foram até o bar e Walter fez as apresentações. Franck disse a Lloyd:

– Você e meu filho se meteram numa briga e tanto algumas semanas atrás.

Por reflexo, Lloyd levou a mão à parte de trás da cabeça: embora não estivesse mais inchado, o local continuava dolorido.

– Havia mulheres a proteger, senhor – disse ele.

– Não há nada de errado com uma pequena troca de socos – comentou Franck. – É bom para vocês, rapazes.

Impaciente, Walter se intrometeu:

– Pelo amor de Deus, Ludi. Invadir comícios pré-eleitorais já é ruim o suficiente, mas agora o seu líder quer destruir por completo a nossa democracia!

– Talvez a democracia não seja a forma adequada de governo para nós – respondeu Franck. – Afinal de contas, não somos iguais aos franceses e aos americanos... graças a Deus.

– Você não se importa de perder a liberdade? Isso é sério!

Franck perdeu subitamente o ar bem-humorado.

– Tudo bem, Walter – disse com frieza. – Se você insiste, vou falar sério. Minha mãe e eu chegamos aqui vindos da Rússia há mais de dez anos. Meu pai não pôde vir conosco. Tinham encontrado com ele exemplares de literatura subversiva. Para ser mais exato, um livro chamado *Robinson Crusoé*, aparentemente um romance que promove a individualidade burguesa, seja lá o que isso signifique. Ele foi mandado para um campo de prisioneiros em algum lugar do Ártico. Talvez... – A voz de Franck falhou por um instante. Ele fez uma pausa, engoliu em seco e concluiu baixinho: – Talvez ainda esteja lá.

Fez-se um instante de silêncio. Lloyd ficou chocado com aquela história. Sabia que o governo comunista russo podia ser cruel, mas era diferente ouvir um relato pessoal, narrado com simplicidade por um homem visivelmente ainda enlutado.

– Ludi, todos nós odiamos os bolcheviques – disse Walter. – Mas talvez os nazistas sejam ainda piores!

– Estou disposto a correr esse risco – respondeu Franck.

– É melhor irmos almoçar – interrompeu o conde Von der Helbard. – Tenho um compromisso à tarde. Com licença. – Os dois se retiraram.

– É o que eles sempre dizem! – exclamou Walter, furioso. – Os bolcheviques! Como se eles fossem a única alternativa aos nazistas! Tenho vontade de chorar.

Heinrich entrou acompanhado por um homem mais velho, que obviamente era seu pai: ambos tinham os mesmos cabelos grossos e escuros repartidos ao meio, com a única diferença que os de Gottfried eram mais curtos e grisalhos. Embora tivessem os mesmos traços, Gottfried parecia um burocrata presunçoso usando um colarinho à moda antiga, enquanto Heinrich lembrava mais um poeta romântico do que um assessor político.

Os quatro entraram no salão de jantar. Walter não perdeu tempo. Assim que fizeram o pedido, falou:

– Não consigo entender o que o seu partido espera ganhar apoiando a Lei Plenipotenciária, Gottfried.

Von Kessel foi igualmente direto:

– Somos um partido católico e nosso dever primordial é proteger a posição da Igreja na Alemanha. É isso que as pessoas esperam ao votar em nós.

Lloyd franziu o cenho em reprovação. Sua mãe tinha sido parlamentar e sempre dizia que seu dever era servir tanto às pessoas que *não* tinham votado nela quanto às que tinham.

Walter usou outro argumento:

– Um Parlamento democrático é a melhor proteção para todas as nossas igrejas... e mesmo assim você está prestes a jogar isso fora!

– Acorde, Walter – disse Gottfried, ríspido. – Hitler ganhou as eleições. Ele está no poder. Não importa o que façamos, é ele quem vai governar a Alemanha no futuro próximo. Temos que nos proteger.

– As promessas dele não valem nada!

– Exigimos garantias específicas por escrito: a Igreja Católica vai ser independente do Estado, as escolas católicas poderão funcionar sem entraves, não haverá discriminação contra católicos no funcionalismo público. – Ele olhou para o filho com ar de quem faz uma pergunta.

– Eles prometeram que receberíamos o acordo no começo da tarde – disse Heinrich.

– Pese as alternativas! – exclamou Walter. – De um lado, um pedaço de papel assinado por um tirano, do outro, um Parlamento democrático... qual dos dois é melhor?

– O maior poder de todos é o de Deus.

Walter revirou os olhos.

– Nesse caso, que Deus proteja a Alemanha – falou.

Os alemães não haviam tido tempo de desenvolver a fé na democracia, pensou Lloyd enquanto Walter e Gottfried continuavam a discutir. O Reichstag só era soberano havia 14 anos. O país tinha perdido uma guerra, o valor de sua moeda se reduzira a quase nada e o desemprego era altíssimo: para eles, o direito ao voto não parecia grande coisa como proteção.

Gottfried se mostrou irredutível. Ao término do almoço, sua posição estava mais firme do que nunca. Sua responsabilidade era proteger a Igreja Católica. Isso fez Lloyd ter vontade de gritar.

Os quatro voltaram para a Ópera e os deputados ocuparam seus lugares no auditório. Lloyd e Heinrich sentaram-se numa galeria com vista para o plenário.

Lloyd pôde ver os membros do Partido Social-Democrata reunidos em um grupo à extrema esquerda. Quando foi chegando a hora da sessão, reparou que camisas-pardas e membros da SS se posicionavam em frente às saídas e ao longo das paredes, formando um arco ameaçador atrás dos social-democratas. Era quase como se pretendessem impedir os deputados de sair do prédio antes de terem aprovado a lei. Lloyd achou aquilo extremamente sinistro. Perguntou-se, com um calafrio, se ele também poderia ficar preso ali dentro.

Então ouviu-se o estrondo de vivas e aplausos, e Hitler adentrou o plenário trajando o uniforme dos camisas-pardas. Os deputados nazistas, a maioria vestida como ele, se levantaram em êxtase quando seu líder subiu à tribuna. Apenas os social-democratas permaneceram sentados, mas Lloyd percebeu alguns deles olhando por cima do ombro para os guardas armados, pouco à vontade. Como poderiam falar e votar livremente se estavam nervosos com o simples fato de não participar da ovação a seu oponente?

Quando voltou a haver silêncio, Hitler começou a falar. Mantinha-se muito ereto, com o braço esquerdo junto ao corpo e gesticulando apenas com o direito. Tinha a voz áspera, rascante, mas também muito potente, o que fez Lloyd pensar ao mesmo tempo numa metralhadora e num cão latindo. Seu tom se alterou ao mencionar os "traidores de novembro" de 1918, que tinham se rendido quando a Alemanha estava prestes a ganhar a guerra. Não estava fingindo. Lloyd teve a sensação de que ele acreditava sinceramente em cada palavra estúpida e ignorante que dizia.

Os traidores de novembro eram um tema batido para Hitler, mas ele adotou uma nova tática. Falou das igrejas e da importância do cristianismo para o Estado alemão. Era um tema pouco usual para ele, e suas palavras eram claramente direcionadas ao Partido do Centro, cujo posicionamento iria determinar o resultado da votação. Ele afirmou que considerava as duas religiões dominantes, protestantismo e catolicismo, os principais alicerces da nação. O governo nazista não iria interferir em seus direitos.

Heinrich lançou a Lloyd um olhar de triunfo.

– Se eu fosse você, pediria tudo por escrito – resmungou Lloyd.

Duas horas e meia depois, Hitler encerrou o discurso com uma inconfundível ameaça de violência:

– O governo do levante nacionalista está determinado e pronto para lidar com o anúncio de que a lei foi rejeitada e a resistência, declarada. – Fez uma pausa dramática para deixar que todos entendessem bem o recado: votar contra a lei seria uma declaração de resistência. Então reforçou o que acabara de dizer: – Cabe a vocês, cavalheiros, decidirem por si próprios entre a paz ou a guerra!

Ele se sentou sob os urros de aprovação dos representantes nazistas e a sessão foi interrompida.

Heinrich estava radiante; Lloyd, deprimido. Os dois saíram em direções opostas: seus partidos agora teriam reuniões desesperadas de última hora.

Os social-democratas estavam pessimistas. Wels, líder do partido, precisava discursar no plenário, mas o que poderia dizer? Vários deputados afirmaram que, se ele criticasse Hitler, talvez não saísse vivo do prédio. Também temiam por suas vidas. Se os deputados fossem mortos, pensou Lloyd num instante de medo, o que iria acontecer com seus assessores?

Wels então revelou que tinha uma cápsula de cianureto no bolso do colete. Se fosse preso, cometeria suicídio para não ser torturado. Lloyd ficou horrorizado. Wels era um representante eleito pelo povo, mas era obrigado a agir como uma espécie de sabotador.

Lloyd começara o dia com falsas esperanças. Pensara que a Lei Plenipotenciária fosse uma ideia maluca sem qualquer chance de se tornar realidade. Agora, via que a maioria das pessoas esperava que a lei entrasse em vigor naquele dia mesmo. Tinha avaliado muito mal a situação.

Estaria igualmente errado ao pensar que uma coisa dessas não poderia acontecer em seu próprio país? Estaria enganando a si mesmo?

Alguém perguntou se os católicos já haviam tomado sua decisão. Lloyd se levantou.

– Vou descobrir – falou.

Saiu apressado da sala e correu até onde o Partido do Centro estava reunido. Como da outra vez, espichou a cabeça pelo vão da porta e acenou para Heinrich.

– Brüning e Ersing estão hesitantes – informou-lhe Heinrich.

Lloyd ficou mais desanimado ainda. Ersing era um líder sindicalista católico importante.

– Como um sindicalista pode sequer pensar em votar a favor dessa lei? – indagou.

– Kaas disse que a pátria-mãe está correndo perigo. Todos acham que, se rejeitarmos a lei, o país vai mergulhar numa anarquia sangrenta.

– Se aprovarem a lei, o país vai mergulhar numa tirania sangrenta, isso sim.

– E o seu pessoal?

– Eles acham que serão baleados, mas vão votar contra mesmo assim.

Heinrich tornou a entrar na sala e Lloyd voltou para junto dos social-democratas.

– Os linhas-duras estão amolecendo – informou Lloyd a Walter e seus colegas. – Estão com medo de que estoure uma guerra civil se a lei for rejeitada.

O pessimismo aumentou ainda mais.

Às seis da tarde, todos voltaram para o plenário.

Wels foi o primeiro a discursar. Mostrou-se calmo, racional e controlado. Ressaltou que a vida numa república democrática tinha sido boa para os alemães, de modo geral, proporcionando livre oportunidade e bem-estar social, e restabelecendo o papel da Alemanha como membro regular da comunidade internacional.

Lloyd reparou que Hitler tomava notas.

Wels concluiu corajosamente afirmando seu compromisso com os direitos humanos e a justiça, com a liberdade e com o socialismo.

– Nenhuma Lei Plenipotenciária dá a ninguém o poder de aniquilar ideias que são eternas e indestrutíveis – disse ele, ganhando coragem à medida que os nazistas começavam a rir e a vaiar.

Os social-democratas aplaudiram, mas quase não se fizeram ouvir.

– Nós saudamos os perseguidos e oprimidos! – gritou Wels. – Saudamos nossos amigos no Reich. Sua firmeza e sua lealdade merecem admiração.

Lloyd mal conseguia ouvir as palavras de Wels, tão altos eram os gritos e vaias dos nazistas.

– A coragem de suas convicções e seu otimismo inquebrantável são a garantia de um futuro melhor!

Ele se sentou em meio a protestos ruidosos.

Será que aquele discurso faria alguma diferença? Lloyd não soube dizer.

Depois de Wels, Hitler voltou a falar. Dessa vez, seu tom foi bem diferente. Lloyd percebeu que, no discurso anterior, o chanceler estava apenas se aquecendo. Sua voz agora era mais alta, suas expressões, mais destemperadas, seu tom, cheio de desprezo. Ele usava o braço direito para fazer gestos agressivos – apontava, martelava, cerrava o punho, levava a mão ao peito e cortava o ar com um movimento que parecia varrer para longe toda e qualquer oposição. Cada frase apaixonada era recebida por seus seguidores com vivas estrondosos. Todas elas expressavam a mesma emoção: uma ira selvagem, irrefreável, assassina.

Hitler também estava muito confiante. Disse que nem precisava propor a Lei Plenipotenciária.

– Recorremos agora ao Reichstag alemão para nos conceder algo que teríamos obtido de qualquer maneira! – vangloriou-se.

Heinrich parecia preocupado e saiu da galeria. No minuto seguinte, Lloyd o viu no plenário, cochichando alguma coisa no ouvido do pai.

Quando voltou para a galeria, tinha um ar infeliz.

– Conseguiram as garantias por escrito? – perguntou Lloyd.

Heinrich foi incapaz de encará-lo nos olhos.

– O documento está sendo datilografado – respondeu ele.

Hitler concluiu desdenhando os social-democratas. Não queria os seus votos.

– A Alemanha será livre – berrou. – Mas não graças a vocês!

Os líderes dos outros partidos fizeram discursos breves. Todos pareciam arrasados. O padre Kaas disse que o Partido do Centro votaria a favor da lei. O restante fez o mesmo. Todos estavam a favor da lei, menos os social-democratas.

O resultado da votação foi anunciado e os nazistas comemoraram entusiasmados.

Lloyd estava pasmo. Tinha visto o poder da violência ser exercido com brutalidade, e não era uma visão bonita.

Saiu da galeria sem falar com Heinrich.

Encontrou Walter no saguão do prédio, chorando. Ele usava um grande lenço branco para enxugar o rosto, mas as lágrimas não paravam de rolar. Lloyd só tinha visto homens adultos chorarem daquele jeito em funerais.

Não soube o que dizer nem o que fazer.

– Minha vida foi um fracasso – disse Walter. – É o fim de qualquer esperança. A democracia alemã morreu.

VII

Sábado, 1º de abril, foi o dia do Boicote aos Judeus. Lloyd e Ethel foram passear por Berlim e observaram, incrédulos, o que estava acontecendo. Ethel tomava notas para seu livro. A estrela de davi fora pintada nas vitrines dos estabelecimentos dos judeus. Camisas-pardas se postaram na porta das lojas, intimidando as pessoas que quisessem entrar. Escritórios de advogados e consultórios de médicos judeus foram alvo de piquetes. Lloyd viu dois camisas-pardas detendo pacientes a caminho do consultório do médico de família dos Von Ulrich, o Dr. Rothmann, mas então um carregador de carvão parrudo que havia torcido o tornozelo mandou os camisas-pardas darem o fora e eles saíram em busca de uma presa mais fácil.

– Como as pessoas podem ser tão más umas com as outras? – indagou Ethel.

Lloyd estava pensando no padrasto que tanto amava. Bernie Leckwith era judeu. Se o fascismo chegasse à Grã-Bretanha, ele seria alvo daquele tipo de ódio. Esse pensamento fez Lloyd estremecer.

Nessa noite, houve uma espécie de velório no Bistrô Robert. Ao que parecia, ninguém tinha organizado nada, mas às oito horas o restaurante estava cheio de social-democratas, jornalistas colegas de Maud e amigos de Robert do meio artístico. Os mais otimistas entre eles diziam que a liberdade só tinha ido hibernar durante a crise econômica e que um dia despertaria. O restante só lamentava.

Lloyd bebeu pouco. Não gostava do efeito que o álcool tinha em seu cérebro. Beber prejudicava seu raciocínio. Estava perguntando a si mesmo o que os esquerdistas alemães poderiam ter feito para impedir aquela catástrofe, mas não tinha a resposta.

Maud lhes deu notícias de Kurt, filho de Ada:

– Ela o levou de volta para casa e, por enquanto, ele parece razoavelmente feliz. Mas tem um problema no cérebro e nunca vai ser um menino normal. Quando ficar mais velho terá que ir para uma instituição, pobrezinho.

Lloyd ouvira falar sobre como o parto do bebê tinha sido feito por Carla, que tinha apenas 11 anos. Que menina valente!

Às nove e meia, o agente Thomas Macke entrou no restaurante usando seu uniforme dos camisas-pardas.

Na última vez em que ele estivera ali, Robert o havia tratado com zombaria, mas Lloyd sentira a ameaça que aquele homem representava. Aquele bigodinho no meio do rosto gordo lhe dava um aspecto bobo, mas seus olhos tinham uma centelha de crueldade que deixava Lloyd nervoso.

Robert tinha se recusado a vender o restaurante para ele. O que Macke poderia querer agora?

O agente postou-se no meio do salão e gritou:

– Este restaurante está sendo usado para promover um comportamento pervertido!

Os clientes se calaram, sem saber do que ele estava falando.

Macke ergueu um dedo, como se quisesse dizer: *É melhor vocês escutarem!* Lloyd sentiu que havia algo terrivelmente familiar naquele gesto e percebeu que Macke estava imitando Hitler.

– O homossexualismo é incompatível com o caráter másculo da nação alemã!

Lloyd franziu o cenho. Será que ele estava dizendo que Robert era gay?

Jörg entrou no salão vindo da cozinha, usando seu chapéu alto de cozinheiro. Postou-se ao lado da porta, olhando para Macke com ódio.

Um pensamento chocante ocorreu a Lloyd. Talvez Robert *fosse* gay.

Afinal de contas, ele e Jörg moravam juntos desde a guerra.

Ao correr os olhos por seus amigos do meio artístico, Lloyd reparou que eram todos casais de homens, com exceção de duas mulheres de cabelos curtos...

Ficou estupefato. Sabia que os homossexuais existiam e, sendo uma pessoa de mente aberta, acreditava que eles não deveriam ser perseguidos, mas ajudados. No entanto, considerava-os pervertidos e desagradáveis. Robert e Jörg pareciam homens normais, que administravam um negócio e levavam uma vida discreta – quase como duas pessoas casadas!

Virou-se para a mãe e perguntou, em voz baixa:

– Robert e Jörg são mesmo...

– São, querido – respondeu Ethel.

Sentada ao seu lado, Maud disse:

– Quando jovem, Robert era o terror dos lacaios.

As duas deram risadinhas.

Lloyd ficou duplamente chocado: não só Robert era gay, como Ethel e Maud consideravam isso um motivo para brincadeiras descontraídas.

– Este estabelecimento está fechado! – disse Macke.

– O senhor não tem esse direito! – rebateu Robert.

Macke não poderia fechar o restaurante sozinho, pensou Lloyd. Então se lembrou de como os camisas-pardas tinham subido ao palco do Teatro do Povo. Olhou na direção da porta – e ficou boquiaberto ao ver outros camisas-pardas entrando no bistrô.

Os homens percorreram as mesas derrubando garrafas e copos. Alguns clientes continuaram sentados imóveis, só observando, outros se levantaram. Vários homens começaram a protestar aos berros e uma mulher gritou.

Walter ficou de pé e falou, com a voz alta, porém calma:

– É melhor irmos embora sem fazer alarde. Não há necessidade de violência. Vamos todos pegar nossos casacos e nossos chapéus e voltar para casa.

Os clientes começaram a sair. Alguns tentavam pegar os casacos, outros simplesmente fugiam. Walter e Lloyd conduziram Maud e Ethel em direção à porta. A caixa registradora ficava próxima à saída e Lloyd viu um dos camisas-pardas abri-la e começar a enfiar o dinheiro nos bolsos.

Até então, Robert permanecera parado, olhando impotente seus clientes saírem apressados, mas aquilo era demais. Ele soltou um grito de protesto e empurrou o camisa-parda para longe da registradora.

O homem lhe deu um soco, derrubando-o no chão, e começou a chutá-lo. Outro camisa-parda se juntou ao primeiro.

Lloyd correu para salvar Robert. Ouviu a mãe gritar enquanto empurrava os camisas-pardas para o lado. Jörg foi quase tão rápido quanto ele, e os dois se abaixaram para ajudar Robert a se levantar.

Foram imediatamente atacados por vários outros camisas-pardas. Lloyd levou socos e chutes, e alguma coisa pesada o atingiu na cabeça. Ao gritar de dor, ele pensou: *De novo, não*.

Virou-se de frente para os agressores e começou a desferir socos com as duas mãos, acertando com força, tentando socar *através* do adversário, como haviam lhe ensinado nas aulas de boxe. Conseguiu derrubar dois camisas-pardas, então foi agarrado por trás e perdeu o equilíbrio. Instantes depois, estava no chão, com dois homens o segurando enquanto um terceiro o chutava.

Então foi virado de bruços, teve os braços puxados para trás e sentiu algo metálico nos pulsos. Tinha sido algemado pela primeira vez na vida. Sentiu um novo tipo de medo. Aquilo não era só mais uma confusão. Ele fora espancado e chutado, mas o pior ainda estava por vir.

– Levante-se – disse-lhe alguém em alemão.

Ele pôs-se de pé com dificuldade. Sua cabeça doía. Viu que Robert e Jörg também haviam sido algemados. A boca de Robert sangrava e Jörg estava com um dos olhos fechado. Meia dúzia de camisas-pardas os rodeava. O restante bebia dos copos e garrafas deixados sobre as mesas ou então estava em pé junto ao carrinho de sobremesas entupindo-se de doces.

Todos os clientes pareciam ter ido embora. Lloyd ficou aliviado por sua mãe ter conseguido escapar.

A porta do restaurante se abriu e Walter tornou a entrar.

– Agente Macke – disse ele, demonstrando a facilidade típica dos políticos para se lembrar de nomes. Então prosseguiu com a maior autoridade que conseguiu exibir: – O que significa este ultraje?

Macke apontou para Robert e Jörg.

– Esses dois homens são homossexuais – afirmou. – E o rapaz atacou um policial auxiliar que os estava prendendo.

Walter apontou para a caixa registradora, com a gaveta escancarada e vazia, exceto por algumas moedas de pequeno valor.

– Policiais por acaso andam roubando agora?

– Um cliente deve ter se aproveitado da confusão criada pelos que estavam resistindo à prisão.

Alguns dos camisas-pardas deram risadinhas cúmplices.

– O senhor antes era agente de segurança pública, não era, Macke? Talvez sentisse orgulho de si mesmo naquele tempo. Mas e agora, o que o senhor é?

Macke se ofendeu.

– Nós aplicamos a lei para proteger a pátria-mãe.

– Fico pensando para onde pretendem levar seus prisioneiros – insistiu Walter. – Para um local de detenção devidamente dentro das normas? Ou para algum porão clandestino meio escondido?

– Eles serão levados para a caserna da Friedrichstrasse – respondeu Macke, indignado.

Lloyd viu uma expressão de satisfação cruzar o semblante de Walter e percebeu que ele havia manipulado Macke com astúcia, usando o que restava de orgulho profissional ao agente para fazê-lo revelar suas intenções. Agora Walter sabia para onde Lloyd e os outros seriam levados.

Mas o que iria acontecer na caserna?

Lloyd nunca tinha sido preso. Mas morava no East End londrino e conhecia muita gente que tivera problemas com a polícia. Passara a maior parte da vida jogando bola na rua com meninos cujos pais eram presos com frequência. Conhecia a fama da delegacia da Leman Street, em Aldgate. Poucos homens saíam de lá ilesos. As pessoas diziam que as paredes eram todas manchadas de sangue. Será que a caserna da Friedrichstrasse seria melhor?

– Trata-se aqui de um incidente internacional, agente – disse Walter. Lloyd imaginou que ele estivesse usando o título na esperança de fazer Macke se comportar mais como um agente de polícia e menos como um capanga violento. – O senhor acaba de prender três cidadãos estrangeiros: dois austríacos e um inglês.

– Ele ergueu uma das mãos como para evitar algum protesto. – Agora é tarde para voltar atrás. As duas embaixadas serão informadas e não tenho dúvida de que seus representantes entrarão em contato com nosso Ministério das Relações Exteriores na Wilhelmstrasse em menos de uma hora.

Lloyd se perguntou se isso seria verdade.

Macke deu um sorriso desagradável.

– O Ministério das Relações Exteriores não vai sair correndo em defesa de duas bichas e de um rapaz arruaceiro.

– Nosso ministro das Relações Exteriores, Von Neurath, não é membro do seu partido – disse Walter. – Ele pode muito bem pôr os interesses da pátria-mãe em primeiro lugar.

– Acho que o senhor vai descobrir que ele faz o que lhe mandam fazer. E agora, se me dá licença, está obstruindo o cumprimento do meu dever.

– Estou lhe avisando! – disse Walter, corajoso. – É melhor o senhor seguir à risca o procedimento... ou então terá problemas.

– Suma da minha frente! – esbravejou Macke.

Walter saiu do restaurante.

Lloyd, Robert e Jörg foram conduzidos para fora e jogados na traseira de algum tipo de caminhonete. Foram obrigados a se deitar no chão enquanto os camisas-pardas se sentavam nos bancos para vigiá-los. O veículo partiu. Lloyd descobriu que estar algemado era doloroso. Tinha a constante sensação de que seu ombro estava prestes a se deslocar.

Graças a Deus, a viagem foi curta. Eles foram empurrados para fora da caminhonete e para dentro de um prédio. Estava escuro, e Lloyd não conseguia enxergar muita coisa. Diante de uma mesa, seu nome foi anotado num livro e seu passaporte confiscado. Robert perdeu o prendedor de gravata e a corrente do relógio, ambos de ouro. Por fim, as algemas foram retiradas e os três foram levados para um cômodo com luz mortiça e janelas gradeadas. Já havia uns quarenta detentos lá dentro.

Todo o corpo de Lloyd estava dolorido. Uma dor no peito parecia indicar uma costela quebrada. Seu rosto estava cheio de hematomas e ele sentia uma dor de cabeça lancinante. Queria uma aspirina, uma xícara de chá e um travesseiro. Acreditava que iria demorar algumas horas para conseguir qualquer uma dessas coisas.

Os três foram se sentar no chão perto da porta. Lloyd apoiou a cabeça nas mãos, enquanto Robert e Jörg debatiam quanto tempo a ajuda demoraria a chegar. Com certeza Walter ligaria para um advogado. No entanto, todas as regras normais haviam sido suspensas pelo Decreto do Incêndio do Reichstag, de modo que eles não dispunham de nenhuma proteção legal. Walter também entraria em contato com as embaixadas: sua maior esperança agora era a influência política. Lloyd achou que a mãe provavelmente tentaria fazer uma ligação internacional para o Ministério das Relações Exteriores britânico em Londres. Se conseguisse completá-la, o governo com certeza teria algo a dizer sobre a prisão de um estudante inglês. Tudo isso levaria tempo – uma hora, no mínimo, mais provavelmente duas ou três.

No entanto quatro horas se passaram, depois cinco, e a porta não se abriu.

Países civilizados tinham leis que regulamentavam o tempo máximo que a polícia podia manter alguém detido sem formalidades: uma acusação, um advogado, um julgamento. Lloyd então se deu conta de que essa regra não era apenas uma questão técnica. Ele poderia ficar ali para sempre.

Descobriu que todos os outros prisioneiros eram políticos: comunistas, social-democratas, sindicalistas e um padre.

A noite passou devagar. Nenhum dos três dormiu. Para Lloyd, isso era impensável. A luz cinzenta da manhã já entrava pelas janelas gradeadas quando a porta da cela finalmente foi aberta. No entanto, nenhum advogado ou diplomata entrou, apenas dois homens de avental empurrando um carrinho sobre o qual repousava um grande panelão. Serviram-lhes um mingau ralo de aveia. Lloyd não comeu, mas pegou uma caneca de latão e tomou um café com gosto de cevada queimada.

Imaginou que os funcionários de plantão na embaixada britânica durante a noite fossem diplomatas em começo de carreira, com pouca influência. Pela manhã, assim que o embaixador acordasse, seriam tomadas as devidas providências.

Uma hora depois do café da manhã, a porta tornou a se abrir, mas dessa vez só havia camisas-pardas do lado de fora. Eles fizeram todos os prisioneiros – uns quarenta ou cinquenta homens – saírem da cela e puseram-nos dentro de um caminhão, um veículo com laterais de lona, tão apertados que tiveram de ficar em pé. Lloyd deu um jeito de ficar perto de Robert e Jörg.

Talvez estivessem indo para o tribunal, mesmo sendo domingo. Torceu para que isso acontecesse. Ao menos lá haveria advogados e algum arremedo de julgamento de acordo com a lei. Pensou que tinha fluência suficiente na língua alemã para fazer a defesa simples de seu caso, e começou a ensaiar seu discurso em silêncio. Estava jantando num restaurante com a mãe, viu um homem roubando a caixa registradora, se meteu na confusão e a situação fugiu ao controle. Imaginou o contrainterrogatório ao qual seria submetido. Iriam lhe perguntar se o homem que ele havia atacado era um camisa-parda. Ele responderia: "Não reparei na roupa dele – tudo o que vi foi um ladrão." As pessoas no tribunal ririam e o promotor público ficaria com cara de bobo.

Eles foram levados para fora da cidade.

Dava para ver o lado de fora pelas frestas das laterais de lona do caminhão. Lloyd calculou que houvessem percorrido uns trinta quilômetros quando Robert disse:

– Estamos em Oranienburg. – Era o nome de uma pequena cidade ao norte de Berlim.

O caminhão parou diante de um portão de madeira entre duas colunas de tijolo. Dois camisas-pardas armados com fuzis estavam de guarda.

Lloyd sentiu um pouco mais de medo. Onde estava o tribunal? Aquilo ali mais parecia um campo de prisioneiros. Como eles podiam jogar pessoas na prisão sem julgamento?

Após uma curta espera, o caminhão entrou e parou junto a um conjunto de construções malcuidadas.

Lloyd estava ficando cada vez mais nervoso. Na noite anterior, ao menos havia o consolo de Walter saber onde ele estava. Agora, era possível que ninguém mais soubesse. E se a polícia simplesmente dissesse que ele não tinha sido detido e que não havia registro da sua prisão? Como ele seria resgatado?

Eles desceram do caminhão e seguiram até um prédio que parecia uma espécie de fábrica. O lugar tinha o mesmo cheiro de um bar. Talvez fosse uma antiga cervejaria.

Novamente anotaram seus nomes. Lloyd ficou satisfeito por haver algum registro de sua movimentação. Nenhum deles estava amarrado ou algemado, mas eram constantemente vigiados por camisas-pardas armados com fuzis, e Lloyd teve a sinistra sensação de que aqueles rapazes estavam só esperando uma desculpa para atirar.

Cada um deles recebeu um colchão de lona recheado de palha e um cobertor fino. Foram conduzidos para um prédio em mau estado que um dia talvez tivesse sido um armazém. Então começou a espera.

Ninguém foi buscar Lloyd naquele dia.

À noite apareceu outro carrinho com um panelão de ensopado de cenoura com nabo. Cada homem recebeu uma tigela de ensopado e um pedaço de pão. Fazia 24 horas que Lloyd não comia. Estava faminto. Devorou o parco jantar e desejou poder repetir.

Em algum lugar do campo, havia três ou quatro cães que passaram a noite inteira uivando.

Lloyd se sentia sujo. Era a segunda noite que passava com as mesmas roupas. Precisava tomar um banho, fazer a barba e vestir uma camisa limpa. O toalete, que consistia em dois barris num canto, era totalmente nojento.

Mas a manhã seguinte seria segunda-feira. Alguma coisa iria acontecer.

Lloyd pegou no sono por volta das quatro da manhã. Às seis, eles foram despertados por um camisa-parda que berrava:

– Schleicher! Jörg Schleicher! Quem é Jörg Schleicher?

Talvez eles fossem ser soltos.

Jörg se levantou e disse:

– Sou eu. Jörg Schleicher sou eu.

– Venha comigo – disse o camisa-parda.

Com a voz assustada, Robert perguntou:

– Por quê? O que vocês querem com ele? Para onde ele vai?

– E você, quem é? A mãe dele, por acaso? – retrucou o camisa-parda. – Deite-se aí e cale a boca. – Ele cutucou Jörg com o fuzil. – Você, para fora.

Ao vê-los partir, Lloyd se perguntou por que não tinha dado um soco no camisa-parda e pegado seu fuzil. Talvez tivesse conseguido escapar. E, mesmo que não conseguisse, o que poderiam fazer com ele – jogá-lo na prisão? Mas a verdade era que na hora H a ideia de fugir nem lhe ocorrera. Estaria começando a pensar como um prisioneiro?

Até ansiava pelo mingau de aveia.

Antes do café da manhã, todos foram conduzidos para o lado de fora.

Ficaram em pé ao redor de uma pequena área delimitada por uma cerca de arame, cujo tamanho equivalia a um quarto de uma quadra de tênis. O lugar parecia ter sido usado para armazenar alguma coisa sem muito valor, talvez toras de madeira ou pneus. O ar frio da manhã fez Lloyd estremecer: seu sobretudo ficara no Bistrô Robert.

Foi então que ele viu Thomas Macke se aproximar.

O policial usava um sobretudo preto por cima do uniforme de camisa-parda. Lloyd reparou que tinha um passo pesado e pés chatos.

Atrás de Macke, dois camisas-pardas seguravam os braços de um homem nu com um balde enfiado na cabeça.

Lloyd ficou olhando, horrorizado. As mãos do prisioneiro estavam amarradas nas costas, e o balde estava preso bem firme com barbante debaixo de seu queixo, para não cair.

Era um homem relativamente jovem e magro, com pelos púbicos louros.

– Ai, meu Deus... é Jörg – gemeu Robert.

Todos os camisas-pardas do campo haviam se reunido ali. Lloyd franziu o cenho. O que era aquilo, alguma espécie de brincadeira cruel?

Jörg foi conduzido para dentro do espaço cercado e deixado lá, tremendo. Os dois homens que o escoltavam se retiraram. Desapareceram por alguns minutos e então voltaram, cada um trazendo dois pastores-alemães pela coleira.

Aquilo explicava os latidos durante a noite.

Os cães estavam magros, com falhas na pelagem amarelada que indicavam problemas de saúde. Pareciam famintos.

Os camisas-pardas conduziram os animais até o cercado.

Lloyd teve uma vaga porém terrível premonição do que estava prestes a acontecer.

– Não! – gritou Robert, correndo para a frente. – Não, não, não! – Ele tentou abrir o portão do cercado. Três ou quatro camisas-pardas o puxaram para trás com violência. Ele se debateu, mas já tinha quase 50 anos, enquanto os homens eram jovens e fortes. Robert não conseguiu vencê-los. Eles o jogaram no chão com desprezo.

– Não – disse Macke para seus homens. – Façam-no assistir.

Eles puseram Robert de pé e seguraram-no de frente para a cerca de arame.

Os cães foram levados para dentro do cercado. Estavam agitados, latindo e salivando. Os dois camisas-pardas manejavam os animais com destreza e sem medo nenhum; ficou óbvio que tinham experiência. Lloyd se perguntou, consternado, quantas vezes já tinham feito aquilo antes.

Os homens soltaram os cachorros e correram para fora do cercado.

Os animais partiram para cima de Jörg. Um deles o mordeu no calcanhar, outro no braço, um terceiro na coxa. Dentro do balde de metal soou um grito abafado de dor e pânico. Os camisas-pardas vibravam e aplaudiam. Os prisioneiros assistiam, mudos de pavor.

Depois do choque inicial, Jörg tentou se defender. Tinha as mãos amarradas e não conseguia ver nada, mas podia chutar a esmo. Ainda assim, seus pés descalços tinham pouco impacto sobre os animais famintos. Os cães se esquivavam dos chutes e tornavam a atacar, rasgando-lhe a carne com os dentes afiados.

Jörg tentou fugir. Com os cães em seu encalço, correu às cegas em linha reta até trombar com a cerca de arame. Os camisas-pardas gritaram animados. Jörg correu em outra direção, com o mesmo resultado. Um dos cachorros arrancou um naco da nádega de Jörg, e os camisas-pardas riram muito alto.

– A cauda! Morda a cauda dele! – gritava um deles.

Lloyd supôs que "cauda", *der Schwanz* em alemão, fosse uma gíria para pênis. A animação do homem beirava a histeria.

O corpo branco de Jörg estava cheio de ferimentos que sangravam. Ele se encolheu junto à cerca, com o rosto encostado no arame, protegendo os genitais, desferindo chutes para trás e para os lados. Mas estava perdendo as forças. Seus chutes foram enfraquecendo. Já quase não conseguia se manter ereto. Os cães foram ficando mais ousados, mordendo-o e engolindo nacos sangrentos.

Por fim, Jörg escorregou para o chão.

Os cães se acomodaram para comer.

Os homens que haviam trazido os animais tornaram a entrar no cercado. Com movimentos experientes, tornaram a prender as coleiras, puxaram os animais de cima de Jörg e os levaram embora.

O espetáculo havia terminado e os camisas-pardas começaram a se retirar, ainda conversando animadamente.

Robert correu para dentro do cercado e dessa vez ninguém o deteve. Ele se abaixou ao lado de Jörg, gemendo.

Lloyd ajudou-o a desamarrar as mãos do companheiro e a retirar o balde. Jörg estava inconsciente, mas ainda respirava.

– Vamos levá-lo para dentro. Segure as pernas dele – disse Lloyd, pegando Jörg pelas axilas.

Os dois o levaram até o prédio onde haviam passado a noite. Puseram-no em cima de um colchão. Os outros prisioneiros se reuniram em volta, assustados e calados. Lloyd torceu para um deles anunciar que era médico, mas nenhum o fez.

Robert despiu o paletó e o colete, depois tirou a camisa e usou-a para limpar o sangue.

– Precisamos de água limpa – falou.

Havia uma torneira no pátio. Lloyd foi até lá, mas não tinha nenhum recipiente. Voltou para o cercado. O balde continuava ali no chão. Ele o lavou, depois o encheu com água.

Quando voltou para dentro, o colchão estava encharcado de sangue.

Robert mergulhou a camisa no balde e, de joelhos, continuou a lavar as feridas de Jörg. O tecido branco não demorou a ficar vermelho.

Jörg começou a recobrar a consciência.

Robert pôs-se a falar com ele em voz baixa:

– Calma, meu amor. Já passou e eu estou aqui. – Mas Jörg não parecia escutar.

Então Macke apareceu com mais quatro ou cinco camisas-pardas. Agarrou Robert pelo braço e o puxou.

– Então! – disse ele. – Agora você sabe o que pensamos sobre homossexuais pervertidos.

Lloyd apontou para Jörg e falou, com raiva:

– Pervertido é quem faz isso. – Reunindo toda a sua raiva e desprezo, concluiu:
– Agente Macke.

Macke assentiu de leve com a cabeça para um dos camisas-pardas. Com um movimento de falsa casualidade, o homem inverteu a posição do fuzil e acertou Lloyd na cabeça com a coronha.

O rapaz caiu no chão segurando a cabeça, tomado pela dor.

– Por favor, só me deixe cuidar de Jörg – pediu Robert.

– Talvez – respondeu Macke. – Primeiro venha até aqui.

Apesar da dor, Lloyd abriu os olhos para ver o que estava acontecendo.

Macke puxou Robert pelo recinto até uma mesa de madeira. Tirou do bolso um documento e uma caneta-tinteiro.

– Seu restaurante agora vale metade do que lhe ofereci da última vez: 10 mil marcos.

– Qualquer coisa – disse Robert, aos prantos. – Deixe-me em paz com Jörg.

– Assine aqui – ordenou Macke. – Depois vocês três poderão ir para casa.

Robert assinou.

– Este cavalheiro pode servir de testemunha – disse Macke, entregando a caneta a um dos camisas-pardas. Correu os olhos pelo recinto e seu olhar cruzou com o de Lloyd. – E talvez o nosso temerário hóspede inglês possa ser nossa segunda testemunha.

– Faça o que ele está mandando e pronto, Lloyd – disse Robert.

Lloyd se levantou com dificuldade, esfregou a cabeça dolorida, pegou a caneta e assinou.

Triunfante, Macke pôs o contrato no bolso e saiu.

Robert e Lloyd voltaram para junto de Jörg.

Mas ele já estava morto.

VIII

Walter e Maud foram à estação ferroviária de Lehrte, ao norte do Reichstag incendiado, para se despedir de Ethel e Lloyd. O prédio em estilo neorrenascentista parecia um palácio francês. Como chegaram cedo, foram sentar em um dos cafés da estação para esperar o trem.

Lloyd estava contente por ir embora. Em seis semanas, aprendera muita coisa, tanto sobre a língua alemã quanto sobre política, mas agora queria voltar para casa, contar aos outros o que tinha visto e alertá-los para que a mesma coisa não acontecesse em seu país.

Mesmo assim, sentia-se estranhamente culpado por partir. Estava indo para um lugar governado pela lei, onde a imprensa era livre e não era crime ser social-democrata. Estava deixando a família Von Ulrich numa ditadura cruel, onde um homem inocente podia ser devorado por cães sem que ninguém jamais fosse responsabilizado pelo crime.

Os Von Ulrich estavam arrasados. Walter mais do que Maud. Eram como pessoas que tivessem recebido uma notícia ruim ou enfrentado uma morte na família. Pareciam incapazes de pensar em qualquer outra coisa que não a catástrofe que os havia acometido.

Lloyd fora solto com profusas desculpas do Ministério das Relações Exteriores da Alemanha e uma explicação oficial que era ao mesmo tempo abjeta e mentirosa, dando a entender que ele havia se metido numa briga por insensatez e depois sido preso por um erro administrativo que as autoridades lamentavam profundamente.

– Recebi um telegrama de Robert – disse Walter. – Ele chegou bem a Londres.

Como era cidadão austríaco, Robert conseguira sair da Alemanha sem muita dificuldade. Tirar seu dinheiro do país tinha sido mais complicado. Walter pedira que Macke depositasse o dinheiro num banco da Suíça. No início, o agente dissera que isso era impossível, mas Walter o havia pressionado, ameaçando contestar a venda no tribunal e dizendo que Lloyd estava disposto a testemunhar que o contrato fora assinado sob pressão. No final das contas, Macke mexera alguns pauzinhos.

– Fico feliz que Robert tenha conseguido sair – disse Lloyd.

Ficaria mais feliz ainda quando ele próprio estivesse seguro em Londres. Sua cabeça ainda doía e ele sentia uma pontada nas costelas toda vez que se virava na cama.

– Por que vocês não vão para Londres? – perguntou Ethel a Maud. – Os dois. Ou melhor, a família toda.

– Talvez devêssemos ir mesmo – disse Walter, olhando para a esposa.

Mas Lloyd pôde ver que não estava sendo totalmente sincero.

– Você fez o melhor que pôde – continuou Ethel. – Lutou com bravura. Mas o outro lado venceu.

– Ainda não acabou – disse Maud.

– Mas vocês estão correndo perigo.

– A Alemanha também.

– Se forem morar em Londres, Fitz talvez amoleça e ajude vocês.

Lloyd sabia que o conde Fitzherbert era um dos homens mais ricos da Grã-

-Bretanha, por causa das minas de carvão que havia debaixo de suas terras em Gales do Sul.

– Ele não iria me ajudar – disse Maud. – Fitz não dá o braço a torcer. Sei disso e você também sabe.

– Tem razão – concordou Ethel. Lloyd se perguntou como a mãe podia ter tanta certeza, mas não teve chance de perguntar. Ethel prosseguiu: – Bom, com a sua experiência, você não teria dificuldade para arrumar trabalho num jornal de Londres.

– E eu? O que iria fazer lá? – indagou Walter.

– Não sei – admitiu Ethel. – Mas o que vai fazer aqui? Não adianta muita coisa ser um representante quando o Parlamento é impotente. – Lloyd sentiu que ela estava sendo de uma franqueza brutal, mas, como era do seu feitio, dizia o que precisava ser dito.

Entendia o argumento da mãe, mas achava que os Von Ulrich deveriam ficar.

– Eu sei que vai ser difícil – falou Lloyd. – Mas, se as pessoas decentes fugirem do fascismo, ele vai se espalhar ainda mais depressa.

– Já está se espalhando de toda forma – rebateu Ethel.

Maud surpreendeu a todos dizendo com veemência:

– Eu não vou. Recuso-me terminantemente a sair da Alemanha.

Todos a encararam.

– Há 14 anos vivo aqui. Sou alemã – disse ela. – Este agora é o meu país.

– Mas você nasceu na Inglaterra – disse Ethel.

– Um país é antes de tudo as pessoas que vivem nele – disse Maud. – Eu não amo a Inglaterra. Meus pais morreram faz tempo e meu irmão me renegou. Amo a Alemanha. Para mim, a Alemanha é Walter, meu marido maravilhoso; é Erik, meu filho desencaminhado; é Carla, minha filha incrivelmente esperta; é Ada e seu filhinho deficiente; é minha amiga Monika e sua família; são meus colegas jornalistas... Eu vou ficar para enfrentar os nazistas.

– Você já fez mais do que a sua parte – disse Ethel com delicadeza.

O tom de Maud se encheu de emoção.

– Meu marido dedicou sua vida inteira, todo o seu ser a tornar este país um lugar livre e próspero. Não vai ser por minha causa que ele vai desistir do trabalho de uma vida toda. Se ele perder isso, vai perder a alma.

Ethel insistiu de uma forma que só uma velha amiga podia fazer.

– Mas você deve se sentir tentada a mandar seus filhos para um lugar seguro...

– Tentada? Eu sonho com isso, anseio por isso, desejo isso desesperadamente! – Ela começou a chorar. – Carla vive tendo pesadelos com camisas-pardas e Erik veste aquele uniforme cor de merda sempre que tem uma oportunidade. – Lloyd ficou espantado com a veemência dela. Nunca tinha ouvido uma mulher de classe dizer "merda". – É claro que eu quero tirá-los daqui – prosseguiu Maud. Lloyd pôde ver como ela estava dividida. Ela esfregou as mãos como se as estivesse lavando, virou a cabeça de um lado para outro, confusa, e por fim falou, com a voz muito trêmula por causa de seu conflito interior: – Mas isso seria errado, tanto para eles quanto para nós. Eu não vou me entregar! É melhor sofrer com o mal do que ficar parado sem fazer nada.

Ethel tocou o braço da amiga.

– Desculpe-me por ter perguntado. Talvez tenha sido besteira minha. Eu deveria ter sabido que você não iria fugir.

– Fico feliz por você ter perguntado – disse Walter. Ele estendeu o braço e segurou as mãos esguias da mulher. – Essa pergunta pairava no ar entre mim e Maud, sem que nenhum de nós tocássemos no assunto. Já era hora de encararmos a questão. – Suas mãos repousavam, unidas, sobre a mesa.

Lloyd raramente pensava na vida afetiva da geração de sua mãe: eram pessoas de meia-idade, casadas, e isso parecia resumir a questão. Mas agora podia ver que existia entre Walter e Maud uma ligação profunda que ia muito além do hábito de convivência de um casamento maduro. Eles não tinham qualquer ilusão: sabiam que, ficando na Alemanha, estariam pondo em risco sua vida e a dos filhos. Mas o seu compromisso mútuo era mais forte do que a morte.

Lloyd se perguntou se algum dia iria conhecer um amor assim.

Ethel olhou para o relógio.

– Ai, meu Deus! Vamos perder o trem!

Lloyd pegou as malas e os dois correram pela plataforma. Um apito soou. Eles subiram no trem bem a tempo. Ambos se debruçaram na janela enquanto saíam da estação.

Em pé na plataforma, Walter e Maud acenaram e foram ficando cada vez menores, até sumirem de vista.

CAPÍTULO DOIS

1935

– Há duas coisas que você precisa saber sobre as garotas de Buffalo – disse Daisy Peshkov. – Elas bebem muito e são todas esnobes.

Eva Rothmann deu uma risadinha.

– Não acredito em você – falou. Quase já não se percebia seu sotaque alemão.

– Ah, é verdade – insistiu Daisy. As duas estavam em seu quarto decorado de cor-de-rosa e branco, experimentando roupas em frente a um espelho de três folhas de corpo inteiro. – Azul-marinho e branco devem ficar bem em você – emendou ela. – O que acha? – Suspendeu uma blusa até junto do rosto de Eva e estudou o resultado. O contraste de cores parecia lhe cair bem.

Daisy estava procurando em seu armário uma roupa que Eva pudesse usar para um piquenique na praia. Eva não era uma moça bonita e os babados e laçarotes que enfeitavam muitas das roupas de Daisy a deixavam mais desmazelada. Listras combinavam melhor com seus traços marcantes.

Eva tinha cabelos escuros e olhos de um castanho também escuro.

– Você pode usar cores fortes – disse-lhe Daisy.

Eva tinha poucas roupas. Seu pai, um médico judeu de Berlim, gastara todas as suas economias para mandá-la para os Estados Unidos, e ela havia chegado um ano antes, sem nada. Uma instituição de caridade financiava seus estudos no mesmo colégio interno de Daisy – as duas tinham a mesma idade, 19 anos. Eva, porém, não tinha para onde ir nas férias de verão, e Daisy, por impulso, convidara-a para ficar em sua casa.

Inicialmente Olga, mãe de Daisy, havia resistido.

– Ah, mas você passa o ano todo na escola... fico tão ansiosa para ter minha filha comigo no verão!

– Ela é ótima, mãe – dissera Daisy. – É encantadora, descontraída e uma grande amiga.

– Imagino que você sinta pena por ela ser refugiada dos nazistas.

– Não estou nem aí para os nazistas. Simplesmente gosto dela.

– Tudo bem, mas ela precisa ficar na nossa casa?

– Mãe, ela não tem para onde ir!

Como sempre, no final Olga deixara Daisy fazer o que queria.

– Esnobes? – disse Eva, continuando a conversa com a amiga. – Ninguém poderia ser esnobe com você!

– Ah, poderia, sim.

– Mas você é tão bonita e cheia de vida.

Daisy não se deu o trabalho de negar.

– Elas odeiam isso em mim.

– E você é rica.

Era verdade. O pai de Daisy era podre de rico, sua mãe havia herdado uma fortuna, e a própria Daisy teria direito a um bom dinheiro quando fizesse 21 anos.

– Isso não quer dizer nada. Nesta cidade, o que vale é há quanto tempo a pessoa é rica. Se você trabalha, não é ninguém. As pessoas superiores são aquelas que vivem dos milhões deixados pelos bisavós. – Ela falava em tom alegre e zombeteiro, para esconder seu ressentimento.

– E seu pai é famoso! – acrescentou Eva.

– As pessoas acham que ele é um gângster.

Josef Vyalov, avô de Daisy, tinha sido proprietário de bares e hotéis. Lev Peshkov, seu pai, usara os lucros desses estabelecimentos para comprar velhos teatros de vaudevile e transformá-los em salas de cinema. Hoje em dia, era também dono de um estúdio em Hollywood.

Eva ficou indignada por Daisy.

– Como podem dizer uma coisa dessas?

– Acreditam que ele contrabandeava bebidas. Acho que têm razão. Não vejo de que outro modo ele teria conseguido ganhar dinheiro com bares durante a Lei Seca. Enfim, é por isso que mamãe nunca será convidada para fazer parte da Sociedade de Senhoras de Buffalo.

As duas olharam para Olga, que estava sentada na cama de Daisy lendo o *Buffalo Sentinel*. Nas fotos de quando era jovem, Olga era uma beldade longilínea. Agora estava gorda e acabada. Perdera o interesse pela própria aparência, mas dedicava grande energia a fazer compras com Daisy e não economizava para deixar a filha linda. Olga ergueu os olhos do jornal e disse:

– Não tenho certeza de que as pessoas se importem com o fato de seu pai ter sido contrabandista, meu bem. Mas ele é imigrante russo e, nas raras ocasiões em que resolve ir à missa, vai à igreja ortodoxa da Ideal Street. Isso é quase tão ruim quanto ser católico.

– Que injustiça – comentou Eva.

– E tenho que lhe avisar que eles também não gostam muito de judeus – disse Daisy. Eva na verdade era metade judia. – Desculpe o mau jeito.

– Pode ter o mau jeito que quiser... em comparação com a Alemanha, este país parece a Terra Prometida.

– Não comemore demais – alertou Olga. – Segundo este jornal aqui, muitos líderes empresariais americanos odeiam o presidente Roosevelt e admiram Adolf Hitler. E eu sei que é verdade, porque o pai de Daisy é um deles.

– Política é uma chatice – comentou Daisy. – Alguma notícia interessante no *Sentinel?*

– Sim. Muffie Dixon vai ser apresentada à corte da Grã-Bretanha.

– Que sorte a dela – disse Daisy, amargurada, sem conseguir esconder a inveja.

– "A Srta. Muriel Dixon, filha do finado Charles Dixon, o Chuck, morto na França durante a guerra, será apresentada no Palácio de Buckingham na próxima terça-feira pela esposa do embaixador norte-americano, Sra. Robert W. Bingham" – leu Olga.

Mas Daisy já tinha ouvido o suficiente sobre Muffie Dixon.

– Eu já fui a Paris, mas não a Londres – disse ela a Eva. – E você?

– Também não – respondeu Eva. – A primeira vez que saí da Alemanha foi quando peguei o navio para os Estados Unidos.

De repente, Olga exclamou:

– Ai, não!

– O que foi? – perguntou Daisy.

Sua mãe amassou o jornal.

– Seu pai levou Gladys Angelus à Casa Branca.

– Ah, é? – Daisy teve a sensação de ter levado um tapa. – Mas ele disse que iria levar a mim!

Na tentativa de conquistar apoio para seu projeto chamado New Deal, o presidente Roosevelt convidara cem empresários para uma recepção. Para Lev Peshkov, Franklin D. Roosevelt era praticamente um comunista, mas ficara lisonjeado em ser convidado para ir à Casa Branca. Olga, porém, recusara-se a acompanhá-lo, dizendo com raiva:

– Não estou disposta a fingir para o presidente que nós temos um casamento normal.

Oficialmente, Lev morava com elas, naquela suntuosa casa em estilo *prairie* anterior à guerra construída pelo vovô Vyalov, mas passava a maior parte das noites no grandioso apartamento da cidade onde mantinha sua amante de muitos anos, Marga. Além disso, todos achavam que ele estava tendo um caso com a maior estrela de seu estúdio, uma atriz chamada Gladys Angelus. Daisy entendia por que a mãe se sentia desprezada. Ela também se sentia assim quando Lev saía de carro para passar as noites com sua outra família.

Ficara empolgada quando ele a convidara para acompanhá-lo à Casa Branca no lugar da mãe. Tinha dito a todo mundo que iria. Nenhum de seus amigos nunca fora apresentado ao presidente, com exceção dos irmãos Dewar, cujo pai era senador.

Lev não lhe dissera a data exata e ela imaginara que o pai fosse avisá-la na última hora, como costumava fazer. Mas ele havia mudado de ideia, ou quem sabe simplesmente se esquecera. De todo modo, tinha desprezado Daisy mais uma vez.

– Eu sinto muito, meu bem – disse Olga. – Mas promessas nunca significaram muita coisa para o seu pai.

Eva tinha uma expressão compassiva. A pena da amiga feriu Daisy. O pai de Eva estava a milhares de quilômetros dali e talvez ela nunca mais tornasse a vê-lo, mas mesmo assim sentia pena de Daisy, como se a situação dela fosse pior do que a sua.

Aquilo fez Daisy se sentir desafiadora. Não iria deixar aquele incidente estragar seu dia.

– Bem, nesse caso vou ser a única garota de Buffalo que já levou um bolo por causa de Gladys Angelus – disse ela. – Mas então, o que devo usar?

Em Paris, as saias nesse ano estavam absurdamente curtas, mas a conservadora alta sociedade de Buffalo só acompanhava a moda muito de longe. No entanto, Daisy tinha um vestido curto, na altura dos joelhos, do mesmo tom de azul-claro de seus olhos. Talvez esse fosse o dia de tirá-lo do armário. Ela despiu o vestido que estava usando e pôs o outro.

– Que tal? – perguntou.

– Ai, Daisy, ficou lindo, mas... – disse Eva.

– Os olhos deles vão pular das órbitas – disse Olga. Ela gostava quando Daisy se vestia para matar. Talvez isso a fizesse se lembrar de sua juventude.

– Daisy, se eles são todos uns esnobes, por que você quer ir a essa festa? – perguntou Eva.

– Charlie Farquharson vai estar lá, e estou pensando em me casar com ele – respondeu Daisy.

– Sério?

– Ele é um ótimo partido – disse Olga, enfática.

– Como ele é? – quis saber Eva.

– Um amor – respondeu Daisy. – Não é o rapaz mais bonito de Buffalo, mas é doce e gentil, mais para tímido.

– Parece muito diferente de você.

– Os opostos se atraem.

– Os Farquharson são uma das famílias mais antigas de Buffalo – atalhou Olga.

– Esnobes? – perguntou Eva, arqueando as sobrancelhas escuras.

– Muito – respondeu Daisy. – Mas o pai de Charlie perdeu todo o dinheiro no Crash de Wall Street e depois morreu... alguns dizem que se matou. Então eles precisam recuperar a fortuna da família.

Eva fez cara de chocada.

– Está dizendo que espera que ele se case com você por dinheiro?

– Não. Ele vai se casar comigo porque vou enfeitiçá-lo. Mas a mãe dele vai me aceitar por causa do meu dinheiro.

– Você diz que *vai* enfeitiçá-lo. Ele está sabendo dessa história?

– Ainda não. Mas talvez eu comece hoje à tarde. Sim, esta sem dúvida é a roupa certa.

Daisy usou o vestido azul-claro e Eva, as listras azul-marinho e brancas. Quando ficaram prontas, já estavam atrasadas.

A mãe de Daisy não queria ter motorista. "Eu me casei com o motorista do meu pai e isso estragou minha vida", costumava dizer. Ficava apavorada que Daisy fizesse algo parecido – era por isso que fazia tanto gosto em Charlie Farquharson. Sempre que precisava ir a algum lugar com seu barulhento Stutz 1925, fazia Henry, o jardineiro, tirar as galochas e vestir um terno preto. Mas Daisy tinha seu próprio carro, um Sport Coupe da Chevrolet.

Daisy gostava de dirigir – adorava o poder e a velocidade associados a isso. As duas garotas saíram da cidade rumo ao sul. Ela quase lamentou que a praia ficasse a menos de dez quilômetros.

Enquanto dirigia, ficou pensando na vida como esposa de Charlie. Com o seu dinheiro e a posição social dele, os dois seriam o casal mais importante da sociedade de Buffalo. Nos jantares que oferecessem, a louça, a prataria e os cristais seriam tão elegantes que as pessoas soltariam arquejos de admiração. Eles teriam o maior iate do porto e dariam festas a bordo para outros casais ricos que gostassem de se divertir. As pessoas ansiariam por um convite da Sra. Charles Farquharson. Nenhum evento beneficente seria um sucesso sem Daisy e Charlie na mesa principal. Em sua mente, ela assistiu a si mesma num filme, com um fabuloso vestido de Paris, andando por entre uma multidão de admiradores, homens e mulheres, e sorrindo graciosamente em retribuição aos elogios que recebia.

Ainda estava sonhando acordada quando chegaram à praia.

A cidade de Buffalo ficava na parte norte do estado de Nova York, perto da fronteira com o Canadá. A praia de Woodlawn era uma faixa de areia de pouco menos de dois quilômetros à margem do lago Erie. Daisy estacionou e as duas começaram a atravessar as dunas.

Já havia umas cinquenta ou sessenta pessoas na festa. Eram os filhos adolescentes da elite de Buffalo, um grupo privilegiado que passava os verões velejando e praticando esqui aquático durante o dia e frequentando festas e bailes à noite. Daisy cumprimentou os que conhecia, ou seja, quase todos, e apresentou Eva. Elas pegaram dois copos de ponche. Daisy provou o seu com cautela: alguns dos rapazes achavam divertido batizar a bebida com algumas garrafas de gim.

A festa era de Dot Renshaw, uma moça de língua afiada com quem ninguém queria se casar. Os Renshaw eram uma família tradicional de Buffalo, como os Farquharson, mas sua fortuna tinha sobrevivido à quebra da Bolsa. Daisy fez questão de ir falar com o anfitrião, pai de Dot, e agradecer-lhe.

– Desculpe o atraso – disse ela. – Perdi a noção do tempo!

Philip Renshaw a olhou de cima a baixo.

– Essa saia é bem curta. – Na expressão dele, a desaprovação competia com a lascívia.

– Que bom que o senhor gostou – respondeu Daisy, fingindo que ele havia lhe feito um elogio direto.

– Que bom que você finalmente chegou – prosseguiu ele. – Um fotógrafo do *Sentinel* virá à festa e precisamos de moças bonitas na foto.

– Então foi por isso que fui convidada – cochichou Daisy para Eva. – Que gentileza dele me avisar.

Dot apareceu. Tinha rosto fino e nariz pontudo. Daisy sempre achava que ela parecia prestes a bicar alguém.

– Pensei que você fosse com seu pai conhecer o presidente – disse ela de cara.

Daisy se sentiu humilhada. Não deveria ter se gabado disso com todo mundo.

– Vi que ele levou sua... ahn... sua atriz principal – continuou Dot. – Esse tipo de coisa não é muito comum na Casa Branca.

– Imagino que o presidente goste de conhecer estrelas de cinema de vez em quando – retrucou Daisy. – Ele também merece um pouco de glamour, você não acha?

– Não creio que Eleanor Roosevelt tenha aprovado. Segundo o *Sentinel*, todos os outros cavalheiros levaram as esposas.

– Que atencioso da parte deles – disse Daisy, virando as costas, louca para sair dali.

Viu Charlie Farquharson tentando montar uma rede de tênis. Ele era bondoso demais para zombar dela por causa de Gladys Angelus.

– Tudo bem, Charlie? – cumprimentou animada.

– Tudo, acho que sim. – Ele se levantou. Era um rapaz alto de cerca de 25 anos, um pouco acima do peso e com uma postura levemente curvada, como se temesse que a sua altura fosse intimidar os outros.

Daisy apresentou Eva. Charlie se comportava de forma encantadoramente constrangida quando estava em grupo, sobretudo quando havia moças, mas fez um esforço e perguntou a Eva o que ela estava achando dos Estados Unidos e se tinha notícias da família em Berlim.

Eva lhe perguntou se ele estava gostando do piquenique.

– Não muito – respondeu ele, sincero. – Preferiria estar em casa com meus cachorros.

Ele sem dúvida achava mais fácil lidar com animais de estimação do que com garotas, pensou Daisy. Mas a menção aos cachorros era interessante.

– De que raça são os seus cães? – perguntou ela.

– Jack Russell.

Daisy arquivou essa informação na cabeça.

Uma cinquentona de traços angulosos se aproximou.

– Pelo amor de Deus, Charlie, ainda não montou essa rede?

– Estou quase, mãe – respondeu ele.

Nora Farquharson usava uma pulseira de ouro cravejada de brilhantes, brincos de diamante e um colar da Tiffany – mais joias do que precisava para um piquenique. A pobreza dos Farquharson era relativa, pensou Daisy. As pessoas diziam que eles haviam perdido tudo, mas a Sra. Farquharson ainda tinha criada, motorista e dois cavalos para cavalgar no parque.

– Boa tarde, Sra. Farquharson – cumprimentou Daisy. – Esta aqui é minha amiga Eva Rothmann, de Berlim.

– Como vai? – disse Nora Farquharson sem estender a mão. Não sentia a menor necessidade de ser simpática com russos arrivistas, muito menos com seus convidados judeus.

Então um pensamento pareceu lhe ocorrer.

– Ah, Daisy, você bem que poderia dar uma volta e ver se alguém quer jogar tênis.

Daisy percebeu que estava sendo tratada como uma criada, mas resolveu ser dócil.

– Claro – concordou. – Sugiro duplas mistas.

– Boa ideia. – A Sra. Farquharson lhe estendeu um cotoco de lápis e um pedaço de papel. – Pode anotar os nomes aqui.

Daisy deu um sorriso gentil e tirou da bolsa uma caneta de ouro e um bloquinho de notas de couro bege.

– Estou equipada.

Ela sabia quem eram os jogadores, tanto os bons quanto os ruins. Era sócia do Clube de Tênis, que não era tão exclusivo quanto o Iate Clube. Formou as duplas: Eva com Chuck Dewar, o filho de 14 anos do senador Dewar; Joanne Rouzrokh com o mais velho dos irmãos Dewar, Woody, que, apesar de ter só 15 anos, já era tão alto quanto o pai; e, naturalmente, ela mesma com Charlie.

Daisy ficou espantada ao ver um rosto familiar e reconhecer o meio-irmão Greg, filho de Marga. Os dois não se encontravam com frequência e fazia um ano que não se viam. Nesse meio-tempo, ele parecia ter virado homem. Estava 15 centímetros mais alto e, embora ainda tivesse apenas 15 anos, já exibia a sombra escura de uma barba. Quando criança, era um menino desarrumado, e isso não havia mudado. Usava as roupas caras de um jeito descuidado: as mangas do blazer arregaçadas, a gravata listrada frouxa no pescoço, a calça de linho molhada do mar e suja de areia na barra.

Daisy sempre ficava envergonhada quando encontrava Greg. Ele era uma prova viva de como seu pai havia rejeitado a ela e à mãe e escolhido Greg e Marga. Sabia que muitos homens casados tinham amantes, mas a pulada de cerca do pai dela aparecia nas festas para todo mundo ver. Lev deveria ter feito Marga e Greg se mudarem para Nova York, onde ninguém conhecia ninguém, ou então para a Califórnia, onde ninguém via nada de errado no adultério. Ali, eles eram um escândalo permanente e Greg fazia parte dos motivos que levavam as pessoas a olhar Daisy com desdém.

Ele perguntou com educação como ela estava.

– Se quer mesmo saber, estou furiosa – respondeu ela. – Papai me deixou na mão... outra vez.

– O que ele fez? – perguntou Greg, desconfiado.

– Ele tinha me convidado para acompanhá-lo à Casa Branca... mas levou aquela sirigaita da Gladys Angelus. Agora está todo mundo rindo de mim.

– Deve ter sido uma ótima publicidade para *Paixão*, o novo filme dela.

– Você sempre o defende porque ele prefere você a mim.

Greg fez cara de irritação.

– Talvez seja porque eu o admiro, em vez de ficar reclamando dele o tempo inteiro.

– Eu não... – Daisy estava prestes a negar que reclamava quando percebeu que era verdade. – Bom, talvez eu reclame, mas ele deveria cumprir suas promessas, não deveria?

– Ele tem muito com que se preocupar.

– Talvez então não devesse ter duas amantes além da esposa.

Greg deu de ombros.

– É muita coisa para administrar.

Depois de alguns instantes de silêncio, os dois acabaram rindo.

– Bom, acho que eu não deveria culpar você – disse Daisy. – Você não pediu para nascer.

– E eu provavelmente deveria perdoá-la por tirar meu pai de casa três noites por semana... por mais que eu chorasse e implorasse para ele ficar.

Daisy nunca havia pensado nas coisas sob aquele ponto de vista. Na sua cabeça, Greg era sempre o usurpador, o filho ilegítimo que vivia roubando seu pai. Mas agora percebia que a mágoa dele era tão grande quanto a sua.

Encarou o rapaz. Algumas garotas até poderiam achá-lo atraente, supôs. Ele era jovem demais para Eva, porém. E provavelmente se tornaria tão egoísta e pouco confiável quanto o pai.

– Enfim – disse ela. – Você quer jogar tênis?

Ele fez que não com a cabeça.

– O pessoal do Clube de Tênis não gosta de gente como eu. – Forçou um sorriso indiferente e Daisy percebeu que, assim como ela, Greg se sentia rejeitado pela alta sociedade de Buffalo. – O meu esporte é hóquei no gelo – falou.

– Que pena. – Ela continuou sua busca.

Depois de recrutar uma quantidade suficiente de nomes, voltou para junto de Charlie, que finalmente conseguira armar a rede. Mandou Eva chamar as duas primeiras duplas. Então disse a Charlie:

– Venha me ajudar a montar a tabela da competição.

Os dois se ajoelharam lado a lado e desenharam na areia um diagrama com eliminatórias, semifinais e uma final. Quando estavam inserindo os nomes, Charlie perguntou:

– Você gosta de cinema?

Daisy se perguntou se ele iria convidá-la para sair.

– Claro – respondeu.

– Por acaso já assistiu a *Paixão?*

– Não, Charlie, não assisti – disse ela em tom irritado. – A atriz principal é amante do meu pai.

Ele ficou chocado.

– Segundo os jornais, eles são apenas bons amigos.

– E por que você acha que a Srta. Angelus, que mal completou 20 anos, é tão *amiga* assim do meu pai, que tem 40? – perguntou Daisy com sarcasmo. – Acha que ela gosta das entradas na cabeça dele? Ou daquela barriguinha que ele tem? Ou será que gosta de seus 50 milhões de dólares?

– Ah, entendi – disse ele, parecendo consternado. – Eu sinto muito.

– Não precisa se desculpar. Estou agindo mal. Você não é igual a todo mundo... não pensa automaticamente o pior dos outros.

– Acho que devo ser simplesmente burro.

– Não. Só gentil.

Charlie pareceu encabulado, mas contente.

– Vamos andar logo com isso – disse Daisy. – Temos que manipular as partidas para que os melhores jogadores cheguem à final.

Nora Farquharson tornou a aparecer. Viu Charlie e Daisy ajoelhados lado a lado na areia e em seguida examinou a tabela.

– Ficou muito bom, não acha, mãe? – perguntou Charlie. Era óbvio que ansiava pela sua aprovação.

– Sim, muito bom. – Ela olhou para Daisy com um ar avaliador, como uma cadela ao ver um desconhecido se aproximar de seus filhotes.

– Foi Charlie que fez quase tudo – disse Daisy.

– Mentira – disse a Sra. Farquharson, indelicada. Olhou para Charlie, depois de volta para Daisy. – Você é uma moça esperta – falou. Parecia prestes a acrescentar alguma coisa, mas hesitou.

– O que foi? – indagou Daisy.

– Nada. – Ela virou as costas.

Daisy se levantou.

– Eu sei o que ela estava pensando – sussurrou para Eva.

– O quê?

– Você é uma moça esperta... quase boa o bastante para o meu filho, se viesse de uma família decente.

– Você não tem como saber isso – disse Eva, cética.

– É claro que tenho. E vou me casar com ele nem que seja só para provar que ela está errada.

– Oh, Daisy, por que você se importa tanto com o que essa gente pensa?

– Vamos ver as partidas de tênis.

Daisy sentou-se na areia ao lado de Charlie. Ele podia não ser bonito, mas iria venerar a esposa e faria qualquer coisa por ela. A sogra seria um problema, mas Daisy achava que conseguiria domá-la.

A alta Joanne Rouzrokh estava sacando. Usava um saiote branco que realçava suas pernas compridas. Seu parceiro, Woody Dewar, ainda mais alto do que ela, passou-lhe uma bola. Alguma coisa no modo como ele olhou para Joanne fez Daisy pensar que estava atraído por ela, talvez até apaixonado. Mas Woody tinha 15 anos e Joanne, 18. Não havia futuro nenhum ali.

Ela se virou para Charlie.

– Talvez no final das contas eu devesse assistir a *Paixão* – falou.

Ele não entendeu a indireta.

– Talvez devesse mesmo – respondeu ele, indiferente.

A oportunidade havia passado.

Daisy virou-se para Eva:

– Estava pensando: onde eu poderia comprar um Jack Russell?

II

Lev Peshkov era o melhor pai que um rapaz poderia ter – pelo menos seria, se fosse mais presente. Era rico, generoso, mais inteligente do que qualquer outra pessoa, e até sabia se vestir. Devia ter sido bonito quando jovem e ainda hoje as mulheres se atiravam em cima dele. Greg Peshkov adorava o pai e sua única reclamação era não vê-lo com frequência suficiente.

– Eu deveria ter vendido essa droga de fundição quando tive oportunidade – comentou Lev enquanto os dois passeavam pela fábrica silenciosa e deserta. – Mesmo antes daquela maldita greve, já estava dando prejuízo. Deveria me concentrar em cinemas e bares. – Ele sacudiu o dedo para o filho, didático. – As pessoas nunca deixam de comprar bebida, não importa se os tempos são fáceis ou difíceis. E vão ao cinema mesmo quando não têm dinheiro para pagar o ingresso. Nunca se esqueça disso.

Greg tinha quase certeza de que o pai jamais cometia erros profissionais.

– Então por que você manteve a fábrica?

– Valor sentimental – respondeu Lev. – Quando eu tinha a sua idade, trabalhei num lugar assim em São Petersburgo, a Metalúrgica Putilov. – Correu os olhos pelos guindastes, fornalhas, moldes, tornos e bancadas de trabalho. – Na verdade, era bem pior do que isto aqui.

A Metalúrgica de Buffalo fabricava ventiladores de todos os tamanhos, incluindo grandes hélices para navios. Greg era fascinado pela matemática das pás curvas. Era o melhor aluno da turma em matemática.

– Você era engenheiro? – perguntou ao pai.

Lev sorriu.

– Eu digo isso às pessoas quando preciso impressioná-las – respondeu. – Mas na verdade eu cuidava dos pôneis. Era cavalariço. Nunca fui muito bom com máquinas. Quem tinha talento para isso era meu irmão, Grigori. Você puxou a ele. De toda forma, nunca compre uma fundição.

– Não comprarei.

Greg iria passar o verão acompanhando o pai para aprender tudo sobre os negócios. Lev acabara de chegar de Los Angeles e as aulas de Greg tinham começado naquele mesmo dia. Só que o garoto não queria aprender nada sobre a fundição. Era bom em matemática, mas o que lhe interessava mesmo era o poder. Queria que o pai o levasse em uma de suas frequentes viagens a Washington, onde fazia lobby para a indústria do cinema. Era lá que as verdadeiras decisões eram tomadas.

Estava ansioso pela hora do almoço. Ele e o pai iriam se encontrar com o senador Gus Dewar. Greg queria pedir um favor ao senador. No entanto, ainda não pedira permissão ao pai. Estava nervoso, com medo de pedir, e em vez disso falou:

– Você tem notícias do seu irmão em Leningrado?

Lev fez que não com a cabeça.

– Nenhuma desde a guerra. Não me espantaria se ele tivesse morrido. Muitos antigos bolcheviques sumiram.

– Falando em parentes, encontrei minha meia-irmã no sábado. Ela estava no piquenique na praia.

– Vocês se divertiram?

– Ela está zangada com você, sabia?

– O que eu fiz desta vez?

– Prometeu levá-la à Casa Branca, mas foi com Gladys Angelus.

– É verdade. Eu me esqueci. Mas queria fazer propaganda para *Paixão*.

Os dois foram abordados por um homem alto, cujo terno listrado era exagerado mesmo para os padrões da moda da época. Tocando a aba do chapéu Fedora, ele disse:

– Bom dia, chefe.

– Joe Brekhunov é o encarregado da segurança aqui – explicou Lev a Greg. – Joe, este é meu filho Greg.

– Prazer – disse Brekhunov.

Greg apertou a mão dele. Como a maioria das fábricas, a fundição tinha seus próprios funcionários de segurança. Brekhunov, porém, parecia mais um capanga do que um guarda.

– Tudo tranquilo? – perguntou Lev.

– Um pequeno incidente durante a noite – respondeu Brekhunov. – Dois maquinistas tentaram surrupiar uma barra de aço de quarenta centímetros, padrão aeronáutico. Nós os pegamos tentando passá-la por cima da cerca.

– Chamaram a polícia? – perguntou Greg.

– Não foi preciso – respondeu Brekhunov com um sorriso. – Nós lhes demos um pequeno sermão sobre o conceito de propriedade privada e os mandamos para o hospital para refletir sobre o assunto.

Greg não ficou surpreso ao saber que os seguranças de seu pai espancavam ladrões de forma tão brutal a ponto de mandá-los para o hospital. Embora Lev nunca tivesse batido nele nem em sua mãe, o garoto tinha a sensação de que a violência nunca estava muito longe da superfície afável do pai. Imaginou que fosse por causa da infância de Lev nos barracos miseráveis de São Petersburgo.

Um homem corpulento, de terno azul e capacete de operário, surgiu de trás de uma fornalha.

– Este é Brian Hall, líder sindical – apresentou Lev. – Bom dia, Hall.

– Bom dia, Peshkov.

Greg arqueou as sobrancelhas. Em geral, as pessoas chamavam seu pai de Sr. Peshkov.

Lev se posicionou com os pés afastados e as mãos nos quadris.

– Bem, tem uma resposta para mim?

O rosto de Hall adquiriu uma expressão obstinada.

– Os homens não vão voltar ao trabalho com um corte de salário, se é isso que está perguntando.

– Mas eu melhorei a proposta!

– Continua sendo um corte salarial.

Greg começou a ficar nervoso. Seu pai não gostava de ser contrariado e talvez perdesse a paciência.

– O gerente me disse que não estamos recebendo nenhuma encomenda, pois ele não consegue manter uma política de preços competitivos por conta dos níveis salariais.

– Na verdade é porque suas máquinas estão ultrapassadas, Peshkov. Alguns desses tornos são de antes da guerra! Você precisa se reequipar.

– No meio de uma depressão econômica? Ficou louco? Não vou jogar mais dinheiro fora.

– É exatamente assim que os seus homens se sentem – disse Hall, com ar de quem lança mão de um trunfo. – Não vão dar dinheiro para você quando não têm nem o bastante para si mesmos.

Greg pensou que os operários eram burros por fazer greve durante uma depressão e o atrevimento de Hall o irritou. Aquele homem falava com Lev de igual para igual, não como um funcionário.

– Bem, do jeito que as coisas estão, todos nós estamos perdendo dinheiro – disse Lev. – Qual é o sentido disso?

– Não está mais nas minhas mãos – disse Hall. Greg achou seu tom arrogante. – O sindicato vai mandar uma equipe da sede para assumir a situação. – Ele sacou do bolso do colete um grande relógio de aço. – O trem deles deve chegar daqui a uma hora.

O semblante de Lev ficou sombrio.

– Não precisamos de pessoas de fora criando problemas aqui.

– Se não quer problemas, basta não provocá-los.

Lev cerrou um dos punhos, mas Hall se afastou.

Então Lev se virou para Berkhunov.

– Você sabia sobre esses tais homens da sede do sindicato? – perguntou Lev zangado.

Berkhunov pareceu nervoso.

– Vou me informar agora mesmo, chefe.

– Descubra quem são e onde vão ficar hospedados.

– Não vai ser difícil.

– E mande-os de volta para Nova York numa porra de uma ambulância.

– Deixe comigo, chefe.

Lev se virou para ir embora e Greg o seguiu. Aquilo sim era poder, pensou o garoto com certo assombro. Bastava uma palavra de seu pai para que representantes de um sindicato fossem espancados.

Os dois saíram da fábrica e entraram no carro de Lev, um Cadillac sedã com capacidade para cinco passageiros, no novo estilo aerodinâmico. Os para-choques longos e curvos faziam Greg pensar nos quadris de uma garota.

Lev percorreu a Porter Avenue até a beira do lago e estacionou no Iate Clube de Buffalo. A luz do sol reluzia nos barcos atracados na marina, criando um belo efeito. Greg tinha quase certeza de que o pai não era sócio daquele clube de elite. Gus Dewar devia ser.

Os dois caminharam até o píer. A sede do clube era construída sobre pilotis na água. Lev e Greg entraram e deixaram os chapéus na chapelaria. Na mesma hora, Greg sentiu-se intimidado, sabendo que era um convidado num clube que jamais o aceitaria como sócio. As pessoas ali provavelmente achavam que ele deveria se sentir privilegiado pelo simples fato de lhe permitirem entrar. Pôs as mãos nos bolsos e adotou uma postura relaxada, para lhes mostrar que não estava impressionado.

– Antigamente eu era sócio deste clube – disse Lev. – Mas em 1921 o presidente disse que eu tinha que sair porque era contrabandista de bebidas. Em seguida me pediu que lhe vendesse uma caixa de uísque escocês.

– Por que o senador Dewar quer almoçar com você? – perguntou Greg.

– Vamos descobrir daqui a pouco.

– Você se importaria se eu pedisse um favor a ele?

Lev franziu o cenho.

– Acho que não. O que você quer?

No entanto, antes que Greg pudesse responder, Lev cumprimentou um homem de mais ou menos 60 anos.

– Este aqui é Dave Rouzrokh – disse ele a Greg. – Meu maior rival.

– Quanta honra – disse o recém-chegado.

A Roseroque Cinemas era uma cadeia de salas caindo aos pedaços que funcionava no estado de Nova York. Seu dono, por sua vez, era tudo, menos decrépito. Tinha um ar nobre: era alto, com os cabelos muito brancos e um nariz que mais parecia uma lâmina curva. Estava usando um blazer de caxemira azul com o escudo do clube no bolso da frente.

– Tive o prazer de ver sua filha Joanne jogar tênis no sábado – disse Greg.

Dave ficou satisfeito ao ouvir aquilo.

– Ela joga bem, não é?

– Muito.

– Que bom que o encontrei, Dave – disse Lev. – Estava mesmo planejando telefonar para você.

– Por quê?

– Suas salas precisam de reforma. Estão muito antiquadas.

Dave pareceu achar graça.

– Você pretendia me telefonar para dar essa notícia?

– Por que não toma uma providência?

Dave deu de ombros com elegância.

– Para quê? Ganho dinheiro suficiente. Na minha idade, não quero ter esse trabalho.

– Você poderia dobrar seu lucro.

– Aumentando o preço dos ingressos? Não, obrigado.

– Você é louco.

– Nem todos são obcecados por dinheiro – disse Dave com leve desdém.

– Então venda as salas para mim – disse Lev.

Greg ficou surpreso. Não tinha previsto isso.

– Eu pago um bom preço – acrescentou Lev.

Dave fez que não com a cabeça.

– Não. Gosto de ser dono de salas de cinema – disse ele. – Elas dão prazer às pessoas.

– Oito milhões de dólares – propôs Lev.

Isso deixou Greg estupefato. Será que acabei mesmo de ouvir meu pai oferecer oito milhões de dólares a esse tal de Dave?

– É um preço justo – reconheceu Dave. – Mas as salas não estão à venda.

– Ninguém mais vai lhe pagar tanto – disse Lev, impaciente.

– Eu sei. – Dave parecia já ter tido a sua cota de insolência. Engoliu o restante da bebida. – Foi um prazer ver vocês dois – falou e saiu do bar em direção ao restaurante do clube.

A expressão de Lev era de asco.

– "Nem todos são obcecados por dinheiro" – arremedou. – O avô de Dave chegou aqui cem anos atrás, vindo da Pérsia, sem nada a não ser a roupa do corpo e seis tapetes. Ele não teria feito pouco caso de oito milhões de dólares.

– Eu não sabia que você tinha todo esse dinheiro – disse Greg.

– E não tenho mesmo, pelo menos não em espécie. É para isso que existem os bancos.

– Quer dizer que você pegaria um empréstimo para pagar Dave?

Lev tornou a sacudir o indicador para o filho, dizendo:

– Nunca use seu próprio dinheiro quando puder gastar o dos outros.

Foi nessa hora que um homem alto e cabeçudo entrou no bar: Gus Dewar. Tinha 40 e poucos anos e cabelos castanho-claros salpicados de fios brancos. Cumprimentou pai e filho com uma cortesia distante, apertando a mão deles e lhes oferecendo uma bebida. Greg percebeu de imediato que Gus e Lev não se gostavam. Temeu que isso significasse que Gus não fosse fazer o favor que ele queria lhe pedir. Talvez devesse deixar para lá.

Gus era um figurão. Antes dele, seu pai também havia sido senador, sucessão dinástica que, na opinião de Greg, não tinha nada a ver com os Estados Unidos. Gus ajudara Franklin Roosevelt a se tornar governador do estado de Nova York e, depois, presidente. Agora, era membro do poderoso Comitê de Relações Exteriores do Senado.

Seus dois filhos, Woody e Chuck, estudavam na mesma escola que Greg. Woody era bom aluno; Chuck era bom atleta.

– O presidente lhe disse para resolver minha greve, senador? – perguntou Lev.

Gus sorriu.

– Não... pelo menos não ainda.

Lev virou-se para Greg:

– Da última vez que a fundição entrou em greve, há vinte anos, o presidente Wilson mandou Gus me pressionar para aumentar o salário dos funcionários.

– Eu o fiz poupar dinheiro – disse Gus, com voz suave. – Eles estavam pedindo um dólar e eu os fiz aceitar metade.

– Ou seja, exatamente 50 *cents* a mais do que eu pretendia dar.

Gus sorriu e deu de ombros.

– Vamos almoçar?

Os três entraram no restaurante. Depois de fazerem o pedido, o senador disse:

– O presidente ficou contente por você ter podido ir à recepção na Casa Branca.

– Eu provavelmente não deveria ter levado Gladys – disse Lev. – A Sra. Roosevelt foi meio fria com ela. Acho que não gosta de estrelas de cinema.

Ela provavelmente não gosta é de estrelas de cinema que vão para a cama com homens casados, pensou Greg, mas ficou de boca fechada.

Durante o almoço, Gus falou amenidades. Greg procurava uma oportunidade para pedir seu favor. Ele queria trabalhar em Washington durante um verão, para aprender os macetes e fazer contatos. Seu pai talvez pudesse lhe conseguir um estágio, que seria com um dos republicanos, mas eles não estavam no poder. Greg queria trabalhar na equipe do influente e respeitado senador Dewar, aliado e amigo pessoal do presidente.

Perguntou-se por que estava tão nervoso. O pior que poderia acontecer era Dewar dizer não.

Terminada a sobremesa, Gus começou a falar sobre negócios:

– O presidente me pediu que conversasse com você sobre a Liga da Liberdade.

Greg já tinha ouvido falar nessa organização, um grupo de direita contrário ao New Deal.

Lev acendeu um cigarro e soprou a fumaça.

– Temos que nos proteger do avanço do socialismo.

– O New Deal é a única coisa que está nos salvando do tipo de pesadelo que as pessoas estão vivendo na Alemanha.

– Os membros da Liga da Liberdade não são nazistas.

– Ah, não? Eles têm um projeto de insurreição armada para derrubar o presidente. Não é um projeto realista, naturalmente... pelo menos não por enquanto.

– Acho que tenho direito às minhas opiniões.

– Nesse caso, está apoiando as pessoas erradas. A Liga não tem nada a ver com liberdade, você sabe.

– Não me venha falar em liberdade – disse Lev com um traço de raiva na voz. – Quando eu tinha 12 anos, fui açoitado pela polícia de São Petersburgo porque meus pais fizeram greve.

Greg não entendeu muito bem por que o pai tinha dito isso. A brutalidade do regime do czar parecia um argumento a favor do socialismo, não contra.

– Roosevelt sabe que você doa dinheiro para a Liga e quer que pare – disse Gus.

– Como ele sabe para quem eu doo dinheiro?

– Por meio do FBI. Eles investigam esse tipo de gente.

– Estamos vivendo em um Estado vigiado! Você teoricamente é um liberal.

Não havia muita lógica na argumentação de Lev, percebeu Greg. Seu pai só estava fazendo o possível para levar Gus a tropeçar e pouco lhe importava que para isso fosse preciso contradizer a si mesmo.

Mas Gus permaneceu calmo.

– Estou tentando evitar que isso vire assunto de polícia.

Lev sorriu.

– O presidente sabe que eu roubei a sua noiva?

Aquilo era novidade para Greg, mas devia ser verdade, porque seu pai finalmente conseguiu desestabilizar Gus. O senador pareceu chocado, desviou o olhar e corou. Ponto para o nosso time, pensou Greg.

– Em 1915, Gus estava noivo de Olga – explicou Lev ao filho. – Mas então ela mudou de ideia e se casou comigo.

Gus recuperou a compostura e falou:

– Éramos todos muito jovens.

– Você com certeza esqueceu Olga bem depressa – comentou Lev.

Gus o encarou com um olhar frio e disse:

– Você também.

Greg viu que agora era o pai quem estava constrangido. O tiro de Gus tinha acertado o alvo.

Após alguns instantes de silêncio constrangedor, Gus falou:

– Lev, você e eu lutamos numa guerra. Eu fiz parte de um batalhão de metralhadoras junto com meu amigo de escola Chuck Dixon. Numa cidadezinha francesa chamada Château-Thierry, ele foi estraçalhado por uma bomba bem na minha frente. – O tom de Gus era casual, mas Greg se viu prendendo a respiração. Gus prosseguiu: – O que desejo para meus filhos é que eles jamais tenham que passar pelo que nós passamos. É por isso que grupos como a Liga da Liberdade precisam ser eliminados logo no começo.

Greg viu sua chance.

– Eu também me interesso por política, senador, e gostaria de aprender mais. O senhor me aceitaria como estagiário durante um verão? – Ele voltou a prender a respiração.

Apesar do ar surpreso, Gus respondeu:

– Sempre tenho lugar para um jovem inteligente disposto a trabalhar em equipe.

Isso não queria dizer nem sim nem não.

– Sou o melhor da minha turma em matemática e capitão do time de hóquei no gelo – insistiu Greg, vendendo seu peixe. – Pergunte a Woody sobre mim.

– Vou perguntar. – Gus virou-se para Lev: – E você, vai pensar no pedido do presidente? É muito importante, mesmo.

Quase pareceu que Gus estava sugerindo uma troca de favores. Mas será que seu pai iria concordar?

Lev hesitou por alguns instantes, então apagou o cigarro e disse:

– Acho que estamos acertados.

Gus se levantou.

– Ótimo – falou. – O presidente vai ficar satisfeito.

Consegui, pensou Greg.

Os três deixaram o clube em direção aos carros.

Quando saía com o pai do estacionamento, Greg falou:

– Obrigado, pai. Fico muito grato pelo que você fez.

– Você soube escolher o momento certo – disse Lev. – Fico feliz por ver que é tão inteligente.

O elogio agradou a Greg. Sob alguns aspectos, ele era mais inteligente do que o pai – com certeza sabia mais sobre matemática e ciências –, mas temia não ter a sua sagacidade nem a sua astúcia.

– Eu quero que você seja um homem esperto – continuou Lev. – Não como alguns desses bobalhões. – Greg não fazia ideia de quem eram os tais bobalhões. – Você tem que estar um passo à frente o tempo todo. É só assim que se vai para a frente.

Lev dirigiu até seu escritório, localizado em um quarteirão moderno do centro da cidade. Quando estavam passando pela portaria de mármore, ele disse:

– Agora vou dar uma lição naquele idiota do Dave Rouzrokh.

Enquanto os dois subiam de elevador, Greg se perguntou como o pai faria aquilo.

A Peshkov Filmes ocupava o último andar do prédio. Greg seguiu Lev por um corredor largo e, juntos, atravessaram uma recepção ocupada por duas secretárias jovens e atraentes.

– Liguem para Sol Starr, sim? – pediu Lev enquanto os dois entravam em seu escritório.

Lev sentou-se atrás da mesa.

– Solly é dono de um dos maiores estúdios de Hollywood – explicou ele.

O telefone sobre a mesa tocou e Lev atendeu.

– Sol! – exclamou. – Como estão as coisas? – Greg escutou um ou dois minutos de brincadeiras tipicamente masculinas e então Lev foi ao que interessava: – Um pequeno conselho – falou. – Aqui no estado de Nova York existe uma cadeia de pulgueiros chamada Roseroque Cinemas... isso, essa mesma... Ouça o que lhe digo: não mande para eles seus lançamentos mais importantes do verão. Vocês correm o risco de não receber. – Greg se deu conta de que aquilo seria um duro golpe para Dave: sem filmes novos e empolgantes para exibir, seu lucro iria despencar. – Para bom entendedor... não é mesmo? Não precisa me agradecer, Solly, você faria a mesma coisa por mim... tchau.

Mais uma vez, Greg ficou espantado com o poder de seu pai. Lev podia mandar espancar pessoas; oferecer oito milhões de dólares do dinheiro dos outros; assustar um presidente; seduzir a noiva de outro homem. E também era capaz de arruinar um negócio com um simples telefonema.

– Espere só e você verá – disse ele ao filho. – Daqui a um mês, Dave Rouzrokh vai estar implorando para eu comprar sua cadeia de cinemas... por metade do preço que eu lhe ofereci hoje.

III

– Não sei qual é o problema com esse cachorro – disse Daisy. – Ele não faz nada que eu mando. Está me deixando louca. – Sua voz tremia, havia uma lágrima em seu olho e ela só estava exagerando um pouquinho.

Charlie Farquharson analisou o filhote.

– Não há nada de errado com ele – declarou. – Que graça. Qual é o nome dele?

– Jack.

– Ah.

Os dois estavam sentados em cadeiras no bem-cuidado jardim de quase um hectare da casa de Daisy. Depois de cumprimentar Charlie, Eva muito discretamente havia se retirado para escrever uma carta para casa. Um pouco mais

afastado, o jardineiro Henry afofava com uma enxada um canteiro de amores-
-perfeitos roxos e amarelos. Sua esposa, a criada Ella, trouxe uma jarra de limonada e alguns copos, que arrumou sobre uma mesinha dobrável.

O cão era um pequeno filhote de Jack Russell, pequeno e forte, branco com
manchas marrons. Tinha um ar inteligente, como se entendesse tudo o que os
humanos diziam, mas não parecia ter qualquer inclinação para obedecer. Daisy o
segurou no colo e acariciou-lhe o focinho delicadamente com a ponta dos dedos,
de um jeito que esperava que Charlie achasse estranhamente perturbador.

– Não gostou do nome?

– Só achei um pouco óbvio. – Charlie olhou para a mão branca de Daisy sobre
o focinho do cachorro e remexeu-se na cadeira, pouco à vontade.

Daisy não queria exagerar na dose. Se provocasse muito Charlie, ele simplesmente iria embora. Era por isso que continuava solteiro aos 25 anos: várias moças
de Buffalo, entre elas Dot Renshaw e Muffie Dixon, tinham achado impossível
fazê-lo se comprometer. Mas Daisy era diferente.

– Então escolha um nome para ele.

– Seria bom se tivesse duas sílabas, como Bonzo, para que ele reconhecesse o
nome mais facilmente.

Daisy não fazia a menor ideia de como dar nome a cães.

– Que tal Rover? – sugeriu ela.

– Muito comum. Talvez Rusty seja melhor.

– Perfeito! – disse ela. – Então o nome dele vai ser Rusty.

O cachorro se desvencilhou das mãos de Daisy sem dificuldade e pulou no
chão.

Charlie o pegou. Daisy reparou que ele tinha as mãos grandes.

– Você precisa mostrar a Rusty quem é que manda – disse Charlie. – Segure-o
bem firme e só o deixe descer quando você mandar. – Ele pôs o cão de volta no
colo dela.

– Mas ele é tão forte! E tenho medo de machucá-lo.

Charlie sorriu de um jeito condescendente.

– Você provavelmente não conseguiria machucá-lo nem se quisesse. Segure a
coleira com força... pode torcer um pouco se precisar. Depois ponha a outra mão
nas costas dele com firmeza.

Daisy seguiu as instruções de Charlie. O cachorro sentiu a pressão mais forte
de sua mão e ficou parado, como se estivesse esperando para ver o que iria acontecer em seguida.

– Mande que ele sente e ao mesmo tempo empurre o traseiro dele para baixo.

– Sentado – disse ela.

– Fale mais alto e dê bastante ênfase ao "s". Depois empurre com força.

– Rusty, sentado! – disse ela, empurrando para baixo o traseiro do filhote, que sentou.

– Pronto – disse Charlie.

– Como você é inteligente! – elogiou Daisy, efusiva.

Charlie pareceu satisfeito.

– É só uma questão de saber o que fazer – disse, modesto. – Com cachorros, é preciso ser sempre bem enfática e decidida. Você praticamente tem que latir para eles. – Ele se recostou na cadeira, parecendo contente. Era bem grandão e ocupava a cadeira toda. Falar sobre algo em que era especialista o fizera relaxar, como Daisy havia torcido para que acontecesse.

Tinha lhe telefonado naquela mesma manhã.

– Estou desesperada! – dissera. – Tenho um cachorrinho novo e não sei o que fazer com ele. Você pode me dar uns conselhos?

– Qual é a raça dele?

– Jack Russell.

– Ah, a minha preferida... tenho três cães dessa raça!

– Que coincidência!

Como Daisy previa, Charlie se oferecera para ir até sua casa ajudá-la a adestrar o filhote.

– Acha mesmo que Charlie é o rapaz certo para você? – perguntara Eva, cética.

– Está falando sério? – retrucara Daisy. – Ele é um dos melhores partidos de Buffalo!

Agora, no jardim, dizia para ele:

– Aposto que você também levaria muito jeito com crianças.

– Ah, isso eu já não sei.

– Você adora cachorros, mas os trata com firmeza. Tenho certeza de que isso também funciona com crianças.

– Não faço ideia. – Ele mudou de assunto: – Você pretende entrar para a faculdade em setembro?

– Talvez vá para Oakdale. É uma escola para moças e o curso dura dois anos. A menos que...

– A menos que o quê?

A menos que eu me case, ela queria dizer, mas em vez disso falou:

– Não sei. A menos que aconteça alguma outra coisa.

– Como o quê, por exemplo?

– Eu gostaria de conhecer a Inglaterra. Meu pai foi a Londres e conheceu o príncipe de Gales. E você? Quais são seus planos?

– Sempre achamos que eu fosse assumir o banco de papai, mas agora o banco não existe mais. Mamãe tem um pouco de dinheiro da família dela e sou eu que o administro, mas, tirando isso, estou meio sem rumo.

– Você deveria criar cavalos – disse Daisy. – Sei que seria ótimo nisso. – Ela era boa amazona e ganhara prêmios quando mais nova. Imaginou-se com Charlie no parque, cada um montado em um belo tordilho, e seus dois filhos logo atrás, em pôneis. A visão a fez sentir um calor que a iluminou por dentro.

– Adoro cavalos – disse Charlie.

– Eu também! Quero criar cavalos de corrida. – Esse entusiasmo Daisy não precisou fingir. Tinha o sonho de criar uma linhagem de campeões. Ela considerava os donos de cavalos de corrida a maior das elites internacionais.

– Puros-sangues custam muito dinheiro – comentou Charlie, desanimado.

Daisy tinha muito dinheiro. Se Charlie se casasse com ela, nunca mais precisaria se preocupar com isso na vida. É óbvio que ela não disse nada, mas imaginou que Charlie estivesse pensando a mesma coisa e deixou que esse pensamento ficasse suspenso no ar, implícito, pelo tempo mais longo possível.

Depois de algum tempo, Charlie falou:

– Seu pai mandou mesmo espancar aqueles dois sindicalistas?

– Que ideia mais absurda! – Daisy não sabia se Lev Peshkov tinha feito uma coisa dessas, mas não ficaria surpresa se fosse verdade.

– Os homens que vieram de Nova York comandar a greve – insistiu Charlie. – Eles foram hospitalizados. O *Sentinel* disse que eles brigaram com sindicalistas daqui, mas todo mundo acha que o responsável foi seu pai.

– Eu nunca falo sobre política – disse Daisy em tom jovial. – Quando você ganhou seu primeiro cachorro?

Charlie mergulhou numa longa reminiscência. Daisy ficou pensando no que fazer em seguida. Já consegui que ele viesse até aqui, pensou, e o deixei à vontade. Agora preciso deixá-lo excitado. Mas acariciar o cãozinho sugestivamente o deixara perturbado. O que eles precisavam era de um pouco de contato físico casual.

– Qual é a próxima coisa que devo fazer com Rusty? – perguntou ela depois de Charlie concluir a história.

– Ensiná-lo a andar junto – respondeu Charlie sem pestanejar.

– Como é que se faz isso?

– Você tem biscoitos para cães?

– Claro. – As janelas da cozinha estavam abertas e Daisy elevou a voz para que a criada a escutasse. – Ella, pode me trazer aquela caixa de biscoitos de cachorro, por favor?

Pouco depois, Charlie partiu um dos biscoitos e em seguida pegou o filhote no colo. Segurou um pedaço de biscoito dentro do punho fechado, deixou Rusty cheirar e então abriu a mão, permitindo que ele comesse. Pegou outro pedaço, certificando-se de que o cão soubesse que o biscoito estava dentro de sua mão. Então se levantou e pôs o cãozinho a seus pés. Rusty manteve o olhar cravado na mão de Charlie, que disse:

– Junto!

Ele deu alguns passos. O filhote foi atrás.

– Bom menino! – disse Charlie, dando o biscoito para ele.

– Que incrível! – exclamou Daisy.

– Depois de um tempo, você não vai mais precisar do biscoito... ele vai andar junto só por uma festinha. E depois vai acabar fazendo isso automaticamente.

– Charlie, você é um gênio!

Ele pareceu contente. Tinha olhos castanhos bonitos, parecidos com os do filhote, reparou ela.

– Agora tente você – falou ele.

Daisy imitou o que Charlie havia feito e obteve o mesmo resultado.

– Está vendo? – disse Charlie. – Não é tão difícil.

Daisy riu, encantada.

– Nós deveríamos abrir um negócio – disse ela. – Farquharson e Peshkov, adestradores de cães.

– Que boa ideia – disse ele, e parecia falar sério.

Aquilo estava correndo muito bem, pensou Daisy.

Ela foi até a mesa e serviu dois copos de limonada.

Em pé ao seu lado, ele disse:

– Em geral sou meio tímido com as garotas.

Não me diga, pensou Daisy, mas manteve a boca bem fechada.

– Mas é tão fácil conversar com você – prosseguiu ele. Na sua cabeça, aquilo tudo era uma feliz coincidência.

Quando ela estava lhe entregando o copo, atrapalhou-se e derramou limonada em cima dele.

– Ah, como eu sou desastrada! – exclamou.

– Não foi nada – disse ele, mas a bebida havia molhado seu blazer de linho e sua calça branca de algodão. Ele pegou um lenço e começou a enxugar.

– Deixe que eu faço isso – disse Daisy, pegando o lenço da mão dele.

Ela chegou bem perto para enxugar sua lapela. Charlie ficou imóvel, e ela soube que devia estar sentindo o cheiro de seu perfume Jean Naté – notas superiores de lavanda, base de almíscar. Com gestos que eram verdadeiras carícias, ela passou o lenço pela frente do paletó dele, embora a limonada não houvesse nem respingado ali.

– Está quase – falou, como se lamentasse ter de parar tão cedo.

Ela então se apoiou sobre um dos joelhos, como se o estivesse adorando. Com a mesma leveza de uma borboleta, começou a encostar o lenço nas partes molhadas da calça dele. Enquanto alisava sua coxa, adotou um ar de inocência sedutora e ergueu os olhos. Charlie a encarava, enfeitiçado, respirando forte pelo nariz.

IV

Woody Dewar inspecionou o iate *Sprinter* com impaciência, para verificar se os meninos tinham deixado tudo impecável. Era um barco de corrida de 48 pés, comprido e fino como uma faca. Dave Rouzrokh o havia alugado para os Shipmates, um clube do qual Woody era sócio e que levava os filhos dos desempregados de Buffalo para passear de barco no lago Erie e lhes ensinava os rudimentos da vela. Woody ficou satisfeito ao ver que os cabos de amarração e as defensas estavam no lugar, as velas amarradas, as adriças presas e todos os outros cabos cuidadosamente enrolados.

Seu irmão Chuck, de 14 anos – um a menos do que ele –, já estava no píer, conversando animadamente com um par de meninos negros. Chuck tinha um temperamento descontraído que lhe permitia se dar bem com todo mundo. Woody, que queria ser político como o pai, invejava aquele charme natural do irmão.

Os meninos estavam apenas de short e sandálias, e os três ali no píer pareciam um retrato da força e da vitalidade juvenis. Se tivesse trazido a câmera, Woody teria tirado uma foto. Gostava muito de fotografar e havia montado em casa um laboratório de revelação e ampliação.

Convencido de que o *Sprinter* estava exatamente do mesmo jeito que eles o haviam pegado naquela manhã, Woody pulou para o píer. O grupo de mais ou menos dez meninos saiu da marina ao mesmo tempo, todos bronzeados e com os cabelos desarrumados pelo vento, agradavelmente doloridos por causa do exercício e rindo ao recordar os erros, tombos e brincadeiras do dia.

O abismo entre os dois irmãos ricos e o grupo de meninos pobres tinha desaparecido quando eles estavam velejando, fazendo um esforço conjunto para controlar o barco, mas ressurgiu ali, no estacionamento do Iate Clube de Buffalo. Dois carros estavam estacionados lado a lado: o Chrysler Airflow do senador

Dewar, com um motorista uniformizado ao volante à espera de Woody e Chuck; e uma picape Roadster da Chevrolet com bancos de madeira na caçamba, à espera dos outros. Woody ficou constrangido ao se despedir enquanto o motorista segurava a porta para ele, mas os outros meninos não pareceram ligar, agradecendo e dizendo:

– Até sábado que vem!

Quando estavam subindo a Delaware Avenue, Woody falou:

– Foi divertido, mas não sei exatamente para que serve.

O comentário deixou Chuck surpreso.

– Como assim?

– Bem, não estamos ajudando os pais deles a arrumar emprego, e isso é a única coisa que importa.

– Talvez saber velejar ajude os filhos a ter trabalho daqui a alguns anos. – Buffalo era uma cidade portuária. Em circunstâncias normais, havia milhares de empregos em navios mercantes que singravam os Grandes Lagos e o canal de Erie, bem como em barcos de passeio.

– Se o presidente conseguir fazer a economia andar outra vez.

Chuck deu de ombros.

– Vá trabalhar para Roosevelt, então.

– Por que não? Papai trabalhou para Woodrow Wilson.

– Eu vou ficar com a vela mesmo.

Woody olhou para o relógio de pulso.

– Ainda temos tempo de nos trocar para o baile... vai ser apertado, mas dá. – Os dois tinham um jantar dançante no Clube de Tênis. A expectativa fez o coração de Woody bater mais depressa. – Quero estar na companhia de gente de pele macia, voz aguda e vestidos cor-de-rosa.

– Argh – murmurou Chuck com desdém. – Joanne Rouzrokh nunca usou rosa na vida.

Woody ficou espantado. Vinha sonhando com Joanne o dia inteiro e metade da noite já havia algumas semanas, mas como seu irmão sabia disso?

– Por que você acha que...

– Ah, por favor – disse Chuck, zombeteiro. – Quando ela chegou à festa na praia usando aquele saiote de tênis você quase teve um troço. Todo mundo reparou que está louco por ela. Felizmente, *ela* não pareceu notar.

– Por que "felizmente"?

– Pelo amor de Deus... você tem 15 anos e ela, 18. É constrangedor! Ela está procurando um marido, não um moleque.

– Puxa, obrigado. Tinha esquecido que você é um especialista em mulheres.

Chuck corou. Ele nunca tivera uma namorada.

– Não é preciso ser especialista para ver o que está bem debaixo do nosso nariz.

Os dois viviam conversando assim. Não era por maldade: simplesmente eram de uma franqueza brutal um com o outro. Eram irmãos; não havia necessidade de dizer as coisas só para agradar.

Chegaram em casa, uma mansão que imitava o estilo gótico construída por seu avô, o senador Cam Dewar. Entraram correndo e foram tomar banho e trocar de roupa.

Woody tinha a mesma altura do pai e vestiu um dos ternos formais antigos de Gus. Estava meio gasto, mas tudo bem. Os rapazes mais jovens estariam todos de terno escolar ou blazer, mas os universitários usariam smoking e Woody queria parecer mais velho. Nessa noite iria dançar com ela, pensou enquanto passava brilhantina nos cabelos. Poderia segurá-la nos braços. As palmas de suas mãos sentiriam o calor da pele dela. Ele a olharia nos olhos quando ela sorrisse. Os seios dela roçariam seu paletó durante a dança.

Quando ele desceu, seus pais estavam esperando na sala de estar. O pai tomava um drinque, a mãe fumava um cigarro. Seu pai era alto e magro, e o smoking de abotoamento duplo que estava usando fazia com que ele parecesse um cabide. Sua mãe era linda, apesar de ter apenas um olho e de o outro se manter permanentemente fechado – ela nascera assim. Nessa noite, estava deslumbrante, com um vestido de renda preta sobre seda vermelha que ia até o chão e um bolero curto de veludo preto.

A avó de Woody foi a última a chegar. Aos 68 anos, era uma mulher de boa postura, elegante, tão magra quanto o filho, só que mignon. Examinou o vestido da mãe de Woody e disse:

– Rosa, querida, você está maravilhosa. – Ela era sempre gentil com a nora. Com todos os outros, era uma megera.

Gus preparou um drinque para a mãe sem que ela precisasse pedir. Woody disfarçou a impaciência enquanto a avó bebia sem pressa. Ela não era uma pessoa que se pudesse apressar. Para ela, nenhum evento social começaria antes de sua chegada: ela era a *grande dame* da sociedade de Buffalo, viúva de um senador e mãe de outro, matriarca de uma das famílias mais antigas e distintas da cidade.

Woody perguntou a si mesmo quando tinha se apaixonado por Joanne. Os dois se conheciam praticamente desde que eram bebês, mas ele sempre havia considerado as meninas espectadoras sem graça das emocionantes aventuras dos meninos – até dois ou três anos antes, quando elas de repente se tornaram mais fascinantes que carros e lanchas. Nessa época, ele se interessava por meninas da sua idade ou um pouco mais novas. Joanne, por sua vez, sempre o tratara feito criança – um menino inteligente, com quem valia a pena conversar de vez em quando, mas com certeza não um candidato a namorado. Nesse verão, porém, por nenhum motivo que conseguisse identificar, ele de repente começara a achá-la a garota mais atraente do mundo. Infelizmente, os sentimentos dela por ele não tinham sofrido a mesma transformação.

Não ainda.

– Como anda a escola, Chuck? – perguntou a avó a seu irmão.

– Um horror, vovó, como a senhora sabe muito bem. Eu sou o burro da família, um retrocesso a nossos antepassados chimpanzés.

– Que eu saiba, burros não usam expressões como "nossos antepassados chimpanzés". Tem certeza de que a preguiça não tem nada a ver com isso?

– Os professores de Chuck dizem que ele se dedica bastante na escola, mãe – interveio Rosa.

– E ele ganha de mim no xadrez – acrescentou Gus.

– Então qual é o problema? – insistiu a avó. – Se continuar assim, ele não vai entrar para Harvard.

– Eu leio devagar, só isso – disse Chuck.

– Que curioso – comentou ela. – Meu sogro, seu bisavô paterno, foi o banqueiro mais bem-sucedido da sua geração, mas mal sabia ler e escrever.

– Eu não sabia disso – falou Chuck.

– É verdade – confirmou ela. – Mas não vá usar isso como desculpa. Estude mais.

Gus olhou para o relógio.

– Se estiver pronta, mãe, é melhor irmos andando.

Por fim, eles entraram no carro e foram para o clube. Gus tinha reservado uma mesa para o jantar e convidado os Renshaw e seus filhos, Dot e George. Woody olhou em volta, mas, para sua decepção, não viu Joanne. Verificou o mapa de assentos, exposto em um cavalete no saguão, e ficou consternado ao ver que não havia uma mesa para a família Rouzrokh. Será que eles não vinham? Isso iria estragar sua noite.

Enquanto a lagosta e o filé eram saboreados, a conversa girou em torno dos acontecimentos na Alemanha. Philip Renshaw achava que Hitler estava fazendo um bom trabalho. Mas o pai de Woody falou:

– Segundo o *Sentinel* de hoje, eles prenderam um padre católico por criticar os nazistas.

– Você é católico? – perguntou o Sr. Renshaw, surpreso.

– Não, sou anglicano.

– Não é uma questão de religião, Philip – disse Rosa, seca. – É a liberdade que está em jogo. – A mãe de Woody fora anarquista na juventude e, no fundo, ainda era uma libertária.

Algumas pessoas pularam o jantar e foram chegando mais tarde para o baile, e novos convivas apareceram enquanto a sobremesa era servida na mesa dos Dewar. Woody se manteve atento para ver se encontrava Joanne. No salão anexo, uma banda começou a tocar "The Continental", um sucesso do ano anterior.

Não sabia dizer o que em Joanne o deixava tão fascinado. A maioria das pessoas não a acharia uma grande beldade, embora sem dúvida fosse atraente. Parecia uma rainha asteca: malares proeminentes e os mesmos olhos do pai, Dave. Seus cabelos eram escuros e cheios, e sua pele tinha um tom moreno, sem dúvida por causa da ascendência persa. Havia nela uma intensidade contida que fazia Woody ansiar por conhecê-la melhor, fazê-la relaxar e ouvi-la murmurar baixinho coisas sem importância. Sentia que sua atitude imponente devia significar uma capacidade de se apaixonar profundamente. Então pensou: e agora, quem é que está fingindo ser especialista em mulheres?

– Procurando alguém, Woody? – perguntou sua avó, que não deixava passar quase nada.

Chuck deu uma risadinha cúmplice.

– Só estava me perguntando quem viria ao baile – respondeu Woody, casual, mas não conseguiu evitar que suas faces corassem.

Ainda não a tinha visto quando sua mãe se levantou e todos saíram da mesa. Desconsolado, entrou no salão de baile enquanto a banda tocava "Moonglow", de Benny Goodman. Então deu de cara com Joanne: ela devia ter entrado quando ele estava distraído. Ficou mais animado.

Ela usava um vestido de seda cinza-prateado cujo modelo, simples mas elegante, tinha um decote em V profundo que realçava suas curvas. Já havia ficado sensacional com o saiote de tênis que deixava à mostra suas pernas compridas e morenas, mas aquilo era ainda mais excitante. Enquanto ela deslizava pelo salão, graciosa e segura, Woody sentiu a garganta seca.

Ele avançou na direção dela, mas o salão agora estava cheio e, de repente, para sua irritação, descobriu-se muito popular: todos queriam falar com ele. Enquanto abria caminho pela multidão, ficou surpreso ao ver o sem graça Charlie Farquharson dançando com a espevitada Daisy Peshkov. Não conseguia se lembrar de ter visto Charlie dançar com mais ninguém, muito menos uma belezinha feito Daisy. O que ela teria feito para tirá-lo da concha?

Quando conseguiu chegar até Joanne, ela já se encontrava na extremidade do salão, no canto mais distante da banda, e, para desgosto de Woody, estava muito entretida numa conversa com um grupo de rapazes uns quatro ou cinco anos mais velhos do que ele. Por sorte, Woody era mais alto do que a maioria dos outros e a diferença de idade não ficou tão evidente. Todos seguravam copos de Coca-Cola, mas Woody sentiu cheiro de uísque: um dos rapazes devia estar com uma garrafinha no bolso.

Quando se juntou a eles, ouviu Victor Dixon dizer:

– Ninguém é a favor de linchamentos, mas é preciso entender os problemas que eles têm lá no Sul.

Woody sabia que o senador Wagner tinha proposto uma lei para punir os xerifes que permitissem linchamentos – mas o presidente Wilson se recusara a apoiar o projeto.

Joanne estava indignada:

– Como você pode dizer uma coisa dessas, Victor? Linchamento é assassinato! Nós não precisamos entender os problemas deles, o que precisamos fazer é impedir que pessoas sejam mortas!

Woody ficou satisfeito em saber que Joanne compartilhava de seus valores políticos. No entanto, aquele claramente não era um bom momento para convidá-la para dançar. O que era uma pena.

– Joanne, querida, você não está entendendo – disse Victor. – Aqueles negros lá do Sul não são civilizados.

Eu posso ser jovem e inexperiente, pensou Woody, mas nunca cometeria o erro de falar com Joanne de forma tão condescendente.

– Não civilizado é quem comete esses linchamentos, isso sim! – exclamou ela.

Woody decidiu que aquele era o melhor momento para dar sua contribuição ao debate.

– Joanne tem razão – falou. Forçou a voz a ficar mais grave, a fim de parecer mais velho. – Houve um linchamento na cidade dos nossos criados, Joe e Betty, que cuidam de mim e do meu irmão desde que éramos bebês. O primo de Betty foi despido e queimado com um maçarico enquanto uma multidão assistia. Depois foi enforcado. – Victor o encarou com ódio, ressentido por aquele pirralho estar roubando a atenção de Joanne. O restante do grupo, porém, o escutava com uma atenção horrorizada. – Pouco me importa qual foi o crime dele – disse Woody. – Os brancos que fizeram isso são uns selvagens.

– Mas o seu amado presidente Roosevelt não apoiou o projeto de lei contra os linchamentos, não foi? – indagou Victor.

– Não, e foi uma grande decepção – admitiu Woody. – Mas sei por que ele tomou essa decisão: teve medo de que os congressistas do Sul se zangassem e retaliassem boicotando o New Deal. De toda forma, eu gostaria que ele tivesse mandado todos eles para o inferno.

– O que você sabe sobre essas coisas? Você é só um garoto – provocou Victor. Ele sacou do bolso do paletó uma garrafinha e completou o próprio copo.

– As ideias políticas de Woody são mais maduras que as suas, Victor – disse Joanne.

O elogio deixou Woody radiante.

– A política é meio que o ramo da minha família – falou.

Então foi importunado por um puxão em seu cotovelo. Educado demais para ignorar o chamado, virou-se e deu de cara com Charlie Farquharson, suando por causa das evoluções no salão.

– Posso conversar com você um instante? – pediu Charlie.

Woody resistiu à tentação de mandá-lo dar o fora. Charlie era um rapaz simpático, que nunca fazia mal a ninguém. Ter uma mãe como a dele era de dar dó em qualquer um.

– Pois não, Charlie? – perguntou, com o máximo de solicitude que conseguiu expressar.

– É sobre Daisy.

– Vi você dançando com ela.

– Ela não é ótima dançarina?

Woody não havia reparado, mas, para ser agradável, falou:

– Sim, é ótima, mesmo!

– Ela é ótima em tudo.

– Charlie, você e Daisy estão flertando? – indagou Woody, tentando reprimir a incredulidade na voz.

Charlie pareceu encabulado.

– Fomos cavalgar no parque algumas vezes, essas coisas.

– Então *estão* flertando! – Woody estava surpreso. Aquele lhe parecia um casal improvável. Charlie era grandalhão e desengonçado, e Daisy tão miúda e delicada.

– Ela não é igual às outras garotas – disse Charlie. – É tão fácil conversar com ela! E ela ama cachorros e cavalos. Mas as pessoas acham que o pai dela é um gângster.

– Acho que ele é mesmo um gângster, Charlie. Todo mundo comprava bebida dele durante a Lei Seca.

– É o que a minha mãe diz.

– Então ela não gosta de Daisy. – Woody não estranhou isso.

– Ela não tem nada contra Daisy. O problema é com a família dela.

Uma ideia ainda mais surpreendente ocorreu a Woody.

– Você está pensando em *se casar* com Daisy?

– Ah, por Deus, estou sim – respondeu Charlie. – E acho que, se eu pedisse, ela aceitaria.

Ora, ora, pensou Woody, Charlie tinha classe mas não tinha dinheiro, e Daisy era o contrário; talvez, no final das contas, os dois se completassem.

– Coisas mais estranhas já aconteceram neste mundo – disse ele. Aquilo era fascinante, mas ele queria se concentrar em sua própria vida afetiva. Olhou em volta para ver se Joanne ainda estava por perto. – Por que está me contando isso? – perguntou a Charlie. Os dois não eram exatamente grandes amigos.

– Minha mãe talvez mude de ideia se a Sra. Peshkov for convidada a entrar para a Sociedade de Senhoras de Buffalo.

Por essa Woody não esperava.

– Mas esse é o clube mais esnobe da cidade!

– Justamente. Se Olga Peshkov fosse sócia, como minha mãe poderia se opor a Daisy?

Woody não sabia se o plano iria funcionar ou não, mas não havia a menor dúvida quanto à sinceridade e ao arrebatamento de Charlie.

– Talvez você tenha razão – disse Woody.

– Você falaria com sua avó por mim?

– Caramba! Espere aí um instante. Vovó Dewar é um verdadeiro dragão. Eu não lhe pediria um favor nem para mim mesmo, que dirá para você.

– Woody, escute. Você sabe que quem manda lá é ela. Se ela quiser alguém na sociedade, a pessoa será aceita... se não quiser, a pessoa estará fora.

Era verdade. A Sociedade tinha uma presidente, uma secretária e uma tesoureira, mas era Ursula Dewar quem mandava e desmandava no clube, como se ele lhe pertencesse. Mesmo assim, Woody relutava em falar com a avó. Ela seria capaz de arrancar sua cabeça.

– Não sei, não – falou, em tom de quem se desculpa.

– Ah, Woody, por favor. Você não entende. – Charlie baixou a voz. – Não entende o que é amar alguém tanto assim.

Entendo sim, pensou Woody, e isso o fez mudar de ideia. Se Charlie está se sentindo tão mal quanto eu, como posso recusar o seu pedido? Espero que alguma outra pessoa faça o mesmo por mim, se isso significar uma chance com Joanne.

– Tudo bem, Charlie – cedeu. – Vou falar com ela.

– Obrigado! Me diga uma coisa... ela está aqui, não está? Será que você poderia falar hoje?

– Meu Deus, hoje não. Estou com outras coisas na cabeça.

– Claro, está bem... mas então quando?

Woody deu de ombros.

– Amanhã eu falo.

– Você é demais!

– Não me agradeça ainda. Ela provavelmente vai dizer não.

Woody tornou a se virar para falar com Joanne, mas ela havia desaparecido.

Começou a procurá-la, em seguida se controlou. Não podia se mostrar desesperado. Sabia que as mulheres não se interessavam por homens carentes.

Cortês, dançou com várias moças: Dot Renshaw, Daisy Peshkov e Eva, a amiga alemã de Daisy. Pegou uma Coca-Cola e foi até o lado de fora, onde alguns dos rapazes fumavam. George Renshaw pôs um pouco de uísque na Coca de Woody, o que melhorou o gosto, mas ele não queria ficar bêbado. Já fizera isso antes e não gostara muito.

Woody achava que Joanne fosse querer um homem que compartilhasse seus interesses intelectuais – e isso tirava Victor Dixon do páreo. Já a ouvira mencionar Karl Marx e Sigmund Freud. Na Biblioteca Pública, lera o *Manifesto comunista*, mas o texto lhe parecera apenas uma lenga-lenga politizada. Gostara mais dos *Estudos sobre a histeria*, de Freud, que transformavam a doença mental em uma espécie de história de detetive. Ansiava por contar a Joanne, de um jeito casual, que tinha lido esses livros.

Estava decidido a dançar com ela pelo menos uma vez nessa noite e, depois de algum tempo, partiu à sua procura. Ela não estava no salão nem no bar. Será que ele perdera sua chance? Ao tentar não mostrar desespero, teria sido passivo demais? Era insuportável pensar que o baile talvez terminasse sem que ele sequer tivesse tocado o ombro dela.

Tornou a sair. Apesar de estar escuro, viu-a quase imediatamente. Ela estava se afastando de Greg Peshkov com as faces levemente coradas, como se tivesse acabado de discutir com ele.

– Você talvez seja o único aqui que não é uma droga de um conservador – disse ela a Woody. Sua voz soava um pouco embriagada.

Woody sorriu.

– Obrigado pelo elogio... eu acho.

– Está sabendo da passeata amanhã? – perguntou ela sem rodeios.

Ele sabia. Os grevistas da Metalúrgica de Buffalo estavam organizando uma passeata em protesto contra o espancamento dos sindicalistas de Nova York. Woody imaginava que esse tivesse sido o tema da desavença de Joanne com Greg: o pai dele era dono da fábrica.

– Pretendo ir – falou. – Talvez tire umas fotos.

– Que Deus o abençoe – disse ela, e então lhe deu um beijo.

Ele ficou tão espantado que quase não conseguiu reagir. Durante um segundo, ficou parado, sem fazer nada, enquanto ela pressionava a boca na dele, e sentiu gosto de uísque em seus lábios.

Mas então recuperou o controle. Envolveu-a com os braços e apertou o corpo dela contra o seu, sentindo o delicioso contato de seus seios e suas coxas. Teve um pouco de medo de ela se ofender, empurrá-lo para longe e acusá-lo de estar lhe faltando com o respeito; mas um instinto mais profundo lhe disse que estava pisando em terreno seguro.

Woody não era muito experiente em beijar garotas – e nunca beijara mulheres maduras de 18 anos –, mas gostou tanto da textura macia da boca de Joanne que começou a roçar seus lábios nos dela, dando leves mordidinhas que lhe proporcionaram um prazer indizível, e foi recompensado ao ouvi-la gemer de leve.

Teve a vaga consciência de que, se alguma pessoa mais velha passasse por ali, acharia aquela cena constrangedora, mas estava excitado demais para se importar com isso.

A boca de Joanne se abriu e ele sentiu o contato de sua língua. Aquilo era novidade: as poucas meninas que ele havia beijado nunca fizeram isso. Mas imaginou que ela soubesse o que estava fazendo e gostou muito. Imitou os movimentos da língua dela com a sua. Aquilo era extremamente íntimo e muito excitante. Deve ter sido a coisa certa a fazer, porque ela deu outro gemido.

Juntando toda a coragem que tinha, Woody levou a mão direita ao seio de Joanne, que lhe pareceu deliciosamente macio e pesado sob a seda do vestido. Ao acariciá-lo, sentiu uma pequena protuberância e pensou, com um arrepio de prazer, que devia ser o mamilo dela. Esfregou-o com o polegar.

Ela se afastou dele abruptamente.

– Meu Deus! – exclamou. – O que estou fazendo?

– Me beijando – disse Woody, todo feliz. Pousou as mãos nos quadris arredondados de Joanne. Podia sentir o calor de sua pele através do vestido de seda. – Vamos fazer mais um pouco disso.

Ela afastou as mãos dele.

– Eu devo estar fora de mim. Pelo amor de Deus, isto aqui é o Clube de Tênis!

Woody percebeu que o feitiço havia se quebrado e, infelizmente, não haveria mais beijos nessa noite. Olhou em volta.

– Não se preocupe – falou. – Ninguém viu. – Teve a agradável sensação de ser um conspirador.

– É melhor eu ir para casa antes que cometa uma burrice ainda maior.

Ele tentou não se ofender:

– Posso acompanhá-la até seu carro?

– Está louco? Se entrarmos juntos no salão, todo mundo vai adivinhar o que estávamos fazendo... principalmente com esse sorrisinho idiota na sua cara.

Woody tentou parar de sorrir.

– Então por que você não entra e eu espero aqui um minuto?

– Boa ideia. – Ela se afastou.

– Até amanhã – disse ele para suas costas.

Joanne não olhou para trás.

V

Ursula Dewar tinha uma ala de cômodos só para ela na velha mansão vitoriana da Delaware Avenue. Havia um quarto de dormir, um banheiro e um quarto de vestir e, depois da morte do marido, ela transformara o quarto de vestir dele numa saleta. Na maior parte do tempo, tinha a casa inteira só para si: Gus e Rosa passavam muito tempo em Washington, e Woody e Chuck estudavam num colégio interno. No entanto, quando eles estavam todos em casa, ela passava boa parte do dia em seus aposentos.

Woody foi falar com a avó no domingo de manhã. Ainda estava nas nuvens por causa do beijo de Joanne, embora tivesse passado metade da noite tentando entender o que ele significava. Poderia ser qualquer coisa, de amor verdadeiro a um simples pileque. Tudo o que sabia era que mal podia esperar para vê-la de novo.

Entrou no quarto da avó atrás da criada, Betty, que foi levar a bandeja do café da manhã. Agradava-lhe o fato de Joanne ter se zangado com a forma como o primo sulista de Betty tinha sido tratado. Na sua opinião, a argumentação ponderada era supervalorizada no meio político. As pessoas *deveriam* se zangar com a crueldade e a injustiça.

Sua avó já estava sentada na cama, usando um xale de renda por cima de uma camisola de seda bege.

– Bom dia, Woodrow! – falou, espantada.

– Queria tomar um café com a senhora, vovó, se for possível. – Ele já tinha pedido a Betty que levasse duas xícaras.

– Será uma honra – respondeu Ursula.

Betty era uma mulher grisalha de 50 e poucos anos, com o tipo de estrutura física que alguns chamavam de generosa. Pousou a bandeja na frente de Ursula, e Woody serviu café em duas xícaras de porcelana Meissen.

Tinha pensado um pouco no que dizer, preparando seus argumentos. A Lei Seca não existia mais e Lev Peshkov era agora um homem de negócios dentro da lei. Além do mais, não era justo punir Daisy por seu pai ter sido um criminoso – sobretudo se a maioria das famílias respeitáveis de Buffalo tinha comprado sua bebida ilegal.

– A senhora conhece Charlie Farquharson? – começou.

– Conheço.

É claro que sim. Ela conhecia todas as famílias da alta sociedade de Buffalo.

– Quer um pedaço de torrada? – ofereceu ela.

– Não, obrigado, já comi.

– Rapazes da sua idade nunca comem o suficiente. – Ela olhou para ele com uma expressão sagaz. – A menos que estejam apaixonados.

Sua avó estava afiadíssima nessa manhã.

– A mãe de Charlie o mantém sob rédeas curtas – disse Woody.

– Ela tratava o marido assim também – retrucou Ursula, seca. – Morrer foi a única forma que ele encontrou de se libertar. – Ela bebeu um gole de café e começou a comer sua grapefruit com um garfo.

– Charlie veio falar comigo ontem à noite e perguntou se eu podia pedir um favor à senhora.

Ela arqueou uma das sobrancelhas, mas não disse nada.

Woody tomou fôlego antes de falar.

– Ele gostaria que a senhora convidasse a Sra. Peshkov para fazer parte da Sociedade das Senhoras de Buffalo.

Ursula deixou cair o garfo e um tilintar de prata sobre porcelana fina ecoou pelo quarto. Como para esconder o espanto, ela pediu:

– Sirva-me mais um pouco de café, Woody, por favor.

Ele obedeceu, sem dizer nada. Não se lembrava de ter visto a avó desconcertada antes.

Ela tomou um gole de café e perguntou:

– Por que Charles Farquharson, ou qualquer outra pessoa, iria querer Olga Peshkov na Sociedade?

– Ele quer se casar com Daisy.

– Ah, é?

– E está com medo de que a mãe se oponha.

– Nisso ele tem razão.

– Mas acha que talvez consiga convencê-la...

– Se eu aceitar Olga na Sociedade.

– Assim talvez as pessoas esqueçam que o pai dela foi gângster.

– Gângster?

– Bem, contrabandista de bebidas, no mínimo.

– Ah, isso – disse Ursula, sem dar importância. – Não é esse o motivo.

– Ah, não? – Foi a vez de Woody ficar surpreso. – Qual é o motivo, então?

Ursula pareceu pensativa. Passou tanto tempo em silêncio que Woody se perguntou se ela teria esquecido que ele estava ali. Então sua avó disse:

– Seu pai foi apaixonado por Olga Peshkov.

– Jesus!

– Não diga o nome do Senhor em vão.

– Desculpe, vovó. É que a senhora me surpreendeu.

– Eles foram noivos.

– Noivos? – repetiu Woody, pasmo. Pensou por um minuto e depois disse: – Acho que devo ser a única pessoa de Buffalo que não sabia dessa história.

Ela sorriu para o neto.

– Existe uma mistura toda especial de sabedoria e inocência que só os adolescentes têm. Lembro-me perfeitamente disso no seu pai, e vejo a mesma coisa em você. Sim, todo mundo em Buffalo sabe, embora a sua geração sem dúvida considere essa uma história antiga e sem graça.

– Bem, mas o que aconteceu? – indagou Woody. – Quer dizer, quem rompeu o noivado?

– Ela, quando engravidou.

A boca de Woody se escancarou.

– Do papai?

– Não, do motorista dela... Lev Peshkov.

– Ele era motorista dela? – Era um choque atrás do outro. Woody ficou calado, tentando assimilar aquilo tudo. – Caramba, papai deve ter se sentido um idiota.

– Seu pai nunca foi idiota – disse Ursula, incisiva. – A única coisa idiota que ele fez na vida foi pedir Olga em casamento.

Woody se lembrou de sua missão.

– Mesmo assim, vovó, tudo isso foi há muito tempo atrás.

– Ou há ou atrás. Não precisa usar os dois. Mas seu argumento é melhor do que sua gramática. Já faz *mesmo* muito tempo.

Isso lhe deu esperanças.

– Então a senhora vai ajudar?

– Como você acha que seu pai se sentiria?

Woody pensou um pouco. Não podia tentar enrolar Ursula: ela iria desmascará-lo na mesma hora.

– Se ele iria se importar? Imagino que talvez ficasse constrangido se Olga vivesse por perto, como um lembrete permanente de um episódio humilhante de sua juventude.

– Exatamente.

– Por outro lado, ele é muito apegado à ideia de se comportar de forma justa com as pessoas à sua volta. Detesta injustiça. Não iria querer punir Daisy por uma coisa que a mãe dela fez. E muito menos Charlie. Papai tem um grande coração.

– Maior do que o meu, você quer dizer – disse Ursula.

– Não foi isso que eu quis dizer, vovó. Mas aposto que, se a senhora perguntasse, ele não iria se opor à entrada de Olga na Sociedade.

Ursula assentiu.

– Concordo. Mas fico me perguntando se você já entendeu quem realmente está por trás desse pedido.

Woody viu aonde ela estava tentando chegar.

– Ah, a senhora quer dizer que foi Daisy quem convenceu Charlie a fazer isso? Não me espantaria. Faz alguma diferença para os prós e contras da situação?

– Acho que não.

– Então a senhora vai ajudar?

– Fico satisfeita por ter um neto de bom coração... mesmo desconfiando que ele esteja sendo usado por uma garota esperta e ambiciosa.

Woody sorriu.

– Isso é um sim, vovó?

– Você sabe que não posso garantir nada. Vou fazer a sugestão ao comitê.

As sugestões de Ursula eram consideradas por todas as outras sócias ordens de uma rainha, mas Woody não disse isso.

– Obrigado. A senhora é muito gentil.

– Agora me dê um beijo e vá se trocar para ir à igreja.

Woody saiu do quarto.

Logo se esqueceu de Charlie e Daisy. Sentado na Catedral de São Paulo, na

Shelton Square, ignorou o sermão – sobre Noé e o Dilúvio – e pensou em Joanne Rouzrokh. Os pais dela estavam na missa, mas ela não. Será que iria mesmo aparecer na passeata? Se aparecesse, ele iria convidá-la para sair. Mas será que ela aceitaria?

Joanne era inteligente demais para se importar com a diferença de idade, pensou. Devia saber que tinha mais coisas em comum com Woody do que com rapazes estúpidos como Victor Dixon. E aquele beijo! Ele ainda estava todo arrepiado. Aquilo que ela fizera com a língua – será que as outras meninas faziam a mesma coisa? Ele queria experimentar outra vez assim que possível.

Planejando o futuro, pensou: se ela aceitasse sair com ele, o que iria acontecer em setembro? Sabia que ela estava matriculada no Vassar College, na cidade de Poughkeepsie. Ele, por sua vez, voltaria para a escola e só tornaria a vê-la no Natal. Vassar era uma instituição só para mulheres, mas certamente haveria homens em Poughkeepsie. Será que ela iria sair com outros rapazes? Woody já estava com ciúmes.

Em frente à igreja, disse aos pais que não almoçaria em casa, pois iria à passeata de protesto contra a metalúrgica.

– Muito bem – comentou sua mãe. Quando jovem, ela havia sido editora do jornal radical *Buffalo Anarchist*. Virou-se para o marido: – Você também deveria ir, Gus.

– O sindicato deu queixa na polícia – respondeu o pai de Woody. – Você sabe que não posso influenciar o resultado de um caso no tribunal.

A mãe tornou a falar com Woody:

– Tome cuidado com os capangas de Lev Peshkov.

Woody pegou a câmera na mala do carro do pai. Era uma Leica III, tão pequena que ele podia carregá-la em uma correia em volta do pescoço, mas tinha velocidades de exposição de até 1/500 de segundo.

Caminhou alguns quarteirões até a Niagara Square, ponto de partida da manifestação. Lev Peshkov tentara convencer a prefeitura a proibir passeatas sob o pretexto de que elas geravam violência, mas o sindicato insistira que a manifestação seria pacífica. Os sindicalistas pareciam ter ganhado a queda de braço, pois várias centenas de pessoas já estavam reunidas em volta da prefeitura. Muitas carregavam faixas cuidadosamente bordadas, bandeiras vermelhas e cartazes com os dizeres "Não aos capangas dos patrões". Woody olhou em volta à procura de Joanne, mas não a viu.

O tempo estava bom e o clima, alegre. Woody tirou algumas fotos: operários com suas roupas de domingo e chapéus; um carro enfeitado com faixas; um jovem policial roendo as unhas. Ainda não havia nem sinal de Joanne e ele começou a achar que ela não iria aparecer. Talvez estivesse com dor de cabeça, pensou.

O início da passeata estava marcado para o meio-dia. Acabou começando alguns minutos depois da uma da tarde. A presença policial ao longo do trajeto era forte. Woody acabou indo parar no meio do cortejo.

Quando estavam seguindo a Washington Street em direção ao sul, a caminho do coração industrial da cidade, ele viu Joanne se juntar ao grupo alguns metros à sua frente, e seu coração deu um pulo. Ela usava uma calça feita sob medida que realçava suas curvas. Woody se apressou para alcançá-la.

– Boa tarde! – disse, todo feliz.

– Puxa, como você está bem-disposto – comentou ela.

Aquilo era um eufemismo. Ele estava delirando de felicidade.

– E você, está de ressaca?

– Ou isso, ou fui contaminada com a peste bubônica. O que você acha?

– Se estiver com erupções na pele, é peste bubônica. Apareceu alguma pintinha vermelha no seu corpo? – Woody mal sabia o que estava falando. – Não sou médico, mas, se você quiser, seria um prazer examiná-la.

– Pare de ter resposta para tudo. Sei que é charmoso, mas não estou com disposição para isso.

Woody tentou se acalmar.

– Sentimos sua falta na igreja – falou. – O sermão foi sobre Noé.

Para sua consternação, ela soltou uma gargalhada.

– Ai, Woody. Gosto muito quando você é engraçado, mas, por favor, não me faça rir hoje.

Ele achou que o comentário fosse positivo, mas não teve certeza.

Viu uma mercearia aberta em uma rua lateral.

– Você precisa se hidratar – falou. – Já volto.

Correu até a loja e comprou duas garrafas de Coca-Cola bem geladas. Pediu que o vendedor as abrisse e então voltou para a passeata. Quando entregou uma das garrafas a Joanne, ela disse:

– Ah, você salvou a minha vida. – Levou a garrafa aos lábios e tomou um grande gole.

Woody teve a sensação de que até o momento estava dominando a situação.

Apesar do sinistro incidente contra o qual estavam protestando, os manifestantes se mostravam bem-humorados. Um grupo de homens mais velhos entoava hinos políticos e canções tradicionais. Havia até algumas famílias com crianças. E nenhuma nuvem no céu.

– Você já leu *Estudos sobre a histeria?* – perguntou Woody enquanto caminhavam.

– Nunca ouvi falar.

– Ah! É de Sigmund Freud. Pensei que você fosse fã dele.

– As ideias dele me interessam. Mas nunca li nenhum de seus livros.

– Pois deveria ler. *Estudos sobre a histeria* é incrível.

Ela o fitou, curiosa.

– O que fez você ler um livro desses? Aposto que na sua escola cara e antiquada vocês não têm aula de psicologia.

– Ah, sei lá. Acho que ouvi você falar sobre psicanálise e o assunto me pareceu extraordinário. E é, mesmo.

– Como assim?

Woody teve a sensação de que ela o estava testando, para ver se ele entendera mesmo o livro ou se estava apenas fingindo.

– A ideia de que um ato de loucura, como por exemplo derramar tinta obsessivamente em cima de uma toalha de mesa, pode ter uma espécie de lógica oculta.

Ela assentiu.

– É – concordou. – É isso.

Woody soube instintivamente que ela não sabia do que ele estava falando. Ele já havia superado o conhecimento dela sobre Freud, mas Joanne estava com vergonha de admitir isso.

– O que você mais gosta de fazer? – perguntou a ela. – Ir ao teatro? Ouvir música clássica? Imagino que ir ao cinema não seja nada de mais para alguém cujo pai tem uma centena de salas.

– Por que a pergunta?

– Bem... – Ele decidiu ser sincero. – Quero chamar você para sair e gostaria de atraí-la com algo de que você goste muito. Pode escolher o que quer fazer.

Ela sorriu para ele, mas não era o sorriso que ele esperava. Apesar de simpático, tinha um quê de piedade, e ele soube que estava prestes a receber uma notícia ruim.

– Woody, eu bem que gostaria, mas você tem 15 anos.

– Como você mesma disse ontem à noite, sou mais maduro do que Victor Dixon.

– Eu também não aceitaria sair com ele.

Woody sentiu a garganta se contrair e sua voz saiu rouca.

– Você está me dispensando?

– Estou, sim, com muita firmeza. Não quero sair com um garoto três anos mais novo que eu.

– Posso convidar você de novo daqui a três anos? Aí vamos ter a mesma idade.

Ela riu e falou:

– Pare de ser espirituoso, está me dando dor de cabeça.

Woody decidiu não esconder a dor que estava sentindo. O que tinha a perder? Muito angustiado, perguntou:

– Então o que foi aquele beijo?

– Não foi nada.

Ele balançou a cabeça, arrasado.

– Para mim, foi. Foi o melhor beijo que já experimentei.

– Ai, meu Deus, eu sabia que tinha sido um erro. Olhe, foi só um pouco de diversão. Sim, eu gostei... pode se gabar, tem todo o direito. Woody, você é uma graça de menino, e muito inteligente, mas um beijo não é uma declaração de amor, por mais que tenha sido bom.

Eles estavam quase na frente da multidão, e Woody viu mais adiante o destino final da passeata: os altos muros da Metalúrgica de Buffalo. O portão estava fechado e vigiado por uma dúzia ou mais de seguranças, homens de aspecto violento usando camisas azul-claras que imitavam uniformes da polícia.

– Além do mais, eu estava bêbada – acrescentou Joanne.

– É, eu também estava – disse Woody.

Foi uma tentativa patética de salvar sua dignidade, mas Joanne teve a elegância de fingir acreditar.

– Nesse caso, nós dois fizemos uma coisa meio boba e o melhor é esquecer e pronto – disse ela.

– É – disse Woody, olhando para outro lado.

Estavam agora em frente à fábrica. Os manifestantes na frente do cortejo pararam diante do portão e alguém começou a fazer um discurso com um megafone. Quando olhou mais de perto, Woody viu que o orador era um sindicalista de Buffalo chamado Brian Hall. Seu pai o conhecia e gostava dele. Em algum momento do passado os dois haviam trabalhado juntos para solucionar uma greve.

As pessoas que estavam mais para trás do cortejo continuaram a avançar, e uma multidão compacta ocupou toda a largura da rua. Embora os portões estivessem fechados, os seguranças não deixavam as pessoas se aproximarem da entrada. Woody então viu que estavam armados com cassetetes semelhantes aos de policiais. Um deles gritava:

– Fiquem longe do portão! Isto aqui é propriedade particular! – Woody ergueu a câmera e tirou uma foto.

As pessoas da frente estavam sendo empurradas pelas de trás. Woody pegou

Joanne pelo braço e tentou levá-la para longe do foco de tensão. Foi difícil, porém: todo mundo agora estava imprensado e ninguém queria abrir passagem. Contra a própria vontade, Woody se pegou chegando cada vez mais perto do portão da fábrica e dos seguranças com seus cassetetes.

– Esta situação não está nada boa – falou para Joanne.

Mas ela estava corada de animação.

– Esses desgraçados não podem nos deter! – gritou.

Um homem ao seu lado concordou, também aos gritos:

– É isso aí! Você está certa!

A multidão ainda estava a uns dez metros ou mais do portão, mas mesmo assim os seguranças começaram a empurrar desnecessariamente os manifestantes. Woody tirou outra foto.

Brian Hall estivera gritando no megafone sobre capangas dos patrões e apontando um dedo acusador para os seguranças da fábrica. Mas então mudou de tom e começou a pedir calma:

– Companheiros, por favor, afastem-se dos portões. Vamos recuar, sem violência.

Woody viu uma mulher ser empurrada por um segurança com força suficiente para fazê-la cambalear. Ela não caiu, mas gritou, e o homem que estava com ela disse ao segurança:

– Calma lá, amigo!

– Por acaso está tentando arrumar confusão? – retrucou o segurança, desafiador.

– Pare de empurrar! – berrou a mulher.

– Para trás, para trás! – gritou o segurança. Ele ergueu o cassetete. A mulher gritou.

O cassetete desceu e Woody tirou uma foto.

– O filho da mãe bateu naquela mulher! – disse Joanne, dando um passo à frente.

Mas a maior parte da multidão começou a se mover na direção oposta, para longe da fábrica. Quando as pessoas se viraram, os seguranças foram atrás, empurrando, chutando e golpeando com os cassetetes.

– Não há necessidade de violência! – disse Brian Hall. – Seguranças, cheguem para trás! Não usem os cassetetes! – Então o megafone foi derrubado de sua mão por um dos guardas.

Alguns dos homens mais jovens revidavam. Meia dúzia de policiais se misturou à multidão. Não fizeram nada para conter os seguranças da fábrica, mas começaram a prender qualquer manifestante que revidasse.

O segurança que dera início à confusão caiu no chão e dois dos manifestantes começaram a chutá-lo.

Woody tirou outra foto.

Joanne gritava, enfurecida. Partiu para cima do segurança e arranhou seu rosto com as unhas. Ele ergueu uma das mãos para afastá-la. Por acidente ou não, a base de sua mão acertou em cheio o nariz dela. Joanne cambaleou para trás, com sangue escorrendo das narinas. O segurança ergueu o cassetete. Woody a agarrou pela cintura e a puxou para trás. O cassetete errou o alvo.

– Vamos! – gritou Woody para ela. – Temos que sair daqui!

A pancada no rosto havia refreado a fúria de Joanne, que não resistiu quando ele meio que a puxou, meio que a carregou para longe dos portões o mais depressa que pôde, com a câmera fotográfica balançando na correia em volta de seu pescoço. A multidão agora estava em pânico: na ânsia de fugir, pessoas caíam e eram pisoteadas.

Woody era mais alto do que a maioria e conseguiu se manter em pé e ainda sustentar Joanne. Eles foram abrindo caminho pelo mar de gente, mantendo-se um pouco à frente dos cassetetes. Por fim, a multidão ficou mais espaçada. Joanne se afastou do abraço de Woody e os dois começaram a correr.

O barulho da confusão foi sumindo atrás deles. Depois de dobrar uma ou duas esquinas, viram que haviam chegado a uma rua deserta de fábricas e armazéns, todos fechados porque era domingo. Pararam de correr e começaram a andar, recuperando o fôlego. Joanne desatou a rir.

– Foi tão emocionante! – exclamou.

Mas Woody não conseguiu compartilhar seu entusiasmo.

– Foi horrível, isso sim – disse ele. – E poderia ter sido pior. – Ele a havia resgatado e de certa forma torcia para que isso a fizesse mudar de ideia com relação a seu convite para saírem juntos.

Mas Joanne não achava que lhe devesse nada.

– Ah, por favor – disse ela, em tom de desdém. – Ninguém morreu.

– Aqueles seguranças provocaram uma briga de propósito!

– É claro que provocaram! Peshkov quer prejudicar a reputação dos sindicalistas.

– Bem, nós sabemos a verdade. – Woody bateu de leve na câmera. – E posso provar.

Caminharam quase um quilômentro, então Woody viu um táxi e fez sinal. Deu ao motorista o endereço da casa dos Rouzrokh.

Sentado no banco de trás do táxi, puxou um lenço do bolso.

– Não quero levar você para a casa do seu pai desse jeito – falou. Desdobrou o quadradinho de algodão branco e o encostou delicadamente no lábio superior de Joanne, sujo de sangue.

Era um gesto íntimo e ele achou aquilo sexy, mas ela não o deixou aproveitar muito. No instante seguinte, falou:

– Pode deixar. – Pegou o lenço da mão dele e limpou a própria boca. – Que tal?

– Faltou um pedacinho – mentiu ele. Tornou a pegar o lenço. Joanne tinha a boca larga, dentes brancos perfeitos e sedutores lábios carnudos. Ele fingiu que havia alguma sujeira sob seu lábio inferior. Limpou o local com cuidado e então disse: – Pronto, assim está melhor.

– Obrigada. – Ela o encarou com uma expressão estranha, meio afetuosa, meio irritada.

Woody achou que ela percebera que ele havia mentido em relação ao sangue em seu queixo e que não sabia muito bem se deveria ficar zangada ou não.

O táxi parou em frente à casa dos Rouzrokh.

– Não entre – disse ela. – Vou mentir para meus pais sobre onde estive e não quero que você dê nenhum furo.

Woody pensou que ele provavelmente era o mais discreto dos dois, mas disse apenas:

– Ligo para você mais tarde.

– Está bem. – Ela desceu do táxi, deu um aceno casual para ele e subiu o acesso até a casa.

– Que bonequinha – comentou o taxista. – Mas ela é meio velha para você, não é?

– Leve-me para a Delaware Avenue – disse Woody, sem responder. Deu ao motorista o número e a altura da rua. Não ia conversar sobre Joanne com um maldito taxista.

Ficou pensando no fora que havia levado. Não deveria ter se surpreendido: todo mundo, de seu irmão ao motorista do táxi, dizia que ele era jovem demais para Joanne. Mesmo assim estava magoado. Tinha a sensação de que não sabia mais o que fazer de sua vida. Como conseguiria chegar ao final do dia?

Em casa, os pais estavam tirando seu cochilo habitual de domingo à tarde. Chuck achava que era nessa hora que eles faziam sexo. Segundo Betty, Chuck saíra para nadar com um grupo de amigos.

Woody entrou no laboratório para revelar o filme de sua câmera. Pôs água morna dentro da bandeja para deixar os produtos químicos na temperatura ideal, depois colocou o negativo dentro de um saco preto de modo a transferi-lo para o tanque de revelação.

A revelação era um processo demorado, que exigia paciência, mas Woody ficou contente em sentar no escuro e pensar em Joanne. O fato de estarem juntos durante uma manifestação não a fizera se apaixonar por ele, mas com certeza os deixara mais próximos. Tinha certeza de que ela estava começando a gostar mais dele. Talvez a rejeição não fosse definitiva. Talvez ele devesse continuar tentando. Certamente não tinha interesse em qualquer outra moça.

Quando o timer soou, ele transferiu o filme para um banho destinado a interromper a reação química, em seguida para um banho de fixador cuja finalidade era estabilizar as imagens impressas no negativo. Por fim, lavou o negativo com água, secou-o e examinou as fotografias em preto e branco sobre a mesa de luz.

Achou que estavam muito boas.

Cortou o negativo em quadros, em seguida posicionou o primeiro deles no ampliador. Pôs uma folha de papel fotográfico de 25x20cm sobre a bandeja, acendeu a luz e expôs o papel ao negativo enquanto ia contando os segundos. Depois colocou o papel dentro de uma bandeja destampada cheia de revelador.

Aquela era a melhor parte do processo. Aos poucos, o papel começava a exibir manchas acinzentadas e a imagem ia surgindo. Aquele processo sempre lhe parecia um milagre. A primeira foto mostrava dois homens, um negro e um branco, ambos de roupa de domingo e chapéu, segurando uma faixa na qual se lia "Irmandade" em letras grandes. Quando a imagem ficou nítida, ele passou o papel para um banho de fixador, em seguida lavou-o com água e o secou.

Ampliou todas as fotos que havia tirado, levou-as para um lugar iluminado e as dispôs sobre a mesa da sala de jantar. Ficou satisfeito: eram imagens vívidas, cheias de ação, que mostravam claramente uma sequência de acontecimentos. Quando ouviu passos dos pais no andar de cima, chamou a mãe. Rosa tinha sido jornalista antes de se casar e ainda escrevia livros e artigos para revistas.

– O que acha? – perguntou a ela.

Sua mãe estudou as fotografias cuidadosamente com seu único olho. Depois de algum tempo, falou:

– Acho que estão boas. Você deveria oferecê-las a um jornal.

– Sério? – espantou-se ele. Começou a ficar animado. – Que jornal?

– Infelizmente, esta cidade só tem jornais conservadores. Quem sabe o *Buffalo Sentinel*? O editor de lá se chama Peter Hoyle... ele trabalha no jornal desde o início dos tempos. Como conhece bem o seu pai, provavelmente vai recebê-lo.

– Quando eu devo levar as fotos?

– Agora. A passeata é uma notícia fresca. Vai sair em todos os jornais de amanhã. Eles precisam das fotos hoje à noite.

Woody sentiu-se cheio de energia.

– Está bem – falou. Recolheu as folhas de papel brilhante e formou com elas uma pilha bem certinha. Sua mãe foi pegar uma pasta de papelão no escritório do pai. Woody lhe deu um beijo e saiu.

Pegou um ônibus até o centro da cidade.

A entrada principal da redação do *Sentinel* estava fechada, e ele se sentiu momentaneamente desanimado, mas concluiu que os repórteres deviam ter um jeito de entrar e sair do jornal no domingo se quisessem publicar uma matéria na segunda de manhã e encontrou uma entrada lateral.

– Trouxe umas fotos para o Sr. Hoyle – disse ele a um homem sentado lá dentro junto à porta, que o instruiu a subir até o primeiro andar.

Woody achou a sala do editor, uma secretária anotou seu nome e, no minuto seguinte, ele já estava apertando a mão de Peter Hoyle. Era um homem alto, imponente, com cabelos brancos e um bigode preto. Parecia estar terminando uma reunião com um colega mais jovem. Falava muito alto, como se quisesse se fazer ouvir acima do barulho de uma rotativa.

– A matéria sobre os atropeladores que fugiram está boa, Jack, mas o lide está péssimo – disse ele, pousando uma das mãos no ombro do rapaz para dispensá-lo e o guiando em direção à porta. – Escreva uma abertura nova. Transfira a fala do prefeito para depois e comece com as crianças aleijadas. – Jack saiu da sala e Hoyle virou-se para Woody: – O que tem aí, rapaz? – perguntou ele, sem rodeios.

– Eu fui à passeata hoje.

– À confusão, você quer dizer.

– Só virou uma confusão porque os seguranças da fábrica começaram a bater em mulheres com os cassetetes.

– Ouvi dizer que os manifestantes tentaram invadir a fábrica e os seguranças impediram.

– Não é verdade, senhor, e minhas fotos provam isso.

– Deixe-me ver.

Woody havia ordenado as imagens durante o trajeto de ônibus. Pôs a primeira delas sobre a mesa do editor.

– Tudo começou de forma pacífica.

Hoyle empurrou a foto para o lado e disse:

– Isso não vale nada.

Woody sacou uma fotografia tirada na fábrica.

– Os seguranças estavam esperando no portão. Dá para ver os cassetetes. – A foto seguinte fora tirada no início do empurra-empurra. – Os manifestantes estavam a pelo menos dez metros do portão. Não havia por que os seguranças tentarem afastá-los. Foi uma provocação deliberada.

– Certo – disse Hoyle, e dessa vez não empurrou as imagens para o lado.

Woody tirou da pasta sua melhor imagem: um segurança usando um cassetete para bater numa mulher.

– Eu vi esse incidente todo – falou. – Tudo o que a mulher fez foi pedir que ele parasse de empurrá-la, e ele bateu nela mesmo assim.

– Boa foto – comentou Hoyle. – Tem mais alguma?

– Só mais uma – respondeu Woody. – A maioria dos manifestantes saiu correndo assim que a briga começou, mas alguns revidaram. – Ele mostrou a Hoyle a foto de dois manifestantes chutando um segurança caído no chão. – Esses homens reagiram ao segurança que bateu na mulher.

– Você fez um bom trabalho, meu jovem Dewar – disse Hoyle. Sentou-se à mesa e pegou um formulário dentro de uma bandeja. – Vinte pratas está bom?

– Quer dizer que o senhor vai publicar minhas fotos?

– Imagino que tenha sido para isso que você as trouxe aqui.

– Foi sim, senhor, obrigado. Vinte dólares está bom, quer dizer, está ótimo. É mais do que suficiente.

Hoyle anotou alguma coisa no formulário e assinou.

– Leve isto aqui até o caixa. Minha secretária vai lhe dizer onde é.

O telefone sobre a mesa tocou. O editor atendeu e bradou:

– Hoyle. – Woody concluiu que estava dispensado e se retirou.

Estava nas nuvens. Ter recebido dinheiro era incrível, mas o que o deixava mais empolgado era que o jornal iria usar suas fotos. Seguiu as indicações da secretária para chegar a uma salinha onde havia um balcão e um guichê. Lá recebeu seus 20 dólares. Depois pegou um táxi para casa.

Os pais ficaram encantados com seu sucesso, e até mesmo Chuck pareceu satisfeito. Durante o jantar, sua avó disse:

– Contanto que você não considere o jornalismo uma carreira... Não seria condizente com a sua condição.

Na verdade, Woody vinha pensando que talvez pudesse abraçar o fotojornalismo em vez da política e ficou surpreso ao descobrir que a avó não aprovava.

Sua mãe sorriu e disse:

– Mas, Ursula, querida, eu já fui jornalista.

– É diferente. Você é mulher – retrucou a sogra. – Woodrow precisa se tornar um homem distinto, como o pai e o avô.

Sua mãe não pareceu se ofender com o comentário. Ela gostava da sogra e escutava com uma tolerância bem-humorada aqueles pronunciamentos ortodoxos.

Mas Chuck se ressentiu daquela primazia tradicional dada ao filho mais velho.

– E eu, devo virar o quê? – perguntou ele. – O cocô do cavalo do bandido?

– Não seja vulgar, Charles – disse Ursula, dando a última palavra, como sempre.

Nessa noite, Woody passou um tempão acordado. Mal podia esperar para ver suas fotos no jornal. Parecia que era véspera de Natal e ele tinha voltado a ser criança: de tanto ansiar pela manhã, não conseguia pregar o olho.

Ficou pensando em Joanne. Ela estava errada por considerá-lo jovem demais. Ele era o homem certo para ela. Joanne gostava dele, os dois tinham muito em comum e o seu beijo a havia agradado. Woody ainda achava que conseguiria conquistá-la.

Finalmente conseguiu pegar no sono e, quando acordou, já era dia. Pôs um roupão por cima do pijama e desceu a escada correndo. Joe, o mordomo, sempre saía cedo para comprar os jornais, que já estavam arrumados sobre a mesinha lateral da sala onde a família tomava café da manhã. Os pais de Woody estavam lá: seu pai comia ovos mexidos, sua mãe bebericava um café.

Woody pegou o *Sentinel*. Seu trabalho estava na primeira página.

Mas não era o que ele esperava.

O jornal só havia usado uma de suas imagens – a última. Nela, um dos seguranças da fábrica estava caído no chão e dois operários o chutavam. A manchete dizia: "Rebelião de metalúrgicos em greve".

– Ah, não! – exclamou ele.

Leu a matéria sem conseguir acreditar. Dizia que os manifestantes haviam tentado invadir a fábrica e tinham sido corajosamente repelidos pelos seguranças, vários dos quais tinham sofrido ferimentos leves. Declarações do prefeito, do chefe de polícia e de Lev Peshkov condenavam o comportamento dos operários. No fim da matéria, como se não tivesse a menor importância, o líder sindicalista Brian Hall era citado, negando a história e culpando os seguranças pela violência.

Woody pôs o jornal na frente da mãe.

– Eu disse a Hoyle que foram os seguranças que começaram a confusão... e dei a ele as fotos que provavam isso! – falou, zangado. – Por que ele publicou no jornal o contrário da verdade?

– Porque ele é um conservador – respondeu ela.

– Mas os jornais deveriam dizer a verdade! – protestou Woody, erguendo a voz com uma indignação furiosa. – Não podem simplesmente inventar mentiras!

– Podem, sim – disse a mãe.

– Mas não é justo!

– Bem-vindo ao mundo real.

VI

Greg Peshkov e o pai estavam no lobby do Hotel Ritz-Carlton, em Washington, D.C., quando esbarraram com Dave Rouzrokh.

Dave usava terno branco e chapéu de palha. Olhou para eles com ódio. Lev o cumprimentou, mas ele virou as costas com desprezo e não respondeu.

Greg sabia por quê. Dave vinha perdendo dinheiro o verão todo porque a Roseroque Cinemas não estava recebendo os lançamentos de sucesso. E Dave devia ter adivinhado que Lev de alguma forma era o responsável por isso.

Na semana anterior, Lev tinha oferecido a Dave quatro milhões de dólares pela cadeia – metade da oferta original –, mas ele tornara a recusar.

– O preço está caindo, Dave – alertara Lev.

Ali no hotel, Greg perguntou:

– O que será que ele está fazendo aqui?

– Veio se encontrar com Sol Starr. Vai perguntar por que Sol não está lhe passando os filmes bons. – Estava claro que Lev sabia tudo a respeito.

– E o que o Sr. Starr vai fazer?

– Enrolar Dave.

Greg ficou maravilhado com a capacidade do pai de saber tudo e ser sempre capaz de se antecipar a uma situação instável. Lev estava sempre à frente de todo mundo.

Os dois subiram no elevador. Era a primeira vez que Greg visitava os aposentos permanentes do pai no hotel. Sua mãe, Marga, nunca estivera ali.

Como o governo vivia tentando interferir no mercado cinematográfico, Lev passava muito tempo em Washington. Homens que se consideravam bastiões da moralidade ficavam muito agitados com o que era mostrado na tela e pressionavam o governo para censurar alguns filmes. Lev considerava aquilo uma negociação – para ele, a vida era uma negociação –, e seu objetivo constante era evitar a censura formal aderindo a um código voluntário, estratégia apoiada por Sol Starr e pela maioria dos figurões de Hollywood.

Os dois entraram numa sala de estar extremamente elegante, muito mais que o espaçoso apartamento de Buffalo onde Greg e a mãe moravam e que o rapaz sempre considerara luxuoso. Aquele cômodo tinha móveis de pés finos que Greg supôs serem franceses, refinadas cortinas de veludo marrom nas janelas e um fonógrafo grande.

Ficou espantado ao ver a estrela de cinema Gladys Angelus sentada em um sofá de seda amarelo no meio da sala.

As pessoas diziam que ela era a mulher mais linda do mundo.

Greg logo viu por quê. Gladys irradiava sensualidade, dos convidativos olhos azul-escuros às longas pernas cruzadas sob a saia fina. Quando ela estendeu a mão para cumprimentá-lo, seus lábios vermelhos sorriram e seus seios redondos se balançaram sedutoramente dentro do suéter fino.

Ele hesitou uma fração de segundo antes de apertar sua mão. Sentiu-se desleal com a mãe. Marga nunca havia pronunciado o nome de Gladys Angelus, sinal de que sabia o que as pessoas comentavam em relação à atriz e Lev. Greg teve a sensação de estar compactuando com a inimiga da mãe. Se Marga ficasse sabendo, iria chorar, pensou.

Mas ele fora pego de surpresa. Se tivesse sido avisado, se houvesse tido tempo de refletir sobre a própria reação, talvez pudesse ter preparado e ensaiado uma recusa educada. Mas assim, de improviso, não conseguiu se forçar a ser grosseiro com aquela mulher tão formosa.

Por isso, aceitou a mão que ela lhe oferecia, encarou aqueles olhos incríveis e abriu um sorriso sem graça.

Gladys continuou a segurar sua mão enquanto dizia:

– Estou tão feliz por finalmente conhecer você. Seu pai me falou tanto a seu respeito... só não disse como você era bonito!

Havia nesse comentário algo desagradavelmente possessivo, como se ela fosse um membro da família, e não uma puta que havia usurpado sua mãe. Mesmo assim, ele se pegou caindo no seu feitiço.

– Adoro seus filmes – falou, atrapalhado.

– Ah, deixe disso, não precisa falar assim – disse a mulher, mas Greg pôde ver que ela havia gostado do elogio. – Venha se sentar aqui comigo – prosseguiu ela. – Quero conhecer você melhor.

Ele fez o que ela mandava. Não conseguiu resistir. Gladys lhe perguntou em que escola ele estudava e, enquanto ele respondia, o telefone tocou. Escutou vagamente o pai dizer:

– Era para ser amanhã... tudo bem, se for preciso podemos apressar as coisas... pode deixar, eu cuidarei disso.

Lev desligou e interrompeu Gladys.

– Greg, seu quarto fica mais adiante neste mesmo corredor – disse ele, entregando-lhe a chave. – E vai encontrar um presente meu lá. Acomode-se e aproveite. Nos vemos às sete para jantar.

A dispensa foi bem abrupta e Gladys pareceu desapontada, mas Lev às vezes podia ser peremptório, e o melhor a fazer era simplesmente obedecer. Greg pegou a chave e saiu.

No corredor havia um homem de ombros largos usando um terno barato. Fez Greg pensar em Joe Brekhunov, chefe dos seguranças da Metalúrgica de Buffalo. Greg meneou a cabeça, e o homem disse:

– Boa tarde, senhor. – Com certeza devia ser um funcionário do hotel.

Greg entrou no quarto. Era uma suíte bastante agradável, embora não tão luxuosa quanto a do pai. Não viu o presente que o pai havia mencionado, mas sua mala estava ali, e ele começou a desfazê-la enquanto pensava em Gladys. Teria sido desleal com a mãe por apertar a mão da amante do pai? Gladys, é claro, só estava fazendo o mesmo que a própria Marga havia feito: dormindo com um homem casado. Ainda assim, ele estava se sentindo muito desconfortável. Será que deveria contar à mãe que havia conhecido Gladys? Caramba, é claro que não.

Quando estava pendurando as camisas no armário, ouviu uma batida. Vinha de uma porta que parecia conduzir ao quarto contíguo. No instante seguinte, a porta se abriu e uma garota entrou.

Era mais velha que Greg, mas não muito. Tinha a pele cor de chocolate escuro, estava usando um vestido de bolinhas e segurava uma bolsa tipo carteira. Abriu um sorriso largo, exibindo dentes muito brancos, e disse:

– Olá. Estou no quarto ao lado.

– Isso eu já entendi – disse ele. – Quem é você?

– Jacky Jakes. – Ela estendeu a mão. – Sou atriz.

Greg apertou a mão da segunda linda atriz que conhecia em menos de uma hora. Jacky tinha um ar brincalhão que Greg achou mais atraente do que o magnetismo intenso de Gladys. Sua boca tinha o formato de um arco de Cupido rosa-escuro.

– Meu pai me disse que iria me dar um presente... É você?

Ela deu uma risadinha.

– Acho que sou eu. Ele disse que eu iria gostar de você. Seu pai vai me fazer trabalhar no cinema.

Greg entendeu tudo. O pai previra que ele talvez se sentisse mal por ter sido simpático com Gladys. Jacky era a sua recompensa por não ter feito uma cena. Pensou que provavelmente deveria rejeitar um suborno daqueles, mas não pôde resistir.

– Você é um lindo presente – falou.

– Seu pai é muito bom com você.

– Ele é maravilhoso – respondeu Greg. – E você também.

– Ah, que gracinha! – Ela pousou a bolsa em cima da cômoda, chegou mais perto de Greg, ficou na ponta dos pés e lhe deu um beijo na boca. Tinha lábios quentes e macios. – Gostei de você – falou. Então acariciou seus ombros. – Você é forte.

– Eu jogo hóquei no gelo.

– Isso faz uma garota se sentir segura. – Ela segurou seu rosto com as mãos e tornou a beijá-lo, dessa vez por mais tempo. Então deu um suspiro. – Ah, rapaz, eu acho que nós vamos nos divertir.

– Vamos, é? – Washington era uma cidade do Sul, em grande parte ainda segregada. Em Buffalo, brancos e negros quase sempre podiam comer nos mesmos restaurantes e beber nos mesmos bares, mas ali era diferente. Greg não sabia ao certo quais eram as regras na cidade, mas teve certeza de que, na prática, um homem branco e uma mulher negra juntos iriam causar problemas. Era surpreendente que Jacky estivesse hospedada em um quarto daquele hotel. Aquilo devia ser coisa de Lev. Mas com certeza estava fora de cogitação que Greg e Jacky desfilassem pela cidade com Lev e Gladys. Nesse caso, como Jacky achava que eles fossem se divertir? A ideia improvável de que ela talvez estivesse disposta a ir para a cama com ele lhe passou pela cabeça.

Ele levou as mãos à sua cintura de modo a puxá-la para mais um beijo, mas ela recuou.

– Preciso tomar uma ducha – falou. – Me dê só alguns minutos. – Então se virou e desapareceu pela porta que ligava os dois quartos, que se fechou atrás dela.

Greg se sentou na cama, tentando assimilar tudo aquilo. Jacky queria ser atriz de cinema e parecia disposta a usar o sexo para progredir na carreira. Com certeza não era a primeira atriz, branca ou negra, a usar essa estratégia. Gladys estava fazendo a mesma coisa ao dormir com Lev. Greg e seu pai eram apenas os sortudos beneficiários.

Viu que ela havia deixado sua bolsa para trás. Pegou-a e tentou abrir a porta. Não estava trancada. Entrou no quarto.

Ela estava ao telefone, vestida com um roupão de banho cor-de-rosa.

– Sim, perfeito, sem problemas. – Sua voz soava diferente, mais madura. Greg entendeu que, com ele, Jacky havia usado um tom de menininha sexy que não era natural. Então ela o viu, deu um sorriso e tornou a falar ao telefone, agora com a voz mais infantil: – Por favor, não passe nenhuma ligação. Não quero ser incomodada. Obrigada. Tchau.

– Você esqueceu isto – disse Greg, entregando-lhe a bolsa.

– Ah, você só queria me ver de roupão – disse ela, coquete. A frente do roupão não tapava completamente seus seios e ele pôde ver uma sedutora curva de pele morena lisinha.

– Não, mas estou contente por ter visto.

– Volte para o seu quarto. Tenho que tomar uma ducha. Talvez depois eu deixe você ver mais.

– Ai, meu Deus – disse ele.

Voltou para o seu quarto. Aquilo era espantoso.

– Talvez depois eu deixe você ver mais – repetiu para si mesmo, em voz alta. Que coisa para uma garota dizer!

Sentiu que estava com uma ereção, mas não queria se masturbar quando o ato em si parecia tão próximo. Para se distrair, continuou a desfazer a mala. Tinha um kit de barbear bem caro, composto por navalha e pincel de cabo de madre-pérola, que ganhara de presente da mãe. Arrumou os objetos no banheiro, se perguntando se iriam impressionar Jacky caso ela os visse.

As paredes do hotel eram finas, e ele ouviu o som de água correndo no quarto ao lado. A imagem do corpo dela, nu e molhado, o dominou por completo. Ele tentou se concentrar em arrumar a roupa de baixo e as meias numa gaveta.

Então a ouviu gritar.

Congelou onde estava. Durante alguns segundos, ficou surpreso demais para se mexer. O que significava aquilo? Por que ela iria gritar daquele jeito? Um segundo grito funcionou como um choque, obrigando-o a agir. Com um safanão, abriu a porta que separava os dois quartos e entrou no dela.

Jacky estava nua. Ele nunca tinha visto uma mulher nua ao vivo. Seus seios eram pontudos, com mamilos marrom-escuros. Entre as pernas erguia-se um emaranhado de pelos pretos e crespos. Ela estava encolhida contra a parede, tentando sem sucesso usar as mãos para ocultar a própria nudez.

Em pé na sua frente estava Dave Rouzrokh, com dois arranhões paralelos em sua bochecha aristocrática, sem dúvida provocados pelas unhas cor-de-rosa de Jacky. A larga lapela de seu paletó branco de abotoamento duplo estava suja de sangue.

– Tire ele de cima de mim! – gritou Jacky.

Greg desferiu um soco. Dave era três centímetros mais alto que ele, mas era um velho e Greg, um adolescente atlético. Mais por sorte do que por cálculo, o soco acertou o queixo de Dave, que cambaleou para trás antes de cair no chão.

A porta do quarto se abriu.

O funcionário de ombros largos do hotel que Greg tinha visto antes entrou. Ele devia ter uma chave mestra, pensou Greg.

– Meu nome é Tom Cranmer, sou detetive do hotel – disse o homem. – O que está acontecendo aqui?

– Eu a ouvi gritar e, quando entrei, encontrei este senhor aqui – disse Greg.

– Ele tentou me estuprar! – acusou Jacky.

Dave se levantou com esforço.

– Não é verdade – disse ele. – Fui chamado a este quarto para uma reunião com Sol Starr.

Jacky começou a soluçar.

– Ah, sim, agora ele vai negar tudo!

– Senhorita, por favor, vá se vestir – pediu Cranmer.

Jacky vestiu o roupão cor-de-rosa.

O detetive pegou o telefone do quarto, discou um número e disse:

– Na esquina do hotel costuma haver um policial. Peça que ele venha ao lobby, imediatamente.

Dave encarava Greg.

– Você é o filho bastardo de Peshkov, não é?

Greg quase lhe deu outro soco.

– Ah, meu Deus, isto aqui é uma armadilha – disse Dave.

Greg ficou espantado com aquela acusação. Intuitivamente, sentiu que era verdade. Baixou o punho. Percebeu que a cena toda devia ter sido planejada por Lev. Dave Rouzrokh não era nenhum estuprador. Jacky estava fingindo. E o próprio Greg não passava de um ator naquele filme. Chegou a ficar tonto.

– Por favor, senhor, venha comigo – pediu Cranmer, segurando Dave com firmeza pelo braço. – Vocês dois também.

– O senhor não pode me prender – disse Dave.

– Sim, senhor, eu posso – rebateu Cranmer. – E vou entregá-lo a um policial.

– Você quer se vestir? – perguntou Greg a Jacky.

Ela fez que não com a cabeça, um movimento rápido e decidido. Greg entendeu que fazia parte do plano ela aparecer de roupão.

Segurou Jacky pelo braço e os dois seguiram Cranmer e Dave pelo corredor e entraram no elevador. Um policial aguardava no lobby. Ele e o detetive do hotel também deviam fazer parte da farsa, supôs Greg.

– Ouvi um grito vindo do quarto dela e encontrei este senhor lá em cima – disse Cranmer. – Ela está dizendo que ele tentou estuprá-la. O rapaz é testemunha.

Dave tinha um ar atônito, como se achasse que aquilo talvez fosse um pesadelo. Para sua própria surpresa, Greg sentiu pena de Dave. O homem fora cruelmente encurralado. Por um lado, admirava o pai; por outro, se perguntava se aquela crueldade era mesmo necessária.

O policial algemou Dave e disse:

– Muito bem, vamos indo.

– Para onde? – indagou Dave.

– Para o centro da cidade – respondeu o policial.

– Todos temos que ir? – perguntou Greg.

– Sim.

Cranmer se dirigiu a Greg em voz baixa:

– Não se preocupe, filho. Você fez um ótimo trabalho. Vamos até a delegacia prestar nossos depoimentos, e depois você vai poder foder com ela de hoje até o Natal.

O policial conduziu Dave até a porta, e os outros foram atrás.

Quando saíram à rua, um fotógrafo disparou um flash.

VII

Woody Dewar conseguiu que um livreiro de Nova York lhe mandasse um exemplar de *Estudos sobre a histeria*, de Freud. Na noite do baile do Iate Clube – o mais importante evento social da temporada de verão em Buffalo –, embrulhou-o cuidadosamente em papel pardo e amarrou com uma fita vermelha.

– Chocolates para uma garota de sorte? – perguntou a mãe ao passar por ele no corredor. Apesar de ter um olho só, Rosa via tudo.

– É um livro – respondeu ele. – Para Joanne Rouzrokh.

– Ela não irá ao baile.

– Eu sei.

A mãe parou e lançou ao filho um olhar inquisitivo. Após alguns instantes, falou:

– Você está levando isso a sério mesmo.

– Acho que sim. Mas ela me acha muito novo.

– Deve ser por orgulho. As amigas perguntariam por que ela não arruma um rapaz da sua idade para sair. Garotas podem ser cruéis.

– Pretendo insistir até ela amadurecer mais um pouco.

Sua mãe sorriu.

– Aposto que você a faz rir.

– Faço, sim. É o meu maior trunfo.

– Bem, eu esperei tempo suficiente pelo seu pai.

– Esperou mesmo?

– Apaixonei-me por ele à primeira vista. Passei anos nutrindo esse amor platônico. Tive que vê-lo se apaixonar por aquela vaca fútil da Olga Vyalov, que não o merecia, mas tinha os dois olhos. Graças a Deus ela embuchou do motorista.

– O linguajar de sua mãe podia ser um tanto cru, sobretudo quando sua avó não estava por perto. Ela havia adquirido maus hábitos durante os anos em que trabalhara em jornais. – Aí ele foi para a guerra. Tive que segui-lo até a França antes de conseguir fazê-lo se comprometer comigo.

Woody percebeu que as lembranças dela mesclavam nostalgia e sofrimento.

– Mas ele percebeu que você era a moça certa para ele.

– No final, sim.

– Talvez isso aconteça comigo.

Sua mãe o beijou.

– Boa sorte, filho.

A casa dos Rouzrokh ficava a cerca de um quilômetro da sua, e Woody foi a pé. Nenhum membro da família estaria no Iate Clube nessa noite. Depois de um misterioso incidente no hotel Ritz-Carlton de Washington, Dave aparecera em todos os jornais. Uma das manchetes fora "Magnata do cinema acusado por atriz". Woody havia aprendido recentemente a desconfiar dos jornais. As pessoas mais influenciáveis, porém, diziam que aquilo devia ter um fundo de verdade, do contrário por que a polícia teria prendido Dave?

Desde então, nenhum membro da família fora visto em eventos sociais.

Em frente à casa, um segurança armado deteve Woody.

– A família não está recebendo visitas – falou com rispidez.

Woody supôs que o homem tivesse passado muito tempo repelindo jornalistas e perdoou seu tom descortês. Lembrou-se do nome da criada dos Rouzrokh.

– Por favor, peça à Srta. Estella que avise a Joanne que Woody Dewar trouxe um livro para ela.

– Pode deixar comigo – disse o segurança, estendendo a mão.

Woody segurou o livro com firmeza.

– Não, obrigado.

O segurança pareceu irritado, mas acompanhou Woody pelo acesso que conduzia à casa e tocou a campainha. Estella veio abrir, e disse na mesma hora:

– Olá, Sr. Woody, pode entrar... Joanne vai ficar feliz em vê-lo! – Enquanto cruzava o portal, Woody se permitiu lançar um olhar de triunfo para o segurança.

Estella o conduziu até uma sala de visitas vazia. Ofereceu-lhe leite com biscoitos como se ele ainda fosse criança, mas Woody recusou com educação. Um minuto depois, Joanne chegou. Estava abatida e sua pele morena parecia mais pálida, mas ela lhe abriu um sorriso simpático e sentou-se para conversar.

Ficou satisfeita com o livro.

– Agora vou ter que ler o Dr. Freud, em vez de ficar só falando nele – foi seu comentário. – Você é uma boa influência para mim, Woody.

– Queria ser uma má influência.

Ela não disse nada sobre o comentário dele.

– Você não vai ao baile?

– Tenho ingresso, mas sem você aquilo lá não me interessa. Quer ir ao cinema em vez disso?

– Não, mas obrigada. De verdade.

– Ou poderíamos apenas jantar. Em algum lugar bem discreto. Se você não se importar em ir de ônibus.

– Ah, Woody, é claro que não me importo em ir de ônibus, mas você é jovem demais para mim. De toda forma, o verão está quase no fim. Você logo vai voltar para a escola, e eu vou estudar no Vassar.

– Onde vai ter encontros, imagino.

– Assim espero!

Woody se levantou.

– Muito bem, então vou fazer voto de castidade e entrar para um mosteiro. Por favor, não vá me visitar, você poderia perturbar os outros irmãos.

Ela riu.

– Obrigada por me distrair dos problemas da minha família.

Era a primeira vez que ela mencionava o que havia acontecido com seu pai. Woody não planejava abordar o assunto, mas, agora que ela dera a deixa, falou:

– Você sabe que estamos todos do seu lado. Ninguém acredita na história daquela atriz. Todos na cidade sabem que foi um golpe de Lev Peshkov, aquele safado, e estamos furiosos.

– Eu sei – disse ela. – Mas a simples acusação já é vergonhosa demais para meu pai suportar. Acho que meus pais vão se mudar para a Flórida.

– Eu sinto muito.

– Obrigada. Agora vá para o baile.

– Talvez eu vá.

Ela o acompanhou até a porta.

– Posso lhe dar um beijo de despedida? – pediu ele.

Ela se inclinou para a frente e o beijou rapidamente na boca. Não foi como seu último beijo e ele soube que não deveria agarrá-la nem pressionar os lábios contra os dela. Foi um beijo delicado – a boca de Joanne encostou na sua por um doce instante que durou apenas um suspiro. Então ela se afastou e abriu a porta.

– Boa noite – disse Woody ao sair.

– Adeus – disse Joanne.

VIII

Greg Peshkov estava apaixonado.

Sabia que Jacky Jakes fora comprada por seu pai como recompensa por ele ajudar na armadilha montada para Dave Rouzrokh, mas mesmo assim era amor de verdade.

Havia perdido a virgindade poucos minutos depois de voltarem da delegacia, e os dois tinham passado a maior parte da semana sem sair da cama do Ritz-Carlton. Jacky dissera que Greg não precisava usar nenhum método anticoncepcional, pois ela já estava "protegida". Ele tinha apenas uma vaga ideia do que isso significava, mas acreditou em sua palavra.

Nunca se sentira tão feliz na vida e adorava Jacky, sobretudo quando ela abandonava o papel de garotinha para revelar uma inteligência arguta e um senso de humor mordaz. Ela admitiu ter seduzido Greg a mando de Lev, mas confessou que, mesmo a contragosto, havia se apaixonado. Seu nome verdadeiro era Mabel Jakes e, embora fingisse ter 19 anos, na verdade tinha apenas 16 e era só alguns meses mais velha que Greg.

Lev lhe prometera uma vaga num filme, mas dissera que ainda estava procurando o papel certo.

– Mas, porra, não acho que ele esteja procurando com tanto afinco assim – disse ela, numa imitação perfeita do vestígio de sotaque russo de Lev.

– Imagino que não haja muitos papéis para atores negros – comentou Greg.

– Eu sei. Vou acabar tendo que fazer a criada e revirar os olhos dizendo "sinhá". Algumas peças e filmes têm personagens africanos, como Cleópatra, Aníbal, Otelo. Mas esses papéis em geral são interpretados por atores brancos. – O pai dela, já falecido, tinha sido professor em uma universidade para negros, e ela entendia mais de literatura do que Greg. – Mas por que os negros só deveriam fazer papel de negros? Se Cleópatra pode ser representada por uma branca, por que Julieta não pode ser negra?

– As pessoas achariam estranho.

– As pessoas se acostumariam. Elas se acostumam com qualquer coisa. Por acaso Jesus tem que ser interpretado por um judeu? Ninguém liga para isso.

Ela estava certa, pensou Greg, mas mesmo assim aquilo nunca iria acontecer.

Quando Lev anunciara sua volta a Buffalo – deixando tudo para a última hora, como sempre –, Greg ficara arrasado. Perguntara ao pai se Jacky podia ir com eles, mas Lev apenas rira e dissera:

– Filho, não se deve cagar no mesmo lugar em que se come. Você pode vê-la da próxima vez que vier a Washington.

Apesar disso, Jacky fora para Buffalo um dia depois dele e se instalara em um pequeno apartamento barato perto da Canal Street.

Lev e Greg passaram as duas semanas seguintes ocupados com a compra da Roseroque Cinemas. No final das contas, Dave vendera a cadeia por dois milhões de dólares, um quarto da oferta original, e a admiração de Greg pelo pai crescera um pouco mais. Jacky havia retirado a queixa na polícia e dado a entender aos jornais que aceitara uma compensação financeira. O implacável atrevimento do pai deixara Greg pasmo.

E ele tinha Jacky. Todas as noites dizia à mãe que ia sair com amigos, mas na verdade passava todo o seu tempo livre com a garota. Mostrava-lhe a cidade, levava-a para fazer piqueniques na praia e até deu um jeito de levá-la para passear numa lancha alugada. Ninguém ligou sua imagem à da fotografia meio borrada de uma moça saindo do Ritz-Carlton só de roupão. Mas a maior parte de suas noites quentes de verão era passada num delírio de felicidade e sexo, suados em meio aos lençóis embolados da estreita cama do apartamento. Decidiram se casar assim que alcançassem a maioridade.

Nessa noite, ele iria levá-la ao baile do Iate Clube.

Fora dificílimo arrumar entradas, mas Greg havia subornado um colega de escola.

Comprara um vestido novo para Jacky, de cetim cor-de-rosa. Marga lhe dava uma mesada generosa, e Lev costumava dar ao filho 50 pratas de presente de vez em quando, assim Greg sempre tinha mais dinheiro do que precisava.

No fundo de sua mente, porém, um alarme havia começado a soar. Jacky seria a única pessoa negra no baile que não estaria servindo bebidas. Ela havia relutado muito em ir, mas Greg conseguira convencê-la. Os rapazes mais jovens ficariam com inveja; os mais velhos, porém, talvez se mostrassem hostis. Haveria cochichos. Mas ele sentia que a beleza e o charme de Jacky superariam boa parte do preconceito: como alguém poderia resistir a ela? Se algum imbecil ficasse bêbado e a ofendesse, Greg lhe ensinaria uma lição com os dois punhos.

Ao mesmo tempo em que pensava isso, ouvia sua mãe lhe dizer para nunca ficar perdido de amor. Mas um homem não podia passar a vida escutando o que a mãe dizia.

Enquanto percorria a Canal Street de casaca e gravata brancas, ansiava por vê-la com o vestido novo, e talvez se ajoelhar para levantar a barra até ver a calcinha e a cinta-liga.

Entrou no prédio, uma antiga casa agora subdividida. Havia um tapete vermelho e puído na escada, e um cheiro de comida condimentada pairava no ar. Ele entrou no apartamento com sua própria chave.

Não havia ninguém. Isso era estranho. Para onde ela teria ido sem ele?

Com o coração cheio de medo, abriu o armário. Só o vestido de cetim cor-de-rosa estava pendurado lá dentro. Todas as outras roupas haviam sumido.

– Não! – exclamou. Como aquilo era possível?

Sobre a mesa bamba de pinho havia um envelope. Ele o pegou e viu seu nome escrito na frente, com a letra de Jacky. Ficou apreensivo.

Ele rasgou o envelope com as mãos trêmulas e leu a mensagem curta:

Greg, meu amor,

As últimas três semanas foram as mais felizes de toda a minha vida.

No fundo do meu coração, eu sabia que nunca poderíamos nos casar, mas foi bom fingir que sim.

Você é um rapaz encantador e vai se tornar um bom homem, contanto que não puxe demais ao seu pai.

Será que Lev tinha descoberto que Jacky estava morando ali e dera um jeito de obrigá-la ir embora? Seu pai não faria isso... ou faria?

Adeus e não se esqueça de mim.

Seu presente,

Jacky.

Greg amassou o papel e chorou.

IX

– Você está maravilhosa – disse Eva Rothmann a Daisy Peshkov. – Se eu fosse um rapaz, me apaixonaria por você num piscar de olhos.

Daisy sorriu. Eva já era um pouco apaixonada por ela. E Daisy estava mesmo maravilhosa, com um vestido de baile de organdi de seda azul-claro que realçava a cor de seus olhos. A saia do vestido tinha uma barra de babados que, na frente, ficava na altura do tornozelo, mas subia de forma divertida atrás até alcançar o meio da canela, proporcionando um vislumbre encantador das pernas de Daisy enfeitadas por meias finas e brilhantes. No pescoço, usava um colar de safiras da mãe.

– Seu pai comprou esse colar para mim na época em que ainda me tratava bem de vez em quando – dissera Olga. – Mas vamos logo, Daisy, vocês está atrasando todas nós.

Olga usava um vestido azul-marinho de matrona, e Eva estava de vermelho, cor que combinava bem com seus cabelos escuros.

Daisy desceu a escada envolta em uma nuvem de felicidade.

As três saíram de casa. Henry, o jardineiro, que nessa noite fazia as vezes de motorista, abriu as portas do velho Stutz preto reluzente.

Aquela era a noite de Daisy. Charlie Farquharson iria pedi-la oficialmente em casamento. Daria de presente a ela um anel de diamante que era herança de família – ela já o vira e aprovara, e o anel fora ajustado para caber em seu dedo. Ela aceitaria o pedido e eles anunciariam o noivado a todos os convidados do baile.

Ela entrou no carro sentindo-se a própria Cinderela.

Apenas Eva havia manifestado algumas dúvidas.

– Achei que você fosse escolher alguém que combinasse mais com você – comentara ela.

– Um homem que não me deixe mandar nele, você quer dizer – retrucara Daisy.

– Não, mas alguém como você: bonito, charmoso, sensual.

Era um comentário estranhamente incisivo para Eva: dava a entender que Charlie era feio, sem graça e nada glamouroso. Daisy ficara espantada e não soubera o que responder.

Foi sua mãe que a salvou.

– Eu me casei com um homem bonito, charmoso e sensual. E ele me fez profundamente infeliz.

Depois disso, Eva não dissera mais nada.

Quando o carro foi se aproximando do Iate Clube, Daisy prometeu a si mesma que iria se controlar. Não devia demonstrar quão triunfante se sentia. Devia agir como se não houvesse nada de inesperado no fato de sua mãe ser convidada a entrar para a Sociedade de Senhoras de Buffalo. Quando mostrasse o enorme diamante às outras moças, seria graciosa a ponto de afirmar que não merecia alguém tão maravilhoso quanto Charlie.

Daisy tinha planos de torná-lo mais maravilhoso ainda. Logo depois da lua de mel, ela e Charlie começariam a montar seu haras de cavalos de corrida. Em cinco anos, estariam participando das competições de turfe mais prestigiosas do mundo: Saratoga Springs, Longchamp, Royal Ascot.

O verão já cedia lugar ao outono e a noite estava caindo quando o carro se aproximou do píer.

– Acho que estamos muito atrasados hoje, Henry, infelizmente – disse Daisy, alegre.

– Não tem problema, Srta. Daisy – retrucou o jardineiro. Tinha verdadeira adoração por ela. – Divirta-se.

Na porta, Daisy reparou que Victor Dixon entrou atrás delas. Como estava se sentindo muito bem-disposta em relação a todo mundo, falou:

– Ouvi dizer que sua irmã foi apresentada ao rei da Inglaterra, Victor. Meus parabéns!

– Humm, é – respondeu ele, com ar encabulado.

As três entraram no clube. A primeira pessoa que viram foi Ursula Dewar, que concordara em deixar Olga ingressar em seu clube esnobe. Daisy lhe abriu um sorriso caloroso e disse:

– Boa noite, Sra. Dewar.

Ursula parecia aflita com alguma coisa.

– Queira me dar licença só um instante – disse ela e afastou-se pelo saguão.

Aquela mulher se achava uma rainha, pensou Daisy, mas nem por isso podia ser mal-educada. Um dia Daisy iria mandar na alta sociedade de Buffalo, mas jurou a si mesma que seria sempre encantadora com todos.

As três entraram no toalete feminino, onde conferiram sua aparência nos espelhos para o caso de algo ter saído do lugar nos vinte minutos desde que tinham saído de casa. Dot Renshaw entrou, as viu e tornou a sair.

– Garota estúpida – comentou Daisy.

Mas sua mãe parecia preocupada.

– O que está acontecendo? – perguntou ela. – Nós chegamos aqui há apenas cinco minutos e três pessoas já nos esnobaram!

– É inveja – disse Daisy. – Dot queria se casar com Charlie.

– Acho que, a esta altura, Dot Renshaw se casaria com praticamente qualquer um – comentou Olga.

– Venham, vamos nos divertir – disse Daisy, saindo do toalete.

Quando elas adentraram o salão, Woody Dewar foi cumprimentá-la.

– Finalmente, um cavalheiro! – disse Daisy.

Em voz baixa, ele falou:

– Só gostaria de dizer que acho errado as pessoas culparem você por qualquer coisa que seu pai tenha feito.

– Sobretudo quando todos compraram bebida dele! – retrucou ela.

Foi então que viu a futura sogra, usando um vestido cor-de-rosa drapeado que não favorecia nem um pouco sua silhueta angulosa. Nora Farquharson não estava maravilhada com a noiva escolhida pelo filho, mas aceitara Daisy e mostrara-se encantadora com Olga quando as duas trocaram visitas.

146

– Sra. Farquharson! – disse Daisy. – Que vestido mais lindo!

Nora Farquharson deu-lhe as costas e se afastou.

Eva soltou um arquejo.

Uma sensação de horror tomou conta de Daisy. Ela tornou a se virar para Woody.

– Isso não tem nada a ver com contrabando de bebidas, não é?

– Não.

– O que houve, então?

– É melhor você perguntar para Charlie. Ele está vindo aí.

Embora não estivesse calor, Charlie suava.

– O que está acontecendo? – perguntou-lhe Daisy. – Todo mundo está me tratando mal!

Ele estava muito nervoso.

– Estão todos muito bravos com a sua família – disse ele.

– Por quê?

Várias pessoas por perto ouviram seu tom de voz alterado e olharam para ela. Daisy não ligou.

– Seu pai arruinou Dave Rouzrokh – disse Charlie.

– Está se referindo àquele incidente no Ritz-Carlton? O que eu tenho a ver com isso?

– Todos gostam de Dave, mesmo ele sendo persa ou algo assim. E ninguém acredita que ele seria capaz de cometer estupro.

– Eu nunca disse que ele era!

– Eu sei – respondeu Charlie. Sua aflição era evidente.

As pessoas agora os encaravam sem pudor: Victor Dixon, Dot Renshaw, Chuck Dewar.

– Mas eu vou levar a culpa – disse Daisy a Charlie. – É isso?

– O seu pai fez uma coisa horrível.

Daisy estava gelada de medo. Seria possível seu triunfo lhe escapar assim, na última hora?

– Charlie – disse ela. – O que você está querendo dizer? Pelo amor de Deus, seja claro.

Eva passou o braço em volta da cintura de Daisy, em um gesto de amparo.

– Minha mãe disse que é imperdoável.

– Como assim, imperdoável?

Ele a fitou com uma expressão arrasada. Não conseguia se forçar a falar.

Mas nem precisava. Ela já sabia o que ele iria dizer.

– Está tudo acabado, não é? – falou. – Você está me dispensando.

Ele assentiu.

– Daisy, vamos embora daqui – disse Olga, aos prantos.

Daisy olhou em volta. Empinou o queixo e fitou todos com o rosto erguido: Dot Renshaw, maliciosamente satisfeita; Victor Dixon, admirativo; o adolescente Chuck Dewar, com a boca aberta de choque; e seu irmão Woody, com uma expressão de empatia.

– Para o inferno, todos vocês! – disse ela bem alto. – Eu vou para Londres dançar com o rei!

CAPÍTULO TRÊS

1936

Era uma tarde ensolarada de maio de 1936, um sábado – Lloyd Williams estava no final de seu segundo ano em Cambridge –, quando a cabeça imunda do fascismo despontou entre os claustros de pedra branca da antiquíssima universidade.

Lloyd cursava Letras Modernas no Emmanuel College – conhecido como "Emma". Estudava francês e alemão, mas preferia o alemão. Enquanto mergulhava nas glórias da cultura germânica e lia Goethe, Schiller, Heine e Thomas Mann, ocasionalmente erguia a cabeça de sua mesa na biblioteca silenciosa para observar com tristeza a atual derrocada alemã rumo à barbárie.

Então o braço local da União Britânica de Fascistas anunciou que seu líder, Sir Oswald Mosley, faria um comício em Cambridge. A notícia fez Lloyd se lembrar de Berlim, três anos antes. Tornou a ver os violentos camisas-pardas vandalizando a redação da revista em que Maud von Ulrich trabalhava. Ouviu mais uma vez o som rascante da voz cheia de ódio de Hitler quando, em seu discurso no Parlamento, o líder alemão havia desprezado a democracia. Estremeceu com a lembrança dos focinhos sujos de sangue dos pastores-alemães que haviam dilacerado Jörg com a cabeça enfiada num balde.

Agora estava em pé na plataforma da estação de Cambridge, esperando a mãe, que viria no trem de Londres. Ao seu lado estava Ruby Carter, sua colega ativista no Partido Trabalhista local. Ela o ajudara a organizar a reunião daquele dia para debater "A verdade sobre o fascismo". Eth Leckwith, mãe de Lloyd, faria um discurso. Seu livro sobre a Alemanha tinha sido um grande sucesso. Ela se candidatara outra vez a uma vaga no Parlamento nas eleições de 1935, e era novamente deputada por Aldgate.

Lloyd estava tenso com a reunião. O novo partido político de Mosley tinha conquistado milhares de membros, em parte por causa do entusiástico apoio do jornal *Daily Mail*, autor da infame manchete "Viva os camisas-negras!". Mosley era um orador carismático e sem dúvida recrutaria novos membros no comício desse dia. Era fundamental que houvesse um farol de razão para contrastar com suas mentiras sedutoras.

Ruby, porém, não parava de falar, animada, reclamando da vida social de Cambridge.

– Estou tão entediada com os rapazes daqui. Tudo que eles querem fazer é ir ao pub se embebedar.

Lloyd ficou espantado. Achava que Ruby tivesse uma vida social bem agitada. Ela usava roupas baratas sempre um pouco apertadas, destacando suas curvas cheinhas. A maioria dos homens devia considerá-la atraente, pensou.

– O que você gosta de fazer? – perguntou ele. – Além de organizar reuniões do Partido Trabalhista?

– Adoro dançar.

– Imagino que não faltem parceiros. Aqui na universidade há 12 homens para cada mulher.

– Sem querer ofender, quase todos os universitários são bichas.

Lloyd sabia que havia muitos homossexuais em Cambridge, mas ficou espantado ao ouvi-la mencionar o fato. Ruby era famosa por ser direta, mas aquilo era chocante, mesmo vindo dela. Não soube o que responder, por isso ficou calado.

– Você não é um deles, é? – perguntou Ruby.

– Não! Deixe de ser ridícula.

– Não precisa ficar ofendido. Tirando esse nariz achatado, você é bonito o bastante para ser bicha.

Ele riu.

– Isso é que é um elogio torto!

– Mas você é, mesmo. Parece o Douglas Fairbanks Junior.

– Bem, obrigado, mas não sou bicha.

– Você tem namorada?

Aquilo estava ficando constrangedor.

– No momento, não. – Ele disfarçou olhando para o relógio e espichando os olhos à procura do trem.

– Por que não?

– Ainda não conheci a garota certa.

– Ah, muito obrigada pela parte que me toca.

Ele olhou para ela. Viu que sua brincadeira tinha um fundo de verdade e ficou arrasado por ela ter levado o comentário para o lado pessoal.

– Eu não quis dizer...

– Quis, sim. Mas tudo bem. O trem está chegando.

A locomotiva entrou na estação e parou em meio a uma nuvem de vapor. As portas se abriram e os passageiros saltaram para a plataforma: universitários de paletó de tweed, mulheres de agricultores indo às compras, operários usando boinas chatas. Lloyd vasculhou a multidão com os olhos em busca da mãe.

– Ela deve ter vindo no vagão da terceira classe – falou. – Questão de princípios.

– Quer ir à minha festa de 21 anos? – perguntou Ruby.

– Claro.

– Minha amiga aluga um pequeno apartamento na Market Street, e a senhoria dela é surda.

Lloyd não estava à vontade com aquele convite e hesitou antes de responder. Então sua mãe apareceu, toda bonita com um sobretudo vermelho de verão e um pequeno chapéu elegante. Ela abraçou e beijou o filho.

– Você parece muito bem, meu lindo – falou. – Mas preciso lhe comprar um terno novo para o próximo semestre.

– Este aqui está bom, Mam.

Lloyd tinha uma bolsa de estudos que cobria os gastos com a faculdade e as despesas básicas de custo de vida, mas não era o bastante para comprar ternos. Quando começara a estudar em Cambridge, sua mãe havia usado parte de suas economias para lhe comprar um terno para o dia, de tweed, e outro para a noite, para jantares formais. Ele usara o de tweed todos os dias durante dois anos e isso era notório. Era um rapaz meticuloso com a própria aparência e sempre se certificava de estar com uma camisa limpa, uma gravata com um nó perfeito e um lenço branco dobrado no bolso da frente do paletó: devia haver algum dândi entre os seus antepassados. Apesar de bem-passado, o terno começava a parecer surrado e, na verdade, ele ansiava por um novo, mas não queria que a mãe gastasse as economias.

– Vamos ver – disse ela. Virando-se para Ruby, deu um sorriso caloroso e estendeu a mão. – Eu sou Eth Leckwith – falou, com a mesma graça descontraída de uma duquesa.

– Prazer em conhecê-la. Ruby Carter.

– Você também estuda aqui, Ruby?

– Não, sou criada em Chimbleigh, uma grande propriedade rural. – Ruby pareceu um pouco envergonhada ao fazer essa confissão. – Fica a oito quilômetros da cidade, mas geralmente consigo uma bicicleta emprestada.

– Que interessante! – exclamou Ethel. – Quando eu tinha a sua idade, era criada em uma propriedade rural no País de Gales.

Ruby ficou surpresa.

– Criada? A senhora? E hoje é deputada?

– É isso que significa democracia.

– Ruby e eu organizamos juntos a reunião de hoje – disse Lloyd.

– E como vão as coisas? – perguntou-lhe a mãe.

– Ingressos esgotados. Na verdade, tivemos que nos mudar para uma sala maior.

– Eu lhe disse que daria certo.

A reunião tinha sido ideia de Ethel. Ruby Carter e muitos outros membros do Partido Trabalhista queriam organizar uma passeata de protesto pela cidade. De início, Lloyd havia concordado.

– É preciso se opor publicamente ao fascismo sempre que houver oportunidade – dissera ele.

Mas Ethel os aconselhara a fazer outra coisa.

– Se sairmos em passeata gritando palavras de ordem, ficaremos iguaizinhos a eles – argumentara. – Vocês precisam mostrar que somos diferentes. Organizem uma reunião discreta e inteligente para discutir a realidade do fascismo. – Lloyd se mostrara cético. – Eu posso ir aí para fazer um discurso, se vocês quiserem – oferecera-se Ethel.

Lloyd apresentara a sugestão ao partido em Cambridge. Seguira-se um debate acalorado no qual Ruby havia liderado a oposição ao plano de Ethel. No final das contas, porém, a perspectiva de ter uma deputada e feminista famosa discursando na reunião falou mais alto.

Lloyd ainda não tinha certeza de que essa fora a melhor decisão. Lembrou-se de Maud von Ulrich em Berlim dizendo: "Não *podemos* reagir à violência com violência." Essa fora a política adotada pelo Partido Social-Democrata alemão. Para a família Von Ulrich e para a Alemanha, essa política tinha se revelado uma tragédia.

Os três saíram pelos arcos de tijolos amarelos em estilo românico da estação e seguiram apressados pela arborizada Station Road, uma rua de confortáveis residências de classe média construídas com o mesmo tijolo amarelo. Ethel deu o braço a Lloyd e perguntou:

– Mas então, como tem passado meu pequeno estudante?

Lloyd sorriu ao ouvir a palavra "pequeno". Ele era dez centímetros mais alto que a mãe, além de musculoso, por causa dos treinos com a equipe de boxe da universidade: seria capaz de erguê-la do chão usando apenas uma das mãos. Ele sabia que Ethel não cabia em si de tanto orgulho. Poucas coisas na vida tinham lhe dado tanta alegria quanto vê-lo estudar em Cambridge. Era provavelmente por isso que ela queria lhe comprar ternos.

– Você sabe que eu adoro isto aqui – respondeu ele. – Vou adorar mais ainda quando a universidade estiver cheia de rapazes da classe trabalhadora.

– E moças – emendou Ruby.

Eles dobraram na Hills Road, a rua principal, que conduzia ao centro da cidade. Desde a inauguração da ferrovia, a cidade havia se expandido para o sul, em direção à estação, e igrejas haviam surgido ao longo da Hills Road para atender ao novo subúrbio. Seu destino era uma capela batista cujo pastor, um esquerdista, concordara em ceder o salão sem custo.

– Eu fiz um acordo com os fascistas – disse Lloyd. – Falei que não faríamos a passeata se eles prometessem a mesma coisa.

– Fico surpresa por eles terem concordado – disse Ethel. – Fascistas adoram uma passeata.

– Eles relutaram. Mas avisei às autoridades da universidade e à polícia o que estava propondo e os fascistas de certa forma foram obrigados a aceitar.

– Você foi esperto.

– Mas, Mam, você não vai acreditar quem é o líder deles aqui. O visconde de Aberowen... mais conhecido como Boy Fitzherbert, filho do conde Fitzherbert, seu antigo patrão! – Boy tinha 21 anos, mesma idade de Lloyd, e estudava no Trinity College, a faculdade mais aristocrática da Universidade de Cambridge.

– O quê? Meu Deus!

Sua mãe pareceu mais abalada do que ele esperava, e Lloyd a olhou de relance. Ethel estava pálida.

– Ficou chocada?

– Fiquei! – Ela então pareceu recobrar a compostura. – O pai dele tem um cargo adjunto no Ministério das Relações Exteriores. – O governo era uma coalizão dominada pelos conservadores. – Fitz deve estar constrangido.

– Imagino que muitos conservadores sejam tolerantes com o fascismo. Eles não consideram tão errado assim matar comunistas e perseguir judeus.

– Alguns deles, talvez, mas você está exagerando. – Ela olhou para Lloyd de viés. – Quer dizer então que você foi falar com Boy?

– Fui. – Lloyd achou que aquilo parecia ter um significado especial para Ethel, mas não conseguiu imaginar qual seria. – Achei-o terrível. Ele tinha uma caixa inteira de uísque escocês no quarto dele no Trinity... doze garrafas!

– Você já o encontrou uma vez, lembra?

– Não. Quando foi isso?

– Você tinha 9 anos. Eu o levei ao Palácio de Westminster pouco depois de ser eleita. Cruzamos com Fitz e Boy na escada.

Lloyd se lembrava mais ou menos. Assim como agora, o incidente daquela época também parecia estranhamente importante para sua mãe.

– Era ele? Que engraçado.

– Eu o conheço – interveio Ruby. – Ele é nojento. Vive passando a mão nas criadas.

Lloyd ficou chocado, mas sua mãe não pareceu espantada.

– Isso é bem desagradável, mas acontece o tempo todo. – Aquele conformismo sombrio fez tudo lhe parecer ainda mais horripilante.

Os três chegaram à capela e entraram pela porta dos fundos. Ali, numa espécie de sacristia, estava Robert von Ulrich, com uma aparência surpreendentemente britânica: terno vistoso quadriculado de verde e marrom e gravata listrada. Ele se levantou e Ethel lhe deu um abraço.

– Ethel, querida, que chapéu mais encantador – disse Robert em um inglês impecável.

Lloyd apresentou a mãe às mulheres do Partido Trabalhista local, que preparavam jarras de chá e pratos de biscoito para servir após a reunião. Como já tinha ouvido Ethel reclamar muitas vezes que as pessoas que organizavam eventos políticos pareciam crer que os deputados nunca precisavam usar o banheiro, falou:

– Ruby, antes de começarmos, pode mostrar à minha mãe onde fica o toalete feminino? – As duas se afastaram.

Lloyd sentou-se ao lado de Robert e, em tom casual, perguntou:

– Como vão os negócios?

Robert era agora dono de um restaurante muito popular entre os homossexuais dos quais Ruby reclamara mais cedo. Por algum motivo, intuíra que a Cambridge dos anos 1930 simpatizava tanto com homens assim quanto a Berlim dos anos 1920. Seu novo restaurante tinha o mesmo nome do antigo, Bistrô Robert.

– Os negócios vão bem – respondeu ele. Uma sombra cruzou seu semblante: uma breve porém intensa expressão de medo. – Desta vez espero poder manter o que construí.

– Estamos fazendo todo o possível para combater os fascistas e reuniões como esta são o melhor jeito de conseguir isso – disse Lloyd. – O seu discurso vai ajudar muito... vai abrir os olhos das pessoas. – Robert iria falar sobre a sua experiência pessoal de viver sob o fascismo. – Muitos dizem que isso não poderia acontecer aqui, mas estão errados.

Robert concordou com a cabeça, muito sério.

– O fascismo é uma mentira, mas uma mentira sedutora.

A visita de Lloyd a Berlim três anos antes ainda era uma lembrança vívida.

– Frequentemente me pergunto o que terá acontecido com o antigo Bistrô Robert – disse ele.

– Recebi uma carta de um amigo – respondeu Robert com a voz cheia de tristeza. – Ninguém do antigo pessoal frequenta mais o restaurante. Os irmãos Macke leiloaram a adega. A clientela agora é quase toda de policiais e burocratas de médio escalão. – Com um tom ainda mais sofrido, acrescentou: – Eles nem usam mais toalhas de mesa. – Então mudou de assunto abruptamente: – Você quer ir ao baile do Trinity?

A maioria das faculdades tinha bailes de verão para comemorar o fim das provas. Esses bailes, somados a festas e piqueniques semelhantes, constituíam a Semana de Maio, que, em total contrassenso, sempre acontecia em junho. O baile do Trinity era famoso por seu luxo.

– Adoraria, mas não tenho dinheiro – respondeu Lloyd. – Os ingressos custam dois guinéus, não é?

– Eu ganhei um. Mas pode ficar com ele. Na verdade, um bando de universitários bêbados dançando ao som de uma banda de jazz para mim é a visão do inferno.

Lloyd sentiu-se tentado.

– Mas não tenho casaca. – Os bailes universitários exigiam casaca e gravata-borboleta branca.

– Pode pegar a minha emprestada. Vai ficar grande na cintura, mas temos a mesma altura.

– Nesse caso, eu aceito. Obrigado!

Ruby voltou.

– Sua mãe é incrível – disse a Lloyd. – Não sabia que ela havia trabalhado como criada!

– Conheço Ethel há mais de vinte anos – disse Robert. – Ela é mesmo extraordinária.

– Agora entendo por que você não encontrou a garota certa – disse Ruby a Lloyd. – Está procurando alguém como ela, e não há muitas por aí.

– Pelo menos quanto a isto você tem razão: não existe ninguém como ela – concordou Lloyd.

Ruby fez uma careta, como se estivesse sentindo dor.

– O que houve? – perguntou Lloyd.

– Dor de dente.

– Você precisa ir ao dentista.

Ela o olhou como se ele tivesse acabado de dizer alguma coisa estúpida e Lloyd se deu conta de que, com seu salário de criada, ela não podia se dar ao luxo de pagar um dentista. Sentiu-se tolo.

Foi até a porta e espiou para dentro do salão principal. Como em muitas igrejas protestantes não anglicanas, o local de culto era um recinto simples e retangular, com paredes pintadas de branco. Fazia calor e as janelas de vidro transparente tinham sido abertas. As filas de cadeiras estavam cheias de gente, que aguardava com grande expectativa.

Quando Ethel reapareceu, Lloyd disse:

– Se todos estiverem de acordo, vou dar início à reunião. Em seguida Robert vai contar sua história e depois minha mãe vai apontar as lições políticas que podem ser tiradas.

Todos concordaram.

– Ruby, pode ficar de olho nos fascistas? Avise-me se acontecer alguma coisa.

Ethel franziu o cenho.

– É mesmo necessário?

– Provavelmente não deveríamos confiar que eles vão manter a promessa.

– Eles marcaram uma reunião nesta mesma rua, uns 500 metros mais acima – disse Ruby. – Não me importo de ficar indo e vindo.

Ela saiu pela porta dos fundos e Lloyd conduziu os outros para dentro da sala de culto. Não havia tablado, mas no final da sala estavam dispostas uma mesa e três cadeiras, com um atril ao lado. Enquanto Ethel e Robert se acomodavam, Lloyd foi até o atril. Ouviram-se aplausos discretos.

– O fascismo está em marcha – começou Lloyd. – E ele é perigosamente sedutor. Dá falsas esperanças aos desempregados. Ostenta um patriotismo espúrio e os próprios fascistas usam imitações de uniformes militares.

Para consternação de Lloyd, o governo britânico vinha se mostrando disposto a conduzir uma política de conciliação em relação aos regimes fascistas. O atual governo era uma coalizão dominada por conservadores, com alguns liberais e um punhado de ministros trabalhistas renegados que haviam se afastado de seu partido de origem. Poucos dias depois de reeleito, em novembro, o ministro das Relações Exteriores propusera ceder grande parte da Abissínia aos conquistadores italianos e seu líder fascista, Benito Mussolini.

Pior ainda: a Alemanha estava se rearmando e se mostrava belicosa. Poucos meses antes, Hitler violara o Tratado de Versalhes enviando soldados para a Renânia desmilitarizada – e Lloyd ficara horrorizado ao constatar que nenhum país se mostrara disposto a detê-lo.

Qualquer esperança de que o fascismo fosse apenas uma aberração temporária havia desaparecido. Lloyd acreditava que os países democráticos, como França e Inglaterra, precisavam se preparar para lutar. No entanto, não disse isso no discurso desse dia, pois sua mãe, assim como a maioria do Partido Trabalhista, era contrária a uma intensificação armamentista na Grã-Bretanha e esperava que a Liga das Nações conseguisse lidar com os ditadores. Seu desejo era evitar a todo custo uma repetição da terrível carnificina da Grande Guerra. Lloyd se identificava com essa esperança, mas temia que ela não fosse realista.

Ele mesmo já estava se preparando para a guerra. Tinha sido cadete na escola e, ao ir para Cambridge, entrara para o Curso de Formação de Oficiais da universidade – era o único rapaz de classe trabalhadora no curso e certamente o único membro do Partido Trabalhista.

Lloyd se sentou sob aplausos comedidos. Era um orador claro, lógico, mas não tinha a capacidade da mãe de tocar corações – pelo menos não ainda.

Robert subiu ao atril.

– Sou austríaco – falou. – Durante a guerra, fui ferido, capturado pelos russos e mandado para um campo de prisioneiros na Sibéria. Depois que os bolcheviques se reconciliaram com as Potências Centrais, os guardas abriram os portões e nos disseram que estávamos livres para ir embora. Voltar para casa era problema nosso, não deles. O caminho da Sibéria até a Áustria é longo: quase cinco mil quilômetros. Não havia ônibus, por isso fui a pé.

Risadas surpresas percorreram a sala, seguidas de alguns aplausos de admiração. Lloyd viu que Robert já havia encantado a plateia.

Ruby se aproximou dele com ar contrariado e falou em seu ouvido:

– Os fascistas acabaram de passar. Boy Fitzherbert estava conduzindo Mosley até a estação, e um bando de esquentadinhos vestindo camisa preta corria atrás do carro dando vivas.

Lloyd franziu o cenho.

– Eles prometeram que não fariam uma passeata. Imagino que vão alegar que correr atrás de um carro não conta.

– Que diferença faz?

– Alguma violência?

– Não.

– Fique de olho.

Ruby saiu. Lloyd estava preocupado. Embora não tivessem desrespeitado o acordo em si, sem dúvida tinham desrespeitado sua essência. Haviam saído à rua de uniforme – e nenhuma outra passeata lhes fizera frente. Os socialistas estavam ali, dentro da igreja, invisíveis. A única coisa que demonstrava publicamente suas opiniões era uma faixa em frente à igreja que dizia, em letras vermelhas garrafais: "A verdade sobre o fascismo".

Robert estava falando:

– Estou feliz por estar aqui, honrado por ter sido convidado a falar para vocês e encantado em ver na plateia vários clientes do Bistrô Robert. Mas preciso lhes avisar que a história que tenho para contar é muito desagradável. Pavorosa, na verdade.

Então relatou como ele e Jörg tinham sido presos após se recusarem a vender o restaurante de Berlim para um nazista. Descreveu Jörg como seu chef de cozinha e sócio de longa data, sem mencionar seu relacionamento íntimo, embora as pessoas mais sagazes da plateia provavelmente devam ter adivinhado.

O público se calou quando ele começou a descrever os acontecimentos no campo de concentração. Lloyd ouviu arquejos de horror quando Robert chegou à parte dos cães. Robert narrou a tortura de Jörg com uma voz grave e límpida, que inundou a sala. Quando chegou à morte de Jörg, vários ouvintes já estavam chorando.

O próprio Lloyd reviveu a crueldade e a angústia daqueles momentos e foi tomado por uma súbita raiva, raiva de idiotas como Boy Fitzherbert, cuja paixão por marchas e uniformes elegantes ameaçava levar aquele mesmo tormento à Inglaterra.

Robert sentou-se e Ethel foi até o atril. Quando ela estava começando a falar, Ruby reapareceu, dessa vez com uma expressão furiosa.

– Eu disse a você que isso não iria funcionar! – sibilou ela no ouvido de Lloyd. – Mosley foi embora, mas os rapazes estão cantando "Rule Britannia" do lado de fora da estação.

Aquilo sem dúvida era uma violação do acordo, pensou Lloyd, zangado. Boy havia quebrado sua promessa. Como valia pouco a palavra de um nobre inglês.

Ethel agora explicava como o fascismo oferecia soluções falsas, usando a estratégia simplista de culpar grupos como judeus e comunistas por problemas complexos, como o desemprego e a criminalidade. Zombou impiedosamente do conceito de triunfo da vontade, comparando o Führer e o Duce a valentões de escola. Eles clamavam por apoio popular, mas baniam qualquer oposição.

Lloyd então se deu conta de que, quando os fascistas voltassem da estação de trem para o centro da cidade, teriam que passar por aquela igreja. Começou a prestar atenção nos sons vindos das janelas abertas. Podia ouvir carros e caminhões passarem rugindo pela Hills Road, pontuados de vez em quando pelo tilintar de uma sineta de bicicleta ou pelo choro de uma criança. Pensou ter ouvido um grito distante, e o som era preocupantemente parecido com o de rapazes desordeiros ainda jovens o bastante para sentir orgulho das vozes de adulto recém-adquiridas. Retesou o corpo, aguçando os ouvidos, e então escutou novos gritos. Os fascistas estavam marchando.

À medida que o alarido na rua aumentava, Ethel também ergueu a voz. Argumentou que trabalhadores de todos os tipos precisavam se unir em sindicatos e no Partido Trabalhista para construir uma sociedade mais justa, passo a passo e democraticamente, e não por meio do mesmo tipo de perturbação violenta que já dera tão errado na Rússia comunista e na Alemanha nazista.

Ruby tornou a entrar.

– Eles estão marchando pela Hills Road – disse ela, com um sussurro baixo e urgente. – Temos que sair e confrontá-los!

– Não! – sussurrou Lloyd. – O partido tomou uma decisão coletiva: não haverá passeatas. Temos que respeitar isso. Precisamos ser um movimento disciplinado! – Ele sabia que a referência à disciplina partidária surtiria efeito na colega.

Os fascistas agora estavam bem próximos, cantando a plenos pulmões. Lloyd calculou que fossem uns cinquenta ou sessenta. Estava se coçando para ir lá fora enfrentá-los. Dois rapazes no fundo da sala se levantaram e foram até as janelas espiar. Ethel pediu cautela.

– Não reajam ao vandalismo transformando-se em vândalos – disse ela. – Isso apenas dará aos jornais um pretexto para dizer que um lado é tão ruim quanto o outro.

Ouviu-se um estrondo de vidro se quebrando e uma pedra entrou voando pela janela. Uma mulher gritou e várias pessoas se levantaram.

– Por favor, fiquem sentados – pediu Ethel. – Creio que eles irão embora logo.

Ela falava com voz calma e tranquilizadora. No entanto, poucos prestavam atenção no que ela dizia. Olhavam todos para trás, em direção à porta da igreja, escutando os gritos e vivas dos arruaceiros do lado de fora. Lloyd teve de se esforçar para ficar sentado. Olhou para a mãe com uma expressão neutra, fixa feito uma máscara. Cada osso de seu corpo ansiava por sair à rua e dar alguns socos.

Dali a um minuto, a plateia silenciou um pouco. Embora ainda inquietos e olhando para trás por cima do ombro, todos tornaram a prestar atenção em Ethel.

– Nós parecemos um bando de coelhinhos, tremendo dentro da toca enquanto a raposa regouga lá fora – murmurou Ruby em tom de desprezo, e Lloyd sentiu que ela estava certa.

A previsão de sua mãe, porém, mostrou-se verdadeira, e nenhuma outra pedra foi lançada. A cantoria se afastou.

– Por que os fascistas querem violência? – indagou Ethel; era uma pergunta retórica. – Aqueles rapazes lá fora na Hills Road podem ser simples arruaceiros, mas alguém os está dirigindo e suas táticas têm um objetivo. Quando há briga nas ruas, eles podem alegar que a ordem pública foi violada, e que é preciso tomar medidas drásticas para restabelecer a lei. Essas medidas de emergência incluem banir partidos políticos democráticos como o nosso, proibir a ação dos sindicatos e prender pessoas sem julgamento, pessoas como nós, homens e mulheres de paz, cujo único crime é discordar do governo. Isso por acaso lhes parece uma fantasia improvável, algo que jamais poderia acontecer? Bem, foi exatamente a tática que eles usaram na Alemanha... e funcionou.

Ela seguiu falando sobre como o fascismo devia ser combatido: em grupos de discussão, em reuniões como aquela, escrevendo cartas aos jornais e usando qualquer oportunidade possível para alertar os outros do perigo. No entanto, mesmo para Ethel foi difícil fazer isso soar corajoso e decidido.

O comentário de Ruby sobre coelhos na toca atingira Lloyd profundamente. Ele se sentia um covarde. Estava tão frustrado que mal conseguia se manter sentado.

Aos poucos, a atmosfera do salão voltou ao normal. Lloyd se virou para Ruby.

– Pelo menos os coelhos estão sãos e salvos – falou.

– Por enquanto – disse ela. – Mas a raposa vai voltar.

II

– Se você gostar de um rapaz, pode deixá-lo beijar você na boca – disse Lindy Westhampton, sentada ao sol no gramado.

– E, se gostar dele de verdade, pode deixá-lo tocar seus seios – disse sua gêmea, Lizzie.

– Mas nada abaixo da cintura.

– Só depois que estiverem noivos.

Essa conversa deixou Daisy intrigada. Imaginava que as moças inglesas fossem inibidas, mas se enganara. As gêmeas Westhampton eram obcecadas por sexo.

Daisy estava maravilhada por ser hóspede em Chimbleigh, a casa de campo de Sir Bartholomew Westhampton, mais conhecido como Bing. Estar ali lhe dava a sensação de ter sido aceita na sociedade inglesa. Mas ela ainda não havia conhecido o rei.

Recordou a humilhação no Iate Clube de Buffalo com uma vergonha que ainda parecia uma queimadura em sua pele e lhe provocava uma dor cruciante, mesmo depois de a chama ter sido afastada. No entanto, sempre que sentia essa dor, pensava que iria dançar com o rei e imaginava todas elas – Dot Renshaw, Nora Farquharson, Ursula Dewar – vendo sua foto no *Buffalo Sentinel* e lendo cada palavra da reportagem, mortas de inveja e desejando poder afirmar com sinceridade que sempre tinham sido suas amigas.

Não fora nada fácil no começo. Fazia três meses que Daisy chegara à Inglaterra, com a mãe e a amiga Eva. Seu pai lhe dera um punhado de cartas de apresentação para pessoas que, no fim das contas, não pertenciam à nata da sociedade londrina. Daisy começara a se arrepender de sua saída ultraconfiante do baile do Iate Clube: e se tudo aquilo não desse em nada?

Mas ela era uma moça decidida e cheia de recursos, e tudo de que precisava era um empurrãozinho. Mesmo em eventos mais ou menos públicos, como corridas de cavalos e óperas, podia conhecer pessoas importantes. Flertava com os homens e despertava a curiosidade de suas mães, dando a entender que era rica e solteira. Muitas famílias aristocráticas inglesas tinham sido arruinadas pela Depressão, e uma herdeira americana teria sido bem-vinda mesmo se não fosse bonita e encantadora. Todos gostavam do seu sotaque, toleravam o fato de ela segurar o garfo com a mão direita e achavam graça por ela saber dirigir – na Inglaterra, dirigir era coisa de homem. Muitas moças inglesas montavam a cavalo tão bem quanto Daisy, mas poucas demonstravam a mesma segurança e tanto atrevimento sobre a sela. Algumas mulheres mais velhas ainda a olhavam com desconfiança, mas ela estava certa de que acabaria por conquistá-las.

Fora fácil flertar com Bing Westhampton. Franzino e de sorriso arrebatador, ele tinha faro fino para moças bonitas. E o instinto de Daisy lhe dizia que usaria mais do que apenas o faro caso tivesse a oportunidade de uma brincadeira no jardim, ao anoitecer. Estava claro que as filhas haviam puxado a ele.

A festa na casa dos Westhampton era uma das muitas no condado de Cambridge organizadas para coincidir com a Semana de Maio. Entre os convidados estavam o conde Fitzherbert, mais conhecido como Fitz, e Bea, sua esposa. Ela, naturalmente, era a condessa Fitzherbert, mas preferia o título russo de princesa. O filho mais velho do casal, Boy, estudava no Trinity College.

A princesa Bea era uma das matriarcas da sociedade que tinham reservas em relação a Daisy. Sem chegar a contar uma mentira, Daisy deixara que as pessoas supusessem que seu pai era um nobre russo que perdera tudo na revolução, e não um operário de fábrica que fugira para os Estados Unidos para não ser pego pela polícia. Bea, porém, não se deixara enganar.

– Não me lembro de nenhuma família chamada Peshkov em São Petersburgo ou em Moscou – comentara, quase sem se fingir de intrigada.

Daisy forçara um sorriso como se o fato de a princesa não lembrar não tivesse qualquer importância.

Havia três moças da mesma idade de Daisy e Eva na casa: as gêmeas Westhampton e May Murray, filha de um general. Os bailes varavam a noite, por isso todos dormiam até o meio-dia, mas as tardes eram maçantes. As cinco moças relaxavam no jardim ou iam passear na floresta. Agora, sentando-se na rede em que estivera deitada, Daisy perguntou:

– E o que se pode fazer *depois* do noivado?

– Alisar o negócio dele – respondeu Lindy.

– Até esguichar – emendou sua irmã.

– Ai, que nojo! – exclamou May Murray, que não era tão atrevida quanto as gêmeas.

Mas isso apenas serviu para incentivar ainda mais as irmãs Westhampton.

– Ou então pode chupar – disse Lindy. – É disso que eles mais gostam.

– Parem com isso! – reclamou May. – Vocês estão inventando.

As duas pararam, pois já haviam provocado May o suficiente.

– Estou entediada – disse Lindy. – O que poderíamos fazer?

Um diabinho travesso se apoderou de Daisy, que falou:

– Vamos descer para jantar vestidas de homem.

Arrependeu-se na mesma hora. Uma brincadeira dessas poderia arruinar sua carreira social, que mal estava começando.

A noção de compostura germânica de Eva foi perturbada.

– Daisy, você não está falando sério!

– Não – respondeu a amiga. – Foi uma ideia boba.

As gêmeas tinham os cabelos louros e finos da mãe, não os cachos escuros do pai, mas haviam herdado a inclinação dele para as travessuras, e ambas adoraram a ideia.

– Hoje à noite todos eles estarão de casaca, então podemos roubar seus smokings – disse Lindy.

– Isso! – concordou a irmã. – Vamos roubar enquanto estiverem tomando o chá.

Daisy viu que era tarde para voltar atrás.

– Não poderíamos ir ao baile vestidas assim! – disse May Murray. Depois do jantar, todos os hóspedes da casa iriam ao baile do Trinity.

– Trocaremos de roupa antes de sair – disse Lizzie.

May era uma moça tímida, provavelmente oprimida pelo pai militar, e sempre concordava com qualquer coisa que as outras decidissem. Eva, a única a discordar, foi ignorada, e o plano prosseguiu.

Quando chegou a hora de se vestir para o jantar, uma criada levou dois smokings até o quarto que Daisy dividia com Eva. A criada se chamava Ruby. Na véspera, estava sofrendo com uma terrível dor de dente, então Daisy lhe dera dinheiro para ir ao dentista, e ela arrancara o dente. Agora, livre da dor, Ruby estava corada de animação.

– Aqui estão, senhoras! – disse ela. – O de Sir Bartholomew deve ser pequeno o suficiente para a Srta. Peshkov, e o do Sr. Andrew Fitzherbert deve servir na Srta. Rothmann.

Daisy tirou o vestido e pôs a camisa masculina. Ruby a ajudou a encaixar as abotoaduras da frente e dos punhos, com as quais não estava acostumada. Ela então vestiu a calça de Bing Westhampton, preta, com uma faixa de cetim. Ajeitou a combinação dentro da calça e puxou os suspensórios até os ombros. Ao abotoar a braguilha, sentiu-se levemente ousada.

Nenhuma das três moças sabia dar nó em gravata, de modo que os resultados foram sofríveis. Foi Daisy quem inventou o toque final. Usando um lápis de sobrancelha, pintou um bigode no próprio rosto.

– Incrível! – exclamou Eva. – Você está ainda mais bonita!

Daisy pintou costeletas no rosto de Eva.

As cinco amigas se reuniram no quarto das gêmeas. Daisy entrou com um andar masculino que provocou risos histéricos nas outras.

May expressou em voz alta a preocupação que Daisy ainda trazia bem lá no fundo da mente:

– Espero que não tenhamos problemas com isso.

– E daí se tivermos? – contrapôs Lindy.

Daisy decidiu esquecer as apreensões e se divertir, e seguiu na frente das outras até a sala de estar.

Foram as primeiras a chegar. Repetindo algo que ouvira Boy Fitzherbert dizer ao mordomo, Daisy forçou uma voz de homem e, arrastando as palavras, pediu:

– Grimshaw, meu chapa, sirva-me um uísque... este champanhe tem gosto de xixi. – As outras puseram-se a guinchar com risinhos chocados.

Bing e Fitz entraram juntos. Com seu colete branco, Bing fez Daisy pensar em um pássaro de duas cores atrevido. Fitz era um senhor de meia-idade atraente, com cabelos escuros salpicados de fios grisalhos. Por causa de ferimentos de guerra, mancava um pouco e tinha uma das pálpebras ligeiramente caída, mas as provas de sua coragem em batalha só aumentavam mais ainda seu poder de sedução.

Fitz viu as moças, olhou duas vezes e exclamou:

– Meu Deus do céu! – Seu tom foi severo e reprovador.

Daisy experimentou um instante de pânico. Teria estragado tudo? Todo mundo sabia que os ingleses podiam ser assustadoramente conservadores. Será que ela seria convidada a ir embora da casa? Isso seria terrível. Dot Renshaw e Nora

Farquharson mal caberiam em si caso ela voltasse para Buffalo em desgraça. Daisy preferiria morrer.

Bing, contudo, soltou uma sonora gargalhada.

– Que maravilha – comentou ele. – Olhe só para isso, Grimshaw!

O mordomo, já de certa idade, que vinha entrando na sala com uma garrafa de champanhe em um balde de prata cheio de gelo, observou as moças com ar desanimado. Em tom seco e pouco sincero, falou:

– Muito divertido, Sir Bartholomew.

Bing continuou a observá-las com um misto de deleite e lascívia. Daisy percebeu – tarde demais – que se vestir como o sexo oposto poderia passar para alguns homens a falsa ideia de alto grau de liberdade sexual e disposição para experimentar coisas novas – que evidentemente poderia causar problemas.

Quando o grupo se reuniu para jantar, a maioria dos outros hóspedes da casa seguiu o exemplo do anfitrião e tratou a brincadeira das moças como uma divertida farsa, mas Daisy percebeu que nem todos ficaram igualmente encantados. A mãe de Daisy empalideceu de susto ao ver as moças e sentou-se depressa, como se estivesse prestes a desmaiar. A princesa Bea, mulher de cerca de 40 anos, muito apertada por espartilhos e que outrora devia ter sido bonita, franziu a testa coberta de pó de arroz numa expressão de censura. Mas Lady Westhampton era uma mulher alegre, que reagia à vida com o mesmo sorriso tolerante que tinha para o marido desregrado: ela deu uma gostosa risada e parabenizou Daisy pelo bigode.

Os rapazes, os últimos a chegar, também acharam divertido. O tenente Jimmy Murray, filho do general Murray, que não era tão rígido quanto o pai, gargalhou de satisfação. Os irmãos Fitzherbert, Boy e Andy, entraram juntos, e a reação de Boy foi a mais interessante de todas. Ele encarou as moças com fascínio. Apesar de ter tentado escondê-lo com galhofa, rindo alto como os outros, ficou claro que estava estranhamente atraído.

Durante o jantar, as gêmeas imitaram a brincadeira de Daisy e puseram-se a falar como homens, com vozes graves e sonoras, fazendo os outros rirem. Lindy ergueu o copo e disse:

– O que achou deste vinho, Liz?

– Achei um pouco aguado, meu chapa. Tenho a impressão de que Bing anda diluindo seus vinhos, sabe?

Durante todo o jantar, Daisy flagrou Boy olhando para ela. O rapaz não se parecia muito com o belo pai, mas ainda assim era atraente, e tinha os mesmos olhos azuis da mãe. Ela começou a ficar encabulada, como se ele estivesse olhando com volúpia para seus seios. Para romper o feitiço, perguntou:

– Tem feito as provas na universidade, Boy?

– Pelo amor de Deus, não – respondeu ele.

– Ele está ocupado demais pilotando seu avião para estudar – comentou o pai. Apesar de formulada como uma crítica, a frase fez parecer que Fitz na verdade sentia orgulho do primogênito.

Boy se fez de ultrajado.

– Que calúnia! – disse ele.

Eva estava perplexa.

– Se você não quer estudar, por que está na universidade? – perguntou.

– Alguns dos rapazes não fazem questão de se formar, sobretudo se não tiverem inclinação para a vida acadêmica – explicou Lindy.

– Sobretudo se forem ricos e preguiçosos – acrescentou Lizzie.

– Mas eu estudo! – protestou Boy. – Só que, de fato, não pretendo fazer as provas. Na verdade não pretendo ganhar a vida como médico, nem nada disso.
– Quando Fitz morresse, Boy herdaria uma das maiores fortunas da Inglaterra.

E sua sortuda esposa seria a condessa Fitzherbert.

– Espere um instante – disse Daisy. – Você tem mesmo seu próprio avião?

– Tenho. É um Hornet Moth. Faço parte do aeroclube da universidade. Nós usamos um pequeno campo de pouso fora da cidade.

– Que maravilha! Você tem que me levar para voar!

– Ai, querida, não! – protestou sua mãe.

– Você não ficaria nervosa? – perguntou Boy a Daisy.

– Nem um pouco!

– Então vou levá-la. – Ele se virou para Olga. – É absolutamente seguro, Sra. Peshkov. Prometo que vou trazê-la de volta inteirinha.

Daisy ficou animadíssima.

A conversa passou para o assunto preferido daquele verão: o elegante novo rei da Inglaterra, Eduardo VIII, e seu romance com Wallis Simpson, uma americana separada pela segunda vez. Os jornais de Londres não comentavam nada a respeito, apenas incluíam a Sra. Simpson na lista de convidados dos eventos reais. A mãe de Daisy, porém, mandava vir os jornais americanos, repletos de especulações sobre se Wallis iria se divorciar do Sr. Simpson para se casar com o rei.

– Isso está totalmente fora de cogitação – disse Fitz, severo. – O rei é o chefe da Igreja Anglicana. Não há a menor possibilidade de se casar com uma mulher divorciada.

Quando as senhoras se retiraram, deixando os homens a sós para saborearem vinho do Porto e charutos, as moças correram para trocar de roupa. Daisy decidiu realçar sua feminilidade e escolheu um vestido de baile de seda cor-de-rosa estampado com pequenas flores, com um bolerinho de mangas curtas e bufantes do mesmo tecido.

Eva pôs um vestido bem simples de seda preta, sem mangas. No ano anterior, ela havia emagrecido, mudado o penteado e aprendido – sob a orientação de Daisy – a usar roupas bem-cortadas e sem adereços, que a favoreciam. Eva agora era praticamente da família e Olga adorava comprar roupas para ela. Daisy a considerava a irmã que nunca tivera.

Ainda estava claro quando todos subiram nos carros e carruagens e percorreram os oito quilômetros até o centro da cidade.

Daisy achava Cambridge o lugar mais excêntrico que já vira, com suas ruazinhas sinuosas e os prédios elegantes das faculdades. Todos desceram no Trinity College, e Daisy ergueu os olhos para a estátua de seu fundador, o rei Henrique VIII. Quando atravessaram o portão de tijolos do século XVI, soltou um arquejo de prazer ao deparar com a visão à sua frente: uma grande área quadrada, com o gramado bem-aparado cercado por caminhos de pedra e, no centro, um chafariz cheio de detalhes arquitetônicos. Nos quatro lados, construções muito antigas de pedra dourada formavam o pano de fundo para rapazes de casaca que dançavam com moças lindamente vestidas, e para dúzias de garçons trajando roupas de gala, que circulavam com bandejas cheias de taças de champanhe. Daisy bateu palmas de alegria: aquilo era exatamente o tipo de coisa que adorava.

Ela dançou com Boy, depois com Jimmy Murray e com Bing, que a apertou bem junto ao corpo e deixou a mão direita escorregar da base de suas costas pela curva do quadril. Ela decidiu não protestar. A banda inglesa tocava uma imitação sem graça de um jazz americano, mas o som era alto e rápido, e os músicos conheciam todos os sucessos mais recentes.

A noite caiu e o espaço foi iluminado por tochas acesas. Daisy fez uma pausa para ver como Eva estava, pois a amiga não tinha a sua desenvoltura social e às vezes precisava ser apresentada às pessoas. No entanto, não havia por que se preocupar: Eva estava conversando com um universitário extremamente bonito, que usava uma casaca folgada demais para ele. A amiga o apresentou como Lloyd Williams.

– Estávamos conversando sobre o fascismo na Alemanha – explicou Lloyd, como se Daisy pudesse querer entrar na conversa.

– Ai, que coisa mais sem graça! – comentou Daisy.

Mas Lloyd pareceu não ouvir.

– Eu estive em Berlim três anos atrás, quando Hitler subiu ao poder. Não conheci Eva na época, mas parece que nós temos alguns conhecidos em comum.

Jimmy Murray apareceu e tirou Eva para dançar. Lloyd ficou visivelmente decepcionado ao vê-la se afastar, mas reuniu seus bons modos e, gracioso, convidou Daisy para dançar também. Os dois foram para mais perto da banda.

– Sua amiga Eva é muito interessante – comentou ele.

– Ora, Sr. Williams, isso é exatamente o que toda moça sonha em ouvir do seu par durante uma dança – retrucou Daisy. Assim que pronunciou as palavras, se arrependeu de ter sido tão rabugenta.

Mas Lloyd achou graça. Ele sorriu e disse:

– Meu Deus, você tem toda a razão. Mereci o puxão de orelha. Preciso tentar ser mais galante.

Na mesma hora, ela gostou mais dele por saber rir de si mesmo. Era uma prova de autoconfiança.

– Você está hospedada em Chimbleigh, como Eva?

– Estou.

– Então deve ser a americana que deu o dinheiro para Ruby Carter ir ao dentista.

– Como o senhor sabe disso?

– Ela é minha amiga.

Daisy ficou espantada.

– Muitos universitários são amigos de criadas?

– Puxa, que comentário mais esnobe! Minha mãe foi criada antes de ser eleita deputada.

Daisy sentiu o rosto corar. Detestava pessoas esnobes e muitas vezes acusava os outros de ser assim, principalmente em Buffalo. Considerava-se totalmente inocente desse tipo de atitude indigna.

– Começamos mesmo com o pé esquerdo, não foi? – disse ela quando a dança chegou ao fim.

– Para falar a verdade, não – respondeu ele. – Você acha sem graça falar sobre fascismo, mas ainda assim acolhe uma refugiada alemã em sua casa e a convida para acompanhá-la à Inglaterra. Acha que criadas não podem ser amigas de universitários, mas dá dinheiro para Ruby ir ao dentista. Acho que não vou conhecer nenhuma moça tão intrigante quanto você esta noite.

– Vou tomar isso como um elogio.

– Lá vem Boy Fitzherbert, seu amigo fascista. Quer que eu dê um chega para lá nele?

Daisy sentiu que Lloyd adoraria ter uma oportunidade para brigar com Boy.

– De jeito nenhum! – respondeu ela, virando-se para acolher o recém-chegado com um sorriso.

Boy cumprimentou Lloyd com um meneio de cabeça breve.

– Boa noite, Williams.

– Boa noite – respondeu Lloyd. – Fiquei decepcionado ao ver os seus fascistas marchando pela Hills Road no sábado passado.

– Ah, sim – disse Boy. – Eles se entusiasmaram um pouco demais.

– Fiquei surpreso, pois você me dera a sua palavra de que isso não iria acontecer.

Daisy viu que, por baixo da fria máscara dos bons modos, Lloyd estava zangado. Mas Boy se recusou a levar o assunto a sério.

– Peço desculpas – falou em tom casual. Então virou-se para Daisy: – Venha conhecer a biblioteca. Foi projetada pelo arquiteto Christopher Wren.

– Com prazer! – Ela se despediu de Lloyd com um aceno e deixou Boy pegar seu braço. Lloyd pareceu desapontado ao vê-la se afastar.

Do lado esquerdo do gramado, uma passagem conduzia a um pátio onde, na extremidade oposta, se erguia uma construção elegante e isolada. Daisy admirou os claustros do térreo. Boy lhe explicou que os livros ficavam no andar superior por causa das enchentes do rio Cam.

– Vamos subir e olhar o rio – disse ele. – Fica muito bonito à noite.

Daisy tinha 20 anos e, embora fosse inexperiente, sabia que Boy não estava nem um pouco interessado em admirar rios à noite. No entanto, ao pensar na reação dele ao vê-la vestida de homem, perguntou a si mesma se talvez ele não preferisse rapazes a moças. Imaginou que estivesse prestes a descobrir.

– Você conhece mesmo o rei? – indagou ela enquanto ele a fazia atravessar um segundo pátio.

– Conheço. Ele é mais amigo do meu pai, claro, mas de vez em quando vai à nossa casa. E posso lhe garantir que ele aprecia um bocado algumas das minhas opiniões políticas.

– Eu adoraria conhecê-lo. – Ela sabia que estava soando ingênua, mas aquela era a sua chance e não iria desperdiçá-la.

Os dois atravessaram um portão e chegaram a um gramado liso que descia na direção de um rio estreito, contido por muros.

– Esta parte se chama The Backs, os fundos – explicou Boy. – A maioria das faculdades mais antigas possui terras do outro lado do curso de água. – Quando os dois iam se aproximando de uma pequena ponte, ele passou o braço em volta da cintura dela. Sua mão subiu mais um pouco, como por acaso, até o indicador tocar a parte inferior de seu seio.

Do outro lado da pequena ponte, dois funcionários da universidade, uniformizados, montavam guarda, provavelmente para impedir a entrada de penetras no baile. Um dos homens murmurou:

– Boa noite, visconde de Aberowen. – O outro conteve um sorriso.

Boy respondeu com um meneio de cabeça quase imperceptível. Daisy se perguntou quantas outras moças ele teria conduzido por aquela mesma ponte.

Sabia que Boy tinha um motivo para fazer aquele passeio com ela. E, como era de esperar, ele parou no escuro e pôs as duas mãos nos ombros de Daisy.

– Você estava bem atraente com aquela roupa durante o jantar. – Sua voz soava rouca de excitação.

– Que bom que você gostou. – Ela sabia que estava prestes a ser beijada e, ao pensar nisso, sentiu desejo por ele, mas ainda não estava de todo preparada. Pôs uma das mãos espalmada no peito dele, para mantê-lo a distância. – Quero mesmo ser apresentada na corte real – falou. – É difícil arranjar isso?

– Nem um pouco – respondeu ele. – Pelo menos, não para a minha família. E não para alguém tão bonita quanto você. – Ele inclinou a cabeça ansiosamente na sua direção.

Ela se afastou.

– Você faria isso por mim? Daria um jeito de eu ser apresentada?

– Claro.

Ela chegou mais perto e pôde sentir a ereção na calça dele. Não, pensou, ele não prefere rapazes.

– Promete? – pediu.

– Prometo – respondeu ele, ofegante.

– Obrigada – disse Daisy e então deixou que ele a beijasse.

III

À uma hora da tarde de sábado, a pequena casa da Wellington Row em Aberowen, Gales do Sul, estava lotada. Sentado à mesa da cozinha, o avô de Lloyd parecia orgulhoso. Tinha a um de seus lados o filho, Billy Williams, um mineiro que fora eleito deputado por Aberowen. Do outro lado estava o neto, Lloyd, aluno da Universidade de Cambridge. A filha, também deputada, estava ausente. Aquela era a dinastia Williams. Ninguém ali jamais diria isso – o conceito de dinastia era antidemocrático, e aquelas pessoas acreditavam na democracia da mesma forma que o papa acreditava em Deus –, mas, ainda assim, Lloyd desconfiava que esse devia ser o pensamento de Granda.

Também estava à mesa o amigo de longa data e agente de seu tio Billy, Tom

Griffiths. Lloyd estava honrado por se sentar ao lado desses homens. Granda era um veterano do sindicato dos mineiros; seu tio Billy fora levado a corte marcial em 1919 por ter revelado a guerra secreta da Grã-Bretanha contra os bolcheviques; Tom lutara com Billy na batalha do Somme. Aquilo era mais impressionante do que jantar com membros da família real.

A avó de Lloyd, Cara Williams, tinha servido um ensopado de carne com pão caseiro, e agora estavam todos ao redor da mesa bebendo chá e fumando. Amigos e vizinhos tinham aparecido, como sempre acontecia quando Billy ia à cidade, e meia dúzia deles se apoiava nas paredes pitando cachimbos e cigarros enrolados à mão, enchendo a cozinha com o cheiro de homens e tabaco.

Billy tinha a mesma baixa estatura e os mesmos ombros largos de muitos outros mineiros, mas, ao contrário dos demais, estava bem-vestido, de terno azul-marinho, camisa branca limpa e gravata vermelha. Lloyd reparou que todos ali o chamavam pelo primeiro nome, como para ressaltar o fato de que Billy era um deles e que subira ao poder graças aos seus votos. E chamavam Lloyd de "garoto", deixando claro que a sua condição de universitário não os impressionava. Granda, porém, era tratado como Sr. Williams: era a ele que de fato respeitavam.

Pela porta do fundos, que estava aberta, Lloyd podia ver a pilha de resíduos de carvão da mina, uma montanha que não parava de crescer e já havia chegado à rua atrás da casa.

Lloyd estava trabalhando como organizador num campo de mineiros desempregados, durante as férias de verão, em troca de um salário módico. O projeto consistia em reformar a biblioteca do Instituto dos Mineiros. Para ele, o trabalho braçal de lixar, pintar e montar estantes era uma mudança bem-vinda em sua rotina de leitura de Schiller em alemão e Molière em francês. Gostava daquele clima descontraído entre os homens: tinha herdado da mãe o apreço pelo senso de humor dos galeses.

Aquilo era ótimo, mas não estava lutando contra o fascismo. Seu rosto se contraía numa careta sempre que ele se lembrava de como ficara encolhido dentro da capela batista enquanto Boy Fitzherbert e os outros arruaceiros entoavam cantos na rua e atiravam pedras pela janela. Desejava ter ido até lá fora e dado um soco em alguém. Poderia até ter sido burrice, mas ele teria se sentido melhor. Pensava nisso todas as noites antes de pegar no sono.

Pensava também em Daisy Peshkov, com seu bolerinho de seda cor-de-rosa e mangas bufantes.

Tinha visto Daisy uma segunda vez durante a Semana de Maio. Fora assistir a um recital na capela do King's College, porque o aluno do quarto vizinho ao seu no Emmanuel era um dos violoncelistas, e Daisy estava na plateia com a família Westhampton. Usava um chapéu de palha com a aba virada para cima que lhe dava o aspecto de uma colegial travessa. Ele fora procurá-la depois do espetáculo e fizera perguntas sobre os Estados Unidos, onde nunca estivera. Queria informações a respeito do governo do presidente Roosevelt, descobrir se ele tinha alguma lição para ensinar à Inglaterra, mas Daisy só conseguiu falar de festas no Clube de Tênis, partidas de polo e o Iate Clube. Apesar disso, ele se sentira novamente cativado por ela. Sua conversa alegre o agradava ainda mais por ser pontuada por tiradas inesperadas de inteligência sarcástica.

– Não quero afastá-la dos seus amigos – dissera ele. – Só queria perguntar sobre o New Deal.

– Puxa, você sabe mesmo deixar uma garota lisonjeada – respondera ela. No entanto, ao se despedirem, falara: – Ligue para mim quando for a Londres: Mayfair 2434.

Nesse dia, ele estava a caminho da estação de trem e foi almoçar na casa dos avós. Tinha alguns dias de folga do trabalho, então pegaria o trem para Londres e passaria alguns dias lá. Tinha a vaga esperança de esbarrar com Daisy, como se Londres fosse uma cidadezinha igual a Aberowen.

No campo de mineiros, ele era responsável pelas aulas de educação política, e contou ao avô que havia organizado uma série de palestras com professores esquerdistas de Cambridge.

– Digo a eles que essa é sua chance de descer da torre de marfim e conhecer a classe trabalhadora, e eles acham difícil recusar.

Os olhos azul-claros de Granda espiaram por cima de seu nariz comprido e afilado.

– Espero que nossos rapazes lhes ensinem algumas coisinhas sobre o mundo real.

Lloyd apontou para o filho de Tom Griffiths, que ouvia a conversa de pé junto à porta dos fundos. Aos 16 anos, Lenny já exibia a sombra de uma barba preta típica dos Griffiths, que não desaparecia nem mesmo quando suas faces estavam recém-barbeadas.

– Lenny teve uma discussão com um palestrante marxista.

– Muito bem, Len – disse Granda. O marxismo era popular em Gales do Sul, região às vezes chamada, de brincadeira, de Pequena Moscou, mas Granda sempre fora um anticomunista feroz.

– Conte para Granda o que você falou, Lenny.

O rapaz abriu um sorriso e disse:

– Em 1872, o líder anarquista Mikhail Bakunin alertou Karl Marx para o fato de que os comunistas, no poder, seriam tão opressores quanto a aristocracia que iriam substituir. Depois do que aconteceu na Rússia, alguém pode dizer que Bakunin estava errado?

Granda bateu palmas. Um bom argumento era sempre muito valorizado à mesa da sua cozinha.

A avó de Lloyd lhe serviu mais uma xícara de chá. Como todas as mulheres de Aberowen que tinham a sua idade, Cara Williams estava grisalha, enrugada e corcunda.

– Já está cortejando alguma moça, meu anjo? – perguntou ela a Lloyd.

Os homens sorriram e piscaram.

Lloyd corou.

– Estou muito ocupado estudando, Grandmam. – No entanto, a imagem de Daisy Peshkov surgiu em sua mente acompanhada pelo número de telefone: Mayfair 2434.

– Então quem é essa tal de Ruby Carter? – quis saber a avó.

Os homens riram e seu tio Billy falou:

– Pegaram você, garoto!

Estava claro que a mãe de Lloyd havia contado alguma coisa.

– Ruby é a responsável pelas novas associações no escritório do Partido Trabalhista em Cambridge, só isso – protestou Lloyd.

– Ah, sim, muito convincente – comentou Billy com sarcasmo, e os homens tornaram a rir.

– Você não iria querer que eu saísse com Ruby, Grandmam – disse Lloyd. – Acharia as roupas dela justas demais.

– É, ela não parece muito adequada – comentou Cara. – Você agora é um universitário. Precisa elevar seus padrões.

Lloyd percebeu que a avó era tão esnobe quanto Daisy.

– Não há nada de errado com Ruby Carter – defendeu ele. – Só que eu não estou apaixonado por ela.

– Você deve se casar com uma mulher instruída, uma professora ou enfermeira.

O problema era que sua avó tinha razão. Lloyd gostava de Ruby, mas jamais se apaixonaria por ela. Ela até que era bonita, além de inteligente, e Lloyd se deixava seduzir por um belo corpo tanto quanto qualquer um. Mas, ainda assim, sabia que ela não era a moça certa para ele. O pior de tudo era que Grandmam havia apontado com precisão o motivo disso: o futuro de Ruby era limitado e seus horizontes, estreitos. Ela não era instigante. Ao contrário de Daisy.

– Chega dessa conversa sobre mulheres – disse Granda. – Billy, conte-nos as notícias da Espanha.

– São ruins – falou Billy.

A Europa inteira estava prestando atenção na Espanha. O governo de esquerda eleito em fevereiro desse mesmo ano sofrera uma tentativa de golpe militar apoiada por fascistas e conservadores. Franco, o general dos rebeldes, conseguira o apoio da Igreja Católica. A notícia havia atingido o resto do continente como um terremoto. Depois da Alemanha e da Itália, será que a Espanha também sucumbiria à maldição do fascismo?

– Como vocês devem saber, a rebelião foi mal conduzida e quase fracassou – prosseguiu Billy. – Mas Hitler e Mussolini saíram em ajuda e salvaram a insurreição enviando de avião milhares de soldados rebeldes do norte da África como reforços.

– E os sindicatos salvaram o governo! – interveio Lenny.

– É verdade – concordou Billy. – O governo demorou a reagir, mas os sindicatos lideraram a organização dos trabalhadores e lhes deram armas confiscadas de arsenais militares, navios, lojas e qualquer outro lugar onde se pudesse encontrar armamento.

– Pelo menos alguém está resistindo – comentou Granda. – Até agora, os fascistas conseguiram tudo o que queriam. Simplesmente entraram na Renânia e na Abissínia e pegaram o que desejavam. Graças a Deus os espanhóis existem, é isso que eu acho. Eles têm coragem de dizer não.

Os homens reunidos junto às paredes murmuraram sua aprovação.

Lloyd se lembrou novamente daquela tarde de sábado em Cambridge. Ele também tinha deixado os fascistas fazerem o que queriam. E fervilhava de frustração por causa disso.

– Mas será que eles conseguem ganhar? – continuou Granda. – Parece que a questão agora são as armas, não é?

– Sim – concordou Billy. – Os alemães e os italianos estão abastecendo os rebeldes com armas e munição, e também com caças e pilotos. Mas ninguém está ajudando o governo eleito da Espanha.

– Droga! E por que não? – questionou Lenny, zangado.

Cara ergueu do fogão seus olhos escuros de mulher mediterrânea, que chispavam de reprovação. Por um instante, Lloyd teve a impressão de estar vendo a linda moça que sua avó fora um dia.

– Não quero saber desse palavreado na minha cozinha! – ralhou ela.

– Desculpe, Sra. Williams.

– Eu posso contar a vocês o que realmente aconteceu – disse Billy, e os homens se calaram para escutar. – O primeiro-ministro francês, Léon Blum, que, como todos sabem, é socialista, estava preparado para ajudar. Ele já tem um vizinho fascista, a Alemanha, e a última coisa que deseja é outro regime fascista em sua fronteira sul. Enviar armas para o governo espanhol enfureceria a direita francesa, assim como os socialistas católicos do país, mas Blum seria capaz de suportar isso, principalmente se tivesse o apoio dos britânicos e pudesse dizer que armar o governo espanhol era uma iniciativa internacional.

– O que deu errado, então? – perguntou Granda.

– Nosso governo convenceu Blum a não agir. Ele foi a Londres, e Anthony Eden, nosso ministro das Relações Exteriores, disse que não iríamos apoiá-lo.

Granda ficou com raiva.

– E por que ele precisa de apoio? Como um primeiro-ministro socialista se deixa intimidar pelo governo conservador de outro país?

– Porque na França também existe o perigo de um golpe militar – respondeu Billy. – A imprensa de lá é direitista convicta, e está incitando os fascistas franceses ao frenesi. Com o apoio britânico, Blum pode combatê-la... mas, sem isso, talvez não.

– Então é o nosso governo que está sendo mole com o fascismo de novo!

– Todos os conservadores do Reino Unido têm investimentos na Espanha: vinho, têxteis, carvão, aço... eles têm medo de que o governo de esquerda os desaproprie.

– E os Estados Unidos? Eles acreditam na democracia. Com certeza vão mandar armas para a Espanha, não?

– Seria lógico, não é? Mas existe um lobby católico muito bem financiado, comandado por um milionário chamado Joseph Kennedy, que é contra qualquer ajuda ao governo espanhol. E um presidente democrata precisa do apoio dos católicos. Roosevelt não vai fazer nada que possa ameaçar o New Deal.

– Bem, uma coisa nós podemos fazer – disse Lenny Griffiths, com uma expressão de ousadia adolescente no rosto.

– O quê, Len? – indagou Billy.

– Podemos ir para a Espanha lutar.

– Pare de falar bobagem, Lenny – repreendeu seu pai.

– Pessoas do mundo inteiro estão pensando em ir, até dos Estados Unidos. Elas querem formar unidades de voluntários para combater ao lado do Exército regular.

Lloyd se empertigou na cadeira.

– É mesmo? – Era a primeira vez que ouvia falar naquilo. – Como você sabe disso?

– Li alguma coisa no *Daily Herald*.

Lloyd ficou subitamente animado. Voluntários indo à Espanha combater os fascistas!

– Bem, mas você não vai e pronto – disse Tom Griffiths a Lenny.

– Lembram-se daqueles garotos que mentiram a própria idade para lutar na Grande Guerra? – perguntou Billy. – Milhares deles.

– A maioria totalmente inútil – rebateu Tom. – Eu me lembro daquele menino que chorou antes da batalha do Somme. Qual era mesmo o nome dele, Billy?

– Owen Bevin. Ele fugiu, não foi?

– Foi... e deu de cara com um pelotão. Foi fuzilado como desertor. Ele tinha 15 anos, coitadinho.

– Eu tenho 16 – disse Lenny.

– Ah, sim – zombou seu pai. – Grande diferença.

– Lloyd, vai acabar perdendo o trem que sai para Londres daqui a dez minutos – disse Granda.

Ele ficara tão impressionado com a revelação de Lenny que perdera a noção do tempo. Pulou da cadeira, deu um beijo na avó e pegou sua pequena mala.

– Vou com você até a estação – disse Lenny.

Lloyd se despediu de todos e desceu a colina apressado. Lenny não disse nada durante o trajeto; parecia preocupado. Lloyd ficou feliz por não ter que conversar: sua mente era um verdadeiro turbilhão.

O trem já estava na plataforma. Lloyd comprou uma passagem de terceira classe para Londres. Quando estava prestes a embarcar, Lenny disse:

– Diga-me uma coisa, Lloyd: como se faz para tirar passaporte?

– Você está falando sério sobre ir para a Espanha, não está?

– Vamos lá, cara, não me enrole.

O apito do trem soou. Lloyd subiu a bordo, fechou a porta e abaixou a janela.

– Você tem que ir à agência dos correios e pedir um formulário – falou.

– Se eu pedir um formulário de passaporte na agência dos correios de Aberowen, minha mãe vai ficar sabendo em trinta segundos – disse Lenny, desanimado.

– Então vá à agência de Cardiff – retrucou Lloyd.

Em seguida, o trem começou a andar.

Ele se acomodou na cadeira e tirou do bolso um exemplar em francês de *O vermelho e o negro*, de Stendhal. Ficou olhando a página sem assimilar nada do texto. Só conseguia pensar em uma coisa: ir para a Espanha.

Sabia que ficaria com medo, mas tudo o que sentia era excitação diante da possibilidade de lutar – lutar de verdade, e não apenas organizar reuniões – contra o tipo de gente que soltara cães famintos em cima de Jörg. O medo viria depois, sem dúvida. Antes de uma luta de boxe, no vestiário, ele não sentia medo. No entanto, quando pisava no ringue e via o homem que queria bater nele até fazê-lo perder os sentidos, olhava para os ombros musculosos, para os punhos firmes e para o rosto mal-encarado, sua boca ficava seca e seu coração disparava, e ele precisava resistir ao impulso de virar as costas e sair correndo.

No momento, o que mais o preocupava eram seus pais. Bernie sentia muito orgulho de ter um enteado estudando em Cambridge – já tinha dito isso para metade do East End –, e ficaria arrasado se Lloyd abandonasse a universidade antes de se formar. Ethel ficaria apavorada com a possibilidade de o filho se ferir ou ser morto. Ambos ficariam muito preocupados.

Havia também outras questões. Como ele conseguiria chegar à Espanha? Para que cidade iria? Como pagaria a passagem? Mas apenas um empecilho realmente o detinha.

Daisy Peshkov.

Disse a si mesmo que deixasse de ser ridículo. Tinha visto a moça duas vezes. Ela nem sequer estava interessada nele, o que mostrava que era inteligente, pois os dois nada tinham em comum. Ela era filha de um milionário, uma socialite fútil que achava maçante falar sobre política. Gostava de homens como Boy Fitzherbert: só isso já provava que era a mulher errada para Lloyd. Mesmo assim, ele não conseguia tirá-la da cabeça e a ideia de ir para a Espanha e perder qualquer chance de tornar a vê-la o deixava triste.

Mayfair 2434.

Sentiu vergonha da própria hesitação, sobretudo ao se lembrar da determinação de Lenny. Havia muitos anos que Lloyd falava em combater o fascismo. Agora tinha uma chance de fazer isso. Como poderia não ir?

Chegou à estação londrina de Paddington, pegou o metrô até Aldgate e foi a pé até a casa geminada da Nutley Street na qual havia nascido. Entrou com a própria chave. O lugar não mudara muito desde que ele era criança, mas uma das inovações era o telefone sobre a mesinha ao lado do cabide para chapéus. Era o único telefone da rua e os vizinhos o tratavam como se fosse um bem público. Junto ao aparelho havia uma caixa onde depositavam o dinheiro para pagar as ligações.

Sua mãe se encontrava na cozinha. Já estava de chapéu, pronta para discursar numa reunião do Partido Trabalhista – o que mais poderia ser? –, mas mesmo assim pôs a chaleira no fogo e preparou um chá para o filho.

– Como vai todo mundo em Aberowen? – perguntou ela.

– Tio Billy está passando o fim de semana lá – respondeu Lloyd. – Todos os vizinhos se reuniram na cozinha de Granda. Parece uma corte medieval.

– Seus avós estão bem?

– Granda está o mesmo de sempre. Grandmam parece envelhecida. – Ele fez uma pausa. – Lenny Griffiths quer ir para a Espanha lutar contra os fascistas.

Sua mãe franziu os lábios em reprovação.

– Ah, é?

– Estou pensando em ir com ele. O que você acha?

Ele já previa que ela fosse se opôr, mas mesmo assim sua reação o surpreendeu.

– Não se atreva a fazer uma merda dessas! – disse ela, descontrolada. Ethel não compartilhava a aversão da mãe a xingamentos. – Nem fale disso! – Ela bateu com o bule de chá sobre a mesa da cozinha. – Eu pari você com dor e sofrimento, criei você, calcei sapatos nos seus pés e o mandei para a escola, e não passei por tudo isso para você jogar sua vida fora numa porcaria de uma guerra!

Ele ficou espantado.

– Eu não estava pensando em jogar minha vida fora – falou. – Mas talvez em arriscá-la em nome de uma causa na qual você me criou para acreditar.

Para sua surpresa, ela começou a soluçar. Ethel raramente chorava – na verdade, Lloyd não conseguia nem se lembrar da última vez que isso havia acontecido.

– Mãe, pare. – Ele passou o braço em volta de seus ombros trêmulos. – Não aconteceu nada ainda.

Bernie, um homem de meia-idade, atarracado e careca, entrou na cozinha.

– O que está acontecendo aqui? – perguntou. Parecia um pouco assustado.

– Desculpe, pai. Eu a aborreci – disse Lloyd, recuando um passo para deixar Bernie abraçar Ethel.

– Ele vai para a Espanha! – lamentava-se ela bem alto. – Vai ser morto!

– Vamos todos manter o controle e conversar com calma – disse Bernie.

Era um homem ponderado. Estava vestido com um terno escuro simples e calçava sapatos de solas grossas, consertados inúmeras vezes. Sem dúvida era por isso que as pessoas votavam nele: Bernie era o representante de Aldgate no Conselho do Condado de Londres. Lloyd não conhecia o pai biológico, mas não se imaginava amando um pai de verdade mais do que amava Bernie, que sempre tinha sido um padrasto amoroso, disposto a reconfortar e dar conselhos, e pouco inclinado a mandar ou punir. Tratava Lloyd exatamente do mesmo modo como tratava Millie, sua filha legítima.

Bernie convenceu Ethel a se sentar à mesa da cozinha e Lloyd lhe serviu uma xícara de chá.

– Certa vez achei que meu irmão tivesse morrido – disse Ethel, ainda com lágrimas escorrendo pelo rosto. – Era dia de telegramas na Wellington Row, e o pobre rapaz dos correios tinha que ir de casa em casa entregando a homens e mulheres pedacinhos de papel que diziam que seus filhos e maridos estavam mortos. Coitado, qual era mesmo o nome dele? Geraint, acho. Mas ele não tinha um telegrama para a nossa casa, e eu, má que sou, agradeci a Deus por outros terem morrido, mas não o nosso Billy!

– Você não é má – disse Bernie, fazendo-lhe um carinho.

A meia-irmã de Lloyd, Millie, veio do andar de cima. Tinha 16 anos, porém parecia mais velha, sobretudo vestida daquele jeito: com uma roupa preta bastante elegante e pequenos brincos de ouro. Ela passara dois anos trabalhando numa loja de roupas femininas de Aldgate, mas era inteligente e ambiciosa, e fazia poucos dias conseguira um emprego numa sofisticada loja de departamentos do West End. Olhou para Ethel e perguntou:

– O que houve, Mam? – Millie falava com um sotaque tipicamente londrino.

– Seu irmão quer ir para a Espanha morrer! – exclamou Ethel.

Millie olhou para Lloyd com ar acusador.

– O que você andou dizendo a ela? – Millie era sempre rápida para encontrar defeitos no irmão mais velho, que ela acreditava ser alvo de uma adoração imerecida.

Lloyd respondeu com uma tolerância afetuosa:

– Lenny Griffiths, de Aberowen, vai lutar contra os fascistas e falei para Mam que estava pensando em ir com ele.

– É a sua cara – disse Millie com desdém.

– Duvido que você consiga chegar lá – ponderou Bernie, sempre prático. – Afinal de contas, o país está no meio de uma guerra civil.

– Posso pegar um trem até Marselha. Barcelona não fica muito longe da fronteira com a França.

– São quase 150 quilômetros. E a travessia dos Pireneus é muito fria.

– Deve haver navios que vão de Marselha a Barcelona. Por mar não é tão longe.

– É verdade.

– Pare com isso, Bernie! – gritou Ethel. – Parece até que vocês estão conversando sobre o caminho mais rápido para chegar a Piccadilly Circus. Ele está falando em ir para a guerra! Não vou permitir isso.

– Ele tem 21 anos, você sabe – respondeu Bernie. – Não podemos impedi-lo.

– Eu sei quantos anos ele tem, merda!

Bernie olhou para o relógio.

– Temos que ir para a reunião. Você é a oradora principal. E Lloyd não vai para a Espanha hoje.

– Como é que você sabe? – rebateu ela. – Nós podemos muito bem chegar em casa e encontrar um bilhete dizendo que ele pegou o trem para Paris!

– Vamos fazer o seguinte: Lloyd, prometa à sua mãe que não irá dentro de, pelo menos, um mês – pediu Bernie. – De toda forma, não é má ideia: antes de sair correndo, você precisa se informar sobre como estão as coisas por lá. Deixe sua mãe tranquila por enquanto. Depois podemos voltar a conversar sobre esse assunto.

Era uma proposta típica de Bernie, pensada para fazer todo mundo recuar sem se sentir humilhado. Mas Lloyd relutava em assumir qualquer compromisso. Por outro lado, não poderia simplesmente pular dentro de um trem. Precisava descobrir que acordos o governo espanhol estava fazendo para receber voluntários. O ideal seria que ele fosse com Lenny e outros rapazes. Precisaria de vistos, moeda estrangeira, um par de botas...

– Está bem – concordou. – Eu espero um mês.

– Prometa – pediu sua mãe.

– Eu prometo.

Ethel se acalmou. Pouco depois, passou pó de arroz no rosto e recuperou um aspecto mais normal. Tomou um gole de chá.

Então vestiu o casaco e saiu com Bernie.

– Certo, também já vou – disse Millie.

– Aonde você vai? – perguntou-lhe Lloyd.

– Ao Gaiety.

O Gaiety era uma casa de espetáculos no East End.

– E eles deixam meninas de 16 anos entrar?

Ela lhe lançou um olhar malicioso.

– Quem tem 16 anos aqui? Eu não. De todo modo, Dave também vai, e ele só tem 15. – Millie estava se referindo ao primo David Williams, filho de tio Billy e tia Mildred.

– Bom, divirtam-se.

Ela foi até a porta, mas depois voltou.

– Só não vá morrer na Espanha, seu idiota. – Envolveu o irmão com os braços e o apertou bem forte, depois saiu sem dizer mais nada.

Assim que ouviu a porta da frente bater, Lloyd foi até o telefone.

Não precisou nem pensar para se lembrar do número. Uma imagem de Daisy surgiu em sua mente, virando-se para se despedir com um sorriso arrebatador sob o chapéu de palha e dizendo:

– Mayfair 2434.

Ele pegou o telefone e discou.

O que iria dizer? "Você me disse para ligar, então estou ligando"? Fraco. A verdade? "Não a admiro nem um pouco, mas não consigo tirá-la da cabeça." O melhor seria convidá-la para fazer alguma coisa, mas o quê? Assistir a uma reunião do Partido Trabalhista?

Um homem atendeu.

– Residência da Sra. Peshkov, boa noite. – Pelo tom deferente, Lloyd achou que fosse um mordomo. A mãe de Daisy decerto alugara uma casa em Londres com empregados e tudo.

– Aqui é Lloyd Williams... – Ele quis dizer alguma coisa que explicasse ou justificasse a ligação, por isso falou a primeira coisa que lhe veio à mente: – ...do Emmanuel College. – Não significava nada, mas ele torceu para que causasse uma boa impressão. – Posso falar com a Srta. Daisy Peshkov?

– Lamento, professor Williams – respondeu o mordomo, supondo que Lloyd fosse do corpo docente. – Todos foram à ópera.

É claro, pensou Lloyd, decepcionado. Nenhuma socialite ficava em casa àquela hora da noite, principalmente no sábado.

– Ah, sim, agora me lembro – mentiu. – Ela me disse que iria e eu me esqueci. Covent Garden, não é? – Prendeu a respiração.

O mordomo, porém, não desconfiou de nada.

– Isso mesmo, senhor. *A flauta mágica*, se não me engano.

– Muito obrigado – disse Lloyd e em seguida desligou.

Foi até o quarto e trocou de roupa. No West End, a maioria das pessoas usava trajes formais, mesmo para ir ao cinema. Mas o que ele faria quando chegasse lá? Não tinha dinheiro para comprar um ingresso para a ópera e, de toda forma, o espetáculo iria terminar dali a pouco.

Pegou o metrô. A Royal Opera House ficava ao lado do Covent Garden, o mercado de frutas e legumes de Londres – uma localização um tanto incongruente. Por terem horários distintos, os dois estabelecimentos conviviam bem: o mercado abria às três ou quatro da manhã, quando mesmo os festeiros mais resistentes de Londres já estavam começando a ir para casa, e fechava antes da matinê.

Lloyd passou pelas barracas fechadas do mercado e espiou através de portas de vidro para dentro da ópera. O lobby muito iluminado estava deserto e ele pôde ouvir ao longe a música de Mozart. Entrou. Adotando a atitude casual da classe alta, perguntou ao funcionário:

– A que horas termina o espetáculo?

Se estivesse usando seu terno de tweed, provavelmente teria escutado que não era da sua conta, mas o smoking era o uniforme da autoridade e o funcionário respondeu:

– Daqui a uns cinco minutos, senhor.

Lloyd agradeceu com um meneio seco de cabeça. Dizer "obrigado" o teria denunciado.

Saiu do prédio e deu a volta no quarteirão. Era uma hora tranquila. Nos restaurantes, as pessoas pediam o café; nos cinemas, o filme se encaminhava para o clímax melodramático. Em pouco tempo, tudo iria mudar e as ruas se encheriam de gente gritando por táxis, encaminhando-se para boates, despedindo-se com beijos nos pontos de ônibus e correndo para pegar os últimos trens de volta aos subúrbios.

Ele voltou para a ópera e entrou. A orquestra havia parado de tocar e a plateia começava a se agitar. Libertos da longa prisão de seus assentos, todos conversavam animadamente, elogiando os cantores, criticando os figurinos e fazendo planos para jantares tardios.

Ele viu Daisy quase na mesma hora.

Ela estava deslumbrante, com um vestido lilás e uma pequena estola de vison cor de champanhe sobre os ombros nus. Saiu da sala na frente de um pequeno grupo de jovens da sua idade. Lloyd ficou chateado ao avistar Boy Fitzherbert ao lado dela e ao ver que ela ria alegremente de algo que ele havia murmurado em seu ouvido enquanto desciam a escada coberta por um tapete vermelho. Atrás dela vinha Eva Rothmann, a interessante moça alemã, acompanhada por um rapaz alto trajando uma farda militar de gala para ocasiões especiais.

Eva reconheceu Lloyd e sorriu. Ele falou com ela em alemão:

– Boa noite, Fräulein Rothmann. Espero que tenha gostado da ópera.

– Gostei muito, obrigada – respondeu ela na mesma língua. – Não reparei que o senhor estava na plateia.

– Falem inglês, vocês dois – disse Boy, em tom amigável.

Sua voz soava ligeiramente embriagada. Ele era bonito de um jeito paradoxal, como um adolescente belo e emburrado, ou um cão de raça que revirasse latas de lixo. Tinha modos agradáveis e provavelmente devia ser capaz de demonstrar um charme estonteante quando queria.

– Visconde de Aberowen, este é o Sr. Williams – apresentou Eva, em inglês.

– Nós já nos conhecemos – falou Boy. – Ele estuda no Emma.

– Oi, Lloyd – disse Daisy. – Estamos indo aos barracos.

Lloyd já tinha ouvido aquela expressão antes. Significava ir ao East End visitar pubs de baixa reputação e assistir a espetáculos de entretenimento da classe trabalhadora, como rinhas de cães.

– Aposto que Williams conhece alguns lugares – disse Boy.

Lloyd hesitou apenas por uma fração de segundo. Estaria disposto a aguentar Boy para ficar perto de Daisy? É claro que sim.

– Na verdade, conheço mesmo – respondeu ele. – Querem que eu os leve?

– Sensacional!

Uma mulher mais velha apareceu e sacudiu o dedo para Boy.

– Você tem que levar essas moças para casa antes da meia-noite – disse ela, com sotaque americano. – Nenhum segundo de atraso, ouviu? – Lloyd supôs que aquela fosse a mãe de Daisy.

O rapaz alto de farda disse:

– O Exército vai cuidar disso, Sra. Peshkov. Seremos pontuais.

Atrás da Sra. Peshkov vinha o conde Fitzherbert com uma mulher gorda que devia ser sua esposa. Lloyd gostaria de poder questionar o conde sobre a política do governo britânico na Espanha.

Dois carros os aguardavam do lado de fora. O conde, a esposa e a mãe de Daisy entraram em um Rolls-Royce Phantom III preto e creme. Boy e seu grupo se apinharam dentro do outro carro, uma limusine Daimler E20 azul-escura, o veículo favorito da família real. Eram sete jovens ao todo, contando com Lloyd. Eva parecia estar com o soldado, que se apresentou a Lloyd como tenente Jimmy Murray. A terceira moça era May, irmã de Jimmy, e o outro rapaz – uma versão mais magra e mais calada de Boy – era Andy Fitzherbert.

Lloyd deu ao motorista intruções para chegar ao Gaiety.

Viu Jimmy Murray passar discretamente o braço em volta da cintura de Eva. A reação dela foi chegar um pouquinho mais perto dele: ficou claro que os dois estavam flertando. Lloyd ficou feliz por Eva. Não era uma moça bonita, mas era inteligente e encantadora. Gostava dela e ficou satisfeito ao ver que ela havia se arranjado com um soldado alto. Perguntou-se, porém, como os outros membros daquele grupo de grã-finos reagiriam se Jimmy anunciasse que iria se casar com uma alemã filha de um judeu.

Ocorreu-lhe que os outros jovens formavam mais dois casais: Andy e May, e – para sua irritação – Boy e Daisy. Lloyd estava sobrando. Sem querer encará-los demais, ficou examinando a moldura de mogno encerado da janela do carro.

A limusine subiu Ludgate Hill até a Catedral de São Paulo.

– Pegue o Cheapside – disse Lloyd ao motorista.

Boy sorveu um grande gole de uma garrafinha de bolso feita de prata. Limpando a boca, falou:

– Você sabe mesmo andar por aqui, Williams.

– Eu moro aqui – respondeu Lloyd. – Nasci no East End.

– Que maravilha – comentou Boy, e Lloyd não soube dizer se ele estava sendo distraidamente educado ou desagradavelmente sarcástico.

No Gaiety, todos os assentos estavam ocupados, mas havia muitos lugares em pé, e os espectadores não paravam quietos, cumprimentando amigos e indo até o bar. Estavam todos bem-arrumados, as mulheres com vestidos de cores vivas e os homens com seus melhores ternos. O ar dentro da casa de espetáculos estava quente e enfumaçado, e um cheiro forte de cerveja derramada impregnava o ambiente. Lloyd encontrou um espaço para seu grupo perto dos fundos da sala. As roupas os identificavam como visitantes do West End, mas eles não eram os únicos: as casas de espetáculos faziam sucesso entre todas as classes.

No palco, um ator de meia-idade usando um vestido vermelho e uma peruca loura apresentava um esquete de duplo sentido.

– Eu disse para ele: "Não vou deixar você entrar na minha garagem." – A plateia gargalhou. – E ele me respondeu: "Estou vendo sua garagem daqui, meu bem." E eu falei: "Pode ir tirando o nariz daí!" E ele disse: "Parece que ela precisa de uma boa faxina." Ora! Vejam só – terminou ele, fingindo indignação.

Lloyd viu que Daisy ostentava um largo sorriso. Inclinando-se para junto dela, murmurou em seu ouvido:

– Você reparou que é um homem, não reparou?

– Não pode ser! – exclamou ela.

– Preste atenção nas mãos.

– Ai, meu Deus! Ela é homem!

David, primo de Lloyd, passou pelo grupo, viu Lloyd e voltou para falar com ele.

– Por que você está assim todo elegante? – perguntou ele, com um forte sotaque londrino. Estava usando um cachecol de tricô e uma boina de tecido.

– Oi, Dave, como vão as coisas?

– Vou para a Espanha com você e Lenny Griffiths – respondeu Dave.

– Não vai nada – disse Lloyd. – Você tem 15 anos.

– Meninos da minha idade lutaram na Grande Guerra.

– E não ajudaram em nada... pergunte ao seu pai. Além do mais, quem disse que eu vou?

– Sua irmã – respondeu Dave, e então se afastou.

– Williams, o que as pessoas costumam beber neste lugar? – perguntou Boy.

Lloyd achava que Boy não precisava de mais nenhuma gota de álcool, mesmo assim respondeu:

– Cerveja para os homens, e Porto com limão para as moças.

– Porto com limão?

– É, vinho do Porto misturado com limonada.

– Que coisa mais intragável. – Boy sumiu na direção do bar.

O comediante chegou ao ponto alto do esquete.

– Então eu disse a ele: "Seu idiota, *essa é a porta errada!*" – E então ela, ou ele, saiu do palco sob uma enxurrada de aplausos.

Millie apareceu diante de Lloyd.

– Oi – disse ela. – Quem é a sua amiga? – perguntou, olhando para Daisy.

Lloyd ficou feliz por Millie estar tão bonita, com seu vestido preto sofisticado, um colar de pérolas falsas e maquiagem discreta.

– Srta. Peshkov, permita-me apresentar minha irmã, a Srta. Leckwith. Millie, esta é Daisy.

As duas se cumprimentaram com um aperto de mãos.

– É um prazer conhecer a irmã de Lloyd – disse Daisy.

– Meia-irmã, para ser mais exata – retrucou Millie.

– Meu pai morreu na Grande Guerra – explicou Lloyd. – Não cheguei a conhecê-lo. Minha mãe se casou de novo quando eu ainda era bebê.

– Aproveitem o espetáculo – disse Millie, dando-lhes as costas. No entanto, antes de se afastar, dirigiu-se a Lloyd com um sussurro: – Agora estou vendo por que Ruby Carter não tem a menor chance.

Lloyd grunhiu por dentro. Sua mãe obviamente tinha contado à família inteira que ele estava envolvido com Ruby.

– Quem é Ruby Carter? – indagou Daisy.

– A criada de Chimbleigh a quem você deu o dinheiro para a consulta com o dentista.

– Ah, sim, me lembro. Quer dizer então que o nome dela está sendo romanticamente associado ao seu?

– Na imaginação da minha mãe, está.

Daisy riu do ar sem graça dele.

– Quer dizer que não vai se casar com uma criada?

– Não vou me casar com Ruby.

– Talvez combine com você.

Lloyd a encarou.

– Nem sempre nos apaixonamos pelas pessoas que mais combinam conosco, não é?

Ela olhou para o palco. O espetáculo estava chegando ao fim e o elenco inteiro começava a entoar uma canção conhecida. A plateia, animada, começou a cantar junto. Os espectadores que estavam em pé nos fundos da sala deram-se os braços e puseram-se a balançar ao ritmo da música, e o grupo de Boy fez o mesmo.

Quando a cortina baixou, Boy ainda não tinha voltado.

– Vou procurá-lo – disse Lloyd. – Acho que sei onde ele pode estar. – O Gaiety tinha um toalete feminino, mas os homens tinham que usar uma latrina seca e vários barris de óleo cortados ao meio que ficavam no quintal. Lloyd encontrou Boy vomitando em um dos barris.

Emprestou-lhe um lenço para que ele limpasse a boca, depois o pegou pelo braço e o conduziu pelo teatro já meio vazio até a limusine Daimler que aguardava do lado de fora. O restante do grupo estava esperando. Os dois entraram no carro e Boy pegou no sono imediatamente.

Quando chegaram de novo ao West End, Andy Fitzherbert disse ao motorista que fosse primeiro à casa dos Murray, que ficava numa rua modesta perto da Trafalgar Square. Desceu do carro com May e falou:

– Podem ir. Vou acompanhar May até a porta, depois voltarei para casa a pé.

Lloyd imaginou que Andy estivesse planejando uma despedida romântica em frente à casa de May.

Eles seguiram até Mayfair. Quando o carro estava chegando à Grosvernor Square, onde ficava a casa de Daisy e Eva, Jimmy disse ao motorista:

– Pare na esquina, por favor. – Em seguida, baixando a voz, dirigiu-se a Lloyd: – Williams, você se incomodaria em acompanhar a Srta. Peshkov até a porta? Eu e Fräulein Rothmann encontraremos vocês daqui a um minuto.

– É claro que não me incomodo. – Era óbvio que Jimmy queria dar um beijo de despedida em Eva ali no carro. Boy não perceberia nada: estava roncando. Já o motorista fingiria não ver, na esperança de receber uma gorjeta.

Lloyd saltou do carro e ajudou Daisy a descer. Quando ela segurou sua mão, ele sentiu um arrepio semelhante a um pequeno choque elétrico. Então lhe deu o braço e, juntos, seguiram caminhando devagar pela calçada. A meio caminho entre dois postes, no ponto em que a luz era mais fraca, Daisy parou.

– Vamos dar mais um tempinho a eles – falou.

– Estou muito contente por Eva ter encontrado um namorado – comentou Lloyd.

– Eu também.

Ele tomou fôlego para continuar.

– Não posso dizer o mesmo em relação a você e Boy Fitzherbert.

– Ele me apresentou na corte! – disse Daisy. – E dancei com o rei numa boate... saiu em todos os jornais dos Estados Unidos.

– E é por isso que você está namorando com ele? – perguntou Lloyd, sem acreditar.

– Não só por isso. Ele gosta das mesmas coisas que eu: festas, cavalos de corrida, roupas bonitas. Ele é tão divertido! Tem até o próprio avião.

– Nenhuma dessas coisas significa nada – disse Lloyd. – Termine com ele. Namore comigo.

Ela pareceu satisfeita, mas riu.

– Você é louco – falou. – Mas eu gosto de você.

– Estou falando sério – disse ele, aflito. – Não consigo parar de pensar em você, mesmo sendo a última moça do mundo com quem eu deveria me casar.

Ela tornou a rir.

– Quanta grosseria! Não sei por que ainda converso com você. Acho que o considero agradável por trás dessa sua falta de jeito.

– Na verdade, não sou sem jeito... Só com você.

– Pode até ser. Mas não vou me casar com um socialista pobretão.

Lloyd havia aberto seu coração, fora rejeitado de um jeito bastante charmoso e agora estava arrasado. Tornou a olhar para a limusine.

– Quanto tempo será que eles vão demorar? – perguntou, desconsolado.

– Mas eu até que poderia beijar um socialista, só para ver como é – disse Daisy.

Ele demorou alguns segundos para reagir. Imaginou que ela estivesse falando em teoria. Mas uma moça jamais diria uma coisa dessas em teoria. Aquilo era um convite. E ele quase foi burro o suficiente para deixá-lo passar.

Chegou mais perto e levou as mãos à cintura fina de Daisy. Ela virou o rosto para cima, e sua beleza o deixou sem ar. Ele abaixou a cabeça e a beijou suavemente na boca. Ela não fechou os olhos, e ele tampouco. Sentia-se incrivelmente excitado, encarando aqueles olhos azuis enquanto roçava seus lábios nos dela. Daisy então entreabriu a boca e ele tocou seus lábios com a ponta da língua. Instantes depois, sentiu a língua dela reagir. Ela não tirava os olhos dos seus. Lloyd teve a sensação de estar no paraíso e desejou poder permanecer naquele abraço para sempre. Ela apertou mais o corpo de encontro ao seu. Ele estava com uma ereção e ficou encabulado, com medo de que ela sentisse, por isso recuou – mas ela tornou a pressionar o corpo contra o dele, e ele percebeu, ainda a encarando, que ela queria sentir o contato de seu pênis contra o corpo macio. Entender isso tornou sua excitação quase insuportável. Ele teve a sensação de que estava prestes a ejacular e ocorreu-lhe que ela talvez até desejasse isso.

Foi então que ouviu a porta do carro se abrir e escutou a voz de Jimmy Murray falando a uma altura levemente exagerada, como quem dá um alerta. Lloyd soltou Daisy.

– Bem – murmurou ela, em tom de surpresa –, foi um prazer inesperado.

– Mais que um prazer – retrucou Lloyd, rouco.

Jimmy e Eva se aproximaram e os quatro caminharam até a porta da casa da Sra. Peshkov. Era uma construção imponente, com degraus que conduziam a uma varanda coberta. Lloyd se perguntou se aquela varanda poderia servir de abrigo para mais um beijo, mas, quando estavam subindo os degraus, a porta foi aberta por dentro por um homem em traje formal, provavelmente o mordomo com quem ele havia falado mais cedo. Como estava feliz por ter dado aquele telefonema!

As moças se despediram com recato, sem dar qualquer indício de que, segundos antes, estavam atracadas em abraços apaixonados. A porta então se fechou e elas desapareceram.

Lloyd e Jimmy tornaram a descer os degraus.

– Eu vou a pé daqui – disse Jimmy. – Quer que eu diga ao motorista para levá-lo de volta até o East End? Você deve estar a pelo menos uns cinco quilômetros de casa. E Boy não vai se importar... Acho que ele vai dormir até a hora do café da manhã.

– É muita gentileza sua, Murray, e eu lhe agradeço. Mas, acredite ou não, estou com vontade de andar. Tenho muito em que pensar.

– Como preferir. Boa noite, então.

– Boa noite – respondeu Lloyd. E, com a mente em turbilhão e a ereção cedendo aos poucos, ele se virou para leste e tomou o rumo de casa.

IV

A temporada social londrina terminou em meados de agosto, mas Boy Fitzherbert ainda não havia pedido Daisy Peshkov em casamento.

Ela estava magoada e confusa. Todos sabiam que os dois estavam namorando. Viam-se quase todos os dias. O conde Fitzherbert tratava Daisy como se fosse uma filha, e até a desconfiada princesa Bea se afeiçoara a ela. Boy a beijava sempre que tinha oportunidade, mas não falava nada sobre o futuro.

A longa série de almoços e jantares fartos, de festas e bailes cintilantes, de eventos esportivos tradicionais e de piqueniques regados a champanhe teve um fim abrupto. Muitos dos novos amigos que Daisy tinha feito deixaram Londres de uma hora para outra. A maioria foi para casas de campo em que, até onde ela conseguira entender, passaria o tempo caçando raposas, perseguindo cervos e atirando em pássaros.

Daisy e Olga ficaram em Londres para o casamento de Eva Rothmann. Ao contrário de Boy, Jimmy Murray teve pressa em se casar com a mulher que amava. A cerimônia foi celebrada na igreja da paróquia frequentada pelos pais do noivo, em Chelsea.

Daisy sentia que tinha feito um ótimo trabalho com Eva. Ensinara a amiga a escolher roupas que lhe caíam bem, estilos elegantes e sem muitos detalhes, em cores fortes que realçavam seus cabelos escuros e seus olhos castanhos. Cada vez mais confiante, Eva aprendera a usar sua simpatia natural e sua inteligência rápida para encantar homens e mulheres. E Jimmy se apaixonara por ela. Ele não era nenhum astro de cinema, mas era alto e suas feições brutas tinham um certo charme. Vinha de uma família de militares dona de uma modesta fortuna, de modo que Eva teria uma vida confortável, embora não fosse ficar rica.

Os britânicos eram tão preconceituosos quanto qualquer outro povo e, no início, o general Murray e sua esposa não tinham ficado nada satisfeitos com a ideia de seu filho se casar com uma refugiada alemã filha de um judeu. Eva não demorara a conquistá-los, mas muitos dos amigos do casal ainda tinham reservas veladas. No casamento, Daisy ouvira Eva ser chamada de "exótica", Jimmy de "corajoso", e os Murray de "incrivelmente liberais": eram formas variadas de se referir do modo mais elogioso possível a um enlace inadequado.

Jimmy tinha escrito uma carta formal ao Dr. Rothmann, em Berlim, e recebera dele a permissão de pedir a mão de Eva em casamento. Mas as autoridades alemãs não haviam permitido que a família Rothmann fosse à cerimônia. Chorosa, Eva comentara:

– Eles odeiam tanto os judeus que deveriam ficar felizes em vê-los sair do país!

Fitz, pai de Boy, ouvira esse comentário e depois conversara com Daisy a respeito.

– Diga à sua amiga Eva para, se possível, não falar muito sobre judeus – alertara, com o tom de quem dá um conselho de amigo. – Ser casado com a filha de um judeu não vai ajudar em nada a carreira militar de Jimmy, você sabe.

Daisy não tinha passado adiante esse conselho desagradável.

O casal foi passar a lua de mel em Nice. Daisy percebeu, com uma pontada de culpa, que estava aliviada por não ser mais responsável por Eva. Boy e seus colegas políticos tinham tanta antipatia pelos judeus que a amiga estava se tornando um problema. A amizade entre Boy e Jimmy já havia terminado: Boy não aceitara ser seu padrinho de casamento.

Depois do evento, Daisy e Olga foram convidadas pelos Fitzherbert para caçar em sua casa de campo, no País de Gales. Daisy voltou a ter esperança. Agora que Eva estava fora do caminho, nada impedia Boy de pedi-la em casamento. O conde e a princesa com certeza deviam achar que o pedido era iminente. Talvez o esperassem para aquele mesmo fim de semana.

Numa sexta-feira de manhã, Daisy e Olga foram até a estação de Paddington e pegaram um trem para oeste. Atravessaram o coração da Inglaterra, uma zona rural rica e extensa pontuada por pequenos vilarejos, cada um deles com sua torre do campanário de pedra despontando em meio a um bosque de árvores ancestrais. Tinham um vagão de primeira classe só para elas, e Olga perguntou a Daisy o que a filha achava que Boy fosse fazer.

– Ele deve saber que gosto dele – disse Daisy. – Já o deixei me beijar um número suficiente de vezes.

– Você demonstrou interesse por mais alguém? – perguntou-lhe a mãe, astuta.

Daisy reprimiu a lembrança cheia de culpa daquele breve instante de tolice com Lloyd Williams. Boy não tinha como saber disso e, de toda forma, ela não tornara a encontrar Lloyd nem respondera às três cartas que ele lhe enviara.

– Não – respondeu.

– Então é por causa de Eva – disse Olga. – E agora ela não está mais aqui.

O trem passou por um túnel comprido sob o estuário do rio Severn e, quando saiu, já estavam no País de Gales. Ovelhas desgrenhadas pastavam pelas colinas, e no sulco de cada vale havia uma pequena cidade mineira, com o elevador que descia para dentro da mina se destacando entre um punhado de feias construções industriais.

O Rolls-Royce preto e creme do conde Fitzherbert esperava por elas na estação de Aberowen. Daisy achou a cidadezinha deplorável, com pequenas casas de pedra cinzentas enfileiradas ao longo das encostas íngremes das colinas. Elas se afastaram uns dois quilômetros da cidade até chegarem à propriedade, que se chamava Tŷ Gwyn.

Quando passaram pelos portões, Daisy soltou um arquejo de prazer. Tŷ Gwyn era uma imensa e esplendorosa mansão, com longas fileiras de janelas altas numa fachada clássica perfeita. Erguia-se em meio a elaborados jardins de flores, arbustos e árvores que obviamente enchiam o conde de orgulho. Que alegria seria ser dona daquela casa, pensou ela. A aristocracia britânica podia não dominar mais o mundo, mas havia aperfeiçoado a arte de viver, e Daisy ansiava por fazer parte dela.

Tŷ Gwyn significava "casa branca", mas a construção na verdade era cinza, e Daisy entendeu por que ao tocar as pedras da fachada e ficar com as pontas dos dedos sujas de fuligem de carvão.

Ela foi acomodada na Suíte Gardênia.

Nessa noite, antes do jantar, Daisy e Boy foram se sentar na varanda para ver o sol se pôr atrás do cume roxo da montanha. Ele fumava um charuto e ela bebericava um champanhe. Passaram algum tempo sozinhos, mas Boy não falou nada sobre casamento.

Ao longo do fim de semana, Daisy foi ficando mais ansiosa. Boy teve muitas outras oportunidades de falar com ela a sós – ela fez de tudo para que isso acontecesse. No sábado, os homens saíram para caçar, mas Daisy foi encontrá-los no fim da tarde, e ela e Boy voltaram caminhando juntos pela floresta. No domingo de manhã, os Fitzherbert e a maioria de seus hóspedes foram à igreja anglicana da cidade. Depois da missa, Boy levou Daisy a um pub chamado Two Crowns, onde mineiros atarracados de ombros largos com boinas chatas a encararam, vestida com seu sobretudo de caxemira lilás, como se Boy estivesse conduzindo um leopardo na coleira.

Ela lhe disse que logo teria que voltar para Buffalo com a mãe, mas ele não entendeu a indireta.

Será que ele simplesmente não gostava dela o suficiente para torná-la sua esposa?

Na hora do almoço de domingo, Daisy já estava desesperada. Ela e a mãe voltariam para Londres no dia seguinte. Se Boy não tivesse feito o pedido até lá, seus pais começariam a pensar que ele não estava levando a relação a sério, e não haveria mais convites para visitar Tŷ Gwyn.

Essa ideia assustava Daisy. Ela estava decidida a se casar com Boy. Queria se tornar a viscondessa de Aberowen e, um dia, a condessa Fitzherbert. Sempre fora rica, mas ansiava pelo respeito e pela deferência que o status social oferecia. Ansiava por ser chamada de "Sua Graça". Cobiçava a tiara de diamantes da princesa Bea. Queria ter amigos na realeza.

Sabia que Boy gostava dela, e não havia dúvida quanto ao desejo que sentia ao beijá-la.

– Ele precisa de um empurrãozinho – cochichou Olga para Daisy enquanto as duas tomavam seu café da tarde na sala íntima com as outras senhoras.

– Mas qual?

– Existe uma coisa que nunca falha com os homens.

Daisy arqueou as sobrancelhas.

– Sexo? – Ela e a mãe conversavam sobre quase tudo, mas em geral evitavam esse assunto.

– Uma gravidez daria conta do recado – disse Olga. – Mas isso só acontece com certeza quando você *não* quer.

– Então o quê?

– Você precisa dar a ele um vislumbre da Terra Prometida, mas sem deixá-lo entrar.

Daisy balançou a cabeça e disse:

– Não tenho certeza, mas acho que talvez ele já tenha estado na Terra Prometida de outra pessoa.

– Quem?

– Não sei... Alguma criada, atriz, ou quem sabe uma viúva... É só uma suposição, mas é que ele não tem aquele ar virginal.

– Tem razão, não tem mesmo. Sendo assim, você precisa oferecer algo que ele não possa obter das outras. Algo que ele faria qualquer coisa para ter.

Por um breve instante, Daisy se perguntou de onde a mãe tirava tanta sabedoria, uma vez que passara a vida inteira presa a um casamento frio. Talvez ela tivesse refletido muito sobre como seu marido, Lev, fora roubado pela amante, Marga. De toda forma, não havia nada que Daisy pudesse oferecer a Boy que ele não conseguisse obter de outra moça, havia?

As mulheres estavam terminando o café e se encaminhando para seus respectivos quartos, onde tirariam um cochilo vespertino. Os homens ainda estavam na sala de jantar fumando charutos, mas iriam fazer o mesmo dali a 15 minutos. Daisy se levantou.

– O que você vai fazer? – perguntou Olga.

– Não tenho certeza ainda – respondeu ela. – Vou pensar em alguma coisa.

Ela saiu da sala. Estava decidida a ir ao quarto de Boy, mas não queria dizer nada, pois sua mãe poderia se opor. Estaria à sua espera quando ele subisse para a sesta. Os criados também faziam uma pausa a essa hora do dia, de modo que era improvável alguém entrar no quarto.

Assim, teria Boy só para si. Mas o que diria, o que faria? Ainda não sabia muito bem. Teria que improvisar.

Foi até a Suíte Gardênia, escovou os dentes, passou um pouco de colônia Jean Naté no pescoço e percorreu silenciosamente o corredor até o quarto de Boy.

Ninguém a viu entrar.

Era um quarto espaçoso, com vista para os cumes enevoados das colinas. Parecia ser seu havia muitos anos. Era decorado com poltronas estofadas de couro em estilo masculino, quadros de aviões e cavalos de corrida nas paredes, um umidificador de cedro cheio de charutos olorosos e uma mesinha lateral com decantadores de uísque e conhaque e uma bandeja de copos de cristal.

Ela abriu uma das gavetas e viu folhas de papel timbrado de Tŷ Gwyn, um frasco de tinta, canetas e lápis. O papel era azul, enfeitado com o brasão dos Fitzherbert. Será que aquele brasão um dia seria seu?

Perguntou-se o que Boy diria ao encontrá-la ali. Será que ficaria feliz, a tomaria nos braços e a beijaria? Ou será que ficaria zangado por ter tido sua privacidade invadida e a acusaria de estar bisbilhotando? Era um risco que ela precisava correr.

Foi até o quarto de vestir contíguo. Havia uma pequena pia encimada por um espelho. Os apetrechos de barbear de Boy repousavam sobre a borda de mármore. Daisy pensou que gostaria de aprender a fazer a barba do marido. Seria tão íntimo...

Abriu as portas do armário e examinou as roupas dele: um fraque, ternos de tweed, roupas de montaria, uma jaqueta de piloto de couro forrada de pele, dois smokings.

Aquilo lhe deu uma ideia.

Lembrou-se de como Boy ficara excitado em junho, na casa de Bing Westhampton, ao vê-la vestida de homem com as outras moças. Naquela noite ele a beijara pela primeira vez. Daisy não tinha certeza do que causara tanto desejo – essas coisas em geral eram inexplicáveis. Segundo Lizzie Westhampton, alguns homens gostavam que as mulheres dessem palmadas em seus traseiros: que explicação havia para isso?

Talvez ela devesse vestir as roupas dele.

Algo que ele faria qualquer coisa para ter, dissera sua mãe. O que poderia ser?

Ela encarou a fileira de ternos pendurados em cabides, a pilha de camisas brancas dobradas, os sapatos de couro engraxados, cada um com sua forma de madeira no interior. Será que daria certo? Será que ela teria tempo?

E por acaso tinha alguma coisa a perder?

Podia pegar as roupas de que precisasse, levá-las até a Suíte Gardênia, trocar-se lá e voltar depressa, torcendo para que ninguém a visse no caminho...

Não. Não havia tempo para isso. Fumar um charuto não demorava tanto assim. Ela precisava se trocar ali mesmo, e rápido – ou desistir da ideia.

Tomou uma decisão.

Tirou o vestido.

Agora estava correndo perigo. Até esse momento, poderia ter explicado sua presença ali de maneira mais ou menos plausível, fingindo que havia se perdido nos muitos quilômetros de corredores de Tŷ Gwyn e entrado no quarto errado por engano. Mas reputação de moça nenhuma sobreviveria ao fato de ser flagrada só de combinação no quarto de um homem.

Pegou a primeira camisa da pilha. Soltou um grunhido ao ver que o colarinho precisava ser preso com uma abotoadura. Encontrou uma dúzia de colarinhos engomados dentro de uma gaveta ao lado de uma caixa de abotoaduras e prendeu um deles à camisa, vestindo-a em seguida por cima da cabeça.

Ouviu passos pesados de homem no corredor do lado de fora e congelou, com o coração batendo feito um enorme tambor, mas os passos se distanciaram.

Resolveu vestir o fraque. A calça de listras não tinha suspensórios no cós, mas ela encontrou suspensórios avulsos em outra gaveta. Descobriu como prendê-los à calça e em seguida a vestiu. A cintura era larga o suficiente para caberem duas dela ali.

Enfiou os pés calçados com meias finas dentro de um par de sapatos pretos lustrosos e amarrou os cadarços.

Abotoou a camisa e pôs uma gravata prateada. O nó ficou feio, mas pouco importava – de toda forma, ela não sabia mesmo como dar o nó, então deixou como estava.

Vestiu um colete bege de abotoamento duplo e o paletó preto. Então se olhou no espelho de corpo inteiro afixado à parte interna da porta do armário.

As roupas estavam largas, mas mesmo assim ela estava uma graça.

Agora que tinha tempo, fechou os punhos da camisa com abotoaduras de ouro e pôs um lenço branco no bolso da frente do paletó.

Estava faltando algo. Ela continuou se olhando no espelho até se dar conta do que mais precisava.

Um chapéu.

Abriu outro armário e viu uma fileira de caixas de chapéu sobre uma prateleira alta. Encontrou uma cartola cinza e a pôs no topo da cabeça.

Então se lembrou do bigode.

Não tinha um lápis de sobrancelha ali consigo. Voltou ao quarto de dormir de Boy e se debruçou sobra a lareira. Como ainda era verão, não havia nenhum fogo aceso. Ela recolheu um pouco de fuligem com a ponta do dedo, voltou ao espelho e, com cuidado, desenhou um bigode acima do lábio superior.

Estava pronta.

Sentou-se em uma das poltronas de couro para esperar por ele.

Seu instinto lhe dizia que estava fazendo a coisa certa, mas, de um ponto de vista racional, aquilo parecia bizarro. O desejo, porém, não tinha explicação. Ela própria havia ficado toda molhada quando ele a levara para voar em seu avião. Tinha sido impossível os dois trocarem carícias enquanto ele estava concentrado pilotando a aeronave, e fora melhor assim, pois subir em direção às nuvens tinha sido tão excitante que ela provavelmente o teria deixado fazer tudo que quisesse.

Mas os rapazes podiam ser imprevisíveis, e ela temia que ele ficasse zangado. Quando isso acontecia, seu rosto bonito se contorcia até se transformar numa careta feia, ele batia com o pé no chão bem depressa e podia se tornar bastante cruel. Certa vez, quando um garçom manco lhe trouxera a bebida errada, ele dissera:

– Volte mancando até o bar e traga-me o uísque que pedi. Você é aleijado, mas não é surdo, ou é? – O pobre coitado chegara a corar de tanta vergonha.

Ela se perguntou o que Boy lhe diria caso ficasse bravo por encontrá-la em seu quarto.

Cinco minutos depois, ele chegou.

Ela o ouviu caminhando do lado de fora e se deu conta de que já o conhecia bem o bastante para identificar o som de seus passos.

A porta se abriu e ele entrou sem notar sua presença.

Forçando uma voz grave, ela falou:

– Oi, meu chapa, como vai?

Ele olhou para ela e exclamou:

– Meu Deus do céu! – Então a encarou com mais atenção. – Daisy?

Ele se levantou.

– A própria – falou, com sua voz natural. Boy a encarava, surpreso. Ela ergueu a cartola, fez uma leve mesura e completou: – Ao seu dispor. – Tornou a pôr a cartola, ligeiramente de viés.

Depois de um longo intervalo, ele se recuperou do choque e sorriu.

Graças a Deus, pensou Daisy.

– Essa cartola ficou bem em você, sabia? – disse ele.

Ela chegou mais perto.

– Eu a pus para agradá-lo.

– Que gentileza a sua.

Ela ergueu o rosto convidativamente. Gostava de beijá-lo. Na verdade, gostava de beijar a maioria dos homens. Nutria uma vergonha secreta por gostar tanto disso. Tinha gostado até de beijar outras moças no colégio interno, quando elas passavam muitas semanas sem ver um só rapaz.

Ele abaixou a cabeça e encostou os lábios nos dela. A cartola caiu no chão, e os dois riram. Ele logo pôs a língua dentro da boca de Daisy. Ela relaxou para saborear o beijo. Boy era um grande entusiasta de todos os prazeres sensuais e essa disposição a deixava excitada.

Daisy lembrou a si mesma de que tinha um propósito. As coisas estavam evoluindo bem, mas ela queria que ele fizesse o pedido. Será que ficaria satisfeito só com um beijo? Ela precisava fazê-lo querer mais. Muitas vezes, quando os dois dispunham de mais do que alguns instantes apressados, deixava que ele acariciasse seus seios.

Muita coisa dependia de quanto vinho ele tivesse bebido no almoço. Boy tinha muita resistência à bebida, mas chegava um ponto em que perdia o desejo.

Ela moveu o corpo, apertando-o de encontro ao dele. Boy pôs uma das mãos em seu peito, mas ela estava usando um colete largo de lã, e ele não conseguiu encontrar seus seios miúdos. Frustrado, soltou um grunhido.

Então deslizou a mão pela barriga dela até entrar pelo cós da calça larga.

Até esse momento, ela nunca o havia deixado tocá-la lá embaixo.

Por baixo da calça, Daisy ainda usava uma combinação de seda e uma volumosa calcinha de algodão, de modo que ele certamente não podia sentir muita coisa, mas ele arrastou a mão até o meio das pernas dela e apertou com força através das muitas camadas de pano. Ela sentiu um arrepio de prazer.

Afastou-se dele.

Ofegante, ele perguntou:

– Avancei o sinal?

– Tranque a porta – pediu ela.

– Ai, meu Deus. – Ele foi até a porta, girou a chave na fechadura e voltou para junto de Daisy. Os dois tornaram a se abraçar e ele prosseguiu de onde havia parado. Ela tocou a frente da calça dele, encontrou seu pênis ereto sob o tecido e segurou com firmeza. Boy gemeu de prazer.

Ela tornou a se afastar.

Uma sombra de raiva atravessou o semblante dele. Daisy teve uma lembrança desagradável. Certa vez, depois de fazer um rapaz chamado Theo Coffmann tirar a mão de seu seio, ele ficara violento e a chamara de putinha sacana. Ela nunca mais tornara a ver aquele rapaz, mas o xingamento havia lhe provocado uma vergonha inexplicável. Por um instante, temeu que Boy estivesse a ponto de fazer a mesma acusação.

Então sua expressão se suavizou e ele disse:

– Eu sou louco por você, sabia?

Aquele era o momento de Daisy. É agora ou nunca, pensou ela.

– Não deveríamos estar fazendo isso – falou, com um arrependimento que não era muito exagerado.

– Por que não?

– Ainda nem estamos noivos.

A frase pairou no ar por vários segundos. Uma moça dizer isso era praticamente um pedido em casamento. Ela ficou observando seu rosto, morta de medo de que ele se assustasse, virasse as costas, balbuciasse uma desculpa qualquer e pedisse a ela que fosse embora.

Mas ele não disse nada.

– Eu quero fazer você feliz – continuou ela. – Mas é que...

– Eu amo você, Daisy, de verdade – disse Boy.

Aquilo não era o suficiente. Ela sorriu para ele e perguntou:

– Ama mesmo?

– Muito, amo demais.

Ela não disse nada, mas o encarou com um ar de expectativa.

Por fim, ele perguntou:

– Quer se casar comigo?

– Sim. Quero, sim – disse ela, e tornou a beijá-lo. Com a boca colada à dele, desabotoou-lhe a braguilha, enfiou a mão por dentro de sua cueca, encontrou o pênis e o puxou para fora. A pele era sedosa e quente. Ela o alisou, lembrando-se de uma conversa com as gêmeas Westhampton.

– Você pode alisar o negócio dele – dissera Lindy.

– Até esguichar – acrescentara Lizzie.

A ideia de fazer isso com um homem deixava Daisy intrigada e excitada. Ela apertou com um pouco mais de força.

Então lembrou-se do comentário seguinte de Lindy.

– Ou então pode chupar... é do que eles mais gostam.

Afastou a boca da de Boy e sussurrou em seu ouvido:

– Vou fazer tudo pelo meu marido.

Então se ajoelhou.

V

Foi o casamento do ano. Daisy e Boy se tornaram marido e mulher no dia 3 de outubro de 1936, um sábado, na igreja de Santa Margarida, em Westminster. Daisy ficou decepcionada por não ter sido na Abadia de Westminster, mas ficou sabendo que só a família real se casava lá.

Coco Chanel fez seu vestido de noiva. A moda da Depressão favorecia as linhas simples e quase nenhuma extravagância. O vestido de cetim de Daisy, cortado no viés do tecido, ia até o chão, tinha graciosas mangas borboleta e uma cauda curta que podia ser carregada por um pajem só.

Seu pai, Lev Peshkov, atravessou o Atlântico para a cerimônia. Pelo bem das aparências, sua mãe aceitou se sentar ao lado dele na igreja e fingir que os dois formavam um casal razoavelmente feliz. O pesadelo de Daisy era que, em algum momento, Marga aparecesse de braços dados com Greg, seu meio-irmão bastardo, mas isso não aconteceu.

As gêmeas Westhampton e May Murray foram as damas de honra e Eva Murray, a madrinha. Boy havia reclamado um pouco por Eva ser meio judia – não queria nem convidá-la para o casamento –, mas Daisy insistira.

No altar da antiquíssima igreja, consciente de que estava linda de morrer, entregou-se com alegria e de corpo e alma a Boy Fitzherbert.

Assinou o registro matrimonial como "Daisy Fitzherbert, viscondessa de Aberowen". Vinha treinando essa assinatura havia muitas semanas, em seguida rasgando cuidadosamente o papel em pedacinhos, para que as letras ficassem ilegíveis. Agora tinha direito a assinar assim. Aquele era o seu nome.

Na procissão que saiu da igreja, Fitz deu o braço a Olga, simpático, mas a princesa Bea se manteve a um metro de distância de Lev.

A princesa não era uma pessoa agradável. Mostrava-se razoavelmente simpática com a mãe de Daisy e, ainda que seu tom contivesse um forte traço de superioridade, Olga não percebia, por isso a relação era amigável. Mas Bea não gostava de Lev.

Daisy agora percebia que seu pai não tinha o verniz da respeitabilidade social. Ele caminhava, falava, comia, bebia, fumava, ria e se coçava como um gângster, e não se importava com o que os outros pensavam. Fazia o que queria porque era um milionário americano, da mesma forma que Fitz fazia o que queria porque era um conde inglês. Daisy sempre soubera disso, mas o fato a atingiu com força total quando viu o pai no meio de todos aqueles aristocratas ingleses, no salão de baile do Hotel Dorchester, durante o café da manhã no dia seguinte ao casamento.

Porém aquilo já não tinha importância. Daisy agora era lady Aberowen, e ninguém poderia lhe tirar isso.

Ainda assim, a constante hostilidade de Bea com Lev era irritante, como um cheiro levemente desagradável ou um zumbido distante, que provocava em Daisy um leve sentimento de insatisfação. Sentada ao lado de Lev na mesa principal, Bea sempre mantinha as costas ligeiramente viradas para ele. Quando ele lhe dirigia a palavra, ela respondia com monossílabos, sem encará-lo. Lev sorria e tomava champanhe, parecendo não notar, mas Daisy, sentada do outro lado do pai, sabia que este não poderia ter deixado de perceber os sinais. Seu pai era grosso, mas não burro.

Depois que os brindes foram feitos, quando os homens começaram a fumar, Lev – que, na condição de pai da noiva, era quem pagaria a conta – correu os olhos pela mesa e disse:

– Bem, Fitz, espero que tenha gostado da comida. Os vinhos estavam à altura do seu padrão?

– Estavam muito bons, obrigado.

– Vou lhe dizer uma coisa: achei que foi um banquete da porra!

Bea deu um muxoxo de reprovação audível. Os homens não deviam dizer "porra" na sua frente.

Lev virou-se para ela. Estava sorrindo, mas Daisy conhecia aquele seu olhar perigoso.

– O que foi, princesa? Eu a ofendi?

Bea não quis responder, mas ele continuou a fitá-la com uma expressão de quem aguarda, e não desviou os olhos. Por fim, ela respondeu:

– Prefiro não ouvir esse tipo de brutalidade.

Lev pegou sua charuteira e sacou um charuto. Não o acendeu de imediato. Em vez disso, cheirou-o e ficou a girá-lo entre os dedos.

– Permitam-me que lhes conte uma história – disse ele, e correu os olhos de um lado a outro da mesa para ter certeza de que todos estavam ouvindo: Fitz, Olga, Boy, Daisy e Bea. – Quando eu era menino, meu pai foi acusado de deixar seus animais pastarem nas terras de outra pessoa. Nada de mais, vocês podem pensar, mesmo que fosse verdade. Mas ele foi preso e o administrador das terras construiu um cadafalso na campina norte. Os soldados foram até minha casa, pegaram meu irmão, nossa mãe e eu, e nos levaram até lá. Meu pai estava em cima do cadafalso com uma corda em volta do pescoço. Então o dono das terras chegou.

Daisy nunca tinha escutado essa história. Olhou para a mãe. Olga parecia igualmente surpresa.

O pequeno grupo ao redor da mesa agora estava em completo silêncio.

– Fomos obrigados a assistir ao enforcamento do meu pai – disse Lev. Então se virou para Bea. – E sabe o que é mais estranho? A irmã do dono das terras também estava lá. – Ele pôs o charuto na boca para molhar a ponta com saliva, depois tornou a tirá-lo.

Daisy viu que Bea tinha ficado pálida. Será que aquela história tinha a ver com ela?

– Ela era princesa e, à época, tinha 19 anos – disse Lev, olhando para o charuto. Daisy ouviu Bea soltar um gritinho abafado e percebeu que a história era *mesmo* sobre ela. – A princesa ficou lá parada e assistiu ao enforcamento, fria como gelo – continuou Lev.

Então olhou direto para Bea.

– Para mim, isso sim é brutalidade – completou.

Houve um longo silêncio.

Lev então pôs o charuto de volta na boca e perguntou:

– Alguém tem fogo?

VI

Sentado à mesa da cozinha da casa de sua mãe em Aldgate, Lloyd Williams estudava um mapa, ansioso.

Era domingo, 4 de outubro de 1936, e nesse dia haveria uma passeata.

A antiga cidade romana de Londres, construída sobre uma colina junto ao rio Tâmisa, era agora o bairro financeiro conhecido como City. A oeste dessa colina ficavam os palacetes dos ricos, os teatros, as lojas e as catedrais por eles frequentados. A casa em que Lloyd estava ficava a leste da colina, perto das docas e dos barracos. Era ali que, durante muitos séculos, haviam chegado as sucessivas ondas de imigrantes dispostos a trabalhar até as costas se vergarem para que um dia seus netos pudessem se mudar do East End, o lado leste da cidade, para o West End, o lado oeste.

O mapa que Lloyd examinava com tanta atenção era uma edição especial do *Daily Worker*, o jornal do Partido Comunista, e mostrava o trajeto da passeata da União Britânica de Fascistas que aconteceria nesse dia. Os fascistas planejavam se reunir em frente à Torre de Londres, no limite entre a City e o East End, e depois seguir marchando rumo ao leste...

Bem na direção do bairro de Stepney, habitado principalmente por judeus.

A menos que Lloyd e outros que pensavam como ele conseguissem detê-los.

Segundo o jornal, havia 300 mil judeus na Grã-Bretanha, e metade deles vivia no East End. Eram em sua maioria refugiados da Rússia, da Polônia e da Alemanha, onde tinham vivido com o medo constante de que a polícia, o Exército ou os cossacos entrassem na cidade para roubar as famílias, espancar os velhos e desonrar as moças, enfileirando pais e irmãos diante dos muros para serem fuzilados.

Ali, nos barracos de Londres, esses judeus haviam encontrado um lugar onde tinham tanto direito de viver quanto qualquer outra pessoa. Como se sentiriam ao olhar pela janela e ver, marchando por suas ruas, uma gangue de arruaceiros uniformizados que havia jurado exterminá-los? Lloyd sentia que não podia deixar isso acontecer.

O *Worker* destacava que, da Torre, só havia duas rotas possíveis para a passeata. Uma delas passava por Gardiner's Corner, um cruzamento de cinco ruas conhecido como o portão de entrada do East End; a outra seguia pela Royal Mint Street e pela estreita Cable Street. Havia uma dúzia de outros caminhos possíveis para alguém que usasse as ruas laterais, mas não para uma passeata. A St. George Street conduzia ao bairro católico de Wapping, não ao bairro judeu de Stepney, e, por isso, não tinha serventia para os fascistas.

O *Worker* estava conclamando uma parede humana para bloquear Gardiner's Corner e a Cable Street, a fim de deter a passeata.

O jornal muitas vezes conclamava para coisas que não aconteciam: greves, revoluções ou – mais recentemente – uma aliança de todos os partidos de esquerda para formar uma frente popular. A parede humana talvez fosse apenas mais uma utopia. Seria preciso milhares de pessoas para isolar o East End de maneira eficaz. Lloyd não sabia se elas iriam aparecer em número suficiente.

Tudo o que sabia com certeza era que haveria problemas.

Também estavam à mesa com ele seus pais, Bernie e Ethel; sua irmã, Millie; e Lenny Griffiths, de Aberowen, um rapaz de 16 anos vestido com seu terno de ir à missa. Lenny fazia parte de um pequeno exército de mineiros galeses que fora a Londres participar da oposição à passeata.

Bernie ergueu os olhos do jornal e disse ao rapaz:

– Os fascistas estão dizendo que as passagens de trem para vocês galeses virem a Londres foram pagas por judeus ricos.

Lenny engoliu um bocado de ovo frito.

– Não conheço nenhum judeu rico – falou. – Conheço a Sra. Levy da loja de doces, mas ela é gorda, não rica. De todo modo, cheguei a Londres na traseira de um caminhão junto com sessenta cordeiros galeses a caminho do mercado de Smithfield.

– Ah, então o cheiro está explicado – comentou Millie.

– Millie, que grosseria! – ralhou Ethel.

Lenny estava dividindo o quarto com Lloyd, a quem confidenciara que, depois da passeata, não planejava voltar para Aberowen. Ele e Dave Williams iriam para a Espanha e se juntariam às Brigadas Internacionais formadas para lutar contra a insurreição fascista.

– Você conseguiu o passaporte? – perguntara Lloyd.

Tirar um passaporte não era difícil, mas o candidato tinha que apresentar a referência de um padre, um médico, um advogado ou outra pessoa importante, assim, não era fácil para um jovem manter segredo sobre isso.

– Não precisa – respondera Lenny. – Basta ir à Victoria Station e comprar uma passagem de ida e volta para Paris. É possível fazer isso sem passaporte.

Lloyd já sabia vagamente disso. Era uma brecha na lei que visava ao conforto da classe média próspera. Agora, os antifascistas a estavam aproveitando.

– Quanto custa essa passagem? – perguntou Lloyd.

– Três libras e quinze xelins.

Lloyd arqueara as sobrancelhas. Era mais dinheiro do que um mineiro desempregado supostamente tinha.

– Mas o Partido Trabalhista Independente vai pagar minha passagem – acrescentara Lenny –, e o Partido Comunista vai pagar a de Dave.

Os dois rapazes deviam ter mentido a idade.

– E depois de chegar a Paris, o que vocês vão fazer?

– Os comunistas franceses vão nos esperar na Gare du Nord. – Ele pronunciava o nome da estação parisiense *gardunó*. Não falava uma palavra de francês. – De lá, seremos escoltados até a fronteira com a Espanha.

Lloyd adiara sua partida. Dizia às pessoas que era para tranquilizar os pais, mas a verdade era que não tinha desistido de Daisy. Ainda sonhava em vê-la terminar com Boy. Era uma esperança vã – ela nem sequer respondera às suas cartas –, mas ele não conseguia esquecê-la.

Enquanto isso, Grã-Bretanha, França e Estados Unidos haviam feito um acordo com Alemanha e Itália para que todos adotassem uma política de não intervenção na Espanha, o que significava que nenhum deles forneceria armas a nenhum dos lados da disputa. Só isso já deixava Lloyd furioso: as democracias não deveriam apoiar o governo eleito? No entanto, o que era ainda pior, a Alemanha e a Itália violavam o acordo diariamente, como a mãe de Lloyd e seu tio Billy haviam deixado bem claro em todas as reuniões públicas organizadas naquele outono para discutir a situação espanhola. O conde Fitzherbert, que era o ministro-adjunto do governo responsável por esse tipo de decisão, defendia ferrenhamente sua política, afirmando que o governo espanhol não deveria ser armado por causa do risco de se tornar comunista.

Aquilo era uma profecia fadada a se cumprir, como dissera Ethel num discurso veemente. A única nação disposta a apoiar o governo espanhol era a União Soviética, e era natural que os espanhóis se aproximassem do único país no mundo que os havia ajudado.

A verdade, no entanto, era que, segundo os conservadores, a Espanha elegera pessoas perigosamente de esquerda. Homens como Fitzherbert não achariam ruim se o governo espanhol fosse derrubado pela violência e substituído por extremistas de direita. Lloyd fervia de frustração.

Então surgira aquela chance de combater o fascismo na sua própria cidade.

– Isso é ridículo – dissera Bernie uma semana antes, quando a passeata fora anunciada. – A polícia metropolitana tem que obrigá-los a mudar de rota. É claro que eles têm o direito de fazer a passeata, mas não em Stepney.

A polícia, porém, afirmava não ter o poder de interferir numa manifestação totalmente legal.

Bernie, Ethel e os prefeitos de oito dos distritos de Londres tinham formado uma delegação para implorar ao ministro do Interior, Sir John Simon, que proibisse a passeata ou pelo menos mudasse sua rota, mas o secretário também alegara não ter poderes para agir.

A questão do que fazer em seguida deixara o Partido Trabalhista, a comunidade judaica e a família Williams divididos.

O Conselho do Povo Judeu contra o Fascismo e o Antissemitismo, criado por Bernie e outros companheiros três meses antes, convocara uma imensa contrapasseata que manteria os fascistas fora das ruas do bairro judeu. Sua palavra de ordem era a expressão em espanhol *No pasarán*, ou seja, "não passarão" – o grito daqueles que haviam defendido Madri dos fascistas. Apesar do nome grande, o conselho era uma organização pequena. Ocupava duas salas no primeiro andar de um prédio na Commercial Road e tinha uma copiadora Gestetner e um par de máquinas de escrever já antigas. Entretanto, gozava de amplo apoio no East End. Em 48 horas, o conselho havia recolhido o incrível número de 100 mil nomes para um abaixo-assinado a favor da proibição da passeata. Mesmo assim, o governo continuou sem fazer nada.

Apenas um partido político importante apoiava a contrapasseata: os comunistas. O protesto também tinha o respaldo do marginal Partido Trabalhista Independente, ao qual Lenny era filiado. Todos os outros eram contrários ao protesto.

– Estou vendo que o *Jewish Chronicle* aconselhou seus leitores a não saírem na rua hoje – disse Ethel.

Para Lloyd, o problema era justamente esse. Muitas pessoas achavam que era melhor ficar longe de confusão. Mas isso daria espaço aos fascistas para fazer o que quisessem.

Bernie, que apesar de ser judeu não era praticante, disse à mulher:

– Como você pode citar o *Jewish Chronicle* para mim? Esse jornal diz que os judeus não devem ser contra o fascismo, só contra o antissemitismo. Que sentido político há nisso?

– Ouvi dizer que o Conselho de Representantes dos Judeus Britânicos está recomendando o mesmo que o *Chronicle* – insistiu Ethel. – Parece que fizeram um anúncio ontem em todas as sinagogas.

– Esses supostos representantes são todos novos-ricos de Golders Green – disse Bernie com desprezo. – Nunca foram xingados na rua por arruaceiros fascistas.

– Você é membro do Partido Trabalhista – disse Ethel em tom de acusação. – Nossa política é não enfrentar os fascistas na rua. Onde está sua fidelidade partidária?

– E a fidelidade a meus companheiros judeus? – rebateu Bernie.

– Você só é judeu quando lhe convém. E ninguém nunca o xingou na rua.

– Mesmo assim, o Partido Trabalhista cometeu um erro político.

– Lembre-se de que, se vocês deixarem os fascistas provocarem violência, a imprensa vai pôr a culpa na esquerda, independentemente de quem tenha começado.

– Se os garotos do Mosley começarem uma briga, vão ter o que merecem – disse Lenny, inflamado.

Ethel suspirou.

– Pense um pouco, Lenny: neste país, quem tem a maior quantidade de armas, você, Lloyd e o Partido Trabalhista ou os conservadores, com o Exército e a polícia do seu lado?

– É – admitiu Lenny. Estava claro que não havia pensado nisso.

– Como você pode falar assim? – perguntou Lloyd à mãe, zangado. – Você estava em Berlim três anos atrás... viu como eram as coisas lá. A esquerda alemã tentou se opor ao fascismo de forma pacífica, e veja o que aconteceu com ela.

– Os social-democratas alemães não conseguiram formar uma frente popular com os comunistas – explicou Bernie. – Isso lhes permitiu serem eliminados separadamente. Juntos, talvez eles tivessem vencido. – Bernie ficara zangado quando o escritório local do Partido Trabalhista recusara uma oferta dos comunistas para formar uma coalizão contra a passeata.

– Aliar-se aos comunistas é perigoso – disse Ethel.

Ela e Bernie discordavam nesse ponto. Na verdade, essa era a questão que dividia o Partido Trabalhista. Para Lloyd, Bernie estava certo e Ethel, errada.

– Temos que usar todos os recursos à disposição para derrotar o fascismo – afirmou seu padrasto. Então acrescentou, em tom diplomático: – Mas sua mãe tem razão: vai ser melhor para nós se o dia de hoje transcorrer sem violência.

– Vai ser melhor se todos vocês ficarem em casa e se opuserem aos fascistas por meio dos canais normais da política democrática – disse Ethel.

– Vocês tentaram obter salários iguais para as mulheres por meio dos canais normais da política democrática – disse Lloyd. – E não conseguiram. – Em abril desse mesmo ano, as deputadas trabalhistas haviam tentado aprovar um projeto de lei garantindo às funcionárias públicas salários iguais por serviços iguais. O projeto fora rejeitado pela Câmara dos Comuns, majoritariamente masculina.

– Não se desiste da democracia toda vez que se perde uma votação – disse Ethel, seca.

O problema, Lloyd sabia, era que essas divisões podiam enfraquecer as forças antifascistas de modo fatal, como havia acontecido na Alemanha. Aquele dia seria uma prova de fogo. Os partidos políticos podiam tentar liderar, mas as pessoas decidiriam quem seguir. Será que ficariam em casa, como instavam o tímido Partido Trabalhista e o *Jewish Chronicle?* Ou sairiam às ruas aos milhares para dizer não ao fascismo? No fim do dia ele teria a resposta.

Alguém bateu na porta dos fundos, e seu vizinho Sean Dolan entrou usando o terno de ir à igreja.

– Vou me juntar a vocês depois da missa – disse ele a Bernie. – Onde vai ser a concentração?

– Em Gardiner's Corner, às duas da tarde – respondeu Bernie. – Esperamos ter gente suficiente para deter os fascistas ali.

– Todos os estivadores do East End estarão lá – disse Sean, entusiasmado.

– Por quê? – perguntou Millie. – Os fascistas não odeiam os trabalhadores da estiva, odeiam?

– Você é jovem demais para se lembrar, querida, mas os judeus sempre nos apoiaram – explicou Sean. – Na greve dos estivadores de 1912, quando eu estava com apenas 9 anos, meu pai não tinha como nos dar comida, e eu e meu irmão fomos recolhidos pela Sra. Isaacs, a mulher do padeiro da New Road. Que Deus abençoe seu grande coração! Naquela época, centenas de filhos de estivadores foram recolhidos por famílias judias. O mesmo aconteceu em 1926. Não vamos deixar esses malditos fascistas andarem pelas nossas ruas... Perdoe o meu linguajar, Sra. Leckwith.

Lloyd ficou mais animado. Havia milhares de estivadores no East End: se eles comparecessem em massa, o contingente aumentaria muito.

O som de um alto-falante ecoou do lado de fora:

– Não deixem Mosley entrar em Stepney – dizia uma voz de homem. – Concentração em Gardiner's Corner às duas horas.

Lloyd terminou seu chá e se levantou. Sua tarefa nesse dia era bancar o espião: verificar a posição dos fascistas e passar informações atualizadas para o Conselho do Povo Judeu. Tinha os bolsos cheios de grandes moedas marrons de um *penny* para os telefones públicos.

– É melhor eu ir andando – falou. – Os fascistas já estão se concentrando.

Sua mãe se levantou e o acompanhou até a porta.

– Não se meta em briga – advertiu. – Lembre-se do que aconteceu em Berlim.

– Vou tomar cuidado – disse Lloyd.

Ela tentou imprimir à voz um tom descontraído.

– Sua americana rica não vai gostar de você sem dentes.

– Ela já não gosta de mim, mesmo.

– Não acredito. Que moça seria capaz de resistir a você?

– Eu vou ficar bem, Mam – disse Lloyd. – Vou mesmo.

– Acho que eu deveria estar feliz por você não ir para a maldita Espanha.

– Sim, pelo menos por hoje. – Lloyd se despediu da mãe com um beijo e saiu.

A manhã de outono estava clara e o sol, mais quente que o normal para a estação. No meio da Nutley Street, um palanque improvisado havia sido montado por um grupo de homens, um dos quais falava num megafone:

– População do East End, não temos que ficar calados enquanto um bando de antissemitas marcha por nossas ruas nos insultando!

Lloyd reconheceu o orador: era o representante local do Movimento Nacional de Trabalhadores Desempregados. Por causa da Depressão, havia milhares de alfaiates judeus desempregados. Eles se apresentavam diariamente na Central de Empregos da Settle Street.

Lloyd mal havia percorrido dez metros quando Bernie o alcançou para lhe entregar um saco de papel cheio de bolinhas de gude.

– Já participei de muitas passeatas – disse ele. – Se a polícia montada atacar os manifestantes, jogue essas bolinhas sob os cascos dos cavalos.

Lloyd sorriu. Seu padrasto era pacifista, mas não era nenhum banana.

Ainda assim, Lloyd estava em dúvida quanto às bolinhas. Não tinha muita experiência com cavalos, mas estes lhe davam a impressão de ser animais pacientes e inofensivos, e não lhe agradava a ideia de derrubá-los.

Bernie entendeu a expressão em seu rosto e disse:

– Melhor um cavalo no chão do que meu menino ser pisoteado.

Lloyd guardou as bolinhas no bolso; aceitá-las não o obrigava a usá-las.

Ficou satisfeito ao constatar que já havia muitas pessoas na rua. Reparou em outros indícios encorajadores. Para onde quer que olhasse, as palavras de "Não passarão" tinham sido escritas nas paredes com giz, em inglês e espanhol. Os comunistas, presentes em peso, distribuíam panfletos. Muitos peitoris de janela ostentavam bandeiras vermelhas. Um grupo de homens usando medalhas da Grande Guerra carregava uma faixa que dizia: "Associação de Ex-Combatentes Judeus". Os fascistas detestavam ser lembrados de quantos judeus haviam lutado pela Inglaterra. Cinco soldados judeus tinham sido condecorados com a Cruz Vitória, a mais importante medalha por bravura da Grã-Bretanha.

Lloyd começou a pensar que talvez fosse haver gente suficiente para conter a passeata.

Gardiner's Corner era um cruzamento largo de cinco ruas batizado em homenagem à loja de roupas escocesa chamada Gardiner and Company, que ocupava um prédio de esquina encimado por uma torre com um relógio. Ao chegar lá, Lloyd constatou que as autoridades previam problemas. Havia muitos postos de atendimento e centenas de voluntários da organização de primeiros socorros St. John's Ambulance. Havia ambulâncias estacionadas em todas as ruas laterais. Lloyd torceu para que não houvesse briga; mas era melhor correr o risco da violência do que deixar os fascistas marcharem sem oposição, pensou.

Ele fez um desvio e se aproximou da Torre de Londres pelo noroeste, para não ser identificado como morador do East End. Poucos minutos antes de chegar, já podia ouvir as bandas de metais.

A Torre era um palácio situado à margem do rio e representava oito séculos de autoridade e repressão. Era rodeada por um muro extenso e antigo de pedras claras cuja cor parecia ter sido desbotada por séculos de chuvas londrinas. Do lado de fora dos muros, do lado oposto ao do rio, ficava um parque chamado Tower Gardens, os "jardins da torre", e era ali que os fascistas estavam se concentrando. Lloyd calculou que já houvesse dois mil deles, formando uma fila que se estendia rumo a oeste em direção ao bairro financeiro. De vez em quando, eles irrompiam num canto ritmado:

Um, dois, três, quatro,
Vamos nos livrar dos judeus!
Os judeus! Os judeus!
Vamos nos livrar dos judeus!

Os fascistas carregavam Union Jacks, a bandeira do Reino Unido. Por que uma gente que desejava destruir tudo o que o seu país simbolizava era a primeira a acenar com a bandeira nacional?, perguntou-se Lloyd.

Nas colunas que formavam sobre o gramado, os manifestantes, usando cintos largos de couro e camisas pretas, tinham um aspecto marcadamente militar. Os oficiais usavam uniformes distintos: jaqueta preta de corte militar, calça de montaria cinza, botas de cano longo, um quepe preto de ponteira lustrosa e uma braçadeira vermelha e branca. Vários motociclistas de uniforme faziam rugir os motores de modo ostensivo, bradando mensagens com saudações fascistas. Não paravam de chegar manifestantes, alguns em caminhonetes blindadas com grades de metal nas janelas.

Aquilo não era um partido político. Era um exército.

O objetivo daquela passeata era ostentar uma falsa autoridade, concluiu Lloyd. Os fascistas queriam dar a impressão de que tinham o direito de interromper reuniões políticas e evacuar prédios, de invadir casas e escritórios para prender pessoas, de arrastá-las para a prisão e campos para serem espancadas, interrogadas e torturadas, assim como os camisas-pardas faziam na Alemanha sob o regime nazista tão admirado por Mosley e pelo dono do *Daily Mail*, lorde Rothermere.

Aqueles homens iriam aterrorizar os moradores do East End, pessoas cujos pais e avós tinham fugido da repressão e dos pogrons na Irlanda, na Polônia e na Rússia.

Será que os moradores do East End sairiam às ruas para combatê-los? Se não saíssem – se a passeata corresse conforme o planejado –, o que os fascistas ousariam fazer no dia seguinte?

Ele deu a volta no parque, fingindo ser mais um entre tantos observadores reunidos ali. Ruas laterais partiam daquele centro como os raios de uma roda. Numa delas, Lloyd viu um conhecido Rolls-Royce preto e creme se aproximar. O motorista abriu a porta de trás e, para seu choque e sua consternação, Daisy Peshkov desceu do carro.

Não havia dúvida do motivo pelo qual ela estava ali. Usava uma versão feminina do uniforme, de corte perfeito, com uma saia cinza comprida no lugar da calça e os cachos louros escapando do quepe preto. Por mais que detestasse aquela roupa, Lloyd não pôde evitar achá-la irresistivelmente atraente.

Parou e ficou encarando a moça. Não deveria ter se espantado. Ela lhe dissera que gostava de Boy Fitzherbert e seu posicionamento político não mudava em nada esse fato. Mas vê-la ali, apoiando de forma aberta os fascistas em seu ataque aos judeus londrinos, o fez entender quanto ela era diametralmente oposta a tudo o que ele valorizava na vida.

Devia apenas ter virado as costas, mas não conseguiu. Enquanto ela seguia apressada pela calçada, postou-se na sua frente.

– O que você está fazendo aqui? – perguntou, brusco.

Ela permaneceu calma.

– Eu poderia lhe fazer a mesma pergunta, Sr. Williams – respondeu. – Não imagino que pretenda marchar conosco.

– Você não entende como essas pessoas são? Elas interrompem reuniões políticas pacíficas, intimidam jornalistas, põem seus adversários políticos na prisão. Você é americana... como pode ser contra a democracia?

– A democracia não é necessariamente o sistema político mais adequado para todos os países em todos os momentos.

Lloyd imaginou que ela estivesse citando a propaganda de Mosley.

– Mas essa gente tortura e mata todo mundo que discorda de suas opiniões! – exclamou ele. Pensou em Jörg. – Vi isso com meus próprios olhos em Berlim. Passei alguns dias em um dos campos. Fui forçado a ver um homem nu ser dilacerado até a morte por cães famintos. Esse é o tipo de coisa que seus amigos fascistas fazem.

Ela não se deixou intimidar:

– E quem exatamente foi morto pelos fascistas aqui na Inglaterra nos últimos tempos?

– Os fascistas britânicos ainda não subiram ao poder... mas esse seu Mosley admira Hitler. Se tiverem oportunidade, vão fazer exatamente a mesma coisa que os nazistas.

– Acabar com o desemprego e dar orgulho e esperança às pessoas, você quer dizer?

Lloyd se sentia tão atraído por ela que ouvi-la dizer aquelas bobagens o deixava com o coração despedaçado.

– Você sabe o que os nazistas fizeram com a família da sua amiga Eva.

– Ela se casou, sabia? – disse Daisy, com o tom decidido e alegre de quem tenta mudar o rumo de uma conversa ao redor da mesa para um assunto mais agradável. – Com o simpático Jimmy Murray. Ela agora é uma esposa inglesa.

– E os pais dela?

Daisy olhou para o outro lado.

– Eu não os conheço.

– Mas sabe o que os nazistas fizeram com eles. – Eva tinha contado tudo a Lloyd durante o baile do Trinity College. – O pai dela não pode mais exercer a medicina e agora trabalha como assistente numa farmácia. Não pode entrar em parques nem em bibliotecas públicas. Na cidade em que ele nasceu, o nome do pai *dele* foi raspado do monumento aos mortos na guerra! – Lloyd percebeu que havia levantado a voz. Prosseguiu em tom mais baixo: – Como você pode ficar do lado de pessoas que fazem esse tipo de coisa?

Ela pareceu abalada, mas não respondeu à pergunta. Em vez disso, falou:

– Já estou atrasada. Peço perdão, mas tenho que ir.

– Não há perdão para o que você está fazendo.

O motorista interveio:

– Está bem, filho, agora chega.

Ele era um homem pesado, de meia-idade, que obviamente se exercitava pouco, e Lloyd não ficou nem um pouco intimidado, mas não quis começar uma briga.

– Já estou indo – falou, em tom brando. – Mas não me chame de filho.

O motorista o segurou pelo braço.

– É melhor tirar a mão de mim, senão o derrubarei antes de ir – disse Lloyd, encarando o motorista.

O homem hesitou. Lloyd retesou o corpo, preparando-se para reagir, atento aos sinais, como ficaria num ringue de boxe. Se o motorista tentasse acertá-lo, seria com um soco aberto e grosseiro, fácil de esquivar.

No entanto, ou o homem pressentiu que Lloyd estava disposto a reagir, ou então sentiu os músculos do braço que estava segurando. Seja como for, recuou e soltou Lloyd dizendo:

– Não precisa me ameaçar.

Daisy se afastou.

Lloyd ficou admirando suas costas vestidas com o uniforme de corte perfeito enquanto ela seguia apressada em direção às fileiras de fascistas. Com um profundo suspiro de frustração, virou-se e começou a andar na outra direção.

Tentou se concentrar na tarefa que tinha pela frente. Que bobagem sua ameaçar o motorista. Se tivesse entrado numa briga, provavelmente teria sido preso e passado o dia inteiro em uma cela de prisão – em que isso ajudaria a combater o fascismo?

Era meio-dia e meia. Ele saiu de Tower Hill, encontrou uma cabine telefônica, ligou para o Conselho do Povo Judeu e falou com Bernie. Depois de ouvir o relato de Lloyd sobre o que tinha visto, seu padrasto lhe pediu que estimasse o número de policiais nas ruas entre a Torre de Londres e a Gardiner's Corner.

Lloyd atravessou o parque até o lado leste e explorou as ruas secundárias que partiam dali. O que viu o deixou boquiaberto.

Esperava cerca de uma centena de policiais. Na verdade, havia milhares.

Agentes da polícia margeavam as calçadas, aguardando dentro de dúzias de ônibus estacionados e montados em cavalos imensos, formando fileiras muito precisas. Apenas uma estreita brecha permitia às pessoas caminharem pelas ruas. O número de policiais era maior que o de fascistas.

De dentro de um dos ônibus, um agente uniformizado o cumprimentou com a saudação nazista.

Lloyd ficou arrasado. Se todos aqueles policiais estivessem do lado dos fascistas, como os contramanifestantes poderiam resistir?

Aquilo era pior do que uma passeata fascista: era uma passeata fascista com o apoio da polícia. Que tipo de mensagem transmitia aos judeus do East End?

Na Mansell Street, Lloyd viu um policial de bairro que conhecia, chamado Henry Clark.

– Oi, Nobby – cumprimentou. Por algum motivo, todos os Clark eram chamados de Nobby. – Um policial acaba de me fazer a saudação nazista.

– Eles não são daqui – disse Nobby em voz baixa, como quem faz uma confidência. – Não convivem com os judeus como eu. Tentei dizer a eles que os judeus são iguais a todo mundo, em sua maioria pessoas decentes e cumpridoras da lei, e poucos bandidos e arruaceiros. Mas eles não acreditaram em mim.

– Mas a saudação nazista?

– Pode ter sido brincadeira.

Lloyd não achava que fosse.

Despediu-se de Nobby e seguiu em frente. Viu que a polícia estava formando cordões no ponto em que as ruas laterais chegavam à área em volta da Gardiner's Corner.

Entrou em um pub que tinha telefone – fizera um reconhecimento de todos os telefones disponíveis na véspera – e disse a Bernie que havia pelo menos cinco mil policiais nas redondezas.

– Não vamos conseguir resistir a tantos – falou, pessimista.

– Não tenha tanta certeza – contrapôs Bernie. – Vá dar uma olhada na Gardiner's Corner.

Lloyd deu um jeito de contornar o cordão policial e foi se reunir aos contramanifestantes. Só quando chegou ao meio da rua em frente à loja Gardiner's pôde avaliar o verdadeiro tamanho da multidão.

Nunca vira tantas pessoas reunidas.

O cruzamento de cinco ruas estava abarrotado, mas isso nem era o mais importante. A multidão se estendia rumo ao leste pela Whitechapel High Street até onde a vista alcançava. A Commercial Road, que seguia na direção sudeste, também estava lotada. A Leman Street, onde ficava a delegacia, estava intransitável.

Devia haver cerca de 100 mil pessoas ali, calculou Lloyd. Teve vontade de atirar o chapéu para o alto e comemorar. Os moradores do East End tinham comparecido em peso para repelir os fascistas. Agora já não podia haver mais dúvidas quanto ao que sentiam.

Bem no meio do cruzamento, um bonde estava parado, abandonado pelo condutor e pelos passageiros.

Nada poderia passar por aquela multidão, percebeu Lloyd com um otimismo crescente.

Viu seu vizinho Sean Dolan subir num poste de luz e prender uma bandeira vermelha no topo. A banda de metais da Brigada de Jovens Judeus estava tocando – provavelmente sem o conhecimento dos respeitáveis e conservadores organizadores da associação. Um avião da polícia voava baixo no céu, um tipo de autogiro, pensou.

Perto da vitrine da Gardiner's, ele esbarrou com a irmã Millie e sua amiga Naomi Avery. Não queria que Millie se envolvesse em nada violento: pensar nisso fez seu coração gelar.

– Papai sabe que você está aqui? – perguntou, em tom de reprovação.

Ela não pareceu preocupada.

– Deixe de ser idiota – respondeu.

Lloyd estava espantado por vê-la ali.

– Você não costuma ligar muito para política – falou. – Pensei que estivesse mais interessada em ganhar dinheiro.

– E estou mesmo – disse ela. – Mas isto aqui hoje é especial.

Lloyd pôde imaginar como Bernie ficaria preocupado caso Millie se ferisse.

– Acho que você deveria ir para casa.

– Por quê?

Ele olhou em volta. A multidão parecia pacífica. A polícia estava um pouco mais longe, e não dava para ver os fascistas. Uma coisa estava clara: não haveria passeata nesse dia. O pessoal de Mosley não conseguiria abrir caminho em meio a uma multidão de 100 mil pessoas determinadas a detê-los, e a polícia seria louca se tentasse intervir. Millie provavelmente estava segura.

Bem na hora em que ele pensava isso, tudo mudou.

Vários apitos soaram. Ao olhar na direção do barulho, Lloyd viu a polícia montada se aproximar numa coluna ameaçadora. Nervosos, os cavalos batiam com os cascos no chão e bufavam. A polícia havia sacado longos porretes em forma de espada.

Eles pareciam estar se preparando para atacar – mas não podia ser.

No instante seguinte, atacaram.

As pessoas começaram a gritar de raiva e medo. Todos tropeçaram para sair da frente dos enormes cavalos. A multidão abriu espaço, mas quem estava nas margens caiu sob os cascos dos animais. A polícia golpeava a torto e a direito com os porretes compridos. Lloyd foi empurrado para trás e não conseguiu resistir.

Ficou irado: o que a polícia achava que estava fazendo? Será que era burra o suficiente para crer que conseguiria abrir um caminho para Mosley passar? Será que achava mesmo que dois ou três mil fascistas gritando insultos poderiam atravessar uma multidão de 100 mil de suas vítimas sem dar início a um motim? Será que a polícia era chefiada por imbecis, ou estava fora de controle? Não soube dizer o que seria pior.

Os policiais recuaram, viraram os cavalos ofegantes e tornaram a se reunir, formando uma coluna irregular. Então soou um apito e eles cutucaram os flancos dos animais com os calcanhares, impelindo-os em mais um ataque implacável.

Millie agora estava apavorada. Tinha apenas 16 anos e sua bravata havia desaparecido. Ela gritou de medo enquanto era imprensada contra a vitrine da Gardiner and Company. Manequins vestidos com ternos e sobretudos baratos encaravam a multidão aterrorizada e a polícia montada, que lembrava uma cavalaria de guerra. O rugido de milhares de vozes gritando protestos apavorados fez Lloyd ensurdecer. Ele entrou na frente de Millie e empurrou as pessoas com toda a força, tentando protegê-la, mas foi em vão. Apesar de seus esforços, foi jogado contra ela. Quarenta ou cinquenta pessoas aos berros estavam espremidas de costas para a vitrine, e a pressão aumentava perigosamente.

Furioso, Lloyd percebeu que a polícia estava decidida a abrir caminho pelo meio daquela gente a qualquer custo.

Instantes depois, ouviu-se um estrondo terrível de vidro se quebrando e a vitrine cedeu. Lloyd caiu por cima de Millie, e Naomi caiu por cima dele. Dezenas de pessoas gritaram de dor e pânico.

Lloyd se levantou com dificuldade. Por milagre, não estava ferido. Olhou em volta freneticamente à procura da irmã. Era muito difícil distinguir as pessoas dos manequins. Foi então que viu Millie caída em meio a uma profusão de cacos de vidro. Segurou-a pelo braço e a fez levantar. Ela chorava.

– Minhas costas! – falou.

Ele a virou. Seu casaco estava todo rasgado e as costas, cobertas de sangue. Ele ficou tão angustiado que sentiu náuseas. Passou o braço em volta dos ombros da irmã num gesto protetor.

– Tem uma ambulância bem ali na esquina – falou. – Você consegue andar?

Eles só haviam percorrido poucos metros quando os apitos da polícia soaram outra vez. Lloyd ficou com muito medo de que ele e Millie fossem novamente empurrados para cima da vitrine da Gardiner's. Então se lembrou do pacote que Bernie lhe dera. Tirou do bolso o saco de papel cheio de bolinhas de gude.

A polícia avançou para cima deles.

Lloyd esticou o braço para trás e lançou o saco de papel por cima da cabeça das outras pessoas, fazendo-o cair na frente dos cavalos. Não era o único equipado com aquelas bolinhas, e várias outras pessoas também as jogaram. Quando os cavalos avançaram para cima deles, ouviu-se um barulho de fogos de artifício. Um dos animais escorregou nas bolinhas e caiu. Os outros, ao ouvir o estouro dos fogos, pararam e empinaram. A investida da polícia virou um caos. Naomi Avery tinha dado um jeito de chegar até a frente da multidão e Lloyd a viu explodir um saco de papel cheio de pimenta no focinho de um cavalo, fazendo o animal se esquivar enquanto sacudia a cabeça feito um louco.

A pressão diminuiu, e Lloyd conduziu Millie até a esquina. Ela ainda sentia dor, mas havia parado de chorar.

Uma fila de pessoas esperava para ser atendida pelos voluntários da St. John's Ambulance: uma menina aos prantos cuja mão parecia ter sido esmagada; vários rapazes com a cabeça e o rosto sangrando; uma mulher de meia-idade sentada no chão segurando um joelho inchado. Quando Lloyd e Millie chegaram, viram Sean Dolan se afastar com uma atadura na cabeça e entrar outra vez no meio da massa.

Uma enfermeira examinou as costas de Millie.

– Isso está feio – disse ela. – A senhorita tem de ir para o Hospital de Londres. Vamos levá-la de ambulância. – Em seguida olhou para Lloyd. – Quer ir com ela?

Lloyd queria, mas devia telefonar para dar informações atualizadas, então hesitou.

Millie resolveu o dilema por ele com a energia que lhe era peculiar.

– Não se atreva a vir comigo – falou. – Você não pode me ajudar em nada e tem um trabalho importante a fazer aqui.

Ela estava certa. Lloyd a ajudou a subir numa ambulância estacionada.

– Tem certeza...?

– Sim, tenho certeza. E tente não precisar ir para o hospital também.

Ele concluiu que estava deixando a irmã nas melhores mãos possíveis. Deu-lhe um beijo no rosto e voltou para o meio da confusão.

A polícia havia mudado de tática. Continuava decidida a abrir caminho em meio à multidão, apesar de as pessoas terem conseguido repelir os ataques da cavalaria. Enquanto Lloyd tentava chegar até a frente, os policiais atacaram a pé, golpeando com os cassetetes. Os manifestantes desarmados recuavam para escapar deles como uma pilha de folhas soprada pelo vento, depois tornavam a avançar num lugar diferente.

A polícia começou a prender pessoas, talvez na esperança de enfraquecer a determinação da multidão levando embora seus líderes. No East End, ser preso não era uma formalidade jurídica. Poucos voltavam da cadeia sem um olho roxo ou alguns dentes faltando. A delegacia da Leman Street tinha uma reputação particularmente ruim.

Lloyd foi parar atrás de uma jovem que segurava uma bandeira vermelha e gritava. Reconheceu Olive Bishop, sua vizinha na Nutley Street. Um policial a golpeou na cabeça com o cassetete e berrou: "Puta judia!" Olive não era judia e com certeza não era puta. Na verdade, tocava piano na igreja do Evangelho do Calvário. No entanto, pareceu ter esquecido a recomendação de Jesus de dar a outra face e arranhou a cara do policial, deixando a pele dele marcada com linhas vermelhas paralelas. Dois outros policiais a pegaram pelos braços e a seguraram enquanto o que fora arranhado tornava a golpeá-la na cabeça.

Ver três homens fortes atacando uma jovem sozinha deixou Lloyd enlouquecido. Ele deu um passo à frente e acertou o agressor de Olive com um gancho de direita no qual estava concentrada toda a sua raiva. O soco atingiu o policial na têmpora. Atordoado, ele cambaleou e caiu.

Mais policiais se envolveram na briga, golpeando a esmo com os cassetetes, acertando braços, pernas, cabeça e mãos. Quatro homens seguraram Olive, cada um por um braço ou uma perna. Ela gritava e se contorcia, mas não conseguiu se soltar.

Os observadores, porém, não ficaram passivos. Atacaram os policiais que carregavam a moça, tentando afastá-los dela. Os policiais se viraram contra esses agressores aos gritos de "Canalhas judeus!", apesar de nem todos os seus agressores serem judeus e de um deles ser um marinheiro somaliano de pele negra.

Os policiais largaram Olive no chão e começaram a se defender. Ela abriu caminho pela multidão e sumiu. Os policiais bateram em retirada, acertando quem estivesse pela frente ao recuar.

Com uma ponta de triunfo, Lloyd viu que a estratégia da polícia não estava funcionando. Por mais brutais que fossem, seus ataques haviam fracassado em abrir caminho pela multidão. Outra investida com cassetetes começou, mas as pessoas enfurecidas avançaram de encontro aos policiais, agora ávidas pelo combate.

Lloyd decidiu que estava na hora de mais uma atualização. Voltou pelo meio das pessoas até encontrar um telefone público.

– Pai, não acho que eles vão conseguir – disse a Bernie, animado. – Estão tentando abrir caminho pelo meio de nós, mas não está adiantando. Somos numerosos demais.

– Estamos redirecionando as pessoas para a Cable Street – disse Bernie. – Pode ser que a polícia esteja prestes a mudar seu ângulo de ataque, pensando que terá mais chances lá, por isso vamos mandar reforços. Vá para a Cable Street, veja o que está acontecendo e me avise.

– Certo – disse Lloyd, desligando antes de se dar conta de que não havia contado ao padrasto que Millie fora levada para o hospital. Mas talvez fosse melhor não deixá-lo preocupado agora.

Chegar à Cable Street não seria fácil. Da Gardiner's Corner, a Leman Street conduzia diretamente para o sul até a extremidade mais próxima da Cable Street – uma distância de menos de 800 metros, mas a rua estava apinhada de manifestantes em conflito com a polícia. Lloyd tinha que seguir um caminho menos direto. Com esforço, foi andando para leste pelo meio das pessoas até a Commercial Road. Ao chegar lá, não foi fácil continuar avançando. Não havia polícia, portanto não havia violência, mas a multidão estava quase tão compacta quanto em Gardiner's Corner. Era frustrante, mas Lloyd se consolou pensando que a polícia jamais poderia forçar passagem com tanta gente reunida.

Perguntou-se o que Daisy Peshkov estaria fazendo. Era provável que estivesse sentada no carro, aguardando o início da passeata, batendo impacientemente com o bico do sapato caro no tapete do Rolls-Royce. Pensar que ele estava ajudando a frustrar os objetivos dela lhe proporcionou uma satisfação estranhamente vingativa.

Com muita persistência e uma atitude ligeiramente truculenta com quem estivesse em seu caminho, Lloyd conseguiu se espremer pela multidão. A ferrovia que margeava o lado norte da Cable Street o impediu de prosseguir, e ele teve que andar um pouco antes de chegar a uma ruazinha lateral com uma passagem subterrânea. Atravessou por baixo da via férrea e chegou à Cable Street.

A aglomeração ali não estava tão densa, mas a rua era estreita e ainda era difícil se mover. Aquilo era uma coisa boa: seria mais difícil ainda para a polícia. Mas então ele notou outro obstáculo. Havia um caminhão atravessado na rua, tombado de lado. Em ambas as extremidades do veículo, bloqueando a rua inteira, havia uma barricada formada com mesas e cadeiras velhas, pedaços de madeira e outros entulhos empilhados bem alto.

Uma barricada! Aquilo fez Lloyd pensar na Revolução Francesa. Só que ali não estava havendo nenhuma revolução. Os moradores do East End não queriam derrubar o governo britânico. Pelo contrário: eles davam grande valor a suas eleições, seus conselhos distritais e seu Parlamento. Gostavam tanto de seu sistema de governo que estavam decididos a defendê-lo do fascismo, mesmo que o sistema não defendesse a si próprio.

Lloyd havia emergido à rua atrás da barricada e avançou para perto dela a fim de ver o que estava acontecendo. Subiu num muro para enxergar melhor. Deparou com uma cena interessante. Do outro lado, policiais tentavam desmontar a barricada, retirando pedaços de móveis e arrastando colchões velhos para longe. Mas não estava sendo fácil. Uma chuva de projéteis se abatia sobre seus quepes, alguns lançados de trás da barricada, outros das janelas dos andares superiores das casas nos dois lados da rua, bem coladas umas às outras. Eram pedras, garrafas de leite, vasos quebrados e tijolos que estavam sendo tirados de um depósito de material de construção ali perto. Havia alguns rapazes mais ousados de pé sobre a barricada, atacando os policiais com porretes, e de vez em quando uma briga começava quando a polícia tentava puxar um deles para baixo e chutá-lo. Com um susto, Lloyd reconheceu dois desses rapazes: um deles era seu primo Dave Williams e o outro era Lenny Griffiths, de Aberowen. Lado a lado, eles repeliam os policiais a golpes de pá.

No entanto, à medida que os minutos foram passando, Lloyd viu que a polícia estava vencendo. Agiam de forma sistemática, recolhendo os componentes da barricada e levando-os para longe. Do lado em que Lloyd estava, algumas pessoas reforçavam a barreira, substituindo os objetos removidos pela polícia, mas eram menos organizadas e não dispunham de um estoque infinito de material. Lloyd teve a impressão de que a polícia logo iria ganhar aquele jogo. E, caso conseguisse liberar a Cable Street, faria os fascistas marcharem por ali, passando em frente a incontáveis lojas de judeus.

Então olhou para trás e constatou que os organizadores da defesa da Cable Street já estavam pensando à frente. Ao mesmo tempo que a polícia desmontava a primeira barricada, uma segunda ia sendo erguida algumas centenas de metros adiante na rua.

Lloyd recuou e, empolgado, começou a ajudar na construção da segunda barricada. Estivadores com picaretas removiam pedras do calçamento, donas de casa arrastavam sacos de lixo de seus quintais, e proprietários de loja traziam caixotes e caixas vazios. Lloyd ajudou a carregar um banco de praça, depois removeu a placa afixada em frente a um prédio da prefeitura. Os construtores usaram a experiência com a primeira barricada e dessa vez fizeram um trabalho melhor, economizando materiais e certificando-se de que a estrutura estava firme.

Ao olhar para trás outra vez, Lloyd viu que uma terceira barricada subia mais a leste.

As pessoas começaram a se afastar da primeira barricada e a se reunir atrás da segunda. Alguns minutos depois, a polícia finalmente abriu uma brecha na primeira barreira e começou a passar por ali. Os primeiros policiais foram atrás dos jovens remanescentes, e Lloyd viu Dave e Lenny serem perseguidos por um beco. As casas de ambos os lados da rua foram fechadas depressa, com portas batendo e janelas sendo baixadas.

Lloyd viu então que a polícia não sabia o que fazer em seguida. Havia conseguido furar a barricada apenas para deparar com outra, ainda mais sólida. Os homens não pareciam ter energia para começar a desmanchar a segunda. Ficaram aglomerados no meio da Cable Street, conversando desapontados, espiando ressentidos os moradores que os observavam das janelas dos andares superiores.

Era cedo demais para cantar vitória, mas, ainda assim, Lloyd não conseguiu reprimir uma feliz sensação de sucesso. Estava começando a parecer que os antifascistas iriam ganhar o dia.

Ele permaneceu onde estava por 15 minutos, porém, como a polícia não fez mais nada, Lloyd saiu dali, encontrou uma cabine telefônica e ligou para Bernie.

Seu padrasto se mostrou cauteloso.

– Não sabemos o que está acontecendo – disse ele. – As coisas parecem ter se acalmado por toda parte, mas precisamos descobrir o que os fascistas têm em mente. Você consegue voltar para a Torre?

Lloyd não tinha como passar pelos policiais reunidos, mas talvez houvesse outro caminho.

– Eu poderia tentar ir pela St. George Street – disse ele, em tom de dúvida.

– Faça o melhor que puder. Quero saber qual vai ser o próximo passo deles.

Lloyd se embrenhou por um labirinto de becos e seguiu rumo ao sul. Torceu para que estivesse certo em relação à St. George Street. A rua ficava fora da área prevista para a passeata, mas a multidão talvez tivesse transbordado.

Conforme esperava, porém, não havia tumulto nenhum ali, embora ele ainda pudesse ouvir a contramanifestação e os gritos e apitos da polícia. Algumas mulheres conversavam de pé e um grupo de meninas pulava corda no meio da rua. Lloyd dobrou para oeste e apressou o passo até um trote acelerado, imaginando que fosse deparar com manifestantes ou policiais a cada esquina. Cruzou com algumas pessoas que haviam se distanciado da confusão – dois homens com ataduras na cabeça, uma mulher de sobretudo rasgado, um veterano de guerra com o braço pendurado numa tipoia –, mas nenhuma aglomeração. Correu até onde a rua terminava, junto à Torre. Conseguiu entrar em Tower Gardens sem problemas.

Os fascistas ainda estavam lá.

Aquilo em si já era uma vitória, pensou Lloyd. Já eram três e meia da tarde: havia horas que os manifestantes estavam ali, esperando, sem que a passeata começasse. Ele viu que a animação de antes tinha desaparecido. Ninguém mais cantava hinos ou gritava palavras de ordem; estavam todos calados e cabisbaixos, ainda enfileirados, mas já não tão ordenadamente, com as faixas caídas e as bandas de metais agora silenciosas. Já pareciam derrotados.

Poucos minutos depois, entretanto, houve uma mudança. Um carro aberto surgiu de uma rua lateral e começou a margear as fileiras de fascistas. Houve comemorações. As fileiras se endireitaram, os oficiais ergueram as mãos numa saudação e todos os fascistas adotaram uma postura de sentido. No banco de trás do carro estava seu líder, Sir Oswald Mosley, um homem bonito, de bigode, vestido com um uniforme completo que incluía o quepe. Com as costas muito retas, fazia repetidas saudações enquanto o carro ia passando bem devagar, como um monarca inspecionando as tropas.

Sua presença revigorou os manifestantes e deixou Lloyd preocupado. Aquilo provavelmente significava que eles iriam fazer a passeata conforme o planejado – caso contrário, o que Mosley estaria fazendo ali? O carro foi margeando a fileira de fascistas por uma rua lateral até entrar no bairro financeiro. Lloyd aguardou. Meia hora mais tarde, Mosley voltou, dessa vez a pé, saudando e agradecendo as vibrações.

Quando chegou ao final da fila, deu meia-volta e, acompanhado por um de seus oficiais, entrou numa rua secundária.

Lloyd foi atrás.

Mosley se aproximou de alguns homens mais velhos reunidos na calçada. Lloyd ficou surpreso ao reconhecer o comissário de polícia Sir Philip Game, de gravata-borboleta e chapéu de feltro. Os dois entabularam uma conversa exaltada. Com certeza Sir Philip devia estar contando a Sir Oswald que a multidão de contramanifestantes era grande demais para ser dispersada. Mas qual seria então sua recomendação aos fascistas? Embora estivesse louco para chegar mais perto e entreouvir a conversa, Lloyd decidiu não se arriscar a ser preso e manteve uma distância discreta.

O comissário de polícia foi quem mais falou. O líder fascista aquiesceu bruscamente várias vezes e fez algumas perguntas. Os dois então se cumprimentaram com um aperto de mãos e Mosley se afastou.

Ele voltou ao parque e confabulou com seus oficiais. Entre eles, Lloyd reconheceu Boy Fitzherbert, que usava um uniforme igual ao de Mosley. Em Boy, no entanto, o traje não caía tão bem: o elegante uniforme militar não combinava com seu corpo fraco nem com a sensualidade preguiçosa de sua postura.

Mosley parecia estar dando instruções. Os outros homens fizeram saudações e se afastaram, sem dúvida para executar suas ordens. Quais seriam elas? A única alternativa sensata era desistir de tudo e ir para casa. No entanto, se eles fossem sensatos, não seriam fascistas.

Apitos soaram, ordens foram gritadas, as bandas puseram-se a tocar e os homens assumiram posição de sentido. Lloyd percebeu que iriam começar a passeata. A polícia devia ter lhes indicado um trajeto. Mas qual?

Então a marcha começou – e eles partiram na direção contrária. Em vez de seguir para o East End, foram para oeste rumo ao bairro financeiro, que, por ser domingo à tarde, estava deserto.

Lloyd mal pôde acreditar.

– Eles desistiram! – falou em voz alta.

– Parece que sim, não é? – retrucou um homem em pé ao seu lado.

Ainda ficou ali por cinco minutos, observando as fileiras se afastarem devagar. Quando não restou mais nenhuma dúvida quanto ao que estava acontecendo, correu até uma cabine telefônica e ligou para Bernie.

– Eles foram embora marchando! – falou.

– Como assim? Para o East End?

– Não, para o outro lado! Estão indo para oeste, na direção da City. Nós vencemos!

– Meu Deus! – Bernie então se dirigiu às pessoas que estavam com ele: – Ei, pessoal! Os fascistas estão marchando para oeste. Eles desistiram!

Lloyd ouviu uma explosão de vivas do outro lado.

Após um momento, Bernie falou:

– Fique de olho neles e avise quando todos tiverem saído de Tower Gardens.

– Claro. – Lloyd desligou.

Deu a volta no parque tomado por uma grande animação. A cada minuto ficava mais claro que os fascistas haviam sido derrotados. Suas bandas tocavam e eles marchavam no ritmo certo, mas faltava energia a seus passos, e eles já não cantavam que iriam se livrar dos judeus. Os judeus é que tinham se livrado deles.

Ao passar pela Byward Street, Lloyd tornou a ver Daisy.

Ela se dirigia para o conhecido Rolls-Royce preto e creme e teve que passar por Lloyd. Ele não resistiu à tentação de se gabar:

– A população do East End rejeitou vocês e suas ideias imundas.

Ela parou e o encarou, fria como nunca.

– Fomos impedidos de passar por um bando de arruaceiros – retrucou com desdém.

– Mesmo assim, agora estão marchando na outra direção.

– Perder uma batalha não é o mesmo que perder a guerra.

Podia até ser, pensou Lloyd, mas aquela tinha sido uma batalha importante.

– Não vai marchar para casa com seu namorado?

– Prefiro ir de carro – respondeu ela. – E ele não é meu namorado.

O coração de Lloyd se encheu de esperança. Então ela completou:

– É meu marido.

Lloyd a encarou. Jamais acreditara que ela pudesse ser tão burra. Estava sem palavras.

– É verdade – disse ela, vendo a incredulidade em seu rosto. – Não viu nosso noivado anunciado nos jornais?

– Não leio as colunas sociais.

Ela lhe mostrou a mão esquerda, com um anel de noivado de brilhante e uma aliança de ouro.

– O casamento foi ontem. Adiamos a lua de mel para participar da passeata hoje. Amanhã vamos para Deauville no avião de Boy.

Ela se aproximou do carro e o motorista lhe abriu a porta.

– Para casa, por favor – pediu.

– Pois não, milady.

A raiva de Lloyd era tanta que ele estava com vontade de socar alguém.

Daisy olhou por cima do ombro.

– Adeus, Sr. Williams.

Ele recuperou a voz.

– Adeus, Srta. Peshkov.

– Ah, não – corrigiu ela. – Agora sou a viscondessa de Aberowen.

Lloyd pôde ver que ela adorou dizer aquilo. Agora era uma dama com um título de nobreza e, para ela, essa era a coisa mais importante do mundo.

Daisy entrou no carro e o motorista fechou a porta.

Lloyd deu as costas para o veículo. Sentiu vergonha ao constatar que estava com os olhos marejados.

– Que droga – falou em voz alta.

Fungou, reprimindo as lágrimas. Aprumou os ombros e voltou para o East End a passos rápidos. O triunfo do dia fora arruinado. Ele sabia que era um idiota por se importar com Daisy – ela obviamente não dava a mínima para ele –, mas mesmo assim o fato de ela desperdiçar a vida com Boy Fitzherbert lhe partiu o coração.

Tentou tirá-la do pensamento.

A polícia estava entrando nos ônibus para ir embora. Lloyd não ficara surpreso com a sua brutalidade – tinha morado a vida inteira no East End, um bairro violento –, mas o antissemitismo o chocara. Os policiais haviam xingado todas as mulheres de putas judias e todos os homens de canalhas judeus. Na Alemanha, a polícia tinha apoiado os nazistas e tomado o partido dos camisas-pardas. Será que ali iria acontecer a mesma coisa? Não podia ser!

A multidão reunida em Gardiner's Corner já tinha começado a comemorar. A banda da Brigada de Jovens Judeus tocava um jazz para que homens e mulheres dançassem, e garrafas de uísque e de gim passavam de mão em mão. Lloyd decidiu ir ao Hospital de Londres ver como Millie estava. Em seguida, o melhor seria ir até a sede do Conselho do Povo Judeu e avisar a Bernie que Millie tinha se ferido.

Antes de conseguir se afastar muito, esbarrou com Lenny Griffiths.

– Botamos os malditos para correr! – exclamou o rapaz, animado.

– Foi mesmo – concordou Lloyd, sorrindo.

Lenny baixou a voz:

– Derrotamos os fascistas aqui e vamos derrotá-los na Espanha também.

– Quando vocês viajam?

– Amanhã. Eu e Dave vamos pegar o trem para Paris de manhã.

Lloyd passou o braço em volta dos ombros de Lenny e disse:

– Irei com vocês.

CAPÍTULO QUATRO

1937

Ao atravessar a ponte sobre o rio Moscou, Volodya Peshkov baixou a cabeça para se proteger da neve que o fustigava. Usava um sobretudo grosso, um chapéu de pele e um pesado par de botas de couro. Poucos moscovitas se vestiam tão bem. Volodya era um homem de sorte.

Sempre tivera botas de qualidade. Seu pai, Grigori, era comandante do Exército, mas não era nenhum figurão: embora fosse um herói da revolução bolchevique e conhecesse Stalin pessoalmente, sua carreira havia estagnado em algum momento da década de 1920. Apesar disso, a família sempre vivera com conforto.

Volodya, por sua vez, *era* um figurão. Depois da universidade, ingressara na prestigiosa Academia de Inteligência Militar. Um ano depois, fora transferido para o quartel-general do Serviço de Inteligência do Exército Vermelho.

Sua maior sorte foi ter conhecido Werner Franck em Berlim, quando seu pai era adido militar na embaixada soviética na capital alemã. Werner estudava na mesma escola que ele, numa série abaixo da sua. Ao saber que o rapaz alemão odiava o fascismo, Volodya lhe sugerira que talvez a melhor forma de combater os nazistas fosse virando espião dos russos.

Na época, Werner tinha apenas 14 anos. Agora estava com 18, trabalhava no Ministério da Aeronáutica, detestava ainda mais os nazistas e tinha um poderoso transmissor de rádio e um manual para decifrar mensagens em código. Era um rapaz corajoso e cheio de recursos – corria riscos terríveis e estava coletando informações preciosas. E Volodya era o seu contato.

Fazia quatro anos que Volodya não via Werner, mas lembrava-se dele com clareza. Alto, de vistosos cabelos louros, Werner tinha a aparência e a postura de um rapaz mais velho. Aos 14 anos, seu sucesso com as mulheres já era invejável.

Recentemente, o alemão lhe dera informações sobre Markus, um diplomata da embaixada alemã em Moscou que na verdade era comunista. Volodya fora procurar Markus para recrutá-lo como espião. Havia alguns meses que Markus vinha fazendo uma série de relatórios que Volodya traduzia para o russo e transmitia a seu superior. O último deles era um fascinante relato de como industriais norte-americanos pró-nazismo estavam fornecendo caminhões, pneus e gasolina aos rebeldes espanhóis de direita. Torkild Rieber, presidente da Texaco e admirador de Hitler, usava os petroleiros da empresa para contrabandear combustível e abastecer os rebeldes, contrariando uma solicitação formal do presidente Roosevelt.

Nesse exato momento, Volodya estava indo se encontrar com Markus.

Percorreu a Kutuzovsky Prospekt e dobrou na direção da estação ferroviária de Kiev. O encontro desse dia era num bar de operários perto da estação. Eles nunca iam ao mesmo lugar duas vezes, mas ao fim de cada encontro combinavam o seguinte: Volodya era meticuloso com relação à espionagem. Os dois sempre se encontravam em bares ou cafés baratos, que os colegas diplomatas de Markus nem sequer cogitariam frequentar. Se por algum motivo Markus levantasse suspeitas e fosse seguido por um agente alemão de contraespionagem, Volodya saberia, pois um homem assim se destacaria dos outros clientes.

O lugar escolhido dessa vez se chamava Bar Ucrânia. Como a maioria das construções de Moscou, era feito de madeira. As janelas estavam embaçadas, indicando que, pelo menos, estaria quente lá dentro. Mas Volodya não entrou imediatamente. Era preciso tomar outras precauções. Atravessou a rua e se escondeu na entrada de um prédio residencial. Ficou em pé no corredor frio, observando o bar por uma janelinha.

Imaginou se Markus iria comparecer ao encontro. Ele sempre tinha ido, mas Volodya não podia ter certeza. Se aparecesse, que informações traria dessa vez? O assunto mais quente da política internacional no momento era a Espanha, mas a Inteligência do Exército Vermelho também estava muito interessada nos armamentos alemães. Quantos tanques estavam sendo produzidos por mês? Quantas metralhadoras Mauser M34 eram fabricadas por dia? O novo bombardeiro Heinkel He 111 era bom mesmo? Volodya ansiava por informações desse tipo para transmitir ao seu superior, o major Lemitov.

Meia hora se passou e Markus não apareceu.

Volodya começou a ficar preocupado. Será que Markus tinha sido desmascarado? Ele trabalhava como assistente do embaixador e via tudo o que passava pela mesa do chefe. No entanto, Volodya o vinha pressionando a tentar acessar outros documentos, sobretudo a correspondência dos adidos militares. Teria sido um erro? Será que alguém tinha surpreendido Markus dando uma olhadinha em cabogramas que não eram da sua conta?

Nesse momento, porém, Markus apareceu andando pela rua: um homem de ar professoral, com óculos de grau e um Loden, um sobretudo austríaco feito de lã verde impermeável, salpicado de flocos brancos de neve. Ele entrou no Bar Ucrânia. Volodya esperou, ainda observando. Franziu o cenho, preocupado, ao ver outro homem entrar no bar atrás de Markus, mas logo ficou óbvio que esse segundo homem era um operário russo, não um agente de contraespionagem alemão. Era baixinho, usava botas envoltas em trapos, tinha cara de rato e enxugava a ponta do nariz fino com a manga do sobretudo puído.

Volodya atravessou a rua e entrou no bar.

O lugar estava enfumaçado, não era muito limpo e o cheiro de homens que não tomavam banho com muita frequência impregnava o ar. Nas paredes, aquarelas desbotadas de paisagens da Ucrânia pendiam em molduras baratas. Era o meio da tarde e não havia muitos clientes. A única mulher no recinto parecia uma prostituta já de certa idade recuperando-se de uma ressaca.

Markus estava no fundo da sala, curvado sobre um copo de cerveja intocado. Embora tivesse 30 e poucos anos, parecia mais velho, com a barba e o bigode louros bem-aparados. Havia aberto o sobretudo, deixando à mostra um forro de pele. O russo com cara de rato sentou-se a duas mesas de distância e começou a enrolar um cigarro.

Quando Volodya chegou perto, Markus se levantou e lhe deu um soco na boca.

– Seu filho da puta escroto! – gritou em alemão.

Volodya ficou tão chocado que, por alguns instantes, não fez nada. Sua boca doía e ele sentiu gosto de sangue. Por reflexo, ergueu o braço para revidar o soco, mas se conteve.

Markus investiu contra ele de novo, mas dessa vez Volodya estava preparado e se esquivou com facilidade.

– Por que você fez isso? – berrou Markus. – Por quê?

Então, tão subitamente quanto havia se levantado, ele desabou de volta sobre a cadeira, enterrou o rosto nas mãos e começou a soluçar.

– Cale a boca, seu imbecil – disse Volodya, com os lábios sangrando. Virando-se, dirigiu-se aos outros clientes, que encaravam a cena: – Não foi nada, ele está só chateado.

As pessoas desviaram o olhar; um homem saiu do bar. Moscovitas nunca se metem em confusão à toa. Até separar dois bêbados engalfinhados já era perigoso, pois um deles poderia ser influente no Partido. Os clientes sabiam que Volodya era um desses homens: seu casaco de boa qualidade o denunciava.

Volodya tornou a se virar para Markus. Em voz baixa, perguntou, zangado:

– Que porra foi essa? – falou em alemão, pois Markus não dominava a língua russa.

– Você mandou prender Irina – respondeu Markus, em prantos. – Queimou os mamilos dela com um cigarro, seu canalha de merda.

Irina era a namorada russa de Markus. Volodya fez uma careta. Começava a entender a situação e teve um mau pressentimento. Sentou-se de frente para Markus.

– Eu não mandei prender Irina – declarou. – E sinto muito se ela foi ferida. Agora me conte o que aconteceu.

– Eles foram buscá-la no meio da noite. A mãe dela me contou. Não se identificaram, mas não eram investigadores normais da polícia... suas roupas eram melhores. Irina não sabe para onde foi levada. Eles fizeram perguntas sobre mim e a acusaram de ser espiã. Ela foi torturada, estuprada e depois eles a soltaram.

– Puta que pariu! – exclamou Volodya. – Sinto muito.

– Sente muito? A responsabilidade deve ser sua... de quem mais seria?

– Garanto que isso não tem nada a ver com a Inteligência do Exército.

– Pouco importa – disse Markus. – Estou cheio de vocês e estou cheio do comunismo.

– Às vezes sofremos baixas na guerra contra o capitalismo. – Mal havia pronunciado essas palavras, o próprio Volodya as achou levianas.

– Seu idiota – disse Markus, furiso. – Não entende que socialismo significa se libertar desse tipo de babaquice?

Volodya ergueu os olhos e viu um homem forte de sobretudo de couro entrar. Seu instinto lhe disse que ele não estava ali para tomar um drinque.

Alguma coisa estava acontecendo, mas Volodya não sabia o quê. Era novo naquela brincadeira e nesse momento sentiu que essa falta de experiência era como um membro amputado. Pensou que talvez estivesse correndo perigo, mas não soube o que fazer.

O recém-chegado se aproximou da mesa em que os dois estavam sentados.

Então o homem com cara de rato se levantou. Tinha mais ou menos a mesma idade que Volodya. Para sua surpresa, quando ele falou foi como um homem instruído.

– Vocês dois estão presos.

Volodya soltou um palavrão.

Markus se levantou com um pulo.

– Eu sou adido comercial da embaixada alemã! – gritou em russo, cometendo muitos erros de gramática. – Vocês não podem me prender! Eu tenho imunidade diplomática!

Os outros clientes saíram do bar apressados, empurrando-se enquanto se espremiam porta afora. Restaram apenas duas pessoas: o garçom, que enxugava nervosamente o balcão com um trapo imundo, e a prostituta, que fumava um cigarro encarando um copo de vodca vazio.

– Vocês também não podem me prender – disse Volodya, calmo. Sacou a identidade do bolso. – Sou o tenente Peshkov, Inteligência do Exército. Quem são vocês?

– Dvorkin, NKVD – falou o cara de rato.

– Berezovsky, NKVD – disse o homem do casaco de couro.

A polícia secreta. Volodya soltou um grunhido: deveria ter desconfiado. Ele tinha sido avisado de que a NKVD e a Inteligência do Exército viviam se esbarrando, mas aquela era sua primeira experiência com isso.

– Imagino que tenham sido vocês que torturaram a namorada deste homem.

Dvorkin enxugou o nariz na manga da roupa: aparentemente, esse hábito desagradável não fazia parte de seu disfarce.

– Ela não tinha nenhuma informação.

– Quer dizer que vocês queimaram os mamilos dela a troco de nada.

– Ela teve sorte. Se fosse espiã, teria sido pior.

– Nunca lhes ocorreu nos consultar primeiro?

– E quando foi que vocês nos consultaram?

– Vou embora daqui – disse Markus.

Volodya foi tomado pelo desespero. Estava prestes a perder um colaborador valioso.

– Não vá embora – implorou. – Vamos dar um jeito de compensar Irina. Vamos conseguir o melhor tratamento...

– Vá se foder – disse Markus. – Você nunca mais vai me ver. – E saiu do bar.

Dvorkin não soube o que fazer. Não queria deixar Markus ir embora, mas estava claro que não podia prendê-lo sem fazer papel de bobo. Acabou dizendo a Volodya:

– Não deveria permitir que as pessoas falem nesse tom com você. Isso o faz parecer fraco. Elas deveriam respeitá-lo.

– Seu babaca – retrucou Volodya. – Não percebe o que acabou de fazer? Aquele homem era uma fonte de informações confiáveis... mas agora, graças à sua trapalhada, ele nunca mais vai trabalhar para nós.

Dvorkin deu de ombros.

– Como você mesmo disse, às vezes há baixas em uma guerra.

– Pelo amor de Deus, me poupe – retrucou Volodya, e em seguida também saiu do bar.

Sentiu-se levemente enjoado enquanto voltava a atravessar o rio. O que a NKVD tinha feito com uma mulher inocente lhe causava repulsa, e a perda de seu informante o deixava desanimado. Tomou o bonde: não era graduado o suficiente para ter um carro. Enquanto o veículo abria caminho pela neve em direção ao seu local de trabalho, ele refletia. Tinha que relatar o ocorrido ao major Lemitov, mas estava hesitante, sem saber muito bem como contar aquela história. Precisava deixar claro que a culpa não fora sua, mas não podia dar a impressão de que estava inventando desculpas.

O quartel-general do Serviço de Inteligência do Exército ficava numa das extremidades do campo de pouso de Khodynka, onde um limpa-neve se arrastava de um lado para outro, a fim de manter a pista livre. A arquitetura era peculiar: uma construção de dois andares sem janelas nas paredes externas cercava um pátio no qual se erguia um prédio de escritórios de nove andares, como se fosse um dedo em riste despontando de um punho de tijolo. Para não acionar os detectores de metal da entrada, era proibido entrar com isqueiros ou canetas-tinteiro, por isso o Exército fornecia esses objetos, um de cada, a seus funcionários. Fivelas de cinto também eram um problema, assim a maioria usava suspensórios. Essa segurança toda naturalmente era supérflua. Os moscovitas fariam de tudo para manter distância de um prédio assim: ninguém seria louco o bastante para querer se esgueirar lá para dentro.

Volodya dividia uma sala com três outros subalternos. O espaço era tão apertado que a mesa de Volodya impedia a porta de se abrir completamente. Kamen, o engraçadinho de plantão, olhou para sua boca inchada e disse:

– Deixe eu adivinhar... o marido chegou antes da hora.

– Nem pergunte – respondeu Volodya.

Sobre sua mesa havia uma mensagem decodificada pela seção de rádio, com as palavras em alemão escritas a lápis, letra por letra, sob os blocos de código.

Era uma mensagem de Werner.

A primeira reação de Volodya foi de medo. Será que Markus já havia relatado o que acontecera a Irina e convencido Werner a também desistir da espionagem? Aquele dia parecia azarado o bastante para um desastre desse tipo.

Mas a mensagem não era um desastre, muito pelo contrário.

Volodya leu o texto com assombro crescente. Werner explicava que as Forças Armadas alemãs tinham decidido despachar para a Espanha espiões disfarçados de voluntários antifascistas dispostos a lutar ao lado do governo na guerra civil. Eles enviariam relatórios clandestinos de trás das linhas inimigas para as estações de escuta operadas por alemães do lado rebelde.

Só isso já era uma informação quentíssima.

Mas não era tudo.

Werner tinha os nomes.

Volodya teve de se conter para não pular de alegria. Uma sorte daquelas podia só acontecer uma vez na vida de um funcionário da inteligência, pensou. Aquilo compensava com folga a perda de Markus. Werner era uma mina de ouro. Volodya não quis nem pensar nos riscos que o alemão devia ter corrido para tirar aquela lista de nomes do quartel-general do Ministério da Aeronáutica em Berlim.

Sentiu-se tentado a correr até a sala de Lemitov, mas se conteve.

Os quatro subalternos dividiam uma única máquina de escrever velha e pesada. Volodya a pegou da mesa de Kamen e a pôs sobre a sua. Usando apenas os dedos indicadores das duas mãos, datilografou uma tradução em russo da mensagem de Werner. Enquanto o fazia, a claridade do dia diminuiu e potentes luzes de segurança se acenderam do lado de fora do prédio.

Pegou a folha, deixando sobre sua mesa uma cópia da mensagem em carbono, e subiu até o andar de cima. Lemitov estava em sua sala. Era um belo homem de cerca de 40 anos, os cabelos escuros cheios de brilhantina. Era esperto e tinha o dom de estar sempre um passo à frente de Volodya, que se esforçava para imitar o poder de antecipação do chefe. Lemitov não compactuava com a visão militar tradicional, segundo a qual uma organização como o Exército funcionava na base do grito e da intimidação, mas era implacável com os incompetentes. Volodya o respeitava e o temia.

– Esta informação pode ser incrivelmente útil – disse Lemitov depois de ler a tradução.

– Pode ser? – Volodya não via motivo para dúvida.

– Talvez seja uma desinformação – assinalou Lemitov.

Volodya não queria acreditar nisso, mas percebeu, com uma pontada de decepção, que precisava considerar a possibilidade de Werner ter sido capturado e transformado em agente duplo.

– Que tipo de desinformação? – perguntou, desanimado. – Os nomes não existem, para nos fazer seguir uma pista falsa?

– Pode ser. Ou então são nomes verdadeiros de voluntários genuínos, comunistas e socialistas que fugiram da Alemanha nazista e foram à Espanha lutar pela liberdade. Nós poderíamos acabar prendendo antifascistas de verdade.

– Droga.

Lemitov sorriu.

– Não fique tão desanimado! A informação ainda é muito boa. Temos nossos próprios espiões na Espanha, jovens soldados e oficiais russos que se apresentaram como "voluntários" para lutar nas Brigadas Internacionais. Eles podem investigar. – O major pegou um lápis vermelho e começou a escrever na folha de papel com uma caligrafia miúda e certinha. – Bom trabalho – falou.

Volodya interpretou aquilo como uma dispensa e encaminhou-se para a porta.

– Você esteve com Markus hoje? – indagou Lemitov.

Volodya deu meia-volta.

– Houve um problema.

– Foi o que imaginei, pelo machucado em sua boca.

Volodya lhe contou o que havia acontecido.

– Então perdi um bom informante – concluiu. – Mas não sei o que poderia ter feito de outro modo. Será que deveria ter contado à NKVD sobre Markus e lhes avisado que mantivessem distância?

– Não, porra – respondeu Lemitov. – Eles não merecem confiança nenhuma. Nunca conte nada à NKVD. Mas não se preocupe, você não perdeu Markus. Vai ser fácil recuperá-lo.

– Como? – indagou Volodya, sem entender. – Ele agora nos odeia.

– Prenda Irina outra vez.

– O quê? – Volodya ficou horrorizado. Ela já não tinha sofrido o bastante? – Ele vai nos odiar mais ainda.

– Diga a ele que, se não cooperar mais conosco, vamos interrogá-la outra vez.

Volodya fez de tudo para esconder sua repulsa. Era importante não parecer fraco. E ele entendia que o plano de Lemitov iria dar certo.

– Está bem – conseguiu articular.

– Diga a ele que, da próxima vez, vamos enfiar os cigarros acesos na boceta dela – prosseguiu Lemitov.

Volodya teve a sensação de que iria vomitar. Engoliu em seco e falou:

– Boa ideia. Vou buscá-la agora mesmo.

– Pode ser amanhã – disse Lemitov. – Às quatro da manhã. Para o choque ser maior.

– Sim, major. – Volodya saiu e fechou a porta atrás de si.

Passou alguns instantes parado no corredor, sentindo-se tonto. Então um auxiliar que passava o olhou com um ar estranho e ele se forçou a se afastar.

Teria que fazer aquilo. É claro que não iria torturar Irina: só a ameaça já bastaria. Mas ela com certeza *pensaria* que estava prestes a ser torturada outra vez e isso a deixaria completamente aterrorizada. Volodya teve a sensação de que, no lugar dela, ficaria louco. Ao entrar para o Exército Vermelho, jamais imaginara que teria que fazer essas coisas. É claro que estar no Exército significava matar pessoas, isso ele sabia, mas torturar moças?

O prédio estava se esvaziando, as luzes das salas iam sendo apagadas, homens de chapéu passavam pelos corredores. Era hora de ir para casa. Volodya voltou para sua sala, ligou para a Polícia do Exército e combinou de encontrar uma equipe às três e meia da manhã para prender Irina. Então vestiu o sobretudo e saiu para pegar o bonde até sua casa.

Volodya morava com seus pais, Grigori e Katerina, e com sua irmã, Anya, de 19 anos, que ainda estava na universidade. No bonde, ficou pensando se poderia conversar sobre aquilo com o pai. Imaginou-se perguntando: "Na sociedade comunista temos que torturar as pessoas?" Mas sabia qual seria a resposta. Aquilo era uma necessidade temporária, essencial para proteger a revolução de espiões e subversivos a serviço de imperialistas capitalistas. Talvez pudesse questionar: "Quanto tempo vai demorar até podermos abandonar essas práticas detestáveis?" É claro que seu pai não saberia a resposta. Ninguém sabia.

Na volta de Berlim, a família Peshkov se mudara para a Casa do Governo, às vezes chamada de Casa do Aterro, um prédio residencial que ocupava um quarteirão inteiro do outro lado do rio, bem em frente ao Kremlin, habitado por membros da elite soviética. Era um prédio imenso, em estilo construtivista, com mais de 500 apartamentos.

Volodya meneou a cabeça para o policial militar na porta do prédio, em seguida atravessou a espaçosa portaria – tão grande que às vezes abrigava bailes ao som de uma banda de jazz – e pegou o elevador. O apartamento era luxuoso pelos padrões soviéticos, com água quente à vontade e um telefone, mas não era tão agradável quanto sua casa em Berlim.

Encontrou a mãe na cozinha. Katerina era péssima cozinheira e dona de casa pouco dedicada, mas o pai de Volodya a adorava. Era apaixonado por ela desde 1914, quando a resgatara das atenções indesejadas de um policial truculento em São Petersburgo. Aos 43 anos, Katerina ainda era bonita e, como a família frequentava o circuito diplomático, aprendera a se vestir com mais elegância do que a maioria das russas – embora tomasse cuidado para não parecer ocidentalizada, uma ofensa gravíssima em Moscou.

– Machucou a boca? – perguntou ela depois que o filho lhe deu um beijo.

– Não foi nada. – Volodya sentiu cheiro de frango. – Jantar especial?

– Anya vai trazer o namorado.

– Ah! Um colega da universidade?

– Acho que não. Não sei muito bem o que ele faz.

Volodya ficou satisfeito. Tinha carinho pela irmã, mas sabia que ela não era bonita. Era baixinha e gorducha, e usava roupas sem graça, de cores insossas. Não tivera muitos namorados, e o fato de aquele gostar dela o suficiente para ir jantar na sua casa era uma boa notícia.

Foi até o quarto, tirou o paletó e lavou o rosto e as mãos. Seus lábios já tinham praticamente voltado ao normal: o soco de Markus não fora muito forte. Enquanto enxugava as mãos, ouviu vozes, e imaginou que Anya e o namorado tivessem chegado.

Vestiu um cardigã de tricô para ficar confortável e saiu do quarto. Quando entrou na cozinha, encontrou Anya sentada à mesa com um homem baixinho e com cara de rato que reconheceu no mesmo instante.

– Ah, não! – exclamou. – Você?

Era Ilya Dvorkin, o agente da NKVD que prendera Irina. Seu disfarce havia desaparecido e ele usava um terno escuro normal e botas decentes. Encarou Volodya espantado.

– Mas é claro... Peshkov! – falou. – Eu não tinha ligado o nome à pessoa.

Volodya virou-se para a irmã.

– Não vá me dizer que esse é o seu namorado!

– Qual é o problema? – indagou Anya, consternada.

– Nós nos encontramos hoje mais cedo – disse Volodya. – Ele estragou uma importante operação do Exército metendo o nariz onde não foi chamado.

– Eu estava fazendo o meu trabalho – defendeu-se Dvorkin. Enxugou a ponta do nariz na manga.

– E que trabalho!

Katerina interveio para contornar a situação.

– Não falem de trabalho dentro de casa – disse ela. – Volodya, por favor, sirva uma vodca para o nosso convidado.

– Está falando sério? – indagou Volodya.

A raiva fez os olhos de sua mãe chisparem.

– Estou!

– Tudo bem. – Com relutância, ele pegou a garrafa na prateleira. Anya tirou copos de um armário e Volodya serviu a bebida.

Katerina pegou um dos copos e disse:

– Agora, vamos começar de novo. Ilya, esse é meu filho Vladimir, que nós sempre chamamos de Volodya. Volodya, esse é Ilya, amigo de Anya, que veio jantar conosco. Por que não se cumprimentam?

Volodya não teve alternativa senão apertar a mão de Ilya.

Katerina pôs tira-gostos sobre a mesa: peixe defumado, picles de pepino, linguiça fatiada.

– No verão, temos alface que mando cultivar na nossa datcha, mas nesta época do ano não há nada, é claro – disse ela, como quem pede desculpas.

Volodya notou que a mãe tentava impressionar Ilya. Será que ela queria mesmo que a filha se casasse com aquele sujeito detestável? Imaginou que sim.

Grigori chegou, vestido com seu uniforme do Exército, todo sorridente. Ao sentir o cheiro do frango, esfregou as mãos. Tinha 48 anos, as faces rosadas e um corpo volumoso: era difícil imaginá-lo invadindo o Palácio de Inverno em 1917, como de fato fizera. Ele devia ser mais magro na época.

Grigori beijou a esposa com vontade. Volodya pensou que a mãe se sentia grata pela lascívia explícita do marido sem chegar de fato a retribuí-la. Sorria quando ele dava um tapinha em sua bunda, correspondia a seus abraços, lhe dava quantos beijos ele quisesse, mas nunca era ela quem tomava a iniciativa. Gostava do marido, respeitava-o e parecia feliz casada com ele, mas estava claro que não ardia de desejo. Volodya esperaria mais que isso de um casamento.

Mas essa era uma ideia puramente hipotética: ele já tivera diversos namoros rápidos, mas ainda não conhecera nenhuma mulher com quem quisesse se casar.

Volodya serviu uma dose de vodca para o pai, que a tomou de um só gole, com gosto, e em seguida comeu um pouco de peixe defumado.

– Ilya, em que você trabalha?

– Sou da NKVD – respondeu o homem, orgulhoso.

– Ah! Uma ótima organização em que se trabalhar!

Volodya desconfiou que o pai não achasse aquilo de verdade; só estava tentando ser simpático. Na sua opinião, a família devia era ser antipática, a fim de fazer Ilya ir embora.

– Pai, imagino que, quando o resto do mundo seguir o exemplo da União Soviética e adotar o sistema comunista, não haverá mais necessidade de uma polícia secreta, e a NKVD poderá ser extinta – falou.

Grigori optou por tratar a questão com leveza.

– Nenhuma polícia precisará existir! – falou, alegre. – Nem tribunais criminais, nem prisões. Nem departamento de contraespionagem, uma vez que não haverá espiões. E tampouco nenhum exército, pois não teremos inimigos! Como será que vamos todos ganhar a vida? – Ele deu uma risada gostosa. – Mas isso talvez ainda pertença a um futuro distante.

Ilya fez cara de desconfiado, como se sentisse que alguma coisa subversiva estava sendo dita, mas não conseguisse identificá-la com precisão.

Katerina pôs na mesa uma travessa de pão preto e cinco tigelas de borche quente, e todos começaram a comer.

– Quando eu era menino, lá no campo – começou Grigori –, durante todo o inverno minha mãe guardava cascas de legumes, miolos de maçã, as folhas externas dos repolhos que não eram usadas, a parte cabeluda das cebolas, qualquer coisa desse tipo, dentro de um grande barril do lado de fora da casa, onde tudo congelava. Então, quando vinha a primavera e a neve derretia, ela usava tudo para fazer borche. Na verdade o borche é isso, sabiam? Uma sopa de cascas. Vocês jovens não fazem ideia da sorte que têm.

Alguém bateu na porta. Grigori franziu o cenho, pois não estava esperando visitas, mas Katerina disse:

– Ah, esqueci! A filha de Konstantin vem jantar conosco.

– Zoya Vorotsyntsev? – indagou Grigori. – Filha de Magda, a parteira?

– Eu me lembro de Zoya – disse Volodya. – Uma menina magra de cachinhos louros.

– Ela não é mais uma menina – corrigiu Katerina. – Tem 24 anos e é cientista. – Sua mãe se levantou para abrir a porta.

Grigori tornou a franzir o cenho.

– Não a vemos desde que a mãe dela morreu. Por que ela entrou em contato assim, do nada?

– Ela quer falar com você – respondeu sua esposa.

– Comigo? Sobre o quê?

– Sobre física. – Katerina saiu da sala.

– Konstantin, o pai dela, foi representante do Soviete de Petrogrado comigo em 1917 – disse Grigori com orgulho. – Fomos nós que emitimos a célebre Ordem Número Um. – Seu rosto ficou sombrio. – Infelizmente, ele morreu depois da guerra civil.

– Ele devia ser bem jovem... Morreu de quê? – perguntou Volodya.

Grigori olhou de relance para Ilya, depois desviou os olhos depressa.

– De pneumonia – respondeu, e Volodya soube que o pai estava mentindo.

Katerina voltou acompanhada por uma mulher que deixou Volodya sem ar.

Zoya tinha uma beleza russa clássica: alta e magra, cabelos louros quase brancos e olhos de um azul tão claro que quase pareciam sem cor, além de uma pele branca perfeita. Usava um vestido simples entre o verde e o amarelo cujo despojamento chamava ainda mais atenção para seu corpo longilíneo.

Depois de ser apresentada a todos os presentes, ela se sentou à mesa e aceitou uma tigela de borche.

– Quer dizer que você é cientista, Zoya? – perguntou Grigori.

– Sou pós-graduanda, estou fazendo doutorado, e dou aula para a graduação – respondeu ela.

– O nosso Volodya aqui trabalha para a Inteligência do Exército Vermelho – informou Grigori, orgulhoso.

– Que interessante – comentou ela, obviamente querendo dizer o contrário.

Volodya percebeu que o pai via Zoya como uma nora em potencial. Torceu para que ele não fizesse alusões muito óbvias a isso. Já havia decidido chamá-la para sair antes do final do jantar, mas podia se virar sozinho. Não precisava da ajuda de Grigori. Muito pelo contrário: se o pai fosse pouco sutil nos elogios ao filho, a moça poderia não gostar.

– Como está a sopa? – perguntou Katerina a Zoya.

– Uma delícia, obrigada.

Volodya tinha a impressão de que, por trás daquela aparência deslumbrante, havia um temperamento bem prático. Que combinação intrigante: uma mulher linda que não fazia nenhum esforço para ser sedutora.

Anya retirou as tigelas de sopa enquanto Katerina trazia o prato principal: ensopado de frango com batatas. Zoya comeu com vontade: levava o garfo à boca, mastigava, engolia e comia mais. Assim como para a maioria dos russos, uma refeição tão boa como essa era uma raridade para ela.

– Qual é a sua especialidade, Zoya? – perguntou Volodya.

Ela parou de comer para responder, claramente contrariada:

– Sou física. Estamos tentando entender o átomo: de que ele é composto, o que mantém seus componentes unidos.

– É interessante?

– É totalmente fascinante. – Ela pousou o garfo. – Estamos descobrindo de que o Universo é feito. Não há nada mais empolgante do que isso. – Seus olhos agora brilhavam. A física parecia ser a única coisa capaz de distraí-la do jantar.

Ilya se pronunciou pela primeira vez:

– Mas como toda essa teoria ajuda a revolução?

Os olhos de Zoya chisparam de raiva e Volodya gostou dela ainda mais.

– Alguns camaradas cometem o erro de subestimar a ciência pura e preferir as pesquisas práticas – disse ela. – Mas os progressos tecnológicos, como por exemplo aviões mais potentes, na verdade dependem de avanços teóricos.

Volodya reprimiu um sorriso. Ilya tinha sido derrubado por um golpe despretensioso.

Mas Zoya ainda não havia terminado.

– Era por isso que eu queria falar com o senhor – disse ela, dirigindo-se a Grigori. – Nós, físicos, lemos todos os periódicos científicos publicados no Ocidente... eles são tolos o bastante para revelar seus resultados ao mundo inteiro. E ultimamente percebemos que têm feito progressos alarmantes na compreensão da física atômica. A ciência soviética corre grave risco de ficar para trás. Pergunto-me se o camarada Stalin tem consciência disso.

Todos na cozinha ficaram em silêncio. A simples sugestão de uma crítica a Stalin já era perigosa.

– Ele sabe quase tudo – disse Grigori.

– É claro – respondeu Zoya automaticamente. – Mas talvez haja ocasiões em que camaradas leais como o senhor precisem chamar a atenção dele para questões importantes.

– Sim, é verdade.

– Com certeza o camarada Stalin acredita que a ciência deveria ser praticada de acordo com a ideologia marxista-leninista – disse Ilya.

Volodya viu um brilho desafiador cruzar o olhar de Zoya, mas ela baixou os olhos e falou, em tom humilde:

– Não há dúvida de que ele está certo. Nós cientistas precisamos redobrar os esforços, claro.

Aquilo era uma bobajada e todos ali sabiam, mas ninguém diria nada. Era preciso manter as aparências.

– De fato – concordou Grigori. – Mesmo assim, vou mencionar o fato na próxima vez que tiver a oportunidade de falar com o camarada secretário-geral do Partido. Ele talvez queira examinar a questão mais de perto.

– Espero que sim – disse Zoya. – Queremos estar à frente do Ocidente.

– E depois do trabalho, Zoya? – perguntou Grigori, alegre. – Você tem um namorado, ou quem sabe um noivo?

– Pai! Isso não é da sua conta – protestou Anya.

Mas Zoya não pareceu se importar.

– Não tenho noivo – disse ela, suave. – Nem namorado.

– Você é tão ruim quanto meu filho, Volodya! Ele também é solteiro. Tem 23 anos, é instruído, alto e bonito... mas não tem namorada!

Volodya se remexeu na cadeira, incomodado com a obviedade daquela sugestão.

– Difícil de acreditar – comentou Zoya e, quando ela olhou de relance para Volodya, ele pôde ver uma pontinha de humor nos olhos dela.

Katerina levou a mão ao braço do marido.

– Já chega – disse ela. – Você está deixando a pobre moça constrangida.

A campainha tocou.

– De novo? – estranhou Grigori.

– Desta vez não faço ideia de quem possa ser – disse Katerina enquanto saía da cozinha para atender.

Voltou acompanhada pelo chefe de Volodya, o major Lemitov.

Espantado, Volodya se levantou da cadeira com um pulo.

– Boa noite, major – falou. – Este é Grigori Peshkov, meu pai. Pai, este é o major Lemitov.

Lemitov bateu uma continência ligeira.

– Descansar. Sente-se, major, e coma um pouco de frango. Meu filho fez alguma coisa errada?

Era exatamente esse pensamento que fazia as mãos de Volodya tremerem.

– Não, comandante... muito pelo contrário. Mas... eu poderia dar uma palavrinha em particular com o senhor e com ele?

Volodya relaxou um pouco. Talvez, no final das contas, não estivesse encrencado.

– Bem, nós praticamente já acabamos – disse Grigori, levantando-se da mesa. – Vamos até meu escritório.

Lemitov olhou para Ilya.

– O senhor não trabalha na NKVD? – perguntou.

– Com muito orgulho. Meu nome é Dvorkin.

– Ah, sim! Foi o senhor quem tentou prender Volodya hoje à tarde.

– Achei que ele fosse um espião. E eu estava certo, não estava?

– O senhor precisa aprender a prender espiões inimigos, não os nossos. – Lemitov saiu da cozinha.

Volodya sorriu. Era a segunda vez na mesma noite que Dvorkin era colocado em seu devido lugar.

Ele cruzou o hall de entrada com Grigori e Lemitov. O escritório de seu pai era um cômodo pequeno e pouco mobiliado. Grigori ocupou a única poltrona que havia ali. Lemitov sentou-se diante de uma mesinha. Volodya fechou a porta e permaneceu em pé.

– O camarada seu pai está sabendo sobre a mensagem que você recebeu de Berlim esta tarde? – perguntou Lemitov a Volodya.

– Não, major.

– É melhor contar a ele.

Volodya relatou ao pai a história dos espiões na Espanha. Grigori ficou radiante.

– Muito bem! – elogiou. – É claro que pode ser uma pista falsa, mas duvido muito: os nazistas não são tão criativos assim. Mas nós somos. Podemos prender os espiões e usar seus rádios para transmitir mensagens erradas para os rebeldes de direita.

Volodya não tinha pensado nisso. Seu pai podia até bancar o bobo com Zoya, mas ainda tinha uma mente afiada para o trabalho de inteligência.

– Exatamente – disse Lemitov.

– Esse seu amigo de escola, Werner, é um homem corajoso – comentou Grigori com o filho. Então virou-se outra vez para Lemitov: – Como pretende organizar isso?

– Vamos precisar de alguns bons agentes de inteligência na Espanha para investigar esses alemães. Não deve ser muito difícil. Se forem mesmo espiões, haverá provas: manuais de decodificação, aparelhos de rádio, essas coisas. – Ele hesitou. – Vim aqui sugerir ao senhor que mandemos seu filho.

Volodya ficou estarrecido. Não esperava por isso.

O rosto de Grigori murchou.

– Ah – disse ele, pensativo. – Devo confessar que essa perspectiva me assusta. Sentiríamos muita saudade dele. – Então assumiu uma expressão resignada, como se estivesse percebendo que não tinha alternativa. – Mas a defesa da revolução deve vir em primeiro lugar, é claro.

– Um agente de inteligência precisa de experiência de campo – disse Lemitov. – O senhor e eu já participamos de ações concretas, comandante, mas a geração mais nova nunca esteve numa batalha.

– É verdade. Quando ele iria?

– Daqui a três dias.

Volodya percebeu que o pai tentava desesperadamente arrumar um motivo para mantê-lo em casa, mas que não conseguia encontrar nenhum. Ele, por sua vez, estava animado. Espanha! Pensou em vinho vermelho como sangue, em moças de cabelos escuros e musculosas pernas morenas, e no sol forte em vez da neve de Moscou. Seria perigoso, é claro, mas ele não tinha entrado para o Exército para ficar em segurança.

– Bem, Volodya, o que acha? – indagou seu pai.

Sabia que o pai esperava que ele mencionasse algum empecilho. A única desvantagem em que ele conseguia pensar era que não teria tempo para conhecer melhor a deslumbrante Zoya.

– É uma oportunidade maravilhosa – falou. – Fico honrado por ter sido escolhido.

– Só há um probleminha – disse Lemitov. – Ficou decidido que a Inteligência do Exército vai conduzir a investigação, mas não efetuará as prisões propriamente ditas. Isso ficará a cargo da NKVD. – Ele deu um sorriso sem graça. – Infelizmente, você terá que trabalhar com seu amigo Dvorkin.

II

Era incrível a rapidez com que se passava a amar um lugar, pensou Lloyd Williams. Fazia apenas dez meses que estava na Espanha, mas sua paixão já era quase tão forte quanto o apego que tinha pelo País de Gales. Adorava ver uma flor rara brotar da paisagem seca; apreciava a sesta; gostava do fato de haver vinho para beber mesmo quando faltava comida. Tinha experimentado sabores antes desconhecidos: azeitonas, páprica, linguiça tipo chouriço e a forte bebida destilada que os espanhóis chamavam de *orujo*.

Estava em pé no alto de um promontório, com um mapa na mão, fitando uma paisagem enevoada pelo calor. Havia campinas ao lado de um rio e umas poucas árvores se erguiam nas encostas das montanhas ao longe, mas entre essas duas coisas havia apenas um deserto estéril e poeirento de solo seco e pedra.

– Não vamos ter muita cobertura para o ataque – falou, nervoso.

Ao seu lado, Lenny Griffiths concordou:

– É, vai ser uma batalha bem difícil.

Lloyd examinou o mapa. Zaragoza ficava bem acima do rio Ebro, a uns 160 quilômetros da foz no Mediterrâneo. A cidade era o principal centro de comunicações da região de Aragão. Era um cruzamento importante, uma plataforma ferroviária, e ficava na confluência de três rios. Era ali que o Exército espanhol combatia os rebeldes antidemocratas numa árida terra de ninguém.

Havia quem chamasse as forças do governo de republicanas e os rebeldes de nacionalistas, mas essas eram denominações equivocadas. Muitas pessoas de ambos os lados eram republicanas: não queriam ser governadas por um rei. E todas eram nacionalistas: amavam seu país e estavam dispostas a morrer por ele. Lloyd pensava nos grupos adversários como o governo e os rebeldes.

Nesse momento, Zaragoza estava dominada pelos rebeldes de Franco, e Lloyd observava a cidade a partir de um ponto elevado, oitenta quilômetros mais ao sul.

– Mas, se conseguirmos tomar a cidade, o inimigo vai ficar preso no norte por mais um inverno – disse ele.

– Se – ressaltou Lenny.

Quando o melhor que se podia desejar era que o avanço dos rebeldes fosse interrompido, as perspectivas não eram nada boas, pensou Lloyd, desanimado. Mas não havia previsão de vitória naquele ano para as forças do governo.

Apesar de tudo, Lloyd ansiava pela batalha. Estava na Espanha havia dez meses, e aquele seria seu primeiro gostinho de ação militar. Até então, ele fora instrutor num campo de treinamento. Assim que os espanhóis descobriram que ele fizera o Curso de Formação de Oficiais Britânicos, aceleraram sua iniciação, nomeando-o tenente e tornando-o responsável pelos recém-chegados. Ele tinha de treiná-los até que obedecer as ordens se tornasse um reflexo, fazê-los marchar até seus pés pararem de sangrar e as bolhas se transformarem em calos, e lhes mostrar como desmontar e limpar os poucos fuzis disponíveis.

O fluxo de voluntários, porém, diminuíra bastante e agora já não chegava quase ninguém, de modo que os instrutores tinham sido transferidos para os batalhões de combate.

Lloyd estava usando uma boina, uma jaqueta com zíper na frente, com o escudo de sua patente costurado grosseiramente na manga, e uma calça de veludo cotelê. Estava armado com um fuzil espanhol de cano curto, um Mauser, cuja munição de 7mm provavelmente fora roubada de algum arsenal da Guarda Civil.

Lloyd, Lenny e Dave tinham passado algum tempo separados, mas voltaram a se reunir no batalhão britânico da 15ª Brigada Internacional. Lenny agora tinha uma barba negra e aparentava uma década a mais que seus 17 anos. Fora promovido a sargento, mas não usava uniforme, apenas um macacão azul e uma bandana listrada. Parecia mais um pirata do que um soldado.

– Enfim, esse ataque não tem nada a ver com encurralar os rebeldes – comentou ele. – É um ataque político. Esta região sempre foi dominada pelos anarquistas.

Lloyd já tinha visto o anarquismo em ação durante um breve período em Barcelona. Tratava-se de uma vertente alegremente fundamentalista do comunismo. Oficiais e soldados recebiam o mesmo soldo. Os restaurantes dos hotéis de luxo tinham sido transformados em cantinas para os trabalhadores. Garçons devolviam gorjetas, explicando com educação que essa prática era humilhante. Cartazes espalhados por toda parte condenavam a prostituição como exploração das mulheres. Reinava uma atmosfera incrível de liberação e camaradagem. Os russos odiavam isso.

– Agora o governo trouxe tropas comunistas de Madri e reuniu todos nós num novo Exército do Leste – continuou Lenny. – Sob comando geral dos comunistas, é claro.

Esse tipo de conversa deixava Lloyd desesperançado. O único jeito de a esquerda vencer era se todas as suas alas trabalhassem juntas, como tinha acontecido na batalha da Cable Street – pelo menos no final. No entanto, os anarquistas e comunistas vinham se enfrentando nas ruas de Barcelona.

– O primeiro-ministro Negrín não é comunista.

– Mas é como se fosse.

– Ele entende que, sem o apoio da União Soviética, estamos perdidos.

– Mas isso por acaso significa abandonar a democracia e deixar os comunistas tomarem o poder?

Lloyd assentiu. Todas as conversas sobre o governo terminavam do mesmo jeito: devemos fazer tudo o que os soviéticos quiserem só porque eles são os únicos dispostos a nos vender armas?

Os dois desceram a colina.

– E agora vamos tomar uma boa xícara de chá, não é? – indagou Lenny.

– Sim, por favor. Dois torrões de açúcar para mim.

Era uma brincadeira clássica. Fazia meses que nenhum deles tomava chá.

Chegaram ao acampamento às margens do rio. O pelotão de Lenny havia ocupado um pequeno conjunto de construções rústicas de pedra, que provavelmente serviam de currais para vacas antes de a guerra expulsar os camponeses dali. Poucos metros rio acima, uma garagem de barcos fora ocupada por alguns alemães da 11ª Brigada Internacional.

Lloyd e Lenny foram recebidos por Dave Williams, primo de Lloyd. Assim como Lenny, Dave tinha envelhecido dez anos em apenas um. Tinha um aspecto magro, duro, com a pele queimada de sol e suja de poeira, os olhos enrugados, espremidos por causa da claridade. Estava usando a túnica e a calça cáqui, a cartucheira de couro e o par de botas com fivelas nos tornozelos que constituíam o uniforme regular dos soldados – embora poucos deles tivessem o conjunto completo. Tinha um lenço de algodão vermelho enrolado no pescoço. Carregava um fuzil russo Moisin-Nagant com a baioneta antiquada virada para trás, o que tornava a arma menos desajeitada. Em seu cinto estava presa uma Luger 9mm alemã que devia ter sido roubada do cadáver de algum oficial rebelde. Aparentemente, Dave tinha pontaria certeira tanto com o fuzil quanto com a pistola.

– Temos uma visita! – disse ele, animado.

– Quem é o visitante?

– *A* visitante! – corrigiu Dave, apontando.

À sombra de um álamo carbonizado e torto, uma dezena de soldados britânicos e alemães conversavam com uma mulher de beleza estonteante.

– Ai, ai, *Duw* – comentou Lenny, usando o termo galês para se referir a Deus. – Parece uma miragem para os nossos olhos cansados.

A moça parecia ter uns 25 anos, avaliou Lloyd, e era mignon, com olhos grandes e cabelos negros e volumosos presos no alto da cabeça e encimados por uma boina bicorne. Misteriosamente, o uniforme largo parecia moldar seu corpo como um vestido de noite.

Um voluntário chamado Heinz falou com Lloyd em alemão, pois sabia que ele dominava o idioma:

– O nome dela é Teresa, senhor. Ela veio nos ensinar a ler.

Lloyd meneou a cabeça para indicar que entendia. As Brigadas Internacionais eram compostas por voluntários estrangeiros misturados a soldados espanhóis, para quem o analfabetismo era um problema. Eles haviam passado a infância inteira entoando o catecismo em escolas rurais administradas pela Igreja Católica. Muitos padres não ensinavam as crianças a ler por medo de que, mais tarde, elas tivessem acesso a livros socialistas. O resultado foi que, com a monarquia, apenas metade da população era alfabetizada. O governo republicano eleito em 1931 tinha melhorado a educação, mas ainda restavam milhões de espanhóis analfabetos, e as aulas para os soldados prosseguiam até mesmo na frente de batalha.

– Eu sou analfabeto – disse Dave, que não era.

– Eu também sou – emendou Joe Eli, professor de literatura espanhola na Universidade Columbia, em Nova York.

Teresa falava espanhol. Tinha uma voz grave, calma, muito sensual.

– Quantas vezes vocês acham que já ouvi essa piada? – perguntou, mas não parecia muito chateada.

Lenny se aproximou dela e se apresentou:

– Sou o sargento Griffiths. Farei tudo o que puder para ajudá-la, naturalmente. – Suas palavras eram práticas, mas seu tom de voz fez com que parecessem um convite romântico.

Ela lançou-lhe um sorriso arrebatador.

– Vai ser muito útil – falou.

Lloyd se dirigiu a ela de maneira formal, caprichando no espanhol:

– Estou muito grato pela sua presença, *señorita*. – Passara grande parte dos últimos dez meses aprendendo o idioma. – Sou o tenente Williams. Posso dizer exatamente os membros do grupo que precisam de aulas... e os que não precisam.

– Mas o tenente precisa ir a Bujaraloz buscar nossas ordens – disse Lenny, dispensando Lloyd. Bujaraloz era a cidadezinha onde as forças do governo haviam montado seu quartel-general. – Talvez você e eu devêssemos dar uma volta por aqui a fim de procurar um lugar adequado para as aulas. – Ele poderia muito bem estar sugerindo um passeio ao luar.

Lloyd sorriu e meneou a cabeça, concordando. Não se importava em deixar Lenny paquerar Teresa. Ele próprio não estava com a menor disposição para flertar, ao passo que o amigo já parecia apaixonado. Na sua opinião, as chances de Lenny eram quase nulas. Teresa era uma moça instruída de 25 anos, que provavelmente recebia dezenas de cantadas por dia, enquanto Lenny era um mineiro de 17 anos que havia um mês não tomava banho. Mas Lloyd não disse nada. Teresa parecia capaz de cuidar de si mesma.

Então surgiu outra pessoa, um rapaz da mesma idade de Lloyd, que lhe parecia vagamente familiar. Estava mais bem-vestido que os soldados, com calça de lã na altura do joelho e camisa de algodão. Trazia um revólver num coldre abotoado. De tão curtos, seus cabelos pareciam uma barba por fazer: o estilo favorito dos russos. Embora fosse apenas um tenente, tinha um ar de autoridade, ou até mesmo de poder.

– Estou procurando o tenente García – falou, em alemão fluente.

– Ele não está – respondeu Lloyd na mesma língua. – De onde nos conhecemos?

O russo pareceu ao mesmo tempo chocado e irritado, como alguém que encontra uma cobra dentro de seu saco de dormir.

– Nunca nos vimos antes – respondeu ele, firme. – Você está enganado.

Lloyd estalou os dedos.

– Berlim, 1935 – falou. – Fomos atacados por camisas-pardas.

Uma expressão de alívio atravessou rapidamente o semblante do rapaz, como se ele estivesse esperando algo pior.

– Sim, eu estava lá – disse ele. – Meu nome é Vladimir Peshkov.

– Mas nós o chamávamos de Volodya.

– Isso.

– E, naquela confusão em Berlim, você estava acompanhado por um rapaz chamado Werner Franck.

Por alguns instantes, Volodya pareceu tomado pelo pânico, mas se esforçou para esconder o medo.

– Não conheço ninguém com esse nome.

Lloyd resolveu não insistir. Podia adivinhar por que Volodya estava nervoso. Assim como todo mundo, os russos morriam de medo de sua polícia secreta, a NKVD, que operava na Espanha e tinha fama de ser brutal. Para eles, qualquer russo amigo de estrangeiros podia ser um traidor.

– Meu nome é Lloyd Williams.

– Sim, estou lembrado. – Volodya o encarou com um olhar azul penetrante. – Que coisa estranha nos encontrarmos aqui de novo.

– Na verdade, não é tão estranho assim – discordou Lloyd. – Nós combatemos os fascistas onde quer que seja.

– Podemos conversar a sós?

– Claro.

Eles se afastaram alguns metros dos outros.

– Há um espião no pelotão de García – disse Peshkov.

Lloyd se espantou.

– Um espião? Quem?

– Um alemão chamado Heinz Bauer.

– Ora, é aquele ali, de camisa vermelha. Espião? Tem certeza?

Peshkov não se deu o trabalho de responder.

– Gostaria que o chamasse para ir ao seu abrigo, se você tiver um, ou a qualquer outro lugar reservado. – Peshkov olhou para o relógio de pulso. – Uma unidade virá prendê-lo daqui a uma hora.

– Estou usando aquele pequeno curral como escritório – disse Lloyd, apontando. – Mas tenho que falar com meu superior sobre isso. – Seu superior era comunista e provavelmente não iria interferir, mas Lloyd queria tempo para pensar.

– Como quiser. – Estava claro que Volodya não dava a mínima para o que o superior de Lloyd fosse achar. – Quero que o espião seja conduzido até o curral discretamente, sem alarde. Já expliquei à unidade que vai prendê-lo a importância da discrição. – Ele parecia não estar tão certo de que seu pedido fosse atendido. – Quanto menos pessoas souberem, melhor.

– Por quê? – indagou Lloyd, mas, antes mesmo de Volodya responder, já tinha adivinhado a resposta. – Vocês querem transformá-lo em agente duplo, para enviar relatórios falsos ao inimigo. Mas, se muitas pessoas souberem que ele foi capturado, outros espiões podem alertar os rebeldes, e eles não vão acreditar nas informações.

– Não é bom fazer suposições em relação a esses assuntos – disse Peshkov, severo. – Agora vamos ao seu curral.

– Espere um instante – pediu Lloyd. – Como você sabe que ele é espião?

– Não posso lhe revelar isso sem comprometer a segurança.

– Essa resposta não é muito satisfatória.

Peshkov pareceu se irritar. Obviamente não estava acostumado a ouvir que suas explicações eram insatisfatórias. A contestação das ordens era um aspecto peculiar da Guerra Civil Espanhola que os russos detestavam.

Antes que Peshkov pudesse dizer mais alguma coisa, dois outros homens apareceram e se aproximaram do grupo reunido embaixo da árvore. Apesar do calor, um dos recém-chegados usava uma jaqueta de couro. O outro, que parecia estar no comando, era um homem magrelo, de nariz comprido e queixo recuado.

Peshkov gritou, zangado:

– Cedo demais! – Em seguida bradou uma palavra indignada em russo.

O magrelo fez um gesto de quem não dava importância ao que Peshkov dizia e perguntou, num espanhol grosseiro:

– Qual de vocês é Heinz Bauer?

Ninguém respondeu. O magrelo enxugou a ponta do nariz com a manga.

Então Heinz se moveu. Não fugiu imediatamente, mas partiu para cima do homem de jaqueta de couro, derrubando-o no chão. Em seguida saiu correndo – mas o magrelo esticou uma perna e o fez tropeçar.

Heinz caiu com força no chão e seu corpo escorregou na terra seca. Ficou deitado, atordoado – apenas por alguns instantes, mas foi o suficiente. Quando tentou se levantar, os dois homens partiram para cima dele e tornaram a derrubá-lo.

Ele ficou parado, mas mesmo assim os dois começaram a espancá-lo. Sacaram dois porretes de madeira e, de pé, cada um de um lado de Heinz, revezaram-se para lhe golpear a cabeça e o corpo, erguendo os braços bem alto e desferindo golpes como se aquilo fosse um balé cruel. Em poucos segundos, o rosto de Heinz ficou coberto de sangue. Desesperado, ele tentava escapar, mas, quando conseguia ficar de joelhos, os dois tornavam a empurrá-lo para o chão. Heinz então se encolheu em posição fetal e começou a choramingar. Era óbvio que estava rendido, mas os outros dois não pareciam satisfeitos: continuaram a bater sem parar no homem indefeso.

Lloyd se viu gritando palavras de protesto e puxando o magrelo para longe. Segurou-o por trás pelo peito e o levantou do chão. Lenny imobilizou o outro homem no chão. Nessa hora, Lloyd ouviu Volodya dizer, em inglês:

– Parados, senão eu atiro!

Lloyd soltou o homem que estava segurando e virou-se, incrédulo. Volodya tinha sacado a arma que trazia no coldre, um revólver militar russo Nagant M1895, e soltado a trava de segurança.

– Ameaçar um oficial com uma arma é uma ofensa punida com corte marcial em qualquer exército do mundo – disse Lloyd. – Você está numa grande encrenca, Volodya.

– Deixe de ser idiota – retrucou Volodya. – Qual foi a última vez que um russo teve problemas neste exército? – Mesmo assim, baixou a arma.

O homem de jaqueta de couro ergueu o porrete como se fosse bater em Lenny, mas Volodya berrou:

– Para trás, Berezovsky!

O homem obedeceu.

Outros soldados apareceram, atraídos pelo misterioso magnetismo que puxa os homens para perto de uma briga, e em poucos segundos já havia vinte deles.

O magrelo apontou um dedo para Lloyd. Com sotaque carregado, falou em inglês:

– Você interferiu em questões que não lhe dizem respeito!

Lloyd ajudou Heinz a se levantar. O alemão estava coberto de sangue e gemia de dor.

– Vocês não podem simplesmente aparecer e começar a espancar pessoas! – disse Lloyd ao magrelo. – Que autoridade têm para fazer isso?

– Esse alemão é um espião trotskista-fascista! – guinchou o russo.

– Cale a boca, Ilya – ordenou Volodya.

Ilya não lhe deu ouvidos.

– Ele fotografa documentos! – continuou.

– Onde estão as suas provas? – indagou Lloyd, calmo.

Estava óbvio que Ilya não sabia da existência de provas e nem se importava com isso. Volodya, porém, suspirou e disse:

– Examinem a bolsa dele.

Lloyd meneou a cabeça para o cabo Marco Rivera.

– Vá verificar – ordenou.

O cabo Rivera correu até a garagem de barcos e desapareceu lá dentro.

Mas Lloyd teve um terrível pressentimento de que Volodya estava dizendo a verdade.

– Mesmo que você tenha razão, Ilya, poderia se comportar com um mínimo de cortesia.

– Cortesia? – repetiu Ilya. – Isto aqui é uma guerra, não um chá inglês.

– Talvez assim evite entrar em brigas desnecessárias.

Ilya fez algum comentário desdenhoso em russo.

Rivera saiu da garagem de barcos trazendo uma pequena câmera de aspecto caro e um maço de documentos oficiais. Mostrou tudo para Lloyd. O primeiro documento da pilha era a ordem geral emitida na véspera para o deslocamento de soldados antes do ataque iminente. O papel exibia uma mancha de vinho de formato conhecido, e Lloyd percebeu, com um choque, que era sua própria cópia e devia ter sido roubada de seu escritório.

Olhou para Heinz, que se empertigou, fez a saudação fascista e disse:

– *Heil* Hitler!

Ilya exibiu uma expressão de triunfo.

– Ilya, você acaba de destruir o valor do prisioneiro como agente duplo – disse Volodya. – Mais um ponto para a NKVD. Meus parabéns. – Então se afastou.

III

Lloyd partiu para a batalha pela primeira vez na terça-feira, 24 de agosto.

Seu lado, o governo eleito, contava com 80 mil homens. Os rebeldes antidemocratas tinham menos da metade desse efetivo. O governo também dispunha de 200 aviões, contra 15 dos rebeldes.

Para explorar ao máximo essa superioridade numérica, o governo avançava numa frente ampla, uma linha de quase cem quilômetros disposta no sentido norte-sul, para impedir que os rebeldes concentrassem seus homens.

Era um bom plano. Mas então por que não estava funcionando?, perguntou-se Lloyd dois dias depois.

Tudo começara razoavelmente bem. No primeiro dia, os governistas tinham ocupado duas aldeias ao norte de Zaragoza e outras duas ao sul. O grupo de Lloyd, que combatia no sul, vencera uma forte resistência para tomar uma aldeia chamada Codo. O único fracasso era o avanço pelo centro, que subia o vale do rio: essa linha de combate havia estacionado num lugar chamado Fuentes de Ebro.

Antes da batalha, Lloyd ficara com medo e passara a noite em claro, imaginando o que estaria por vir, como às vezes fazia antes de uma luta de boxe. No entanto, uma vez iniciada a batalha, ficou ocupado demais para se preocupar. O pior momento foi ter que avançar pelo terreno estéril, sem nenhuma proteção a não ser os arbustos mirrados, enquanto os defensores atiravam do interior de construções de pedra. Mesmo então, o que ele sentira não fora medo, mas uma espécie de astúcia desesperada enquanto corria em zigue-zague, rastejava e rolava para longe quando as balas chegavam perto demais, depois se levantava e tornava a correr por mais alguns metros com o corpo curvado. O maior problema era a escassez de munição: eles precisavam tirar o máximo proveito de cada tiro. Tomaram Codo pelo simples fato de serem mais numerosos, e Lloyd, Lenny e Dave terminaram o dia sãos e salvos.

Os rebeldes eram resistentes e corajosos – mas as forças do governo também eram. As brigadas estrangeiras eram formadas por voluntários idealistas, que tinham ido à Espanha sabendo que talvez precisassem entregar a própria vida. Por sua reputação de coragem, eles muitas vezes decidiam encabeçar os ataques.

A investida começou a dar errado no segundo dia. As forças do norte haviam mantido a posição, relutando em avançar por causa da falta de informações sobre as forças rebeldes – uma desculpa esfarrapada, na opinião de Lloyd. Apesar dos reforços que chegaram no terceiro dia, o grupo central continuou sem conseguir ocupar Fuentes de Ebro, e Lloyd ficou consternado ao saber que haviam perdido quase todos os tanques para um intenso fogo defensivo. No sul, o grupo de Lloyd, em vez de avançar, foi instruído a fazer um movimento lateral, em direção ao vilarejo ribeirinho de Quinto. Mais uma vez, tiveram que enfrentar defensores determinados num combate que ia de casa em casa. Quando o inimigo se rendeu, o grupo fez mil prisioneiros.

Agora, sob a luz do crepúsculo, Lloyd estava sentado em frente a uma igreja devastada pela artilharia, cercado por ruínas fumegantes de casas e pelos corpos estranhamente imóveis dos mortos recentes. Um grupo de homens exaustos reunia-se à sua volta: Lenny, Dave, Joe Eli, o cabo Rivera e um galês chamado Muggsy Morgan. Havia tantos galeses na Espanha que alguém inventara um verso satírico com a semelhança de seus nomes.

> *Era uma vez um sujeito chamado Price*
> *E outro sujeito chamado Price*
> *E um sujeito chamado Roberts*
> *E um sujeito chamado Roberts*
> *E mais um sujeito chamado Price.*

Os homens fumavam, aguardando em silêncio para ver se haveria jantar, cansados demais até para mexer com Teresa, que, por incrível que parecesse, continuava entre eles, já que o transporte que deveria tê-la levado para a retaguarda não tinha aparecido. De vez em quando, saraivadas de tiros ecoavam enquanto soldados passavam um pente fino na área, a algumas ruas dali.

– O que nós conseguimos? – indagou Lloyd a Dave. – Usamos uma munição escassa, perdemos muitos homens e não avançamos nada. E o que é pior: demos tempo para os fascistas chamarem reforços.

– Vou lhe dizer por que isso aconteceu – falou Dave, com seu forte sotaque do East End. Sua alma havia endurecido ainda mais que seu corpo, e ele se tornara cínico e desdenhoso. – Os nossos oficiais têm mais medo de seus agentes do que da porra do inimigo. Por um pretexto qualquer, podem ser acusados de serem espiões trotskistas-fascistas e torturados até a morte, então se borram de medo de se comprometer. Preferem ficar parados a avançar, não fazem nada por iniciativa própria e nunca correm nenhum risco. Aposto que nem cagam sem uma ordem por escrito.

Lloyd pensou se a análise desdenhosa de Dave poderia estar correta. Os comunistas não paravam de repetir que era preciso ter um exército disciplinado, com uma cadeia de comando precisa. Com isso queriam dizer um exército que obedecesse aos russos, mas, apesar de tudo, Lloyd entendia a lógica de seu raciocínio. No entanto, uma disciplina exagerada poderia sufocar o pensamento. Será que era isso que estava dando errado?

Lloyd não queria acreditar nisso. Com certeza social-democratas, comunistas e anarquistas eram capazes de lutar por uma causa comum sem que um grupo tiranizasse os outros. Todos odiavam o fascismo e acreditavam numa sociedade futura que fosse mais justa com todo mundo.

Perguntou-se o que Lenny achava, mas o rapaz estava sentado ao lado de Teresa, com quem conversava em voz baixa. Ela riu de algo que ele disse, e Lloyd supôs que o amigo devia estar progredindo. Fazer uma garota rir era um bom sinal. Ela então tocou o braço de Lenny, disse algumas palavras e se levantou.

– Volte logo – disse Lenny.

Teresa sorriu por cima do ombro.

Que sortudo, pensou Lloyd, sem nenhuma ponta de inveja. Romances passageiros não tinham atrativo nenhum para ele: não via sentido nisso. Imaginava que fosse um adepto do tudo ou nada. A única moça que realmente desejara na vida fora Daisy. E agora ela era esposa de Boy Fitzherbert. Lloyd ainda não havia conhecido uma garota capaz de ocupar esse espaço em seu coração. Estava certo de que um dia iria conhecer, enquanto isso, porém, não se sentia muito atraído por substitutas temporárias, ainda que fossem tão bonitas quanto Teresa.

– Lá vêm os russos – disse alguém.

Era a voz de Jasper Johnson, um negro de Chicago que trabalhava como eletricista. Lloyd ergueu os olhos e viu uns dez consultores militares percorrendo o vilarejo como se fossem conquistadores. Era possível reconhecer os russos por suas jaquetas de couro e seus coldres com botão.

– Que estranho, eu não os vi enquanto estávamos lutando – continuou Jasper com sarcasmo. – Imagino que devessem estar em outra parte do campo de batalha.

Lloyd olhou em volta para se certificar de que não havia nenhum comissário político por perto para ouvir aquela conversa subversiva.

Quando os russos estavam passando pelo cemitério da igreja em ruínas, Lloyd identificou Ilya Dvorkin, o agente da polícia secreta com cara de rato com o qual se desentendera na semana anterior. O russo cruzou com Teresa e se deteve para falar com ela. Lloyd o ouviu dizer algo sobre um jantar em espanhol precário.

Ela respondeu, ele tornou a falar, e ela fez que não com a cabeça, numa recusa evidente. Virou-se para se afastar, mas ele a segurou pelo braço para impedi-la.

Lloyd viu Lenny se sentar mais ereto e observar a cena com um ar alerta, duas silhuetas emolduradas por uma entrada em arco que já não conduzia a lugar algum.

– Ai, merda – disse Lloyd.

Teresa tentou se afastar outra vez e Ilya pareceu apertar mais seu braço.

Lenny fez menção de se levantar, mas Lloyd encostou a mão em seu ombro e o empurrou para baixo.

– Deixe que eu cuido disso – falou.

– Cuidado, cara... ele é da NKVD – balbuciou Dave entre os dentes. – É melhor não se meter com esses filhos da puta.

Lloyd foi até onde estavam Teresa e Ilya.

– Dê o fora daqui – disse o russo em espanhol quando o viu.

– Oi, Teresa – falou Lloyd.

– Posso cuidar disso sozinha, não se preocupe – disse ela.

Ilya examinou Lloyd mais de perto.

– Conheço você – falou. – Foi você quem tentou impedir a prisão de um perigoso espião trotskista-fascista na semana passada.

– E esta moça por acaso também é uma perigosa espiã trotskista-fascista? – indagou Lloyd. – Acho que acabei de ouvir você convidá-la para jantar.

Berezovsky, comparsa de Ilya, apareceu e postou-se agressivamente perto de Lloyd.

Pelo canto do olho, Lloyd viu Dave sacar a Luger do cinto.

Aquilo estava fugindo ao controle.

– Vim lhe dizer, *señorita*, que o coronel Bobrov deseja vê-la em seu quartel-general imediatamente. Por favor, queira me acompanhar que a levarei até ele. – Bobrov era um "consultor" militar russo graduado. Ele não havia chamado Teresa, mas a história era plausível e Ilya não tinha como saber que era mentira.

Por um segundo que pareceu durar uma eternidade, Lloyd não soube dizer como aquilo iria terminar. Ouviu-se então o estampido de um tiro ali perto, talvez na rua ao lado. O barulho pareceu chamar os russos de volta à realidade. Teresa tornou a se afastar de Ilya e dessa vez ele a deixou ir.

Ilya apontou para a cara de Lloyd, agressivo:

– Vamos nos ver de novo – falou e fez uma saída de efeito, com Berezovsky o seguindo feito um cachorrinho.

– Babaca imbecil – disse Dave.

Ilya fingiu não escutar.

Todos se sentaram e Dave comentou:

– Você arrumou um inimigo e tanto, Lloyd.

– Não tive muita escolha.

– Mesmo assim, fique alerta daqui em diante.

– Foi uma discussão por causa de uma garota – disse Lloyd, sem dar importância. – Acontece mil vezes por dia.

Quando a noite caiu, uma sineta manual ecoou, convocando todos à cozinha de campanha. Lloyd recebeu uma tigela de ensopado ralo, um naco de pão duro e uma caneca grande de vinho tinto tão rascante que imaginou a bebida corroendo o esmalte de seus dentes. Molhou o pão no vinho, melhorando o sabor de ambos.

Terminada a refeição, ele ainda estava com fome, como sempre.

– Vamos tomar uma boa xícara de chá?

– Boa ideia – disse Lenny. – Dois torrões de açúcar, por favor.

Todos desenrolaram seus cobertores finos e se prepararam para dormir. Lloyd foi procurar uma latrina e, como não encontrou, fez suas necessidades no meio de um pequeno pomar nos limites do vilarejo. A lua estava quase cheia e ele podia ver as folhas sujas de terra das oliveiras que haviam sobrevivido às bombas.

Quando estava abotoando a braguilha, ouviu passos. Virou-se devagar – devagar demais. Quando viu o rosto de Ilya, o porrete já estava descendo sobre sua cabeça. Sentiu uma dor lancinante e caiu no chão. Atordoado, olhou para cima. Berezovsky segurava um revólver de cano curto apontado para sua cabeça. Ao seu lado, Ilya disse:

– Parado, senão você morre.

Lloyd estava apavorado. Em desespero, balançou a cabeça para tentar clarear os pensamentos. Aquilo era uma loucura.

– Senão eu morro? – indagou, incrédulo. – E como você vai explicar o assassinato de um tenente?

– Assassinato? – repetiu Ilya, com um sorriso. – Isto aqui é a frente de batalha. Uma bala perdida atingiu você. – Então completou, em inglês: – Tremenda falta de sorte.

Lloyd se deu conta de que Ilya tinha razão e seu desespero aumentou. Quando seu corpo fosse encontrado, iria parecer que ele morrera em batalha.

Que jeito de morrer!

– Acabe com ele – disse Ilya a Berezovsky.

Um tiro ecoou.

Lloyd não sentiu nada. Seria aquilo a morte? Então Berezovsky se curvou e caiu no chão. No mesmo instante, Lloyd percebeu que o tiro viera de trás dele. Virou-se para olhar, incrédulo. À luz do luar, viu Dave segurando a Luger roubada. O alívio o invadiu como uma onda. Ele estava vivo!

Ilya também vira Dave e começara a correr feito um coelho assustado.

Dave o seguiu com a pistola por vários segundos e Lloyd desejou que ele atirasse, mas Ilya se esquivou freneticamente por entre as oliveiras, como um rato dentro de um labirinto, e então desapareceu na noite.

Dave baixou a arma.

Lloyd olhou para Berezovsky. O russo não estava respirando.

– Obrigado, Dave – falou.

– Eu disse para você ficar alerta.

– Você ficou por mim. Mas foi uma pena não ter acertado Ilya também. Agora está encrencado com a NKVD.

– Será mesmo? – questionou Dave. – Você acha que Ilya vai querer que todo mundo saiba que ele causou a morte de seu parceiro por causa de uma disputa envolvendo uma mulher? Até o pessoal da NKVD tem medo da NKVD. Acho que ele vai ser discreto.

Lloyd tornou a olhar para o cadáver.

– E como vamos explicar isto?

– Você ouviu o que ele disse – respondeu Dave. – Isto aqui é a frente de batalha. Ninguém precisa explicar nada.

Lloyd assentiu. Dave e Ilya tinham razão. Ninguém iria perguntar como Berezovsky tinha morrido. Uma bala perdida o acertara e pronto.

Os dois se afastaram, deixando o corpo onde estava.

– Tremenda falta de sorte – comentou Dave.

IV

Lloyd e Lenny foram falar com o coronel Bobrov para reclamar que o ataque a Zaragoza estava paralisado.

Bobrov era um russo mais velho, de cabelos brancos ralos cortados bem curtos, já perto de se aposentar e inflexivelmente ortodoxo. Em tese, estava lá apenas para ajudar e aconselhar os comandantes espanhóis. Na prática, eram os russos que tomavam as decisões.

– Estamos perdendo tempo e energia nesses vilarejos – disse Lloyd, traduzindo para o alemão o que Lenny e todos os homens experientes estavam dizendo. – Tanques devem ser como punhos blindados, usados para penetrações profundas, bem dentro do território inimigo. A infantaria deve vir depois, para limpar o terreno e garantir a ocupação quando o inimigo tiver dispersado.

Volodya estava ali perto, ouvindo tudo, e, pela expressão em seu rosto, parecia concordar, mas não disse nada.

– Pequenas posições como esta cidade minúscula não deveriam interromper o avanço das tropas. O melhor seria passar direto por elas e deixá-las a cargo de uma segunda linha de combate – concluiu Lloyd.

Bobrov parecia chocado.

– Essa é a teoria do desacreditado marechal Tuchachevsky! – disse em voz baixa. Era como se Lloyd estivesse mandando um bispo rezar para Buda.

– E daí? – indagou Lloyd.

– Ele se confessou culpado de alta traição e espionagem, e foi executado.

Lloyd encarou o comandante, sem acreditar.

– Está me dizendo que o governo espanhol não pode usar modernas táticas de combate com tanques porque um general qualquer foi expurgado em Moscou?

– Tenente Williams, o senhor está faltando ao respeito.

– Mesmo que as acusações contra Tuchachevsky sejam verdadeiras, isso não significa que os métodos dele estão errados.

– Chega! – vociferou Bobrov. – Esta conversa terminou.

Qualquer esperança que Lloyd ainda acalentasse acabou quando seu batalhão foi transferido de Quinto de volta na mesma direção de onde tinha vindo, em outra manobra lateral. No dia 1º de setembro, eles participaram do ataque a Belchite, uma cidadezinha bem-defendida mas sem qualquer importância estratégica a quarenta quilômetros de seu objetivo.

Foi mais uma batalha difícil.

Cerca de sete mil defensores estavam entrincheirados na maior igreja da cidade, San Agustín, e no topo de uma colina próxima, dentro de valas e atrás de barricadas de terra. Lloyd e seu pelotão conseguiram chegar aos arredores da cidade sem baixas, mas depois foram atacados por intenso fogo inimigo disparado de janelas e telhados.

Seis dias depois ainda estavam ali.

Os cadáveres fediam por causa do calor. Além de pessoas, também havia animais mortos, pois o abastecimento de água da cidade fora interrompido e os animais domésticos tinham morrido de sede. Sempre que podiam, os engenheiros militares empilhavam os corpos, cobriam-nos de gasolina e ateavam fogo, mas o cheiro de gente queimada era pior que o da decomposição. Parecia difícil respirar e alguns dos homens puseram suas máscaras de gás.

As ruas estreitas em volta da igreja eram verdadeiros campos da morte, mas Lloyd havia bolado um jeito de avançar sem se expor. Lenny encontrara algumas ferramentas dentro de uma oficina. Agora, dois homens estavam abrindo um buraco na parede da casa em que estavam abrigados. Joe Eli manejava uma picareta e o suor reluzia em sua cabeça calva. O cabo Rivera, vestido com uma camisa listrada nas cores anarquistas, vermelho e preto, usava um martelo. A parede era feita de tijolos planos e amarelos produzidos ali mesmo, e tinha pouca argamassa. Para garantir que eles não derrubassem a casa inteira, Lenny comandava a operação: como era mineiro, tinha instinto para avaliar a solidez de um telhado.

Quando o buraco já estava grande o suficiente para que um homem pudesse passar, Lenny meneou a cabeça para Jasper, outro cabo. Este retirou uma das poucas granadas que ainda tinha na cartucheira, sacou o pino e atirou-a dentro da casa ao lado, só para o caso de haver alguém de tocaia ali. Assim que a granada explodiu, Lloyd passou depressa pelo buraco, com o fuzil em riste.

Viu-se dentro de outra casa espanhola pobre, com paredes caiadas e chão de terra batida. Não havia ninguém ali, vivo ou morto.

Os 35 homens de seu pelotão seguiram-no pelo buraco e vasculharam depressa a pequena casa em busca de algum defensor. Estava vazia.

Foram seguindo assim em direção à igreja, de forma lenta porém segura, por uma fileira de casinhas.

Começaram a abrir o buraco seguinte, mas, antes de chegarem ao outro lado da parede, foram detidos por um major chamado Marquez, que chegou atravessando a fila de casas pelos buracos que eles haviam feito nas paredes.

– Esqueçam isso – falou, num inglês com forte sotaque espanhol. – Vamos atacar a igreja.

Lloyd gelou. Aquilo era suicídio.

– Foi ideia do coronel Bobrov? – perguntou.

– Sim – respondeu o major Marquez, neutro. – Aguardem o sinal: três apitos curtos.

– Podemos ter mais munição? – pediu Lloyd. – Estamos com pouca, sobretudo para esse tipo de ação.

– Não há tempo – respondeu o major, e foi embora.

Lloyd estava horrorizado. Havia aprendido muita coisa em poucos dias de combate e sabia que a única forma de se tomar uma posição bem-defendida era com uma chuva de artilharia para dar cobertura. Caso contrário, os defensores iriam simplesmente massacrar os atacantes.

Os homens pareciam começar a se revoltar.

– É impossível – disse o cabo Rivera.

Lloyd era responsável por manter o moral dos homens elevado.

– Sem reclamações, pessoal – disse ele, em tom descontraído. – Vocês são todos voluntários. Acharam que a guerra não seria perigosa? Se lutar fosse seguro, suas irmãs poderiam ter vindo no seu lugar. – Todos riram e, por um instante, a sensação de perigo passou.

Ele foi até a frente da casa, entreabriu a porta e espiou lá fora. O sol castigava uma rua estreita com casas e lojas de ambos os lados. As construções e o chão tinham o mesmo tom amarelo-claro que lembrava um pão mal-assado, a não ser nos pontos em que as bombas haviam revelado uma terra vermelha. Logo do lado de fora da porta, um miliciano jazia morto, com uma nuvem de moscas se banqueteando no buraco em seu peito. Ao olhar para a praça, Lloyd viu que a rua se alargava em direção à igreja. Os atiradores posicionados nas altas torres gêmeas do campanário tinham uma visão desimpedida e uma linha de tiro direta sobre qualquer um que se aproximasse. No chão, a proteção era mínima: algum entulho, um cavalo morto, um carrinho de mão.

Vamos todos morrer, pensou.

Mas por que outro motivo viemos aqui?

Tornou a se virar para os homens, perguntando-se o que iria lhes dizer. Precisava fazer com que mantivessem o pensamento positivo.

– Fiquem colados às laterais da rua, perto das casas – falou. – Lembrem-se: quanto mais devagar vocês avançarem, mais tempo estarão expostos... então, quando ouvirem o sinal, corram o mais rápido que puderem.

Antes do esperado, ele ouviu os três silvos curtos do apito do major Marquez.

– Lenny, você vai por último – ordenou.

– Quem sai primeiro? – indagou Lenny.

– Eu, claro.

Adeus, mundo, pensou Lloyd. Pelo menos vou morrer combatendo os fascistas. Ele escancarou a porta.

– Vamos! – gritou, e saiu correndo para a rua.

O elemento-surpresa lhe proporcionou alguns segundos de trégua e ele conseguiu correr livremente pela rua em direção à igreja. Sentiu o calor do sol de meio--dia no rosto, ouviu as pancadas das botas de seus homens atrás de si, e percebeu, com um estranho sentimento de gratidão, que essas sensações significavam que ainda estava vivo. Então o tiroteio começou feito uma chuva de granizo. Ele continuou correndo por mais alguns segundos, ouvindo o zumbido e o impacto das balas, então sentiu algo no braço esquerdo, como se tivesse batido em alguma coisa, e caiu no chão sem entender por quê.

Percebeu que tinha sido atingido. Não sentia dor, mas seu braço estava dormente e inerte. Conseguiu rolar de lado até topar com a parede da construção mais próxima. Os tiros continuavam zunindo e ele estava muito exposto, mas, poucos metros adiante, viu um cadáver encostado na parede da casa. O corpo era de um soldado rebelde. À primeira vista, parecia ter se sentado no chão, recostado a cabeça na parede e pegado no sono; mas o seu pescoço exibia um ferimento à bala.

Lloyd rastejou para a frente, movimentando-se de forma esquisita, segurando o fuzil com a mão direita e arrastando o braço esquerdo atrás de si, e tentou se encolher atrás do cadáver.

Apoiou o cano do fuzil no ombro do cadáver e mirou uma janela alta no campanário da igreja. Disparou todos os cinco tiros do pente em rápida sucessão. Não soube dizer se tinha acertado alguém.

Olhou para trás. Para seu horror, viu a rua coalhada com os cadáveres de seu pelotão. Com sua camisa vermelha e preta, o corpo imóvel de Marco Rivera parecia uma bandeira anarquista amassada. Ao lado de Mario estava Jasper Johnson, com os cabelos crespos empapados de sangue. Sair de uma fábrica em Chicago para morrer na rua de uma cidadezinha espanhola por ter acreditado num mundo melhor, pensou Lloyd.

Pior eram os que ainda estavam vivos, gemendo e chorando no chão. Em algum lugar, um homem gritava de agonia, mas Lloyd não conseguia ver quem era nem onde estava. Alguns de seus homens ainda corriam e, diante dos seus olhos, mais deles caíram e outros se jogaram no chão. Segundos depois, ninguém mais se movia a não ser os feridos, se contorcendo de dor.

Que massacre, pensou ele, e uma onda amarga de raiva e tristeza subiu-lhe à garganta e o sufocou.

Onde estariam as outras unidades? Certamente o pelotão de Lloyd não era o único envolvido no ataque. Talvez houvesse outros avançando pelas ruas paralelas que conduziam à praça. Mas tomar uma posição exigia um grande número de soldados. Lloyd e seus 35 homens obviamente não eram suficientes. Os defensores tinham conseguido matar e ferir quase todos eles, e os poucos que restavam tinham sido forçados a buscar abrigo antes de chegar à igreja.

Ele cruzou olhares com Lenny, que espiava de trás do cavalo morto. Pelo menos ainda estava vivo. Lenny ergueu o fuzil e fez um gesto de impotência, sinalizando que estava sem munição. Lloyd também não tinha mais balas. No minuto seguinte, os tiros vindos da rua foram silenciando à medida que os outros também ficavam sem munição.

Foi o fim do ataque à igreja. Aquela era mesmo uma missão impossível. Sem munição, teria sido um suicídio inútil.

A chuva de tiros vindos da igreja havia diminuído depois que os alvos mais fáceis foram eliminados, mas tiros esporádicos continuavam a tentar atingir os atacantes abrigados. Lloyd percebeu que todos os seus homens acabariam morrendo. Eles tinham que recuar.

E provavelmente seriam mortos na retirada.

Tornou a cruzar olhares com Lenny e acenou freneticamente em direção à retaguarda, para longe da igreja. Lenny olhou em volta e repetiu o gesto para os outros poucos sobreviventes. Teriam mais chance caso se movessem todos ao mesmo tempo.

Depois de dar o aviso ao maior número possível de homens, Lloyd se esforçou para ficar em pé.

– Debandar! – gritou a plenos pulmões.

Então começou a correr.

A distância não passava de 200 metros, mas foi o trajeto mais longo de sua vida.

Os rebeldes entrincheirados na igreja abriram fogo assim que viram as tropas do governo se moverem. Pelo canto do olho, Lloyd pensou ter visto cinco ou seis de seus homens batendo em retirada. Corria mancando, pois o braço ferido o desequilibrava. Lenny seguia na sua frente e não parecia estar ferido. Balas arrancavam pedaços de alvenaria dos prédios pelos quais Lloyd passava cambaleando. Lenny conseguiu chegar à casa da qual tinham saído, correu para dentro e segurou a porta aberta. Lloyd entrou depressa, ofegante, e desabou no chão. Três outros homens entraram atrás dele.

Lloyd encarou os sobreviventes: Lenny, Dave, Muggsy Morgan e Joe Eli.

– Só isso? – perguntou.

– Só – respondeu Lenny.

– Meu Deus! Éramos 36 e só sobraram cinco.

– Que grande consultor militar é o coronel Bobrov!

Ficaram ali parados, ofegantes. Lloyd recuperou a sensibilidade do braço, que doía terrivelmente. Descobriu que, apesar da dor, conseguia mexê-lo, então não devia estar quebrado. Olhou para baixo e viu que a manga de sua camisa estava encharcada de sangue. Dave tirou o lenço vermelho e improvisou uma tipoia.

Lenny estava ferido na cabeça. Havia sangue em seu rosto, mas ele disse que era só um arranhão, e parecia bem.

Dave, Muggsy e Joe estavam milagrosamente ilesos.

– É melhor voltarmos para receber novas ordens – disse Lloyd após descansarem por alguns minutos. – De qualquer forma, não vamos conseguir nada sem munição.

– Antes vamos tomar uma boa xícara de chá, que tal? – sugeriu Lenny.

– Não dá, não temos como fazer o chá – respondeu Lloyd.

– Ah, então tudo bem.

– Não podemos descansar mais um pouco?

– Vamos descansar na retaguarda – disse Lloyd. – É mais seguro.

Foram voltando por dentro da fileira de casas, usando os buracos que tinham aberto nas paredes. Ter de se abaixar repetidas vezes deixou Lloyd tonto. Ele se perguntou se estaria fraco por ter perdido sangue.

Saíram à rua já fora do campo de visão dos resistentes na igreja de San Agustín e seguiram apressados por uma rua secundária. O alívio de Lloyd por estar vivo rapidamente cedia lugar a uma sensação de raiva pelo desperdício da vida de seus homens.

Chegaram ao celeiro nos arredores da cidade onde as forças do governo haviam montado seu quartel-general. Lloyd viu o major Marquez distribuindo munição atrás de uma pilha de caixotes.

– Por que não nos deram um pouco dessa munição? – indagou, furioso.

Marquez deu de ombros.

– Vou relatar isso a Bobrov – disse Lloyd.

O coronel Bobrov estava do lado de fora do celeiro, sentado numa cadeira diante de uma mesa – ambos os móveis pareciam ter sido retirados de uma das casas do vilarejo. Tinha o rosto vermelho por causa do sol. Estava conversando com Volodya Peshkov. Lloyd foi direto até eles.

– Nós atacamos a igreja, mas não tínhamos apoio – falou. – E ficamos sem munição porque Marquez se recusou a nos reabastecer!

Bobrov encarou Lloyd com frieza.

– O que você está fazendo aqui? – perguntou.

Lloyd não entendeu a pergunta. Imaginou que Bobrov fosse parabenizá-lo pelo esforço corajoso ou ao menos se mostrar indignado pela falta de apoio.

– Acabei de dizer – enfatizou. – Não tínhamos apoio. Não se pode tomar um prédio ocupado com um pelotão só. Nós fizemos o possível, mas fomos massacrados. Perdi 31 dos meus homens. – Ele apontou para os quatro companheiros. – Isso é tudo o que sobrou do meu pelotão!

– Quem lhes deu ordens para bater em retirada?

Lloyd lutava contra a tontura. Sentiu que estava prestes a desmaiar, mas precisava explicar a Bobrov como seus homens tinham sido corajosos no combate.

– Nós voltamos para receber novas ordens. O que mais poderíamos fazer?

– Deveriam ter lutado até o último homem.

– Lutado com o quê? Não tínhamos balas!

– Silêncio! – bradou Bobrov. – Sentido!

Automaticamente, todos adotaram a posição de sentido: Lloyd, Lenny, Dave, Muggsy e Joe, em fila. Lloyd temeu que fosse desmaiar.

– Meia-volta, volver!

Eles se viraram de costas. O que vai acontecer agora?, perguntou-se Lloyd.

– Feridos, saiam da formação.

Lloyd e Lenny deram um passo para trás.

– Os feridos que puderem andar estão transferidos para o serviço de escolta aos prisioneiros.

Lloyd suspeitou que aquilo significava que ele ficaria encarregado de vigiar prisioneiros de guerra num trem com destino a Barcelona. Ali, de pé, oscilou. Neste momento, não consigo vigiar sequer um rebanho de ovelhas, pensou.

– Bater em retirada sob fogo inimigo sem ter recebido ordens para isso é deserção – disse Bobrov.

Lloyd se virou e olhou para o coronel. Para seu espanto e horror, viu que Bobrov havia sacado o revólver do coldre com botão.

O russo deu um passo à frente até ficar logo atrás dos três homens em posição de sentido.

– Vocês três foram considerados culpados e condenados à morte. – Ele ergueu a arma até o cano ficar a menos de dez centímetros da nuca de Dave.

Então disparou.

O tiro ecoou. Um buraco de bala se abriu na cabeça de Dave, e sangue e miolos jorraram de sua testa.

Lloyd não podia acreditar no que estava vendo.

Ao lado de Dave, Muggsy começou a se virar, com a boca aberta para gritar, mas Bobrov foi mais rápido. Virou a arma para o pescoço de Muggsy e disparou outra vez. A bala entrou por trás da orelha direita e saiu pelo olho esquerdo, e Muggsy desabou no chão.

Por fim, Lloyd conseguiu recuperar a voz e gritou:

– Não!

Joe Eli se virou, urrando de choque e raiva, e ergueu as mãos para agarrar Bobrov. A arma voltou a ser disparada, e Joe levou um tiro na garganta. O sangue jorrou feito um chafariz de seu pescoço e molhou o uniforme do Exército Vermelho de Bobrov, fazendo o coronel xingar e recuar um passo. Joe caiu no chão, mas não morreu na hora. Sem poder fazer nada, Lloyd ficou vendo o sangue esguichar da carótida do companheiro e empapar a terra seca da Espanha. Joe pareceu tentar dizer alguma coisa, mas nenhuma palavra saiu de sua boca. Seus olhos se fecharam e seu corpo ficou flácido.

– Não há perdão para os covardes – disse Bobrov, e se afastou.

Lloyd olhou para Dave, caído no chão: magro, imundo, corajoso feito um leão, morto aos 16 anos. Assassinado não pelos fascistas, mas por um oficial soviético estúpido e violento. Que desperdício, pensou Lloyd, e sentiu os olhos se encherem de lágrimas.

Um sargento saiu do celeiro às pressas.

– Eles desistiram! – gritou, eufórico. – A prefeitura se rendeu... eles ergueram a bandeira branca. Nós tomamos Belchite!

A tontura finalmente tomou conta de Lloyd e ele perdeu os sentidos.

V

Londres estava fria e chuvosa. Lloyd percorria a Nutley Street debaixo de chuva, a caminho da casa da mãe. Ainda usava a jaqueta com zíper e a calça de veludo do Exército espanhol, e calçava botas sem meias. Trazia nas costas uma pequena mochila contendo uma muda de roupa de baixo, uma camisa e uma caneca de metal. Em volta do pescoço, usava o lenço vermelho com o qual Dave havia improvisado uma tipoia para seu braço ferido. O braço ainda doía, mas ele não precisava mais da tipoia.

Era outubro e a tarde estava quase no fim.

Conforme previra, ele tinha sido posto num trem de material com destino a Barcelona, lotado de prisioneiros rebeldes. O trajeto tinha pouco mais de 150 quilômetros, mas a viagem levara três dias. Em Barcelona, fora separado de Lenny, e os dois perderam contato. Conseguira uma carona num caminhão com destino ao norte. Depois que o caminhoneiro o deixara, tinha andado, pedido mais caronas e viajado em vagões de trem carregados de carvão, cascalho ou – numa ocasião feliz – caixotes de vinho. Cruzara a fronteira com a França durante a noite. Havia dormido ao relento, implorado por comida, feito biscates em troca de umas poucas moedas e, durante duas gloriosas semanas, conseguira juntar o dinheiro necessário para a passagem de barco até a Inglaterra colhendo uvas num vinhedo de Bordeaux. Agora estava em casa.

Respirou o ar úmido e recendendo a fuligem de Aldgate como se fosse um perfume. Parou diante do portão do jardim e ergueu os olhos para a casa com varanda em que havia nascido, mais de 22 anos antes. Viu luzes acesas atrás das janelas riscadas de chuva: havia gente lá dentro. Foi até a porta da frente. Ainda tinha a chave: guardara-a junto com seu passaporte. Entrou.

Largou a mochila no chão do hall, junto ao cabide de chapéus.

Da cozinha, ouviu alguém dizer:

– Quem está aí? – Era a voz de Bernie, seu padrasto.

Lloyd percebeu que não conseguia falar.

Bernie saiu para o hall.

– Quem está...? – Então reconheceu Lloyd. – Caramba! – exclamou. – É você!

– Oi, pai – disse Lloyd.

– Meu garoto – disse Bernie, abraçando Lloyd. – Vivo! – exclamou.

Lloyd pôde sentir os soluços sacudirem o corpo do padrasto.

Depois de alguns instantes, Bernie enxugou os olhos com a manga do cardigã e foi até o pé da escada.

– Eth! – chamou.

– O que foi?

– Visita para você.

– Só um instante.

Ela desceu a escada segundos depois, bonita como sempre, usando um vestido azul. A meio caminho do térreo, viu o rosto do filho e empalideceu.

– Ai, *Duw* – falou. – Lloyd! – Desceu o resto dos degraus correndo e jogou-se em cima dele para abraçá-lo. – Você está vivo!

– Escrevi para vocês de Barcelona...

– Não recebemos a carta.

– Então vocês não sabem...

– Não sabemos o quê?

– Dave Williams está morto.

– Ah, não!

– Morreu na batalha de Belchite. – Lloyd decidira não contar a verdade sobre a morte de Dave.

– E Lenny Griffiths?

– Não sei. Perdi contato com ele. Estava torcendo para que ele tivesse voltado para casa antes de mim.

– Não, nenhuma notícia dele.

– Como foi lá? – indagou Bernie.

– Os fascistas estão ganhando. E a culpa é dos comunistas, que estão mais interessados em atacar os outros partidos de esquerda.

– Não pode ser – disse Bernie, chocado.

– Mas é verdade. Se aprendi alguma coisa na Espanha, foi que precisamos combater os comunistas com tanto afinco quanto os fascistas. Ambos são maus.

Sua mãe deu um sorriso irônico.

– Ora, vejam só – disse ela. Lloyd percebeu que a mãe já tinha percebido isso havia muito tempo.

– Chega de política – disse ele. – Como você está, Mam?

– Ah, estou igualzinha, mas você... como está magro!

– Na Espanha não há muito o que comer.

– Então é melhor eu preparar alguma coisa para você.

– Não há pressa. Já faz 12 meses que estou com fome... posso aguentar mais alguns minutos. Mas uma coisa seria bem-vinda...

– O quê? Pode pedir o que quiser!

– Eu adoraria uma boa xícara de chá.

CAPÍTULO CINCO

1939

Thomas Macke estava vigiando a embaixada soviética em Berlim quando Volodya Peshkov saiu.

Fazia seis anos que a polícia secreta prussiana havia sido transformada na nova e mais eficiente Gestapo, mas o agente Macke continuava responsável pela seção que monitorava traidores e subversivos na cidade de Berlim. Os mais perigosos entre eles sem dúvida deviam estar recebendo ordens daquele prédio, no número 63-65 da Unter den Linden. Por isso Macke e seus homens vigiavam todos os que entravam e saíam de lá.

A embaixada era uma fortaleza em estilo art déco feita de uma pedra branca que refletia dolorosamente o brilho do sol de agosto. Uma abóbada sustentada por colunas encimava o bloco central da embaixada, e as alas tinham fileiras de janelas altas e estreitas de ambos os lados, como guardas em posição de sentido.

Macke foi se sentar num café na calçada em frente. O bulevar mais elegante de Berlim estava lotado de carros e bicicletas; mulheres de vestidos de verão e chapéus, fazendo compras; homens que passavam apressados, trajando ternos ou uniformes elegantes. Era difícil acreditar que ainda houvesse comunistas na Alemanha. Como alguém podia ser contra os nazistas? A Alemanha estava transfigurada. Hitler havia acabado com o desemprego – algo que nenhum outro líder da Europa conseguira fazer. Greves e protestos eram uma lembrança distante dos dias ruins. A polícia gozava de plenos poderes para eliminar o crime. O país prosperava: muitas famílias agora tinham rádio e logo teriam carros populares para dirigir nas novas *Autobahns*.

E não era só isso. A Alemanha era forte outra vez. As Forças Armadas estavam bem-aparelhadas e poderosas. Nos últimos dois anos, a Áustria e a Tchecoslováquia tinham sido incorporadas à Grande Alemanha, agora a maior potência europeia. A Itália de Mussolini havia se aliado aos alemães pelo Pacto de Aço. No início do ano, Madri finalmente tombara diante dos rebeldes de Franco, e a Espanha agora tinha um governo fascista. Como algum alemão poderia querer desfazer tudo isso e submeter o país ao jugo dos bolcheviques?

Na opinião de Macke, essas pessoas não passavam de escória, vermes, uma imundície que precisava ser desmascarada de forma implacável e aniquilada por completo. Enquanto pensava nisso, seu rosto se contorceu com uma careta de raiva e ele bateu com o pé na calçada como quem se prepara para esmagar um comunista.

Foi então que viu Peshkov.

O russo era um rapaz jovem, de terno de sarja azul, que trazia um sobretudo leve pendurado no braço, como se esperasse uma mudança no tempo. Apesar dos trajes civis, os cabelos cortados rente e os passos rápidos eram indícios de treinamento militar, e a forma como ele correu os olhos pela rua, tentando parecer casual mas sem deixar escapar nada, sugeria que pertencia à Inteligência do Exército Vermelho ou à NKVD, a polícia secreta russa.

O pulso de Macke se acelerou. Ele e seus homens conheciam de vista todos os funcionários da embaixada, é claro. As fotografias de seus passaportes estavam arquivadas e a equipe os vigiava o tempo inteiro. Mas ele não sabia muita coisa sobre Peshkov. Segundo sua ficha, ele tinha 25 anos, lembrou Macke, portanto devia ser um funcionário pouco graduado, sem importância. Ou talvez tivesse talento para parecer insignificante.

Peshkov atravessou a Unter den Linden e encaminhou-se para onde Macke estava sentado, perto da esquina com a Friedrichstrasse. Quando o russo se aproximou, Macke reparou que ele era bem alto e tinha um porte atlético. Sua expressão era alerta e seu olhar, penetrante.

Macke desviou os olhos, subitamente nervoso. Pegou a xícara e tomou um gole da borra fria de café, ocultando parte do rosto. Não queria encarar aqueles olhos azuis.

Peshkov entrou na Friedrichstrasse. Macke meneou a cabeça para Reinhold Wagner, em pé na esquina oposta, e este começou a seguir Peshkov. Macke então se levantou da mesa e foi atrás de Wagner.

É claro que nem todos os integrantes da Inteligência do Exército Vermelho eram espiões clandestinos. Eles obtinham a maioria de suas informações por meios legítimos, principalmente com a leitura dos jornais alemães. Não acreditavam necessariamente em tudo o que liam, mas tomavam nota de pistas, como um anúncio de uma fábrica de armas que precisava contratar dez torneiros mecânicos com experiência. Além do mais, os russos tinham liberdade para viajar pela Alemanha e observar o país – ao contrário dos diplomatas na União Soviética, que não podiam sair de Moscou sem escolta. O rapaz que Macke e Wagner estavam seguindo nesse dia podia ser um coletor de informações desse tipo: um dócil leitor de jornais. As únicas habilidades necessárias para esse trabalho eram um alemão fluente e a capacidade de resumir um texto.

Ainda seguindo Peshkov, os dois passaram em frente ao restaurante do irmão de Macke. O estabelecimento ainda se chamava Bistrô Robert, mas agora tinha outra clientela. Os homossexuais ricos, os industriais judeus com suas amantes e as atrizes que recebiam salários astronômicos e pediam champanhe rosé eram coisas do passado. Hoje em dia, esse tipo de gente levava uma vida discreta, isso se já não estivessem em campos de concentração. Alguns tinham deixado a Alemanha – e, na opinião de Macke, já foram tarde, mesmo que isso significasse que o restaurante não era mais tão rentável.

Ele se perguntou o que teria acontecido com Robert von Ulrich, o antigo dono. Lembrou-se vagamente de que ele fora para a Inglaterra. Talvez tivesse aberto outro restaurante para pervertidos lá.

Peshkov entrou num bar.

Uns dois minutos depois, Wagner entrou atrás dele e Macke ficou vigiando o lado de fora. Era um bar concorrido. Enquanto esperava Peshkov reaparecer, viu um soldado entrar acompanhado por uma garota, e duas mulheres bem-vestidas e um velho de sobretudo encardido saírem e se afastarem. Então Wagner saiu do bar sozinho, olhou diretamente para Macke e abriu os braços, num gesto de incompreensão.

Macke atravessou a rua e foi até Wagner, que estava aflito.

– Ele não está lá dentro!

– Você olhou em todos os cantos?

– Sim, inclusive nos banheiros e na cozinha.

– Perguntou se alguém tinha saído pelos fundos?

– Disseram que não.

O medo de Wagner era justificado. Aquela era a nova Alemanha e os erros não eram mais repreendidos com um simples tapinha na mão. Ele poderia receber uma punição severa.

Mas não dessa vez.

– Não tem problema – disse Macke.

Wagner não conseguiu disfarçar o alívio.

– Não?

– Nós descobrimos algo importante – explicou Macke. – O fato de ele ter nos despistado com tanta habilidade prova que é um espião... e dos bons.

II

Volodya entrou na estação da Friedrichstrasse e tomou um trem do metrô berlinense, o *U-bahn*. Tirou a boina, os óculos e a capa de chuva encardida que o haviam ajudado a parecer um velho. Sentou-se, pegou um lenço e limpou o pó que tinha despejado sobre os sapatos para lhes dar um aspecto surrado.

Não tivera certeza em relação à capa. O dia estava tão ensolarado que temera que a Gestapo fosse reparar na roupa e prever o que ele pretendia. Mas eles não tinham sido tão sagazes assim e ninguém o seguira após ele se trocar rapidamente no banheiro masculino e sair do bar.

Volodya estava prestes a fazer algo muito perigoso. Se fosse surpreendido fazendo contato com um dissidente alemão, o melhor que ele poderia esperar seria uma deportação para Moscou com a carreira arruinada. Se tivesse menos sorte, tanto ele quanto o dissidente desapareceriam para sempre nos porões da sede da Gestapo na Prinz-Albrecht-Strasse. Os soviéticos reclamariam que um de seus diplomatas tinha sumido, então a polícia alemã fingiria abrir um inquérito de busca, depois informaria com pesar que não conseguira encontrá-lo.

Volodya nunca estivera na sede da Gestapo, mas sabia como seria o lugar. A NKVD tinha uma instalação semelhante na Missão Comercial Soviética, no número 11 da Lietsenburgerstrasse: portas de aço, uma sala de interrogatório com paredes revestidas de ladrilhos para que o sangue pudesse ser lavado com facilidade, uma banheira para esquartejar os corpos, e um forno elétrico para queimar as partes.

Volodya fora enviado a Berlim para expandir a rede de espiões soviéticos da cidade. O fascismo triunfava na Europa, e a Alemanha agora era mais do que nunca uma ameaça à URSS. Stalin demitira seu primeiro-ministro, Litvinov, e o substituíra por Viatcheslav Molotov. Mas o que Molotov poderia fazer? Parecia impossível deter os fascistas. O Kremlin era assombrado pela lembrança humilhante da Grande Guerra, na qual os alemães tinham derrotado o Exército russo, composto por seis milhões de homens. Stalin tomara providências para fazer um pacto com a França e a Grã-Bretanha a fim de conter a Alemanha, mas as três potências não tinham conseguido chegar a um acordo, e nos últimos dias as negociações haviam sido abortadas.

A expectativa era que, mais cedo ou mais tarde, estourasse uma guerra entre a Alemanha e a União Soviética, e a tarefa de Volodya era conseguir informações militares que ajudassem os soviéticos a vencê-la.

Ele desceu do metrô no subúrbio operário pobre de Wedding, ao norte do centro de Berlim. Parou do lado de fora da estação fingindo examinar um quadro de horários afixado à parede, e ficou observando os outros passageiros que saíam. Só se mexeu depois de ter certeza de que ninguém o seguira até ali.

Encaminhou-se então para o restaurante barato escolhido como local para o encontro. Como era seu costume, não entrou. Ficou num ponto de ônibus do outro lado da rua observando a porta. Estava seguro de que não havia ninguém no seu encalço, mas agora precisava se certificar de que Werner não fora seguido.

Não tinha certeza se iria reconhecer Werner Franck. Da última vez que Volodya o vira, o garoto tinha apenas 14 anos, e agora estava com 20. Werner pensava a mesma coisa, por isso os dois tinham combinado que carregariam exemplares da edição do dia do *Berliner Morgenpost* abertos na página de esportes. Enquanto aguardava, Volodya leu os prognósticos para a nova temporada de futebol, erguendo os olhos de vez em quando à procura de Werner. Acompanhava o principal time de Berlim, o Hertha, desde que havia morado na cidade, quando menino. Já entoara muitas vezes o grito de guerra do clube: "Ha! Ho! He! Hertha B-S-C!" Estava interessado nas chances do time, mas o nervosismo prejudicou sua concentração, e ele leu o mesmo texto várias vezes sem assimilar nada.

Os dois anos na Espanha não tinham feito sua carreira deslanchar como ele esperava – muito pelo contrário. Volodya havia desmascarado vários espiões nazistas como Heinz Bauer entre os "voluntários" alemães. No entanto, a NKVD usara isso como desculpa para prender voluntários de verdade que simplesmente haviam manifestado alguma leve discordância com a linha de ação comunista. Centenas de rapazes idealistas tinham sido torturados e mortos nas prisões da polícia secreta. Em alguns momentos, parecia que os comunistas estavam mais interessados em combater seus aliados anarquistas do que os inimigos fascistas.

E tudo isso por nada. A política de Stalin era um fracasso retumbante. O resultado era uma ditadura de direita, o pior desfecho possível para a União Soviética. A culpa, no entanto, foi posta nos russos que tinham ido à Espanha, embora estes houvessem executado à risca as instruções do Kremlin. Alguns tinham desaparecido logo depois de voltarem a Moscou.

Após a queda de Madri, Volodya voltara para casa com medo. Havia deparado com várias mudanças. Em 1937 e 1938, Stalin expurgara o Exército Vermelho. Milhares de comandantes tinham desaparecido, entre os quais muitos moradores da Casa do Governo, onde seus pais moravam. Por outro lado, homens outrora negligenciados, como Grigori Peshkov, tinham sido promovidos aos cargos dos expurgados, e a carreira do pai de Volodya ganhara novo fôlego. Ele agora era responsável pela defesa aérea de Moscou e vivia ocupadíssimo. Seu status recém-adquirido era provavelmente o motivo pelo qual Volodya não estava entre os bodes expiatórios usados para explicar o fracasso da política stalinista na Espanha.

O desagradável Ilya Dvorkin também dera um jeito de evitar uma punição. De volta a Moscou, tinha se casado com Anya, irmã de Volodya, para desgosto deste. Não havia como explicar as decisões das mulheres em relação a esses assuntos.

Ela já estava grávida e Volodya não conseguia reprimir um pesadelo no qual via a irmã amamentando um bebê com cara de rato.

Depois de uma breve licença, Volodya fora mandado para Berlim, onde precisava recomeçar do zero e provar seu valor.

Ergueu os olhos do jornal e viu Werner andando pela rua.

O alemão não mudara muito. Estava um pouco mais alto e mais largo, porém tinha os mesmos cabelos ruivos caindo por cima da testa de um jeito que as moças achavam irresistível, e a mesma expressão brincalhona e tolerante nos olhos azuis. Estava usando um elegante terno de verão azul-claro, e abotoaduras de ouro cintilavam em seus punhos.

Ninguém o estava seguindo.

Volodya atravessou a rua e o interceptou antes que ele chegasse ao café. Werner abriu um sorriso largo, de dentes muito brancos.

– Eu não o teria reconhecido com esse corte de cabelo militar – falou. – Prazer em vê-lo depois de tantos anos.

Volodya observou que o rapaz não havia perdido nenhum pingo de sua afabilidade e de seu charme.

– Vamos entrar.

– Você não quer mesmo entrar nessa espelunca, quer? – indagou Werner. – Vai estar cheia de bombeiros hidráulicos comendo salsichão com mostarda.

– Eu quero sair da rua. Aqui podemos ser vistos por qualquer passante.

– Tem um beco três portas adiante.

– Ótimo.

Os dois percorreram uma curta distância e entraram num corredor estreito que separava um depósito de carvão de uma mercearia.

– O que você anda fazendo? – quis saber Werner.

– O mesmo que você: lutando contra os fascistas. – Volodya pensou se deveria lhe revelar mais. – Estive na Espanha. – Aquilo não era nenhum segredo.

– Onde não teve mais sucesso do que nós aqui na Alemanha.

– Mas ainda não acabou.

– Deixe eu lhe perguntar uma coisa – pediu Werner, recostando-se no muro do beco. – Se você achasse que o bolchevismo é mau, viraria um espião contra a União Soviética?

O instinto de Volodya foi responder *Não, de jeito nenhum!* No entanto, antes que as palavras saíssem de sua boca, percebeu como isso seria insensível – pois a perspectiva que lhe causava repulsa era justamente o que Werner estava fazendo: traindo o próprio país pelo bem de uma causa mais nobre.

– Não sei – respondeu. – Acho que deve ser muito difícil para você trabalhar contra a Alemanha, mesmo que deteste os nazistas.

– Tem razão – concordou Werner. – E o que vai acontecer se a guerra estourar? Vou ajudar vocês a matar nossos soldados e bombardear nossas cidades?

Volodya estava preocupado. Werner parecia estar fraquejando.

– É o único jeito de derrotar os nazistas – falou. – Você sabe disso.

– Sei, sim. Já tomei minha decisão há muito tempo. E os nazistas não fizeram nada para que eu mudasse de ideia. Mas que é difícil, é.

– Eu entendo – disse Volodya, em tom simpático.

– Você me pediu que sugerisse outras pessoas que pudessem fazer para vocês a mesma coisa que eu faço.

Volodya assentiu.

– Pessoas como Willi Frunze. Lembra-se dele? O menino mais inteligente da escola. Ele era um socialista sério... estava presidindo aquela reunião que os camisas-pardas interromperam.

Werner fez que sim com a cabeça e falou:

– Ele foi para a Inglaterra.

Volodya ficou desanimado.

– Por quê?

– Virou um físico brilhante e está estudando em Londres.

– Que merda.

– Mas eu pensei em outra pessoa.

– Ótimo!

– Você chegou a conhecer Heinrich von Kessel?

– Acho que não. Ele era da nossa escola?

– Não, ele estudava numa escola católica. E, na época, não tinha as mesmas opiniões políticas que nós. O pai dele era um figurão do Partido do Centro...

– Que pôs Hitler no poder em 1933!

– Isso mesmo. Na época, Heinrich trabalhava para o pai, que agora é do Partido Nazista. Mas o filho está atormentado de culpa.

– Como você sabe?

– Ele ficou bêbado e contou para minha irmã Frieda. Ela tem 17 anos. Acho que ele gosta dela.

Aquilo era bem promissor. Volodya ficou mais animado.

– Ele é comunista?

– Não.

– Então por que acha que ele vai trabalhar para nós?

– Eu perguntei, sem rodeios: "Se você tivesse uma chance de lutar contra os nazistas sendo espião da União Soviética, aceitaria?" Ele disse que sim.

– Ele trabalha com o quê?

– Está no Exército, mas é asmático, então tem um cargo burocrático... sorte nossa, porque agora ele trabalha para o Comando Supremo no departamento de planejamento e desenvolvimento econômico.

Volodya ficou impressionado. Um homem assim saberia exatamente quantos caminhões, tanques, metralhadoras e submarinos as Forças Armadas alemãs estavam adquirindo a cada mês – e para onde os equipamentos seriam enviados. Começou a se empolgar.

– Quando posso encontrá-lo?

– Agora. Combinei tomar um drinque com ele no Hotel Adlon depois do trabalho.

Volodya soltou um gemido. O Adlon ficava na Unter den Linden e era o hotel mais chique de Berlim. Por estar no bairro do governo e dos diplomatas, o bar do hotel era muito popular entre jornalistas ávidos por ouvir alguma fofoca. Volodya não teria escolhido aquele lugar para um encontro. No entanto, não podia se dar ao luxo de perder aquela chance.

– Tudo bem – falou. – Mas não quero que ninguém me veja conversando com nenhum de vocês dois lá. Vou seguir você até lá dentro, identificarei Heinrich, depois, quando ele sair, irei atrás dele e o abordarei.

– Certo. Eu o levo até lá. Meu carro está na esquina.

Enquanto caminhavam até a outra ponta do beco, Werner disse os endereços e telefones do trabalho e da casa de Heinrich, e Volodya os decorou.

– Chegamos – disse Werner. – Pode entrar.

O carro era um Mercedes 540K Autobahn Kurier, um modelo lindo, com para-choques de curvas sensuais, um capô mais comprido do que um Ford T inteiro, e traseira inclinada em estilo *fastback*. Era tão caro que apenas uns poucos exemplares tinham sido vendidos.

Volodya encarou o carro, perplexo.

– Você não deveria ter um carro menos chamativo? – perguntou, incrédulo.

– É um duplo blefe – disse Werner. – Eles acham que nenhum espião de verdade seria tão extravagante.

Volodya estava prestes a perguntar como ele tinha dinheiro para um carro daqueles, mas então se lembrou de que o pai de Werner era um rico dono de fábrica.

– Não vou entrar nisso aí – falou. – Vou de trem.

– Como quiser.

– Vejo você no Adlon, mas não fale comigo.

– Claro.

Meia hora mais tarde, Volodya viu o carro de Werner estacionado tranquilamente em frente ao hotel. A atitude cafajeste de Werner lhe parecia uma tolice, mas então se perguntou se não seria um componente necessário da coragem do alemão. Talvez Werner precisasse fingir ser descontraído para que pudesse correr os terríveis riscos de espionar os nazistas. Se ele admitisse o perigo que estava correndo, talvez não conseguisse continuar.

O bar do Adlon estava cheio de mulheres com roupas da moda e de homens igualmente bem-vestidos, muitos usando uniformes feitos sob medida. Volodya viu Werner assim que entrou, sentado a uma mesa com um homem que devia ser Heinrich von Kessel. Ao passar perto deles, ouviu Heinrich dizer, enfático:

– Mas Clayton é um trompetista muito melhor do que Hot Lips Page.

Volodya espremeu-se para conseguir um lugar no balcão, pediu uma cerveja e ficou analisando discretamente o espião em potencial.

Heinrich tinha a pele pálida e grossos cabelos escuros, compridos para os padrões do Exército. Embora estivessem conversando sobre jazz, assunto relativamente sem importância, parecia muito arrebatado, acompanhando seus argumentos com gestos e passando os dedos pelos cabelos. Tinha um livro no bolso da túnica do uniforme, e Volodya poderia apostar que era uma coletânea de poesia.

Volodya tomou duas cervejas bem devagar e fingiu ler o *Morgenpost* do início ao fim. Tentou não se empolgar demais em relação a Heinrich. Embora fosse promissor, não havia garantias de que iria cooperar.

Recrutar informantes era a parte mais difícil do trabalho de Volodya. Não era simples tomar precauções, porque o candidato a espião ainda não estava garantido. Muitas vezes, a proposta tinha que ser feita em lugares inadequados, geralmente públicos. Era impossível saber como o candidato iria reagir: podia ficar bravo e recusar em altos brados, ou então se apavorar e literalmente sair correndo. Não havia muito que um recrutador pudesse fazer para controlar a situação. Em determinado momento, simplesmente era preciso fazer a pergunta simples e direta: "Você quer ser espião?"

Pensou em como abordar Heinrich. A religião provavelmente era a chave de sua personalidade. Lembrou-se de seu chefe Lemitov dizendo: "Católicos não praticantes dão bons agentes. Eles rejeitam a autoridade total da Igreja para aceitar a autoridade total do Partido." Talvez Heinrich precisasse buscar perdão pelo que tinha feito. Mas estaria disposto a arriscar a vida?

Por fim, Werner pagou a conta e os dois saíram do bar. Volodya foi atrás. Em frente ao hotel, os alemães se separaram: Werner saiu com o carro cantando pneus e Heinrich tomou o caminho do parque, a pé. Volodya pôs-se a seguir Heinrich.

Apesar de a noite estar caindo, o céu estava claro e ele conseguia enxergar bem. Muitas pessoas passeavam desfrutando o clima ameno da noite, a maioria casais. Volodya olhou para trás várias vezes, para se certificar de que ninguém seguira nem Heinrich nem ele ao saírem do Adlon. Quando teve certeza, respirou fundo, reuniu forças e alcançou o alemão.

Caminhando ao seu lado, falou:

– Existe uma reparação possível para o pecado.

Heinrich olhou para ele com ar desconfiado, como olharia para um louco.

– Você é padre?

– Você poderia contra-atacar o regime que ajudou a criar.

Heinrich continuou andando, mas assumiu um ar preocupado.

– Quem é você? O que sabe sobre mim?

Volodya continuou ignorando as perguntas de Heinrich.

– Um dia, os nazistas serão derrotados. Com a sua ajuda, esse dia pode chegar mais cedo.

– Se for um agente da Gestapo tentando me incriminar, nem precisa se dar o trabalho. Sou um alemão leal.

– Está ouvindo o meu sotaque?

– Estou... parece russo.

– Quantos agentes da Gestapo falam alemão com sotaque russo? Ou têm imaginação suficiente para simular uma coisa dessas?

Heinrich deu uma risada nervosa.

– Não sei nada sobre agentes da Gestapo – falou. – Não deveria ter tocado no assunto... foi tolice da minha parte.

– O seu escritório gera relatórios sobre as quantidades de armamentos e outros suprimentos encomendados pelas Forças Armadas. Cópias desses relatórios poderiam ter um valor inestimável para os inimigos dos nazistas.

– Para o Exército Vermelho, você quer dizer.

– E quem mais poderá destruir este regime?

– Nós tomamos muito cuidado com as cópias desses relatórios.

Volodya reprimiu uma onda de triunfo. Heinrich estava pensando nas dificuldades práticas. Isso significava que, em princípio, estava disposto a concordar.

– Faça uma cópia extra com papel-carbono – sugeriu Volodya. – Ou à mão. Ou então pegue a cópia de arquivo de alguém. Há vários jeitos.

– É claro que há vários jeitos. E todos eles poderiam me condenar à morte.

– Se não fizermos nada em relação aos crimes que estão sendo cometidos por este regime... será que a vida vale a pena?

Heinrich parou e encarou o russo. Volodya não foi capaz de adivinhar o que o outro estava pensando, mas o instinto lhe disse para ficar calado. Após uma longa pausa, Heinrich deu um suspiro e falou:

– Vou pensar.

Consegui, pensou Volodya, exultante.

– Como posso entrar em contato com você? – perguntou Heinrich.

– Não pode – respondeu Volodya. – Eu é que vou entrar em contato com você. – Ele tocou a aba do chapéu e então voltou usando o mesmo caminho por onde viera.

Estava exultante. Se Heinrich não tivesse a intenção de aceitar sua proposta, teria recusado com firmeza. O fato de prometer pensar no assunto valia quase tanto quanto um sim. O sono era bom conselheiro. Ele pesaria os riscos, mas acabaria aceitando. Volodya tinha quase certeza.

Disse a si mesmo que não se mostrasse excessivamente confiante. Uma centena de coisas poderia dar errado.

No entanto, foi cheio de esperança que saiu do parque e passou sob as luzes fortes em frente às lojas e restaurantes da Unter den Linden. Não havia jantado, mas não tinha dinheiro para pagar uma refeição naquela rua.

Pegou um bonde na direção leste até o bairro de aluguéis baratos chamado Friedrichshain e foi a um pequeno apartamento num prédio. A porta foi aberta por uma moça baixinha, de 18 anos e cabelos claros. Ela estava descalça e usava um suéter cor-de-rosa e uma calça escura. Embora fosse magra, tinha seios deliciosamente fartos.

– Desculpe aparecer sem avisar – falou Volodya. – Está ocupada?

Ela sorriu.

– De jeito nenhum – respondeu. – Pode entrar.

Ela fechou a porta atrás dele e lhe deu um abraço.

– Fico sempre feliz em ver você – disse ela, beijando-o com ardor.

Lili Markgraf era uma moça com muito amor para dar. Desde que voltara a Berlim, Volodya vinha saindo com ela mais ou menos uma vez por semana. Não estava apaixonado e sabia que ela saía com outros homens, com Werner inclusive. Quando estavam juntos, porém, ela demonstrava grande paixão.

Após alguns instantes, Lili perguntou:

– Já soube da notícia? Foi por isso que você veio?

– Que notícia? – Lili trabalhava como secretária numa agência de notícias e sempre sabia das novidades em primeira mão.

– A União Soviética fez um pacto com a Alemanha! – disse ela.

Aquilo não fazia sentido.

– Um pacto com a Grã-Bretanha e a França contra a Alemanha, você quer dizer?

– Não! Essa é a surpresa... Stalin e Hitler ficaram amigos.

– Mas... – Volodya não terminou a frase. Estava pasmo. Stalin tinha feito um acordo com Hitler? Parecia loucura. Seria essa a solução inventada por Molotov, ministro das Relações Exteriores soviético? Não conseguimos deter a maré do fascismo mundial... então vamos parar de tentar?

Foi para isso que meu pai fez uma revolução?

III

Woody Dewar reencontrou Joanne Rouzrokh depois de quatro anos.

Ninguém que conhecesse o pai dela acreditava de fato que ele houvesse tentado estuprar uma atriz iniciante no Hotel Ritz-Carlton. A moça havia retirado a queixa. No entanto, essa era uma notícia sem graça e os jornais não deram muito destaque a ela. Consequentemente, para os moradores de Buffalo, Dave continuava sendo um estuprador. Assim, os pais de Joanne tinham se mudado para Palm Beach, e Woody perdera contato.

O reencontro aconteceu na Casa Branca.

Woody estava com o pai, o senador Gus Dewar, a caminho de uma audiência com o presidente. Como seu pai e Franklin D. Roosevelt eram amigos de longa data, Woody já o havia encontrado em diversas ocasiões. Mas sempre em eventos sociais, nos quais Roosevelt apertara sua mão e perguntara como iam os estudos. Aquela seria a primeira vez que o rapaz participaria de uma reunião política de verdade com o presidente.

Pai e filho entraram pelo portão principal da West Wing – a ala oeste da Casa Branca –, passaram pelo saguão principal e chegaram a uma ampla sala de espera. E lá estava ela.

Woody a encarou, encantado. Joanne não tinha mudado quase nada. O rosto estreito e altivo e o nariz adunco ainda a faziam parecer a suma sacerdotisa de alguma antiga religião. Como de hábito, ela estava usando roupas simples que produziam um efeito marcante: um terninho azul-escuro de tecido leve e um chapéu de palha de aba larga da mesma cor. Woody ficou contente por ter posto uma camisa branca limpa e sua gravata listrada nova.

Ela pareceu alegre em vê-lo.

– Você está ótimo! – falou. – Trabalha aqui na capital agora?

– Estou apenas ajudando meu pai durante o verão – respondeu ele. – Ainda não me formei em Harvard.

Ela se virou para Gus e o cumprimentou em tom respeitoso.

– Boa tarde, senador.

– Olá, Joanne.

Woody estava empolgado por ter encontrado com ela. Quis manter a conversa.

– E você, o que está fazendo aqui? – indagou.

– Eu trabalho no Departamento de Estado.

Woody assentiu. Aquilo explicava a deferência a seu pai. Ela havia ingressado num mundo em que as pessoas tratavam o senador Dewar com respeito.

– O que você faz? – perguntou ele.

– Sou assessora de um assessor. Meu chefe está com o presidente agora, mas meu posto é humilde demais para que eu entre com ele.

– Você sempre se interessou por política. Lembro-me de uma discussão sobre linchamento.

– Tenho saudades de Buffalo. Como nós nos divertíamos!

Woody se lembrou de quando os dois se beijaram no baile do Clube de Tênis e sentiu o rosto corar.

– Minhas lembranças a seu pai – disse Gus, dando a entender que precisavam ir.

Woody cogitou pedir o telefone dela, mas Joanne foi mais rápida:

– Eu adoraria vê-lo outra vez, Woody.

Ele ficou encantado.

– Claro!

– Está livre hoje à noite? Convidei alguns amigos para uns drinques.

– Ótima ideia!

Ela lhe deu o endereço, um prédio residencial não muito longe dali, e em seguida Gus o conduziu apressado por uma porta no outro lado do saguão.

– Não se manifeste a menos que o presidente fale diretamente com você – instruiu Gus.

O rapaz tentou se concentrar no encontro iminente. Um terremoto político havia atingido a Europa: contrariando todas as expectativas, a União Soviética assinara um pacto de não agressão com a Alemanha nazista. O pai de Woody era um dos principais integrantes do Comitê de Relações Exteriores do Senado e o presidente queria sua opinião.

Gus Dewar, por sua vez, tinha outro assunto a tratar. Queria convencer Roosevelt a ressuscitar a Liga das Nações.

Seria difícil vender essa ideia ao presidente. Os Estados Unidos nunca haviam feito parte da Liga, que não era muito apreciada pelos americanos. A organização fracassara lamentavelmente ao tentar contornar as crises dos anos 1930: as agressões japonesas no Extremo Oriente, o imperialismo italiano na África, as ocupações nazistas na Europa, o desmoronamento da democracia na Espanha. Apesar disso, Gus estava decidido a tentar. Woody sabia que aquele sempre fora o sonho de seu pai: um conselho mundial para solucionar conflitos e evitar guerras.

Woody apoiava o pai completamente. Chegara a fazer um discurso sobre isso num debate em Harvard. Quando duas nações entravam em conflito, a pior atitude possível era matar pessoas do país adversário. Isso lhe parecia bastante óbvio.

– É claro que entendo por que isso acontece – dissera ele no debate. – Assim como entendo por que bêbados arrumam confusão. Mas nem por isso essa atitude deixa de ser irracional.

Agora, porém, Woody estava achando difícil pensar na ameaça de guerra na Europa. Todos os antigos sentimentos que nutria por Joanne vieram à tona numa enxurrada. Pensou se ela tornaria a beijá-lo – quem sabe nessa mesma noite. Sempre gostara dele e ainda parecia gostar – caso contrário, por que o convidaria para a festa? Em 1935, ela não quisera sair com ele porque Woody tinha 15 anos e ela, 18. Era compreensível, embora na época ele não pensasse assim. Agora, porém, ambos estavam quatro anos mais velhos e a diferença de idade já não pareceria tão grande – pareceria? Ele torceu para que não. Já tinha saído com outras moças em Buffalo e em Harvard, mas nenhuma delas lhe despertara a mesma paixão arrebatadora que sentira por Joanne.

– Estamos entendidos? – perguntou-lhe o pai.

Woody se sentiu bobo. Seu pai estava prestes a fazer ao presidente uma proposta que poderia resultar na paz mundial, e tudo em que ele conseguia pensar era beijar Joanne.

– Claro – respondeu. – Não vou dizer nada a menos que ele fale comigo primeiro.

Uma mulher alta e magra de 40 e poucos anos entrou na sala, com a atitude relaxada e confiante de quem era dona do lugar. Woody reconheceu Marguerite LeHand, carinhosamente chamada de Missy, secretária de Roosevelt. Missy tinha um rosto comprido e masculino, nariz grande e alguns fios brancos em meio aos cabelos escuros. Ela recebeu Gus com um sorriso caloroso.

– Que prazer revê-lo, senador.

– Como vai, Missy? Lembra-se do meu filho Woodrow?

– Lembro, sim. O presidente está esperando por vocês.

A devoção de Missy a Roosevelt era notória. Segundo as fofocas de Washington, o presidente gostava mais dela do que convinha a um homem casado. Graças a comentários velados, porém reveladores, que entreouvira numa conversa dos pais, Woody sabia que a paralisia de Roosevelt não comprometia seus órgãos sexuais. No entanto, sua esposa, Eleanor, se recusava a dormir com ele desde que dera à luz o sexto filho do casal, mais de vinte anos antes. Talvez o presidente tivesse direito a uma secretária afetuosa.

Missy os fez passar por outra porta e por um corredor estreito, e eles chegaram ao Salão Oval.

O presidente estava sentado em frente a uma mesa, de costas para uma *bay window* alta. As persianas fechadas filtravam o sol de agosto que entrava pelas vidraças orientadas para o sul. Roosevelt ocupava uma cadeira de escritório normal, observou Woody, e não sua cadeira de rodas. Vestia terno branco e fumava um cigarro preso a uma piteira.

Não chegava a ser um homem atraente. Tinha entradas nos cabelos, queixo pontudo e usava um pincenê que fazia seus olhos parecerem excessivamente próximos. Apesar disso, exercia uma atração instantânea com seu sorriso cativante, a mão estendida para um cumprimento e o tom de voz simpático.

– Que bom ver você, Gus, pode entrar.

– Sr. Presidente, lembra-se de Woodrow, meu filho mais velho?

– É claro que me lembro. Como está indo em Harvard, Woody?

– Bem, presidente, obrigado. Faço parte do grupo de debates. – Ele sabia que os políticos muitas vezes tinham o dom de parecer conhecer todo mundo intimamente. Das duas, uma: ou tinham uma memória notável, ou suas secretárias eram muito eficientes.

– Eu também estudei em Harvard. Sentem-se, sentem-se. – Roosevelt retirou a guimba do cigarro da piteira e a apagou em um cinzeiro já lotado. – Gus, o que está acontecendo na Europa?

É claro que o presidente sabia o que estava acontecendo, pensou Woody. Dispunha de todo um Departamento de Estado para mantê-lo informado. Mas ele queria ouvir a análise de Gus.

– Na minha opinião, a Alemanha e a Rússia continuam sendo inimigas mortais – disse o pai de Woody.

– É o que todos achamos. Mas então por que assinar o pacto?

– A curto prazo, é conveniente para ambos os lados. Stalin precisa de tempo. Ele quer reforçar o Exército Vermelho para conseguir derrotar os alemães, se a situação chegar a esse ponto.

– E o outro?

– Hitler claramente está a ponto de fazer alguma coisa na Polônia. A imprensa alemã está cheia de matérias ridículas sobre como os poloneses andam maltratando a população de origem alemã do país. Hitler não fomenta o ódio sem um objetivo. Seja lá o que for que esteja tramando, ele não quer que os soviéticos atrapalhem. Daí o pacto.

– É mais ou menos o que Hull acha. – Cordell Hull era o secretário de Estado. – Mas ele não sabe o que vai acontecer agora. Stalin vai deixar Hitler fazer o que quiser?

– Meu palpite é que eles vão dividir a Polônia entre si nas próximas semanas.

– E depois?

– Há algumas horas os britânicos assinaram um novo tratado com os poloneses prometendo ajudá-los caso eles sejam atacados.

– Mas o que eles podem fazer?

– Nada, presidente. A Marinha, a Força Aérea e o Exército britânicos não têm nenhum poder para impedir a Alemanha de invadir a Polônia.

– O que você acha que nós devemos fazer, Gus? – indagou o presidente.

Woody sabia que aquela era a chance de seu pai. Por alguns minutos, tinha toda a atenção do presidente. Uma rara oportunidade para fazer algo acontecer. Discretamente, Woody cruzou os dedos.

Gus se inclinou para a frente.

– Nós não queremos que nossos filhos tenham que ir à guerra como nós fomos. – Roosevelt tinha quatro filhos homens na casa dos 20 e dos 30 anos. Foi então que Woody percebeu por que estava ali: tinha sido levado àquela reunião para fazer o presidente pensar nos próprios filhos. – Não podemos mandar garotos americanos para serem massacrados na Europa outra vez – disse Gus, com a voz calma. – O mundo precisa de uma força policial.

– O que você tem em mente? – perguntou Roosevelt, num tom de quem não estava se comprometendo.

– A Liga das Nações não é um fracasso tão grande quanto as pessoas pensam. Na década de 1920, ela solucionou uma disputa de fronteira entre a Finlândia e a Suécia e outra entre a Turquia e o Iraque. – Gus foi contando os exemplos nos dedos. – Impediu a Grécia e a Iugoslávia de invadirem a Albânia, e convenceu a Grécia a sair da Bulgária. Também enviou uma força de paz para acabar com as hostilidades entre Colômbia e Peru.

– Tudo isso é verdade. Mas nos anos 1930...

– A Liga não teve força suficiente para resistir à agressão fascista. Não é de espantar. Como o Congresso se recusou a ratificar a carta de intenções, ela já nasceu enfraquecida, de modo que os Estados Unidos nem se tornaram membros. Nós precisamos de uma nova versão da Liga, uma versão americana, que tenha poder para agir. – Gus fez uma pausa. – Sr. Presidente, é cedo demais para desistirmos de um mundo pacífico.

Woody prendeu a respiração. Roosevelt assentiu, mas Woody sabia que ele sempre fazia isso. Era raro o presidente discordar abertamente de alguém. Ele detestava confrontos. Era preciso tomar cuidado para não interpretar seu silêncio como consentimento, ouvira Gus dizer. Não se atreveu a olhar para o pai, mas pôde sentir a tensão no ar.

Por fim, o presidente falou:

– Acho que você tem razão.

Woody precisou se controlar para não gritar de alegria. O presidente tinha concordado! Olhou para o pai. Em geral impassível, Gus mal conseguia conter a própria surpresa. Fora uma vitória tão rápida!

O senador então prosseguiu depressa para consolidá-la:

– Nesse caso, posso sugerir que Cordell Hull e eu redijamos uma proposta para o senhor avaliar?

– Hull está muito ocupado. Fale com Welles.

Sumner Welles era o subsecretário de Estado. Era ambicioso e extravagante, e Woody sabia que essa não teria sido a primeira escolha de seu pai. Mas Welles era um velho amigo da família Roosevelt – tinha sido pajem no casamento do presidente.

De toda forma, Gus não iria criar dificuldades naquele ponto.

– Naturalmente – concordou.

– Algo mais?

Era uma dispensa clara. Gus se levantou e Woody o imitou.

– E sua mãe, presidente, a Sra. Roosevelt? – indagou Gus. – Ouvi dizer que ela estava na França.

– O navio dela zarpou ontem, graças a Deus.

– Fico contente em saber.

– Obrigado por ter vindo – disse Roosevelt. – Prezo muito a sua amizade, Gus.

– Nada poderia me dar mais satisfação, presidente – respondeu o senador. Ele apertou a mão de FDR e Woody fez o mesmo.

Então os dois saíram.

Woody tinha uma leve esperança de que Joanne ainda estivesse por lá, mas ela já tinha ido embora.

Quando estavam saindo da Casa Branca, Gus falou:

– Vamos tomar um drinque para comemorar.

Woody olhou para o relógio. Eram cinco da tarde.

– Claro – respondeu.

Foram ao Old Ebbitt's, na Rua F, perto da 15. O lugar tinha janelas de vitral, veludo verde, luminárias de bronze e troféus de caça. O bar estava apinhado de deputados, senadores e seus acompanhantes de praxe: assessores, lobistas, jornalistas. Gus pediu um martíni com raspa de limão para si e uma cerveja para Woody. O rapaz sorriu: talvez tivesse preferido um martíni. Na verdade, não – para ele, aquele drinque tinha gosto de gim gelado –, mas gostaria de ter sido consultado. Apesar disso, ergueu o copo de cerveja e disse:

– Parabéns. Você conseguiu o que queria.

– É do que o mundo precisa.

– Sua argumentação foi brilhante.

– Roosevelt quase não precisou ser convencido. Apesar de liberal, ele é um homem pragmático. Sabe que não é possível fazer tudo, que é preciso escolher as batalhas que se pode ganhar. Sua prioridade é o New Deal: conseguir que os desempregados voltem ao trabalho. Ele não vai fazer nada que interfira com essa missão principal. Se o meu plano se tornar polêmico a ponto de incomodar seus partidários, ele vai desistir.

– Quer dizer que ainda não ganhamos nada.

Gus sorriu.

– Demos o primeiro passo muito importante. Mas não, ainda não ganhamos nada.

– Que pena que ele obrigou o senhor a engolir Welles.

– Não é de todo ruim. Sumner apoia o projeto. Ele é mais próximo do presidente do que eu. Mas é um homem imprevisível. Pode pegar o projeto e dar a ele um rumo totalmente diferente.

Woody passeou os olhos pelo bar e topou com um rosto conhecido.

– Olhe só quem está aqui. Eu deveria ter adivinhado.

Seu pai olhou na mesma direção que ele.

– Em pé, no bar – disse Woody. – Com uns caras mais velhos de chapéu e uma loura. Greg Peshkov. – Como sempre, apesar das roupas caras, Greg estava um trapo: gravata de seda torta, camisa saindo para fora da calça creme, suja de cinza de cigarro. Mesmo assim, a loura o encarava com um ar de adoração.

– É mesmo – comentou Gus. – Você o vê com frequência em Harvard?

– Ele estuda física, mas não anda muito com os cientistas... imagino que esse círculo deva ser maçante demais para ele. Nós sempre nos vemos no *Crimson*. – O *Harvard Crimson* era o jornal dos alunos. Woody contribuía com fotos e Greg escrevia matérias. – Ele está estagiando no Departamento de Estado durante o verão. É por isso que está aqui.

– Na assessoria de imprensa, suponho – disse Gus. – Os dois homens que estão com ele são jornalistas. O de terno marrom trabalha para o *Tribune*, de Chicago, e o que está fumando cachimbo é do *Plain Dealer*, de Cleveland.

Woody notou que Greg conversava com os jornalistas como se fossem velhos amigos, segurando o braço de um deles enquanto se inclinava para a frente e dizia alguma coisa em voz baixa, e dando tapinhas nas costas do outro. Os dois pareciam gostar dele, pensou Woody ao vê-los rir alto de algo que Greg dissera. Invejava esse talento. Era bem útil para um político, embora talvez não fosse fundamental: seu pai não possuía esse tipo de simpatia espontânea, mas era um dos estadistas mais importantes dos Estados Unidos.

– Fico imaginando o que a meia-irmã dele está achando da ameaça de guerra – comentou Woody. – Ela está em Londres. Casou-se com algum lorde inglês.

– Para ser mais exato, ela se casou com o primogênito do conde Fitzherbert, que eu conhecia bem.

– Todas as moças de Buffalo morrem de inveja dela. O rei foi ao casamento.

– Eu também conhecia Maud, irmã de Fitzherbert... uma mulher maravilhosa. Casou-se com um alemão, Walter von Ulrich. Eu teria me casado com ela se Walter não tivesse chegado primeiro.

Woody arqueou as sobrancelhas. Não era do feitio de seu pai falar assim.

– Mas isso foi antes de eu me apaixonar pela sua mãe, claro.

– Claro. – Woody reprimiu um sorriso.

– Walter e Maud sumiram do mapa depois que Hitler baniu os social-democratas. Espero que estejam bem. Se estourar uma guerra...

Woody viu que falar sobre a guerra havia despertado as lembranças do pai.

– Pelo menos os Estados Unidos não estão envolvidos.

– Foi isso que pensamos da última vez. – Gus então mudou de assunto: – Tem notícias de seu irmão?

Woody deu um suspiro.

– Ele não vai mudar de ideia, pai. Não vai para Harvard nem para nenhuma outra universidade.

Aquilo havia gerado uma crise familiar. Chuck anunciara que, assim que completasse 18 anos, entraria para a Marinha. Como não tinha diploma universitário, seria um simples recruta, sem qualquer perspectiva de um dia se tornar oficial. Isso era motivo de horror para seus pais bem-sucedidos.

– Que droga, ele é inteligente o bastante para a universidade – disse Gus.

– Ele ganha de mim no xadrez.

– De mim também. Qual é o problema, então?

– Ele detesta estudar. E adora barcos. Velejar é sua única paixão. – Woody olhou para o relógio.

– Você tem uma festa – comentou seu pai.

– Não há pressa...

– Claro que há. Ela é uma moça muito atraente. Dê o fora daqui.

Woody sorriu. Seu pai podia ser surpreendentemente perspicaz.

– Obrigado, pai – disse e levantou-se.

Greg Peshkov estava saindo na mesma hora e os dois passaram juntos pela porta.

– Oi, Woody, como vão as coisas? – perguntou Greg, simpático, virando-se na mesma direção que ele.

Houvera uma época em que a vontade de Woody era dar um soco em Greg por causa de seu envolvimento no golpe planejado contra Dave Rouzrokh. No entanto, com o passar do tempo, seus ânimos se acalmaram, e na verdade o responsável fora Lev Peshkov, não seu filho, que na época só tinha 15 anos. Ainda assim, Woody mostrou-se apenas educado.

– Estou gostando de Washington – respondeu, andando por um dos amplos bulevares em estilo parisiense da cidade. – E você?

– Também gosto daqui. Eles logo se acostumaram com meu sobrenome. – Ao ver a expressão de incompreensão de Woody, Greg explicou: – O Departamento de Estado só tem gente chamada Smith, Faber, Jensen, McAllister. Ninguém se chama Kozinsky, Cohen ou Papadopoulos.

Woody percebeu que era verdade. O governo era administrado por uma elite étnica bastante exclusiva. Por que não percebera isso antes? Talvez porque na escola, na igreja e em Harvard também fosse assim.

– Mas eles não têm a mente fechada – continuou Greg. – Estão dispostos a abrir uma exceção para alguém que fala russo fluentemente e vem de uma família rica.

Greg estava tentando parecer casual, mas no fundo sua voz tinha um tom de ressentimento, e Woody viu que o outro rapaz tinha um sério recalque.

– Eles acham que meu pai é um gângster – disse Greg. – Mas não se importam muito com isso. A maioria dos ricos tem algum gângster entre seus antepassados.

– Pelo modo como fala, parece que você detesta Washington.

– Pelo contrário! Não gostaria de estar em nenhum outro lugar. É aqui que está o poder.

Woody teve a sensação de que as suas próprias motivações eram mais nobres.

– Eu estou aqui porque há coisas que desejo realizar, mudanças que quero fazer.

Greg sorriu.

– A mesma coisa, na minha opinião... poder.

– Humm. – Woody nunca tinha pensado na questão dessa forma.

– Você acha que vai haver guerra na Europa? – perguntou Greg.

– Você deveria saber, já que trabalha no Departamento de Estado.

– Sim, mas sou da assessoria de imprensa. Só sei as historinhas que contamos aos jornalistas. Não tenho a menor ideia da verdade.

– Ora, eu também não. Acabei de ver o presidente e acho que nem ele tem.

– Daisy, minha irmã, está lá.

O tom de Greg havia mudado. Estava claro que seu medo era genuíno e Woody sentiu empatia por ele.

– Eu sei.

– Se houver bombardeios, nem mesmo as mulheres e as crianças estarão seguras. Você acha que os alemães vão atacar Londres?

Só havia uma resposta honesta para essa pergunta:

– Imagino que sim.

– Queria que ela voltasse para casa.

– Pode ser que não haja guerra. O premier britânico, Chamberlain, fez um acordo de última hora com Hitler no ano passado em relação à Tchecoslováquia...

– Uma capitulação de última hora, você quer dizer.

– É. Talvez ele faça a mesma coisa em relação à Polônia... embora o tempo esteja se esgotando.

Greg assentiu com o semblante fechado, e mudou de assunto.

– Para onde você está indo?

– Para o apartamento de Joanne Rouzrokh. Ela está dando uma festa.

– Ouvi dizer. Conheço uma das moças que moram com ela. Mas não fui convidado, como você pode imaginar. O prédio dela é... meu Deus! – Ele parou no meio da frase.

Woody também parou. Greg tinha os olhos fixos à frente. Ao seguir seu olhar, Woody viu que ele fitava uma negra atraente que caminhava pela Rua E na sua direção. Tinha mais ou menos a mesma idade que eles e era bonita, com uma boca larga de lábios castanho-rosados que fez Woody pensar em beijos. Usava um vestido preto simples que talvez fizesse parte de um uniforme de garçonete, mas um belo chapéu e sapatos da moda lhe davam um visual elegante.

Ela viu os dois, seus olhos encontraram os de Greg e se desviaram para outro lado.

– Jacky? – disse Greg. – Jacky Jakes?

A moça o ignorou e continuou andando, mas, na opinião de Woody, parecia abalada.

– Jacky, sou eu, Greg Peshkov.

Jacky, se é que esse era mesmo o nome dela, não respondeu, mas parecia prestes a cair em prantos.

– Jacky... seu nome verdadeiro é Mabel. Você me conhece! – Greg postou-se no meio da calçada com os braços bem abertos, num gesto de súplica.

A moça se desviou dele deliberadamente, sem dizer nada nem encará-lo, e seguiu andando.

Greg se virou.

– Espere aí! – chamou. – Você fugiu de mim há quatro anos... me deve uma explicação!

Aquilo não era típico de Greg, pensou Woody. Ele sempre fora muito desenvolto com as garotas, tanto na escola quanto em Harvard. Agora parecia genuinamente abalado: perplexo, magoado, quase desesperado.

Quatro anos antes, refletiu Woody. Será que aquela era a mesma garota do escândalo? Tudo acontecera ali mesmo, em Washington. A moça sem dúvida devia morar na cidade.

Greg correu atrás dela. Um táxi havia parado na esquina, e o passageiro, um homem de smoking, estava em pé junto ao meio-fio pagando o motorista. Jacky se enfiou no táxi e bateu a porta.

Greg foi até a janela e gritou diante do vidro fechado:

– Fale comigo, por favor!

– Pode ficar com o troco – falou o homem do smoking e em seguida se afastou.

O táxi foi embora, e Greg ficou para trás, olhando.

Voltou lentamente para onde Woody o aguardava intrigado.

– Não entendo – disse Greg.

– Ela parecia assustada – disse Woody.

– Assustada por quê? Eu nunca lhe fiz mal. Era louco por ela.

– Bem, ela estava com medo de alguma coisa.

Greg pareceu sair de seu transe.

– Desculpe – falou. – De todo modo, não é problema seu. Mil desculpas.

– Não tem problema.

Greg apontou para um edifício alguns passos adiante.

– Joanne mora naquele prédio ali – falou. – Divirta-se. – Então foi embora.

Meio confuso, Woody caminhou até a portaria. No entanto, logo esqueceu a vida afetiva de Greg e começou a pensar na sua. Será que Joanne gostava mesmo dele? Talvez ela não o beijasse nesse dia, mas quem sabe ele poderia convidá-la para sair?

Aquele era um edifício modesto, sem porteiro nem carregador. Uma lista na entrada informava que Rouzrokh dividia o apartamento com Stewart e Fisher, provavelmente duas outras moças. Woody pegou o elevador. Deu-se conta de que estava de mãos abanando: deveria ter levado um doce ou flores. Pensou em voltar para comprar alguma coisa, mas depois decidiu que isso seria exagerar nas boas maneiras. Tocou a campainha.

Uma moça de 20 e poucos anos abriu a porta.

– Oi, meu nome é... – começou Woody.

– Pode entrar – disse ela, sem querer saber seu nome. – As bebidas estão na cozinha e a comida na mesa da sala, se é que sobrou alguma coisa. – Ela virou as costas, claramente pensando que aquilo bastava como boas-vindas.

O pequeno apartamento estava cheio de pessoas bebendo, fumando e gritando umas com as outras para se fazer ouvir acima do som do fonógrafo. Joanne dissera "alguns amigos", e Woody imaginara oito ou dez jovens sentados em volta de uma mesa de centro conversando sobre a crise na Europa. Ficou decepcionado: aquela festa lotada não lhe daria muita chance de provar a Joanne quanto ele havia amadurecido.

Correu os olhos pelo apartamento, procurando por ela. Era mais alto do que a maioria das outras pessoas e podia ver por cima das cabeças. Joanne não estava por perto. Foi abrindo caminho por entre os convidados para tentar encontrá-la. Uma moça de seios volumosos e belos olhos castanhos o encarou quando ele se espremeu para passar por ela e disse:

– Olá, grandão. Eu sou Diana Taverner. E você?

– Estou procurando Joanne – respondeu ele.

Ela deu de ombros.

– Boa sorte, então. – E virou-lhe as costas.

Woody conseguiu chegar à cozinha. O barulho diminuiu um pouco. Joanne não estava à vista, mas ele resolveu aproveitar que estava ali e pegar uma bebida. Um homem de ombros largos e cerca de 30 anos sacudia uma coqueteleira. Bem-vestido com um terno mostarda, uma camisa azul-clara e uma gravata azul-escura, ele obviamente não era barman, mas estava se comportando como um anfitrião.

– O uísque está ali – informou a outro convidado. – Sirva-se. Estou preparando martínis para quem quiser.

284

– Tem bourbon? – perguntou Woody.

– Aqui. – O homem lhe entregou uma garrafa. – Meu nome é Bexforth Ross.

– Woody Dewar. – Woody encontrou um copo e se serviu.

– O gelo está naquele balde – disse Bexforth. – De onde você é, Woody?

– Sou estagiário do Senado. E você?

– Trabalho no Departamento de Estado. Cuido dos assuntos relacionados à Itália. – Ele começou a servir martínis.

Estava claro que aquele sujeito era uma estrela em ascensão, pensou Woody. Sua segurança era tanta que chegava a ser irritante.

– Eu estava procurando Joanne.

– Ela deve estar por aí. De onde vocês se conhecem?

Nessa questão, Woody sentiu que podia demonstrar uma clara superioridade.

– Ah, somos velhos amigos – respondeu, em tom casual. – Na verdade, eu a conheço desde sempre. Crescemos juntos em Buffalo. E você?

Bexforth tomou um grande gole de martíni e deu um suspiro satisfeito. Então examinou Woody com um olhar atento.

– Não conheço Joanne há tanto tempo quanto você – disse ele. – Mas acho que a conheço melhor.

– Como assim?

– Pretendo me casar com ela.

Woody sentiu como se tivesse levado um tapa na cara.

– Casar com ela?

– Sim. Não é incrível?

Woody não conseguiu esconder a consternação.

– E ela sabe?

Bexforth soltou uma risada e deu um tapinha condescendente no ombro de Woody.

– É claro que sabe, e concorda plenamente. Sou o cara mais sortudo do mundo.

Estava óbvio que Bexforth percebera a atração de Woody por Joanne. Ele se sentiu um bobo.

– Meus parabéns – falou, desanimado.

– Obrigado. Agora preciso circular. Foi um prazer conversar com você, Woody.

– O prazer foi todo meu.

Bexforth se afastou.

Woody pousou o copo sem provar a bebida.

– Que se foda – falou em voz baixa. E foi embora.

IV

Primeiro de setembro foi um dia bem quente em Berlim. Carla von Ulrich acordou suada e desconfortável. Tinha se livrado dos lençóis durante a noite. Olhou pela janela do quarto e viu que nuvens cinzentas baixas pairavam sobre a cidade, retendo o calor como a tampa de uma panela.

Aquele era um dia importante para ela. Na verdade, iria determinar o resto de sua vida.

Ficou de pé em frente ao espelho. Tinha o mesmo colorido da mãe, os cabelos escuros e olhos verdes dos Fitzherbert. Porém era mais bonita que Maud, cujo rosto anguloso era mais impressionante do que propriamente belo. A diferença entre mãe e filha era grande. Maud atraía praticamente todos os homens com quem cruzava. Carla, por sua vez, não sabia flertar. Via como se comportavam as outras moças de 17 anos: riam de modo afetado, puxavam o suéter para deixá-lo mais justo nos seios, jogavam os cabelos de um lado para outro e piscavam. Aquilo a deixava constrangida. Sua mãe era mais sutil, claro, de modo que os homens mal sabiam que estavam sendo enfeitiçados, mas o jogo era basicamente o mesmo.

Nesse dia, porém, Carla não queria parecer sensual. Muito pelo contrário: precisava parecer prática, sensata e capaz. Escolheu um vestido simples de algodão cinza-escuro que batia no meio das canelas, calçou suas sandálias de escola pouco glamourosas e prendeu os cabelos em duas tranças, bem ao estilo das moças alemãs. O espelho refletiu a imagem de uma estudante ideal: conservadora, sem graça e assexuada.

Acordara e se vestira antes do restante da família. Ada, a criada, já estava na cozinha e Carla a ajudou a pôr a mesa do café da manhã.

Seu irmão apareceu em seguida. Com 19 anos, exibindo um bigodinho preto bem-aparado, Erik era pró-nazista, o que enfurecia sua família. Estudava na Charité, a faculdade de medicina da Universidade de Berlim, junto com seu melhor amigo e também nazista Hermann Braun. Os Von Ulrich naturalmente não podiam arcar com o custo da faculdade, mas Erik tinha ganhado uma bolsa de estudos.

Carla se candidatara a essa mesma bolsa, na mesma instituição. Era o dia de sua entrevista. Caso se saísse bem, poderia estudar e virar médica. Do contrário...

Não tinha a menor ideia do que iria fazer.

A ascensão dos nazistas ao poder tinha arruinado a vida dos Von Ulrich. Seu pai não era mais deputado no Reichstag, pois havia perdido o cargo quando o Partido Social-Democrata – assim como todos os outros, exceto o Partido Nazista – se tornara ilegal. Não havia nenhum trabalho em que pudesse usar sua experiência de político e diplomata. Ele ganhava mal e mal a vida traduzindo artigos de jornais alemães para a embaixada britânica, onde ainda tinha alguns amigos. A mãe de Carla, por sua vez, tinha sido uma famosa jornalista de esquerda, mas os jornais não podiam mais publicar suas matérias.

Carla achava tudo aquilo uma lástima. Era muito dedicada à família, que incluía Ada. Ficava triste ao testemunhar o declínio do pai, que durante sua infância tinha sido um homem trabalhador e politicamente importante, e agora estava derrotado. Pior ainda era sua mãe tentando se manter corajosa: famosa defensora do sufrágio feminino na Inglaterra antes da guerra, ela agora conseguia ganhar alguns marcos dando aulas de piano.

Os dois, porém, diziam que suportariam qualquer coisa desde que os filhos tivessem vidas felizes e plenas quando crescessem.

Carla sempre partira do princípio de que dedicaria a vida a tornar o mundo um lugar melhor, como os pais tinham feito. Não sabia se teria seguido a carreira política do pai ou virado jornalista feito a mãe, mas ambas as profissões agora estavam fora de cogitação.

O que mais ela poderia fazer sob um governo que recompensava acima de tudo a violência e a brutalidade? Fora Erik que lhe dera a sugestão: médicos tornavam o mundo um lugar melhor independentemente do governo. Assim, a ambição de Carla passara a ser entrar para a faculdade de medicina. Ela havia estudado mais do que qualquer outra menina de sua turma, e passara com louvor em todas as matérias, sobretudo nas de ciências. Era mais qualificada do que o irmão para ganhar uma bolsa.

– Não há nenhuma garota no meu período – disse Erik, de mau humor.

Carla pensou que a ideia de ela seguir seus passos não agradava ao irmão. Apesar de suas opiniões políticas abjetas, os pais tinham orgulho das conquistas de Erik. Talvez ele estivesse com medo de ser superado.

– Todas as minhas notas são melhores que as suas – disse Carla. – Biologia, química, matemática...

– Tudo bem, tudo bem.

– E, em tese, a bolsa também pode ser dada a mulheres... eu verifiquei.

Sua mãe chegou à cozinha no final da conversa, vestida com um roupão de seda *moiré* cinza cuja faixa dava duas voltas em sua cintura fina.

– Eles provavelmente seguem as regras que quiserem – comentou. – Afinal de contas, estamos na Alemanha. – Sua mãe dizia amar seu país de adoção, e talvez amasse mesmo, mas, desde a ascensão dos nazistas, ela havia adquirido o hábito de fazer comentários irônicos e pessimistas.

Carla mergulhou um pedaço de pão no café com leite.

– Mãe, como você vai se sentir se a Inglaterra atacar a Alemanha?

– Profundamente infeliz, como da última vez – respondeu ela. – Estive casada com seu pai durante toda a Grande Guerra e, por mais de quatro anos, passei cada dia morrendo de medo de que ele fosse morto.

– Mas você vai tomar o partido de quem? – perguntou Erik, em tom desafiador.

– Eu sou alemã – respondeu ela. – Na alegria e na tristeza, foi para isso que me casei. É claro que nunca previmos nada tão ruim e opressivo quanto este regime nazista. Ninguém previu. – Erik soltou um grunhido de protesto que sua mãe ignorou. – Mas promessa é dívida, e, de todo modo, eu amo o seu pai.

– Ainda não estamos em guerra – disse Carla.

– Ainda não – concordou a mãe. – Se os poloneses tiverem algum juízo, vão recuar e dar a Hitler o que ele está pedindo.

– E deveriam dar, mesmo – disse Erik. – A Alemanha agora está fortalecida. Podemos pegar o que quisermos, mesmo contra a vontade deles.

Sua mãe revirou os olhos.

– Deus nos livre.

Uma buzina de carro soou do lado de fora. Carla sorriu. No minuto seguinte, sua amiga Frieda Franck entrou na cozinha. Ela iria acompanhar Carla à entrevista só para lhe dar apoio moral. Também estava vestida de maneira sóbria, como uma colegial, embora, ao contrário de Carla, tivesse um armário cheio de roupas elegantes.

O irmão de Frieda entrou atrás dela. Carla achava Werner Franck maravilhoso. Ao contrário de tantos rapazes bonitos, ele era gentil, atencioso e engraçado. Já fora de esquerda um dia, mas tudo isso parecia ter ficado para trás e ele agora não se envolvia mais com a política. Tivera uma sucessão de namoradas lindas e cheias de estilo. Se Carla soubesse flertar, teria começado por ele.

– Eu bem que lhes ofereceria um café – falou sua mãe. – Mas só temos *Ersatz*, um substituto da pior qualidade, e sei que em casa vocês bebem café de verdade.

– Quer que eu roube um pouco da nossa cozinha para a senhora, Frau Von Ulrich? – perguntou Werner. – A senhora merece.

Ao ver a mãe corar de leve, Carla percebeu, com um pouco de reprovação, que mesmo aos 48 anos ela não era imune ao charme de Werner.

Ele olhou de relance para um relógio de ouro.

– Já está na minha hora – falou. – Ultimamente as coisas andam frenéticas no Ministério da Aeronáutica.

– Obrigada pela carona – disse Frieda.

– Espere aí – falou Carla para a amiga. – Se você veio com Werner, onde está sua bicicleta?

– Lá fora. Nós a prendemos na traseira do carro.

As duas moças faziam parte do Clube de Ciclismo Mercúrio, e iam de bicicleta a toda parte.

– Boa sorte na entrevista, Carla – desejou Werner. – Tchau, pessoal.

Carla engoliu o último pedaço de pão. Quando já estava de saída, seu pai desceu. Não tinha feito a barba nem posto uma gravata. Era um homem gordo quando Carla era menina, mas agora estava magro. Deu um beijo carinhoso na filha.

– Esquecemos de ouvir o noticiário! – exclamou a mãe, e foi ligar o rádio que ficava em cima da prateleira.

Enquanto o aparelho esquentava, Carla e Frieda saíram, sem ouvir as notícias.

O Hospital Universitário ficava em Mitte, a parte central de Berlim, onde os Von Ulrich moravam, por isso o trajeto de bicicleta foi curto. Carla começou a ficar nervosa. A fumaça dos canos de descarga dos carros a deixou enjoada, e ela desejou não ter tomado café da manhã. As duas chegaram ao hospital, um prédio novo construído nos anos 1920, e foram até a sala do professor Bayer, a quem cabia recomendar um aluno para a bolsa. Uma secretária arrogante lhes disse que elas estavam adiantadas e mandou que esperassem.

Carla desejou estar usando um chapéu e luvas. Isso a teria feito parecer mais velha e mais respeitável, como alguém em quem os doentes pudessem confiar. Talvez a secretária tivesse sido mais educada se ela estivesse de chapéu.

A espera foi longa, mas Carla lamentou quando chegou ao fim e a secretária disse que o professor estava pronto para recebê-la.

– Boa sorte! – sussurrou Frieda.

Carla entrou.

Bayer era um homem magro, de 40 e poucos anos, com um bigodinho grisalho. Usava um paletó de linho bege por cima do colete de um terno cinza. Estava sentado a uma escrivaninha e, pendurada na parede atrás dele, havia uma foto sua apertando a mão de Hitler.

Ele não cumprimentou Carla. Em vez disso, bradou:

– O que é um número imaginário?

Aquele comportamento abrupto a espantou, mas pelo menos a pergunta era fácil.

– É a raiz quadrada de um número real negativo, como a raiz quadrada de menos um, por exemplo – respondeu ela, com a voz trêmula. – Não se pode atribuir um valor numérico real a um número imaginário, mas ele pode ser usado em cálculos.

O professor pareceu um pouco espantado. Talvez tivesse pensado que fosse derrubá-la.

– Correto – disse ele, após um instante de hesitação.

Carla olhou em volta. Não havia cadeira para ela. Será que seria entrevistada de pé?

O professor lhe fez algumas perguntas sobre química e biologia, e ela respondeu a todas com facilidade. Seu nervosismo diminuiu. De repente ele perguntou:

– A senhorita desmaia quando vê sangue?

– Não, professor.

– Ah! – exclamou ele, triunfante. – E como sabe disso?

– Fiz o parto de um bebê quando tinha 11 anos – respondeu ela. – Houve bastante sangue.

– A senhorita deveria ter mandado chamar um médico!

– Eu mandei – respondeu ela, indignada. – Mas bebês não esperam por médicos.

– Humm. – Bayer se levantou. – Espere aqui. – Ele saiu da sala.

Carla não se mexeu. Estava sendo submetida a um teste árduo, mas até ali acreditava que vinha se saindo bastante bem. Felizmente, estava acostumada a debater com homens e mulheres de todas as idades: discussões acaloradas eram recorrentes na casa dos Von Ulrich e, até onde podia se lembrar, ela se mostrara à altura dos pais e do irmão.

Bayer passou vários minutos ausente. O que estaria fazendo? Teria ido chamar um colega para conhecer aquela candidata de inteligência ímpar? Isso parecia uma esperança exagerada.

Carla ficou tentada a pegar um dos livros da estante do professor e começar a ler, mas teve medo de ofendê-lo, então ficou parada e não fez nada.

Ele voltou dez minutos depois trazendo um maço de cigarros. Será que a tinha feito esperar aquele tempo todo no meio da sala enquanto ia à tabacaria? Ou seria mais um teste? Ela começou a ficar irritada.

Bayer acendeu o cigarro sem pressa, como se precisasse organizar os pensamentos. Soprou a fumaça e perguntou:

– Como é que a senhorita, sendo mulher, trataria um homem que estivesse com uma infecção no pênis?

Ela ficou encabulada e sentiu o rosto corar. Nunca havia conversado sobre pênis com nenhum homem, mas sabia que, se quisesse se tornar médica, teria que ser forte em relação a esse tipo de coisa.

– Do mesmo modo que o senhor, sendo homem, trataria uma infecção vaginal – respondeu. O professor pareceu horrorizado, e ela teve medo de ter sido insolente. Emendou depressa: – Eu examinaria a área com cuidado para tentar identificar a natureza da infecção, e provavelmente a trataria com sulfonamida, embora tenha que admitir que não estudamos isso nas aulas de biologia na escola.

– A senhorita já viu um homem nu? – indagou ele, cético.

– Já.

Ele fingiu indignação:

– Mas a senhorita é solteira!

– Quando meu avô estava à beira da morte, ficou acamado e incontinente. Eu ajudava minha mãe a mantê-lo asseado... ela não conseguia dar conta sozinha, porque ele era pesado demais. – Ela ensaiou um sorriso. – As mulheres fazem isso o tempo todo, professor, com os muito jovens e os muito velhos, com os doentes e os incapacitados. Estamos acostumadas. Só os homens consideram essas tarefas constrangedoras.

Embora ela estivesse respondendo bem, o professor parecia cada vez mais contrariado. O que estaria saindo errado? Quase parecia que ele teria ficado mais feliz se ela se deixasse intimidar por seu comportamento e desse respostas idiotas.

Com ar pensativo, ele apagou o cigarro no cinzeiro sobre a mesa.

– Infelizmente, acho que a senhorita não é uma candidata adequada para esta bolsa – falou.

Carla ficou pasma. Como poderia ter se saído mal? Ela havia respondido a todas as perguntas!

– Por que não? – indagou ela. – Minhas qualificações são impecáveis.

– A senhorita é pouco feminina. Fala abertamente sobre vagina e pênis.

– Foi o senhor quem começou com essa conversa! Tudo o que fiz foi responder às suas perguntas.

– Está claro que a senhorita foi criada num ambiente vulgar no qual pôde observar a nudez de seus parentes homens.

– O senhor por acaso acha que as fraldas dos idosos deveriam ser trocadas por homens? Queria vê-lo fazer isso!

– E, pior de tudo, a senhorita é desrespeitosa e insolente.

– O senhor me fez perguntas difíceis. Se eu tivesse lhe dado respostas tímidas, teria dito que eu não era durona o bastante para ser médica... não teria?

O professor ficou sem palavras por alguns instantes, e ela entendeu que era exatamente isso que ele teria feito.

– O senhor desperdiçou meu tempo – disse ela, dirigindo-se para a porta.

– Vá se casar – disse o professor. – Gere filhos para o Führer. É esse o seu papel na vida. Cumpra o seu dever!

Ela saiu e bateu a porta.

Frieda ergueu os olhos, assustada.

– O que houve?

Carla se encaminhou para a saída sem responder. Cruzou olhares com a secretária, cujo ar satisfeito dava a entender que ela sabia exatamente o que tinha acontecido na entrevista.

– Pode tirar esse sorrisinho da cara, sua vaca velha e ressecada – falou Carla, e teve a satisfação de testemunhar o choque e o horror da mulher.

Do lado de fora do prédio, disse a Frieda:

– Ele não tinha nenhuma intenção de me recomendar para a bolsa porque sou mulher. Minhas qualificações não tinham a menor importância. Tive todo esse trabalho por nada. – Então desatou a chorar.

Frieda a abraçou.

Um minuto depois, Carla começou a se sentir melhor.

– Não vou criar filhos para o maldito Führer – resmungou.

– O quê?

– Vamos para casa. Quando chegarmos lá eu conto. – As duas subiram nas bicicletas.

As ruas tinham uma atmosfera estranha, mas Carla estava preocupada demais com os próprios problemas para se perguntar o que estava acontecendo. Pessoas se aglomeravam em volta dos alto-falantes que às vezes transmitiam os discursos de Hitler na Ópera Kroll, o prédio que estava sendo usado em lugar do Reichstag incendiado. Ele provavelmente estava prestes a discursar.

Quando as duas chegaram de volta à casa dos Von Ulrich, os pais de Carla ainda estavam na cozinha. Walter estava sentado junto ao rádio, com o cenho franzido de concentração.

– Eles me recusaram – disse Carla. – Independentemente do que dizem as regras, não querem dar a bolsa para uma mulher.

– Ah, Carla, eu sinto muito – falou a mãe.

– O que estão dizendo no rádio?

– Vocês não sabem? – indagou Maud. – Nós invadimos a Polônia hoje de manhã. Estamos em guerra.

V

A temporada londrina já havia terminado, mas, por conta da crise, a maioria das pessoas continuava na cidade. O Parlamento, que em geral entrava em recesso nessa época do ano, fora excepcionalmente convocado de volta. No entanto, não havia mais festas, nem recepções reais ou bailes. Era como estar num balneário à beira-mar em pleno inverno, pensou Daisy. Era um sábado, e ela estava se aprontando para ir jantar na casa do sogro, o conde Fitzherbert. Poderia haver algo mais maçante?

Daisy estava sentada diante da penteadeira, usando um vestido de noite de seda verde-água com decote em V e saia plissada. Tinha flores de seda nos cabelos e uma fortuna em diamantes em volta do pescoço.

Boy, seu marido, estava se arrumando em seu próprio quarto de vestir. Daisy sentia-se feliz por ele estar com ela. Boy passava muitas noites fora. Embora morassem juntos ali em Mayfair, às vezes se passavam vários dias sem que os dois se cruzassem. Nessa noite, porém, ele estava em casa.

Ela segurava uma carta da mãe, enviada de Buffalo. Olga adivinhara que a filha era infeliz no casamento. As cartas que Daisy escrevera para casa deviam conter pistas. E sua mãe tinha boa intuição. "Eu só quero que você seja feliz", escrevera ela. "Então preste atenção no que estou lhe dizendo: não desista assim tão cedo. Você um dia vai ser a condessa Fitzherbert, e o seu filho, se for homem, vai ser o conde. Talvez se arrependa de jogar tudo isso fora só porque seu marido não foi atencioso o suficiente."

Talvez Olga tivesse razão. As pessoas já chamavam Daisy de milady havia quase três anos, mas mesmo assim o tratamento continuava a lhe dar um choque de prazer, como o trago num cigarro.

No entanto, o casamento parecia não fazer grande diferença na vida de Boy. Saía à noite com os amigos, viajava pelo país para assistir a corridas de cavalos e raramente compartilhava seus planos com a esposa. Daisy achava constrangedor ir a uma festa e ter a surpresa de encontrar o marido lá. Se quisesse saber aonde ele iria, porém, precisava perguntar ao seu valete, e isso era humilhante demais.

Será que Boy iria amadurecer aos poucos e começar a se comportar como um marido de verdade, ou seria sempre daquele jeito?

Ele enfiou a cabeça pela abertura da porta do quarto dela.

– Vamos, Daisy, estamos atrasados.

Ela guardou a carta da mãe dentro de uma gaveta, trancou-a e saiu do quarto. Boy a esperava no hall, de smoking. Fitz finalmente sucumbira à moda e agora aceitava trajes curtos mais informais para os jantares de família em casa.

Poderiam ter ido a pé até a residência de Fitz, mas chovia tanto que Boy mandou buscar o carro. Era um sedã Bentley Airline creme com pneus de risca branca. Seu marido herdara do pai a paixão por carros bonitos.

Boy foi dirigindo. Daisy torceu para que ele a deixasse assumir o volante na volta. Ela gostava de dirigir e, de toda forma, ele não era um motorista muito confiável depois do jantar, sobretudo se as ruas estivessem molhadas.

Londres estava se preparando para a guerra. Balões de barragem flutuavam a sessenta metros do solo para impedir a aproximação de bombardeiros. Para o caso de não serem suficientes, sacos de areia tinham sido empilhados diante dos edifícios importantes. Um em cada dois meios-fios fora pintado de branco para orientar os motoristas durante o blecaute iniciado na véspera. Faixas brancas também tinham sido pintadas nas árvores maiores, nas estátuas e em outros obstáculos capazes de causar acidentes.

A princesa Bea recebeu o filho e a nora. Apesar de seus 50 e poucos anos e de estar bastante gorda, ela ainda se vestia como uma menina. Nessa noite, estava com um vestido cor-de-rosa bordado de contas e paetês. Ela jamais se referia à história que o pai de Daisy contara na festa de casamento, mas havia parado de sugerir que a nora era socialmente inferior e agora sempre se dirigia a ela com cortesia, quando não com afeto. Daisy, por sua vez, se mostrava simpática, mas com cautela, e tratava a sogra como uma tia que estivesse começando a ficar esclerosada.

Andy, irmão caçula de Boy, também estava presente. Ele e May agora tinham dois filhos e, aos olhos desconfiados de Daisy, May parecia estar esperando um terceiro.

É claro que Boy queria um filho para herdar o título e a fortuna dos Fitzherbert, mas até agora Daisy não conseguira engravidar. Aquilo era motivo de tensão, e a fecundidade tão evidente de Andy e May apenas piorava a situação. As chances de Daisy aumentariam se Boy passasse mais noites em casa.

Ela ficou feliz ao ver que sua amiga Eva Murray também fora convidada para o jantar, embora não estivesse com o marido. Jimmy Murray, agora capitão, estava com a sua unidade e não pudera se ausentar, pois a maioria dos soldados já se encontrava aquartelada, e seus oficiais os estavam acompanhando. Eva agora era da família, visto que Jimmy era irmão de May, esposa de Andy. Dessa forma, Boy havia sido obrigado a superar seu preconceito contra os judeus e a ser educado com Eva.

A amiga tinha tanta adoração por Jimmy quanto três anos antes, quando os dois haviam se casado. Eles também tiveram dois filhos em três anos. Entretanto, nessa noite Eva parecia preocupada, e Daisy podia adivinhar por quê.

– Como vão seus pais? – perguntou ela.

– Não podem sair da Alemanha – respondeu Eva, triste. – O governo se recusa a lhes conceder vistos de saída.

– Fitz não pode ajudar?

– Ele tentou.

– O que eles fizeram para merecer isso?

– Não são só eles. Milhares de judeus alemães estão na mesma situação. São poucos os que conseguem os vistos.

– Sinto muito.

Daisy estava mais do que sentida. Chegava a se contorcer de tanta vergonha ao se lembrar de como ela e Boy haviam apoiado os fascistas nos primeiros tempos. Suas reservas em relação ao regime tinham aumentado rapidamente à medida que a brutalidade do fascismo na Grã-Bretanha e no exterior se tornara cada vez mais óbvia. No final das contas, ela ficara aliviada quando Fitz havia reclamado que eles o estavam constrangendo e suplicara que deixassem o partido de Mosley. Agora Daisy se achava uma boba por ter se filiado.

Boy, por sua vez, não se mostrava tão arrependido. Continuava achando que os europeus brancos de classe alta formavam uma raça superior, escolhida por Deus para governar a Terra. No entanto, não acreditava mais que isso fosse uma filosofia política prática. Muitas vezes se enfurecia com a democracia britânica, mas não defendia que esta fosse abolida.

A família se sentou cedo à mesa.

– Neville vai fazer um pronunciamento na Câmara dos Comuns às sete e meia – disse Fitz. Neville Chamberlain era o primeiro-ministro britânico. – Quero assistir. Vou me sentar na Galeria dos Pares. Talvez tenha que deixá-los antes da sobremesa.

– O que você acha que vai acontecer, pai? – perguntou Andy.

– Não sei mesmo – respondeu Fitz, levemente irritado. – É claro que todos nós gostaríamos de evitar uma guerra, mas é importante não dar a impressão de que estamos indecisos.

Daisy ficou surpresa: Fitz acreditava na lealdade e raramente criticava os colegas do governo, mesmo de forma tão oblíqua quanto aquela.

– Se houver uma guerra, vou me mudar para Tŷ Gwyn – disse a princesa Bea.

Fitz fez que não com a cabeça.

– Se houver uma guerra, o governo vai pedir aos proprietários que coloquem suas grandes residências rurais à disposição das Forças Armadas enquanto durar o conflito. Como integrante do governo, tenho que dar o exemplo. Terei que emprestar Tŷ Gwyn ao regimento dos Fuzileiros Galeses para que a propriedade seja usada como um centro de treinamento ou talvez um hospital.

– Mas é a minha casa de campo! – protestou Bea, indignada.

– Podemos separar uma pequena parte da casa para uso particular.

– Não quero uma pequena parte da casa... Sou uma princesa!

– Talvez seja aconchegante. Podemos usar a despensa do mordomo como cozinha, e a sala íntima como sala de jantar, mais três ou quatro quartos menores.

– Aconchegante! – Bea tinha um ar de repulsa, como se algo nojento houvesse sido posto na sua frente, porém não disse mais nada.

– Com certeza Boy e eu vamos ter que nos juntar aos Fuzileiros Galeses – disse Andy.

May emitiu um ruído que parecia um soluço.

– Eu vou para a Força Aérea – disse Boy.

A declaração deixou Fitz chocado.

– Você não pode fazer isso! O visconde de Aberowen sempre fez parte dos Fuzileiros Galeses.

– Eles não têm aviões. A próxima guerra vai ser travada no ar. A Real Força Aérea britânica precisará desesperadamente de pilotos. E venho pilotando há anos.

Fitz estava prestes a seguir argumentando, mas o mordomo entrou e anunciou:

– O carro está pronto, milorde.

Fitz olhou para o relógio acima da lareira.

– Droga, tenho que ir. Obrigado, Grout. – Ele olhou para Boy. – Não tome uma decisão antes de conversarmos mais. Isso não está certo.

– Está bem, pai.

Fitz olhou para Bea.

– Querida, me perdoe por sair no meio do jantar.

– Não tem problema – disse ela.

Fitz se levantou da mesa e foi até a porta. Daisy reparou em seu andar manco, triste recordação da última guerra.

O restante do jantar foi sombrio. Todos se perguntavam se o primeiro-ministro iria declarar guerra.

Quando as mulheres se levantaram para sair da sala, May sugeriu a Andy que lhe desse o braço. Ele pediu licença aos dois homens ainda sentados à mesa dizendo:

– Minha esposa encontra-se num estado delicado. – Aquele era o eufemismo habitual para gravidez.

– Quisera eu que a minha esposa ficasse delicada com tanta facilidade assim – comentou Boy.

Foi um golpe baixo e Daisy sentiu o rosto corar. Reprimiu uma resposta, mas então se perguntou por que deveria ficar calada.

– Bem, querido, você sabe o que se diz no futebol – retrucou em voz alta. – Quem não chuta não faz gol.

Foi a vez de Boy enrubescer.

– Que ousadia! – protestou ele, furioso.

Andy riu.

– Você pediu, irmão.

– Parem com isso, vocês dois – disse Bea. – Espero que meus filhos aguardem até as senhoras não poderem mais ouvi-los antes de se permitirem conversas tão repulsivas. – Ela saiu da sala com um andar majestoso.

Daisy saiu atrás da sogra, mas ainda estava zangada e queria ficar sozinha, por isso se despediu das outras mulheres no patamar da escada. Como Boy podia ter dito uma coisa daquelas? Será que ele acreditava mesmo que era culpa dela não ter engravidado? Podia muito bem ser culpa dele! Talvez ele soubesse disso e estivesse tentando culpá-la por medo de as pessoas acharem que ele era infértil. Provavelmente era essa a verdade, mas isso não desculpava uma ofensa pública.

Ela foi até o antigo quarto do marido. Depois de se casarem, os dois haviam morado ali por três meses, enquanto a casa deles estava sendo redecorada. Tinham usado o antigo quarto de Boy e o cômodo ao lado, embora nessa época dormissem juntos todas as noites.

Ela entrou e acendeu a luz. Para sua surpresa, viu que Boy parecia não ter se mudado dali completamente. Havia uma navalha na pia e um exemplar da revista de aviação *Flight* sobre a mesinha de cabeceira. Ela abriu uma gaveta e encontrou uma lata do remédio para o fígado Leonard's Liver-Aid, que ele tomava todos os dias antes do café da manhã. Será que seu marido dormia ali quando estava bêbado demais para encarar a esposa?

A gaveta de baixo estava trancada, mas ela sabia que Boy guardava a chave dentro de um vaso no consolo da lareira. Não tinha pudor nenhum em bisbilhotar: na sua opinião, um marido não devia ter nenhum segredo para a esposa. Abriu a gaveta.

A primeira coisa que encontrou foi um livro de fotografias de mulheres nuas. Nas pinturas e fotos artísticas, as mulheres em geral tentavam ocultar parcialmente as partes íntimas, mas aquelas garotas estavam fazendo justamente o contrário: pernas escancaradas, nádegas arreganhadas e até mesmo os lábios da vagina abertos para expor a parte interna. Se alguém a surpreendesse, Daisy fingiria estar chocada, mas a verdade é que aquelas imagens a deixaram fascinada. Ela folheou o livro inteiro com grande interesse, comparando aquelas mulheres consigo mesma: tamanho e formato dos seios, quantidade de pelos pubianos, órgãos sexuais. Que variedade incrível existia no corpo das mulheres!

Algumas das garotas estavam se estimulando, ou fingindo fazê-lo, e outras haviam sido fotografadas em dupla, tocando uma a outra. Daisy não estranhava que os homens gostassem daquele tipo de coisa.

Sentia-se uma intrusa. Estar ali a fez lembrar aquela vez que havia entrado no quarto de Boy em Tŷ Gwyn, antes de eles se casarem. Na época, ela estava louca para descobrir mais coisas a respeito dele, para conhecer mais intimamente o homem que amava, para encontrar um jeito de torná-lo seu. Mas e agora, o que estava fazendo? Espionando um marido que não parecia mais amá-la e tentando entender onde ela havia fracassado.

Debaixo do livro havia um saco de papel marrom e, dentro dele, vários pequenos envelopes quadrados também de papel, estampados com letras vermelhas na frente.

"Prentif" Marca Registrada

SERVISPAK

AVISO
Não deixar o envelope
ou seu conteúdo em locais públicos,
pois podem ser ofensivos

BORRACHA DE LÁTEX
fabricada na Grã-Bretanha
Resistente a qualquer clima

Nada daquilo fazia sentido. Em lugar algum estava escrito o que o envelope continha. Assim, ela abriu um.

Lá dentro encontrou um pedaço de borracha enrolado. Desenrolou-o. Tinha o formato de um tubo, fechado em uma das pontas. Daisy levou alguns segundos para entender o que era.

Nunca tinha visto aquilo, mas ouvira outras pessoas comentarem a respeito. Os americanos chamavam aquele pedacinho de borracha de Trojan, e os britânicos, de *rubber johnny*. O nome correto era preservativo e servia para evitar gravidez.

Por que seu marido tinha um pacote daquelas coisas? Havia apenas uma resposta possível: para usar com outra mulher.

Daisy sentiu vontade de chorar. Tinha dado a Boy tudo o que ele queria. Nunca lhe dissera que estava cansada demais para fazer amor – mesmo quando estava –, tampouco recusara qualquer sugestão dele na cama. Se ele houvesse pedido, teria até posado como as mulheres do livro de fotografias.

O que ela tinha feito de errado?

Decidiu perguntar a Boy.

A tristeza se transformou em raiva. Ela se levantou. Levaria os envelopes de papel até a sala de jantar e confrontaria o marido. Por que deveria protegê-lo?

Mas nesse momento ele entrou no quarto.

– Vi a luz lá do corredor – disse ele. – O que está fazendo aqui? – Então viu as gavetas abertas da mesinha de cabeceira. – Como se atreve a me espionar?

– Eu já desconfiava que você fosse infiel – disse ela, erguendo o preservativo. – E estava certa.

– Que ousadia mexer nas minhas coisas!

– Que ousadia me trair!

Ele ergueu a mão.

– Eu deveria é dar uns tabefes em você, como um marido da era vitoriana.

Ela pegou um castiçal pesado no consolo da lareira.

– Se tentar, vou acertar você, como uma esposa do século XX!

– Que situação ridícula. – Com um ar derrotado, ele se deixou cair sobre uma cadeira junto à porta.

A evidente infelicidade do marido fez a raiva de Daisy sumir, e tudo o que ela sentiu foi tristeza. Sentou-se na cama. No entanto, não havia perdido a curiosidade.

– Quem é ela?

Ele balançou a cabeça.

– Não importa.

– Eu quero saber!

Ele se remexeu, pouco à vontade.

– Faz diferença?

– Claro que faz. – Ela sabia que acabaria por fazê-lo contar.

Boy não conseguia encará-la.

– Ninguém que você conheça, nem que vá conhecer.

– Uma prostituta?

A sugestão o deixou ofendido.

– Não!

– Você dá dinheiro a ela? – insistiu Daisy.

– Não. Sim. – Ele obviamente estava envergonhado o bastante para querer negar. – Bom, uma mesada. Não é a mesma coisa.

– Por que dar dinheiro se ela não é prostituta?

– Para elas não precisarem ver mais nenhum outro.

– Elas? Então você tem várias amantes?

– Não! Várias não, só duas. Elas moram em Aldgate. São mãe e filha.

– O quê? Você não pode estar falando sério.

– Bem, um dia Joanie estava... *Elle avait les fleurs*, como dizem os franceses.

– As moças americanas dizem "estar incomodada".

– Então Pearl sugeriu...

– Ser a substituta? Mas essa é a coisa mais sórdida do mundo! Quer dizer que você vai para a cama com as duas?

– Vou.

Ela pensou no livro de fotografias e uma possibilidade chocante lhe ocorreu. Teve que perguntar:

– Ao mesmo tempo?

– Às vezes.

– Que nojo!

– Você não precisa se preocupar com doenças. – Ele apontou para o preservativo em sua mão. – Esses negócios evitam infecções.

– Fico tocada com a sua atenção.

– A maioria dos homens faz isso, sabe? Pelo menos os da nossa classe social.

– Não faz, nada! – disse ela, mas pensou no próprio pai, que tinha uma esposa, uma amante de longa data e, mesmo assim, sentia necessidade de sair com Gladys Angelus.

– Meu pai não é um marido fiel. Tem filhos bastardos por toda parte.

– Não acredito em você. Acho que ele ama a sua mãe.

– Pelo menos um bastardo ele tem com certeza.

– Onde?

– Não sei.

– Então não pode ter certeza.

– Eu o ouvi dizer alguma coisa para Bing Westhampton uma vez. Você sabe como é o Bing.

– Sei, sim – disse Daisy. Aquele parecia um bom momento para dizer a verdade, por isso acrescentou: – Ele apalpa meu traseiro sempre que tem oportunidade.

– Velho safado. Enfim, um dia estávamos todos meio bêbados e Bing falou: "A maioria de nós tem um ou dois filhos bastardos escondidos por aí, não é?", e papai retrucou: "Eu tenho certeza de que só tenho um." Então pareceu se dar conta do que tinha dito, tossiu e fez cara de bobo, depois mudou de assunto.

– Pouco me importa quantos filhos bastardos seu pai tem. Sou uma mulher americana moderna e não vou viver com um marido infiel.

– O que vai fazer?

– Deixar você. – Ela adotou uma expressão desafiadora, mas a dor que sentiu foi como se ele a tivesse apunhalado.

– E voltar para Buffalo com o rabo entre as pernas?

– Talvez. Ou então eu poderia fazer alguma outra coisa. Dinheiro não me falta. – Na época do casamento, os advogados do pai dela tinham garantido que Boy não pudesse pôr a mão na fortuna dos Vyalov-Peshkov. – Poderia ir para a Califórnia. Atuar num dos filmes do meu pai. Virar uma estrela de cinema. Aposto que conseguiria. – Aquilo era tudo fachada. Ela queria mesmo era chorar.

– Pois fique à vontade – disse ele. – Por mim, você pode ir para o inferno.

Ela se perguntou se aquilo era mesmo verdade. Ao observar a expressão dele, concluiu que não.

Eles ouviram um carro. Daisy afastou a cortina de blecaute alguns centímetros e viu o Rolls-Royce preto e creme de Fitz em frente à casa, com os faróis parcialmente tampados por protetores que desviavam a luz para o chão.

– Seu pai chegou – disse ela. – Será que estamos em guerra?

– É melhor descermos.

– Vá na frente. Vou em seguida.

Boy saiu e Daisy se olhou no espelho. Ficou surpresa ao constatar que não estava nada diferente da mulher que havia entrado naquele quarto meia hora antes. Sua vida tinha virado de cabeça para baixo, mas não havia nada em seu rosto que denunciasse isso. Sentia uma pena horrível de si mesma e tinha vontade de chorar, mas reprimiu esse impulso. Reunindo todas as forças de que dispunha, desceu.

Fitz estava na sala de jantar, com o smoking molhado por gotas de chuva nos ombros. Como o patrão havia pulado a sobremesa, Grout lhe trouxe queijo e frutas. Reunida em volta da mesa, a família viu o mordomo servir a Fitz uma taça de vinho tinto. Depois de alguns goles, ele disse:

– Foi um horror.

– O que aconteceu, afinal? – perguntou Andy.

Fitz comeu a ponta de um queijo cheddar antes de responder.

– Neville discursou por quatro minutos. Foi o pior desempenho de um primeiro-ministro que já vi. Ficou balbuciando e se esquivando do assunto, e disse que a Alemanha talvez saia da Polônia, algo em que ninguém acredita. Não falou uma palavra sequer sobre a guerra, nem mesmo sobre um ultimato.

– Mas por quê? – indagou Andy.

– Em conversas particulares, Neville diz que está esperando os franceses pararem de hesitar e declararem guerra ao mesmo tempo que nós. Mas várias pessoas desconfiam que isso seja apenas uma desculpa covarde.

Fitz tomou um gole de vinho.

– Arthur Greenwood pediu a palavra em seguida. – Greenwood era o vice-líder do Partido Trabalhista no Parlamento. – Quando ele se levantou, Leo Amery, que como vocês sabem é um deputado conservador, gritou: "Fale em nome da Inglaterra, Arthur!" Pensar que um maldito socialista pudesse falar pela Inglaterra quando um primeiro-ministro conservador não conseguiu! Neville parecia um cachorro que acabara de levar um chute.

Grout tornou a encher a taça de Fitz.

– Greenwood foi bastante moderado, mas chegou a dizer: "Fico me perguntando por quanto tempo estamos preparados para vacilar", e ao ouvir isso os deputados de ambos os lados do plenário aplaudiram estrondosamente. Acho que Neville queria que um buraco se abrisse no chão para que ele pudesse sumir. – Fitz pegou um pêssego e começou a fatiá-lo com garfo e faca.

– E em que pé ficaram as coisas? – quis saber Andy.

– Nada está resolvido! Neville voltou para sua residência na Downing Street. Mas a maior parte do Gabinete está reunida na sala de Simon na Câmara dos Comuns. – Sir John Simon era o ministro da Fazenda. – Estão dizendo que só sairão de lá quando Neville enviar um ultimato aos alemães. Enquanto isso, o Comitê Executivo Nacional do Partido Trabalhista também está reunido, e os outros deputados insatisfeitos que não têm função ministerial vão se reunir no apartamento de Winston.

Daisy nunca gostara de política, mas, desde que entrara para a família de Fitz e passara a ver tudo de perto, começara a se interessar pelo assunto e estava achando aquela situação toda fascinante e assustadora.

– Então o primeiro-ministro tem que agir! – exclamou.

– Ah, não há dúvida – concordou Fitz. – Antes da próxima sessão do Parlamento, que deve acontecer ao meio-dia de amanhã, Neville tem que declarar guerra ou então renunciar.

O telefone tocou no corredor e Grout foi atender. Um minuto depois, tornou a entrar na sala e disse:

– Era do Ministério das Relações Exteriores, milorde. O cavalheiro não quis esperar que o senhor atendesse, mas insistiu em deixar recado. – O velho mordomo parecia desconcertado, como se tivessem lhe falado com alguma rispidez. – O primeiro-ministro convocou uma reunião imediata do Gabinete.

– Ação! – exclamou Fitz. – Ótimo.

Grout prosseguiu:

– O ministro das Relações Exteriores gostaria que o senhor comparecesse, se possível. – Fitz não fazia parte do Gabinete, mas às vezes ministros-adjuntos eram convidados a assistir a reuniões que tivessem a ver com sua pasta, e ficavam sentados na lateral da sala, e não ao redor da mesa central, para poderem esclarecer algum detalhe.

Bea olhou para o relógio.

– São quase onze horas. Acho que você tem que ir.

– Sim, tenho mesmo. A expressão "se possível" é mera formalidade. – Ele enxugou a boca com um guardanapo branco feito neve e tornou a se retirar, mancando.

– Grout, faça mais um pouco de café e leve até a sala de estar – pediu a princesa Bea. – Talvez fiquemos acordados até tarde.

– Sim, alteza.

Todos voltaram para a sala de estar conversando animadamente. Eva era a favor da guerra: queria ver o regime nazista aniquilado. É claro que ficaria preocupada com Jimmy, mas havia se casado com um soldado e sempre soubera que ele teria de arriscar a vida em combate. Bea também era a favor da guerra, agora que os alemães haviam se aliado aos bolcheviques, que ela tanto odiava. May temia pela vida de Andy, e não conseguia parar de chorar. Boy não entendia por que duas grandes nações como a Inglaterra e a Alemanha entrariam em guerra por causa de uma terra semibárbara como a Polônia.

Assim que pôde, Daisy chamou Eva para acompanhá-la até outro cômodo, a fim de conversarem a sós.

– Boy tem uma amante – disse ela sem rodeios. Mostrou os preservativos para a amiga. – Encontrei isto aqui.

– Ah, Daisy, eu sinto muito – comentou Eva.

Daisy pensou em lhe contar os detalhes sórdidos, pois as duas em geral diziam tudo uma à outra, mas dessa vez estava se sentindo humilhada demais, por isso disse apenas:

– Eu o pressionei e ele confessou.

– Está arrependido?

– Não muito. Segundo ele, todos os homens de sua classe social fazem isso, inclusive o pai dele.

– Jimmy não – disse Eva, enfática.

– Não, tenho certeza de que você tem razão.

– E o que você vai fazer?

– Vou deixá-lo. Podemos nos divorciar, e então outra mulher pode ser a viscondessa.

– Mas você não pode fazer isso se houver uma guerra!

– Por que não?

– Vai ser cruel demais se ele estiver no front.

– Ele deveria ter pensado nisso antes de dormir com duas prostitutas de Aldgate.

– Mas seria uma covardia. Você não pode abandonar um homem que está arriscando a vida para protegê-la.

Embora relutante, Daisy entendeu o que Eva estava dizendo. A guerra iria transformar Boy de um adúltero desprezível que merecia ser rejeitado em um herói que estava defendendo a mulher, a mãe e a pátria do terror de uma invasão e de uma conquista. O problema não era apenas o fato de que todo mundo em Londres e em Buffalo veria Daisy como uma covarde por tê-lo deixado. Ela mesma se sentiria assim. Se uma guerra estourasse, teria de ser corajosa, embora não soubesse muito bem o que isso significava.

– Tem razão – falou, de má vontade. – Se houver guerra, não poderei deixá-lo.

Houve uma trovoada lá fora. Daisy olhou para o relógio: meia-noite. O barulho da chuva se modificou quando esta se transformou em temporal.

Daisy e Eva voltaram para a sala. Bea havia pegado no sono num sofá. Andy envolvia May com os braços. Ela ainda fungava. Boy fumava um charuto e bebia um conhaque. Daisy decidiu que com certeza iria dirigir na volta.

Fitz chegou em casa à meia-noite e meia, com o smoking encharcado.

– Acabou a hesitação – informou. – Neville vai enviar um ultimato aos alemães pela manhã. Se eles não começarem a retirar as tropas da Polônia ao meio-dia, ou seja, às onze horas daqui, entraremos em guerra.

Todos se levantaram e se prepararam para ir embora. No hall, Daisy falou:

– Eu dirijo.

Boy não discutiu. Os dois entraram no Bentley creme e Daisy deu a partida. Grout fechou a porta da casa de Fitz. Daisy ligou os limpadores de para-brisa, mas não saiu com o carro.

– Boy – disse ela –, vamos tentar outra vez.

– Como assim?

– Não quero deixar você de verdade.

– E eu com certeza não quero que você me deixe.

– Largue essas duas mulheres de Aldgate. Durma comigo todas as noites. Vamos tentar ter um filho. É o que você quer, não é?

– É.

– Então vai fazer o que estou pedindo?

Houve uma pausa demorada. Então ele disse:

– Vou.

– Obrigada.

Ela olhou para o marido, torcendo para ganhar um beijo, mas Boy permaneceu sentado ereto, com o olhar fixo à frente através do para-brisa, enquanto os limpadores varriam ritmadamente a chuva incessante.

VI

No domingo, a chuva cessou e o sol apareceu. Lloyd Williams teve a impressão de que Londres tinha sido lavada.

Durante a manhã, a família Williams se reuniu na cozinha da casa de Ethel em Aldgate. Nada havia sido combinado: todos apareceram espontaneamente. Queriam estar juntos se a guerra fosse declarada, deduziu Lloyd.

Ao mesmo tempo que ansiava por agir contra os fascistas, a perspectiva da guerra deixava Lloyd apreensivo. Na Espanha, tinha visto carnificina e sofrimento suficientes para uma vida inteira. Desejava nunca mais ter que participar de outra batalha. Havia até abandonado o boxe. Mas, apesar de tudo, no fundo do coração, não queria que Chamberlain recuasse. Vira com os próprios olhos o que o fascismo significava na Alemanha, e os boatos que chegavam da Espanha eram igualmente assustadores: o regime franquista estava assassinando centenas, milhares de antigos defensores do governo eleito, e os padres dominavam outra vez as escolas.

No verão, depois de se formar, ele havia entrado imediatamente para regimento dos Fuzileiros Galeses e, por ser ex-aluno do Curso de Formação de Oficiais, recebera a patente de tenente. O Exército estava se preparando com energia para o combate: só com muita dificuldade ele conseguira uma licença de 24 horas para visitar a mãe naquele fim de semana. Se o primeiro-ministro declarasse guerra nesse dia, Lloyd estaria entre os primeiros a serem mobilizados.

Billy Williams chegou à casa na Nutley Street depois do café da manhã de domingo. Lloyd e Bernie estavam sentados junto ao rádio, com jornais espalhados sobre a mesa da cozinha, enquanto Ethel preparava um pernil para o almoço. Tio Billy quase chorou ao ver Lloyd de uniforme.

– Isso me lembra do nosso Dave – comentou. – Se tivesse voltado da Espanha, ele estaria sendo convocado agora.

Lloyd nunca contara ao tio as verdadeiras circunstâncias da morte do primo. Fingira desconhecer os detalhes e dissera apenas que Dave havia morrido em combate em Belchite e que devia estar enterrado lá. Billy tinha lutado na Grande Guerra e conhecia a negligência com que eram tratados os cadáveres no campo de batalha, o que aumentava ainda mais a sua dor. Sua maior esperança era algum dia, quando a Espanha finalmente fosse libertada, poder visitar Belchite e prestar homenagem ao filho que morrera lutando por aquela causa tão nobre.

Lenny Griffiths também jamais havia retornado da Espanha. Ninguém fazia ideia de onde ele pudesse estar enterrado. Talvez até ainda estivesse vivo e detido em um dos campos de prisioneiros de Franco.

O rádio transmitiu o pronunciamento do primeiro-ministro Chamberlain na Câmara dos Comuns na noite anterior, mas só.

– Quem ouve isso não faz ideia da confusão que aconteceu depois desse discurso – comentou Billy.

– A BBC nunca noticia confusões – disse Lloyd. – Eles gostam de transmitir segurança.

Tanto Billy quanto Lloyd eram membros do Comitê Executivo Nacional do Partido Trabalhista – Lloyd como representante da ala jovem do partido. Ao voltar da Espanha, conseguira ser aceito novamente em Cambridge. Enquanto terminava os estudos, percorrera o país dando palestras aos grupos do Partido Trabalhista e contando às pessoas como o governo espanhol fora traído pelo governo britânico pró-fascista. Os discursos de nada adiantaram – os rebeldes antidemocráticos de Franco tinham vencido, de qualquer jeito –, mas Lloyd se tornara uma figura conhecida e até uma espécie de herói, sobretudo entre os esquerdistas mais jovens, e isso o fizera ser eleito para o Comitê.

Tanto Lloyd quanto seu tio Billy, portanto, haviam participado da reunião do Comitê na noite anterior. Ambos sabiam que Chamberlain cedera às pressões do Gabinete e enviara um ultimato a Hitler. Agora esperavam, impacientes e aflitos, para ver o que iria acontecer.

Até onde sabiam, Hitler não tinha mandado nenhuma resposta.

Lloyd se lembrou da amiga de Ethel, Maud, e de sua família em Berlim. Os filhos dela deviam ter agora 17 e 19 anos, calculou. Imaginou que eles também deviam estar reunidos em volta de um rádio se perguntando se entrariam ou não em guerra contra a Inglaterra.

Às dez da manhã, Millie, meia-irmã de Lloyd, apareceu. Estava com 19 anos e se casara com Abe, o irmão de sua amiga Naomi Avery. Abe era um atacadista de couro. Millie ganhava um bom dinheiro com as comissões de vendedora numa butique de luxo. Tinha ambições de abrir a própria loja, e Lloyd não duvidava de que conseguisse fazê-lo um dia. Embora aquela não fosse a carreira que Bernie teria escolhido para a filha, Lloyd podia ver como o padrasto sentia orgulho da inteligência, da ambição e da elegância de Millie.

Nesse dia, porém, sua atitude segura e cheia de pose desmoronou.

– Foi horrível quando você estava na Espanha – disse ela a Lloyd, chorosa. – E Dave e Lenny não voltaram. Agora são você e meu Abie que vão sumir em algum lugar, deixando todas nós aqui à espera de notícias dia sim, outro também, imaginando se já terão morrido.

– E o seu primo Keir também – acrescentou Ethel. – Ele está com 18 anos.

– Em que regimento meu pai serviu? – perguntou Lloyd à mãe.

– Isso tem alguma importância? – Talvez por consideração a Bernie, ela nunca se mostrava disposta a falar sobre o verdadeiro pai de Lloyd.

Mas ele queria saber.

– Para mim, tem – falou.

Ethel jogou uma batata sem casca dentro da panela d'água com uma força desnecessária.

– Ele serviu nos Fuzileiros Galeses.

– Igual a mim! Por que não me contou isso antes?

– São águas passadas.

Lloyd sabia que talvez o nervosismo da mãe tivesse outro motivo. Ela provavelmente já estava grávida quando se casou. Isso não incomodava Lloyd, mas, para a geração de sua mãe, era uma vergonha. Mesmo assim, ele insistiu:

– Meu pai era galês?

– Era.

– De Aberowen?

– Não.

– De onde, então?

Ela suspirou.

– Os pais dele viviam se mudando... algo a ver com o emprego do pai. Mas eu acho que originalmente eram de Swansea. Está satisfeito agora?

– Estou.

A tia de Lloyd, Mildred, chegou da igreja. Era uma senhora de meia-idade, elegante e bonita, mas dentuça. Estava usando um chapéu extravagante – era chapeleira, e tinha uma pequena fábrica. Tinha duas filhas do primeiro casamento, Enid e Lillian, ambas já com cerca de 30 anos, casadas e com os próprios filhos. Seu filho mais velho era Dave, morto na Espanha. O caçula, Keir, entrou atrás da mãe na cozinha. Mildred insistia em levar os filhos à igreja, mesmo que seu marido Billy se recusasse a ter qualquer envolvimento com a religião.

– Eu tive isso de sobra quando era criança – ele costumava dizer. – Se eu não for salvo, ninguém vai ser.

Lloyd correu os olhos pela cozinha. Aquela era a sua família: mãe, padrasto, meia-irmã, tio, tia e primo. Não queria deixá-los e partir para morrer sabia-se lá onde.

Olhou para o relógio, um modelo de aço inox com mostrador quadrado que Bernie lhe dera de presente de formatura. Eram onze da manhã. No rádio, a voz forte do locutor de notícias Alvar Liddell informou que o primeiro-ministro faria um pronunciamento dentro de instantes. Seguiu-se um trecho solene de música clássica.

– Silêncio, todo mundo – disse Ethel. – Depois preparo um chá para vocês.

Alvar Liddell anunciou o primeiro-ministro Neville Chamberlain.

O apaziguador do fascismo, pensou Lloyd, o homem que entregou a Tchecoslováquia a Hitler; que se recusou teimosamente a ajudar o governo eleito da Espanha, mesmo depois de não ser mais possível negar que os alemães e italianos estavam armando os rebeldes. Será que ele estava prestes a ceder mais uma vez?

Lloyd reparou que os pais estavam de mãos dadas, os dedos pequeninos de Ethel pressionando a palma de Bernie.

Tornou a verificar o relógio. Onze e quinze.

Então ouviram o primeiro ministro dizer:

– Dirijo-me a vocês da sala do Gabinete do Reino Unido no número 10 da Downing Street.

Chamberlain tinha a voz um pouco esganiçada, excessivamente formal. Parecia um professor de escola pedante. Um guerreiro, pensou Lloyd, é disso que precisamos.

– Hoje de manhã, o embaixador britânico em Berlim entregou ao governo alemão um último aviso informando que, se o governo britânico não fosse comunicado antes das onze horas da manhã que eles estavam dispostos a retirar imediatamente suas tropas da Polônia, um estado de guerra passaria a existir entre nós.

Lloyd se impacientou com aquela verborragia de Chamberlain. *Um estado de guerra passaria a existir entre nós*: que jeito mais estranho de dizer as coisas. Ande logo com isso, pensou. Vá direto ao ponto. É um assunto de vida ou morte.

A voz de Chamberlain se fez mais grave e mais oficial. Talvez ele não estivesse mais olhando para o microfone, e sim imaginando milhões de conterrâneos seus em casa, sentados junto aos aparelhos de rádio, aguardando suas temidas palavras.

– Devo lhes informar agora que nenhuma mensagem com esse teor foi recebida...

Lloyd ouviu a mãe dizer:

– Ai, Deus nos proteja.

Olhou para ela. O rosto de Ethel estava cinza.

Foi bem devagar que Chamberlain pronunciou as terríveis palavras seguintes:

– ...e, consequentemente, este país está em guerra com a Alemanha.

Ethel começou a chorar.

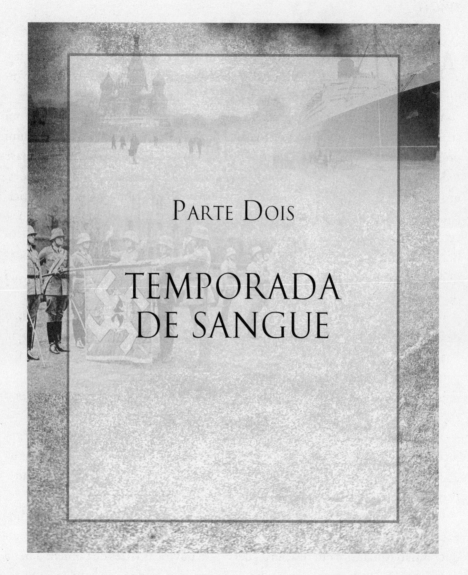

Parte Dois

TEMPORADA DE SANGUE

CAPÍTULO SEIS

1940 (I)

Aberowen estava mudada. Carros, caminhões e ônibus trafegavam pelas ruas. Na década de 1920, quando Lloyd era criança e ia à cidade visitar os avós, um carro estacionado era uma raridade capaz de juntar uma multidão.

Mas a cidade ainda era dominada pelas torres gêmeas da entrada da mina, com suas rodas girando, majestosas. Não havia mais nada: nenhuma fábrica, nenhum prédio comercial, nenhuma indústria que não fosse a extração de carvão. Quase todos os homens da cidade trabalhavam na mina. Havia pouquíssimas exceções: um punhado de lojistas, sacerdotes de diversas religiões, um escrevente municipal, um médico. Sempre que a demanda por carvão diminuía e havia demissões, como acontecera nos anos 1930, os homens não tinham o que fazer. Era por isso que a luta mais ferrenha do Partido Trabalhista era pelos desempregados, para que aqueles homens nunca mais tivessem que enfrentar a agonia e a humilhação de não poder alimentar suas famílias.

O tenente Lloyd Williams havia chegado no trem de Cardiff num domingo de abril de 1940. Com uma pequena mala na mão, subira a colina até Tŷ Gwyn. Passara oito meses treinando novos recrutas – mesmo trabalho que fazia na Espanha – e a equipe de boxe dos Fuzileiros Galeses. Mas então o Exército finalmente se deu conta de que ele falava alemão fluentemente e o transferiu para o serviço de inteligência, no qual começara um treinamento.

Treinar era tudo o que o Exército tinha feito até então. Nenhum soldado britânico participara de qualquer confronto significativo com o inimigo. A Alemanha e a URSS haviam derrotado a Polônia e a dividido entre si, e a garantia de independência que os Aliados tinham dado a esse país se revelara inútil.

O povo britânico chamava aquele conflito de Guerra de Mentira, e estava impaciente para ver as coisas acontecerem de verdade. Apesar de não nutrir qualquer ilusão romântica em relação à guerra – já ouvira as vozes de homens à beira da morte, dignos de pena, implorando por água nos campos de batalha da Espanha –, Lloyd estava ansioso para iniciar a luta final contra o fascismo.

O Exército esperava mandar mais tropas para a França, prevendo uma invasão alemã. Isso ainda não havia acontecido e elas se mantinham a postos, mas, nesse meio-tempo, o que mais faziam era treinar.

A iniciação de Lloyd nos mistérios da inteligência militar iria acontecer na mesma mansão que, por tanto tempo, fizera parte do destino de sua família. Os ricos e nobres proprietários de muitos palacetes daquele tipo os haviam emprestado às Forças Armadas, talvez por medo de que, se não o fizessem, as propriedades fossem confiscadas de forma definitiva.

O Exército com certeza havia mudado Tŷ Gwyn. Uma dúzia de veículos verde-oliva estava estacionada no gramado, e seus pneus tinham marcado a luxuriante grama do conde. O gracioso pátio de entrada, com seus degraus curvos de granito, virara um ponto de descarte de material, e imensas latas de feijão cozido e banha para preparar comida formavam pilhas altas no mesmo lugar em que, antigamente, mulheres cobertas de joias e homens de casaca desciam de suas carruagens. Lloyd sorriu: gostava daquele efeito nivelador da guerra.

Entrou na casa. Foi recebido por um oficial baixinho e gorducho usando um uniforme amarrotado e cheio de manchas.

– Veio para o curso de inteligência, tenente?

– Sim, senhor. Meu nome é Lloyd Williams.

– Major Lowther.

Lloyd já ouvira falar nele. Era o marquês de Lowther, conhecido pelos amigos como Lowthie.

Lloyd olhou em volta. Os quadros das paredes tinham sido cobertos com imensos lençóis, para protegê-los da poeira. As lareiras de mármore esculpido haviam sido isoladas com tábuas grosseiras, deixando espaço para apenas uma grelha. Os antigos móveis escuros, dos quais sua mãe às vezes falava com carinho, tinham todos desaparecido, substituídos por mesas de aço e cadeiras baratas.

– Meu Deus, como isto aqui está diferente – comentou ele.

Lowther sorriu.

– Você já esteve aqui antes? Conhece a família?

– Estudei em Cambridge com Boy Fitzherbert. Também conheci a viscondessa, embora na época eles não fossem casados. Mas imagino que tenham deixado a casa enquanto durar a guerra.

– Não totalmente. Alguns cômodos foram reservados para uso da família. Mas eles não nos incomodam em nada. Quer dizer que o senhor esteve aqui como convidado?

– Por Deus, não. Eu não os conheço tão bem assim. Visitei a mansão quando era menino, num dia em que a família não estava. Minha mãe trabalhava aqui antigamente.

– É mesmo? Ela cuidava da biblioteca do conde, ou algo assim?

– Não, era criada. – Assim que as palavras saíram da boca de Lloyd, ele soube que tinha cometido um erro.

A expressão de Lowther se modificou, demonstrando repulsa.

– Entendo – comentou ele. – Muito interessante.

Lloyd soube que havia sido imediatamente classificado como um proletário *parvenu*. Agora seria tratado como cidadão de segunda classe durante toda a sua estadia na mansão. Deveria ter ficado calado em relação ao passado da mãe: sabia quão esnobe era o Exército.

– Sargento, leve o tenente até seu quarto – disse Lowthie. – No sótão.

Lloyd tinha recebido um quarto na antiga ala dos criados. Na verdade, não se importava. Foi o suficiente para minha mãe, pensou.

Quando estavam subindo a escada dos fundos, o sargento disse a Lloyd que ele não tinha nenhum compromisso até o jantar no refeitório. Ele perguntou se alguém da família Fitzherbert estava na casa naquele momento, mas o sargento não soube dizer.

Levou dois minutos para desfazer a mala. Penteou os cabelos, vestiu uma camisa de uniforme limpa e foi visitar os avós.

A casa na Wellington Row lhe pareceu menor e mais sem graça do que nunca, apesar de agora ter água quente na copa e uma privada com descarga no banheiro externo. A decoração era a mesma de que Lloyd ainda se lembrava: o tapete surrado no chão, as cortinas de estampa desbotada, as duas cadeiras de carvalho no único aposento do térreo, que servia de sala e cozinha.

Seus avós, porém, haviam mudado. Estavam ambos com cerca de 70 anos agora e pareciam frágeis. Granda sofria com dores nas pernas e se aposentara com relutância do emprego no sindicato dos mineiros. Grandmam tinha problemas de coração: o Dr. Mortimer lhe recomendara ficar com os pés para cima por 15 minutos após cada refeição.

Ambos ficaram contentes ao vê-lo de uniforme.

– Tenente, é? – comentou Grandmam. Embora tivesse lutado a vida inteira contra as diferenças de classe, ela não conseguiu esconder o orgulho do neto oficial.

As notícias corriam depressa em Aberowen, e o fato de o neto de Dai do Sindicato estar fazendo uma visita provavelmente rodou metade da cidade antes mesmo de Lloyd terminar sua primeira xícara do forte chá da avó. Portanto, ele não ficou muito surpreso quando Tommy Griffiths apareceu.

– Imagino que meu Lenny seria tenente como você, se voltasse da Espanha – disse Tommy.

– Acho que sim – respondeu Lloyd. Ele nunca conhecera um oficial que tivesse sido mineiro antes de entrar para o Exército, mas, quando a guerra começasse para valer, tudo seria possível. – Uma coisa eu posso lhe garantir: ele foi o melhor sargento na Espanha.

– Vocês passaram por muita coisa juntos.

– Nós vivemos um inferno – disse Lloyd. – E perdemos. Mas os fascistas não vão ganhar desta vez.

– Um brinde a isso – disse Tommy, esvaziando sua xícara de chá.

Lloyd foi com os avós ao serviço da noite na capela Bethesda. A religião não era uma parte importante de sua vida, e ele certamente não concordava com o dogmatismo de Granda. Pensava que o Universo era um mistério e que era melhor as pessoas aceitarem esse fato. Mas seus avós ficaram felizes quando o neto se sentou ao lado deles na capela.

As preces espontâneas foram eloquentes, entremeando expressões bíblicas e coloquiais de forma natural. O sermão foi um pouco maçante. Os cânticos, porém, deixaram Lloyd entusiasmado. Os fiéis sempre cantavam um hino a quatro vozes e, quando estavam inspirados, eram capazes de fazer a capela vir abaixo.

Ao cantar, Lloyd sentiu que ali, dentro daquela capela caiada, pulsava o coração da Grã-Bretanha. As pessoas à sua volta estavam malvestidas, tinham pouca instrução e levavam uma vida de trabalho árduo e interminável: os homens extraindo o carvão da terra, as mulheres criando a próxima geração de mineiros. No entanto, tinham as costas fortes e a mente arguta, e sozinhas haviam criado uma cultura que fazia a vida valer a pena. Tiravam esperança de um cristianismo não conformista e do esquerdismo político, encontravam alegria na prática do rúgbi e nos corais masculinos, e uniam-se graças à generosidade nos tempos bons e à solidariedade nos ruins. Era por aquilo que ele iria lutar, por aquelas pessoas, por aquela cidade. E, se tivesse que dar a vida por elas, valeria a pena.

Granda fez a prece final, em pé e de olhos fechados, apoiado numa bengala:

– Vede entre nós, ó Senhor, vosso jovem servo Lloyd Williams, aqui sentado com seu uniforme. Nós vos pedimos, em vossa infinita sabedoria e graça, que poupeis a vida dele no conflito que está por vir. Por caridade, Senhor, fazei com que ele volte para nós são e salvo. Se for essa a vossa vontade, ó Senhor.

A congregação respondeu com um "amém" sincero, e Lloyd enxugou uma lágrima.

Acompanhou os mais velhos até em casa enquanto o sol se escondia atrás da montanha e a penumbra do fim do dia cobria as fileiras de casas cinzentas. Recusou o convite para uma ceia na casa dos avós e voltou depressa para Tŷ Gwyn, a tempo de jantar no refeitório.

Comeram carne assada com batatas cozidas e repolho. A comida não estava melhor nem pior do que a maioria dos ranchos do Exército, e Lloyd comeu com vontade, consciente de que aquela refeição tinha sido paga por pessoas como seus avós, que nessa mesma hora estavam jantando pão com banha. Havia uma garrafa de uísque sobre a mesa e, para ser simpático, bebeu um pouco. Ficou estudando os colegas de curso e tentando lembrar o nome de cada um deles.

A caminho do quarto, passou pela Sala das Esculturas, agora sem nenhuma obra de arte e mobiliada com um quadro-negro e 12 mesas baratas. Lá dentro, viu o major Lowther conversando com uma mulher. Quando olhou com mais atenção, viu que a mulher era Daisy Fitzherbert.

Ficou tão surpreso que parou. Lowther olhou em volta com uma expressão irritada. Ao ver Lloyd, falou:

– Lady Aberowen, acho que a senhora já conhece o tenente Williams.

Se ela negar, pensou Lloyd, vou lembrar-lhe daquela ocasião em que me deu um beijo sôfrego e demorado numa rua escura de Mayfair.

– Que prazer vê-lo novamente, Sr. Williams – disse ela, estendendo a mão para ele.

Sua pele era macia e estava morna. Seu coração começou a bater mais depressa.

– Williams me contou que a mãe dele trabalhou aqui como criada – disse Lowther.

– Eu sei – falou Daisy. – Ele me contou isso no baile do Trinity. Estava me repreendendo por ser esnobe. Lamento dizer que ele estava coberto de razão.

– É generosidade sua, Lady Aberowen – disse Lloyd, encabulado. – Não sei por que fui dizer uma coisa dessas à senhora. – Ela parecia menos dura do que ele se lembrava: talvez tivesse amadurecido.

– A mãe do Sr. Williams hoje é deputada – disse Daisy a Lowther, que ficou espantado.

– E como vai sua amiga judia, Eva? – perguntou Lloyd a Daisy. – Sei que ela se casou com Jimmy Murray.

– Eles têm dois filhos.

– Ela conseguiu tirar os pais da Alemanha?

– Quanta gentileza sua se lembrar disso... Mas não, infelizmente os Rothmann não conseguiram vistos.

– Que lástima. Deve estar sendo horrível para ela.

– Está, sim.

Aquela conversa sobre criadas e judeus obviamente estava deixando Lowther impaciente.

– Mas, voltando ao que eu estava dizendo, Lady Aberowen...

– Desejo-lhes uma boa-noite – disse Lloyd. Saiu da Sala das Esculturas e subiu correndo até seu quarto.

Quando estava se preparando para dormir, pegou-se cantando o último hino entoado na capela:

Não há tormenta que abale minha calma interior
Enquanto a esta rocha eu me agarrar
Já que o amor é senhor da terra e do céu
Como posso me impedir de cantar?

II

Três dias depois, Daisy estava terminando de escrever para seu meio-irmão, Greg. Quando a guerra havia estourado, ele lhe enviara uma carta carinhosa e preocupada e desde então os dois se correspondiam mais ou menos todo mês. Ele contara a Daisy que tinha visto sua antiga paixão, Jacky Jakes, em Washington, na Rua E, e lhe perguntara o que faria uma garota sair correndo daquele jeito. Daisy não fazia ideia. Disse isso a Greg, desejou-lhe boa sorte e então assinou a carta.

Olhou para o relógio. Faltava uma hora para o jantar dos oficiais do curso, de modo que as aulas já deviam ter acabado e ela teria uma boa chance de encontrar Lloyd no quarto.

Subiu até a antiga ala dos criados, no sótão. Os jovens oficiais liam ou escreviam, sentados ou deitados em suas camas. Ela encontrou Lloyd num quarto exíguo com um antigo espelho de pé, sentado junto à janela, estudando um livro ilustrado.

– Está lendo algo interessante? – perguntou ela.

– Oi, que surpresa – disse ele, levantando-se com um pulo.

O rosto de Lloyd estava vermelho de vergonha. Provavelmente ainda tinha uma quedinha por ela. Havia sido muito cruel da parte de Daisy tê-lo beijado mesmo sem a menor intenção de dar continuidade ao relacionamento. Mas aquilo já fazia quatro anos, e os dois eram crianças na época. Ele já deveria ter superado.

Ela olhou para o livro que ele tinha nas mãos. Estava em alemão e mostrava desenhos coloridos de distintivos.

– Temos que conhecer as insígnias alemãs – explicou ele. – Muitas das informações de inteligência são obtidas interrogando prisioneiros de guerra logo depois da captura. Alguns não dizem nada, é claro, então o interrogador precisa saber, só de olhar para o uniforme do prisioneiro, qual é a sua patente, a que corporação ele pertence, se é da infantaria, da cavalaria, da artilharia, ou se faz parte de alguma unidade especial, como, por exemplo, a de veterinários, e assim por diante.

– É isso que você está aprendendo aqui? – perguntou ela, cética. – O significado dos distintivos alemães?

Lloyd riu.

– Entre outras coisas. Essa é uma das que posso lhe contar sem revelar segredos militares.

– Ah, entendo.

– E você? O que está fazendo aqui no País de Gales? Fico surpreso que não esteja contribuindo para o esforço de guerra.

– Lá vem você outra vez – disse ela. – Com suas reprimendas morais. Alguém lhe falou que esse era um bom jeito de conquistar as mulheres?

– Peço que me perdoe – disse ele, rígido. – Não quis ofendê-la.

– De toda forma, não tem havido esforço de guerra nenhum. Só balões flutuando no céu para ameaçar aviões alemães que nunca chegam.

– Pelo menos em Londres você teria uma vida social.

– Sabe, antigamente isso era a coisa mais importante do mundo, mas agora não é mais – comentou ela. – Devo estar ficando velha.

Havia outro motivo para ela ter saído de Londres, mas não iria contar a ele.

– Eu imaginava você num uniforme de enfermeira – disse Lloyd.

– Pouco provável. Detesto gente doente. Mas, antes de me brindar com mais uma dessas suas expressões de reprovação, dê uma olhada nisto aqui. – Ela lhe entregou o porta-retratos que tinha na mão.

Ele estudou a fotografia com o cenho franzido.

– Onde você arrumou isto?

– Estava olhando uma caixa de fotos antigas no quartinho do porão.

Era uma fotografia de grupo tirada no gramado leste de Tŷ Gwyn numa manhã de verão. No centro estava o jovem conde Fitzherbert com um grande cão branco a seus pés. A moça ao seu lado devia ser sua irmã Maud, que Daisy nunca chegara a conhecer. Enfileirados de cada lado deles estavam quarenta ou cinquenta homens e mulheres da criadagem usando uniformes variados.

– Dê uma olhada na data – falou Daisy.

– Mil novecentos e doze – leu Lloyd em voz alta.

Ela o observou, estudando sua reação à foto que segurava.

– Sua mãe está na foto?

– Meu Deus! Talvez esteja mesmo. – Lloyd olhou mais de perto. – Sim, acho que está – falou, depois de um minuto.

– Quem é ela?

Lloyd apontou.

– Acho que é esta aqui.

Daisy viu uma moça magrinha e bonita, de uns 19 anos, com cabelos escuros e cacheados sob uma touca branca de criada e um sorriso que tinha mais que um traço leve de travessura.

– Puxa, ela é uma graça! – exclamou.

– Era, pelo menos – disse Lloyd. – Hoje em dia as pessoas a definem mais como intimidadora.

– Você conhece Lady Maud? Acha que é esta aqui, ao lado de Fitz?

– Acho que a conheço desde que me entendo por gente, embora não a veja com frequência. Ela e minha mãe lutaram juntas pelo direito de voto feminino. Eu não a vejo desde que fui embora de Berlim, em 1933, mas com certeza é ela aí na foto.

– Não é muito bonita.

– Mas tem porte e se veste extremamente bem.

– Enfim, achei que você talvez fosse gostar de ficar com a foto.

– Para mim?

– Claro. Ninguém mais a quer... por isso estava numa caixa no porão.

– Obrigado!

– De nada. – Daisy foi até a porta. – Pode voltar aos seus estudos.

Enquanto descia a escada, torceu para não ter flertado com ele. Provavelmente não deveria nem ter ido procurá-lo. Havia sucumbido a um impulso de generosidade. Torceu para que ele não interpretasse aquilo de forma equivocada.

Sentiu uma pontada de dor na barriga e parou no patamar intermediário da escada. Passara o dia inteiro com uma leve dor nas costas – que atribuíra ao colchão vagabundo no qual estava dormindo –, mas aquilo era diferente. Pensou no que havia comido naquele dia, mas não conseguiu identificar nada que pudesse ter lhe caído mal: não comera frango malpassado, nem frutas pouco maduras. Não comera ostras... infelizmente! A dor foi embora logo, tão depressa quanto havia surgido, e ela disse a si mesma para esquecer aquilo.

Voltou para seus aposentos, no porão. Estava morando no que antes era o apartamento da governanta: um quarto minúsculo, uma saleta, uma pequena cozinha e um banheiro razoável, com uma banheira. Um lacaio já idoso chamado Morrison fazia as vezes de zelador da casa, e uma jovem de Aberowen era a criada de Daisy. Embora fosse bem grandona, a moça se chamava Pequena Maisie Owen.

– Minha mãe também se chama Maisie, então sempre fui a Pequena Maisie, embora hoje em dia seja mais alta do que ela – explicara a moça.

O telefone tocou assim que Daisy entrou. Ela atendeu e ouviu a voz do marido.

– Como você está? – perguntou ele.

– Bem. A que horas você chega?

Ele tinha ido de avião cumprir uma missão em St. Athan, uma grande base aérea da RAF perto de Cardiff, e prometera ir visitá-la e passar a noite com ela.

– Sinto muito, não vou conseguir passar aí.

– Ah, que pena!

– Haverá um jantar de gala aqui na base e tenho que estar presente.

Ele não parecia particularmente desanimado por não vê-la e ela se sentiu rejeitada.

– Que bom para você – comentou.

– Vai ser chato, mas não dá para me livrar.

– Não tão chato quanto morar aqui sozinha.

– Deve ser mesmo horrível. Mas, na sua condição, é melhor você ficar aí.

Milhares de pessoas tinham deixado Londres após a guerra ter sido declarada, mas a maioria voltara depois que os esperados bombardeios e ataques com gás não acontecerem. No entanto, Bea, May e até mesmo Eva tinham concordado que, por conta da gravidez, era melhor Daisy ficar morando em Tŷ Gwyn. Muitas mulheres davam à luz com segurança em Londres todos os dias, argumentara Daisy, mas naturalmente o caso do herdeiro do título de conde era diferente.

Na verdade, ela não estava ligando tanto para aquilo quanto pensara que ligaria. Talvez a gravidez a houvesse deixado mais passiva do que de costume. Desde a declaração de guerra, porém, a vida social de Londres não tinha mais a mesma energia, como se as pessoas não se sentissem no direito de se entreter. Pareciam padres num bar: sabiam que em princípio aquilo deveria ser divertido, mas não conseguiam se soltar.

– Gostaria de ter minha moto aqui – comentou ela. – Assim poderia ao menos explorar o País de Gales. – A gasolina estava racionada, mas não muito.

– Daisy, por favor! – disse ele, em tom de censura. – Você não pode andar de moto... o médico proibiu terminantemente.

– Enfim, descobri a literatura – continuou ela. – A biblioteca daqui é incrível. Algumas das edições raras e valiosas foram guardadas, mas quase todos os livros continuam na estante. Estou recebendo a educação que me esforcei tanto para evitar na escola.

– Maravilha – disse ele. – Bem, vá se deitar com um bom livro de mistério e assassinato, e aproveite a noite.

– Senti uma pontada na barriga mais cedo.

– Deve ser indigestão.

– Espero que você tenha razão.

– Mande lembranças para Lowthie, aquele pateta.

– Não exagere no Porto no jantar.

Na mesma hora em que desligou, Daisy sentiu outra pontada na barriga. Dessa vez, durou mais tempo. Maisie entrou, viu o rosto dela e perguntou:

– A senhora está bem, milady?

– Foi só uma fisgada.

– Vim perguntar se quer jantar agora.

– Não estou com fome. Acho que não vou jantar hoje.

– Preparei uma torta de carne deliciosa – disse Maisie, em tom de reprimenda.

– Pode cobrir e deixar na despensa. Amanhã eu como.

– Quer que eu prepare uma boa xícara de chá?

– Quero, por favor – aceitou Daisy, só para se livrar da criada. Mesmo depois de quatro anos no país, ainda não tinha aprendido a gostar do chá forte com leite e açúcar dos britânicos.

A dor passou, então ela se sentou e abriu *O moinho à beira do rio*. Obrigou-se a tomar o chá de Maisie e se sentiu um pouco melhor. Ao terminar a bebida, depois de Maisie lavar a xícara e o pires, dispensou a criada. A moça precisava andar quase dois quilômetros no escuro a fim de voltar para casa, mas tinha uma lanterna e disse que não se importava.

Uma hora mais tarde, a dor voltou, e dessa vez não passou. Daisy foi ao banheiro na vaga esperança de conseguir aliviar a pressão na barriga. Ficou surpresa e preocupada ao ver manchas escuras de sangue em sua roupa íntima.

Trocou de calcinha e, agora seriamente preocupada, foi até o telefone. Encontrou o número da base aérea da RAF em St. Athan e ligou para lá.

– Preciso falar com o capitão visconde Aberowen – disse ela.

– Não podemos passar ligações pessoais para os oficiais – respondeu um galês pedante.

– É uma emergência. Tenho que falar com meu marido.

– Não há telefone nos quartos. Isto aqui não é o Hotel Dorchester.

Talvez fosse só imaginação de Daisy, mas a voz dele soava bastante satisfeita por não poder ajudá-la.

– Meu marido deve estar no jantar de gala. Por favor, mande um ordenança chamá-lo ao telefone.

– Não tenho nenhum ordenança e, de toda forma, não está havendo um jantar de gala.

– Como assim, não está havendo um jantar? – Por um instante, Daisy ficou sem entender.

– Só o jantar normal no refeitório – disse o homem. – E já terminou faz uma hora.

Daisy bateu o fone com força. Não havia jantar de gala? Boy lhe dissera explicitamente que precisava comparecer a um jantar de gala na base. Ele devia ter mentido. Daisy teve vontade de chorar. Ele decidira não ir vê-la para beber com os colegas ou talvez visitar alguma mulher. O motivo não fazia diferença. Ela não era prioridade para ele.

Respirou fundo. Precisava de ajuda. Não sabia o telefone do médico de Aberowen, se é que havia um. O que iria fazer?

Da última vez que Boy fora embora, ele lhe dissera:

– Aqui tem pelo menos cem oficiais do Exército para cuidar de você.

Mas ela não podia dizer ao marquês de Lowther que estava sangrando pela vagina.

A dor aumentava, e ela sentiu algo morno e pegajoso entre as pernas. Foi ao banheiro outra vez e se limpou. Viu que o sangue estava cheio de coágulos. Não tinha toalhas higiênicas – grávidas não precisavam disso, pensara antes de viajar. Rasgou um pedaço de uma toalha de mão e a enfiou dentro da calcinha.

Foi então que pensou em Lloyd Williams.

Ele era um homem gentil. Fora criado por uma mulher forte, uma feminista. Tinha adoração por Daisy. Iria ajudá-la.

Ela subiu até o hall de entrada. Onde será que ele estava? Os alunos do curso a essa altura já deviam ter acabado de jantar. Talvez ele estivesse lá em cima. A barriga de Daisy doía tanto que ela achou que não fosse conseguir chegar até o sótão.

Talvez ele estivesse na biblioteca. Os alunos usavam aquele cômodo para estudar sossegados. Ela entrou lá. Um sargento estava debruçado sobre um atlas.

– O senhor teria a bondade de chamar o tenente Lloyd Williams para mim? – pediu.

– É claro, milady – respondeu o sargento, fechando o atlas. – Qual é o recado?

– Pergunte se ele poderia descer ao porão um instante.

– A senhora está bem? Parece um pouco pálida.

– Vou ficar bem. Mas chame Williams o mais rápido que puder.

– Agora mesmo.

Daisy voltou para seus aposentos. O esforço de parecer normal a deixara exausta, e ela se deitou na cama. Não demorou muito para sentir o sangue encharcar seu vestido, mas a dor estava forte demais para que ela se importasse. Olhou para o relógio. Por que Lloyd ainda não havia aparecido? Talvez o sargento não tivesse conseguido encontrá-lo. Aquela casa era tão grande... Talvez ela fosse simplesmente morrer ali.

Alguém bateu à porta e então, para seu imenso alívio, ela ouviu a voz dele:

– Sou eu, Lloyd Williams.

– Pode entrar – disse ela, alto.

Ele iria vê-la naquele estado lamentável. Quem sabe isso não o fizesse perder o desejo por ela de vez?

Ela o ouviu entrar no cômodo ao lado.

– Demorei para encontrar seus aposentos – disse ele. – Onde você está?

– Aqui.

Ele entrou no quarto.

– Meu Deus do céu! – exclamou. – O que aconteceu?

– Chame ajuda – pediu ela. – Tem algum médico na cidade?

– Claro. O Dr. Mortimer. Ele atende aqui há séculos. Mas talvez não haja tempo. Deixe eu... – Ele hesitou. – Você pode estar tendo uma hemorragia, mas só vou ter certeza se olhar.

Ela fechou os olhos.

– Vá em frente. – Estava apavorada demais para sentir vergonha.

Ela o sentiu levantar seu vestido.

– Ah, não – comentou Lloyd. – Coitada. – Então rasgou sua calcinha. – Desculpe – falou. – Tem água em algum...?

– No banheiro – disse ela, apontando.

Ele entrou no banheiro e abriu uma torneira. Instantes depois, ela sentiu que ele a limpava com um pano morno e úmido.

– É só um filete – disse ele. – Já vi homens sangrarem até a morte, e você não corre esse perigo. – Ela abriu os olhos a tempo de vê-lo baixar sua saia. – Onde fica o telefone?

– Na saleta.

Lloyd foi até lá e ela o ouviu dizer:

– Passe-me o Dr. Mortimer o mais rápido que puder. – Houve uma pausa. – Aqui é Lloyd Williams, estou em Tŷ Gwyn. Posso falar com o doutor? Ah, boa noite, Sra. Mortimer... quando acha que ele vá voltar? É uma mulher com dores abdominais e sangramento vaginal. Sim, eu sei que a maioria das mulheres tem isso todo mês, mas esta situação está claramente fora do normal... Vinte e três anos... sim, casada... sem filhos... espere, vou perguntar. – Ele ergueu a voz. – Você pode estar grávida?

– Estou – respondeu Daisy. – De três meses.

Lloyd repetiu a resposta e então houve um longo silêncio. Depois de algum tempo, ele desligou e voltou ao quarto. Sentou-se na beira da cama.

– O médico virá assim que puder. Está operando um mineiro que foi esmagado por um vagão desgovernado. Mas a mulher dele tem quase certeza de que você sofreu um aborto espontâneo. – Ele segurou sua mão. – Sinto muito, Daisy.

– Obrigada – sussurrou ela.

A dor parecia mais fraca, mas ela sentiu uma tristeza indizível. O herdeiro do título não existia mais. Boy ficaria tão chateado...

– A Sra. Mortimer disse que é muito comum e que a maioria das mulheres sofre um ou dois abortos espontâneos entre gestações – disse Lloyd. – Não há perigo, contanto que a hemorragia não esteja muito forte.

– E se piorar?

– Se piorar, terei que levá-la ao hospital de Merthyr. Mas percorrer mais de 15 quilômetros num caminhão do Exército seria muito ruim para você, por isso devemos evitar isso, a menos que a sua vida esteja em risco.

Ela não estava mais com medo.

– Que bom que você está aqui.

– Posso dar uma sugestão?

– Claro.

– Você acha que consegue dar alguns passos?

– Não sei.

– Deixe-me encher a banheira para você tomar um banho. Se conseguir, vai se sentir muito melhor quando estiver limpa.

– Está bem.

– Quem sabe você não consegue improvisar um curativo?

– Está bem.

Ele voltou para o banheiro, e ela ouviu água correndo. Sentou-se mais ereta na cama. Ficou tonta e descansou por alguns segundos até sua cabeça desanuviar.

Colocou os pés no chão. Estava sentada sobre uma poça de sangue coagulado e sentiu nojo de si mesma.

As torneiras se fecharam. Lloyd tornou a entrar no quarto e a segurou pelo braço.

– Se ficar tonta, é só me dizer – falou. – Não vou deixá-la cair.

Ele era surpreendentemente forte e a amparou até o banheiro. Em algum momento, sua calcinha rasgada caiu no chão. Ela ficou em pé ao lado da banheira e deixou que ele abrisse os botões nas costas de seu vestido.

– Consegue tirar o resto sozinha? – perguntou ele.

Ela assentiu e Lloyd saiu do banheiro.

Apoiada no cesto de roupa suja, ela se despiu devagar, deixando as roupas sujas de sangue amontoadas no chão. Com movimentos cuidadosos, entrou na banheira. A água estava na temperatura ideal. Sentiu um alívio ao se deitar de costas e relaxar. Foi tomada de gratidão por Lloyd. Sua bondade era tanta que lhe dava vontade de chorar.

Depois de alguns minutos, uma fresta da porta se abriu e a mão dele apareceu segurando algumas roupas.

– Camisola, essas coisas – explicou ele. Pousou as roupas em cima do cesto de roupa suja e tornou a fechar a porta.

Quando a água começou a esfriar, ela se levantou. Ficou tonta outra vez, mas só por alguns segundos. Secou-se com uma toalha, depois vestiu a camisola e a calcinha que ele trouxera. Pôs uma toalha de mão dentro da calcinha para absorver o sangue que ainda escorria.

Quando voltou para o quarto, encontrou a cama feita, com lençóis e cobertores limpos. Subiu na cama e recostou-se na cabeceira, puxando as cobertas até o pescoço.

Ele veio da saleta.

– Deve estar se sentindo melhor agora – falou. – Você parece constrangida.

– Constrangida não é bem a palavra – disse ela. – Totalmente humilhada de vergonha, talvez, mas mesmo isso parece um eufemismo. – A verdade não era tão simples assim. Ela fez uma careta ao pensar em como ele a tinha visto, mas, por outro lado, ele não parecera sentir repulsa.

Lloyd foi até o banheiro e pegou as roupas sujas. Não parecia ter frescuras com relação ao sangue menstrual.

– Onde você pôs os lençóis? – perguntou ela.

– Encontrei um tanque na estufa. Deixei os lençóis de molho em água fria. Vou fazer o mesmo com as suas roupas, tudo bem?

Ela assentiu.

Ele tornou a desaparecer. Onde teria aprendido a ser tão competente e autos-suficiente? Na Guerra Civil Espanhola, supôs ela.

Ouviu-o se movimentar na cozinha. Ele reapareceu com duas xícaras de chá.

– Você deve odiar isto, mas o chá vai fazê-la se sentir melhor. – Ela aceitou a bebida. Ele lhe mostrou dois comprimidos brancos na palma da mão. – Quer uma aspirina? Talvez alivie as cólicas.

Ela pegou os comprimidos e os engoliu com um gole de chá quente. Lloyd sempre lhe parecera muito maduro para a sua idade. Ela se lembrou da seguran-ça com a qual ele fora procurar Boy, que estava bêbado, na casa de espetáculos.

– Você sempre foi assim – comentou. – Um adulto de verdade, mesmo quando todos os outros estávamos apenas fingindo.

Ela terminou o chá e começou a ficar sonolenta. Ele pegou as xícaras.

– Acho que vou fechar os olhos um instante – disse ela. – Pode ficar aqui, se eu pegar no sono?

– Posso ficar o tempo que você quiser – respondeu ele.

Então disse mais alguma coisa; sua voz, porém, pareceu sumir ao longe, e ela adormeceu.

III

Depois disso, Lloyd começou a ir todas as noites ao pequeno apartamento da governanta.

Passava o dia inteiro esperando por esse momento.

Sempre descia alguns minutos depois das oito, quando o jantar no refeitório já havia terminado e a criada de Daisy tinha ido para casa. Eles se sentavam frente a frente em duas poltronas antigas. Lloyd levava um livro para estudar – havia sempre um "dever de casa", com testes pela manhã –, e Daisy ficava lendo um romance. O que mais faziam, porém, era conversar. Contavam o que havia acontecido durante o dia, falavam sobre o que estavam lendo e revelavam um ao outro a história de suas vidas.

Lloyd falou sobre sua experiência na batalha da Cable Street:

– Eu estava lá, de pé no meio de uma multidão pacífica, quando fomos atacados por policiais montados gritando alguma coisa sobre judeus imundos. Eles nos espancaram com os cassetetes e nos empurraram contra as vitrines das lojas.

Daisy, que ficara reunida com os fascistas em Tower Gardens, não vira os combates.

– Não foi isso que noticiaram – falou. Havia acreditado nos jornais, segundo os quais tudo não passara de uma rebelião de rua organizada por baderneiros.

Lloyd não estranhou aquilo.

– Minha mãe assistiu a um noticiário no cinema Essoldo de Aldgate na semana seguinte – recordou. – O apresentador falou com sua voz pomposa: "Observadores imparciais foram só elogios para a polícia." Mam disse que a plateia inteira explodiu em gargalhadas.

Aquele ceticismo de Lloyd em relação às notícias divulgadas pela imprensa deixou Daisy chocada. Ele lhe contou que a maioria dos jornais britânicos deixara de publicar matérias sobre as atrocidades perpetradas pelo exército de Franco na Espanha, e havia exagerado os relatos de mau comportamento por parte das forças do governo. Ela admitiu que tinha engolido a explicação do conde Fitzherbert – segundo ele, os rebeldes eram cristãos de altos princípios que desejavam libertar a Espanha da ameaça comunista. Ela desconhecia as execuções em massa, os estupros e saques cometidos pelos franquistas.

Parecia nunca ter lhe ocorrido que os jornais pertencentes a capitalistas pudessem minimizar as notícias que repercutissem mal no governo conservador, nas Forças Armadas ou no empresariado, e aumentar qualquer incidente de mau comportamento envolvendo sindicalistas ou partidos de esquerda.

Lloyd e Daisy conversavam sobre a guerra. Os combates finalmente haviam começado. Soldados britânicos e franceses tinham desembarcado na Noruega e disputavam o domínio do país com os alemães. Os jornais não conseguiam esconder por completo o fato de que os Aliados estavam levando a pior.

A atitude de Daisy para com Lloyd não era mais a mesma. Ela não flertava mais. Ficava sempre feliz ao vê-lo, reclamava quando ele chegava atrasado, e às vezes o provocava, mas nunca se comportava de forma sedutora. Contou-lhe como todos tinham ficado desapontados com o fato de ela ter perdido o bebê: Boy, Fitz, Bea, sua mãe lá em Buffalo e até mesmo Lev, seu pai. Não conseguia se livrar da sensação irracional de ter feito algo vergonhoso e perguntou se ele achava aquilo uma tolice. Ele respondeu que não. Nada do que ela fazia lhe parecia tolice.

Embora suas conversas fossem pessoais, eles mantinham distância física. Ele não explorava a extraordinária intimidade da noite do aborto. A cena, é claro, ficaria para sempre em seu coração. Limpar o sangue das coxas e da barriga de Daisy não fora algo sensual – nem um pouco –, mas fora um gesto extremamente carinhoso. Porém aquilo havia sido uma emergência médica e não lhe dava permissão para tomar outras liberdades. Ele tinha tanto medo de passar uma impressão errada em relação a isso que tomava o cuidado de nunca tocá-la.

Às dez da noite, Daisy lhes preparava um chocolate quente, que Lloyd adorava e ela dizia apreciar, embora ele se perguntasse se estaria apenas sendo gentil. Então ele se despedia e subia para seu quartinho no sótão.

Os dois pareciam velhos amigos. Embora não fosse isso que ele queria, não conseguiria nada melhor, pois Daisy era uma mulher casada.

Lloyd tinha tendência a esquecer o status social de Daisy. Certa noite, ficou espantado quando ela anunciou que iria fazer uma visita a Peel, antigo mordomo do conde, que agora estava aposentado e morava num pequeno chalé bem perto da propriedade.

– Ele tem 80 anos! – disse ela a Lloyd. – Tenho certeza de que Fitz o esqueceu por completo. Preciso ver como ele está.

Lloyd arqueou as sobrancelhas, surpreso, e ela acrescentou:

– Preciso me certificar de que ele está bem. Como membro do clã dos Fitzherbert, é o meu dever. Cuidar dos antigos criados é uma obrigação das famílias ricas... você não sabia?

– Tinha me esquecido.

– Pode ir comigo?

– Claro.

O dia seguinte era um domingo, e os dois foram visitar Peel pela manhã, quando Lloyd não tinha aulas. Ambos ficaram chocados com o estado do chalé. A tinta do exterior estava descascando, o papel de parede se soltando, e as cortinas, encardidas com a poeira de carvão. A única decoração da casa era uma fileira de fotografias recortadas de revistas e presas à parede: o rei e a rainha, Fitz e Bea, outros membros da nobreza. Fazia anos que a casa não via uma boa faxina, e um cheiro de urina, cinza e putrefação pairava no ar. No entanto, Lloyd pensou que aquilo não fosse incomum entre senhores de idade que viviam com uma pequena pensão.

Peel tinha as sobrancelhas brancas. Olhou para Lloyd e disse:

– Bom dia, milorde... pensei que o senhor tivesse morrido!

Lloyd sorriu.

– Sou só uma visita.

– É mesmo, senhor? Minha cabeça está terrível. O velho conde morreu faz quanto tempo? Uns 35, 40 anos? Bem, mas nesse caso, meu jovem, quem é o senhor?

– Meu nome é Lloyd Williams. O senhor conheceu minha mãe anos atrás: Ethel.

– O senhor é o filho de Eth? Bem, nesse caso, é claro...

– Nesse caso o quê, Sr. Peel? – perguntou Daisy.

– Ah, nada. Minha cabeça está terrível!

Eles perguntaram se Peel precisava de alguma coisa, mas o antigo mordomo insistiu que tinha tudo o que um homem poderia querer.

– Não como muito e raramente bebo cerveja. Tenho dinheiro suficiente para comprar jornal e fumo para o meu cachimbo. O que acha, jovem Lloyd? Hitler vai nos invadir? Espero não viver para ver isso.

Embora tarefas domésticas não fossem o seu forte, Daisy fez uma pequena faxina na cozinha.

– Não consigo acreditar – disse ela a Lloyd em voz baixa. – Viver aqui deste jeito e dizer que tem tudo... ele se considera um homem de sorte!

– Muitos senhores da idade dele estão bem pior – disse Lloyd.

Os dois passaram uma hora conversando com Peel. Antes de saírem, o velho pensou em algo que pudesse querer. Olhou para a fileira de fotografias na parede.

– No funeral do velho conde tiraram uma fotografia – falou. – Nessa época eu ainda não era mordomo, apenas um lacaio. Todos nós posamos em pé junto ao carro da funerária. Havia uma grande câmera coberta por um pano, diferente dessas câmeras modernas. Foi em 1906.

– Aposto que sei onde está essa fotografia – disse Daisy. – Vamos procurar.

Os dois voltaram para a mansão e desceram até o porão. O quartinho de guardados, que ficava ao lado da adega, era bastante espaçoso. Estava cheio de caixas, baús e artefatos inúteis: um barco dentro de uma garrafa, uma maquete de Tŷ Gwyn feita com palitos de fósforo, uma cômoda em miniatura, uma espada dentro de uma bainha toda enfeitada.

Começaram a vasculhar as velhas fotografias e os quadros. A poeira fez Daisy espirrar, mas ela insistiu em continuar.

Acabaram encontrando a foto que Peel queria. Junto com ela, dentro da caixa, havia outra imagem do velho duque, ainda mais antiga. Lloyd a encarou com ar de espanto. A fotografia em sépia tinha uns 13 centímetros de altura por 7,5 de largura, e mostrava um rapaz usando um uniforme de oficial do Exército vitoriano.

Ele era igualzinho a Lloyd.

– Olhe só isto aqui – falou, entregando a foto a Daisy.

– Poderia ser você, se tivesse costeletas – comentou ela.

– Talvez o velho conde tenha tido um caso com alguma das minhas antepassadas – comentou Lloyd em tom casual. – Se ela era casada, deve ter fingido que o filho era do marido. Uma coisa eu lhe digo: eu não ficaria muito feliz em saber que sou um descendente bastardo da aristocracia... logo um socialista ferrenho como eu!

– Lloyd, você é idiota, por acaso? – perguntou Daisy.

Ele não soube dizer se ela estava falando sério. Além do mais, seu nariz estava sujo de poeira de um jeito tão encantador que ele teve vontade de beijá-lo.

– Bem – respondeu –, eu já me comportei feito um idiota mais de uma vez, mas...

– Escute o que eu vou dizer. Sua mãe era criada desta casa. De repente, em 1914, ela foi para Londres e se casou com um homem chamado Teddy sobre o qual ninguém sabe nada, só que seu sobrenome era Williams, o mesmo que o dela, de modo que ela não precisou mudar de nome. Esse misterioso Sr. Williams morreu antes que qualquer um o conhecesse, e seu seguro de vida pagou pela casa em que sua mãe mora até hoje.

– Isso mesmo – disse Lloyd. – Aonde você está querendo chegar?

– Então, depois que o Sr. Williams morreu, ela deu à luz um filho que por acaso é a cópia perfeita do falecido conde Fitzherbert.

Lloyd começou a ter um vislumbre do que ela poderia estar sugerindo.

– Continue.

– Você nunca pensou que talvez haja alguma explicação completamente diferente para essa história toda?

– Até este momento, não...

– O que uma família aristocrática faz quando uma de suas filhas engravida? Acontece o tempo todo, você sabe.

– Imagino que aconteça mesmo, mas não sei o que eles fazem. Ninguém nunca fica sabendo.

– Exatamente. A moça desaparece por alguns meses com a criada. Vai para a Escócia, para a Bretanha ou para Genebra. Quando as duas voltam, a empregada tem um bebezinho nascido, segundo ela, durante as férias. A família a trata com uma gentileza supreendente, mesmo ela tendo admitido ser culpada de fornicação, e a manda embora para morar a uma distância segura, com uma pequena pensão.

Aquilo parecia um conto de fadas, sem nenhuma relação com a vida real. Mesmo assim, Lloyd ficou intrigado e incomodado.

– E você acha que fui o bebê de uma farsa assim?

– Eu acho que lady Maud Fitzherbert teve um caso e engravidou de um jardineiro, de um mineiro ou talvez de um cafajeste charmoso de Londres. Ela viajou para algum lugar e deu à luz em segredo. Sua mãe concordou em fingir que o bebê era dela e, em troca, ganhou uma casa.

Ocorreu a Lloyd um pensamento que corroborava essa teoria.

– Ela sempre se mostrou evasiva quando eu perguntava sobre meu verdadeiro pai. – Isso agora lhe parecia suspeito.

– Está vendo? Esse tal de Teddy Williams nunca existiu. Para manter a respeitabilidade, sua mãe disse que era viúva. Chamou o marido fictício de Williams para evitar o problema de ter que trocar de nome.

Lloyd balançou a cabeça, sem acreditar.

– Parece uma fantasia exagerada.

– Ela continuou amiga de Maud, que ajudou a criar você. Em 1933, sua mãe o levou a Berlim porque sua mãe verdadeira queria vê-lo de novo.

Lloyd teve a sensação de estar sonhando, ou de que acabara de acordar.

– Você acha que sou filho de Maud? – indagou, incrédulo.

Daisy bateu com o dedo no porta-retratos que ainda estava segurando.

– E é a cara do seu avô!

Lloyd estava atônito. Aquilo não podia ser verdade, mas fazia sentido.

– Estou acostumado com o fato de Bernie não ser meu pai – disse ele. – Mas Ethel não ser minha mãe?

Daisy deve ter visto uma expressão de impotência no rosto dele, pois se inclinou para a frente e o tocou, algo que raramente fazia.

– Desculpe. Fui muito rude? – perguntou. – Só queria que você visse o que está diante dos seus olhos. Se Peel desconfia da verdade, não acha que outras pessoas também podem desconfiar? Esse é o tipo de coisa que é melhor escutar de alguém que... de uma amiga.

Um gongo soou ao longe. Com uma voz mecânica, Lloyd disse:

– É melhor eu ir ao refeitório almoçar. – Ele tirou a foto da moldura e a guardou em um dos bolsos do casaco do uniforme.

– Você ficou chateado – disse Daisy, preocupada.

– Não, chateado não. Só fiquei... espantado.

– Os homens sempre negam quando estão chateados. Por favor, vá me ver mais tarde.

– Tudo bem.

– Não vá dormir sem falar comigo de novo.

– Pode deixar.

Ele saiu do quarto de guardados e subiu a escada até o salão de jantar, agora transformado em refeitório. Comeu sua lata de picadinho em conserva com gestos mecânicos e os pensamentos em turbilhão. Não participou das conversas à mesa sobre os combates que assolavam a Noruega.

– Sonhando acordado, Williams? – perguntou o major Lowther.

– Desculpe, major – respondeu Lloyd automaticamente. Então improvisou uma desculpa: – Estava tentando lembrar qual é a patente mais alta dos alemães, *Generalleutnant* ou *Generalmajor*.

– *Generalleutnant* é mais alta – respondeu Lowther. Então completou, em voz mais baixa: – Só não esqueça a diferença entre *meine Frau* e *deine Frau*.

Lloyd sentiu o rosto corar. Então sua amizade com Daisy não era tão discreta quanto ele imaginava. Até Lowther já tinha percebido. Ficou indignado – ele e Daisy não tinham feito nada de impróprio –, mas não protestou. Embora fosse inocente, sentia-se culpado mesmo assim. Não podia pôr a mão no coração e jurar que suas intenções fossem puras. Sabia o que Granda diria: "Aquele que olhou para uma mulher com luxúria já cometeu adultério com ela em seu coração." Era esse o ensinamento de Jesus, e havia muita verdade nele.

Pensar nos avós o levou a se perguntar se eles saberiam alguma coisa sobre seus verdadeiros pais. A incerteza sobre sua família biológica lhe dava a sensação de estar perdido, como quando alguém sonha que está despencando de uma grande altura. Se haviam lhe contado mentiras sobre isso, ele poderia ter sido enganado em relação a qualquer coisa.

Resolveu que iria perguntar a Granda e Grandmam. Faria isso nesse dia mesmo, já que era domingo. Assim que conseguiu se retirar do refeitório sem parecer grosseiro, desceu a colina até a Wellington Row.

Pensou que, se perguntasse diretamente aos avós se era filho de Maud, eles poderiam negar tudo por reflexo. Talvez uma abordagem mais gradual obtivesse mais informações.

Encontrou os dois sentados na cozinha. Para eles, domingo era o dia do Senhor, um dia dedicado à religião, e eles não leriam o jornal nem ouviriam rádio. No entanto, ficaram felizes em ver o neto, e Grandmam, como sempre, preparou chá.

– Eu queria saber mais sobre meu pai verdadeiro – começou ele. – Mam disse que Teddy Williams serviu nos Fuzileiros Galeses, vocês sabiam?

– Ah, por que desenterrar o passado? – retrucou Grandmam. – Bernie é seu pai.

Lloyd não a contradisse.

– Bernie Leckwith sempre foi tudo o que um pai poderia ser para mim.

Granda concordou com um gesto de cabeça.

– Mesmo sendo judeu, ele é um homem bom, não resta dúvida.

Ele achava que estava sendo de uma tolerância magnânima.

Lloyd deixou passar o comentário.

– Mesmo assim estou curioso. Vocês conheceram Teddy Williams?

Seu avô fez cara de zangado.

– Não – respondeu. – E lamentamos muito por isso.

– Ele veio a Tŷ Gwyn como lacaio de um convidado – disse Grandmam. – Nós nem soubemos que a sua mãe estava interessada nele, só quando ela foi a Londres para se casar.

– E por que vocês não foram ao casamento?

Os dois ficaram calados. Então Granda disse:

– Conte a verdade para ele, Cara. Mentir nunca traz coisas boas.

– Sua mãe cedeu à tentação – disse Grandmam. – Depois que o lacaio foi embora de Tŷ Gwyn, ela descobriu que estava esperando um filho. – Lloyd já desconfiava e achava que talvez isso pudesse explicar as evasivas da mãe. – Seu avô ficou muito bravo – acrescentou Grandmam.

– Eu passei dos limites – prosseguiu Granda. – Esqueci o que Jesus disse: "Não julgueis, para que não sejais julgado." O pecado da sua mãe foi a luxúria, o meu foi o orgulho. – Lloyd se espantou ao ver lágrimas brotarem nos olhos azul-claros do avô. – Deus a perdoou, mas eu não; só depois de muito tempo. A essa altura, meu genro já não estava mais entre nós: tinha morrido na França.

Lloyd ficou ainda mais atônito. Aquela era outra história, rica em detalhes, um pouco diferente da que ele ouvira da mãe e completamente diferente da teoria de Daisy. Será que Granda estava chorando por um genro que nunca existira?

– E a família de Teddy Williams? – insistiu ele. – Mam disse que eles eram de Swansea. Ele devia ter pai, mãe, irmãos...

– Sua mãe nunca falava sobre a família dele – disse Grandmam. – Acho que ela sentia vergonha. Seja qual for o motivo, não queria conhecê-los. E não cabia a nós contrariá-la em relação a isso.

– Mas talvez eu tenha mais dois avós em Swansea. E tios, tias, primos e primas que nunca conheci.

– É – concordou Granda. – Mas nós não sabemos.

– Minha mãe sabe.

– Imagino que sim.

– Então vou perguntar a ela – disse Lloyd.

IV

Daisy estava apaixonada.

Agora sabia que nunca havia amado ninguém antes de Lloyd. Embora tivesse ficado entusiasmada com Boy, nunca o amara de verdade. Quanto ao pobre Charlie

Farquharson, no máximo sentira apreço por ele. Antigamente acreditava que poderia amar quem quisesse e que sua principal responsabilidade era fazer uma escolha inteligente. Agora entendia que não era nada disso. A inteligência não tinha nada a ver com o assunto, e não havia escolha. O amor era um terremoto.

Tirando as duas horas que passava com Lloyd à noite, sua vida era vazia. O restante do dia era só espera; a noite era pura lembrança.

Lloyd era o travesseiro no qual repousava a cabeça. Era a toalha com a qual secava os seios ao sair da banheira. Era o nó dos dedos que levava à boca, pensativa.

Como tinha sido capaz de ignorá-lo por quatro anos? O amor de sua vida aparecera na sua frente no baile do Trinity e tudo o que ela havia reparado era que ele estava usando roupas emprestadas! Por que não o tomara nos braços, o beijara e insistira para que se casassem na mesma hora?

Imaginava que Lloyd soubesse desde o início. Devia ter se apaixonado por ela à primeira vista. Havia lhe implorado que dispensasse Boy:

– Termine com ele – dissera, na noite em que foram à casa de espetáculos. – Seja minha namorada.

E ela apenas rira. Mas ele vislumbrara a verdade que ela não tinha conseguido ver.

No entanto, alguma intuição bem no fundo de seu ser lhe dissera para beijá-lo naquela calçada de Mayfair, na penumbra entre dois postes de rua. Na época, havia considerado aquilo um capricho prazeroso. A verdade é que tinha sido a coisa mais inteligente que ela fizera na vida, pois provavelmente havia consolidado a devoção que ele tinha por ela.

Agora, em Tŷ Gwyn, Daisy se recusava a pensar no que iria acontecer dali para a frente. Estava vivendo um dia após outro, caminhando nas nuvens, sorrindo a troco de nada. Recebeu uma carta aflita de sua mãe em Buffalo, preocupada com a saúde e o estado mental da filha depois do aborto, e enviou uma resposta tranquilizadora. Olga incluíra na carta algumas notícias esparsas: Dave Rouzrokh morrera em Palm Beach; Muffie Dixon se casara com Philip Renshaw; Rosa, esposa do senador Dewar, escrevera um livro de sucesso chamado *Nos bastidores da Casa Branca*, com fotografias de Woody. Um mês antes, tudo aquilo a teria deixado com saudades de casa; agora lhe despertava apenas um leve interesse.

Daisy só ficava triste ao pensar no bebê que perdera. A dor passara depressa e o sangramento havia cessado em uma semana, mas a perda a deixara abalada. Ela não chorava mais por causa disso, mas de vez em quando se pegava olhando para o nada, pensando se teria sido menina ou menino, e como seria seu rostinho. De repente percebia, com um sobressalto, que havia passado uma hora sem se mexer.

A primavera tinha chegado, e ela caminhava pela encosta das montanhas, exposta ao vento, usando botas impermeáveis e uma capa de chuva. Às vezes, quando tinha certeza de que ninguém a não ser as ovelhas podia escutá-la, gritava a plenos pulmões:

– Estou apaixonada por ele!

Estava preocupada com a reação de Lloyd às suas suspeitas sobre os pais dele. Talvez tivesse sido um erro abordar esse assunto, pois apenas o deixara triste. Sua justificativa, porém, era válida: mais cedo ou mais tarde, a verdade provavelmente viria à tona, e era melhor escutar esse tipo de coisa de alguém que o amasse. O espanto atordoado de Lloyd lhe tocava o coração e a fazia amá-lo ainda mais.

Ele lhe contou que tinha pedido uma licença. Na segunda semana de maio, dia do feriado britânico de Pentecostes, iria a um balneário no litoral sul chamado Bournemouth assistir à convenção anual do Partido Trabalhista.

Sua mãe também estaria lá, assim ele teria uma chance de perguntar a ela sobre sua origem. Daisy achou que ele parecia ao mesmo tempo ansioso e assustado.

Lowther certamente teria lhe negado a licença, mas em março, quando fora enviado para fazer aquele curso, Lloyd já tinha falado com o coronel Ellis-Jones, e das duas uma: ou o coronel ia com a cara de Lloyd, ou então simpatizava com o partido. O fato era que lhe concedera uma licença e Lowther não podia cancelar isso. Naturalmente, se os alemães invadissem a França, ninguém poderia sair de licença.

A possibilidade de Lloyd partir de Aberowen sem saber que ela o amava provocou em Daisy uma estranha apreensão. Ela não sabia explicar por quê, mas precisava lhe contar antes que ele fosse embora.

A viagem de Lloyd estava marcada para quarta-feira, e ele voltaria seis dias depois. Por coincidência, Boy dissera que chegaria na quarta-feira à noite para lhe fazer uma visita. Por motivos que não entendeu muito bem, Daisy ficou aliviada que os dois não fossem estar na mansão ao mesmo tempo.

Decidiu fazer sua confissão a Lloyd na terça-feira, véspera de sua viagem. Não tinha a menor ideia do que diria ao marido no dia seguinte.

Ao pensar na conversa que teria com Lloyd, deu-se conta de que ele com certeza tentaria beijá-la e, quando isso acontecesse, seriam ambos dominados por seus sentimentos, e então iriam para a cama. Depois disso, passariam a noite inteira abraçados.

Nesse ponto, a necessidade de discrição se intrometeu em sua fantasia. Para o bem dos dois, Lloyd não podia ser visto saindo de seus aposentos pela manhã. Lowthie já estava desconfiado. Daisy percebia isso nas atitudes dele para com ela, ao mesmo tempo reprovadoras e cafajestes, quase como se o major achasse que, em vez de Lloyd, era por ele que ela deveria se apaixonar.

Seria muito melhor se os dois pudessem se encontrar em algum outro lugar para aquela conversa decisiva. Ela pensou nos quartos sem uso da ala oeste e ficou sem ar. Lloyd poderia ir embora quando o dia raiasse e, caso alguém o visse, não saberia que estivera com ela. E Daisy poderia sair do quarto depois, totalmente vestida, e fingir que estava à procura de algum objeto perdido da família, um quadro talvez. Na verdade, pensou, tornando ainda mais complexa a mentira que contaria se houvesse necessidade, poderia pegar algum objeto no quarto de guardados e colocá-lo no quarto de dormir com antecedência, pronto para ser usado como prova de sua história.

Às nove da manhã de terça-feira, quando todos os alunos estavam em aula, ela percorreu o andar de cima carregando um conjunto de frascos de perfume com tampas de prata escurecida e um espelhinho de mão no mesmo feitio. Já se sentia culpada. O tapete do corredor fora retirado, e seus passos ecoavam alto nas tábuas do piso, como se anunciassem a chegada de uma prostituta. Felizmente, não havia ninguém nos quartos.

Foi até a Suíte Gardênia, que ela acreditava estar sendo usada como depósito de roupa de cama, embora não tivesse certeza. Não havia ninguém no corredor quando entrou. Fechou a porta depressa atrás de si. Estava ofegante. Ainda não fiz nada de errado, disse a si mesma.

Sua lembrança provou-se correta: por todo o quarto, encostadas nas paredes revestidas com uma estampa de gardênias, estavam dispostas pilhas perfeitas de lençóis, cobertores e travesseiros, envoltas em protetores de algodão grosseiro e amarradas com barbante, como grandes embrulhos.

O quarto cheirava a mofo, e ela abriu uma janela. Os móveis originais ainda estavam ali: uma cama, um guarda-roupa, uma cômoda, uma escrivaninha e uma penteadeira curva com três espelhos. Ela pôs o conjunto de frascos de perfume sobre a penteadeira e então fez a cama com um dos lençóis ali guardados. Sentiu o tecido frio sob os dedos.

Agora fiz algo errado, pensou. Preparei a cama para me deitar com meu amante.

Olhou para os travesseiros branquinhos, para os cobertores cor-de-rosa debruados de cetim, e imaginou-os ali juntos, Lloyd e ela, enlaçados num abraço interminável e beijando-se com uma sofreguidão enlouquecida. Pensar nisso deixou-a tão excitada que ela se sentiu fraca.

Ouviu passos do lado de fora, ecoando no piso como os seus. Quem poderia ser? Talvez Morrison, o velho lacaio, indo verificar uma calha que pingava ou uma vidraça rachada. Aguardou, com o coração acelerado de culpa, enquanto ouvia os passos se aproximarem, depois se afastarem outra vez.

O susto acalmou sua excitação e refrescou o calor que sentia por dentro. Ela deu uma última olhada no quarto e saiu.

Não havia ninguém no corredor.

Foi seguindo em frente, e o barulho dos sapatos no chão denunciava sua presença. Agora, porém, parecia totalmente inocente, disse a si mesma. Podia ir aonde quisesse. Tinha mais direito de estar ali do que qualquer outra pessoa. Estava em casa. Seu marido era o herdeiro daquilo tudo.

O marido que ela cuidadosamente planejava trair.

Sabia que deveria estar paralisada de culpa, mas na verdade sentia-se ansiosa por fazer aquilo, e consumida pelo desejo.

Agora precisava avisar Lloyd. Ele fora aos seus aposentos na noite anterior, como sempre, mas ela não pudera marcar aquele encontro com ele na véspera. Ele pediria explicações e, nesse caso, ela estava certa de que contaria tudo e o levaria para a sua cama, estragando todo o plano. Assim, precisava falar com ele rapidamente naquele dia mesmo.

Os dois em geral não se encontravam durante o dia, a não ser quando ela esbarrava com ele por acaso, no corredor ou na biblioteca. Como poderia ter certeza de encontrá-lo? Subiu a escada dos fundos até o sótão. Os alunos do curso não estavam em seus quartos, mas a qualquer momento um deles poderia aparecer para buscar algo que tivesse esquecido. Ela precisava ser rápida.

Entrou no quarto de Lloyd. O cheiro dele pairava no ar. Ela não conseguia definir exatamente que perfume era aquele. Não viu nenhum vidro de colônia no quarto, mas ao lado da navalha havia um pote de loção. Abriu-o e sentiu o cheiro: sim, era isso, cítricos e especiarias. Será que ele era vaidoso?, pensou. Talvez um pouquinho. Em geral andava bem-vestido, mesmo de uniforme.

Iria deixar um bilhete para ele. Em cima da penteadeira viu um bloco de papel de carta vagabundo. Abriu-o e arrancou uma das folhas. Correu os olhos pelo quarto em busca de algo com que pudesse escrever. Sabia que ele tinha uma caneta-tinteiro preta com seu nome gravado no corpo, mas devia ter levado para tomar notas durante a aula. Encontrou um lápis na gaveta de cima.

O que poderia escrever? Precisava tomar cuidado para o caso de outra pessoa ler o bilhete. No fim das contas, acabou escrevendo apenas: "Biblioteca". Deixou o bloquinho aberto em cima da penteadeira, onde ele não poderia deixar de ver, e então saiu do quarto.

Ninguém a viu.

Lloyd provavelmente passaria por ali em algum momento, pensou, talvez para encher a caneta com a tinta do frasco em cima da penteadeira. Então veria o bilhete e iria encontrá-la.

Ela foi esperar na biblioteca.

A manhã foi longa. Andava lendo autores vitorianos – que pareciam entender seu atual estado de espírito –, mas nesse dia a Sra. Gaskell não conseguiu prender sua atenção, e ela passou a maior parte do tempo olhando pela janela. Sendo maio, os jardins de Tŷ Gwyn deveriam estar cobertos por uma profusão colorida de flores primaveris, mas a maioria dos jardineiros tinha se alistado nas Forças Armadas, e o restante não estava cultivando flores, mas legumes e verduras.

Vários alunos do curso entraram na biblioteca pouco antes das onze e se acomodaram nas poltronas de couro verde com seus cadernos, mas Lloyd não estava entre eles.

Daisy sabia que a última aula da manhã terminava ao meio-dia e meia. Nessa hora, os homens se levantaram e saíram da biblioteca, mas Lloyd não apareceu.

Com certeza ele passaria no quarto agora, pensou ela, nem que fosse apenas para largar os livros e lavar as mãos no banheiro próximo.

Os minutos foram passando e o gongo soou, anunciando o almoço.

Foi então que Lloyd entrou na biblioteca, e o coração de Daisy disparou.

Ele estava com um ar preocupado.

– Acabei de ver o seu recado – falou. – Está tudo bem?

Sua primeira preocupação era com ela. Qualquer problema que ela tivesse não era um estorvo para ele, mas uma oportunidade de ajudá-la que ele se apressava em aproveitar. Nenhum homem jamais tinha se importado tanto assim com ela, nem mesmo seu pai.

– Está tudo bem, sim – respondeu. – Você sabe como é uma gardênia? – Passara a manhã inteira ensaiando o que iria dizer.

– Acho que sim. Parece uma rosa. Por quê?

– Na ala oeste há um quarto chamado Suíte Gardênia. Tem uma gardênia branca pintada na porta, e está cheio de roupa de cama. Acha que conseguiria encontrá-lo?

– Claro.

– Em vez de ir ao meu quarto, encontre-me lá hoje à noite. Na mesma hora de sempre.

Ele a encarou, tentando entender o que estava acontecendo.

– Tudo bem – falou. – Mas por quê?

– Eu quero lhe dizer uma coisa.

– Que empolgante – disse ele, mas sua expressão estava intrigada.

Ela pôde adivinhar o que estava passando pela cabeça de Lloyd. Ele estava louco de animação com a ideia de que ela talvez quisesse um encontro romântico, mas ao mesmo tempo dizia a si mesmo que aquilo era um sonho impossível.

– Vá almoçar – disse ela.

Ele hesitou.

– Nos vemos à noite – disse ela.

– Mal posso esperar – retrucou ele, e saiu da biblioteca.

Ela voltou para o quarto. Maisie, que não era grande coisa como cozinheira, havia lhe preparado um sanduíche com duas fatias de pão e uma de presunto em conserva. Daisy estava com frio na barriga: não teria conseguido comer nem que aquilo fosse sorvete de pêssego.

Deitou-se para descansar. Seus pensamentos em relação à noite que estava por vir eram tão explícitos que ela ficou encabulada. Aprendera muito sobre sexo com Boy – que obviamente tinha uma vasta experiência com outras mulheres – e por isso sabia bastante do que os homens gostavam. Queria fazer tudo com Lloyd: beijar cada parte de seu corpo, fazer o que Boy chamava de *soixante-neuf*, engolir seu sêmen. Esses pensamentos eram tão excitantes que ela precisou de todo o seu autocontrole para não se tocar.

Às cinco da tarde, tomou uma xícara de café, depois lavou os cabelos e se banhou demoradamente. Raspou as axilas e aparou os pelos pubianos muito fartos. Secou-se e passou uma loção leve por todo o corpo. Então se perfumou e começou a se vestir.

Pôs uma roupa de baixo nova. Experimentou todos os seus vestidos. Gostou do efeito de um deles, com finas alças azuis e brancas, mas a frente tinha botõezinhos que levariam uma eternidade para serem abertos, e ela sabia que iria querer se despir depressa. Estou pensando como uma puta, disse a si mesma, e não soube se deveria achar graça ou ficar envergonhada. No final das contas, acabou escolhendo um vestido de caxemira verde-hortelã de corte simples, na altura dos joelhos, que deixava à mostra suas pernas bem-torneadas.

Olhou-se no espelho estreito preso do lado de dentro da porta do armário. Estava bonita.

Sentou-se na beirada da cama para calçar as meias. Então Boy entrou.

Daisy sentiu a cabeça girar. Se não estivesse sentada, teria caído no chão. Ficou encarando o marido sem acreditar.

– Surpresa! – disse ele, todo animado. – Cheguei um dia antes.

– É – respondeu ela quando finalmente conseguiu recuperar a voz. – Que surpresa.

Ele se curvou para beijá-la. Daisy nunca gostara muito da língua do marido em sua boca, pois sempre tinha gosto de álcool e cigarro. Boy não se importava com o seu desagrado e, na verdade, parecia gostar de forçá-la. Nesse dia, porém, por culpa, ela retribuiu o beijo e pôs a língua na boca dele também.

– Puxa! – exclamou Boy quando ficou sem ar. – Que animação.

Você não faz ideia, pensou Daisy; ao menos espero que não.

– O exercício foi adiantado em um dia – explicou ele. – Não tive tempo de avisá-la.

– Quer dizer que vai passar a noite aqui? – perguntou ela.

– Vou.

E Lloyd iria viajar na manhã seguinte.

– Você não parece muito contente – comentou Boy. Olhou para o vestido dela. – Tinha algum outro compromisso?

– Que compromisso eu poderia ter? – rebateu Daisy. Precisava recuperar o controle da situação. – Uma noite no pub Two Crowns, talvez? – indagou, com sarcasmo.

– Por falar nisso, vamos tomar um drinque. – Ele saiu do quarto em busca de uma bebida.

Daisy enterrou o rosto nas mãos. Como era possível aquilo ter acontecido? Era o fim do seu plano. Teria que arrumar algum jeito de avisar Lloyd. E não poderia lhe declarar seu amor num sussurro apressado, com Boy por perto.

Disse a si mesma que o plano só seria adiado por alguns dias. Lloyd estaria de volta na terça-feira seguinte. A espera seria uma verdadeira agonia, mas ela sobreviveria, e seu amor também. Ainda assim, quase chorou de tanta decepção.

Terminou de calçar as meias e os sapatos e foi até a saleta contígua.

Boy tinha encontrado uma garrafa de uísque e dois copos. Para ser agradável, ela aceitou uma dose.

– Vi que a criada está preparando uma torta de peixe para o jantar – comentou ele. – Estou faminto. Ela cozinha bem?

– Na verdade, não. A comida dela é passável, se você estiver com fome.

– Ah, sempre temos o uísque – disse ele, servindo-se de mais uma dose.

– O que você tem feito? – Daisy estava louca para que ele falasse, de modo que ela não precisasse conduzir a conversa. – Voou até a Noruega? – Era lá que os alemães estavam vencendo a primeira batalha terrestre da guerra.

– Graças a Deus, não. Que tragédia. Esta noite haverá um debate importante na Câmara dos Comuns. – Ele começou a falar sobre os erros cometidos pelos comandantes britânicos e franceses.

Quando o jantar ficou pronto, Boy desceu até a adega para buscar um vinho. Daisy achou que aquela era uma chance de alertar Lloyd. Mas onde ele estaria? Ela consultou o relógio de pulso. Eram sete e meia. Ele devia estar jantando no refeitório. Não poderia entrar lá e sussurrar alguma coisa em seu ouvido enquanto ele estivesse sentado à mesa com os outros oficiais: seria o mesmo que revelar a todo mundo que os dois eram amantes. Será que havia um jeito de tirá-lo de lá? Esforçou-se para pensar em algo, mas, antes que conseguisse, Boy voltou com ar triunfante, trazendo na mão uma garrafa de Dom Pérignon 1921.

– O primeiro champanhe de safra que eles fabricaram – comentou. – Um marco.

Os dois se sentaram à mesa para comer a torta de peixe de Maisie. Daisy tomou uma taça de champanhe, mas não conseguiu comer. Ficou remexendo a comida, tentando fazer parecer que estava jantando normalmente. Boy repetiu o prato.

De sobremesa, Maisie serviu pêssegos em conserva com leite condensado.

– A guerra tem sido ruim para a culinária britânica – comentou Boy.

– Não que ela fosse grande coisa antes – respondeu Daisy, ainda se esforçando para parecer normal.

A essa hora, Lloyd já devia estar na Suíte Gardênia. O que ele faria caso ela não conseguisse lhe mandar um recado? Será que passaria a noite toda lá, esperando, torcendo para que ela chegasse? Ou desistiria à meia-noite e voltaria para a sua cama? Ou desceria ao subsolo para procurá-la? Isso poderia ser constrangedor.

Boy sacou um grande charuto e fumou com ar satisfeito, de vez em quando mergulhando a ponta que não estava acesa num copo de conhaque. Daisy tentou pensar em uma desculpa para deixá-lo ali e subir, mas nada lhe ocorreu. Que pretexto poderia dar para visitar os aposentos dos alunos a essa hora da noite?

Ainda não tinha feito nada quando ele apagou o charuto e disse:

– Bem, hora de dormir. Quer ser a primeira a usar o banheiro?

Sem saber o que mais poderia fazer, ela se levantou e foi para o quarto. Bem devagar, tirou as roupas que vestira com tanto cuidado para Lloyd. Lavou o rosto e vestiu sua camisola menos atraente. Então se deitou na cama.

Apesar de estar razoavelmente embriagado ao se acomodar ao seu lado, Boy quis fazer sexo. Essa ideia a deixou consternada.

– Sinto muito – disse ela. – O Dr. Mortimer avisou que eu não podia ter relações conjugais por três meses. – Não era verdade. Mortimer dissera que, cessada a hemorragia, não haveria problema nenhum. Ela se sentiu terrivelmente desonesta. Tinha planejado fazer sexo com Lloyd nessa mesma noite.

– Como assim? – perguntou Boy, indignado. – Por quê?

Ela respondeu de improviso:

– Se fizermos cedo demais, parece que pode afetar minhas chances de engravidar de novo.

Isso o convenceu. Boy estava desesperado por um herdeiro.

– Ah, paciência – disse ele, e se virou para o outro lado.

No minuto seguinte, já estava dormindo.

Daisy ficou acordada, com a mente em turbilhão. Será que poderia sair de fininho agora? Teria que se vestir – com certeza não podia perambular pela casa de camisola. Boy tinha o sono pesado, mas levantava muitas vezes para ir ao banheiro. E se fizesse isso enquanto ela estava fora e a visse voltar de roupa? Que história plausível ela poderia inventar? Todo mundo sabia que só havia um motivo para uma mulher sair de fininho à noite por uma casa de campo.

Lloyd teria que sofrer. E ela sofreu junto, pensando nele naquele quarto bolorento, sozinho e decepcionado. Será que ele iria se deitar de uniforme e pegar no sono? Ficaria com frio, a menos que puxasse um dos cobertores para se proteger. Será que imaginaria que houvera alguma emergência, ou simplesmente pensaria que ela lhe dera um bolo sem se importar com ele? Talvez se sentisse abandonado e ficasse chateado com ela.

Lágrimas escorriam pelo seu rosto. Boy roncava; ele jamais saberia.

Ela adormeceu já de madrugada e sonhou que precisava pegar um trem, mas que coisas bobas não paravam de acontecer para atrasá-la: o táxi a levava para o lugar errado, ela precisava percorrer uma distância inesperada e longa carregando a mala, não conseguia achar a passagem e, quando chegava à plataforma, uma carruagem antiquada estava à sua espera e ela levaria muitos dias para chegar a Londres.

Quando despertou do sonho, Boy estava no banheiro fazendo a barba.

Ela ficou desanimada. Levantou-se e se vestiu. Maisie preparou o desjejum, e Boy comeu ovos com bacon e torradas com manteiga. Quando terminaram a refeição, já eram nove horas. Lloyd disse que iria embora às nove. Talvez estivesse no hall de entrada naquele exato momento, com a mala na mão.

Boy se levantou da mesa e entrou no banheiro com o jornal. Daisy conhecia seus hábitos matinais: ele iria passar de cinco a dez minutos lá dentro. De repente, sua apatia desapareceu. Ela saiu da saleta e subiu correndo a escada até o hall.

Lloyd não estava lá. Já devia ter ido embora. Ela sentiu um peso no coração.

No entanto, ele devia estar indo a pé para a estação: só os ricos e os doentes pegavam táxis para percorrer menos de dois quilômetros. Talvez conseguisse alcançá-lo. Saiu pela porta da frente.

Viu-o uns quatrocentos metros mais à frente, descendo o acesso à mansão a passos rápidos, de mala na mão. O coração de Daisy deu um pulo. Deixando a cautela de lado, correu atrás dele.

Uma picape leve do Exército, do tipo conhecido como Tilly, descia o acesso à casa na sua frente. Para seu desespero, diminuiu a velocidade ao lado de Lloyd.

– Não! – exclamou Daisy, mas ele estava longe demais para escutá-la.

Jogando a mala na caçamba da picape, ele subiu na cabine ao lado do motorista.

Ela continuou a correr, mas foi inútil. A picape voltou a andar e começou a ganhar velocidade.

Daisy parou. Ficou olhando a Tilly passar pelos portões de Tŷ Gwyn e sumir de vista. Tentou não chorar.

Depois de alguns instantes, deu meia-volta e tornou a entrar na casa.

V

A caminho de Bournemouth, Lloyd pernoitou em Londres, e na noite dessa quarta-feira, 8 de maio, foi à galeria de visitantes da Câmara dos Comuns para assistir ao debate que decidiria o futuro do primeiro-ministro Neville Chamberlain.

Era como estar sentado na frisa mais alta do teatro: os assentos estavam apinhados, eram duros, e a vista para o drama que se desenrolava lá embaixo era vertiginosa. A galeria estava cheia nessa noite. Lloyd e o padrasto Bernie só tinham conseguido ingressos com muita dificuldade, graças à influência de sua mãe, Ethel, que se encontrava sentada ao lado de seu tio Billy junto com os deputados trabalhistas, no plenário abarrotado.

Lloyd ainda não tivera nenhuma chance de perguntar sobre seus verdadeiros pais, pois todos estavam preocupados demais com a crise política. Tanto Lloyd quanto Bernie queriam a renúncia de Chamberlain. O apaziguador do fascismo tinha pouca credibilidade para comandar uma guerra, e a derrocada na Noruega apenas ressaltara este fato.

O debate havia começado na noite anterior. Segundo os relatos de Ethel, Chamberlain fora atacado com fúria não apenas pelos deputados trabalhistas, mas também por membros de seu próprio partido. O conservador Leo Amery citara uma frase de Cromwell:

– "O senhor já passou muito tempo sentado aqui para a qualidade do trabalho que tem feito. Vá embora e permita que nos livremos do senhor. Em nome de Deus, vá embora!"

Era um discurso cruel para se ouvir de um colega, e os gritos de "É isso aí, é isso aí!" vindos de ambos os lados do plenário o tornaram ainda pior.

A mãe de Lloyd se reunira com as outras deputadas na sala que ocupavam no Palácio de Westminster. Elas haviam concordado em forçar uma votação. Como os homens não podiam detê-las, juntaram-se a elas. Uma vez anunciada a decisão, na quarta-feira, o debate se transformou numa votação pela permanência ou não de Chamberlain no cargo. O primeiro-ministro aceitou o desafio e apelou aos amigos que ficassem do seu lado – o que Lloyd interpretou como um sinal de franqueza.

Nessa noite, os ataques prosseguiam. Lloyd estava achando aquilo ótimo. Detestava Chamberlain por causa de sua política na Espanha. Durante dois anos, de 1937 a 1939, o primeiro-ministro defendera a "não intervenção" da Grã-Bretanha e da França, enquanto Alemanha e Itália despejavam armas e soldados no exército rebelde, e americanos ultraconservadores vendiam gasolina e caminhões para Franco. Se algum político britânico era responsável pelos assassinatos em massa que Franco estava cometendo, esse homem era Neville Chamberlain.

– Mas Chamberlain na verdade não é o culpado pelo fiasco na Noruega – disse Bernie para Lloyd num momento em que a barulheira diminuiu. – O chefe do almirantado é Winston Churchill e, segundo sua mãe, foi ele quem fez pressão a favor dessa invasão. Depois de tudo o que Chamberlain já fez, depois da Espanha, da Áustria, da Tchecoslováquia... vai ser uma ironia se for expulso do poder por causa de algo que na realidade não é culpa dele.

– Em última instância, tudo é culpa do primeiro-ministro – disse Lloyd. – É isso que significa liderar.

Bernie deu um sorriso torto, e Lloyd entendeu que ele estava pensando que os jovens viam tudo de maneira muito simplista; mas Bernie não disse isso em voz alta.

O debate foi ruidoso, mas a casa silenciou quando o ex-primeiro-ministro David Lloyd George se levantou para falar. Lloyd fora batizado em homenagem a ele. Agora com 77 anos, o político de cabelos brancos falava com a autoridade do homem que havia vencido a Grande Guerra. Ele foi implacável.

– Não se trata de saber quem são os amigos do primeiro-ministro – disse ele, afirmando o óbvio com um sarcasmo ferino. – A questão é muito mais complexa.

Mais uma vez, Lloyd ficou animado ao ouvir o coro de aprovação que emanou tanto do lado conservador do plenário quanto da oposição.

– Ele pediu sacrifícios – disse Lloyd George, e seu sotaque galês nasalado pareceu aguçar ainda mais o desprezo que sentia. – Nada contribuiria mais para uma vitória nesta guerra do que ele sacrificar o próprio cargo.

A oposição aprovou aos berros, e Lloyd viu sua mãe aplaudindo.

Churchill encerrou o debate. Como orador, era do mesmo nível de Lloyd George, e Lloyd temeu que sua oratória conseguisse salvar Chamberlain. Mas o Parlamento inteiro ficou contra ele, interrompendo e vaiando seu discurso, às vezes tão alto que ele não conseguia se fazer ouvir.

Churchill sentou-se às onze da noite, e a votação começou.

O sistema de votação não era nada prático. Em vez de levantar a mão ou usar pedacinhos de papel, os deputados tinham que sair do plenário e ser contados ao tornarem a entrar por um de dois saguões: um para "sim", outro para "não". O processo todo levava de quinze a vinte minutos. Só podia ter sido inventado por homens que não tinham mais o que fazer, dizia Ethel. Estava certa de que seria modernizado em breve.

Lloyd aguardou com os nervos à flor da pele. A queda de Chamberlain lhe daria profunda satisfação, mas de modo algum era uma certeza.

Para se distrair, pensou em Daisy – sempre uma ocupação agradável. Como tinham sido estranhas as últimas 24 horas que ele passara em Tŷ Gwyn: primeiro aquele recado com uma única palavra, "Biblioteca"; em seguida a conversa apressada e o convidativo pedido para que ele fosse à Suíte Gardênia; depois uma noite inteira de espera, frio, tédio e incompreensão, aguardando uma mulher que não aparecera. Tinha ficado lá até as seis da manhã, arrasado, mas sem querer perder a esperança, até a hora em que foi obrigado a tomar banho, fazer a barba, trocar de roupa e preparar a mala para a viagem.

Era óbvio que algo tinha saído errado, ou então ela mudara de ideia. Mas qual seria sua intenção? Ela contara que queria lhe dizer uma coisa. Teria planejado fazer uma revelação bombástica, que merecesse todo aquele suspense? Ou seria algo tão trivial que se esquecera completamente do encontro? Ele teria que esperar até a terça-feira seguinte para perguntar a ela.

Não tinha contado à família que Daisy estava em Tŷ Gwyn. Isso o teria obrigado a lhes explicar qual era seu relacionamento com ela agora, coisa que não podia fazer, pois ele mesmo não entendia muito bem. Estava apaixonado por uma mulher casada? Não sabia dizer. O que ela sentia por ele? Não sabia dizer. O mais provável, pensou, era que Daisy e ele fossem bons amigos que tinham deixado escapar a chance do amor. E por algum motivo ele não queria admitir isso para ninguém, pois lhe parecia um fato insuportavelmente definitivo.

– Se Chamberlain sair, quem vai assumir? – perguntou Lloyd a Bernie.

– Estão apostando em Halifax. – Lorde Halifax era o atual ministro das Relações Exteriores.

– Não! – protestou Lloyd, indignado. – Não podemos ter um conde como primeiro-ministro num momento como este. Além disso, ele é tão apaziguador quanto Chamberlain!

– Concordo – disse Bernie. – Mas quem mais poderia ser?

– Que tal Churchill?

– Sabe o que Stanley Baldwin disse sobre Churchill? – O conservador Baldwin tinha sido primeiro-ministro antes de Chamberlain. – "Quando Winston nasceu, várias fadas voaram até seu berço levando presentes: criatividade, eloquência, energia, competência. Até aparecer uma fada que disse: 'Ninguém merece tantos presentes!' Então ela pegou o bebê e o sacudiu e torceu com tanta força que o privou de qualquer juízo ou sensatez."

Lloyd sorriu.

– Muito engraçado, mas é verdade?

– Tem um fundo de verdade. Na última guerra, ele foi responsável pela campanha de Dardanelos, que foi uma derrota terrível para nós. Agora fez pressão para entrarmos nessa aventura na Noruega: outro fracasso. É bom de oratória, mas os indícios sugerem que tem tendência a ser um pouco sonhador.

– Ele tinha razão nos anos 1930 quanto à necessidade de a Grã-Bretanha se rearmar – disse Lloyd. – Todos os outros foram contra, inclusive o Partido Trabalhista.

– Churchill vai defender o rearmamento até no Paraíso, quando o leão se deitar ao lado do cordeiro.

– Acho que precisamos de alguém com uma veia agressiva. Queremos um primeiro-ministro que rosne, não que choramingue.

– Bom, talvez o seu desejo se realize. Os contadores de votos estão voltando.

O resultado da votação foi anunciado: 280 sim, 200 não. Chamberlain vencera. A confusão se instalou no plenário. Os partidários do primeiro-ministro aplaudiam, mas outros gritavam exigindo que ele renunciasse.

Lloyd sentiu uma amarga decepção.

– Como eles podem querer mantê-lo depois de tudo o que aconteceu?

– Não tire conclusões precipitadas – disse Bernie, enquanto o primeiro-ministro se retirava e o barulho começava a diminuir. Ele estava fazendo contas com um lápis na margem do *Evening News*. – O governo em geral tem mais ou menos 240 votos de vantagem. Essa margem caiu para oitenta. – Ele seguiu anotando números, fazendo somas e subtrações. – Estimando por alto a quantidade de parlamentares ausentes, calculo que uns quarenta partidários do governo tenham votado contra Chamberlain, e outros sessenta tenham se abstido. É um golpe terrível para um primeiro-ministro: cem de seus colegas não confiam nele.

– Mas isso basta para forçá-lo a renunciar? – indagou Lloyd, impaciente.

Bernie abriu os braços num gesto de quem se rende.

– Não sei – respondeu.

VI

No dia seguinte, Lloyd, Ethel, Bernie e Billy pegaram o trem para Bournemouth.

O vagão estava cheio de representantes do partido, vindos de todos os pontos da Grã-Bretanha. Todos passaram a viagem conversando sobre o debate da noite anterior no Parlamento e sobre o futuro do primeiro-ministro, falando com sotaques que iam da dicção ríspida e sincopada de Glasgow aos floreios e cadências do *cockney* londrino. Mais uma vez, Lloyd não teve chance de abordar com a mãe o assunto que o consumia.

Como a maior parte dos representantes do partido, eles não tinham dinheiro para pagar os elegantes hotéis no alto das colinas, por isso se hospedaram numa pensão nos arredores da cidade. Nessa noite, os quatro foram a um pub e se sentaram ao redor de uma mesa de canto tranquila. Lloyd viu sua oportunidade.

Bernie trouxe uma primeira rodada de bebidas. Ethel se perguntou em voz alta o que estaria acontecendo com sua amiga Maud, em Berlim: como a guerra interrompera o serviço postal entre Alemanha e Grã-Bretanha, fazia tempo que não tinha notícias dela.

Lloyd tomou um golinho de sua cerveja e em seguida falou, com voz firme:

– Eu gostaria de saber mais sobre meu verdadeiro pai.

– Bernie é o seu pai – disse Ethel, incisiva.

Mais evasivas! Lloyd reprimiu a raiva que brotou imediatamente dentro dele.

– Não precisa me dizer isso – falou. – E eu não preciso dizer a Bernie que o amo como um pai, porque ele já sabe.

Bernie lhe deu tapinhas no ombro, um gesto de afeto canhestro porém sincero.

– Mas estou curioso em relação a Teddy Williams – insistiu Lloyd.

– Nós precisamos falar sobre o futuro, não sobre o passado – disse Billy. – Estamos em guerra!

– Justamente – retrucou Lloyd. – Por isso mesmo quero respostas para as minhas perguntas *agora*. Não estou disposto a esperar, porque em breve vou partir para a frente de batalha e não quero morrer sem saber. – Não via como eles poderiam contestar esse argumento.

– Você já sabe tudo o que há para saber – disse Ethel, mas sem encará-lo.

– Não sei, não – retrucou ele, esforçando-se para ser paciente. – Onde estão meus outros avós? Eu tenho tios, tias ou primos?

– Teddy Williams era órfão – disse Ethel.

– E foi criado em que orfanato?

– Por que você está sendo tão cabeça-dura? – perguntou ela, irritada.

Lloyd elevou o tom de voz, tão exasperado quanto a mãe:

– Porque sou igual a você!

Bernie não conseguiu reprimir um sorriso.

– Bem, isso é verdade.

Mas Lloyd não achou graça.

– Em que orfanato?

– Ele talvez tenha me dito, mas não me lembro. Acho que em Cardiff.

– Lloyd, meu garoto – intrometeu-se Billy –, você está mexendo numa ferida. Beba sua cerveja e esqueça este assunto.

– Não por isso, tio Billy: eu também tenho uma droga de uma ferida – disse Lloyd, zangado. – E estou farto de mentiras.

– Ora, vamos – disse Bernie. – Não há por que falar em mentiras.

– Sinto muito, pai, mas há, sim. – Lloyd ergueu uma das mãos para impedir que o interrompessem. – Da última vez que perguntei, Mam me disse que a família de Teddy Williams era de Swansea, mas que eles se mudavam muito por causa do emprego do pai. Agora está dizendo que ele foi criado num orfanato em Cardiff. Uma dessas histórias é falsa... ou talvez as duas.

Por fim, Ethel olhou-o nos olhos.

– Eu e Bernie o alimentamos, o vestimos e o mandamos para a escola e para a universidade – falou ela, indignada. – Você não tem do que reclamar.

– E serei para sempre grato por isso, e sempre amarei vocês – respondeu Lloyd.

– Mas por que este assunto foi surgir logo agora, afinal? – indagou Billy.

– Por causa de algo que uma pessoa me disse lá em Aberowen.

Sua mãe não reagiu, mas um lampejo de medo cruzou seu olhar. Alguém no País de Gales sabe a verdade, pensou Lloyd.

Ele prosseguiu sem piedade:

– Me disseram que Maud Fitzherbert pode ter engravidado em 1914, e que talvez você tenha aceitado dizer que o bebê era seu, e por isso foi recompensada com a casa da Nutley Street.

Ethel deu um muxoxo de desprezo.

Lloyd levantou a mão.

– Isso explicaria duas coisas – falou. – Primeiro, a amizade improvável entre você e Lady Maud. – Ele pôs a mão no bolso do paletó. – Segundo, esta foto minha de costeletas. – Ele lhes mostrou a fotografia.

Ethel encarou a imagem sem dizer nada.

– Poderia ser eu, não é? – indagou Lloyd.

– Sim, Lloyd, poderia – disse Billy, ríspido. – Mas está óbvio que não é, então deixe de rodeios e diga logo quem é esse homem.

– É o pai do conde Fitzherbert. E agora deixem de rodeios *vocês*! Tio Billy, Mam, eu sou filho de Maud, não sou?

– A amizade entre mim e Maud foi antes de tudo uma aliança política – disse Ethel. – Nós nos afastamos ao discordar sobre a estratégia das sufragistas, depois reatamos. Gosto muito dela, e ela me deu oportunidades importantes na vida, mas não temos nenhum vínculo secreto. Ela não sabe quem é seu pai.

– Certo, Mam – disse Lloyd. – Eu poderia acreditar nisso. Mas esta foto aqui...

– A explicação para essa semelhança... – Ela não conseguiu terminar a frase.

Mas Lloyd não iria deixá-la escapar.

– Vamos – insistiu, implacável. – Diga-me a verdade.

Billy tornou a intervir:

– Você está batendo na porta errada, garoto.

– Ah, é? Bom, então que tal me mostrar a porta certa?

– Não cabe a mim fazer isso.

Aquilo era praticamente uma confissão.

– Quer dizer então que vocês mentiram *mesmo* antes.

Bernie estava estarrecido.

– Está dizendo que a história de Teddy Williams não é verdade? – perguntou ele ao cunhado. Estava claro que havia acreditado nessa história durante anos, assim como Lloyd.

Billy não respondeu.

Todos olharam para Ethel.

– Ah, que se dane! – exclamou ela. – Como diria meu pai: "Sabei que o vosso pecado vos há de achar." Bom, você pediu a verdade, então vai ouvi-la, mas não vai gostar.

– Veremos – disse Lloyd, destemido.

– Você não é filho de Maud – disse sua mãe. – É filho de Fitz.

VII

No dia seguinte, sexta-feira, 10 de maio, a Alemanha invadiu a Holanda, a Bélgica e Luxemburgo.

Lloyd ouviu a notícia no rádio quando se sentava para tomar café com os pais e tio Billy na pensão. Não ficou surpreso: todos no Exército consideravam essa invasão iminente.

Estava muito mais atordoado com as revelações da véspera. Passara muitas horas em claro, zangado por ter sido enganado durante tantos anos, arrasado por ser filho de um apaziguador aristocrata de direita que, além de tudo, era sogro da adorável Daisy.

– Como você pôde se apaixonar por ele? – perguntara à mãe, no pub.

A resposta dela tinha sido ácida:

– Deixe de ser hipócrita. Você era louco por aquela americana rica, e ela era tão de direita que se casou com um fascista.

Lloyd quisera argumentar que não era a mesma coisa, mas logo se deu conta de que era, sim. Qualquer que fosse sua relação com Daisy agora, não havia dúvida de que ele um dia se apaixonara por ela. O amor não era uma coisa lógica. Se ele podia sucumbir a uma paixão irracional, sua mãe também podia. De fato, ambos tinham a mesma idade, 21 anos, quando os dois episódios aconteceram.

Disse à mãe que ela deveria ter lhe contado a verdade desde o início, mas ela também tinha um argumento para isso.

– Como você teria reagido, quando era menino, se eu tivesse lhe contado que você era filho de um homem rico, um conde? Quanto tempo teria demorado para se gabar com os colegas da escola? Pense em como eles teriam zombado dessa sua fantasia infantil. Pense em como o teriam odiado por ser superior a eles.

– Sim, mas depois...

– Eu não sei – respondera ela, cansada. – Nunca parecia ser o momento certo.

Bernie, que no início ficara pálido de choque, não havia demorado a se recuperar e voltar a ser o mesmo homem fleumático de sempre. Dissera que entendia por que Ethel não lhe contara a verdade.

– Um segredo compartilhado já não é mais segredo.

Lloyd se perguntou qual seria a relação da mãe com o conde agora.

– Imagino que deva vê-lo o tempo todo em Westminster.

– Só de vez em quando. Os pares do reino têm uma seção separada no palácio, com os próprios restaurantes e bares, e em geral só os vemos com hora marcada.

Nessa noite, Lloyd estivera chocado e atarantado demais para saber como se sentia. Era filho de Fitz, o aristocrata, o conservador, pai de Boy, sogro de Daisy. O que deveria sentir em relação a isso: tristeza, raiva, impulsos suicidas? A revelação era tão devastadora que ele parecia anestesiado. Era como um ferimento tão grave que a dor nem se manifestava no início.

As notícias da manhã lhe deram outro assunto em que pensar.

Nas primeiras horas do dia, a Alemanha fizera uma investida-relâmpago em direção ao oeste. Embora isso já fosse previsto, Lloyd sabia que nem mesmo os maiores esforços de inteligência dos Aliados tinham sido capazes de descobrir a data da invasão, e que os exércitos daqueles pequenos países haviam sido pegos de surpresa. Apesar disso, estavam se defendendo com bravura.

– Provavelmente é verdade – comentou seu tio Billy –, mas a BBC diria isso de qualquer maneira.

Naquele exato momento acontecia uma reunião do Gabinete convocada pelo premier Chamberlain. Mas o Exército francês, reforçado por dez divisões britânicas já estacionadas na França, definira muito antes um plano para reagir a uma invasão desse tipo, e o plano fora executado automaticamente. Tropas aliadas haviam atravessado pelo oeste a fronteira francesa com a Holanda e a Bélgica, e estavam correndo de encontro aos alemães.

Com o coração pesado por causa daquela notícia importante, a família Williams pegou o ônibus até o centro da cidade e chegou ao Pavilhão Bournemouth, local da convenção do partido.

Lá ficaram sabendo as notícias de Westminster. Chamberlain não queria largar o poder. Billy foi informado de que o primeiro-ministro pedira a Clement Attlee, líder do Partido Trabalhista, que integrasse o Gabinete, transformando o governo em uma coalizão dos três principais partidos.

Os outros três ficaram consternados com essa possibilidade. Chamberlain, o apaziguador, continuaria sendo primeiro-ministro, e o Partido Trabalhista seria obrigado a apoiá-lo em um governo de coalizão. Era algo insuportável de se pensar.

– O que Attlee respondeu? – quis saber Lloyd.

– Que precisaria consultar o Comitê Executivo Nacional – respondeu Billy.

– Ou seja, nós. – Tanto Lloyd quanto Billy eram membros do Comitê, que tinha reunião marcada para as quatro horas daquela tarde.

– Certo – disse Ethel. – Vamos começar a investigar quanto apoio o plano de Chamberlain pode ter no nosso Comitê.

– Nenhum, eu diria – comentou Lloyd.

– Não esteja tão certo – retrucou sua mãe. – Algumas pessoas vão querer manter Churchill fora a qualquer custo.

Lloyd passou as poucas horas seguintes ocupado com atividades políticas, conversando com membros do Comitê, seus amigos e assessores em cafés, bares, no Pavilhão e no passeio à beira-mar. Não almoçou, mas bebeu tanto chá que teve a impressão de que poderia sair boiando.

Ficou decepcionado ao descobrir que nem todo mundo compartilhava suas opiniões sobre Chamberlain e Churchill. Alguns pacifistas remanescentes da última guerra queriam a paz a qualquer custo, e aprovavam a política de apaziguamento do primeiro-ministro. Os deputados galeses, por sua vez, ainda viam Churchill como o ministro do Interior que despachara soldados para acabar com uma greve em Tonypandy. Isso já fazia trinta anos, mas Lloyd estava aprendendo que a política tinha memória de elefante.

Às três e meia da tarde, Lloyd e Billy percorreram o passeio à beira-mar sob uma brisa fresca e entraram no Hotel Highcliff, onde iria acontecer a reunião. Achavam que a maioria do Comitê fosse se opor à proposta de Chamberlain, mas não podiam ter certeza absoluta, e Lloyd ainda estava preocupado com o resultado.

Entraram na sala e foram se sentar diante da mesa comprida junto com os outros integrantes do Comitê. Às quatro horas em ponto, os líderes do partido chegaram.

Clem Attlee era um homem magro e careca, calado e discreto, que se vestia com apuro e ostentava um bigode. Parecia um advogado – profissão de seu pai –, e as pessoas tinham tendência a subestimá-lo. Com seu jeito seco, sem demonstrar emoção, ele resumiu os acontecimentos das últimas 24 horas, incluindo a proposta de Chamberlain de uma coalizão com o Partido Trabalhista.

– Tenho duas perguntas a fazer aos senhores – disse ele. – A primeira é: os senhores aceitariam uma coalizão governamental com Neville Chamberlain como primeiro-ministro?

Os homens reunidos em volta da mesa bradaram um "Não!" retumbante, mais veemente do que Lloyd esperava. Ele ficou empolgado. Chamberlain, amigo dos fascistas, traidor da Espanha, estava acabado. Havia alguma justiça no mundo.

Lloyd também reparou na forma sutil como o discreto Attlee assumira as rédeas da reunião. Ele não havia aberto o assunto para discussão geral. Sua pergunta não fora: o que devemos fazer? Não dera aos integrantes do Comitê nenhuma chance de expressar incerteza, nem de hesitar. A seu modo, sem alarde, pusera todos eles contra a parede e os obrigara a decidir. E Lloyd tinha certeza de que a resposta era exatamente a que ele queria ouvir.

– Então a segunda pergunta é: os senhores aceitariam uma coalizão com outro primeiro-ministro no poder? – prosseguiu Attlee.

Embora não tão enfática, a resposta foi "Sim". Quando Lloyd correu os olhos ao redor da mesa, ficou claro que quase todos estavam a favor. Se alguém estava contra, não se deu o trabalho de pedir uma votação.

– Nesse caso – disse Attlee –, direi a Chamberlain que o nosso partido aceita fazer parte da coalizão, mas só se ele renunciar e um novo primeiro-ministro for nomeado.

Um murmúrio de aprovação percorreu a mesa.

Lloyd reparou que, espertamente, Attlee evitara perguntar quem eles achavam que deveria ser o novo primeiro-ministro.

– Então agora vou telefonar para o número 10 da Downing Street – disse o líder trabalhista.

E saiu da sala.

VIII

Nessa noite, Winston Churchilll foi convocado ao Palácio de Buckingham, como mandava a tradição, e o rei o convidou a ocupar o cargo de primeiro-ministro.

Ainda que Churchill fosse conservador, Lloyd tinha grandes esperanças em relação a ele. Durante o fim de semana, o novo primeiro-ministro já havia tomado algumas providências. Formara um Conselho de Guerra com cinco integrantes que incluíam Clem Attlee e Arthur Greenwood, respectivamente presidente e vice-presidente do Partido Trabalhista. O líder sindicalista Ernie Bevin foi nomeado ministro do Trabalho. Estava claro que Churchill pretendia montar um governo realmente pluripartidário.

Ele fez a mala a tempo de pegar o trem de volta a Aberowen. Ao chegar lá, imaginava que logo seria mobilizado, provavelmente enviado para a França. Mas precisava de apenas uma ou duas horas. Estava louco para saber a explicação do comportamento de Daisy na terça-feira anterior. A ideia de vê-la em breve aumentava sua impaciência para compreender o que acontecera.

Enquanto isso, o Exército alemão avançava pela Holanda e pela Bélgica, derrotando a oposição enérgica com uma rapidez que deixou Lloyd chocado. No domingo à noite, Billy falou ao telefone com um contato seu no Ministério da Guerra. Em seguida ele e Lloyd pegaram emprestado um atlas escolar com a dona da pensão e puseram-se a estudar o mapa do noroeste da Europa.

Com o indicador, Billy traçou uma linha que ia de leste a oeste, de Düsseldorf até Lille, passando por Bruxelas.

– Os alemães estão atacando a parte mais vulnerável das defesas francesas: a metade norte da fronteira com a Bélgica. – Seu dedo desceu pelo mapa. – No sul da Bélgica situava-se a floresta das Ardenas, uma grande faixa de florestas montanhosas praticamente intransponível para os exércitos motorizados modernos. Pelo menos é o que diz meu amigo do Ministério da Guerra. – Seu dedo prosseguiu. – Ainda mais ao sul, a fronteira franco-alemã é defendida por uma série de sólidas fortificações chamada Linha Maginot, que se estende até a Suíça. – Seu dedo voltou ao alto da página. – Mas entre a Bélgica e o norte da França não há fortificações.

Lloyd ficou intrigado.

– Ninguém havia pensado nisso até agora?

– É claro que pensamos. E temos uma estratégia. – Billy baixou a voz. – Chama-se Plano D. Não deve ser mais segredo, pois já está sendo implementado. A maior parte do Exército francês e também toda a Força Expedicionária Britânica que já está na França irão atravessar a fronteira com a Bélgica. Eles vão formar uma sólida linha defensiva no rio Dyle. Isso vai deter o avanço dos alemães.

Lloyd não ficou muito mais seguro com essa informação.

– Quer dizer que vamos comprometer metade das nossas forças com esse tal Plano D?

– Temos que garantir que dê certo.

– É melhor que dê certo mesmo.

Eles foram interrompidos pela dona da pensão, que entregou um telegrama a Lloyd.

Devia ser do Exército. Ele dera aquele endereço ao coronel Ellis-Jones antes de sair de licença. Ficou surpreso por não ter tido notícias até esse momento. Rasgou o envelope. O telegrama dizia:

NÃO VOLTAR ABEROWEN PONTO APRESENTAR-SE IMEDIATAMENTE DOCAS
SOUTHAMPTON PONTO À BIENTÔT ASS ELLISJONES

Ele não voltaria a Tŷ Gwyn. Southampton era um dos maiores portos da Grã-Bretanha, ponto de embarque para o continente, e ficava a poucos quilômetros de Bournemouth seguindo pelo litoral, a mais ou menos uma hora de trem ou de ônibus.

Com um aperto no peito, Lloyd se deu conta de que não veria Daisy no dia seguinte. Talvez jamais viesse a saber o que ela queria lhe dizer.

O À BIENTÔT do coronel Ellis-Jones confirmava sua dedução.

Lloyd iria para a França.

CAPÍTULO SETE

1940 (II)

Erik von Ulrich passou os três primeiros dias da batalha da França preso num engarrafamento.

Ele e seu amigo Hermann Braun faziam parte de uma unidade médica agregada à 2ª Divisão Panzer, ou de Blindados. Não viram nenhum combate ao atravessar o sul da Bélgica, somente quilômetros e quilômetros de colinas e árvores. Deduziram que estivessem na floresta das Ardenas. Percorriam estradas estreitas, muitas delas sem pavimentação, e um tanque enguiçado podia causar um congestionamento de oitenta quilômetros muito rapidamente. Passavam mais tempo parados e presos em filas do que avançando.

O rosto sardento de Hermann estava congelado numa careta de aflição.

– Que burrice! – sussurrou ele para Erik, tão baixo que ninguém mais pôde ouvir.

– Você deveria tomar cuidado antes de dizer essas coisas... afinal, era da Juventude Hitlerista – respondeu Erik, também em voz baixa. – Tenha fé no Führer. – Mas não estava bravo o suficiente para delatar o amigo.

Quando avançavam, o desconforto era extremo. Estavam sentados no chão duro de madeira de um caminhão militar que sacolejava por cima das raízes das árvores, tentando se esquivar dos buracos. Erik ansiava por uma batalha só para poder sair daquele maldito veículo.

– O que estamos fazendo aqui? – perguntou Hermann, com a voz mais alta.

Seu superior, o Dr. Rainer Weiss, viajava acomodado num assento de verdade ao lado do motorista.

– Cumprindo as ordens do Führer, que naturalmente estão sempre certas.

Ao dizer isso, o médico tinha o semblante impassível, mas Erik teve certeza de que ele estava sendo sarcástico. O major Weiss era magro, tinha cabelos pretos e usava óculos. Muitas vezes se referia com cinismo ao governo e às Forças Armadas, mas sempre de um jeito enigmático, de modo que não havia provas contra ele. De toda forma, o Exército àquela altura não podia se dar ao luxo de perder um bom médico.

Havia dois outros ordenanças médicos no caminhão, ambos mais velhos do que Erik e seu amigo. Um deles, Christof, tinha uma resposta melhor para a pergunta de Hermann:

– Talvez os franceses não esperem que ataquemos aqui, já que o terreno é tão acidentado.

– Teremos a vantagem da surpresa e as defesas serão mais leves – completou seu amigo Manfred.

– Agradeço aos dois pela aula de estratégia. Foi muito instrutivo – disse Weiss com sarcasmo, mas sem dizer que eles estavam errados.

Apesar de tudo o que acontecera, ainda havia quem não tivesse fé no Führer, e isso deixava Erik pasmo. Sua própria família continuava fechando os olhos às vitórias dos nazistas. Seu pai, outrora um homem de status e poder, era agora uma figura patética. Em vez de comemorar a conquista da bárbara Polônia, tudo o que ele fazia era lamentar o mau tratamento concedido aos poloneses – do qual devia ter tomado conhecimento por ouvir ilegalmente alguma estação de rádio estrangeira. Aquele tipo de comportamento poderia causar problemas para todos eles – inclusive para Erik, culpado de não relatar o fato ao supervisor nazista do quarteirão em que moravam.

Com a mãe as coisas não eram melhores. De vez em quando ela desaparecia com pequenos embrulhos de peixe defumado ou ovos. Não dava nenhuma explicação, mas Erik tinha certeza de que os levava para Frau Rothmann, cujo marido judeu não tinha mais autorização para exercer a medicina.

Apesar disso, Erik sempre mandava para casa uma generosa parcela do soldo que recebia, pois sabia que, sem isso, os pais passariam frio e fome. Embora detestasse suas opiniões políticas, ele os amava. Os dois sem dúvida deviam sentir a mesma coisa em relação a ele e a seu posicionamento.

Carla, irmã de Erik, também queria ser médica e ficara uma fera quando lhe deixaram claro que, na Alemanha atual, aquela era uma profissão para homens. Agora fazia um curso de enfermagem, trabalho muito mais adequado a uma jovem alemã. Ela também ajudava os pais com seu parco salário.

Inicialmente Erik e Hermann queriam integrar unidades de infantaria. A imagem que tinham de uma batalha era correr em direção ao inimigo disparando um fuzil, e matar ou morrer em nome da pátria. Entretanto, nenhum dos dois iria matar ninguém. Ambos tinham cursado um ano de faculdade de medicina, e uma formação dessas não podia ser desperdiçada, por isso foram destacados para a unidade médica.

O quarto dia na Bélgica, segunda-feira, 13 de maio, foi igual aos três primeiros até a parte da tarde. Por cima dos rugidos e roncos de centenas de tanques e motores de caminhões, eles começaram a ouvir um barulho diferente, mais alto. Aviões voavam baixo sobre suas cabeças e lançavam bombas não muito longe dali. Erik sentiu o nariz coçar com o cheiro dos explosivos.

Fizeram sua pausa de meio-dia num ponto elevado com vista para o sinuoso vale de um rio. Segundo o major Weiss, aquele era o rio Meuse, e eles estavam a oeste da cidade de Sedan. Tinham entrado na França. Os aviões da Luftwaffe passavam rugindo, um após outro, seguindo na direção de um rio a alguns quilômetros dali, lançando bombas e atirando nas cidadezinhas espalhadas pelas margens, onde provavelmente havia defesas francesas. No céu, via-se a fumaça de inúmeros incêndios em chalés e fazendas destruídos. A barragem de artilharia aérea não cessava, e Erik quase teve pena das pessoas presas naquele inferno.

Era a primeira batalha que ele testemunhava. Em pouco tempo, estaria no meio dela, e talvez algum jovem soldado francês fosse vê-los de um posto de observação elevado e sentir pena dos alemães feridos e mortos. Pensar nisso fez o coração de Erik bater de emoção como um enorme tambor dentro do peito.

Ao olhar para leste, a distância impedia que se vissem os detalhes da paisagem, mas ainda assim pôde distinguir os pontinhos que eram os aviões e ver colunas de fumaça subindo pelo ar, e entendeu que a batalha estava sendo travada ao longo de vários quilômetros daquele rio.

Diante de seus olhos, o bombardeio cessou e os aviões começaram a dar meia-volta e a seguir para o norte; moviam-se lateralmente, fazendo as asas oscilarem para cima e para baixo, para desejar "boa sorte" ao passar por cima deles a caminho de casa.

Mais perto de onde Erik estava, no trecho plano que conduzia ao rio, os tanques alemães entraram em ação.

Estavam a uns três quilômetros do inimigo, mas a artilharia francesa já os atacava da cidade. Erik ficou surpreso que tantos atiradores houvessem sobrevivido ao bombardeio aéreo. Os disparos faiscavam nas ruínas, o estrondo dos canhões ecoava pelos campos e, nos pontos em que os projéteis explodiam, a terra francesa se desprendia, jorrando para o alto como chafarizes. Erik viu um tanque voar pelos ares, atingido por um tiro certeiro, e fumaça, metal e partes de corpos humanos foram cuspidos da boca desse vulcão. Essa visão lhe deu náuseas.

No entanto, a artilharia francesa não conseguiu deter o avanço alemão. Os tanques seguiram rastejando implacáveis em direção ao trecho de rio a leste da cidade, que, segundo Weiss lhes informou, se chamava Donchery. Atrás deles vinham os soldados de infantaria, a bordo de caminhões e a pé.

– O ataque aéreo não foi suficiente – disse Hermann. – Onde está nossa artilharia? Precisamos que eles ataquem a cidade com armas pesadas para dar a nossos tanques e à nossa infantaria uma chance de atravessar o rio e estabelecer uma cabeça de ponte.

Erik sentiu vontade de dar um soco na boca do amigo, para que ele parasse de choramingar. Estavam prestes a entrar em combate – precisavam pensar positivo!

Mas Weiss falou:

– Tem razão, Braun... só que a munição da nossa artilharia está presa na floresta das Ardenas. Só temos 48 projéteis.

Um major passou correndo com o rosto muito vermelho, gritando:

– Para trás! Para trás!

O major Weiss apontou e disse:

– Vamos montar nosso posto de atendimento médico de campanha mais para leste, perto daquela fazenda. – Erik distinguiu um telhado cinzento e baixo, a uns 750 metros do rio. – Muito bem, adiante!

Eles subiram no caminhão e desceram a colina com o motor rugindo. Quando chegaram ao terreno plano, dobraram à esquerda numa estradinha secundária. Erik se perguntou o que iriam fazer com a família que devia morar naquela casa prestes a ser transformada em hospital militar. Expulsá-la, imaginou, e matá-la a tiros caso criasse problemas. Mas para onde iriam aquelas pessoas? Estavam no meio de um campo de batalha.

Não precisava ter se preocupado: todos já tinham deixado a casa.

A construção ficava a pouco menos de um quilômetro do centro do confronto, observou Erik. Achou que não fazia sentido montar um posto de atendimento médico ao alcance das armas inimigas.

– Maqueiros, podem ir! – gritou Weiss. – Quando voltarem, já teremos preparado tudo.

Erik e Hermann pegaram uma maca dobrável e um kit de primeiros socorros no caminhão de material médico e partiram em direção à batalha. Christof e Manfred seguiam bem à sua frente, e dezenas de colegas vinham atrás. É isso, pensou Erik, exultante: esta é a nossa chance de nos tornarmos heróis. Quem se mostrará corajoso sob o fogo inimigo? Quem perderá o controle e rastejará até um buraco para se esconder?

Atravessaram os campos até o rio. O caminho era longo e pareceria ainda maior na volta, quando estivessem carregando um soldado ferido.

Passaram por tanques incendiados, mas não havia sobreviventes. Erik desviou os olhos dos restos humanos carbonizados misturados ao metal retorcido. Bombas explodiam à sua volta, mas não eram muitos: o rio tinha defesas leves e diversas peças de artilharia francesas haviam sucumbido ao ataque aéreo. Ainda assim, pela primeira vez na vida Erik estava sendo alvo de disparos, e teve o impulso absurdo e infantil de tapar os olhos com as mãos. No entanto, continuou correndo.

Foi então que um projétil caiu bem na sua frente.

Um forte estrondo ecoou e a terra se sacudiu como se um gigante tivesse batido o pé. Christof e Manfred foram atingidos em cheio. Erik viu seus corpos saírem voando como se não tivessem peso. A explosão o derrubou. Caído de barriga para cima, foi atingido por uma chuva de detritos, mas não se feriu. Com esforço, conseguiu se levantar. Bem na sua frente estavam os corpos estraçalhados de Christof e Manfred. Christof parecia um boneco desconjuntado, como se os membros tivessem sido deslocados das articulações. A cabeça de Manfred fora separada do corpo e jazia ao lado dos pés calçados com botas.

Erik ficou paralisado de horror. Na faculdade de medicina, não tivera que lidar com corpos mutilados e ensanguentados. Estava acostumado com os cadáveres da aula de anatomia – havia um para cada dois alunos, e ele e Hermann dividiam o corpo de uma velha encarquilhada – e tinha visto pessoas vivas serem abertas na mesa de cirurgia. Mas nada disso o havia preparado para aquela cena.

Sua única vontade foi sair correndo.

Deu meia-volta. Em sua mente só havia espaço para o medo. A passos largos e decididos, começou a voltar pelo mesmo caminho pelo qual tinha vindo, em direção à floresta, para longe do campo de batalha.

Foi Hermann quem o salvou. Postando-se na sua frente, disse:

– Aonde você vai? Deixe de ser bobo!

Erik não parou de andar e tentou contornar o colega. Hermann então lhe deu um soco bem forte na barriga, que o fez dobrar o corpo e cair de joelhos.

– Não fuja! – disse Hermann, com um tom de urgência na voz. – Será fuzilado por deserção! Controle-se!

Enquanto tentava recuperar o fôlego, Erik recobrou o bom senso. Percebeu que não podia fugir, não devia desertar, tinha que ficar ali. Aos poucos, sua força de vontade foi superando seu terror. Depois de algum tempo, ele se levantou.

Hermann o espiava com um ar de cautela.

– Desculpe – disse Erik. – Entrei em pânico. Já passou.

– Então pegue a maca e vamos em frente.

Erik pegou a maca dobrável, equilibrou-a sobre o ombro, deu meia-volta e recomeçou a correr.

Mais perto do rio, Erik e Hermann encontraram soldados da infantaria. Alguns tiravam botes infláveis da traseira dos caminhões e os levavam até a beira do rio, enquanto os tanques tentavam lhes dar cobertura, disparando contra as defesas francesas. Erik, porém, que recobrava rapidamente suas faculdades mentais, logo viu que aquilo era uma batalha perdida: os franceses estavam atrás de paredes e dentro de construções, enquanto a infantaria alemã se achava exposta na margem do rio. Assim que conseguiam pôr um dos botes na água, ele era metralhado.

Mais acima, o rio fazia uma curva para a direita, de modo que a infantaria não podia sair do alcance dos tiros franceses sem recuar um longo trecho.

O chão já estava coalhado de mortos e feridos.

– Vamos levar este aqui – disse Hermann, decidido, e Erik se abaixou para obedecer.

Abriram a maca no chão ao lado de um soldado que gemia. Erik fez com que ele bebesse água de um cantil, como aprendera no treinamento. O homem parecia ter vários ferimentos superficiais no rosto e um braço inerte. Erik supôs que tivesse levado tiros de metralhadora, que, por sorte, não haviam atingido seus órgãos vitais. Ele e Hermann não viram nenhuma hemorragia forte. Puseram o homem em cima da maca, levantaram-na e correram de volta para o posto de atendimento.

Assim que começaram a avançar, o ferido gritou de dor. No entanto, quando pararam, ele cerrou os dentes e gritou:

– Continuem, continuem!

Carregar um homem numa maca não era tão fácil quanto parecia. Ainda na metade do caminho, Erik achou que seus braços fossem cair. No entanto, pôde ver que a dor do paciente era muito maior do que a sua, por isso continuou correndo.

Percebeu com gratidão que nenhuma outra bomba caía à sua volta. Os franceses estavam concentrando todo seu fogo na margem do rio, para tentar impedir que os alemães atravessassem.

Por fim, Erik e Hermann chegaram à fazenda com seu paciente. Weiss já havia organizado o lugar – tirara a mobília supérflua dos cômodos, marcara lugares no chão para os pacientes, arrumara a mesa da cozinha para cirurgias. Mostrou a Erik e Hermann onde pôr o ferido e, em seguida, mandou que fossem buscar outro.

A corrida de volta até o rio foi mais fácil. Não havia paciente em cima da maca, e eles percorriam um declive suave. Quando se aproximaram da margem, Erik se perguntou, temeroso, se tornaria a entrar em pânico.

Viu com apreensão que a batalha estava indo mal. Vários botes murchos flutuavam no meio do rio, havia muito mais corpos nas margens – e até o momento nenhum alemão conseguira atravessar.

– Que catástrofe – comentou Hermann. – Deveríamos ter esperado a nossa artilharia! – Sua voz saiu esganiçada.

– Então perderíamos o elemento-surpresa, e os franceses teriam tempo de trazer reforços – disse Erik. – Toda aquela viagem demorada pelas Ardenas não teria adiantado nada.

– Bom, isto aqui não está dando certo – insistiu Hermann.

Bem no fundo de seu coração, Erik começava a questionar se os planos do Führer eram mesmo infalíveis. Pensar assim minava sua determinação e ameaçava desestabilizá-lo por completo. Felizmente, não havia mais tempo para refletir. Eles pararam ao lado de um homem com a perna quase toda decepada. Tinha mais ou menos a sua idade, 20 anos, pele sardenta e cabelos ruivos. Sua perna direita terminava no meio da coxa, num coto irregular. Por incrível que parecesse, o rapaz estava consciente e os encarou como se eles fossem dois anjos.

Erik encontrou o ponto certo na virilha do soldado e estancou a hemorragia enquanto Hermann preparava e aplicava um torniquete. Então puseram o rapaz na maca e voltaram correndo para o posto.

Hermann era um alemão leal, mas às vezes se deixava dominar por emoções negativas. Quando Erik tinha sentimentos assim, tomava o cuidado de não expressá-los em voz alta. Desse modo não prejudicava o moral de ninguém – e mantinha-se longe de problemas.

Mas não podia evitar os pensamentos. Parecia que a aproximação pelas Ardenas não rendera aos alemães a vitória fácil que esperavam. As defesas do rio Meuse eram frágeis, mas os franceses estavam resistindo ferozmente. Seria possível que aquela primeira experiência de batalha destruisse a fé que ele tinha no Führer? Essa ideia lhe causou uma sensação de pânico.

Perguntou-se se as forças alemãs a leste estariam tendo mais sucesso. Quando a 2ª Divisão – da qual Erik fazia parte – havia se aproximado da fronteira, estava acompanhada pela 1ª e pela 10ª, que agora deviam estar atacando mais acima no rio.

Os músculos de seu braço doíam sem parar.

Chegaram ao posto de atendimento pela segunda vez. O lugar agora estava bem agitado: o chão coalhado de homens gemendo e chorando, ataduras ensanguentadas por toda parte. Weiss e seus assistentes se moviam depressa de um corpo mutilado para outro. Erik nunca imaginara que pudesse haver tanto sofrimento num espaço tão reduzido. De alguma forma, quando o Führer falava em guerra, ele nunca pensava naquele tipo de coisa.

Então percebeu que os olhos de seu paciente estavam fechados.

O major Weiss tomou a pulsação do soldado e falou, ríspido:

– Ponham-no lá no celeiro... e, porra, não percam tempo me trazendo cadáveres!

Erik teve vontade de chorar de tanta frustração e também por causa da dor que castigava seus braços e que começava a afetar suas pernas.

Eles levaram o corpo do soldado para o celeiro e viram que lá já havia uns dez rapazes mortos.

Aquilo era pior do que qualquer coisa que ele pudesse ter imaginado. Quando pensava em batalhas, costumava imaginar coragem diante do perigo, estoicismo no sofrimento, heroísmo na adversidade. O que via agora era agonia, gritos, terror, corpos mutilados e uma total falta de fé na sensatez daquela missão.

Ele e Hermann voltaram para o rio.

O sol já estava baixo no céu e houvera uma mudança no campo de batalha. Os franceses que defendiam Donchery estavam sendo alvo de bombas disparadas do outro lado do rio. Erik imaginou que, mais acima, a 1ª Divisão de Blindados houvesse tido melhor sorte e conseguido assegurar uma cabeça de ponte na margem sul e que agora estava vindo ajudar os companheiros pelos flancos. Obviamente, *eles* não tinham perdido a munição na floresta.

Mais animados, Erik e Hermann resgataram outro ferido. Dessa vez, quando voltaram ao posto de atendimento, receberam duas tigelas de metal cheias de uma sopa saborosa. O descanso de dez minutos enquanto comia fez Erik ter vontade de se deitar e dormir a noite inteira. Foi preciso um esforço sobre-humano para se levantar, empunhar seu lado da maca e correr novamente até o campo de batalha.

Ao chegar lá, viram uma cena diferente. Tanques atravessavam o rio em cima de jangadas. Os alemães da outra margem estavam sob fogo cerrado, mas disparavam de volta com a ajuda dos reforços da 1ª Divisão de Blindados.

Erik viu que, no final das contas, tinham uma chance de alcançar o objetivo. Ficou mais animado e começou a sentir vergonha por ter duvidado do Führer.

Ele e Hermann continuaram recolhendo os feridos por muitas horas, até se esquecerem do que era não sentir dor nos braços nem nas pernas. Alguns dos pacientes estavam inconscientes; uns lhes agradeciam, outros os amaldiçoavam; muitos apenas gritavam; uns viviam, outros morriam.

Às oito da noite, já havia uma cabeça de ponte alemã do outro lado do rio e, às dez, a posição estava consolidada.

O combate cessou ao cair da noite. Erik e Hermann continuaram vasculhando o campo de batalha em busca de feridos. Trouxeram o último à meia-noite. Então se deitaram debaixo de uma árvore e adormeceram, exaustos.

No dia seguinte, Erik, Hermann e a 2ª Divisão de Blindados mudaram o curso para oeste e passaram pelo que restava das defesas francesas.

Dois dias depois, estavam oitenta quilômetros mais à frente, no rio Oise, avançando depressa por um território sem defesas.

Em 20 de maio, uma semana após emergirem de surpresa da floresta das Ardenas, haviam chegado ao litoral do canal da Mancha.

O major Weiss explicou a conquista a Erik e Hermann:

– Nosso ataque à Bélgica foi uma distração, entendem? O objetivo era atrair os franceses e os britânicos para uma armadilha. E eles foram pegos. A maior parte do Exército francês e praticamente toda a Força Expedicionária Britânica estão na Bélgica, cercadas pelo Exército alemão. Estão isoladas dos suprimentos, longe de reforços, indefesas... e derrotadas.

– Esse era o plano do Führer desde o início! – exclamou Erik, triunfante.

– Sim – respondeu Weiss, e como sempre Erik não soube dizer se ele estava sendo sincero. – Ninguém pensa como o Führer!

II

Lloyd Williams encontrava-se num estádio de futebol em algum lugar entre Calais e Paris. Junto com ele estavam mil prisioneiros de guerra britânicos ou mais. Não havia como se proteger do sol forte do mês de junho, mas, como não tinham cobertores, sentiam-se gratos pelas noites quentes. Não havia banheiros nem água para se lavar.

Lloyd estava cavando um buraco com as mãos. Tinha reunido alguns dos mineiros galeses para construir latrinas numa das extremidades do campo, e trabalhava com eles para demonstrar boa vontade. Outros homens sem mais nada para fazer se juntaram ao esforço, e logo havia quase cem deles trabalhando. Quando um guarda passou por eles para ver o que estava acontecendo, Lloyd explicou.

– Você fala bem alemão – disse o guarda, simpático. – Qual é o seu nome?

– Lloyd.

– O meu é Dieter.

Lloyd decidiu explorar aquela pequena demonstração de simpatia.

– Poderíamos cavar mais depressa se tivéssemos ferramentas.

– Qual é a pressa?

– Melhorar a higiene seria tão bom para vocês quanto para nós.

Dieter deu de ombros e se afastou.

Lloyd se sentia pouco heroico. Não havia participado de nenhum combate.

Os Fuzileiros Galeses tinham ido à França como força da reserva, para substituir outras unidades numa batalha que, esperava-se, fosse durar bastante. Mas os alemães tinham levado apenas dez dias para derrotar a maior parte do Exército Aliado. Muitos dos britânicos derrotados tinham sido evacuados de Calais e Dunquerque, mas milhares não conseguiram embarcar, Lloyd entre eles.

Era provável que os alemães estivessem avançando rumo ao sul. Até onde ele sabia, os franceses continuavam a lutar. Suas melhores tropas, porém, tinham sido aniquiladas na Bélgica, e os guardas alemães que vigiavam os presos exibiam uma expressão de triunfo, como se soubessem que a vitória estava garantida.

Lloyd agora era prisioneiro de guerra, mas por quanto tempo? A essa altura, o governo britânico já devia estar sofrendo uma forte pressão para assinar a paz. Churchill jamais faria isso, porém, ao contrário de todos os outros políticos, não era filiado a nenhum partido e podia ser deposto. Homens como lorde Halifax não achariam muito difícil assinar um tratado de paz com os nazistas. O mesmo valia para o conde Fitzherbert, ministro-adjunto das Relações Exteriores, pensou Lloyd com amargura, pois agora tinha a vergonha de saber que ele era seu pai.

Se a paz fosse assinada em breve, talvez seu tempo como prisioneiro de guerra fosse curto. Ele poderia passá-lo todo ali, naquele estádio francês. Chegaria em casa magro e queimado de sol, mas, ainda assim, inteiro.

Se os britânicos continuassem lutando, porém, seria outra história. A última guerra tinha durado mais de quatro anos. Lloyd não suportava a ideia de desperdiçar esse tempo de sua vida num campo de prisioneiros de guerra. Resolveu que, para evitar isso, tentaria fugir.

Dieter voltou trazendo meia dúzia de pás.

Lloyd as distribuiu aos homens mais fortes, e o trabalho prosseguiu mais depressa.

Em determinado momento, os presos teriam que ser transferidos para um campo permanente. Essa seria a hora de tentar fugir. Com base em suas experiências na Espanha, Lloyd calculou que o Exército não fosse priorizar a vigilância dos prisioneiros. Se um deles tentasse escapar, poderia conseguir ou então levar um tiro e morrer. De qualquer forma, seria uma boca a menos para alimentar.

Eles passaram o resto do dia terminando as latrinas. Além da melhora na higiene, o projeto havia elevado o moral dos soldados. Lloyd ficou acordado a noite toda, olhando as estrelas, tentando pensar em outras atividades comunitárias que pudesse organizar. Decidiu que faria uma grande competição de atletismo, uma espécie de Olimpíada do campo de prisioneiros.

No entanto, não teve oportunidade para pôr seu plano em prática, pois na manhã seguinte eles foram obrigados a marchar para fora do estádio.

No início, não teve certeza da direção em que estavam seguindo, mas não demorou muito para chegarem a uma estrada de duas pistas que fazia parte da Rota de Napoleão e começarem a seguir para o leste em ritmo constante. Provavelmente a intenção era fazê-los ir a pé até a Alemanha, pensou Lloyd.

Ele sabia que, uma vez lá, seria muito mais difícil fugir. Tinha que aproveitar a oportunidade. E quanto antes, melhor. Apesar do medo – aqueles guardas tinham armas –, estava decidido.

Com exceção de um ou outro carro de oficiais, não havia muito tráfego de veículos, mas a estrada estava lotada de pessoas a pé seguindo na direção oposta. Empurrando seus pertences em pequenas carroças e carrinhos de mão, algumas tocavam animais de fazenda à sua frente: eram obviamente refugiados cujas casas tinham sido destruídas durante a batalha. Aquilo era um sinal animador, disse Lloyd a si mesmo. Um prisioneiro foragido poderia se esconder entre aquelas pessoas.

Os prisioneiros não estavam sendo vigiados muito bem. Apenas dez alemães acompanhavam aquela fila de mil homens. Os guardas dispunham de um carro e uma motocicleta; o restante andava a pé ou em bicicletas civis que deviam ter confiscado aos moradores das redondezas.

Apesar disso, no início a fuga lhe pareceu impossível. Não havia nenhuma cerca viva ao estilo inglês para proporcionar cobertura, e as valas eram rasas demais para servir de esconderijo. Um homem correndo seria alvo fácil para um atirador competente.

Então eles entraram num vilarejo. Ali era mais difícil para os guardas ficar de olho em todo mundo. Em pé dos lados da fila, moradores encaravam os prisioneiros. Um pequeno rebanho de ovelhas se misturou a eles. Chalés e lojas margeavam a rua. Esperançoso, Lloyd ficou atento a qualquer oportunidade. Precisava de um lugar onde pudesse se esconder depressa: uma porta aberta, um corredor entre duas casas, um arbusto. E tinha que encontrá-lo num momento em que nenhum dos guardas estivesse por perto.

Poucos minutos depois, estava deixando o vilarejo para trás sem ver nenhuma oportunidade.

Ficou irritado e disse a si mesmo que tivesse paciência. Haveria outras chances. O caminho até a Alemanha era longo. Por outro lado, a cada dia que passasse, os alemães aumentariam seu domínio sobre o território conquistado, melhorariam sua organização, imporiam toques de recolher, montariam postos de controle e interromperiam a movimentação de refugiados. Fugir seria mais fácil no início e se tornaria cada vez mais difícil com o passar do tempo.

Fazia calor, e ele tirou o paletó e a gravata do uniforme. Daria um jeito de se livrar deles assim que possível. De perto, provavelmente ainda parecia um soldado britânico, com a calça e a camisa cáqui, mas esperava não chamar tanta atenção de longe.

Passaram por mais dois vilarejos e então chegaram a uma pequena cidade. Ali deveriam surgir algumas possibilidades de fuga, pensou Lloyd, nervoso. Percebeu que parte dele torcia para que não encontrasse uma boa oportunidade, para que não precisasse correr o risco de ser alvo daqueles fuzis. Será que já estava se acostumando ao cativeiro? Era muito fácil simplesmente seguir marchando, com os pés doloridos, mas em segurança. Ele tinha que sair daquele estado.

Infelizmente, a rua que atravessava a cidade era larga. A fila se mantinha no meio da pista, deixando um largo corredor de ambos os lados, que teria de ser atravessado antes que um fugitivo pudesse se esconder. Algumas das lojas estavam fechadas, e umas poucas construções tinham tábuas pregadas nas portas e janelas, mas Lloyd viu becos promissores, cafés com as portas abertas e uma igreja – no entanto, não conseguiria chegar a nenhum deles sem ser visto.

Estudou o rosto dos moradores da cidade que encaravam a procissão de prisioneiros. Será que eram solidários à sua situação? Será que se lembravam que aqueles homens haviam lutado pela França? Ou estariam compreensivelmente apavorados com os alemães e se recusariam a correr qualquer risco? Talvez um pouco de cada. Alguns arriscariam a vida para ajudar, outros o entregariam aos alemães sem pestanejar. E ele não conseguiria ver a diferença antes que fosse tarde demais.

Chegaram ao centro da cidade. Já perdi metade das minhas oportunidades, disse Lloyd a si mesmo. Preciso agir.

Mais adiante, viu um cruzamento. Uma fila de veículos aguardava para dobrar à esquerda, pois os prisioneiros os impediam de passar. Entre os carros, Lloyd viu um caminhão civil. Sujo e surrado, parecia pertencer a um construtor ou operário de manutenção de estradas. A carroceria era aberta, mas Lloyd não conseguiu ver lá dentro, pois as laterais eram altas.

Achou que talvez fosse capaz de se içar por uma das laterais e pular para dentro do veículo.

Uma vez lá dentro, não poderia ser visto por ninguém que estivesse em pé ou andando pela rua, nem pelos guardas de bicicleta. Mas estaria totalmente exposto para as pessoas que observavam das janelas superiores dos prédios que margeavam as ruas. Será que elas iriam entregá-lo?

Ele se aproximou do caminhão.

Olhou por cima do ombro. O guarda mais próximo estava uns 200 metros mais atrás.

Olhou para a frente. Um guarda de bicicleta estava vinte metros adiante.

– Por favor, pode segurar isto aqui para mim? – pediu ao homem que estava a seu lado, entregando-lhe o paletó do uniforme.

Chegou à boleia do caminhão. Um homem de ar entediado estava ao volante, de macacão e boina, com um cigarro pendurado na boca. Lloyd passou por ele e alcançou a lateral do veículo. Não havia tempo de verificar outra vez a posição dos guardas.

Sem parar de andar, Lloyd segurou a lateral do caminhão com as duas mãos, suspendeu o corpo, jogou uma perna por cima da caçamba, depois a outra, e caiu lá dentro com um baque que ecoou muito alto apesar do barulho de mil pares de pés. Imediatamente se colou ao chão do veículo. Ficou deitado, sem se mexer, à escuta de algum grito em alemão, do rugido de uma moto se aproximando, do estampido de um tiro de fuzil.

Ouviu o ronco irregular do motor do caminhão, o bater e arrastar dos pés dos prisioneiros, os ruídos de fundo do tráfego e dos moradores de uma cidade pequena. Será que havia conseguido?

Olhou em volta, mantendo a cabeça baixa. Na carroceria havia baldes, tábuas de madeira, uma escada e um carrinho de mão. Estava torcendo para que houvesse alguns sacos que pudesse usar para se cobrir, mas não.

Ouviu uma moto. Teve a impressão de que ela havia parado ali perto. Então, a poucos centímetros de sua cabeça, alguém falou em francês com um forte sotaque alemão:

– Para onde está indo?

Com o coração disparado, Lloyd concluiu que um guarda se dirigia ao motorista do caminhão. Será que ele iria examinar a caçamba?

O motorista respondeu em francês, com uma profusão de palavras indignadas que Lloyd não conseguiu decifrar. O soldado alemão provavelmente também não entendeu e repetiu a pergunta.

Ao erguer os olhos, Lloyd viu duas mulheres observando a rua de uma janela alta. Ambas o encaravam, boquiabertas. Uma delas apontava, com o braço estendido pela janela aberta.

Lloyd tentou captar o olhar dela. Ainda deitado, sem se mexer, moveu uma das mãos de um lado para o outro, num gesto que significava "não".

Ela entendeu o recado. Recolheu o braço de repente e cobriu a boca com a mão, como se tivesse percebido, horrorizada, que seu dedo apontado poderia significar uma sentença de morte.

Lloyd quis que as duas mulheres saíssem da janela, mas era esperar demais, e ambas continuaram a encará-lo.

Então o guarda de motocicleta pareceu desistir das perguntas, pois, instantes depois, a moto se afastou rugindo.

O som dos passos foi se distanciando. A fila de prisioneiros havia passado. Será que Lloyd estava livre?

A marcha foi engatada com um estrondo e o caminhão começou a andar. Lloyd sentiu quando o veículo fez uma curva e ganhou velocidade. Permaneceu deitado, assustado demais para se mexer.

Ficou olhando para o alto das construções pelas quais passavam, alerta para o caso de alguém o ver, embora não soubesse o que faria se isso acontecesse. A cada segundo distanciava-se mais dos guardas alemães, pensou, para encorajar a si mesmo.

Para sua decepção, o caminhão logo parou. O motor foi desligado, a porta do motorista se abriu e logo tornou a se fechar com força. Então mais nada. Lloyd passou algum tempo deitado sem se mexer, mas o motorista não voltou.

Olhou para o céu. O sol estava alto: devia passar do meio-dia. O motorista decerto estava almoçando.

O problema era que, das janelas altas de ambos os lados da rua, Lloyd ainda podia ser visto. Se ficasse ali, mais cedo ou mais tarde iriam reparar nele. E, nesse caso, não havia como prever o que poderia acontecer.

Viu uma cortina se mover num sótão e isso o fez tomar uma decisão.

Ficou de pé e espiou por cima da lateral do caminhão. Um homem de terno andando pela calçada olhou para ele com ar de curiosidade, mas não parou.

Lloyd deslizou até o chão pela lateral do caminhão. Viu que estava em frente a um bar e restaurante. O motorista devia ter entrado ali. Para seu horror, viu dois homens com o uniforme militar alemão sentados a uma mesa na janela, com copos de cerveja na mão. Por milagre, eles não olharam para Lloyd.

Ele se afastou a passos rápidos.

Enquanto prosseguia, ia olhando ao redor, atento. Todos por quem passava o encaravam: sabiam exatamente o que ele era. Uma mulher gritou e saiu correndo. Lloyd percebeu que precisava trocar a camisa e a calça cáqui por uma roupa mais francesa, e depressa.

Um rapaz o segurou pelo braço.

– Venha comigo – disse ele, em inglês, com um sotaque carregado. – Vou ajudá-lo a se esconder.

O rapaz entrou por uma rua lateral. Lloyd não tinha por que confiar nele, mas precisava tomar uma decisão rápida, então o seguiu.

– Por aqui – disse o rapaz, conduzindo Lloyd até uma pequena casa.

Lá dentro, na cozinha com poucos móveis, estava uma mulher com um bebê. O rapaz se chamava Maurice, apresentou a mulher como sua esposa, Marcelle, e disse que a neném era Simone.

Lloyd permitiu-se um instante de alívio cheio de gratidão. Tinha conseguido fugir dos alemães! Ainda corria perigo, mas estava fora da rua, numa casa amiga.

O francês rígido e correto que Lloyd havia aprendido na escola e em Cambridge tornara-se mais coloquial durante sua fuga da Espanha e principalmente durante as duas semanas que ele passara colhendo uvas em Bordeaux.

– Vocês são muito gentis – falou. – Obrigado.

Claramente aliviado por não ter que falar inglês, Maurice respondeu em sua língua:

– Imagino que queira comer alguma coisa.

– Eu gostaria muito.

Marcelle cortou rapidamente várias fatias de um pão de fôrma e as pôs em cima da mesa junto com um queijo redondo e uma garrafa de vinho sem rótulo. Lloyd sentou-se e começou a comer feito um esfomeado.

– Vou lhe arranjar umas roupas velhas – disse Maurice. – Mas você também precisa tentar andar de outra forma. Estava dando passos largos e olhando em volta, tão alerta e interessado que poderia muito bem estar com uma placa pendurada no pescoço dizendo "Visitante da Inglaterra". É melhor arrastar os pés e olhar sempre para o chão.

Com a boca cheia, Lloyd respondeu:

– Vou me lembrar disso.

Na cozinha, havia uma pequena prateleira de livros que incluíam traduções em francês de Marx e Lenin. Ao reparar que Lloyd olhava para os livros, Maurice explicou:

– Eu era comunista... antes do pacto entre Hitler e Stalin. Agora está tudo acabado. – Ele fez o gesto de cortar o ar com a mão. – Mesmo assim, precisamos derrotar o fascismo.

– Eu lutei na Espanha – disse Lloyd. – Antes disso, acreditava numa frente unida de todos os partidos de esquerda. Mas agora não acredito mais.

Simone começou a chorar. Marcelle pôs um seio enorme para fora do vestido solto e começou a amamentar a neném. As francesas eram mais descontraídas em relação a isso do que as pudicas inglesas, recordou Lloyd.

Quando Lloyd terminou de comer, Maurice o levou até o andar de cima. De um armário que continha poucas roupas, tirou um macacão azul-escuro, uma camisa azul-clara, uma cueca e um par de meias, todos usados porém limpos. A gentileza daquele homem visivelmente pobre deixou Lloyd emocionado, e ele não soube como agradecer.

– Pode deixar suas roupas do Exército no chão – disse Maurice. – Depois eu as queimarei.

Lloyd teria apreciado um banho, mas não havia banheiro na casa. Imaginou que ficasse no quintal dos fundos.

Vestiu as roupas limpas e examinou seu reflexo num espelho pendurado na parede. O azul francês lhe caía melhor do que o cáqui militar, mas ele ainda parecia britânico.

Tornou a descer para a cozinha.

Marcelle estava pondo a neném para arrotar.

– Chapéu – disse ela.

Maurice lhe entregou uma boina azul-escura tipicamente francesa, e Lloyd a pôs na cabeça.

O francês então lançou um olhar nervoso para suas botas militares de couro preto: apesar de empoeiradas, sua boa qualidade era indisfarçável.

– Essas botas vão entregá-lo – falou.

Lloyd não queria se desfazer delas. Tinha um longo caminho a percorrer a pé.

– Será que conseguimos fazê-las parecer mais velhas? – indagou.

Maurice pareceu descrente.

– Como?

– Tem uma faca afiada?

O francês sacou do bolso um canivete.

Lloyd tirou as botas. Abriu furos nos bicos, depois fez cortes nos tornozelos. Retirou os cadarços e tornou a colocá-los, tortos e frouxos. Agora pareciam sapatos de um vagabundo, mas ainda serviam bem e tinham solas grossas que durariam muitos quilômetros.

– Para onde está indo? – perguntou Maurice.

– Tenho duas alternativas – respondeu Lloyd. – Posso ir para o norte, até a costa, e tentar convencer um pescador a me deixar atravessar com ele o canal da Mancha. Ou posso ir para sudoeste e cruzar a fronteira com a Espanha. – A Espanha era um país neutro e ainda tinha consulados britânicos na maioria das cidades. – Conheço o caminho para lá... já o fiz duas vezes.

– O canal da Mancha é bem mais perto que a Espanha – disse Maurice. – Mas acho que os alemães vão fechar todos os portos e ancoradouros.

– Onde está o front agora?

– Os alemães invadiram Paris.

Lloyd ficou em choque por um instante. Paris já havia caído!

– O governo francês se transferiu para Bordeaux – contou Maurice, dando de ombros. – Mas estamos derrotados. Nada pode salvar a França agora.

– A Europa inteira vai ser fascista – disse Lloyd.

– Menos a Grã-Bretanha. Então você tem que ir para casa.

Lloyd refletiu um pouco. Norte ou sudoeste? Não conseguia decidir qual das duas opções seria melhor.

– Eu tenho um amigo, ex-comunista, que vende ração para criadores de gado – disse Maurice. – Sei que ele tem uma entrega hoje à tarde num lugar a sudoeste daqui. Se resolver ir para a Espanha, ele pode levá-lo por uns trinta quilômetros.

Isso ajudou Lloyd a se decidir.

– Vou com ele.

III

Daisy enfrentara uma longa jornada que a fizera andar em círculo e, no fim, a levara ao mesmo lugar.

Quando Lloyd fora mandado para a França, ela ficara com o coração partido. Tinha perdido a chance de lhe dizer que o amava – nem sequer o havia beijado!

E talvez nunca mais houvesse outra oportunidade. Ele tinha sido dado como desaparecido em combate depois de Dunquerque. Isso significava que seu corpo não tinha sido encontrado e identificado, mas ele tampouco estava registrado como prisioneiro de guerra. O mais provável era que estivesse morto, destroçado por uma bomba em pedaços impossíveis de identificar, ou talvez enterrado sob os escombros de alguma casa destruída, sem que ninguém soubesse. Daisy chorou por muitos dias.

Passou outro mês perambulando por Tŷ Gwyn, esperando ter mais notícias, porém não soube de mais nada. Então começou a se sentir culpada. Havia muitas mulheres na mesma situação que ela, ou pior. Algumas precisavam enfrentar a possibilidade de criar dois ou três filhos sem um homem para sustentar a família. Ela não tinha o direito de sentir pena de si mesma só porque o homem com quem pretendia ter um caso extraconjugal havia desaparecido.

Precisava assumir novamente o controle de sua vida e fazer algo positivo. Estava claro que o destino não quisera que ela e Lloyd ficassem juntos. Ela já tinha um marido, e ele arriscava a vida todos os dias. Seu dever era cuidar de Boy, disse a si mesma.

Voltou para Londres. Levando em conta o número reduzido de criados, reabriu a casa de Mayfair da melhor maneira que pôde e a transformou num lar agradável para Boy visitar quando estivesse de licença.

Precisava esquecer Lloyd e ser uma boa esposa. Quem sabe até engravidasse de novo.

Muitas mulheres se juntaram ao esforço de guerra, alistando-se no Corpo Auxiliar Feminino da Real Força Aérea ou indo trabalhar na agricultura com o Exército Territorial Feminino. Outras colaboravam no Serviço Voluntário Feminino para a Precaução contra Ataques Aéreos. Mas não havia trabalho suficiente para a maioria dessas mulheres, e o *The Times* publicou cartas ao editor reclamando que a precaução contra ataques aéreos era um desperdício de dinheiro.

A guerra no continente parecia ter chegado ao fim. A Alemanha vencera. A Europa agora era fascista da Polônia à Sicília, e da Hungria a Portugal. Não havia mais combates em lugar algum. Segundo os boatos, o governo britânico estava negociando a paz.

Mas Churchill não assinou paz nenhuma com Hitler e, no verão desse ano, teve início a batalha da Grã-Bretanha.

No início, os civis não foram muito afetados. Os sinos das igrejas pararam de tocar, e suas badaladas foram reservadas para anunciar a esperada invasão alemã. Daisy seguiu as instruções do governo e pôs baldes de areia e água em todos os patamares das escadas de casa, para combater possíveis incêndios, mas não precisou usá-los. Esperando conseguir interromper as linhas de abastecimento britânicas, a Luftwaffe bombardeou os portos. Depois começou a atacar bases aéreas para tentar destruir a Real Força Aérea. Boy pilotava um Spitfire e enfrentava aviões inimigos em batalhas assistidas por agricultores boquiabertos de regiões como Kent e Sussex. Numa das raras cartas que mandou para casa, informou com orgulho ter abatido três aeronaves alemãs. Passou muitas semanas sem tirar licença, e Daisy ficava sozinha na casa repleta de flores para o marido.

Por fim, na manhã de sábado, 7 de setembro, Boy apareceu em uma licença de fim de semana. O tempo estava esplendoroso, quente e ensolarado; era o que as pessoas costumavam chamar de "veranico", um último suspiro de calor antes do outono.

Por coincidência, foi também o dia em que a Luftwaffe mudou de tática.

Daisy recebeu o marido com um beijo e certificou-se de que havia camisas limpas e cuecas lavadas nas gavetas de seu quarto de vestir.

Pelo que as outras mulheres diziam, achava que combatentes de licença desejavam sexo, álcool e comida decente, nessa ordem.

Boy e ela não dormiam juntos desde o aborto. Aquela seria a primeira vez. Sentiu-se culpada por não estar muito animada com essa perspectiva. Mas com certeza não iria se recusar a cumprir seu dever.

Quase esperava que ele a jogasse na cama assim que chegasse, mas Boy não estava tão desesperado assim. Tirou o uniforme, tomou banho, lavou os cabelos e tornou a se vestir, dessa vez com um terno de civil. Daisy instruiu a cozinheira a não poupar cupons de racionamento para preparar um bom almoço, e Boy trouxe da adega uma de suas mais antigas garrafas de vinho tinto.

Ela ficou surpresa e magoada quando, depois de comer, ele disse:

– Vou sair por algumas horas. Volto para o jantar.

Ela queria ser uma boa esposa, mas não passiva.

– Mas esta é a sua primeira licença em meses! – protestou. – Aonde você vai?

– Vou ver um cavalo.

Ela não via problema naquilo.

– Ah, tudo bem... vou com você.

– Não, não venha. Se eu aparecer com uma mulher a tiracolo, eles vão achar que sou um banana e aumentarão o preço.

Ela não conseguiu esconder a decepção.

– Sempre sonhei que faríamos isto juntos... Comprar e criar cavalos de corrida.

– Na verdade, esse não é um universo feminino.

– Ah, até parece! – exclamou ela, indignada. – Sei tanto sobre cavalos quanto você.

Ele fez cara de irritado.

– Talvez saiba, mas mesmo assim não quero você por perto quando estiver negociando com esses salafrários... assunto encerrado.

Ela cedeu.

– Como preferir – falou, e saiu da sala de jantar.

Seu instinto lhe dizia que ele estava mentindo. Combatentes em licença não pensavam em comprar cavalos. Pretendia descobrir o que ele estava tramando. Até mesmo os heróis tinham de ser fiéis às esposas.

No quarto, vestiu uma calça comprida e calçou um par de botas. Quando Boy desceu a grande escadaria que conduzia à porta da frente, ela desceu correndo a dos fundos, passou pela cozinha, atravessou o quintal e entrou nos estábulos desativados. Ali, vestiu uma jaqueta de couro, pôs óculos de motociclista e um capacete. Abriu a porta da garagem que dava para o beco atrás da casa e saiu empurrando sua moto, uma Triumph Tiger 100, assim batizada porque sua velocidade máxima era de 100 milhas – 160 quilômetros – por hora. Pisou no pedal para dar a partida no motor e saiu do beco sem nenhuma dificuldade.

Tinha começado a andar de moto após o início do racionamento de gasolina, em setembro de 1939. Era como andar de bicicleta, só que mais fácil. Adorava a liberdade e a independência que aquele meio de transporte lhe proporcionava.

Chegou à rua bem a tempo de ver o Bentley Airline creme de Boy desaparecer na esquina seguinte.

Ela o seguiu.

Ele passou pela Trafalgar Square e pelo bairro dos teatros. Daisy se manteve a uma distância discreta, pois não queria despertar suspeitas. Ainda havia bastante tráfego na região central de Londres, percorrida por centenas de carros em missão oficial. Além disso, o racionamento de gasolina para veículos particulares não era tão severo, principalmente para quem quisesse apenas passear pela cidade.

Boy continuou na direção leste, passando pelo bairro financeiro. O tráfego ali estava leve naquele sábado à tarde, e Daisy ficou mais preocupada que ele notasse sua presença. No entanto, não era fácil reconhecê-la com os óculos e o capacete. Além do mais, Boy prestava pouca atenção ao que acontecia à sua volta: com a janela aberta, dirigia fumando um charuto.

Ele chegou a Aldgate, e Daisy teve o terrível pressentimento de que sabia por que ele estava ali.

Boy entrou com o carro numa das ruas menos pobres do East End e estacionou em frente a uma agradável residência do século XVIII. Nenhum estábulo à vista: aquele não era um local de compra e venda de cavalos de corrida. Ele havia mentido.

Daisy parou a moto no final da rua e ficou observando. Boy desceu do carro e bateu a porta. Não olhou em volta nem verificou os números das casas. Claro que já estivera ali antes e sabia exatamente aonde ir. Andando de modo descontraído, o charuto na boca, ele foi até a porta da frente e a abriu com uma chave.

Daisy teve vontade de chorar.

Boy desapareceu dentro da casa.

Em algum lugar a leste dali, ouviu-se uma explosão.

Daisy olhou naquela direção e viu aviões no céu. Será que os alemães tinham escolhido justo esse dia para começar a bombardear Londres?

Ela não se importava. Não iria deixar Boy saborear sua infidelidade em paz. Aproximou-se da casa e estacionou a moto atrás do carro dele. Tirou o capacete e os óculos, marchou decidida até a porta e bateu.

Ouviu uma nova explosão, dessa vez mais perto; então as sirenes de ataque aéreo iniciaram sua triste cantilena.

A porta se entreabriu e Daisy a empurrou com força. Uma jovem usando um vestido preto de criada gritou e cambaleou para trás. Daisy entrou batendo a porta atrás de si. Viu-se no hall de uma típica casa de classe média londrina, só que decorada em um estilo exótico, com tapetes orientais, cortinas pesadas e um quadro retratando mulheres nuas numa casa de banhos.

Abriu a porta mais próxima e entrou na antessala. O ambiente estava fracamente iluminado, pois as cortinas de veludo não deixavam entrar a luz do sol. Havia três pessoas ali. De pé, encarando-a com uma expressão chocada, estava uma mulher de mais ou menos 40 anos vestida com um roupão de seda frouxo, cuidadosamente maquiada com um batom vermelho – a mãe, supôs Daisy. Atrás dela, sentada num sofá, uma adolescente de seus 16 anos só de roupa de baixo e meias fumava um cigarro. Boy estava sentado ao lado da menina, com a mão sobre sua coxa, acima do ponto em que a meia acabava. Ao ver Daisy, ele retirou a mão, culpado. Era um gesto absurdo, como se aquilo pudesse dar à cena um ar inocente.

Daisy se esforçou para conter as lágrimas.

– Você me prometeu que não iria mais vê-las! – falou.

Queria se mostrar fria e zangada, como um anjo vingador, mas sua voz soava apenas magoada e triste.

Boy enrubesceu e seu rosto adquiriu uma expressão de pânico.

– Que diabo você está fazendo aqui?

– Porra, é a esposa dele – exclamou a mulher mais velha.

O nome dela era Pearl, lembrou Daisy, e a filha se chamava Joanie. Que coisa horrível ela saber o nome de mulheres assim.

A criada apareceu na porta da sala e disse:

– Eu não deixei essa piranha entrar, ela simplesmente me empurrou e foi passando!

– Eu me esforcei tanto para deixar a nossa casa bonita e aconchegante... mas você prefere isto aqui! – gritou Daisy para Boy.

Ele começou a dizer alguma coisa, mas não conseguiu encontrar as palavras. Passou um ou dois segundos balbuciando coisas incoerentes. Então uma forte explosão ali perto fez o chão estremecer e chacoalhou as janelas.

– Vocês estão surdos? – gritou a criada. – É um ataque aéreo! – Ninguém lhe deu atenção. – Vou para o porão – disse ela, e desapareceu.

Eles todos precisavam buscar abrigo. Mas Daisy tinha algo a dizer a Boy antes de sair.

– Não volte para a minha cama nunca mais. Eu me recuso a ser contaminada.

A adolescente no sofá, Joanie, falou:

– É só um pouco de diversão, querida. Por que não se junta a nós? Talvez você até goste.

Pearl, a mais velha, olhou Daisy de cima a baixo.

– Ela até que tem um corpo bonito.

Daisy percebeu que aquelas duas iriam humilhá-la ainda mais se ela permitisse. Ignorando-as, dirigiu-se a Boy:

– Você fez sua escolha. E eu tomei minha decisão. – Apesar de estar se sentindo aviltada e rejeitada, saiu da sala de cabeça erguida.

– Droga, que confusão – disse Boy.

Confusão?, pensou Daisy. Só isso?

Ela saiu pela porta da frente.

Foi então que olhou para cima.

O céu estava repleto de aviões.

A visão a deixou trêmula de pavor. Os aviões voavam alto, a uns três mil metros de altitude, e pareciam obscurecer o sol. Eram centenas, entre grandes bombardeiros e caças esguios, uma frota que parecia ter uns trinta quilômetros de extensão. A leste, na direção das docas e do arsenal de Woolwich, colunas de fumaça subiam do chão onde as bombas caíam. As explosões se sucediam, formando um rugido contínuo feito as ondas de um mar revolto.

Daisy lembrou que Hitler fizera um discurso no Parlamento alemão, na quarta-feira anterior, protestando contra a crueldade dos bombardeios da Real Força Aérea a Berlim e ameaçando devastar cidades britânicas em retaliação. Aparentemente, ele tinha falado sério. Eles pretendiam arrasar Londres.

Aquele já era o pior dia da vida de Daisy. Então ela percebeu que talvez fosse o último.

Mas não se sentia capaz de voltar àquela casa e dividir com eles o mesmo abrigo no porão. Tinha que sair dali. Precisava estar em casa, onde poderia chorar em paz.

Pôs o capacete e os óculos às pressas. Resistiu a um impulso irracional mas poderoso de jogar-se atrás do muro mais próximo. Pulou na moto e foi embora.

Não chegou muito longe.

A duas ruas dali, bem na sua frente, uma bomba caiu sobre uma casa, e ela freou de repente. Viu o rombo no telhado, sentiu o baque da explosão e, segundos depois, vislumbrou as chamas lá dentro, como se o querosene de um aquecedor tivesse vazado e se inflamado. Após alguns instantes, uma menina de uns 12 anos saiu correndo da casa, com os cabelos em chamas, e veio direto para cima de Daisy.

Ela saltou da moto, tirou a jaqueta de couro e a usou para cobrir a cabeça da menina, enrolando-a bem apertado em volta dos cabelos para cortar o oxigênio das chamas.

Os gritos cessaram. Daisy retirou a jaqueta. A menina soluçava. Não sentia mais dor, só que estava careca.

Daisy olhou para os dois lados da rua. Um homem de capacete de aço e braçadeira da ARP – Air Raid Precautions, Precaução contra Ataques Aéreos – chegou correndo, carregando uma caixa de metal com uma cruz de primeiros socorros pintada na lateral.

A menina olhou para Daisy, abriu a boca e gritou:

– Minha mãe está lá dentro!

– Calma, meu bem, vamos dar uma olhada em você – disse o homem da ARP.

Daisy deixou a menina com ele e correu até a porta da frente. Aquilo lhe pareceu uma velha casa dividida em apartamentos baratos. Os de cima estavam em chamas, mas ela conseguiu entrar no hall. Teve um palpite, correu até os fundos e chegou a uma cozinha. Ali, encontrou uma mulher inconsciente no chão e uma criança pequena dentro de um berço. Pegou a menina e correu para a rua outra vez.

A garota de cabelos queimados gritou:

– É minha irmã!

Daisy pôs a criança nos braços da menina e tornou a entrar às pressas.

A mulher desacordada era pesada demais para que Daisy a carregasse. Ela se posicionou atrás da mulher, a pôs sentada, segurou-a pelas axilas e a arrastou pelo chão da cozinha e pelo corredor até a rua.

Uma ambulância havia chegado: um sedã adaptado, cuja parte posterior da lataria fora substituída por uma tenda de lona aberta na traseira. O homem da ARP ajudava a menina queimada a entrar no carro. O motorista veio correndo até Daisy e a ajudou a pôr a mãe na ambulância.

– Tem mais alguém lá dentro? – perguntou o motorista a Daisy.

– Não sei!

Ele correu para o hall de entrada. Nesse momento, o prédio inteiro desabou. Os andares superiores que estavam pegando fogo desmoronaram. O motorista da ambulância desapareceu dentro daquele inferno de chamas.

Daisy se ouviu gritar.

Cobriu a boca com a mão e ficou encarando o fogo, à procura do motorista, embora não pudesse tê-lo ajudado, e tentar fosse suicídio.

– Ah, meu Deus, Alf está morto – disse o voluntário da ARP.

Outra explosão soou quando uma bomba caiu cerca de cem metros adiante na rua.

– Não tenho mais motorista e não posso sair daqui – disse o homem.

Ele olhou para os dois lados da rua. Havia pequenas aglomerações de pessoas reunidas diante de algumas das casas, mas a maioria dos moradores devia estar nos abrigos.

– Eu posso dirigir – disse Daisy. – Para onde?

– Você sabe dirigir?

A maioria das britânicas não sabia dirigir: naquele país, isso ainda era coisa de homem.

– Não faça perguntas idiotas – retrucou Daisy. – Para onde devo levar a ambulância?

– Para o St. Bart's. Sabe onde fica?

– Claro. – O Hospital St. Bartholomew's era um dos maiores da cidade e Daisy já morava em Londres havia quatro anos. – West Smithfield – acrescentou, para provar a ele que sabia.

– O pronto-socorro fica nos fundos.

– Pode deixar que eu encontro.

Ela entrou no carro. O motor ainda estava ligado.

– Qual é o seu nome? – gritou o voluntário.

– Daisy Fitzherbert. E o seu?

– Nobby Clarke. Cuidado com a minha ambulância.

O carro tinha um câmbio manual padrão. Daisy engatou a primeira e partiu.

Os aviões continuavam a rugir no céu e as bombas caíam sem piedade. Daisy estava desesperada para levar as duas feridas até o hospital. Embora o St. Bart's ficasse a menos de dois quilômetros dali, o trajeto foi muito difícil. Ela passou pela Leadenhall Street, Poultry e Cheapside, mas várias vezes encontrou as ruas fechadas e teve que dar ré e seguir por outro caminho. Parecia haver pelo menos uma casa destruída em cada rua. Por toda parte viam-se fumaça e destroços, pessoas feridas e chorando.

Com grande alívio, ela chegou ao hospital e seguiu outra ambulância até a entrada do pronto-socorro. A atividade ali era frenética: uma dezena de veículos entregava pacientes mutilados e queimados a carregadores apressados usando aventais sujos de sangue. Talvez eu tenha salvado a mãe dessas meninas, pensou Daisy. Não sou totalmente inútil, mesmo que meu marido não me queira.

A menina sem cabelos continuava com a irmãzinha no colo. Daisy ajudou as duas a descer da ambulância.

Uma enfermeira auxiliou Daisy a erguer a mãe desacordada e levá-la para dentro, mas dava para ver que a mulher tinha parado de respirar.

– Aquelas duas são filhas dela! – disse à enfermeira. Detectou um leve tom de histeria na própria voz. – O que vai acontecer agora?

– Deixe que eu cuido disso – respondeu a enfermeira depressa. – Você tem que voltar lá.

– Tenho? – indagou Daisy.

– É melhor se recompor – disse a enfermeira. – Haverá muitos outros mortos e feridos até o fim da noite.

– Está bem – disse Daisy.

Então sentou-se outra vez ao volante da ambulância e foi embora do hospital.

IV

Numa tarde quente do mês de outubro, Lloyd Williams chegou à ensolarada cidade francesa de Perpignan, a pouco mais de trinta quilômetros da fronteira espanhola.

Passara todo o mês de setembro na região de Bordeaux, colhendo uvas para a fabricação do vinho, como fizera no terrível ano de 1937. Agora tinha dinheiro para tomar ônibus e bondes, e podia comer em restaurantes baratos, em vez de sobreviver à custa de legumes e verduras ainda verdes desenterrados de hortas alheias ou de ovos crus roubados de galinheiros. Estava voltando pelo mesmo caminho que usara para sair da Espanha três anos antes. Descera de Bordeaux rumo ao sul, passando por Toulouse e Béziers, às vezes a bordo de trens de carga, mas na maior parte do tempo de carona com caminhoneiros.

Estava num café de beira de estrada na principal via que seguia para sudoeste, de Perpignan até a fronteira com a Espanha. Ainda vestido com o macacão azul e a boina de Maurice, levava uma pequena bolsa de lona contendo uma colher de pedreiro enferrujada e um nível sujo de cimento, provas de que era um pedreiro espanhol voltando para casa. Que Deus não permitisse que alguém lhe oferecesse trabalho: ele não tinha a menor ideia de como se erguia uma parede.

Estava preocupado pensando em como iria encontrar o caminho pelas montanhas. Três meses antes, na Picardia, acreditara levianamente que conseguiria achar a rota dos Pireneus pela qual seus guias o haviam conduzido em 1936, a caminho da Espanha. Um ano depois, havia percorrido partes da mesma rota no sentido contrário. No entanto, à medida que os picos roxos e desfiladeiros verdejantes iam surgindo no horizonte distante, isso lhe parecia mais complicado. Imaginava que cada passo da viagem fosse estar gravado em sua memória, mas, quando tentava se lembrar de caminhos, pontes ou encruzilhadas específicas, constatava, furioso, que as imagens eram difusas e os detalhes lhe escapavam.

Terminou de almoçar – um ensopado de peixe picante –, e então abordou em voz baixa um grupo de motoristas sentado à mesa ao seu lado.

– Preciso de uma carona até Cerbère. – Esse era o último vilarejo antes da fronteira com a Espanha. – Algum de vocês está indo para lá?

Provavelmente todos seguiam naquela direção: era o único motivo para estarem ali, naquela estrada para sudoeste. Apesar disso, os homens hesitaram. Aquilo era a França de Vichy, tecnicamente uma área independente, mas que, na prática, era submetida ao jugo dos nazistas que ocupavam a metade norte do país. Ninguém estava muito ansioso para ajudar um viajante desconhecido com sotaque estrangeiro.

– Eu sou pedreiro – disse ele, erguendo a bolsa de lona. – Estou voltando para casa, na Espanha. Meu nome é Leandro.

Um gordo de camiseta falou:

– Posso levá-lo até a metade do caminho.

– Obrigado.

– Está pronto?

– Claro.

Os dois saíram do restaurante e embarcaram numa caminhonete Renault muito suja com o nome de uma loja de material elétrico escrito na lateral. Quando estavam indo embora, o motorista perguntou a Lloyd se ele era casado. Seguiu-se um interrogatório desagradável, de cunho pessoal, e Lloyd percebeu que o condutor tinha fascínio pela vida sexual dos outros. Sem dúvida era por isso que aceitara dar carona a Lloyd: a viagem lhe proporcionava uma oportunidade para fazer perguntas invasivas. Vários dos homens com quem Lloyd pegara carona tinham algum motivo escuso desse tipo.

– Eu sou virgem – disse-lhe Lloyd, o que era verdade.

No entanto isso só lhe rendeu mais uma série de perguntas sobre carícias trocadas com meninas no colégio. Nessa área Lloyd tinha uma experiência considerável, mas não iria compartilhá-la. Tentando não ser grosseiro, recusou-se a dar detalhes, e o motorista acabou desistindo.

– Vou ter que virar aqui – disse ele, parando o veículo.

Lloyd lhe agradeceu a carona e seguiu a pé.

Havia aprendido a não marchar como um soldado, e desenvolvera o que pensava ser um andar arrastado de camponês razoavelmente convincente. Nunca levava um jornal ou um livro. Seus cabelos tinham enfim sido cortados por um barbeiro incompetente no bairro mais pobre de Toulouse. Ele se barbeava cerca de uma vez por semana, então quase sempre exibia uma barba por fazer, algo espantosamente eficaz para lhe dar o aspecto de um zé-ninguém. Parara de tomar banho e havia adquirido um cheiro forte que fazia as pessoas relutarem em falar com ele.

Fosse na França ou na Espanha, quase ninguém da classe trabalhadora tinha relógio de pulso, de modo que precisara se desfazer do relógio de aço com mostrador quadrado que Bernie lhe dera de presente de formatura. Não pudera dá--lo de presente a nenhum dos muitos franceses que o haviam ajudado, pois um relógio britânico também os teria comprometido. Por fim, com grande pesar, o jogara num lago.

Seu principal ponto fraco era não ter documentos de identidade.

Tentara comprar os documentos de um homem vagamente parecido com ele e planejara roubar outros dois, mas as pessoas andavam cautelosas em relação a isso nos últimos tempos, o que não era de espantar. Sua estratégia, portanto, era evitar situações em que fosse obrigado a se identificar. Tentava passar despercebido. Sempre que podia, andava pelos campos em vez de usar as estradas, e nunca viajava em trens de passageiros, pois muitas vezes havia postos de controle nas estações. Até agora, tivera sorte. O policial de um vilarejo tinha lhe pedido os documentos, mas, quando ele explicara que havia sido roubado depois de tomar um porre e apagar num bar de Marselha, o policial acreditara na história e o mandara seguir seu caminho.

Nesse dia, porém, a sorte o abandonou.

Ele atravessava uma região agrícola pobre. Estava no sopé dos Pireneus, perto do mar Mediterrâneo, e o terreno era arenoso. A estrada poeirenta passava por aldeias de casas miseráveis. A paisagem era pouco povoada. À sua esquerda, em meio às colinas, despontavam pedacinhos azuis do mar distante.

A última coisa que ele esperava era o Citroën verde que encostou ao seu lado com três gendarmes dentro.

Tudo aconteceu muito de repente. Ele ouviu o carro se aproximar – o único que ouvira desde que o motorista o mandara descer. Continuou arrastando os pés, como um trabalhador cansado a caminho de casa. A estrada era ladeada por campos secos, cobertos por uma vegetação esparsa e árvores finas. Quando o carro parou, por um segundo ele cogitou tentar sair correndo pelos campos. Desistiu ao ver as pistolas no coldre dos dois policiais que saltaram. Eles provavelmente atiravam mal, mas poderiam ter sorte. Lloyd tinha mais chances de conseguir se safar na conversa. Aqueles eram policiais da zona rural, mais simpáticos do que os irredutíveis gendarmes urbanos franceses.

– Documentos – pediu o policial que estava mais próximo dele.

Lloyd abriu os braços, num gesto de impotência.

– *Monsieur*, infelizmente meus documentos foram roubados em Marselha. Meu nome é Leandro, sou um pedreiro espanhol e estou voltando para...

– Entre no carro.

Lloyd hesitou, mas era inútil. Suas chances de escapar eram menores do que nunca.

Um dos policiais o segurou com força pelo braço, empurrou-o para o banco traseiro e entrou no carro ao seu lado.

Lloyd ficou desconsolado quando o Citroën começou a andar.

O gendarme ao seu lado perguntou:

– Você é inglês ou o quê?

– Sou um pedreiro espanhol. Meu nome é...

O policial fez um gesto casual com a mão e disse:

– Nem precisa se dar o trabalho.

Lloyd viu que tinha sido extremamente otimista. Um estrangeiro sem documentos a caminho da fronteira espanhola: eles apenas partiam do princípio de que ele era um soldado britânico foragido. Se ainda tivessem alguma dúvida, encontrariam a prova se o mandassem tirar a roupa, pois veriam a plaquinha de identificação em volta de seu pescoço. Ele não a tinha jogado fora porque, sem ela, seria automaticamente fuzilado como espião.

E agora estava preso num carro com três homens armados, e a probabilidade de encontrar um jeito de escapar era nula.

Foram em frente, na mesma direção em que ele seguia, enquanto o sol descia sobre as montanhas à sua direita. Não havia nenhuma cidade grande dali até a fronteira, então ele imaginou que os policiais pretendiam levá-lo para passar a noite na cadeia de algum vilarejo. Talvez ele conseguisse fugir de lá. Caso contrário, seria levado de volta a Perpignan no dia seguinte e entregue à polícia da cidade. E depois? Será que ele seria interrogado? Essa perspectiva o fez gelar de medo. A polícia francesa iria espancá-lo, os alemães iriam torturá-lo. Se ele sobrevivesse, acabaria indo parar num campo de prisioneiros de guerra, onde ficaria até o final do conflito ou até morrer de desnutrição. E estava a apenas alguns quilômetros da fronteira!

Chegaram a uma cidadezinha. Será que ele conseguiria escapar entre o carro e a cadeia? Não foi capaz de bolar nenhum plano: não conhecia o terreno. Não havia nada que pudesse fazer a não ser permanecer alerta e aproveitar qualquer oportunidade que surgisse.

Saíram da rua principal e entraram num beco atrás de uma fileira de lojas. Será que iriam matá-lo a tiros e deixar seu corpo ali?

O carro parou nos fundos de um restaurante. O quintal estava coalhado de caixas e latas gigantescas. Por uma janelinha, Lloyd pôde ver uma cozinha bem-iluminada.

O policial que estava no banco do carona desceu do carro, em seguida abriu a porta de Lloyd, do lado mais próximo ao restaurante. Seria aquela a sua chance? Teria que dar a volta no carro e sair correndo do beco. Já estava meio escuro: depois dos primeiros metros, não seria mais um alvo fácil.

O policial estendeu a mão para dentro do carro, segurou o braço de Lloyd e não o soltou enquanto ele descia e ficava de pé. Seu colega saltou imediatamente depois de Lloyd. A oportunidade não fora boa o suficiente.

Mas por que eles o haviam levado até lá?

Foi conduzido para dentro da cozinha do restaurante. Um chef batia ovos numa tigela, enquanto um adolescente lavava louça numa pia grande. Um dos policiais falou:

– Ele é inglês. Disse que se chama Leandro.

Sem parar o que estava fazendo, o chef levantou a cabeça e gritou:

– Teresa! Venha cá!

Lloyd se lembrou de outra Teresa, uma linda anarquista espanhola que ensinava os soldados a ler e escrever.

A porta da cozinha se abriu de par em par, e a própria adentrou a cozinha.

Atônito, Lloyd ficou encarando a mulher. Não havia nenhuma dúvida: apesar de ela estar usando touca e avental brancos de garçonete, ele nunca esqueceria aqueles olhos grandes e aqueles cabelos pretos e cheios.

No início, Teresa não olhou para ele. Pôs uma pilha de pratos sobre a bancada junto ao jovem que lavava louça, depois virou-se para os policiais com um sorriso e beijou cada um deles nas bochechas, dizendo:

– Pierre! Michel! Como vão? – Então virou-se para Lloyd, encarou-o e falou em espanhol: – Não... não é possível! Lloyd... É você mesmo?

Tudo o que ele conseguiu fazer foi menear a cabeça como um bobo.

Ela o abraçou, apertando-o com força, e o beijou nas bochechas.

– Pronto – disse um dos policiais. – Tudo certo. Temos que ir. Boa sorte! – Ele entregou a Lloyd sua bolsa de lona e os dois foram embora.

Lloyd finalmente recuperou a fala.

– O que está acontecendo? – perguntou a Teresa em espanhol. – Pensei que estivessem me levando para a cadeia!

– Eles odeiam os nazistas, por isso nos ajudam – disse ela.

– *Nos* ajudam?

– Depois eu explico. Venha comigo. – Ela abriu uma porta que dava para uma escada e o conduziu até o andar de cima, onde havia um quarto parcamente mobiliado. – Espere aqui. Vou trazer alguma coisa para você comer.

Lloyd se deitou na cama e ficou pensando na sua sorte extraordinária. Cinco minutos antes, imaginava que fosse enfrentar a tortura e a morte. Agora esperava que uma linda mulher lhe trouxesse o jantar.

E tudo poderia mudar de novo a qualquer instante, pensou.

Teresa voltou meia hora depois, com uma omelete e batatas fritas num prato rústico.

– Tivemos muito movimento, mas vamos fechar daqui a pouco – disse ela. – Volto em alguns minutos.

Ele comeu depressa.

A noite caiu. Lloyd ouviu o burburinho dos clientes indo embora e os ruídos das panelas sendo guardadas. Então Teresa tornou a aparecer com uma garrafa de vinho tinto e dois copos.

Lloyd lhe perguntou o que a fizera deixar a Espanha.

– Nosso povo está sendo assassinado em massa – respondeu ela. – Para aqueles que os franquistas não matam, existe a Lei de Responsabilidade Política, que torna criminoso qualquer um que tenha apoiado o governo. Mesmo quem apenas se opôs a Franco por uma "passividade circunspecta" pode perder todos os bens. Só é inocente quem conseguir provar que o apoiou.

Lloyd pensou com amargura na garantia que Chamberlain dera à Câmara dos Comuns, em março, de que Franco havia cessado as represálias políticas. Que mentiroso cruel era Chamberlain.

– Muitos dos nossos camaradas ainda estão detidos em terríveis campos de prisioneiros – continuou Teresa.

– Você tem alguma ideia do que aconteceu com meu amigo, o sargento Lenny Griffiths?

Teresa fez que não com a cabeça.

– Nunca mais o vi depois de Belchite.

– E você...?

– Fugi dos franquistas, vim para cá, arrumei este emprego de garçonete... e descobri que havia outro trabalho que podia fazer.

– Qual?

– Estou ajudando soldados a fugir pelas montanhas. Foi por isso que os policiais trouxeram você até mim.

Lloyd ficou mais animado. Vinha planejando atravessar as montanhas sozinho, e não tinha certeza se encontraria o caminho. Agora talvez fosse ter uma guia.

– Já tenho dois outros esperando – continuou ela. – Um artilheiro britânico e um piloto canadense. Estão numa fazenda nas montanhas.

– E quando pretendem fazer a travessia?

– Hoje à noite – respondeu ela. – Não exagere no vinho.

Teresa saiu e voltou meia hora mais tarde, trazendo um sobretudo marrom velho e rasgado para ele vestir.

– Faz frio no lugar aonde vamos – explicou.

Os dois saíram de fininho pela porta da cozinha e atravessaram a pequena cidade sob a luz do luar. Deixaram as casas para trás e começaram a seguir uma trilha de terra batida que subia a colina num aclive regular. Uma hora depois, chegaram a um pequeno grupo de construções de pedra. Teresa assobiou, depois abriu a porta de um celeiro, e dois homens saíram lá de dentro.

– Nós sempre usamos nomes falsos – disse ela, em inglês. – O meu é Maria, e estes são Fred e Tom. Nosso novo amigo se chama Leandro. – Os homens se cumprimentaram com apertos de mãos. – É proibido falar, é proibido fumar, e quem ficar para trás será deixado – prosseguiu ela. – Todos prontos?

A partir dali, o caminho ficou mais íngreme. Lloyd viu-se escorregando em pedras. De vez em quando, agarrava-se a algum arbusto de urze franzino ao lado da trilha e usava-o para facilitar a subida. A pequenina Teresa não demorou a impor um ritmo que deixou os três homens ofegantes. Ela carregava uma lanterna, mas não quis usá-la enquanto as estrelas estivessem brilhando, dizendo que precisava poupar a pilha.

O ar esfriou. Eles atravessaram um riacho gelado, e depois disso os pés de Lloyd não voltaram mais a se aquecer.

Uma hora mais tarde, Teresa disse:

– Tenham o cuidado de se manter no meio da trilha neste trecho.

Lloyd olhou para baixo e percebeu que estava andando sobre um cume entre duas encostas íngremes. Ao ver de que altura poderia cair, ficou tonto, e imediatamente ergueu os olhos e fixou-os à frente, em Teresa, cuja silhueta se movia depressa. Em circunstâncias normais, teria saboreado cada instante daquela caminhada atrás de um corpo como o dela, mas agora estava tão cansado que não tinha energia nem para devorá-la com os olhos.

As montanhas não eram totalmente desabitadas. Em determinado momento, um cão ladrou; em outro, ouviram um distante tilintar de sinetas que deixou os homens assustados, até Teresa lhes explicar que os pastores penduravam sinetas nas ovelhas para encontrar seus rebanhos.

Lloyd pensou em Daisy. Será que ela ainda estava em Tŷ Gwyn? Ou teria voltado para o marido? Torceu para que ela não tivesse ido para Londres. Segundo os jornais franceses, a capital britânica estava sendo bombardeada todas as noites. Será que ela estava viva ou morta? Será que algum dia tornaria a vê-la? E, se visse, o que ela sentiria por ele?

O grupo parava a cada duas horas para descansar, beber água e tomar alguns goles de uma garrafa de vinho que Teresa trouxera.

Por volta do raiar do dia, começou a chover. Assim que ficou molhada, a terra sob seus pés tornou-se traiçoeira e todos passaram a tropeçar e a escorregar, mas Teresa não diminuiu o ritmo.

– Agradeçam por não estar nevando – disse ela.

A luz do dia revelou uma paisagem de vegetação esparsa, na qual as pedras despontavam como lápides. Ainda chovia, e uma névoa fria escondia o horizonte.

Depois de algum tempo, Lloyd sentiu que estavam descendo.

– Já estamos na Espanha – anunciou Teresa na parada seguinte.

Lloyd deveria ficar aliviado, mas tudo o que conseguia sentir era exaustão.

Aos poucos, a paisagem foi ficando mais suave, e as pedras deram lugar a capim grosso e arbustos.

De repente, Teresa se jogou no chão e ficou deitada.

Os três homens a imitaram imediatamente, sem precisar de aviso. Lloyd acompanhou o olhar de Teresa e viu dois homens de uniforme verde e chapéus esquisitos: deviam ser guardas de fronteira espanhóis. Percebeu que estar na Espanha não significava ficar livre de apuros. Se fosse pego tentando entrar no país de forma ilegal, poderia simplesmente ser mandado de volta. Ou pior: poderia desaparecer num dos campos de prisioneiros de Franco.

Os guardas de fronteira seguiam por uma trilha na montanha que vinha na direção dos fugitivos. Lloyd se preparou para um confronto. Teria que agir depressa para dominá-los antes que eles conseguissem sacar as armas. Perguntou-se se os dois outros fugitivos seriam bons de briga.

Mas a sua ansiedade foi em vão. Os dois guardas chegaram a um limite não demarcado e deram meia-volta. Teresa agiu como se soubesse que aquilo iria acontecer. Quando os guardas sumiram de vista, ela se levantou, e os quatro seguiram em frente.

Logo depois, a névoa se dissipou. Lloyd viu uma aldeia de pescadores situada ao redor de uma baía arenosa. Já estivera ali antes, em 1936, quando chegara à Espanha. Lembrava-se até de que a aldeia tinha uma estação de trem.

Entraram no povoado. Era um lugar modorrento, sem sinal de presença oficial: não havia policiais, prefeitura, soldados nem postos de controle. Sem dúvida devia ser por isso que Teresa escolhera aquele lugar.

Foram até a estação e Teresa comprou as passagens, flertando com o vendedor como se os dois fossem velhos amigos.

Lloyd foi se sentar num banco à sombra da plataforma, com os pés doloridos, exausto, agradecido e feliz.

Uma hora mais tarde, pegaram um trem para Barcelona.

V

Era a primeira vez que Daisy entendia o significado da palavra trabalho.

Ou cansaço. Ou tragédia.

Estava sentada na sala de aula de uma escola, bebendo chá inglês doce numa xícara sem pires. Usava um capacete de aço e galochas. Eram cinco da tarde, e ela ainda estava cansada por causa da noite anterior.

Era agora voluntária da ARP do bairro de Aldgate. Em tese, trabalhava em turnos de oito horas, seguidos por oito horas de sobreaviso e oito de descanso. Na prática, trabalhava enquanto durasse o ataque aéreo e enquanto houvesse feridos a serem levados para o hospital.

Londres fora bombardeada todas as noites de outubro de 1940.

Daisy sempre trabalhava com outra mulher, auxiliar de motorista, e quatro homens: juntos formavam a equipe de resgate. Sua base era numa escola e eles agora estavam sentados nas carteiras dos alunos, esperando que os aviões chegassem, as sirenes tocassem e as bombas caíssem.

Ela dirigia um Buick americano transformado em ambulância. A equipe tinha também um carro normal e outro motorista para transportar o que chamavam de pacientes sentados – feridos que conseguiam ficar sentados sem ajuda no trajeto até o hospital.

Sua auxiliar chamava-se Naomi Avery, uma londrina loura e bonita que gostava de homens e apreciava a camaradagem da equipe. Nesse exato momento, estava provocando seu supervisor, um policial aposentado chamado Nobby Clarke.

– O chefe dos voluntários é homem – disse ela. – O supervisor do bairro é homem. Você é homem.

– Assim espero – retrucou Nobby, e os outros riram.

– Há muitas mulheres na ARP – continuou Naomi. – Por que nenhuma delas tem um cargo de supervisão?

Os homens riram. Um careca narigudo apelidado de George Bonitão falou:

– Lá vamos nós outra vez... os direitos femininos. – Ele tinha certa tendência à misoginia.

– Vocês não acham mesmo que todos os homens são mais inteligentes do que as mulheres, acham? – interveio Daisy.

– Na verdade, há algumas mulheres supervisoras – disse Nobby.

– Nunca conheci nenhuma – disse Naomi.

– É uma questão de tradição, não é? – disse Nobby. – As mulheres sempre foram donas de casa.

– Como Catarina, a Grande, da Rússia – disse Daisy com sarcasmo.

– Ou a rainha Elizabeth – emendou Naomi.

– Amelia Earhart.

– Jane Austen.

– Ou Marie Curie, a única cientista a ganhar o Nobel duas vezes.

– Catarina, a Grande? – indagou George Bonitão. – Não é ela que tem uma história com um cavalo?

– Olhe lá, temos damas no recinto – disse Nobby em tom de reprovação. – Mas posso responder à pergunta de Daisy.

Disposta a deixá-lo brilhar, Daisy falou:

– Então responda.

– Admito que algumas mulheres podem ser tão inteligentes quanto os homens – falou, com ar de quem estava fazendo uma concessão incrivelmente generosa. – Mas mesmo assim há um motivo muito bom para que a maioria dos supervisores da ARP consista de homens.

– E que motivo seria esse, Nobby?

– É muito simples: homens não aceitam receber ordens de mulheres. – Ele se recostou na cadeira com uma expressão de triunfo, certo de que tinha ganhado a discussão.

A ironia era que, quando as bombas estavam caindo, enquanto eles reviravam os destroços para resgatar os feridos, homens e mulheres eram, *sim*, iguais. Nessa hora não havia hierarquia. Se Daisy gritasse para Nobby segurar a outra ponta de uma viga, ele obedeceria sem pestanejar.

Daisy adorava aqueles homens, até mesmo George. Eles dariam a vida por ela, e ela por eles.

Ouviu um apito grave soar lá fora, na rua. Aos poucos, o som foi se tornando mais agudo, até virar a sirene cansativamente conhecida de um alarme antiaéreo. Segundos depois, ouviu-se o estrondo de uma explosão distante. Com frequência o alarme chegava tarde demais; às vezes, soava depois que as primeiras bombas já haviam caído.

O telefone tocou e Nobby atendeu.

Todos se levantaram. Com a voz cansada, George perguntou:

– Esses alemães nunca tiram uma droga de uma folga?

Nobby pôs o fone no gancho e anunciou:

– Nutley Street.

– Sei onde fica – disse Naomi enquanto todos saíam apressados. – A nossa deputada mora nessa rua.

Entraram depressa nos carros. Enquanto Daisy engatava a marcha da ambulância e arrancava, Naomi, sentada ao seu lado, comentou:

– Bons tempos.

Ela estava sendo irônica, porém, por mais que parecesse estranho, Daisy estava *mesmo* feliz. Que esquisito, pensou, enquanto fazia uma curva em disparada. Noite após noite, via destruição, tragédias horríveis, corpos terrivelmente mutilados. Havia uma boa chance de ela própria morrer nessa mesma noite, dentro de um prédio em chamas. Apesar disso, sentia-se ótima. Estava trabalhando e sofrendo em prol de uma causa e, por mais paradoxal que isso fosse, era melhor do que agradar a si mesma. Ela fazia parte de um grupo capaz de arriscar tudo para ajudar os outros, e essa era a sensação mais gratificante do mundo.

Daisy não odiava os alemães por tentarem matá-la. Seu sogro, o conde Fitzherbert, lhe dissera por que eles estavam bombardeando Londres. Até agosto, a Luftwaffe vinha atacando apenas portos e campos de pouso. Num momento de sinceridade pouco usual, Fitz havia lhe explicado que os britânicos não tiveram os mesmos escrúpulos: o governo aprovara em maio o bombardeio de cidades alemãs, e durante todo o mês de junho a Real Força Aérea lançara bombas sobre mulheres e crianças em suas casas. Furioso, o povo alemão exigira uma retaliação. O resultado era a Blitz.

Daisy e Boy vinham mantendo as aparências, mas ela trancava a porta do quarto sempre que o marido estava em casa, e ele não protestava. Seu casamento era uma farsa, mas ambos estavam ocupados demais para tomar qualquer atitude a respeito. Quando pensava nisso, Daisy ficava triste, pois agora havia perdido os dois, Boy e Lloyd. Felizmente, mal tinha tempo para pensar.

A Nutley Street estava em chamas. A Luftwaffe lançava ao mesmo tempo bombas incendiárias e explosivos de alta potência. Os maiores danos eram causados pelo fogo, mas as bombas quebravam as janelas, deixando penetrar o oxigênio que alimentava as chamas.

Daisy parou a ambulância cantando pneus, e eles puseram mãos à obra.

As vítimas com ferimentos leves eram acompanhadas até a estação de primeiros socorros mais próxima. As mais graves eram levadas para o St. Bart's ou para o Hospital de Londres, em Whitechapel. Daisy fez várias viagens. Quando a noite caiu, ela acendeu os faróis. Por causa do blecaute, eles estavam cobertos, deixando passar apenas um estreito facho de luz. Mas isso agora parecia uma precaução inútil – Londres ardia como uma fogueira.

O bombardeio prosseguiu até de madrugada. Em plena luz do dia, os aviões ficavam vulneráveis demais e corriam o risco de ser abatidos pelos caças pilotados por Boy e seus companheiros. Assim, a intensidade do bombardeio foi diminuindo. Enquanto a luz cinzenta e fria começava a iluminar os destroços, Daisy e Naomi voltaram para a Nutley Street e viram que não havia mais vítimas a serem levadas para o hospital.

Exaustas, as duas se sentaram sobre o que restava de uma mureta de tijolos que demarcava um jardim. Daisy tirou o capacete de aço. Estava suja e esgotada. Nem imagino o que as moças do Iate Clube de Buffalo iriam pensar de mim agora, disse a si mesma. Então percebeu que já não se importava com isso. A época em que a aprovação daquelas garotas era a coisa mais importante do mundo para ela parecia muito distante no passado.

– Quer uma xícara de chá, minha linda? – perguntou alguém.

Ela reconheceu o sotaque galês. Ergueu os olhos e viu uma atraente mulher de meia-idade, com uma bandeja na mão.

– Puxa, é disso mesmo que preciso – falou, aceitando.

Agora já tinha tomado gosto pela bebida. O sabor era amargo, mas tinha um efeito incrivelmente restaurador.

A mulher deu um beijo em Naomi, que explicou a Daisy:

– Nós somos parentes. Millie, a filha dela, é casada com meu irmão, Abie.

Daisy ficou olhando a mulher circular com a bandeja pelo pequeno grupo de voluntários da ARP, bombeiros e vizinhos. Ela tinha um ar de autoridade e Daisy achou que devia ser uma celebridade local. Apesar disso, era obviamente uma mulher do povo e se dirigia a todos de forma descontraída e calorosa, fazendo-os sorrir. Conhecia Nobby e George Bonitão, e cumprimentou-os como se fossem velhos amigos.

A mulher então pegou a última xícara da bandeja para si e foi se sentar ao lado de Daisy.

– Seu sotaque é americano – comentou, simpática.

Daisy assentiu.

– Sou casada com um inglês.

– Eu moro nesta rua... mas minha casa escapou das bombas na noite passada. Sou deputada por Aldgate. Meu nome é Eth Leckwith.

O coração de Daisy parou de bater por um segundo. Aquela era a famosa mãe de Lloyd! Cumprimentou-a com um aperto de mãos.

– Daisy Fitzherbert.

Ethel arqueou as sobrancelhas.

– Ah! – disse ela. – Você é a viscondessa de Aberowen.

Daisy enrubesceu e baixou a voz.

– Ninguém na ARP sabe disso.

– Seu segredo está seguro comigo.

Daisy hesitou antes de continuar:

– Conheci seu filho, Lloyd. – Não pôde evitar as lágrimas que marejaram seus olhos ao pensar no tempo que os dois haviam passado juntos em Tŷ Gwyn, e no modo como ele cuidara dela na noite do aborto. – Ele foi muito gentil comigo uma vez, quando precisei de ajuda.

– Obrigada – disse Ethel. – Mas não fale como se ele estivesse morto.

A repreenda foi branda, mas Daisy teve a sensação de ter sido terrivelmente insensível.

– Perdoe-me! – desculpou-se. – Soube que ele desapareceu em combate. Que estupidez a minha.

– Mas ele não está mais desaparecido – disse Ethel. – Fugiu pela Espanha. Chegou em casa ontem.

– Ah, meu Deus! – O coração de Daisy agora estava disparado. – Ele está bem?

– Está, sim. Na verdade, está com uma aparência ótima, apesar de tudo por que passou.

– Onde... – Daisy engoliu em seco. – Onde ele está agora?

– Ora, deve estar em algum lugar por aqui. – Ethel olhou em volta. – Lloyd? – chamou.

Nervosíssima, Daisy correu os olhos pela multidão. Seria mesmo verdade?

Um homem de sobretudo marrom rasgado virou-se e disse:

– Sim, Mam?

Daisy o encarou. Seu rosto estava bronzeado e ele estava extremamente magro, no entanto parecia mais bonito do que nunca.

– Venha cá, meu amor – pediu Ethel.

Lloyd deu um passo à frente e então viu Daisy. De repente, sua expressão se transformou. Ele abriu um sorriso.

– Oi – falou.

Daisy se levantou com um pulo.

– Lloyd, há alguém aqui de quem você talvez se lembre...

Daisy não conseguiu se conter. Correu até Lloyd e atirou-se em seus braços. Apertou-o com força. Encarou aqueles olhos verdes, beijou as faces queimadas de sol e o nariz quebrado, depois beijou sua boca.

– Eu te amo – falou, desatinada. – Eu te amo, te amo, te amo.

– Eu também te amo, Daisy – respondeu ele.

Atrás de si, Daisy ouviu a voz cheia de ironia de Ethel:

– Estou vendo que se lembra muito bem.

VI

Lloyd estava comendo torradas com geleia quando Daisy entrou na cozinha da casa da Nutley Street. Parecendo exausta, ela sentou-se à mesa e tirou o capacete de aço. Tinha o rosto encardido e os cabelos sujos de cinza e poeira. Lloyd achou-a irresistivelmente linda.

Ela passava lá quase todas as manhãs, depois de terminados os bombardeios e de a última vítima ter sido levada para o hospital. A mãe de Lloyd lhe dissera para se sentir em casa, e Daisy levara suas palavras ao pé da letra.

Ethel lhe serviu uma xícara de chá e perguntou:

– Noite difícil, minha querida?

Daisy assentiu, com ar funesto.

– Uma das piores. O edifício Peabody, na Orange Street, foi incendiado.

– Ah, não! – exclamou Lloyd, consternado.

Conhecia o lugar: uma casa de cômodos imensa e superlotada, habitada por famílias pobres com vários filhos.

– É um prédio bem grande – comentou Bernie.

– Era – corrigiu-o Daisy. – Centenas de pessoas morreram queimadas e só Deus sabe quantas crianças ficaram órfãs. Quase todos os meus pacientes não resistiram e faleceram a caminho do hospital.

Lloyd estendeu o braço por cima da pequena mesa e segurou a mão dela.

Daisy ergueu os olhos da xícara de chá.

– É impossível se acostumar com isso. Você pensa que vai ficando menos sensível, mas não. – Estava tomada pela tristeza.

Num gesto de compaixão, Ethel pousou a mão no ombro da moça por alguns instantes.

– E nós estamos fazendo o mesmo com as famílias na Alemanha – completou Daisy.

– Incluindo meus velhos amigos Maud e Walter e seus filhos, imagino – concordou Ethel.

– Não é um horror? – Daisy balançou a cabeça, desanimada. – Qual é o problema conosco?

– Qual é o problema com a raça humana? – emendou Lloyd.

Bernie, sempre prático, falou:

– Vou dar um pulo na Orange Street para me certificar de que todo o possível está sendo feito pelas crianças.

– Vou com você – disse Ethel.

O casal pensava de forma parecida, agia junto sem qualquer esforço e muitas vezes um parecia ler o pensamento do outro. Lloyd os vinha observando com atenção desde que voltara para casa, preocupado que o casamento deles pudesse ter sido abalado pela chocante revelação de que Ethel nunca tivera um marido chamado Teddy Williams e de que o pai de Lloyd na verdade era o conde Fitzherbert. Conversara bastante sobre isso com Daisy, que agora já sabia de toda a verdade. Qual seria a sensação de Bernie após ter sido enganado por duas décadas? Mas Lloyd não conseguia ver nenhum sinal de que isso fizesse diferença. A seu modo pouco sentimental, Bernie tinha adoração por Ethel, que, a seus olhos, era incapaz de cometer qualquer erro. Acreditava que ela nunca faria nada para magoá-lo, e tinha razão. Isso fazia Lloyd torcer para um dia, quem sabe, também ter um casamento assim.

Daisy reparou que ele estava de uniforme.

– Aonde você vai?

– Fui chamado ao Ministério da Guerra. – Ele olhou para o relógio no consolo da lareira. – É melhor eu ir.

– Pensei que você já tivesse contado o que aconteceu.

– Venha comigo até o meu quarto que lhe explico enquanto ponho a gravata. Traga seu chá.

Os dois foram para o andar de cima. Daisy olhou em volta com interesse, e ele se deu conta de que era a primeira vez que ela entrava em seu quarto. Olhou para a cama de solteiro, para a estante que continha livros em alemão, francês e espanhol, para a escrivaninha com sua fileira de lápis apontados, e se perguntou o que ela estaria pensando de tudo aquilo.

– Que quartinho mais agradável – comentou ela.

Não era um quartinho. Tinha o mesmo tamanho dos outros quartos da casa. Mas os padrões de Daisy eram diferentes.

Ela pegou um porta-retratos. Era uma foto da família à beira-mar: Lloyd ainda menino, de calça curta, a bebê Millie de maiô, uma jovem Ethel com um grande chapéu mole, e Bernie de terno cinza, com uma camisa branca com o colarinho aberto e um lenço amarrado na cabeça.

– Foi em Southend – explicou Lloyd.

Pegando a xícara da mão dela, pousou-a sobre a penteadeira, e tomou Daisy nos braços. Beijou-a na boca. Ela retribuiu o beijo com uma ternura cansada e acariciou o rosto dele, deixando o corpo pesar contra o seu.

Um minuto depois, ele a soltou. Ela estava mesmo cansada demais para carícias, e ele tinha um compromisso.

Ela tirou as botas e se deitou na cama.

– O Ministério da Guerra me pediu que fosse lá de novo – disse ele enquanto dava o nó na gravata.

– Mas da última vez você passou horas lá.

Era verdade. Tivera de cavar fundo em sua memória para se lembrar de cada detalhe do tempo que passara foragido na França. Eles queriam saber a patente e o regimento de cada alemão com quem ele havia cruzado. É claro que Lloyd não se lembrava de todos, mas tinha sido um aluno aplicado em Tŷ Gwyn e conseguiu lhes dar muitas informações.

Aquele era um relatório padrão de inteligência militar. No entanto, eles também lhe perguntaram sobre sua fuga e quiseram saber que estradas ele havia usado e quem o havia ajudado. Demonstraram interesse até mesmo por Maurice e Marcelle, e o repreenderam por não saber o sobrenome do casal. Ficaram muito entusiasmados com Teresa, que claramente poderia se tornar uma importante colaboradora para futuros fugitivos.

– Hoje vou conversar com pessoas diferentes. – Ele olhou de relance para um bilhete datilografado sobre a penteadeira. – No Hotel Metropole, na Northumberland Avenue. Quarto 424. – O endereço ficava perto da Trafalgar Square, num bairro com muitos escritórios do governo. – Parece que é um departamento novo responsável pelos prisioneiros de guerra britânicos. – Ele pôs a boina pontuda na cabeça e se olhou no espelho. – Estou elegante?

Não houve resposta. Ele olhou para a cama. Daisy havia adormecido.

Lloyd pôs um cobertor sobre ela, deu-lhe um beijo na testa e saiu.

Disse à mãe que Daisy estava dormindo em sua cama, e Ethel garantiu-lhe que daria uma olhada nela mais tarde, para ver se estava tudo bem.

Lloyd então pegou o metrô até o centro de Londres.

Quando contara a Daisy a verdade sobre suas origens, ela acreditara sem pestanejar, pois de repente se lembrou de Boy ter lhe dito que Fitz tinha um filho ilegítimo em algum lugar.

– Que estranho – comentara ela, adotando um ar pensativo. – Os dois ingleses por quem me apaixonei na verdade são meios-irmãos. – Então estudara Lloyd com um olhar avaliador. – Você herdou a beleza de seu pai. Boy só herdou o egoísmo.

Lloyd e Daisy ainda não tinham ido para a cama. Um dos motivos era porque ela nunca tirava folga. E, na única ocasião em que os dois tiveram uma chance de ficar a sós, as coisas deram errado.

Fora no domingo anterior, na casa de Daisy em Mayfair. Seus empregados tinham tirado a tarde de folga e, sem ninguém por perto, ela o levou até seu quarto. No entanto, estava nervosa e pouco à vontade. Depois de beijá-lo, virou a cabeça para o lado. Quando ele pôs as mãos em seus seios, ela as afastou. Ele não entendeu nada: se não devia se comportar assim, o que os dois estavam fazendo ali no quarto dela?

– Sinto muito – dissera Daisy por fim. – Amo você, mas não consigo fazer isso. Não consigo trair meu marido na casa dele.

– Mas ele traiu você.

– Pelo menos foi em outro lugar.

– Tudo bem.

Ela o encarou.

– Você acha que estou sendo boba?

Ele deu de ombros.

– Depois de tudo por que passamos juntos, essa sua atitude me parece excessivamente correta, sim... mas escute, se é assim que você se sente, tudo bem. Eu seria um canalha se tentasse forçá-la a fazer algo para o qual você não está preparada.

Ela o envolveu com os braços e apertou com força.

– Já falei isso antes – disse. – Você é muito maduro.

– Não vamos desperdiçar a tarde inteira – disse ele. – Vamos ao cinema.

Foram ver Charlie Chaplin em *O grande ditador* e riram bastante. Depois do filme, ela voltou ao trabalho.

Pensamentos agradáveis sobre Daisy ocuparam a mente de Lloyd durante todo o trajeto até a Embankment Station. Em seguida, ele subiu a Northumberland Avenue até o Metropole. As réplicas de antiguidades do hotel tinham sido removidas, e o lugar agora estava mobiliado com mesas e cadeiras utilitárias.

Após alguns minutos de espera, Lloyd foi conduzido até um coronel alto de modos enérgicos.

– Li seu relatório, tenente – comentou o coronel. – Bom trabalho.

– Obrigado.

– Nós esperamos que mais pessoas sigam o seu exemplo, e gostaríamos de ajudá-las. Estamos especialmente interessados em pilotos cujos aviões tenham sido derrubados. É caro treinar esses homens, e nós os queremos de volta para que possam continuar voando.

Lloyd considerava essa uma atitude dura. Se um homem sobrevivesse a um pouso de emergência, deveria mesmo ser chamado para se arriscar a passar por tudo outra vez? Mas os feridos eram mandados de volta ao combate assim que se recuperavam. Isso era a guerra.

– Nós estamos montando uma espécie de ferrovia clandestina da Alemanha até a Espanha – disse o coronel. – Estou vendo aqui que você fala alemão, francês e espanhol. O mais importante, porém, é que já esteve na situação de um fugitivo. Gostaríamos de transferi-lo para o nosso departamento.

Lloyd não esperava por isso e não soube muito bem o que pensar a respeito.

– Obrigado, coronel, fico honrado. Mas é um trabalho burocrático?

– De forma alguma. Queremos que volte para a França.

O coração de Lloyd disparou. Ele não pensava que precisaria enfrentar esses perigos outra vez.

O coronel viu a consternação em seu rosto.

– Você sabe o perigo que isso representa.

– Sei, sim, coronel.

Em tom abrupto, o superior disse:

– Pode recusar, se quiser.

Lloyd pensou em Daisy na Blitz, nas pessoas mortas no incêndio do edifício Peabody, e percebeu que não queria recusar.

– Se o senhor achar importante, coronel, estou inteiramente disposto a voltar, é claro.

– Você é um homem bom – comentou o coronel.

Meia hora mais tarde, Lloyd voltou atordoado para a estação de metrô. Agora fazia parte de um departamento chamado MI9. Voltaria à França com documentos falsos e grandes quantias em dinheiro. Dezenas de alemães, holandeses, belgas e franceses já haviam sido recrutados no território ocupado para a perigosíssima tarefa de ajudar pilotos britânicos e da Commonwealth a voltar para casa. Ele seria um dos vários agentes do MI9 encarregados de expandir essa rede.

Se fosse pego, seria torturado.

Apesar do medo, também estava empolgado. Pegaria um avião até Madri: seria sua primeira viagem aérea. Tornaria a entrar na França pelos Pireneus, e lá entraria em contato com Teresa. Circularia disfarçado entre os inimigos e conduziria os resgates bem debaixo do nariz da Gestapo. Iria garantir que os homens que seguissem os seus passos não se sentissem tão sozinhos e sem amigos quanto ele próprio se sentira.

Voltou para a Nutley Street às onze horas. Encontrou um recado da mãe: "A Miss Estados Unidos não deu nem um pio." Depois de passar no prédio bombardeado, Ethel devia ter ido à Câmara dos Comuns, e Bernie ao Conselho do Condado. Lloyd e Daisy tinham a casa só para si.

Ele subiu até o quarto. Daisy continuava dormindo. Sua jaqueta de couro e a grossa calça de lã estavam jogadas no chão de qualquer maneira. Ela estava deitada vestida apenas com a roupa de baixo. Aquilo nunca tinha acontecido antes.

Ele tirou o paletó e a gravata.

Uma voz sonolenta falou:

– Pode tirar o resto.

Ele olhou para ela.

– O quê?

– Tire a roupa e deite-se aqui.

A casa estava vazia: ninguém iria incomodá-los.

Lloyd tirou as botas, a calça, a camisa e as meias, em seguida hesitou.

– Você não vai ficar com frio – disse ela.

Remexeu-se debaixo das cobertas, e jogou em cima dele um baby-doll de seda.

Ele esperava que aquele momento fosse solene e de grande paixão, mas Daisy parecia achar que a situação merecia risos e diversão. Lloyd estava disposto a se deixar levar.

Tirou a camiseta e a cueca e enfiou-se ao seu lado na cama. Sentiu seu corpo morno, lânguido. Estava nervoso: na verdade, nunca lhe dissera que era virgem.

Sempre ouvira falar que era o homem quem deveria tomar a iniciativa, mas Daisy parecia não saber disso. Depois de beijá-lo e acariciá-lo, segurou seu pênis.

– Ah, rapaz... eu estava torcendo para que você tivesse um desses.

Então Lloyd não se sentiu mais nervoso.

CAPÍTULO OITO

1941 (I)

Num domingo frio de inverno, Carla von Ulrich acompanhou a criada da família, Ada, numa visita a seu filho Kurt, no Sanatório Infantil Wannsee, que ficava à beira do lago de mesmo nome a oeste de Berlim. Levaram uma hora para chegar lá de trem. Durante essas visitas, Carla sempre usava seu uniforme de enfermeira, pois a equipe do sanatório conversava com mais franqueza sobre Kurt com uma colega de profissão.

No verão, a região do lago ficaria repleta de famílias e crianças brincando na praia e remando na parte rasa, mas nesse dia havia apenas algumas pessoas caminhando, bem agasalhadas contra o frio, e um nadador corajoso cuja esposa, ansiosa, aguardava na margem.

A instituição, especializada no cuidado de crianças com deficiências graves, ficava numa casa imponente cujos elegantes salões tinham sido subdivididos, pintados de verde-claro e mobiliados com camas e berços de hospital.

Kurt estava com 8 anos. Conseguia andar e comer com a mesma desenvoltura de um menino de 2, mas não falava e ainda usava fraldas. Havia muitos anos que não dava nenhum sinal de melhora. Apesar disso, não restava dúvida quanto à alegria que sentiu ao ver Ada. Seu rosto se iluminou de felicidade, ele começou a emitir ruídos de animação e estendeu os braços para que ela o pegasse no colo, o abraçasse e beijasse.

O menino também reconheceu Carla. Sempre que o via, ela se lembrava das circunstâncias assustadoras de seu nascimento, quando fizera o parto sozinha enquanto Erik corria para chamar o Dr. Rothmann.

As duas passaram mais ou menos uma hora brincando com Kurt. Ele gostava de trenzinhos e carrinhos de brinquedo, e de livros com ilustrações bem coloridas. Então foi chegando a hora de seu cochilo da tarde, e Ada cantou para o filho dormir.

Quando estavam de saída, uma enfermeira chamou Ada.

– Frau Hempel, por favor, queira me acompanhar até a sala do Herr Professor Doutor Willrich. Ele gostaria de falar com a senhora.

Willrich era o diretor do sanatório. Carla nunca o encontrara, e não tinha certeza se Ada já o vira.

– Algum problema? – indagou a criada, nervosa.

– Tenho certeza de que o diretor só quer conversar com a senhora sobre a evolução de Kurt – respondeu a enfermeira.

– Fräulein Von Ulrich vai me acompanhar – disse Ada.

A enfermeira não gostou disso.

– O professor Willrich mandou chamar só a senhora.

Mas Ada sabia ser teimosa quando necessário.

– Fräulein Von Ulrich vai comigo – repetiu com firmeza.

– Venham comigo – respondeu a enfermeira, dando de ombros.

As duas foram conduzidas até uma sala agradável. Aquele cômodo não fora subdividido. Havia uma lareira a carvão acesa, e uma *bay window* dava para o lago Wannsee. Carla viu que alguém velejava: a embarcação cortava as águas impulsionada por uma brisa forte. Willrich estava sentado atrás de uma escrivaninha de tampo de couro. Sobre a mesa, uma lata de fumo e um suporte com cachimbos de tamanhos variados. O médico tinha cerca de 50 anos, era alto e corpulento. Todos os seus traços pareciam grandes: nariz avantajado, maxilar quadrado, orelhas imensas e uma cabeça calva em forma de domo. Ele olhou para Ada e perguntou:

– Frau Hempel, suponho? – Ada assentiu. Willrich virou-se para Carla. – E Fräulein...

– Carla von Ulrich, professor. Sou madrinha de Kurt.

O médico arqueou as sobrancelhas.

– A senhorita não é um pouco jovem para ser madrinha?

– Ela fez o parto de Kurt! – respondeu Ada com indignação. – Tinha apenas 11 anos, mas saiu-se melhor do que o médico, que não estava lá!

Willrich ignorou esse comentário. Sem tirar os olhos de Carla, prosseguiu em tom de desdém:

– E estou vendo que pretende ser enfermeira.

Carla usava um uniforme de iniciante, mas se considerava mais do que uma simples aspirante.

– Sou uma enfermeira em treinamento – falou. Não gostou de Willrich.

– Sentem-se, por favor. – Ele abriu uma pasta fina. – Kurt está com 8 anos, mas só alcançou o desenvolvimento de um menino de 2.

Fez uma pausa. Nenhuma das duas disse nada.

– É insatisfatório – disse ele.

Ada olhou para Carla. A jovem não entendia aonde o médico queria chegar, e indicou isso dando de ombros.

– Existe um novo tratamento disponível para casos como esse. Mas para isso Kurt precisa ser transferido para outro hospital. – Willrich fechou a pasta. Olhou para Ada e, pela primeira vez, sorriu. – Tenho certeza de que a senhora gostaria que Kurt recebesse um tratamento que talvez possa melhorar sua situação.

Carla não gostou daquele sorriso, que lhe pareceu sinistro.

– Pode nos explicar um pouco melhor o tratamento, professor? – pediu.

– Temo que as explicações estejam além do seu nível de compreensão – respondeu ele. – Mesmo a senhorita sendo uma enfermeira em treinamento.

Mas Carla não iria deixá-lo escapar.

– Tenho certeza de que Frau Hempel gostaria de saber se o tratamento incluiria cirurgias, remédios ou eletrochoques, por exemplo.

– Remédios – disse ele, com evidente relutância.

– Para onde ele teria que ir? – perguntou Ada.

– O hospital fica em Akelberg, na Baviária.

Ada não entendia muito de geografia, e Carla percebeu que ela não fazia ideia de como isso era longe.

– A 300 quilômetros daqui – esclareceu.

– Ah, não! – reclamou Ada. – Como irei visitá-lo?

– De trem – respondeu Willrich, impaciente.

– Levaria umas quatro ou cinco horas – disse Carla. – Ela provavelmente teria que passar a noite lá. E o custo da passagem?

– Não posso me preocupar com esse tipo de coisa! – respondeu Willrich, zangado. – Sou médico, não agente de viagens!

Ada estava quase chorando.

– Se isso significa que Kurt vai melhorar, aprender a dizer algumas palavras e a não se sujar... um dia talvez possamos trazê-lo para casa.

– Exatamente – disse Willrich. – Eu tinha certeza de que a senhora não negaria ao seu filho uma chance de melhorar só por causa de suas motivações egoístas.

– É isso que o senhor está nos dizendo? – indagou Carla. – Que Kurt talvez possa levar uma vida normal?

– A medicina não dá garantias – respondeu ele. – Até mesmo uma enfermeira em treinamento deveria saber disso.

Carla tinha aprendido com os pais a ser impaciente com quem não respondia diretamente às perguntas.

– Não estou pedindo uma garantia – retrucou, seca. – Mas um prognóstico. Coisa que o senhor deve ter, ou então não estaria propondo o tratamento.

O médico enrubesceu.

– É um tratamento novo. Espero que melhore a condição de Kurt. É isso que estou lhe dizendo.

– Um tratamento experimental?

– Toda a medicina é experimental. Qualquer terapia funciona para alguns pacientes e não para outros. A senhorita deveria prestar atenção no que estou lhe dizendo: a medicina não dá garantias.

Carla quis contradizê-lo pelo simples fato de ele se mostrar tão arrogante, mas percebeu que não deveria avaliar um médico por causa disso. Além do mais, não sabia muito bem se Ada tinha alternativa. Se a saúde da criança estivesse em risco, os médicos podiam contrariar a vontade dos pais: na verdade, tinham o poder de fazer o que bem entendessem. Willrich não estava pedindo a permissão de Ada – não precisava disso. Só estava falando com ela para evitar confusão.

– O senhor pode dizer a Frau Hempel em quanto tempo Kurt vai voltar para Berlim? – perguntou Carla.

– Em breve – respondeu Willrich.

Aquilo não era resposta, mas Carla sentiu que, se o pressionasse, ele tornaria a se zangar.

Ada tinha um ar impotente. Carla sentiu pena da mãe do menino: ela própria não sabia bem como agir. Elas não tinham recebido informações suficientes. Já percebera que os médicos muitas vezes eram assim: pareciam querer guardar seu conhecimento para si. Preferiam responder com lugares-comuns e, quando questionados, adotavam uma postura defensiva.

– Bom, se houver uma chance de ele melhorar... – disse Ada, com lágrimas nos olhos.

– Assim é que se fala – incentivou Willrich.

Mas Ada ainda não tinha terminado.

– O que você acha, Carla?

Willrich pareceu indignado por ela pedir a opinião de uma reles enfermeira.

– Concordo com você, Ada – respondeu Carla. – Temos que aproveitar essa oportunidade pelo bem de Kurt, mesmo que seja difícil para você.

– Muito sensato – disse Willrich, pondo-se de pé. – Obrigado por terem vindo conversar comigo.

Ele foi até a porta e a abriu. Carla teve a sensação de que o médico estava com pressa de se livrar delas.

As duas saíram do sanatório e voltaram a pé para a estação. O trem estava vazio e, quando ele começou a andar, Carla pegou um folheto que fora deixado em cima do banco. O título era COMO FAZER OPOSIÇÃO AOS NAZISTAS, e o texto listava dez coisas que a população podia fazer para apressar o fim do regime, a começar por diminuir seu ritmo de trabalho.

Já vira publicações desse tipo, embora não com frequência. Eram distribuídas por algum movimento clandestino de resistência.

Ada arrancou o folheto de suas mãos, amassou-o e o jogou pela janela.

– Você pode ser presa por ler uma coisa dessas! – falou.

Ela havia sido sua babá e às vezes se comportava como se Carla não tivesse crescido. A jovem não se importava com esse ocasional comportamento mandão, pois sabia que era prova de amor.

Nesse caso, porém, Ada não estava exagerando. Pessoas podiam ser presas não apenas por ler publicações como aquela, mas pelo simples fato de não denunciarem um folheto encontrado. Ada poderia ter problemas só por ter jogado o papel pela janela. Felizmente, não havia mais ninguém no vagão para ver o que ela fizera.

A criada ainda estava nervosa por causa do que ouvira no sanatório.

– Você acha que fizemos a coisa certa? – perguntou a Carla.

– Na verdade, não sei – respondeu Carla com sinceridade. – Acho que sim.

– Você é enfermeira, entende mais dessas coisas que eu.

Carla estava gostando da enfermagem, mas ainda se sentia frustrada por não a terem deixado estudar medicina. Agora, com tantos rapazes no Exército, a atitude em relação às mulheres havia mudado, e mais moças estavam entrando na faculdade para se tornarem médicas. Carla poderia ter se candidatado novamente a uma bolsa – mas sua família era tão pobre que dependia de seu parco salário. O pai não tinha trabalho nenhum, a mãe sobrevivia dando aulas de piano, e Erik mandava para casa o máximo que podia do soldo militar. A família não pagava Ada havia muitos anos.

Ada era naturalmente estoica e, ao chegar em casa, já tinha superado sua aflição. Entrou na cozinha, pôs o avental e começou a preparar o jantar para a família. A rotina pareceu consolá-la.

Carla não iria jantar em casa. Tinha planos para aquela noite. Achou que estava abandonando Ada à própria tristeza e sentiu um pouco de culpa, mas não o suficiente para comprometer sua saída.

Pôs um vestido na altura do joelho, parecido com os que se usavam para jogar tênis, que ela mesma fizera, diminuindo a bainha puída de um velho vestido da mãe. Mas não estava indo jogar tênis: ia dançar, e seu objetivo era parecer americana. Passou batom, cobriu o rosto com pó de arroz e desembaraçou os cabelos, desafiando a preferência do governo por tranças.

O espelho refletiu a imagem de uma moça moderna, de rosto bonito e ar desafiador. Ela sabia que sua segurança e autoconfiança deixavam muitos rapazes intimidados. Às vezes, desejava ser, além de inteligente, sedutora – algo que a mãe sempre fora, mas que não era parte da natureza de Carla. Já fazia muito tempo que ela havia parado de tentar ser cativante: isso só a fazia se sentir boba. Os rapazes precisavam aceitá-la como ela era.

Alguns a temiam, outros, porém, se sentiam atraídos, e nas festas ela sempre acabava cercada por um pequeno grupo de admiradores. Gostava dos rapazes, sobretudo quando eles se esqueciam de tentar impressionar os outros e começavam a falar de modo normal. Seus preferidos eram os que a faziam rir. Embora já tivesse beijado vários garotos, ainda não tivera nenhum namorado sério.

Para completar o visual, vestiu um blazer listrado que havia comprado numa carroça de roupas de segunda mão. Sabia que os pais não aprovariam aqueles trajes e tentariam fazê-la se trocar, dizendo que era perigoso contrariar os preconceitos dos nazistas. Por isso precisava sair de casa sem ser vista. Não deveria ser muito complicado. Sua mãe estava dando uma aula de piano: Carla podia ouvir o som irritante produzido pelo dedilhar canhestro do aluno. Seu pai devia estar lendo o jornal na mesma sala, pois eles não podiam arcar com os custos de aquecer mais de um cômodo. Erik estava no Exército, embora no momento se encontrasse estacionado perto de Berlim e em breve devesse receber uma licença para visitar a família.

Ela se cobriu com uma capa de chuva convencional e guardou os sapatos brancos nos bolsos.

Desceu até o hall, abriu a porta da frente e gritou:

– Tchau, já volto! – E saiu correndo.

Encontrou Frieda na estação da Friedrichstrasse. A amiga estava vestida de forma semelhante à sua: vestido listrado debaixo de um sobretudo bege simples e cabelos soltos. A principal diferença era que as roupas de Frieda eram novas e caras. Na plataforma, dois rapazes usando uniformes da Juventude Hitlerista encararam as duas com um misto de reprovação e desejo.

Elas desceram no subúrbio de Wedding, bairro de classe trabalhadora que era um bastião da esquerda. Seguiram em direção ao Salão Pharus, onde antes costumavam acontecer as reuniões dos comunistas. Agora, naturalmente, não havia mais nenhuma atividade política ali. Mesmo assim, o prédio se tornara o centro de um movimento chamado Jovens do Swing.

Jovens entre 15 e 25 anos de idade já começavam a se reunir nas ruas ao redor do salão. Os garotos usavam paletós listrados e carregavam guarda-chuva a fim de parecerem ingleses. Deixavam os cabelos crescerem, numa demonstração de desprezo pelas Forças Armadas. As garotas, por sua vez, usavam maquiagem e roupas esportivas ao estilo americano. Todos achavam a Juventude Hitlerista uma bobagem e uma chatice, com suas músicas folclóricas e seus bailes comunitários.

Carla pensava que aquilo era uma ironia. Quando pequena, as outras crianças implicavam com ela e a chamavam de estrangeira porque sua mãe era inglesa. Agora um pouco mais velhas, essas mesmas crianças achavam que ser inglês era o auge da moda.

Carla e Frieda entraram no salão. O lugar era sede de um clube juvenil convencional e inocente, com garotas de saias de pregas e garotos de calças curtas jogando pingue-pongue e bebendo um licor de laranja espesso. Mas o quente mesmo eram as salas laterais.

Rapidamente, Frieda conduziu Carla até um amplo espaço que servia de depósito, com cadeiras empilhadas junto às paredes. Ali seu irmão Werner tinha ligado um toca-discos. De cinquenta a sessenta rapazes e moças dançavam o *jitterbug*. Carla reconheceu a música que estava tocando: "Ma, He's Making Eyes at Me". Ela e Frieda começaram a dançar.

Como a maioria dos músicos de jazz era negra, os discos desse estilo musical eram proibidos na Alemanha. Os nazistas eram obrigados a denegrir tudo o que os não arianos fizessem bem, pois isso ameaçava sua teoria da superioridade. Infelizmente para eles, os alemães amavam o jazz tanto quanto qualquer outro povo. Viajantes que visitavam outros países traziam discos para casa e também era possível comprá-los de marinheiros americanos em Hamburgo. O mercado negro funcionava a todo vapor.

Werner, é claro, tinha muitos discos. Ele tinha tudo: um carro, roupas modernas, cigarros, dinheiro. Continuava sendo o rapaz dos sonhos de Carla, embora sempre escolhesse moças mais velhas do que ela. Moças, não: mulheres, na verdade. Todos imaginavam que ele as levasse para a cama. Carla ainda era virgem.

Heinrich von Kessel, o animado amigo de Werner, aproximou-se delas assim que chegaram e começou a dançar com Frieda. Usava paletó e colete pretos que, junto com seus cabelos escuros e meio compridos, produziam um efeito vistoso. Ele era louco por Frieda. Ela também gostava dele – adorava conversar com homens inteligentes –, mas não queria sair com ele porque o achava velho demais: tinha 25 ou 26 anos.

Em pouco tempo, um rapaz que Carla não conhecia chamou-a para dançar, e a noite começou a se mostrar promissora.

Ela se deixou levar pela música: a percussão irresistível e sensual, as letras cantadas de forma sugestiva, os emocionantes solos de trompete, o arroubo vivaz da clarineta. Ela rodopiava, dava chutes, fazia a saia rodar escandalosamente alto, caía nos braços de seu par e tornava a se afastar.

Quando já havia mais ou menos uma hora que estavam dançando, Werner pôs uma música lenta. Frieda e Heinrich começaram a dançar de rosto colado. Não havia nenhum rapaz disponível de quem Carla gostasse o suficiente para dançar uma música lenta, por isso ela saiu da pista e foi pegar uma Coca-Cola. Seu país não estava em guerra com os Estados Unidos, então o xarope da Coca-Cola continuava a ser importado e engarrafado na Alemanha.

Para sua surpresa, Werner a seguiu até o lado de fora da sala, deixando outra pessoa em seu lugar para trocar os discos por algum tempo. Ela ficou lisonjeada com o fato de o homem mais atraente da festa querer falar com ela.

Carla lhe contou sobre a transferência de Kurt para Akelberg, e Werner disse que o mesmo acontecera com Axel, seu irmão caçula de 15 anos que tinha nascido com espinha bífida.

– Será que o mesmo tratamento poderia funcionar para os dois? – indagou ele, com o cenho franzido.

– Duvido, mas na verdade não sei dizer – respondeu Carla.

– Por que será que os médicos nunca explicam o que estão fazendo? – questionou Werner, irritado.

Ela deu uma risadinha sem graça.

– Eles acham que, se as pessoas comuns entenderem a medicina, não vão mais reverenciá-los como deuses.

– É o mesmo princípio de um vidente: fica mais impressionante se você não souber qual é o truque – comentou Werner. – Os médicos são tão egocêntricos quanto qualquer outra pessoa.

– São muito mais – disse Carla. – Sou enfermeira, sei do que estou falando.

Ela lhe contou sobre o folheto que tinha lido no trem.

– Como você se sentiu em relação a isso? – indagou Werner.

Carla hesitou. Era perigoso falar abertamente sobre esse tipo de coisa. Mas ela conhecia Werner desde menina, ele sempre fora de esquerda, e era um dos Jovens do Swing. Merecia sua confiança.

– Agrada-me o fato de alguém estar se opondo aos nazistas – disse ela. – Isso mostra que nem todos os alemães estão paralisados pelo medo.

– Há muitas coisas que se pode fazer contra os nazistas – disse ele em voz baixa. – Além de usar batom.

Ela supôs que ele estivesse sugerindo que ela poderia distribuir aqueles panfletos. Será que Werner estava envolvido nesse tipo de atividade? Não. Ele era muito playboy. Heinrich talvez: era um rapaz muito arrebatado.

– Não, obrigada – disse ela. – Tenho muito medo.

Os dois terminaram suas Cocas e tornaram a entrar. A pista agora estava lotada e mal havia espaço para dançar.

Para surpresa de Carla, Werner a convidou para a última dança. Pôs um disco de Bing Crosby cantando "Only Forever". Carla ficou animada. Ele a segurou com força e, juntos, eles deslizaram, mais do que dançaram, ao som da balada lenta.

No final, como era tradição, alguém apagou a luz por um minuto, para que os casais pudessem se beijar. Carla ficou encabulada: conhecia Werner desde que os dois eram crianças. No entanto, sempre se sentira atraída por ele, então ergueu o rosto, ansiosa. Como ela imaginava, ele lhe deu um beijo experiente e ela retribuiu com entusiasmo. Para seu deleite, sentiu a mão dele apalpar delicadamente seu seio. Incentivou-o abrindo a boca. Então a luz se acendeu e tudo terminou.

– Bem, isso foi uma surpresa – disse ela, ofegante.

Ele deu seu sorriso mais charmoso.

– Talvez eu possa surpreender você de novo algum dia desses.

II

Carla estava passando pelo hall de casa a caminho da cozinha para tomar café quando o telefone tocou.

– Carla von Ulrich.

Ouviu a voz de Frieda:

– Ai, Carla, meu irmãozinho morreu!

– O quê? – Carla mal pôde acreditar no que tinha escutado. – Ah, Frieda, eu sinto muito! Onde ele morreu?

– Naquele hospital. – Frieda soluçava.

Carla se lembrou de Werner ter lhe contado que Axel fora transferido para o mesmo hospital de Akelberg onde Kurt estava.

– Morreu de quê?

– Apendicite.

– Que horror! – Carla estava triste pela amiga, mas também desconfiada. No mês anterior, quando o professor Willrich lhes falara sobre o novo tratamento de Kurt, tivera uma sensação ruim. Será que o tratamento era mais experimental do que o médico dera a entender? Será que poderia até ser perigoso? – Você sabe de mais alguma coisa?

– Nós só recebemos uma carta breve. Meu pai está furioso. Ele ligou para o hospital, mas não conseguiu falar com os responsáveis.

– Vou passar na sua casa. Chegarei aí em alguns minutos.

– Obrigada.

Carla desligou e entrou na cozinha.

– Axel Franck morreu naquele tal hospital de Akelberg – anunciou.

Walter, seu pai, estava conferindo a correspondência da manhã.

– Ah! – exclamou ele. – Pobre Monika.

Carla se lembrou de que, segundo as histórias da família, Monika Franck já fora apaixonada por Walter. A expressão preocupada no rosto do pai lhe pareceu tão sofrida que ela se perguntou se ele sentira algum carinho por Monika, mesmo estando apaixonado por Maud. Que complicação, o amor.

A mãe de Carla, atualmente melhor amiga de Monika, comentou:

– Ela deve estar arrasada.

Walter tornou a baixar os olhos para a correspondência e disse, em tom de surpresa:

– Esta carta é para Ada.

O silêncio dominou a cozinha.

Carla ficou encarando o envelope branco enquanto a empregada o pegava da mão de Walter.

Ada não recebia muitas cartas.

Erik estava em casa – era o último dia de sua curta licença –, de modo que quatro pessoas observaram Ada abrir o envelope.

Carla prendeu a respiração.

Ada sacou uma carta datilografada em papel timbrado. Leu a mensagem depressa, deu um arquejo e então começou a gritar:

– Não! Não pode ser!

Maud pulou da cadeira e tomou Ada nos braços.

Walter pegou a carta de sua mão e leu.

– Ah, não, que tristeza – falou. – Pobrezinho do Kurt. – Ele pousou o papel sobre a mesa do café da manhã.

Ada começou a soluçar.

– Meu menininho, meu menininho querido, e morreu longe da mãe... não posso suportar isso!

Carla lutou para conter as lágrimas. Estava atordoada.

– Axel *e* Kurt? – falou. – Ao mesmo tempo?

Ela pegou a carta. O papel estava timbrado com o nome do hospital e o endereço em Akelberg. O texto dizia:

> *Prezada Sra. Hempel,*
>
> *É com pesar que venho comunicar-lhe a perda irreparável de seu filho, Kurt Walter Hempel, de 8 anos. Ele faleceu no dia 4 de abril, neste hospital, em decorrência de um apêndice supurado. Todo o possível foi feito para tentar salvá--lo, mas sem resultado. Queira aceitar minhas mais sinceras condolências.*

A carta estava assinada pelo chefe da equipe médica.

Carla ergueu os olhos. Sua mãe estava sentada ao lado de Ada, com os braços em volta dela e segurando sua mão enquanto ela soluçava.

Carla também estava triste, porém mais alerta do que Ada. Foi com a voz trêmula que se dirigiu ao pai:

– Há algo de errado nesta história.

– Por que está dizendo isso?

– Leia de novo. – Ela lhe entregou a carta. – Apendicite.

– E daí?

– Kurt já tinha removido o apêndice.

– Eu me lembro – falou o pai. – Ele passou por uma cirurgia de emergência logo depois de completar 6 anos.

À dor de Carla misturava-se uma desconfiança irritada. Será que Kurt tinha morrido por causa de alguma experiência perigosa que o hospital agora estava tentando acobertar?

– Por que eles iriam mentir? – perguntou ela.

Erik bateu com o punho na mesa.

– Por que vocês estão dizendo que é mentira? – bradou. – Por que sempre acusam o governo? Está claro que isto é um erro! Algum datilógrafo se enganou ao copiar o texto!

Mas Carla não tinha tanta certeza.

– Um datilógrafo que trabalha num hospital provavelmente sabe o que é um apêndice.

– Você está se aproveitando desta tragédia pessoal para atacar as autoridades! – disse Erik, furioso.

– Calados, vocês dois – ordenou Walter.

Os dois filhos olharam para ele. Havia um tom diferente em sua voz.

– Erik talvez tenha razão – ponderou. – Se for assim, o hospital não vai criar problemas para responder às nossas perguntas e fornecer mais detalhes sobre as mortes de Kurt e Axel.

– É claro que não – concordou Erik.

– E, se quem tiver razão for Carla – prosseguiu Walter –, eles vão tentar impedir as investigações, guardar informações e intimidar os pais das crianças mortas sugerindo que suas perguntas são injustificadas.

Tal sugestão deixou Erik menos à vontade.

Meia hora antes, Walter era um homem murcho. Agora, por algum motivo, parecia ter ganhado corpo outra vez.

– Vamos descobrir assim que começarmos a fazer perguntas.

– Vou fazer uma visita a Frieda – disse Carla.

– Você não tem que trabalhar? – indagou sua mãe.

– Hoje estou no plantão da noite.

Carla telefonou para Frieda, contou-lhe que Kurt também havia morrido e disse que estava indo lá para conversar sobre o assunto. Vestiu o sobretudo, pôs o chapéu e as luvas e empurrou a bicicleta até o lado de fora da casa. Era uma ciclista veloz, e levou apenas 15 minutos para chegar à residência dos Franck, em Schöneberg.

O mordomo a deixou entrar e disse que a família ainda estava reunida na sala de jantar. Assim que ela pôs os pés no cômodo, o pai de Frieda, Ludwig Franck, perguntou-lhe aos berros:

– O que disseram a vocês lá no Sanatório Infantil Wannsee?

Carla não gostava muito de Ludwig. Era um homem truculento, de direita, e havia apoiado os nazistas nos primeiros tempos. Talvez tivesse mudado de opinião – àquela altura, muitos empresários já não pensavam como antes –, mas não demonstrava a humildade que deveria acompanhar o fato de ter estado tão errado.

Ela não respondeu imediatamente. Sentou-se à mesa e olhou para a família reunida: Ludwig, Monika, Werner e Frieda, o mordomo parado ao fundo. Organizou as ideias.

– Vamos, menina, diga! – exigiu Ludwig. Estava zangado e agitava no ar uma carta muito parecida com a de Ada.

Monika levou a mão ao braço do marido para contê-lo.

– Calma, Ludi.

– Eu quero saber! – bradou ele.

Carla encarou seu semblante rosado e seu bigodinho preto. Viu que ele estava transtornado de tristeza. Em qualquer outra circunstância, teria se recusado a conversar com alguém tão grosseiro. Mas Ludwig tinha uma desculpa para o mau comportamento, e ela resolveu deixar passar.

– O diretor, professor Willrich, nos disse que havia um novo tratamento para a doença de Kurt.

– O mesmo que disse a nós – falou Ludwig. – Que tipo de tratamento?

– Eu lhe fiz essa mesma pergunta, mas ele alegou que eu não seria capaz de entender. Quando insisti, ele disse que o tratamento envolvia remédios, mas não deu informações mais detalhadas. Posso ver sua carta, Herr Franck?

A expressão de Ludwig lhe deu a entender que era ele quem deveria estar fazendo as perguntas, mas mesmo assim ele entregou o papel a Carla.

A carta era exatamente igual à de Ada, e a moça teve uma sensação esquisita de que o datilógrafo tinha escrito várias delas, mudando apenas os nomes.

– Como é possível dois meninos terem morrido de apendicite ao mesmo tempo? – indagou Franck. – Não é uma doença contagiosa.

– Kurt com certeza não morreu de apendicite, pois não tinha apêndice – disse Carla. – Foi removido há dois anos.

– Certo – disse Ludwig. – Chega de conversa. – Ele arrancou a carta da mão de Carla. – Vou falar com alguém do governo sobre isso. – Ele saiu.

Monika foi atrás do marido, seguida pelo mordomo.

Carla foi até Frieda e segurou sua mão.

– Eu sinto muito – falou.

– Obrigada – respondeu Frieda com um sussurro.

Carla foi até Werner. Ele se levantou e a abraçou. Ela sentiu uma lágrima cair em sua testa. Foi dominada por uma forte emoção que não soube identificar muito bem. Tinha o coração triste, mas a pressão do corpo de Werner contra o seu e o toque suave de suas mãos a deixaram animada.

Depois de vários instantes, Werner deu um passo atrás.

– Meu pai ligou duas vezes para o hospital – falou, zangado. – Da segunda vez, disseram que não tinham mais nenhuma informação e desligaram na cara dele. Mas vou descobrir o que aconteceu com meu irmão, e ninguém vai me dispensar.

– Descobrir não vai trazê-lo de volta – declarou Frieda.

– Mesmo assim, eu quero saber. Se for preciso, irei até Akelberg.

– Fico me perguntando se há alguém em Berlim que possa nos ajudar – disse Carla.

– Teria de ser alguém do governo – falou Werner.

– O pai de Heinrich trabalha no governo – lembrou Frieda.

Werner estalou os dedos.

– É claro! Antigamente ele era do Partido do Centro, mas agora é nazista, e tem um cargo importante no Ministério das Relações Exteriores.

– Será que Heinrich nos levaria para conversar com ele? – indagou Carla.

– Se Frieda pedir, sim – respondeu Werner. – Ele faz qualquer coisa por Frieda.

Carla não duvidava disso. Heinrich sempre fora muito intenso em tudo o que fazia.

– Vou ligar para ele agora mesmo – disse Frieda.

Ela foi até o hall. Carla e Werner sentaram-se lado a lado. Ele pôs o braço em volta dela, e ela encostou a cabeça em seu ombro. Carla não soube dizer se essas mostras de afeição eram apenas um efeito colateral da tragédia ou se tinham outro significado.

Frieda voltou a entrar na sala e disse:

– Se formos até lá imediatamente, o pai de Heinrich pode falar conosco agora mesmo.

Entraram todos no carro esporte de Werner, espremendo-se no banco da frente.

– Não sei como você consegue manter este carro funcionando – comentou Frieda quando o irmão começou a dirigir. – Nem papai consegue gasolina para uso particular.

– Digo ao meu chefe que é para assuntos oficiais – respondeu Werner, que trabalhava para um general importante. – Mas não sei por quanto tempo ainda ele vai engolir essa história.

A família Von Kessel morava no mesmo subúrbio que os Franck. Werner levou cinco minutos para chegar lá.

Embora menor que a dos Franck, a residência dos Von Kessel era luxuosa. Heinrich foi recebê-los na porta e os conduziu até uma sala de estar cheia de livros encadernados em couro e com uma antiga escultura alemã em madeira representando uma águia.

Frieda o cumprimentou com um beijo.

– Obrigada por fazer isso – disse ela. – Não deve ter sido fácil... sei que você não se dá muito bem com seu pai.

Heinrich ficou radiante de prazer.

A mãe dele lhes ofereceu café e bolo. Parecia uma pessoa afetuosa, simples. Depois de servi-los, retirou-se como se fosse uma criada.

Então Gottfried, pai de Heinrich, entrou na sala. Tinha os mesmos cabelos grossos e lisos do filho, só que grisalhos.

– Pai, estes são Werner e Frieda Franck. O pai deles fabrica os "Rádios do Povo" – apresentou Heinrich.

– Ah, sim – disse Gottfried. – Já vi seu pai no Herrenklub.

– E esta é Carla von Ulrich... acredito que o senhor também conheça o pai dela.

– Fomos colegas na embaixada alemã de Londres – respondeu Gottfried com cautela. – Em 1914.

Ele claramente não estava feliz em ter sido lembrado de sua antiga associação com um social-democrata. Pegou um pedaço de bolo, deixou-o cair desastradamente em cima do tapete, tentou sem sucesso recolher as migalhas, então desistiu e se recostou na cadeira.

Do que será que ele tem medo?, pensou Carla.

Heinrich foi direto ao motivo da visita:

– Pai, imagino que o senhor já tenha ouvido falar em Akelberg.

Carla observava Gottfried com atenção. Algo atravessou seu semblante por uma fração de segundo, mas ele logo adotou uma expressão indiferente.

– Uma cidadezinha na Bavária? – falou.

– Tem um hospital lá – disse Heinrich. – Para deficientes mentais.

– Não me lembro de ter ouvido falar disso.

– Desconfiamos que alguma coisa estranha esteja acontecendo por lá, e estávamos nos perguntando se o senhor estaria a par.

– É claro que não. O que está acontecendo por lá?

Werner entrou na conversa:

– Meu irmão morreu nesse hospital, de apendicite, ao que parece. O filho da criada dos Von Ulrich morreu no mesmo dia, no mesmo hospital, da mesma doença.

– Que tristeza... Mas deve ser coincidência, não?

– O filho da minha criada não tinha apêndice – disse Carla. – Ele foi submetido a uma cirurgia para retirá-lo há dois anos.

– Entendo que vocês estejam ansiosos para averiguar o que aconteceu – disse Gottfried. – A versão fornecida é muito insatisfatória. Mas a explicação mais provável é que haja um erro no documento.

– Neste caso, gostaríamos de ter certeza – disse Werner.

– É claro. Já escreveram para o hospital?

– Escrevi uma vez perguntando quando minha criada poderia visitar o filho – disse Carla. – Ninguém nunca respondeu.

– Meu pai ligou para o hospital hoje de manhã – disse Werner. – O chefe da equipe médica bateu o telefone na cara dele.

– Puxa. Que falta de educação. Mas vocês sabem que isso não chega a ser um assunto para o Ministério das Relações Exteriores.

Werner inclinou o corpo para a frente.

– Herr Von Kessel, seria possível que os dois meninos estivessem envolvidos num experimento secreto que deu errado?

– Não, impossível – respondeu ele, e Carla teve a sensação de que era verdade. – Isso com certeza não está acontecendo. – Sua voz soava aliviada.

As perguntas de Werner pareciam ter se esgotado, mas Carla não estava satisfeita. Perguntou-se por que Gottfried parecia tão feliz com a garantia que acabara de dar. Será que estava escondendo algo ainda pior?

Ocorreu-lhe uma possibilidade tão terrível que ela mal conseguiu concebê-la.

– Bem, se for só isso... – disse Gottfried.

– O senhor tem certeza de que eles não morreram por causa de uma terapia experimental que deu errado? – indagou Carla.

– Certeza absoluta.

– Para ter tanta certeza de que *não* foi por isso, o senhor deve ter alguma ideia do que *de fato* está acontecendo em Akelberg.

– Não necessariamente – disse ele, mas toda a sua tensão havia retornado, e ela percebeu que havia tocado num ponto sensível.

– Eu me lembro de ter visto um cartaz nazista – prosseguiu ela. Fora essa a lembrança que desencadeara a terrível ideia que acabara de ter. – Mostrava um enfermeiro ao lado de um deficiente mental. O texto dizia algo como "Sessenta mil marcos alemães: é o que essa pessoa portadora de um defeito hereditário custa para nossa sociedade durante a vida. Companheiro, esse dinheiro é seu também!" Acho que era um anúncio numa revista.

– Já vi propagandas desse tipo – disse Gottfried com desdém, como se aquilo não tivesse nada a ver com ele.

Carla se levantou.

– Herr Von Kessel, o senhor é católico e criou Heinrich segundo os preceitos da fé cristã.

– Heinrich agora diz que é ateu – disse Gottfried, com um muxoxo de desdém.

– Mas o senhor não é. E considera a vida humana sagrada.

– Sim, considero.

– Está nos dizendo que os médicos de Akelberg não estão testando novas e perigosas terapias nos deficientes, e acredito no senhor.

– Obrigado.

– Mas eles por acaso estão fazendo outra coisa? Algo ainda pior?

– Não, não.

– Eles estão *matando* os deficientes de propósito?

Gottfried balançou a cabeça em silêncio.

Carla chegou mais perto dele e baixou a voz, como se houvesse apenas os dois na sala:

– Como um católico que considera a vida humana sagrada, o senhor seria capaz de pôr a mão no coração e me dizer que crianças deficientes mentais não estão sendo assassinadas em Akelberg?

Gottfried sorriu, fez um gesto tranquilizador e abriu a boca para falar, mas não conseguiu pronunciar uma palavra sequer.

Carla se ajoelhou no tapete diante dele.

– Pode fazer isso agora, por favor? Neste instante? Aqui na sua casa estão quatro jovens alemães, seu filho e três amigos. Conte-nos a verdade, é só o que lhe pedimos. Olhe nos meus olhos e diga que o seu governo não mata crianças deficientes.

O silêncio na sala era total. Gottfried pareceu prestes a dizer alguma coisa, mas mudou de ideia. Fechou os olhos com força, torceu a boca num esgar e então baixou a cabeça. Os quatro jovens ficaram observando, com assombro, seu rosto contorcido.

Por fim, ele abriu os olhos. Olhou para cada um deles, e por último encarou o próprio filho.

Então se levantou e saiu da sala.

III

No dia seguinte, Werner disse a Carla:

– Que horror. Estamos falando sobre o mesmo assunto há mais de 24 horas. Se não fizermos outra coisa, acabaremos loucos. Vamos ao cinema.

Eles foram até a Kurfürstendamm, uma rua de teatros e lojas que todos chamavam de Ku'damm. A maioria dos bons cineastas alemães já tinha ido para Hollywood anos antes, e os filmes produzidos no país agora eram de segunda categoria. Eles assistiram a *Três soldados*, que se passava durante a invasão da França.

Os três soldados eram um sargento nazista durão, um rapaz que vivia choramingando e reclamando e tinha um ar de judeu, e um jovem idealista. O idealista fazia perguntas do tipo "Mas os judeus nos fazem algum mal?" e, em resposta, ouvia longas e severas preleções do sargento. Quando a batalha começava, o chorão admitia ser comunista, desertava e morria atingido por uma bomba durante um ataque aéreo. O idealista lutava com bravura, era promovido a sargento e tornava-se um admirador do Führer. O roteiro era ruim, mas as cenas de batalha eram emocionantes.

Werner segurou a mão de Carla durante todo o filme. Ela torceu para que ele a beijasse na sala escura, mas isso não aconteceu.

Quando as luzes se acenderam, ele falou:

– Bem, o filme era péssimo, mas ao menos consegui me distrair por algumas horas.

Os dois saíram do cinema e foram até o carro.

– Quer dar uma volta? – sugeriu ele – Talvez seja nossa última oportunidade. A partir da próxima semana este carro vai ficar na garagem.

Ele dirigiu até a floresta de Grunewald. No caminho, Carla voltou a pensar na conversa que tivera com Gottfried von Kessel na véspera. Por mais que a virasse e revirasse na mente, não havia como evitar a terrível conclusão à qual todos os quatro haviam chegado. Kurt e Axel não tinham sido vítimas acidentais de um experimento médico perigoso, como ela pensara no início. Gottfried havia negado isso de forma veemente. No entanto, apesar de se esforçar, ele não conseguira negar que o governo estava matando deliberadamente os deficientes e mentindo para as famílias. Era difícil acreditar nisso, mesmo em se tratando de pessoas implacáveis e brutais como os nazistas. No entanto, a reação de Gottfried fora o exemplo mais óbvio de culpa que Carla já testemunhara na vida.

Quando chegaram à floresta, Werner saiu da estrada e percorreu uma trilha de terra batida até o carro ficar escondido pela vegetação. Carla imaginou que ele já tivesse levado outras garotas até ali.

Ele apagou os faróis e eles foram cercados por uma escuridão profunda.

– Vou falar com o general Dorn – disse ele. Dorn era seu chefe, um oficial importante da Aeronáutica. – E você?

– Meu pai disse que não existe mais oposição política, mas que as igrejas continuam fortes. Ninguém que seja fiel às suas crenças religiosas aprovaria o que está sendo feito.

– Você é religiosa? – perguntou Werner.

– Na verdade, não. Meu pai é. Para ele, a fé protestante faz parte da herança alemã que tanto ama. Minha mãe frequenta a igreja com ele, embora eu desconfie que a teologia dela talvez não seja tão ortodoxa. Eu acredito em Deus, mas não consigo imaginar que Ele se importe com o fato de as pessoas serem protestantes, católicas, muçulmanas ou budistas. E gosto de cantar os hinos.

A voz de Werner se transformou num sussurro:

– Não consigo acreditar num Deus que deixa os nazistas assassinarem crianças.

– Não culpo você por isso.

– O que seu pai vai fazer?

– Falar com o pastor da nossa igreja.

– Ótimo.

Os dois passaram algum tempo em silêncio. Ele passou o braço em volta dela.

– Tudo bem? – perguntou, com um sussurro.

Ela estava tensa de tanta expectativa e sua voz pareceu falhar. Sua resposta soou como um grunhido. Ela tentou outra vez e conseguiu dizer:

– Se isso fizer você parar de se sentir tão triste... sim.

Então ele a beijou.

Ela retribuiu o beijo com sofreguidão. Ele acariciou-lhe os cabelos e, em seguida, os seios. Nesse ponto, ela sabia que muitas garotas lhe pediriam que parasse. Segundo elas, se você fosse mais longe, poderia perder o controle.

Carla decidiu arriscar.

Tocou seu rosto enquanto ele a beijava. Acariciou-lhe o pescoço com a ponta dos dedos, deliciando-se com a textura de sua pele cálida. Pôs a mão dentro do paletó dele e começou a explorar seu corpo, deslizando os dedos pelos ombros, as costelas e a espinha.

Ao sentir a mão dele em sua coxa, por baixo da saia, ela deu um suspiro. Assim que ele a tocou entre as pernas, ela afastou os joelhos. As moças diziam que os rapazes a considerariam uma vadia se fizesse isso, mas ela não conseguiu evitar.

Ele a tocou exatamente no ponto certo. Não tentou pôr a mão dentro de sua roupa de baixo, mas a acariciou de leve por cima do tecido de algodão. Ela se ouviu emitir pequenos gemidos, primeiro bem baixinho, em seguida mais alto. Depois de algum tempo, gritou de prazer, enterrando o rosto no pescoço dele para abafar o som. Então teve que afastar a mão dele, porque o lugar ficara demasiado sensível.

Carla estava ofegante. Quando começou a recuperar o fôlego, beijou o pescoço dele. Werner tocou seu rosto carinhosamente.

Depois de alguns segundos, ela perguntou:

– Posso fazer alguma coisa por você?

– Só se você quiser.

Ela ficou encabulada por querer tanto fazer aquilo.

– O único problema é que eu nunca...

– Eu sei – disse ele. – Deixe que eu mostro.

IV

O pastor Ochs era corpulento, tinha uma vida confortável e morava numa casa grande com sua esposa simpática e cinco filhos. Carla temeu que ele não fosse querer se envolver naquela história. Mas ela o havia subestimado. Ele já ouvira boatos que vinham atormentando sua consciência, e concordou em acompanhar Walter até o Sanatório Infantil Wannsee. O professor Willrich não poderia recusar a visita de um religioso interessado.

Como Carla estivera presente no encontro do médico com Ada, os dois decidiram levá-la também. Talvez o diretor achasse mais difícil mudar sua história na frente dela.

No trem, Ochs sugeriu que seria melhor ele próprio falar.

– O diretor deve ser nazista – disse. A maioria das pessoas que ocupava cargos de direção era filiada ao partido. – É natural que considere um ex-deputado social-democrata seu inimigo. Vou desempenhar o papel de árbitro imparcial. Acho que assim poderemos descobrir mais coisas.

Carla não estava tão certa disso. Na sua opinião, o pai seria um interrogador mais experiente. Walter, porém, aceitou a sugestão do pastor.

Era primavera, e o tempo estava mais quente do que na última visita de Carla. Havia barcos no lago. Carla decidiu pedir a Werner que fizessem um piquenique ali. Queria aproveitar o máximo que podia, antes de ele se afastar dela para sair com outra garota.

Na sala do professor Willrich, a lareira estava acesa, mas uma janela aberta deixava entrar a brisa fresca vinda do lago.

O diretor apertou a mão do pastor Ochs e de Walter. Lançou um breve olhar de reconhecimento para Carla e, em seguida, a ignorou. Convidou-os a se sentarem, mas Carla percebeu que, por baixo daquele verniz de cortesia, havia certa hostilidade. Estava claro que o professor não gostava da ideia de ser interrogado. Pegou um de seus cachimbos e, nervoso, começou a manuseá-lo. Nesse dia, diante de dois homens no lugar de duas mulheres jovens, estava menos arrogante.

Ochs iniciou a conversa:

– Professor Willrich, Herr Von Ulrich e outros membros da minha congregação estão preocupados com as misteriosas mortes de várias crianças deficientes que eles conheciam.

– Nenhuma criança morreu de forma misteriosa aqui – disparou Willrich em resposta. – Na verdade, nenhuma criança morreu aqui nos últimos dois anos.

Ochs se virou para Walter.

– Considero isso muito reconfortante, Walter, você não?

– Sim – respondeu Walter.

Carla não pensava o mesmo, mas manteve a boca fechada por enquanto.

Ochs prosseguiu com voz melíflua:

– Tenho certeza de que seus pacientes recebem os melhores cuidados possíveis.

– Sim. – Willrich pareceu um pouco menos ansioso.

– Mas vocês transferem crianças para outros hospitais?

– É claro, se outra instituição puder oferecer ao paciente algum tratamento não disponível aqui.

– E, quando uma criança é transferida, imagino que os senhores não sejam necessariamente mantidos a par do tratamento que ela recebe ou de seu estado de saúde.

– Exato!

– A não ser que elas voltem.

Willrich não disse nada.

– Alguma delas voltou?

– Não.

Ochs deu de ombros.

– Neste caso, o senhor não pode saber o que aconteceu com elas.

– Justamente.

Ochs se recostou na cadeira e abriu os braços, num gesto franco.

– Quer dizer que não tem nada a esconder!

– Absolutamente nada.

– Algumas dessas crianças que foram transferidas morreram.

Willrich ficou calado.

Com delicadeza, o pastor insistiu:

– Isso é verdade, não é?

– Não posso lhe dar certeza, Herr Pastor.

– Ah! – exclamou Ochs. – Afinal, o senhor não seria avisado nem mesmo se uma dessas crianças morresse.

– Como já foi dito anteriormente.

– Perdoe-me ser repetitivo, mas só quero esclarecer, de forma que não reste nenhuma dúvida, que o senhor não pode ser solicitado a esclarecer essas mortes.

– De forma alguma.

Mais uma vez, Ochs se virou para Walter.

– Acho que estamos esclarecendo as coisas de forma esplêndida.

Walter assentiu.

Carla, por sua vez, quis dizer: *Nada foi esclarecido!*

Mas Ochs tinha voltado a falar:

– Quantas crianças aproximadamente foram transferidas, digamos, nos últimos 12 meses?

– Dez – respondeu Willrich. – Exatamente dez. – Ele deu um sorriso condescendente. – Nós, cientistas, preferimos não trabalhar com aproximações.

– Dez pacientes de...?

– Hoje temos aqui 107 crianças.

– Uma proporção bem pequena! – disse Ochs.

Carla estava ficando irritada. Era óbvio que Ochs estava do lado de Willrich! Por que seu pai engolia aquilo?

– E todas essas crianças sofriam da mesma doença, ou de várias? – perguntou Ochs.

– Várias. – Willrich abriu uma pasta em cima da mesa. – Debilidade mental, síndrome de Down, microcefalia, hidrocefalia, malformação dos membros, do crânio e da coluna vertebral, e paralisia.

– São esses os tipos de pacientes que o senhor foi instruído a encaminhar para Akelberg?

Aquilo era um avanço. Era a primeira menção a Akelberg e a primeira sugestão de que Willrich recebera instruções de uma instância superior. Talvez Ochs fosse mais sutil do que parecia.

Willrich abriu a boca para dizer alguma coisa, mas Ochs se antecipou a ele e fez outra pergunta:

– Onde todas deveriam receber o mesmo tratamento especial?

Willrich sorriu.

– Mais uma vez, não fui informado, de modo que não posso lhe dizer.

– Simplesmente acatou...

– As instruções que recebi, sim.

Ochs sorriu.

– O senhor é um homem prudente. Escolhe as palavras com cuidado. As crianças tinham idades variadas?

– No início, o programa se limitava às crianças com menos de 3 anos, mas depois foi ampliado para atender a todas as idades.

Carla reparou na menção a um "programa". Aquilo não tinha sido admitido antes. Começou a perceber que Ochs era mais esperto do que parecia à primeira vista.

O pastor pronunciou a frase seguinte como se estivesse confirmando algo que já havia sido dito:

– E todas as crianças deficientes judias foram incluídas, independentemente da deficiência específica que tivessem.

Seguiram-se alguns instantes de silêncio. Willrich pareceu chocado. Carla se perguntou como Ochs sabia sobre as crianças judias. Talvez não soubesse e estivesse apenas dando um palpite.

Após uma pausa, o pastor acrescentou:

– Crianças judias e de raça mista, melhor dizendo.

Willrich não falou nada, mas assentiu de leve.

– Nos dias de hoje – prosseguiu Ochs –, é raro crianças judias terem preferência... não é?

Willrich desviou os olhos.

O pastor se levantou e, quando tornou a falar, sua voz ecoou de tanta raiva:

– Então, o senhor está me dizendo que dez crianças portadoras de doenças variadas, que não poderiam de forma alguma receber o mesmo tratamento, foram transferidas para um hospital especial do qual jamais voltaram, e que as crianças judias tiveram prioridade. O que achou que fosse acontecer com essas crianças, Herr Professor Doutor Willrich? Pelo amor de Deus, *o que o senhor achou*?

Willrich parecia que iria chorar.

– O senhor pode não responder, é claro – disse Ochs, em voz mais baixa. – Mas um dia uma autoridade superior vai lhe fazer a mesma pergunta. Na verdade, a maior autoridade de todas. – Ele esticou o braço e apontou um dedo acusador. – E nesse dia, meu filho, você *vai* responder.

Então o pastor virou as costas e saiu da sala.

Carla e Walter foram atrás.

V

O inspetor Thomas Macke sorriu. Às vezes, os inimigos do Estado faziam seu trabalho por ele. Em vez de operar em segredo e de se esconder em lugares onde fosse difícil encontrá-los, vinham até ele, identificavam-se e forneciam generosamente provas irrefutáveis de seus crimes. Eram como peixes que não precisavam de isca nem de anzol – simplesmente pulavam do rio para dentro da cesta do pescador e imploravam para serem fritos.

O pastor Ochs era um desses peixes.

Macke tornou a ler a carta escrita pelo pastor, endereçada ao ministro da Justiça, Franz Gürtner.

Prezado Senhor Ministro,
O governo está matando crianças deficientes? Faço essa pergunta assim, sem rodeios, porque preciso de uma resposta clara.

Que idiota! Se a resposta fosse não, aquilo era uma calúnia criminosa. Se fosse sim, Ochs era culpado de revelar segredos de Estado. Será que ele não conseguia entender isso por conta própria?

Depois que se tornou impossível ignorar os boatos que vinham circulando na minha congregação, fiz uma visita ao Sanatório Infantil Wannsee e conversei com o diretor da instituição, professor Willrich. Suas respostas foram tão insatisfatórias que fiquei convencido de que algo terrível está acontecendo, algo que provavelmente é um crime e, sem dúvida, um pecado.

Aquele homem tinha a ousadia de escrever sobre crimes! Por acaso não lhe ocorria a ideia de que acusar agências governamentais de atos ilegais era, por si só, um ato ilegal? Ele por acaso achava que vivia numa democracia liberal degenerada?

Macke sabia do que Ochs estava falando. O programa se chamava Aktion T4, em referência a seu endereço, o número 4 da Tiergartenstrasse. Oficialmente, o lugar se chamava Fundação Beneficente para a Cura e o Cuidado Institucional, embora fosse supervisionada pelo escritório particular de Hitler, a Chancelaria do Führer. Sua tarefa era providenciar a morte indolor dos deficientes que não pudessem sobreviver sem cuidados dispendiosos. A agência vinha fazendo um trabalho exemplar nos últimos anos e já tinha se livrado de dezenas de milhares de pessoas inúteis.

O problema era que a opinião pública alemã ainda não possuía sofisticação suficiente para entender a necessidade dessas mortes, por isso o programa precisava ser mantido em sigilo.

Macke estava a par do segredo. Tinha sido promovido a inspetor e finalmente aceito na elite paramilitar do Partido Nazista, a Schutzstaffel, ou SS. Fora informado sobre o Aktion T4 ao ser encarregado do caso Ochs. Não cabia em si de orgulho: agora estava de fato por dentro das coisas.

Infelizmente, algumas pessoas haviam sido descuidadas, e existia o risco de que informações sobre o Aktion T4 vazassem.

A tarefa de Macke era cobrir esse furo.

Investigações preliminares logo revelaram que três homens precisavam ser silenciados: o pastor Ochs, Walter von Ulrich e Werner Franck.

Franck era o filho mais velho de um fabricante de rádios que fora um importante partidário do nazismo nos primeiros tempos. O próprio industrial, Ludwig Franck, exigira, furioso, informações sobre a morte de seu filho caçula, que era deficiente. No entanto, após uma ameaça de fechamento de suas fábricas, se calara. Já o jovem Werner, oficial em rápida ascensão no Ministério da Aeronáutica, insistira em fazer perguntas constrangedoras e tentara envolver seu influente superior, o general Dorn.

O Ministério da Aeronáutica, que diziam ser o maior prédio de escritórios da Europa, era um edifício ultramoderno que ocupava um quarteirão inteiro da Wilhelmstrasse, bem perto do quartel-general da Gestapo, na Prinz-Albrecht-Strasse. Macke foi a pé até lá.

Vestido com seu uniforme da SS, pôde ignorar os sentinelas. Diante da mesa da recepção, bradou:

– Leve-me até o tenente Werner Franck imediatamente.

A recepcionista o conduziu de elevador até um dos andares superiores, depois o guiou por um corredor até a porta aberta de uma pequena sala. No início, o rapaz sentado à mesa não ergueu os olhos dos papéis à sua frente. Ao observá-lo, Macke calculou que tivesse 22 anos. Por que não estava no front bombardeando a Inglaterra? O pai decerto mexera alguns pauzinhos, pensou Macke, ressentido. Werner tinha o aspecto de um filho da classe privilegiada: uniforme feito sob medida, anéis de ouro e cabelos muito compridos, visivelmente não militares. Macke já o desprezava.

Werner fez uma anotação a lápis e depois ergueu os olhos. A expressão afável de seu rosto logo se apagou ao ver o uniforme da SS, e Macke observou com interesse um lampejo de medo. O rapaz tentou disfarçar com uma demonstração de simpatia excessiva, levantando-se em atitude respeitosa e dando um sorriso de boas-vindas, mas o inspetor não se deixou enganar.

– Boa tarde, inspetor – disse Werner. – Sente-se, por favor.

– *Heil* Hitler! – saudou Macke.

– *Heil* Hitler! Em que posso ajudá-lo?

– Sente-se e cale a boca, garoto idiota – cuspiu Macke.

Werner se esforçou para esconder o medo.

– O que fiz para causar tamanha ira?

– Não se atreva a me questionar. Só fale quando for solicitado.

– Como quiser.

– A partir de agora, você não vai fazer mais nenhuma pergunta sobre seu irmão Axel.

Macke ficou surpreso ao ver uma expressão momentânea de alívio cruzar o rosto de Werner. Que curioso! Será que ele tivera medo de outra coisa, algo mais assustador que uma simples ordem para não fazer mais perguntas sobre o irmão? Será que Werner estava envolvido em outras atividades subversivas?

Provavelmente não, pensou Macke após refletir um pouco. O mais provável era que estivesse aliviado por não ser preso e levado para os porões da Prinz-Albrecht-Strasse.

Mas Werner ainda não estava completamente acovardado. Reuniu coragem para perguntar:

– Por que não devo investigar a morte de meu irmão?

– Já falei para não me questionar. Saiba que você só está sendo tratado de forma branda porque seu pai tem sido um amigo valioso do Partido Nazista. Se não fosse por isso, seria *você* que estaria na *minha* sala. – Essa era uma ameaça que qualquer um entendia.

– Fico grato pela sua indulgência – disse Werner, esforçando-se para manter um fiapo de dignidade. – Mas quero saber quem matou meu irmão, e por quê.

– Não importa o que faça, não vai saber de mais nada. E qualquer nova investigação será considerada alta traição.

– Depois desta visita, não preciso investigar mais nada. Agora está claro que as minhas piores suspeitas são verdadeiras.

– Exijo que pare imediatamente com essa campanha sediciosa.

Werner o encarou com ar desafiador, mas não disse nada.

– Se não parar, o general Dorn será informado de que a sua lealdade está sendo questionada – disse Macke.

Werner não tinha dúvidas do que ele estava querendo dizer. Iria perder o emprego em Berlim e seria despachado para uma caserna em alguma pista de pouso no norte da França.

Sua expressão se fez menos desafiadora e mais pensativa.

Macke se levantou. Já havia passado muito tempo ali.

– Parece que o general Dorn o considera um assessor capaz e inteligente – disse. – Se fizer a coisa certa, talvez continue assim.

Macke saiu da sala, mas estava nervoso, insatisfeito. Não tinha certeza se havia conseguido dobrar Werner. Sentira que o rapaz tinha um ar desafiador que permanecera intocado.

Voltou os pensamentos para o pastor Ochs. Com o religioso seria necessário uma abordagem diferente. Macke voltou ao quartel-general da Gestapo e reuniu uma pequena equipe: Reinhold Wagner, Klaus Richter e Günther Schneider. Os quatro pegaram um Mercedes 260D preto, o carro preferido da polícia secreta, que passava despercebido por ser do mesmo modelo e da mesma cor de muitos táxis berlinenses. Nos primeiros tempos, a Gestapo fora incentivada a manter grande visibilidade e deixar a população ver a forma brutal como lidava com a oposição. No entanto, a tarefa de aterrorizar o povo alemão já fora completada muito tempo antes e a violência aberta já não era mais necessária. Hoje em dia, a Gestapo agia com discrição, sempre sob o manto da legalidade.

Os quatro foram até a casa de Ochs, ao lado da grande igreja protestante de Mitte, o bairro central de Berlim. Assim como Werner talvez achasse que tinha a proteção do pai, Ochs devia imaginar que a Igreja garantia sua segurança. Estava prestes a descobrir que não era bem assim.

Macke tocou a campainha. Antigamente, teriam derrubado a porta, só para impressionar.

Uma criada veio abrir e ele adentrou um hall amplo e bem-iluminado, com piso de tábuas enceradas e tapetes pesados. Os outros três agentes entraram atrás.

– Onde está seu patrão? – perguntou Macke à empregada, em tom educado.

Apesar de ele não a ter ameaçado, ainda assim ela estava com medo.

– No escritório, senhor – falou, apontando para uma porta.

– Reúna as mulheres e as crianças na sala ao lado.

Ochs abriu a porta do escritório e espiou para o hall, com o cenho franzido.

– O que está havendo aqui? – perguntou, indignado.

Macke caminhou direto para cima dele, forçando-o a dar um passo atrás e a entrar no escritório. Era um cômodo pequeno, bem-equipado, com uma escrivaninha de tampo de couro e várias estantes tomadas por volumes contendo comentários sobre os textos bíblicos.

– Feche a porta – ordenou Macke.

Com relutância, Ochs obedeceu.

– É melhor o senhor ter uma explicação muito boa para esta intrusão – falou em seguida.

– Sente-se e cale a boca – bradou Macke.

Ochs ficou pasmo. Provavelmente ninguém o mandava calar a boca desde que ele era menino. Insultos ao clero não eram comuns, nem mesmo vindos da polícia. Mas os nazistas ignoravam essas convenções enfraquecedoras.

– Mas isto é um ultraje! – conseguiu dizer Ochs, por fim. Então sentou-se.

Do lado de fora do escritório, uma voz de mulher se ergueu em protesto: a esposa, decerto. Ochs empalideceu ao ouvir aquilo e se levantou da cadeira.

Macke o empurrou para fazê-lo sentar outra vez.

– Fique aí.

O pastor era um homem pesado e mais alto do que Macke, mas não resistiu. O inspetor adorava ver sujeitinhos pomposos como ele encolhidos de medo.

– Quem é o senhor? – perguntou Ochs.

Macke nunca respondia a essa pergunta. É claro que eles podiam adivinhar, porém era mais assustador se não tivessem certeza. Depois, se alguém por acaso questionasse a operação, toda a equipe juraria ter começado se identificando como agentes da polícia e mostrando os distintivos.

Ele saiu do escritório. Seus homens estavam empurrando várias crianças para a sala de visitas. Macke mandou que Reinhold Wagner fosse até o escritório e mantivesse Ochs lá dentro. Então entrou na outra sala atrás das crianças.

Havia cortinas floridas, fotos de família no consolo da lareira e um conjunto de confortáveis poltronas estofadas com tecido xadrez. Uma bela casa, uma bela família. Por que não podiam ser leais ao Reich e cuidar da própria vida?

A criada estava junto à janela, com a mão na boca, como se tentasse impedir a si mesma de gritar. Quatro filhos se aglomeravam ao redor da esposa de Ochs, uma mulher feia, de seios fartos, na casa dos 30 anos. Ela segurava no colo uma quinta criança, uma menina de 2 anos com a cabeça cheia de cachinhos louros.

Macke afagou a cabeça da menina.

– Qual é o nome desta pequenina aqui? – indagou.

Frau Ochs estava apavorada.

– Lieselotte – sussurrou em resposta. – O que o senhor quer conosco?

– Venha com o tio Thomas, pequena Lieselotte – disse Macke, estendendo os braços.

– Não! – gritou Frau Ochs, segurando a menina com mais força e virando-se para o outro lado.

Lieselotte começou a chorar bem alto.

Macke meneou a cabeça para Klaus Richter.

Richter segurou Frau Ochs por trás, puxando seus braços para junto das costas e forçando-a a soltar a filha. Macke segurou Lieselotte antes que ela caísse. A menina se contorceu como um peixe, mas ele simplesmente a segurou com mais força, como teria feito com um gato. Ela chorou ainda mais alto.

Um menino de seus 12 anos partiu para cima de Macke, desferindo golpes inofensivos com os punhos pequenos. Já estava na hora de ele aprender a respeitar uma autoridade, decidiu o inspetor. Apoiando Lieselotte no quadril esquerdo, agarrou o menino pela frente da camisa, levantou-o do chão e o jogou do outro lado da sala, certificando-se de que ele aterrissasse sobre uma das poltronas. O garoto berrou de medo, e Frau Ochs também gritou. A poltrona caiu para trás e o menino se estatelou no chão. Não chegou a se machucar, mas abriu o berreiro.

Macke levou Lieselotte para o hall. A menina gritava a plenos pulmões, chamando a mãe. Macke a pôs no chão. Ela correu até a porta da sala de visitas e começou a bater, guinchando de terror. Ainda não aprendera a girar maçanetas, constatou Macke.

Deixando a menina no hall, o inspetor tornou a entrar no escritório. Wagner estava junto à porta, vigiando-a. Ochs encontrava-se de pé no meio do cômodo, pálido de medo.

– O que está fazendo com meus filhos? – indagou. – Por que Lieselotte está gritando?

– O senhor vai escrever uma carta – disse Macke.

– Sim, sim, qualquer coisa – respondeu Ochs, dirigindo-se à escrivaninha com tampo de couro.

– Agora não, mais tarde.

– Está bem.

Macke estava gostando daquilo. Ao contrário de Werner, Ochs rendera-se completamente.

– Uma carta para o ministro da Justiça – prosseguiu ele.

– Então é disso que se trata.

– Vai dizer que agora percebe que não havia verdade nenhuma nas alegações feitas em sua primeira carta. Comunistas clandestinos o levaram a se enganar. Vai pedir desculpas ao ministro pelos problemas causados por suas ações impensadas e garantir que nunca mais tocará no assunto com ninguém.

– Sim, vou escrever. O que estão fazendo com minha mulher?

– Nada. Ela está gritando por causa do que vai acontecer com ela caso o senhor não escreva a carta.

– Quero vê-la.

– Vai ser pior para ela se o senhor me incomodar com pedidos idiotas.

– É claro, sinto muito, peço que me desculpe.

Os oponentes do nazismo eram tão fracos!

– Escreva a carta hoje à noite e ponha no correio amanhã.

– Sim. Devo lhe mandar uma cópia?

– Ela vai chegar a mim de qualquer maneira, seu imbecil. Por acaso acha que o ministro lê pessoalmente os seus rabiscos sem sentido?

– Não, é claro que não, eu entendo.

Macke foi até a porta.

– E fique longe de pessoas como Walter von Ulrich.

– Ficarei. Prometo.

Macke saiu e acenou para que Wagner o seguisse. Sentada no chão, Lieselotte gritava descontroladamente. Macke abriu a porta da sala de visitas e chamou Richter e Schneider.

Os quatro saíram da casa.

– Às vezes a violência é realmente desnecessária – comentou Macke, pensativo, enquanto entravam no carro.

Wagner assumiu o volante, e Macke lhe deu o endereço da casa dos Von Ulrich.

– Mas, em outros casos, é o jeito mais simples – acrescentou.

Von Ulrich morava no mesmo bairro da igreja, num antigo imóvel espaçoso que ele obviamente não tinha dinheiro para manter. A tinta estava descascando, havia ferrugem por toda a grade e uma vidraça quebrada fora tapada com papelão. Não era algo raro de se ver: a austeridade da guerra estava prejudicando a manutenção de muitas casas.

A porta foi aberta por uma criada. Macke deduziu que devia ser a mulher cujo filho deficiente causara todo aquele problema, mas não se deu o trabalho de perguntar. Prender moças era perda de tempo.

Walter von Ulrich entrou no hall vindo de um cômodo lateral.

Macke se lembrava dele. Era o primo de Robert von Ulrich, cujo restaurante ele e o irmão haviam comprado oito anos antes. Na época, era orgulhoso e arrogante. Agora vestia um terno gasto, mas mantinha a atitude atrevida.

– O que o senhor deseja? – perguntou Walter, como se ainda tivesse poder para exigir explicações.

Macke não pretendia perder muito tempo ali.

– Algemem este homem – ordenou.

Wagner deu um passo à frente com as algemas.

Uma mulher alta e atraente apareceu e se postou na frente de Von Ulrich.

– Digam-me quem são e o que querem – exigiu ela.

Só podia ser a esposa. Tinha sotaque estrangeiro. Isso não era nenhuma surpresa.

Wagner lhe deu um tapa no rosto, e ela cambaleou para trás.

– Vire-se e junte os pulsos – ordenou Wagner a Walter. – Ou então a farei engolir os próprios dentes.

Von Ulrich obedeceu.

Uma jovem bonita de uniforme de enfermeira desceu a escada correndo.

– Pai! – exclamou. – O que está acontecendo?

Macke se perguntou quantas outras pessoas poderia haver na casa. Sentiu uma pontada de ansiedade. Uma família normal não seria capaz de subjugar agentes de polícia treinados, mas, se fosse numerosa, seria capaz de criar uma confusão que permitisse a Von Ulrich fugir.

Mas o próprio Walter não queria briga.

– Não os enfrente! – ordenou à filha em tom urgente. – Fique onde está!

A enfermeira adotou uma expressão aterrorizada e obedeceu.

– Ponham-no dentro do carro – disse Macke.

Wagner saiu pela porta conduzindo Von Ulrich.

A esposa começou a soluçar.

– Para onde o estão levando? – perguntou a enfermeira.

Macke foi até a porta. Olhou para as três mulheres: a criada, a esposa e a filha.

– Toda essa confusão por causa de um débil mental de 8 anos – falou. – Nunca vou entender essa gente.

Então saiu da casa e entrou no carro.

Eles fizeram o curto trajeto até a Prinz-Albrecht-Strasse. Wagner estacionou nos fundos do prédio da sede da Gestapo, ao lado de uns dez carros idênticos. Todos saltaram.

Von Ulrich foi conduzido por uma porta nos fundos e pela escada até o subsolo, e posto dentro de um cômodo com paredes de ladrilhos brancos.

Macke abriu um armário e pegou três cassetetes compridos e pesados, como tacos de beisebol. Entregou um a cada auxiliar.

– Acabem com ele – falou, e retirou-se para deixar que cumprissem a ordem.

VI

O capitão Volodya Peshkov, chefe da seção berlinense da Inteligência do Exército Vermelho, encontrou-se com Werner Franck no Cemitério dos Inválidos, junto ao canal de Berlim-Spandau.

Era uma boa escolha de local. Ao correr os olhos cuidadosamente pelo cemitério, Volodya pôde confirmar que ninguém havia seguido Werner nem ele. A única pessoa ali era uma senhora idosa de lenço preto na cabeça, que já estava de saída.

O ponto de encontro era o túmulo do general Von Scharnhorst, uma base enorme com a estátua de um leão adormecido feita de canhões inimigos derretidos. Era um dia ensolarado de primavera, e os dois jovens espiões tiraram os paletós para caminhar entre os túmulos daqueles heróis germânicos.

Após o pacto entre Hitler e Stalin, quase dois anos antes, a espionagem soviética na Alemanha havia prosseguido, assim como a vigilância dos funcionários da embaixada soviética por parte dos alemães. Todos achavam que o tratado era temporário, embora ninguém soubesse quanto. Sendo assim, agentes de contrainteligência ainda seguiam Volodya por toda parte.

Eles deviam saber quando ele estava saindo para uma verdadeira missão secreta, pensou, pois era nessas ocasiões que os despistava. Quando ia comprar um salsichão para o almoço, deixava que o seguissem. Perguntou-se se eles seriam inteligentes o bastante para perceber isso.

– Você tem visto Lili Markgraf ultimamente? – perguntou Werner.

Era uma moça com quem os dois tinham saído em momentos diferentes do passado. Volodya a havia recrutado como agente, e ela aprendera a criar e a decifrar mensagens usando o código da Inteligência do Exército Vermelho. Naturalmente, Volodya não podia dizer isso a Werner.

– Faz algum tempo que não a vejo – mentiu. – E você?

Werner fez que não com a cabeça.

– Outra pessoa conquistou meu coração. – Ele parecia encabulado. Talvez estivesse com vergonha por contradizer sua reputação de playboy. – Mas por que você queria me ver?

– Recebemos informações devastadoras – disse Volodya. – Uma notícia que vai mudar o curso da História... se for verdade.

Werner assumiu uma expressão cética. Volodya prosseguiu:

– Uma fonte nos revelou que a Alemanha vai invadir a União Soviética em junho. – Repetir essa frase o deixou eletrizado. A informação era uma vitória imensa para a Inteligência do Exército Vermelho, e uma terrível ameaça para a União Soviética.

Werner afastou um cacho de cabelo dos olhos, num gesto que devia fazer o coração das moças disparar.

– Uma fonte de confiança?

A fonte era um jornalista de Tóquio – um comunista disfarçado – que tinha uma relação privilegiada com o embaixador alemão na capital japonesa. Tudo o que dissera até então se revelara verdadeiro. Mas Volodya não podia dizer isso a Werner.

– Sim, de confiança – respondeu.

– Então você acredita?

Volodya hesitou. Era esse o problema. Stalin não acreditava. Segundo o líder soviético, isso era uma desinformação dos Aliados com o objetivo de semear a desconfiança entre ele e Hitler. Seu ceticismo em relação a esse furo de inteligência deixara os superiores de Volodya consternados, azedando sua alegria.

– Estamos buscando confirmação – disse ele.

Werner olhou em volta para as árvores do cemitério, cujas folhas começavam a brotar.

– Queira Deus que seja verdade – falou, com súbita veemência. – Vai ser o fim dos malditos nazistas.

– É – concordou Volodya. – Se o Exército Vermelho estiver preparado.

Werner se espantou.

– Vocês não estão preparados?

Mais uma vez, Volodya não pôde dizer toda a verdade a Werner. Stalin achava que os alemães não iriam atacar antes de terem derrotado os britânicos, por temerem uma guerra em dois fronts. Enquanto a Grã-Bretanha resistisse à Alemanha, a União Soviética estaria segura: era o que ele achava. Consequentemente, o Exército Vermelho não estava nem de longe preparado para uma invasão do Reich.

– Nós *estaremos* preparados – disse Volodya –, se você conseguir confirmar para mim o plano de invasão.

Ele não pôde evitar se envaidecer por um breve instante. Seu espião talvez fosse a chave de tudo.

– Infelizmente, não vou poder ajudá-los – disse Werner.

Volodya franziu o cenho.

– Como assim?

– Não posso confirmar nem desmentir essa informação e tampouco vou conseguir obter qualquer outra. Estou prestes a ser demitido do meu cargo no Ministério da Aeronáutica. Provavelmente serei mandado para a França... ou, se a sua inteligência estiver correta, para a União Soviética.

Volodya ficou horrorizado. Werner era seu melhor espião. Fora graças a suas informações que ele havia sido promovido a capitão. Ele mal conseguia respirar. Com esforço, disse:

– Que diabo aconteceu?

– Meu irmão morreu numa clínica para deficientes e o mesmo aconteceu com o afilhado da minha namorada. E nós andamos fazendo mais perguntas do que devíamos.

– E por que isso faria você perder o emprego?

– Os nazistas estão matando os deficientes, mas é um programa secreto.

Volodya se esqueceu da própria missão por alguns instantes.

– Como assim? Simplesmente matando e pronto?

– Parece que sim. Ainda não sabemos os detalhes. Mas, se não tivessem nada a esconder, não teriam me punido por fazer perguntas... a mim e a outras pessoas.

– Quantos anos tinha o seu irmão?

– Quinze.

– Meu Deus! Uma criança ainda!

– Eles não vão se safar dessa. Eu me recuso a ficar calado.

Os dois pararam em frente ao túmulo de Manfred von Richthofen, o ás da aviação. Era uma lápide imensa, com 1,80m de altura e o dobro de largura. Sobre ela, esculpida em elegantes letras maiúsculas, estava escrito apenas o nome RICHTHOFEN. Volodya sempre achava aquele despojamento comovente.

Tentou recuperar o sangue-frio. Disse a si mesmo que, afinal de contas, a polícia secreta soviética também assassinava pessoas, sobretudo os suspeitos de deslealdade. O chefe da NKVD, Lavrentiy Beria, era um torturador cujo passatempo favorito, segundos os boatos, era mandar os capangas catarem uma ou duas moças bonitas na rua para ele estuprar à noite, por diversão. Mas pensar que os comunistas podiam ser tão bestiais quanto os nazistas não era nenhum consolo. Um dia, lembrou a si mesmo, os soviéticos iriam se livrar de Beria e da sua laia, e então poderiam começar a construir o verdadeiro comunismo. Enquanto isso, a prioridade era derrotar os nazistas.

Chegaram à mureta do canal e ficaram parados ali, observando um barco avançar lentamente pela água, cuspindo uma fumaça preta oleosa. Volodya refletiu sobre a confissão alarmante de Werner.

– O que aconteceria se você parasse de investigar essas mortes de crianças deficientes? – indagou.

– Eu perderia a namorada – respondeu Werner. – Ela está tão revoltada quanto eu com essa história.

Volodya teve o pensamento assustador de que talvez Werner contasse a verdade à namorada.

– Com certeza não poderia dizer a ela o verdadeiro motivo para ter mudado de ideia – falou, enfático.

Werner adotou uma expressão infeliz, mas não discutiu.

Volodya percebeu que, se convencesse Werner a abandonar aquela campanha, estaria ajudando os nazistas a ocultarem seus crimes. Afastou esse pensamento desagradável.

– Mas, se você desistisse desse assunto, poderia manter o cargo com o general Dorn?

– Sim. É o que eles querem. Mas não vou permitir que abafem o assassinato do meu irmão. Eles podem até me mandar para o front, mas não vou me calar.

– O que acha que vão fazer com você quando perceberem toda a sua determinação?

– Me jogar em algum campo.

– E de que isso vai adiantar?

– Não posso simplesmente baixar a cabeça.

Volodya tinha que fazer Werner voltar atrás, mas até agora não conseguira convencê-lo. O alemão tinha resposta para tudo. Era um rapaz inteligente, por isso se tornara um espião tão valioso.

– E os outros? – perguntou Volodya.

– Que outros?

– Deve haver milhares de outros adultos e crianças deficientes. Os nazistas vão matar todos eles?

– Provavelmente.

– Você não poderá detê-los se estiver num campo de prisioneiros.

Pela primeira vez, Werner não soube o que responder.

Volodya deu as costas para a água e correu os olhos pelo cemitério. Um rapaz de terno estava ajoelhado junto a uma pequena lápide. Será que o estava seguindo? Volodya observou com atenção. O corpo do rapaz se convulsionava com soluços. Parecia sincero: agentes de contrainteligência não eram bons atores.

– Olhe só para ele – disse Volodya a Werner.

– Por quê?

– Ele está chorando a morte de alguém. Igual a você.

– E daí?

– Observe.

Um minuto depois, o rapaz se levantou, enxugou o rosto com um lenço e se afastou.

– Agora ele está feliz – disse Volodya. – Prantear alguém é isso. Não adianta nada. Só faz você se sentir melhor.

– Você acha que só estou fazendo perguntas para me sentir melhor?

Volodya se virou para encará-lo.

– Não estou criticando você – falou. – Quer descobrir a verdade, gritá-la aos quatro ventos. Mas pense de maneira lógica. A única maneira de pôr fim a isso é derrubando o regime. E a única maneira de isso acontecer é se os nazistas forem derrotados pelo Exército Vermelho.

– Pode ser.

Com uma ponta de esperança, Volodya percebeu que Werner estava fraquejando.

– Pode ser? – repetiu. – E quem mais poderia derrotar os alemães? Os britânicos estão acabados, tentando desesperadamente resistir à Luftwaffe. Os americanos não estão interessados em picuinhas europeias. Todas as outras nações apoiam os fascistas. – Ele pôs as mãos nos ombros de Werner. – O Exército Vermelho é sua única esperança, amigo. Se nós perdermos, os nazistas vão passar mais mil anos sangrentos assassinando crianças deficientes... sem falar nos judeus, comunistas e homossexuais.

– Que inferno! – exclamou Werner. – Você tem razão.

VII

No domingo, Carla e a mãe foram ao culto. Maud estava preocupada com a prisão de Walter, desesperada para saber para onde o marido fora levado. A Gestapo, naturalmente, recusava-se a fornecer qualquer informação. Mas a igreja do pastor Ochs era um templo popular, e moradores dos subúrbios mais ricos iam assistir à missa ali: a congregação incluía alguns poderosos, e talvez um deles descobrisse alguma coisa.

Carla baixou a cabeça e rezou para que o pai não fosse espancado nem torturado. Na verdade, não acreditava em preces, mas seu desespero era tão grande que estava disposta a tentar qualquer coisa.

Sentiu-se satisfeita ao ver a família Franck sentada algumas filas mais à frente. Ficou olhando a nuca de Werner. Ao contrário da maioria dos homens, que tinha os cabelos bem curtos, os dele se anelavam um pouco na parte de trás do pescoço. Ela havia tocado aquela nuca e beijado seu pescoço. Ele era um doce. Era de longe o rapaz mais simpático que já a beijara. Todas as noites, antes de dormir, ela se lembrava da ocasião em que tinham ido a Grunewald.

Mas não estava apaixonada por ele, disse a si mesma.

Ainda não.

Quando o pastor Ochs entrou na igreja, ela logo viu que ele havia sido derrotado. A mudança era estarrecedora. Ele caminhou lentamente até o atril, de cabeça baixa, ombros caídos, fazendo alguns membros da congregação trocarem sussurros aflitos. Recitou as preces sem expressão, depois leu o sermão de um livro. Carla, que já era enfermeira havia dois anos, reconheceu nele sintomas de depressão. Calculou que o pastor também tivesse recebido uma visita da Gestapo.

Reparou que Frau Ochs e os cinco filhos do casal não estavam em seus lugares habituais na primeira fila.

Quando os fiéis estavam cantando o último hino, Carla jurou não desistir, por mais assustada que estivesse. Ainda tinha alguns aliados: Frieda, Werner, Heinrich. Mas o que eles poderiam fazer?

Desejou ter alguma prova concreta das ações dos nazistas. Ela não tinha dúvida de que estivessem exterminando os deficientes – a reação extremada da Gestapo deixava isso claro. Mas não podia convencer os outros sem provas.

Como consegui-las?

Depois da missa, saiu da igreja ao lado de Frieda e Werner. Afastou os irmãos dos pais e disse:

– Acho que precisamos conseguir provas do que está acontecendo.

Frieda entendeu na mesma hora a que ela estava se referindo.

– Deveríamos ir a Akelberg – disse ela. – Visitar o hospital.

Werner havia proposto isso logo no começo, mas eles tinham decidido iniciar as investigações ali mesmo, em Berlim. Agora, Carla voltava a cogitar essa primeira possibilidade.

– Precisamos de autorizações para viajar.

– Como vamos conseguir uma coisa dessas?

Carla estalou os dedos.

– Nós duas fazemos parte do Clube de Ciclismo Mercúrio. Eles podem conseguir autorizações para passeios de bicicleta. – Esse era justamente o tipo de coisa que os nazistas apreciavam: exercícios saudáveis ao ar livre para os jovens.

– Será que conseguiríamos entrar no hospital?

– Poderíamos tentar.

– Acho que vocês deveriam esquecer essa história toda – disse Werner.

– Como assim? – rebateu Carla, espantada.

– É óbvio que o pastor Ochs levou um susto tão grande que quase morreu de medo. Essa história é muito perigosa. Vocês poderiam ser presas, torturadas. E nada disso vai trazer de volta Axel ou Kurt.

Ela o encarou, incrédula.

– Você quer que cruzemos os braços?

– Vocês têm que cruzar. Estão falando como se a Alemanha fosse um país livre! Vão acabar sendo mortas, as duas.

– Temos que correr riscos! – disse Carla, zangada.

– Então me deixem fora disso – falou ele. – Também recebi uma visita da Gestapo.

Carla ficou preocupada.

– Ah, Werner... o que aconteceu?

– Até agora, só ameaças. Se eu fizer mais alguma pergunta, serei mandado para o front.

– Bem, graças a Deus não é nada pior.

– Já é ruim o suficiente.

As moças passaram algum tempo caladas, então Frieda disse o que Carla estava pensando:

– Você precisa entender que isso é mais importante do que o seu emprego.

– Não venha me dizer o que eu preciso entender – retrucou Werner.

Na superfície, estava zangado, mas por baixo da raiva Carla pôde ver que ele na verdade sentia vergonha.

– Não é a sua carreira que está em jogo – prosseguiu ele. – E vocês ainda não se encontraram com a Gestapo.

Carla ficou pasma. Pensava conhecer Werner. Poderia ter jurado que ele pensaria como ela em relação àquela questão.

– Na verdade, encontrei, sim – disse ela. – Eles levaram meu pai.

– Ah, não, Carla! – exclamou Frieda, consternada, passando o braço sobre os ombros da amiga.

– Não conseguimos descobrir onde ele está – acrescentou Carla.

Werner não deu nenhuma mostra de empatia.

– Nesse caso, você deveria ter juízo para não desafiá-los! – disse ele. – Eles também teriam prendido você, mas o inspetor Macke acha que garotas não representam perigo.

Carla teve vontade de chorar. Estivera prestes a se apaixonar por Werner e agora ele se revelava um covarde.

– Está dizendo que não vai nos ajudar? – indagou Frieda.

– Estou.

– Porque você quer manter seu emprego?

– É inútil... não podemos vencê-los!

A covardia e o derrotismo dele estavam deixando Carla furiosa.

– Não podemos simplesmente deixar isso acontecer!

– Confronto aberto é uma loucura. Há outras formas de se opor.

– Quais, por exemplo? – indagou Carla. – Trabalhando devagar, como dizem aqueles folhetos? Isso não vai impedi-los de matar crianças deficientes!

– Desafiar o governo é suicídio!

– Qualquer outra atitude é covardia!

– Eu me recuso a ser julgado por duas garotas! – Com isso, ele saiu pisando firme.

Carla engoliu as lágrimas. Não podia chorar na frente de 200 pessoas em pé sob o sol na frente da igreja.

– Pensei que ele fosse diferente – falou.

Frieda estava chateada, mas também intrigada.

– Ele *é* diferente – disse ela. – Conheço meu irmão desde sempre. Alguma coisa está acontecendo, algo que ele não nos contou.

A mãe de Carla se aproximou. Não reparou na agitação da filha, o que não era comum.

– Ninguém sabe nada! – disse Maud, desesperada. – Não consigo descobrir onde seu pai possa estar.

– Vamos continuar tentando – disse Carla. – Ele não tinha amigos na embaixada americana?

– Conhecidos. Já perguntei, mas eles não conseguiram nenhuma informação.

– Vamos perguntar de novo amanhã.

– Ah, meu Deus... deve haver um milhão de esposas alemãs na mesma situação que eu.

Carla assentiu.

– Vamos para casa, mãe.

As duas fizeram o caminho de volta devagar, sem dizer nada, ambas perdidas em pensamentos. Carla sentia raiva de Werner, e mais ainda por ter se enganado tanto em relação a seu caráter. Como podia ter se apaixonado por alguém tão fraco?

Chegaram à sua rua.

– Amanhã de manhã irei à embaixada americana – disse Maud ao se aproximarem de casa. – Se for preciso, passarei o dia inteiro esperando na recepção. Implorarei para que façam alguma coisa. Se quiserem mesmo, podem abrir um inquérito semioficial sobre o cunhado de um ministro de governo britânico. Ué! Por que a porta de nossa casa está aberta?

O primeiro pensamento que ocorreu a Carla foi de que a Gestapo tivesse lhes feito uma segunda visita. Só que não havia nenhum carro preto parado junto ao meio-fio. E uma chave pendia da fechadura.

Maud entrou no hall e berrou.

Carla entrou correndo atrás dela.

Um homem jazia no chão, coberto de sangue.

Carla conseguiu conter um grito.

– Quem é? – perguntou.

Maud se ajoelhou junto ao homem.

– Walter – falou. – Ah, Walter, o que fizeram com você?

Então Carla viu que aquele era seu pai. Estava tão gravemente ferido que quase não era possível reconhecê-lo. Um dos olhos estava fechado, a boca inchada formava um imenso hematoma, e os cabelos estavam cobertos de sangue seco. Um dos braços estava torcido de forma estranha. A frente do paletó estava toda suja de vômito.

– Walter, fale comigo, fale comigo! – pediu Maud.

Ele abriu a boca e deu um gemido.

Carla reprimiu a histeria e o sofrimento que brotaram em seu peito e passou a agir de modo profissional. Foi pegar uma almofada e apoiou a cabeça do pai. Pegou um copo d'água na cozinha e despejou um filete sobre seus lábios. Ele engoliu e abriu a boca, pedindo mais. Quando ele já se havia hidratado o suficiente, ela foi até seu escritório, pegou uma garrafa de *schnapps* e lhe deu algumas gotas para beber. Seu pai as engoliu, depois tossiu.

– Vou chamar o Dr. Rothmann – disse Carla. – Lave o rosto dele e lhe dê mais água. Não tente mudá-lo de posição.

– Está bem, está bem... ande logo! – disse Maud.

Carla empurrou a bicicleta até a rua e saiu pedalando. O Dr. Rothmann não tinha mais autorização para exercer a medicina – judeus não podiam ser médicos –, mas ainda atendia pessoas pobres extraoficialmente.

Carla pedalou feito louca. Como seu pai conseguira chegar em casa? Imaginou que eles o tivessem levado de carro e que ele tivesse conseguido cambalear do meio-fio até dentro de casa, para em seguida desabar.

Chegou à casa dos Rothmann. Assim como a sua, o imóvel estava em mau estado. A maioria das janelas fora quebrada por antissemitas. Frau Rothmann atendeu.

– Meu pai foi espancado – disse Carla, ofegante. – Pela Gestapo.

– Meu marido vai cuidar dele – disse Frau Rothmann. Virando-se para o alto da escada, gritou: – Isaac!

O médico desceu.

– É Herr Von Ulrich – disse-lhe a esposa.

O médico pegou uma sacola de compras feita de lona encostada junto à porta. Como ele estava proibido de praticar a medicina, Carla imaginou que não pudesse carregar nada parecido com uma maleta de instrumentos médicos.

Os dois saíram de casa.

– Vou na frente de bicicleta – disse Carla.

Quando ela chegou, encontrou a mãe sentada diante da porta, aos prantos.

– O médico já está vindo! – falou.

– Não adianta mais – respondeu Maud. – Seu pai está morto.

VIII

Eram duas e meia da tarde, e Volodya estava em frente à loja de departamentos Wertheim, junto à Alexanderplatz. Havia percorrido as redondezas várias vezes, à procura de homens que pudessem ser policiais à paisana. Estava seguro de não ter sido seguido, mas não era impossível que, passando ali por acaso, um agente da Gestapo o reconhecesse e se perguntasse o que ele estava fazendo. Um local movimentado e cheio de gente era o melhor disfarce, mas não era perfeito.

Seria verdade o boato sobre a invasão? Caso fosse, ele não iria permanecer em Berlim por muito mais tempo. Teria que se despedir de Gerda e Sabine. Provavelmente voltaria para a sede da Inteligência do Exército Vermelho em Moscou. Estava ansioso para passar algum tempo com a família. Sua irmã, Anya, dera à luz um casal de gêmeos que ele ainda não conhecia. Volodya também achava que um descanso seria bem-vindo. Operar na clandestinidade significava um estresse permanente: despistar agentes da Gestapo, organizar encontros secretos, recrutar agentes, preocupar-se com traições. Um ano ou dois na sede não seria nada mau, imaginando, é claro, que a União Soviética fosse durar todo esse tempo. Ou então ele poderia ser transferido para outro posto no exterior. Gostava de Washington. Sempre tivera vontade de conhecer os Estados Unidos.

Tirou do bolso um lenço de papel amassado e jogou-o dentro de uma lixeira. Faltando um minuto para as três, acendeu um cigarro, embora não fumasse. Cuidadosamente, deixou o palito de fósforo aceso cair dentro da lixeira, fazendo-o aterrissar bem em cima do lenço de papel embolado. Então afastou-se.

Segundos depois, alguém gritou:

– Fogo!

No exato momento em que todas as pessoas em volta prestaram atenção no incêndio dentro da lixeira, um táxi encostou em frente à loja, um Mercedes 260D preto, modelo normal. Um rapaz bonito com uniforme de tenente da Força Aérea desceu do carro. Quando o tenente estava pagando o taxista, Volodya entrou no táxi e bateu a porta.

No chão do carro, num lugar que o motorista não conseguia ver, havia um exemplar da *Neues Volk*, a revista nazista de propaganda racial. Volodya o pegou, mas não leu.

– Algum imbecil tocou fogo numa lixeira – comentou o taxista.

– Hotel Adlon – disse Volodya, e o carro começou a andar.

Ele folheou as páginas da revista e confirmou que havia um envelope pardo escondido lá dentro.

Apesar de ansioso para abri-lo, esperou.

Desceu do táxi em frente ao hotel, mas não entrou. Em vez disso, atravessou o Portão de Brandemburgo e foi para o parque. As árvores exibiam folhas novas e viçosas. Era um dia quente de primavera, e várias pessoas estavam dando seu passeio vespertino.

A revista parecia queimar a pele da mão de Volodya. Ele encontrou um banco num local discreto e sentou-se.

Desdobrou a revista e, usando-a como barreira, abriu o envelope pardo.

Retirou um documento. Era uma cópia em papel-carbono, um pouco apagada, mas legível. Tinha o título de:

Diretriz nº 21: Operação "Barbarossa"

Friedrich Barbarossa foi o imperador alemão que liderou a Terceira Cruzada, em 1189.

O texto começava assim: "A Wehrmacht alemã precisa estar preparada, antes mesmo do término da guerra contra a Inglaterra, para derrotar a Rússia numa campanha rápida."

Volodya soltou um arquejo. Aquilo era pura dinamite. O espião de Tóquio estava certo; e Stalin, errado. A União Soviética corria um perigo mortal.

Com o coração aos pulos, ele verificou o final do documento. Estava assinado "Adolf Hitler".

Vasculhou as páginas em busca de uma data e encontrou. A invasão estava marcada para 15 de maio de 1941.

Junto a essa data havia uma anotação a lápis com a letra de Werner Franck: "A data foi mudada para 22 de junho."

– Ah, Deus, ele conseguiu – disse Volodya alto. – Confirmou a invasão.

Tornou a guardar o documento no envelope e este dentro da revista.

Aquilo mudava tudo.

Levantou-se do banco e seguiu caminhando até a embaixada soviética para dar a notícia.

IX

Não havia estação em Akelberg, por isso Carla e Frieda desceram na parada mais próxima, a pouco mais de 15 quilômetros, e tiraram suas bicicletas do trem.

Estavam de short e suéter, calçavam sandálias confortáveis e tinham tranças no cabelo. Pareciam duas integrantes da Liga das Jovens Alemãs, a Bund Deutscher Mädel, ou BDM. Era comum essas moças saírem juntas em viagens de bicicleta. Se faziam outra coisa além de pedalar, sobretudo à noite, nos hotéis espartanos em que se hospedavam, era tema de farta especulação. Segundo os rapazes, BDM era uma sigla para *Bubi Drück Mir*, algo como "venha me comer".

As duas consultaram o mapa e saíram da cidade em direção a Akelberg.

Carla pensava no pai 24 horas por dia. Sabia que nunca iria superar o horror de tê-lo encontrado violentamente espancado e à beira da morte. Passara dias aos prantos. Mas outra emoção acompanhava sua tristeza: raiva. Não iria simplesmente ficar triste. Faria alguma coisa.

Transtornada de dor, Maud no início tentara convencer a filha a não ir a Akelberg.

– Meu marido morreu, meu filho está no Exército... Não quero que minha filha arrisque a vida também! – protestara ela.

Depois do enterro, quando o horror e a histeria cederam lugar a um luto mais calmo e profundo, Carla lhe perguntara qual seria a vontade do pai. Maud passou um longo tempo pensando. Só no dia seguinte respondeu:

– Ele iria querer que você continuasse a luta.

Era difícil para Maud dizer aquilo, mas ambas sabiam que era verdade.

Frieda não tivera nenhuma conversa desse tipo com os pais. Sua mãe, Monika, fora apaixonada por Walter quando jovem e ficara arrasada com a morte dele. Mesmo assim, teria se horrorizado se soubesse o que Frieda estava fazendo. Seu pai, Ludi, a teria trancado na adega. Ambos achavam que ela tinha ido passear de bicicleta ou, no máximo, que tivesse saído para encontrar algum namorado pouco recomendável.

A região era montanhosa, mas as duas amigas estavam em boa forma e, uma hora depois, já desciam uma encosta rumo à pequena cidade de Akelberg. Carla ficou apreensiva: elas agora estavam em território inimigo.

Entraram num café. Não havia Coca-Cola à venda.

– Isto aqui não é Berlim! – disse a mulher atrás do balcão, indignada como se elas tivessem pedido que uma orquestra lhes fizesse uma serenata.

Carla se perguntou por que alguém que não gostava de forasteiros decidia abrir um café.

Compraram dois copos quentes de Fanta, um refrigerante alemão, e aproveitaram a oportunidade para encher seus cantis com água.

Não sabiam onde exatamente ficava o hospital. Tinham que pedir informações, mas Carla temia que levantassem suspeitas. Os nazistas da cidade talvez se interessassem por duas desconhecidas fazendo perguntas. Quando estavam pagando, Carla disse:

– Temos que encontrar o restante do nosso grupo no cruzamento perto do hospital. Em que direção fica?

A mulher não a encarou.

– Não tem hospital nenhum aqui.

– A Instituição Médica de Akelberg – insistiu Carla, repetindo o nome que constava no papel timbrado.

– Deve ser outra Akelberg.

Carla teve a impressão de que a mulher estava mentindo.

– Que estranho – disse ela, continuando a fingir. – Espero que não estejamos no lugar errado.

Elas saíram empurrando as bicicletas pela rua principal. Não havia outro jeito, pensou Carla: teria que pedir informações.

Um velho de aspecto inofensivo estava sentado num banco em frente a um bar, aproveitando o sol da tarde.

– Onde fica o hospital? – perguntou-lhe Carla, disfarçando o nervosismo com um tom jovial.

– Atravessem a cidade e subam a colina à esquerda – respondeu ele. – Mas não entrem lá... poucas pessoas saem! – Ele deu uma gargalhada, como se houvesse acabado de contar uma piada.

A informação era meio vaga, mas teria que bastar, pensou Carla. Decidiu não atrair mais atenção perguntando outra vez.

Uma mulher de lenço na cabeça segurou o braço do velho.

– Não deem ouvidos a ele... Não sabe o que está dizendo – falou ela, com ar preocupado. Puxou o velho para fazê-lo se levantar e começou a empurrá-lo pela calçada. – Fique de boca fechada, seu velho idiota – resmungou.

Aquelas pessoas pareciam desconfiar do que estava acontecendo em sua cidade. Por sorte, elas reagiam sendo antipáticas e não se intrometendo. Talvez não fossem correr para chamar a polícia ou o Partido Nazista.

Carla e Frieda seguiram mais um pouco pela rua e encontraram um Albergue da Juventude. Havia milhares de estabelecimentos como aquele na Alemanha, destinados a acolher justamente o tipo de pessoa que elas estavam fingindo ser: jovens atléticas fazendo um vigoroso passeio ao ar livre. Pediram um quarto. As acomodações eram muito simples, com beliches de três andares, mas o preço era módico.

A tarde já caía quando elas saíram da cidade montadas nas bicicletas. Pouco menos de dois quilômetros adiante, chegaram a uma curva à esquerda. Não havia placa, mas a estrada subia a colina, então seguiram por ela.

A apreensão de Carla aumentou. Quanto mais perto chegassem, mais difícil seria parecer inocentes caso fossem interpeladas.

Cerca de um quilômetro e meio depois, viram uma casa grande no meio de um parque. Não parecia isolada por muro ou cerca, e a estrada conduzia até a porta. Mais uma vez, não havia placas.

Inconscientemente, Carla esperava encontrar no alto da colina um castelo sinistro de pedra cinzenta, janelas gradeadas e portas de carvalho com dobradiças de ferro. Mas aquilo ali era uma casa de campo típica da Bavária: telhado bem inclinado, beirais largos, sacadas de madeira, um pequeno campanário. Com certeza nada tão horrível quanto o assassinato de crianças poderia acontecer ali. A casa também parecia pequena para um hospital. Foi então que ela viu que um anexo moderno fora construído numa das laterais, com uma chaminé bem alta.

As duas desceram das bicicletas e as apoiaram na lateral da casa. Carla estava com o coração na boca ao subir os degraus até a entrada. Por que não havia guardas? Talvez porque ninguém fosse tão ousado para investigar aquele lugar.

Não havia campainha nem aldraba, mas, quando Carla empurrou a porta, esta se abriu. A garota entrou e Frieda foi atrás. As duas se viram no meio de um hall frio, com chão de pedra e paredes brancas nuas. Havia diversas portas ali, mas todas estavam fechadas. Uma mulher de meia-idade e óculos descia uma escada larga. Usava um vestido cinza elegante.

– Pois não? – falou.

– Olá – disse Frieda, em tom casual.

– O que estão fazendo? Não podem entrar aqui.

Frieda e Carla tinham preparado uma história.

– Eu só queria visitar o lugar onde meu irmão morreu – disse Frieda. – Ele tinha 15 anos...

– Isto aqui não é uma instituição pública! – disse a mulher, indignada.

– É, sim. – Frieda fora criada numa família rica e não se deixava intimidar por subalternos.

Uma enfermeira de seus 19 anos surgiu de uma das portas laterais e as encarou. A mulher de vestido cinza se dirigiu a ela.

– Enfermeira König, vá chamar Herr Römer agora mesmo.

A moça se retirou, apressada.

– Vocês deveriam ter escrito antes – disse a mulher.

– A senhora não recebeu minha carta? – perguntou Frieda. – Escrevi para o chefe da equipe médica. – Não era verdade: ela estava improvisando.

– Não recebemos nenhuma carta desse tipo! – Estava claro que a mulher achava que uma solicitação estapafúrdia como a de Frieda não teria passado despercebida.

Carla aguçou os ouvidos. Havia um silêncio estranho naquele lugar. Já convivera com deficientes físicos e mentais, adultos e crianças, e eles em geral não eram silenciosos. Mesmo atrás daquelas portas fechadas, deveria ser possível ouvir gritos, risos, choros, vozes protestando bem alto e balbucios desconexos. Mas ali não havia nada. Aquilo mais parecia um necrotério.

Frieda experimentou uma nova tática.

– Talvez a senhora possa me dizer onde fica o túmulo do meu irmão? Eu gostaria de visitá-lo.

– Não há túmulos aqui. Nós temos um incinerador. – Ela se corrigiu na hora: – Um crematório.

– Sim, eu vi a chaminé – disse Carla.

– Onde estão as cinzas do meu irmão? – quis saber Frieda.

– Elas serão mandadas para vocês no devido tempo.

– Não as misturem com as de mais ninguém, sim?

O pescoço da mulher ficou muito vermelho, e Carla imaginou que eles de fato misturavam as cinzas, imaginando que ninguém fosse notar.

A enfermeira König reapareceu seguida por um homem corpulento usando um uniforme de enfermeiro.

– Ah, Römer – disse a mulher de cinza. – Por favor, queira acompanhar estas moças para fora daqui.

– Só um instante – disse Frieda. – Têm certeza de que isto é certo? Eu só queria ver o lugar onde meu irmão morreu.

– Certeza absoluta.

– Então a senhora não vai se importar em me dizer seu nome.

A mulher hesitou por um segundo.

– Frau Schmidt. Agora, por favor, vão embora.

Römer avançou na direção das duas com uma atitude ameaçadora.

– Já estamos indo – disse Frieda, com a voz fria. – Não temos nenhuma intenção de dar a Herr Römer um pretexto para nos molestar.

O homem mudou de direção e abriu a porta para elas.

As duas saíram, subiram nas bicicletas e tornaram a descer a estrada.

– Você acha que ela acreditou na nossa história? – perguntou Frieda.

– Totalmente – respondeu Carla. – Nem perguntou nossos nomes. Se tivesse desconfiado de algo, teria chamado a polícia na mesma hora.

– Mas nós não descobrimos muita coisa. Vimos a chaminé. Mas não encontramos nada que se possa chamar de prova.

Carla estava um pouco desanimada. Conseguir provas não era tão simples quanto parecia.

Voltaram para o albergue, tomaram banho, trocaram de roupa e saíram em busca de algo para comer. O único café era o da dona mal-humorada. Lá comeram panquecas de batata com salsicha. Em seguida, foram até o bar da cidade. Pediram duas cervejas e puxaram conversa alegremente com os outros clientes, mas ninguém lhes deu atenção. Isso por si só já era suspeito. Por toda a Alemanha, as pessoas tinham receio de desconhecidos, pois qualquer um poderia ser um delator nazista, ainda assim Carla se perguntou em quantas cidades duas jovens poderiam passar uma hora dentro de um bar sem que ninguém tentasse flertar com elas.

Voltaram para o albergue a fim de dormir cedo. Carla não sabia mais o que fazer. No dia seguinte, voltariam para casa de mãos vazias. Parecia-lhe inacreditável estar a par daquelas mortes terríveis mas ser incapaz de impedi-las. Tinha vontade de gritar de tanta frustração.

Ocorreu-lhe que Frau Schmidt – se é que esse era mesmo seu nome – poderia desenvolver alguma suspeita em relação às visitantes. Na hora, aceitara que Carla e Frieda fossem o que diziam ser, mas talvez ficasse desconfiada mais tarde e chamasse a polícia só para garantir. Não seria difícil encontrar as duas. Havia apenas cinco hóspedes no albergue nessa noite, e elas eram as únicas mulheres. Ficaram de orelha em pé, temendo a batida fatal na porta.

Se questionadas, contariam parte da verdade: que o irmão de Frieda e o afilhado de Carla tinham morrido em Akelberg, e que elas queriam visitar os túmulos, ou ao menos ver o local onde haviam morrido e passar alguns instantes ali prestando homenagem a eles. A polícia da cidade talvez acreditasse nessa história. Se verificassem com Berlim, porém, logo descobririam a ligação delas com Walter von Ulrich e Werner Franck, dois homens investigados pela Gestapo por terem feito perguntas capciosas a respeito de Akelberg. Então Carla e Frieda estariam em sérios apuros.

Quando se preparavam para se deitar nos beliches de aspecto desconfortável, alguém bateu à porta.

O coração de Carla parou. Ela pensou no que a Gestapo tinha feito com seu pai. Sabia que não suportaria ser torturada. Em dois minutos, diria o nome de todos os Jovens do Swing que conhecia.

Frieda, que era menos fantasiosa, falou:

– Não faça essa cara de apavorada! – Então abriu a porta.

Não era a Gestapo, mas uma moça baixinha, bonita e loura. Carla levou alguns instantes para reconhecer a enfermeira König sem o uniforme.

– Preciso falar com vocês – disse ela. Estava abalada, ofegante e chorosa.

Frieda a convidou a entrar. A moça se sentou numa das camas e enxugou os olhos com a manga do vestido. Então disse:

– Não consigo mais guardar isso para mim.

Carla olhou de relance para Frieda. As duas estavam pensando a mesma coisa.

– Guardar o quê, enfermeira König?

– Meu nome é Ilse.

– O meu é Carla, e esta é Frieda. A que você está se referindo, Ilse?

A moça falou com uma voz tão baixa que elas mal conseguiram escutá-la:

– Nós matamos todo mundo.

Carla mal conseguia respirar.

– No hospital? – conseguiu articular.

Ilse assentiu com um gesto de cabeça.

– Os pobres coitados que chegam nos ônibus cinza. São crianças, às vezes bebês, e pessoas idosas, avós. Todos mais ou menos incapazes. Às vezes estão com um aspecto horrível, babados e sujos dos próprios excrementos, mas não é culpa deles, e alguns são de fato encantadores e inocentes. Não faz diferença... matamos todos.

– Como?

– Com uma injeção de escopolamina associada a morfina.

Carla assentiu. Era um anestésico muito comum, fatal se houvesse overdose.

– E o tratamento especial que os doentes supostamente deveriam receber?

Ilse balançou a cabeça.

– Não há tratamento algum.

– Ilse, deixe eu ver se entendi direito – falou Carla. – Eles matam todos os pacientes que vêm para cá?

– Todos.

– Assim que chegam?

– No mesmo dia, no máximo no dia seguinte.

Era o que Carla desconfiava, mas ainda assim a realidade nua e crua era aterrorizante, e ela sentiu náuseas.

Depois de alguns instantes, perguntou:

– Tem algum paciente lá agora?

– Vivo, não. Passamos a tarde aplicando injeções. Por isso Frau Schmidt ficou tão assustada quando vocês apareceram.

– Por que eles não dificultam o acesso de estranhos à casa?

– Acham que guardas e arame farpado em volta de um hospital tornariam óbvio que algo sinistro acontece lá. Seja como for, ninguém nunca tentou nos visitar antes.

– Quantas pessoas morreram hoje?

– Cinquenta e duas.

Carla sentiu um arrepio.

– O hospital matou 52 pessoas na tarde de hoje, por volta da hora em que estivemos lá?

– Isso.

– Quer dizer que agora estão todas mortas?

Ilse assentiu.

Uma ideia vinha brotando na mente de Carla, e ela decidiu levá-la adiante.

– Eu quero ver – falou.

Ilse assumiu uma expressão assustada.

– Como assim?

– Quero entrar no hospital e ver os cadáveres.

– Eles já estão sendo incinerados.

– Então quero ver isso. Você consegue nos pôr para dentro?

– Hoje à noite?

– Agora mesmo.

– Ah, meu Deus.

– Você não é obrigada a fazer nada – disse Carla. – Já foi muito corajosa de vir falar conosco. Se não quiser fazer mais nada, tudo bem. Mas, se nós quisermos pôr fim a isso, precisamos de provas.

– Provas.

– É. Olhe aqui, o governo tem vergonha desse projeto... Por isso que ele é mantido em segredo. Os nazistas sabem que os alemães normais não vão tolerar o assassinato de crianças. Mas as pessoas preferem acreditar que nada está acontecendo, e é fácil não dar atenção a um boato, sobretudo vindo de uma garota. Então precisamos de provas.

– Entendo. – O rosto bonito de Ilse adquiriu um ar de sombria determinação. – Está bem, então. Vou levar vocês.

Carla se levantou.

– Como você chega lá normalmente?

– De bicicleta. Deixo do lado de fora.

– Então vamos todas de bicicleta.

Elas saíram. A noite havia caído. O céu estava parcialmente encoberto, e as estrelas emitiam pouca luz. Usaram os faróis das bicicletas para sair da cidade e subir a colina. Quando puderam ver o hospital, apagaram os faróis e continuaram a pé, empurrando as bicicletas. Ilse as conduziu por uma trilha na floresta que levava aos fundos do prédio.

Carla sentiu um cheiro desagradável, parecido com o cano de descarga de um carro. Aspirou o ar pelo nariz, intrigada.

– O incinerador – explicou Ilse.

– Ah, não!

Elas esconderam as bicicletas no meio de alguns arbustos e, sem fazer barulho, caminharam até a porta dos fundos. Estava destrancada. Entraram.

Os corredores estavam muito iluminados. Não havia recantos de sombra: aquilo parecia mesmo o hospital que fingia ser. Se cruzassem com alguém, estariam totalmente visíveis. Suas roupas as denunciariam como intrusas. O que elas fariam nesse caso? Sairiam correndo, decerto.

Ilse percorreu depressa um corredor, dobrou numa curva e abriu uma porta.

– Aqui – sussurrou.

As três entraram.

Frieda deixou escapar um guincho de horror e tapou a boca.

– Ai, meu santo Pai do céu! – lamentou Carla.

Em uma sala grande e fria estavam dispostos cerca de trinta cadáveres, todos nus, deitados de costas sobre as mesas. Alguns eram gordos, outros magros; alguns velhos e encarquilhados, outros crianças, e um deles era um bebê de cerca de 1 ano. Uns poucos estavam encolhidos e deformados, mas a maioria parecia fisicamente normal.

Todos tinham um pequeno curativo autoadesivo no braço esquerdo, local onde fora aplicada a injeção.

Carla ouviu Frieda chorar baixinho e se obrigou a ser forte.

– Onde estão os outros? – perguntou com um sussurro.

– Já foram levados para o forno – respondeu Ilse.

Elas ouviram vozes vindas de trás da porta dupla no canto mais afastado da sala.

– Temos que sair! – falou Ilse.

Voltaram para o corredor. Carla fechou a porta, deixando apenas uma frestinha para espiar. Viu Herr Römer e outro homem entrarem pelas portas empurrando um carrinho de hospital.

Eles não olharam na direção de Carla. Estavam conversando sobre futebol. Ela ouviu Römer dizer:

– Faz só nove anos que ganhamos o campeonato nacional. Ganhamos do Eintracht Frankfurt por 2 a 0.

– Sim, mas metade dos seus craques era de judeus e foram todos embora.

Carla entendeu que eles estavam falando sobre o Bayern de Munique.

– Os velhos tempos vão voltar, basta termos a estratégia certa – disse Römer.

Ainda conversando, os dois foram até uma mesa sobre a qual jazia o cadáver de uma mulher gorda. Seguraram-na pelos ombros e joelhos e então, sem cuidado algum, transferiram-na para o carrinho, grunhindo por causa do esforço.

Empurraram o carrinho até outra mesa e puseram um segundo cadáver por cima do primeiro.

Depois de recolherem três corpos, saíram da sala empurrando o carrinho.

– Vou atrás deles – disse Carla.

Ela atravessou o necrotério até a porta dupla, seguida por Frieda e Ilse. Entraram numa área de aspecto mais industrial que médico: paredes pintadas de marrom, piso de concreto, armários e suportes para ferramentas.

Espiaram por trás de uma curva.

Viram um cômodo amplo como uma garagem, iluminado por luzes fortes que lançavam sombras compridas. Fazia calor lá dentro e um leve cheiro de algo cozinhando pairava no ar. No meio do espaço havia uma caixa de aço grande o suficiente para comportar um carro. Um toldo de metal saía do topo da caixa e atravessava o telhado. Carla entendeu que estava olhando para um forno.

Os dois homens tiraram um dos cadáveres de cima do carrinho e o transferiram para uma esteira rolante de aço. Römer apertou um botão na parede. A esteira se moveu, uma porta se abriu e o cadáver entrou no forno.

Então puseram o cadáver seguinte sobre a esteira.

Carla já tinha visto o suficiente.

Virando-se, acenou para as outras, assinalando que deveriam voltar. Frieda esbarrou em Ilse, que não conseguiu conter um grito. As três congelaram.

Ouviram Römer perguntar:

– O que foi isso?

– Um fantasma – respondeu o outro.

– Não brinque com essas coisas! – A voz de Römer estava trêmula.

– Vai segurar a outra ponta deste presunto ou não?

– Está bem, está bem.

As três moças voltaram depressa para o necrotério. Ao ver os cadáveres que ainda estavam lá, Carla pensou em Kurt, filho de Ada, e sentiu uma pontada de tristeza. O menino ficara deitado ali, com um curativo autoadesivo no braço, e depois fora jogado sobre a esteira rolante e eliminado como um saco de lixo. Mas você não foi esquecido, Kurt, pensou.

Saíram para o corredor. Quando estavam fazendo a curva em direção à porta dos fundos, ouviram passos e a voz de Frau Schmidt:

– Por que esses dois estão demorando tanto?

Seguiram depressa pelo corredor e passaram pela porta. A lua tinha surgido no céu e o jardim estava muito claro. Uns 200 metros à frente no gramado, Carla viu os arbustos onde haviam escondido as bicicletas.

Frieda foi a última a sair e, na pressa, deixou a porta bater.

Carla pensou depressa: Frau Schmidt provavelmente sairia para investigar aquele barulho. As três não conseguiriam chegar aos arbustos antes que ela abrisse a porta. Precisavam se esconder.

– Por aqui! – sibilou Carla e deu a volta correndo pela quina do prédio. As outras a seguiram.

Elas se encolheram junto à parede. Carla ouviu a porta se abrir. Prendeu a respiração.

Houve uma pausa demorada. Então Frau Schmidt resmungou algo ininteligível e a porta tornou a bater.

Carla espiou pela quina. A mulher tinha ido embora.

As três atravessaram correndo o gramado e pegaram as bicicletas.

Foram empurrando-as pela trilha da floresta até chegarem à estrada. Acenderam os faróis, subiram nas bicicletas e começaram a pedalar. Carla estava eufórica. Tinham conseguido!

Quando foram chegando perto da cidade, a sensação de vitória se transformou em considerações mais práticas. O que exatamente haviam conseguido? Qual seria o seu próximo passo?

Precisavam contar para alguém o que tinham visto. Ela não sabia muito bem para quem. De qualquer modo, precisavam convencer alguém. Será que havia uma pessoa que fosse acreditar nelas? Quanto mais pensava no assunto, menos certeza tinha.

Quando chegaram ao albergue e desceram das bicicletas, Ilse falou:

– Que bom que tudo isso acabou. Nunca fiquei tão apavorada em toda a minha vida.

– Ainda não acabou – disse Carla.

– Como assim?

– Só vai acabar quando conseguirmos fechar esse hospital e outros do mesmo tipo.

– E como vão fazer isso?

– Precisamos de você – disse-lhe Carla. – Você é a prova.

– Estava com medo de ouvi-la dizer isso.

– Aceita vir conosco amanhã, quando voltarmos para Berlim?

Houve uma longa pausa, e então Ilse respondeu:

– Sim, aceito.

X

Volodya Peshkov estava contente por ter voltado para casa. Era verão, e Moscou estava no auge, ensolarada e quente. Na segunda-feira, 30 de junho, ele retornou à sede da Inteligência do Exército Vermelho, vizinha ao campo de pouso de Khodynka.

Tanto Werner Franck quanto o espião de Tóquio estavam certos: a Alemanha invadira a União Soviética no dia 22 de junho. Volodya e todo o pessoal da embaixada soviética em Berlim tinham voltado para Moscou de navio e de trem. Ele tivera prioridade e chegara mais depressa do que a maioria: alguns ainda estavam a caminho.

Percebia agora quanto Berlim o estava deprimindo. Os nazistas eram maçantes com sua prepotência e seu triunfalismo. Eram como um time de futebol na comemoração de uma vitória, que ia ficando cada vez mais embriagado e mais chato e se recusava a ir para casa. Volodya estava farto deles.

Algumas pessoas poderiam dizer que, na União Soviética era a mesma coisa, com sua polícia secreta, sua rígida ortodoxia e suas atitudes puritanas em relação a prazeres abstratos como a pintura e a moda. Mas elas estavam erradas. O comunismo era uma obra em andamento, e erros eram cometidos no caminho para uma sociedade justa. A NKVD, com suas câmaras de tortura, era uma aberração, um câncer no corpo do comunismo. Um dia, ela seria extirpada. Mas provavelmente não enquanto durasse a guerra.

Preparando-se para o início do conflito, Volodya havia equipado seus espiões de Berlim com rádios e manuais de código clandestinos com bastante antecedência. Agora, mais do que nunca, era vital que os poucos e corajosos opositores do nazismo continuassem a passar informações para os soviéticos. Antes de partir, ele destruíra todos os registros de seus nomes e endereços, que agora só existiam em sua cabeça.

Encontrara seu pai e sua mãe bem-dispostos e com saúde, embora o pai parecesse preocupado: era responsabilidade sua preparar Moscou para os ataques aéreos. Fora visitar a irmã Anya e o marido, Ilya Dvorkin, bem como os sobrinhos gêmeos, que tinham agora 1 ano e meio: Dmitriy, cujo apelido era Dimka, e Tatiana, que todos chamavam de Tania. Infelizmente, Volodya achou o pai das crianças tão desprezível quanto antes.

Depois de um dia agradável em casa e de uma boa noite de sono em seu antigo quarto, estava pronto para voltar ao trabalho.

Passou pelo detector de metais na entrada do prédio da Inteligência. Apesar de feios e utilitários, os conhecidos corredores e escadarias lhe despertaram nostalgia. Ao caminhar pelo prédio, quase esperou que as pessoas viessem parabenizá-lo: muitas deviam saber que fora ele quem confirmara a operação Barbarossa. No entanto, ninguém o abordou. Talvez estivessem apenas sendo discretos.

Ele entrou numa grande área aberta, cheia de datilógrafas e arquivistas, e dirigiu-se a uma recepcionista de meia-idade:

– Olá, Nika... ainda por aqui?

– Bom dia, capitão Peshkov – respondeu ela, não tão calorosa quanto ele esperava. – O coronel Lemitov gostaria de falar com o senhor imediatamente.

Assim como o pai de Volodya, Lemitov não era importante o suficiente para sofrer com o grande expurgo do final dos anos 1930, e tinha sido promovido para o lugar de um infeliz ex-superior. Volodya não sabia muita coisa sobre o expurgo, mas achava difícil acreditar que tantos oficiais importantes tivessem sido desleais a ponto de merecer a punição. Não que soubesse exatamente que punição era essa. Eles podiam estar exilados na Sibéria, presos em algum lugar ou então mortos. Sabia apenas que tinham desaparecido.

– Ele agora fica na sala grande no fim do corredor principal – acrescentou Nika.

Volodya percorreu a sala coletiva, acenando com a cabeça e sorrindo para um ou dois conhecidos, mas novamente teve a sensação de que não era o herói que esperava ser. Bateu na porta de Lemitov torcendo para que o chefe pudesse esclarecer a situação.

– Pode entrar.

Volodya entrou, bateu continência e fechou a porta atrás de si.

– Bem-vindo de volta, capitão. – Lemitov deu a volta na mesa. – Cá entre nós, excelente trabalho em Berlim. Obrigado.

– Fico honrado com o elogio, senhor – respondeu Volodya. – Mas por que cá entre nós?

– Porque você contradisse Stalin. – O coronel ergueu a mão para impedir que ele protestasse. – Ele não sabe que foi você, claro. Mesmo assim, depois do expurgo, algumas pessoas por aqui ficam nervosas em se associar a qualquer um que siga o caminho errado.

– O que eu deveria ter feito? – indagou Volodya, incrédulo. – Falsificado informações erradas?

Lemitov balançou a cabeça enfaticamente.

– Não me entenda mal, você fez o que era certo. E eu o protegi. Só não espere que as pessoas por aqui o tratem como herói.

– Está bem – disse Volodya. A situação era pior do que ele imaginava.

– Pelo menos agora você tem sua própria sala... fica a três portas daqui. Vai precisar passar um ou dois dias se atualizando.

Volodya interpretou aquilo como uma dispensa.

– Sim, coronel – falou. Bateu continência e saiu.

Pequena e sem tapete, a sala não tinha nenhum luxo, mas era só dele. Como andara ocupado tentando voltar para casa o mais rápido possível, estava desatualizado em relação ao avanço da invasão alemã. Sendo assim, deixou a decepção de lado e começou a ler os relatórios dos comandantes do campo de batalha sobre a primeira semana de guerra.

À medida que a leitura avançava, foi ficando cada vez mais desanimado.

A invasão tinha pego o Exército Vermelho de surpresa.

Parecia impossível, mas sua mesa estava coberta de evidências disso.

Em 22 de junho, dia do ataque alemão, muitas unidades avançadas do Exército Vermelho estavam *sem munição*.

E não parava por aí. Nos campos de pouso, os aviões tinham sido dispostos em filas bem certinhas, sem camuflagem, de forma que, nas primeiras horas da guerra, a Luftwaffe destruíra 1.200 aeronaves soviéticas. Unidades do Exército tinham sido enviadas para enfrentar os alemães sem armamentos adequados, sem cobertura aérea e sem informação sobre as posições inimigas; consequentemente, foram aniquiladas.

E, o pior de tudo, a ordem de Stalin para o Exército Vermelho agora era a seguinte: é proibido recuar. Todas as unidades tinham que lutar até o último homem, e os oficiais deveriam se suicidar com um tiro para não serem capturados. Os soldados nunca podiam se reagrupar em posição defensiva diferente e mais forte. Isso significava que todas as derrotas se transformavam em massacres.

O resultado era que o Exército Vermelho estava perdendo muitos homens e equipamentos.

O alerta do espião de Tóquio e a confirmação de Werner Franck tinham sido ignorados por Stalin. Mesmo depois que o ataque começara, o líder soviético insistira que aquilo era um ato de provocação pontual, conduzido por oficiais militares alemães sem o conhecimento de Hitler, que poria um fim à agressão assim que ficasse sabendo dela.

Quando se tornou impossível negar que aquilo não era uma provocação, mas a maior invasão da história da guerra, os alemães já haviam dizimado as posições avançadas soviéticas. Em uma semana, conseguiram adentrar quase 500 quilômetros no território soviético.

Era uma catástrofe – mas o que fazia Volodya ter vontade de gritar era que tudo aquilo poderia ter sido evitado.

Não restava dúvida sobre de quem era a culpa. A União Soviética era uma autocracia. Uma única pessoa tomava as decisões: Josef Stalin. Ele havia cometido um erro desastroso por conta da teimosia e da burrice. E agora seu país estava correndo um grande perigo.

Até então, Volodya acreditava que o comunismo soviético fosse a verdadeira ideologia, maculada apenas pelos excessos da polícia secreta, a NKVD. Agora entendia que o defeito estava no topo da cadeia de comando. Beria e a NKVD só existiam porque Stalin permitia. Era ele quem estava impedindo a marcha rumo ao verdadeiro comunismo.

Mais tarde nesse mesmo dia, enquanto olhava pela janela para o campo de pouso banhado de sol, refletindo sobre o que havia descoberto, Volodya recebeu uma visita de Kamen. Quatro anos antes, quando eram recém-formados pela Academia de Inteligência Militar, haviam sido tenentes juntos e dividido uma sala com outros dois colegas. Na época, Kamen era um palhaço: fazia piada de todo mundo e atrevia-se a zombar da inflexível ortodoxia soviética. Agora estava mais gordo e parecia mais sério. Talvez com o objetivo de aparentar mais maturidade, deixara crescer um bigodinho preto igual ao de Molotov, o ministro das Relações Exteriores.

Kamen fechou a porta atrás de si e sentou-se. Tirou do bolso um brinquedo: um soldadinho de metal com uma chave nas costas. Deu corda na chave e pôs o brinquedo sobre a mesa de Volodya. O soldadinho começou a balançar os braços como se estivesse marchando, e o mecanismo foi perdendo energia com um ruído alto que lembrava os estalos de uma lingueta.

– Stalin não é visto há dois dias – disse Kamen em voz baixa.

Volodya entendeu que o soldadinho de corda estava ali para abafar qualquer grampo que pudesse estar escondido em sua sala.

– Como assim, não é visto? – indagou.

– Não apareceu no Kremlin e não atende o telefone.

Volodya ficou espantado. O líder de uma nação não podia simplesmente sumir.

– O que ele está fazendo?

– Ninguém sabe. – O soldadinho parou. Kamen deu corda no brinquedo outra vez. – No sábado à noite, quando ficou sabendo que o Grupamento Militar Ocidental soviético fora cercado pelos alemães, ele disse: "Tudo está perdido. Eu desisto. Lenin criou esta nação, e nós fodemos com ela." Então foi para Kuntsevo. – Stalin tinha uma casa de campo perto dessa cidade, nos arredores de Moscou. – Ontem não apareceu no Kremlin no horário habitual, meio-dia. Quando ligaram para Kuntsevo, ninguém atendeu. O mesmo aconteceu hoje.

Volodya se inclinou para a frente.

– Será que ele está tendo... – Sua voz se transformou num sussurro. – ...um colapso mental?

Kamen fez um gesto de impotência.

– Não seria de espantar. Contrariando todos os indícios, ele insistiu que a Alemanha não iria nos atacar este ano, e veja só o que aconteceu.

Volodya assentiu. Fazia sentido. Stalin se permitira ser oficialmente chamado de Pai, Professor, Grande Líder, Transformador da Natureza, Grande Guia, Gênio da Humanidade, o Maior Gênio de Todos os Tempos e Povos. Mas agora ficara provado até mesmo para ele que estava errado, ao passo que todos os outros estavam certos. Havia quem se matasse em circunstâncias como essas.

A crise era ainda pior do que Volodya pensava. A União Soviética não estava apenas sendo atacada e perdendo; também estava sem líder. Aquele devia ser o momento mais perigoso para o país desde a revolução.

Mas seria também uma oportunidade? Seria uma chance de se livrar de Stalin?

A última vez que Stalin parecera vulnerável fora em 1924, quando o testamento de Lenin afirmara que ele não tinha capacidade para assumir o controle da nação. Desde que superara essa crise, seu poder parecia inabalável, mesmo – e Volodya agora via isso com clareza – quando suas decisões beiravam a loucura: os expurgos, os erros na Espanha, a nomeação do sádico Beria como chefe da polícia secreta, o pacto com Hitler. Seria aquela situação a chance de finalmente escapar do seu jugo?

Volodya escondeu sua animação de Kamen e de todos os outros. Guardou os pensamentos para si durante o trajeto de ônibus para casa sob a luz suave do entardecer de verão. A viagem foi atrasada por um lento comboio de caminhões que rebocavam peças de artilharia antiaérea – provavelmente ordenado por seu pai, responsável pela defesa de Moscou contra ataques aéreos.

Será que Stalin poderia ser deposto?

Volodya pensou quantas pessoas próximas ao Kremlin estariam se fazendo a mesma pergunta.

Entrou na Casa do Governo, o prédio de dez andares onde ficava o apartamento dos pais, bem em frente ao Kremlin, na outra margem do rio Moscou. Seus pais tinham saído, mas sua irmã estava lá com os gêmeos. O menino tinha olhos e cabelos escuros. Com um lápis vermelho na mão, rabiscava um jornal velho. A menina tinha os mesmos olhos azuis intensos de Grigori – assim como Volodya, segundo diziam. Veio imediatamente mostrar a boneca ao tio.

No apartamento estava também Zoya Vorotsyntsev, a linda física que Volodya conhecera quatro anos antes, às vésperas de partir para a Espanha. Ela e Anya tinham descoberto um interesse comum pela música folclórica russa: iam juntas a recitais, e Zoya tocava *gudok*, um instrumento de três cordas. Nenhuma das duas tinha dinheiro para comprar um fonógrafo, mas havia um na casa de Grigori, e elas estavam ouvindo a gravação de uma orquestra de *balalaikas*. Grigori não era um grande apreciador de música, mas achou o disco animado.

Zoya usava um vestido de verão de mangas curtas do mesmo tom claro de seus olhos azuis. Quando Volodya lhe fez a pergunta-padrão sobre como ela estava, a resposta foi um ríspido:

– Muito brava.

Os russos tinham muitos motivos para estarem bravos naquele momento.

– Por quê? – perguntou Volodya.

– Minha pesquisa de física nuclear foi cancelada. Todos os cientistas com os quais trabalho foram transferidos para outros projetos. Eu mesma estou trabalhando para aprimorar o projeto das miras dos bombadeiros.

Volodya achou isso bastante razoável.

– Estamos em guerra, afinal de contas.

– Você não entende – disse ela. – Escute o que vou dizer: quando passa por um processo chamado fissão, o metal urânio libera uma quantidade de energia descomunal. *Descomunal.* Nós sabemos disso, e os cientistas ocidentais também sabem... já lemos seus artigos em publicações científicas.

– Mesmo assim, a questão das miras dos bombardeiros parece mais urgente.

– Esse processo, a fissão, poderia ser usado para criar bombas cem vezes mais potentes do que as que existem agora – disse Zoya, zangada. – Uma única explosão nuclear poderia aniquilar Moscou. E se os alemães fabricarem uma bomba dessas e nós não tivermos uma também? Vai ser como se eles tivessem fuzis e nós apenas espadas!

– Mas há algum motivo para crer que os cientistas de outros países estejam trabalhando numa bomba de fissão? – perguntou Volodya, cético.

– Temos certeza de que estão. O conceito de fissão conduz automaticamente à ideia de uma bomba. Se nós pensamos nisso, por que eles não iriam pensar? Mas há outro motivo, também. Eles divulgaram todos os primeiros resultados em publicações científicas... E então, de um ano para cá, pararam de repente. Desde este mesmo período no ano passado nenhum artigo sobre fissão é publicado.

– E você acha que os políticos e generais do Ocidente perceberam o potencial militar dessa pesquisa e a tornaram secreta?

– Não consigo pensar em outro motivo. E a União Soviética nem sequer começou a procurar urânio debaixo da terra.

– Hum. – Volodya estava fingindo duvidar, mas na verdade considerava tudo aquilo extremamente verossímil. Nem mesmo os maiores admiradores de Stalin, grupo que incluía seu próprio pai, alegavam que ele entendesse de ciência. E era muito fácil para um autocrata ignorar qualquer coisa que o deixasse pouco à vontade.

– Já falei com seu pai – prosseguiu Zoya. – Ele me dá ouvidos, mas ninguém o escuta.

– O que você vai fazer, então?

– O que posso fazer? Vou projetar uma mira de bombardeiro muito boa para os nossos aviadores e cruzar os dedos.

Volodya assentiu. Gostava daquela atitude. Gostava daquela moça. Ela era inteligente, arrebatada, e um colírio para os olhos. Pensou se aceitaria um convite seu para ir ao cinema.

Aquela conversa sobre física o fez se lembrar de Willi Frunze, que estudara com ele na Academia para Meninos de Berlim. Segundo Werner Franck, Willi era um físico brilhante que agora estudava na Inglaterra. Talvez ele soubesse alguma coisa sobre a bomba de fissão que estava deixando Zoya tão zangada. E, se ainda fosse comunista, talvez estivesse disposto a revelar o que sabia. Volodya disse a si mesmo que não podia se esquecer de mandar um telegrama para o setor da Inteligência do Exército Vermelho na embaixada de Londres.

Seus pais entraram na sala. Grigori usava um uniforme de gala. Katerina estava de sobretudo e chapéu. Voltavam de uma das muitas intermináveis cerimônias que o Exército tanto amava: apesar da invasão alemã, Stalin insistia em que esses rituais continuassem, pois eram bons para o moral.

Os avós fizeram carinho nos gêmeos, mas Grigori parecia preocupado. Resmungou algo sobre um telefonema, depois se refugiou no escritório. Katerina começou a preparar o jantar.

Volodya ficou na cozinha conversando com as três mulheres, mas estava louco para falar com o pai. Pensava saber o teor do telefonema urgente que ele tinha que dar: a derrubada de Stalin estava sendo planejada ou evitada naquele exato momento, provavelmente naquele mesmo prédio.

Após alguns minutos, ele decidiu interromper o pai, mesmo se arriscando a enfurecê-lo. Pediu licença e foi até o escritório. Mas Grigori já estava de saída.

– Tenho que ir a Kuntsevo – disse ele.

Volodya estava louco para saber o que estava acontecendo.

– Por quê? – indagou.

O pai ignorou a pergunta.

– Mandei chamar meu carro, mas meu motorista já foi para casa. Você pode me levar.

Volodya ficou animado. Nunca fora à datcha de Stalin. Agora iria até lá num momento de crise.

– Vamos – disse-lhe o pai, impaciente.

Eles gritaram suas despedidas do hall e saíram.

O carro de Grigori era um ZIS 101-A preto, cópia soviética do Packard americano, com câmbio automático de três marchas. A velocidade máxima ficava em torno de 130 quilômetros por hora. Volodya se acomodou ao volante e partiu.

Passou pelo Arbat, bairro de artesãos e intelectuais, e pegou a autoestrada Mozhaisk na direção oeste.

– O senhor foi convocado pelo camarada Stalin? – perguntou ao pai.

– Não. Stalin está incomunicável há dois dias.

– Foi o que ouvi dizer.

– Ouviu? Deveria ser segredo.

– Não se pode guardar segredo sobre uma coisa dessas. O que está acontecendo agora?

– Estamos indo em grupo a Kuntsevo falar com ele.

Volodya fez a pergunta-chave:

– Com que objetivo?

– Em primeiro lugar, para descobrir se ele está vivo ou morto.

Será que Stalin poderia de fato já estar morto sem que ninguém soubesse?, perguntou-se Volodya. Parecia improvável.

– E se ele estiver vivo?

– Não sei. Mas, aconteça o que acontecer, prefiro estar lá para ver do que ficar sabendo depois.

Volodya estava ciente de que grampos não funcionavam em carros em movimento: tudo o que o microfone conseguia captar era o barulho do motor. Assim, sentia-se seguro de que ninguém iria ouvi-lo. Apesar disso, um temor o acometeu quando ele disse o impensável:

– Stalin pode ser deposto?

– Ja disse que não sei – respondeu seu pai, irritado.

Volodya ficou eletrizado. Uma pergunta como aquela exigia uma negação veemente. Qualquer outra coisa significava um sim. Seu pai acabara de admitir a possibilidade de Stalin estar acabado.

A esperança de Volodya aumentou exponencialmente.

– Pense em como poderia ser! – falou, animado. – O fim dos expurgos! Os campos de trabalhos seriam fechados. Meninas não seriam mais pegas na rua para serem estupradas pela polícia secreta. – Ele quase esperava que o pai o interrompesse, mas Grigori apenas escutava, com os olhos semicerrados. Volodya prosseguiu: – A expressão idiota "espião trotskista-fascista" vai desaparecer da nossa língua. Unidades militares que estiverem em desvantagem numérica e sem armamentos poderão recuar, em vez de se sacrificar inutilmente. As decisões serão tomadas de forma lógica, por grupos de homens inteligentes que se esforçarão para determinar o que é melhor para todos. É esse o comunismo com o qual o senhor sonhou trinta anos atrás!

– Seu rapaz tolo – disse Grigori com desprezo. – A última coisa que queremos numa hora como esta é perder nosso líder. Estamos em guerra e recuando! Nosso único objetivo deve ser defender a revolução, custe o que custar. Precisamos de Stalin agora mais do que nunca.

Volodya teve a sensação de ter levado um tapa. Já fazia muitos anos que seu pai não o chamava de tolo.

Será que Grigori tinha razão? A União Soviética precisava mesmo de Stalin? O líder havia tomado tantas decisões desastrosas que Volodya não via como o país poderia ficar pior sob o comando de outra pessoa.

Chegaram ao seu destino. A casa de Stalin era chamada de datcha por convenção, mas não era nenhum chalé no campo. A construção comprida e baixa, com cinco janelas altas de ambos os lados de uma entrada grandiosa, ficava no meio de uma floresta de pinheiros e era pintada de um verde fosco, como para camuflá-la. Centenas de soldados armados protegiam os portões e a cerca dupla de arame farpado. Grigori apontou uma bateria antiaérea parcialmente camuflada por uma rede.

– Fui eu quem pus aquilo ali – comentou.

O guarda do portão reconheceu Grigori, mas ainda assim pediu para ver seus documentos de identificação. Embora Grigori fosse general e Volodya capitão da Inteligência, ambos foram revistados em busca de armas.

Volodya dirigiu até a porta da casa. Não havia nenhum outro carro ali.

– Vamos esperar pelos outros – falou seu pai.

Instantes depois, três outras limusines ZIS se aproximaram. Volodya se lembrou de que ZIS significava Zavod Imeni Stalin, Fábrica Chamada Stalin. Teriam os carrascos acabado de chegar em veículos batizados para homenagear sua vítima?

Todos desceram dos carros: oito homens de meia-idade vestidos de terno e com chapéus, que tinham nas mãos o futuro do país. Entre eles, Volodya reconheceu Molotov, o ministro das Relações Exteriores, e Beria, chefe da polícia secreta.

– Vamos – disse Grigori.

Volodya se espantou.

– Vou entrar com vocês?

Grigori levou a mão até debaixo do banco e entregou ao filho uma pistola Tokarev TT-33.

– Ponha no bolso – disse ele. – Se aquele filho da mãe do Beria tentar me prender, mate-o com um tiro.

Volodya pegou a arma com cuidado: a TT-33 não tinha trava de segurança. Guardou-a no bolso do paletó – a pistola tinha uns 18 centímetros de comprimento – e desceu do carro. O pente tinha oito balas, recordou.

Todos entraram. Volodya temeu que o revistassem outra vez e encontrassem a arma, mas não houve novas revistas.

A casa era pintada em cores escuras e estava mal-iluminada. Um oficial conduziu o grupo ao que parecia uma pequena sala de jantar. Stalin estava sentado numa poltrona lá dentro.

O homem mais poderoso do hemisfério oriental parecia abatido e deprimido. Correu os olhos pelo grupo que entrava na saleta e perguntou:

– Por que vieram até aqui?

Volodya deu um arquejo. Era óbvio que o líder achava que eles estavam ali para prendê-lo ou executá-lo.

Houve uma pausa demorada e Volodya entendeu que aqueles homens não tinham planejado nada. Como poderiam ter feito isso quando nem sabiam se Stalin estava vivo?

Mas o que eles fariam agora? Matá-lo com um tiro? Talvez jamais houvesse outra oportunidade.

Por fim, Molotov se adiantou.

– Viemos pedir que o senhor volte ao trabalho – disse o ministro.

Volodya teve que reprimir o impulso de protestar.

Stalin fez que não com a cabeça.

– Será que eu saberei corresponder às expectativas das pessoas? Será que conseguirei conduzir o país à vitória?

Volodya estava embasbacado. Será que ele iria mesmo recusar?

– Talvez haja candidatos melhores – acrescentou Stalin.

Ele estava lhes dando uma segunda chance de tirá-lo do poder!

Outro membro do grupo tomou a palavra, e Volodya reconheceu o marechal Voroshilov.

– Não há ninguém mais digno – disse ele.

De que adiantava aquilo? Não era hora para adulações explícitas.

Então seu pai interveio dizendo:

– É verdade!

Eles não iriam tirar Stalin do poder? Como podiam ser tão burros?

Molotov foi o primeiro a dizer algo sensato:

– Nossa proposta é formar um conselho de guerra chamado Comitê de Defesa do Estado, uma espécie de versão condensada do Politburo, com um número de componentes bem reduzido e poderes abrangentes.

Stalin logo perguntou:

– E quem vai ser o líder desse comitê?

– O senhor, camarada Stalin.

Volodya quis gritar: "Não!"

Houve outro longo silêncio.

Por fim, Stalin disse:

– Muito bem. E quem mais fará parte dele?

Beria deu um passo à frente e começou a propor nomes.

Estava tudo acabado, percebeu Volodya, sentindo a cabeça girar de tanta frustração e decepção. Eles tinham perdido sua chance. Poderiam ter deposto um tirano, mas não tiveram coragem. Como os filhos de um pai violento, temiam não conseguir continuar sem ele.

Na verdade, constatou com um pessimismo crescente, era pior do que isso. Talvez Stalin tivesse mesmo sofrido um colapso nervoso – com certeza parecia o caso –, mas também tinha dado uma cartada política de mestre. Todos os homens que poderiam substituí-lo estavam naquela sala. Na hora em que seu julgamento equivocado e catastrófico fora exposto aos olhos do mundo, ele havia forçado os rivais a procurá-lo e implorar que voltasse a ser seu líder. Apagara seu erro lamentável e proporcionara a si mesmo um novo começo.

Stalin não tinha apenas voltado.

Ele agora estava mais forte do que nunca.

XI

Quem teria coragem de protestar publicamente contra o que estava acontecendo em Akelberg? Carla e Frieda tinham visto tudo com seus próprios olhos e trazido Ilse König como testemunha, mas agora precisavam de um advogado. Não havia mais representantes políticos eleitos na Alemanha: todos os deputados do Reichstag eram nazistas. Tampouco havia jornalistas de verdade, apenas bajuladores sem talento. Os juízes, todos nomeados pelos nazistas, eram subservientes ao governo. Carla nunca tinha percebido como costumava ser protegida pelos políticos, jornalistas e juristas. Sem eles, constatava agora, o governo podia fazer o que bem entendesse, até mesmo matar pessoas.

A quem poderiam recorrer? Heinrich von Kessel, admirador de Frieda, tinha um amigo que era padre católico.

– Peter era o garoto mais inteligente da minha turma – contara-lhes ele. – Mas não era o mais popular. Era um pouco sério, tenso. Acho que vai nos ouvir.

Carla achava que valia a pena tentar. O pastor protestante da igreja que ela frequentava tinha abraçado sua causa até a Gestapo aterrorizá-lo e obrigá-lo a se calar. Talvez a mesma coisa voltasse a acontecer. Mas ela não via alternativa.

Num domingo do mês de julho, de manhã bem cedo, Heinrich levou Carla, Frieda e Ilse até a igreja de Peter, em Schöneberg. Heinrich estava elegante, de terno preto; as moças usavam seus uniformes de enfermeira, símbolos de confiabilidade. Entraram por uma porta lateral e foram até um cômodo pequeno e empoeirado, mobiliado com algumas cadeiras velhas e um grande armário. Encontraram o padre Peter sozinho, orando. Ele devia ter ouvido quando entraram, mas permaneceu ajoelhado por alguns instantes antes de se pôr de pé e se virar para cumprimentá-los.

Peter era alto e magro, tinha traços regulares e um corte de cabelo caprichado. Tinha sido da turma de Heinrich, então Carla calculou que tivesse 27 anos. Sem se dar o trabalho de esconder a irritação por ter sido interrompido, ele franziu o cenho para os quatro jovens.

– Estou me preparando para a missa – falou, severo. – Fico feliz em vê-lo na igreja, Heinrich, mas preciso ficar só. Podemos nos ver depois.

– Trata-se de uma urgência espiritual, Peter – disse Heinrich. – Sente-se, temos algo importante a lhe dizer.

– Não deve ser mais importante do que a missa.

– É, sim, Peter. Acredite em mim. Em cinco minutos você vai concordar.

– Está bem.

– Esta é minha namorada, Frieda Franck.

Carla ficou espantada. Frieda era namorada de Heinrich agora?

– Eu tinha um irmão mais novo que nasceu com espinha bífida – disse Frieda. – No começo deste ano, ele foi transferido para um hospital em Akelberg, na Baviera, para receber um tratamento especial. Pouco depois, recebemos uma carta dizendo que ele tinha morrido de apendicite.

Ela se virou para Carla, que continuou a história:

– Minha criada teve um filho que nasceu com problemas mentais. Ele também foi transferido para Akelberg. Ela recebeu uma carta igualzinha à dos Franck, no mesmo dia.

O padre Peter abriu os braços, num gesto de quem pergunta "E daí?".

– Já ouvi esse tipo de coisa antes. É propaganda contra o governo. A igreja não se mete em política.

Que bobajada, pensou Carla. A igreja estava mergulhada até o pescoço na política. Mas deixou aquilo passar.

– O filho da minha criada não tinha apêndice – prosseguiu ela. – Tinha sido submetido a uma cirurgia para removê-lo dois anos antes.

– Por favor – disse o padre Peter. – O que isso prova?

Carla ficou desanimada. Era óbvio que o padre estava de má vontade com eles.

– Espere, Peter – disse Heinrich. – Você ainda não ouviu a história toda. Esta é Ilse, ela trabalhava no hospital de Akelberg.

O padre Peter olhou a enfermeira com ar de expectativa.

– Eu fui criada de acordo com o catolicismo, padre – disse Ilse.

Carla não sabia disso.

– Não sou uma boa católica – prosseguiu Ilse.

– Nenhum de nós é bom, filha, só Deus – disse o padre Peter, devoto.

– Eu sabia que o que estava fazendo era pecado – disse Ilse. – Mas fiz mesmo assim, porque eles mandaram e eu estava com medo. – Ela começou a chorar.

– Fez o quê?

– Matei aquelas pessoas. Ah, padre, será que Deus vai me perdoar?

O padre ficou encarando a jovem enfermeira. Não podia descartar aquilo como propaganda: estava olhando para uma alma atormentada. Ele empalideceu.

Os outros não disseram nada. Carla prendeu a respiração.

– Os deficientes chegam ao hospital em um ônibus cinza – disse Ilse. – Não recebem nenhum tratamento especial. Nós lhes aplicamos uma injeção e eles morrem. Depois nós os cremamos. – Ela ergueu os olhos para o padre. – Será que algum dia serei perdoada pelo que fiz?

O padre abriu a boca para falar. As palavras ficaram presas em sua garganta, e ele tossiu. Por fim, perguntou baixinho:

– Quantos?

– Em geral, quatro. Quero dizer, quatro ônibus. Cada um com cerca de 25 doentes.

– Cem pessoas?

– Sim. Por semana.

Seu rosto estava cinza, quase branco; e a boca, escancarada.

– Cem deficientes por semana?

– Sim, padre.

– Que tipo de deficiência?

– Todos os tipos, mentais e físicas. Alguns idosos com demência senil, alguns bebês com malformações, homens e mulheres paralíticos, retardados ou simplesmente incapazes.

O padre não conseguia parar de repetir aquilo:

– E os funcionários do hospital matam todo mundo?

Ilse começou a soluçar.

– Perdão, perdão, eu sabia que era errado.

Carla observou o padre Peter. Ele não tinha mais um ar arrogante. Era uma transformação notável. Depois de anos ouvindo os católicos ricos daquele subúrbio arborizado confessarem seus pecados sem graça, ele de repente se via diante do mal em estado puro. E estava chocado.

Mas o que iria fazer?

Peter se levantou. Pegou Ilse pela mão e a fez ficar de pé.

– Retorne ao seio da Igreja – disse ele. – Confesse seus pecados ao seu padre. Deus irá perdoá-la. Tenho certeza disso.

– Obrigada – sussurrou ela.

Ele soltou as mãos da moça e olhou para Heinrich.

– Talvez não seja tão simples para o restante de nós – falou.

Então lhes virou as costas e se ajoelhou para rezar outra vez.

Carla olhou para Heinrich, e o rapaz deu de ombros. Eles se levantaram e saíram da saleta, Carla com o braço em volta de Ilse, que ainda chorava.

– Vamos ficar para a missa – disse ela. – Talvez ele volte a falar conosco depois.

Os quatro subiram a nave da igreja. Ilse parou de chorar e se acalmou. Frieda segurou o braço de Heinrich. Eles se sentaram entre os fiéis ali reunidos, homens prósperos, mulheres roliças e crianças agitadas vestidas com suas roupas mais elegantes. Uma gente assim jamais mataria os deficientes, pensou Carla. Mas seu governo matava em seu nome. Como isso podia acontecer?

Não sabia o que esperar do padre Peter. Ele obviamente acreditara na história de Ilse. Quisera dispensá-los dizendo que a motivação deles era política, mas a sinceridade da enfermeira o convencera. Ele ficara horrorizado. No entanto, não tinha feito nenhuma promessa, exceto ao afirmar que Deus iria perdoá-la.

Carla correu os olhos pela igreja. A decoração era mais colorida do que a dos templos protestantes aos quais estava habituada. Havia mais estátuas e pinturas, mais mármores e dourações, estandartes, velas. Protestantes e católicos tinham travado guerras por causa daqueles detalhes sem importância. Como parecia estranho que, num mundo no qual crianças podiam ser assassinadas, alguém se importasse com velas.

A missa começou. Os sacerdotes entraram, paramentados com suas vestes. O padre Peter era o mais alto. Carla não conseguiu ler nada na expressão de seu rosto, exceto uma religiosidade severa.

Os hinos e as preces não a interessaram. Tinha rezado pelo pai e, duas horas depois, o encontrara violentamente espancado e à beira da morte no chão de sua casa. Sentia saudade dele todos os dias; às vezes, todas as horas. Preces não tinham conseguido salvá-lo, e tampouco protegeriam as pessoas que o governo julgasse incapazes. Era preciso ação, não palavras.

Pensar no pai a fez se lembrar do irmão, Erik. Ele estava em algum lugar da Rússia. Escrevera uma carta para casa, comemorando com júbilo o progresso rápido da invasão e recusando-se, zangado, a acreditar que Walter fora assassinado pela Gestapo. Afirmava que o pai obviamente fora liberado ileso pela polícia e depois atacado na rua por bandidos, comunistas ou judeus. Erik vivia num mundo de fantasia, além do alcance da razão.

Será que o mesmo se aplicava ao padre Peter?

O padre subiu no púlpito. Carla não sabia que ele faria um sermão. Perguntou-se o que ele diria. Será que iria se inspirar no que ouvira antes da missa? Falaria de algo irrelevante, da virtude da modéstia ou do pecado da inveja? Ou será que fecharia os olhos para agradecer piamente a Deus pelas sucessivas vitórias do Exército alemão na Rússia?

De pé no púlpito, muito alto, o padre correu pela igreja um olhar que poderia ser de arrogância, orgulho ou desafio.

– "Não matarás", diz o quinto mandamento.

Carla cruzou olhares com Heinrich. O que o padre Peter iria dizer?

A voz do sacerdote se elevou entre as pedras da nave e ecoou pela igreja:

– Existe um lugar em Akelberg, na Bavária, onde o nosso governo está violando esse mandamento cem vezes por semana!

Carla soltou um arquejo. Ele estava mesmo fazendo isso – pronunciando um sermão contra o programa! Aquilo poderia mudar tudo.

– Pouco importa que as vítimas sejam deficientes físicos ou doentes mentais, pouco importa que não consigam se alimentar sozinhas ou estejam paralisadas. – Peter estava demonstrando sua raiva. – Bebês indefesos e velhos senis também são filhos de Deus, e a vida deles é tão sagrada quanto a minha e a de vocês. – Ele elevou o tom de voz: – Matá-los é pecado mortal! – Ergueu o braço direito com o punho cerrado, e sua voz estremeceu de emoção: – Estou dizendo a vocês: se não tomarmos uma providência, estaremos pecando tanto quanto os médicos e as enfermeiras que aplicam as injeções letais. Se ficarmos calados... – Fez uma pausa. – Se nos calarmos, seremos assassinos também!

XII

O inspetor Thomas Macke estava furioso. Tinha feito papel de bobo aos olhos do superintendente Kringelein e de seus outros superiores. Garantira a eles que havia estancado o vazamento. O segredo de Akelberg – e dos outros hospitais daquele tipo espalhados pelo país – estava seguro, afirmara. Encontrara os três criadores de caso, Werner Franck, pastor Ochs e Walter von Ulrich, e os silenciara, cada um à sua maneira.

Mesmo assim, o segredo viera à tona.

O homem responsável por isso era um jovem padre arrogante chamado Peter.

O padre Peter estava agora diante de Macke, nu, amarrado pelos pulsos e tornozelos a uma cadeira construída especialmente para aquele fim. Sangrava pelas orelhas, pelo nariz e pela boca, e havia vomitado sobre o peito. Tinha eletrodos presos aos lábios, mamilos e pênis. Uma faixa em volta da testa o impedia de quebrar o pescoço ao ser sacudido pelas convulsões.

Um médico sentado ao seu lado verificou seus batimentos cardíacos com um estetoscópio e fez uma cara de dúvida.

– Ele não vai aguentar muito mais – falou, em tom casual.

O sermão sedicioso do padre Peter já tivera desdobramentos. O bispo de Münster, clérigo muito mais importante, fizera um sermão parecido denunciando o programa T4. O bispo apelara a Hitler para salvar essas pessoas da Gestapo, dando a entender, de forma astuta, que o Führer não tinha conhecimento do programa e fornecendo ao líder alemão um álibi pronto para ser usado.

O sermão do bispo fora datilografado, reproduzido e passado de mão em mão por toda a Alemanha.

A Gestapo havia prendido todas as pessoas que encontrara com um exemplar, mas de nada adiantara. Aquela era a única ocasião na história do Terceiro Reich em que a população reagira indignada a alguma ação do governo.

A repressão foi feroz, mas não surtiu efeito: as cópias do sermão continuavam a se multiplicar, mais sacerdotes rezavam pelos deficientes, e houve até uma passeata de protesto em Akelberg. Aquilo tinha fugido ao controle.

E a culpa era de Macke.

Ele se curvou sobre Peter. Os olhos do padre estavam fechados e sua respiração curta, mas ele ainda estava consciente. Macke gritou em seu ouvido:

– Quem lhe contou sobre Akelberg?

Não houve resposta.

Peter era a única pista de Macke. As investigações na cidade de Akelberg não haviam revelado nada de significativo. Reinhold Wagner ouvira uma história sobre duas jovens ciclistas que tinham ido visitar o hospital, mas ninguém sabia quem eram, e outra sobre uma enfermeira que se demitira de repente e escrevera uma carta dizendo que iria se casar às pressas, mas sem revelar quem era o marido. Nenhuma das duas pistas levou a lugar algum. De toda forma, Macke tinha certeza de que aquela calamidade não podia ser obra de um grupo de garotas.

Ele meneou a cabeça para o técnico que operava a máquina e este girou um botão.

Peter gritou de dor quando a corrente elétrica percorreu seu corpo, supliciando seus nervos. Sacudiu-se como se estivesse tendo um ataque, e seus cabelos se eriçaram.

O operador desligou a corrente.

– Diga-me o nome dele! – berrou Macke.

Por fim, Peter abriu a boca.

Macke chegou mais perto.

– Não é ele – sussurrou Peter.

– Ela, então! Qual o nome dela?

– Foi um anjo.

– Maldito seja você! – Macke segurou o botão e o girou pessoalmente. – Isto vai continuar até você me contar! – berrou, enquanto Peter estremecia e gritava.

A porta se abriu. Um jovem agente espiou dentro da sala, ficou pálido e acenou chamando Macke.

O operador desligou a corrente e os gritos cessaram. O médico se inclinou para a frente para auscultar o coração de Peter.

– Perdão, inspetor Macke, mas o superintendente Kringelein quer falar com o senhor.

– Agora? – indagou Macke, irritado.

– Foi o que ele disse, senhor.

Macke olhou para o médico, que deu de ombros e falou:

– Ele é jovem. Vai estar vivo quando o senhor voltar.

Macke saiu da sala e seguiu o agente ao andar de cima. A sala de Kringelein ficava no primeiro piso. Ele bateu e entrou.

– O maldito padre ainda não falou – informou, sem preâmbulos. – Preciso de mais tempo.

Kringelein era um homem franzino, de óculos, inteligente, mas fraco de espírito. Convertido tardiamente ao nazismo, não fazia parte da elite da SS. Faltava a ele o fervor de entusiastas como Macke.

– Não precisa mais se preocupar com esse padre – disse ele. – Não estamos mais interessados em nenhum membro do clero. Joguem todos eles em algum campo e esqueçam que existem.

Macke não pôde acreditar no que estava ouvindo.

– Mas essas pessoas conspiraram para prejudicar o Führer!

– E conseguiram – disse Kringelein. – Enquanto o senhor, por sua vez, fracassou.

Macke desconfiava que, no seu íntimo, Kringelein estivesse contente com aquilo.

– As instâncias superiores tomaram uma decisão – prosseguiu o superintendente. – O Aktion T4 foi cancelado.

Macke ficou estarrecido. Os nazistas nunca permitiam que as suas decisões fossem influenciadas pelo receio dos ignorantes.

– Não chegamos aonde estamos agora nos dobrando à opinião pública! – exclamou.

– Desta vez vamos nos dobrar.

– Por quê?

– O Führer não me explicou pessoalmente a sua decisão – respondeu Kringelein com sarcasmo. – Mas posso adivinhar. O programa atraiu protestos extremamente irados de uma população em geral passiva. Se insistirmos nele, correremos o risco de um confronto aberto com igrejas de todas as religiões. Isso seria péssimo.

Não podemos enfraquecer a unidade e a determinação do povo alemão, sobretudo agora que estamos em guerra contra a União Soviética, nosso inimigo mais forte até o momento. Sendo assim, o programa foi cancelado.

– Muito bem, superintendente – disse Macke, controlando a raiva. – Mais alguma coisa?

– Dispensado – respondeu Kringelein.

Macke foi até a porta.

– Macke.

Ele tornou a se virar.

– Pois não, superintendente?

– Troque de camisa.

– Camisa?

– A sua está suja de sangue.

– Sim, senhor. Desculpe-me, senhor.

Macke desceu a escada pisando firme, bufando de raiva. Voltou à sala no subsolo. O padre Peter ainda estava vivo.

Enfurecido, ele tornou a gritar:

– Quem contou a você sobre Akelberg?

Não houve resposta.

Ele ajustou a corrente na intensidade máxima.

O padre Peter gritou por muito tempo, mas por fim se calou num derradeiro silêncio.

XIII

O casarão em que a família Franck morava ficava dentro de um pequeno parque. A uns 200 metros da casa, num aclive suave, havia um pequeno pagode oriental, aberto de todos os lados, com bancos para se sentar. Quando crianças, Carla e Frieda brincavam que ali era sua casa de campo, e passavam horas fingindo dar grandes festas nas quais dezenas de criados serviam seus convidados glamourosos. Mais tarde, aquele se tornou seu lugar favorito para conversar a sós.

– A primeira vez que me sentei neste banco, meus pés não alcançavam o chão – disse Carla.

– Ah, que vontade de voltar a esse tempo... – falou Frieda.

A tarde estava quente, nublada e úmida, e ambas usavam vestidos sem manga. Estavam desanimadas. O padre Peter havia morrido: segundo a polícia, tinha se suicidado na prisão, deprimido pelos crimes que cometera. Carla se perguntou se ele fora espancado como seu pai. Por mais terrível que fosse, parecia bem provável.

Dezenas de pessoas também estavam presas por toda a Alemanha. Algumas haviam protestado publicamente contra a matança dos deficientes, outras não tinham feito nada além de passar adiante cópias do sermão do bispo Von Galen. Ela imaginou se todas essas pessoas seriam torturadas. Perguntou-se por quanto tempo conseguiria escapar desse mesmo destino.

Werner saiu da casa com uma bandeja na mão. Atravessou o gramado e foi até o pagode.

– Que tal uma limonada, meninas? – ofereceu, alegre.

Carla virou a cara.

– Não, obrigada – respondeu, fria.

Não entendia como ele podia fingir ser seu amigo depois de ter se comportado de modo tão covarde.

– Para mim, não – respondeu Frieda.

– Espero que nossa amizade não esteja abalada – disse Werner, olhando para Carla.

Como ele podia dizer uma coisa dessas? É claro que a amizade estava abalada.

– O padre Peter morreu, Werner – disse Frieda.

– Provavelmente foi torturado até a morte pela Gestapo por ter se recusado a aceitar a morte de pessoas como o seu irmão – continuou Carla. – Meu pai também morreu pelo mesmo motivo. Várias outras pessoas estão na prisão ou em campos. Mas você conservou seu empreguinho burocrático, então tudo bem.

Werner pareceu magoado. Isso deixou Carla surpresa. Esperava que ele fosse contradizê-la ou que pelo menos aparentasse indiferença. Mas ele parecia genuinamente abalado.

– Você não acha que cada um de nós faz o que pode a seu modo? – perguntou ele.

Que argumento mais fraco.

– Você não fez nada! – retrucou Carla.

– Pode ser – disse ele, pesaroso. – Então não vão querer limonada?

Nenhuma das duas respondeu, e ele voltou para dentro de casa.

Apesar de indignada e com raiva, Carla não podia evitar uma ponta de arrependimento. Antes de descobrir que Werner era um covarde, estava embarcando num romance com ele. Havia gostado muito dele, dez vezes mais do que de qualquer outro rapaz que tivesse beijado. Não estava exatamente com o coração partido, mas profundamente decepcionada.

Frieda tinha mais sorte, pensou Carla ao ver Heinrich sair da casa. Sua amiga era uma moça glamourosa, que gostava de se divertir, enquanto Heinrich era sério e intenso. Mesmo assim, por alguma razão misteriosa, os dois combinavam.

– Você está apaixonada por ele? – perguntou a Frieda enquanto ele ainda não podia escutar.

– Ainda não sei – respondeu ela. – Mas ele é um encanto. Eu o adoro.

Talvez aquilo não fosse amor, pensou Carla, mas estava no bom caminho.

Heinrich trazia novidades.

– Tive que vir contar a vocês imediatamente – disse ele. – Meu pai me falou depois do almoço.

– Falou o quê? – quis saber Frieda.

– O governo cancelou o projeto. Chamava-se Aktion T4. O extermínio dos deficientes. Eles vão parar.

– Quer dizer então que nós vencemos? – perguntou Carla.

Heinrich assentiu vigorosamente.

– Meu pai está pasmo. Disse que é a primeira vez que vê o Führer ceder à opinião pública.

– E fomos nós que o forçamos a fazer isso! – exclamou Frieda.

– Mas ninguém sabe disso, graças a Deus – disse Heinrich, enfático.

– Quer dizer que eles simplesmente vão fechar os hospitais e acabar com o programa? – perguntou Carla.

– Não exatamente.

– Como assim?

– Meu pai disse que todos esses médicos e enfermeiras vão ser transferidos.

Carla franziu o cenho.

– Para onde?

– Para a Rússia – respondeu Heinrich.

CAPÍTULO NOVE

1941 (II)

O telefone da mesa de Greg Peshkov tocou numa quente manhã de julho. Ele acabara de concluir seu penúltimo ano em Harvard e, mais uma vez, estava fazendo estágio no Departamento de Estado, no setor de informações. Era bom em física e matemática, e passava nas provas sem dificuldade, mas não tinha nenhum interesse em ser cientista. Política: isso, sim, o entusiasmava. Ele atendeu.

– Greg Peshkov.

– Bom dia, Sr. Peshkov. Tom Cranmer falando.

O coração de Greg começou a bater um pouco mais depressa.

– Obrigado por retornar minha ligação. O senhor deve se lembrar de mim.

– Hotel Ritz-Carlton, 1935. A única vez que minha foto saiu no jornal.

– O senhor ainda é detetive do hotel?

– Agora trabalho com varejo. Sou detetive de uma loja.

– E ainda faz serviços como autônomo?

– Claro. O que o senhor tem em mente?

– Estou no escritório agora. Gostaria de conversar sobre isso em particular.

– O senhor trabalha no Antigo Edifício do Gabinete Executivo, em frente à Casa Branca, do outro lado da rua.

– Como o senhor sabe?

– Sou detetive.

– Ah, claro.

– Estou bem pertinho, no Café Aroma, esquina da Rua F com a 19.

– Não posso ir aí agora. – Greg olhou para o relógio. – Na verdade, tenho que desligar.

– Eu esperarei.

– Me dê uma hora.

Greg desceu a escada correndo. Chegou à entrada principal bem na hora que um Rolls-Royce encostava em frente ao prédio sem fazer barulho. Um motorista gordo saiu com dificuldade do banco da frente e abriu a porta de trás. O passageiro que saltou era alto, esbelto e atraente, com uma basta cabeleira de fios prateados. Usava um terno de abotoamento duplo e corte perfeito, de flanela cinza-clara, que envolvia seu corpo de um jeito que só os alfaiates londrinos eram capazes de conseguir. Quando ele começou a subir os degraus de granito para entrar no prédio imponente, o motorista gordo o seguiu apressado, carregando sua pasta.

Aquele era Sumner Welles, subsecretário de Estado, o segundo homem mais importante do Departamento de Estado e amigo pessoal do presidente Roosevelt.

O motorista estava prestes a entregar a pasta a um recepcionista do departamento que aguardava no alto da escada quando Greg se adiantou.

– Bom dia, subsecretário – disse ele, pegando a pasta da mão do motorista com um gesto desenvolto e segurando a porta para Welles passar. Então o seguiu para dentro do prédio.

Greg havia conseguido entrar para o setor de informações porque fora capaz de mostrar as matérias factuais e bem-escritas que fizera para o *Harvard Crimson*. Mas não queria virar assessor de imprensa. Tinha ambições maiores.

Greg admirava Sumner Welles, que o fazia pensar em seu pai. A beleza física, as roupas elegantes e o charme do político escondiam um profissional implacável. Welles estava determinado a ocupar o lugar do chefe, o secretário de Estado Cordell Hull, e nunca hesitava em passar por cima dele e falar diretamente com o presidente – o que deixava Hull furioso. Greg achava empolgante conviver com alguém poderoso e que não tinha medo de usar esse poder. Era isso que ele queria para si.

Welles simpatizara com ele. As pessoas muitas vezes simpatizavam com Greg, sobretudo quando ele queria. No caso de Welles, porém, havia outro motivo. Embora fosse casado – um casamento aparentemente feliz, com uma rica herdeira –, o subsecretário tinha um fraco por belos rapazes.

Greg era heterossexual convicto. Tinha uma namorada firme em Harvard, uma aluna de Radcliffe chamada Emily Hardcastle, que prometera providenciar um método contraceptivo antes da volta às aulas, em setembro. Ali em Washington, ele estava saindo com Rita, a voluptuosa filha de um congressista texano chamado Lawrence. Assim, evitava qualquer contato físico com Welles ao mesmo tempo que se mantinha afável o suficiente para não perder o favoritismo. Porém mantinha distância do subsecretário depois da *happy hour*, quando as inibições de Welles fraquejavam e sua mão começava a ficar boba.

Agora, enquanto os integrantes mais graduados do departamento se encontravam em sua sala para a reunião das dez, Welles falou:

– Pode assistir a esta reunião, meu rapaz. Vai ser bom para a sua formação.

Greg ficou exultante. Será que aquela reunião lhe daria uma oportunidade de brilhar?, pensou. Queria que as pessoas reparassem nele e ficassem impressionadas.

Alguns minutos depois, o senador Dewar entrou acompanhado pelo filho

Woody. Tanto o pai quanto o filho eram magros e altos, tinham a cabeça avantajada, e estavam usando ternos de verão parecidos, de abotoamento simples, feitos de linho azul-escuro. Mas Woody se diferenciava do pai pela veia artística: suas fotografias para o *Harvard Crimson* tinham sido premiadas. Woody meneou a cabeça para o principal assessor de Welles, Bexforth Ross: os dois já deviam se conhecer. Bexforth era um sujeito extremamente arrogante, que chamava Greg de "Russinho" por causa de seu sobrenome.

Welles abriu a reunião dizendo:

– Preciso contar aos senhores algo extremamente confidencial, que não deve ser repetido fora desta sala. O presidente vai se reunir com o primeiro-ministro britânico no mês que vem.

Greg se conteve, prestes a exclamar um *Uau*.

– Ótimo! – disse Gus Dewar. – Onde?

– O plano é que eles se encontrem de navio em algum lugar do Atlântico, por questões de segurança e também para poupar o tempo de viagem de Churchill. O presidente quer que eu esteja presente, enquanto o secretário de Estado Hull fica aqui em Washington cuidando das coisas. Quer que você vá também, Gus.

– Vai ser uma honra – disse Gus. – Qual a pauta da reunião?

– Parece que, até o momento, os britânicos conseguiram afastar o perigo de uma invasão, mas não têm força suficiente para atacar os alemães no continente europeu... a não ser que nós os ajudemos. Então Churchill vai nos pedir que declaremos guerra à Alemanha. Vamos recusar, é claro. Quando tivermos passado por essa parte, o presidente quer que seja feita uma declaração conjunta de objetivos.

– Não objetivos de guerra – disse Gus.

– Não, porque os Estados Unidos não estão em guerra nem têm a intenção de entrar. No entanto, somos aliados não beligerantes dos britânicos: estamos fornecendo praticamente tudo de que eles precisam, com crédito ilimitado, e, quando a paz enfim chegar, esperamos influenciar a forma como o mundo pós-guerra será administrado.

– Isso vai incluir uma Liga das Nações mais forte? – perguntou Gus.

Greg sabia que aquela ideia era a menina dos olhos do senador e também de Welles.

– É sobre isso que eu gostaria de falar com você, Gus. Se quisermos que nosso plano seja implementado, temos que estar preparados. Precisamos fazer Roosevelt e Churchill se comprometerem com o plano na declaração conjunta.

– Nós dois sabemos que, em tese, o presidente é a favor da Liga, mas que a opinião pública o deixa nervoso – disse Gus.

Um assessor entrou na sala e entregou um bilhete a Bexforth, que o leu e disse:

– Ah, meu Deus!

– O que foi? – perguntou Welles, ríspido.

– Como vocês sabem, o Conselho Imperial japonês se reuniu na semana passada – disse Bexforth. – Recebemos informações sobre o que foi discutido.

Ele estava sendo vago em relação à fonte das informações, mas Greg sabia do que se tratava. A unidade de inteligência telegráfica do Exército americano era capaz de interceptar e decodificar mensagens enviadas pelo Ministério das Relações Exteriores do Japão a suas embaixadas. Os dados obtidos eram conhecidos pelo nome MAGIC. Greg sabia disso, embora supostamente não devesse – na verdade, a coisa iria ficar feia caso o Exército descobrisse que ele conhecia o segredo.

– Os japoneses estão falando em ampliar seu império – prosseguiu Bexforth. Greg sabia que o Japão já havia anexado a vasta região da Manchúria e deslocado tropas para quase todo o restante da China. – Eles não gostam da ideia de se expandir para oeste, em direção à Sibéria, pois isso significaria uma guerra contra a União Soviética.

– Que bom! – disse Welles. – Isso quer dizer que os russos podem se concentrar em combater os alemães.

– Sim, senhor. Em vez disso, porém, os japoneses estão planejando se expandir para o sul, assumindo o controle da Indochina e, depois, das Índias Orientais Holandesas.

A notícia deixou Greg chocado. Era uma informação quente – e ele estava entre os primeiros a saber.

Welles ficou indignado.

– Mas isso não passa de uma guerra imperialista!

– Tecnicamente, Sumner, não é uma guerra – interpôs Gus. – Os japoneses já têm alguns soldados na Indochina, com permissão expressa da potência colonial em exercício, a França, representada pelo governo de Vichy.

– Esse governo é marionete dos nazistas!

– Por isso eu disse "tecnicamente". E as Índias Orientais Holandesas, em tese, são governadas pelos Países Baixos, hoje ocupados pelos alemães, que veem com muito bons olhos o fato de seus aliados japoneses ocuparem uma colônia holandesa.

– Isso é um jogo de palavras.

– Um jogo de palavras que outras pessoas farão conosco... a começar pelo embaixador japonês.

– Tem razão, Gus. Obrigado por me alertar.

Greg estava atento, esperando uma oportunidade de participar da conversa.

Mais do que tudo, queria impressionar os homens mais importantes à sua volta. Só que todos sabiam muito mais do que ele.

– O que os japoneses querem, afinal? – indagou Welles.

– Petróleo, borracha e estanho – respondeu Gus. – Eles estão garantindo seu acesso a recursos naturais. Não chega a ser surpresa, já que não paramos de interferir no abastecimento deles. – Os Estados Unidos haviam embargado a exportação para o Japão de matérias-primas como petróleo e sucata, na tentativa fracassada de desestimular os japoneses de invadir áreas ainda maiores da Ásia.

– Nosso embargo nunca foi aplicado de forma muito eficaz – comentou Welles, irritado.

– Não, mas é óbvio que a ameaça foi suficiente para fazer os japoneses entrarem em pânico: eles não têm quase nenhum recurso natural próprio.

– Está claro que precisamos tomar medidas mais eficazes – disparou Welles. – Os japoneses têm muito dinheiro em bancos americanos. Podemos bloquear os seus bens?

Os políticos reunidos em volta da mesa adotaram um ar de reprovação. Aquela era uma ideia radical. Depois de alguns instantes, Bexforth disse:

– Acho que sim. Seria mais eficaz do que qualquer embargo. Eles não poderiam comprar petróleo nem qualquer outra matéria-prima aqui nos Estados Unidos, porque não teriam como pagar.

– O secretário de Estado, como sempre, vai querer tomar cuidado para evitar qualquer atitude que possa levar à guerra – disse Gus Dewar.

Ele estava certo. Cordell Hull era tão cuidadoso que beirava a passividade, e muitas vezes batia de frente com seu auxiliar Welles, mais agressivo.

– O Sr. Hull sempre seguiu esse curso, e de forma muito sensata – disse Welles. Todos sabiam que ele não estava sendo sincero, mas a etiqueta assim o exigia. – No entanto, os Estados Unidos precisam ter uma postura assertiva no cenário internacional. Somos prudentes, não covardes. Vou apresentar essa ideia de bloqueio de bens ao presidente.

Greg estava pasmo. Poder era isso. Num piscar de olhos, Welles podia fazer uma proposta que iria abalar toda uma nação.

Gus Dewar franziu o cenho.

– Sem o petróleo importado, a economia japonesa vai ficar estagnada, e a potência militar do país vai acabar.

– Isso é ótimo! – exclamou Welles.

– Será mesmo? O que o senhor acha que o governo militar do Japão vai fazer quando for confrontado com uma catástrofe dessa proporção?

Welles não gostava muito de ser contrariado.

– Por que não me diz, senador?

– Eu não sei. Mas acho que deveríamos ter uma resposta antes de tomarmos essa atitude. Homens desesperados são perigosos. E sei que os Estados Unidos não estão preparados para entrar em guerra contra o Japão. Nossa Marinha não está pronta, tampouco nossa Força Aérea.

Greg viu sua oportunidade de falar e a aproveitou:

– Subsecretário, talvez o senhor ache útil saber que a opinião pública é a favor de uma guerra contra o Japão, e não de apaziguamento, por dois contra um.

– Bem lembrado, Greg, obrigado. Os americanos não querem deixar o Japão cometer assassinato e se safar.

– Mas também não querem uma guerra – disse Gus. – Não importa o que diga a pesquisa.

Welles fechou a pasta que tinha sobre a mesa.

– Bem, senador, nós concordamos em relação à Liga das Nações e discordamos em relação ao Japão.

Gus se levantou.

– E, nos dois casos, a decisão final será do presidente.

– Obrigado por ter vindo.

A reunião foi encerrada.

Greg saiu de lá nas nuvens. Fora chamado para assistir à reunião, ouvira notícias surpreendentes e fizera um comentário pelo qual Welles tinha lhe agradecido. Uma excelente forma de começar o dia.

Saiu do prédio e tomou a direção do Café Aroma.

Nunca havia contratado um detetive particular na vida. Aquilo lhe parecia ligeiramente ilegal. Mas Cranmer era um cidadão respeitável. E não havia nada de criminoso em tentar entrar em contato com uma antiga namorada.

Os clientes do Café Aroma eram duas moças com jeito de secretárias aproveitando um intervalo no expediente, um casal mais velho que fora às compras e Cranmer, um homem de peito largo vestido com um terno de anarruga amarrotado e fumando um cigarro. Greg sentou-se na frente dele e pediu um café à garçonete.

– Estou tentando entrar em contato com Jacky Jakes – disse ele ao detetive.

– A menina negra?

Na época ela era mesmo uma menina, pensou Greg com nostalgia. Tinha só 16 anos, embora se fizesse passar por mais velha.

– Já faz seis anos. Ela não é mais uma menina.

– Quem a contratou para aquela pequena encenação foi seu pai, não eu.

– Não quero pedir a ele. Mas o senhor consegue encontrá-la, não consegue?

– Imagino que sim. – Cranmer sacou um caderninho e um lápis. – Imagino que Jacky Jakes fosse um nome artístico.

– Seu nome verdadeiro é Mabel Jakes.

– Ela é atriz, certo?

– Era aspirante. Não sei se conseguiu decolar na carreira. – Jacky tinha beleza e charme de sobra, mas não havia muitos papéis para atores negros.

– É óbvio que ela não está na lista telefônica, ou então o senhor não precisaria de mim.

– Ela poderia estar fora da lista. O mais provável, porém, é que não tenha dinheiro para um telefone.

– O senhor a viu desde 1935?

– Duas vezes. A primeira foi há dois anos, não muito longe daqui, na Rua E. A segunda foi há duas semanas, a dois quarteirões deste café.

– Bom, ela com certeza não mora neste bairro chique, então deve trabalhar aqui por perto. O senhor tem uma foto?

– Não.

– Lembro-me vagamente dela. Bonita, pele escura, sorriso largo.

Greg assentiu, lembrando-se daquele sorriso radiante.

– Só quero o endereço dela para lhe mandar uma carta.

– Não preciso saber para que o senhor quer a informação.

– Melhor ainda. – Seria mesmo tão fácil?, pensou Greg.

– Cobro dez dólares a diária, mínimo de dois dias, mais as despesas.

Era menos do que Greg imaginara. Ele pegou a carteira e entregou 20 dólares a Cranmer.

– Obrigado – disse o detetive.

– Boa sorte – falou Greg.

II

No sábado fez calor, então Woody e seu irmão, Chuck, foram à praia.

Toda a família Dewar estava em Washington. Tinham um apartamento de nove cômodos perto do Hotel Ritz-Carlton. Chuck estava de licença da Marinha, seu pai trabalhava doze horas por dia no planejamento da reunião de cúpula à qual se referia como Conferência do Atlântico, e sua mãe estava escrevendo um livro sobre primeiras-damas.

Woody e Chuck vestiram shorts e camisas polo, pegaram toalhas, óculos escuros e jornais e embarcaram num trem com destino à praia de Rehoboth, no litoral de Delaware. A viagem levou cerca de duas horas, mas aquele era o único lugar aonde ir num sábado de verão. A faixa de areia era larga, e uma brisa refrescante soprava do Atlântico. Além disso, havia mil garotas de roupa de banho.

Os dois irmãos eram bem diferentes. Chuck era mais baixo, tinha o corpo compacto e atlético. Herdara a beleza e o sorriso arrebatador da mãe. Fora mau aluno na escola, mas também revelara ter a mesma inteligência arguta da mãe, sempre encarando a vida de um ângulo inusitado. Era melhor do que Woody em todos os esportes, menos na corrida, na qual as pernas compridas de Woody lhe davam velocidade, e no boxe, no qual os braços compridos do irmão tornavam quase impossível acertá-lo.

Em casa, Chuck não falava muito sobre a Marinha, sem dúvida porque os pais ainda estavam bravos com ele por não ter ido para Harvard. No entanto, quando estava sozinho com Woody, ele se abria um pouco.

– O Havaí é incrível, mas estou muito decepcionado por ter uma função em terra – disse ele. – Entrei na Marinha para ir para o mar.

– O que exatamente você está fazendo?

– Sou da unidade de inteligência telegráfica. Ficamos escutando mensagens de rádio, sobretudo da Marinha Imperial japonesa.

– Mas essas mensagens não são em código?

– São, mas dá para saber muita coisa mesmo sem decifrar os códigos. É o que chamamos de análise de tráfego. Um súbito aumento do número de mensagens indica alguma ação iminente. E você aprende a identificar padrões no tráfego. Um desembarque anfíbio, por exemplo, tem uma configuração de sinais específica.

– Que interessante. Aposto que você é bom nisso.

Chuck deu de ombros.

– Sou só um funcionário burocrático, que anota e arquiva as transcrições. Mas não dá para evitar aprender o básico.

– E a vida social no Havaí?

– Muito divertida. Os bares da Marinha podem ser bem animados. O Café Gato Preto é o melhor de todos. Tenho um bom amigo, Eddie Parry, e sempre que podemos surfamos na praia de Waikiki. Tenho me divertido bastante. Mas gostaria de estar embarcado.

Os dois nadaram no mar frio do Atlântico, almoçaram cachorros-quentes, tiraram fotos um do outro com a câmera de Woody e ficaram observando as moças em roupas de banho até o sol começar a baixar. Quando estavam indo embora, abrindo caminho entre os banhistas, Woody viu Joanne Rouzrokh.

Não precisou olhar duas vezes. Ela era diferente de qualquer outra garota ali na praia; na verdade, era diferente de qualquer garota em todo o estado de Delaware. Não havia como confundir aquelas maçãs do rosto pronunciadas, aquele nariz adunco, os fartos cabelos escuros, a pele da mesma cor e com a textura sedosa de café com leite.

Sem hesitar, ele foi direto até ela.

Joanne estava absolutamente deslumbrante. O maiô preto tinha alças finas que deixavam à mostra o contorno elegante de seus ombros. As cavas retas na parte superior das coxas deixavam suas pernas compridas e morenas quase completamente expostas.

Ele mal podia acreditar que um dia havia segurado aquela mulher incrível nos braços e a beijado como se não houvesse amanhã.

Ela ergueu os olhos para ele, protegendo-os do sol.

– Woody Dewar! Não sabia que você estava em Washington.

Esse convite bastou. Ele se ajoelhou na areia ao seu lado. O simples fato de estar assim tão próximo fez sua respiração se acelerar.

– Oi, Joanne. – Ele olhou de relance para a moça roliça de olhos castanhos sentada ao lado dela. – Onde está seu marido?

Ela soltou uma gargalhada.

– O que fez você achar que sou casada?

Ele ficou sem jeito.

– Fui a uma festa no seu apartamento alguns anos atrás.

– Foi mesmo?

– Eu me lembro – disse a amiga. – Perguntei seu nome, mas você não respondeu.

Woody não se lembrava daquela outra moça.

– Desculpe ter sido tão mal-educado – disse ele. – Meu nome é Woody Dewar, e este é Chuck, meu irmão.

A moça de olhos castanhos apertou a mão de ambos e disse:

– Diana Taverner.

Chuck sentou-se ao seu lado na areia, o que pareceu agradá-la: ele era um rapaz atraente, bem mais bonito que Woody.

– Enfim, entrei na cozinha para procurar você, e um tal de Bexforth Ross se apresentou como seu noivo – continuou Woody. – Deduzi que a esta altura você já estivesse casada. Ou será um daqueles noivados que nunca terminam?

– Deixe de ser bobo – disse ela, com uma leve irritação, e ele se lembrou de que ela não reagia muito bem a provocações. – Como estava praticamente morando no nosso apartamento, Bexforth ficava dizendo a todo mundo que éramos noivos.

Woody ficou espantado. Será que isso queria dizer que Bexforth dormia lá? Com Joanne? Não era uma coisa rara, é claro, mas poucas moças admitiam isso.

– Foi ele quem falou em casamento – prosseguiu ela. – Eu nunca aceitei.

Então ela era solteira. Woody não teria ficado mais feliz se tivesse ganhado na loteria.

Talvez ela tivesse namorado, alertou a si mesmo. Teria que descobrir. De toda forma, porém, um namorado não era a mesma coisa que um marido.

– Estive em uma reunião com Bexforth alguns dias atrás – disse Woody. – Ele é uma figura importante no Departamento de Estado.

– Ele tem futuro, e vai encontrar uma mulher mais adequada que eu para ser esposa de uma figura importante no Departamento de Estado.

Seu tom indicava que ela não nutria nenhum afeto pelo ex-namorado. Woody ficou satisfeito com isso, embora não fosse capaz de explicar por quê.

Reclinou-se, apoiado no cotovelo. A areia estava quente. Teve certeza de que, se ela tivesse um namorado sério, não demoraria muito para encontrar um jeito de mencioná-lo.

– Por falar em Departamento de Estado, você ainda trabalha lá? – perguntou.

– Sim. Sou assistente do subsecretário para assuntos europeus.

– Que interessante.

– Neste momento, é mesmo.

Woody estava olhando para a linha em que o maiô cortava as coxas dela e pensando que, por menor que fosse a roupa que uma moça estivesse usando, um homem sempre ficava imaginando as partes escondidas. Começou a ter uma ereção, então rolou e ficou de bruços para escondê-la.

Joanne percebeu a direção de seu olhar e disse:

– Gostou do meu maiô? – Ela sempre fora muito franca. Era uma de suas muitas qualidades que ele julgava atraente.

Decidiu ser igualmente sincero:

– Eu gosto *de você*, Joanne. Sempre gostei.

Ela riu.

– Nada de rodeios, Woody... Vá direto ao assunto!

À sua volta, as pessoas começavam a arrumar suas coisas.

– É melhor irmos embora – disse Diana.

– Também já estávamos de saída – falou Woody. – Vamos pegar o trem juntos?

Aquela era a hora de ela dar uma desculpa educada para afastá-lo. Poderia facilmente dizer: *Ah, não, obrigada, podem ir na frente.* Em vez disso, falou:

– Claro, por que não?

As moças vestiram saídas de praia, jogaram suas coisas dentro das bolsas, e, juntos, os quatro subiram a praia.

O trem estava lotado de banhistas como eles, queimados de sol, famintos e sedentos. Woody comprou quatro Cocas na estação e as distribuiu quando o trem estava partindo.

– Você já comprou uma Coca para mim num dia quente lá em Buffalo, lembra? – disse Joanne.

– Naquela passeata. É claro que lembro.

– Nós éramos duas crianças.

– Comprar Coca-Cola é uma técnica que costumo usar com mulheres bonitas.

– E funciona? – perguntou ela, rindo.

– Nunca me rendeu um beijo sequer.

– Bem, continue tentando – disse ela, erguendo a garrafa para um brinde.

Ele interpretou isso como um incentivo, então falou:

– Quando chegarmos a Washington, vocês querem sair para comer um hambúrguer ou, sei lá, talvez ir ao cinema?

Era a hora de ela dizer: *Não, obrigada, vou sair com meu namorado.*

– Eu gostaria – disse Diana depressa. – E você, Joanne?

– Claro.

Nada de namorado – e um encontro marcado! Woody tentou esconder a empolgação.

– Poderíamos assistir a *Uma noiva caída do céu* – sugeriu ele. – Ouvi dizer que é bem engraçado.

– Quem são os atores? – quis saber Joanne.

– James Cagney e Bette Davis.

– Eu topo.

– Eu também – disse Diana.

– Então combinado – disse Woody.

– E você, Chuck? – falou o irmão mais novo, zombando. – Você também topa? Ah, claro, topo sim. Foi muita gentileza sua me convidar, irmão.

Não foi nada engraçado, mas Diana deu uma risadinha encorajadora.

Pouco depois, Joanne pegou no sono com a cabeça no ombro de Woody.

Seus cabelos escuros lhe faziam cócegas no pescoço e ele podia sentir sua respiração morna na pele, logo abaixo da manga curta da camisa. Não cabia em si de tanta alegria.

Separaram-se na Union Station, foram para casa se trocar e tornaram a se encontrar num restaurante chinês no centro da cidade.

Enquanto comiam um *chow mein* e bebiam cerveja, conversaram sobre o Japão. Todo mundo estava falando do Japão.

– Alguém precisa deter essa gente – disse Chuck. – Eles são fascistas.

– Pode ser – disse Woody.

– São militaristas e agressivos, e o modo como tratam os chineses é racista. O que mais precisam fazer para serem fascistas?

– Isso eu posso responder – disse Joanne. – A diferença está na visão que têm do futuro. Os verdadeiros fascistas querem matar todos os seus inimigos e criar um tipo de sociedade radicalmente diferente. Os japoneses estão fazendo as mesmas coisas que eles, só que em defesa de grupos de poder tradicionais: a casta militar e o imperador. Pelo mesmo motivo, a Espanha não é fascista: Franco está assassinando pessoas em nome da Igreja Católica e da antiga aristocracia, não para criar um mundo novo.

– Seja como for, alguém precisa deter os japas – disse Diana.

– Não penso assim – disse Woody.

– Está bem, Woody, então como você pensa? – indagou Joanne.

Ele sabia que ela dava muita importância à política e que iria gostar de uma resposta elaborada.

– O Japão é um país mercante, sem qualquer recurso natural: não tem petróleo nem ferro, só umas poucas florestas. A única forma de sobreviver é fazendo comércio. Por exemplo, eles importam algodão cru, tecem e vendem o tecido para a Índia e as Filipinas. Só que, durante a Depressão, os dois grandes impérios econômicos, a Grã-Bretanha e os Estados Unidos, criaram tarifas para proteger suas indústrias. Foi o fim do comércio japonês com o Império Britânico, inclusive com a Índia, e com a zona americana, que inclui as Filipinas. Foi um golpe duro.

– E isso por acaso dá a eles o direito de conquistar o mundo? – perguntou Diana.

– Não, mas os faz pensar que a única garantia de segurança econômica é ter um império próprio, como os britânicos, ou pelo menos dominar o hemisfério em que estão situados, como os Estados Unidos. Nesse caso, ninguém mais poderia pôr fim aos negócios deles. Então o que querem é transformar o Extremo Oriente no seu quintal.

Joanne concordou:

– E o ponto fraco da nossa política é que, sempre que impomos sanções econômicas em retaliação à agressividade dos japoneses, apenas reforçamos sua sensação de que precisam ser autossuficientes.

– Pode ser – disse Chuck. – Ainda assim, eles precisam ser detidos.

Woody deu de ombros. Não tinha resposta para isso.

Depois do jantar, foram ao cinema. O filme foi ótimo. Em seguida, Woody e Chuck acompanharam as moças de volta a seu apartamento. No caminho, Woody segurou a mão de Joanne. Ela sorriu e apertou a mão dele, que interpretou isso como um incentivo.

Em frente ao prédio onde elas moravam, ele a abraçou. Pelo canto do olho, viu Chuck fazer o mesmo com Diana.

Joanne deu um beijo rápido, quase casto, na boca de Woody, e disse:

– O tradicional beijo de boa-noite.

– Não houve nada de tradicional no último beijo que você me deu – disse ele, curvando-se para beijá-la outra vez.

Ela encostou o indicador em seu queixo e o afastou.

Seria possível que ele só fosse conseguir aquele selinho?

– Eu estava bêbada naquela noite – disse ela.

– Eu sei. – Entendeu qual era o problema: ela tinha medo que ele a achasse uma moça fácil. – Você é ainda mais atraente quando está sóbria.

Ela pareceu refletir por alguns segundos.

– Essa era a coisa certa a dizer – declarou ela por fim. – Você ganhou o prêmio. – Ela então tornou a beijá-lo, um beijo demorado, não com a urgência da paixão, mas com uma concentração que sugeria afeto.

Cedo demais, Woody ouviu Chuck dizer:

– Boa noite, Diana!

Joanne interrompeu o beijo.

– Meu irmão foi um pouco rápido! – disse Woody, arrasado.

Ela riu baixinho.

– Boa noite, Woody – falou, e então se virou e foi andando para o prédio.

Diana já estava na porta, claramente desapontada.

– Podemos sair outra vez? – perguntou Woody, sem pensar. Sua voz soou carente até mesmo a seus próprios ouvidos, e ele amaldiçoou sua afobação.

Mas Joanne não pareceu se importar.

– Me ligue – disse ela, e entrou.

Woody ficou olhando as duas moças até desaparecerem, então tornou a se virar para o irmão.

– Por que não beijou Diana por mais tempo? – perguntou, zangado. – Ela parecia bem simpática.

– Não faz o meu tipo – retrucou Chuck.

– Ah, é? – Mais do que irritado, Woody estava intrigado. – Peitos redondinhos, rosto bonito... O que ela tem de errado? Eu a teria beijado se não estivesse com Joanne.

– Gosto não se discute.

Os dois começaram a caminhar de volta para o apartamento dos pais.

– Bem, qual é o seu tipo, então? – perguntou Woody.

– Acho que eu deveria lhe explicar uma coisa antes de você planejar mais um encontro para mim.

– Tudo bem. O que é?

Chuck parou de andar e obrigou Woody a fazer o mesmo.

– Você tem que jurar que não vai contar para o papai e a mamãe.

– Eu juro. – À luz amarela dos postes de rua, Woody observou o irmão. – Que mistério é esse?

– Eu não gosto de garotas.

– Elas são umas chatas, concordo, mas o que se há de fazer?

– Para ser mais exato, não gosto de abraçá-las nem de beijá-las.

– Como assim? Deixe de ser bobo.

– Cada um é de um jeito, Woody.

– É, mas nesse caso você teria que ser alguma espécie de maricas.

– Justamente.

– Justamente o quê?

– É isso mesmo que eu sou: um maricas.

– Você é mesmo um fanfarrão.

– Woody, não estou brincando. Estou falando sério.

– Você é *bicha*?

– É exatamente isso que sou. Não escolhi ser assim. Quando éramos crianças e começamos a nos masturbar, você pensava em peitos saltitantes e bocetas cabeludas. Eu nunca lhe contei, mas pensava em paus duros.

– Eca, Chuck, que nojo!

– Não é nojo nenhum. Alguns rapazes são assim. Mais do que você imagina... principalmente na Marinha.

– Há maricas na Marinha?

Chuck assentiu com vigor.

– Vários.

– Bem... Como você sabe?

– Geralmente sabemos nos reconhecer. Assim como os judeus sempre sabem quem é judeu. O garçom do restaurante chinês, por exemplo.

– Ele era?

– Não ouviu quando ele disse que tinha gostado do meu paletó?

– Ouvi, mas não dei importância.

– Então pronto.

– Ele ficou atraído por você?

– Acho que sim.

– Por quê?

– Provavelmente pelo mesmo motivo que Diana. Sou mais bonito que você, ora!

– Que conversa mais estranha.

– Venha, vamos para casa.

Os dois seguiram seu caminho. Woody ainda não acreditava no que tinha ouvido.

– Quer dizer que existem chineses maricas?

Chuck riu.

– Claro!

– Sei lá, eu nunca tinha pensado nos chineses assim.

– Lembre-se: nem um pio com ninguém, principalmente com nossos pais. Só Deus sabe o que papai diria.

Depois de algum tempo, Woody pôs o braço sobre os ombros de Chuck.

– Caramba! Pelo menos você não é republicano.

III

Greg Peshkov acompanhou Sumner Welles e o presidente Roosevelt num cruzador pesado, o *Augusta*, até a baía de Placentia, no litoral da Terra Nova. Também faziam parte do comboio o encouraçado *Arkansas*, o cruzador *Tuscaloosa* e 17 destróieres.

As embarcações foram ancoradas em duas filas compridas, separadas por uma larga faixa de mar. Às nove da manhã do sábado, 9 de agosto, sob o sol forte, as tripulações dos vinte navios se reuniram junto às amuradas dos conveses trajando seus uniformes de gala para assistir à chegada do encouraçado britânico *Príncipe de Gales*, que entrou majestosamente pelo corredor de mar entre os navios americanos soltando fumaça pela chaminé e escoltado por três destróieres. A bordo estava o primeiro-ministro Churchill.

Aquela era a demonstração de poder mais impressionante que Greg já vira, e fazer parte dela o deixava muito alegre.

Mas também preocupado. Torcia para que os alemães não tivessem conhecimento daquele encontro. Se descobrissem, um único submarino poderia matar os dois líderes do que restava da civilização ocidental – sem falar nele próprio.

Antes de sair de Washington, Greg havia se encontrado outra vez com o detetive Tom Cranmer. Este lhe dera o endereço de uma casa num bairro modesto, depois da estação ferroviária Union Station.

– Ela é garçonete no Clube Universitário Feminino, perto do Hotel Ritz-Carlton. Foi por isso que você a viu duas vezes nessas redondezas – dissera o detetive enquanto embolsava o restante de sua remuneração. – Acho que a carreira de atriz não deu certo... Mas ela ainda é conhecida como Jacky Jakes.

Greg escrevera uma carta para ela.

Querida Jacky,

Só quero saber por que você fugiu de mim seis anos atrás. Achei que estivéssemos muito felizes juntos, mas devo ter me enganado. Fiquei intrigado, só isso.

Você parece assustada quando me vê, mas não há o que temer. Não estou zangado, apenas curioso. Jamais faria nada para magoá-la. Você foi a primeira garota que amei na vida.

Podemos nos encontrar, nem que seja só para um café ou algo assim, para conversar?

Com toda a sinceridade,

Greg Peshkov

Acrescentara seu número de telefone e pusera a carta no correio no mesmo dia que embarcara para a Terra Nova.

O presidente fazia questão de que a conferência produzisse uma declaração conjunta. Sumner Welles, chefe de Greg, elaborou um rascunho desse acordo, mas Roosevelt se recusou a usá-lo, dizendo que era melhor deixar que Churchill redigisse a primeira versão.

Greg logo viu que o presidente norte-americano era um negociador esperto. Para ser justo, quem redigisse a primeira versão precisaria acrescentar às próprias reivindicações algumas das demandas do outro lado. Dessa forma, as solicitações da outra parte se transformariam num mínimo irredutível, enquanto as de quem apresentasse a proposta ainda estariam abertas a discussão. Portanto, quem redigisse a minuta estaria em desvantagem. Greg jurou sempre se lembrar de jamais redigir a primeira versão de nada.

No sábado, presidente e primeiro-ministro tiveram um almoço amigável a bordo do *Augusta*. No domingo, assistiram à missa no convés do *Príncipe de*

Gales, e as bandeiras dos Estados Unidos e do Reino Unido pintaram o altar de vermelho, branco e azul. Na manhã de segunda-feira, quando já eram bons amigos, trataram do que interessava.

Churchill apresentou um plano com cinco tópicos que deixou Sumner Welles e Gus Dewar muito satisfeitos, pois defendia uma organização internacional eficaz que garantisse a segurança de todos os países – em outras palavras, uma Liga das Nações fortalecida. No entanto, os dois ficaram decepcionados ao constatar que aquilo era demais para Roosevelt. Embora fosse a favor, o presidente temia os isolacionistas, aqueles que ainda acreditavam que os Estados Unidos não precisavam se meter nos problemas do restante do mundo. Ele era extremamente sensível à opinião pública e vivia se esforçando para não provocar a oposição.

Mas Welles e Dewar não desistiram, nem os britânicos. Eles se uniram para buscar um meio-termo aceitável para ambos os líderes. Greg tomou notas para Welles. O grupo formulou uma cláusula que defendia o desarmamento "em contrapartida à criação de um sistema de segurança geral mais amplo e permanente".

Apresentaram a nova cláusula aos dois líderes, que aceitaram.

Welles e Dewar mal couberam em si de tanta satisfação.

Mas Greg não entendia por quê.

– Parece muito pouco – disse ele. – Todo esse esforço... Os líderes de duas grandes nações reunidos depois de viajar milhares de quilômetros, comitivas compostas por dezenas de pessoas, 24 navios, três dias de conversas... Tudo em troca de umas poucas palavras que não dizem exatamente o que nós queremos.

– Nós avançamos em centímetros, não em quilômetros – respondeu Gus Dewar com um sorriso. – Política é isso.

IV

Fazia cinco semanas que Woody estava saindo com Joanne.

Ele queria vê-la todas as noites, mas se continha. Ainda assim, na última semana tinham saído quatro vezes. No domingo, foram à praia; na quarta, jantaram; na sexta, assistiram a um filme; e agora, sábado, estavam passando o dia inteiro juntos.

Ele nunca se cansava de conversar com ela. Joanne era divertida, inteligente e tinha a língua afiada. Ele adorava seu jeito de se mostrar veemente em relação a tudo. Os dois passavam horas falando sobre as coisas de que gostavam ou detestavam.

As notícias da Europa eram ruins. Os alemães continuavam liquidando o Exército Vermelho. A leste de Smolensk, haviam dizimado o 16º e o 20º Exércitos russos, capturando 300 mil prisioneiros e deixando poucas forças soviéticas entre os alemães e Moscou. No entanto, notícias ruins vindas de longe não diminuíam a empolgação de Woody.

Joanne não era tão louca por Woody quanto ele por ela, mas dava para ver que tinha carinho pelo rapaz. Os dois sempre se despediam com um beijo de boa-noite, e ela parecia gostar de beijá-lo, embora não demonstrasse a paixão da qual ele sabia que ela era capaz. Talvez fosse porque sempre precisassem se beijar em lugares públicos, como no cinema ou então na porta de algum prédio na rua perto da casa dela. Sempre que estavam no apartamento de Joanne, havia pelo menos uma de suas colegas na sala, e ela ainda não o convidara para ir ao seu quarto.

A licença de Chuck terminara algumas semanas antes, e ele tinha voltado para o Havaí. Woody ainda não sabia o que pensar sobre a confissão de seu irmão. Às vezes ficava chocado, como se o mundo tivesse virado de cabeça para baixo; em outras ocasiões, perguntava-se que diferença aquilo fazia. Mas manteve a promessa de não contar a ninguém, nem mesmo a Joanne.

Então o pai de Woody viajou com o presidente, e sua mãe foi passar alguns dias com os pais, em Buffalo. Woody ficou com o apartamento de Washington só para si por alguns dias – todos os nove cômodos. Decidiu tentar achar uma oportunidade para convidar Joanne a ir até lá, na esperança de conseguir um beijo de verdade.

Os dois almoçaram juntos e foram assistir a uma exposição chamada "Arte Negra", criticada por jornalistas conservadores, para os quais o conceito de arte negra não existia – apesar da genialidade inconfundível de artistas como o pintor Jacob Lawrence e a escultora Elizabeth Catlett.

Quando estavam saindo da mostra, Woody perguntou:

– Quer tomar um drinque enquanto decidimos onde jantar?

– Não, obrigada – respondeu ela, com o mesmo tom decidido de sempre. – Eu gostaria mesmo é de uma xícara de chá.

– Chá? – Ele não sabia onde tomar um bom chá em Washington. Então teve uma ideia genial: – Minha mãe tem chá inglês em casa – falou. – Poderíamos ir ao apartamento.

– Está bem.

O prédio ficava a alguns quarteirões dali, na Rua 22 NW, perto da L. Os dois respiraram aliviados ao trocarem o calor do verão pela portaria refrigerada. Um ascensorista subiu com eles no elevador.

Ao entrarem no apartamento, Joanne disse:

– Vejo seu pai em Washington o tempo todo, mas há muitos anos não falo com sua mãe. Tenho que dar os parabéns a ela pelo sucesso do livro.

– Ela não está – disse Woody. – Venha até a cozinha.

Ele encheu a chaleira com água da torneira e a pôs no fogo. Então abraçou Joanne e disse:

– Enfim, sós.

– Onde estão seus pais?

– Viajaram, os dois.

– E Chuck está no Havaí.

– Isso mesmo.

Ela se afastou.

– Woody, como você pôde fazer isso comigo?

– Isso o quê? Estou fazendo chá!

– Você me trouxe aqui sob um falso pretexto! Pensei que seus pais estivessem em casa.

– Eu não disse isso.

– Por que não me falou que eles estavam viajando?

– Você não perguntou! – respondeu ele, indignado, embora a reclamação dela tivesse fundamento. Ele não teria mentido para ela, mas torcera para não precisar lhe dizer de antemão que o apartamento estaria vazio.

– Você me trouxe até aqui para se aproveitar! Acha que sou uma garota fácil.

– Não acho, não! É que nós nunca ficamos realmente a sós. Eu só esperava ganhar um beijo.

– Não tente me enganar.

Agora ela estava sendo injusta. Sim, ele esperava ir para a cama com ela um dia, mas não naquele.

– Vamos embora, então – falou. – Podemos tomar chá em outro lugar. O Ritz-Carlton fica nesta rua e todos os britânicos se hospedam lá. Eles devem ter chá.

– Ora, deixe de ser bobo. Não precisamos ir embora. Não tenho medo de você, sei me defender. Só estou zangada. Não quero um homem que sai comigo porque acha que sou fácil.

– Fácil? – disse ele, alterando a voz. – Caramba! Esperei seis anos para você se dignar a sair comigo. Mesmo agora, tudo o que estou pedindo é um beijo. Se você é fácil, eu detestaria estar apaixonado por uma garota difícil!

Para sua surpresa, ela começou a rir.

– O que foi agora? – perguntou ele, irritado.

– Desculpe, você tem razão. Se quisesse uma garota fácil, teria desistido de mim faz tempo.

– Exatamente!

– Depois que eu o beijei daquele jeito quando estava bêbada, achei que você fosse fazer mal juízo de mim. Imaginei que estivesse tentando sair comigo atrás de emoções fáceis. Tenho até me preocupado com isso nas últimas semanas. Eu o julguei mal. Desculpe-me.

Ele ficava atordoado com as súbitas mudanças de humor de Joanne, mas supôs que essa última reviravolta fosse uma coisa boa.

– Mesmo antes daquele beijo, eu já era louco por você – disse ele. – Acho que você não reparou.

– Eu mal reparava em *você*.

– Sou bem alto.

– É o seu único atrativo, fisicamente falando.

Ele sorriu.

– Conversar com você certamente não vai me deixar convencido...

– Não se eu puder evitar.

A água ferveu na chaleira. Woody pôs chá dentro de um bule de louça e despejou água por cima.

Joanne estava pensativa.

– Mas você disse outra coisa agora há pouco.

– O quê?

– Você disse: "Eu detestaria estar apaixonado por uma garota difícil." Estava falando sério?

– Em relação a quê?

– A estar apaixonado.

– Ah! Não foi minha intenção dizer isso. – Então ele resolveu deixar a cautela de lado. – Mas, se você quer mesmo saber a verdade, estou apaixonado por você, sim. Acho que a amo há muitos anos. Adoro você, quero...

Ela pôs as mãos atrás de seu pescoço e o beijou.

Dessa vez foi um beijo de verdade: sua boca se moveu com urgência, a ponta da língua tocando seus lábios, o corpo apertado contra o seu. Foi como em 1935, só que sem o gosto de uísque. Aquela era a garota que ele amava, a verdadeira Joanne, pensou Woody, em êxtase: uma mulher de paixões fortes. E ela estava nos seus braços, beijando-o com todo o vigor de que era capaz.

Ela enfiou as mãos por dentro de sua camisa de verão informal e acariciou seu peito, pressionando os dedos contra as suas costelas, esfregando os mamilos com as palmas e segurando seus ombros como se quisesse enterrar as unhas bem fundo em sua carne. Woody percebeu que ela também tinha sua parcela de desejo frustrado que agora transbordava, incontrolável, como uma represa que se rompe. Ele a imitou, acariciando as laterais de seu corpo e tocando seus seios com uma alegre sensação de liberdade, como uma criança autorizada a não ir à escola, feliz com o feriado inesperado.

Quando ele pressionou a mão entre suas coxas, ela recuou.

Mas o que disse o surpreendeu:

– Você tem preservativo?

– Não! Desculpe...

– Não faz mal. Na verdade, é até melhor. Isso prova que não planejava mesmo me seduzir.

– Antes tivesse planejado.

– Não tem problema. Conheço uma médica que vai resolver isso para mim na segunda-feira. Até lá, teremos que improvisar. Me beije outra vez.

Enquanto a beijava, ele sentiu que ela desabotoava sua calça.

– Ah – disse ela, instantes depois. – Que beleza.

– Era exatamente o que eu estava pensando – sussurrou ele.

– Talvez eu precise usar as duas mãos.

– O quê?

– Acho que deve ser porque você é muito alto.

– Não sei do que você está falando.

– Então vou calar a boca e continuar beijando você.

Alguns minutos depois, ela perguntou:

– Você tem um lenço?

Felizmente, isso ele tinha.

Woody abriu os olhos alguns segundos antes do fim e viu Joanne olhando para ele. Em sua expressão viu desejo, excitação e alguma outra coisa que, pensou, poderia até ser amor.

Quando tudo terminou, ele se sentiu invadido por uma tranquilidade alegre. Eu amo esta mulher, pensou, e estou feliz. Como a vida é boa.

– Foi incrível – falou. – Gostaria de fazer a mesma coisa por você.

– Gostaria mesmo?

– Pode apostar.

Eles continuavam de pé na cozinha, apoiados na porta da geladeira, mas nenhum dos dois queria se mexer. Ela segurou sua mão e a guiou por baixo do vestido de verão, para dentro da calcinha de algodão. Ele sentiu pele quente, pelos crespos e uma fenda molhada. Tentou enfiar um dedo lá dentro, mas ela o impediu.

Segurando a ponta de seu dedo, guiou-o pelas dobras macias. Ele sentiu algo pequenino e duro, do tamanho de uma ervilha, logo abaixo da pele. Ela moveu seu dedo em pequenos círculos.

– Isso – falou, fechando os olhos. – Assim mesmo.

Ele ficou observando seu rosto com adoração enquanto ela se abandonava ao prazer. Uns dois minutos depois, ela soltou um gritinho, que repetiu duas ou três vezes. Então retirou a mão dele e deixou-se cair contra seu corpo.

Depois de algum tempo, Woody falou:

– Seu chá deve ter esfriado.

Ela riu.

– Eu amo você, Woody.

– Ama mesmo?

– Espero que não fique assustado por eu dizer isso.

– Não. – Ele sorriu. – Fico muito feliz.

– Eu sei que as moças não devem dizer isso assim, de forma tão direta. Mas não consigo fingir que estou em dúvida. Não quando já tomei uma decisão.

– É – falou Woody. – Eu já tinha percebido.

V

Greg Peshkov estava morando nos aposentos permanentes que seu pai mantinha no Ritz-Carlton. Lev aparecia de vez em quando, nos deslocamentos entre Buffalo e Los Angeles, e passava alguns dias no hotel. Atualmente, porém, Greg tinha o apartamento só para si – e para Rita Lawrence, a curvilínea filha do congressista, que tinha passado a noite lá e agora estava adoravelmente despenteada usando um roupão de seda vermelha masculino.

Um garçom lhes trouxe o café da manhã, os jornais e um envelope com um recado.

A declaração conjunta de Roosevelt e Churchill tivera mais efeito do que Greg previra. Mais de uma semana depois, ainda era a principal notícia dos jornais. A imprensa a havia batizado de Carta do Atlântico. Para Greg, a declaração não passava de expressões cautelosas e compromissos vagos, mas o mundo não pensava assim. Ela foi recebida como um prenúncio de liberdade, democracia e comércio mundial. Diziam que Hitler estava furioso e afirmava que aquilo equivalia a uma declaração de guerra dos Estados Unidos à Alemanha.

Até os países que não tinham participado da conferência queriam assinar a carta, e Bexforth Ross sugerira que os signatários fossem chamados de Nações Unidas.

Enquanto isso, os alemães seguiam derrotando a União Soviética. Ao norte, aproximavam-se de Leningrado. Ao sul, os russos em retirada tinham explodido a barragem do Dnieper, maior complexo hidrelétrico do mundo e sua menina dos olhos, só para não deixá-lo cair nas mãos dos invasores alemães – um sacrifício de partir o coração.

– O Exército Vermelho conseguiu refrear um pouco a velocidade da invasão – disse Greg a Rita, com os olhos pregados no *Washington Post*. – Mas os alemães continuam avançando oito quilômetros por dia. E afirmam ter matado três milhões e meio de soviéticos. Será possível?

– Você tem algum parente na Rússia?

– Tenho, sim. Um dia, quando estava meio bêbado, meu pai me contou que deixou uma garota grávida lá.

Rita fez uma careta de reprovação.

– Infelizmente, ele é assim – disse Greg. – É um grande homem, e grandes homens não obedecem às regras.

Ela não disse nada, mas ele entendeu sua expressão: Rita não concordava com sua opinião, mas não queria discutir por isso.

– Enfim, tenho um meio-irmão russo, ilegítimo como eu – continuou Greg. – O nome dele é Vladimir. Não sei mais nada a seu respeito. Talvez a esta altura já esteja morto. Ele tem idade para lutar. Deve estar entre esses três milhões e meio.

Ele virou a página do jornal.

Ao terminar as notícias, leu o recado que o garçom havia trazido.

Era de Jacky Jakes. Nele, estavam escritos um número de telefone e as palavras *Não entre uma e três da tarde.*

De repente, Greg mal podia esperar para se livrar de Rita.

– A que horas você tem que estar em casa? – perguntou, sem muita sutileza.

Ela olhou para o relógio.

– Meu Deus, seria bom eu voltar antes de minha mãe começar a me procurar. – Ela dissera aos pais que passaria a noite na casa de uma amiga.

Os dois se vestiram juntos e saíram em táxis diferentes.

Greg imaginou que o telefone devia ser do trabalho de Jacky, e que ela estaria ocupada entre uma e três da tarde. Ligaria mais ou menos no meio da manhã.

Perguntou-se por que aquela animação toda. Afinal, estava apenas curioso. Embora Rita Lawrence fosse linda e muito sexy, ele jamais conseguira – nem com ela nem com nenhuma outra – reproduzir o arrebatamento daquele primeiro caso de amor com Jacky. Sem dúvida porque nunca mais voltaria a ter 15 anos.

Chegou ao Antigo Edifício do Gabinete Executivo e deu início à sua principal tarefa do dia: redigir um comunicado à imprensa sobre conselhos aos americanos que moravam no norte da África, onde britânicos, italianos e alemães estavam em guerra, sobretudo numa faixa costeira de três mil quilômetros de extensão por 65 de largura.

Às dez e meia, ligou para o número escrito no recado.

– Clube Universitário Feminino – atendeu uma voz de mulher.

Greg nunca estivera lá: homens só podiam entrar como convidados das sócias.

– Jacky Jakes está? – perguntou.

– Sim, ela está esperando uma ligação. Um instante, por favor.

Provavelmente ela precisava de permissão especial para receber um telefonema no trabalho, pensou ele.

Alguns instantes depois, ouviu sua voz:

– Jacky Jakes falando, quem é?

– Greg Peshkov.

– Eu já imaginava. Como conseguiu meu endereço?

– Contratei um detetive particular. Podemos nos encontrar?

– Acho que não tenho escolha. Mas com uma condição.

– Qual?

– Você tem que jurar por tudo o que é mais sagrado que não vai contar ao seu pai. Nunca.

– Por quê?

– Depois eu explico.

– Tudo bem – concordou ele.

– Jura?

– Claro.

– Então diga que jura – insistiu ela.

– Eu juro, está bem?

– Ótimo. Você pode me pagar o almoço.

Greg estranhou aquilo.

– Algum restaurante aqui no bairro aceita servir um branco e uma negra juntos?

– Só conheço um... o Electric Diner.

– Sei onde fica. – Ele havia reparado no nome, mas nunca entrara lá: era uma lanchonete barata, de balcão, frequentada por zeladores e mensageiros. – A que horas?

– Onze e meia.

– Tão cedo assim?

– A que horas você acha que as garçonetes almoçam... à uma da tarde?

Ele sorriu.

– Você continua atrevida.

Então ela desligou.

Greg terminou de redigir o comunicado à imprensa e levou as folhas datilografadas até a sala do chefe. Deixou o rascunho dentro da bandeja de documentos a tratar e perguntou:

– Mike, será que eu poderia almoçar mais cedo hoje? Por volta de onze e meia?

Mike estava lendo a página de opinião do *The New York Times*.

– Sim, claro, sem problemas – respondeu, sem erguer os olhos.

Sob o sol forte, Greg passou em frente à Casa Branca e chegou à lanchonete às onze e vinte. O lugar estava deserto, com exceção de umas poucas pessoas fazendo uma pausa no trabalho. Acomodou-se numa mesa afastada do balcão e pediu um café.

Perguntou-se o que Jacky teria para lhe dizer. Estava ansioso para saber a resposta de um enigma que o intrigava havia seis anos.

Ela chegou às 11h35, usando um vestido preto e sapatos baixos – o uniforme de garçonete sem o avental, ele supôs. Ficava bem de preto, e ele se lembrou nitidamente do prazer que sentia ao admirá-la: a boca em forma de arco de Cupido, os grandes olhos castanhos. Ela se sentou na sua frente e pediu uma salada e uma Coca-Cola. Greg pediu mais café: estava tenso demais para comer.

O rosto de Jacky havia perdido o aspecto rechonchudo e infantil de que ele se lembrava. Ela estava com 16 anos quando os dois se conheceram. Agora tinha 22. Na época, eram duas crianças brincando de ser adultos. Agora eram adultos de verdade. Em seu rosto, Greg leu uma história que, anos antes, não estava escrita ali: decepção, sofrimento, dificuldade.

– Trabalho no turno do dia – disse ela. – Chego às nove, ponho as mesas, preparo o salão. Sirvo durante o almoço, limpo tudo e vou embora às cinco.

– A maioria das garçonetes trabalha à noite.

– Gosto de ter as noites e os fins de semana livres.

– Continua gostando de festas!

– Não... em geral fico em casa ouvindo rádio.

– Imagino que tenha vários namorados.

– Todos os que eu quero.

Ele levou alguns instantes para entender que aquilo podia significar qualquer coisa.

O almoço de Jacky chegou. Ela bebeu a Coca e quase não tocou na salada.

– E então, por que você fugiu de mim em 1935? – perguntou Greg.

Ela deu um suspiro.

– Não quero contar, porque você não vai gostar.

– Eu preciso saber.

– Recebi uma visita do seu pai.

Greg assentiu.

– Imaginei que ele tivesse algo a ver com isso.

– Ele levou um capanga... Joe não sei o quê.

– Joe Brekhunov. Ele é um brutamontes. – Greg começou a ficar com raiva. – Ele machucou você?

– Não precisou, Greg. Só de olhar para ele já fiquei morrendo de medo. Aceitei fazer o que seu pai queria.

Greg reprimiu a ira.

– E o que ele queria?

– Ele disse que eu tinha que ir embora imediatamente. Podia deixar um recado para você, mas ele iria ler. Eu tinha que voltar para cá, para Washington. Fiquei tão triste por deixá-lo...

Greg se lembrou da angústia que ele próprio sentira.

– Eu também – falou.

Sentiu-se tentado a estender a mão por cima da mesa e segurar a de Jacky, mas não teve certeza se ela iria gostar disso.

– Ele disse que me daria uma quantia em dinheiro todas as semanas só para me manter afastada de você – prosseguiu ela. – Continua me pagando até hoje. São só uns trocados, mas dão conta do aluguel. Eu prometi... mas, não sei como, consegui reunir coragem para impor uma condição.

– Qual?

– Ele nunca poderia dar em cima de mim. Se fizesse isso, eu contaria tudo a você.

– E ele concordou?

– Concordou.

– Não é muita gente que consegue ameaçar meu pai e se safar.

Ela empurrou o prato para longe.

– Então ele disse que, se eu faltasse com a minha palavra, Joe iria cortar minha cara. Joe me mostrou a navalha.

Tudo fez sentido.

– É por isso que você continua assustada.

A pele escura dela estava pálida de medo.

– Mas é claro, droga.

A voz de Greg se transformou num sussurro:

– Jacky, eu sinto muito.

Ela forçou um sorriso.

– Tem certeza de que seu pai estava tão errado assim? Você só tinha 15 anos. Não é uma boa idade para se casar.

– Se ele tivesse me dito isso, talvez a história fosse outra. Mas ele decide o que vai acontecer e simplesmente executa, como se ninguém mais tivesse direito a uma opinião.

– Mesmo assim, nós tivemos bons momentos.

– Com certeza.

– Eu fui o seu presente.

Ele riu.

– O melhor que já ganhei.

– Mas o que você tem feito ultimamente?

– Estou passando o verão trabalhando na assessoria de imprensa do Departamento de Estado.

Ela fez uma careta.

– Parece bem chato.

– Pelo contrário! É incrível ver homens poderosos sentados diante de suas mesas tomando decisões que vão influenciar o mundo inteiro. Eles governam o mundo!

Apesar do ar cético, ela comentou:

– Bem, deve ser melhor do que servir mesas.

Ele começou a ver como os dois haviam se afastado.

– Em setembro, volto para Harvard para meu último ano.

– Aposto que você é o terror das universitárias.

– Há muitos alunos homens, e poucas mulheres.

– Aindo assim você se vira direitinho, não é?

– Não posso mentir para você.

Ele se perguntou se Emily Hardcastle teria cumprido sua promessa e providenciado um método anticoncepcional.

– Vai se casar com uma delas, ter lindos filhos e morar em uma casa à beira de um lago.

– Eu gostaria de ser político, quem sabe secretário de Estado, ou talvez senador, como o pai de Woody Dewar.

Ela olhou para o outro lado.

Greg pensou na tal casa à beira do lago. Aquele devia ser o sonho de Jacky. Ficou triste por ela.

– Você vai conseguir – disse ela. – Eu sei. Tem uma aura à sua volta. Mesmo aos 15 anos, já havia. Você é igual ao seu pai.

– Como assim? Pare com isso!

Ela deu de ombros.

– Pense um pouco, Greg. Você sabia que eu não queria vê-lo. E mesmo assim pôs um detetive particular atrás de mim. *Ele decide o que vai acontecer e simplesmente executa, como se ninguém mais tivesse direito a uma opinião.* Foi o que disse sobre o seu pai um minuto atrás.

Greg ficou consternado.

– Espero não ser totalmente igual a ele.

Jacky o olhou de cima a baixo.

– Os jurados ainda não chegaram a um veredicto.

A garçonete tirou seu prato.

– Aceitam uma sobremesa? – perguntou. – A torta de pêssego está ótima.

Nenhum dos dois quis sobremesa, e a garçonete entregou a conta a Greg.

– Espero ter matado a sua curiosidade – disse Jacky.

– Obrigado, fico-lhe grato.

– Da próxima vez que me vir na rua, passe direto.

– Se você prefere assim.

Ela se levantou.

– Vamos sair separados. Eu ficaria mais à vontade.

– Como quiser.

– Boa sorte, Greg.

– Para você também.

– Deixe gorjeta para a garçonete – disse ela, e foi embora.

CAPÍTULO DEZ

1941 (III)

Em outubro, a neve derretia ao cair no solo, e as ruas de Moscou estavam frias e molhadas. Volodya vasculhava o armário de mantimentos à procura de suas *valenki*, as botas de feltro tipicamente russas que aqueciam os pés dos moscovitas no inverno, quando se espantou ao encontrar seis caixas de vodca.

Seus pais não eram grandes apreciadores de álcool. Raramente bebiam mais que uma pequena dose. De vez em quando, o pai comparecia a um daqueles longos jantares regados a álcool oferecidos por Stalin a velhos camaradas, e entrava cambaleando pela porta a altas horas da madrugada, bêbado feito um gambá. Em casa, porém, uma garrafa de vodca durava no mínimo um mês.

Volodya entrou na cozinha. Seus pais estavam tomando café da manhã: sardinhas em lata, pão preto e chá.

– Pai, por que temos um estoque de seis anos de vodca no armário de mantimentos? – perguntou.

Seu pai pareceu surpreso.

Os dois olharam para Katerina, que enrubesceu. Ela ligou o rádio e baixou o volume até um sussurro quase inaudível. Será que desconfiava que o apartamento estivesse grampeado?, perguntou-se Volodya.

Quando ela falou, sua voz saiu baixa, mas zangada.

– Que dinheiro vocês vão usar quando os alemães chegarem? – perguntou. – Não pertenceremos mais à elite privilegiada. Vamos morrer de fome, a menos que possamos comprar comida no mercado negro. Estou velha demais para vender meu corpo. Vodca vai valer mais do que ouro.

Volodya ficou chocado por ouvir a mãe falar daquele jeito.

– Os alemães não vão chegar aqui – disse o pai.

Volodya não tinha tanta certeza. O inimigo avançava outra vez, fechando o cerco a Moscou. Já tinham tomado Kalinin, ao norte, e Kaluga, ao sul, ambas muito próximas, a cerca de 160 quilômetros da capital. As baixas soviéticas eram assustadoramente altas. Um mês antes, o contingente de soldados do Exército Vermelho era de 800 mil homens; agora, porém, segundo as estimativas que chegavam à mesa de Volodya, restavam apenas 90 mil.

– E quem vai detê-los, droga? – perguntou ao pai.

– As linhas de abastecimento dos alemães estão longas demais. Eles não estão preparados para o nosso inverno. Vamos contra-atacar quando eles estiverem enfraquecidos.

– Nesse caso, por que vocês estão tirando o governo de Moscou?

A burocracia estava em pleno processo de transferência para a cidade de Kuibyshev, pouco mais de três mil quilômetros a leste. Os moscovitas tinham ficado apreensivos ao ver funcionários do Estado retirando caixas de documentos dos prédios governamentais e carregando-as em caminhões.

– É só por precaução – disse Grigori. – Stalin continua na cidade.

– Há uma solução – argumentou Volodya. – Temos centenas de milhares de homens na Sibéria. Precisamos trazê-los como reforços.

Grigori fez que não com a cabeça.

– Não podemos deixar o leste indefeso. O Japão ainda é uma ameaça.

– O Japão não vai nos atacar... Sabemos disso! – Volodya olhou para a mãe. Não deveria falar sobre informações secretas de inteligência na sua frente, mas não conseguiu se conter. – A mesma fonte de Tóquio que nos avisou, corretamente, que a invasão alemã era iminente nos disse que os japoneses não vão atacar. Não é possível que o governo vá ignorá-la outra vez!

– Avaliar informações de inteligência nunca é fácil.

– Não temos outra opção! – exclamou Volodya, zangado. – Temos 12 exércitos na reserva... um milhão de homens. Se os mobilizarmos, Moscou talvez sobreviva. Se não, estamos perdidos.

Grigori fez cara de aflito.

– Não fale assim, nem mesmo numa conversa particular.

– Por que não? Provavelmente vou morrer em breve mesmo.

Katerina começou a chorar.

– Olhe só o que você fez – disse Grigori.

Volodya saiu da cozinha. Enquanto calçava as botas, perguntou-se por que havia gritado com o pai e levado a mãe às lágrimas. Então entendeu: era porque agora acreditava que a Alemanha fosse derrotar a União Soviética. O estoque de vodca da mãe, destinado a servir de moeda de troca durante uma ocupação nazista, o forçara a encarar a realidade. Nós vamos perder, disse a si mesmo. O fim da Revolução Russa está próximo.

Vestiu o sobretudo e pôs o chapéu. Então voltou à cozinha. Deu um beijo na mãe e um abraço no pai.

– Para que isso tudo? – perguntou Grigori. – Você está apenas indo trabalhar.

– É só para o caso de nunca mais nos vermos – respondeu Volodya, e saiu.

Quando atravessou a ponte para o centro da cidade, constatou que todos os transportes públicos tinham parado de funcionar. O metrô estava fechado e nenhum ônibus ou bonde circulava.

Parecia haver apenas más notícias.

O boletim dessa manhã do SovInformBuro, divulgado no rádio e em postes pintados de preto e equipados com alto-falantes nas esquinas da cidade, fora mais sincero do que o usual: "Na madrugada de 14 para 15 de outubro, a posição do front oeste piorou", comunicara a agência de informações. "Uma grande quantidade de tanques alemães penetrou nossas defesas." Todos sabiam que o SovInformBuro sempre mentia, então imaginaram que a situação fosse ainda pior.

O centro da cidade estava abarrotado de refugiados que chegavam aos montes, vindos do oeste do país, empurrando seus pertences em carrinhos de mão e conduzindo pelas ruas rebanhos de vacas esqueléticas, porcos imundos e ovelhas encharcadas, todos a caminho da zona rural a leste de Moscou, desesperados para se afastar o máximo possível do avanço alemão.

Volodya tentou pegar uma carona. O tráfego de veículos civis em Moscou não era muito grande ultimamente. O combustível vinha sendo poupado para os intermináveis comboios militares que circulavam pelo rodoanel de Moscou. Um jipe GAZ-64 novo parou para ele.

Ao observar a rua pelo veículo aberto, Volodya viu muitos estragos causados por bombas. Diplomatas que tinham voltado da Inglaterra diziam que aquilo não era nada comparado à Blitz londrina, mas, para os moscovitas, já era ruim o bastante. Volodya passou por vários prédios em ruínas e dezenas de casas de madeira incendiadas.

Grigori, encarregado da defesa antiaérea, mandara instalar peças de artilharia no topo dos prédios mais altos e erguer balões de barragem abaixo das nuvens de neve. A mais estranha de suas decisões tinha sido mandar pintar os domos dourados das igrejas de verde e marrom, para camuflá-los. Ele admitira para o filho que isso não influenciaria em nada o fato de as bombas acertarem ou não o alvo, mas daria aos cidadãos a sensação de estarem sendo protegidos.

Se os alemães ganhassem e os nazistas tomassem Moscou, o sobrinho e a sobrinha de Volodya, filhos de sua irmã Anya, seriam criados não como patriotas comunistas, mas como nazistas abjetos, com a mão erguida para saudar Hitler. A Rússia ficaria igual à França, um país servil, tendo à frente um governo pró-fascista subserviente, que recolhia os judeus e os deportava para campos de concentração. Essa simples ideia era um tormento. Volodya queria um futuro no qual a

União Soviética pudesse se libertar da liderança maligna de Stalin e da brutalidade da polícia secreta para começar a construir o verdadeiro comunismo.

Quando chegou ao prédio da Inteligência, junto ao campo de pouso de Khodynka, viu que o ar estava cheio de flocos acinzentados que não eram neve, mas cinzas. A Inteligência do Exército Vermelho estava queimando seus arquivos para impedir que caíssem nas mãos do inimigo.

Pouco depois de ele chegar, o coronel Lemitov entrou em sua sala.

– Você mandou um memorando para Londres sobre um físico alemão chamado Wilhelm Frunze. Foi uma iniciativa muito inteligente, que se revelou uma ótima pista. Parabéns.

Que diferença faz?, pensou Volodya. Os blindados estavam a apenas 160 quilômetros de Moscou. Era tarde para espiões poderem ajudar. Mesmo assim, forçou-se a se concentrar.

– Frunze, sim. Estudei com ele na escola, em Berlim.

– Londres entrou em contato com ele e Frunze estava disposto a falar. O encontro aconteceu em local seguro.

Enquanto falava, Lemitov não parava de mexer no relógio de pulso. Mostrar-se agitado não era do seu feitio. Era óbvio que estava tenso. Todos estavam.

Volodya não disse nada. Sem dúvida, alguma informação tinha sido obtida no encontro em Londres, do contrário Lemitov não estaria falando sobre isso.

– Londres disse que Frunze no início ficou ressabiado, e suspeitou que nosso homem pertencesse à polícia secreta britânica – disse Lemitov com um sorriso. – Na verdade, depois do primeiro encontro, ele foi a Kensington Palace Gardens, bateu na porta da nossa embaixada e solicitou confirmação de que o nosso homem era um agente legítimo!

Volodya sorriu.

– Um verdadeiro amador.

– Exato – concordou Lemitov. – Um agente de desinformação jamais faria algo tão estúpido.

A União Soviética ainda não estava completamente acabada. Volodya precisava continuar como se Willi Frunze tivesse importância.

– Que informação ele nos deu, coronel?

– Segundo Frunze, ele e outros colegas cientistas estão colaborando com os americanos na fabricação de uma superbomba.

Volodya teve um sobressalto, lembrando-se das palavras de Zoya Vorotsyntsev. Aquilo confirmava os piores temores da moça.

– Mas há um problema com a informação – prosseguiu Lemitov.

– Que problema?

– Embora a tenhamos traduzido, não conseguimos entender nada. – Lemitov entregou a Volodya um maço de páginas datilografadas.

– "Separação de isótopos por difusão gasosa" – disse Volodya, lendo um dos títulos em voz alta.

– Entende o que eu quero dizer?

– Estudei línguas na universidade, coronel, não física.

– Mas você já mencionou que conhece uma cientista. – Lemitov sorriu. – Uma loura deslumbrante que não aceitou seu convite para ir ao cinema, se bem me lembro.

Volodya corou. Falara sobre Zoya com Kamen, que devia ter passado a fofoca adiante. O problema de se trabalhar para um espião era que seu chefe sempre sabia de tudo.

– É uma amiga da minha família. Ela me falou sobre um processo explosivo chamado fissão. Quer que eu lhe faça algumas perguntas?

– De modo informal e extraoficial. Não quero fazer uma tempestade por causa disso antes de entender do que se trata. Frunze talvez seja maluco e poderíamos fazer papel de bobos. Descubra do que tratam estes relatórios e se o que Frunze está dizendo faz sentido, cientificamente falando. Se a informação dele for legítima, os britânicos e americanos realmente podem fabricar uma superbomba? E os alemães?

– Já faz uns dois ou três meses que não vejo Zoya.

Lemitov deu de ombros. Na verdade, pouco importava que relação Volodya tinha com Zoya. Na União Soviética, responder a perguntas feitas pelas autoridades nunca era uma opção.

– Vou encontrá-la.

Lemitov assentiu.

– Hoje mesmo – disse o coronel, e saiu da sala.

Volodya franziu o cenho, pensativo. Zoya tinha certeza de que os americanos estavam fabricando uma superbomba, e conseguira persuadir Grigori a mencionar o assunto para Stalin, mas o líder comunista desdenhara a informação. Agora, um espião na Inglaterra estava dizendo a mesma coisa que ela. Zoya parecia estar certa. E Stalin errado – de novo.

Os líderes da União Soviética tinham uma perigosa tendência a negar as más notícias. Na semana anterior mesmo, uma missão de reconhecimento aéreo tinha localizado blindados alemães a apenas 130 quilômetros de Moscou. O Estado-Maior se recusara a acreditar na informação antes que ela fosse confirmada duas vezes. Então ordenara que a NKVD prendesse e torturasse o oficial da Aeronáutica que fizera a descoberta, por "provocação".

Era difícil pensar a longo prazo com os alemães tão perto, mas a ideia de uma bomba que pudesse aniquilar Moscou não podia ser menosprezada, nem mesmo naquele momento de extremo perigo. Se os soviéticos derrotassem os alemães, talvez depois viessem a ser atacados pela Grã-Bretanha e pelos Estados Unidos: algo parecido acontecera após a guerra de 1914 a 1918. Será que a União Soviética se veria indefesa diante de uma superbomba capitalista-imperialista?

Volodya instruiu seu assistente, o tenente Belov, a encontrar Zoya.

Enquanto aguardava o endereço, ficou estudando os relatórios de Frunze, tanto no original em inglês quanto na tradução russa, e decorou o que lhe pareciam ser as expressões-chave, uma vez que não podia tirar os documentos do prédio. Uma hora depois, tinha compreensão suficiente para fazer perguntas.

Belov descobriu que Zoya não estava na universidade, nem no prédio anexo onde residiam os cientistas. O administrador do prédio, porém, contou-lhe que todos os residentes mais jovens tinham sido convocados para ajudar na construção de novas defesas internas para a cidade e informou-lhe onde Zoya estava trabalhando.

Volodya vestiu o sobretudo e saiu.

Estava animado, mas não sabia muito bem se era por causa de Zoya ou da superbomba. Talvez as duas coisas.

Conseguiu arrumar um ZIS militar e um motorista.

Ao passar pela estação de Kazan – de onde saíam os trens para o leste –, viu que parecia haver no lugar um motim em pleno auge. A impressão era que as pessoas não conseguiam sequer entrar na estação, que diria embarcar. Homens e mulheres ricos lutavam para chegar às portas com filhos, animais de estimação, malas e baús. Volodya ficou chocado ao ver alguns deles trocando socos e chutes, sem o menor pudor. Alguns policiais assistiam a tudo, impotentes: seria necessário um exército para impor alguma ordem ali.

Motoristas do Exército em geral eram taciturnos, mas aquele homem sentiu-se impelido a comentar:

– Covardes filhos da puta. Fugindo e nos deixando aqui para combater os nazistas. Olhe só para eles, com seus sobretudos de merda.

Volodya ficou surpreso. Criticar a elite governante era um perigo. Comentários como aquele podiam levar a uma denúncia. O infrator então passaria uma ou duas semanas nos porões do quartel-general da NKVD, na praça Lubyanka. Podia sair de lá aleijado.

Volodya teve a incômoda sensação de que o rígido sistema de hierarquia e deferência que sustentava o comunismo soviético estava começando a enfraquecer e se desintegrar.

Encontraram a equipe que estava montando a barricada exatamente no local informado pelo administrador. Volodya desceu do carro, pediu ao motorista que esperasse e pôs-se a observar o trabalho que estava sendo feito.

Uma estrada principal estava coalhada de "ouriços" antitanque. Um ouriço consistia em três pedaços de trilho de trem, feitos de aço, com um metro de comprimento cada um, soldados entre si pelo meio para formar um asterisco que se apoiava no chão sobre três pernas e erguia três braços no ar. Aparentemente, eles causavam sérios danos às esteiras dos blindados.

Atrás do campo de ouriços, uma vala antitanque estava sendo cavada com picaretas e pás, enquanto mais atrás era erguido um muro de sacos de areia, com fendas pelas quais os defensores pudessem atirar. Uma estreita faixa em zigue-zague fora deixada livre de obstáculos, para que a estrada ainda pudesse ser usada pelos moscovitas até a chegada dos alemães.

Quase todos os operários da escavação e da construção do muro de sacos eram mulheres.

Volodya encontrou Zoya ao lado de uma montanha de areia, enchendo sacos com uma pá. Passou um minuto a observá-la de longe. Ela usava um sobretudo imundo, luvas de lã e botas de feltro. Tinha os cabelos louros presos para trás e cobertos por um lenço de cor indefinida amarrado sob o queixo. Seu rosto estava sujo de lama, mas ainda assim ela continuava sexy. Manejava a pá num ritmo constante, fazendo um trabalho eficiente. Então o supervisor soprou um apito, e todos fizeram uma pausa para descansar.

Zoya foi se sentar sobre uma pilha de sacos de areia e tirou do bolso do sobretudo um pacotinho embrulhado em jornal. Volodya se acomodou ao seu lado e disse:

– Você poderia ter sido dispensada deste trabalho.

– É a minha cidade – respondeu ela. – Por que eu não ajudaria a defendê-la?

– Quer dizer que não vai fugir para o leste?

– Não vou fugir dos filhos da puta dos nazistas.

A veemência da resposta o surpreendeu.

– Muita gente está fugindo.

– Eu sei. Pensei que você já tivesse ido embora há muito tempo.

– Você tem uma péssima opinião a meu respeito. Acha que pertenço a uma elite egoísta.

Ela deu de ombros.

– Quem pode se salvar geralmente aproveita.

– Bem, você está enganada. Minha família toda continua aqui em Moscou.

– Talvez eu tenha feito mau juízo de você. Aceita uma panqueca? – Ela abriu o pacotinho: lá dentro havia quatro discos de massa clara envoltos em folhas de repolho. – Prove.

Ele aceitou e deu uma mordida. O sabor não era grande coisa.

– O que é?

– Casca de batata. É possível pegar baldes cheios na porta dos fundos de qualquer cantina do partido ou no refeitório militar. Depois é só passar no moedor, cozinhar até as cascas ficarem macias, misturar com um pouco de farinha e leite, pôr sal, se tiver, e fritar em banha.

– Eu não sabia que a sua situação estava tão ruim assim – disse ele, constrangido. – Pode ir comer na nossa casa sempre que quiser.

– Obrigada. O que traz você aqui?

– Uma pergunta. O que é separação de isótopos por difusão gasosa?

Ela o encarou.

– Ah, meu Deus... O que aconteceu?

– Nada. Só estou tentando avaliar algumas informações duvidosas.

– Finalmente estamos construindo uma bomba de fissão?

A reação dela confirmou que a informação de Frunze provavelmente era genuína. Ela havia entendido na hora o significado de suas palavras.

– Responda à pergunta, por favor – disse ele, severo. – Mesmo que sejamos amigos, isto é um assunto oficial.

– Está bem. Você sabe o que é um isótopo?

– Não.

– Alguns elementos existem na natureza sob formas ligeiramente diferentes. Os átomos de carbono, por exemplo, têm sempre seis prótons, mas alguns têm seis nêutrons, enquanto outros têm sete ou oito. Esses tipos diferentes são isótopos: carbono-12, carbono-13, carbono-14.

– É bem simples, mesmo para quem estudou línguas – comentou Volodya. – E que importância tem isso?

– O urânio tem dois isótopos: U-235 e U-238. No urânio natural, os dois tipos estão misturados. Mas só o U-235 é explosivo.

– Ou seja, é preciso separá-los.

– Em tese, a difusão gasosa seria uma das maneiras de fazer isso. Quando um gás é difundido através de uma membrana, as moléculas mais leves passam mais depressa. Portanto, o gás resultante é mais rico no isótopo mais baixo. É claro que nunca vi isso ser feito.

O relatório de Frunze dizia que os britânicos estavam construindo uma fábrica de difusão gasosa no País de Gales, na região oeste da Grã-Bretanha. Os americanos também estavam construindo uma instalação desse tipo.

– Uma fábrica dessas poderia ter alguma outra finalidade?

– Não conheço nenhum outro motivo para separar isótopos. – Ela balançou a cabeça. – Pense bem – disse ela. – Se alguém está priorizando esse tipo de processo em tempos de guerra, ou está ficando maluco, ou está fabricando uma arma.

Volodya viu um carro se aproximar da barricada e ziguezaguear pela faixa livre da estrada. Era um KIM-10, um veículo pequeno de duas portas projetado para famílias ricas. Em teoria, podia atingir a velocidade máxima de 95 quilômetros por hora, mas aquele ali estava tão abarrotado que provavelmente não chegaria nem a 65.

Ao volante estava um homem de 60 e poucos anos, de chapéu e sobretudo de tecido em estilo ocidental. A seu lado, uma jovem com um chapéu de pele na cabeça. Uma pilha de caixas de papelão ocupava o banco traseiro. No teto, havia um piano amarrado de forma precária.

Aquele era obviamente um integrante da elite governante tentando sair da cidade com a esposa ou a amante, e a maior quantidade de objetos de valor que pudesse carregar. O tipo de pessoa que Zoya pensava que Volodya fosse; talvez por isso não tivesse aceitado sair com ele. Volodya se perguntou se ela talvez pudesse rever a opinião que tinha a seu respeito.

Uma das voluntárias da barricada empurrou um ouriço para a frente do KIM-10, e Volodya viu que haveria problemas.

O carro seguiu avançando devagar até o para-choque encostar no ouriço. Talvez o motorista acreditasse que poderia tirar o obstáculo da frente empurrando-o. Várias outras mulheres se aproximaram para assistir. O ouriço fora projetado para resistir a empurrões. Suas pernas se cravavam no chão, imobilizando-o, e ele ficava bem firme. Ouviu-se um ruído de metal sendo amassado quando o para-choque dianteiro do carro se deformou. O motorista engatou a ré e recuou.

Pôs a cabeça para fora da janela e gritou:

– Tirem isso daí, agora! – Sua voz dava a entender que ele estava acostumado a ser obedecido.

A voluntária, uma mulher atarracada de meia-idade, usando uma boina quadriculada masculina, cruzou os braços.

– Tire você... seu desertor!

O motorista desceu do carro com o rosto vermelho de raiva, e Volodya ficou espantado ao reconhecer o coronel Bobrov, com quem havia cruzado na Espanha. Bobrov ficara famoso por matar os próprios homens com um tiro na nuca quando eles recuavam. "Não há perdão para os covardes!" Esse era o seu lema. Em Belchite, Volodya o vira matar três membros da Brigada Internacional por terem recuado ao ficar sem munição. Agora que usava roupas civis, Volodya se perguntou se Bobrov iria atirar na mulher que havia impedido a sua passagem.

Bobrov foi até diante do carro e segurou o ouriço. Era mais pesado do que ele previra. Com esforço, conseguiu tirá-lo do caminho.

Enquanto ele voltava para o carro, a mulher de boina tornou a pôr o ouriço na frente do carro.

Mais voluntárias se juntaram para assistir ao embate, sorrindo e fazendo piadas.

Bobrov andou até a mulher enquanto tirava do bolso uma credencial.

– Eu sou o general Bobrov! – bradou. Ele devia ter sido promovido desde que voltara da Espanha. – Deixem-me passar!

– Você se diz soldado? – retrucou a mulher com desdém. – Então por que não está lutando?

Bobrov corou. Sabia que o desprezo dela tinha fundamento. Teria ele sido convencido a fugir pela jovem esposa?, perguntou-se Volodya.

– Para mim você é um traidor – prosseguiu a voluntária de boina. – Tentando fugir com seu piano e sua putinha. – Ela então derrubou o chapéu dele no chão.

Volodya ficou estarrecido. Nunca tinha visto ninguém desafiar uma autoridade daquele jeito na União Soviética. Em Berlim, antes de os nazistas subirem ao poder, ficara surpreso ao ver alemães comuns discutirem sem medo com agentes da polícia; mas isso não acontecia em seu país.

As mulheres reunidas vibraram.

Bobrov tinha a cabeça inteiramente coberta por cabelos brancos rentes. Olhou para o chapéu que saíra rolando pela estrada molhada. Deu um passo para ir atrás, mas mudou de ideia.

Volodya não se sentiu tentado a intervir. Não havia nada que pudesse fazer contra aquele grupo grande. Além disso, não nutria nenhuma simpatia por Bobrov. Parecia-lhe justo que ele fosse tratado com a mesma brutalidade que sempre dispensara aos demais.

Outra voluntária, uma mulher mais velha envolta num cobertor imundo, abriu o porta-malas do carro.

– Vejam só isto aqui! – exclamou.

O compartimento estava cheio de malas de couro. Ela pegou uma das bagagens e soltou os trincos, fazendo a tampa se abrir. O conteúdo da mala caiu: roupa de baixo rendada, anáguas e camisolas de linho, meias e camisetas de seda, tudo obviamente fabricado no Ocidente, de qualidade superior à de qualquer roupa que mulheres russas já tivessem visto, que dirá comprado. As peças finas caíram na papa de neve da rua e ficaram presas ali como pétalas de flor sobre uma pilha de esterco.

Algumas das mulheres começaram a recolher as roupas. Outras foram pegando mais malas. Bobrov correu até a traseira do carro e começou a empurrá-las para longe. Aquilo estava ficando feio, pensou Volodya. O general devia portar uma arma, e a qualquer momento iria sacá-la. Mas a mulher do cobertor ergueu uma pá e acertou Bobrov com força na cabeça. Uma mulher capaz de cavar uma vala com uma pá não era nada fraca, e o golpe produziu um barulho alto e nauseante. O general caiu no chão e as voluntárias começaram a chutá-lo.

A jovem amante saltou do carro.

– Vai nos ajudar a cavar? – gritou a mulher da boina, e as outras riram.

A namorada do general, que parecia ter uns 30 anos, baixou a cabeça e pôs-se a seguir pela estrada na mesma direção de onde o carro tinha vindo. A mulher de boina quadriculada lhe deu um empurrão, mas ela se esquivou entre os ouriços e começou a correr. A voluntária foi atrás. A amante, que calçava sapatos de camurça bege de salto alto, escorregou no chão molhado e caiu. O chapéu de pele escapuliu de sua cabeça. Ela se levantou com dificuldade e voltou a correr. A mulher de boina a deixou ir embora e se atirou sobre o chapéu.

Todas as malas estavam abertas em volta do carro abandonado. As operárias tiraram as caixas do banco de trás e as viraram de ponta-cabeça, esvaziando o conteúdo na estrada. Talheres se esparramaram, peças de louça se partiram, vidro se estilhaçou. Lençóis bordados e toalhas brancas foram arrastados na lama. Uma dezena de pares de sapatos finos se espalhou pelo asfalto.

Bobrov conseguiu se ajoelhar e tentou ficar de pé. A mulher do cobertor tornou a golpeá-lo com a pá. Quando ela desabotoou seu sobretudo de lã de boa qualidade e tentou tirá-lo, Bobrov resistiu. A mulher então se enfureceu e começou a golpeá--lo repetidamente, até ele ficar parado, caído no chão, com a cabeça branca coberta de sangue. Em seguida ela descartou o cobertor velho e vestiu o sobretudo de lã.

Volodya se aproximou do corpo imóvel de Bobrov. Os olhos estavam vidrados, sem vida. Ele se ajoelhou e procurou sinais vitais: respiração, batimentos cardíacos, pulso. Não encontrou nada. O general estava morto.

– Não há perdão para os covardes – falou, mas mesmo assim fechou os olhos de Bobrov.

Algumas das mulheres desamarraram o piano. O instrumento escorregou do teto do carro e bateu no chão com um tinido dissonante. Elas começaram a destruí-lo alegremente com picaretas e pás. Outras disputavam os objetos de valor espalhados pelo chão, recolhendo talheres, embolando os lençóis, rasgando as roupas de baixo elegantes na luta para ficar com elas. Houve brigas. Um bule de porcelana saiu voando pelos ares e por pouco não acertou a cabeça de Zoya.

Volodya voltou depressa para perto dela.

– Isto aqui está virando um motim generalizado – falou. – Tenho um carro militar com motorista. Posso tirá-la daqui.

Ela hesitou apenas por um instante.

– Obrigada.

Os dois correram para o carro, subiram depressa e foram embora dali.

II

A fé de Erik von Ulrich no Führer foi justificada pela invasão à União Soviética. À medida que os exércitos alemães avançavam em disparada pela vastidão da Rússia, repelindo o Exército Vermelho como se este fosse insignificante, Erik se alegrava com a genialidade militar do líder a quem havia prestado fidelidade.

Não que fosse fácil. Durante o chuvoso mês de outubro, a zona rural ficara parecendo uma banheira de lama: os russos chamavam esse período de *rasputitsa*, "tempo sem estradas". A ambulância de Erik tinha que abrir caminho a duras penas por um verdadeiro pântano. Uma onda de lama ia se formando na frente do veículo, diminuindo gradualmente sua velocidade até ele e Hermann serem obrigados a saltar e retirar a poça com pás antes de prosseguirem. Todo o Exército alemão enfrentava a mesma dificuldade, e o avanço sobre Moscou estava praticamente paralisado. Além do mais, estradas lamacentas significavam que os caminhões de abastecimento nunca conseguiam alcançar o front. O Exército tinha pouca munição, combustível e comida, e o estoque de remédios e material médico da unidade de Erik estava perigosamente baixo.

Por isso ele a princípio ficara contente quando começara a gelar, no início de novembro. O gelo parecia uma bênção: tornava as estradas duras outra vez e permitia que a ambulância se movesse em velocidade normal. No entanto, o sobretudo de verão e a roupa de baixo de algodão deixavam Erik tremendo de frio – os uniformes de inverno ainda não tinham chegado da Alemanha. Também não haviam recebido os lubrificantes resistentes a baixas temperaturas necessários para manter em funcionamento os motores da ambulância e de todos os caminhões, blindados e peças de artilharia do Exército. Quando não estavam avançando pela estrada, Erik acordava de duas em duas horas durante a noite para ligar o motor e deixá-lo funcionar por cinco minutos; era a única forma de impedir que o óleo congelasse e o líquido de refrigeração se solidificasse. Mesmo assim, por precaução, ele acendia uma fogueira debaixo da ambulância todas as manhãs, uma hora antes de partir.

Centenas de veículos enguiçaram e foram abandonados. Aviões da Luftwaffe, deixados ao relento durante a noite em pistas de pouso improvisadas, congelaram e não puderam mais ser ligados, e os abrigos para os soldados se protegerem dos ataques aéreos simplesmente desapareceram.

Apesar de tudo isso, os russos estavam recuando. Ainda que lutassem com bravura, continuavam a ser repelidos. A unidade de Erik parava o tempo todo para tirar cadáveres russos do caminho, e os mortos congelados empilhados no acostamento formavam uma mureta sinistra. Incansável e impiedoso, o Exército alemão se aproximava cada vez mais de Moscou.

Erik tinha certeza de que muito em breve veria Panzers adentrarem majestosamente a praça Vermelha, enquanto bandeiras com a suástica tremulariam triunfantes acima das torres do Kremlin.

Enquanto isso, a temperatura já tinha chegado a -10°C, e continuava a cair.

A unidade médica da qual Erik fazia parte ficou baseada numa cidadezinha ao lado de um canal congelado, cercada por uma floresta de abetos. Erik desconhecia o nome daquele lugar. Os russos muitas vezes destruíam tudo ao recuar, mas a cidade sobrevivera relativamente intacta. Havia um hospital moderno, agora ocupado pelo alemães. O Dr. Weiss dera uma instrução rápida aos médicos que trabalhavam lá: mandarem os pacientes para casa, qualquer que fosse sua condição.

Agora, Erik estava examinando um paciente, um rapaz de uns 18 anos que sofria de geladura. De tão rígida, a pele amarelada e cerosa de seu rosto parecia gelo. Quando Erik e Hermann cortaram o fino uniforme de verão, viram que os braços e as pernas estavam cobertos de bolhas roxas. As botas, rasgadas e rotas, tinham sido enchidas com jornal na vã tentativa de proteger os pés do frio. Quando Erik as retirou, sentiu o cheiro característico de putrefação da gangrena.

Mesmo assim, achou que talvez pudessem evitar que o rapaz fosse amputado.

Sabiam o que fazer. Estavam tratando mais homens por causa de geladura do que de ferimentos de combate.

Encheu uma banheira com água morna, e então ele e Hermann Braun puseram o paciente lá dentro.

Erik ficou estudando o corpo enquanto este descongelava. Viu a cor negra da gangrena num dos pés e nos dedos do outro.

Quando a água começou a esfriar, tiraram o rapaz da banheira, secaram-no com cuidado, puseram-no na cama e o cobriram com mantas. Em seguida dispuseram à sua volta pedras quentes enroladas em toalhas.

O rapaz estava consciente e alerta.

– Vou perder o pé? – perguntou.

– É o médico quem vai decidir – respondeu Erik de modo automático. – Somos apenas ordenanças.

– Mas vocês veem vários pacientes – insistiu ele. – Qual é a sua opinião?

– Acho que talvez não seja necessário – disse Erik.

Se estivesse enganado, sabia o que iria acontecer. No pé menos afetado, Weiss amputaria os dedos, removendo-os com um cortador grande parecido com um alicate. A outra perna seria amputada abaixo do joelho.

Alguns minutos depois, Weiss entrou e examinou os pés do rapaz.

– Preparem o paciente para a amputação – ordenou, ríspido.

Erik ficou desolado. Mais um jovem na flor da idade passaria o resto da vida aleijado. Que lástima.

Mas o paciente não pensava assim.

– Graças a Deus – disse ele. – Não terei mais que lutar.

Enquanto preparavam o paciente para a cirurgia, Erik julgou que aquele soldado era um dos muitos que insistiam em manter uma atitude derrotista – sua própria família pertencia a esse grupo. Pensava muito no falecido pai. Misturada à dor e à saudade, sentia uma raiva profunda. O pai não teria se juntado à maioria para celebrar o triunfo do Terceiro Reich, refletiu com amargura. Teria reclamado de alguma coisa, questionado as decisões do Führer, prejudicado o moral das Forças Armadas. Por que seu pai tivera de ser tão rebelde? Por que demonstrara tanto apego à ideologia ultrapassada da democracia? A liberdade não tinha feito nada pela Alemanha, ao passo que o fascismo salvara o país!

Mesmo zangado com o pai, Erik sentiu lágrimas quentes encherem seus olhos ao pensar na forma como ele morrera. No início havia negado que Walter tivesse sido morto pela Gestapo, mas logo percebera que provavelmente era verdade. Os membros da Gestapo não eram santos: espancavam quem espalhasse mentiras maldosas sobre o nazismo. Seu pai insistira em perguntar se o governo estava matando crianças deficientes. Fora tolo ao dar ouvidos à esposa inglesa e à filha excessivamente emotiva. Erik amava as duas, o que tornava ainda mais doloroso o fato de elas se mostrarem tão equivocadas e teimosas.

Enquanto estava de licença em Berlim, fora visitar o pai de Hermann, o homem que lhe apresentara pela primeira vez a empolgante filosofia nazista, quando ele e o amigo eram pequenos. Herr Braun agora fazia parte da SS. Erik disse ter conhecido um homem num bar que afirmara que o governo matava deficientes em hospitais especiais.

– É verdade que os deficientes são um estorvo dispendioso na marcha rumo à nova Alemanha – respondera-lhe Herr Braun. – A raça tem que ser purificada reprimindo os judeus e outros tipos degenerados, e impedindo os casamentos mistos que produzem uma gente bastarda. Mas a eutanásia nunca foi uma política nazista. Somos determinados, somos duros, às vezes até brutais, mas não matamos pessoas. Isso é uma calúnia comunista.

As acusações de seu pai não tinham fundamento. Ainda assim, Erik de vez em quando chorava.

Por sorte, tinha muito com que se ocupar. Pela manhã sempre havia muitos pacientes, em sua maioria feridos da véspera. Em seguida vinha um curto período de calmaria antes de chegarem as baixas do dia. Depois de Weiss operar o rapaz com geladura, ele, Erik e Hermann fizeram uma pausa na sala de funcionários lotada.

Hermann ergueu os olhos de um jornal.

– Em Berlim estão dizendo que nós já ganhamos! – exclamou. – Eles deveriam vir aqui ver com os próprios olhos.

Com seu cinismo habitual, o Dr. Weiss disse:

– O Führer fez um discurso muito interessante no Sportspalast. Discorreu sobre a inferioridade bestial dos russos. Acho isso muito reconfortante. Estava com a impressão de que os russos fossem os mais ferozes combatentes que já encontramos. Lutaram por mais tempo e com mais garra do que poloneses, belgas, holandeses, franceses ou britânicos. Eles podem até não ter equipamentos suficientes, estar malcomandados e passando fome, mas correm na direção de nossas metralhadoras empunhando seus fuzis antiquados como se não se importassem em viver ou morrer. Fico feliz em saber que isso nada mais é do que um indício de sua bestialidade. Estava começando a temer que eles talvez fossem corajosos e patriotas.

Como sempre, Weiss fingia concordar com o Führer, mas pensava exatamente o contrário. Hermann fez cara de quem não estava entendendo, mas Erik compreendeu tudo e ficou furioso.

– Independentemente do que sejam os russos, eles estão perdendo – falou. – Estamos a 65 quilômetros de Moscou. O Führer tinha razão.

– E ele é bem mais inteligente do que Napoleão – comentou o Dr. Weiss.

– Na época de Napoleão, nada se movia mais depressa que um cavalo – disse Erik. – Hoje em dia temos automóveis e telégrafo sem fio. Os meios de comunicação modernos nos permitiram ter sucesso onde Napoleão falhou.

– Ou terão permitido, quando tomarmos Moscou.

– Coisa que faremos em poucos dias, se não em horas. Não é possível que o senhor ainda duvide!

– Será mesmo? Acho que alguns dos nossos próprios generais já sugeriram que paremos onde estamos e montemos uma linha defensiva. Podemos garantir nossas posições, nos reabastecer durante o inverno e voltar à ofensiva quando a primavera chegar.

– Isso me parece uma covardia traiçoeira! – disse Erik, exaltado.

– Tem razão... Você deve ter razão, porque, pelo que sei, foi isso mesmo que Berlim disse aos generais. Mas eu entendo. Naturalmente, quem está no quartel-general tem uma visão muito mais abrangente do que os homens que estão no front.

– Nós praticamente destruímos o Exército Vermelho!

– Mas Stalin parece conseguir materializar novas divisões do nada, como um mágico. No início da campanha, pensávamos que houvesse 200. Agora achamos que são mais de 300. Onde ele encontrou mais cem divisões?

– O Führer está certo, e isso vai ser provado... mais uma vez.

– É claro que vai, Erik.

– Ele nunca errou antes!

– Um homem pensou que pudesse voar, então pulou do alto de um prédio de dez andares e, quando estava passando pelo quinto, agitando os braços no ar inutilmente, ouviram-no dizer: "Até agora estou indo bem."

Um soldado entrou correndo na sala de funcionários.

– Houve um acidente – anunciou. – Na pedreira ao norte da cidade. Uma colisão, três veículos. Há oficiais da SS feridos.

A SS havia sido originalmente a guarda pessoal de Hitler, e agora formava uma elite poderosa. Erik admirava sua disciplina soberba, seus uniformes ultraelegantes e sua relação privilegiada com Hitler.

– Vamos mandar uma ambulância – disse Weiss.

– É o *Einsatzgruppe*, o Grupamento Especial – disse o soldado.

Erik já ouvira falar vagamente dos Grupamentos Especiais. Eles entravam nos territórios conquistados logo depois do Exército para prender arruaceiros e sabotadores em potencial, como comunistas, por exemplo. Provavelmente estavam montando um campo de prisioneiros do lado de fora da cidade.

– Quantos feridos? – perguntou Weiss.

– Seis ou sete. Ainda estão tirando pessoas das ferragens.

– Certo. Braun e Von Ulrich, vão até lá.

Erik ficou satisfeito. Agradava-lhe poder conviver com os mais fervorosos partidários do Führer, e ficaria ainda mais feliz se pudesse lhes prestar algum serviço.

O soldado lhe entregou um papel com instruções para chegar ao local.

Erik e Hermann engoliram depressa o chá que estavam tomando, apagaram seus cigarros e saíram da sala. Erik vestiu um sobretudo de pele que havia roubado de um oficial russo morto, mas não o abotoou, para deixar o uniforme alemão à mostra. Os dois seguiram apressados até a garagem, e Hermann saiu com a ambulância. Erik foi lendo as instruções, estreitando os olhos para tentar ver através da neve fina que caía.

A estrada saía da cidade e seguia serpenteando pela floresta. Eles passaram por vários ônibus e caminhões vindo na direção contrária. A neve que cobria a estrada estava compacta e dura, e Hermann não podia ir muito depressa para não derrapar. Era fácil imaginar como o acidente havia acontecido.

O dia era curto e já estava de tarde. Nessa época do ano, o sol nascia às dez e se punha às cinco. Uma luz cinzenta atravessava as nuvens de neve. Os pinheiros altos agrupados dos dois lados da estrada a tornavam ainda mais escura. Erik teve a sensação de estar num conto de fadas dos irmãos Grimm, seguindo a trilha rumo à floresta profunda onde o mal espreitava.

Ficaram atentos para uma curva à esquerda, e encontraram-na vigiada por um soldado que lhes indicou o caminho. Seguiram sacolejando por uma estradinha traiçoeira entre as árvores até um segundo guarda acenar para eles e dizer:

– Vão bem devagar. Foi assim que a batida aconteceu.

Um minuto depois, chegaram ao local do acidente. Os três veículos danificados pareciam soldados uns aos outros: um ônibus, um jipe e uma limusine Mercedes com pneus revestidos por correntes de neve. Erik e Hermann saltaram depressa da ambulância.

O ônibus estava vazio. Havia três homens no chão, talvez os passageiros do jipe. Vários soldados estavam reunidos em volta do carro espremido entre os dois outros veículos, aparentemente tentando tirar os passageiros lá de dentro.

Erik ouviu uma saraivada de tiros de fuzil e, por um instante, perguntou a si mesmo quem estaria atirando, mas afastou esse pensamento e se concentrou no trabalho.

Ele e Hermann examinaram os feridos um após outro, avaliando seu estado.

Dos três caídos no chão, um estava morto, outro tinha o braço quebrado e o terceiro parecia ter sofrido apenas escoriações. Dentro do carro, um dos passageiros morrera de hemorragia, outro estava desacordado e um terceiro gritava.

Erik aplicou uma injeção de morfina no homem que gritava. Quando a droga fez efeito, ele e Hermann conseguiram tirá-lo do veículo e colocá-lo na ambulância. Sem ele no caminho, os soldados puderam soltar o passageiro desacordado, que estava preso nas ferragens retorcidas do Mercedes. O homem tinha um ferimento na cabeça que iria matá-lo, pensou Erik, mas não disse isso aos demais. Voltou sua atenção para os homens do jipe. Hermann pôs uma tala no de braço quebrado, e Erik levou o que tinha ferimentos leves até a ambulância e o fez sentar-se lá.

Então voltou ao Mercedes.

– Vamos demorar uns cinco, dez minutos para conseguir tirá-lo – falou um capitão. – Esperem aqui.

– Está bem – disse Erik.

Tornou a ouvir tiros e adentrou um pouco mais a floresta, curioso para saber o que o Grupamento Especial estaria fazendo ali. A neve no chão entre as árvores estava muito pisada e coberta de guimbas de cigarro, talos de maçã, jornais velhos e todo tipo de lixo, como se uma excursão de operários de uma fábrica tivesse passado por ali.

Chegou a uma clareira onde havia caminhões e ônibus estacionados. Várias pessoas tinham sido levadas para lá. Alguns ônibus partiam, desviando do local do acidente; outro estava chegando quando Erik passou. Depois do estacionamento, ele deparou com mais ou menos uma centena de russos de todas as idades, aparentemente prisioneiros, embora muitos carregassem malas, caixas e sacolas às quais se agarravam como quem protege seus bens mais preciosos. Um dos homens segurava um violino. Uma menininha com uma boneca cruzou olhares com Erik, e um pressentimento nauseante lhe revirou as entranhas.

Os prisioneiros estavam sendo vigiados por agentes da polícia local armados com cassetetes. Independentemente do que estivesse fazendo, era óbvio que o Grupamento Especial tinha colaboradores. Os policiais olharam para Erik, repararam no uniforme militar alemão visível por baixo do sobretudo aberto e não disseram nada.

Quando ele passou, um prisioneiro russo bem-vestido se dirigiu a ele em alemão:

– Senhor, sou diretor da fábrica de pneus desta cidade. Nunca acreditei no comunismo, só aceitava da boca para fora, como todos os industriais tinham que fazer. Eu posso ajudá-lo... sei onde fica tudo por aqui. Por favor, me leve embora deste lugar.

Erik o ignorou e seguiu andando na direção dos tiros.

Chegou à pedreira. Era um buraco grande e irregular aberto no chão, com a borda margeada por abetos altos que pareciam guardas de uniforme verde--escuro coberto de neve. Em um dos lados, um declive comprido conduzia ao fundo. Enquanto ele observava, 12 prisioneiros começaram a descer em direção ao buraco escuro, dois a dois, conduzidos por soldados.

Erik reparou que entre os prisioneiros havia três mulheres e um menino de uns 11 anos. Será que o campo para onde seriam levados ficava em algum lugar daquela pedreira? Mas eles não tinham mais bagagem. A neve caía sobre suas cabeças descobertas qual uma bênção.

Erik se dirigiu a um soldado da SS em pé ali perto:

– Sargento, quem são esses prisioneiros?

– Comunistas – respondeu o soldado. – Da cidade. Comissários políticos, essas coisas.

– Como assim? Até aquele menininho?

– Judeus, também – disse o sargento.

– Bem, o que eles são? Comunistas ou judeus?

– Que diferença faz?

– Não é a mesma coisa.

– Claro que é. Praticamente todos os comunistas são judeus. E todos os judeus são comunistas. Você por acaso não sabe de nada?

O diretor da fábrica de pneus que tinha falado com ele não parecia ser nem comunista nem judeu, pensou Erik.

Os prisioneiros chegaram ao fundo da pedreira. Até ali, andavam como ovelhas num rebanho, sem falar nem olhar em volta. Nesse momento, porém, começaram a se agitar, apontando para alguma coisa no chão. Esforçando-se para ver por entre os flocos de neve, Erik distinguiu o que pareciam ser cadáveres espalhados entre as pedras, com as roupas salpicadas de branco.

Pela primeira vez, reparou em 12 homens armados com fuzis em pé na borda do barranco, entre as árvores. Doze prisioneiros, 12 fuzis: entendeu o que estava acontecendo ali, e um misto de incredulidade e horror lhe subiu pela garganta feito bile.

Os homens ergueram os fuzis e apontaram para os prisioneiros.

– Não! – gritou Erik. – Não, vocês não podem fazer isso!

Mas ninguém o escutou.

Uma das prisioneiras gritou. Erik a viu segurar o menino de 11 anos e apertá-lo de encontro a seu corpo, como se seus braços pudessem deter as balas de fuzil. Devia ser a mãe.

Um oficial bradou:

– Fogo!

Os fuzis dispararam. Os prisioneiros cambalearam e caíram. O estrondo fez um pouco de neve se soltar dos pinheiros e cair sobre os atiradores, salpicando-os de branco.

Erik viu mãe e filho desabarem, ainda abraçados.

– Não! – repetiu. – Ah, não!

O sargento olhou para ele.

– Qual é o seu problema? – indagou, irritado. – Quem é você, aliás?

– Sou ordenança médico – respondeu Erik, sem tirar os olhos da cena macabra no fundo da pedreira.

– E o que está fazendo aqui?

– Eu trouxe uma ambulância para os oficiais feridos no acidente. – Erik viu que outros 12 prisioneiros já estavam sendo conduzidos encosta abaixo, para dentro da pedreira. – Ah, meu Deus, meu pai tinha razão – gemeu. – Nós estamos matando pessoas.

– Pare de choramingar e volte para a porra da sua ambulância.

– Sim, sargento – respondeu Erik.

III

No final de novembro, Volodya pediu transferência para uma unidade de combate. Não achava mais que seu trabalho de inteligência fosse importante: o Exército Vermelho não precisava de espiões em Berlim para descobrir as intenções de um Exército alemão que já estava nos arredores de Moscou. Ele queria lutar por sua cidade.

Suas reservas em relação ao governo pareciam irrelevantes. A estupidez de Stalin, a brutalidade da polícia secreta, a forma como nada na União Soviética parecia funcionar como deveria – tudo isso desapareceu. A única coisa que ele sentia era a ardente necessidade de repelir o invasor que ameaçava trazer violência, estupro, fome e morte para sua mãe, sua irmã, seus sobrinhos gêmeos – Dimka e Tania – e Zoya.

Tinha plena consciência de que, se todos pensassem como ele, não haveria espiões. Para seus informantes alemães, o patriotismo e a lealdade tinham menos importância do que a maldade insustentável dos nazistas. Era grato a eles por sua coragem e pela moralidade irredutível que os movia. Mas não sentia o mesmo.

Muitos dos soldados mais jovens da Inteligência do Exército Vermelho pensavam como Volodya, e um pequeno grupo se alistou num batalhão de fuzileiros no início de dezembro. Ele se despediu dos pais com um beijo, escreveu um bilhete para Zoya dizendo que esperava sobreviver para revê-la e se mudou para o quartel.

Stalin enfim trouxe reforços do leste para Moscou. Treze divisões siberianas foram mobilizadas contra os alemães, que não paravam de se aproximar. A caminho do front, alguns deles fizeram uma breve parada em Moscou, e os moscovitas não conseguiram desgrudar os olhos daqueles homens: sobretudos brancos acolchoados, botas quentes de pele de ovelha, esquis e óculos de neve, robustos pôneis das estepes. Eles chegaram a tempo do contra-ataque russo.

Aquela era a última chance do Exército Vermelho. Nos cinco meses anteriores, a União Soviética enviara repetidamente centenas de milhares de homens de encontro aos invasores. A cada vez, os alemães tinham parado, enfrentado o ataque e prosseguido seu avanço implacável. Se essa nova tentativa fracassasse, porém, não haveria mais nenhuma. Os alemães tomariam Moscou e, quando isso acontecesse, teriam a União Soviética. Então sua mãe teria que ir ao mercado negro trocar vodca por leite para os netos gêmeos.

No dia 4 de dezembro, os soviéticos saíram da cidade pelo norte, pelo oeste e pelo sul, e assumiram suas posições para a última investida. Para não alertar o inimigo, avançaram sem luz. Não podiam acender fogueiras nem fumar.

Nessa noite, a frente de combate recebeu a visita de agentes da NKVD. Volodya não viu Ilya Dvorkin, seu cunhado cara de rato, que deveria estar entre eles. Um par de agentes que ele não reconheceu foi até o bivaque onde Volodya e mais uns dez homens limpavam seus fuzis.

– Vocês ouviram alguém criticar o governo? – perguntaram. – O que os homens estão dizendo sobre o camarada Stalin? Algum de seus companheiros está questionando a sensatez da estratégia e das táticas do Exército?

Volodya não conseguia acreditar. Que importância tinha aquilo a essa altura? Nos próximos dias, Moscou seria salva ou perdida. E daí se os soldados estivessem falando mal dos oficiais? Abreviou o interrogatório respondendo que ele e seus homens haviam feito voto de silêncio e que tinha ordens para fuzilar qualquer um que o violasse. No entanto – acrescentou, temerário –, perdoaria os agentes da polícia secreta se eles fossem embora imediatamente.

Deu certo, mas Volodya não teve dúvidas de que a NKVD iria enfraquecer o moral dos soldados por todo o front.

No fim da tarde de sexta-feira, 5 de dezembro, a artilharia russa entrou em ação com grande alarde. Ao amanhecer do dia seguinte, Volodya e seu batalhão partiram em meio a uma forte nevasca. Sua missão era tomar uma cidadezinha do outro lado de um canal.

Volodya ignorou as ordens para atacar de frente as defesas alemãs – essa era a antiquada tática russa, e aquele não era o momento de se prender obstinadamente a ideias equivocadas. Com sua companhia de cem homens, ele subiu o canal congelado e o atravessou até o norte da cidade, depois avançou de encontro ao flanco dos alemães. Podia ouvir os estrondos e rugidos do combate à sua esquerda, então entendeu que estava atrás do front inimigo.

A nevasca o deixava quase cego. De vez em quando, o clarão dos tiros iluminava as nuvens, mas no chão a visibilidade era de apenas poucos metros. No entanto, ele achou, otimista, que isso ajudaria os russos a chegar de mansinho e pegar os alemães de surpresa.

O frio intenso chegava a -35ºC em alguns lugares. Embora essas condições fossem ruins para ambos os lados, eram piores para os alemães, que não tinham material adequado para temperaturas tão baixas.

Volodya constatou, um pouco surpreso, que os alemães, em geral tão eficientes, não haviam consolidado sua linha de combate. Não havia trincheiras, valas antitanque nem abrigos subterrâneos. O seu front não passava de uma sucessão de pontos fortificados. Era fácil passar por entre as brechas, entrar na cidade e procurar alvos vulneráveis: casernas, cantinas, depósitos de munição.

Seus homens abateram três sentinelas para tomar um campo de futebol onde havia cinquenta blindados estacionados. Seria tão fácil assim?, pensou Volodya. Será que a força que conquistara metade da Rússia estava agora depauperada e exaurida?

Os cadáveres dos soldados soviéticos mortos em escaramuças anteriores e largados ao relento para congelar no mesmo lugar em que haviam morrido estavam sem botas e sobretudos, provavelmente roubados por alemães com frio.

As ruas da cidade estavam cheias de veículos abandonados – caminhões vazios com as portas escancaradas, tanques cobertos de neve com o motor já frio e jipes de capô aberto, como se algum mecânico houvesse tentado consertá-los, mas tivesse desistido.

Ao atravessar a rua principal, Volodya ouviu um motor de carro. Através da neve, distinguiu um par de faróis se aproximando pela esquerda. De início pensou que fosse um veículo soviético que havia conseguido passar pelas linhas alemãs. Então seu grupo foi alvejado, e ele gritou para todos se protegerem. O carro que surgiu era um Kubelwagen, um jipe da Volkswagen com o estepe preso na frente, acima do capô. Tinha um motor com resfriamento a ar, que por isso não havia congelado. O jipe passou sacolejando por eles a toda a velocidade, com os alemães disparando suas armas dos assentos.

Volodya ficou tão espantado que se esqueceu de revidar os tiros. Por que um veículo cheio de alemães armados estava se afastando do local do combate?

Conduziu sua companhia até o outro lado da rua. Imaginava que, a essa altura, eles já fossem estar lutando para entrar de casa em casa, mas encontraram apenas uma oposição mínima. As construções da cidade ocupada estavam trancadas, lacradas com tábuas, às escuras. Qualquer russo minimamente ajuizado que estivesse lá dentro já devia ter se escondido debaixo da cama.

Outros carros apareceram na rua, e Volodya concluiu que os oficiais deviam estar fugindo da frente de batalha. Ordenou a uma seção armada com uma metralhadora leve Degtyarev DP-28 que se protegesse dentro de um café e os alvejasse. Não queria que aqueles alemães vivessem para matar russos no dia seguinte.

Logo depois da rua principal, viu uma construção baixa de tijolos muito iluminada por trás de cortinas finas. Esgueirando-se por um sentinela que não conseguia enxergar muita coisa por causa da nevasca, conseguiu espiar lá dentro e distinguir alguns oficiais. Imaginou que estivesse olhando para o posto de comando de um batalhão.

Sussurrou instruções para seus sargentos. Estes atiraram nas vidraças, depois lançaram granadas para dentro. Alguns alemães saíram com as mãos na cabeça. No minuto seguinte, Volodya já havia tomado o lugar.

Escutou um barulho diferente. Apurou os ouvidos e franziu o cenho, intrigado. Aquilo parecia uma torcida de futebol. Saiu do prédio. O barulho vinha da frente de combate e estava ficando mais alto.

Uma saraivada de metralhadora ecoou a uns cem metros dali, na rua principal, e em seguida um caminhão derrapou de lado, saiu da rua, bateu de frente num muro de tijolos e então explodiu – devia ter sido atingido pela DP-28 posicionada por Volodya. Dois outros veículos passaram logo depois e conseguiram escapar.

Volodya correu até o café. A metralhadora estava posicionada em cima de uma das mesas, sobre o suporte de duas pernas. Por causa do pente de balas circular situado acima do cano, aquele modelo era conhecido como "toca-discos".

– É como atirar em pombos no quintal, capitão! – disse um artilheiro. – Moleza!

Um dos homens tinha vasculhado a cozinha e encontrara um grande pote de sorvete milagrosamente intacto, que agora passava de mão em mão.

Volodya olhou pela janela quebrada do café. Viu outro veículo se aproximar. Parecia um jipe com homens o seguindo, correndo. Quando chegaram mais perto, ele reconheceu uniformes alemães. Mais homens vinham atrás, dezenas, talvez centenas. Eram eles os responsáveis pelo barulho de torcida.

O artilheiro apontou a metralhadora para o carro que se aproximava, mas Volodya levou a mão ao seu ombro.

– Espere – ordenou.

Cravou os olhos na nevasca, fazendo-os arder. Tudo o que conseguiu ver foram mais veículos e mais homens correndo, além de alguns cavalos.

Um soldado ergueu seu fuzil.

– Não atire – ordenou Volodya. Os alemães chegaram mais perto. – Não podemos deter tantos homens assim... seríamos derrotados em poucos minutos – falou. – Deixem que eles passem. Protejam-se.

Seus homens se deitaram no chão. O artilheiro tirou a DP-28 de cima da mesa. Ele próprio se sentou no chão e ficou espiando por cima do peitoril.

O barulho se transformou em estrondo. Os primeiros homens passaram pelo café. Todos corriam, cambaleando e mancando. Alguns portavam fuzis, outros pareciam ter perdido as armas. Uns usavam sobretudos e chapéus, outros apenas a túnica do uniforme. Havia muitos feridos. Volodya viu um soldado com a cabeça envolta numa atadura cair, rastejar por alguns metros e em seguida desabar no chão. Ninguém lhe deu atenção. Um cavaleiro montado pisoteou um soldado e seguiu galopando sem se deter. Jipes e carros de oficiais passavam pela rua conduzidos perigosamente, derrapando no gelo, buzinando feito loucos e fazendo os homens a pé se afastarem para os dois lados.

Era uma debandada, percebeu Volodya. Os soldados passavam aos milhares. Era um verdadeiro estouro de boiada. Uma retirada.

Os alemães finalmente estavam recuando.

CAPÍTULO ONZE

1941 (IV)

Woody Dewar e Joanne Rouzrokh pegaram um hidroplano Boeing B-314 de Oakland, Califórnia, até Honolulu. O voo da Pan Am levou 14 horas. Pouco antes do pouso, os dois tiveram uma séria discussão.

O motivo talvez fosse eles terem passado tanto tempo confinados num espaço apertado. O hidroplano era uma das maiores aeronaves do mundo, mas os passageiros eram acomodados em seis pequenas cabines, cada uma delas com duas fileiras de quatro assentos, uma de frente para a outra.

– Prefiro andar de trem – comentou Woody, cruzando desconfortavelmente as pernas compridas, e Joanne teve a gentileza de não comentar que não se podia chegar ao Havaí de trem.

A viagem fora ideia dos pais de Woody. O casal decidira tirar férias no Havaí para visitar Chuck, o filho mais novo, que estava servindo lá. Então convidaram Woody e Joanne a se juntarem a eles na segunda semana da viagem.

Woody e Joanne estavam noivos. Ele a pedira em casamento no final do verão, após quatro semanas de tempo quente e paixão arrebatada em Washington. Joanne tinha dito que ainda era muito cedo, mas Woody argumentara que já era apaixonado por ela havia seis anos e perguntara qual seria o tempo regulamentar. Ela acabara cedendo. O casamento estava marcado para junho do ano seguinte, assim que ele se formasse em Harvard. Enquanto isso, a condição de noivos lhes permitia viajar juntos com a família.

Ela o chamava de Woods, e ele a chamava de Jo.

O hidroplano começou a perder altitude ao se aproximar de Oahu, principal ilha do arquipélago havaiano. Lá embaixo viam-se montanhas cobertas de mata, alguns raros vilarejos espalhados pelas terras mais baixas e uma faixa de areia e mar.

– Comprei um maiô novo – comentou Joanne.

Os dois estavam sentados lado a lado, e o ronco das quatro turbinas Twin Cyclone de 14 cilindros fabricadas pela empresa Wright era alto o suficiente para nenhum dos outros passageiros ouvir sua conversa.

Woody estava lendo *As vinhas da ira*, mas largou o livro de bom grado.

– Mal posso esperar para vê-la com ele.

Estava sendo sincero. Joanne tinha o corpo dos sonhos de qualquer fabricante de roupas de banho, e todos os modelos ficavam incríveis nela.

A moça relanceou os olhos para o noivo, as pálpebras semicerradas.

– Será que seus pais reservaram quartos contíguos para nós no hotel? – Seus olhos castanho-escuros pareciam duas brasas.

Sua condição de noivos não lhes permitia dormir juntos, pelo menos não oficialmente. Apesar disso, a mãe de Woody não deixava escapar muita coisa, e talvez já tivesse adivinhado que os dois iam para a cama.

– Não importa onde você esteja, vou encontrá-la – disse ele.

– Espero mesmo que me encontre.

– Não fale assim. Já estou bem desconfortável neste assento.

Ela sorriu, satisfeita.

A base naval americana apareceu. Uma lagoa com a forma de uma folha de palmeira fornecia um grande porto natural. Metade da Frota do Pacífico americana estava ancorada ali, cerca de cem embarcações. Os tanques de combustível dispostos em fila pareciam peças de um tabuleiro de damas.

No meio da lagoa havia uma ilha com uma pista de pouso. Na extremidade ocidental, Woody viu cerca de uma dezena de hidroaviões ancorados.

Bem junto à lagoa ficava a base aérea de Hickam. Várias centenas de aeronaves estavam estacionadas na pista, com precisão militar, as pontas das asas quase se tocando.

O hidroplano se inclinou durante a aproximação e sobrevoou uma praia cheia de palmeiras e guarda-sóis de listras coloridas – Woody supôs que fosse Waikiki – e, em seguida, uma pequena cidade que devia ser a capital havaiana, Honolulu.

Joanne tinha direito a alguns dias de folga no Departamento de Estado, mas Woody teria que faltar a uma semana de aulas para tirar aquelas férias.

– Estou um pouco surpresa com seu pai – comentou Joanne. – Ele costuma ser contra qualquer coisa que afaste você dos estudos.

– É – disse Woody. – Mas sabe qual é o verdadeiro motivo destas férias, Jo? Ele acha que talvez seja a última vez que veremos Chuck vivo.

– Ai, meu Deus, sério?

– Ele acredita que haverá uma guerra. E Chuck está na Marinha...

– Acho que seu pai tem razão. Vai mesmo haver uma guerra.

– Por que tanta certeza?

– O mundo inteiro está contra a liberdade. – Ela apontou para o livro em seu colo, um sucesso de vendas chamado *Diário de Berlim*, do radialista William Shirer. – Os nazistas dominam a Europa. Os bolcheviques, a Rússia. E agora os japoneses estão assumindo o controle do Extremo Oriente. Não vejo como os Estados Unidos podem sobreviver num mundo assim. Temos que fazer comércio com alguém!

– É mais ou menos o que meu pai pensa. Ele acredita que vamos entrar em guerra contra o Japão no ano que vem. – Woody franziu o cenho, pensativo. – O que está acontecendo na Rússia?

– Os alemães não parecem estar conseguindo tomar Moscou. Logo antes de eu viajar, havia boatos de um contra-ataque russo maciço.

– Que boa notícia!

Woody olhou pela janela. Pôde ver o aeroporto de Honolulu. Supôs que o hidroplano fosse pousar numa enseada protegida, próxima à pista.

– Espero que nada de muito importante aconteça enquanto eu estiver fora – disse Joanne.

– Por quê?

– Quero ser promovida, Woods... Então não quero ninguém inteligente e promissor brilhando durante a minha ausência.

– Promovida? Você não comentou nada.

– Ainda não está certo, mas meu objetivo é ser pesquisadora do governo.

Ele sorriu.

– Até onde você quer subir?

– Gostaria de virar embaixadora em algum lugar fascinante e complexo, como Nanquim ou Adis Abeba.

– É mesmo?

– Não faça essa cara de cético. Frances Perkins é nossa primeira secretária do Trabalho... e ela é muito boa.

Woody concordou com um gesto de cabeça. Frances Perkins chefiava a Secretaria do Trabalho desde o início do governo Roosevelt, já fazia oito anos, e conseguira o apoio dos sindicatos para o New Deal. Hoje em dia, uma mulher excepcional podia aspirar a praticamente qualquer coisa. E Joanne era realmente excepcional. Por algum motivo, porém, ele ficou chocado ao saber que ela era tão ambiciosa.

– Mas um embaixador tem que morar no exterior – disse ele.

– Não seria incrível? Uma cultura estrangeira, um clima diferente, costumes exóticos.

– Mas... como conciliar isso com o casamento?

– Como assim? – indagou ela, áspera.

Ele deu de ombros.

– Não acha que é uma pergunta natural?

A expressão de Joanne não se alterou, mas suas narinas se dilataram – Woody sabia que isso era um sinal de que ela estava ficando zangada.

– Eu por acaso fiz essa pergunta *a você*?

– Não, mas...

– Mas o quê?

– Estou só pensando, Jo... Você espera que eu vá morar onde a sua carreira a levar?

– Vou tentar me adaptar às suas necessidades, e acho que você também deveria tentar se adaptar às minhas.

– Mas não é a mesma coisa.

– Ah, não? – Ela agora estava obviamente irritada. – Eu não sabia disso.

Ele se perguntou como a conversa tinha azedado daquele jeito em tão pouco tempo. Esforçando-se para manter o tom de voz controlado e agradável, falou:

– Nós falamos em ter filhos, não foi?

– Serão tão seus quanto meus.

– Mas não exatamente da mesma forma.

– Se os filhos forem me tornar uma cidadã de segunda classe nesse casamento, então não os teremos.

– Não foi isso que eu quis dizer!

– Então que diabo você quis dizer?

– Se você for nomeada embaixadora em algum lugar, espera que eu largue tudo para acompanhá-la?

– Eu espero que você diga: "Querida, que oportunidade maravilhosa para você, eu com certeza não vou ficar no seu caminho." Por acaso é pedir muito?

– É! – Woody agora estava indignado e bravo. – De que adianta estar casado se não estivermos juntos?

– Se a guerra estourar, você vai se alistar?

– Acho que sim.

– E o Exército vai mandá-lo para onde precisar de você... Europa, Extremo Oriente...

– Sim.

– Quer dizer que você vai partir para onde o seu dever mandar e me deixar em casa?

– Se for preciso.

– Mas eu não posso fazer o mesmo?

– É diferente! Por que você está fingindo que não é?

– Por mais estranho que pareça, a minha carreira e o meu serviço ao país me parecem importantes... Tão importantes quanto os seus.

– Você só está sendo cabeça-dura!

– Bem, Woods, eu sinto muito se você pensa assim, porque tenho falado muito seriamente sobre o nosso futuro juntos. Agora me pergunto se ao menos temos mesmo um futuro.

– É claro que temos! – Woody estava tão frustrado que poderia gritar. – Como foi que isso aconteceu? Como chegamos a este ponto?

Com um baque, o hidroplano pousou nas águas do Havaí.

II

Chuck Dewar estava morrendo de medo de que os pais descobrissem seu segredo.

Quando ainda morava em Buffalo, nunca tivera um caso sério, só alguns amassos apressados em becos escuros com rapazes que mal conhecia. Um dos motivos que o fizeram entrar para a Marinha era poder viajar para lugares onde pudesse ser ele mesmo, sem que os pais soubessem.

Desde que chegara ao Havaí, tudo havia mudado. Chuck agora fazia parte de uma comunidade clandestina de pessoas como ele. Frequentava bares, restaurantes e boates onde não precisava fingir que era heterossexual. Tivera alguns casos passageiros, depois se apaixonara. Muitas pessoas conheciam o seu segredo.

E agora seus pais estavam ali.

Gus fora convidado a visitar a unidade de inteligência de rádio da base naval, conhecida como Estação HYPO. Como era membro do Comitê de Relações Exteriores do Senado, Gus Dewar tinha conhecimento de muitos segredos militares e já visitara o Op-20-G, quartel-general da inteligência de rádio em Washington.

Chuck foi buscar o pai no hotel de Honolulu onde estava hospedado ao volante de um carro da Marinha, uma limusine Packard LeBaron. Gus estava usando um chapéu de palha branco. Quando margearam o porto, deu um assobio.

– A Frota do Pacífico – falou. – Que bela visão.

– Espetacular, não é? – concordou Chuck.

Navios eram uma coisa linda, principalmente na Marinha americana: estavam sempre bem-pintados, limpos e lustrosos. Chuck achava a Marinha incrível.

– Todos esses encouraçados formando uma linha perfeita... – admirou-se Gus.

– É a Fila dos Encouraçados, como chamamos por aqui. Atracados nesta ilha estão o *Maryland*, o *Tennessee*, o *Arizona*, o *Nevada*, o *Oklahoma* e o *West Virginia*.

– Os navios recebiam nomes de estados americanos. – O *California* e o *Pennsylvania* também estão no porto, mas não dá para ver daqui.

No portão principal do estaleiro da Marinha, o fuzileiro naval que estava de guarda reconheceu o carro oficial e acenou para que eles entrassem. Gus e Chuck foram até a base de submarinos e pararam no estacionamento atrás do quartel-general, o Antigo Prédio Administrativo. Chuck conduziu o pai até a ala nova, recém-inaugurada.

O capitão Vandermeier estava à sua espera.

Vandermeier era o maior temor de Chuck. O capitão tinha antipatizado com ele e descoberto seu segredo. Vivia chamando Chuck de boiola ou de maricas. Se pudesse, contaria para todo mundo.

O capitão era um homem baixo, troncudo, que tinha a voz rascante e um hálito terrível. Cumprimentou Gus com uma continência e apertou sua mão.

– Bem-vindo, senador. Será um privilégio lhe mostrar a Unidade de Inteligência em Comunicações do 14º Distrito Naval. – Era esse o título propositalmente vago do grupo encarregado de monitorar os sinais de rádio da Marinha Imperial japonesa.

– Obrigado, capitão – disse Gus.

– Mas primeiro tenho que lhe dar um breve aviso. Trata-se de um grupo informal. Esse tipo de trabalho muitas vezes é feito por pessoas excêntricas, que nem sempre usam uniforme. O oficial encarregado, comandante Rochefort, costuma usar uma jaqueta de veludo vermelho. – Vandermeier deu um sorriso de homem para homem. – O senhor talvez ache que ele parece uma droga de um homossexual.

Chuck reprimiu uma careta.

– Não direi mais nada até entrarmos na zona segura – disse o capitão.

– Está bem – respondeu Gus.

Os três desceram a escada até o subsolo, passando por duas portas trancadas no caminho.

A Estação HYPO era um porão sem janelas, iluminado por luzes de neon, que abrigava trinta homens. Além das mesas e cadeiras habituais, tinha grandes bancadas onde mapas eram examinados, estantes com exóticas impressoras, classificadoras e tabuladoras da IBM, e duas camas para os analistas de criptografia tirarem cochilos durante as intermináveis sessões de decodificação. Alguns dos homens ali presentes usavam uniformes certinhos, mas outros, como alertara Vandermeier, trajavam roupas civis meio sujas, tinham a barba por fazer e – a julgar pelo cheiro – não tomavam banho com muita frequência.

– Assim como todas as marinhas, a japonesa tem muitos códigos diferentes:

usa os mais simples para mensagens menos secretas, como boletins meteorológicos, e guarda os mais complexos para as transmissões mais sensíveis – explicou Vandermeier. – Por exemplo, os indicativos de chamada que identificam o remetente e o destinatário de uma mensagem são registrados num código primitivo, mesmo quando o texto em si está redigido num código muito mais complexo. Recentemente eles mudaram o código dos indicativos de chamada, mas deciframos o novo em poucos dias.

– Muito impressionante – comentou Gus.

– Usando a triangulação, também podemos descobrir a origem da mensagem. Com as origens e os indicativos de chamada, podemos mapear com razoável precisão a localização dos navios japoneses, mesmo sem conseguir ler as mensagens.

– Então sabemos onde eles estão e em que direção vão, mas não quais são suas ordens – disse Gus.

– Sim, muitas vezes é isso mesmo.

– Mas, se eles quiserem se esconder de nós, tudo o que precisam fazer é impor silêncio de rádio.

– É verdade – concordou Vandermeier. – Se eles se calarem, toda esta operação se torna inútil, e nós ficamos realmente fodidos.

Um homem de paletó de smoking e chinelos se aproximou e Vandermeier apresentou o chefe da unidade:

– Além de ser um ás em análise de códigos, o comandante Rochefort fala japonês fluentemente.

– Até alguns dias atrás, estávamos progredindo bastante na quebra do principal código japonês – explicou Rochefort. – Então os desgraçados mudaram de código e inutilizaram todo o nosso trabalho.

– O capitão Vandermeier estava me dizendo que vocês conseguem descobrir muita coisa sem precisar ler as mensagens – disse Gus.

– É verdade. – Rochefort apontou para uma planilha na parede. – Neste exato momento, a maior parte da frota imperial saiu das águas japonesas e está seguindo para o sul.

– É um mau sinal.

– Sem dúvida. Mas diga-me, senador, como o senhor interpreta as intenções dos japoneses?

– Acho que eles vão declarar guerra aos Estados Unidos. Nosso embargo ao petróleo está prejudicando muito o Japão. Os britânicos e holandeses se recusam a abastecê-los, e eles agora estão tentando importar petróleo da América do Sul. Não vão conseguir sobreviver assim indefinidamente.

– Mas o que eles ganhariam nos atacando? – indagou Vandermeier. – Um país pequeno como o Japão não pode invadir os Estados Unidos!

– A Grã-Bretanha é um país pequeno, mas conseguiu dominar o mundo apenas controlando os mares. Os japoneses não precisam conquistar os Estados Unidos. Tudo o que têm que fazer é nos derrotar numa guerra naval para assumirem o controle do Pacífico. Então ninguém mais vai poder impedi-los de fazer comércio.

– Então, na sua opinião, o que eles podem estar fazendo indo para o sul?

– Seu alvo mais provável devem ser as Filipinas.

Rochefort concordou com um gesto de cabeça.

– Nós já reforçamos nossa base lá. Mas uma coisa está me incomodando: já faz vários dias que o comandante da frota de porta-aviões japonesa não recebe nenhuma mensagem de rádio.

Gus franziu o cenho.

– Silêncio de rádio. Isso já aconteceu antes?

– Já. Os porta-aviões ficam mais silenciosos quando voltam às águas nacionais. Então supomos que seja essa a explicação agora.

Gus assentiu.

– Parece razoável.

– É – concordou Rochefort. – Eu só queria ter certeza.

III

Em Honolulu, as luzes de Natal da Fort Street estavam todas acesas. Era sábado, 6 de dezembro, e, naquele início de noite, as ruas estavam lotadas de militares usando o uniforme branco tropical da Marinha americana, todos com um quepe branco redondo na cabeça e um lenço preto cruzado em volta do pescoço, em busca de diversão.

A família Dewar passeava, aproveitando o clima festivo. Rosa ia de braço dado com Chuck, enquanto Gus e Woody caminhavam com Joanne entre eles.

Woody fizera as pazes com a noiva. Pedira desculpas por ter feito suposições equivocadas em relação ao que Joanne esperava de seu casamento. Ela, por sua vez, reconhecera que havia exagerado. Nada se resolvera de fato, mas a trégua fora suficiente para os dois arrancarem as roupas e se jogarem na cama.

Depois do sexo, a briga parecia que tinha perdido a importância, e nada fazia muita diferença a não ser o amor que sentiam. Então prometeram um ao outro que, no futuro, iriam conversar sobre esse tipo de acordo de um jeito carinhoso e tolerante. Quando estavam se vestindo, Woody teve a sensação de que aquilo fora um divisor de águas. Eles haviam tido uma briga feia sobre uma diferença de opinião séria, mas sobreviveram. Talvez fosse até um bom sinal.

Agora estavam indo jantar. Woody levava sua câmera e tirava fotos da cidade enquanto caminhavam. Não tinham avançado muito quando Chuck parou para lhes apresentar outro marinheiro.

– Este é meu amigo Eddie Parry. Eddie, apresento-lhe o senador Dewar, a Sra. Dewar, meu irmão Woody e a noiva dele, Srta. Joanne Rouzrokh.

– É um prazer conhecê-lo, Eddie – disse Rosa. – Chuck mencionou seu nome várias vezes nas cartas que mandou. Não quer jantar conosco? Vamos comer comida chinesa.

Woody se espantou. Não era do feitio de sua mãe convidar um desconhecido para uma refeição em família.

– Obrigado, madame. Seria uma honra – respondeu Eddie, com sotaque do Sul dos Estados Unidos.

O grupo entrou num restaurante chamado Deleite Celeste e ocupou uma mesa para seis pessoas. Embora se mostrasse formal, chamando Gus de "senhor" e as mulheres de "madame", Eddie parecia relaxado. Depois de pedirem a comida, ele falou:

– Ouvi falar tanto nesta família que tenho a impressão de já conhecer todos vocês. – Tinha um rosto sardento e um sorriso largo, e Woody pôde ver que todos haviam simpatizado com ele.

Eddie perguntou a Rosa o que ela achava do Havaí.

– Para dizer a verdade, estou meio decepcionada. Honolulu se parece com qualquer cidade pequena americana. Esperava que fosse mais asiática.

– Concordo – disse Eddie. – Aqui só tem restaurantes, hotéis de beira de estrada e bandas de jazz.

Ele perguntou a Gus se haveria uma guerra. Todos faziam a mesma pergunta ao senador.

– Já demos nosso sangue para tentar chegar a um *modus vivendi* com o Japão – respondeu Gus. Woody se perguntou se Eddie saberia o que era um *modus vivendi*. – O secretário de Estado Hull teve uma série de conversas com o embaixador Nomura que durou quase o verão inteiro. Mas parece que não conseguimos chegar a um acordo.

– Qual é o problema? – quis saber Eddie.

– Os Estados Unidos precisam de uma zona de livre comércio no Extremo Oriente, e o Japão diz que "tudo bem, ótimo, nós adoramos o livre comércio, vamos fazer isso não apenas em nosso quintal, mas no mundo inteiro". Só que os Estados Unidos não conseguem fazer isso nem se quiserem. Então o Japão diz que, enquanto outros países tiverem sua própria zona econômica, eles também precisam de uma.

– Continuo sem entender por que eles tiveram que invadir a China.

Rosa, que sempre tentava ver o outro lado da questão, falou:

– Os japoneses querem ter tropas na China, Indochina e Índias Orientais Holandesas para proteger seus interesses, do mesmo jeito que os americanos têm tropas nas Filipinas, os britânicos, na Índia, os franceses, na Argélia, e assim por diante.

– Sob esse ponto de vista, os japas não parecem estar pedindo nada absurdo!

– O que eles estão pedindo não é um absurdo, mas estão errados – disse Joanne com firmeza. – Conquistar um império é uma solução do século XIX. O mundo está mudando. Estamos nos afastando de impérios e zonas econômicas fechadas. Dar a eles o que estão pedindo seria um retrocesso.

A comida foi servida.

– Antes que eu me esqueça – disse Gus. – Amanhã de manhã vamos tomar café a bordo do *Arizona*. Às oito em ponto.

– Não fui convidado, mas recebi ordens para acompanhá-los até lá – disse Chuck. – Passarei para pegar vocês às sete e meia, iremos de carro até o estaleiro da Marinha e depois atravessaremos o porto de lancha.

– Ótimo.

Woody começou a comer seu arroz frito.

– Que delícia – comentou. – Deveríamos servir comida chinesa no nosso casamento.

Gus riu.

– Acho que não.

– Por que não? É barato e muito bom.

– Um casamento é mais do que uma refeição, é uma ocasião especial. Falando nisso, Joanne, preciso ligar para a sua mãe.

Joanne franziu o cenho.

– Para falar sobre o casamento?

– Sim, sobre a lista de convidados.

Joanne largou os hashis.

– Algum problema?

Woody viu as narinas da noiva se dilatarem e soube que, sim, haveria problemas.

– Não um problema propriamente dito – respondeu Gus. – Tenho vários amigos e aliados políticos em Washington que ficariam ofendidos se não fossem convidados para o casamento do meu filho. Vou sugerir que sua mãe e eu dividamos as despesas.

Woody avaliou que seu pai estava sendo atencioso. Como Dave vendera a cadeia de cinemas a preço de banana antes de morrer, a mãe de Joanne talvez não tivesse muito dinheiro para gastar com um casamento chique. Mas a moça não gostou nem um pouco da ideia de os dois fazerem combinações em relação ao casamento sem consultá-la.

– De que amigos e aliados o senhor está falando? – indagou, fria.

– Senadores e deputados, em sua maioria. Temos que convidar o presidente, mas ele não irá.

– Que senadores e deputados? – insistiu Joanne.

Woody viu a mãe esconder um sorriso. Ela estava achando graça na insistência da nora. Não eram muitas pessoas que tinham coragem de pôr Gus contra a parede daquele jeito.

Gus começou a desfiar uma lista de nomes.

Joanne o interrompeu:

– O deputado Cobb, o senhor disse?

– Sim.

– Mas ele votou contra a lei antilinchamento!

– Peter Cobb é um homem bom. Mas é um político do Mississippi. Nós vivemos em uma democracia, Joanne: temos que representar nossos eleitores. Os sulistas nunca vão aprovar uma lei antilinchamento. – Ele olhou para o amigo de Chuck. – Espero não estar pisando no calo de ninguém, Eddie.

– Não precisa medir as palavras por minha causa, senador – disse Eddie. – Sou texano, mas sinto vergonha quando penso na política praticada lá no Sul. Detesto preconceito. Os homens são todos iguais, independentemente da cor.

Woody olhou de relance para Chuck. O irmão parecia que ia explodir de tanto orgulho de Eddie.

Nessa hora, Woody percebeu que Eddie era mais do que um simples amigo de Chuck.

Que coisa esquisita.

Havia três casais apaixonados naquela mesa: seu pai e sua mãe, Woody e Joanne, Chuck e Eddie.

Ele encarou o rapaz. Namorado de Chuck, pensou.

Muito esquisito.

Eddie flagrou Woody o encarando e abriu um sorriso simpático.

Woody olhou para outro lado. Graças a Deus papai e mamãe não perceberam, pensou.

A menos que esse fosse o motivo para sua mãe ter convidado Eddie para jantar com a família. Será que ela sabia? Será que até mesmo aprovava? Não, essa possibilidade não existia.

– Enfim, Cobb não tem escolha – continuou Gus. – E ele é liberal em todas as outras questões.

– Isso não tem nada a ver com democracia – disse Joanne, exaltada. – Cobb não representa o povo do Sul. Lá só os brancos podem votar.

– Nada é perfeito nesta vida – disse Gus. – Cobb apoiou o New Deal de Roosevelt.

– Isso não quer dizer que eu tenha que convidá-lo para o meu casamento.

– Eu também não quero convidá-lo, pai – disse Woody. – Ele tem as mãos sujas de sangue.

– Que injustiça!

– É nossa opinião.

– Bem, a decisão não cabe apenas a vocês. Quem vai bancar a festa é a mãe de Joanne e, se ela permitir, vou dividir as despesas. Acho que isso nos dá o direito de opinar sobre a lista de convidados.

Woody se recostou na cadeira.

– Ora, mas é o nosso casamento!

Joanne olhou para o noivo.

– Talvez fosse melhor fazermos uma cerimônia discreta no cartório, só com alguns amigos.

Woody deu de ombros.

– Por mim, tudo bem.

– Isso deixaria muitas pessoas chateadas – disse Gus, severo.

– Mas não nós – retrucou Woody. – A pessoa mais importante desse dia é a noiva, e quero que ela tenha tudo o que deseja.

– Escutem aqui, todos vocês – interrompeu Rosa. – Não vamos nos exaltar. Gus, querido, talvez você tenha que chamar Peter Cobb para conversar e explicar a ele, com delicadeza, que você tem a sorte de ter um filho idealista, que vai se casar com uma moça maravilhosa e igualmente idealista, e que os dois recusaram o seu veemente pedido de que o convidassem para o casamento. Você sente muito, mas não pode seguir as próprias inclinações nessa questão, da mesma forma que Peter não pôde seguir as dele ao votar contra a lei antilinchamento. Ele vai sorrir e dizer que compreende e que sempre gostou de você por sua sinceridade.

Após vários instantes de hesitação, Gus decidiu ceder graciosamente:

– Acho que você tem razão, querida. – Então sorriu para Joanne. – De toda forma, eu seria um bobo se brigasse com a minha adorável nora por causa de Peter Cobb.

– Obrigada... – respondeu Joanne. – Já posso começar a chamá-lo de papai?

Woody quase soltou um arquejo. Era a coisa perfeita a dizer. Como ela era esperta!

– Isso me faria muito feliz – respondeu Gus.

Woody pensou ter visto uma lágrima brilhar no olho do pai.

– Então obrigada, papai – disse Joanne.

Que tal, pensou Woody? Ela havia enfrentado o senador Dewar – e vencera. Que mulher!

IV

No domingo, Eddie quis ir com Chuck buscar sua família no hotel.

– Não sei, amor – respondeu Chuck. – Você e eu devemos parecer bons amigos, não inseparáveis.

Ainda não havia amanhecido. Os dois estavam num motel e tinham que voltar de fininho ao quartel antes que o sol raiasse.

– Você tem vergonha de mim – disse Eddie.

– Como você pode dizer uma coisa dessas? Eu o levei para jantar com a minha família!

– Aquilo foi ideia da sua mãe, não sua. Mas o seu pai gostou de mim, não é?

– Todos adoraram você. Quem não adoraria? Mas eles não sabem que você é um homossexual imundo.

– Não sou um homossexual imundo. Sou um homossexual bem limpinho.

– É verdade.

– Deixe eu ir com você, por favor. Quero conhecer melhor a sua família. É muito importante para mim.

Chuck deu um suspiro.

– Está bem.

– Obrigado. – Eddie o beijou. – Ainda temos tempo de...

Chuck sorriu.

– Se formos rápidos.

Duas horas depois, os dois estavam em frente ao hotel no Packard da Marinha. Seus quatro passageiros apareceram às sete e meia. Rosa e Joanne usavam chapéus e luvas. Gus e Woody estavam de terno de linho branco. Woody levara sua câmera. Ele estava de mãos dadas com a noiva.

– Olhe só o meu irmão – cochichou Chuck no ouvido de Eddie. – Ele está tão feliz!

– Ela é linda.

Os dois seguraram as portas do carro e os Dewar acomodaram-se no banco de trás da limusine. Woody e Joanne ocuparam os assentos retráteis. Chuck saiu com o carro e seguiu em direção à base naval.

A manhã estava esplendorosa. No rádio, a estação KGMB tocava hinos religiosos. O sol brilhava na lagoa e se refletia nas escotilhas de vidro e amuradas de metal polido de uma centena de embarcações.

– Uma beleza, não é? – comentou Chuck.

Eles entraram na base e foram até o estaleiro da Marinha, onde havia uma dezena de navios em docas flutuantes e diques secos para reparos, manutenção e reabastecimento. Chuck parou em frente ao Cais dos Oficiais. Todos saltaram do carro para admirar os imponentes encouraçados que flutuavam na lagoa, maravilhosos à luz da manhã. Woody tirou uma foto.

Faltavam poucos minutos para as oito. Chuck ouviu sinos de igreja badalarem ali perto, em Pearl City. A bordo dos navios, uma sirene convocava a tripulação do turno da manhã para o desjejum, e, às oito horas em ponto, equipes se reuniram para hastear as bandeiras. No convés do *Nevada*, uma banda tocava "The Star-Spangled Banner", o hino nacional dos Estados Unidos.

Os seis caminharam até o píer, onde uma lancha os aguardava. A embarcação tinha capacidade para 12 passageiros, e era equipada com um motor *inboard*, ou seja, localizado dentro de um compartimento na popa. Eddie deu a partida enquanto Chuck ajudava os outros a subir. O pequeno motor ganhou vida com um alegre borbulhar. Chuck ficou em pé na proa enquanto Eddie afastava a lancha do píer e a virava de frente para os encouraçados. Quando ganharam velocidade, a proa se levantou, projetando na água dois rastros de espuma simétricos, que pareciam as asas de uma gaivota.

Chuck ouviu um avião e olhou para cima. A aeronave vinha do oeste e voava tão baixo que parecia correr o risco de cair. Imaginou que estivesse prestes a pousar na pista da Marinha localizada em Ford Island.

Sentado na proa ao lado de Chuck, Woody franziu o cenho e perguntou:

– Que avião é esse?

Chuck conhecia todas as aeronaves do Exército e da Marinha, mas teve dificuldade para identificar aquela.

– Está parecendo um Tipo 97 – disse ele.

O Tipo 97 era o torpedeiro da Marinha Imperial japonesa e tinha como base um porta-aviões.

Woody apontou a câmera para a aeronave.

Quando ela se aproximou, Chuck viu dois grandes sóis vermelhos pintados nas asas.

– É um avião japonês! – exclamou.

Eddie, que estava na proa pilotando a lancha, ouviu o que ele disse e falou:

– O pessoal deve ter pintado isso para algum exercício de simulação. Um treinamento-surpresa para estragar a manhã de domingo de todo mundo.

– É, imagino que sim – disse Chuck.

Foi então que viu um segundo avião atrás do primeiro.

E mais outro.

– Que diabo está acontecendo? – perguntou o senador, nervoso.

Os aviões se inclinaram acima do estaleiro naval e passaram bem perto da lancha, seu barulho aumentando até virar um rugido digno das cataratas do Niágara. Chuck viu que eram uns dez; não, vinte; não, mais.

Os aviões iam direto para a Fila dos Encouraçados.

Woody parou de tirar fotos e disse:

– Não pode ser um ataque de verdade... Ou pode? – Além de dúvida, sua voz também demonstrava medo.

– Como esses aviões podem ser japoneses? – indagou Chuck, incrédulo. – O Japão fica a mais de 6.500 quilômetros daqui! Nenhum avião tem essa autonomia de voo.

Ele se lembrou de que os porta-aviões da Marinha japonesa tinham entrado em silêncio de rádio. A unidade de inteligência havia suposto que estivessem em águas japonesas, mas nunca confirmara isso.

Cruzou olhares com o pai e imaginou que Gus estivesse recordando a mesma conversa.

De repente, tudo ficou claro, e a incredulidade se transformou em medo.

O avião que liderava a formação sobrevoou o *Nevada*, o último encouraçado da fila. Ouviu-se uma salva de canhões. No convés, marinheiros correram para todos os lados e a banda parou de tocar, fazendo o som morrer de forma desordenada à medida que as notas eram interrompidas.

Na lancha, Rosa deu um grito.

– Meu Deus do céu, é um ataque! – exclamou Eddie.

O coração de Chuck começou a bater acelerado. Os japoneses estavam bombardeando Pearl Harbor, e ele se encontrava numa pequena embarcação no meio da lagoa. Olhou para o rosto assustado dos outros – seus pais, seu irmão, Eddie –, e percebeu que todas as pessoas que ele amava estavam ali.

Torpedos compridos em forma de bala começaram a cair do corpo dos aviões e a mergulhar nas águas calmas da lagoa.

– Eddie, dê meia-volta! – gritou Chuck.

Mas Eddie já estava manobrando a lancha, fazendo uma curva fechada.

Quando a embarcação virou, Chuck viu que outro grupo de aeronaves com os grandes discos vermelhos pintados nas asas sobrevoava a base aérea de Hickam. Eram bombardeiros de mergulho e estavam descendo do céu como aves de rapina sobre as fileiras de aviões americanos perfeitamente dispostas nas pistas.

Como era possível aqueles desgraçados estarem ali em tamanha quantidade? Metade da Força Aérea japonesa parecia estar sobrevoando Pearl.

Woody voltou a tirar fotos.

Chuck ouviu um baque surdo, como uma explosão subterrânea, seguido imediatamente por outro. Virou-se. Um clarão de chamas surgiu acima do *Arizona*, e o encouraçado começou a soltar fumaça.

A popa da lancha afundou mais ainda na água quando Eddie acelerou.

– Rápido, rápido! – disse Chuck, desnecessariamente.

Chuck ouviu o chamado insistente e ritmado de uma sirene vindo de um dos navios, convocando a tripulação a seus postos de combate, e entendeu que aquilo era *mesmo* uma batalha e que sua família estava bem no meio dela. Instantes depois, em Ford Island, a sirene de ataque aéreo começou a ecoar como um lamento baixo, e foi ficando cada vez mais aguda, até alcançar sua nota mais alta e urgente.

Uma longa série de explosões ecoava da Fila de Encouraçados conforme os torpedos atingiam seus alvos.

– Olhe o *Wee Vee!* – gritou Eddie. Era assim que eles chamavam o *West Virginia*. – Está adernando para bombordo!

Chuck viu que ele tinha razão. O encouraçado exibia um rombo do lado mais próximo aos aviões inimigos. Milhões de toneladas de água deviam ter entrado no casco em poucos segundos para fazer uma embarcação daquele porte tombar.

Bem ao lado, o mesmo acontecia com o *Oklahoma* e, para seu horror, Chuck viu marinheiros escorregando indefesos, deslizando pelo convés inclinado e despencando dentro d'água pela lateral do navio.

Ondas provocadas pelas explosões sacudiram a lancha. Todos se seguraram nas bordas.

Chuck viu uma chuva de bombas atingir a base de hidroplanos, na ponta mais próxima de Ford Island. As frágeis aeronaves, atracadas próximas umas das outras, foram totalmente destruídas, e fragmentos de asas e fuselagens saíram voando pelo ar, como folhas num furacão.

Graças ao seu treinamento de inteligência, Chuck tentava identificar tipos de aeronaves inimigas, e detectou um terceiro modelo: o mortal Mitsubishi Zero, o melhor caça do mundo a operar a partir de porta-aviões. O Zero tinha apenas duas bombas pequenas, mas também era equipado com duas metralhadoras e dois canhões de 20mm. Naquele ataque, devia ter a missão de escoltar os bombardeiros para defendê-los de caças americanos – só que todos os caças continuavam no solo, onde muitos já tinham sido destruídos. Isso deixava os Zeros livres para metralhar prédios, equipamentos e tropas.

Ou então, pensou Chuck com medo, uma família que atravessava a lagoa, desesperada para chegar ao cais.

Por fim, os Estados Unidos começaram a reagir. Em Ford Island e nos conveses dos navios ainda não atingidos, peças de artilharia antiaérea e metralhadoras normais ganharam vida, somando seu barulho à cacofonia de ruídos letais. Morteiros antiaéreos explodiam como flores negras desabrochando no céu. Quase na mesma hora, um operador de metralhadora em terra atingiu em cheio um caça de mergulho. O cockpit explodiu em chamas, e o avião caiu na lagoa com um forte baque, levantando água. Chuck vibrou e agitou os punhos no ar.

O *West Virginia* adernado começou a voltar à vertical, mas continuou afundando, e Chuck entendeu que o comandante devia ter aberto as válvulas de segurança de estibordo para fazer com que a embarcação afundasse na vertical, dando à tripulação mais chances de sobreviver. O *Oklahoma*, porém, não teve a mesma sorte e, com um misto de assombro e terror, os ocupantes da lancha viram o imenso navio começar a emborcar.

– Ah, meu Deus, olhem a tripulação – disse Joanne.

Atarantados, os marinheiros escalavam o convés agora muito íngreme e pulavam por cima da amurada de estibordo, numa tentativa desesperada de se salvar. No entanto, quando o imenso navio enfim virou de cabeça para baixo e começou a afundar, Chuck percebeu que aqueles eram os que tiveram mais sorte: quantas centenas de homens não estariam presos sob o convés?

– Segurem-se! – gritou Chuck.

Uma imensa onda gerada pelo naufrágio do *Oklahoma* se aproximava. Seu pai segurou sua mãe, e Woody segurou Joanne. A onda os atingiu e ergueu a lancha até uma altura inimaginável. Chuck titubeou, mas continuou a segurar a borda.

A lancha não afundou. Ondas menores se seguiram, fazendo-os balançar, mas todos estavam a salvo.

Ainda se encontravam a quase meio quilômetro da margem, constatou ele, consternado.

Por incrível que parecesse, o *Nevada*, que fora metralhado logo no início, começou a se afastar. Alguém devia ter tido a presença de espírito de mandar todos os navios zarparem do porto. Se conseguissem sair, talvez pudessem se separar e se tornar alvos mais difíceis.

Então um estrondo dez vezes mais potente que os outros ecoou da Fila dos Encouraçados. A explosão foi tão violenta que Chuck sentiu seu impacto como um golpe no peito, embora já estivesse a quase um quilômetro de distância. Chamas foram cuspidas da torre de tiro número 2 do *Arizona*. Uma fração de segundo depois, a metade anterior do navio pareceu explodir. Destroços saíram voando, e vigas de metal retorcido e placas deformadas se ergueram no ar em meio à fumaça com a mesma lentidão de um pesadelo, como pedaços de papel queimado numa fogueira. A parte da frente do navio foi engolfada por labaredas e fumaça. O mastro imponente tombou para a frente como um bêbado.

– O que foi isso? – perguntou Woody.

– O depósito de munição do navio deve ter explodido – respondeu Chuck, percebendo, com profunda tristeza, que centenas de seus companheiros da Marinha deviam ter morrido naquela detonação gigantesca.

Uma coluna de fumaça vermelho-escura como a de uma pira funerária subiu pelos ares.

Então ouviu-se um barulho bem alto de algo caindo, e a lancha deu um tranco ao ser atingida por alguma coisa. Todos se abaixaram. Chuck caiu de joelhos e pensou que devia ser uma bomba, depois percebeu que isso não era possível, pois ainda estava vivo. Quando conseguiu se recuperar, viu que um pesado fragmento de metal de um metro de comprimento tinha perfurado o convés da lancha logo acima do motor. Era um milagre não ter acertado ninguém.

Mas o motor morreu.

A lancha perdeu velocidade e parou. Ficou à deriva enquanto os aviões japoneses despejavam o fogo do inferno sobre a lagoa.

– Chuck, temos que sair daqui agora – disse Gus, tenso.

– Eu sei. – Chuck e Eddie examinaram o estrago. Tentaram remover o pedaço de metal do convés de madeira, mas viram que estava bem preso.

– Não há tempo para isso! – exclamou Gus.

– O motor já era mesmo, Chuck – disse Woody.

Eles ainda estavam distantes da margem. No entanto, a lancha era equipada para uma emergência como aquela. Chuck soltou um par de remos e empunhou um deles. Eddie pegou o outro. A lancha era grande para ser conduzida a remo, e eles avançaram devagar.

Para sua sorte, houve uma pausa no ataque. O céu não estava mais cheio de aviões. Imensas espirais de fumaça subiam dos navios atingidos, incluindo uma coluna de 300 metros de altura do *Arizona*, que sofrera danos irreparáveis. No entanto, não houve novas explosões. Dando mostras de uma determinação incrível, o *Nevada* agora seguia em direção à entrada do porto.

A água em volta dos navios estava coalhada de botes salva-vidas, lanchas a motor e marinheiros nadando ou boiando agarrados a destroços. Afogar-se não era seu único temor: o combustível dos navios avariados tinha se espalhado pela superfície da lagoa e pegara fogo. Os gritos de socorro dos que não conseguiam nadar se misturavam aos dos queimados, formando uma sinfonia dantesca.

Chuck olhou de relance para o relógio de pulso. Tinha a impressão de que o ataque já durava muitas horas, mas, para sua surpresa, apenas meia hora havia se passado.

No exato instante em que ele pensava isso, teve início a segunda fase.

Dessa vez, os aviões vieram do leste. Alguns foram atrás do *Nevada*, que tentava fugir. Outros elegeram como alvo o estaleiro da Marinha, onde os Dewar haviam embarcado na lancha. Quase na mesma hora, o destróier *Shaw*, que estava sobre um dique flutuante, explodiu em chamas e nuvens de fumaça. Mais óleo se espalhou pela água e pegou fogo. Então, no maior dos diques secos, o encouraçado *Pennsylvania* foi atingido. Dois destróieres que estavam no mesmo dique também voaram pelos ares quando seus depósitos de munição explodiram.

Chuck e Eddie remavam com força e suavam como cavalos de corrida.

No estaleiro, surgiram fuzileiros navais – sem dúvida vindos da caserna próxima –, que começaram a trazer equipamentos de combate a incêndio.

Por fim, a lancha chegou ao Cais dos Oficiais. Chuck pulou no píer e amarrou rapidamente a embarcação, enquanto Eddie ajudava os outros a desembarcar. Todos correram até o carro.

Chuck pulou para o banco do motorista e deu a partida no motor. O rádio ligou automaticamente e eles ouviram o locutor da KGMB dizer:

– Todo o pessoal do Exército, da Marinha e da Aeronáutica deve se apresentar para o serviço imediatamente.

O próprio Chuck não tivera oportunidade de se apresentar a ninguém, mas tinha certeza de que suas primeiras ordens seriam para garantir a segurança dos quatro civis que estavam sob seus cuidados, sobretudo porque entre eles havia duas mulheres e um senador.

Assim que todos entraram, o carro partiu.

A segunda onda do ataque parecia estar chegando ao fim. A maioria dos aviões japoneses se afastava do porto. Mesmo assim, Chuck dirigiu depressa: talvez ainda houvesse uma terceira onda.

O portão principal do estaleiro estava aberto. Se não estivesse, ele teria se sentido tentado a arrebentá-lo.

Não havia mais nenhum carro na rua.

Chuck saiu em disparada do porto e seguiu pela rodovia Kamehameba. Quanto mais se afastasse de Pearl Harbor, mais segura estaria sua família, pensou.

Foi então que viu um Zero sozinho vindo na sua direção.

O avião voava baixo, seguindo a rodovia, e em poucos instantes Chuck percebeu que seu alvo era o carro.

Os canhões do caça ficavam nas asas, e havia uma boa chance de os japoneses não conseguirem acertar o carro, que era um alvo estreito. As metralhadoras, porém, situavam-se bem próximas uma da outra, de ambos os lados da tampa do motor. Se o piloto fosse esperto, iria usá-las.

Atarantado, Chuck olhou para os dois lados da estrada. Não havia nenhum esconderijo, nada além de canaviais.

Começou a ziguezaguear com o carro. Inteligente, o piloto do avião não tentou acompanhá-lo. A estrada não era muito larga e, se Chuck entrasse no canavial, a velocidade do carro diminuiria radicalmente. Ao perceber que quanto mais rápido andasse, menos chances teria de ser alvejado, ele pisou fundo no acelerador.

De repente era tarde demais para qualquer estratégia. O avião estava tão perto que Chuck pôde ver nas asas os furos negros redondos pelos quais saíam os tiros dos canhões. No entanto, conforme ele previra, o piloto começou a atacar com as metralhadoras, e os tiros levantaram poeira da estrada à sua frente.

Chuck moveu o carro para a esquerda até o meio da estrada, e então, em vez de continuar na mesma direção, deu uma guinada para a direita. O piloto corrigiu o curso da aeronave. Balas atingiram o capô do carro. O para-brisa se espatifou. Eddie soltou um urro de dor e, no banco de trás, uma das mulheres gritou.

Então o Zero desapareceu.

O carro começou a ziguezaguear, descontrolado. Uma das rodas dianteiras devia ter sido danificada. Chuck lutou com o volante para tentar se manter na estrada. O veículo derrapou no asfalto, bateu na vegetação que margeava a estrada e parou com um solavanco.

O motor começou a soltar chamas, e Chuck sentiu cheiro de gasolina.

– Todo mundo para fora do carro! – berrou. – Antes que o tanque exploda!

Ele abriu a porta do motorista e pulou para fora. Escancarou a porta traseira para que o pai saltasse, puxando sua mãe atrás dele. Viu os demais descendo pelo outro lado.

– Corram! – gritou Chuck, mas não havia necessidade.

Eddie já seguia para o canavial, mancando como se tivesse sido atingido. Woody meio puxava, meio carregava Joanne, que também parecia ferida. Seu pai e sua mãe, aparentemente ilesos, entraram no canavial às pressas. Ele foi atrás. Todos percorreram cerca de cem metros, então se jogaram no chão.

Houve um instante de calmaria. O barulho dos aviões tinha virado um zumbido distante. Chuck olhou para o céu e viu a fumaça oleosa do porto se elevar a milhares de metros. Acima dela, os últimos poucos bombardeiros de grande altitude se afastavam rumo ao norte.

Então ouviu-se um estrondo que feriu seus tímpanos. Mesmo de olhos fechados, ele pôde perceber o forte clarão do tanque de gasolina explodindo. Uma onda de calor passou por cima dele.

Erguendo a cabeça, olhou para trás. O carro estava pegando fogo.

Ele se levantou com um pulo.

– Mãe! Você está bem?

– Por milagre, estou ilesa – respondeu Rosa com calma enquanto seu pai a ajudava a ficar de pé.

Chuck então correu os olhos pelo canavial à procura dos outros. Correu até Eddie, que estava sentado com o tronco ereto, segurando a coxa.

– Você foi atingido?

– Dói pra caralho – respondeu Eddie. – Mas não está sangrando muito. – Ele forçou um sorriso. – Acho que foi no alto da coxa, mas não atingiu nenhum órgão vital.

– Vamos levá-lo para o hospital.

Foi então que Chuck ouviu um som terrível.

Seu irmão estava aos prantos.

Woody chorava não como um bebê, mas como uma criança perdida: um lamento alto e cheio de soluços, de puro sofrimento.

Na mesma hora Eddie entendeu que aquele era o som de um coração partido.

Chuck correu até o irmão. Woody estava ajoelhado no chão, com o peito tremendo, a boca aberta e os olhos inundados de lágrimas. Seu terno de linho branco estava todo sujo de sangue, mas ele não se ferira. Entre um soluço e outro, gemia:

– Não, não!

Joanne estava deitada de costas no chão à sua frente.

Chuck logo viu que ela estava morta. Seu corpo permanecia imóvel, e os olhos abertos tinham uma expressão vazia. A frente do vestido de algodão estampado com listras de cores alegres estava empapada de sangue vermelho-vivo, que já escurecia em alguns pontos. Chuck não conseguiu ver o ferimento, mas imaginou que ela tivesse levado um tiro no ombro que atingira a artéria axilar. A hemorragia a devia ter matado em poucos minutos.

Não soube o que dizer.

Os outros se aproximaram e se postaram ao seu lado: a mãe, o pai e Eddie. Rosa se ajoelhou no chão ao lado de Woody e o abraçou.

– Pobrezinho do meu filho – falou, como se ele ainda fosse uma criança.

Eddie passou o braço em volta dos ombros de Chuck e lhe deu um abraço discreto.

Gus se ajoelhou junto ao corpo. Estendeu a mão e segurou a do filho mais velho.

Os soluços de Woody se acalmaram um pouco.

– Feche os olhos dela, Woody – disse o pai.

A mão de Woody tremia. Com esforço, ele conseguiu estabilizá-la.

Levou as pontas dos dedos em direção às pálpebras de Joanne.

Então, com infinita delicadeza, fechou seus olhos.

CAPÍTULO DOZE

1942 (I)

No primeiro dia de 1942, Daisy recebeu uma carta do ex-noivo, Charlie Farquharson.

Quando a abriu, tomava o desjejum sentada à mesa na casa de Mayfair, sozinha a não ser pelo mordomo idoso que lhe servia o café e pela criada de 15 anos que lhe trazia torradas quentes da cozinha.

Charlie não lhe escrevera de Buffalo, mas de Duxford, uma base aérea da RAF localizada no leste da Inglaterra. Ela já ouvira falar desse lugar: ficava perto de Cambridge, onde ela conhecera tanto o marido, Boy Fitzherbert, quanto o homem que amava, Lloyd Williams.

Gostou de receber notícias de Charlie. É claro que sentira ódio dele quando foi rejeitada, mas tudo isso já fazia muito tempo. Daisy agora era outra pessoa. Em 1935, era uma rica herdeira americana chamada Srta. Peshkov. Agora era uma aristocrata inglesa, a viscondessa de Aberowen. Mesmo assim, agradou-lhe que Charlie ainda pensasse nela. Uma mulher prefere sempre ser lembrada a ser esquecida.

Charlie escrevera a carta com uma caneta preta grossa. Tinha uma caligrafia ruim, de letras grandes e irregulares. Daisy leu:

> *Antes de mais nada, preciso lhe pedir desculpas pela forma como a tratei lá em Buffalo. Sempre que penso nisso, chego a estremecer de vergonha.*

Meu Deus, pensou Daisy, ele parece ter amadurecido.

> *Como éramos esnobes, todos nós, e como fui fraco por deixar minha falecida mãe me intimidar a ponto de fazer eu me comportar tão mal.*

Ah, pensou Daisy: *falecida* mãe. Quer dizer que a vaca velha morreu. Talvez isso explique a mudança em Charlie.

> *Entrei para o Esquadrão Águia nº 133. Nós pilotamos Hurricanes, mas estamos esperando a chegada de Spitfires a qualquer momento.*

Os Esquadrões Águia eram três unidades da RAF formadas por voluntários americanos. Aquilo deixou Daisy espantada: não imaginava que Charlie fosse para a guerra de livre e espontânea vontade. Na época em que os dois conviviam, ele só se interessava por cães e cavalos. Tinha mesmo amadurecido.

Se você for capaz, do fundo de seu coração, de me perdoar pelo que fiz, ou pelo menos de esquecer o passado, adoraria encontrá-la e conhecer seu marido.

A referência ao marido era uma forma educada de ele dizer que não tinha intenções românticas, imaginou Daisy.

Estarei de licença em Londres no próximo fim de semana. Posso convidar vocês dois para jantar? Por favor, diga sim.
Com afeto,
Charles B. Farquharson

Boy não estaria em casa naquele fim de semana, mas Daisy aceitou o convite. Como muitas mulheres de Londres durante a guerra, ansiava por companhia masculina. Lloyd tinha ido para a Espanha e desaparecera. Dissera que seria adido militar na embaixada britânica em Madri. Daisy desejava que ele fosse mesmo ter uma função tão segura assim, mas não acreditava nisso. Quando lhe perguntara por que o governo mandaria um jovem oficial em condições de lutar para ocupar um cargo burocrático num país neutro, ele lhe explicara que era muito importante dissuadir a Espanha de entrar na guerra ao lado dos fascistas. No entanto, dissera isso com um sorriso triste que claramente avisava a Daisy que não se deixasse enganar. Ela temia que, na verdade, ele estivesse cruzando a fronteira para trabalhar com a Resistência francesa, e tinha pesadelos nos quais ele era preso e torturado.

Fazia mais de um ano que não o via. Sua ausência era como uma amputação: algo que a acompanhava 24 horas por dia. No entanto, a oportunidade de sair à noite com um homem a deixou feliz, mesmo que esse homem fosse o desajeitado, sem graça e gordo Charlie Farquharson.

Charlie reservou uma mesa no Grill Room do Hotel Savoy.

No lobby, enquanto um garçom a ajudava a tirar o casaco de *mink*, ela foi abordada por um homem alto de smoking bem-cortado que lhe pareceu vagamente familiar. Estendendo-lhe a mão, ele falou, tímido:

– Oi, Daisy. Que prazer rever você depois de tantos anos.

Ao ouvir sua voz, Daisy percebeu que aquele era Charlie.

– Meu Deus! – exclamou. – Como você está diferente!

– Emagreci um pouco – reconheceu ele.

– Com certeza. – Uns vinte quilos, calculou ela. Isso o deixara mais bonito. Seus traços agora pareciam marcados, e não feios.

– Você está igualzinha – disse ele, olhando-a de cima a baixo.

Daisy tinha feito um esforço para se vestir bem. Por causa das restrições da guerra, fazia muitos anos que não comprava uma roupa nova, mas, para esse jantar, tirara do armário um vestido de noite de seda azul-safira da Lanvin, que deixava seus ombros à mostra, adquirido em sua última viagem a Paris antes da guerra.

– Vou fazer 26 anos daqui a alguns meses – falou. – Não posso acreditar que esteja igual a quando tinha 18.

Ele baixou os olhos para o decote do seu vestido, corou e disse:

– Mas está, acredite.

Os dois entraram no restaurante e se sentaram.

– Fiquei com medo de que você não viesse – confessou ele.

– Meu relógio parou de funcionar. Desculpe o atraso.

– Foram só vinte minutos. Eu teria esperado uma hora.

Um garçom perguntou se eles gostariam de um drinque.

– Este é um dos poucos lugares da Inglaterra onde se pode tomar um martíni decente – informou Daisy.

– Dois, então, por favor – pediu Charlie.

– O meu sem gelo, com azeitona.

– O meu também.

Ela o estudou, intrigada com quanto ele havia mudado. Sua antiga falta de jeito, agora mais suave, transformara-se numa encantadora timidez. Ainda era difícil imaginá-lo como piloto de caça, derrubando aviões alemães. De toda forma, a Blitz de Londres chegara ao fim seis meses antes, e não havia mais batalhas aéreas nos céus do sul da Inglaterra.

– Que tipo de voo você faz? – perguntou ela.

– Principalmente operações Circus no norte da França.

– O que são operações Circus?

– Ataques de bombardeiro com forte escolta de caças. O principal objetivo é atrair aviões inimigos para uma batalha aérea na qual eles estejam em desvantagem numérica.

– Odeio bombardeiros – comentou ela. – Sobrevivi à Blitz.

Ele ficou surpreso.

– Eu imaginaria que você fosse querer dar aos alemães um gostinho de seu próprio veneno.

– De jeito nenhum. – Daisy já havia pensado muito nesse assunto. – Chorei por todas as mulheres e crianças inocentes que foram queimadas e mutiladas em Londres... E não ajuda em nada saber que mulheres e crianças alemãs estão passando pela mesma coisa.

– Nunca pensei dessa forma.

Eles pediram o jantar. O regulamento de tempos de guerra os limitava a três pratos, e a refeição não podia custar mais de cinco xelins. O cardápio incluía receitas especiais para o período de austeridade, como Falso Pato – feito com linguiças de porco – e Torta Woolton, um empadão sem carne.

– Você nem imagina como é bom ouvir uma garota falar inglês com sotaque americano de verdade – disse Charlie. – Gosto das inglesas, cheguei até a namorar uma delas, mas tenho saudades do jeito de falar das americanas.

– Eu também – concordou Daisy. – Esta agora é a minha cidade e acho que nunca voltarei aos Estados Unidos, mas sei como você se sente.

– Fiquei com pena de não conhecer o visconde de Aberowen.

– Ele está na Força Aérea, como você. Treina pilotos. De vez em quando consegue vir para casa... Mas não neste fim de semana.

Daisy voltara a dormir com Boy durante suas visitas ocasionais. Havia jurado nunca mais fazer isso depois de surpreendê-lo com aquelas mulheres horríveis em Aldgate, mas ele a pressionara. Dissera que os combatentes precisavam de consolo ao voltar para casa, e prometera nunca mais procurar prostitutas. Embora não acreditasse muito em suas promessas, ela cedeu, ainda que a contragosto. Afinal de contas, disse a si mesma, eu me casei com ele para a alegria e para a tristeza.

Infelizmente, porém, não sentia mais prazer algum no sexo com o marido. Podia ir para a cama com Boy, mas não podia se apaixonar por ele de novo. Era obrigada a usar um creme para lubrificação. Tentara recuperar o afeto que um dia nutrira por ele, quando o julgava um jovem e empolgante aristocrata com o mundo inteiro a seus pés, muito divertido e que sabia gozar a vida plenamente. Mas agora percebia que Boy na verdade não era empolgante: era apenas um homem egoísta e um tanto limitado com um título de nobreza. Quando ele estava em cima dela, tudo em que conseguia pensar era que poderia estar sendo contaminada por alguma infecção nojenta.

– Tenho certeza de que você não vai querer falar muito sobre a família Rouzrokh... – disse Charlie, cauteloso.

– Não mesmo.

– ... Mas soube que Joanne morreu?

– Não! – Daisy ficou chocada. – Como?

– Em Pearl Harbor. Ela estava noiva de Woody Dewar. Tinham ido visitar o irmão dele, Chuck, que está lotado lá. Eles estavam dentro de um carro que foi metralhado por um Zero, um caça japonês. Ela foi atingida.

– Que coisa horrível. Pobre Joanne. Pobre Woody.

O prato chegou, acompanhado de uma garrafa de vinho. Eles passaram algum tempo comendo sem dizer nada. Daisy descobriu que Falso Pato não tinha muito gosto de pato.

– Joanne foi uma das 2.400 pessoas que morreram em Pearl Harbor – explicou Charlie. – Nós perdemos oito encouraçados e dez outras embarcações. Aqueles malditos japas sorrateiros.

– As pessoas daqui ficaram contentes pelo fato de os Estados Unidos finalmente terem entrado na guerra. Só Deus sabe por que Hitler cometeu a burrice de declarar guerra aos Estados Unidos. Mas os britânicos acham que agora têm uma chance de ganhar, com a Rússia e o nosso país do seu lado.

– O ataque a Pearl Harbor deixou os americanos muito zangados.

– As pessoas aqui não entendem por quê.

– Porque os japoneses seguiram com as negociações até o último minuto... Provavelmente muito depois de terem decidido nos atacar. Isso é má-fé.

Daisy franziu o cenho.

– Parece-me uma atitude sensata. Se algum acordo tivesse sido feito na última hora, poderiam ter cancelado o ataque.

– Mas eles não declararam guerra!

– E isso teria feito alguma diferença? Estávamos esperando que eles atacassem as Filipinas. Pearl Harbor teria nos pego de surpresa mesmo depois de uma declaração de guerra.

Charlie abriu os braços num gesto de incompreensão.

– Mas por que eles precisavam nos atacar, afinal de contas?

– Porque roubamos o dinheiro deles.

– Não, nós congelamos seus bens.

– Para eles não há diferença. E também interrompemos o seu fornecimento de petróleo. Eles estavam contra a parede, à beira do colapso. O que poderiam ter feito?

– Deveriam ter cedido e concordado em sair da China.

– É, deveriam mesmo. Mas, se fossem os Estados Unidos que estivessem sendo intimidados, com algum outro país lhes dizendo o que fazer, você teria querido que cedêssemos?

– Talvez não. – Ele sorriu. – Eu falei que você não tinha mudado. Tenho que retirar o que disse.

– Por quê?

– Você não falava desse jeito. Antigamente, jamais discutiria política.

– Se você não se interessa, o que acontece é culpa sua.

– Acho que todos nós aprendemos isso.

Eles pediram a sobremesa.

– Charlie, o que vai acontecer com o mundo? – perguntou Daisy. – A Europa inteira agora é fascista. Os alemães conquistaram a maior parte da Rússia. Os Estados Unidos são uma águia com a asa quebrada. Às vezes fico feliz por não ter filhos.

– Não subestime nosso país. Estamos feridos, não derrotados. O Japão agora é quem dá as cartas, mas há de chegar o dia em que o povo japonês vai derramar lágrimas amargas de arrependimento por causa de Pearl Harbor.

– Tomara que você esteja certo.

– E os alemães não estão mais conseguindo tudo o que querem. Não conseguiram tomar Moscou e agora estão recuando. Você entende que a batalha de Moscou foi a primeira verdadeira derrota de Hitler?

– Terá sido mesmo uma derrota ou apenas um contratempo?

– Seja como for, é o pior resultado militar que ele já teve. Os bolcheviques deram uma surra nos nazistas.

Charlie tinha tomado gosto pelo Porto de safra, um hábito tipicamente britânico. Em Londres, os homens só bebiam depois de as senhoras se levantarem da mesa, regra de etiqueta cansativa que Daisy tentara abolir na própria casa, sem sucesso. Eles beberam um copo cada um. Somado ao martíni e ao vinho, o Porto fez Daisy se sentir levemente embriagada e feliz.

Os dois trocaram reminiscências sobre sua adolescência em Buffalo e riram das coisas bobas que eles e outros tinham feito.

– Você disse a todos nós que iria para Londres dançar com o rei – lembrou Charlie. – E veio mesmo!

– Espero que elas tenham ficado com inveja.

– Se ficaram! Dot Renshaw quase teve um troço.

Daisy riu, satisfeita.

– Que bom que nós retomamos contato – disse Charlie. – Eu gosto muito de você.

– Também estou contente.

Os dois saíram do restaurante e pegaram os casacos. O porteiro do hotel chamou um táxi.

– Eu a levo em casa – disse Charlie.

Quando estavam passando pela Strand, ele pôs o braço em volta dela. Daisy estava prestes a protestar, mas pensou: Que se dane. E então aninhou-se junto a ele.

– Como eu sou bobo – comentou Charlie. – Queria ter me casado com você quando pude.

– Você teria sido um marido melhor do que Boy Fitzherbert – disse ela.

Mas, nesse caso, ela nunca teria conhecido Lloyd.

Deu-se conta de que não dissera uma palavra sequer sobre Lloyd durante toda a noite.

Quando o táxi entrou em sua rua, Charlie lhe deu um beijo.

Era agradável estar nos braços de um homem e beijar sua boca, mas ela sabia que era o álcool que a fazia se sentir assim. Na verdade, o único homem que ela queria beijar era Lloyd. Apesar disso, só afastou Charlie quando o táxi parou.

– Que tal uma saideira? – sugeriu ele.

Por um instante, ela sentiu-se tentada. Já fazia muito tempo que não tocava o corpo rígido de um homem. Mas não sentia desejo por Charlie.

– Não – falou. – Desculpe, Charlie, mas amo outra pessoa.

– Não precisamos ir para a cama – sussurrou ele. – Mas se pudéssemos, você sabe, dar uns amassos...

Ela abriu a porta do carro e desceu. Estava se sentindo uma desmancha-prazeres. Ele arriscava a vida diariamente em seu nome, e ela nem ao menos era capaz de lhe proporcionar um pouco de emoção barata.

– Boa noite, Charlie, e boa sorte – falou.

Antes que mudasse de ideia, bateu a porta do carro e entrou em casa.

Subiu direto para o primeiro andar. Alguns minutos depois, sozinha na cama, sentiu-se arrasada. Havia traído dois homens: Lloyd, por ter beijado Charlie; e Charlie, por tê-lo mandado embora insatisfeito.

Passou o domingo quase inteiro deitada, de ressaca.

Na segunda à noite, recebeu um telefonema.

– Meu nome é Hank Bartlett – disse a voz jovem de um americano. – Sou amigo de Charlie Farquharson em Duxford. Ele me falou da senhora, e achei seu número no caderno de telefones dele.

O coração dela parou de bater.

– Por que está me ligando?

– Infelizmente, tenho más notícias. Charlie morreu hoje. Foi abatido quando sobrevoava Abbeville.

– Não!

– Era a primeira missão dele no Spitfire.

– Ele me falou sobre isso – disse ela, atordoada.

– Pensei que a senhora deveria saber.

– Sim, obrigada – respondeu ela num sussurro.

– Ele a achava o máximo.

– É mesmo?

– A senhora precisava tê-lo ouvido falar sobre quanto era incrível.

– Eu sinto muito – disse ela. – Sinto tanto.

Então não conseguiu mais falar, e desligou o telefone.

II

Chuck Dewar olhou por cima do ombro do tenente Bob Strong, um dos critptógrafos. Alguns deles eram muito desorganizados, mas Strong era do tipo metódico, e tudo o que havia sobre a sua mesa era uma folha de papel na qual ele tinha escrito:

YO-LO-KU-TA-WA-NA

– Não entendo – disse Strong, frustrado. – Se a decodificação estiver correta, aqui está escrito que eles atacaram *yolokutawana*. Mas isso não quer dizer nada. Essa palavra não existe.

Chuck ficou olhando as seis sílabas japonesas. Tinha certeza de que deveriam significar alguma coisa para ele, embora conhecesse pouco o idioma. No entanto, não conseguiu entender e foi continuar seu trabalho.

O clima no Antigo Prédio Administrativo estava soturno.

Durante muitas semanas após o ataque, Chuck e Eddie encontraram cadáveres inchados dos navios afundados boiando na superfície suja de óleo de Pearl Harbor. Ao mesmo tempo, as informações de inteligência que eles recebiam davam conta de agressões japonesas ainda mais devastadoras. Apenas três dias depois de Pearl Harbor, aviões do Japão atacaram a base norte-americana de Luzon, nas Filipinas, e destruíram todo o estoque de torpedos da Frota do Pacífico. No mesmo dia, no mar da China Meridional, afundaram dois encouraçados da Grã-Bretanha, *Repulse* e *Prince of Wales*, deixando os britânicos indefesos no Extremo Oriente.

Parecia impossível detê-los. Não paravam de chegar más notícias. Nos primeiros meses do novo ano, o Japão derrotou as forças americanas nas Filipinas e as britânicas em Hong Kong, Cingapura e Rangum, capital da Birmânia.

Muitos dos nomes desses lugares eram desconhecidos até mesmo para marinheiros como Chuck e Eddie. Para o povo americano, deviam soar como planetas distantes numa história de ficção científica: Guam, Wake, Bataan. Todos, entretanto, conheciam o significado das palavras retirada, submissão e rendição.

Chuck estava pasmo. Será que o Japão conseguiria mesmo derrotar os Estados Unidos? Ele mal podia acreditar.

Quando o mês de maio chegou, os japoneses haviam alcançado seu objetivo: tinham agora um império que lhes fornecia borracha, estanho e – o mais importante – petróleo. As informações que vazavam indicavam que estavam governando esse império com uma brutalidade que teria deixado o próprio Stalin encabulado.

Mas havia uma mosca na sopa, e era a Marinha dos Estados Unidos. Pensar nisso enchia Chuck de orgulho. Os japoneses tinham esperado riscar Pearl Harbor do mapa e assumir o controle do Pacífico, mas não conseguiram isso. Porta-aviões e pesados cruzadores americanos continuavam a navegar. Informações de inteligência sugeriam que os comandantes japoneses estavam furiosos com o fato de os americanos não se renderem. Depois das perdas de Pearl Harbor, eles estavam em desvantagem numérica e tinham menos munição que o inimigo, mas ainda assim não fugiam para se esconder. Em vez disso, haviam passado a lançar ataques-relâmpago contra embarcações japonesas, causando danos leves, mas levantando o moral do povo e deixando os japoneses com a incômoda sensação de ainda não terem vencido. Então, em 25 de abril, aviões decolaram de um porta-aviões e bombardearam o centro de Tóquio, infligindo um golpe terrível ao orgulho das Forças Armadas japonesas. No Havaí, as comemorações foram intensas. Chuck e Eddie se embebedaram nessa noite.

No entanto, um confronto decisivo estava por vir. Todos com quem Chuck conversava no Antigo Prédio Administrativo diziam que os japoneses fariam um ataque maciço no começo do verão para incitar os navios americanos a revidar todos ao mesmo tempo, no que seria a batalha final. Eles esperavam que a indubitável superioridade de sua Marinha se mostrasse um fator decisivo, e que a frota americana do Pacífico fosse dizimada. O único jeito de os americanos vencerem era se preparando e obtendo informações de inteligência de melhor qualidade – tinham que ser mais rápidos e mais espertos.

A Estação HYPO passou esses meses trabalhando dia e noite para tentar decifrar o JN-25b, o novo código da Marinha Imperial japonesa. Em maio, haviam conseguido fazer alguns progressos.

A Marinha americana tinha estações de interceptação telegráfica espalhadas por toda a orla do Pacífico, de Seattle até a Austrália. Um grupo de homens conhecido como a Gangue do Telhado ficava sentado, com fones de ouvido e receptores, escutando o tráfego de rádio japonês. Eles vasculhavam as ondas e anotavam o que ouviam em bloquinhos.

Os sinais eram transmitidos em código Morse, mas os pontos e traços da linguagem naval formavam grupos numéricos de cinco dígitos, cada um representando uma letra, palavra ou frase de um manual de código. Aparentemente aleatórios, os números eram transmitidos por cabos seguros para impressoras situadas no subsolo do Antigo Prédio Administrativo. Só então começava a parte mais difícil: decifrar o código.

Os criptógrafos sempre começavam com coisas pequenas. A última palavra de qualquer mensagem muitas vezes era OWARI, que significava "fim". O analista então procurava outras ocorrências desse grupo na mesma mensagem, e escrevia "FIM?" acima de todos eles.

Os japoneses os ajudaram cometendo um erro descuidado e pouco característico.

Houve um atraso na entrega dos novos manuais do código JN-25b para algumas unidades remotas. Assim, durante algumas semanas cruciais, o alto-comando japonês enviou algumas mensagens nos *dois códigos*. Como os americanos tinham decifrado boa parte do JN-25, conseguiram traduzir as mensagens enviadas no antigo código, compará-las com as mensagens cifradas pelo código novo e destrinchar o significado de seus grupos de cinco dígitos. Por algum tempo, seu progresso foi notável.

Depois de Pearl Harbor, os oito criptógrafos originais receberam como reforço alguns dos músicos da banda do encouraçado *California*, que havia afundado. Por motivos que ninguém entendia, músicos eram muito bons em decifrar códigos.

Todas as mensagens eram conservadas; e todos os textos decodificados, arquivados. A comparação era uma parte crucial daquele trabalho. Um analista podia querer ver todas as mensagens de um determinado dia, enviadas a um determinado navio, ou todas as que mencionassem o Havaí. Chuck e os outros auxiliares desenvolviam sistemas cada vez mais complexos de indexação cruzada para ajudá-los a encontrar tudo de que precisassem.

A unidade previu que, na primeira semana de maio, os japoneses atacariam Port Moresby, base dos Aliados em Papua. Estavam certos, e a Marinha americana conseguiu interceptar a frota invasora no mar de Coral. Ambos os lados cantaram vitória, mas os japoneses não tomaram Port Moresby. E o almirante Nimitz, comandante supremo da Frota do Pacífico, começou a confiar em seus criptógrafos.

Os japoneses não usavam nomes normais para se referir às localidades do oceano Pacífico. Cada lugar importante tinha um nome em código composto por duas letras – na verdade, dois *kanas*, que eram os caracteres do alfabeto japonês, embora os criptógrafos em geral usassem equivalentes em caracteres romanos, de A a Z. Os homens do subsolo davam duro para entender o significado de cada um desses codinomes de dois *kanas*. Seu progresso era lento: MO significava Port Moresby, AH era Oahu, mas muitos ainda eram um mistério.

Em maio, acumulavam-se rapidamente indícios de que os japoneses fariam um ataque importante num local que chamavam de AF.

O melhor palpite da unidade era que AF significava Midway, atol localizado na extremidade ocidental da cadeia de ilhas com quase 2.500 quilômetros de extensão que começava no Havaí. Midway ficava a meio caminho entre Los Angeles e Tóquio.

É claro que um palpite não bastava. Levando em conta a superioridade numérica da Marinha japonesa, o almirante Nimitz precisava ter *certeza*.

Dia após dia, os colegas de Chuck iam construindo um retrato assustador das diretrizes de batalha do Japão. Os porta-aviões inimigos receberam novos planos. Uma "força de ocupação" foi embarcada: os japoneses planejavam ocupar todos os territórios que conquistassem.

Aquela parecia ser a batalha decisiva. Mas quando aconteceria o ataque?

Os homens do subsolo tinham um orgulho todo especial de ter decodificado uma mensagem da frota japonesa solicitando a Tóquio, com urgência, "a entrega imediata de uma mangueira de abastecimento". Estavam satisfeitos em parte por causa da linguagem especializada, mas principalmente porque a mensagem comprovava a iminência de uma manobra de longo alcance no meio do oceano.

No entanto, o alto-comando americano achava que o ataque poderia ocorrer no Havaí, enquanto o Exército temia uma invasão na Costa Oeste dos Estados Unidos. Até mesmo a equipe de Pearl Harbor tinha uma desconfiança insistente de que o alvo talvez fosse Johnson Island, uma pista de pouso pouco mais de 1.500 quilômetros ao sul de Midway.

Eles precisavam ter certeza absoluta.

Chuck tinha uma ideia sobre como poderiam proceder, mas hesitava. Os criptógrafos eram muito inteligentes, ele não. Nunca fora bom aluno na escola. Na segunda série, um colega o chamara de Chucky Cabeça de Vento. Ele havia chorado, e isso fizera o apelido pegar. Ainda pensava em si mesmo assim, Chucky Cabeça de Vento.

Na hora do almoço, ele e Eddie pegaram sanduíches e café na cantina e foram se sentar à beira do cais, com vista para o porto. Pearl Harbor estava voltando ao normal. A maior parte do óleo havia sido retirada; e alguns dos destroços, recolhidos.

Enquanto eles comiam, um porta-aviões avariado surgiu atrás de Hospital Point e adentrou o porto devagar, soltando vapor pela chaminé e arrastando uma mancha de óleo que se estendia até alto-mar. Chuck identificou o navio: era o *Yorktown*. Seu casco estava negro de fuligem, e havia um enorme rombo no convés de pouso, provavelmente feito por uma bomba japonesa na batalha do mar de Coral. Sirenes e apitos tocaram uma fanfarra em comemoração à entrada do porta-aviões no estaleiro, e rebocadores se juntaram para fazê-lo passar pelos portões abertos do Dique Seco nº 1.

– Ouvi dizer que esse navio precisaria de três meses de reparos – comentou Eddie. Ele trabalhava no mesmo prédio que Chuck, só que no escritório de inteligência naval, no andar de cima, por isso ouvia mais fofocas. – Mas vai zarpar novamente daqui a três dias.

– Como eles vão conseguir isso?

– Já começaram. O chefe de engenharia naval da Marinha veio de avião receber o navio... e já está a bordo com uma equipe. E olhe só para o dique seco.

Chuck viu que o dique já parecia um formigueiro de homens e equipamentos: nem conseguiu contar quantas máquinas de solda aguardavam na beira do cais.

– Mesmo assim, só vão conseguir remendá-lo um pouco – prosseguiu Eddie. – Vão consertar o convés de pouso e possibilitar sua volta aos mares. Todo o resto, porém, vai ter que esperar.

Alguma coisa no nome daquele porta-aviões incomodou Chuck. Ele não conseguiu se livrar dessa sensação. O que significava Yorktown? O cerco a Yorktown fora a última grande batalha da Guerra de Independência Americana. Será que isso significava alguma coisa?

O capitão Vandermeier passou por eles.

– Voltem ao trabalho, seus maricas – provocou.

– Qualquer dia desses vou dar um soco nesse cara – disse Eddie entredentes.

– Depois da guerra, Eddie – aconselhou Chuck.

Ao voltar para o subsolo e ver Bob Strong sentado diante de sua mesa, Chuck percebeu que havia solucionado o problema do colega.

Tornou a espiar por cima do ombro do criptógrafo e viu a mesma folha de papel com as mesmas seis sílabas japonesas:

YO-LO-KU-TA-WA-NA

Com muito tato, tentou fazer parecer que o próprio Strong houvesse encontrado a solução.

– Tenente, o senhor conseguiu! – falou.

Strong não entendeu.

– Consegui?

– É um nome em inglês, então os japoneses o soletraram foneticamente.

– Yolokutawana é um nome em inglês?

– Sim, tenente. É assim que os japoneses pronunciam Yorktown.

– O quê? – Strong parecia desconcertado.

Por alguns terríveis instantes, Chucky Cabeça de Vento perguntou a si mesmo se poderia estar redondamente enganado.

Então Strong falou:

– Ah, meu Deus, tem razão! Yolokutawana é Yorktown pronunciado com sotaque japonês! – Ele riu, feliz. – Obrigado! – comemorou. – Muito bem!

Chuck hesitou. Tivera outra ideia. Será que deveria dizer em voz alta o que estava pensando? Seu trabalho não era decifrar códigos. Mas os Estados Unidos estavam a um passo de serem derrotados. Talvez devesse arriscar.

– Posso fazer outra sugestão? – perguntou.

– Vá em frente.

– É sobre a sigla AF. Precisamos de uma confirmação definitiva de que ela se refere a Midway, certo?

– Certo.

– Não poderíamos mandar uma mensagem sobre Midway que os japoneses tivessem que retransmitir em código? Assim, quando interceptássemos a versão cifrada, descobriríamos como eles estão codificando o nome Midway.

Strong pareceu refletir.

– Pode ser – falou. – Talvez tivéssemos que mandar nossa mensagem aberta, sem código, para nos certificarmos de que eles entenderiam.

– É, pode ser. Teria que ser algo não muito confidencial, como, por exemplo, "Epidemia de doença venérea em Midway, favor enviar remédios", ou algo do gênero.

– Mas por que os japas iriam retransmitir uma coisa dessas?

– Certo, então teria que ser alguma coisa com significado militar, mas que não fosse altamente confidencial. Algo como a previsão do tempo.

– Hoje em dia, até os boletins meteorológicos são secretos.

O criptógrafo da mesa ao lado deu uma sugestão:

– Que tal um racionamento de água? Se eles estão planejando ocupar o lugar, seria uma informação importante.

– Caramba, pode dar certo! – Strong estava ficando animado. – Suponhamos que Midway mande uma mensagem aberta para o Havaí dizendo que houve uma pane na sua estação de dessalinização.

– E o Havaí responde dizendo que vamos mandar um navio-pipa – emendou Chuck.

– Se os japoneses estiverem mesmo planejando atacar Midway, com certeza vão retransmitir isso. Precisariam providenciar água doce.

– E eles retransmitiriam em código, para não nos alertar sobre seu interesse por Midway.

As mensagens foram enviadas no mesmo dia.

No dia seguinte, uma mensagem de rádio japonesa informou um racionamento de água em AF.

O alvo era Midway.

O almirante Nimitz começou a montar uma armadilha.

III

Nessa noite, enquanto mais de mil operários se ocupavam do conserto do porta-aviões *Yorktown*, realizando os reparos sob lâmpadas de arco voltaico, Chuck e Eddie foram ao The Band Round the Hat, um bar situado num beco escuro de Honolulu. Como sempre, o lugar estava lotado de marinheiros e moradores da cidade. Apesar de haver alguns casais de enfermeiras, quase todos os clientes eram homens. Chuck e Eddie gostavam desse bar porque todos eram iguais a eles. As lésbicas, por sua vez, iam lá porque os homens não davam em cima delas.

Nada era explícito, é claro. Era possível ser expulso da Marinha e preso por atos homossexuais. Apesar disso, o lugar era descontraído. O líder da banda usava maquiagem. A cantora havaiana era um homem vestido de mulher, mas, de tão convincente, algumas pessoas não percebiam. O dono do estabelecimento não poderia ser mais gay. Homens podiam dançar juntos, e ninguém chamava de bunda-mole quem pedisse um vermute.

Desde a morte de Joanne, Chuck tinha mais certeza do amor que sentia por Eddie. É claro que sempre soubera que, em tese, seu namorado poderia morrer; mas o perigo nunca lhe parecera real. Depois do ataque a Pearl Harbor, não passava um dia sequer sem recordar a imagem daquela linda moça caída no chão, ensanguentada, e do irmão soluçando ao seu lado. Poderia muito bem ter sido ele ajoelhado junto a Eddie, sentindo aquela dor insuportável. Naquele 7 de dezembro, os dois tinham escapado da morte por um triz, mas agora estavam em guerra, e a vida não valia nada. Cada dia que passavam juntos era um presente, porque poderia ser o último.

Chuck estava apoiado no bar com uma cerveja na mão, enquanto Eddie estava sentado num banco alto. Os dois riam de um piloto da Marinha chamado Trevor Paxman – mais conhecido como Trixie –, que falava sobre a ocasião em que tentara fazer sexo com uma garota.

– Fiquei horrorizado! – disse ele. – Pensei que lá embaixo fosse ser tudo limpinho e fofo, como as moças das pinturas... Mas ela era mais peluda que eu! – Todos riram com vontade. – Parecia um gorila!

Então, com o canto do olho, Chuck viu a figura atarracada do capitão Vandermeier entrar no bar.

Poucos oficiais frequentavam bares de alistados. Não que fosse proibido: era só um sinal de descaso e falta de bom senso, como usar botas sujas de lama para ir ao restaurante do Ritz-Carlton. Eddie se virou, torcendo para que Vandermeier não o visse.

Mas não teve sorte. O capitão foi direto até onde eles estavam e falou:

– Ora, ora... Todas as moças estão reunidas, é?

Trixie se virou e desapareceu no meio dos outros clientes.

– Para onde ele foi? – perguntou Vandermeier.

O capitão já estava embriagado a ponto de enrolar a língua.

Chuck viu o semblante de Eddie ficar sombrio.

– Boa noite, capitão – falou, rígido. – Aceita uma cerveja?

– Uísque com gelo.

Chuck pegou a bebida. Vandermeier tomou um gole e disse:

– Então, ouvi dizer que aqui tudo acontece por baixo dos panos... É isso mesmo? – Ele olhou para Eddie.

– Não faço ideia – respondeu este, frio.

– Ora, vamos – disse Vandermeier. – Fica entre nós.

Então deu um tapinha no joelho de Eddie, que se levantou abruptamente, empurrando o banco do bar para trás.

– Não toque em mim – falou.

– Calma, Eddie – pediu Chuck.

– A Marinha não tem nenhum regulamento dizendo que tenho que deixar essa bichona me patolar!

– Do que você me chamou? – perguntou Vandermeier com a voz arrastada.

– Se ele tocar em mim outra vez, juro que arranco essa cabeça horrorosa dele – ameaçou Eddie.

– Capitão Vandermeier, eu conheço um lugar bem melhor do que este – disse Chuck. – Gostaria de ir até lá?

Vandermeier pareceu não entender.

– Ahn?

Chuck improvisou:

– Um lugar menor, mais tranquilo... Igual a este, só que mais discreto. Entende o que quero dizer?

– Parece ótimo! – O capitão esvaziou o copo.

Chuck segurou Vandermeier pelo braço direito e acenou para Eddie segurar o esquerdo. Os dois conduziram o capitão embriagado para fora do bar.

Por sorte, um táxi aguardava na penumbra do beco. Chuck abriu a porta.

Nessa hora, Vandermeier beijou Eddie.

O capitão envolveu seu subordinado com os braços, pressionou os lábios nos dele e disse:

– Eu te amo.

O coração de Chuck se encheu de medo. Agora não havia mais como aquilo terminar bem.

Eddie desferiu um soco na barriga do capitão, com força. Vandermeier grunhiu e arquejou. Eddie o acertou de novo, dessa vez no rosto. Chuck se interpôs entre os dois. Antes de Vandermeier cair, ele o fez entrar no banco traseiro do táxi.

Inclinou-se na janela e entregou ao motorista uma nota de dez dólares.

– Leve-o para casa, e pode ficar com o troco – falou.

O táxi foi embora.

Chuck olhou para Eddie.

– Rapaz, agora estamos mesmo encrencados.

IV

No entanto, Eddie Parry nunca foi acusado de agressão a um oficial.

Na manhã seguinte, o capitão Vandermeier apareceu no Antigo Prédio Administrativo com um olho roxo, mas não fez nenhuma acusação. Chuck entendeu que a carreira do capitão seria arruinada caso ele admitisse ter se envolvido numa briga no The Band Round the Hat. Apesar disso, não se falava em outra coisa que não seu olho roxo.

– Ele disse que escorregou numa poça de óleo na garagem de casa e bateu com o rosto no cortador de grama, mas acho que a mulher deu um soco nele – comentou Bob Strong. – Vocês já viram a cara dela? É igualzinha a Jack Dempsey.

Nesse dia, os criptógrafos do subsolo informaram ao almirante Nimitz que os japoneses iriam atacar Midway no dia 4 de junho. Mais especificamente, às sete horas da manhã as forças japonesas estariam 280 quilômetros ao norte do atol.

Sua confiança era quase tão grande quanto davam a entender.

Eddie, por sua vez, estava pessimista.

– O que podemos fazer? – perguntou ao se encontrar com Chuck na hora do almoço. Como também trabalhava para a inteligência naval, sabia o que os criptógrafos tinham descoberto sobre a força dos japoneses. – Os japas estão com 200 navios no mar, praticamente a Marinha deles inteira... E nós? Quantos navios temos? Trinta e cinco!

Chuck não estava tão cético.

– Mas a força de ataque deles é só um quarto desse número. O restante são as forças de ocupação, distração e reserva.

– E daí? Um quarto desse total ainda é mais do que toda a nossa Frota do Pacífico!

– Na verdade, a força de ataque deles tem só quatro porta-aviões.

– Mas nós temos apenas três. – Eddie apontou com o sanduíche de presunto que tinha na mão o porta-aviões encardido de fumaça parado no dique seco e coberto por um enxame de operários e acrescentou: – Incluindo o *Yorktown* avariado.

– Bom, sabemos que eles vão chegar, e eles não sabem que nós estamos à sua espera.

– Tomara que isso faça tanta diferença quanto Nimitz acredita.

– Tomara mesmo.

Ao voltar para o subsolo, Chuck recebeu a notícia de que não trabalhava mais lá. Tinha sido transferido... para o *Yorktown*.

– É o modo que Vandermeier encontrou para me punir – disse Eddie, choroso, nessa noite. – Ele acha que você vai morrer.

– Não seja pessimista – falou Chuck. – Talvez nós ganhemos a guerra.

Alguns dias antes do ataque, os japoneses substituíram seus manuais de código por novos. Os homens do subsolo suspiraram e começaram tudo de novo do zero, mas conseguiram reunir poucas informações antes da batalha. Nimitz teve que se contentar com o que já tinha e torcer para que o inimigo não mudasse todo o plano na última hora.

Os japoneses esperavam tomar Midway de surpresa e ocupar o atol com facilidade. Torciam para que os americanos então atacassem com força total para tentar recuperá-lo. Nessa hora, a frota japonesa de reserva entraria em ação para dizimar toda a frota americana. O Japão dominaria o Pacífico.

E os Estados Unidos pediriam para negociar a paz.

Nimitz planejava cortar o mal pela raiz, montando uma armadilha para a força de ataque antes que ela tomasse Midway.

Chuck agora fazia parte dessa armadilha.

Ele preparou sua bolsa, despediu-se de Eddie com um beijo e os dois foram juntos até o cais.

Lá, cruzaram com Vandermeier.

– Não deu tempo de consertar os compartimentos estanques – informou-lhes o capitão. – Se abrirem um rombo no navio, ele vai afundar feito um caixão de chumbo.

Chuck levou a mão ao ombro de Eddie para contê-lo e perguntou:

– Como vai o olho, capitão?

A boca de Vandermeier se contorceu num esgar maldoso.

– Boa sorte, veado. – Então ele se afastou.

Chuck apertou a mão de Eddie e subiu a bordo.

Esqueceu Vandermeier na mesma hora, pois seu desejo finalmente acabara de ser realizado: ele estava no mar, e embarcado num dos mais grandiosos navios já fabricados.

O *Yorktown* era a embarcação líder da classe dos porta-aviões. Com comprimento superior a dois campos de futebol, sua tripulação era de mais de dois mil homens. O navio tinha capacidade para transportar noventa aeronaves: antigos bombardeiros Douglas Devastator de asas dobráveis; bombardeiros de mergulho Douglas Dauntless, mais recentes; e, para escoltá-los, caças Grumman Wildcat.

Quase tudo no porta-aviões ficava abaixo do convés, com exceção da ilha de dez metros de altura que se erguia no convés de pouso. Ela abrigava o comando e o centro de comunicações do navio: a ponte de comando, a sala de rádio logo abaixo, a sala dos mapas e a sala de preparação dos pilotos. Atrás da ilha ficava um imenso duto para expelir a fumaça, formado por três chaminés uma dentro da outra.

Quando o *Yorktown* deixou o dique seco e saiu de Pearl Harbor soltando vapor, alguns dos operários continuavam a bordo, terminando seu trabalho. A vibração dos motores colossais quando o porta-aviões ganhou o mar deixou Chuck empolgado. No momento em que chegaram a alto-mar e o navio começou a subir e descer junto com as ondas do Pacífico, ele teve a sensação de que estava dançando.

Chuck foi posto na sala de rádio, escolha sensata que aproveitava sua experiência na manipulação de mensagens.

O porta-aviões navegou até um ponto de encontro a nordeste de Midway. Seus remendos recém-soldados rangiam como sapatos novos. Havia uma lanchonete a bordo, conhecida como Gedunk, que servia sorvete fabricado diariamente. Ali, na primeira tarde, Chuck encontrou Trixie Paxman, que tinha visto pela última vez no The Band Round the Hat. Ficou feliz por ter um amigo a bordo.

Na quarta-feira, 3 de junho, véspera do dia previsto para o ataque, um hidroavião da Marinha em missão de reconhecimento a oeste de Midway detectou um comboio de navios japoneses de transporte de tropas – provavelmente trazendo a força de ocupação que deveria tomar o atol após a batalha. A notícia foi divulgada a todas as embarcações americanas, e Chuck, na sala de rádio do *Yorktown*, foi um dos primeiros a ficar sabendo. Aquilo era uma confirmação sólida de que seus colegas do subsolo tinham razão, e ele ficou aliviado por eles terem acertado. Percebeu que aquilo era uma ironia: ele não estaria correndo tanto perigo se eles houvessem cometido um erro e os japoneses estivessem em outro lugar.

Já fazia um ano e meio que Chuck estava na Marinha, mas ainda não participara de nenhuma batalha. Reparado às pressas, o *Yorktown* seria alvo de torpedos e bombas japonesas. Estava navegando em direção a pessoas que fariam todo o possível para afundá-lo – e com Chuck dentro. Era uma sensação esquisita. Na maior parte do tempo, ele se sentia estranhamente calmo, mas de vez em quando tinha o impulso de saltar a amurada e começar a nadar de volta para o Havaí.

Nessa noite, escreveu para os pais. Se morresse no dia seguinte, ele e a carta provavelmente naufragariam com o navio, mas escreveu mesmo assim. Não comentou nada sobre o motivo da transferência. Pensou em confessar que era homossexual, mas logo descartou essa ideia. Disse aos pais que os amava e que era grato por tudo o que tinham feito por ele. "Se eu morrer lutando por um país democrático e contra uma ditadura militar cruel, minha vida não terá sido em vão." Ao reler a carta, achou a frase meio pomposa, mas deixou como estava.

A noite foi curta. As tripulações dos aviões receberam o chamado para o desjejum à uma e meia. Chuck foi desejar boa sorte a Trixie Paxman. Como recompensa por terem madrugado, os soldados que iriam tripular os aviões comeram bife com ovos.

Os aviões foram trazidos dos hangares sob o convés nos imensos elevadores do navio, depois manobrados até os pontos de estacionamento no convés para serem abastecidos e municiados. Alguns pilotos partiram para localizar o inimigo. O restante ficou sentado na sala de instruções, já equipado para o combate, à espera de notícias.

Chuck começou o trabalho na sala de rádio. Logo antes das seis, captou a transmissão de um hidroavião de reconhecimento:

MUITOS AVIÕES INIMIGOS INDO PARA MIDWAY

Alguns minutos depois, recebeu uma transmissão parcial:

PORTA-AVIÕES INIMIGOS

Pronto. Havia começado.

No minuto seguinte, quando a informação completa chegou, ficaram sabendo que a força de ataque inimiga estava quase no ponto exato previsto pelos criptógrafos. Chuck sentiu orgulho – e medo.

Os três porta-aviões americanos – *Yorktown*, *Enterprise* e *Hornet* – estabeleceram um curso que levasse seus aviões a uma distância da qual pudessem atacar os navios japoneses.

Na ponte de comando estava o almirante Frank Fletcher, um veterano de 57 anos que tinha o nariz comprido e ganhara a Cruz da Marinha na Primeira Guerra Mundial. Quando foi levar uma mensagem até lá, Chuck o ouviu dizer:

– Não vimos nenhum avião japonês até o momento. Isso significa que eles ainda não sabem que estamos aqui.

Chuck estava ciente de que esta era a única vantagem dos americanos: eles tinham informações melhores.

Os japoneses sem dúvida pretendiam pegar Midway desprevenido, numa repetição do que acontecera em Pearl Harbor, mas, graças aos criptópgrafos, isso não iria acontecer. Os aviões americanos de Midway não seriam alvos fáceis parados nas pistas. Quando os japoneses chegaram, já estavam todos no ar prontos para a briga.

Os oficiais e soldados na sala de rádio do *Yorktown* escutavam, tensos, o tráfego de transmissões coalhado de estática vindo de Midway e dos navios japoneses, e não tinham dúvida de que uma terrível batalha aérea estava sendo travada acima do minúsculo atol. No entanto, não sabiam quem estava vencendo.

Pouco depois, os aviões americanos que estavam em Midway foram atrás do inimigo e atacaram os porta-aviões japoneses.

Em ambas as batalhas, pelo que Chuck pôde entender, a artilharia antiaérea levara a melhor. A base de Midway sofreu apenas danos leves, e quase todas as bombas e torpedos disparados contra a frota japonesa erraram o alvo. Nos dois confrontos, porém, muitas aeronaves foram abatidas.

O placar parecia empatado – o que preocupava Chuck, pois os japoneses tinham mais aviões de reserva.

Pouco antes das sete, o *Yorktown*, o *Enterprise* e o *Hornet* deram meia-volta e passaram a navegar para sudeste. Esse curso infelizmente os levava para longe do inimigo, mas seus aviões precisavam do vento sudeste para decolar.

Todos os cantos do *Yorktown* estremeciam com o estrondo das aeronaves à medida que os seus motores eram acelerados ao máximo e elas avançavam pelo convés a toda a velocidade, uma após outra, e ganhavam o ar. Chuck reparou que o Wildcat tendia a erguer a asa direita e puxar um pouco para a esquerda ao acelerar pelo convés, característica da qual os pilotos reclamavam muito.

Às oito e meia, os três porta-aviões americanos já tinham mandado 155 aeronaves atacarem a força inimiga.

As primeiras chegaram ao alvo na hora exata, quando os japoneses estavam ocupados reabastecendo e rearmando seus aviões que tinham voltado de Midway. Os conveses de pouso estavam coalhados de munição espalhada em meio a um verdadeiro ninho de serpentes de mangueiras de abastecimento, tudo pronto para explodir num segundo. Devia ter sido uma carnificina.

Mas não foi.

Quase todos os aviões americanos da primeira leva foram abatidos.

Os Devastators eram antiquados. Os Wildcats que os escoltavam, embora pouco melhores, não eram páreo para os Zeros japoneses, velozes e fáceis de manobrar. Os aviões que restaram para lançar seus projéteis foram dizimados pela devastadora artilharia antiaérea dos porta-aviões.

Lançar uma bomba de um avião em movimento sobre um navio também em movimento ou soltar um torpedo de forma que este atingisse um navio eram feitos extraordinariamente difíceis, sobretudo para um piloto que estivesse sendo alvejado.

A maioria dos tripulantes desses aviões perdeu a vida tentando.

E nenhum deles conseguiu acertar um tiro sequer.

Nenhuma bomba ou torpedo americano atingiu o alvo. As primeiras três levas de aviões, despachadas cada uma de um porta-aviões, não infligiram qualquer dano à força de ataque japonesa. A munição de seus deques não explodiu, as mangueiras de combustível não pegaram fogo. Os navios saíram ilesos.

Ao ouvir as mensagens transmitidas pelo rádio, Chuck começou a se desesperar.

Viu com uma clareza renovada a genialidade do ataque a Pearl Harbor, sete meses antes. Os navios americanos ancorados eram alvos estáticos, próximos uns dos outros, relativamente fáceis de acertar. Os caças que poderiam tê-los protegido foram destruídos nas pistas. Quando os americanos conseguiram se armar e fazer uso da artilharia antiaérea, o ataque já estava quase no fim.

No entanto, aquela batalha ainda estava em curso e nem todos os aviões americanos tinham chegado à zona-alvo. Chuck ouviu um oficial gritar no rádio do *Enterprise*:

– Ataquem! Ataquem!

Um piloto respondeu, lacônico:

– Positivo, assim que conseguir encontrar os malditos.

A boa notícia era que o comandante japonês ainda não despachara aviões para atacar os navios americanos: estava se atendo ao plano e concentrando-se em Midway. A essa altura, já devia ter entendido que estava sendo atacado por aeronaves transportadas em porta-aviões, mas era possível que não tivesse certeza quanto à localização das embarcações inimigas.

Apesar dessa vantagem, os americanos não estavam ganhando.

Então a situação mudou. Uma frota de 37 bombardeiros de mergulho Dauntless lançada pelo *Enterprise* avistou os japoneses. Os Zeros que protegiam as embarcações tinham descido até quase o nível do mar para combater os atacantes da leva anterior. Assim, os bombardeiros se viram acima dos caças e puderam descer na direção deles contra o sol. Minutos depois, mais 18 bombardeiros Dauntless do *Yorktown* chegaram ao local. Um dos pilotos era Trixie.

O rádio explodiu com mensagens animadas. Chuck fechou os olhos e se concentrou para tentar destrinchar os sons distorcidos. Não conseguiu identificar a voz de Trixie.

Então, por trás das vozes, começou a ouvir o silvo característico de bombardeiros mergulhando. O ataque tinha começado.

De repente, pela primeira vez, ouviram-se gritos de triunfo dos pilotos.

– Peguei você, seu puto!

– Cacete, deu até para sentir a explosão!

– É isso aí, seus filhos da puta!

– Na mosca!

– Olhem só como eles queimam!

Os homens da sala de rádio comemoraram animados, mas não sabiam ao certo o que estava acontecendo.

Tudo terminou em poucos minutos, mas um relatório claro demorou a chegar. A alegria da vitória deixou os pilotos incoerentes. Aos poucos, à medida que eles se acalmavam e começavam a voltar aos porta-aviões, a situação se esclareceu.

Trixie Paxman estava entre os sobreviventes.

Como da vez anterior, a maioria de suas bombas tinha errado o alvo, mas umas dez haviam acertado em cheio, e essas poucas foram suficientes para causar danos enormes. Três imensos porta-aviões japoneses estavam pegando fogo: *Kaga*, *Soryu* e a nau capitânia, *Akagi*. O inimigo agora só tinha um único porta-aviões, o *Hiryu*.

– Três de quatro navios! – exultou Chuck. – E eles ainda nem chegaram perto dos nossos!

Mas isso logo mudou.

O almirante Fletcher despachou dez bombardeiros Dauntless à procura do último porta-aviões japonês. No entanto, o radar do *Yorktown* captou uma frota de aviões a oitenta quilômetros, provavelmente vinda do *Hiryu*, e se aproximando cada vez mais. Ao meio-dia, Fletcher despachou 12 Wildcats para enfrentar os aviões inimigos. O restante das aeronaves foi arrumado para não estar em posição vulnerável no convés quando o ataque começasse. Enquanto isso, as mangueiras de abastecimento do *Yorktown* foram enchidas com dióxido de carbono, como precaução anti-incêndio.

A frota de atacantes era formada por 14 "Vals", bombardeiros de mergulho Aichi D3A, e caças Zero de escolta.

É agora, pensou Chuck: minha primeira batalha. Sentiu ânsia de vômito. Engoliu com força.

Antes mesmo de os aviões japoneses aparecerem, a artilharia do *Yorktown* começou a disparar. O porta-aviões tinha quatro pares de grandes canhões antiaéreos, com canos de 12,5 centímetros de diâmetro capazes de lançar seus projéteis a vários quilômetros de distância. Depois de localizar a posição do inimigo com o auxílio do radar, os oficiais de artilharia dispararam uma salva de gigantescos projéteis de 25 quilos na direção dos aviões que se aproximavam, ajustando os timers para que eles explodissem ao atingir o alvo.

Os Wildcats subiram mais alto que os aviões inimigos e, segundo as informações transmitidas pelos pilotos no rádio, conseguiram derrubar seis bombardeiros e três caças.

Chuck correu até a ponte de comando com uma mensagem avisando que o restante da força de ataque estava a caminho. O almirante Fletcher respondeu, calmo:

– Bem, já pus meu capacete de metal... Não posso fazer mais nada.

Chuck olhou pela janela e viu os bombardeiros de mergulho surgirem zunindo no céu, vindo em sua direção num ângulo tão inclinado que pareciam estar despencando. Resistiu ao impulso de se jogar no chão.

O porta-aviões deu uma guinada repentina a bombordo, virando o leme ao máximo. Qualquer tentativa de fazer os aviões inimigos se desviarem da rota valia a pena.

O convés do *Yorktown* tinha também quatro Chicago Pianos – canhões antiaéreos menores, de curto alcance, com quatro canos cada um. Estes abriram fogo, e a artilharia dos cruzadores que escoltavam o porta-aviões fez o mesmo.

Enquanto Chuck olhava da ponte de comando, aterrorizado e sem poder fazer nada para se defender, um dos artilheiros do convés acertou a mira e atingiu um Val. O avião pareceu se partir em três pedaços. Dois deles caíram no mar e um terceiro foi se espatifar contra a lateral do navio. Então outro Val explodiu. Chuck vibrou.

Mas ainda restavam seis bombardeiros.

O *Yorktown* deu uma guinada brusca para estibordo.

Os Vals enfrentaram a barragem mortal da artilharia antiaérea do convés para perseguir o porta-aviões.

Quando chegaram mais perto, as metralhadoras localizadas nas passarelas de ambos os lados do convés de pouso também abriram fogo. As armas antiaéreas do *Yorktown* começaram a tocar uma sinfonia letal: os estrondos graves dos canhões de 12,5 centímetros, os sons médios dos canhões de quatro canos, os tiros acelerados das metralhadoras.

Chuck viu a primeira bomba cair.

Muitas bombas japonesas tinham um fusível de retardo. Em vez de explodir com o impacto, demoravam ainda um ou dois segundos. A ideia era que perfurassem o convés e fossem explodir bem no interior do navio, causando o maior estrago possível.

Mas essa bomba rolou pelo convés.

Tomado por um misto de fascínio e terror, Chuck não conseguiu desgrudar os olhos do artefato. Por alguns instantes, pareceu que a bomba talvez não fosse causar dano algum. Então ela explodiu com um estrondo e um clarão de fogo. Os dois canhões antiaéreos de quatro canos que ficavam na popa foram destruídos na mesma hora. Pequenos incêndios começaram no convés e nas torres.

Para assombro de Chuck, os homens à sua volta permaneceram tão calmos quanto se estivessem assistindo a uma simulação de guerra numa sala de reuniões. Mesmo cambaleando por causa do tremor do piso na ponte de comando, o almirante Fletcher continuou a gritar ordens. Instantes depois, equipes de controle de danos já corriam pelo convés de pouso com mangueiras de incêndio, enquanto maqueiros recolhiam os feridos e os carregavam por escadas de tombadilho muito íngremes para os postos médicos localizados no interior do navio.

Não houve nenhum incêndio de grandes proporções: o dióxido de carbono das mangueiras de abastecimento os evitara com sucesso. Tampouco havia no convés avião armado com bombas que pudesse explodir.

Instantes depois, outro Val desceu silvando em direção ao *Yorktown*, e uma bomba acertou a chaminé. A explosão fez o imenso porta-aviões balançar. Uma gigantesca cortina de fumaça preta oleosa se ergueu dos dutos. Chuck percebeu que a bomba devia ter danificado os motores, pois o navio perdeu velocidade de imediato.

Outras bombas erraram o alvo e foram cair no mar, levantando verdadeiros gêiseres que molhavam o convés, onde a água do mar se misturava ao sangue dos feridos.

O *Yorktown* foi perdendo velocidade até parar de vez. Então os japoneses acertaram uma terceira bomba, que entrou pelo elevador da proa e explodiu em algum lugar sob o convés.

De uma hora para outra, o confronto acabou, e os Vals sobreviventes subiram pelo límpido céu azul do Pacífico e desapareceram.

Ainda estou vivo, pensou Chuck.

O navio não estava perdido. Equipes de combate a incêndios começaram a trabalhar antes mesmo de os japoneses sumirem de vista. Sob o convés, os engenheiros afirmaram que haviam conseguido religar os boilers em menos de uma hora. Equipes de reparos remendaram o rombo no convés de pouso usando tábuas de pinho de 1,80m x 1,20m.

O equipamento de rádio, porém, fora destruído: agora o almirante Fletcher estava cego e surdo. Junto com seu Estado-Maior, ele se transferiu para o cruzador *Astoria* e passou o comando tático para o almirante Spruance, do *Enterprise*.

– Vá se foder, Vandermeier... Eu sobrevivi – disse Chuck entre dentes.

Mas ele cantou vitória antes do tempo.

Com um estremecimento, os motores tornaram a ganhar vida. Agora sob o comando do capitão Buckmaster, o *Yorktown* voltou a singrar as ondas do Pacífico. Alguns dos aviões que haviam decolado de seu convés já tinham ido se abrigar no *Enterprise*, mas outros continuavam no ar. Então o navio se virou na direção contrária à do vento, para que eles começassem a pousar para reabastecer. Como o porta-aviões não tinha mais rádio, Chuck e seus colegas viraram uma equipe de sinalização, e passaram a se comunicar com os outros navios usando bandeiras antiquadas.

Às duas e meia, o radar de um cruzador que escoltava o *Yorktown* detectou aviões se aproximando pelo oeste – provavelmente uma frota de ataque vinda do *Hiryu*. O cruzador transmitiu a informação para o porta-aviões. Buckmaster despachou 12 Wildcats para interceptar os japoneses.

Mas os caças não devem ter conseguido deter o ataque, pois dez torpedeiros sugiram no mar, avançando por entre as ondas e seguindo, certeiros, em direção ao *Yorktown*.

Chuck pôde ver os aviões com nitidez. Eram Nakagimas B5N, que os americanos chamavam de Kates. Cada um deles transportava, preso sob a fuselagem, um torpedo com quase metade do comprimento da própria aeronave.

Os quatro cruzadores pesados que escoltavam o porta-aviões começaram a fazer disparos no mar, levantando uma barreira de água e espuma, mas os pilotos japoneses não se deixaram deter com tanta facilidade, e passaram direto por esse obstáculo.

Chuck viu o primeiro deles soltar seu torpedo. O projétil comprido caiu na água, com a ponta virada para o *Yorktown*.

O avião passou pelo navio chispando, tão perto que Chuck pôde ver a cara do piloto. Além do capacete, ele também usava uma bandana vermelha e branca na cabeça. Num gesto de triunfo, agitou o punho fechado para a tripulação no convés. Então desapareceu.

Outros aviões passaram rugindo. Torpedos eram lentos, e às vezes os navios conseguiam se esquivar, mas o avariado *Yorktown* era grande demais para navegar em zigue-zague. Um tremendo baque se fez ouvir, sacudindo o porta-aviões: torpedos também eram bem mais potentes do que bombas normais. Chuck teve a impressão de que haviam sido atingidos na popa, a bombordo. Uma segunda explosão veio logo depois, e dessa vez chegou a levantar o navio, jogando no chão metade da tripulação que estava no convés. Então, os potentes motores ratearam.

Novamente, as equipes de reparos começaram a trabalhar antes mesmo de os aviões inimigos desaparecerem. Dessa vez, porém, não conseguiram dar conta das avarias. Chuck foi se juntar às equipes que operavam as bombas-d'água e viu que o casco de aço do imenso porta-aviões estava rasgado como uma lata de conservas. Uma cachoeira de água do mar entrava pelo rombo. Em poucos minutos, Chuck sentiu que o convés havia se inclinado. O *Yorktown* estava adernando a bombordo.

As bombas não conseguiram conter o fluxo de água, sobretudo porque os compartimentos estanques da embarcação tinham sido danificados no mar de Coral e não puderam ser consertados durante os reparos feitos às pressas no estaleiro.

Quanto tempo o porta-aviões demoraria para naufragar?

Às três da tarde, Chuck ouviu a ordem:

– Abandonar navio!

Marinheiros lançaram cordas por cima da alta amurada do convés inclinado. No hangar, tripulantes puxaram fios para liberar milhares de coletes salva-vidas de compartimentos no teto, fazendo-os cair como uma chuva. As embarcações que formavam a escolta do porta-aviões se aproximaram e soltaram seus botes. A tripulação do *Yorktown* tirou os sapatos e começou a se atropelar para pular a amurada. Por algum motivo, deixaram os sapatos arrumados no convés em fileiras perfeitas, centenas de pares, como uma espéce de sacrifício ritual. Feridos eram baixados em macas para baleeiras que aguardavam no mar. Chuck se viu dentro d'água, nadando o mais rápido que podia para se afastar do *Yorktown* antes que ele emborcasse. Uma onda o pegou de surpresa e levou sua boina. Ele agradeceu o fato de aquele oceano ser o Pacífico, cujas águas eram quentes. No Atlântico, poderia ter morrido de frio enquanto esperava o resgate.

Foi recolhido por um bote salva-vidas, que seguiu pegando outros marinheiros. Dezenas de outros botes faziam o mesmo. Muitos homens desciam do convés principal, mais baixo do que o convés de pouso. Inexplicavelmente, o *Yorktown* conseguiu permanecer na vertical.

Quando toda a tripulação estava em segurança, eles foram acolhidos a bordo das embarcações que formavam a escolta do porta-aviões.

Chuck ficou em pé no convés, olhando para a água, enquanto o sol caía atrás do *Yorktown* e o navio afundava lentamente. Ocorreu-lhe que, durante o dia inteiro, ele não vira uma embarcação japonesa sequer. Toda a batalha fora travada no ar. Pensou se aquela teria sido a primeira batalha naval de um novo tipo. Nesse caso, os porta-aviões seriam as embarcações mais importantes do futuro. Nenhuma outra teria muita relevância.

Trixie Paxman apareceu ao seu lado. Chuck ficou tão feliz por ver o amigo vivo que o abraçou.

O piloto lhe contou que a última frota de bombardeiros de mergulho Dauntless que decolara do *Enterprise* e do *Yorktown* tinha conseguido incendiar e destruir o *Hiryu*, último porta-aviões japonês.

– Quer dizer que todos os porta-aviões japoneses estão fora de combate? – perguntou Chuck.

– Sim. Nós pegamos todos eles, e só perdemos um dos nossos.

– Então nós ganhamos? – continuou Chuck.

– Sim – respondeu Trixie. – Acho que sim.

V

Depois da batalha de Midway, ficou claro que a guerra no Pacífico seria vencida por aviões transportados em navios. Tanto o Japão quanto os Estados Unidos deram início a programas para construir porta-aviões o mais rápido possível.

Em 1943 e 1944, o Japão fabricou sete imensas e caras embarcações desse tipo.

No mesmo período, os Estados Unidos fabricaram noventa.

CAPÍTULO TREZE

1942 (II)

A enfermeira-chefe Carla von Ulrich entrou na sala de material empurrando um carrinho e fechou a porta atrás de si.

Tinha que agir depressa. Se fosse flagrada, poderia ser mandada para um campo de concentração.

Pegou dentro de um armário vários curativos diferentes, um rolo de atadura e um pote de creme antisséptico. Então destrancou o gabinete de remédios. Separou morfina para aliviar a dor, sulfonamida para combater infecções e aspirina para baixar a febre. Pegou também uma seringa hipodérmica nova, na embalagem.

Ao longo de algumas semanas, já havia falsificado os registros para fazer parecer que o que estava roubando tinha sido usado de forma legítima. Fizera isso antes de pegar as coisas, para que qualquer verificação pontual revelasse excesso de material – sugerindo um mero descuido –, não falta dele, que indicaria roubo.

Já fizera tudo isso duas vezes, mas ainda sentia o mesmo medo.

Ao empurrar o carrinho para fora da sala, torceu para que parecesse inocente: uma enfermeira transportando material médico até o leito de um paciente.

Entrou na enfermaria. Para sua consternação, viu que o Dr. Ernst estava ali, sentado junto a um leito, medindo o pulso de um doente.

Todos os médicos deveriam estar almoçando.

Agora era tarde para mudar de ideia. Tentando adotar uma expressão de confiança, que era o oposto do que realmente sentia, levantou a cabeça bem alto e passou pelo meio da enfermaria, empurrando o carrinho.

O Dr. Ernst ergueu os olhos e sorriu.

Berthold Ernst era o sonho de todas as enfermeiras. Cirurgião de talento, de modos afáveis, era alto, bonito e solteiro. Segundo os boatos do hospital, já saíra com a maioria das enfermeiras bonitas e fora para a cama com muitas delas.

Carla meneou a cabeça para o médico e passou depressa.

Empurrou o carrinho para fora da enfermaria e então fez uma curva repentina, entrando no vestiário das enfermeiras.

Sua capa de chuva estava pendurada num gancho. Debaixo dela, uma cesta de compras continha um velho lenço de seda, um repolho e uma caixa de toalhas higiênicas dentro de um saco de papel pardo. Carla esvaziou a cesta e transferiu rapidamente o material médico do carrinho para o saco. Escondeu-o com o lenço, um modelo de estampa geométrica azul e dourada que sua mãe devia ter comprado nos anos 1920. Pôs o repolho e as toalhas higiênicas por cima, pendurou a cesta num gancho e arrumou a capa de modo a cobri-la.

Consegui, pensou. Percebeu que estava tremendo um pouco. Respirou fundo, controlou-se, abriu a porta – e deu de cara com o Dr. Ernst em pé do lado de fora.

Será que ele a havia seguido? Estaria prestes a acusá-la de roubo? No entanto, seu comportamento não era hostil; na verdade, ele parecia simpático. Talvez ela tivesse mesmo conseguido.

– Boa tarde, doutor – falou. – Posso ajudá-lo em alguma coisa?

Ele sorriu.

– Como vai, enfermeira Von Ulrich? Tudo está correndo bem?

– Sim, perfeitamente, eu acho. – A culpa a fez completar a resposta com uma frase aduladora: – Mas quem deve dizer se as coisas estão correndo bem é o senhor, doutor.

– Ah, não tenho do que reclamar – disse ele, com naturalidade.

Então que história é essa?, pensou Carla. Será que ele só está brincando comigo, adiando sadicamente a hora de me acusar?

Não disse nada, mas ficou esperando, tentando não tremer de tão nervosa.

O Dr. Ernst baixou os olhos para o carrinho.

– Por que trouxe isso para o vestiário?

– Queria pegar uma coisa – respondeu ela, improvisando. – No bolso da minha capa. – Tentou reprimir o tremor de medo na voz. – Um lenço. – Pare de tagarelar, disse ela a si mesma. Ele é médico, não agente da Gestapo. Mas a assustava do mesmo jeito.

Ele pareceu achar graça, como se o fato de ela estar nervosa fosse divertido.

– E o carrinho?

– Vou pôr de volta no lugar.

– Organização é fundamental. E uma enfermeira tão boa como a senhorita... Fräulein Von Ulrich... ou será Frau?

– Fräulein.

– Deveríamos conversar mais.

A forma como ele sorriu deixou claro que aquilo não tinha nada a ver com roubo de material médico. Ele estava prestes a convidá-la para sair. Caso ela aceitasse, seria alvo da inveja de dezenas de outras enfermeiras.

Mas Carla não tinha o menor interesse no doutor. Talvez por ter se apaixonado por um libertino cheio de estilo, Werner Franck, e ele ter se revelado um covarde egoísta. Deduzia que Berthold Ernst fosse parecido.

No entanto não queria correr o risco de contrariá-lo, por isso apenas sorriu, sem dizer nada.

– A senhorita gosta de Wagner? – perguntou ele.

Ela podia ver aonde aquela conversa iria chegar.

– Não tenho tempo para música – respondeu, firme. – Eu cuido da minha mãe idosa. – Na verdade, Maud tinha 51 anos e uma saúde perfeita.

– Tenho dois ingressos para um recital amanhã à noite. Vão tocar o *Idílio de Siegfried*.

– Música de câmara! – comentou ela. – Que raro. – A maior parte da obra de Wagner era mais grandiosa.

O médico pareceu satisfeito.

– Estou vendo que entende de música.

Ela desejou não ter dito aquilo. Só servira para incentivá-lo.

– Minha família é bem musical... minha mãe dá aulas de piano.

– Neste caso, a senhorita deveria vir. Tenho certeza de que alguém pode ficar com sua mãe por uma noite.

– Não dá mesmo – respondeu Carla. – Mas muito obrigada pelo convite.

Ela viu uma expressão de raiva nos olhos dele: o médico não estava acostumado a ser rejeitado. Virou-se para começar a empurrar o carrinho para fora do vestiário.

– Uma outra vez, quem sabe? – disse ele enquanto ela saía.

– O senhor é muito gentil – retrucou ela sem diminuir o passo.

Teve medo de que ele a seguisse, mas a resposta ambígua à sua última pergunta pareceu fazê-lo desistir. Quando ela olhou por cima do ombro, ele já havia ido embora.

Ela guardou o carrinho e conseguiu respirar melhor.

Voltou a seus afazeres. Verificou todos os pacientes de sua enfermaria e atualizou os prontuários. Então chegou a hora de passar o plantão para a equipe da noite.

Vestiu sua capa de chuva e pendurou a cesta no braço. Agora precisava sair do prédio levando o material que tinha roubado, e seu medo tornou a aumentar.

Frieda Franck estava indo embora na mesma hora, e as duas saíram juntas. Sua amiga não fazia a menor ideia de que Carla estava contrabandeando material. Elas seguiram até a parada do bonde sob o sol do mês de junho. Carla só usava a capa para manter o uniforme limpo.

Acreditava estar passando uma impressão convincente de normalidade até Frieda lhe perguntar:

– Está preocupada com alguma coisa?

– Não, por quê?

– Você parece nervosa.

– Estou bem. – Para mudar de assunto, apontou para um cartaz. – Olhe só aquilo.

O governo tinha inaugurado uma exposição no Lustgarten, o parque que ficava em frente à catedral de Berlim. "Paraíso Soviético" era o título irônico da mostra que retratava a vida sob o regime comunista, qualificando o bolchevismo de truque dos judeus e os russos de eslavos sub-humanos. No entanto, os nazistas não estavam mais alcançando todos os seus objetivos, e alguém tinha percorrido a cidade colando um cartaz fictício que dizia:

Instalação Permanente
O PARAÍSO NAZISTA
Guerra Fome Mentiras Gestapo
Por quanto tempo ainda?

Um desses cartazes estava pregado no abrigo da parada do bonde, e Carla sentiu uma onda de satisfação.

– Quem será que cola esses cartazes? – perguntou.

Frieda deu de ombros.

– Seja quem for, são pessoas de coragem – comentou Carla. – Se fossem pegos, seriam mortos. – Então se lembrou do que trazia na cesta. Ela também seria morta caso fosse pega.

– Com certeza – respondeu Frieda.

Dessa vez foi sua amiga que pareceu um pouco nervosa. Seria ela uma das pessoas que colavam aqueles cartazes? Era pouco provável. Mas talvez seu namorado Heinrich fosse. Ele era bastante impetuoso e idealista, propenso a fazer esse tipo de coisa.

– Como vai Heinrich? – perguntou Carla.

– Ele quer se casar.

– E você, não?

Frieda baixou a voz:

– Não quero ter filhos. – Era um comentário subversivo: as moças supostamente deveriam, de boa vontade, produzir filhos para o Führer. Frieda meneou a cabeça para o cartaz ilegal. – Não gostaria de trazer uma criança para este paraíso.

– Acho que eu também não – concordou Carla. Talvez por isso houvesse recusado o convite do Dr. Ernst.

Um bonde chegou, e as duas subiram. Carla pousou a cesta no colo de modo casual, como se esta não contivesse nada mais suspeito que um repolho. Examinou os outros passageiros. Ficou aliviada por não ver ninguém de uniforme.

– Venha comigo até minha casa – disse Frieda. – Vamos ouvir jazz. Podemos pôr os discos de Werner.

– Adoraria, mas não posso – respondeu Carla. – Tenho que dar um telefonema. Você se lembra da família Rothmann?

Frieda olhou em volta, cautelosa. Rothmann podia ou não ser um nome judeu. Mas ninguém estava por perto para escutá-las.

– É claro. Ele era nosso médico.

– Ele não deveria mais exercer a profissão. Eva Rothmann foi para Londres antes da guerra e se casou com um soldado escocês. Mas os pais dela, é claro, não conseguem sair da Alemanha. O filho deles, Rudi, fabricava violinos... Parece que era um mestre nisso. Só que perdeu o emprego e agora conserta instrumentos e afina pianos. – Ele ia à casa dos Von Ulrich quatro vezes por ano para afinar o Steinway de cauda. – Enfim, eu disse que passaria hoje à noite para lhes fazer uma visita.

– Ah – respondeu Frieda. Era o "ah" longo de quem tinha acabado de entender alguma coisa.

– Ah, o quê? – indagou Carla.

– Agora percebo por que você está segurando essa cesta como se contivesse o Santo Graal.

Carla ficou pasma. Frieda tinha descoberto o seu segredo!

– Como você sabe?

– Você disse que ele não *deveria* praticar. Dando a entender que ele ainda pratica.

Carla se deu conta de que havia denunciado o Dr. Rothmann. Deveria ter dito que ele não podia praticar. Felizmente, só revelara o segredo a Frieda.

– O que mais ele poderia fazer? – indagou. – As pessoas batem à sua porta implorando ajuda. Ele não pode mandar os doentes embora! Não que ganhe algum dinheiro com isso... Todos os seus pacientes são judeus ou pobres, e lhe pagam com umas poucas batatas ou um ovo.

– Não precisa defendê-lo para mim – disse Frieda. – Eu o considero corajoso. E você é uma verdadeira heroína por roubar material do hospital e levar para ele. É a primeira vez?

Carla fez que não com a cabeça.

– Terceira. Mas me sinto uma tola por ter deixado você descobrir.

– Você não é tola. É que eu a conheço bem demais.

O bonde se aproximou do ponto de Carla.

– Deseje-me sorte – pediu ela, e desceu.

Ao entrar em casa, ouviu notas hesitantes vindas do piano que ficava no andar de cima. Maud estava com um aluno. Carla ficou contente. Dar aulas alegrava sua mãe e lhe rendia algum dinheiro.

Ela tirou a capa de chuva e entrou na cozinha para cumprimentar Ada. Quando Maud havia anunciado que não podia mais pagar seu salário, a criada perguntara se poderia ficar mesmo assim. Agora tinha um emprego à noite, como faxineira num escritório, e trabalhava na casa dos Von Ulrich em troca de casa e comida.

Carla tirou os sapatos debaixo da mesa e esfregou os pés um no outro para aliviar a dor. Ada lhe preparou uma xícara de Ersatz.

Maud entrou na cozinha com os olhos brilhando.

– Um aluno novo! – falou. Mostrou a Carla um maço de notas. – E ele quer ter uma aula por dia!

Maud o deixara treinando escalas, e seu dedilhar de iniciante ecoava ao fundo como se um gato estivesse andando sobre o teclado.

– Que ótimo – comentou Carla. – Quem é?

– Um nazista, claro. Mas precisamos do dinheiro.

– Qual é o nome dele?

– Joachim Koch. É bem jovem e tímido. Se conhecê-lo, por favor morda a língua e seja educada.

– Claro.

Maud saiu da cozinha.

Carla bebeu com gosto o arremedo de café. Como quase todo mundo, já tinha se acostumado com o sabor de cereais queimados.

Passou alguns minutos batendo papo com Ada. A criada, outrora rechonchuda, estava magra. Poucas pessoas eram gordas na Alemanha desses tempos. Mas havia algo errado com ela. A morte de Kurt, seu filho deficiente, fora um golpe e tanto. Ada tinha um aspecto letárgico. Era competente no que fazia, mas depois passava horas sentada olhando pela janela, com uma expressão vazia. Carla tinha carinho por ela e podia sentir sua angústia, mas não sabia como ajudá-la.

O som do piano cessou e, pouco depois, Carla ouviu duas vozes no hall de entrada, a da mãe e a de um homem. Supôs que Maud estivesse acompanhando Herr Koch até a porta. Instantes depois, ficou horrorizada ao vê-la entrar na cozinha seguida de perto por um homem vestido com um impecável uniforme de tenente.

– Esta aqui é minha filha – apresentou Maud, alegre. – Carla, este é o tenente Koch, meu novo aluno.

Koch era um rapaz atraente, de 20 e poucos anos, e parecia tímido. Tinha um bigode louro que fez Carla se lembrar das fotos do pai quando jovem.

Seu coração disparou de medo. A cesta com o material médico roubado estava em cima da cadeira da cozinha ao seu lado. Será que ela sem querer revelaria seu segredo para o tenente Koch, do mesmo jeito que fizera com Frieda?

Quase não conseguiu falar.

– Pr-pr-prazer em conhecê-lo – articulou, por fim.

Maud olhou para a filha com um ar curioso, surpresa por vê-la tão nervosa. Queria apenas que Carla fosse simpática com seu novo aluno, na esperança de que ele continuasse com as aulas. Não via mal nenhum em convidar um oficial do Exército para entrar em sua cozinha. Nem desconfiava que Carla estivesse carregando material roubado na cesta de compras.

Koch fez uma mesura formal e disse:

– O prazer é todo meu.

– E esta é Ada.

Ela lançou ao tenente um olhar hostil, mas ele não percebeu: não reparava em criadas. Apoiou o peso do corpo em uma das pernas e postou-se meio de lado, tentando parecer à vontade, mas passando a impressão contrária.

Koch se comportava como se fosse mais jovem. Tinha um ar inocente que sugeria uma criança superprotegida. Mesmo assim, era uma ameaça.

Mudando de posição, ele apoiou as mãos no encosto da cadeira sobre a qual Carla havia posto a cesta.

– Estou vendo que a senhorita é enfermeira – falou.

– Sim.

Carla tentou pensar com calma. Será que Koch tinha alguma ideia sobre quem eram os Von Ulrich? Talvez fosse jovem demais para saber o que era um social-democrata. Já fazia nove anos que o partido era ilegal. E era possível que a infâmia da família tivesse sido esquecida com a morte de Walter. Koch parecia considerá-las uma família alemã respeitável, que só era pobre porque havia perdido o homem que a sustentava, situação na qual se encontravam muitas mulheres bem-criadas.

Não havia motivo algum para que ele olhasse o que havia na cesta.

Carla forçou-se a ser agradável.

– Como está se saindo no piano?

– Acho que estou progredindo depressa! – Ele olhou de relance para Maud. – Pelo menos é o que diz minha professora.

– Ele já mostrou que tem talento, mesmo no começo – disse Maud.

Ela sempre dizia isso para incentivar os alunos a pagarem uma segunda aula. No entanto, Carla achou que a mãe estava sendo mais encantadora do que de hábito. É claro que Maud tinha o direito de flertar; já fazia mais de um ano que era viúva. Mas não era possível que tivesse algum interesse romântico por um homem com metade da sua idade.

– Mas resolvi não contar nada aos meus amigos antes de ter dominado o instrumento – prosseguiu Koch. – Depois poderei surpreendê-los com meu talento.

– Que divertido vai ser! – disse Maud. – Por favor, tenente, sente-se. Se tiver alguns minutos. – Ela apontou para a cadeira sobre a qual estava a cesta.

Carla estendeu a mão para pegá-la, mas Koch foi mais rápido. Ergueu a cesta dizendo:

– Permita-me. – Olhou rapidamente para o conteúdo. – Seu jantar, imagino? – comentou ao ver o repolho.

– Sim – respondeu Carla. Sua voz saiu como um guincho.

Koch se acomodou na cadeira e pousou a cesta no chão aos seus pés, do lado mais distante de Carla.

– Sempre imaginei que pudesse ter talento musical. Agora decidi que é hora de averiguar se isso é verdade. – Ele cruzou e descruzou as pernas.

Carla se perguntou por que ele estava tão nervoso. Não tinha nada a temer. Ocorreu-lhe que talvez o nervosismo fosse de cunho sexual. Ele estava sozinho com três mulheres solteiras. O que estaria lhe passando pela cabeça?

Ada pôs uma xícara de café sobre a mesa diante do tenente. Ele pegou cigarros. Fumava como um adolescente, como se estivesse experimentando. Ada lhe deu um cinzeiro.

– O tenente Koch trabalha no Ministério da Guerra, na Bendlerstrasse – disse Maud.

– Isso mesmo!

Era lá que ficava a sede do Estado-Maior. Seria mesmo melhor que Koch não falasse a ninguém do ministério sobre as aulas de piano. Aquele prédio abrigava todos os grandes segredos das Forças Armadas alemãs. Ainda que o próprio Koch não soubesse, alguns de seus colegas talvez se lembrassem de que Walter von Ulrich tinha sido antinazista. E isso seria o fim das aulas de piano com Frau Von Ulrich.

– É um grande privilégio trabalhar lá – acrescentou o tenente.

– Meu filho está na Rússia – disse Maud. – Estamos mortas de preocupação.

– Nada mais natural quando se é mãe, claro – respondeu Koch. – Mas não seja pessimista, por favor! A recente contraofensiva russa foi fortemente repelida.

Isso era mentira. A máquina de propaganda do regime não conseguia esconder o fato de que os russos tinham vencido a batalha de Moscou e obrigado os alemães a recuar mais de 150 quilômetros.

– Agora estamos em condições de retomar nosso avanço – prosseguiu o tenente.

– Tem certeza? – Maud tinha uma expressão ansiosa, e Carla sentia a mesma coisa. O temor do que poderia acontecer com Erik as torturava.

Koch tentou abrir um sorriso de quem sabe das coisas.

– Frau Von Ulrich, pode acreditar em mim: eu tenho certeza. Naturalmente não posso revelar tudo o que sei. No entanto, posso lhe garantir que uma nova e muito agressiva operação está sendo planejada.

– Claro. Estou certa de que nossos soldados têm tudo de que precisam: comida suficiente, essas coisas. – Ela pousou a mão no braço de Koch. – Mesmo assim, fico preocupada. Sei que não deveria dizer isto, tenente, mas sinto que posso confiar no senhor.

– É claro que pode.

– Há meses não tenho notícias do meu filho. Não sei se ele está vivo ou morto.

Koch levou a mão ao bolso para pegar um lápis e um bloco de notas.

– Com certeza posso descobrir para a senhora – falou.

– Pode mesmo? – perguntou Maud com os olhos arregalados.

Carla pensou que talvez fosse esse o motivo do flerte.

– Ah, sim – respondeu Koch. – Faço parte do Estado-Maior, a senhora sabe... mesmo que meu cargo seja humilde. – Ele tentou aparentar modéstia. – Posso perguntar sobre...

– Erik.

– Erik von Ulrich.

– Seria maravilhoso. Ele é ordenança médico. Estava estudando medicina, mas ficou impaciente para lutar pelo Führer.

Isso era verdade. Erik era um nazista fervoroso – embora suas últimas cartas para casa tivessem demonstrado um tom mais brando.

Koch anotou o nome.

– O senhor é um homem maravilhoso, tenente Koch – disse Maud.

– Não por isso.

– Fico tão feliz que estejamos prestes a contra-atacar no front oriental... Mas o senhor não deve me dizer quando esse ataque vai começar. Mesmo que eu esteja desesperada para saber.

Maud estava tentando obter informações. Carla não entendeu por quê. Sua mãe não teria como usá-las.

Koch baixou a voz, como se um espião pudesse ouvi-lo pela janela aberta da cozinha.

– Será muito em breve – falou.

Então correu os olhos pelas três mulheres. Carla viu que ele estava se deleitando com a atenção que recebia. Talvez fosse raro ter mulheres sorvendo suas palavras daquele jeito. Para prolongar o instante, ele arrematou:

– A Operação Azul vai começar muito em breve.

Maud olhou para ele, e seus olhos chisparam.

– Operação Azul... que emocionante! – falou, com o mesmo tom que uma mulher usaria se um homem a convidasse para passar uma semana no Ritz de Paris.

– No dia 28 de junho – sussurrou ele.

Maud levou a mão ao peito.

– Mas já? Que notícia maravilhosa.

– Eu não deveria ter dito nada.

Maud cobriu a mão do tenente com a sua.

– Mas estou muito feliz que tenha dito. O senhor me fez sentir muito melhor.

Koch ficou encarando a mão dela. Carla percebeu que o tenente não estava acostumado a ser tocado por mulheres. Ele ergueu os olhos da mão de Maud para seus olhos. A mãe abriu um sorriso caloroso – tão caloroso que Carla quase não acreditou que fosse completamente falso.

Maud retirou a mão. Koch apagou o cigarro e se levantou.

– Preciso ir andando – falou.

Graças a Deus, pensou Carla.

Ele se inclinou para ela.

– Prazer em conhecê-la, Fräulein.

– Até logo, tenente – respondeu Carla, indiferente.

Maud o acompanhou até a porta dizendo:

– Amanhã à mesma hora, então.

Ao voltar para a cozinha, falou:

– Que achado! Um menino bobo que trabalha no Estado-Maior!

– Não entendo por que você está tão entusiasmada – disse Carla.

– Ele é muito bonito – comentou Ada.

– Ele nos deu informações secretas! – continuou Maud.

– E de que elas nos servem? – desdenhou Carla. – Não somos espiãs.

– Agora sabemos a data da próxima contraofensiva. Com certeza podemos dar um jeito de informar os russos.

– Não sei como.

– Dizem que estamos cercados por espiões.

– Isso não passa de propaganda. Tudo que dá errado é atribuído à subversão de agentes secretos judeus-bolcheviques, e não à imperícia dos nazistas.

– Mas deve haver alguns espiões de verdade.

– E como entraríamos em contato com eles?

Sua mãe pareceu refletir um pouco.

– Eu falaria com Frieda.

– Por que está dizendo isso?

– Intuição.

Carla se lembrou daquele instante na parada do bonde, quando fizera um comentário sobre quem pregava os cartazes antinazistas e Frieda havia ficado calada. Tinha a mesma intuição da mãe.

Mas esse não era o único problema.

– Mesmo se conseguíssemos, queremos trair nosso país?

A resposta de Maud foi enfática:

– Precisamos derrotar os nazistas.

– Detesto os nazistas mais do que qualquer pessoa, mas continuo sendo alemã.

– Entendo o que você está dizendo. Não gosto da ideia de me tornar uma traidora, mesmo tendo nascido na Inglaterra. Mas só vamos nos livrar dos nazistas se perdermos a guerra.

– Mas imagine que déssemos um jeito de transmitir aos russos informações que garantissem a derrota alemã. Erik poderia morrer nessa batalha! Seu filho... meu irmão! Nós poderíamos ser responsáveis pela morte dele.

Maud abriu a boca para responder, mas não conseguiu falar. Em vez disso, começou a chorar. Carla se levantou e abraçou a mãe.

Um minuto depois, Maud sussurrou:

– Ele pode morrer de qualquer forma. Pode morrer lutando pelo nazismo. Melhor que seja perdendo uma batalha do que ganhando.

Carla não tinha tanta certeza.

Ela soltou a mãe.

– De toda forma, gostaria que você me avisasse antes de trazer uma pessoa assim para dentro da cozinha – falou, pegando a cesta do chão. – Foi uma sorte o tenente Koch não ter examinado isto aqui mais a fundo.

– Por quê? O que há dentro dessa sua cesta?

– Remédios para o Dr. Rothmann, roubados do hospital.

Maud deu um sorriso orgulhoso por entre as lágrimas.

– Essa é a minha menina!

– Quase morri quando ele pegou a cesta.

– Desculpe.

– Você não tinha como saber. Mas vou me livrar destas coisas agora mesmo.

– Boa ideia.

Carla tornou a vestir a capa por cima do uniforme e saiu.

Andou rapidamente até a rua em que os Rothmann moravam. A casa não era tão grande quanto a dos Von Ulrich, mas era uma residência urbana de boas proporções, com cômodos agradáveis. As janelas, porém, estavam fechadas com tábuas, e uma placa grosseira na porta informava: "Consultório fechado".

Os Rothmann já haviam sido uma família próspera. O Dr. Rothmann tinha um bem-sucedido consultório, com muitos pacientes ricos. Também atendia os pobres por preços mais módicos. Agora, porém, restavam apenas os pobres.

Carla deu a volta até os fundos, como faziam os pacientes.

Na mesma hora percebeu que havia algo errado. A porta estava aberta e, quando entrou na cozinha, viu um violão com o braço quebrado caído no chão de ladrilhos. Não havia ninguém ali, mas ela ouviu ruídos vindos de outro lugar da casa.

Atravessou a cozinha e chegou ao hall de entrada. Havia dois cômodos principais no térreo. Antigamente, eram a sala de espera e a de consultas. Agora, a primeira estava disfarçada de sala de estar; e a segunda fora transformada em ateliê para Rudi: uma bancada, ferramentas para trabalhar a madeira e meia dúzia de bandolins, violinos e violoncelos em estágios variados de conserto. Os equipamentos médicos costumavam ficar guardados em armários trancados, escondidos.

Só que não mais, constatou Carla ao entrar.

Os armários tinham sido abertos; e seu conteúdo, jogado para fora. O chão estava coalhado de vidro quebrado e comprimidos, pós e líquidos diversos. Em meio aos destroços, Carla viu um estetoscópio e um medidor de pressão. Partes de vários instrumentos estavam espalhadas, obviamente derrubadas da mesa e pisoteadas.

Carla sentiu choque e repulsa. Quanto desperdício!

Então espiou dentro do outro cômodo. Rudi Rothmann estava caído num canto. Era um rapaz de 22 anos, alto, de porte atlético. Tinha os olhos fechados e gemia de dor.

Hannelore, sua mãe, estava ajoelhada ao seu lado. Outrora uma loura atraente, Hannelore agora estava grisalha e magra.

– O que houve? – perguntou Carla, temendo a resposta.

– A polícia – respondeu Hannelore. – Eles acusaram meu marido de tratar pacientes arianos. Levaram-no embora. Rudi tentou impedi-los de destruir tudo. Eles... – Ela engasgou.

Carla pousou a cesta no chão e foi se ajoelhar ao lado de Hannelore.

– O que eles fizeram?

Hannelore recuperou a voz:

– Quebraram as mãos dele.

Foi então que Carla viu. As mãos de Rudi estavam vermelhas e terrivelmente deformadas. A polícia parecia ter quebrado seus dedos um a um. Não era de espantar que ele estivesse gemendo. Carla ficou enjoada. No entanto, via horrores como aquele todos os dias, e sabia reprimir os próprios sentimentos para prestar auxílio prático.

– Ele precisa de morfina – falou.

Hannelore apontou para a bagunça no chão.

– Se tínhamos alguma, não temos mais.

Carla sentiu uma onda de raiva. Até mesmo os hospitais estavam trabalhando com estoques limitados, e ainda assim a polícia tinha desperdiçado remédios preciosos numa orgia de destruição.

– Eu trouxe morfina.

Ela pegou na cesta uma ampola de líquido transparente e a seringa nova. Com gestos rápidos, tirou a seringa da caixa e a encheu com o líquido. Então aplicou a morfina em Rudi.

O efeito foi quase instantâneo. Os gemidos cessaram. Ele abriu os olhos e olhou para Carla.

– Você é um anjo – falou. Então fechou os olhos e pareceu adormecer.

– Temos que tentar pôr os dedos dele no lugar – disse Carla. – Para os ossos se calcificarem na posição certa.

Ela tocou a mão esquerda de Rudi. Não houve reação. Segurou a mão e a levantou. O rapaz continuou sem se mexer.

– Nunca consertei ossos na vida – disse Hannelore. – Mas já vi isso ser feito várias vezes.

– Eu também – disse Carla. – Mas é melhor tentarmos. Eu faço a mão esquerda, e a senhora cuida da direita. Temos que terminar antes que o efeito do remédio passe. Deus bem sabe que ele já vai sentir dor suficiente.

– Está bem – concordou Hannelore.

Carla ainda aguardou mais alguns instantes. Sua mãe tinha razão. Elas precisavam fazer tudo o que pudessem para pôr fim àquele regime, mesmo que isso significasse trair seu país. Não tinha mais dúvida alguma em relação a isso.

– Vamos lá – falou.

Com muita delicadeza e cuidado, as duas começaram a endireitar as mãos quebradas de Rudi.

II

Toda sexta-feira à tarde, Thomas Macke ia ao bar Tannenberg.

O lugar não era lá grande coisa. Numa das paredes havia a fotografia emoldurada do proprietário, Fritz, 25 anos mais jovem e sem a barriga de cerveja, usando um uniforme da Primeira Guerra Mundial. Ele alegava ter matado nove russos na batalha de Tannenberg. O bar tinha poucas mesas e cadeiras, mas todos os clientes regulares se sentavam ao balcão. O cardápio com capa de couro era quase todo fictício: os únicos pratos servidos eram linguiça com batata ou linguiça sem batata.

No entanto, o bar ficava em frente à delegacia de Kreuzberg, e por isso era muito frequentado por policiais. Isso significava que o estabelecimento podia infringir todas as regras. A jogatina corria solta, prostitutas faziam sexo oral nos banheiros e os inspetores de saúde da prefeitura de Berlim jamais entravam na cozinha. O bar abria quando Fritz acordava e fechava quando o último cliente ia para casa.

Anos atrás, antes de os nazistas assumirem o poder e darem uma chance a homens como ele, Macke era um modesto funcionário da delegacia de Kreuzberg. Alguns de seus ex-colegas ainda bebiam no Tannenberg, e ele podia ter certeza de cruzar com um ou dois rostos conhecidos. Ainda gostava de conversar com velhos amigos, embora agora estivesse bem acima deles na carreira, uma vez que se tornara inspetor e membro da SS.

– Você se saiu bem, Thomas, ninguém pode negar – comentou Bernhardt Engel, que, em 1932, era o sargento superior a Macke na delegacia e até hoje mantinha a mesma patente. – Boa sorte, filho – disse, levando aos lábios a caneca de cerveja que Macke lhe trouxera.

– Não vou discordar – retrucou Macke. – Mas posso dizer que o superintendente Kringelein é bem pior como chefe do que você.

– Eu era muito molenga com os rapazes – reconheceu Bernhardt.

Outro ex-colega, Franz Edel, riu com sarcasmo.

– Eu não diria exatamente molenga!

Olhando pela janela, Macke viu uma moto encostar em frente ao bar, conduzida por um rapaz que usava o casaco azul-claro curto com cinto de um oficial da Aeronáutica. O jovem lhe pareceu conhecido: Macke já o vira em algum lugar. Tinha cabelos ruivos, meio compridos demais, que caíam sobre uma testa aristocrática. Ele atravessou a calçada e entrou no Tannenberg.

Macke então se lembrou do nome do rapaz. Aquele era Werner Franck, filho mimado de Ludi Franck, o fabricante de rádios.

Werner foi até o bar e pediu um maço de cigarros Kamel. Que previsível, pensou Macke: o playboy fumava cigarros de estilo americano, mesmo que fossem uma imitação alemã.

Werner pagou, abriu o maço, sacou um cigarro e pediu fogo a Fritz. Quando se virou para ir embora, com o cigarro pendurado na boca num ângulo provocante, seu olhar encontrou o de Macke e, após refletir por alguns instantes, falou:

– Inspetor Macke.

Todos os clientes do bar olharam para Macke para ver o que ele iria dizer.

Ele meneou a cabeça num gesto casual.

– Como vai, jovem Werner?

– Muito bem, inspetor, obrigado.

O tom respeitoso agradou Macke, mas também o deixou surpreso. Ele se lembrava de Werner como um rapaz impertinente e arrogante, sem o devido respeito pelas autoridades.

– Acabo de voltar de uma visita ao front oriental com o general Dorn – continuou Werner.

Macke sentiu que os policiais no bar começaram a prestar atenção na conversa. Um homem que visitara o front oriental merecia respeito. Macke não pôde evitar uma certa satisfação por ter deixado todos eles impressionados com os altos círculos que frequentava.

Werner estendeu o maço de cigarros para Macke, que aceitou um.

– Uma cerveja – disse Werner para Fritz. Então virou-se novamente para Macke. – Posso lhe oferecer uma bebida, inspetor?

– A mesma coisa para mim, obrigado.

Fritz encheu duas canecas de cerveja. Werner ergueu a sua até junto da de Macke e disse:

– Quero lhe agradecer.

Outra surpresa.

– Por quê? – indagou Macke.

Todos os seus amigos escutavam com atenção.

– Um ano atrás, o senhor me passou um tremendo sermão – disse Werner.

– Você não pareceu muito grato na época.

– E peço desculpas por isso. Mas pensei muito sobre o que o senhor me disse e acabei me dando conta de que o senhor tinha razão. Eu havia deixado meus sentimentos pessoais prejudicarem meu julgamento. O senhor me fez ver a luz. Nunca me esquecerei disso.

Macke ficou tocado. Tinha antipatizado com Werner e sido ríspido com ele. O rapaz, no entanto, prestara atenção no que ele dissera e tomara juízo. Macke sentiu uma onda de contentamento por ter feito tanta diferença na vida de um jovem.

– Na verdade, pensei no senhor outro dia mesmo – continuou Werner. – O general Dorn estava falando sobre pegar espiões e perguntou se poderíamos localizá-los por meio de suas mensagens de rádio. Temo não ter sido capaz de lhe dar muitas informações.

– Deveria ter me perguntado – falou Macke. – Essa é a minha especialidade.

– É mesmo?

– Venha, vamos nos sentar.

Os dois levaram as bebidas até uma mesa suja.

– Todos os homens aqui são policiais – explicou Macke. – Mesmo assim, não se deve falar em público sobre esses assuntos.

– Claro. – Werner baixou a voz: – Mas sei que posso confiar no senhor. O fato é que alguns dos comandantes do campo de batalha disseram achar que o inimigo muitas vezes conhece nossas intenções com antecedência.

– Ah! – exclamou Macke. – Eu já temia isso.

– O que posso dizer a Dorn sobre a interceptação de mensagens de rádio?

– O termo correto é radiogoniometria.

Macke pareceu ordenar os pensamentos. Aquela era a sua oportunidade de impressionar um general influente, ainda que de forma indireta. Ele precisava ser claro e insistir na importância do que estava fazendo, mas sem exaltar muito seu sucesso. Imaginou o general Dorn comentando casualmente com o Führer: "Há um agente muito bom na Gestapo. Seu nome é Macke. Por enquanto é só um inspetor, mas faz um trabalho bem impressionante..."

– Nós temos um instrumento que nos informa a direção de onde a mensagem está vindo – começou ele. – Se conseguirmos obter três leituras de locais bem afastados um do outro, podemos desenhar três linhas no mapa. O ponto em que as linhas se cruzam corresponde à localização do transmissor.

– Que fantástico!

Macke ergueu uma das mãos num gesto de cautela.

– Em tese – falou. – Na prática, é mais complicado. O pianista, que é como chamamos o operador de rádio, em geral não fica no local por tempo suficiente para podermos encontrá-lo. Um pianista cuidadoso nunca transmite mensagens do mesmo lugar duas vezes. E nosso instrumento fica dentro de uma caminhonete com uma antena no teto que chama bastante atenção, então eles podem nos ver chegando.

– Mas vocês já tiveram sucessos.

– Ah, sim. Mas talvez você devesse sair na caminhonete conosco uma noite dessas. Então poderia observar todo o processo... e fazer um relatório em primeira mão para o general Dorn.

– Boa ideia – disse Werner.

III

Moscou em junho estava ensolarada e quente. Era a hora do almoço, e Volodya esperava Zoya junto a um chafariz nos Jardins de Alexandre, atrás do Kremlin. Centenas de pessoas, entre elas muitos casais, passeavam pelo parque para aproveitar o bom tempo. A vida andava difícil, e a água do chafariz fora desligada para poupar energia. Apesar disso, o céu estava azul; as árvores, repletas de folhas; e o Exército alemão, estacionado a mais de 150 quilômetros da capital.

Sempre que pensava na batalha de Moscou, Volodya se enchia de orgulho. O temido Exército alemão, mestre da Blitzkrieg, chegara aos portões da cidade – e fora repelido. Os soldados russos haviam lutado como leões para salvar sua capital.

Infelizmente, o contra-ataque russo perdera fôlego em março. Tinham conseguido reconquistar muito território e fazer os moscovitas se sentirem mais seguros, mas os alemães haviam lambido suas feridas e estavam se preparando para atacar outra vez.

E Stalin continuava no comando.

Volodya viu Zoya vindo na sua direção em meio à multidão. Ela estava com um vestido quadriculado vermelho e branco. Andava com energia, e os cabelos louro-claros pareciam se mover a cada passo. Todos os homens olhavam para ela.

Volodya já tinha saído com algumas mulheres bonitas, mas o fato de estar namorando Zoya lhe causava surpresa. Ela passara muitos anos tratando-o com uma indiferença fria, e só conversando com ele sobre física nuclear. Então, um belo dia, para seu espanto, convidara-o para ir ao cinema.

Fora pouco depois do motim no qual o general Bobrov morrera. A atitude da moça para com ele havia mudado nesse dia, embora ele não soubesse muito bem por quê. De alguma forma, essa experiência compartilhada criara uma intimidade entre eles. Os dois tinham ido assistir ao filme *George's Dinky Jazz Band*, comédia rasgada estrelada por um inglês tocador de *ukulele* chamado George Formby. Muito popular, o filme estava em cartaz em Moscou havia meses. A história não poderia estar mais distante da realidade: sem que George soubesse, seu instrumento estava enviando mensagens para submarinos alemães. Era tudo tão bobo que os dois morreram de rir.

Desde então, vinham saindo regularmente.

Nesse dia, haviam combinado almoçar com o pai dele. Volodya marcara de encontrar Zoya antes, no chafariz, a fim de passar alguns minutos sozinho com ela.

Zoya o presenteou com seu sorriso radiante e ficou na ponta dos pés para beijá-lo. Era uma mulher alta, mas Volodya era ainda mais alto. Ele saboreou aquele instante. Sentiu o contato macio e úmido dos lábios dela nos seus. O beijo foi curto demais.

Ainda não estava totalmente seguro em relação a Zoya. Os dois estavam "se conhecendo". Beijavam-se muito, mas ainda não tinham dormido juntos. Não eram mais tão jovens: ele tinha 27 anos e ela, 28. Apesar disso, Volodya sentia que Zoya só iria para a cama com ele quando estivesse pronta.

Parte dele ainda não acreditava que fosse possível passar a noite com aquela mulher dos sonhos. Ela lhe parecia demasiadamente loura, inteligente, alta, segura de si e sensual para se entregar a um homem. Não era possível que ele um dia fosse vê-la tirar a roupa e que tivesse a chance de admirar seu corpo nu, tocar cada centímetro de sua pele, deitar-se sobre ela...

Os dois atravessaram o parque longo e estreito. Em um dos lados passava uma rua movimentada. Do outro lado, as torres do Kremlin encimavam um muro alto que percorria toda a sua extensão.

– Olhando para essas torres, a impressão que se tem é que nossos líderes são mantidos prisioneiros pelo povo russo – comentou Volodya.

– É mesmo – concordou Zoya. – E não o contrário.

Ele olhou para trás, mas ninguém os havia escutado. Mesmo assim, era imprudente falar daquele jeito.

– Não é de espantar que meu pai ache você perigosa.

– Eu pensava que você fosse igual ao seu pai.

– Quem me dera. Ele é um herói. Invadiu o Palácio de Inverno! Não acho que eu algum dia vá mudar o curso da história.

– Ah, eu sei, mas a cabeça dele é tão fechada, ele é tão conservador... Você não é assim.

Volodya pensou que era bastante parecido com o pai, mas não iria discutir.

– Está livre hoje à noite? – perguntou ela. – Eu gostaria de cozinhar para você.

– Claro! – Era a primeira vez que ela o convidava para ir à sua casa.

– Consegui um pedaço de carne.

– Que ótimo!

Mesmo na casa privilegiada de Volodya, carne de boa qualidade era um manjar.

– E os Kovalev viajaram – acrescentou Zoya.

Essa notícia era ainda melhor. Como muitos moscovitas, Zoya morava na casa de outra família. Tinha dois cômodos para si, e dividia a cozinha e o banheiro com o Dr. Kovalev, cientista como ela, sua esposa e o filho. Mas eles estavam fora da cidade, então Zoya e Volodya teriam o apartamento para si. A pulsação dele se acelerou.

– Devo levar minha escova de dentes? – perguntou.

Ela lhe deu um sorriso enigmático e não respondeu.

Os dois saíram do parque e atravessaram a rua até um restaurante. Muitos estavam fechados, mas o centro tinha vários escritórios cujos funcionários precisavam almoçar em algum lugar, e alguns cafés e bares haviam sobrevivido.

Grigori Peshkov estava sentado diante de uma mesa na calçada. Havia restaurantes melhores dentro do Kremlin, mas ele gostava de ser visto em locais frequentados por russos comuns. Queria mostrar que o fato de usar um uniforme de general não o tornava superior ao povo. Mesmo assim, tinha escolhido uma mesa bem afastada das outras, para que ninguém ouvisse sua conversa.

Apesar de não gostar de Zoya, Grigori não era imune ao seu charme e levantou-se para beijá-la no rosto.

Eles pediram panquecas de batata e cerveja. As únicas outras opções eram arenque defumado e vodca.

– General, hoje não vou falar com o senhor sobre física nuclear – disse Zoya. – Continuo acreditando em tudo o que disse da última vez que conversamos sobre o assunto, mas não quero deixá-lo entediado.

– Que alívio – comentou Grigori.

Ela riu, mostrando os dentes brancos.

– Em vez disso, o senhor pode me dizer por quanto tempo ainda vamos ficar em guerra?

Volodya balançou a cabeça com um desespero fingido. Zoya sempre tinha que enfrentar o pai dele. Se não fosse uma linda jovem, Grigori já teria mandado prendê-la há muito tempo.

– Os nazistas estão derrotados, mas não admitem – disse o general.

– Todo mundo em Moscou está se perguntando o que vai acontecer neste verão... Mas vocês dois devem saber – disse Zoya.

– Se eu soubesse, com certeza não poderia contar para a minha namorada, por mais que seja louco por ela – retrucou Volodya. No mínimo, isso poderia fazer com que ela fosse fuzilada, pensou, mas não disse em voz alta.

As panquecas de batata chegaram, e os três começaram a comer. Como sempre, Zoya atacou o prato com vontade. Volodya adorava o entusiasmo com o qual ela devorava as refeições. Ele mesmo, contudo, não gostou muito das panquecas.

– Estas batatas estão com um gosto bem suspeito de nabo – comentou.

Seu pai lhe lançou um olhar de reprovação.

– Não que eu esteja reclamando – acrescentou Volodya depressa.

Quando eles terminaram o almoço, Zoya foi ao toalete. Assim que ela já estava longe o bastante, Volodya falou:

– Consideramos a ofensiva alemã iminente.

– Concordo – respondeu seu pai.

– Nós estamos prontos?

– Claro – respondeu Grigori, embora parecesse nervoso.

– Eles vão atacar no sul. Querem os campos de petróleo do Cáucaso.

Grigori fez que não com a cabeça.

– Eles vão voltar para Moscou. Nada mais importa.

– Stalingrado é uma cidade igualmente simbólica. Tem o nome do nosso líder.

– Que se dane o simbolismo – bradou o general. – Se eles tomarem Moscou, a guerra terá acabado. Caso contrário, terão perdido. As outras conquistas não importam.

– O senhor está apenas dando um palpite – disse Volodya, irritado.

– Você também.

– Pelo contrário, tenho provas. – Ele olhou em volta, mas não havia ninguém por perto. – O codinome da ofensiva é Operação Azul. Está marcada para 28 de junho. – Soubera disso graças à rede de espiões de Werner Franck em Berlim. – E encontramos detalhes parciais na pasta de um oficial alemão que se acidentou com um avião de reconhecimento ao tentar pousar perto de Kharkov.

– Oficiais em missões de reconhecimento não carregam planos de batalha em pastas – disse Grigori. – O camarada Stalin acha que isso é uma farsa para nos enganar, e eu concordo. Os alemães querem que enfraqueçamos nossa frente central deslocando forças para o sul, para o que irá se revelar uma simples distração.

Era esse o problema com o serviço de inteligência, pensou Volodya, frustrado. Mesmo quando você tinha a informação, velhos teimosos continuavam acreditando no que queriam.

Viu Zoya voltando, atraindo todos os olhares para si ao atravessar a esplanada.

– O que poderia convencê-lo? – perguntou Volodya ao pai antes de ela chegar.

– Mais provas.

– Por exemplo?

Grigori pensou por alguns instantes, levando a pergunta a sério.

– Consiga o plano de batalha para mim.

Volodya suspirou. Werner Franck ainda não conseguira pôr as mãos no documento.

– Se eu conseguir, Stalin vai reconsiderar?

– Se você conseguir, pedirei a ele que faça isso.

– Combinado – concluiu Volodya.

Estava sendo precipitado. Não fazia ideia de como poderia conseguir um documento desses. Werner, Heinrich, Lili e os outros já estavam correndo muitos riscos. No entanto, teria que pressioná-los ainda mais.

Zoya chegou à mesa, e Grigori se levantou. Como cada um tomaria uma direção diferente, despediram-se ali mesmo.

– Nos vemos à noite – disse Zoya a Volodya.

Ele lhe deu um beijo.

– Chegarei às sete horas.

– Leve a escova de dentes – completou ela.

Ele foi embora feliz.

IV

Uma garota sempre percebe quando sua melhor amiga tem um segredo. Pode não saber o que é, mas tem certeza de que ele existe, como um móvel impossível de identificar escondido debaixo de um lençol. Com base em respostas desconfiadas e relutantes a perguntas inocentes, percebe que a amiga está saindo com alguém que não devia e, embora não saiba seu nome, pode supor que o amante proibido seja um homem casado, um estrangeiro de pele escura, ou então outra mulher. Admira o colar novo da amiga e sabe, por sua reação muda, que ele tem ligação com algo vergonhoso, embora talvez leve anos para descobrir que foi roubado da caixa de joias de uma avó senil.

Era essa a impressão que Carla tinha com relação a Frieda.

Ela guardava um segredo, e tinha a ver com a resistência aos nazistas. Talvez estivesse profundamente envolvida em alguma atividade criminosa; talvez vasculhasse todas as noites a pasta do irmão, Werner, copiasse documentos secretos e entregasse as cópias para algum espião russo. O mais provável, porém, era que não fosse nada tão radical assim: talvez ajudasse a imprimir e distribuir os cartazes e folhetos ilegais que criticavam o governo.

Dessa forma, Carla decidira contar a Frieda sobre Joachim Koch. Só não teve uma oportunidade imediata. Carla e Frieda eram enfermeiras num grande hospital, cada uma trabalhava num setor e tinham escalas diferentes, por isso não se viam todos os dias.

Enquanto isso, Joachim ia à casa dos Von Ulrich diariamente para ter aulas de piano. O tenente não fez mais nenhuma revelação indiscreta, mas Maud continuava flertando com ele.

– Você acredita que tenho quase 40 anos? – Carla ouviu a mãe dizer certo dia, embora na verdade Maud tivesse 51.

Joachim estava totalmente fascinado por ela. Maud se alegrava por ainda ter o poder de fascinar um rapaz atraente, mesmo que muito ingênuo. Ocorreu a Carla a ideia de que a mãe talvez estivesse desenvolvendo sentimentos mais profundos por aquele rapaz de bigode louro que lembrava um pouco Walter quando jovem; mas isso lhe pareceu ridículo.

Joachim estava louco para agradar Maud e não demorou a lhe trazer notícias do filho. Erik estava vivo e gozando de boa saúde.

– A unidade dele está na Ucrânia – disse Joachim. – É tudo o que posso lhe dizer.

– Seria tão bom se ele conseguisse uma licença para vir para casa... – disse Maud, em tom sonhador.

O jovem oficial hesitou.

– Preocupação de mãe é coisa séria – disse ela. – Se ao menos eu pudesse vê-lo, mesmo que só por um dia, seria um grande consolo para mim.

– Eu *talvez* consiga arranjar isso.

Maud fingiu surpresa:

– É mesmo? Você é tão influente assim?

– Não tenho certeza, mas poderia tentar.

– Obrigada por ao menos tentar. – Ela beijou a mão do tenente.

Uma semana se passou antes de Carla encontrar Frieda de novo. Quando a viu, contou-lhe sobre Joachim Koch. Falou como se estivesse apenas compartilhando uma novidade interessante, mas teve certeza de que a amiga não iria interpretar aquilo como uma informação inocente.

– Imagine só! – exclamou. – Ele nos disse o codinome de uma operação e a data do ataque! – Esperou para ver como Frieda iria reagir.

– Ele poderia ser executado por isso – disse a amiga.

– Se conhecêssemos alguém capaz de entrar em contato com Moscou, poderíamos mudar o curso da guerra – continuou Carla, como se ainda estivesse falando sobre a gravidade do crime de Joachim.

– É, pode ser – disse Frieda.

Aquilo era uma prova irrefutável. A reação normal de Frieda a uma história como aquela incluiria expressões de surpresa, um grande interesse e mais perguntas. No entanto, ela se ateve a expressões neutras e grunhidos vagos. Carla foi para casa e disse à mãe que sua intuição estava certa.

No dia seguinte, no hospital, Frieda entrou na enfermaria de Carla com ar de desespero.

– Preciso falar com você. É urgente – anunciou.

Carla estava trocando o curativo de uma moça que havia sofrido graves queimaduras na explosão de uma fábrica de munição.

– Vá para o vestiário – falou Carla. – Irei assim que puder.

Cinco minutos depois, encontrou Frieda no cômodo apertado, fumando junto a uma janela aberta.

– O que houve? – perguntou.

Frieda apagou o cigarro.

– É sobre o tenente Koch.

– Pensei mesmo que fosse.

– Você tem que descobrir mais coisas sobre ele.

– *Tenho*? Que história é essa?

– Ele tem acesso a todo o plano de batalha da Operação Azul. Já sabemos algumas coisas sobre a operação, mas Moscou precisa dos detalhes.

Frieda estava partindo de vários pressupostos, mas Carla entrou no jogo:

– Posso perguntar a ele...

– Não. Você tem que *fazer* com que ele leve o plano até sua casa.

– Não tenho certeza se isso vai ser possível. Ele não é completamente burro. Você não acha...

Mas Frieda nem sequer estava ouvindo.

– Então você tem que fotografar os planos – prosseguiu. Ela tirou do bolso do uniforme uma caixinha de aço inox mais ou menos do tamanho de um maço de cigarros, só que mais comprida e mais estreita. – Isto aqui é uma câmera em miniatura especialmente projetada para fotografar documentos. – Carla reparou na palavra "Minox" escrita na lateral. – Cada filme tira onze fotos. Aqui tem três filmes. – Ela sacou três cartuchos com o formato de halteres de ginástica, só que pequenos o suficiente para caberem na pequena câmera. – É assim que se põe o filme. – Frieda lhe mostrou. – Para tirar a foto, você olha por este visor aqui. Se não estiver segura, leia este manual.

Carla nunca imaginou que Frieda fosse tão mandona.

– Preciso pensar melhor.

– Não há tempo para isso. Esta capa é sua, não é?

– É, mas...

Frieda enfiou a câmera, os filmes e o manual de instruções no bolso da capa. O fato de não estar mais com essas coisas pareceu deixá-la aliviada.

– Tenho que ir – disse Frieda e se encaminhou para a porta.

– Mas, Frieda!

Por fim, ela parou e encarou Carla.

– O que foi?

– Bem... Você não está se comportando como amiga.

– Isso é mais importante que amizade.

– Você me encurralou.

– Quem criou essa situação foi você, ao me falar sobre Joachim Koch. Não venha fingir que achou que eu não tomaria nenhuma atitude em relação à informação que me deu.

Era verdade. A própria Carla criara aquela situação. No entanto, não havia previsto que as coisas fossem se desenrolar daquela forma.

– E se ele disser não?

– Nesse caso, você provavelmente vai passar o resto da vida sob o jugo dos nazistas. – Frieda saiu do vestiário.

– Droga – resmungou Carla.

Ficou parada lá dentro, pensando. Não poderia nem se livrar da pequena câmera sem correr riscos. O aparelho estava no bolso de sua capa, e ela não poderia jogá-lo fora em uma das lixeiras do hospital. Teria que sair do prédio com a câmera no bolso e tentar encontrar um lugar onde pudesse jogá-la fora sem que ninguém visse.

Mas queria mesmo fazer isso?

Por mais ingênuo que Koch fosse, parecia-lhe improvável que pudesse ser convencido a tirar uma cópia do plano de batalha do Ministério da Guerra e levá-la para mostrar à mulher por quem estava apaixonado. No entanto, se havia alguém capaz de convencê-lo, essa pessoa era Maud.

Mas Carla estava com medo. Se fosse pega, teria um destino inclemente. Seria presa e torturada. Pensou em Rudi Rothmann, gemendo de dor por causa dos ossos quebrados. Lembrou-se do pai ao ser solto da prisão, tão brutalmente espancado que acabara morrendo. Seu crime seria pior que o deles; sua punição, bestial. Ela seria executada, é claro – mas só depois de muito tempo.

Disse a si mesma que estava disposta a correr esse risco.

O que não conseguia aceitar era arriscar-se a ajudar a matar o próprio irmão.

Erik estava no front oriental. Joachim tinha confirmado isso. Seu irmão devia estar envolvido na Operação Azul. Se Carla ajudasse os russos a vencer essa batalha, Erik poderia morrer. E isso ela não podia suportar.

Voltou ao trabalho. Estava distraída e cometeu alguns erros, mas, por sorte, os médicos não perceberam, e os pacientes não sabiam a diferença. Quando seu plantão finalmente acabou, ela foi embora depressa. A câmera parecia queimar no bolso da capa, mas ela não viu nenhum lugar seguro para descartá-la.

Perguntou-se onde Frieda arrumara o aparelho. Sua amiga possuía bastante dinheiro e poderia muito bem ter comprado a câmera; mas para isso teria sido obrigada a inventar uma justificativa para precisar de um aparelho assim. O mais provável era ter conseguido a câmera com os russos antes de eles fecharem sua embaixada, um ano antes.

Quando Carla chegou em casa, a câmera continuava em seu bolso.

Não ouviu o barulho do piano lá em cima: Joachim devia ter aula mais tarde nesse dia. Sua mãe estava sentada à mesa da cozinha. Quando Carla entrou, Maud sorriu, radiante, e exclamou:

– Olhe quem está aqui!

Erik.

Carla encarou o irmão. Ele estava muito magro, mas aparentemente ileso. Tinha o uniforme encardido e rasgado, mas havia lavado o rosto e as mãos. Levantou-se e abraçou a irmã.

Ela o apertou com força, sem se importar em sujar o uniforme imaculado.

– Você está vivo! – exclamou.

Erik estava tão magro que ela pôde sentir seus ossos através do tecido fino: costelas, quadris, ombros, coluna.

– Estou vivo, por enquanto – respondeu ele.

Ela o soltou.

– Como você está?

– Melhor do que a maioria.

– Não é possível que tenha suportado o inverno russo usando esse uniforme fino.

– Roubei um sobretudo de um russo morto.

Carla sentou-se à mesa. Ada também estava lá.

– Você tinha razão em relação aos nazistas. Tinha razão – disse Erik.

Ela ficou satisfeita, mas não entendeu direito o que o irmão estava querendo dizer.

– Razão em que sentido?

– Eles matam pessoas. Você me disse isso. Papai também me disse, e mamãe. Lamento ter duvidado. Desculpe-me, Ada, por não ter acreditado que eles mataram seu pobre Kurt. Agora sei a verdade.

Aquilo era uma mudança e tanto.

– O que fez você mudar de ideia? – perguntou Carla.

– Eu vi com meus próprios olhos lá na Rússia. Eles reúnem todas as pessoas importantes da cidade, porque decerto são todas comunistas. E pegam os judeus, também. Não só os homens, mas mulheres e crianças igualmente. E velhos tão frágeis que são incapazes de fazer mal a uma mosca. – A essa altura do relato, lágrimas já escorriam por seu rosto. – Quem mata não são os soldados normais... há grupos especiais para isso. Eles levam os prisioneiros para fora da cidade. Às vezes há uma pedreira, ou algum outro tipo de vala. Ou então eles obrigam os mais jovens a cavarem um grande buraco. Aí...

Ele engasgou, mas Carla tinha que ouvir a história toda.

– Aí, o quê?

– Eles matam 12 pessoas de cada vez. Seis pares. Às vezes os maridos e mulheres descem a encosta de mãos dadas. As mães carregam os bebês no colo. Os soldados armados com fuzis esperam os prisioneiros chegarem ao lugar certo. Então atiram. – Erik enxugou as lágrimas com a manga suja do uniforme.

Um longo silêncio caiu sobre a cozinha. Ada chorava. Carla estava horrorizada. Apenas Maud mantinha um semblante impassível.

Depois de algum tempo, Erik assoou o nariz e tirou os cigarros do bolso.

– Fiquei espantado ao receber a licença e uma passagem para casa – falou.

– Quando você precisa voltar? – perguntou Carla.

– Amanhã. A licença é só de 24 horas. Mesmo assim, todos os meus colegas ficaram com inveja. Eles dariam tudo para passar um dia em casa. O Dr. Weiss disse que eu devo ter amigos muito bem situados.

– E tem mesmo – disse Maud. – O nome dele é Joachim Koch, um jovem tenente que trabalha no Ministério da Guerra e tem aulas de piano comigo. Pedi a ele que lhe conseguisse uma licença. – Ela olhou de relance para o relógio. – Ele deve chegar em alguns minutos. Afeiçoou-se a mim... acho que deve estar precisando de uma figura materna.

Figura materna o caramba, pensou Carla. Não havia nada de maternal na relação de Maud com Joachim.

– Ele é muito inocente – prosseguiu Maud. – Disse-nos que vai haver uma ofensiva no front oriental, marcada para o dia 28 de junho. Chegou até a nos revelar o codinome da ofensiva: Operação Azul.

– Ele vai acabar sendo fuzilado – comentou Erik.

– Joachim não é o único que pode ser fuzilado – disse Carla. – Contei para uma pessoa o que tinha ouvido. Agora me pediram que convencesse Joachim, não sei como, a me trazer o plano de batalha.

– Meu Deus do céu! – Erik estava abismado. – Isso é alta espionagem... Você está correndo mais perigo do que eu no front!

– Não se preocupe, duvido muito que Joachim faça isso – disse Carla.

– Não tenha tanta certeza – disse Maud.

Todos olharam para ela.

– Talvez ele faça isso por mim... se eu souber pedir.

– Ele é *tão* ingênuo assim?

Maud assumiu um ar desafiador.

– Ele está apaixonado por mim.

– Ah...

Pensar na mãe envolvida em um relacionamento amoroso deixou Erik constrangido.

– Seja como for, não podemos fazer isso – disse Carla.

– Por que não? – indagou Erik.

– Porque, se os russos ganharem a batalha, você pode morrer!

– Provavelmente vou morrer, de qualquer jeito.

Carla ouviu a própria voz ficar mais agitada e aguda:

– Mas estaríamos ajudando os russos a matarem você!

– Mesmo assim, quero que vocês façam isso – disse Erik, de um ímpeto.

Ele baixou os olhos para o linóleo xadrez que cobria a mesa da cozinha, mas a cena que via estava a mais de mil quilômetros dali.

Carla estava muito dividida. Se o irmão *queria* que ela fizesse aquilo...

– Mas por quê? – perguntou ela.

– Fico pensando naquelas pessoas descendo a encosta da pedreira, de mãos dadas. – Sobre a mesa, apertou as próprias mãos, uma na outra, com força suficiente para deixar a pele marcada. – Se pudermos dar um fim a isso, estou disposto a arriscar minha vida. *Quero* arriscar... Vou me sentir melhor em relação a mim mesmo e ao meu país. Por favor, Carla, se puder, transmita esse plano de batalha para os russos.

Ela ainda estava hesitante.

– Tem certeza?

– Eu lhe imploro.

– Então vou transmitir – disse ela.

V

Thomas Macke disse a seus homens – Wagner, Richter e Schneider – para se comportarem da melhor forma possível.

– Werner Franck é só um tenente, mas trabalha para o general Dorn. Quero que ele tenha a melhor impressão possível da nossa equipe e do nosso trabalho. Nada de palavrões, piadas, comida em serviço nem violência, a menos que seja realmente necessário. Se capturarmos um espião comunista, podem dar uns chutes nele. Mas, se não pegarmos ninguém, não quero que vocês arranjem outro qualquer só por diversão.

Em geral, ele deixava passar esse tipo de coisa, pois ajudava a manter as pessoas temerosas de desagradar os nazistas. Mas Franck talvez fosse um rapaz sensível.

Werner chegou pontualmente, de moto, à sede da Gestapo na Prinz-Albrecht-Strasse. Todos entraram na caminhonete de vigilância, equipada com uma antena giratória no teto. Havia tanto equipamento de rádio lá dentro que o espaço era apertado. Richter assumiu o volante, e eles saíram pela cidade naquele início de noite, horário preferido pelos espiões para mandar mensagens para o inimigo.

– Por que será? – indagou Werner.

– A maioria dos espiões tem um emprego regular – explicou Macke. – Faz parte do seu disfarce. Então passam o dia trabalhando em algum escritório ou fábrica.

– Claro – disse Werner. – Nunca pensei nisso.

Macke estava preocupado com a possibilidade de não captar nada nessa noite. Morria de medo de ser responsabilizado pelos reveses sofridos pelo Exército alemão na Rússia. Tinha feito o melhor que podia, mas, no Terceiro Reich, esforços não rendiam prêmios.

Às vezes acontecia de a unidade não interceptar mensagem alguma. Em outras ocasiões, captava duas ou três, e Macke tinha que escolher qual delas seguir e quais ignorar. Tinha certeza de que havia mais de uma rede de espionagem na cidade, e elas provavelmente ignoravam a existência umas das outras. Ele estava tentando fazer um trabalho impossível com ferramentas inadequadas.

Estavam perto da Potsdamerplatz quando captaram uma mensagem. Macke reconheceu o som característico.

– É um pianista – falou, aliviado. Ao menos poderia provar a Werner que o equipamento funcionava. Alguém estava transmitindo números de cinco algarismos, um depois do outro. – A inteligência soviética usa um código no qual pares de algarismos representam letras – explicou Macke a Werner. – Por exemplo, 11 pode ser um A. Transmitir sinais em grupos de cinco algarismos é só uma convenção.

O operador de rádio, um engenheiro elétrico chamado Mann, leu em voz alta um conjunto de coordenadas, e Wagner usou um lápis e uma régua para traçar uma linha num mapa. Richter engatou a marcha da caminhonete e tornou a andar.

O pianista continuou a transmitir a mensagem, e os bipes ecoavam bem alto dentro da caminhonete. Fosse quem fosse aquele operador, Macke o detestava.

– Comunista imundo – bradou. – Um dia ele vai estar no nosso subsolo, implorando para que eu o deixe morrer e acabe logo com a dor.

Werner perdeu a cor. Não estava acostumado com o trabalho da polícia, pensou Macke.

Em poucos instantes, o rapaz recuperou o controle.

– Do jeito que o senhor descreve, o código soviético não parece muito difícil de quebrar – falou, pensativo.

– Correto! – Macke estava satisfeito por Werner ter entendido tão depressa. – Mas eu estava simplificando. Eles têm alguns refinamentos. Depois de codificar a mensagem como uma série de algarismos, o pianista escreve uma palavra-chave debaixo dela repetidas vezes... Uma palavra como Kurfürstendamm, digamos... E depois a codifica também. Então subtrai os segundos algarismos dos primeiros e transmite o resultado.

– Ou seja, é quase impossível decifrar o código sem conhecer a palavra-chave!

– Exatamente.

Eles tornaram a parar perto do prédio incendiado do Reichstag e traçaram uma segunda linha no mapa. As duas linhas se cruzavam em Friedrichshain, a leste do centro.

Macke ordenou ao motorista que seguisse para nordeste, aproximando-os do local provável, para lhes proporcionar uma terceira linha de um ângulo diferente.

– A experiência mostra que é melhor fazer três medições – disse Macke a Werner. – O equipamento trabalha com aproximação, e as medições suplementares reduzem a margem de erro.

– Vocês sempre pegam o espião? – perguntou Werner.

– De forma alguma. Na maioria dos casos, não o pegamos. Muitas vezes simplesmente não conseguimos ser rápidos o bastante. Ele pode mudar de frequência no meio da transmissão, então nós o perdemos. Há ocasiões em que ele para a transmissão no meio e retoma de outro lugar. Também pode ter algum cúmplice vigiando, que nos vê chegar e o alerta para fugir.

– Vários empecilhos possíveis.

– Mais cedo ou mais tarde, porém, acabaremos pegando o pianista.

Richter parou a caminhonete, e Mann fez a terceira medição. As três linhas traçadas a lápis no mapa de Wagner se encontravam formando um pequeno triângulo perto da estação do Leste. O pianista estava em algum lugar entre a ferrovia e o canal.

Macke informou a localização a Richter e acrescentou:

– O mais rápido que puder.

Reparou que Werner estava suando. Talvez estivesse mesmo quente dentro da caminhonete. Além do mais, o jovem tenente não devia estar acostumado a ver muita ação. Estava aprendendo como era a vida na Gestapo. Melhor assim, pensou Macke.

Richter seguiu para o sul pela Warschauer Strasse, atravessou a linha do trem e entrou num bairro industrial de armazéns, depósitos e pequenas fábricas. Um grupo de soldados carregava bolsas militares em frente a uma das entradas dos fundos da estação; deviam estar embarcando para o front oriental. E, em algum lugar deste mesmo bairro, um conterrâneo está fazendo o que pode para traí-los, pensou Macke, zangado.

Wagner apontou para uma rua estreita que saía da estação.

– Ele está nos primeiros cento e poucos metros da rua, mas pode ser de qualquer um dos lados – falou. – Se levarmos a caminhonete até mais perto, talvez ele nos veja.

– Certo, pessoal, vocês sabem o que fazer – disse Macke. – Wagner e Richter vão pela esquerda. Schneider e eu vamos pela direita. – Os quatro empunharam martelos de cabo comprido. – Franck, venha comigo.

Havia algumas pessoas na rua – um homem de boina de operário seguia depressa em direção à estação; uma velha de roupas esfarrapadas caminhava pela rua, decerto indo fazer faxina em algum escritório. Todos os passantes se afastaram apressados, sem querer atrair a atenção da Gestapo.

Os dois grupos de agentes foram entrando nos prédios um após outro, cada parceiro se alternando para seguir na frente. A maioria dos estabelecimentos já estava fechada, por isso precisaram acordar alguns zeladores. Quando estes demoravam mais de um minuto para chegar à porta, eles a derrubavam. Uma vez lá dentro, percorriam o prédio depressa, verificando todas as salas.

O pianista não estava no primeiro quarteirão.

O primeiro prédio do lado esquerdo do quarteirão seguinte tinha um cartaz desbotado que informava: "Moda em Peles". Era uma fábrica de dois andares que se estendia até a rua lateral. Parecia abandonada, mas a porta da frente era de aço, e as janelas, gradeadas: uma fábrica de peles precisava mesmo de muita segurança.

Macke conduziu Werner pela rua lateral, à procura de uma entrada. O prédio ao lado, em ruínas, fora danificado por bombas. O entulho tinha sido retirado da rua, e uma placa pintada à mão dizia: "Perigo – Entrada Proibida". Os restos de um letreiro identificavam o local como um armazém de móveis.

Eles passaram por cima de uma pilha de pedras e tábuas cheias de farpas, tentando avançar o mais depressa possível, mas sendo obrigados a tomar cuidado. Uma parede remanescente ocultava os fundos do prédio. Macke foi até a parte de trás e encontrou um buraco que conduzia à fábrica contígua.

Tinha a forte sensação de que o pianista estava lá dentro.

Passou pelo buraco, e Werner o seguiu.

Eles se viram dentro de um escritório vazio. Havia uma velha escrivaninha de aço, sem cadeira, e um arquivo na outra ponta. O calendário preso à parede era do ano de 1939, provavelmente o último em que os berlinenses tinham podido pagar por frivolidades como casacos de pele.

Macke ouviu um passo no piso do andar de cima.

Sacou a arma.

Werner estava desarmado.

Eles abriram a porta do escritório e chegaram a um corredor.

Macke reparou em várias outras portas abertas. Havia também uma escada e, debaixo dela, uma porta que talvez levasse ao subsolo.

O inspetor caminhou na ponta dos pés pelo corredor em direção à escada, então percebeu que Werner estava verificando a passagem para o subsolo.

– Acho que ouvi um barulho vindo lá de baixo – disse o rapaz.

Ele girou a maçaneta, mas o trinco da porta era frágil. Deu um passo para trás e ergueu o pé direito.

– Não... – disse Macke.

– Sim... posso ouvi-los! – disse Werner, abrindo a porta com um chute.

O estrondo ecoou pela fábrica vazia.

Werner entrou correndo pela porta e sumiu. Uma luz se acendeu, revelando uma escada de pedra.

– Não se mexa! – gritou Werner. – Você está preso!

Macke desceu a escada atrás dele.

Quando chegou ao subsolo, encontrou Werner de pé no fim da escada, com uma expressão de quem não estava entendendo.

Não havia ninguém ali.

Do teto pendiam varais nos quais provavelmente deviam ficar pendurados os casacos de pele. Em pé num dos cantos via-se um imenso rolo de papel pardo, decerto para embrulhar as roupas. Mas não havia nenhum rádio, tampouco nenhum espião transmitindo mensagens para Moscou.

– Seu imbecil de merda – disse Macke a Werner.

O inspetor deu meia-volta e tornou a subir a escada correndo. Werner foi atrás. Os dois atravessaram o saguão da fábrica e se dirigiram ao andar de cima.

Existiam três filas de mesas de trabalho sob um teto de vidro. Antigamente, aquela sala devia viver cheia de mulheres operando máquinas de costura. Agora não havia ninguém ali.

Uma porta de vidro conduzia a uma saída de incêndio, mas estava trancada. Macke olhou para fora e não viu ninguém.

Guardou a arma. Ofegante, apoiou-se numa das bancadas.

No chão, reparou em duas guimbas de cigarro, uma delas suja de batom. Não pareciam muito antigas.

– Eles estavam aqui – disse a Werner, apontando para o chão. – Eram dois. O barulho da porta os alertou, e eles fugiram.

– Fui um tolo – disse Werner. – Desculpe-me. Não estou acostumado com esse tipo de coisa.

Macke foi até a janela do canto. Na rua, viu um rapaz e uma moça se afastando apressados. O homem carregava uma pasta de couro bege. Enquanto ele olhava, os dois desapareceram na estação de trem.

– Merda – praguejou.

– Não acho que eles fossem espiões – disse Werner. Ele apontou alguma coisa no chão, e Macke viu que era um preservativo amassado. – Usado, mas vazio – comentou o rapaz. – Acho que os pegamos no flagra.

– Espero que esteja certo – falou Macke.

VI

No dia em que Joachim Koch prometeu levar o plano de batalha, Carla faltou ao trabalho.

Provavelmente poderia ter cumprido seu plantão da manhã e ainda assim chegado em casa a tempo – mas "provavelmente" não bastava. Sempre havia o risco de algum grande incêndio ou um acidente na estrada a obrigarem a ficar depois do horário por causa do excesso de vítimas. Assim, ela passou o dia em casa.

No fim das contas, Maud nem precisara pedir a Joachim que levasse os planos. O tenente lhe dissera que tinha que cancelar uma das aulas; então, sem conseguir resistir à tentação de se gabar, explicara que precisava levar uma cópia do plano até o outro lado da cidade.

– Passe aqui no caminho, para a aula – sugerira Maud; e ele havia concordado.

O almoço foi tenso. Carla e Maud comeram uma sopa rala feita com o osso de um presunto e ervilhas secas. Carla não perguntou o que a mãe tinha feito, ou prometido fazer, para convencer Koch. Talvez houvesse lhe dito que ele estava evoluindo bastante, mas não podia se dar ao luxo de faltar a uma aula. Talvez tivesse lhe perguntado se ele possuía um cargo tão baixo no Ministério a ponto de ser monitorado o tempo todo: um comentário assim iria ferir seus brios, já que ele vivia fingindo ser mais importante do que de fato era, e poderia facilmente fazer com que ele fosse até lá só para mostrar que ela estava errada. No entanto, a estratégia de sucesso mais provável era justamente aquela em que Carla não queria pensar: sexo. Sua mãe flertava com Koch abertamente, e ele retribuía com uma devoção digna de um escravo. Carla desconfiava que fosse essa a irresistível tentação que tinha feito Joachim ignorar a vozinha em sua mente que dizia: "Não seja tão burro."

Ou talvez não. Quem sabe ele não cairia em si? Talvez aparecesse nessa tarde não com uma cópia em papel carbono dentro da bolsa, mas com um esquadrão da Gestapo e um par de algemas.

Carla carregou um dos filmes na máquina Minox, em seguida guardou a câmera e os dois filmes restantes na primeira gaveta do armário baixo da cozinha, sob uns panos. O armário ficava ao lado da janela, onde a luz era forte. Ela fotografaria o documento sobre o tampo do armário.

Não sabia como o filme exposto chegaria a Moscou, mas Frieda lhe garantira que chegaria, e Carla imaginava algum mascate – um vendedor de produtos farmacêuticos, talvez, ou de Bíblias em alemão – com autorização para fazer comércio na Suíça que pudesse entregar o filme discretamente a alguém da embaixada soviética em Berna.

A tarde foi longa. Maud foi para o quarto descansar. Ada lavou roupa. Carla ficou sentada na sala de jantar, que ela e a mãe agora raramente usavam, e tentou ler um livro, mas não conseguiu se concentrar. O jornal só publicava mentiras. Ela precisava estudar para uma prova de enfermagem que faria em breve, mas as expressões médicas do manual se embaralhavam diante de seus olhos. Estava lendo um exemplar antigo de *Nada de novo no front*, um sucesso de vendas alemão sobre a Grande Guerra, agora proibido por sua honestidade excessiva em relação às agruras dos soldados. No entanto, só conseguiu ficar segurando o livro, olhando pela janela para o sol de junho que aquecia a cidade poeirenta.

Por fim, o tenente apareceu. Carla ouviu passos no caminho que conduzia à casa e pulou para olhar pela janela. Não viu nenhum esquadrão da Gestapo, apenas Joachim Koch de uniforme passado e botas engraxadas, com seu rosto de galã de cinema iluminado pela mesma expectativa ansiosa de uma criança que chega a uma festinha de aniversário. Como sempre, trazia a bolsa de lona pendurada no ombro. Teria mantido a promessa? Será que aquela bolsa continha uma cópia do plano de batalha da Operação Azul?

Ele tocou a campainha.

Daquele momento em diante, Carla e Maud haviam planejado cada um de seus movimentos. Seguindo o combinado, Carla não atendeu. Instantes depois, viu a mãe atravessar o hall vestida com um robe de seda roxa e calçando chinelos de salto alto – praticamente uma prostituta, pensou Carla, cheia de vergonha e constrangimento. Ouviu a porta da frente se abrir, depois tornar a se fechar. Um farfalhar de seda acompanhado de sussurros carinhosos vindos do hall sugeriu um abraço. Então o robe roxo e o uniforme cinza passaram pela porta da sala de jantar e desapareceram no andar de cima.

A prioridade de Maud era se certificar de que ele havia trazido o documento. Devia lê-lo, fazer algum comentário de admiração e, em seguida, deixá-lo de lado. Conduziria Joachim até o piano. Então arrumaria algum pretexto – Carla tentou não pensar em qual seria – para conduzir o rapaz pela porta dupla que levava ao escritório contíguo, um cômodo menor e mais íntimo, com cortinas de veludo vermelho e um grande sofá já meio deformado. Assim que os dois estivessem lá dentro, Maud daria o sinal.

Como era difícil prever a coreografia exata de seus movimentos, havia vários sinais possíveis, mas todos significavam a mesma coisa. O mais simples era que Maud bateria a porta com força suficiente para que o barulho ecoasse pela casa inteira. Ou então usaria a sineta de puxar que ficava ao lado da lareira e fazia soar uma campainha na cozinha, parte do sistema para chamar os criados que já não era mais usado. Mas as duas haviam decidido que qualquer outro barulho também poderia servir: em caso de desespero, ela derrubaria no chão o busto de mármore de Goethe, ou então quebraria um vaso "por acidente".

Carla saiu da sala de jantar e ficou em pé no hall, olhando para o alto da escada. Não ouviu nada.

Espiou dentro da cozinha. Ada estava lavando a panela na qual havia preparado a sopa, e a esfregava com uma energia sem dúvida gerada pela tensão. Carla lhe lançou o que torceu para ser um sorriso encorajador. Ela e Maud teriam preferido não compartilhar toda aquela história com Ada, não por não confiarem nela – muito pelo contrário: sua hostilidade em relação aos nazistas beirava o fanatismo –, mas porque o simples fato de saber a tornava cúmplice de traição e passível da mais severa punição. As três, porém, eram próximas demais para que fosse possível manter um segredo assim, e Ada sabia de tudo.

Carla ouviu o retinir distante da risada de Maud. Conhecia aquele som. A risada tinha um traço artificial, e indicava que sua mãe estava esticando ao máximo seus poderes de sedução.

Será que Joachim tinha mesmo trazido o documento?

Um ou dois minutos depois, Carla ouviu o piano. Não havia dúvida de que era Joachim tocando. A melodia era uma canção infantil simples sobre um gato na neve: *A.B.C., Die Katze lief im Schnee.* Seu pai cantara essa música para ela uma centena de vezes. Ao pensar nisso, sentiu um nó na garganta. Como os nazistas se atreviam a cantar músicas assim quando deixavam tantas crianças órfãs?

De repente, a música parou no meio. Alguma coisa havia acontecido. Carla apurou os ouvidos – tentou detectar vozes, passos, qualquer coisa –, mas não ouviu nada.

Um minuto se passou, depois outro.

Algo dera errado – mas o quê?

Olhou para Ada pela porta da cozinha. A criada parou de esfregar a panela e abriu os braços no gesto de quem diz: *Não faço a menor ideia.*

Carla precisava descobrir.

Subiu a escada sem fazer barulho, pisando com cuidado no carpete puído.

Postou-se em frente à porta da sala de estar. Continuou sem ouvir coisa alguma: nem o som do piano, nem qualquer movimento ou voz.

Abriu a porta o mais silenciosamente que pôde.

Espiou lá para dentro. Não viu ninguém. Entrou na sala e olhou em volta. Estava vazia.

Não havia nem sinal da bolsa de lona de Joachim.

Então olhou para a porta dupla que conduzia ao escritório. Uma das folhas estava entreaberta.

Carla atravessou a sala pé ante pé. Não havia tapete sobre os tacos de madeira encerada, e seus passos não foram totalmente silenciosos; mas ela precisava arriscar.

Quando se aproximou, ouviu sussurros.

Chegou à porta. Colou-se à parede e arriscou uma olhada para dentro do escritório.

Os dois estavam de pé, abraçados, aos beijos. Joachim estava de costas para a porta e para Carla: sua mãe devia ter tomado cuidado para deixá-lo nessa posição. Enquanto Carla os observava, Maud interrompeu o beijo, olhou por cima do ombro do tenente e seus olhos encontraram os da filha. Largou o pescoço de Joachim e apontou com urgência para alguma coisa.

Carla viu a bolsa de lona em cima de uma cadeira.

Na mesma hora entendeu o que dera errado. Quando Maud convencera Joachim a ir até o escritório, ele não havia facilitado a vida delas deixando a bolsa na sala, mas, nervoso, a levara consigo.

E agora Carla tinha que pegá-la.

Com o coração aos pulos, entrou no escritório.

– Ah, sim, continue fazendo isso, meu doce menino – murmurou Maud.

– Amo você, querida – grunhiu Joachim.

Carla deu dois passos à frente, pegou a bolsa de lona, virou as costas e saiu do escritório sem fazer barulho.

A bolsa estava leve.

Ela atravessou depressa a sala de estar e desceu correndo a escada, ofegante.

Na cozinha, pôs a bolsa em cima da mesa e abriu as fivelas. Lá dentro, viu a edição do dia do jornal berlinense *Der Angriff*, um maço fechado de cigarros Kamel e uma pasta simples de cartolina parda. Com as mãos trêmulas, pegou a pasta e a abriu. Era a cópia em papel carbono de um documento.

O cabeçalho da primeira página dizia:

```
DIRETRIZ Nº 41
```

Na última página havia uma linha pontilhada para uma assinatura. O documento ainda não estava assinado, sem dúvida por se tratar de uma cópia, mas o nome datilografado junto à linha pontilhada era Adolf Hitler.

Entre essas duas páginas estava o plano da Operação Azul.

Carla sentiu o coração se encher de júbilo, misturado à tensão que ela já sentia e ao terrível pavor de ser descoberta.

Pôs o documento em cima do armário baixo junto à janela da cozinha. Abriu a gaveta com um puxão e pegou a câmera Minox e os dois rolos de filme. Posicionou o documento com cuidado e começou a fotografar cada página.

Não demorou muito. Eram só dez folhas. Nem precisou trocar o filme. Pronto. Tinha roubado o plano de batalha.

Esta foi por você, pai.

Tornou a guardar a câmera na gaveta, fechou-a com um empurrão, recolocou o documento dentro da pasta de cartolina, pôs a pasta dentro da bolsa e a afivelou.

Caminhando o mais silenciosamente possível, tornou a levar a bolsa até o andar de cima.

Quando entrou na sala de estar pé ante pé, ouviu a voz da mãe. Maud falava de forma clara e distinta, como quem quer ser ouvido, e Carla sentiu na hora que aquilo era um alerta.

– Por favor, não fique assim – dizia Maud. – É que você estava excitado demais. Nós dois estávamos.

Joachim respondeu com uma voz baixa e envergonhada:

– Sinto-me um tolo. Foi só você tocar em mim e tudo acabou.

Carla pôde adivinhar o que havia acontecido. Não tinha nenhuma experiência no assunto, mas as moças conversavam, e as conversas das enfermeiras chegavam a ser brutais de tão detalhadas. Joachim devia ter tido uma ejaculação precoce. Frieda lhe contara que o mesmo havia acontecido com Heinrich várias vezes no começo do namoro, e que ele tinha morrido de vergonha, mas logo esquecido. Era sinal de nervosismo, explicara ela.

O fato de as carícias de Maud e Joachim terem acabado tão cedo criava uma dificuldade para Carla. Joachim agora estaria mais atento, e não cego e surdo a tudo o que acontecia à sua volta.

Ainda assim, Maud devia estar fazendo o possível para mantê-lo de costas para a porta. Se Carla conseguisse entrar no escritório por apenas um segundo, para recolocar a bolsa na cadeira sem que Joachim a visse, elas conseguiriam se safar.

Com o coração batendo feito um tambor, Carla atravessou a sala e parou junto à porta aberta.

– Isso acontece... – disse Maud, tentando reconfortá-lo. – O corpo fica impaciente. Não é nada.

Carla passou a cabeça pela porta.

Os dois continuavam de pé no mesmo lugar, muito próximos. Maud espiou por trás de Joachim e viu a filha. Levou a mão ao rosto do tenente para impedi-lo de olhar na direção de Carla e disse:

– Beije-me outra vez e diga que não me odeia por causa desse pequeno incidente.

Carla entrou no escritório.

– Preciso de um cigarro – disse Joachim.

Antes que ele se virasse, Carla tornou a sair depressa.

Ficou esperando junto à porta. Será que ele estava com os cigarros no bolso, ou iria procurar o maço fechado na bolsa?

A resposta veio um segundo depois.

– Onde está minha bolsa? – perguntou ele.

Carla sentiu o coração parar.

A voz de Maud soou distinta:

– Você deixou na sala de estar.

– Não deixei, não.

Carla atravessou a sala, largou a bolsa em cima da cadeira e saiu. Então parou no patamar da escada para escutar.

Ouviu os dois saírem do escritório e entrarem na sala.

– Ali está, como eu disse – falou Maud.

– Eu não a deixei aqui – rebateu Joachim, teimoso. – Jurei não deixar esta bolsa longe dos meus olhos. Mas foi isso que fiz... quando a estava beijando.

– Querido, você está chateado por causa do que aconteceu entre nós. Tente relaxar.

– Alguém deve ter entrado na sala enquanto eu estava distraído...

– Que ideia mais absurda.

– Eu não acho.

– Vamos nos sentar ao piano, bem juntinhos, como você gosta – disse ela, mas sua voz estava começando a soar desesperada.

– Quem mais está em casa?

Adivinhando o que iria acontecer em seguida, Carla desceu correndo a escada e entrou na cozinha. Ada a fitou, alarmada, mas não houve tempo para explicações.

Ela ouviu as botas de Joachim na escada.

Instantes depois, o tenente entrou na cozinha. Trazia na mão a bolsa de lona. Tinha uma expressão zangada no rosto. Olhou para Carla e para Ada.

– Uma de vocês duas olhou dentro desta bolsa! – exclamou.

Carla falou com a voz mais calma de que foi capaz:

– Não sei por que você acha uma coisa dessas, Joachim.

Maud surgiu atrás do tenente e passou por ele para entrar na cozinha.

– Vamos tomar um café. Ada, por gentileza – falou, alegre. – Joachim, por favor, sente-se.

Ele a ignorou e correu os olhos pela cozinha. Seu olhar se deteve no tampo do armário baixo junto à janela. Para seu horror, Carla constatou que, embora tivesse guardado a câmera na gaveta, esquecera os dois rolos de filme do lado de fora.

– São rolos de filme de oito milímetros, não são? – perguntou Joachim. – Você tem uma câmera em miniatura?

De repente, ele não parecia mais tão infantil.

– É para isso que servem essas coisas? – indagou Maud. – Bem que eu estava me perguntando. Outro aluno as esqueceu aqui. Um oficial da Gestapo, na verdade.

Foi uma improvisação inteligente, mas Joachim não se deixou enganar.

– E será que ele também esqueceu a câmera? – perguntou, abrindo a gaveta.

A pequena câmera de aço inox estava sobre um pano branco, tão visível quanto uma mancha de sangue.

A expressão de Joachim era de puro choque. Talvez ele realmente não acreditasse que tinha sido vítima de traição e estivesse apenas fazendo uma cena para compensar o vexame sexual, mas agora estava encarando a verdade pela primeira vez. Qualquer que fosse o motivo, passou alguns instantes atônito. Ainda segurando o puxador da gaveta, ficou encarando a câmera como se estivesse hipnotizado. Nesse breve instante, Carla viu que o sonho de amor de um rapaz fora despedaçado e que sua ira seria enorme.

Por fim, ele levantou o rosto. Olhou para as três mulheres à sua volta e seu olhar se cravou em Maud.

– Você fez mesmo isso – falou. – Você me enganou. Mas vai ser punida. – Pegou a câmera e os rolos de filme e os guardou no bolso. – Frau Von Ulrich, a senhora está presa. – Dando um passo à frente, ele a segurou pelo braço. – Vou levá-la para a sede da Gestapo.

Maud soltou o braço e deu um passo para trás.

Joachim lhe deu um soco, com toda a sua força. Era um homem alto, forte e jovem. O soco acertou Maud no rosto e a derrubou no chão.

Joachim ficou de pé ao seu lado.

– Você me fez de bobo! – gritou, com voz aguda. – Você mentiu, e eu acreditei! – Ele estava fora de si. – Vamos ser torturados pela Gestapo, os dois, e merecemos isso!

Então começou a chutá-la. Ela tentou rolar para longe, mas esbarrou no fogão. A bota direita dele a atingiu nas costelas, na coxa e na barriga.

Ada correu até Joachim e arranhou seu rosto com as unhas. Ele a enxotou com um movimento do braço. Então deu um chute na cabeça de Maud.

Isso fez Carla agir.

Ela sabia que as pessoas podiam se recuperar de vários tipos de trauma, mas que um golpe na cabeça muitas vezes causava danos irreparáveis. Esse pensamento, entretanto, não chegou a ser consciente. Ela agiu sem premeditação. Pegou sobre mesa da cozinha a pesada panela de sopa que Ada havia esfregado com tanta determinação. Segurando-a pelo cabo comprido, ergueu-a bem alto e baixou-a com toda a força na cabeça de Joachim.

O tenente cambaleou, aturdido.

Carla tornou a bater, dessa vez com mais força ainda.

Joachim desabou no chão, inconsciente. Maud saiu da frente para não ser atingida pelo corpo dele e sentou-se apoiada na parede, segurando o próprio peito.

Carla tornou a erguer a panela.

– Não! Pare! – gritou Maud.

Carla pousou a panela sobre a mesa da cozinha.

Joachim se mexeu, tentando se levantar.

Então Ada agarrou a panela e tornou a bater no tenente com fúria. Carla tentou segurar seu braço, mas a criada estava louca de raiva. Golpeou a cabeça do rapaz inconsciente inúmeras vezes, até ficar exausta, e então deixou a panela cair no chão com um clangor de metal.

Com dificuldade, Maud se ajoelhou e encarou Joachim. O tenente tinha os olhos arregalados e fixos. Seu nariz estava torto. O crânio parecia deformado. Sangue escorria da orelha. Ele não parecia estar respirando.

Carla se ajoelhou ao seu lado e levou a ponta dos dedos ao pescoço à procura de pulso. Não encontrou.

– Ele está morto – falou. – Nós o matamos. Ah, meu Deus.

– Seu pobre menino tolo – disse Maud, chorando.

– O que vamos fazer agora? – perguntou Ada, ainda ofegante por causa do esforço.

Carla se deu conta de que precisavam se livrar do corpo.

Maud levantou-se com esforço. O lado esquerdo de seu rosto já começava a inchar.

– Meu Deus, que dor – reclamou, segurando a lateral do corpo.

Carla deduziu que estivesse com uma costela quebrada.

Ada baixou os olhos para Joachim e disse:

– Poderíamos escondê-lo no sótão.

– Sim, até os vizinhos começarem a reclamar do cheiro – retrucou Carla.

– Então vamos enterrá-lo no quintal.

– E o que as pessoas vão pensar quando virem três mulheres cavando um buraco de dois metros de comprimento no quintal de uma casa em Berlim? Que estamos procurando ouro?

– Poderíamos cavar de noite.

– E isso por acaso iria parecer menos suspeito?

Ada coçou a cabeça.

– Temos que levar o corpo para algum lugar e jogá-lo fora – disse Carla. – Num parque ou num canal.

– Mas como vamos carregá-lo? – perguntou Ada.

– Ele não é muito pesado – disse Maud com tristeza. – Tão magro e forte.

– O problema não é o peso – disse Carla. – Ada e eu podemos carregá-lo. Mas temos que dar um jeito de fazer isso sem levantar suspeitas.

– Queria que tivéssemos um carro – falou Maud.

Carla fez que não com a cabeça.

– Ninguém consegue gasolina.

Elas se calaram. Lá fora, a noite caía. Ada pegou uma toalha e envolveu a cabeça de Joachim para impedir que o sangue sujasse o piso. Maud chorava baixinho, e lágrimas rolavam por seu rosto contorcido de angústia. Carla queria reconfortar a mãe, mas primeiro tinha que resolver aquele problema.

– Poderíamos colocá-lo dentro de uma caixa – falou.

– A única caixa desse tamanho é um caixão – comentou Ada.

– Que tal um móvel? Um aparador?

– Pesado demais. – Ada pareceu refletir. – Mas o guarda-roupa do meu quarto não pesa tanto.

Carla assentiu. Partia-se do princípio de que uma empregada não tinha muitas roupas nem precisava de móveis de mogno, pensou, constrangida. O quarto de Ada tinha apenas um cabideiro estreito feito de pinho barato.

– Vamos pegar o guarda-roupa – falou.

Antigamente, Ada morava no subsolo, mas esse cômodo agora tinha virado um abrigo antiaéreo, e ela dormia no andar de cima. Carla e ela subiram. Ada abriu o armário e tirou todas as suas roupas de dentro. Não eram muitas: dois conjuntos de uniforme, alguns vestidos, um sobretudo de inverno, todos velhos. Dispôs as roupas com esmero sobre a cama de solteiro.

Carla inclinou o guarda-roupa para avaliar seu peso, e então Ada segurou a outra ponta. O móvel não era pesado, mas era grandalhão, e elas levaram algum tempo para conseguir fazê-lo passar pela porta e descer a escada.

Por fim, deitaram o armário no hall com a porta virada para cima. Carla o abriu. O móvel agora parecia um caixão com tampa de dobradiça.

Carla voltou à cozinha e abaixou-se junto ao cadáver. Tirou a câmera e os filmes do bolso de Joachim e tornou a guardá-los na gaveta da cozinha.

Então segurou o corpo pelos braços. Ada pegou as pernas e, juntas, o ergueram. Carregaram-no para fora da cozinha até o hall e o puseram dentro do guarda-

-roupa. Embora o sangramento já tivesse parado, Ada rearrumou a toalha em volta da cabeça do tenente.

Será que deveriam despir seu uniforme, perguntou-se Carla? Isso tornaria o corpo mais difícil de identificar – mas geraria dois problemas de eliminação de indícios em vez de um. Resolveu que era melhor não.

Pegou a bolsa de lona e a jogou dentro do armário, com o corpo.

Fechou a porta do armário e girou a chave para garantir que ele não se abrisse por acidente. Guardou a chave no bolso do vestido.

Foi até a sala de estar e olhou pela janela.

– Está escurecendo – falou. – Isso é bom.

– O que as pessoas vão pensar? – indagou Maud.

– Que estamos transportando um móvel... Para vender, quem sabe, e conseguir dinheiro para comprar comida.

– Duas mulheres transportando um guarda-roupa?

– Mulheres fazem esse tipo de coisa o tempo todo agora que tantos homens morreram ou estão no Exército. Afinal de contas, não podemos chamar um caminhão de mudanças... Eles não conseguiriam comprar gasolina.

– Por que vocês estariam fazendo isso ao anoitecer?

Carla deixou a frustração aflorar:

– Não sei, mãe. Se alguém perguntar, vou ter que inventar uma desculpa. Mas o cadáver não pode ficar aqui.

– Quando encontrarem o corpo, vão saber que ele foi assassinado. Vão examinar os ferimentos.

Carla também estava preocupada com isso.

– Não há nada que possamos fazer.

– Eles podem tentar investigar os lugares aos quais ele foi hoje.

– Ele disse que não contou a ninguém sobre as aulas de piano. Queria surpreender os amigos com sua habilidade. Com sorte, ninguém saberá que ele esteve aqui. – E sem sorte, pensou Carla, estamos todas mortas.

– O que será que vão imaginar que motivou o assassinato?

– Eles vão encontrar vestígios de sêmen na roupa de baixo dele?

– Sim – disse Maud, olhando para outro lado, constrangida.

– Nesse caso, partirão do pressuposto de que foi um encontro sexual, talvez com outro homem, que terminou em briga.

– Tomara que você tenha razão.

Carla não tinha certeza nenhuma, mas não conseguia pensar em nada que pudessem fazer a respeito.

– Vamos jogá-lo no canal – disse ela.

Mais cedo ou mais tarde, o corpo flutuaria e seria encontrado, e haveria uma investigação de assassinato. Tudo o que podiam fazer era torcer para que esta não conduzisse até elas.

Carla abriu a porta da frente.

Ficou em pé diante do armário, à esquerda, e Ada se posicionou atrás, à direita. As duas se abaixaram.

A criada, sem dúvida mais experiente em carregar peso do que as patroas, deu as instruções:

– Incline um pouco o guarda-roupa e ponha as mãos por baixo.

Carla obedeceu.

– Agora levante um pouquinho o seu lado.

Carla assim o fez.

Ada pôs as mãos sob o seu lado e disse:

– Dobre os joelhos. Segure o peso. Agora levante.

Elas ergueram o guarda-roupa até a altura dos quadris. Ada então se abaixou e pôs o ombro debaixo do móvel. Carla a imitou.

As duas ficaram de pé.

Ao descerem os degraus da porta da frente, o peso tombou para o lado de Carla, mas ela aguentou firme. Quando chegaram à rua, viraram na direção do canal, que ficava a alguns quarteirões dali.

Agora escurecera por completo e não havia lua, apenas umas poucas estrelas que emitiam uma luz débil. Com o blecaute, havia uma boa chance de que ninguém as visse jogar o guarda-roupa no canal. A desvantagem era que Carla mal conseguia ver um palmo à sua frente. Ficou morta de medo de tropeçar, cair e de o guarda-roupa se espatifar, revelando o homem morto lá dentro.

Uma ambulância passou, com os faróis tapados por protetores. Provavelmente se dirigia ao local de algum acidente. Havia muitos, por causa do blecaute. Isso significava que haveria carros de polícia por perto.

Carla se lembrou de um caso de assassinato que fora sensação no início do blecaute. Um homem havia matado a mulher, enfiado o corpo dentro de um caixote e atravessado a cidade com o caixote no selim da bicicleta, no escuro, antes de jogá-la no rio Havel. Será que a polícia se lembraria do caso e desconfiaria de qualquer um que estivesse transportando um objeto volumoso?

No momento em que pensava isso, um carro de polícia passou. Um policial olhou pela janela para as duas mulheres carregando o guarda-roupa, mas o carro não parou.

O peso pareceu aumentar. A noite estava quente, e em pouco tempo Carla ficou coberta de suor. A madeira do guarda-roupa machucava seu ombro, e ela desejou ter pensado em pôr um lenço dobrado dentro da blusa para servir de proteção.

Ao dobrar uma esquina, elas viram o acidente.

Um caminhão articulado de quatro eixos carregado de madeira havia batido de frente com um Mercedes sedã que ficara seriamente amassado. Os faróis do carro de polícia e da ambulância iluminavam o acidente. Na pequena poça de luz fraca, um grupo de homens estava reunido em volta do carro. A batida devia ter acontecido poucos minutos antes, pois ainda havia pessoas dentro do carro. Um dos funcionários da ambulância, com o corpo debruçado pela porta traseira, devia estar examinando os ferimentos dos passageiros para ver se estes podiam ser retirados do veículo.

Por um instante, Carla foi dominada pelo pânico. A culpa a petrificou, e ela parou onde estava. Mas ninguém as tinha visto carregando o armário, e em poucos instantes ela entendeu que bastava sair de fininho dali, recuar e pegar outro caminho até o canal.

Começou a se virar. Nesse exato momento, porém, um policial mirou a lanterna na sua direção.

Seu impulso foi largar o guarda-roupa e sair correndo, mas ela se conteve.

– O que vocês estão fazendo? – perguntou o policial.

– Transportando um guarda-roupa, senhor – respondeu ela. Recuperando a presença de espírito, fingiu uma curiosidade macabra para disfarçar o nervosismo e a culpa: – Que acidente foi esse? – indagou. – Alguém morreu? – completou, para garantir.

Sabia que os profissionais não gostavam desse tipo de curiosidade mórbida – ela mesma era uma profissional. Conforme previa, o policial reagiu com descaso.

– Não é da sua conta – respondeu ele. – Só não atrapalhem. – Dando-lhes as costas, ele virou a lanterna para o carro acidentado.

A calçada do lado da rua mais perto delas estava livre. Carla tomou uma decisão rápida e seguiu direto. Ela e Ada foram carregando o guarda-roupa com o tenente morto bem na direção do acidente.

Carla manteve os olhos pregados no pequeno grupo de funcionários de emergência que trabalhavam dentro do restrito círculo de luz. Estavam todos muito concentrados, e ninguém ergueu os olhos quando elas passaram.

Chegar ao final do caminhão de quatro eixos pareceu levar uma eternidade. Então, quando finalmente chegaram à parte traseira, Carla teve uma inspiração.

Parou.

– O que foi? – sibilou Ada.

– Por aqui. – Carla desceu para a rua, junto à traseira do caminhão. – Ponha o guarda-roupa no chão – sussurrou. – Não faça barulho.

Delicadamente, as duas pousaram o guarda-roupa na rua.

– Vamos deixar aqui? – sussurrou Ada.

Carla tirou a chave do bolso e destrancou a porta do armário. Ergueu os olhos: até onde podia ver, os homens continuavam reunidos em volta do carro, a uns sete metros de onde elas estavam, na outra ponta do caminhão.

Ela abriu a porta do guarda-roupa.

Joachim Koch apareceu: olhos vazios a fitá-las do chão, cabeça envolta numa toalha ensanguentada.

– Vamos desová-lo – falou. – Perto das rodas.

Elas inclinaram o guarda-roupa e o corpo rolou para fora, indo parar perto dos pneus.

Carla pegou o pano sujo de sangue e o jogou dentro do armário. Deixou a bolsa de lona caída junto ao cadáver: ficou feliz em se livrar dela. Fechou e trancou a porta do guarda-roupa; então as duas tornaram a suspender o móvel e saíram andando.

Era fácil carregá-lo agora.

Quando estavam a uns cinquenta metros, já na parte escura, Carla ouviu uma voz distante dizer:

– Meu Deus, mais uma vítima... parece que um pedestre foi atropelado!

As duas dobraram uma esquina, e Carla foi engolfada por uma onda de alívio. Ela havia se livrado do corpo. Se conseguisse chegar em casa sem chamar mais atenção – e sem ninguém olhar dentro do guarda-roupa e ver a toalha suja de sangue –, estaria segura. Não haveria investigação nenhuma de assassinato. Joachim havia se transformado num pedestre morto num acidente causado pelo blecaute. Se de fato houvesse sido arrastado pela rua calçada com paralelepípedos, talvez tivesse tido ferimentos parecidos com aqueles causados pela pesada panela de sopa de Ada. Um bom médico legista poderia até ver a diferença – mas ninguém julgaria necessário fazer uma necrópsia.

Carla pensou em jogar fora o guarda-roupa, mas achou melhor não. Mesmo sem o pano, havia manchas de sangue em seu interior, e isso poderia gerar um inquérito policial. Melhor levar o móvel de volta e limpá-lo bem.

As duas chegaram em casa sem cruzar com mais ninguém.

Puseram o guarda-roupa no chão do hall. Ada pegou a toalha, levou-a para a pia da cozinha e abriu a torneira de água fria. Carla sentiu um misto de exultação e tristeza. Tinha roubado o plano de batalha dos nazistas, mas para isso precisara matar um rapaz que era mais tolo do que mau. Passaria muitos dias pensando nisso, anos talvez, antes de saber o que sentia a respeito. Por ora, estava cansada demais para pensar.

Contou à mãe o que tinham feito. O lado esquerdo do rosto de Maud estava tão inchado que o olho quase não abria. Ela pressionava o flanco esquerdo como quem tenta aliviar uma dor. Tinha um aspecto lastimável.

– Você foi muito corajosa, mãe – disse Carla. – Eu a admiro muito pelo que fez hoje.

– Não me sinto digna de admiração – retrucou Maud, cansada. – Estou morta de vergonha. Tenho desprezo por mim mesma.

– Porque não o amava? – indagou Carla.

– Não – respondeu Maud. – Pelo contrário: porque amava.

CAPÍTULO CATORZE

1942 (III)

Greg Peshkov formou-se em Harvard com a menção *summa cum laude*, a maior de todas as honras. Sem dificuldade alguma, poderia ter começado um doutorado em física, sua principal matéria, e assim evitado o serviço militar. Mas ele não queria ser cientista. Tinha ambição de exercer um tipo diferente de poder. Além do mais, quando a guerra terminasse, um histórico militar seria uma enorme vantagem para um jovem político em ascensão. Portanto, alistou-se.

Por outro lado, não queria realmente ter que lutar.

Enquanto acompanhava a guerra na Europa com interesse crescente, começou a pressionar todos os seus conhecidos de Washington – que eram muitos – para conseguir um cargo na sede do Departamento de Guerra.

A ofensiva de verão alemã havia começado em 28 de junho e conseguira avançar depressa em direção ao leste, encontrando uma oposição relativamente leve até chegar à cidade de Stalingrado, antiga Tsaritsyn, onde fora interrompida pela feroz resistência russa. Agora os alemães estavam paralisados, com linhas de abastecimento excessivamente esticadas, e parecia cada vez mais que o Exército Vermelho os atraíra para uma armadilha.

Greg estava no treinamento básico havia pouco tempo quando foi convocado à sala do coronel.

– O Corpo de Engenheiros do Exército precisa de um jovem e brilhante oficial em Washington – disse o coronel. – Embora já tenha estagiado na capital, você não seria minha primeira escolha... Não consegue nem manter o uniforme limpo, veja só. Mas o trabalho exige conhecimento de física, e nossas alternativas são limitadas.

– Fico grato, coronel – disse Greg.

– Se tentar usar esse tipo de sarcasmo com seu novo chefe, vai se arrepender. Você vai trabalhar como assistente do coronel Groves. Nós estudamos juntos em West Point. Ele é o maior filho da puta que já conheci, dentro ou fora do Exército. Boa sorte.

Greg ligou para Mike Penfold, na assessoria de imprensa do Departamento de Estado, e descobriu que, até recentemente, Leslie Groves era o principal responsável pelas obras de todas as Forças Armadas americanas, e comandara a construção do novo quartel-general de Washington, o imenso prédio de cinco lados que as pessoas estavam começando a chamar de Pentágono. Mas Groves havia sido transferido para um novo projeto sobre o qual ninguém sabia muita coisa. Alguns diziam que o coronel ofendia seus superiores com tanta frequência que na verdade fora rebaixado; segundo outros, porém, aquele novo cargo era ainda mais importante, altamente sigiloso. Num ponto, pelo menos, todos concordavam: o coronel era um sujeito cheio de si, arrogante e implacável.

– Quer dizer que *todo mundo* odeia esse cara? – perguntou Greg.

– Ah, não – respondeu Mike. – Só quem o conhece.

Foi com muita ansiedade que o tenente Greg Peshkov chegou à sala de Groves no impressionante prédio novo do Departamento de Guerra, um palacete art déco bege-claro situado na esquina da Rua 21 com a Virginia Avenue. Não demorou a descobrir que fazia parte de um grupo chamado Distrito de Engenheiros de Manhattan. O nome intencionalmente pouco informativo camuflava uma equipe que tentava criar um novo tipo de bomba usando urânio como explosivo.

Greg ficou intrigado. Sabia que o isótopo mais leve do urânio, o U-235, continha uma energia imensurável, e já lera vários artigos sobre o assunto em publicações científicas. Mas as notícias sobre a pesquisa haviam cessado alguns anos antes, e agora ele entendia por quê.

Ficou sabendo que o presidente Roosevelt achava que o projeto estava avançando muito lentamente, e que Groves fora escolhido para estalar o chicote.

Greg chegou seis dias depois de o coronel ser transferido. Seu primeiro trabalho para Groves foi ajudá-lo a prender estrelas no colarinho de sua camisa cáqui: ele acabara de ser promovido a general de brigada.

– É mais para impressionar todos os cientistas civis com os quais temos que trabalhar – rosnou Groves. – Tenho uma reunião na sala do secretário de Guerra daqui a dez minutos. É melhor vir comigo, assim ficará informado.

Groves era um homem pesado. Com 1,80m de altura, devia ter mais de 120 quilos. Usava a calça do uniforme bem alta na cintura, e sua barriga pulava sob o cinto de tecido grosso. Tinha cabelos ruivos que talvez ficassem encaracolados se ele os deixasse crescer. Tinha testa estreita, bochechas rechonchudas, e o queixo se prolongava numa papada. Usava um bigodinho praticamente invisível. Não era um homem atraente sob nenhum aspecto, e a ideia de trabalhar para ele não deixou Greg muito animado.

Junto com um séquito que incluía Greg, o general saiu do prédio e desceu a Virginia Avenue até o National Mall. No caminho, Groves lhe disse:

– Quando me deram este cargo, disseram que ele talvez possa ganhar a guerra. Não sei se é verdade, mas pretendo agir como se fosse. Aconselho você a fazer o mesmo.

– Sim, senhor – respondeu Greg.

O secretário de Guerra ainda não tinha se mudado para o Pentágono, cuja obra não fora concluída, e a sede do Departamento de Guerra continuava no antigo Prédio de Munições, estrutura "temporária" comprida, baixa e antiquada situada na Constitution Avenue.

O secretário de Guerra, Henry Stimson, era republicano e fora nomeado pelo presidente para impedir seu partido de prejudicar o esforço de guerra, criando problemas no Congresso. Aos 75 anos, Stimson era um político experiente, um garboso senhor de bigode branco, mas o brilho da inteligência ainda luzia em seus olhos.

Todos os oficiais presentes à reunião trajavam uniformes de gala, e a sala estava lotada de homens importantes, incluindo George Marshall, chefe do Estado-Maior do Exército. Greg ficou nervoso e pensou, com admiração, que Groves parecia surpreendentemente calmo para alguém que até a véspera não passava de um coronel.

Seu chefe abriu a reunião enfatizando como pretendia pôr ordem nas centenas de cientistas civis e dezenas de laboratórios de física envolvidos no Projeto Manhattan. Não fez nenhuma tentativa de se mostrar deferente para com os detentores de cargos importantes ali presentes, que poderiam muito bem ter achado que assumiriam o controle da situação. Expôs seus planos sem se dar o trabalho de usar expressões subservientes como "com a sua permissão" ou "se os senhores estiverem de acordo". Greg imaginou se o general por acaso estaria tentando ser demitido.

Foram tantas informações novas que Greg quis tomar notas, mas ninguém mais estava fazendo isso, então concluiu que não ficaria bem.

Quando Groves terminou de falar, um dos participantes disse:

– Imagino que estoques de urânio sejam cruciais para o projeto. Nós temos urânio suficiente?

Foi o próprio Groves quem respondeu:

– Há 1.250 toneladas de pechblenda num depósito de Staten Island. A pechblenda é o mineral que contém o óxido de urânio.

– Então deveríamos comprar um pouco desse mineral – disse o participante.

– Já comprei tudo na sexta-feira, senhor.

– Sexta-feira? Um dia depois da sua nomeação?

– Positivo.

O secretário de Guerra reprimiu um sorriso. O espanto de Greg com a arrogância de Groves começou a se transformar em admiração por sua ousadia.

Um oficial com uniforme de almirante falou:

– E qual é o grau de prioridade desse projeto? O senhor precisa do sinal verde do Conselho de Produção de Guerra.

– Estive com Donald Nelson no sábado – disse Groves. Nelson era o civil responsável pelo Conselho. – Pedi a ele que aumentasse nossa prioridade.

– E o que ele respondeu?

– Não.

– Isso é um problema.

– Não mais. Eu disse a ele que teria de recomendar ao presidente que o Projeto Manhattan fosse abandonado porque o Conselho de Produção de Guerra não queria colaborar. Então ele nos pôs na categoria AAA.

– Ótimo – disse o secretário de Guerra.

Greg ficou novamente impressionado. Groves era mesmo uma metralhadora giratória.

– Então, continuando – retomou Stimson –, o senhor será supervisionado por um comitê que irá se reportar a mim. Nove integrantes já foram sugeridos...

– Nem pensar – interrompeu Groves.

– Como é? – retrucou o secretário de Guerra.

Dessa vez Groves tinha ido longe demais, pensou Greg.

– Senhor secretário, não posso me reportar a um comitê de nove pessoas – contestou Groves. – Nunca vou conseguir me desvencilhar dele.

Stimson sorriu. Parecia velho demais para se ofender com aquele tipo de conversa.

– E que número o senhor sugeriria, general? – perguntou, afável.

Greg viu que Groves queria responder "nenhum", mas em vez disso falou:

– Três seria perfeito.

– Está bem – respondeu o secretário de Guerra, para assombro de Greg. – Mais alguma coisa?

– Vamos precisar de uma área grande, algo em torno de 24 mil hectares, para uma fábrica de enriquecimento de urânio e construções anexas. Há um local apropriado em Oak Ridge, no Tennessee. É uma região de vales estreitos delimitados por longas cadeias de montanhas, assim, se houver algum acidente, a explosão será contida.

– Acidente? – perguntou o almirante. – Isso é provável?

Groves não escondeu sua opinião de que aquela era uma pergunta idiota.

– Pelo amor de Deus, estamos produzindo uma bomba experimental – respondeu. – Uma bomba tão potente que promete aniquilar uma cidade de porte médio com uma única detonação. Seria burrice ignorar a possibilidade de um acidente.

O almirante pareceu prestes a protestar, mas Stimson tornou a intervir:

– Prossiga, general.

– A terra no Tennessee é barata – disse Groves. – A energia elétrica também. E nossa fábrica vai usar muita energia.

– Então o senhor está propondo comprar essas terras.

– Estou propondo visitá-las hoje. – Groves olhou para o relógio. – Na verdade, preciso sair agora para pegar o trem para Knoxville. – Ele se levantou. – Se me dão licença, cavalheiros, não quero perder tempo.

Os outros homens que estavam na sala ficaram boquiabertos. Até mesmo Stimson pareceu surpreso. Ninguém em Washington sonhava em sair da sala de um secretário antes que este encerrasse a reunião. Aquilo era uma tremenda quebra de protocolo. Mas Groves não parecia se importar.

E conseguiu se safar.

– Muito bem – disse Stimson. – Não queremos atrasá-lo.

– Obrigado, secretário – disse Groves, e saiu.

Greg se apressou a segui-lo.

II

A secretária civil mais bonita do Novo Edifício do Gabinete de Guerra chamava-se Margaret Cowdry. Tinha grandes olhos escuros e uma boca larga, sensual. Quando ela erguia o rosto e sorria, sentada atrás de sua máquina de escrever, a sensação que se tinha era de já estar fazendo amor com ela.

O pai de Margaret havia transformado a arte de fazer pão numa indústria de produção em massa: "Biscoitos Cowdry, tão fresquinhos quanto os da sua mãe!" Ela não precisava trabalhar, mas estava fazendo a sua parte pelo esforço de guerra. Antes de convidá-la para almoçar, Greg se certificou de que ela soubesse que ele também era filho de um milionário. Uma rica herdeira em geral preferia sair com rapazes abastados: assim podia ter certeza de que ele não estava atrás do seu dinheiro.

Era outubro, e fazia frio em Washington. Margaret estava usando um elegante sobretudo azul-marinho, com ombreiras e cintura marcada. A boina no mesmo tom tinha um ar militar.

Os dois iam almoçar no Ritz-Carlton, mas, ao chegar lá, Greg viu o pai com Gladys Angelus. Não queria uma refeição a quatro. Quando explicou isso a Margaret, ela disse:

– Não faz mal. Vamos almoçar no Clube Universitário Feminino, aqui do lado. Sou sócia de lá.

Greg nunca tinha ido a esse clube, mas teve a sensação de que já ouvira falar dele. Passou alguns instantes tentando se lembrar, mas não conseguiu, então esqueceu o assunto.

No clube, Margaret tirou o sobretudo e revelou um vestido de caxemira azul-royal que moldava suas curvas de forma sedutora. Manteve o chapéu e as luvas, como faziam todas as mulheres de classe ao comerem fora.

Como sempre, Greg saboreou a sensação de entrar num recinto de braços dados com uma linda mulher. Havia poucos homens no restaurante do Clube Universitário Feminino, mas todos o invejaram. Embora não admitisse isso para ninguém, apreciava esse sentimento tanto quanto levar as mulheres em questão para a cama.

Pediu uma garrafa de vinho. Margaret diluiu o seu com água mineral, ao estilo francês, dizendo:

– Não quero passar a tarde inteira corrigindo meus próprios erros de digitação.

Greg lhe contou sobre o general Groves:

– Ele sabe o que quer e vai atrás. De certa forma, é uma versão malvestida do meu pai.

– Todo mundo o detesta – comentou Margaret.

Greg assentiu.

– Ele não faz a menor questão de ser simpático.

– Seu pai também é assim?

– Às vezes, mas em geral usa o charme.

– O meu é igualzinho! Talvez todos os homens de sucesso sejam assim.

O almoço passou depressa. O serviço nos restaurantes de Washington estava mais acelerado. O país estava em guerra, e as pessoas tinham coisas urgentes a fazer.

A garçonete lhes trouxe o cardápio de sobremesas. Greg olhou para ela, e ficou surpreso ao reconhecer Jacky Jakes.

– Olá, Jacky! – falou.

– Oi, Greg – respondeu ela, com a familiaridade encobrindo o nervosismo. – Como tem passado?

Greg lembrou que o detetive lhe dissera que Jacky trabalhava no Clube

Universitário Feminino. Era essa a lembrança que havia lhe escapado antes do almoço.

– Bem – respondeu. – E você?

– Muito bem.

– Tudo na mesma? – Ele queria saber se ela ainda estava recebendo mesada de seu pai.

– Praticamente.

Greg deduziu que algum advogado devia estar lhe pagando e que Lev se esquecera por completo daquele assunto.

– Que bom – comentou.

Jacky se lembrou do trabalho.

– Vão querer sobremesa?

– Sim, por favor.

Margaret pediu uma salada de frutas e Greg, um sorvete.

Quando Jacky se afastou da mesa, Margaret comentou:

– Ela é muito bonita. – Então fez cara de quem espera uma resposta.

– É, acho que sim – disse Greg.

– E não está de aliança.

Greg deu um suspiro. Como as mulheres eram observadoras.

– Você está se perguntando como posso ser amigo de uma bela garçonete negra solteira – falou. – É melhor eu contar a verdade: tivemos um caso quando eu tinha 15 anos. Espero que não fique chocada.

– É claro que estou chocada – retrucou Margaret. – Estou moralmente indignada. – Ela não estava nem falando sério nem brincando, mas algo entre as duas coisas. Não chegava a estar escandalizada, mas talvez não quisesse passar a impressão de que encarava o sexo de forma casual, ao menos não em seu primeiro almoço juntos.

Jacky trouxe as sobremesas e perguntou se eles queriam café. Não havia tempo para isso – o Exército não aceitava almoços demorados –, então Margaret pediu a conta.

– Convidados não podem pagar aqui – explicou. Quando Jacky se afastou, ela arrematou: – O interessante é que você tem muito carinho por ela.

– Tenho? – Greg ficou surpreso. – Acho que tenho boas recordações. Bem que gostaria de voltar a ter 15 anos.

– Mas mesmo assim ela tem medo de você.

– Não tem, não!

– Medo, não. Pânico.

– Acho que não.

– Acredite em mim. Os homens são cegos, mas uma mulher vê esse tipo de coisa.

Greg examinou Jacky com atenção quando ela trouxe a conta e percebeu que Margaret tinha razão. Jacky continuava assustada. Toda vez que via Greg, ela se lembrava de Joe Brekhunov e de sua navalha.

Isso deixou Greg zangado. A moça tinha o direito de viver em paz.

Ele teria que tomar alguma providência.

Sagaz feito uma águia, Margaret falou:

– Acho que você sabe por que ela está com medo.

– Meu pai a ameaçou. Estava com medo de que eu me casasse com ela.

– Seu pai é um homem que mete medo?

– Ele gosta que tudo corra como ele quer.

– O meu é igualzinho – disse ela. – Uma flor de pessoa, até você o contrariar. Aí ele vira uma fera.

– Que bom que você entende.

Os dois voltaram ao trabalho. Greg passou a tarde inteira zangado. De alguma forma, a ameaça de seu pai ainda pairava sobre a vida de Jacky como uma influência maligna. Mas o que ele podia fazer?

O que seu pai faria? Esse era um bom jeito de considerar a questão. Lev ficaria completamente obcecado por reverter a situação a seu favor, e não se importaria com quem fosse preciso ferir para conseguir isso. O general Groves agiria de forma parecida. Também posso ser assim, pensou Greg, afinal sou filho dele.

Um plano começou a se formar em sua mente.

Ele passou a tarde lendo e resumindo um parecer provisório do Laboratório de Metalurgia da Universidade de Chicago. Um dos cientistas da instituição era Leo Szilard, primeiro a descrever o conceito de reação nuclear em cadeia. Judeu húngaro, Szilard estudara na Universidade de Berlim até o fatídico ano de 1933. A equipe de pesquisadores de Chicago era chefiada por Enrico Fermi, físico italiano cuja esposa judia havia deixado a Itália quando Mussolini publicara o *Manifesto da raça*.

Greg ficou imaginando se os fascistas percebiam que seu racismo provocara tamanha debandada de cientistas brilhantes para o lado inimigo.

Ele entendia perfeitamente o conceito físico em questão. A teoria de Fermi e Szilard era que, quando um nêutron se chocava com um átomo de urânio, a colisão podia produzir dois nêutrons. Esses dois nêutrons, por sua vez, podiam colidir com outros átomos de urânio para se transformar em quatro, depois oito, e assim por diante. Szilard batizara esse fenômeno de reação em cadeia – uma ideia genial.

Assim, uma tonelada de urânio era capaz de produzir a mesma energia de três milhões de toneladas de carvão – pelo menos em tese.

Na prática, isso nunca tinha sido feito.

Fermi e sua equipe estavam montando uma pilha de urânio no Stagg Field, estádio de futebol americano desativado que pertencia à Universidade de Chicago. Para que o material não explodisse de forma espontânea, enterraram o urânio em grafite, para absorver os nêutrons e impedir a reação em cadeia. Seu objetivo era aumentar gradualmente a radioatividade até um nível em que mais nêutrons fossem criados do que absorvidos – o que provaria a existência da reação em cadeia – e, em seguida, diminuí-la depressa, antes que ela explodisse a pilha, o estádio, o campus e, possivelmente, toda a cidade de Chicago.

Até agora, não haviam obtido sucesso.

Greg escreveu uma avaliação positiva do parecer, pediu a Margaret Cowdry que a datilografasse na mesma hora e, em seguida, levou-a para Groves.

O general leu o primeiro parágrafo e perguntou:

– Vai funcionar?

– Bem, general...

– A porra do cientista é você. Vai funcionar?

– Sim, general, vai funcionar – respondeu Greg.

– Ótimo – disse Groves, e jogou o resumo na lixeira.

Greg voltou para sua mesa e passou algum tempo sentado encarando a reprodução da Tabela Periódica na parede à sua frente. Tinha quase certeza de que a pilha nuclear iria funcionar. Estava mais preocupado em como forçar o pai a retirar a ameaça feita a Jacky.

Mais cedo, havia decidido lidar com aquele problema da mesma forma que Lev teria lidado. Agora estava começando a pensar nos detalhes práticos. Precisava assumir uma posição radical.

Seu plano começou a tomar forma.

Mas será que ele teria peito para enfrentar o pai?

Às cinco da tarde, encerrou o expediente.

No caminho de casa, parou numa barbearia e comprou uma navalha dobrável, do tipo em que a lâmina fica encaixada no cabo.

– Com a sua barba, o senhor vai ver que funciona melhor do que uma gilete – comentou o barbeiro.

Mas Greg não iria usar a navalha para se barbear.

Estava morando na suíte permanente do pai no Hotel Ritz-Carlton. Quando chegou, Lev e Gladys tomavam drinques.

Lembrou-se de ter encontrado Gladys pela primeira vez naquele quarto, sete anos antes, sentada no mesmo sofá de seda amarela. Ela agora era uma estrela de cinema ainda mais famosa. Lev a fizera protagonizar uma série de filmes de guerra descaradamente aventurescos, nos quais ela desafiava nazistas mal-encarados, derrotava japoneses sádicos graças à sua inteligência e velava a convalescença de másculos pilotos americanos. Não era mais tão bonita quanto aos 20 anos, observou Greg. A pele do rosto já não tinha a mesma textura lisa e perfeita; os cabelos não pareciam tão fartos; e ela estava usando um sutiã, peça que sem dúvida devia desprezar naquele tempo. No entanto, ainda tinha os mesmos olhos azul-escuros que pareciam irradiar um convite irresistível.

Greg aceitou um martíni e se sentou. Será que iria mesmo desafiar o pai? Nunca tinha feito isso nos sete anos desde que apertara a mão de Gladys pela primeira vez. Talvez já estivesse na hora.

Vou agir exatamente como ele agiria, pensou.

Tomou um gole da bebida e pousou o corpo sobre uma mesinha lateral de pernas finas. Em tom casual, disse a Gladys:

– Quando eu tinha 15 anos, meu pai me apresentou a uma atriz chamada Jacky Jakes.

Os olhos de Lev se arregalaram.

– Acho que não a conheço – disse Gladys.

Greg tirou a navalha do bolso, mas não a abriu. Segurou-a na mão, como se avaliasse seu peso.

– Eu me apaixonei por ela.

– Por que está desencavando essa história agora? – perguntou Lev.

Gladys sentiu a tensão no ar e assumiu uma expressão aflita.

– Meu pai teve medo de que eu quisesse me casar com ela – prosseguiu Greg.

Lev deu uma risada zombeteira.

– Aquela piranha vagabunda?

– Ela era uma piranha vagabunda? – perguntou Greg. – Achei que fosse atriz. – Olhou para Gladys. A ofensa velada a fez corar. Greg prosseguiu: – Meu pai fez uma visita a ela e levou um colega, Joe Brekhunov. Você o conheceu, Gladys?

– Acho que não.

– Sorte sua! Joe tem uma navalha igual a esta. – Greg abriu a navalha com um estalo, exibindo a lâmina afiada e reluzente.

Gladys soltou um arquejo.

– Não sei que brincadeira você acha que está fazendo... – começou Lev.

– Só um instante – interrompeu Greg. – Gladys quer ouvir o resto da história. – Sorriu para ela, que estava apavorada. – Meu pai disse a Jacky que, se ela tornasse a me ver, Joe Brekhunov cortaria seu rosto.

Ele fez um movimento brusco com a navalha, bem pequeno, e Gladys soltou um gritinho.

– Chega dessa história – disse Lev, dando um passo em direção ao filho.

Greg ergueu a mão que segurava a navalha. Lev parou.

Greg não tinha certeza se seria capaz de ferir o pai. Mas Lev também não tinha.

– Jacky mora aqui em Washington – disse Greg.

– Você está trepando com ela outra vez? – perguntou-lhe o pai, grosseiro.

– Não. Não estou trepando com ninguém no momento, mas tenho planos para Margaret Cowdry.

– A herdeira dos biscoitos?

– Por quê? Vai fazer Joe ameaçá-la também?

– Não seja idiota.

– Jacky hoje em dia é garçonete... Nunca conseguiu o papel no cinema que esperava. Às vezes esbarro com ela na rua. Hoje ela me serviu o almoço num restaurante. Sempre que me vê, ela acha que Joe virá atrás dela.

– Essa mulher está louca – disse Lev. – Eu nem me lembrava dela até cinco minutos atrás.

– Posso dizer isso a ela? – indagou Greg. – Acho que a esta altura ela tem direito a um pouco de paz.

– Pode dizer a ela o que quiser, porra. Para mim ela não existe.

– Maravilha – disse Greg. – Ela vai gostar de saber.

– Agora guarde essa droga dessa navalha.

– Só mais uma coisa. Um aviso.

Lev fez cara de bravo.

– Você está *me* dando um aviso?

– Se alguma coisa ruim acontecer com Jacky... qualquer coisa... – Greg moveu a navalha para um lado e para outro, só um pouquinho.

– Não me diga que vai cortar a cara de Joe Brekhunov – zombou Lev com desdém.

– Não.

Lev exibiu uma pontinha de medo.

– Vai cortar a minha?

Greg fez que não com a cabeça.

– O que vai fazer então, pelo amor de Deus? – perguntou Lev, irritado.

Greg olhou para Gladys.

A mulher levou alguns instantes para entender aonde ele queria chegar. Então se encolheu na poltrona estofada de seda, levou as duas mãos às faces como se quisesse protegê-las e soltou outro gritinho, dessa vez mais alto.

– Seu babaquinha – disse Lev ao filho.

Greg fechou a navalha e se levantou.

– Era assim que você teria agido, pai – falou, e então saiu do quarto.

Bateu a porta e recostou-se na parede, ofegante como se tivesse corrido. Nunca sentira tanto medo na vida. No entanto, também estava triunfante. Havia enfrentado o pai usando as táticas do próprio Lev, e chegara até a lhe meter um pouco de medo.

Enquanto andava até o elevador, guardou a navalha no bolso. Sua respiração se normalizou. Ele virou a cabeça para olhar o corredor do hotel, quase esperando ver o pai sair correndo atrás dele. Mas a porta da suíte permaneceu fechada. Greg entrou no elevador e desceu até o lobby.

Entrou no bar do hotel e pediu um dry martíni.

III

No domingo, Greg decidiu visitar Jacky.

Queria lhe dar a boa notícia. Lembrava-se do endereço – a única informação pela qual já precisara pagar um detetive particular. A menos que ela houvesse se mudado, morava do outro lado da Union Station. Ele lhe prometera que nunca iria lá, mas agora podia explicar a ela que essa cautela já não era mais necessária.

Foi de táxi. Enquanto atravessava a cidade, pensou que ficaria feliz em deixar definitivamente seu caso com Jacky para trás. Tinha um carinho especial pela primeira moça com quem fora para a cama, mas não queria ter qualquer envolvimento em sua vida. Seria um alívio tirá-la da consciência. Então, da próxima vez que se esbarrassem, ela talvez não ficasse morrendo de medo. Poderiam se cumprimentar, conversar um pouco e seguir cada um o seu caminho.

O táxi o levou até um bairro pobre de casas de um andar só, com cercas de arame baixas em volta de pequenos pátios. Ele se perguntou como seria a vida de Jacky agora. Qual seria sua ocupação durante aquelas noites que fazia tanta questão de ter livres? Decerto ia ao cinema com as amigas. Será que assistia às partidas de futebol americano do Washington Redskins, ou acompanhava o time de beisebol do Nats? Quando ele lhe perguntara sobre namorados, sua resposta fora enigmática. Talvez fosse casada e não tivesse dinheiro para comprar uma aliança. Pelos seus cálculos, Jacky estava com 24 anos. Se andasse à procura do homem certo, a essa altura já deveria tê-lo encontrado. Mas em momento algum ela mencionara um marido, nem o detetive.

Ele pagou o táxi em frente a uma casa pequena e bem-conservada, com vasos de flores no pátio cimentado da frente – um lugar mais ajeitado do que ele imaginara. Assim que abriu o portão da cerca, ouviu um cachorro latir. Fazia sentido: uma mulher que morava sozinha talvez se sentisse mais segura tendo um cachorro. Subiu os degraus que levavam à porta e tocou a campainha. Os latidos aumentaram. Pelo barulho, parecia um cachorro grande, mas Greg sabia que essas impressões podiam ser enganadoras.

Ninguém atendeu.

Quando o cão parou de latir para tomar fôlego, Greg ouviu o silêncio característico de uma casa vazia.

Havia um banco de madeira na pequena varanda. Ele se sentou e esperou por alguns minutos. Ninguém apareceu, nem mesmo um vizinho prestativo para lhe informar se Jacky tinha saído por alguns minutos, pelo dia inteiro ou por duas semanas.

Ele andou alguns quarteirões, comprou a edição dominical do *Washington Post* e voltou a se sentar no banco para ler o jornal. O cão continuou latindo de forma intermitente, ciente de que ele ainda estava ali. Era 1º de novembro, e Greg sentia-se grato por ter posto o sobretudo e a boina verde-oliva do uniforme militar: fazia um tempo invernal. As eleições legislativas seriam realizadas na terça-feira seguinte, e o *Post* previa uma derrota acachapante dos democratas por causa de Pearl Harbor. Esse incidente havia transformado os Estados Unidos, e Greg se espantou ao constatar que o ataque ocorrera menos de um ano antes. Agora, americanos da mesma idade que ele morriam numa ilha da qual ninguém nunca ouvira falar: Guadalcanal.

Ouviu o portão estalar e ergueu os olhos.

De início, Jacky não notou sua presença, e ele teve alguns instantes para observá-la. Tinha uma aparência sem graça e respeitável: usava um sobretudo escuro e um chapéu de feltro simples, e carregava um livro de capa preta. Se não a conhecesse tão bem, Greg teria pensado que ela estava voltando da missa.

Junto com ela vinha um menininho. De sobretudo e boina de tweed, ele segurava sua mão.

O menino foi o primeiro a ver Greg, e disse:

– Olhe ali, mamãe, um soldado!

Jacky olhou para Greg e imediatamente levou a mão à boca.

Greg se levantou enquanto os dois subiam os degraus até a varanda. Um filho! Ela havia guardado esse segredo. Isso explicava por que precisava estar em casa à noite. Greg nunca pensara nisso.

– Eu disse para você nunca vir aqui – falou ela, pondo a chave na fechadura.

– Eu queria lhe dizer que não precisa mais ter medo do meu pai. Não sabia que você tinha um filho.

Ela e o menino entraram na casa. Greg ficou junto à porta, em compasso de espera. Um pastor alemão rosnou para ele, e então ergueu o focinho para Jacky, à espera de instruções. Ela encarou Greg com raiva, obviamente cogitando bater a porta na cara dele. Depois de alguns instantes, porém, deu um suspiro irritado e virou as costas, deixando a porta aberta.

Greg entrou e estendeu a mão esquerda para o cachorro. O animal a cheirou com cautela e lhe concedeu uma aprovação temporária. Greg seguiu Jacky até uma pequena cozinha.

– Hoje é dia de Todos os Santos – disse ele. Embora não fosse religioso, tinha sido obrigado a decorar as datas de todas as festas cristãs quando estudava no colégio interno. – Por isso vocês foram à igreja?

– Nós vamos todo domingo – respondeu ela.

– Hoje é mesmo um dia de surpresas – murmurou Greg.

Ela tirou o casaco do menino, sentou-o à mesa e lhe deu um copo de suco de laranja. Greg sentou-se em frente a ele e perguntou:

– Qual é o seu nome?

– Georgy.

O menino falou em voz baixa, mas seu tom foi confiante: não era uma criança tímida. Greg o estudou. Era bonito como a mãe, com a mesma boca em forma de arco de cupido, mas tinha a pele mais clara, mais da cor de café com leite, e olhos verdes, um traço raro em negros. Fez Greg se lembrar um pouco da meia--irmã, Daisy. Enquanto isso, Georgy encarava Greg com um olhar intenso, quase intimidador.

– Quantos anos você tem, Georgy? – perguntou Greg.

O menino olhou para a mãe, pedindo ajuda. Jacky encarou Greg com uma expressão estranha e disse:

– Ele tem 6 anos.

– Seis anos! – repetiu Greg. – Mas então você já é um menino crescido. Ora...

Um pensamento bizarro lhe passou pela cabeça, e ele se calou. Georgy tinha nascido havia seis anos. Greg e Jacky tinham sido amantes sete anos antes. Seu coração pareceu falhar por um instante.

Ele fitou Jacky.

– Não pode ser – falou.

Ela assentiu.

– Ele nasceu em 1936 – disse Greg.

– No mês de maio – completou ela. – Oito meses e meio depois de eu ter ido embora do apartamento de Buffalo.

– Meu pai sabe?

– Caramba, não. Isso teria dado a ele ainda mais poder sobre mim.

Toda a sua hostilidade havia sumido, e ela agora parecia apenas vulnerável. Em seu olhar Greg viu uma súplica, embora não tivesse certeza do que ela estava suplicando.

Olhou para Georgy com outros olhos: a pele clara, os olhos verdes, a estranha semelhança com Daisy. Você é meu filho?, pensou. Será possível?

Mas ele sabia que era.

Seu coração foi inundado por uma estranha emoção. De repente, pareceu-lhe que Georgy era absurdamente vulnerável, uma criança indefesa num mundo cruel, e Greg precisava tomar conta dele, garantir que nenhum mal lhe acontecesse. Teve um impulso de tomar o menino nos braços, mas percebeu que isso poderia assustá-lo, então se conteve.

Georgy pousou o copo de suco na mesa. Desceu da cadeira e deu a volta até junto de Greg. Com um olhar surpreendentemente direto, perguntou:

– Quem é você?

É sempre assim, pensou Greg: crianças sempre fazem a pergunta mais difícil. O que ele iria responder? A verdade era demais para um menino de 6 anos assimilar. Sou só um velho amigo de sua mãe, pensou. Estava só passando por aqui e resolvi dizer oi. Não sou ninguém especial. Talvez veja você de novo, provavelmente não.

Olhou para Jacky, e viu que a expressão de súplica tinha se intensificado. Então compreendeu o que passava pela cabeça dela: estava morrendo de medo de que ele fosse rejeitar Georgy.

– Vamos fazer assim – disse Greg, pegando o menino do chão e sentando-o em seu colo. – Por que não me chama de tio Greg?

IV

Greg tremia de frio na galeria de espectadores de uma quadra de squash sem calefação. Ali, debaixo da arquibancada oeste do estádio vazio, na extremidade do campus da Universidade de Chicago, Fermi e Szilard tinham montado sua pilha atômica. Greg estava impressionado e assustado.

A pilha era um cubo feito de tijolos de grafite que ia até o teto da quadra e terminava a poucos centímetros da parede dos fundos, com centenas de manchas deixadas pelas bolas de squash. A pilha havia custado um milhão de dólares e poderia explodir a cidade inteira.

O grafite, a matéria-prima dos lápis, soltava uma poeira suja que cobria o chão e as paredes. Todo mundo que passava algum tempo ali saía com o rosto encardido como o de um carvoeiro. Ninguém conseguia manter limpo seu jaleco.

O material explosivo não era o grafite – muito pelo contrário: ele estava ali para eliminar a radioatividade. No entanto, alguns dos tijolos da pilha estavam furados com estreitos buraquinhos recheados de óxido de urânio, o material que irradiava os nêutrons. Atravessando a pilha havia dez dutos para barras de controle. Estas tinham quatro metros de comprimento e eram feitas de cádmio, um metal que absorvia os nêutrons com mais voracidade ainda que o grafite. No momento, as barras mantinham a situação tranquila. Somente quando fossem removidas da pilha a diversão começaria de verdade.

O urânio já emitia sua radiação fatal, mas o grafite e o cádmio a absorviam. A radiação era monitorada por medidores que emitiam cliques ameaçadores e por um gravador cilíndrico a caneta que, felizmente, não fazia barulho. A profusão de controles e medidores junto a Greg era a única fonte de calor do recinto.

Greg foi visitar o experimento a 2 de dezembro, uma quarta-feira de vento e frio intenso em Chicago. Nesse dia previa-se que a pilha fosse atingir um estado crítico pela primeira vez. Greg estava lá para observar a experiência como representante de seu chefe, o general Groves. A quem perguntasse ele dava a entender, em tom alegre, que Groves temia uma explosão e por isso mandara Greg arriscar a vida em seu lugar. Na verdade, sua missão era mais sinistra: ele devia fazer uma avaliação inicial dos cientistas para decidir qual deles poderia ser uma ameaça.

A segurança do Projeto Manhattan era um pesadelo. Os principais cientistas eram estrangeiros. A maioria era de esquerda, comunista ou liberal com amigos comunistas. Se todos os suspeitos fossem demitidos, quase não sobrariam mais cientistas. Então Greg tentava entender quais deles representavam os maiores riscos.

Enrico Fermi tinha cerca de 40 anos. Baixo, já meio careca e de nariz comprido, exibia um sorriso cativante ao supervisionar seu experimento ameaçador. Estava bem-vestido, de terno e colete. A manhã já ia adiantada quando ele ordenou o início do teste.

Primeiro, instruiu um dos técnicos a retirar todas as barras de cádmio da pilha, menos uma.

– Como assim, todas de uma vez? – perguntou Greg. Isso lhe parecia assustadoramente precipitado.

– Já fomos até esse ponto ontem à noite – disse o cientista de pé ao seu lado, Barney McHugh. – Deu tudo certo.

– Bom saber – comentou Greg.

McHugh, barbado e gordo, ocupava uma posição muito baixa na lista de suspeitos de Greg. Era americano e não tinha interesse nenhum por política. A única mancha em sua ficha era ter uma esposa estrangeira, inglesa – o que nunca era um bom sinal, mas também não constituía prova de traição.

Greg imaginava que houvesse algum mecanismo sofisticado para pôr e tirar as barras, porém era tudo muito simples. O técnico apenas encostou uma escada na pilha de tijolos, subiu até a metade e as retirou com a mão.

Com um tom de voz descontraído, McHugh comentou:

– Originalmente faríamos este teste na floresta de Argonne.

– Onde fica isso?

– Pouco mais de trinta quilômetros a sudoeste de Chicago. Um lugar bem isolado. Menor risco de acidentes.

Greg estremeceu.

– Por que mudaram de ideia e decidiram conduzir a experiência aqui mesmo, na Rua 57?

– Os operários que contratamos entraram em greve, então nós mesmos tivemos que montar a droga da pilha, e não podíamos ficar tão longe dos laboratórios.

– Então resolveram correr o risco de dizimar a população de Chicago.

– Não acreditamos que isso vá acontecer.

Greg tampouco acreditava, mas agora, a poucos metros da pilha, já não estava tão certo.

Fermi estava comparando os monitores a uma previsão dos níveis de radiação em cada etapa do experimento, estabelecida previamente. Ao que parecia, o estágio inicial correu de acordo com o esperado, pois ele ordenou que a última barra de cádmio fosse removida até a metade.

Havia algumas medidas de segurança. Uma barra lastreada, suspensa acima da pilha, estava pronta para ser baixada automaticamente caso o nível de radiação subisse demais. Se isso não funcionasse, havia uma barra semelhante presa a uma corda no guarda-corpo da galeria onde Greg estava, e um jovem físico, de pé com um machado na mão – parecendo sentir-se um pouco bobo –, mantinha-se a postos para cortar a corda em caso de emergência. Por fim, três outros cientistas, chamados de "o esquadrão suicida", estavam posicionados perto do teto do estádio, em pé sobre a plataforma do elevador usado para montar a pilha, e despejariam sobre ela grandes jarros de solução de sulfato de cádmio, como se estivessem apagando uma fogueira.

Greg sabia que a geração de nêutrons se multiplicava em milésimos de segundo. Fermi, porém, afirmava que alguns nêutrons levavam mais tempo, talvez vários segundos. Se ele estivesse certo, não haveria problema. Se estivesse errado, porém, o esquadrão com os jarros e o físico que segurava o machado seriam pulverizados num piscar de olhos.

Greg ouviu os cliques se acelerarem. Nervoso, olhou para Fermi, que fazia contas com uma régua de cálculo. O italiano parecia satisfeito. De qualquer modo, pensou Greg, se algo der errado, tudo provavelmente vai acontecer tão depressa que nem sequer nos daremos conta.

O ritmo dos cliques se estabilizou. Fermi sorriu e mandou que a barra fosse removida mais 15 centímetros.

Outros cientistas chegavam e subiam até a galeria, usando roupas pesadas, apropriadas para o inverno de Chicago: sobretudos, chapéus, cachecóis, luvas. Greg ficou pasmo com a falta de segurança. Ninguém checava credenciais: qualquer um daqueles homens poderia estar espionando para os japoneses.

Entre os recém-chegados, Greg reconheceu Szilard, muito alto e corpulento, de rosto redondo e grossos cabelos cacheados. Leo Szilard era um idealista: acreditava que a energia nuclear fosse libertar a raça humana do fardo do trabalho. Fora com o coração pesado que entrara para a equipe encarregada de produzir a bomba atômica.

A barra saiu mais 15 centímetros, e o ritmo dos cliques aumentou.

Greg olhou para o relógio. Eram onze e meia da manhã.

De repente, ouviu-se um barulho muito alto. Todos se assustaram.

– Cacete! – praguejou McHugh.

– O que houve? – perguntou Greg.

– Ah, agora entendi – respondeu o cientista. – O nível de radiação ativou o mecanismo de segurança e liberou a barra de emergência, só isso.

– Estou com fome – anunciou Fermi. – Vamos almoçar.

Como eles conseguiam pensar em comida? No entanto, ninguém reclamou.

– Nunca se sabe quanto tempo uma experiência vai levar – disse McHugh. – Às vezes demora o dia inteiro. É melhor comer quando temos a chance.

Greg teve vontade de gritar.

As barras de controle foram recolocadas na pilha e presas no lugar, e todos saíram do estádio.

A maioria foi comer num bandejão do campus. Greg pediu um queijo quente e sentou-se ao lado de um físico solene chamado Wilhelm Frunze. A maioria dos cientistas se vestia mal, mas Frunze se destacava nesse quesito. Usava um terno verde com detalhes em camurça bege: casas de botão, debrum do colarinho, cotoveleiras, abas dos bolsos. Frunze ocupava um lugar bem alto na lista de suspeitos de Greg. Era alemão, embora tivesse deixado o país em meados da década de 1930 e emigrado para Londres. Embora fosse antinazista, não era comunista: seu posicionamento político era social-democrata. Havia se casado com uma artista americana. Ao conversar com ele durante o almoço, Greg não viu motivo para desconfiança. Frunze parecia gostar da vida nos Estados Unidos e se interessava por pouca coisa além do trabalho. Ainda assim, era impossível ter certeza quanto à verdadeira lealdade dos estrangeiros.

Depois do almoço, Greg foi até o estádio abandonado. Olhando para as arquibancadas vazias, começou a pensar em Georgy. Não havia contado a ninguém que tinha um filho – nem mesmo a Margaret Cowdry, com quem agora estava tendo um relacionamento deliciosamente carnal –, mas ansiava por contar à mãe. Sentia-se orgulhoso, mesmo que não houvesse motivo para isso. Afinal, sua única contribuição para trazer Georgy ao mundo tinha sido fazer amor com Jacky, provavelmente a coisa mais fácil que ele já havia feito na vida. De todo modo, estava animado. Aquele era o início de uma espécie de aventura. Georgy iria crescer, aprender, mudar, e um dia se tornaria um homem. E Greg estaria lá para assistir e se maravilhar.

Os cientistas voltaram a se reunir às duas da tarde. Agora havia cerca de quarenta pessoas apinhadas na galeria junto aos aparelhos de monitoramento. A experiência foi cuidadosamente repetida até o ponto em que havia sido interrompida, sem que Fermi parasse de conferir seus instrumentos.

Então ele disse:

– Desta vez, removam a barra trinta centímetros.

Os cliques aumentaram. Greg esperou o ritmo se estabilizar como das outras vezes, mas isso não aconteceu. Pelo contrário: os cliques foram se acelerando cada vez mais até se transformarem num rugido constante.

Ao perceber que a atenção de todos os presentes tinha se voltado para o medidor cilíndrico, constatou que o nível de radiação já havia ultrapassado o máximo previsto. A escala do medidor era ajustável. O nível foi aumentando, então a escala mudou, depois mudou outra vez, e mais outra.

Fermi levantou a mão. Todos se calaram.

– A pilha atingiu um nível crítico – disse ele. Sorriu... e não pronunciou mais nenhuma palavra.

Greg sentiu vontade de gritar: *Então desliguem essa porra!* Mas Fermi continuou calado e imóvel, observando a caneta do medidor cilíndrico. Tinha tanta autoridade que ninguém o confrontou. A reação em cadeia estava acontecendo, só que num ambiente controlado. Ele deixou que ela prosseguisse por um minuto, depois dois.

– Meu Deus – murmurou McHugh.

Greg não queria morrer. Queria se tornar senador. Queria ir para a cama com Margaret Cowdry outra vez. Queria ver Georgy entrar para a faculdade. *Ainda não vivi nem metade da minha vida*, pensou.

Por fim, Fermi ordenou que as barras fossem recolocadas.

O barulho dos medidores voltou a se transformar numa série de cliques que, aos poucos, foram diminuindo de ritmo até pararem.

Greg tornou a respirar normalmente.

McHugh estava eufórico.

– Conseguimos, está provado! A reação em cadeia existe!

– E o que é mais importante: é possível controlá-la – disse Greg.

– É, imagino que isso seja o mais importante, de um ponto de vista prático.

Greg sorriu. Havia estudado em Harvard e sabia que os cientistas eram assim mesmo: para eles, teoria era realidade e o mundo não passava de um modelo inexato.

Alguém apareceu com uma garrafa de vinho italiano e alguns copos de papel dentro de uma cesta de palha. Cada cientista tomou um golinho. Aquele era mais um motivo para Greg não ser cientista: eles não entendiam nada sobre como se divertir.

Alguém pediu a Fermi que autografasse a cesta. Ele acatou o pedido, e então todos os outros assinaram também.

Os técnicos desligaram os monitores. Todos começaram a sair. Greg ficou no estádio, observando. Depois de algum tempo, percebeu que estava sozinho na galeria com Fermi e Szilard. Viu os dois gênios se cumprimentarem com um aperto de mãos. Szilard era grandão e tinha um rosto redondo; Fermi parecia um duende. Embora esse pensamento não fosse condizente com a situação, Greg se lembrou de o Gordo e o Magro.

Então ouviu Szilard dizer:

– Meu amigo, acho que esta data ficará marcada como um dia negro na história da humanidade.

O que será que ele quer dizer com isso?, pensou Greg.

V

Greg queria que seus pais aceitassem Georgy.

Não seria fácil. Com certeza tanto o pai quanto a mãe achariam estranho saber que tinham um neto cuja existência fora escondida deles durante seis anos. Talvez se zangassem. Além do mais, poderiam demonstrar desprezo por Jacky. Mas nenhum dos dois tinha o direito de assumir uma postura moralista, pensou Greg com ironia. Afinal, haviam gerado um filho ilegítmo – ele próprio. Mas as pessoas não são racionais.

Não sabia ao certo que diferença faria o fato de Georgy ser negro. Os pais de Greg eram tranquilos em relação à questão racial e nunca se referiam com maldade a crioulos ou judeuzinhos, como faziam algumas pessoas da sua geração. Mas talvez mudassem de ideia ao saber que havia um negro na família.

Deduziu que seu pai seria o mais difícil. Por isso falou primeiro com a mãe.

Conseguiu alguns dias de folga no Natal e foi visitar Marga em Buffalo. Ela morava num grande apartamento no melhor prédio da cidade. Passava a maior parte do tempo sozinha, mas tinha uma cozinheira, duas criadas e um motorista. Tinha também um cofre recheado de joias e um closet do tamanho de uma garagem para dois carros, repleto de roupas. Só lhe faltava um marido.

Lev também estava em Buffalo, mas, por tradição, sempre saía com Olga na véspera do Natal. Continuava casado com ela, embora fizesse muitos anos que não passava uma noite sequer em sua casa. Até onde Greg sabia, Olga e Lev se detestavam; mas, por algum motivo, encontravam-se uma vez por ano.

Nessa noite Greg e a mãe jantaram juntos no apartamento. Para agradá-la, ele vestiu um smoking. "Adoro quando meus homens se vestem bem", costumava dizer Marga. Tomaram sopa de peixe e comeram frango assado; a sobremesa foi a favorita de Greg na infância: torta de pêssego.

– Tenho novidades, mãe – disse ele, nervoso, enquanto a criada servia o café.

Estava com medo de que ela se zangasse. Não temia por si mesmo, mas por Georgy, e imaginou que ser pai era isso: preocupar-se mais com outra pessoa do que consigo mesmo.

– Novidades boas? – indagou ela.

Embora houvesse engordado com o tempo, aos 46 anos Marga continuava glamourosa. Se havia algum fio grisalho em seus cabelos, era cuidadosamente camuflado pelo cabeleireiro. Nessa noite, usava um vestido preto simples e uma gargantilha de brilhantes.

– Muito boas, mas um pouco surpreendentes, acho. Então, por favor, não se exalte.

Ela arqueou uma das sobrancelhas, mas não disse nada.

Greg levou a mão ao bolso do paletó e pegou uma fotografia. A imagem mostrava Georgy montado numa bicicleta vermelha com uma fita em volta do guidom. A roda traseira da bicicleta era equipada com rodinhas, para dar estabilidade. A expressão no rosto do menino era de puro êxtase. Greg estava ajoelhado a seu lado, com ar orgulhoso.

Entregou a foto à mãe.

Marga estudou-a com atenção. Um minuto depois, falou:

– Imagino que você tenha dado uma bicicleta de Natal para esse menininho.

– Isso mesmo.

Ela ergueu os olhos.

– Está me dizendo que tem um filho?

Greg assentiu.

– O nome dele é Georgy.

– Você está casado?

– Não.

Ela jogou a foto sobre a mesa.

– Pelo amor de Deus! – exclamou, zangada. – Qual é o problema com os homens da família Peshkov?

Greg ficou arrasado.

– Não sei do que você está falando!

– Mais um filho ilegítimo! Mais uma mulher criando uma criança sozinha!

Greg entendeu que ela via Jacky como uma versão mais jovem de si mesma.

– Mãe, eu tinha 15 anos...

– Por que você não pode ser normal? – vociferou ela. – Pelo amor de Nosso Senhor Jesus Cristo, o que há de errado em ter uma família como as outras?

Greg baixou os olhos.

– Nada.

Estava envergonhado. Até aquele momento, acreditava ter um papel passivo naquela história, ou até mesmo de vítima. Tudo o que havia acontecido fora responsabilidade do pai e de Jacky. Sua mãe, porém, não via as coisas desse jeito, e Greg agora entendia que ela estava certa. Não pensara duas vezes antes de ir para a cama com Jacky; não a questionara quando ela afirmara, sem dar muita importância ao fato, que ele não precisava se preocupar com métodos anticoncepcionais; e não enfrentara o pai quando Jacky desaparecera. Era muito jovem, sim. No entanto, se tinha idade suficiente para trepar com ela, também tinha idade suficiente para arcar com as consequências.

Sua mãe continuava irada:

– Você não se lembra de como reclamava? "Cadê meu pai? Por que ele não dorme aqui? Por que não podemos ir com ele à casa de Daisy?" E depois as brigas que tinha na escola quando os outros meninos chamavam você de bastardo. E como ficou zangado quando não o deixaram ser sócio daquele maldito Iate Clube.

– É claro que me lembro.

Com sua mão cheia de anéis, ela deu um soco na mesa, fazendo os copos de cristal balançarem.

– Então como pode fazer outro menino passar pela mesma tortura?

– Até dois meses atrás eu nem sabia que ele existia. Meu pai ameaçou a mãe dele e a fez ir embora.

– Quem é ela?

– Jacky Jakes. Ela é garçonete – disse Greg, pegando outra foto.

Marga suspirou.

– Que negra bonita.

Estava começando a se acalmar.

– Ela queria ser atriz, mas acho que desistiu quando Georgy nasceu.

Marga assentiu.

– Um bebê faz mais estragos na carreira do que pegar gonorreia.

Greg notou que a mãe acreditava que atrizes tinham que ir para a cama com as pessoas certas a fim de progredir na carreira. Como ela sabia de uma coisa dessas? Pensando bem, no entanto, Marga era cantora de boate quando seu pai a conhecera...

Mas ele não queria enveredar por essa seara.

– O que você deu para ela de Natal? – perguntou Marga.

– Um seguro-saúde.

– Bom presente. Melhor do que um ursinho de pelúcia.

Greg ouviu passos no hall. Seu pai havia chegado. Às pressas, falou:

– Mãe, você aceita conhecer Jacky? Vai reconhecer Georgy como seu neto?

Marga levou a mão à boca.

– Meu Deus, eu sou avó! – Não sabia se ficava chocada ou feliz.

Greg se inclinou para a frente.

– Não quero que meu pai rejeite o menino. Por favor!

Antes que Marga pudesse responder, Lev entrou na sala.

– Oi, querido. Como foi sua noite? – indagou ela.

Lev sentou-se à mesa com um ar mal-humorado.

– Bem, ouvi explicações detalhadas sobre os meus defeitos, então acho que me diverti bastante.

– Coitadinho de você. Comeu bem? Posso mandar fazer um omelete num instante.

– A comida estava boa.

As duas fotos continuavam em cima da mesa, mas Lev ainda não havia reparado nelas.

A empregada entrou e disse:

– Aceita um café, Sr. Peshkov?

– Não, obrigado.

– Traga a vodca, para o caso de o Sr. Peshkov querer um drinque mais tarde – pediu Marga.

– Sim, senhora.

Greg notou como Marga era solícita em relação ao conforto e ao prazer de Lev. Imaginou que esse fosse o motivo pelo qual o pai estava ali naquela noite, e não na casa de Olga.

A empregada trouxe uma bandeja com uma garrafa e três copinhos. Lev ainda bebia vodca à moda russa: quente e pura.

– Pai, você conhece Jacky Jakes... – começou Greg.

– Ela outra vez? – interrompeu Lev, irritado.

– Sim, porque há uma coisa sobre ela que você não sabe.

Isso chamou sua atenção. Lev detestava imaginar que os outros soubessem coisas que ele desconhecia.

– O quê?

– Ela tem um filho. – Greg empurrou as fotografias pela mesa encerada.

– Um filho seu?

– O menino tem 6 anos. O que você acha?

– Ela soube ficar de bico calado.

– Estava com medo de você.

– O que ela achou que eu fosse fazer? Cozinhar o bebê e comer?

– Sei lá, pai... Você é especialista em assustar os outros.

Lev lançou-lhe um olhar duro.

– E você está aprendendo depressa.

Ele estava se referindo à cena da navalha. Talvez isso seja verdade, pensou Greg.

– Por que está me mostrando essas fotos? – perguntou Lev.

– Achei que você fosse gostar de saber que tem um neto.

– Com uma atriz de quinta categoria que esperava arrumar um homem rico!

– Querido! – interrompeu Marga. – Não se esqueça, por favor, que eu era uma cantora de quinta categoria querendo arrumar um homem rico.

A expressão de Lev tornou-se furiosa. Encarou Marga por alguns instantes, com raiva. Então seu semblante mudou.

– Sabem do que mais? Vocês têm razão. Quem sou eu para julgar Jacky Jakes?

Greg e Marga o fitaram, estupefatos com aquela súbita demonstração de humildade.

– Sou igualzinho a ela. Antes de me casar com Olga Vyalov, filha do meu patrão, eu era um vagabundo saído dos barracos de São Petersburgo.

Greg olhou para a mãe, e Marga reagiu com um dar de ombros quase imperceptível que dizia apenas: *A vida é uma caixinha de surpresas.*

Lev tornou a olhar para a foto.

– Tirando a cor, o moleque é igualzinho ao meu irmão, Grigori. Isto, sim, é uma surpresa. Até agora, eu achava que esses pretinhos fossem todos iguais.

Greg mal conseguia respirar.

– Você aceita ver o menino, pai? Aceita vir comigo conhecer seu neto?

– Caramba, sim.

Lev abriu a garrafa, serviu vodca nos três copinhos e entregou dois deles ao filho e à mulher.

– Qual é o nome dele?

– Georgy.

Lev ergueu o copo.

– A Georgy, então.

Todos beberam.

CAPÍTULO QUINZE

1943 (I)

Lloyd Williams seguia no fim de uma fila indiana formada por fugitivos desesperados que subiam uma estreita trilha na montanha.

Não estava ofegante: já havia se acostumado com aquilo. Atravessara os Pireneus várias vezes. Calçava alpercatas de sola de corda, que proporcionavam mais aderência ao chão pedregoso. Por cima do macacão azul, usava um sobretudo pesado. O sol agora estava forte, mas depois, quando o grupo chegasse a altitudes maiores e a noite caísse, a temperatura ficaria abaixo de zero.

À sua frente seguiam dois pôneis robustos, três moradores da região e oito fugitivos exaustos e maltrapilhos, todos carregados com bagagens. Três deles eram pilotos americanos – a tripulação sobrevivente de um desastre com um bombardeiro Liberator B-24, que tivera de fazer um pouso de emergência na Bélgica. Dois outros eram oficiais britânicos fugidos do campo de prisioneiros Oflag 65, perto de Estrasburgo. Os demais eram um comunista tcheco, uma violinista judia e um inglês misterioso chamado Watermill, "moinho d'água", que devia ser espião.

Todos tinham percorrido um longo caminho e enfrentado várias dificuldades. Aquela era a última etapa da viagem – e também a mais perigosa. Se fossem pegos agora, seriam torturados até traírem os homens e as mulheres valentes que os haviam ajudado a fugir.

Teresa liderava o grupo. A subida era árdua para quem não estava acostumado, mas era preciso manter um ritmo forte a fim de minimizar o tempo durante o qual ficariam expostos. Lloyd descobrira que os refugiados tinham menos tendência a ficar para trás quando eram conduzidos por uma mulher mignon e lindíssima.

A trilha ficou plana e se abriu para uma pequena clareira. De repente, uma voz alta ecoou, falando francês com sotaque alemão:

– Parem!

A fila estacou abruptamente.

Dois soldados alemães surgiram de trás de uma pedra. Estavam armados com fuzis de repetição Mauser, cada um com cinco tiros.

Por reflexo, Lloyd levou a mão ao bolso do sobretudo no qual trazia sua Luger 9mm carregada.

Fugir do continente europeu tinha ficado mais difícil, e o trabalho de Lloyd se tornara ainda mais perigoso. No fim do ano anterior, os alemães haviam ocupado a metade sul da França, ignorando com desdém o governo francês de Vichy como a farsa mambembe que sempre fora. Uma zona proibida de dezesseis quilômetros de largura fora delimitada ao longo da fronteira com a Espanha. Era nessa zona que Lloyd e seu grupo estavam agora.

Teresa falou com os soldados em francês:

– Bom dia, senhores. Como vão?

Lloyd, que a conhecia bem, pôde ouvir o tremor do medo em sua voz, mas torceu para que os guardas não percebessem.

Havia muitos fascistas e alguns comunistas entre os policiais franceses, mas todos eram preguiçosos, e nenhum estava disposto a perseguir refugiados pelos desfiladeiros gelados dos Pireneus. Os alemães, no entanto, eram diferentes. Soldados alemães haviam se instalado em cidadezinhas da fronteira e começaram a patrulhar os caminhos e trilhas nas montanhas usados por Lloyd e Teresa. Esses ocupantes não faziam parte da nata militar: os melhores soldados estavam lutando na Rússia, onde recentemente haviam desistido de invadir Stalingrado após uma longa e sangrenta batalha. Muitos dos alemães que estavam na França eram ou velhos, ou muito jovens, ou feridos de guerra. Mas isso parecia torná-los ainda mais decididos a provar seu valor. Ao contrário dos franceses, raramente faziam vista grossa.

O mais velho dos soldados, um homem de magreza cadavérica e bigode cinza, perguntou a Teresa:

– Para onde estão indo?

– Para o vilarejo de Lamont. Temos mantimentos para o senhor e seus colegas.

Uma unidade alemã havia se mudado para um vilarejo isolado na montanha e expulsara os moradores locais. Só então percebera como era difícil abastecer tropas naquele local. Levar comida para os alemães – e ainda obter um lucro interessante com isso – tinha sido uma ideia genial de Teresa e ainda lhes rendera uma autorização para circular pela zona proibida.

O soldado magro olhou com desconfiança para os homens de mochila.

– Tudo isso é para soldados alemães?

– Sim – respondeu Teresa. – Não há nenhum outro comprador lá em cima. – Ela tirou do bolso um pedaço de papel. – Aqui está a ordem, assinada pelo seu sargento Eisenstein.

O soldado leu o bilhete com cuidado e o devolveu. Então olhou para o tenente-coronel Will Donelly, um piloto americano gordo.

– Ele é francês?

Lloyd levou a mão à pistola que trazia no bolso.

A aparência dos fugitivos era um problema. Os franceses e espanhóis daquela região costumavam ser baixos e morenos. E todos eram magros. Tanto Lloyd quanto Teresa correspondiam a essa descrição, assim como o tcheco e a violinista judia. Os dois britânicos, porém, eram pálidos e louros, e os americanos eram imensos.

– Guillaume nasceu na Normandia – respondeu Teresa. – Toda aquela manteiga...

O mais novo dos dois soldados alemães, um rapaz pálido e de óculos, sorriu para Teresa. Era fácil sorrir para ela.

– Vocês trouxeram vinho? – perguntou ele.

– Claro.

Os dois soldados ficaram visivelmente animados.

– Vão querer um pouco agora? – perguntou Teresa.

– Este sol dá sede – disse o mais velho.

Lloyd abriu um dos cestos carregados pelos pôneis, pegou quatro garrafas de vinho branco de Roussillon e as entregou aos alemães. Os soldados empunharam duas garrafas cada. De repente, todos começaram a sorrir e se cumprimentar.

– Podem passar, amigos – disse o soldado mais velho.

Os fugitivos prosseguiram. Lloyd não achava mesmo que fosse haver problemas, mas nunca se podia ter certeza, e ficou aliviado por ter passado pelo posto de vigia.

Levaram mais duas horas para chegar a Lamont. O povoado paupérrimo, com um punhado de casas de construção primitiva e alguns currais de ovelhas vazios, ficava nos limites de uma pequena chapada na montanha, sobre a qual o capim novo da primavera começava a despontar. Lloyd teve pena das pessoas que moravam ali antes. Tinham tão pouco e até isso lhes fora tirado.

O grupo foi até o centro do vilarejo e, com alívio, tirou dos ombros o carregamento que trazia. Então foi cercado por soldados alemães.

Aquela era a hora mais perigosa, pensou Lloyd.

O sargento Eisenstein tinha sob seu comando um pelotão de 15 a vinte homens. Todos ajudaram a descarregar os mantimentos: pão, linguiça, peixe fresco, leite condensado, comida enlatada. Os soldados ficavam felizes em receber mantimentos e gostavam de ver caras novas. Animados, tentavam puxar conversa com seus benfeitores.

Os fugitivos tinham que falar o mínimo possível. Era muito fácil se denunciarem nessa hora; bastava um simples deslize. Alguns alemães falavam francês bem o suficiente para detectar sotaque inglês ou americano. Mesmo os que tinham pronúncia razoável, como Teresa e Lloyd, podiam se entregar caso cometessem um erro de gramática. Era muito fácil trocar *sur la table* por *sur le table*, mas esse era um erro que francês nenhum jamais cometeria.

Para compensar, os dois verdadeiros franceses do grupo se esforçavam para se mostrar falantes. Sempre que um soldado começava a conversar com um fugitivo, um deles se intrometia.

Teresa entregou uma conta ao sargento, que levou muito tempo para conferir os números e depois para contar o dinheiro.

Por fim, eles puderam ir embora, com as mochilas vazias e o coração mais leve.

Desceram a montanha por quase um quilômetro na mesma direção da qual tinham vindo, depois se separaram. Teresa seguiu em frente com os franceses e os pôneis. Lloyd e os fugitivos pegaram uma trilha que subia.

A essa altura, os dois soldados alemães da clareira já deviam estar embriagados demais para reparar que o grupo que descia era menor que aquele que subira antes. No entanto, caso fizessem perguntas, Teresa diria que alguns integrantes do grupo tinham começado uma partida de carteado com os soldados e que desceriam depois. Então haveria uma troca de turno dos vigias e os alemães perderiam o controle dos fatos.

Lloyd fez seu grupo caminhar por duas horas, depois permitiu dez minutos de descanso. Todos haviam recebido garrafas d'água e pacotinhos de figos secos, para dar energia. Tinham instruções para não trazer mais nada: Lloyd sabia, por experiência própria, que livros estimados, prataria, enfeites e discos sempre acabavam ficando pesados demais e sendo jogados num barranco cheio de neve antes de os viajantes chegarem ao ponto mais alto da montanha, com os pés cheios de bolhas.

Aquele era o trecho mais difícil. Dali em diante, o caminho ficaria mais escuro, mais frio e mais pedregoso.

Pouco antes de onde a neve começava, Lloyd instruiu os fugitivos a encherem suas garrafas com água de um riacho frio e cristalino.

Quando a noite caiu, eles prosseguiram. Era perigoso deixar que os fugitivos dormissem: podiam morrer congelados. Todos estavam cansados e escorregavam e cambaleavam nas pedras cobertas de gelo. Era inevitável que seu ritmo diminuísse. Lloyd não podia deixar a fila se espalhar muito: os retardatários podiam se perder, e os distraídos corriam o risco de cair em desfiladeiros íngremes. Mas ele nunca tinha perdido ninguém... até agora.

Muitos dos fugitivos eram oficiais, e era naquele momento que às vezes contestavam Lloyd, discordando quando ele os mandava prosseguir. Por conta disso Lloyd fora promovido a major, para ter mais autoridade.

No meio da noite, quando o moral dos fugitivos estava mais baixo, Lloyd anunciou:

– Vocês agora estão na Espanha, um território neutro!

Apesar de cansados, todos comemoraram. Na verdade, ele não sabia exatamente onde ficava a fronteira, e sempre fazia esse anúncio quando o grupo mais precisava de uma injeção de ânimo.

Os fugitivos voltaram a se animar quando o dia raiou. Ainda faltava uma parte do caminho, mas a estrada agora descia, e suas pernas e seus braços frios foram se aquecendo aos poucos.

Quando o sol saiu, eles margearam uma pequena cidade com uma igreja cor de terra no alto de uma colina. Logo depois da cidade, chegaram a um grande celeiro junto à estrada. Lá dentro havia um caminhão Ford com a caçamba coberta por uma lona suja. Era grande o suficiente para transportar todo o grupo. Ao volante estava o capitão Silva, um inglês de meia-idade e ascendência espanhola que trabalhava com Lloyd.

Lloyd ficou surpreso ao encontrar também o major Lowther, encarregado do curso de inteligência em Tŷ Gwyn, que exibira uma atitude esnobe e reprovadora em relação à sua amizade com Daisy – ou talvez fosse apenas inveja.

Lloyd sabia que Lowther tinha sido transferido para a embaixada britânica em Madri e imaginava que trabalhasse para o MI6, o Serviço Secreto de Inteligência, mas não esperava encontrá-lo assim tão longe da capital.

O major usava um terno caro de flanela branca, amarrotado e sujo. Postado junto ao caminhão, tinha um ar de autoridade.

– Eu assumo a partir daqui, Williams – disse ele. Olhando para os fugitivos, perguntou: – Qual de vocês é Watermill?

Watermill podia ser um nome de verdade ou um codinome.

O inglês misterioso deu um passo à frente e apertou a mão de Lowther.

– Eu sou o major Lowther. Vou levá-lo direto para Madri. – Ele se virou para Lloyd antes de completar: – Infelizmente, o restante do grupo vai ter que se dirigir para a estação de trem mais próxima.

– Espere um instante – disse Lloyd. – Este caminhão pertence à minha organização. – Ele havia comprado o veículo com dinheiro do MI9, departamento que ajudava prisioneiros a fugirem. – E o motorista trabalha para mim.

– Não posso fazer nada – disse Lowther depressa. – Watermill tem prioridade.

O Serviço Secreto de Inteligência sempre achava que tinha prioridade.

– Não concordo – disse Lloyd. – Não vejo motivo para não podermos ir todos até Barcelona no caminhão, como planejado. Depois você pode levar Watermill até Madri de trem.

– Não pedi sua opinião, garoto. Obedeça e fim de papo.

O próprio Watermill interveio, em tom conciliador:

– Não tenho problema nenhum em dividir o caminhão.

– Deixe que eu cuido disso, por favor – pediu Lowther.

– Esses homens acabaram de atravessar os Pireneus – argumentou Lloyd. – Eles estão exaustos.

– Então é melhor descansarem antes de continuar.

Lloyd fez que não com a cabeça.

– É perigoso demais. A cidade que fica no alto da colina tem um prefeito simpático à causa... por isso o ponto de encontro é aqui. Mais embaixo no vale, porém, a política é outra. Há agentes da Gestapo por toda parte, como você bem sabe... e a maioria dos policiais espanhóis está do lado deles, não do nosso. Meu grupo estará correndo sério risco de ser preso por entrar no país ilegalmente. Você sabe como é difícil tirar alguém das prisões de Franco, mesmo um inocente.

– Não vou perder meu tempo discutindo com você. Sou seu superior hierárquico.

– Não é, não.

– O quê?

– Também sou major. Portanto, nunca mais me chame de "garoto", a menos que queira levar um soco no nariz.

– Minha missão é urgente!

– Então por que não trouxe o seu próprio veículo?

– Porque este estava disponível!

– Não estava, não.

Will Donelly, o americano gordo, deu um passo à frente.

– Concordo com o major Williams – falou com seu sotaque arrastado. – Ele acabou de salvar a minha vida. Já o senhor, major Lowther, não fez merda nenhuma.

– Isso não vem ao caso – retrucou Lowther.

– Bem, a situação aqui me parece bem clara – continuou Donelly. – O caminhão é do major Williams. O major Lowther quer o caminhão, mas não vai ter. Fim de papo.

– Fique fora dessa história – disse Lowther.

– Eu sou tenente-coronel, portanto superior a vocês dois.

– Mas esta aqui não é a sua jurisdição.

– Nem a sua, pelo visto. – Donelly virou-se para Lloyd. – Vamos indo?

– Eu insisto! – esbravejou Lowther.

Donelly virou-se para ele outra vez.

– Major Lowther, cale a porra da boca. Isto é uma ordem!

– Muito bem, pessoal... todos a bordo – disse Lloyd.

Lowther lançou-lhe um olhar de ira e esbravejou:

– Você ainda me paga, seu galesinho de merda.

II

Os narcisos já tinham começado a florir em Londres quando Daisy e Boy foram fazer exame médico.

A consulta tinha sido ideia de Daisy. Estava farta de Boy culpá-la por não conseguir engravidar. Ele vivia comparando-a à mulher do irmão, May, que tinha três filhos.

– Deve haver algo de errado com você – dissera ele, agressivo.

– Eu já engravidei uma vez.

Ela estremeceu ao se lembrar da dor do aborto; então, recordando-se de como Lloyd tinha cuidado dela, sentiu uma dor diferente.

– Alguma coisa pode ter acontecido de lá para cá e tornado você estéril – dissera Boy.

– Ou você.

– Como assim?

– Pode muito bem haver algo de errado com você – respondera Daisy.

– Não diga bobagem.

– Olhe, eu proponho um acordo. – Ocorreu-lhe que estava negociando como seu pai, Lev. – Eu aceito fazer um exame... se você também fizer.

Isso o deixara surpreso, e ele hesitara antes de dizer:

– Está bem. Mas você vai primeiro. Se eles disserem que não há nada de errado, eu vou.

– Não – insistira ela. – Quem vai primeiro é você.

– Por quê?

– Porque não confio em você no que diz respeito a manter promessas.

– Tudo bem, então. Vamos juntos.

Daisy não sabia muito bem por que estava fazendo aquilo. Havia tempo que já não amava Boy. Estava apaixonada por Lloyd Williams, que ainda não tinha voltado da Espanha, onde cumpria uma missão sobre a qual não podia falar muito. No entanto, era casada com Boy. Ele havia sido infiel, é verdade – e com diversas mulheres. Mas ela também cometera adultério, mesmo que com um homem só. Não tinha nenhum embasamento moral para reclamar; consequentemente, estava paralisada. Sentia apenas que, se cumprisse a sua função de esposa, talvez conseguisse manter os últimos resquícios de autoestima que lhe restavam.

O consultório do médico ficava na Harley Street, não muito longe de sua casa, mas num bairro menos rico. Daisy achou a consulta desagradável. O médico reclamou por ela ter chegado dez minutos atrasada. Fez muitas perguntas sobre seu estado de saúde geral, seus ciclos menstruais e o que chamou de suas "relações" com o marido. Em nenhum momento olhou para ela, mas tomava notas com uma caneta-tinteiro. Em seguida enfiou uma série de instrumentos frios dentro de sua vagina.

– Faço isso todos os dias, não precisa se preocupar – disse ele, lançando-lhe um sorriso que dizia o contrário.

Quando Daisy saiu da consulta, esperou que Boy fosse romper o acordo e desistir da sua. No entanto, ele entrou, mesmo de cara feia.

Enquanto aguardava, Daisy releu uma carta do meio-irmão, Greg. Ele descobrira que tinha um filho, fruto de um caso com uma garota negra quando ele estava com 15 anos. Para espanto de Daisy, seu irmão playboy estava encantado com o menino e disposto a participar de sua vida, mesmo que não como pai, mas como tio. E o que era ainda mais surpreendente: Lev tinha conhecido o neto e dito que ele era inteligente.

Que ironia, pensou ela. Greg tinha um filho, mesmo que nunca tivesse querido ser pai, e Boy não tinha nenhum, embora ansiasse loucamente por um herdeiro.

Seu marido saiu da sala do médico uma hora depois. O doutor lhes prometeu os resultados para dali a uma semana. Eles foram embora do consultório ao meio-dia.

– Depois dessa, preciso de um drinque – disse Boy.

– Eu também – concordou Daisy.

Eles olharam para os dois lados da rua, repleta de casas idênticas.

– Este bairro parece um deserto. Nenhum mísero pub à vista.

– Eu não vou a um pub de jeito nenhum – disse Daisy. – Quero um martíni, e ninguém sabe preparar martíni em pubs.

Ela sabia do que estava falando. Certa vez pedira um martíni no King's Head, em Chelsea, e tinham lhe servido um copo de vermute quente absolutamente intragável.

– Vamos ao Hotel Claridge, por favor – pediu ela. – Fica só a cinco minutos a pé daqui.

– Ótima ideia!

O bar do Claridge estava cheio de pessoas conhecidas. Regras rígidas regulavam as refeições que os restaurantes podiam servir, mas o Claridge encontrara uma brecha: não havia restrição nenhuma quanto à distribuição de comida, de modo que eles ofereciam um bufê gratuito e cobravam apenas pelas bebidas, praticando seus preços já naturalmente salgados.

Daisy e Boy se acomodaram em meio àquele esplendor art déco e bebericaram dois drinques perfeitos. Ela começou a se sentir melhor.

– O médico me perguntou se eu tive caxumba – disse Boy.

– Mas você teve.

A caxumba era uma doença típica da infância, mas Boy a contraíra havia apenas uns dois anos. Ficara acantonado por um breve período numa igreja de East Anglia e pegara a infecção dos três filhos pequenos do vigário. Sentira muita dor.

– Ele explicou por quê?

– Não. Você sabe como são esses caras. Nunca dizem droga nenhuma.

Daisy pensou que já não era mais tão alegre e descontraída quanto antigamente. Nos velhos tempos, jamais teria se preocupado daquele jeito com seu casamento. Sempre gostara das palavras de Scarlett O'Hara em ...*E o vento levou*: "Pensarei nisso amanhã." Porém, não era mais assim. Talvez estivesse amadurecendo.

Boy pedia um segundo drinque quando Daisy olhou para a porta do bar e viu o marquês de Lowther entrar, usando um uniforme amarrotado e manchado.

Não gostava daquele homem. Desde que ele desconfiara de seu relacionamento com Lloyd, passara a tratá-la com uma familiaridade pegajosa, como se os dois compartilhassem um segredo que os tornasse íntimos.

Lowther sentou-se à mesa com eles sem ser convidado, deixou cair a cinza do charuto na calça cáqui e pediu um manhattan.

Daisy logo viu que as intenções dele não eram boas. Seus olhos tinham um brilho de deleite maldoso que não podia ser explicado apenas pela expectativa de um bom drinque.

– Já faz mais ou menos um ano que não o vejo, Lowthie – disse Boy. – Por onde tem andado?

– Estava em Madri – respondeu Lowther. – Não posso falar muito a respeito. Informação sigilosa, sabe como é. E você?

– Passo muito tempo treinando pilotos, mas ultimamente voei em algumas missões, depois que intensificamos os bombardeios à Alemanha.

– Uma ótima providência. Precisamos dar aos alemães um gostinho de seu próprio veneno.

– Você pode até achar isso, mas os pilotos andam reclamando bastante.

– É mesmo? Por quê?

– Porque toda essa conversa sobre alvos militares é uma grande balela. De nada adianta bombardear fábricas na Alemanha, porque eles simplesmente as reconstroem. Então agora estamos atacando grandes áreas habitadas por uma densa população de classe trabalhadora, pois eles não conseguem substituir os operários com a mesma rapidez.

Lowther assumiu uma expressão chocada.

– Então a nossa política é matar civis.

– Exatamente.

– Mas o governo está nos garantindo...

– O governo está mentindo – disse Boy. – E as equipes dos bombardeiros agora sabem disso. Muitos não se importam, é claro, mas alguns se sentem mal. Segundo eles, se estivermos fazendo a coisa certa, devemos dizer isso claramente. Por outro lado, se estivermos fazendo a coisa errada, devemos parar.

Lowther pareceu pouco à vontade.

– Não acho que deveríamos estar tendo esta conversa aqui.

– Tem razão – concordou Boy.

A segunda rodada de drinques chegou. Virando-se para Daisy, Lowther perguntou:

– E a esposinha? A senhora deve estar fazendo algum trabalho de guerra. Como diz o ditado: cabeça vazia, oficina do diabo.

Daisy respondeu em tom neutro e casual:

– Agora que a Blitz acabou, eles não precisam mais de mulheres para dirigir ambulâncias, então estou trabalhando para a Cruz Vermelha. Temos um escritório em Pall Mall. Fazemos o possível para ajudar os americanos que estão servindo aqui.

– Homens sedentos por um pouco de companhia feminina, não é mesmo?

– Em geral, só sentem saudades de casa. Gostam de ouvir sotaque americano.

Lowthie olhou para ela com lascívia.

– Imagino que a senhora tenha muito talento para consolar esses soldados.

– Eu faço o que posso.

– Aposto que sim.

– Lowthie, você está bêbado? – indagou Boy. – Porque essa sua conversa está muito inconveniente.

A expressão de Lowther foi tomada por desdém.

– Ah, Boy, por favor, não me diga que você não sabe. Por acaso é cego?

– Boy, vamos para casa, por favor – pediu Daisy.

Mas seu marido a ignorou e dirigiu-se a Lowther:

– Que história é essa?

– Pergunte a ela sobre Lloyd Williams.

– Se você não me levar, irei para casa sozinha – disse Daisy.

– Você conhece algum Lloyd Williams? – perguntou-lhe Boy.

Ele é seu irmão, pensou Daisy. Sentiu um forte impulso de revelar o segredo e deixar o marido pasmo de surpresa, mas resistiu.

– Você também conhece – falou. – Ele estudou em Cambridge com você. Levou-nos a uma casa de espetáculos no East End, anos atrás.

– Ah! – disse Boy, lembrando. Então, intrigado, tornou a se dirigir a Lowther: – Aquele cara? – Era difícil para Boy ver Lloyd como um rival. – Um homem que não tem dinheiro nem para comprar a própria casaca? – disse, cada vez mais incrédulo.

– Três anos atrás, ele fez o meu curso de inteligência em Tŷ Gwyn. Daisy estava morando na mansão na época – contou Lowther. – Se bem me lembro, você estava arriscando a vida na França em um Hawker Hurricane. Enquanto ela se engraçava com aquele espertinho galês... na casa da sua própria família!

O rosto de Boy estava ficando vermelho.

– Lowthie, se você estiver inventando isso, juro que quebro a sua cara.

– Pergunte à sua mulher! – retrucou Lowther com um sorriso confiante.

Boy virou-se para Daisy.

Ela não havia dormido com Lloyd em Tŷ Gwyn. Isso só acontecera em sua cama de solteiro, na casa da mãe dele, durante a Blitz. Mas não podia explicar isso a Boy na frente de Lowther. De toda forma, era um mero detalhe. A acusação de adultério era verdadeira, e ela não iria negar. O segredo tinha sido revelado. Tudo o que ela queria agora era conservar pelo menos uma aparência de dignidade.

– Boy, vou contar tudo o que você quiser saber... mas não na frente desse porco malicioso – falou.

Ele ergueu a voz de tanto espanto:

– Quer dizer então que você não nega?

As pessoas da mesa ao lado se viraram, parecendo constrangidas, e tornaram a prestar atenção em seus próprios drinques.

Então foi a vez de Daisy levantar a voz:

– Eu me recuso a ser interrogada no bar do Claridge.

– Então você confessa? – gritou Boy.

O salão ficou em silêncio.

Daisy se levantou.

– Não vou admitir nem negar nada aqui. Contarei tudo a você em particular, em casa, que é onde casais civilizados tratam desse tipo de assunto.

– Meu Deus, você fez mesmo isso, foi para a cama com ele! – vociferou Boy.

Até os garçons pararam de trabalhar e ficaram imóveis, assistindo à briga.

Daisy foi até a porta.

– Sua puta! – gritou Boy.

Daisy não sairia deixando essa frase sem resposta. Virou-se para ele outra vez:

– De putas você entende bem, não é mesmo? Tive o desprazer de conhecer duas das suas, lembra? – Ela correu os olhos pelo salão. – Joanie e Pearl – falou, com desdém. – Quantas esposas iriam tolerar uma coisa dessas?

Então ela saiu do bar antes que ele pudesse responder.

Entrou num táxi que estava parado diante do hotel. Quando o carro estava se afastando da calçada, viu Boy surgir na rua e entrar no táxi seguinte da fila.

Daisy disse o endereço ao taxista.

De certa forma, estava aliviada com o fato de a verdade ter vindo à tona. Mas também sentia-se muito triste. Sabia que algo havia terminado.

Sua casa ficava a menos de 500 metros do hotel. Quando ela chegou, o táxi de Boy encostou logo atrás.

Ele entrou atrás dela no hall.

Não podia mais ficar naquela casa com ele. Aquilo estava acabado. Nunca mais iria compartilhar sua casa nem sua cama.

– Pegue uma mala para mim, por favor – pediu ela ao mordomo.

– Pois não, milady.

Daisy olhou em volta. A casa era uma residência urbana do século XVIII, de proporções perfeitas, com uma escadaria curva elegante. Mas na verdade não estava triste por deixá-la.

– Para onde você vai? – perguntou Boy.

– Para um hotel, eu acho. Provavelmente não o Claridge.

– Para encontrar seu amante!

– Não, ele está no exterior. Mas sim, eu o amo. Sinto muito, Boy. Você não tem o menor direito de me julgar... Suas ofensas são piores do que as minhas. Mas eu julgo a mim mesma.

– Para mim chega – disse ele. – Vou me divorciar de você.

Ela percebeu que essas eram as palavras pelas quais estava esperando. Agora tinham sido ditas, e estava tudo acabado. Sua nova vida começava naquele instante.

Daisy suspirou.

– Graças a Deus.

III

Daisy alugou um apartamento em Piccadilly. Tinha um banheiro grande com chuveiro, ao estilo americano. E havia um lavabo separado, só para os convidados – uma extravagância que, aos olhos dos ingleses, beirava o ridículo.

Por sorte, dinheiro não era problema para Daisy. Seu avô Vyalov a deixara rica, e desde os 21 anos ela controlava a própria fortuna, toda em dólares americanos.

Como era difícil comprar móveis novos, saiu à cata de antiguidades, das quais havia muita oferta a preços bons. Pendurou quadros modernos para dar ao apartamento um ar alegre e jovem. Contratou uma lavadeira idosa e uma moça para fazer a faxina, e achou fácil administrar a casa sem mordomo ou cozinheira, sobretudo porque não tinha um marido para paparicar.

Os criados da casa de Mayfair empacotaram todas as suas roupas e as enviaram para o apartamento num pequeno caminhão de mudanças. Daisy e a lavadeira passaram uma tarde inteira abrindo as caixas e arrumando tudo.

Ela havia sido ao mesmo tempo humilhada e libertada. No fim das contas, achava que estava melhor assim. A ferida da rejeição iria cicatrizar, e então ela estaria livre de Boy para sempre.

Uma semana depois, começou a se perguntar qual teria sido o resultado dos exames. O médico naturalmente devia ter entrado em contato com Boy, que era o marido. Daisy não queria perguntar a ele. Além do mais, aquilo não parecia ter importância agora, e ela esqueceu o assunto.

Estava gostando de organizar a casa nova. Durante algumas semanas, ficou entretida demais para socializar. Depois de arrumar o apartamento, decidiu rever todos os amigos que vinha ignorando.

Tinha vários amigos em Londres. Fazia sete anos que morava na cidade. Durante os últimos quatro, Boy passara mais tempo fora de casa do que nela, e ela frequentara festas e bailes sozinha. Assim, estar sem marido não faria muita diferença em sua vida, pensou. Sem dúvida seria riscada da lista de convidados da família Fitzherbert, mas eles não eram os únicos integrantes da alta sociedade londrina.

Comprou caixas de uísque, gim e champanhe, passando um pente fino em Londres atrás do que ainda havia de mercadorias legítimas e adquirindo o restante no mercado negro. Então enviou convites para uma festa de inauguração do novo apartamento.

As respostas chegaram com uma prontidão assustadora, todas negativas.

Aos prantos, ela telefonou para Eva Murray.

– Por que ninguém quer vir à minha festa? – gemeu.

Dez minutos depois, Eva estava na porta de sua casa.

Veio acompanhada dos três filhos e de uma babá. Jamie estava com 6 anos, Anna com 4, e a pequena Karen com 2.

Daisy lhe mostrou o apartamento e em seguida pediu um chá, enquanto Jamie transformava o sofá em tanque, usando as irmãs como equipe.

Num inglês com uma mistura de sotaques alemão, americano e escocês, Eva disse:

– Daisy, meu bem, isto aqui não é Roma.

– Eu sei. Tem certeza de que está confortável?

Eva estava no final da gravidez do quarto filho.

– Você se importa se eu puser os pés para cima?

– É claro que não.

Daisy foi buscar uma almofada.

– A sociedade londrina é respeitável – prosseguiu Eva. – Não pense que eu concordo com isso. Já fui excluída em várias ocasiões, e o pobre Jimmy às vezes é esnobado por ter se casado com uma alemã filha de judeu.

– Que horror!

– Seja qual for o motivo, eu não desejaria isso para ninguém.

– Às vezes eu odeio os ingleses.

– Está se esquecendo de como são os americanos? Não se lembra que me dizia que todas as garotas de Buffalo eram esnobes?

Daisy riu.

– Isso parece fazer tanto tempo...

– Você deixou seu marido – disse Eva. – E fez isso de um jeito indiscutivelmente espetacular, gritando insultos para ele no bar do Hotel Claridge.

– E olhe que eu só tinha tomado um martíni.

Eva sorriu.

– Como eu queria ter estado lá!

– Acho que eu preferiria não ter estado.

– Não preciso nem dizer que, durante as últimas três semanas, não se falou em outra coisa na alta roda de Londres.

– Acho que eu deveria ter previsto isso.

– Agora, infelizmente, acho que qualquer um que aparecer na sua festa será visto como alguém que aprova o adultério e o divórcio. Nem eu gostaria que minha sogra soubesse que estive aqui e tomei chá com você.

– Mas é tão injusto... Boy me traiu primeiro!

– E você achou que as mulheres fossem tratadas como iguais?

Daisy lembrou que Eva tinha muito mais coisas com que se preocupar do que ser esnobada socialmente. Sua família continuava na Alemanha nazista. Fitz fizera perguntas por meio da embaixada suíça e descobrira que seu pai, que era médico, estava agora em um campo de concentração, e que seu irmão que fabricava violinos fora espancado pela polícia e tivera as mãos quebradas.

– Quando penso nos seus problemas, tenho até vergonha de reclamar – falou.

– Não precisa ter vergonha. Mas cancele essa festa.

Daisy cancelou, mas ficou arrasada. O trabalho na Cruz Vermelha preenchia seus dias; à noite, porém, não tinha para onde ir nem o que fazer. Ia ao cinema duas vezes por semana. Tentou ler *Moby Dick*, mas achou o livro entediante. Num domingo, foi à missa. A igreja de St. James, que fora projetada pelo arquiteto Christopher Wren e ficava em frente ao seu prédio em Piccadilly, tinha sido bombardeada, por isso ela foi a St. Martin in the Fields. Boy não estava lá, mas Fitz e Bea sim, e Daisy passou a missa inteira olhando a parte de trás da cabeça do ex-sogro, pensando que tinha se apaixonado por dois filhos daquele homem. Boy tinha a aparência da mãe e o egoísmo obstinado do pai. Lloyd tinha a beleza de Fitz e o coração generoso de Ethel. Por que demorei tanto para perceber isso?, perguntou-se Daisy.

A igreja estava cheia de conhecidos seus, mas nenhum deles falou com ela depois da missa. Daisy estava sozinha e quase sem amigos, num país estrangeiro, no meio de uma guerra.

Certa noite, pegou um táxi até Aldgate e bateu à porta da casa dos Leckwith. Quando Ethel abriu, ela disse:

– Vim pedir a mão do seu filho em casamento.

Ethel deu uma sonora risada e a abraçou.

Daisy havia levado um presente: uma lata de presunto americano que recebera de um navegador da Força Aérea dos Estados Unidos. Esse tipo de coisa era um luxo para as famílias inglesas, sujeitas ao racionamento de guerra. Sentada na cozinha com Ethel e Bernie, ficou ouvindo canções no rádio. Os três cantaram "Underneath the Arches", de Flanagan e Allen.

– Bud Flanagan nasceu aqui mesmo, no East End – disse Bernie com orgulho.

– O nome verdadeiro dele era Chaim Ruben Weintrop.

Os Leckwith estavam animados com o Relatório Beveridge, documento do governo que havia se tornado um sucesso de vendas.

– O texto foi encomendado por um primeiro-ministro conservador e escrito por um economista liberal – disse Bernie. – Apesar disso, propõe justamente o que o Partido Trabalhista sempre quis! Em política, você sabe que está ganhando quando o adversário rouba suas ideias.

– A proposta é que todos os cidadãos com idade para trabalhar paguem um seguro semanal para receber benefícios quando ficarem doentes, desempregados, aposentados ou viúvos – explicou Ethel.

– É uma iniciativa simples, mas vai transformar nosso país – afirmou Bernie, entusiasmado. – Do berço até o caixão, ninguém nunca mais vai ficar desamparado.

– E o governo aceitou? – perguntou Daisy.

– Não – respondeu Ethel. – Clem Attlee pressionou Churchill, mas o primeiro-ministro não aprovou o relatório. O Tesouro acha que vai sair caro demais.

– Temos que ganhar uma eleição antes de conseguir implementá-lo – completou Bernie.

Millie, filha de Ethel e Bernie, apareceu para uma visita.

– Não posso ficar muito tempo – falou. – Abie está cuidando das crianças por meia hora.

Millie estava desempregada: as inglesas não compravam mais vestidos caros, nem quando tinham dinheiro; felizmente, porém, o negócio de couros de seu marido ia muito bem. O casal tinha dois filhos bebês, Lennie e Pammie.

Os quatro tomaram chocolate quente e conversaram sobre o rapaz que adoravam. Tinham poucas notícias de Lloyd. A cada seis ou oito meses, Ethel recebia uma carta no papel timbrado da embaixada britânica em Madri dizendo que ele estava bem e fazendo a sua parte para derrotar o fascismo. Fora promovido a major. Nunca tinha escrito para Daisy por medo de que Boy visse as cartas, mas agora isso não era mais problema. Daisy deu a Ethel o endereço de seu novo apartamento e anotou o de Lloyd, um número do Correio das Forças Armadas Britânicas.

Ninguém fazia ideia de quando ele teria uma licença para ir para casa.

Daisy lhes contou sobre Greg e seu filho, Georgy. Sabia que os Leckwith não iam julgar seu meio-irmão e se alegrariam com a notícia.

Contou também a história da família de Eva em Berlim. Bernie era judeu, e ficou com os olhos marejados ao ouvir sobre as mãos quebradas de Rudi.

– Eles deveriam ter lutado contra os malditos fascistas nas ruas, quando tiveram oportunidade – falou. – Foi o que nós fizemos.

– Ainda tenho nas costas as cicatrizes de quando a polícia nos empurrou contra a vitrine da Gardiner's – disse Millie. – Antes tinha vergonha delas... Abie só viu minhas costas depois de seis meses de casados. Mas disse que tem orgulho de mim.

– Essa briga na Cable Street foi bem feia – comentou Bernie. – Mas demos um basta naquela bobajada violenta. – Ele tirou os óculos e enxugou os olhos com o lenço.

Ethel passou um braço em volta dos ombros do marido.

– Eu disse às pessoas que ficassem em casa naquele dia – falou. – Eu estava errada, e você estava certo.

Ele deu um sorriso triste.

– Isso não é muito frequente.

– Mas foi a Lei de Ordem Pública promulgada depois de Cable Street que acabou com os fascistas britânicos – continuou Ethel. – O Parlamento proibiu o uso de uniformes políticos em público. Isso foi o fim deles. Sem poder se pavonear pelas ruas de camisa preta, eles não eram nada. Quem fez isso foram os conservadores... é preciso reconhecer seu mérito.

Os Leckwith eram uma família politizada e já estavam planejando a reforma da Grã-Bretanha pelo Partido Trabalhista depois da guerra. O líder do partido, o brilhante e discreto Clement Attlee, era agora vice-primeiro-ministro de Churchill, e o herói sindicalista Ernie Bevin era ministro do Trabalho. A visão desses dois homens deixava Daisy animada em relação ao futuro.

Millie foi embora, e Bernie foi se deitar. Quando as duas ficaram sozinhas, Ethel perguntou a Daisy:

– Você quer mesmo se casar com o meu Lloyd?

– Mais do que tudo neste mundo. A senhora acha que vai dar certo?

– Acho. Por que não daria?

– Porque temos origens muito diferentes. Vocês são pessoas tão boas... O serviço público é seu objetivo na vida.

– Exceto para nossa Millie. Ela é igual ao irmão de Bernie... só pensa em ganhar dinheiro.

– Mas até ela tem cicatrizes nas costas por causa da batalha da Cable Street.

– É verdade.

– Lloyd é igual à senhora. A política não é apenas mais uma das coisas que ele faz, como se fosse um hobby... É o centro da vida dele. No entanto, sou apenas uma milionária egoísta.

– Acho que existem dois tipos de casamento – disse Ethel, compreensiva. – O primeiro é uma parceria confortável, na qual duas pessoas compartilham as mesmas esperanças e medos, criam os filhos juntos, se apoiam e se reconfortam.

– Daisy percebeu que ela estava se referindo ao próprio casamento com Bernie. – O outro é uma paixão avassaladora, é loucura, alegria e sexo. Talvez aconteça com alguém totalmente inadequado, uma pessoa que você não admira e de quem nem gosta realmente. – Daisy teve certeza de que agora ela estava pensando em seu caso com Fitz. Prendeu a respiração. Sabia que Ethel estava lhe contando a verdade nua e crua. – Eu tive sorte, porque vivi as duas coisas. E meu conselho para você é: se tiver a chance de viver esse amor louco, agarre-a com todas as forças, e que se danem as consequências.

– Uau! – exclamou Daisy.

Ela foi embora alguns minutos mais tarde. Sentia-se privilegiada por Ethel ter lhe proporcionado aquele vislumbre de sua alma. Quando voltou para o apartamento vazio de Piccadilly, porém, sentiu-se deprimida outra vez. Preparou um drinque e o jogou fora. Pôs a chaleira no fogo e tornou a tirar. A programação do rádio acabou. Ela se deitou entre os lençóis frios e desejou que Lloyd estivesse ali.

Comparou a família de Lloyd com a sua. Ambas tinham histórias atribuladas, mas Ethel havia formado uma família unida e solidária a partir de um material desfavorável, coisa que a mãe de Daisy não conseguira fazer – embora mais por culpa de Lev do que de Olga. Ethel era uma mulher notável, e Lloyd tinha muitas de suas qualidades.

Onde estaria ele agora? O que estaria fazendo? Qualquer que fosse a resposta, certamente estava correndo perigo. Será que iria morrer justo agora, quando Daisy finalmente estava livre para amá-lo sem entraves, e até mesmo para se casar com ele? O que ela faria se ele morresse? Seria o fim da sua vida: sem marido, sem amante, sem amigos, sem país. O dia já estava amanhecendo quando ela enfim adormeceu, depois de tanto chorar.

No dia seguinte, acordou tarde. Ao meio-dia, estava tomando café na pequena sala de jantar, usando um roupão de seda preta, quando sua empregada de 15 anos entrou e disse:

– O major Williams está aqui, senhora.

– O quê?! – exclamou ela. – Não pode ser!

Então Lloyd cruzou a porta com a bolsa de lona pendurada no ombro.

Tinha um ar cansado e uma barba de vários dias. Era óbvio que havia dormido com aquele uniforme.

Ela se atirou nos braços dele e beijou seu rosto áspero. Ele retribuiu seus beijos, um pouco inibido por não conseguir parar de sorrir.

– Eu devo estar fedendo – falou entre os beijos. – Faz uma semana que não troco de roupa.

– Você está com o mesmo cheiro de uma fábrica de queijo – disse ela. – E eu adoro.

Ela o puxou até o quarto e começou a tirar suas roupas.

– Vou tomar uma ducha rápida – disse ele.

– Não – retrucou ela. Então o empurrou de costas na cama. – Estou com muita pressa.

O desejo que sentia por ele era ardente. E a verdade era que ela estava gostando daquele cheiro forte. Deveria ter sentido repulsa, mas o efeito foi justamente o contrário. Aquele era Lloyd, o homem que ela achara que pudesse estar morto, e era o cheiro dele que estava lhe enchendo as narinas e os pulmões. Ela poderia ter chorado de tanta alegria.

Tirar a calça dele exigiria que tirasse antes suas botas, e ela pôde ver que isso seria muito complexo, então nem se deu o trabalho. Simplesmente desabotoou a braguilha. Jogou longe o roupão de seda preta e levantou a camisola até a cintura, sem desgrudar os olhos gulosos e felizes do pênis muito branco que despontava do tecido cáqui grosseiro. Então sentou-se sobre ele e abaixou o corpo devagar, curvando-se para a frente para beijá-lo.

– Meu Deus – disse ela. – Você nem imagina quanto tenho desejado isto.

Ficou deitada em cima dele sem se mexer muito, beijando-o sem parar. Ele segurou seu rosto com ambas as mãos e a encarou.

– Isto aqui é real, não é? – indagou. – Não é só mais um sonho feliz?

– É real, sim – respondeu ela.

– Ótimo. Não gostaria de acordar agora.

– Quero ficar assim para sempre.

– Boa ideia, mas não vou conseguir ficar parado por muito tempo mais.

Ele começou a se mexer debaixo dela.

– Se você fizer isso, vou ter um orgasmo – disse Daisy.

E de fato teve.

Depois do sexo, eles passaram um longo tempo deitados, conversando.

Lloyd tinha 15 dias de licença.

– Fique aqui – disse Daisy. – Pode visitar seus pais todos os dias, mas quero você à noite.

– Eu não iria querer estragar sua reputação.

– Já está estragada. Eu já fui excluída da alta sociedade londrina.

– Eu sei.

Ele havia telefonado para Ethel da estação de Waterloo, e sua mãe lhe contara sobre a separação de Daisy e Boy e lhe dera o endereço do apartamento em Piccadilly.

– Precisamos usar algum método anticoncepcional – disse ele. – Vou arranjar uns preservativos. Mas talvez seja bom você colocar alguma coisa. O que acha?

– Você quer ter certeza de que eu não vou engravidar? – perguntou ela.

Percebeu que sua voz tinha uma pontinha de tristeza, e Lloyd também a notou.

– Não me entenda mal – disse ele, apoiando-se sobre o cotovelo. – Sou filho bastardo. Ouvi mentiras sobre minha origem e tive um choque terrível quando descobri a verdade. – A voz dele estremeceu de leve por causa da emoção. – Nunca vou fazer meus filhos passarem por isso. Nunca.

– Não precisaríamos mentir.

– E diríamos a eles que não somos casados? Que você na verdade é casada com outra pessoa?

– Por que não?

– Pense nas zombarias que eles teriam que ouvir na escola.

Daisy não estava convencida, mas aquela questão claramente era importante para ele.

– Então qual é o seu plano? – perguntou.

– Quero ter filhos com você. Mas só quando estivermos casados. Um com o outro.

– Isso eu já entendi – disse ela. – Então...

– Vamos ter que esperar.

Os homens eram lentos para entender indiretas.

– Não sou uma garota muito apegada às tradições – disse ela. – Mas ainda assim existem algumas coisas...

Ele finalmente entendeu aonde ela estava querendo chegar.

– Ah! Tudo bem. Só um instante. – Ele se ajoelhou na cama. – Daisy, querida...

Ela deu uma gargalhada. Lloyd estava hilário: ainda de uniforme, com o pênis agora flácido pendurado para fora da braguilha.

– Posso tirar uma foto de você assim? – perguntou ela.

Ele olhou para baixo e viu do que ela estava falando.

– Ah, desculpe.

– Não... nem se atreva a guardá-lo! Fique assim mesmo e diga o que ia dizer.

Ele abriu um sorriso.

– Daisy, querida, você aceita ser minha esposa?

– Sem pestanejar – respondeu ela.

Os dois tornaram a se deitar, abraçados.

O cheiro dele logo deixou de ser uma novidade interessante. Os dois entraram no chuveiro juntos. Ela o ensaboou inteiro, divertindo-se com o seu constrangimento ao ter as partes mais íntimas do corpo lavadas. Passou xampu em seus cabelos e esfregou seus pés imundos com uma escova.

Quando ele estava limpo, insistiu em dar banho nela, mas só conseguiu chegar aos seios antes que precisassem fazer amor outra vez. Transaram ali mesmo, de pé no chuveiro, com a água quente escorrendo por seus corpos. Ele obviamente havia esquecido momentaneamente sua aversão à gravidez indesejada, e ela não se importou.

Em seguida, ele fez a barba em pé diante do seu espelho. Ela se enrolou numa toalha grande e sentou-se na tampa da privada para observá-lo.

– Quanto tempo vai demorar para você se divorciar? – perguntou ele.

– Não sei. É melhor eu falar com Boy.

– Mas hoje não. Quero você só para mim o dia inteiro.

– Quando você vai visitar seus pais?

– Amanhã, talvez.

– Então irei falar com Boy amanhã também. Quero resolver isso o quanto antes.

– Ótimo – disse ele. – Combinado, então.

IV

Daisy se sentiu estranha ao entrar na casa em que havia morado com Boy. Um mês antes, aquilo tudo lhe pertencia. Ela era livre para ir e vir quando quisesse; para entrar em qualquer cômodo sem pedir licença. Os criados obedeciam a todas as suas ordens sem questioná-la. Agora, era uma estranha naquela casa. Não tirou as luvas nem o chapéu e teve que seguir o velho mordomo até a sala íntima.

Boy não apertou sua mão nem a beijou no rosto. Parecia tomado por uma indignação justificada.

– Ainda não contratei um advogado – disse Daisy, sentando-se. – Queria falar com você pessoalmente antes. Espero que possamos fazer isso sem nos odiar. Afinal de contas, não há filhos para disputarmos a guarda, e nós dois temos dinheiro de sobra.

– Você me traiu! – exclamou ele.

Daisy suspirou. Era óbvio que aquilo não iria correr do jeito que ela esperava.

– Nós dois cometemos adultério – falou. – Você primeiro.

– Eu fui humilhado. Todo mundo em Londres sabe!

– Tentei impedi-lo de fazer papel de bobo lá no Claridge... mas você estava ocupado demais tentando me humilhar! Espero que tenha dado uma surra naquele marquês detestável.

– Como eu poderia ter feito uma coisa dessas? Ele me fez um favor.

– Poderia ter feito um favor maior ainda conversando com você discretamente no clube.

– Não entendo como você pôde se apaixonar por um pé-rapado sem classe como aquele Williams. Descobri algumas coisas sobre ele. A mãe dele era uma criada!

– Ela provavelmente é a mulher mais impressionante que já conheci.

– Espero que você esteja ciente de que ninguém sabe direito quem é o pai dele.

Aquilo era o cúmulo da ironia, pensou Daisy.

– Eu sei quem é o pai dele – falou.

– Quem?

– Com certeza não vou lhe contar.

– Então pronto.

– Isso não vai nos levar a lugar nenhum, não acha?

– Acho.

– Talvez seja melhor eu pedir a um advogado que lhe escreva. – Ela se levantou. – Eu amei você um dia, Boy – falou, com tristeza. – Você era divertido. Sinto muito se não fui suficiente para satisfazê-lo. Desejo que seja feliz. Espero que se case com uma mulher mais adequada, e que ela lhe dê muitos filhos. Eu ficaria feliz se isso acontecesse.

– Só que não vai acontecer – retrucou ele.

Ela já tinha se virado para a porta, mas deu meia-volta.

– Por que está dizendo isso?

– Recebi o resultado daqueles exames que fizemos.

Ela havia esquecido a consulta com o médico. Com o fim do casamento, isso lhe parecera irrelevante.

– E qual foi o resultado?

– Não há nada de errado com você... Pode ter uma ninhada de filhotes. Mas eu, não. Caxumba em adultos às vezes causa infertilidade. – Ele deu uma risada amarga. – Todos aqueles malditos alemães atirando em mim durante anos, e fui derrubado pelos três pirralhos de um vigário.

Daisy ficou triste por ele.

– Ah, Boy, sinto muito por isso.

– E vai sentir mais ainda, porque não vou me divorciar de você.

De repente, ela congelou.

– Como assim? Por que não?

– Para quê? Não quero me casar de novo. Não posso ter filhos. O filho de Andy vai herdar o título.

– Mas eu quero me casar com Lloyd!

– E por que eu deveria me importar com isso? Por que ele deveria ter filhos se eu não posso?

Daisy ficou arrasada. Será que a felicidade lhe seria arrancada bem na hora em que parecia estar ao seu alcance?

– Boy, você não pode estar falando sério!

– Nunca falei mais sério em toda a minha vida.

– Mas Lloyd quer ter filhos! – exclamou Daisy, com a voz angustiada.

– Ele deveria ter pensado nisso antes de trepar com a mulher de outro.

– Muito bem então – disse ela, desafiadora. – Eu vou me divorciar de você.

– Sob que pretexto?

– Adultério, claro.

– Mas você não tem provas. – Ela estava prestes a dizer que isso não deveria constituir nenhum problema quando ele abriu um sorriso malicioso e acrescentou: – E tomarei cuidado para que não consiga nenhuma.

Cada vez mais consternada, Daisy entendeu que ele de fato poderia fazer isso: bastava ser discreto em relação aos seus casos.

– Mas você me expulsou de casa! – falou.

– Vou dizer ao juiz que você será bem-vinda se quiser voltar.

Ela tentou segurar o choro.

– Nunca pensei que você fosse me odiar tanto – falou, arrasada.

– Ah, não? – zombou ele. – Bom, então agora você sabe.

V

Lloyd Williams foi à casa de Boy Fitzherbert em Mayfair no meio da manhã, horário em que Boy estaria sóbrio. Apresentou-se ao mordomo como major Williams, um parente distante. Pensou que valeria a pena tentar uma conversa de homem para homem. Não era possível que Boy quisesse dedicar o resto da vida a uma vingança. Lloyd fez a visita de uniforme, esperando conseguir falar com Boy de militar para militar. Sem dúvida o bom senso iria prevalecer.

Foi conduzido até a sala íntima, onde Boy estava sentado lendo o jornal e fumando um charuto. Ele levou alguns instantes para reconhecê-lo.

– Você! – exclamou por fim. – Saia daqui imediatamente!

– Vim lhe pedir que conceda o divórcio a Daisy – disse Lloyd.

– Fora daqui! – Boy se levantou.

– Posso ver que você está cogitando me dar um soco, então, para ser justo, devo lhe avisar que não vai ser tão fácil quanto imagina – disse Lloyd. – Embora eu seja um pouco mais baixo que você, sou meio-médio no boxe e já ganhei várias lutas.

– Não vou sujar minhas mãos com você.

– Essa é um decisão sensata. Mas vai reconsiderar a questão do divórcio?

– De forma alguma.

– Há uma coisa que você não sabe – disse Lloyd. – Estava imaginando se isso o faria mudar de ideia.

– Duvido muito – disse Boy. – Mas vamos lá: agora que está aqui, vá em frente.

Ele se sentou, mas não ofereceu uma cadeira a Lloyd.

Você nem imagina a bomba que está por vir, pensou Lloyd.

Tirou do bolso uma fotografia sépia desbotada.

– Dê uma olhada nesta foto minha, por gentileza.

Pôs a foto sobre a mesa lateral, junto ao cinzeiro de Boy, que pegou a foto.

– Este aqui não é você. Parece com você, mas o uniforme é vitoriano. Deve ser seu pai.

– Na verdade, é o meu avô. Vire a foto.

Boy leu o que estava escrito atrás.

– Conde Fitzherbert? – indagou, com desdém.

– Sim. O último conde, seu avô... e meu também. Daisy encontrou esta foto em Tŷ Gwyn. – Lloyd tomou fôlego. – Você disse a Daisy que ninguém sabe quem é meu pai. Bem, posso lhe dizer quem é. O conde Fitzherbert. Você e eu somos irmãos.

Ele esperou a reação do outro homem.

Boy riu.

– Que coisa mais ridícula!

– Tive a mesma reação quando me contaram.

– Bem, devo dizer que você me surpreendeu. Eu esperava algo melhor do que essa fantasia absurda.

Lloyd estava torcendo para a revelação deixar Boy chocado e fazê-lo mudar de atitude, mas até ali não estava funcionando. Mesmo assim, prosseguiu com seu raciocínio:

– Pense bem, Boy... Será mesmo tão improvável assim? Acontece o tempo todo nas grandes mansões. Criadas bonitas, jovens nobres cheios de tesão, e a natureza segue seu curso. Quando o bebê nasce, o caso é abafado. Por favor, não finja que não sabia que essas acontecem.

– Com certeza é bem frequente. – A segurança de Boy havia sido abalada, mas ele continuou arrogante: – Mas muitas pessoas gostam de fingir que têm laços com a aristocracia.

– Ah, pelo amor de Deus – disse Lloyd com desdém. – Não quero laço nenhum com a aristocracia. Não sou nenhum moleque com delírios de grandeza. Venho de uma importante família de políticos socialistas. Meu avô materno foi um dos fundadores da Federação dos Mineiros de Gales do Sul. A última coisa de que preciso é um parentesco secreto com um deputado nobre e conservador. É muito constrangedor para mim.

Boy tornou a rir, mas dessa vez com menos convicção.

– Constrangedor *para você*! Isso sim é esnobismo às avessas.

– Às avessas? Tenho mais chances de me tornar primeiro-ministro do que você. – Lloyd percebeu que os dois haviam começado uma disputa para ver quem era o melhor, e não era isso que ele queria. – Mas nada disso importa – disse ele. – Estou tentando convencê-lo de que você não pode passar o resto da vida se vingando de mim... se por nenhum outro motivo, pelo fato de sermos irmãos.

– Eu ainda não acredito – disse Boy, pousando a foto sobre a mesinha e tornando a pegar o charuto.

– No começo também não acreditei. – Lloyd continuou tentando: era seu futuro que estava em jogo. – Depois fiquei sabendo que minha mãe trabalhava em Tŷ Gwyn quando engravidou; ela sempre havia se mostrado evasiva em relação à identidade do meu pai; e, pouco antes de eu nascer, arrumara dinheiro para comprar uma casa de três quartos em Londres. Eu a confrontei com minhas suspeitas, e ela confessou a verdade.

– Isso é risível.

– Mas você sabe que é verdade, não sabe?

– Não sei de nada.

– Sabe, sim. Nem que seja pelo nosso parentesco, não pode agir de forma decente?

– De jeito nenhum.

Lloyd viu que não iria ganhar. Ficou desanimado. Boy tinha o poder de fazer frustrar a vida de Lloyd, e estava determinado a usá-lo.

Pegou a fotografia e tornou a guardá-la no bolso.

– Você vai questionar seu pai sobre isso. Não vai conseguir se conter. Terá que saber a verdade.

Boy respondeu com um muxoxo de desdém.

Lloyd foi até a porta.

– Acho que ele vai lhe contar a verdade. Adeus, Boy.

Ele saiu e fechou a porta atrás de si.

CAPÍTULO DEZESSEIS

1943 (II)

Em março de 1943, na cidade de Kharkov, o coronel Albert Beck foi atingido no pulmão por uma bala russa. Teve sorte: um cirurgião de campanha pôs um dreno em seu peito e salvou sua vida por um triz. Enfraquecido pela hemorragia e pela infecção quase inevitável, Beck foi mandado de volta à Alemanha de trem e acabou indo parar no hospital de Berlim onde Carla trabalhava.

Era um homem durão, magro e musculoso, de 40 e poucos anos, prematuramente calvo e com um maxilar saliente que lembrava um barco viking. Na primeira vez que falou com Carla, drogado e febril, mostrou-se muito indiscreto.

– Estamos perdendo a guerra – disse ele.

Carla ficou alerta na mesma hora. Um oficial descontente era uma fonte de informações em potencial.

– Segundo os jornais, estamos encurtando a linha de batalha no front oriental – respondeu ela em tom casual.

O coronel deu uma risada desdenhosa.

– Isso significa que estamos recuando.

Ela continuou tentando obter mais informações.

– E as coisas não vão nada bem na Itália.

Benito Mussolini, ditador italiano e maior aliado de Hitler, acabara de cair.

– A senhorita se lembra de 1939 e 1940? – indagou Beck, nostálgico. – Uma sucessão de vitórias rápidas e brilhantes. Bons tempos aqueles...

O coronel obviamente não era um homem de ideologias; talvez nem se interessasse por política. Era apenas um soldado normal e patriota que havia parado de se iludir.

Carla fez com que ele continuasse falando:

– Não é possível que esteja faltando de tudo no Exército, de balas até roupa de baixo.

Esse tipo de conversa levemente arriscada não era raro em Berlim nos últimos tempos.

– É claro que é. – Beck era bastante desinibido e falava de forma bem-articulada. – A Alemanha simplesmente não consegue produzir a mesma quantidade de armas e tanques que a União Soviética, a Grã-Bretanha e os Estados Unidos juntos... principalmente sob bombardeios constantes. Além disso, pouco importa quantos russos matamos: o Exército Vermelho parece dispor de um estoque inesgotável de novos recrutas.

– O que o senhor acha que vai acontecer?

– É claro que os nazistas nunca vão admitir a derrota. Então mais pessoas vão morrer. Milhões. E pelo simples fato de que eles são orgulhosos demais para ceder. É uma insanidade. Uma insanidade.

Então ele pegou no sono.

Era preciso estar doente ou louco para dizer aquelas coisas em voz alta, mas, na opinião de Carla, cada vez mais pessoas pensavam assim. Apesar da propaganda incessante do governo, vinha ficando claro que Hitler estava perdendo a guerra.

A morte de Joachim Koch não havia gerado nenhum inquérito policial. Fora noticiada no jornal como um acidente de trânsito. Carla tinha superado o choque inicial, mas de vez em quando era atingida pela consciência de ter matado um homem e, em sua mente, revia a morte do rapaz. Isso a deixava trêmula e a obrigava a se sentar. Felizmente, acontecera apenas uma vez durante o plantão, e ela alegara um mal-estar causado pela fome – algo altamente plausível na Berlim da guerra. O estado de sua mãe era ainda pior. Carla achava estranho pensar que Maud houvesse mesmo amado Joachim, por mais fraco e tolo que fosse o tenente. O amor, porém, não tinha explicação. A própria Carla havia se enganado redondamente em relação a Werner Franck, julgando-o forte e corajoso, apenas para descobrir que ele era egoísta e covarde.

Conversou bastante com Beck antes de o coronel ter alta, a fim de tentar descobrir que tipo de homem ele era. Depois de recuperado, ele nunca mais tornou a falar sobre a guerra com a mesma indiscrição. Contou-lhe que era militar de carreira, que havia perdido a esposa e que a filha, já casada, morava em Buenos Aires. Seu pai fora membro do Conselho Municipal de Berlim: Beck não especificou por qual partido, então obviamente não devia ser o Partido Nazista nem um de seus aliados. Ele nunca dizia nada de negativo sobre Hitler, mas também não falava nada de positivo. Tampouco insultava judeus ou comunistas. Ultimamente, só isso já era sinal de insubordinação.

Seu pulmão ficaria curado, mas o coronel nunca mais voltaria a ser forte o suficiente para o serviço ativo. Ele contou a Carla que seria transferido para o Estado-Maior. Poderia se tornar uma verdadeira mina de diamantes de segredos importantes. Carla estaria arriscando a própria vida se tentasse recrutá-lo – mas tinha que fazer isso.

Sabia que ele não se lembraria da primeira conversa que tiveram.

– O senhor foi bem sincero – disse-lhe ela em voz baixa. Não havia ninguém por perto. – Falou que estávamos perdendo a guerra.

Um lampejo de medo cruzou o olhar do coronel. Ele não era mais um paciente desorientado, usando a camisola do hospital e com a barba por fazer. Estava de banho tomado, barbeado, sentado ereto na cama, vestido com um pijama azul--escuro abotoado até o pescoço.

– Imagino que a senhorita vá me denunciar à Gestapo – falou. – Não acho que um homem deva pagar pelas coisas que diz quando está doente e delirando.

– O senhor não estava delirando – disse ela. – Falou de forma bem clara. Mas não vou denunciá-lo.

– Ah, não?

– Não, porque o senhor tem razão.

Ele ficou surpreso.

– Agora *eu* deveria denunciá-la.

– Se fizer isso, direi que o senhor ofendeu Hitler quando estava delirando e que, quando ameacei delatá-lo, inventou uma história sobre mim para se defender.

– Se eu a denunciar, a senhorita me denunciará – disse o coronel. – Estamos empatados.

– Só que o senhor não vai fazer isso – retrucou ela. – Eu o conheço. Cuidei do senhor. É um homem bom. Entrou para o Exército por amor ao seu país, mas odeia a guerra e os nazistas. – Carla tinha 99% de certeza disso.

– É muito perigoso falar assim.

– Eu sei.

– Então isto aqui não é apenas uma conversa casual.

– Não. O senhor disse que milhões de pessoas vão morrer só porque os nazistas são orgulhosos demais para se render.

– Eu disse isso?

– Mas pode ajudar a salvar alguns desses milhões.

– Como?

Carla fez uma pausa. Era nesse ponto que poria sua vida em risco.

– Eu posso passar para as pessoas certas qualquer informação que o senhor obtiver.

Ela prendeu a respiração. Se estivesse errada em relação a Beck, poderia se considerar uma mulher morta.

Mas o que viu na expressão do coronel foi assombro. Era difícil imaginar que aquela jovem enfermeira despachada e eficiente pudesse ser uma espiã. Mas Carla viu que Beck acreditava nela.

– Acho que estou entendendo – disse ele.

Ela lhe entregou uma pasta verde do hospital, vazia.

Ele a pegou.

– Para que serve isto? – perguntou.

– O senhor é soldado, deve saber o que é camuflagem.

Ele assentiu.

– A senhorita está arriscando a vida – falou, e ela viu em seus olhos algo parecido com admiração.

– Agora o senhor também está.

– Sim – disse o coronel Beck. – Mas já estou acostumado.

II

De manhã bem cedo, Thomas Macke levou o jovem Werner Franck até a prisão de Plötzensee, no subúrbio de Charlottenburg, a oeste de Berlim.

– Você precisa ver isso – falou. – Então poderá dizer ao coronel Dorn como somos eficientes.

Ele estacionou o carro na Königsdamm e conduziu Werner até os fundos da prisão principal. Os dois entraram num cômodo com oito metros de comprimento e mais ou menos a metade de largura. Ali, à sua espera, estava um homem de casaca, cartola e luvas brancas. O traje peculiar fez Werner franzir o cenho.

– Este é Herr Reichhart – disse Macke. – O verdugo.

Werner engoliu em seco.

– Quer dizer que vamos assistir a uma execução?

– Sim.

Com ar casual que podia ser fingido, Werner perguntou:

– E por que o traje de gala?

Macke deu de ombros.

– Tradição.

Uma cortina preta dividia o cômodo em duas partes. Quando Macke a afastou, Werner viu oito ganchos presos a uma viga de ferro que ia de uma ponta a outra do telhado.

– São para enforcamentos? – indagou.

Macke assentiu com a cabeça.

Havia também uma mesa de madeira equipada com correias para prender pessoas. Em uma das extremidades da mesa via-se um aparato alto, de formato característico. No chão, um cesto pesado.

O jovem tenente estava pálido.

– Uma guilhotina – falou.

– Exatamente – disse Macke. Então olhou para o relógio. – Não teremos que esperar muito.

Mais homens entraram. Vários deles menearam a cabeça para Macke, indicando que já o conheciam. Macke falou no ouvido de Werner:

– O regulamento exige a presença de juízes e funcionários do tribunal, e também do diretor e do capelão da prisão.

Werner engoliu em seco. Macke pôde ver que ele não estava gostando daquilo.

Não esperava que ele fosse gostar mesmo. O motivo para ter levado o tenente até ali não tinha nada a ver com impressionar o general Dorn. Macke estava desconfiado de Werner. Alguma coisa no rapaz não lhe parecia verdadeira.

Werner trabalhava para Dorn; quanto a isso não restava dúvida. Acompanhara o general numa visita à sede da Gestapo, após a qual Dorn escrevera um bilhete tecendo elogios rasgados ao esforço de contraespionagem de Berlim no qual citava Macke. Depois disso, o inspetor passara semanas envolto numa áurea cálida de orgulho.

No entanto, não conseguia esquecer o comportamento de Werner naquela noite, quase um ano antes, quando os dois estiveram prestes a capturar um espião numa fábrica de peles desativada. O rapaz havia entrado em pânico... ou não? Fosse por acidente ou de propósito, dera ao pianista um alerta para que fugisse. Macke não conseguia se livrar da suspeita de que o pânico fora fingido e que Werner, na verdade, o alertara de forma fria e intencional.

Não tinha coragem de prender e torturar Werner. É claro que isso era possível, mas Dorn poderia criar problemas, e Macke seria interrogado. Seu chefe, o superintendente Kringelein, já não gostava muito dele e pediria provas concretas contra Werner – e a verdade era que Macke não tinha nenhuma.

Mas aquilo ali deveria revelar a verdade.

A porta tornou a se abrir, e dois guardas da prisão entraram segurando os braços de uma moça chamada Lili Markgraf.

Macke ouviu Werner soltar um arquejo.

– O que houve? – indagou.

– O senhor não me disse que seria uma moça – respondeu Werner.

– Você a conhece?

– Não.

Lili tinha 22 anos, Macke sabia, mas parecia mais nova. Seus cabelos louros tinham sido cortados naquela manhã e estavam curtos como os de um rapaz. Ela mancava e movia-se curvada para a frente, como se tivesse algum ferimento na barriga. Usava um vestido azul simples feito de algodão grosso, sem gola, com decote redondo. Tinha os olhos vermelhos de tanto chorar. Os guardas a seguravam com firmeza, sem querer correr qualquer risco.

– Essa mulher foi denunciada por um parente, que encontrou um manual de código escondido em seu quarto – explicou Macke. – O código russo de cinco dígitos.

– Por que ela está andando assim?

– Efeitos do interrogatório. Mas não conseguimos nenhuma informação.

A expressão de Werner se manteve impassível.

– Que pena – comentou ele. – Ela poderia nos levar a outros espiões.

Macke não percebeu nenhum sinal de fingimento.

– Ela só conhecia seu cúmplice como Heinrich, sem sobrenome... de toda forma, ele podia estar usando um codinome. Minha conclusão é que raramente lucramos com a prisão de mulheres. Elas nunca sabem muita coisa.

– Mas pelo menos agora vocês têm o manual do código.

– Se é que isso vale alguma coisa. Os russos mudam a palavra-chave com regularidade, portanto continuamos com dificuldade para decifrar suas mensagens.

– Que pena.

Um dos homens pigarreou e, em voz alta o suficiente para que todos escutassem, disse que era o presidente do tribunal e em seguida leu a sentença de morte.

Os guardas conduziram Lili até a bancada de madeira. Deram-lhe a chance de se deitar por livre e espontânea vontade, mas a moça deu um passo para trás, então eles a seguraram para forçá-la. Ela não se debateu. Os guardas a deitaram de barriga para baixo e prenderam-na com as correias.

O capelão começou a recitar uma prece.

Lili implorava.

– Não, não – falou, sem levantar a voz. – Por favor, me soltem. Me soltem. – Ela falava de forma coerente, como se estivesse apenas pedindo um favor a alguém.

O homem de cartola olhou para o presidente, que fez que não com a cabeça e disse:

– Ainda não. É preciso concluir a prece.

A voz de Lili tornou-se mais aguda e urgente:

– Não quero morrer! Estou com medo! Não façam isso comigo, por favor!

O verdugo tornou a olhar para o presidente do tribunal. Dessa vez, o homem simplesmente o ignorou.

Macke ficou estudando Werner. O rapaz parecia achar aquela cena repulsiva, mas o mesmo valia para todos os outros homens presentes. Como teste, não estava dando muito certo. A reação de Werner mostrava que ele era um rapaz sensível, não um traidor. Talvez Macke tivesse que pensar em alguma outra coisa.

Lili começou a gritar.

Até Macke se impacientou.

O pastor terminou a oração às pressas.

Assim que ele disse "Amém", Lili parou de protestar, como se soubesse que era o fim.

O presidente meneou a cabeça.

O verdugo acionou uma alavanca, e a lâmina suspensa caiu.

A guilhotina emitiu um ruído semelhante a um sussurro ao cortar o pescoço pálido de Lili. O sangue esguichou quando a cabeça com cabelos curtos rolou para a frente e caiu no cesto com um baque alto que pareceu ecoar pela sala.

Macke teve um pensamento absurdo: será que a cabeça havia sentido alguma dor?

III

Carla topou com o coronel Beck no corredor do hospital. Ele estava de uniforme. Ao vê-lo, foi dominada por um medo súbito. Desde que o oficial recebera alta, ela era atormentada pelo medo de que ele a traísse e a Gestapo estivesse a caminho.

No entanto, Beck sorriu e disse:

– Vim fazer um exame de rotina com o Dr. Ernst.

Seria só isso mesmo? Será que o coronel se esquecera da conversa que tiveram? Estaria fingindo ter esquecido? Será que havia um Mercedes preto da Gestapo esperando lá fora?

Beck carregava uma pasta de cartolina verde do tipo usado no hospital.

Um oncologista de jaleco branco se aproximou. Enquanto ele passava, Carla perguntou a Beck, com voz alegre:

– Como vão as coisas?

– Estou ótimo. Nunca mais vou liderar um regimento em combate, mas, tirando o exercício físico, posso levar uma vida normal.

– Que notícia boa.

Mais pessoas continuavam a passar. Carla temeu que Beck nunca tivesse a chance de lhe falar nada em particular.

Ele, porém, não se deixou abalar.

– Só gostaria de lhe agradecer por sua gentileza e seu profissionalismo.

– Não há de quê.

– Até logo, enfermeira.

– Até logo, coronel Beck.

Quando ele foi embora, Carla estava com a pasta nas mãos.

Seguiu depressa até o vestiário das enfermeiras. Não havia ninguém lá dentro. Ficou parada com o calcanhar encostado bem firme na porta, para impedir que alguém entrasse.

Dentro da pasta havia um envelope grande feito do mesmo papel pardo barato usado em qualquer escritório. Carla o abriu. Viu várias folhas datilografadas. Leu a primeira sem tirá-la do envelope:

Ordem Operacional nº 6
Código Cidadela

Era o plano de batalha para a ofensiva de verão no front oriental. Seu coração se acelerou. Aquilo valia ouro.

Tinha que passar o envelope para Frieda. Infelizmente, a amiga não estava trabalhando: era seu dia de folga. Carla cogitou ir embora na mesma hora, no meio do plantão, e passar na casa de Frieda. Mas logo desistiu da ideia. Era melhor se comportar normalmente, para não chamar atenção.

Guardou o envelope dentro da bolsa a tiracolo que estava pendurada no gancho do casaco. Cobriu-o com o lenço de seda azul e dourado que sempre trazia para esconder coisas. Ficou alguns instantes parada, esperando que sua respiração voltasse ao normal. Então retornou para a enfermaria.

Trabalhou da melhor forma que conseguiu até o fim do plantão. Depois vestiu o casaco, saiu do hospital e foi a pé até a estação do trem rápido. Ao passar pelo local da explosão de uma bomba, viu que os restos do prédio estavam pichados. Um patriota orgulhoso tinha escrito: "Nossos muros podem ruir, mas não nossos corações." No entanto, alguma outra pessoa havia reproduzido com ironia o slogan da campanha eleitoral de Hitler em 1933: "Daqui a quatro anos, ninguém mais reconhecerá a Alemanha."

Ela comprou uma passagem até a estação Zoo.

No trem, sentiu-se uma extraterrestre. Todos os outros passageiros eram alemães leais, enquanto ela carregava na bolsa segredos que revelaria a Moscou. Não gostou daquela sensação. Ninguém olhou para ela, mas isso só a fez pensar que todos a evitavam de propósito. Mal podia esperar para entregar o envelope a Frieda.

A estação Zoo ficava no final de Tiergarten. As árvores agora pareciam anãs ao lado de uma gigantesca torre antiaérea. Havia três torres daquele tipo em Berlim, e aquela era um bloco de concreto com mais de trinta metros de altura. Nos cantos do telhado estavam montadas quatro gigantescas peças de artilharia antiaérea de 25 toneladas cada. O concreto tinha sido pintado de verde, numa tentativa otimista e inútil de fazer aquela monstruosidade destoar um pouco menos do parque.

Por mais feia que fosse a torre, porém, os berlinenses a adoravam. Quando as bombas caíam, o rugido que ela emitia os reconfortava, dizendo-lhes que alguém estava revidando.

Ainda muito tensa, Carla caminhou da estação até a casa de Frieda. Era o meio da tarde, então o casal Franck devia estar fora – Ludi na fábrica e Monika visitando alguma amiga, possivelmente a mãe de Carla. Viu a moto de Werner estacionada na frente da casa.

Um empregado abriu a porta.

– A Srta. Frieda saiu, mas não vai demorar – informou ele. – Foi à KaDeWe comprar luvas. O Sr. Werner está deitado com uma gripe muito forte.

– Vou esperar Frieda no quarto dela, como sempre.

Carla tirou o casaco e subiu, sem largar a bolsa. No quarto de Frieda, tirou os sapatos e deitou-se na cama para ler o plano de batalha da Operação Cidadela. Estava tensa como um relógio no qual se houvesse dado corda demais. Iria se sentir melhor depois que passasse adiante o documento roubado.

Ouviu soluços no outro quarto.

Ficou surpresa. Aquele era o quarto de Werner. Carla achou difícil imaginar aquele playboy bem-educado aos prantos.

Mas sem dúvida era o choro de um homem, que parecia tentar, em vão, contê-lo.

Carla não pôde reprimir o sentimento de pena. Disse a si mesma que alguma mulher temperamental devia ter rejeitado Werner, provavelmente com razão. Mas foi impossível não se deixar abalar pelo sofrimento genuíno que ouvia.

Ela desceu da cama, tornou a guardar o plano de batalha na bolsa e saiu do quarto.

Parou à porta de Werner e ficou escutando. Pôde ouvir o choro com mais nitidez ainda. Tinha o coração bondoso demais para ignorar aquilo. Abriu a porta e entrou.

Werner estava sentado na beira da cama, com a cabeça apoiada nas mãos. Ao ouvir a porta, ergueu os olhos, espantado. Tinha o rosto vermelho e molhado de lágrimas. Sua gravata estava frouxa; o colarinho, aberto. Ele olhou para Carla com uma expressão de profunda tristeza. Estava transtornado, arrasado, abalado demais para se importar com quem pudesse saber.

Carla não conseguiu fingir que tinha o coração de pedra.

– O que houve? – perguntou.

– Não consigo mais fazer isso – disse ele.

Ela fechou a porta atrás de si.

– O que aconteceu?

– Eles decapitaram Lili Markgraf... E fui obrigado a assistir.

Carla o encarou, boquiaberta.

– Que história é essa?

– Ela tinha só 22 anos. – Tirando um lenço do bolso, ele enxugou o rosto. – Você já está correndo perigo, mas, se eu lhe contar essa história, vai ser muito pior.

Inúmeras possibilidade incríveis passaram pela mente de Carla.

– Acho que posso adivinhar, mas conte – pediu ela.

Ele assentiu.

– Você logo vai entender mesmo. Lili ajudava Heinrich a transmitir mensagens para Moscou. É bem mais rápido quando outra pessoa lê os blocos de código. E quanto mais rápida for a transmissão, menor a probabilidade de ser pego. Só que a prima de Lili passou alguns dias hospedada em seu apartamento e encontrou os manuais de código. Piranha nazista.

As palavras dele confirmavam as espantosas desconfianças de Carla.

– Você sabia sobre a espionagem?

Ele a fitou com um sorriso de ironia.

– Sou eu que estou no comando.

– Meu Deus do céu!

– Foi por isso que precisei deixar para lá a história das crianças assassinadas. Recebi essa ordem de Moscou. E eles tinham razão. Se eu perdesse o emprego no Ministério da Aeronáutica, não teria acesso a documentos secretos, nem a outras pessoas que pudessem me transmitir segredos.

Ela precisava se sentar. Deixou-se cair na beirada da cama ao lado dele.

– Por que você não me contou?

– Partimos do pressuposto de que todo mundo fala sob tortura. Se você não sabe nada, não pode trair os outros. A pobre Lili foi torturada, mas só conhecia Volodya, que a esta altura já está de volta a Moscou, e Heinrich, mas nunca soube o sobrenome de Heinrich nem qualquer outra coisa a seu respeito.

Carla gelou até os ossos. *Todo mundo fala sob tortura.*

– Sinto muito por ter lhe contado, mas, depois de me ver assim, você estava a ponto de adivinhar, mesmo.

– Quer dizer que eu estava completamente enganada a seu respeito?

– Não foi culpa sua. Eu fiz com que você se enganasse de propósito.

– Mesmo assim, me sinto uma boba. Passei dois anos desprezando você.

– E durante todo esse tempo eu estava desesperado para lhe explicar tudo.

Ela passou o braço em volta dele.

Ele segurou sua outra mão e a beijou.

– Você me perdoa?

Apesar de não estar segura em relação a seus sentimentos, ela não queria rejeitá-lo agora que ele estava tão triste, então respondeu:

– É claro que perdoo.

– Pobre Lili – disse Werner. Sua voz se transformou num sussurro: – Tinha apanhado tanto que mal conseguiu andar até a guilhotina. Mesmo assim, implorou por sua vida até o fim.

– O que você estava fazendo lá?

– Tive que fazer amizade com um agente da Gestapo, o inspetor Thomas Macke. Ele me levou.

– Macke? Eu me lembro dele... foi ele que prendeu meu pai.

Carla recordava nitidamente um homem de rosto redondo e bigodinho preto, e tornou a sentir a mesma raiva do poder arrogante que Macke ostentava ao levar seu pai embora, e a mesma tristeza de vê-lo morrer em decorrência dos ferimentos sofridos sob a guarda de Macke.

– Acho que ele desconfia de mim, e me levar para assistir à execução foi um teste. Talvez achasse que eu fosse perder o controle e tentar intervir. Enfim, seja como for, acho que passei.

– Mas se você fosse preso...

Werner assentiu.

– Todo mundo fala sob tortura.

– E você sabe tudo.

– Conheço todos os agentes, todos os códigos... A única coisa que não sei é de onde são feitas as transmissões. Deixo os próprios espiões escolherem os locais, e eles não me informam.

Os dois permaneceram de mãos dadas, em silêncio. Depois de algum tempo, Carla falou:

– Vim entregar uma coisa para Frieda, mas acho que posso deixar com você.

– O que é?

– O plano de batalha da Operação Cidadela.

Werner ficou eletrizado.

– Mas estou tentando pôr as mãos nesse plano há semanas! Onde o conseguiu?

– Com um oficial do Estado-Maior. Talvez eu não deva dizer o nome dele.

– É, não diga. Mas o plano é autêntico?

– É melhor você dar uma olhada. – Ela foi até o quarto de Frieda e voltou com o envelope pardo. Jamais lhe ocorrera que o documento pudesse não ser verdadeiro. – Parece-me de verdade, mas como posso saber?

Ele pegou as folhas datilografadas. Passou alguns minutos lendo, e então disse:

– É isso mesmo. Fantástico!

– Que bom.

Ele se levantou.

– Tenho que levar isto aqui para Heinrich agora mesmo. Precisamos codificar os planos e transmiti-los hoje à noite.

Carla ficou desapontada com o fim precoce do momento de intimidade entre eles, embora não soubesse o que estava esperando. Seguiu Werner porta afora. Pegou a bolsa no quarto de Frieda e desceu até o térreo.

Enquanto segurava a porta da frente, Werner falou:

– Estou feliz por sermos amigos outra vez.

– Eu também.

– Você acha que vamos conseguir esquecer esse período de afastamento?

Ela não entendeu o que ele queria dizer. Será que pretendia voltar a ser seu namorado? Ou, ao contrário, estaria lhe dizendo que isso estava fora de cogitação?

– Acho que podemos deixar isso para trás – respondeu, neutra.

– Ótimo. – Ele se curvou e deu um beijo rápido nos lábios dela. Então abriu a porta.

Os dois saíram da casa juntos, e ele subiu na moto.

Carla desceu o acesso da casa até a rua e tomou o caminho da estação. Instantes depois, Werner passou por ela, buzinou e acenou.

Agora que estava sozinha, ela podia começar a pensar na revelação que Werner lhe fizera. Como se sentia? Passara dois anos o odiando. No entanto, em todo esse tempo, não tivera nenhum namorado sério. Continuaria apaixonada por ele? Apesar de tudo, tinha conservado ao menos algum sentimento de carinho por ele. E hoje, ao vê-lo tão abalado, toda a sua hostilidade havia desaparecido. Podia sentir o afeto aquecê-la por dentro.

Será que ainda o amava?

Não sabia dizer.

IV

Macke estava sentado no banco de trás do Mercedes preto, com Werner a seu lado. Trazia no ombro uma bolsa parecida com uma mochila de colegial, só que a usava na frente do corpo, não atrás. Era pequena o bastante para ser ocultada por um sobretudo abotoado. Um fio fino a ligava a um pequeno fone de ouvido.

– É de última geração – explicou Macke. – Conforme você vai chegando mais perto do transmissor, o som fica mais alto.

– E é mais discreto do que uma caminhonete com uma antena enorme no teto – disse Werner.

– Temos que usar as duas coisas... a caminhonete para identificar a área, e isto aqui para determinar a localização exata.

Macke estava encrencado. A Operação Cidadela tinha sido um desastre. Mesmo antes do início da ofensiva, o Exército Vermelho atacara os campos de pouso onde a Luftwaffe se concentrava. A operação fora interrompida após uma semana, mas, ainda assim, já era tarde para evitar danos irreparáveis ao Exército alemão.

Sempre que algo saía errado, os líderes alemães se apressavam em pôr a culpa em conspiradores judeus-bolcheviques. Nesse caso, porém, tinham razão. O Exército Vermelho parecia conhecer de antemão todo o plano de batalha. E isso, segundo o superintendente Kringelein, era culpa de Thomas Macke. Ele era o chefe da contraespionagem em Berlim. Sua carreira estava por um fio. Ele corria o risco de ser demitido, ou coisa pior.

Sua única esperança era um golpe genial, uma operação de grandes proporções para prender os espiões que estavam sabotando o esforço de guerra alemão. Nessa noite, portanto, havia montado uma armadilha para Werner Franck.

Se o rapaz se revelasse inocente, não sabia o que iria fazer.

No banco da frente do carro, um walkie-talkie chiou. O pulso de Macke se acelerou. O motorista pegou o aparelho.

– Wagner falando. – Ele deu a partida no motor. – Estamos a caminho. Câmbio e desligo.

Pronto; havia começado.

– Para onde estamos indo? – perguntou Macke a Wagner.

– Kreuzberg. – Era um bairro de aluguéis baratos densamente povoado ao sul do centro de Berlim.

Quando estavam se afastando do meio-fio, um alerta de ataque aéreo soou.

Aquilo era uma complicação indesejada. Macke olhou pela janela. Os holofotes se acenderam, acenando como as mãos de um gigante. Imaginava que eles às vezes localizassem aviões, mas nunca vira isso acontecer. Quando as sirenes pararam de tocar, pôde ouvir o barulho de bombardeiros se aproximando. Nos primeiros anos da guerra, as missões de bombardeio britânicas eram formadas por algumas dezenas de aeronaves – o que já era bem ruim –, mas agora elas chegavam às centenas. Mesmo antes de as bombas começarem a cair, o barulho era aterrorizante.

– Acho melhor cancelarmos nossa missão de hoje – disse Werner.

– De jeito nenhum – retrucou Macke.

O rugido das aeronaves ficou mais alto.

À medida que o carro se aproximava de Kreuzberg, sinalizadores e pequenas bombas incendiárias começavam a cair. A atual estratégia da RAF era matar o maior número possível de civis operários de fábrica, e aquele bairro popular era um alvo típico. Com uma hipocrisia espantosa, Churchill e Attlee afirmavam atacar apenas alvos militares, e diziam que as baixas civis eram um lamentável efeito colateral. Mas os berlinenses sabiam a verdade.

Wagner seguiu dirigindo o mais rápido que pôde por ruas iluminadas pelos clarões das chamas. Com exceção dos encarregados da defesa antiaérea, não havia ninguém à vista: por lei, todos eram obrigados a buscar abrigo. Os únicos outros veículos em circulação eram ambulâncias, carros de bombeiros e viaturas da polícia.

Macke observava Werner com discrição. O rapaz estava nervoso e não parava quieto, olhando ansiosamente pela janela e batendo com o pé no chão do carro, num gesto inconsciente de tensão.

O inspetor só compartilhara suas suspeitas com a equipe mais próxima. Seria difícil admitir que havia revelado o funcionamento das operações da Gestapo para alguém que agora acreditava ser um espião. Poderia acabar interrogado na sua própria câmara de torturas subterrânea. Só agiria se tivesse certeza. A única forma de conseguir se safar seria apresentando a seus superiores um espião capturado.

No entanto, caso suas suspeitas tivessem fundamento, prenderia não apenas Werner, mas também seus parentes e amigos, e poderia anunciar o desmantelamento de uma rede inteira de espiões. Isso reverteria a situação. Ele poderia até ser promovido.

O ataque prosseguiu, e o tipo de bomba lançada mudou. Macke começou a ouvir o baque surdo de explosivos de alta potência. Depois que o alvo era iluminado, a RAF gostava de lançar uma mistura de grandes bombas de gasolina para deflagrar incêndios e explosivos de alta potência para ventilar as chamas e retardar a ação dos serviços de emergência. Era uma estratégia cruel, mas Macke sabia que os procedimentos de bombardeio da Luftwaffe eram parecidos.

O ruído em seu fone de ouvido começou quando eles entraram cautelosamente por uma rua de casas de cômodos de cinco andares. A área estava sendo fortemente alvejada e vários prédios haviam acabado de ruir.

– Pelo amor de Deus, estamos bem no meio da área bombardeada – disse Werner com a voz trêmula.

Macke não se importava com isso. Para ele, a missão dessa noite já era mesmo uma questão de vida ou morte.

– Melhor assim – retrucou. – O pianista não vai se preocupar com a Gestapo no meio de um ataque aéreo.

Wagner parou o carro junto de uma igreja em chamas e apontou para uma rua lateral.

– Ali – falou.

Macke e Werner saltaram.

O inspetor seguiu depressa pela rua, com Werner ao seu lado e Wagner logo atrás.

– Tem certeza de que é um espião? – perguntou o rapaz. – Não poderia ser alguma outra coisa?

– Alguma outra coisa emitindo um sinal de rádio? – retrucou Macke. – O que mais poderia ser?

Ainda podia escutar o ruído no fone, embora precisasse se esforçar, por causa da cacofonia do bombardeio: os aviões, as bombas, a artilharia antiaérea, o estardalhaço de prédios caindo e o rugido das chamas de incêndios de grandes proporções.

Os três passaram por um estábulo onde cavalos aterrorizados relinchavam, e o sinal ficou ainda mais forte. Werner olhava para um lado e para outro, nervoso. Se fosse espião, agora estaria com medo de que um de seus companheiros fosse capturado pela Gestapo – e perguntando-se o que poderia fazer em relação a isso. Será que iria repetir o mesmo truque da última vez? Ou pensaria em algum outro jeito de dar o alerta? Por outro lado, se Werner não fosse um espião, toda aquela farsa seria perda de tempo.

Macke tirou o fone do ouvido e o entregou a Werner.

– Escute – falou, sem parar de andar.

Werner assentiu.

– Está ficando mais forte – falou.

A expressão de seus olhos era quase transtornada. Ele devolveu o fone.

Acho que peguei você, pensou Macke, triunfante.

Um estrondo ensurdecedor se fez ouvir quando uma bomba atingiu o prédio pelo qual os três haviam acabado de passar. Quando se viraram, as chamas já lambiam o interior de uma padaria, por trás das janelas quebradas.

– Meu Deus, essa foi por pouco – comentou Wagner.

Chegaram a uma escola, um prédio baixo de tijolos, cercado por um pátio de asfalto.

– Acho que ele está lá dentro – disse Macke.

Os três subiram um curto lanço de degraus de pedra até a entrada. A porta estava destrancada. Entraram.

Estavam no começo de um largo corredor. Na outra extremidade, uma porta grande provavelmente conduzia ao refeitório.

– Em frente – ordenou Macke.

Ele sacou a pistola, uma Luger 9mm.

Werner estava desarmado.

Ouviu-se o barulho de algo se quebrando, um baque, e depois o rugido de uma explosão, tudo assustadoramente próximo. As janelas do corredor se estilhaçaram, e cacos de vidro choveram sobre o chão de lajotas. Uma bomba devia ter caído no pátio.

– Vamos sair daqui! – gritou Werner. – O prédio vai desabar.

Macke podia ver que não havia risco algum de o prédio desabar. Aquilo era apenas um subterfúgio do rapaz para alertar o pianista.

Werner começou a correr, mas, em vez de voltar pelo caminho pelo qual haviam entrado, seguiu pelo corredor em direção ao refeitório.

Para avisar os amigos, pensou Macke.

Wagner sacou a arma, mas o inspetor disse:

– Não! Não atire!

Werner chegou ao fim do corredor e abriu a porta do refeitório com um safanão.

– Fujam daqui! – berrou.

Então parou e ficou calado.

Dentro do refeitório, Mann, o engenheiro eletricista que trabalhava com Macke, digitava mensagens sem sentido num rádio portátil.

A seu lado estavam Schneider e Richter, ambos de arma em punho.

Macke deu um sorriso triunfante. Werner tinha caído direitinho na sua armadilha.

Wagner deu um passo à frente e encostou a arma na cabeça do rapaz.

– Você está preso, seu bolchevique sub-humano – disse Macke.

Werner agiu depressa. Com um movimento brusco, afastou a cabeça da arma de Wagner, segurou o braço do agente e puxou-o para dentro do refeitório. Por alguns instantes, Wagner lhe serviu de escudo, protegendo-o das armas dos outros dois. Então Werner empurrou o agente para longe, fazendo-o cambalear e cair. Um segundo depois, saiu do refeitório correndo e bateu a porta.

Durante alguns instantes, Macke e Werner ficaram sozinhos no corredor.

O rapaz avançou na direção do inspetor.

Macke empunhou a Luger.

– Pare ou eu atiro!

– Você não vai atirar – disse Werner, chegando mais perto. – Precisa me interrogar e descobrir quem são os outros.

Macke apontou a arma para as pernas de Werner.

– Mas posso interrogá-lo com uma bala no joelho – falou, e atirou.

Mas não acertou.

Werner se esticou para a frente e afastou a pistola de Macke com um safanão. O inspetor deixou cair a arma. Quando se abaixou para pegá-la, Werner passou por ele correndo.

Macke recolheu a pistola do chão.

Werner chegou à porta da escola. Macke mirou com cuidado em suas pernas e disparou.

Os três primeiros tiros não acertaram, e Werner conseguiu passar pela porta.

O inspetor tornou a disparar pela porta ainda aberta. Werner deu um grito e caiu no chão.

Macke saiu correndo pelo corredor. Atrás de si, ouviu os companheiros vindo do refeitório da escola.

Então o teto se abriu com um estrondo, ouviu-se outro baque alto e línguas de fogo começaram a brotar, como se fossem um chafariz. Macke soltou um grito de pavor. Quando suas roupas pegaram fogo, começou a urrar de dor. Caiu no chão. Fez-se silêncio, depois escuridão.

V

Os médicos estavam fazendo a triagem dos pacientes no saguão do hospital. Aqueles que tinham apenas hematomas e cortes eram mandados para a área de espera do ambulatório, onde as enfermeiras menos experientes limpavam suas feridas e lhes davam aspirina para aliviar a dor. Os casos mais graves recebiam tratamento de emergência ali mesmo, no saguão, e depois eram encaminhados para especialistas no andar de cima. Os mortos eram levados para o pátio e deitados no chão frio até que alguém fosse procurá-los.

O Dr. Ernst examinou uma vítima de queimaduras que não parava de gritar e receitou morfina.

– Depois tire as roupas dele e passe um pouco de gel nas queimaduras – instruiu o médico antes de se dirigir ao paciente seguinte.

Carla preparou uma injeção enquanto Frieda removia as roupas carbonizadas do ferido, cortando-as. O homem tinha queimaduras graves em toda a lateral direita do corpo, mas o lado esquerdo não estava tão ruim. Carla encontrou um pedaço intacto de pele e músculo na coxa esquerda. Estava a ponto de aplicar a injeção quando olhou para o rosto do paciente e gelou.

Conhecia aquele rosto rechonchudo e redondo, aquele bigodinho que parecia uma sujeira debaixo do nariz. Dois anos antes, aquele mesmo homem entrara em sua casa e prendera seu pai. Quando vira o pai novamente, ele estava à beira da morte. Aquele era o inspetor Macke, da Gestapo.

Você matou meu pai, pensou ela.

Agora posso matar você.

Seria simples. Bastava aplicar quatro vezes a dose máxima de morfina. Ninguém iria perceber, principalmente numa noite como aquela. Ele perderia os sentidos na mesma hora e morreria em poucos minutos. Algum médico já exaurido iria supor que a morte fora decorrente de uma falência cardíaca. Ninguém duvidaria do diagnóstico. Não haveria perguntas céticas. Ele seria apenas mais um em meio aos milhares de pessoas mortas num grande bombardeio. Descanse em paz.

Sabia que Werner tinha medo de que Macke houvesse descoberto seu jogo. A qualquer momento, o jovem tenente poderia ser preso. *Todo mundo fala sob tortura.* Werner iria entregar Frieda, Heinrich e os outros – além da própria Carla. Ela poderia salvar todos eles, ali mesmo, em apenas um minuto.

Mas vacilou.

Perguntou-se o motivo daquela hesitação. Macke era um torturador, um assassino. Merecia morrer mil vezes.

Carla tinha matado Joachim, ou pelo menos ajudado a matá-lo. Mas aquilo acontecera numa briga. Joachim estava prestes a matar sua mãe a pontapés quando ela o atingira na cabeça com um panelão de sopa. Essa situação era diferente.

Macke era seu paciente.

Carla não era muito religiosa, mas ainda assim acreditava que algumas coisas fossem sagradas. Era enfermeira, e os pacientes confiavam nela. Sabia que Macke não hesitaria em torturá-la e matá-la – mas ela não era igual a ele, não era esse tipo de pessoa. Aquilo não tinha nada a ver com o inspetor, mas com Carla.

Tinha a sensação de que, se matasse um paciente, teria que largar a profissão e nunca mais se atreveria a cuidar de qualquer doente. Seria como um banqueiro ladrão, um político corrupto, ou um padre que acaricia as meninas que vêm fazer aulas de catecismo. Teria traído a si mesma.

– O que está esperando? – perguntou Frieda. – Não posso passar o gel antes de ele se acalmar.

Carla espetou Thomas Macke com a agulha e ele parou de gritar.

Frieda começou a passar gel na pele queimada.

– Este aqui sofreu apenas uma concussão – disse então o Dr. Ernst, referindo-se a outro paciente. – Mas levou um tiro nas nádegas. – Ele ergueu a voz para se dirigir ao paciente: – Como o senhor tomou esse tiro? Balas são a única coisa que a RAF não está atirando em nós.

Carla se virou para olhar. O paciente estava deitado de bruços. Sua calça tinha sido cortada, deixando as nádegas à mostra. A pele era muito branca, e pelos finos e louros despontavam da base das costas. Apesar de atordoado, o homem balbuciou alguma coisa.

– A arma do policial disparou por acidente? Foi isso que o senhor disse? – indagou Ernst.

O paciente respondeu com mais clareza:

– Sim.

– Vou remover a bala. Vai doer, mas temos pouca morfina, e há casos mais graves que o seu.

– Pode tirar.

Carla limpou o ferimento. Ernst empunhou um fórceps comprido e estreito.

– Morda o travesseiro – ordenou.

O médico inseriu o fórceps dentro do ferimento. O paciente soltou um grito abafado de dor.

– Tente não tensionar os músculos – recomendou o Dr. Ernst. – Assim fica mais difícil.

Carla pensou que aquilo era uma coisa estúpida de se dizer. Ninguém conseguia relaxar com uma pinça enfiada numa ferida.

– Ai, merda! – urrou o homem.

– Pronto, peguei – disse o Dr. Ernst. – Tente ficar parado!

O paciente obedeceu, então o médico retirou a bala e a depositou em uma bandeja.

Carla enxugou o sangue do buraco e fez um curativo no ferimento.

O paciente ficou de frente.

– Não – repreendeu Carla. – O senhor tem que ficar de...

Interrompeu a frase no meio. Era Werner.

– Carla? – indagou ele.

– Eu mesma – respondeu ela, alegre. – Fazendo um curativo na sua bunda.

– Eu te amo – disse Werner.

Ela o tomou nos braços da maneira menos profissional possível e disse:

– Ah, meu querido, eu também te amo.

VI

Thomas Macke demorou a recobrar os sentidos. De início, foi como se estivesse sonhando. Então sua consciência voltou, e ele percebeu que estava num hospital, sob efeito de drogas. Também soube por quê: sua pele doía muito, principalmente do lado direito. Entendeu que os remédios deviam estar aliviando a dor, mas não conseguiam eliminá-la por completo.

Aos poucos, lembrou-se de como tinha ido parar ali. Uma bomba caíra em cima dele. Se na hora não estivesse correndo para longe do local da explosão atrás de um fugitivo, estaria morto. Todos os colegas que estavam atrás dele com certeza haviam morrido: Mann, Schneider, Richter, o jovem Wagner. Sua equipe inteira.

Mas ele conseguira capturar Werner.

Seria mesmo verdade? Tinha atirado em Werner, que caíra no chão. Nessa hora a bomba os atingira. Assim como Macke havia sobrevivido, talvez Werner também tivesse escapado.

O inspetor agora era o único homem vivo a saber que Werner era um espião. Tinha que falar com seu chefe, o superintendente Kringelein. Tentou se sentar na cama, mas constatou que não tinha forças para se mexer. Decidiu chamar uma enfermeira, mas, quando abriu a boca, nenhum som saiu. O esforço o deixou exausto, e ele voltou a dormir.

Da próxima vez que acordou, sentiu que era noite. O hospital estava silencioso; não havia nenhum movimento. Ele abriu os olhos e viu um rosto pairando acima do seu.

Era Werner.

– Você vai embora daqui agora – disse o rapaz.

Macke tentou pedir ajuda, mas descobriu que não conseguia falar.

– Vai para um lugar novo – continuou Werner. – Lá não será mais tortura-dor... na verdade, você é que será torturado.

Macke abriu a boca para gritar.

Um travesseiro cobriu seu rosto e foi pressionado com força por cima da boca e do nariz. Macke não conseguia respirar. Tentou se debater, mas seus membros não tinham forças. Tentou arquejar, mas não encontrou ar nenhum. Começou a entrar em pânico. Conseguiu mover a cabeça para os lados, mas o travesseiro foi apertado com mais força. Por fim, emitiu um som, mas foi apenas um ganido fraco na garganta.

O universo se transformou em um disco de luz e foi encolhendo, encolhendo, até virar um pontinho minúsculo.

Então se apagou.

CAPÍTULO DEZESSETE

1943 (III)

— Quer se casar comigo? – perguntou Volodya Peshkov, e prendeu a respiração.

– Não – respondeu Zoya Vorotsyntsev. – Mas obrigada pelo pedido.

Zoya era incrivelmente direta em relação a tudo, mas aquela resposta foi rápida demais até mesmo para ela.

Os dois estavam na cama, no elegante Hotel Moskva. Tinham acabado de fazer amor. Zoya havia gozado duas vezes. Tinha preferência pela cunilíngua. Gostava de ficar reclinada numa pilha de travesseiros enquanto ele se ajoelhava entre suas pernas feito um adorador. Volodya se prestava de bom grado a esse culto, e ela retribuía com entusiasmo.

Fazia mais de um ano que os dois estavam juntos, e tudo parecia estar correndo maravilhosamente bem. A recusa dela o deixou atônito.

– Você me ama? – perguntou ele.

– Amo. Adoro você. Obrigada por me amar tanto a ponto de me pedir em casamento.

Aquilo era um pouco melhor.

– Então por que não aceita?

– Não quero pôr nenhuma criança neste mundo em guerra – respondeu ela.

– Tudo bem, isso eu entendo.

– Peça de novo quando tivermos vencido.

– Nesse dia talvez eu não queira mais me casar com você.

– Se você for tão inconstante assim, será bom que eu tenha recusado.

– Desculpe. Por um instante, esqueci que você não entende o conceito de provocação.

– Preciso fazer xixi.

Ela se levantou da cama e atravessou o quarto nua. Volodya mal podia acreditar que tivesse o privilégio de ver aquilo. Zoya tinha o corpo de uma modelo ou de uma estrela de cinema. Pele branca como leite, cabelos louros bem claros – o pacote completo. Sentou-se na privada sem fechar a porta, e ele a ouviu urinar. A falta de pudor da namorada era para ele um deleite constante.

Ele deveria estar no trabalho.

Toda vez que recebia a visita de um líder Aliado, a comunidade de inteligência moscovita mergulhava no caos, e a rotina de Volodya fora perturbada mais uma vez pela Conferência de Ministros do Exterior iniciada em 18 de outubro.

Os visitantes eram Cordell Hull, secretário de Estado americano, e Anthony Eden, ministro das Relações Exteriores britânico. Os dois tinham bolado um plano idiota para um pacto de quatro potências que incluía a China. Stalin achava aquilo tudo uma bobagem, e não entendia por que estavam perdendo esse tempo. Hull tinha 72 anos e tossia sangue – seu médico o acompanhara a Moscou –, mas nem por isso se mostrava menos obstinado, e continuava a insistir no pacto.

Havia tanto a fazer durante a conferência que a NKVD se vira forçada a cooperar com seus odiados rivais da Inteligência do Exército Vermelho, instituição para a qual Volodya trabalhava. Era preciso camuflar microfones em quartos de hotel – havia um ali, mas Volodya o desligara. Os ministros visitantes eram mantidos sob vigilância constante, assim como seus assessores. Sua bagagem tinha que ser aberta e examinada clandestinamente. Seus telefonemas eram gravados, transcritos e traduzidos em russo, lidos e resumidos. Quase todas as pessoas que esses estrangeiros encontravam, inclusive garçons e camareiras, eram agentes da NKVD, mas todos com quem falassem por acaso, fosse no lobby do hotel ou na rua, também tinham que ser verificados, talvez presos e interrogados sob tortura. Era um trabalho insano.

Volodya estava pisando em nuvens. Seus espiões de Berlim vinham fornecendo informações importantíssimas. Haviam lhe conseguido o plano de batalha da principal ofensiva alemã do verão, a Operação Cidadela, e o Exército Vermelho infligira uma tremenda derrota aos nazistas.

Zoya também estava feliz. A União Soviética havia retomado as pesquisas nucleares, e ela fazia parte da equipe que tentava criar uma bomba atômica. Estavam muito atrás do Ocidente por causa do atraso provocado pela descrença de Stalin, mas, em compensação, recebiam uma ajuda inestimável dos espiões comunistas na Inglaterra e nos Estados Unidos, entre os quais Wilhelm Frunze, antigo colega de escola de Volodya.

Ela voltou para a cama.

– Quando nos conhecemos, você não parecia gostar muito de mim – comentou Volodya.

– Eu não gostava de homens – retrucou ela. – Continuo não gostando. A maioria não passa de bêbados agressivos e burros. Levei algum tempo para entender que você era diferente.

– Obrigado... eu acho. Mas os homens são mesmo tão ruins assim?

– Olhe em volta – respondeu ela. – Olhe para o seu país.

Ele esticou o braço por cima da namorada e ligou o rádio sobre a mesinha ao lado da cama. Embora houvesse desconectado o microfone atrás da cabeceira, todo cuidado era pouco. Quando o rádio esquentou, ouviu-se uma banda militar tocar uma marcha. Convencido de que ninguém poderia escutá-los, Volodya disse:

– Você está pensando em Stalin e Beria. Mas eles não vão durar para sempre.

– Você sabe como meu pai caiu em desgraça? – perguntou ela.

– Não. Meus pais nunca tocaram no assunto.

– E com razão.

– Conte.

– Segundo minha mãe, houve uma eleição na fábrica do meu pai para escolher um representante que iria comparecer ao soviete de Moscou. Um candidato menchevique se apresentou contra o bolchevique, e meu pai foi a uma reunião ouvi-lo falar. Não apoiou o menchevique nem votou nele, mas todos que assistiram a essa reunião foram demitidos. Algumas semanas depois meu pai foi preso e levado para a Lubyanka.

Ela estava se referindo à sede e prisão da NKVD na praça Lubyanka.

– Minha mãe procurou seu pai e implorou ajuda – prosseguiu ela. – Na mesma hora ele foi com ela a Lubyanka. Conseguiram salvar meu pai, mas viram outros operários serem fuzilados.

– Que horror! – comentou Volodya. – Mas foi Stalin quem...

– Não. Isso foi em 1920. Stalin não passava de um comandante do Exército Vermelho que estava lutando na guerra entre soviéticos e poloneses. Nosso líder era Lenin.

– Isso aconteceu no governo de Lenin?

– Sim. Então você pode ver que o problema não é só Stalin e Beria.

A visão que Volodya tinha da história do comunismo foi profundamente abalada.

– Qual é o problema, então?

A porta se abriu.

Volodya levou a mão à gaveta da mesinha de cabeceira para pegar a arma.

No entanto, quem entrou no quarto foi apenas uma moça usando um casaco de pele e, até onde ele pôde constatar, nada mais.

– Desculpe, Volodya – disse ela. – Não sabia que você estava acompanhado.

– Que porra é essa? – perguntou Zoya, irritada.

– Natasha, como conseguiu abrir minha porta? – perguntou Volodya.

– Você me deu uma chave mestra. Ela abre todas as portas do hotel.

– Bem, você poderia ter batido!

– Desculpe. Só vim dar a má notícia.

– Que má notícia?

– Entrei no quarto de Woody Dewar, como você me disse para fazer. Mas não tive sucesso.

– O que você fez?

– Isto.

Natasha abriu o casaco e exibiu o corpo nu. Tinha formas voluptuosas e um farto emaranhado de pelos pubianos escuros.

– Está bem, já entendi, pode fechar o casaco – disse Volodya. – O que ele falou?

Ela passou a falar em inglês:

– Ele disse apenas "Não". Perguntei: "O que você quer dizer com não?" E ele respondeu: "O contrário de sim." Então simplesmente segurou a porta aberta até eu sair.

– Que droga! – praguejou Volodya. – Vou ter que pensar em outra coisa.

II

Chuck Dewar soube que haveria problemas quando o capitão Vandermeier apareceu na seção de territórios inimigos no meio da tarde, com o rosto vermelho depois de um almoço regado a cerveja.

A unidade de inteligência de Pearl Harbor tinha se expandido. Antes chamada de Estação HYPO, tinha agora a grandiosa denominação de Centro Unificado de Inteligência, Região Oceano Pacífico, ou JICPOA na sigla em inglês.

Vandermeier estava acompanhado por um sargento da Marinha.

– Ei, vocês dois, seus frescos – disse Vandermeier. – Receberam uma reclamação de um cliente.

Com o crescimento das operações, todos tinham começado a se especializar. Chuck e Eddie agora eram peritos no mapeamento dos territórios onde as Forças Armadas americanas iriam desembarcar em sua progressão de ilha em ilha pelo Pacífico.

– Este é o sargento Donegan – apresentou o capitão.

O fuzileiro naval era alto e parecia bastante durão. Chuck imaginou que o sexualmente atormentado Vandermeier devesse estar apaixonado.

Levantou-se para cumprimentar o sargento.

– É um prazer conhecê-lo, sargento. Suboficial Dewar.

Tanto Chuck quanto Eddie tinham sido promovidos. Com milhares de alistamentos obrigatórios nas Forças Armadas, houvera uma escassez de oficiais, e os voluntários do pré-guerra que conheciam o trabalho tinham subido de posto depressa. Chuck e Eddie agora podiam morar fora da base e haviam alugado um pequeno apartamento juntos.

Ele estendeu a mão, mas Donegan não a apertou.

Chuck tornou a se sentar. Sua patente era ligeiramente superior à de sargento, e ele não seria educado com um subalterno que se mostrara grosseiro.

– Posso ajudá-lo em alguma coisa, capitão Vandermeier?

Na Marinha, havia muitas maneiras pelas quais um capitão podia atormentar suboficiais, e Vandermeier conhecia todas. Ajustava os rodízios para Chuck e Eddie nunca tirarem folga juntos. Classificava seus relatórios de "adequados", embora soubesse muito bem que qualquer conceito diferente de "excelente" era uma mancha negra. Mandava mensagens confusas para o setor de pagamentos, de modo que, quando Chuck e Eddie recebiam o soldo, o valor era sempre menor que o devido, e eles tinham que passar muitas horas reparando o erro. Vandermeier criava todos os problemas possíveis. E agora devia ter bolado alguma nova maldade.

Donegan tirou uma folha de papel suja do bolso e a desdobrou.

– Isto aqui é trabalho seu? – perguntou, em tom agressivo.

Chuck pegou o papel. Era um mapa da Nova Geórgia, uma região do arquipélago das Ilhas Salomão.

– Vou verificar – falou.

Ele sabia que era um trabalho, mas estava tentando ganhar tempo.

Foi até um arquivo e abriu uma gaveta. Pegou a pasta referente à Nova Geórgia e tornou a fechar a gaveta com o joelho. Voltou para sua mesa, sentou-se e abriu a pasta. Lá dentro havia uma cópia do mapa de Donegan.

– Sim – disse Chuck. – É meu trabalho.

– Bem, vim aqui lhe dizer que esse mapa está uma merda – disse Donegan.

– Ah, é?

– Olhe aqui. O senhor mostra a selva descendo até o mar. Na verdade, há uma praia com quase meio quilômetro de extensão.

– Lamento saber disso.

– O senhor lamenta? – Donegan tinha bebido quase tanto quanto Vandermeier, e estava louco para arrumar uma briga. – Cinquenta homens meus morreram nessa praia.

Vandermeier arrotou e disse:

– Como pôde cometer um erro desses, Dewar?

Chuck estava abalado. Se era mesmo responsável por um erro que custara a vida de cinquenta homens, merecia que gritassem com ele.

– Era isto aqui que tínhamos como base – falou.

A pasta continha outro mapa inexato das ilhas, talvez da época vitoriana, e uma carta náutica mais recente, que mostrava as profundidades do mar, mas quase nenhum aspecto do terreno. Não havia nenhum parecer em primeira mão ou transcrição de mensagens telegráficas. O único outro item da pasta era uma foto aérea de reconhecimento, em preto e branco, toda borrada. Levando o dedo ao ponto relevante da foto, Chuck falou:

– Nesta foto parece que as árvores vão até a beira da água. A maré lá varia muito? Caso contrário, a areia talvez estivesse coberta com algas quando a foto foi tirada. Algas podem brotar de repente e morrer com a mesma rapidez.

– O senhor não estaria tratando o assunto de modo tão casual se tivesse que lutar por esse território – reclamou Donegan.

Talvez fosse verdade, pensou Chuck. Donegan era agressivo e mal-educado, e estava sendo incitado pelo maldoso Vandermeier, mas isso não significava que estivesse errado.

– É, Dewar – disse o capitão. – Quem sabe você e seu namorado maricas devessem acompanhar os fuzileiros navais na próxima ofensiva? Para ver como seus mapas são usados durante uma ação.

Chuck tentava pensar numa resposta inteligente quando lhe ocorreu levar a sugestão a sério. Talvez devesse participar de alguma ação. Era *mesmo* fácil ter uma atitude blasé sentado atrás de uma mesa. A reclamação de Donegan merecia ser levada a sério.

Por outro lado, isso significaria arriscar a vida.

Ele encarou Vandermeier.

– Parece uma boa ideia, capitão – falou. – Gostaria de me voluntariar para esse serviço.

Donegan pareceu surpreso, como se estivesse começando a achar que tinha avaliado mal aquela situação.

Eddie então se manifestou pela primeira vez:

– Também quero ir.

– Ótimo – disse Vandermeier. – Vão voltar mais sábios... Se é que vão voltar.

III

Volodya não estava conseguindo embebedar Woody Dewar.

No bar do Hotel Moskva, pôs um copo de vodca na frente do rapaz americano e disse, com seu inglês capenga:

– Você vai gostar... é a melhor que tem.

– Muito obrigado – disse Woody. E deixou o copo intocado.

Alto e desengonçado, Woody era tão direto que chegava a parecer ingênuo. Justamente por isso Volodya o tinha escolhido como alvo.

Com a ajuda do intérprete, Woody falou:

– Peshkov é um nome russo comum?

– Não muito – respondeu Volodya em sua própria língua.

– Sou de Buffalo. Há um empresário conhecido lá chamado Lev Peshkov. Estava imaginando se vocês dois seriam parentes.

Volodya ficou espantado. O irmão de seu pai se chamava Lev Peshkov, e tinha emigrado para Buffalo antes da Primeira Guerra Mundial. Mas a cautela o fez desconversar.

– Tenho que perguntar ao meu pai – respondeu.

– Estudei em Harvard com o filho dele, Greg. Talvez ele seja seu primo.

– É possível.

Nervoso, Volodya relanceou os olhos para os espiões da polícia em volta da mesa. Woody não entendia que qualquer vínculo com alguém nos Estados Unidos podia lançar suspeitas sobre um cidadão soviético.

– Sabe, Woody, neste país é uma ofensa recusar bebida.

Woody abriu um sorriso agradável e retrucou:

– Nos Estados Unidos, não.

Volodya pegou o próprio copo e correu os olhos pela mesa, ocupada por diversos agentes da polícia secreta fazendo-se passar por funcionários públicos e diplomatas.

– Um brinde! – exclamou. – À amizade entre Estados Unidos e União Soviética!

Os outros ergueram seus copos bem alto. Woody os imitou.

– À amizade! – entoaram em coro.

Todos beberam, menos Woody, que tornou a pousar o copo sobre a mesa.

Volodya começou a desconfiar que o rapaz não fosse tão ingênuo quanto parecia.

Woody se inclinou por cima da mesa.

– Volodya, você precisa entender que não sei segredo nenhum. Sou novato demais.

– Eu também – retrucou Volodya. O que estava longe de ser verdade.

– O que estou tentando explicar é que você pode simplesmente me fazer perguntas – prosseguiu Woody. – Eu responderei, se souber. Posso fazer isso porque nada do que eu saiba será segredo. Então não precisa me embebedar nem mandar prostitutas ao meu quarto. Pode me perguntar e pronto.

Aquilo devia ser algum tipo de truque, concluiu Volodya. Ninguém podia ser tão inocente. Mesmo assim, decidiu fazer o que Woody pedia. Por que não?

– Está bem – falou. – Preciso saber quais são as suas intenções. Não as suas pessoalmente, claro. Da sua delegação, do secretário Hull e do presidente Roosevelt. O que vocês esperam desta conferência?

– Que vocês apoiem o Pacto das Quatro Potências.

Aquela era a resposta-padrão, mas Volodya resolveu insistir:

– É isso que nós entendemos. – Ele agora estava sendo sincero, talvez mais do que devesse, mas o instinto lhe dizia para correr o risco de se abrir um pouco. – Que importância pode ter um pacto com a China? Nós precisamos derrotar os nazistas na Europa. Queremos sua ajuda para fazer isso.

– E vamos ajudar.

– É o que estão dizendo. Mas falaram também que iriam invadir a Europa neste verão.

– Bem, invadimos a Itália.

– Não é suficiente.

– E vamos invadir a França no ano que vem. Já prometemos isso.

– Então por que precisam do pacto?

– Bem... – Woody fez uma pausa, botando os pensamentos em ordem. – Temos que mostrar ao povo americano que é do interesse do país invadir a Europa.

– Por quê?

– Por que o quê?

– Por que precisam explicar isso ao povo? Roosevelt é o presidente, não é? Ele deveria simplesmente agir!

– Ano que vem haverá eleições. Ele quer ser reeleito.

– E daí?

– Os americanos não votarão em Roosevelt se acharem que ele os fez participar desnecessariamente da guerra na Europa. Sendo assim, ele quer apresentar a questão como parte de um plano global pela paz mundial. Se assinarmos o pacto para mostrar que estamos falando sério em relação às Nações Unidas, é mais provável que os eleitores americanos aceitem a invasão da França como um passo no caminho para um mundo mais pacífico.

– Incrível – comentou Volodya. – Roosevelt é o presidente, mas ainda assim ele precisa ficar o tempo todo inventando justificativas para suas ações!

– Mais ou menos isso – concordou Woody. – É o que chamamos de democracia.

Volodya teve a leve desconfiança de que aquela história incrível pudesse mesmo ser verdade.

– O pacto é necessário para convencer os eleitores americanos a apoiarem a invasão da Europa.

– Exato.

– Então por que precisamos da China?

Stalin desdenhava particularmente a insistência dos Aliados para incluir a China no pacto.

– A China é um aliado fraco.

– Então vamos simplesmente ignorá-la.

– Se os chineses ficarem de fora, vão desanimar, e talvez lutem com menos entusiasmo contra os japoneses.

– E daí?

– E daí que precisaremos aumentar nosso contingente no Pacífico, e isso vai diminuir nossas forças na Europa.

Aquilo deixou Volodya alarmado. A União Soviética não queria que as forças Aliadas se desviassem da Europa para o Pacífico.

– Quer dizer que vocês estão fazendo um gesto de amizade em relação à China simplesmente para poder utilizar mais forças na invasão da Europa?

– Isso.

– Você faz tudo parecer tão simples.

– E é – respondeu Woody.

IV

Nas primeiras horas da manhã de 1º de novembro, Chuck e Eddie comeram bife no café da manhã com a 3ª Divisão de Fuzileiros Navais da Marinha americana perto da ilha Bougainville, no mar do Sul.

A ilha tinha mais ou menos 200 quilômetros de extensão. Abrigava duas bases aéreas da Marinha japonesa – uma no norte, outra no sul. Os fuzileiros navais americanos estavam se preparando para desembarcar no meio da costa ocidental, que tinha defesas leves. Seu objetivo era abrir uma cabeça de ponte na praia e ganhar território suficiente para construir uma pista de pouso da qual pudessem lançar ataques às bases japonesas.

Chuck estava no convés quando, às 7h26, montes de fuzileiros de capacete e mochila começaram a descer pelas redes de corda penduradas nas laterais do navio e a pular em barcaças de desembarque de bordas bem altas. Levavam consigo alguns cães da raça dobermann, que eram sentinelas incansáveis.

Quando as barcaças se aproximaram da praia, Chuck pôde ver um primeiro erro no mapa que havia elaborado. Ondas altas quebravam numa praia íngreme. Bem diante de seus olhos, uma das barcaças foi atingida de lado pelas ondas e virou. Os fuzileiros tiveram que nadar até a praia.

– Temos que indicar a condição das ondas – disse Chuck a Eddie, que estava em pé a seu lado no convés.

– E como vamos descobrir isso?

– Aviões de reconhecimento terão que sobrevoar o mar a uma altitude baixa o suficiente para que as ondas apareçam nas fotos.

– Eles não podem se arriscar a voar tão baixo assim com bases inimigas por perto.

Eddie estava certo. Mas tinha de haver uma solução. Chuck arquivou a informação: era a primeira questão a ser considerada como resultado daquela missão.

Para o desembarque desse dia, eles dispunham de mais informações que o normal. Além dos mapas em geral pouco confiáveis e das fotografias aéreas difíceis de interpretar, tinham o parecer de uma equipe de reconhecimento que chegara à ilha de submarino, seis semanas antes. A equipe identificara 12 praias adequadas para desembarque num trecho de costa de 6,5 quilômetros. No entanto, não dera nenhum alerta sobre as ondas. Talvez o mar não estivesse tão agitado no dia do reconhecimento.

Nos outros aspectos, o mapa de Chuck estava certo, pelo menos até ali. Havia uma praia com cerca de cem metros de largura, seguida por um emaranhado de palmeiras e outros tipos de vegetação. Logo depois dessa faixa, segundo o mapa, devia haver um pântano.

O litoral não era completamente desprovido de defesas. Chuck ouviu um rugido de artilharia, e um projétil aterrissou na água rasa. Não causou nenhum dano, mas a mira do artilheiro iria melhorar. Com urgência renovada, os fuzileiros saltaram das barcaças para a praia e correram em direção às palmeiras.

Chuck estava contente por ter decidido participar daquele combate. Nunca fora descuidado ou negligente em relação a seus mapas, mas era bom ver em primeira mão como um mapeamento correto podia salvar a vida dos soldados e como os erros mais insignificantes podiam ser fatais. Mesmo antes de embarcarem, ele e Eddie haviam se tornado bem mais exigentes. Pediam que fotos borradas fossem tiradas outra vez, interrogavam equipes de reconhecimento pelo telefone e disparavam mensagens de cabo para o mundo inteiro em busca de cartas náuticas de melhor qualidade.

Mas a sua satisfação tinha também outro motivo. Ele estava no mar, algo que amava. Estava a bordo de um navio com outros 700 fuzileiros, e adorava a camaradagem, as brincadeiras, as canções e a intimidade dos alojamentos apinhados e dos chuveiros coletivos.

– É como ser hétero num colégio interno só de meninas – disse a Eddie certa noite.

– Só que isso que você falou nunca acontece, e isto aqui é real – respondeu Eddie.

Ele sentia a mesma coisa que Chuck. Os dois se amavam, mas não gostavam menos de ver marinheiros sem roupa.

Agora, todos os 700 fuzileiros navais estavam deixando o navio e desembarcando o mais rápido possível. O mesmo acontecia em outros oito pontos daquele trecho de costa. Assim que uma barcaça se esvaziava, não perdia tempo: dava meia-volta e retornava para buscar mais homens. Mesmo assim, o processo todo continuava parecendo extremamente lento.

Por fim, o artilheiro japonês escondido em algum lugar da selva acertou a mira e, para assombro de Chuck, um projétil acertou em cheio o alvo e explodiu um grupo de fuzileiros, fazendo homens, fuzis e partes de corpos voarem, manchando a areia de vermelho.

Chuck encarava o massacre com ar horrorizado quando ouviu o rugido de um avião. Ao erguer os olhos, viu um Zero japonês voando baixo, margeando a costa. Os sóis vermelhos pintados nas asas foram como uma punhalada de medo em seu coração. A última vez que os vira fora na batalha de Midway.

O Zero metralhou a praia. Os fuzileiros que estavam desembarcando foram pegos de surpresa, indefesos. Alguns se deitaram na água rasa, outros tentaram se esconder atrás do casco da barcaça, e houve ainda quem corresse em direção à selva. Por alguns segundos, sangue esguichou e homens caíram.

Então o Zero sumiu, deixando a praia coalhada de americanos mortos.

Instantes depois, Chuck o ouviu abrir fogo para metralhar a praia seguinte.

O avião iria voltar.

Supostamente, ali também deveria haver aviões americanos, mas ele não via nenhum. O apoio aéreo nunca estava onde você queria que estivesse, ou seja, bem acima de sua cabeça.

Quando todos os fuzileiros estavam em terra, vivos ou mortos, as barcaças transportaram equipes médicas e maqueiros até a praia. Então começaram a desembarcar suprimentos: munição, água potável, comida, remédios e ataduras. Na volta, conduziam os feridos para o navio.

Chuck e Eddie, que faziam parte do contingente não essencial, seguiram com os suprimentos.

A essa altura, os marinheiros que manobravam as barcaças já tinham se acostumado com o mar agitado: a embarcação foi mantida numa posição estável, com a plataforma estendida até a areia e as ondas batendo na popa. Enquanto as caixas eram retiradas, Chuck e Eddie pularam para o meio das ondas e avançaram chapinhando até a praia.

Os dois chegaram à areia ao mesmo tempo.

Bem nessa hora, uma metralhadora começou a disparar.

Os tiros pareciam vir da selva, uns quatrocentos metros adiante. Será que o artilheiro estivera ali desde o início, só esperando o momento de abrir fogo? Ou acabara de ser transferido de outro ponto? Eddie e Chuck se abaixaram e saíram correndo em direção à linha de palmeiras.

Um marinheiro com uma caixa de munição no ombro deu um grito de dor, soltou a caixa e caiu.

Então Eddie também gritou. Chuck ainda correu dois passos antes de conseguir se deter. Quando se virou, viu Eddie rolando na areia, segurando o joelho, praguejando aos gritos. Voltou e se abaixou ao seu lado.

– Está tudo bem, estou aqui! – berrou.

Eddie tinha os olhos fechados, mas estava vivo, e Chuck não conseguiu detectar nenhum outro ferimento a não ser no joelho.

Ergueu os olhos. A barcaça que os levara até lá continuava bem perto da praia, sendo descarregada. Poderia levar Eddie de volta ao navio em minutos. Mas a metralhadora continuava a disparar.

Chuck se agachou.

– Vai doer – avisou. – Pode gritar quanto quiser.

Passou o braço direito por baixo do ombro de Eddie e o esquerdo sob suas coxas. Sustentou o peso e se levantou. Quando a perna estraçalhada ficou pendurada, Eddie urrou de dor.

– Aguente firme, cara – disse Chuck. Então se virou em direção à água.

De repente, sentiu uma dor insuportável nas pernas, nas costas e na cabeça. Na fração de segundo seguinte, pensou que não podia deixar Eddie cair. Um momento depois, soube que iria deixar. Um clarão de luz o cegou.

E então o mundo se acabou.

V

Em seu dia de folga, Carla foi trabalhar no Hospital Judaico.

O Dr. Rothmann a convencera a fazer isso. Tinha sido liberado do campo

– ninguém sabia por quê, só os nazistas, e estes não davam informações a ninguém. Apesar de ter perdido um olho e de agora mancar, ele estava vivo e ainda era capaz de exercer a medicina.

O hospital ficava em Wedding, bairro de classe operária ao norte do centro da cidade, no entanto não havia nada de proletário em sua arquitetura. Fora construído antes da Primeira Guerra Mundial, quando os judeus de Berlim ainda eram prósperos e orgulhosos. Era formado por sete prédios elegantes situados em meio a um vasto jardim. Os diferentes setores eram interligados por túneis, para que os pacientes e funcionários pudessem transitar entre eles sem ter que enfrentar o clima.

Era um verdadeiro milagre ainda haver um Hospital Judaico. Restavam pouquíssimos judeus em Berlim. Milhares deles haviam sido presos e deportados em trens especiais. Ninguém sabia para onde tinham ido nem qual fora seu fim. Circulavam boatos espantosos sobre campos de extermínio.

Quando ficavam doentes, os poucos judeus que continuavam em Berlim não podiam ser tratados por médicos e enfermeiras arianos. Assim, pela lógica deturpada dos nazistas, o hospital pôde continuar em funcionamento. A maior parte de sua equipe era composta por judeus e outros desafortunados que não eram considerados propriamente arianos: eslavos do Leste Europeu, pessoas de origem mestiça ou casadas com judeus. No entanto, não havia enfermeiras suficientes, por isso Carla ia ajudar.

O hospital vivia sendo importunado pela Gestapo. Faltava material, sobretudo remédios. Havia poucos funcionários e quase nenhum dinheiro.

Carla estava burlando a lei ao medir a temperatura de um menino de 11 anos cujo pé fora esmagado durante um bombardeio. Também era crime contrabandear remédios do hospital em que trabalhava e levá-los para lá. Mas ela queria provar, ainda que só para si mesma, que nem todo mundo havia se rendido aos nazistas.

Quando estava terminando sua ronda na enfermaria, viu Werner do lado de fora, usando seu uniforme da Força Aérea.

Ele e Carla haviam passado vários dias atormentados pelo medo, imaginando se alguém sobrevivera ao bombardeio da escola e iria aparecer para acusá-lo; mas a essa altura estava claro que todos tinham morrido e ninguém mais sabia das suspeitas de Macke. Eles haviam conseguido se safar mais uma vez.

Werner tinha se recuperado depressa do ferimento.

Os dois agora estavam juntos. Werner se mudara para a casa grande e quase vazia dos Von Ulrich e passava todas as noites com Carla. Seus pais não haviam protestado: todos sentiam que poderiam morrer a qualquer momento, e as pessoas deviam aproveitar toda a alegria que pudessem ter naquela vida de privações e sofrimento.

Mas Werner parecia mais solene do que o normal quando acenou para Carla pela pequena janela de vidro na porta da enfermaria. Ela acenou de volta, mandando-o entrar, e o recebeu com um beijo.

– Eu te amo – falou. Nunca se cansava de repetir isso.

E ele sempre ficava feliz em responder:

– Eu também te amo.

– O que está fazendo aqui? – perguntou ela. – Queria um beijo?

– Tenho más notícias. Fui transferido para o front oriental.

– Ah, não!

Os olhos de Carla se encheram de lágrimas.

– Na verdade, é um milagre que eu tenha conseguido evitar isso até agora. Mas o general Dorn não pode mais me manter longe da frente de batalha. Metade do nosso Exército agora é composta por velhos e colegiais, e eu sou um oficial de 24 anos em condições de lutar.

– Por favor, não morra – sussurrou ela.

– Vou fazer o possível.

– Mas o que vai acontecer com a rede? – perguntou ela, sussurrando. – É você que sabe de tudo. Quem mais poderia comandá-la?

Ele a fitou sem dizer nada.

Carla entendeu o que ele tinha em mente.

– Ah, não... eu não!

– Você é a melhor pessoa. Frieda é uma seguidora, não uma líder. Você demonstrou capacidade para recrutar pessoas novas e motivá-las. Nunca teve problemas com a polícia, e não tem registro de atividades políticas. Ninguém sabe o papel que teve na oposição ao Aktion T4. No que diz respeito às autoridades, você é uma enfermeira inocente.

– Mas, Werner, tenho medo!

– Não precisa fazer isso, se não quiser. Só que ninguém mais pode.

Bem nessa hora, eles ouviram uma confusão.

A enfermaria vizinha era reservada aos pacientes com problemas mentais e não era raro ouvir gritarias, mas aquilo parecia diferente. Uma voz soou alta, zangada. Então ouviram uma segunda voz, dessa vez com sotaque de Berlim e no tom insistente e intimidador que os forasteiros diziam ser típico da capital.

Carla saiu para o corredor e Werner a seguiu.

Com uma estrela amarela costurada no paletó, o Dr. Rothmann discutia com um sujeito com uniforme da SS. Atrás deles, a porta dupla que conduzia à ala psiquiátrica – que em geral permanecia trancada – estava escancarada. Os pacientes saíam da enfermaria. Dois outros oficiais da SS e uma dupla de enfermeiras conduziam uma fila irregular de homens e mulheres, a maioria de pijama, alguns caminhando eretos e aparentemente normais, outros cambaleando e balbuciando sons incoerentes enquanto andavam uns atrás dos outros pela escada.

Imediatamente Carla se lembrou de Kurt e Axel, o filho de Ada e o irmão de Werner, e do suposto hospital de Akelberg. Não sabia para onde aqueles pacientes estavam indo, mas tinha quase certeza de que seriam mortos.

Indignado, o Dr. Rothmann protestava:

– Essas pessoas estão doentes! Precisam ser tratadas!

E o oficial da SS retrucava:

– Elas não estão doentes. São doidas, e nós vamos levá-las para onde os doidos devem ficar.

– Para um hospital?

– O senhor será informado no devido momento.

– Essa resposta não é suficiente.

Carla sabia que não deveria intervir. Se descobrissem que ela não era judia, estaria em sérios apuros. Com cabelos escuros e olhos verdes, ela não tinha uma aparência especialmente ariana ou não ariana. Se ficasse calada, não iriam incomodá-la. No entanto, se reclamasse do que a SS estava fazendo, seria presa e interrogada, e então descobririam que ela estava trabalhando ilegalmente. Dessa forma, ela mordeu a língua e se controlou.

O oficial elevou a voz:

– Rápido... Ponham esses malditos dentro do ônibus.

Rothmann continuou a insistir:

– Preciso saber para onde eles vão. São meus pacientes.

Na verdade, aqueles pacientes não eram seus – ele não era psiquiatra.

– Se está tão preocupado assim, pode ir com eles – disse o oficial da SS.

O Dr. Rothmann ficou pálido. Era quase certo que estaria indo para a morte.

Carla pensou em Hannelore, esposa do médico; em Rudi, seu filho; e em Eva, a filha que morava na Inglaterra. Seu estômago se revirou de medo.

O oficial abriu um sorriso e zombou:

– Perdeu a confiança de repente?

Rothmann se empertigou.

– Pelo contrário – disse. – Vou aceitar sua proposta. Muitos anos atrás, prestei um juramento: fazer tudo o que pudesse para ajudar os doentes. Não é agora que vou faltar com minha palavra. Espero morrer com a consciência tranquila. – Ele desceu a escada mancando.

Uma velha passou vestida apenas com um roupão aberto na frente, expondo sua nudez.

Carla não conseguiu mais ficar calada.

– É novembro! – gritou – Eles não têm roupas de frio!

O oficial a encarou com um olhar duro.

– Vão ficar bem dentro do ônibus.

– Vou pegar algumas roupas quentes. – Carla virou-se para Werner. – Venha me ajudar. Pegue cobertores em qualquer lugar.

Os dois começaram a correr pela enfermaria psiquiátrica vazia, arrancando cobertores das camas e de dentro dos armários. Depois, cada um segurando uma pilha nos braços, desceram depressa a escada.

O jardim do hospital não passava de terra congelada. Diante da porta da frente havia um ônibus cinza, com o motor ligado e o motorista fumando ao volante. Carla viu que ele estava de sobretudo grosso, chapéu e luvas, o que significava que não havia calefação dentro do ônibus.

Um pequeno grupo de agentes da Gestapo e da SS observava os procedimentos.

Os últimos pacientes subiram a bordo. Carla e Werner embarcaram com eles e começaram a distribuir os cobertores.

O Dr. Rothmann estava em pé no fundo do ônibus.

– Carla – disse ele. – Por favor... diga à minha Hannelore o que aconteceu. Tenho que ir com os pacientes. Não tenho escolha.

– Claro. – A voz dela estava embargada.

– Talvez eu consiga proteger essas pessoas.

Embora não acreditasse nisso, Carla assentiu.

– Seja como for, não posso abandoná-las – acrescentou o médico.

– Vou dizer a ela.

– E diga também que eu a amo.

Carla não conseguiu mais conter as lágrimas.

– Diga a ela que essa foi a última coisa que eu falei – pediu o médico. – Que eu a amo.

Carla aquiesceu.

Werner a segurou pelo braço.

– Vamos.

Os dois desceram do ônibus.

Um agente da SS se dirigiu a Werner:

– Ei, você aí, de uniforme da Força Aérea, o que acha que está fazendo?

Werner estava tão bravo que Carla temeu que fosse arrumar briga. No entanto, ele respondeu com calma:

– Entregando cobertores a pessoas velhas e com frio. Por acaso isso é contra a lei?

– Você deveria estar lutando no front oriental.

– Vou para lá amanhã. E você?

– Cuidado com o que diz.

– Se fizer o favor de me prender antes de eu ir, talvez salve a minha vida.

O homem virou as costas.

O ônibus emitiu um ruído ao ter a marcha engatada, e o barulho do motor ficou mais alto. Carla e Werner se viraram para olhar. Em cada janela havia um rosto, todos diferentes: balbuciando coisas desconexas, babando, rindo histericamente, distraído, ou então distorcido por seus próprios tormentos espirituais – insanos, sem exceção. Pacientes psiquiátricos sendo levados pela SS. Loucos conduzindo outros loucos.

O ônibus se afastou.

VI

– Acho que eu teria gostado da Rússia, se tivesse conseguido vê-la – comentou Woody com o pai.

– Tenho a mesma sensação.

– Não consegui nem tirar fotografias decentes.

Os dois estavam sentados no grande saguão do Hotel Moskva, perto da entrada do metrô, com as malas feitas. Voltavam para casa.

– Tenho que contar a Greg Peshkov que conheci um rapaz chamado Volodya Peshkov – disse Woody. – Apesar de Volodya não ter ficado muito contente com isso. Acho que qualquer um que tenha vínculos com o Ocidente se torna suspeito.

– Pode apostar.

– Enfim, conseguimos o que queríamos. É isso que importa. Os Aliados estão comprometidos com as Nações Unidas.

– Sim – concordou Gus, satisfeito. – Foi preciso um pouco de esforço para convencer Stalin, mas ele acabou vendo que fazia sentido. Acho que você ajudou com aquela sua conversa franca com Peshkov.

– Pai, você passou a vida inteira lutando por isso.

– É, devo admitir que este é um momento muito bom.

Um pensamento preocupante passou pela cabeça de Woody.

– Você não vai se aposentar agora, vai? – perguntou ele.

Gus riu.

– Não. Em princípio conseguimos um acordo, mas o trabalho está só começando.

Cordell Hull já tinha ido embora de Moscou, mas alguns de seus assessores continuavam na cidade, e um deles se aproximou dos Dewar. Woody sabia quem era: um rapaz chamado Ray Baker.

– Senador, tenho um recado para o senhor – disse ele, parecendo nervoso.

– Você chegou bem a tempo... Estou de partida – respondeu Gus. – O que foi?

– É sobre o seu filho Charles... Chuck.

Gus ficou pálido.

– Qual é o recado, Ray?

O rapaz estava com dificuldade para falar.

– A notícia é ruim, senador. Ele participou de uma batalha nas Ilhas Salomão.

– Foi ferido?

– Não, senador. É pior.

– Ah, meu Deus! – exclamou Gus, e caiu em prantos.

Woody nunca tinha visto o pai chorar.

– Sinto muito, senador.

CAPÍTULO DEZOITO

1944

Woody estava em pé diante do espelho de seu quarto, no apartamento dos pais em Washington. Vestia um uniforme de segundo-tenente do 501º Regimento de Paraquedistas do Exército americano.

Apesar de ter sido feito sob medida por um bom alfaiate, o uniforme não lhe caía bem. A cor cáqui o deixava com um aspecto abatido, e as insígnias e os galões da túnica davam uma impressão desalinhada.

Talvez ele pudesse ter evitado o alistamento obrigatório, mas decidira não fazer isso. Parte dele queria seguir trabalhando com o pai, que ajudava o presidente Roosevelt a planejar uma nova ordem global a fim de evitar outras guerras mundiais. Tinham conseguido uma vitória em Moscou, mas Stalin era um homem inconstante e parecia se comprazer em criar dificuldades. Na Conferência de Teerã, em dezembro de 1943, o líder soviético ressuscitara a ideia intermediária dos conselhos regionais, e Roosevelt precisara dissuadi-lo. Estava claro que as Nações Unidas iriam exigir uma vigilância constante.

Mas Gus podia fazer isso sem o filho. E Woody sentia-se cada vez pior por deixar outros homens lutarem em seu lugar.

Apesar de sua aparência não agradá-lo, era a melhor possível com aquele uniforme, então foi à sala mostrá-lo à mãe.

Rosa tinha visita: um rapaz de uniforme branco da Marinha. Woody levou alguns instantes para reconhecer o atraente e sardento Eddie Parry. Sentado ao lado de sua mãe no sofá, ele segurava uma bengala. Levantou-se com dificuldade para apertar a mão de Woody.

Rosa tinha uma expressão triste.

– Eddie estava me contando sobre o dia em que Chuck morreu – falou.

O rapaz tornou a se sentar e Woody se acomodou em frente a ele e sua mãe.

– Quero ouvir também – falou.

– Não é uma história muito longa – começou Eddie. – Fazia uns cinco segundos que tínhamos desembarcado na praia de Bougainville quando um artilheiro abriu fogo de algum lugar no pântano. Corremos para nos proteger, mas fui atingido no joelho. Chuck deveria ter continuado a correr até as árvores. É isso que aprendemos nos treinos: deixar os feridos para trás, para que sejam recolhidos pelas equipes médicas. Mas é claro que Chuck desobedeceu a essa regra. Ele parou e voltou para me buscar.

Eddie fez uma pausa. Havia uma xícara de café na mesinha à sua frente, e ele a pegou e tomou um gole.

– Ele me pegou no colo – prosseguiu. – Que tolo... Virou um alvo fácil. Mas acho que ele queria me levar de volta para a barcaça. Essas embarcações têm laterais bem altas e são feitas de aço. Ficaríamos seguros lá, e eu receberia cuidados médicos logo em seguida, no navio. Mas Chuck não devia ter feito isso. Assim que ele se levantou, foi atingido por uma rajada de balas... nas pernas, nas costas, na cabeça. Acho que deve ter morrido antes mesmo de cair na areia. De toda forma, quando consegui levantar a cabeça para olhar, ele simplesmente já havia partido.

Woody viu que a mãe estava com dificuldade para se controlar. Temia que, se ela chorasse, fosse chorar também.

– Passei uma hora deitado na praia ao lado do corpo dele – contou Eddie. – Não larguei a mão dele nem por um instante. Então trouxeram uma maca para mim. Eu não queria ir embora. Sabia que nunca mais iria vê-lo. – Ele enterrou o rosto nas mãos. – Eu o amava tanto...

Rosa passou o braço em volta de seus ombros largos e lhe deu um abraço. Eddie encostou a cabeça em seu peito e soluçou feito uma criança. Ela acariciou seus cabelos.

– Pronto, pronto – consolou. – Já passou.

Woody percebeu que a mãe sabia o que Chuck e Eddie eram um para o outro. Depois de alguns minutos, o rapaz começou a se recuperar. Olhou para Woody.

– Você sabe como é isso – comentou.

Ele estava se referindo à morte de Joanne.

– Sei, sim – respondeu Woody. – É a pior coisa do mundo... mas a cada dia que passa dói um pouco menos.

– Assim espero.

– Você ainda está no Havaí?

– Sim. Chuck e eu trabalhamos na unidade de territórios inimigos. Trabalhávamos. – Ele engoliu em seco. – Ele achava que era importante termos uma ideia mais clara de como nossos mapas eram utilizados em combate. Foi por isso que acompanhamos os fuzileiros navais a Bougainville.

– Vocês devem estar fazendo um bom trabalho – disse Woody. – Parece que estamos derrotando os japas no Pacífico.

– Aos pouquinhos – disse Eddie. Então olhou para o uniforme de Woody. – Onde você está lotado?

– Estava fazendo o treinamento de paraquedismo em Fort Benning, na Geórgia – respondeu Woody. – Agora estou a caminho de Londres. Parto amanhã.

Ele olhou para a mãe. De repente, Rosa lhe pareceu envelhecida. Percebeu que seu rosto estava cheio de rugas. Seu aniversário de 50 anos passara sem alarde. No entanto, pensou Woody, falar sobre a morte de Chuck na presença de seu outro filho uniformizado devia ter sido um golpe e tanto para ela.

Eddie pareceu não notar.

– Estão dizendo que vamos invadir a França este ano – comentou ele.

– Talvez por isso meu treinamento tenha sido acelerado – disse Woody.

– É, você deve participar de alguma ação.

Rosa abafou um soluço.

– Espero ser tão corajoso quanto meu irmão.

– Torço para que você nunca descubra se é ou não – retrucou Eddie.

II

Greg Peshkov levou Margaret Cowdry, uma bela moça de olhos escuros, para assistir a um concerto sinfônico vespertino. Margaret tinha uma boca larga e generosa que ele adorava beijar. Mas outro assunto ocupava sua mente agora.

Ele estava seguindo Barney McHugh.

Um agente do FBI chamado Bill Bicks também seguia o mesmo homem.

Barney McHugh era um físico jovem e brilhante. Estava de licença do laboratório secreto do Exército americano em Los Alamos, Novo México, e trouxera a esposa britânica a Washington para visitar as atrações turísticas.

O FBI descobrira com antecedência que McHugh iria ao concerto, e o agente especial Bicks conseguira para Greg dois lugares algumas fileiras atrás do cientista. Uma sala de concerto, com centenas de desconhecidos se aglomerando para entrar e sair, era o local perfeito para um encontro clandestino, e Greg queria saber o que McHugh poderia estar tramando.

Era uma pena que os dois já tivessem se encontrado antes. Greg havia conversado com McHugh em Chicago, no dia do teste com a pilha nuclear. Isso já fazia um ano e meio, mas talvez McHugh se lembrasse dele. Então Greg precisava garantir que o sujeito não o visse.

Quando Greg e Margaret chegaram, os lugares de McHugh estavam vazios. De ambos os lados estavam sentados dois casais de aspecto normal: à esquerda, um homem de meia-idade usando um terno barato cinza, de risca de giz, acompanhado pela esposa igualmente malvestida; à direita, duas senhoras de idade. Greg torceu para McHugh aparecer. Se ele fosse um espião, queria pegá-lo.

O programa do concerto era a Sinfonia nº 1 de Tchaikovsky.

– Quer dizer que você gosta de música clássica? – perguntou Margaret, puxando conversa enquanto a orquestra afinava os instrumentos.

Ela não tinha a menor ideia do verdadeiro motivo para ele tê-la levado até ali. Sabia que Greg estava trabalhando com uma pesquisa confidencial de armamentos. No entanto, assim como quase todos os americanos, não sabia nada sobre a bomba nuclear.

– Pensei que só escutasse jazz – completou ela.

– Adoro os compositores russos... eles são tão dramáticos! – disse Greg. – Acho que deve estar no meu sangue.

– Fui criada ouvindo música clássica. Meu pai gosta de chamar uma pequena orquestra para os jantares que oferece.

A família de Margaret era rica o suficiente para fazer Greg se sentir pobre. No entanto, ele ainda não conhecera os pais dela e desconfiava que eles não fossem aprovar o filho ilegítimo de um famoso mulherengo de Hollywood.

– O que você está olhando? – perguntou ela.

– Nada. – O casal McHugh havia chegado. – Que perfume é esse?

– Chichi, da Renoir.

– Adorei.

Os McHugh pareciam felizes, um casal brilhante e próspero tirando férias. Greg pensou se teriam chegado atrasados por estarem fazendo amor no quarto do hotel.

Barney McHugh sentou-se ao lado do senhor de terno de risca de giz. Greg sabia que a roupa era de má qualidade por causa da rigidez pouco natural das ombreiras. O homem não olhou para os recém-chegados. Os McHugh começaram a fazer palavras cruzadas, aproximando as cabeças num gesto de intimidade enquanto examinavam o jornal que Barney segurava. Alguns minutos depois, o regente subiu ao palco.

A primeira peça era de Saint-Saëns. A popularidade dos compositores alemães e austríacos havia declinado desde o início da guerra, e os amantes de concertos estavam descobrindo novas alternativas. Sibelius tornara a cair nas graças do público.

McHugh provavelmente era comunista. Greg sabia disso porque J. Robert Oppenheimer lhe dissera. Influente físico teórico da Universidade da Califórnia, Oppenheimer era diretor do laboratório de Los Alamos e chefe científico do

Projeto Manhattan. Tinha fortes vínculos comunistas, embora afirmasse jamais ter entrado para o partido.

– Por que o Exército precisa de tanta gente de esquerda? – perguntara o agente especial Bicks a Greg. – Não sei o que vocês estão tentando fazer lá no deserto, mas será que os Estados Unidos não dispõem de jovens cientistas inteligentes e conservadores suficientes?

– Não – respondera Greg. – Se dispuséssemos, já os teríamos contratado.

Os comunistas às vezes eram mais leais à causa do que ao próprio país, e talvez não achassem errado compartilhar os segredos da pesquisa nuclear com a União Soviética. Não era como passar informações para o inimigo. Os soviéticos estavam do lado dos americanos contra os nazistas – na verdade, haviam lutado mais do que todos os outros Aliados juntos. Mesmo assim, era um perigo. As informações destinadas a Moscou podiam acabar indo parar em Berlim. E qualquer um que pensasse por mais de um minuto no mundo pós-guerra podia adivinhar que talvez os Estados Unidos e a União Soviética não fossem continuar amigos para sempre.

O FBI considerava Oppenheimer um risco e vivia tentando convencer o general Groves – chefe de Greg – a demiti-lo. Mas Oppenheimer era o melhor cientista de sua geração, e o general insistia em mantê-lo.

Numa tentativa de provar sua lealdade, Oppenheimer tinha citado McHugh como possível comunista. Era por isso que Greg o estava seguindo.

O FBI, no entanto, se mostrara cético.

– Oppenheimer só está tentando despistar você – dissera Bicks.

– Não acredito nisso – retrucara Greg. – Já faz um ano que o conheço.

– Ele é uma porra de um comunista, assim como a mulher, o irmão e a cunhada.

– Ele está trabalhando 19 horas por dia para fabricar armas melhores para os soldados americanos... Que traidor faz isso?

Greg torcia para que McHugh se revelasse mesmo um espião, pois isso diminuiria a suspeita que pairava sobre Oppenheimer, aumentaria a credibilidade do general Groves e melhoraria a situação do próprio Greg.

Passou toda a primeira metade do concerto observando McHugh, sem querer tirar os olhos do cientista. O físico não olhou para nenhuma das pessoas ao seu lado. Parecia absorto na música, e só desviava o olhar do palco para fitar amorosamente a esposa, uma inglesa típica, de pele bem clara. Será que Oppenheimer havia se enganado em relação a McHugh? Ou sua acusação seria uma distração para desviar as suspeitas de si mesmo?

Greg sabia que Bicks também observava. Seu colega estava sentado mais acima, no balcão nobre do teatro. Talvez tivesse visto alguma coisa.

No intervalo, Greg seguiu os McHugh até o lado de fora e postou-se na mesma fila que eles para comprar um café. Nem o casal mal-ajambrado nem as duas senhoras estavam por perto.

Sentiu-se frustrado. Não soube que conclusão tirar. Será que suas suspeitas eram infundadas? Ou aquele passeio específico dos McHugh era inocente?

Quando ele e Margaret estavam voltando a seus lugares, Bill Bicks surgiu ao seu lado. De meia-idade e um pouco acima do peso, o agente começava a ficar careca. Usava um terno cinza-claro com marcas de suor nas axilas.

– Você tinha razão – disse ele, em voz baixa.

– Como você sabe?

– O cara sentado ao lado de McHugh.

– De terno cinza listrado?

– Isso. O nome dele é Nikolai Yenkov, ele é adido cultural da embaixada soviética.

– Meu Deus! – exclamou Greg.

Margaret se virou.

– O que foi?

– Nada – respondeu Greg.

Bicks se afastou.

– Você está com a cabeça em outro lugar – disse ela quando se acomodavam outra vez. – Acho que não deve ter ouvido nenhum compasso do Saint-Saëns.

– Estou pensando em trabalho, só isso.

– Basta dizer que não é outra mulher e eu esqueço o assunto.

– Não é outra mulher.

Durante a segunda metade do concerto, ele começou a ficar nervoso. Não detectara nenhum contato entre McHugh e Yenkov. Os dois não se falaram, e Greg não viu nada ser passado de um para o outro: nenhuma pasta, nenhum envelope, nenhum rolo de filme.

A sinfonia terminou e o regente se curvou para agradecer. A plateia começou a sair do teatro. A caçada ao espião fora um fracasso total.

No saguão, Margaret foi ao toalete. Enquanto Greg a esperava, Bicks veio falar com ele.

– Nada – disse Greg.

– Nem eu.

– Talvez seja coincidência McHugh ter se sentado ao lado de Yenkov – sugeriu Greg.

– Coincidências não existem.

– Então houve algum problema. Uma senha errada, algo assim.

Bicks fez que não com a cabeça.

– Eles se comunicaram. Nós é que não vimos.

A Sra. McHugh também foi ao toalete e, assim como Greg, McHugh ficou aguardando ali perto. Escondido atrás de uma pilastra, Greg o analisou. Ele não carregava uma pasta nem uma capa debaixo da qual pudesse ocultar algum embrulho ou documento. Mesmo assim, algo nele lhe pareceu estranho. O que seria?

Foi então que Greg percebeu.

– O jornal! – exclamou.

– O quê?

– Quando entrou, Barney estava segurando um jornal. Fez palavras cruzadas com a mulher enquanto esperavam o espetáculo começar. E agora o jornal não está mais com ele!

– Ou ele jogou fora... ou entregou a Yenkov com alguma coisa escondida dentro.

– Yenkov e a mulher já saíram.

– Talvez ainda estejam lá fora.

Bicks e Greg correram até a porta.

Bicks abriu caminho pela multidão que ainda passava pelas saídas. Greg ficou logo atrás. Ambos chegaram à calçada em frente ao teatro e olharam para os dois lados. Greg não conseguiu ver Yenkov, mas Bicks tinha olhos de águia.

– Do outro lado da rua! – gritou.

O adido cultural e sua esposa malvestida estavam de pé junto ao meio-fio, e uma limusine preta se aproximava lentamente do casal.

Yenkov estava segurando um jornal dobrado.

Greg e Bicks atravessaram a rua correndo.

A limusine parou.

Greg foi mais rápido do que Bicks e chegou primeiro à outra calçada.

Yenkov não os tinha notado. Sem pressa, abriu a porta do carro, e então se afastou para deixar a esposa entrar.

Greg se jogou em cima dele. Os dois caíram no chão. A Sra. Yenkov gritou.

Greg se levantou com esforço. O motorista já tinha saltado e dava a volta no carro, mas Bicks ergueu a credencial e gritou:

– FBI!

Yenkov deixara cair o jornal e estendeu a mão para recuperá-lo. Porém Greg foi mais rápido. Pegou o jornal, deu um passo atrás e o abriu.

Lá dentro havia um maço de papéis. O de cima era um diagrama que Greg reconheceu na mesma hora: o mecanismo do gatilho de implosão de uma bomba de plutônio.

– Meu Deus! – exclamou. – Esta informação é quentíssima!

Yenkov pulou para dentro do carro, bateu a porta e trancou-a por dentro.

O motorista tornou a assumir o volante e deu a partida.

III

Era sábado à noite, e o apartamento de Daisy em Piccadilly estava lotado. Devia haver umas cem pessoas lá dentro, pensou ela, satisfeita.

Daisy havia se tornado líder de um grupo de voluntários da Cruz Vermelha. Todo sábado, dava uma festa para os funcionários americanos da organização e convidava enfermeiras do Hospital St. Bart's para conhecê-los. Pilotos da RAF também frequentavam essas festas. Todos se esbaldavam com seu estoque ilimitado de uísque escocês e gim, e dançavam ao som dos discos de Glenn Miller tocados em seu gramofone. Sabendo que cada festa daquelas poderia ser a última para alguns dos homens, ela fazia o possível para deixá-los felizes – exceto beijá-los, mas disso as enfermeiras se encarregavam.

Daisy nunca bebia em suas festas. Tinha muita coisa em que pensar. Casais viviam se trancando no banheiro, e era preciso tirá-los de lá à força, a fim de permitir que o local fosse usado para sua verdadeira finalidade. Se um general realmente importante se embriagasse, tinha que ser levado para casa em segurança. Muitas vezes faltava gelo – ela não conseguia fazer seus empregados britânicos entenderem quanto o gelo era importante numa festa.

Durante algum tempo após se separar de Boy Fitzherbert, os únicos amigos de Daisy tinham sido a família Leckwith. Ethel, mãe de Lloyd, nunca a julgara. Embora fosse um pilar de respeitabilidade, havia cometido erros no passado, e isso a tornava mais compreensiva. Toda quarta-feira à noite, Daisy ia à casa de Ethel em Aldgate para tomar chocolate quente e ouvir rádio. Era sua noite preferida na semana.

Ela havia sido rejeitada pela sociedade duas vezes: a primeira em Buffalo, a segunda em Londres. Então ocorreu-lhe o pensamento deprimente de que talvez fosse culpa sua. Talvez seu lugar não fosse naqueles rígidos grupos da alta roda, com suas estritas regras de conduta. Ela era uma boba por se deixar atrair por eles.

O problema era que adorava festas, piqueniques, eventos esportivos e reuniões nas quais as pessoas se divertiam e se vestiam com elegância.

Mas Daisy agora sabia que não precisava de aristocratas britânicos nem de americanos de famílias tradicionais e ricas para se divertir. Tinha criado a própria sociedade, muito melhor que a deles. Algumas das pessoas que lhe viraram as costas depois que ela deixara Boy agora viviam lhe dando indiretas para insinuar que gostariam de comparecer a uma de suas famosas noitadas de sábado. E muitos convidados vinham ao seu apartamento relaxar e se divertir depois de algum jantar grandioso e insuportável numa residência palaciana qualquer de Mayfair.

Aquela era a melhor festa de todas, pois Lloyd estava em Londres de licença.

Ele agora vivia com Daisy no apartamento às vistas de todos. Ela não se importava nem um pouco com a opinião dos outros: sua reputação nos círculos respeitáveis já era tão ruim que seria impossível prejudicá-la mais. De toda forma, a urgência do amor em tempos de guerra levara muita gente a violar as regras. Em se tratando desses assuntos, os empregados domésticos às vezes podiam ser tão rígidos quanto duquesas, mas todos os funcionários de Daisy a adoravam, então ela e Lloyd nem fingiam dormir em quartos separados.

Ela adorava ir para a cama com ele. Lloyd não era tão experiente quanto Boy, mas compensava isso com entusiasmo – e disposição para aprender. Cada noite que passavam juntos era uma verdadeira viagem de exploração.

Enquanto observavam seus convidados conversando, rindo, bebendo, fumando, dançando e se agarrando, Lloyd sorriu para ela e perguntou:

– Está feliz?

– Quase – respondeu ela.

– Quase?

Ela suspirou.

– Quero ter filhos, Lloyd. Pouco me importo se não somos casados. Bem, é claro que me importo, mas quero ter um filho mesmo assim.

A expressão dele ficou séria.

– Você sabe o que penso sobre filhos ilegítimos.

– Sim, eu sei. Você já me explicou. Mas quero ter um pedacinho seu para amar se você morrer.

– Farei o possível para continuar vivo.

– Eu sei.

No entanto, se as suspeitas de Daisy estivessem certas e ele estivesse trabalhando disfarçado em território ocupado, corria o risco de ser executado, do mesmo modo que os espiões alemães eram executados na Grã-Bretanha. Ele iria desaparecer, e ela não teria mais nada.

– Sei que um milhão de mulheres vivem na mesma situação que eu, mas não consigo imaginar a vida sem você. Acho que eu morreria.

– Se eu pudesse obrigar Boy a se divorciar de você, com certeza faria isso.

– Bem, isso não é assunto para uma festa. – Ela olhou para o salão. – Ora, vejam só! Acho que aquele ali é Woody Dewar!

Woody estava usando um uniforme de tenente. Daisy foi cumprimentá-lo. Era estranho vê-lo de novo depois de nove anos – embora ele não estivesse muito diferente, só mais velho.

– Há milhares de soldados americanos aqui agora – disse-lhe ela enquanto os dois dançavam um foxtrote ao som de "Pennsylvania Six-Five Thousand". – Devemos estar prestes a invadir a França. O que mais poderia ser?

– Os generais importantes com certeza não contam seus planos a tenentes recém-recrutados – respondeu Woody. – Mas, assim como você, não imagino nenhum outro motivo para eu estar aqui. Não podemos deixar o combate todo nas costas dos russos por muito mais tempo.

– Quando você acha que vai ser?

– As ofensivas sempre começam no verão. Final de maio ou começo de junho, é o que todos estão pensando.

– Assim tão cedo!

– Mas ninguém sabe onde.

– O ponto mais curto da travessia é de Dover a Calais – disse Daisy.

– E é por isso que as defesas alemãs estão concentradas em torno de Calais. Então talvez tentemos pegá-los de surpresa, desembarcando no litoral sul, por exemplo, perto de Marselha.

– Quem sabe então a guerra acabe de vez.

– Duvido. Quando tivermos uma posição consolidada, ainda precisaremos conquistar a França, e depois a Alemanha. É um caminho longo.

– Ah, meu Deus – murmurou Daisy.

Woody parecia precisar de diversão. E ela conhecia a garota perfeita para isso. Isabel Hernandez era beneficiária do programa de bolsas de estudos Rhodes e estava fazendo mestrado em história no St. Hilda's College, na Universidade de Oxford. Era linda, mas os rapazes a achavam chata, por ser intelectual demais. Woody, porém, não ligaria para isso.

– Venha aqui um instante – disse Daisy, chamando Isabel. – Woody, esta é minha amiga Bella. Ela é de São Francisco. Bella, este é Woody Dewar, de Buffalo.

Os dois se cumprimentaram com um aperto de mãos. Bella era alta, tinha cabelos escuros e cheios e a pele morena – como Joanne Rouzrokh. Woody sorriu para ela e perguntou:

– O que você está fazendo aqui em Londres?

Daisy os deixou a sós.

A ceia foi servida à meia-noite. Sempre que ela conseguia mantimentos americanos, oferecia presunto com ovos; caso contrário, o menu era sanduíches de queijo. A comida proporcionava uma trégua durante a qual as pessoas podiam conversar, mais ou menos como um intervalo no teatro. Ela reparou que Woody Dewar ainda estava falando com Bella Hernandez, e os dois pareciam muito entretidos. Certificou-se de que todos tinham tudo de que precisavam, e então foi sentar em um canto com Lloyd.

– Já resolvi o que gostaria de fazer depois da guerra, se ainda estiver vivo – disse ele. – Além de me casar com você, claro.

– O quê?

– Vou tentar uma vaga no Parlamento.

– Que maravilha, Lloyd! – disse Daisy, entusiasmada. Ela envolveu o pescoço dele com os dois braços e lhe deu um beijo.

– Ainda é cedo para comemorar. Apresentei meu nome em Hoxton, o distrito contíguo ao de Mam. Mas talvez o Partido Trabalhista de lá não me aceite. E, mesmo que aceitem, talvez eu não ganhe. Hoxton no momento tem um deputado liberal muito forte.

– Quero ajudar você – disse ela. – Poderia ser seu braço direito. Posso escrever seus discursos... aposto que seria boa nisso.

– Eu adoraria que você me ajudasse.

– Combinado, então!

Os convidados mais velhos foram embora depois de comer, mas a música prosseguiu e a bebida não acabou, de modo que o clima da festa ficou ainda mais descontraído. Woody agora dançava uma música lenta com Bella. Daisy se perguntou se aquele seria o seu primeiro romance depois de Joanne.

As carícias foram ficando mais ousadas, e as pessoas começaram a desaparecer dentro dos dois quartos. Não podiam trancar as portas – Daisy tirava as chaves –, então às vezes diversos casais acabavam juntos no mesmo cômodo, mas ninguém parecia se importar. Certa vez Daisy encontrara duas pessoas abraçadas dentro do armário de vassouras, profundamente adormecidas.

À uma da manhã, seu marido apareceu.

Ela não tinha convidado Boy, mas ele chegou acompanhado por dois pilotos americanos. Daisy deu de ombros e os deixou entrar. Ele estava bêbado e simpático, e dançou com várias enfermeiras antes de tirá-la para dançar.

Daisy se perguntou se ele estaria apenas bêbado ou se teria abrandado sua atitude para com ela. Nesse caso, quem sabe poderia reconsiderar a questão do divórcio?

Ela aceitou, e os dois dançaram um *jitterbug*. A maioria dos convidados não fazia ideia de que eles fossem um casal separado, mas os que sabiam ficaram surpresos.

– Li no jornal que você comprou mais um cavalo de corrida – disse ela, puxando assunto.

– Lucky Laddie – respondeu Boy. – Custou oito mil guinéus... um preço recorde.

– Espero que valha a pena.

Ela adorava cavalos e pensara que os dois fossem comprar e treinar animais de corrida juntos, mas Boy não quisera compartilhar essa paixão com a esposa. Para Daisy, essa fora uma das frustrações de seu casamento.

Ele pareceu ler seus pensamentos.

– Eu decepcionei você, não foi?

– Foi.

– E você me decepcionou.

Aquilo era novidade para ela. Depois de pensar um pouco, perguntou:

– Por não ter fechado os olhos para as suas infidelidades?

– Exatamente. – Ele estava bêbado o suficiente para ser sincero.

Ela viu uma oportunidade.

– Por quanto tempo você acha que precisamos nos punir?

– Punir? – repetiu ele. – Quem está punindo quem?

– Nós estamos nos punindo permanecendo casados. Deveríamos nos divorciar, como fazem as pessoas sensatas.

– Talvez você tenha razão – disse ele. – Mas esta hora de um sábado não é o melhor momento para se ter essa conversa.

As esperanças de Daisy cresceram.

– Que tal eu lhe fazer uma visita? – sugeriu ela. – Quando estivermos os dois descansados... e sóbrios.

Ele hesitou, mas cedeu:

– Tudo bem.

Animada, ela tirou ainda mais proveito daquela ocasião:

– Que tal amanhã de manhã?

– Tudo bem.

– Vejo você depois da missa. Ao meio-dia, digamos?

– Tudo bem – repetiu Boy.

IV

Quando Woody levava Bella até a casa de uma amiga em South Kensington, passando pelo Hyde Park, ela o beijou.

Ele não beijava ninguém desde a morte de Joanne. No início, gelou. Tinha gostado muito de Bella: era a moça mais inteligente que ele conhecera desde sua falecida noiva. E o modo como havia encostado o corpo contra o dele durante a música lenta lhe dera a entender que podia beijá-la, se quisesse. Apesar disso, ele havia se contido. Não parava de pensar em Joanne.

Então Bella tomou a iniciativa.

Ela abriu a boca e ele sentiu sua língua, mas aquilo só fez com que ele se lembrasse de Joanne o beijando da mesma forma. Fazia apenas dois anos e meio que ela morrera.

Seu cérebro já estava procurando as palavras para dizer não a Bella de forma educada quando seu corpo assumiu o controle. De repente, ele se incendiou de desejo. Começou a retribuir o beijo com sofreguidão.

Bella reagiu com entusiasmo ao acesso de paixão de Woody. Pegou as duas mãos do rapaz e as levou aos seios, que eram grandes e macios. Ele gemeu, sem conseguir se conter.

Estava escuro e ele não enxergava quase nada, mas os ruídos abafados vindos da vegetação em volta lhe informaram que havia muitos outros casais ali fazendo coisas parecidas.

Bella pressionou o corpo contra o seu, e ele soube que ela podia sentir sua ereção. De tão excitado, achou que iria ejacular a qualquer instante. Bella parecia dominada pela mesma excitação louca. Ele a sentiu desabotoar sua calça com dedos frenéticos e depois pôr suas mãos frias no pênis quente. Ela o puxou e então, para espanto e deleite de Woody, ajoelhou-se. Assim que seus lábios se fecharam em volta da glande, ele não conseguiu se controlar e ejaculou em sua boca. Ela reagiu chupando e lambendo com vontade.

Depois de Woody gozar, Bella ainda continuou beijando seu pênis até amolecer. Então tornou a guardá-lo delicadamente dentro da calça e se levantou.

– Foi incrível – sussurrou. – Obrigada.

Era ele que pretendia agradecer. Em vez disso, tomou-a nos braços e a puxou para perto de si. Sentia tanta gratidão por ela que poderia ter chorado. Não tinha percebido quanto necessitava do afeto de uma mulher naquela noite. Era como se uma nuvem negra tivesse sido afastada de cima de sua cabeça.

– Não sei nem dizer como... – começou ele, mas não encontrou as palavras para explicar o que aquilo significava para ele.

– Então não diga – interrompeu ela. – Eu já sei, mesmo. Pude sentir.

Caminharam até o prédio dela. Na porta, ele disse:

– Será que nós podemos...

Ela levou um dedo aos seus lábios para impedi-lo de falar.

– Vá ganhar essa guerra – falou.

E entrou no prédio.

V

Agora, quando Daisy ia à missa de domingo, o que não era muito frequente, evitava as igrejas de elite do West End, cujos fiéis a haviam esnobado. Em vez disso, pegava o metrô até Aldgate e ia ao templo do Evangelho do Calvário. As diferenças de doutrina eram grandes, mas não tinham importância para ela. Os cânticos no East End eram melhores.

Ela e Lloyd chegavam separados à igreja. As pessoas de Aldgate sabiam quem Daisy era e gostavam de ver uma aristocrata rebelde sentada em um de seus bancos baratos. Mas seria pedir demais que tolerassem que uma mulher separada do marido chegasse de braços dados com o amante. Como tinha dito Billy, irmão de Ethel:

– Jesus não condenou a mulher adúltera, mas lhe disse para não mais pecar.

Durante a missa, ficou pensando em Boy. Será que suas palavras conciliatórias da noite anterior tinham sido sinceras ou seriam apenas um deslize da embriaguez? Boy chegara até a apertar a mão de Lloyd antes de ir embora. Com certeza isso significava um perdão... ou não? Mas Daisy disse a si mesma que não tivesse muitas esperanças. Boy era a pessoa mais egoísta que ela já conhecera, pior até do que o conde Fitzherbert ou o meio-irmão dela, Greg.

Depois da missa, Daisy muitas vezes ia almoçar na casa de Eth Leckwith, mas nesse dia deixou Lloyd com a família e partiu depressa.

Voltou para o West End e bateu na porta da casa do marido em Mayfair. O mordomo a conduziu até a sala íntima.

Boy entrou na sala aos gritos.

– Que diabo é isso? – vociferou e jogou um jornal em cima dela.

Daisy já o vira assim muitas vezes e não tinha medo dele. Numa única ocasião Boy havia levantado a mão para bater nela, que reagira pegando um castiçal pesado e ameaçando acertá-lo. A situação não se repetira.

Embora não sentisse medo, estava decepcionada. Boy havia se mostrado tão bem-humorado na véspera... Mas talvez ainda pudesse ouvir a voz da razão.

– O que aconteceu para deixar você assim? – perguntou, calma.

– Olhe essa maldita manchete.

Ela se abaixou para pegar o jornal do chão. Era a edição dominical do *Sunday*

Mirror, um tabloide popular de esquerda. A capa trazia uma foto do cavalo novo de Boy, Lucky Laddie, e as palavras:

LUCKY LADDIE –
VALE 28 MINEIROS

A história do preço recorde que Boy pagara pelo cavalo tinha saído na imprensa da véspera, mas nesse dia o *Mirror* publicou um editorial irado segundo o qual o preço do animal, 8.400 libras, equivalia exatamente a 28 vezes a indenização--padrão de 300 libras paga à viúva de um mineiro morto num acidente de trabalho.

E a fortuna dos Fitzherbert vinha justamente das minas de carvão.

– Meu pai está furioso – disse Boy. – Ele tinha esperança de se tornar ministro das Relações Exteriores no governo do pós-guerra. Mas esse artigo provavelmente acabou com suas chances.

– Boy, você pode me explicar por que isso é culpa minha? – perguntou Daisy, irritada.

– Veja quem assinou essa droga!

Daisy viu.

Por Billy Williams
Membro do Parlamento por Aberowen

– O tio do seu namorado! – exclamou Boy.

– Você acha que ele fala comigo antes de escrever seus artigos?

– Por algum motivo essa família nos detesta! – disse Boy, exaltado.

– Eles acham injusto você ganhar tanto dinheiro com carvão enquanto os mineiros recebem tão pouco. Como sabe, estamos em guerra.

– Você mesma vive de herança – retrucou ele. – E ontem à noite, naquele seu apartamento de Piccadilly, não vi muitos indícios da austeridade de tempos de guerra.

– Tem razão – admitiu ela. – Mas dei uma festa para os soldados. E você gastou uma fortuna em um cavalo.

– O dinheiro é meu!

– Mas você ganhou com carvão.

– Você passou tanto tempo na cama com aquele maldito Williams que virou uma droga de uma bolchevique.

– Isso é mais uma coisa que nos afasta. Boy, você quer mesmo continuar casado comigo? Poderia encontrar alguém que combinasse com você. Metade das moças de Londres adoraria ser a viscondessa de Aberowen.

– Não vou fazer nada por essa maldita família Williams. Além do mais, ontem à noite ouvi dizer que seu namorado quer ser deputado.

– Ele vai ser um ótimo deputado.

– Não com você a tiracolo. Nem vai ser eleito. Ele é um maldito de um socialista. E você é ex-fascista.

– Já pensei nisso. Sei que é um problema...

– Problema? É uma barreira intransponível. Espere só até os jornais saberem! Você vai ser crucificada do mesmo jeito que fui hoje.

– Imagino que você vá contar isso para o *Daily Mail*.

– Não vai ser preciso... os adversários dele se encarregarão disso. Ouça bem o que estou dizendo: ao seu lado, Lloyd Williams não tem a menor chance.

VI

Nos primeiros cinco dias de junho, o tenente Woody Dewar e seu pelotão de paraquedistas, junto com cerca de outros mil homens, ficaram isolados num campo de pouso em algum lugar a noroeste de Londres. Um hangar havia sido convertido num gigantesco alojamento, com centenas de catres dispostos em longas fileiras. Enquanto aguardavam, distraíam-se assistindo a filmes e ouvindo discos de jazz.

Seu objetivo era a Normandia. Por meio de planos complexos para tentar enganar o inimigo, os Aliados haviam tentado convencer o alto-comando alemão de que o alvo seria uns 300 quilômetros mais para nordeste, em Calais. Se os alemães tivessem acreditado na mentira, a força de invasão iria encontrar uma resistência relativamente leve, pelo menos nas primeiras horas.

Os paraquedistas seriam os primeiros a chegar, no meio da noite. A segunda leva seria a força principal, composta por cinco mil navios com 130 mil homens que iriam desembarcar nas praias normandas ao raiar do dia. A essa altura, os paraquedistas já deveriam ter destruído redutos alemães no interior e assumido o controle de conexões de transporte importantes.

O pelotão de Woody tinha que conquistar uma ponte sobre um rio numa cidadezinha chamada Église-des-Soeurs, a 16 quilômetros do litoral. Depois de conseguir isso, precisava manter o controle da ponte para impedir a passagem de qualquer unidade alemã enviada para reforçar as defesas da praia até a força principal de invasão os alcançar. Não podiam permitir em hipótese alguma que os alemães explodissem a ponte.

Enquanto esperavam o sinal verde, Ace Webber promoveu um torneio de pôquer no qual ganhou mil dólares e tornou a perdê-los. Cameron Canhoto limpava e lubrificava obsessivamente sua carabina leve semiautomática M1 modelo paraquedista, de coronha dobrável. Lonnie Callaghan e Tony Bonanio, que não iam com a cara um do outro, iam à missa juntos todos os dias. Pete Schneider, o Furtivo, afiou seu facão comprado em Londres até que fosse possível fazer a barba com ele. Patrick Timothy, que era a cara de Clark Gable e tinha um bigode parecido, tocava sem parar a mesma melodia no *ukulele*, levando todos à loucura. O sargento Defoe escrevia longas cartas para a esposa, depois as rasgava e começava outra vez. Mack Trulove e Joe "Fumaça" Morgan cortaram e rasparam os cabelos um do outro, acreditando que assim facilitariam o trabalho das equipes médicas caso sofressem ferimentos na cabeça.

A maioria dos soldados tinha apelidos. Woody descobrira que o seu era Uísque.

Inicialmente marcado para domingo, 4 de junho, o Dia D foi adiado por causa do mau tempo.

Na noite da segunda-feira, 5 de junho, o coronel fez um discurso.

– Homens! – gritou ele. – Esta noite vamos invadir a França!

Os soldados soltaram rugidos de aprovação. Woody achou aquilo uma ironia. Eles estavam ali, seguros e quentinhos, mas mal podiam esperar a hora de partir, pular de aviões e aterrissar nos braços de tropas inimigas com intenção de matá-los.

Foi-lhes servida uma refeição especial, com tudo o que eles aguentassem comer: carne de vaca, porco e frango, batatas fritas, sorvete. Woody não se interessou por nada disso. Sabia melhor do que os outros o que o aguardava e não queria enfrentar aquilo de barriga cheia. Comeu uma rosquinha e tomou um café. O café era americano, aromático e saboroso, ao contrário da bebida detestável servida pelos britânicos – isso quando eles tinham algum café para servir.

Woody tirou as botas e se deitou no catre. Pensou em Bella Hernandez, seu sorriso, seus seios macios.

Quando se deu conta, uma sirene estava tocando.

Por alguns instantes pensou que estivesse acordando de um sonho ruim no qual partia para um combate a fim de matar pessoas más. Então percebeu que era verdade.

Todos vestiram os macacões e juntaram seu equipamento. Tinham muitas coisas para carregar. Algumas eram essenciais: uma carabina com 150 tiros de calibre .30; granadas antitanque; uma pequena bomba conhecida como granada Gammon; comida; pastilhas purificadoras de água; um kit de primeiros socorros contendo morfina. Outras eles poderiam ter dispensado: uma ferramenta para cavar trincheiras, um kit de barbear, um manual de expressões em francês. Estavam tão carregados que os mais baixos tinham dificuldade de andar até os aviões alinhados na pista de pouso escura.

As aeronaves que iriam transportá-los eram Skytrains C-47. Sob as luzes fracas, Woody constatou, surpreso, que todas elas haviam sido pintadas com listras pretas e brancas bem marcadas. O piloto de seu avião era Bonner, um capitão mal-humorado vindo do Meio-Oeste dos Estados Unidos.

– É para evitar que os nossos malditos artilheiros nos derrubem – explicou o capitão.

Antes de embarcar, os homens foram pesados. Donegan e Bonanio levavam bazucas desmontadas dentro de bolsas presas às pernas, o que aumentava seu peso em mais de 35 quilos cada um. Quando subiram a bordo, Bonner se zangou.

– Vocês estão me sobrecarregando! – vociferou para Woody. – Não vou conseguir tirar esta porra do chão!

– A decisão não foi minha, capitão – retrucou Woody. – Fale com o coronel.

O sargento Defoe foi o primeiro a embarcar e avançou até a frente do avião, onde sentou-se junto ao arco aberto que conduzia à cabine de comando. Ele seria o último a saltar. Se na última hora alguém se mostrasse relutante em pular para a escuridão, seria auxiliado por um bom empurrão de Defoe.

Donegan e Bonanio, com suas bolsas nas pernas contendo as bazucas e todo o restante, precisaram de ajuda para subir os degraus. Como era o líder do pelotão, Woody embarcou por último. Seria o primeiro a saltar e a aterrissar.

O interior do avião era cilíndrico, com uma fileira de assentos de metal simples de cada lado. Os homens tiveram dificuldade para prender os cintos de segurança em volta do equipamento, e alguns nem se deram o trabalho. A porta se fechou e os motores ganharam vida.

Woody estava ao mesmo tempo animado e com medo. De forma totalmente irracional, estava ansioso pelo início da batalha. Para sua surpresa, pegou-se impaciente para saltar, encontrar o inimigo e disparar suas armas. Queria que aquela espera acabasse.

Pensou se algum dia tornaria a ver Bella Hernandez.

Teve a impressão de sentir o avião penar para avançar pesadamente pela pista de decolagem. Com esforço, ele foi ganhando velocidade. Pareceu prosseguir pelo chão por uma eternidade. Por fim, Woody se perguntou qual seria a extensão daquela maldita pista. Então o avião finalmente decolou. A sensação de estar voando era tão pequena que Woody achou que o avião estivesse a poucos metros acima do solo. Então olhou para fora. Estava sentado ao lado da última das sete janelas, bem junto à porta, e pôde ver as luzes protegidas da base se afastarem aos poucos. Eles estavam no ar.

Apesar do céu encoberto, as nuvens emitiam uma luz tênue, provavelmente porque a lua havia surgido mais atrás. Na ponta de cada asa brilhava uma luzinha azul, e Woody pôde ver seu avião entrar em formação com outros, desenhando um gigantesco V no céu.

A cabine era tão barulhenta que, para se fazerem ouvir, eles tinham que gritar no ouvido uns dos outros, e as conversas logo cessaram. Todos se remexiam nos assentos duros, tentando em vão encontrar uma posição confortável. Alguns fecharam os olhos, mas Woody duvidou que alguém de fato estivesse dormindo.

Estavam voando baixo, a pouco mais de 300 metros, e de vez em quando ele via o cintilar opaco e cinzento de rios e lagos. Em determinado momento, avistou um grande grupo de pessoas: centenas de rostos erguidos para os aviões que rugiam no céu. Sabia que mais de mil aeronaves estavam sobrevoando o sul da Inglaterra ao mesmo tempo e deu-se conta de que isso devia ser uma visão extraordinária. Ocorreu-lhe que aquelas pessoas estavam testemunhando a história ser escrita e que ele fazia parte dessa história.

Meia hora depois, passaram pelos balneários ingleses e começaram a sobrevoar o mar. A lua brilhou por alguns instantes por uma brecha nas nuvens, e então Woody viu os navios. Mal pôde acreditar em seus olhos. Era uma verdadeira cidade flutuante: embarcações de todos os tamanhos navegando em fileiras irregulares como casas nas ruas de uma cidade, milhares delas, até onde a vista alcançava. Antes que pudesse chamar a atenção dos companheiros para aquela visão admirável, as nuvens tornaram a encobrir a lua e a imagem desapareceu como um sonho.

Os aviões fizeram uma curva aberta para a direita, a fim de chegar à França a oeste do ponto em que os paraquedistas começariam a saltar. Depois seguiriam para leste pelo litoral, verificando sua posição com a ajuda de marcos em terra, para garantir que os homens aterrissassem onde deveriam.

As Ilhas do Canal, que apesar de localizadas mais perto da França eram britânicas, tinham sido ocupadas pelos alemães após a batalha da França, em 1940. Portanto, quando a armada sobrevoou o arquipélago, a artilharia antiaérea alemã abriu fogo. Os Skytrains voavam em baixa altitude e estavam muito vulneráveis. Woody percebeu que poderia morrer antes mesmo de chegar ao campo de batalha. Detestaria morrer assim, em vão.

O capitão Bonner começou a voar em zigue-zague para evitar os tiros. Woody ficou grato por isso, mas o efeito da manobra foi lastimável nos soldados. Todos ficaram enjoados, até mesmo ele. Patrick Timothy foi o primeiro a sucumbir à náusea e vomitar no chão. O cheiro ruim piorou o mal-estar dos outros. Pete Furtivo vomitou em seguida, e depois vários outros ao mesmo tempo. Todos tinham se empanturrado de carne e sorvete e agora botavam tudo para fora. O fedor ficou insuportável, e o chão se transformou numa poça nojenta e escorregadia.

O curso do avião se estabilizou quando eles deixaram as ilhas para trás. Alguns minutos depois, o litoral da França apareceu. O avião se inclinou e virou à esquerda. O copiloto se levantou da cadeira e foi falar no ouvido do sargento Defoe, que se virou para o pelotão e ergueu os dez dedos. Dez minutos para o salto.

O avião desacelerou, passando da velocidade de cruzeiro de 250km/h para a velocidade adequada ao salto, cerca de 160km/h.

De repente, eles entraram no meio de um nevoeiro denso o suficiente para fazer sumir a luzinha azul na ponta da asa. O coração de Woody acelerou. Para aviões voando em formação cerrada, aquilo era perigosíssimo. Que tragédia seria morrer num acidente de avião, e não em combate. No entanto, tudo o que Bonner podia fazer era seguir um curso reto e plano e torcer para que nada acontecesse. Qualquer mudança de direção causaria uma colisão.

O avião saiu do nevoeiro tão de repente quanto havia entrado. De ambos os lados, como por milagre, os outros aviões permaneciam em formação.

A artilharia antiaérea abriu fogo quase no mesmo instante e, como se fossem flores mortais desabrochando, tiros começaram a explodir entre os aviões bem próximos uns dos outros. Woody sabia que, naquelas circunstâncias, as ordens do piloto eram manter a velocidade constante e voar direto para a zona-alvo. Bonner, porém, desobedeceu às ordens e saiu da formação. O rugido dos motores atingiu o volume máximo. Ele recomeçou a voar em zigue-zague. O nariz do avião mergulhou quando ele tentou aumentar ainda mais a velocidade. Ao olhar pela janela, Woody viu que muitos outros pilotos haviam sido igualmente indisciplinados. Não conseguiam controlar o impulso de salvar a própria vida.

A luz vermelha se acendeu acima da porta: quatro minutos para o salto.

Woody teve certeza de que a tripulação, desesperada para se livrar dos paraquedistas e voar de volta a um lugar seguro, tinha acendido a luz cedo demais. Mas era ela que estava com os mapas, e ele não podia reclamar.

Levantou-se.

– De pé, prendam as fitas! – ordenou.

A maioria dos homens não podia ouvi-lo, mas todos sabiam o que ele estava dizendo. Levantaram-se, e cada um deles prendeu sua fita de abertura automática ao cabo que corria acima de suas cabeças, para não serem acidentalmente jogados para fora do avião. A porta se abriu e o vento entrou na cabine com um rugido. O avião ainda voava rápido demais. Saltar naquela velocidade era desagradável, mas esse não era o maior problema. Eles iriam aterrissar mais afastados uns dos outros, e Woody levaria muito mais tempo para reunir seus homens em terra. A aproximação do objetivo ficaria atrasada. Ele começaria sua missão depois do horário marcado. Amaldiçoou Bonner.

O piloto continuou inclinando o avião para os lados, tentando se esquivar dos tiros. Os homens se esforçavam para manter o equilíbrio no chão escorregadio por causa do vômito.

Woody olhou pela porta aberta. Ao tentar ganhar velocidade, Bonner havia perdido altitude, e o avião estava agora a cerca de 150 metros do chão – baixo demais. Talvez os paraquedas não tivessem tempo de se abrir completamente antes de os homens chegarem ao chão. Ele hesitou, então acenou para chamar seu sargento.

Defoe postou-se ao seu lado e olhou para baixo, em seguida fez que não com a cabeça. Aproximando a boca do ouvido de Woody, gritou:

– Metade dos nossos homens vai quebrar o tornozelo se saltarmos desta altura. Os que estão carregando as bazucas vão morrer.

Woody tomou uma decisão.

– Não deixe ninguém saltar! – gritou para Defoe.

Então soltou sua fita e avançou, abrindo caminho por entre a dupla fileira de soldados em pé, até chegar à cabine de comando. A tripulação era composta por três homens. Gritando a plenos pulmões, Woody falou:

– Mais alto! Mais alto!

– Volte lá para trás e salte! – retrucou Bonner, aos berros.

– Ninguém vai saltar a esta altitude! – Woody se inclinou e apontou para o altímetro, que indicava 146 metros. – É suicídio.

– Saia da cabine, tenente. É uma ordem.

Apesar de hierarquicamente inferior, Woody não cedeu:

– Só quando o senhor ganhar altitude.

– Se vocês não saltarem agora, vamos passar da zona-alvo!

Woody perdeu a paciência:

– Mais alto, seu imbecil de merda! Mais alto!

A expressão de Bonner era de fúria, mas Woody não se mexeu. Sabia que o piloto não iria querer voltar para a base com um avião cheio. Seria submetido a um inquérito militar para saber o que dera errado. Bonner havia desobedecido a muitas ordens nessa noite para querer passar por isso. Soltando um palavrão, puxou o manche para trás com um tranco. O nariz empinou na mesma hora, e o avião começou a ganhar altitude e perder velocidade.

– Satisfeito? – rosnou Bonner.

– Merda, não! – Woody não estava disposto a voltar lá para trás e dar ao piloto a chance de reverter a manobra. – Nós pulamos a 300 metros.

Bonner aumentou a aceleração até o máximo. Woody manteve os olhos grudados no altímetro.

Quando atingiram 300 metros, voltou para a traseira. Abriu caminho entre os homens aos empurrões, chegou à porta, olhou para fora, ergueu os dois polegares e saltou.

O paraquedas se abriu na mesma hora. Enquanto o pano se inflava, ele despencou depressa pelo ar, e então a queda foi amparada. Segundos depois, caiu na água. Por uma fração de segundo, sentiu pânico, temendo que o covarde Bonner os houvesse feito saltar no mar. Mas então seus pés pisaram em terra firme – ou, mais precisamente, em lama – e ele entendeu que havia pousado num campo inundado.

A seda do paraquedas se espalhou à sua volta. Ele se desvencilhou do tecido e soltou as correias que o prendiam.

De pé em mais de meio metro de água, olhou em volta. Ou aquilo era um pasto alagado, ou, o que era mais provável, um terreno que fora inundado pelos alemães para prejudicar o avanço de uma força de invasão. Não viu ninguém, amigo ou inimigo, tampouco nenhum animal, mas a luz estava fraca.

Olhou para o relógio – eram 3h40 da madrugada –, verificou a bússola e se orientou.

Em seguida, tirou a carabina M1 do compartimento e desdobrou o cabo. Inseriu um pente de 15 tiros na fenda e acionou o slide para pôr uma bala na câmara. Por fim, girou a alavanca de segurança para soltá-la.

Levou a mão ao bolso e pegou um objeto metálico pequeno, parecido com um brinquedo de criança. Quando pressionado, ele emitia um clique específico. Objetos como aquele tinham sido distribuídos a todos os homens, para que fossem capazes de se reconhecer no escuro sem ter que recorrer a senhas em inglês que poderiam denunciá-los.

Quando ficou pronto, tornou a olhar em volta.

Emitiu dois cliques para testar o sinal. Instantes depois, recebeu outro clique em resposta, logo à sua frente.

Ele avançou chapinhando pela água. Sentiu cheiro de vômito. Em voz baixa, perguntou:

– Quem está aí?

– Patrick Timothy.

– Tenente Dewar. Venha comigo.

Timothy tinha sido o segundo a saltar, então Woody calculou que, seguindo na mesma direção, teria uma boa chance de encontrar os outros.

Uns cinquenta metros mais adiante, trombou com Mack e Joe Fumaça, que já haviam se encontrado.

Saíram do terreno alagado e chegaram a uma estrada estreita, onde viram as primeiras baixas. O impacto da aterrissagem de Lonnie e Tony, ambos com bazucas presas em bolsas nas pernas, havia sido forte demais.

– Acho que Lonnie morreu – disse Tony.

Woody foi verificar. Era verdade. Lonnie não estava respirando. Parecia ter quebrado o pescoço. Tony, por sua vez, não conseguia se mexer, e Woody deduziu que ele tivesse quebrado a perna. Aplicou-lhe uma injeção de morfina, em seguida arrastou-o para fora da estrada até o terreno adjacente. Ele teria que ficar ali esperando socorro médico.

Woody mandou Mack e Joe Fumaça esconderem o corpo de Lonnie, por medo de que, através dele, os alemães chegassem a Tony.

Tentou distinguir a paisagem à sua volta, esforçando-se para reconhecer algo que correspondesse a seu mapa. A tarefa lhe pareceu impossível, sobretudo no escuro. Como guiaria aqueles homens até o objetivo se nem sabia onde estava? A única coisa da qual podia ter razoável certeza era que eles não haviam aterrissado onde deviam.

Ouviu um barulho estranho e, instantes depois, viu uma luz.

Acenou para os outros se abaixarem.

Os paraquedistas tinham instruções para não usar as lanternas, e os franceses estavam sujeitos a um toque de recolher, de modo que a pessoa que se aproximava devia ser um soldado alemão.

À luz débil, Woody viu uma bicicleta.

Levantou-se e empunhou a carabina. Pensou em atirar logo, mas não conseguiu se forçar a fazer isso.

– *Halt! Arrêtez!* – gritou.

A bicicleta parou.

– Oi, tenente – disse a pessoa que pedalava.

Woody reconheceu a voz de Ace Webber e baixou a arma.

– Onde você arrumou essa bicicleta? – perguntou, incrédulo.

– Do lado de fora de uma fazenda – respondeu Webber, lacônico.

Woody conduziu o grupo por onde Webber tinha vindo, imaginando que fosse mais provável os outros estarem naquela direção do que em qualquer outra. Ansioso, foi procurando marcos no terreno que correspondessem ao seu mapa, mas estava escuro demais. Sentiu-se inútil, burro. Era um oficial. Tinha que resolver esse tipo de problema.

Recolheu outros homens de seu pelotão pelo caminho, e então chegaram a um moinho. Woody decidiu que não podia continuar avançando às cegas, então deu a volta no moinho e esmurrou a porta.

Uma janela se abriu no andar de cima e um homem perguntou, em francês:

– Quem é?

– Americanos – respondeu Woody. – *Vive la France!*

– O que vocês querem?

– Libertá-los – respondeu Woody com seu francês de colegial. – Mas preciso de ajuda com meu mapa.

O moleiro riu e falou:

– Já vou descer.

No minuto seguinte, Woody estava na cozinha, abrindo o mapa de tecido sobre a mesa, debaixo de uma luz forte. O moleiro lhe mostrou onde estavam. Não era tão ruim quanto Woody temia. Apesar do pânico do capitão Bonner, estavam apenas 6,5 quilômetros a nordeste de Église-des-Soeurs. O moleiro indicou o melhor trajeto no mapa.

Uma menina de uns 13 anos entrou na cozinha de camisola, pé ante pé.

– Maman disse que vocês são americanos – falou para Woody.

– Isso mesmo, mademoiselle – respondeu ele.

– Conhecem Gladys Angelus?

Woody riu.

– Por acaso eu a encontrei uma vez, no apartamento do pai de um amigo.

– E ela é muito, muito linda?

– Ainda mais linda do que parece no cinema.

– Eu sabia!

O moleiro ofereceu vinho a Woody.

– Não, obrigado – respondeu ele. – Quem sabe depois que ganharmos.

Então o moleiro o beijou nas duas faces.

Woody tornou a sair e conduziu seu pelotão para longe dali, em direção a Église-des-Soeurs. Contando com ele próprio, nove dos 18 homens que haviam partido estavam reunidos. Tinham sofrido duas baixas: Lonnie, morto, e Tony, ferido. Sete outros ainda não haviam sido encontrados. Suas ordens eram de não passar muito tempo tentando encontrar todo mundo. Assim que tivesse homens suficientes para dar conta da operação, devia seguir para o alvo.

Um dos sete sumidos logo apareceu. Pete Furtivo surgiu de dentro de uma vala e juntou-se ao grupo com um "Oi, pessoal" casual, como se aquilo fosse a coisa mais natural do mundo.

– O que você estava fazendo ali dentro? – perguntou-lhe Woody.

– Pensei que vocês fossem alemães – respondeu Pete. – Estava escondido.

Woody tinha visto o brilho pálido da seda do paraquedas dentro da vala. Pete devia estar escondido lá dentro desde a aterrissagem. Obviamente havia entrado em pânico. Mas Woody fingiu acreditar na sua história.

Ele queria mesmo era encontrar seu sargento. Defoe era um soldado experiente e Woody pretendia contar muito com sua ajuda. Mas ele não apareceu.

Estavam se aproximando de uma encruzilhada quando ouviram um barulho. Woody identificou o som de um motor ligado e duas ou três vozes conversando. Mandou todos se abaixarem, e o pelotão prosseguiu engatinhando.

Mais à frente, viu que um motociclista conversava com dois homens a pé. Os três estavam de uniforme. Falavam alemão. Havia uma construção na encruzilhada, talvez uma pequena taberna ou uma padaria.

Woody decidiu esperar. Talvez os alemães fossem embora. Queria que seu grupo avançasse em silêncio e sem ser visto pelo máximo de tempo possível.

Cinco minutos depois, perdeu a paciência. Virou-se para trás e sussurrou:

– Patrick Timothy!

Alguém disse:

– Pat Vomitão! O Uísque está chamando.

Timothy se aproximou. Continuava cheirando a vômito e esse agora era seu apelido.

Woody já tinha visto Timothy jogar beisebol e sabia que ele arremessava com força e precisão.

– Acerte uma granada naquela moto – falou.

Timothy pegou uma granada na mochila, puxou o pino e a arremessou.

Um retinir metálico ecoou.

– O que foi isso? – perguntou um dos alemães.

Então a granada explodiu.

Foram duas detonações. A primeira derrubou os três homens no chão. A segunda foi a explosão do tanque da motocicleta, que projetou no ar uma coroa de chamas que chamuscou os homens, produzindo um cheiro de carne queimada.

– Fiquem onde estão! – gritou Woody para seu pelotão.

Observou a construção. Será que havia alguém lá dentro? Durante os cinco minutos seguintes, ninguém abriu nenhuma janela ou porta. Ou o lugar estava deserto, ou os ocupantes estavam escondidos debaixo da cama.

Woody se levantou e acenou para que o pelotão avançasse. Sentiu-se estranho ao passar por cima dos cadáveres pavorosos dos três alemães. Havia ordenado a morte de homens que tinham mães e pais, esposas ou namoradas, talvez filhos. Agora, os três não passavam de uma horrorosa massa de sangue e carne queimada. Woody deveria ter experimentado uma sensação de vitória. Era o seu primeiro contato com o inimigo, e ele os derrotara. Mas tudo o que sentiu foi uma leve náusea.

Depois da encruzilhada, impôs um ritmo acelerado e ordenou aos homens que não conversassem nem fumassem. Para manter o nível de energia, comeu uma barra de chocolate militar, que tinha gosto de argamassa com açúcar.

Meia hora mais tarde, Woody ouviu o barulho de um carro e mandou todos se esconderem nos campos. O veículo andava depressa, com os faróis ligados. Devia ser alemão, mas os Aliados estavam mandando jipes de planador junto com armas antitanque e outras peças de artilharia, então era possível que aquele fosse um veículo amigo. Deitou-se sob uma sebe para vê-lo passar.

O carro passou depressa demais para Woody identificá-lo. Ele pensou se deveria ter mandado o pelotão atirar. Não, decidiu: pensando bem, era melhor se concentrarem na missão.

Atravessaram três vilarejos que Woody conseguiu identificar no mapa. Cães ladravam de vez em quando, mas ninguém saiu para investigar. Os franceses deviam ter aprendido a ser discretos sob a ocupação inimiga. Era um tanto sinistro esgueirar-se pelas estradas de um país estrangeiro no escuro, armado até os dentes, passando por casas silenciosas em que as pessoas dormiam sem saber do poder de fogo mortal que havia bem debaixo de suas janelas.

Por fim, chegaram aos arredores de Église-des-Soeurs. Woody ordenou uma pausa curta para descansar. Eles entraram num pequeno bosque e se sentaram no chão. Beberam água dos cantis e comeram. Fumar ainda estava proibido: a brasa de um cigarro aceso podia ser vista de uma distância surpreendente.

Segundo a avaliação de Woody, a estrada em que seguiam deveria conduzir diretamente à ponte. Não existia nenhuma informação confiável sobre como a ponte estava sendo protegida. Como os Aliados tinham decidido que ela era um ponto importante, imaginou que os alemães achassem a mesma coisa, então devia haver alguma segurança; mas isso podia significar qualquer coisa, desde um homem armado com um fuzil até um pelotão inteiro. Woody só poderia planejar o ataque quando visse o alvo.

Dez minutos depois, deu a ordem para avançar. Os homens não precisavam mais ser alertados sobre a necessidade de fazer silêncio: podiam pressentir o perigo. Seguiram pela rua sem barulho, passando por casas, igrejas e lojas, mantendo-se junto às paredes, estreitando os olhos para tentar enxergar na penumbra, sobressaltando-se com qualquer ruído. Uma tosse alta e repentina vinda da janela aberta de um quarto quase fez Woody disparar a carabina.

Église-des-Soeurs estava mais para um vilarejo grande do que para uma cidade pequena, e Woody viu o cintilar cor de prata do rio antes do que esperava. Ergueu uma das mãos para que todos parassem. A rua principal levemente inclinada descia em direção à ponte, o que lhe proporcionou uma boa visão. O curso de água tinha uns trinta metros de largura, e a ponte era uma estrutura única, em arco. Devia ser uma construção antiga: de tão estreita, seria impossível que dois carros passassem lado a lado.

A má notícia era que havia uma casamata em cada extremidade: duas cúpulas gêmeas de concreto, com fendas horizontais para atirar. Uma dupla de sentinelas patrulhava a ponte entre as casamatas. Estavam de pé, um em cada ponta. O mais próximo falava junto à fenda da casamata, provavelmente conversando com quem estava lá dentro. Então ambos andaram até o meio da ponte, onde olharam por cima do parapeito para a água negra que passava lá embaixo. Como não pareciam muito tensos, Woody concluiu que ainda não tinham conhecimento do início da invasão. Por outro lado, não estavam à toa. Permaneciam atentos, moviam-se e olhavam em volta com uma atitude relativamente alerta.

Woody não sabia dizer quantos homens poderiam estar dentro da casamata, nem como eles estariam armados. Haveria metralhadoras atrás daquelas fendas? Ou apenas fuzis? Isso faria uma grande diferença.

Desejou ter alguma experiência de batalha. Como deveria lidar com aquela situação? Imaginou que havia milhares de homens na mesma situação que ele: oficiais de patente baixa recém-promovidos que simplesmente tinham que improvisar à medida que avançavam. Se ao menos o sargento Defoe estivesse ali...

O jeito mais fácil de neutralizar uma casamata era se aproximar sem ser visto e atirar uma granada pela fenda. Um homem habilidoso provavelmente conseguiria rastejar até uma delas sem ser notado. Mas Woody precisava eliminar as duas ao mesmo tempo, caso contrário o ataque à primeira alertaria os ocupantes da segunda.

Como poderia chegar à casamata mais afastada sem ser visto pelas sentinelas?

Sentiu que seus homens ficavam inquietos. Não gostavam de pensar que seu líder estava inseguro quanto ao próximo passo.

– Pete Furtivo – chamou Woody –, rasteje até a casamata mais próxima e jogue uma granada pela fenda.

Apesar de aterrorizado, Pete respondeu:

– Sim, tenente.

Em seguida, Woody escolheu os dois melhores atiradores do pelotão.

– Joe Fumaça e Mack, escolham um sentinela cada um – ordenou. – Atirem assim que Pete lançar a granada.

Os dois soldados aquiesceram e ergueram as armas.

Na falta de Defoe, Woody decidiu tornar Ace Webber seu braço direito. Escolheu quatro outros e falou:

– Vocês vão com Webber. Assim que os tiros começarem, saiam correndo a toda a velocidade pela ponte e invadam a casamata do outro lado. Se forem rápidos o suficiente, pegarão os caras dormindo.

– Sim, tenente – respondeu Webber. – Os filhos da mãe não vão nem saber o que aconteceu.

Woody pensou que a agressividade do soldado devia ser para disfarçar o medo.

– Todos os que não estiverem no grupo de Webber, sigam-me até a casamata mais próxima – acrescentou.

Woody se sentia mal por delegar a Webber e seu grupo a tarefa mais perigosa e ficar com a relativa segurança de atacar a casamata mais próxima. No entanto, lhe disseram repetidas vezes que um oficial não devia arriscar a vida sem necessidade, pois poderia deixar seus homens sem liderança.

Eles seguiram em direção à ponte, com Pete na frente. Aquele era um momento perigoso. Dez homens andando juntos por uma rua não passariam despercebidos por muito tempo, nem mesmo à noite. Qualquer um que olhasse com atenção na sua direção poderia detectar movimento.

Se o alarme fosse dado cedo demais, Pete Furtivo talvez não conseguisse chegar à casamata mais próxima, e o pelotão perderia a vantagem da surpresa.

O caminho foi longo.

Pete chegou a uma esquina e parou. Woody imaginou que o soldado estivesse esperando a sentinela mais próxima sair de seu posto junto à casamata e andar até o meio da ponte.

Os dois atiradores encontraram abrigo e se posicionaram.

Woody se abaixou sobre um dos joelhos e acenou para que os outros fizessem o mesmo. Ficaram todos observando a sentinela.

O homem deu um trago fundo no cigarro, jogou-o no chão, pisou na guimba para apagá-la e soltou uma comprida nuvem de fumaça. Então se levantou, ajeitou a correia do fuzil no ombro e começou a andar.

A sentinela na outra extremidade também se pôs em movimento.

Pete correu pelo último quarteirão e chegou ao final da rua. Agachou-se no chão e atravessou depressa, engatinhando. Chegou à casamata e se levantou.

Ninguém percebeu nada. Os dois sentinelas continuaram andando um na direção do outro.

Pete sacou uma granada e tirou o pino. Então aguardou alguns segundos. Woody deduziu que ele não quisesse que os homens dentro da casamata tivessem tempo de atirar a granada de volta para fora.

Pete esticou o braço pela curva da cúpula de cimento e deixou a granada cair lá dentro delicadamente.

As carabinas de Joe e Mack dispararam. A sentinela mais próxima tombou, mas a que estava mais longe ficou ilesa. Corajosamente, não deu meia-volta e saiu correndo, mas abaixou-se sobre um dos joelhos e tirou o fuzil do ombro. No entanto, não foi rápido o suficiente: as carabinas atiraram novamente, quase ao mesmo tempo, e ele caiu sem disparar.

Então, com um baque abafado, a granada de Pete explodiu dentro da casamata mais próxima.

Woody já estava correndo a toda a velocidade, com seus homens logo atrás. Em poucos segundos, chegaram à ponte.

A casamata tinha uma porta baixa de madeira. Woody a abriu e entrou. Três alemães de uniforme jaziam mortos no chão.

Ele se aproximou de uma das fendas de tiro e olhou para fora. Webber e seus quatro homens estavam correndo pela ponte curta, atirando na casamata mais distante enquanto avançavam. A ponte tinha apenas algumas dezenas de metros, mas a distância se revelou excessiva. Quando os americanos chegaram à metade, uma metralhadora abriu fogo. Eles ficaram encurralados num corredor estreito, sem nenhuma proteção. A metralhadora disparava num ritmo enlouquecedor e, em poucos segundos, todos os cinco caíram. Os tiros continuaram a chover sobre eles por vários segundos, para garantir que estivessem mortos – e, de quebra, certificando também a morte das duas sentinelas alemãs.

Quando os tiros cessaram, nenhum deles se mexeu.

Houve silêncio.

– Ah, meu Pai do céu – disse Cameron Canhoto ao lado de Woody.

Woody poderia ter chorado. Tinha provocado a morte de dez homens – cinco americanos e cinco alemães – e mesmo assim não alcançara seu objetivo. O inimigo continuava ocupando a outra extremidade da ponte e poderia impedir as forças Aliadas de atravessá-la.

Restavam-lhe quatro homens. Se tentassem avançar correndo pela ponte, seriam todos mortos. Ele precisava de outro plano.

Estudou a paisagem do vilarejo. O que mais poderia fazer? Desejou ter um tanque.

Tinha que agir depressa. Talvez houvesse tropas inimigas em outro lugar da cidade. Elas deviam ter sido alertadas pelos tiros e logo iriam reagir. Se tomasse as duas casamatas, ele poderia resistir. Sem isso, estaria encrencado.

Se os seus homens não conseguissem atravessar a ponte, pensou, desesperado, talvez pudessem atravessar o rio a nado. Resolveu dar uma olhada rápida na margem. Então falou:

– Mack e Joe Fumaça, atirem na outra casamata. Vejam se conseguem acertar uma bala pela fenda. Mantenham os caras ocupados enquanto dou uma olhada em volta.

As carabinas abriram fogo e ele saiu pela porta.

Conseguiu se abrigar atrás da casamata enquanto olhava por sobre o parapeito da ponte para o trecho mais acima na margem do rio. Então teve que atravessar a rua correndo para ver a outra margem. No entanto, nenhum tiro foi disparado pelos inimigos.

O rio não tinha muro de contenção. A terra simplesmente descia até a água. A outra margem parecia igual, embora não houvesse luz suficiente para ter certeza. Um bom nadador conseguiria atravessar. Sob o arco, não seria fácil vê-lo da posição inimiga. Ele então poderia repetir na outra ponta o que Pete Furtivo tinha feito na mais próxima: lançar uma granada dentro da casamata.

Ao examinar a estrutura da ponte, teve uma ideia melhor: abaixo do parapeito, uma saliência de uns trinta centímetros de largura a margeava por fora. Um homem com nervos de aço poderia atravessar por ali, abaixado, sem ser visto.

Woody voltou para a casamata conquistada. O mais baixo de seus homens era Cameron Canhoto. Era também muito ousado: não costumava ficar nervoso.

– Canhoto – chamou Woody –, há uma saliência escondida que margeia a parte externa da ponte, logo abaixo do parapeito. Deve ser para operários usarem durante uma eventual reforma. Quero que você rasteje até o outro lado e atire uma granada dentro daquela casamata.

– Pode deixar comigo – respondeu Canhoto.

Era uma resposta corajosa para alguém que acabara de ver cinco companheiros serem mortos.

Woody se virou para Mack e Joe Fumaça e disse:

– Deem cobertura a ele.

Os dois começaram a atirar.

– E se eu cair? – perguntou Canhoto.

– São só uns cinco metros até a água, seis no máximo – respondeu Woody. – Você vai ficar bem.

– Certo – respondeu Canhoto. Ele foi até a porta da casamata. – Só que eu não sei nadar – completou, e então saiu.

Woody o viu atravessar a rua correndo. Ele olhou por cima do parapeito, em seguida passou as pernas para o outro lado e se abaixou até sumir de vista.

– Muito bem – disse Woody aos outros. – Cessar fogo! Ele está a caminho.

Todos ficaram observando. Nada se movia. Woody percebeu que a aurora estava chegando: já dava para ver melhor a cidade. Mas nenhum dos moradores apareceu: eles sabiam que era perigoso. Talvez as tropas alemãs estivessem se mobilizando em alguma rua vizinha, mas ele não ouviu nada. Deu-se conta de que estava atento esperando escutar o ruído de um mergulho, com medo de que Canhoto caísse no rio.

Um cachorro atravessou a ponte correndo: era um vira-lata de porte médio, com um rabo curvo empinado no ar numa atitude atrevida. Depois de farejar os cadáveres com interesse, seguiu em frente, decidido, como se tivesse um compromisso importante em algum outro lugar. Woody o viu passar pela casamata mais distante e seguir rumo ao outro lado da cidade.

Estava amanhecendo. Isso significava que a força principal estava desembarcando nas praias. Alguém tinha dito que aquele era o maior ataque anfíbio da história da guerra. Ele se perguntou que tipo de resistência os invasores iriam encontrar. Não havia nada mais vulnerável que um soldado carregado de material chapinhando pelo mar raso: o terreno plano da praia à sua frente proporcionava um campo desimpedido para atiradores escondidos nas dunas. Woody sentiu-se grato por aquela casamata de concreto.

Canhoto estava demorando. Será que tinha caído na água sem fazer barulho? Será que alguma coisa saíra errado?

Então Woody o viu: uma forma esguia, vestida de cáqui, passando de bruços por cima do parapeito na outra extremidade da ponte. Prendeu a respiração. Canhoto se ajoelhou no chão, engatinhou até a casamata e então se levantou, com as costas grudadas no domo curvo de concreto. Com a mão esquerda, sacou uma granada. Puxou o pino, aguardou alguns segundos e então esticou o braço, lançando a granada pela fenda.

Woody ouviu o baque da explosão e viu um clarão de luz forte sair das fendas de tiro. Canhoto ergueu os dois braços acima da cabeça, com o gesto de um campeão.

– Proteja-se de novo, seu babaca – disse Woody, mesmo que Canhoto não pudesse ouvi-lo. Talvez houvesse algum soldado alemão escondido num prédio ali perto, esperando para vingar a morte dos companheiros.

Mas nenhum tiro ecoou e, depois de uma curta dancinha da vitória, Canhoto entrou na casamata e Woody respirou aliviado.

No entanto, ainda não estava totalmente seguro. Àquela altura, uma investida súbita de duas dezenas de alemães poderia retomar a ponte. Então tudo teria sido em vão.

Obrigou-se a esperar mais um minuto para ver se algum soldado inimigo aparecia. Nada se moveu. Estava começando a parecer que não havia alemão nenhum em Église-des-Soeurs além dos que vigiavam a ponte. Eles provavelmente deviam ser substituídos a cada 12 horas por outros soldados vindos de alguma caserna a poucos quilômetros dali.

– Joe Fumaça, livre-se dos alemães mortos – ordenou. – Jogue-os no rio.

Joe arrastou os três corpos para fora da casamata e os lançou na água, depois fez o mesmo com as duas sentinelas.

– Pete, Mack – continuou Woody –, vão até a outra casamata e fiquem com Canhoto. Não baixem a guarda. Ainda não matamos todos os alemães da França. Se virem algum soldado inimigo se aproximando da sua posição, não hesitem, não negociem: simplesmente atirem.

Os dois homens saíram da casamata e atravessaram a ponte em passo acelerado até a outra ponta.

A casamata mais distante estava agora ocupada por três americanos. Se os alemães tentassem retomar a ponte, teriam dificuldade, sobretudo com o dia cada vez mais claro.

Então Woody percebeu que, se alguma força inimiga se aproximasse, os americanos mortos no meio da ponte delatariam a tomada das casamatas. Sem isso, ele poderia conservar o elemento-surpresa.

Isso significava que também tinha que se livrar dos cadáveres americanos.

Avisou aos outros o que iria fazer, então saiu da casamata.

O ar matinal lhe pareceu fresco e limpo.

Foi até o meio da ponte. Verificou cada corpo em busca de pulsação, mas não restava dúvida: estavam todos mortos.

Um a um, pegou os companheiros e jogou-os por cima do parapeito.

O último foi Ace Webber. Quando o corpo do rapaz bateu na água, Woody falou:

– Descansem em paz, amigos.

Ficou parado por alguns segundos, de cabeça baixa e olhos fechados.

Quando se virou, o sol estava nascendo.

VII

O grande temor dos planejadores da invasão Aliada era que os alemães reforças-sem rapidamente suas tropas na Normandia e organizassem um forte contra-ataque capaz de repelir os invasores de volta para o mar, numa repetição do desastre de Dunquerque.

Lloyd Williams estava entre os homens que tentavam garantir que isso não acontecesse.

Sua tarefa de ajudar prisioneiros foragidos a voltar para casa se tornara de baixa prioridade após a invasão, e ele agora estava trabalhando com a resistência francesa.

No fim de maio, a BBC transmitira mensagens em código que deram início a uma campanha de sabotagem na França ocupada pelos alemães. Nos primeiros dias de junho, centenas de linhas telefônicas foram cortadas, geralmente em lu-gares de difícil acesso. Depósitos de gasolina foram incendiados; estradas, blo-queadas por árvores; pneus, cortados.

Lloyd estava ajudando os ferroviários, que eram comunistas fervorosos e se autodenominavam *Résistance Fer*, a "resistência férrea". Durante anos, haviam enlouquecido os nazistas com sua subversão dissimulada. Trens que transportavam soldados alemães iam parar, sabia-se lá como, em linhas secundárias obscuras, a muitos quilômetros de seu destino. Locomotivas quebravam sem explicação, va-gões descarrilavam. A situação era tão grave que os ocupantes mandaram buscar ferroviários na Alemanha para administrar o sistema. Mas os problemas só pio-raram. Na primavera de 1944, os ferroviários franceses começaram a danificar sua própria malha. Explodiram trilhos e sabotaram os pesados guindastes neces-sários para remover trens acidentados.

Os nazistas não aceitaram tudo isso passivamente. Centenas de ferroviários foram executados e milhares deportados para campos. Mas a campanha se inten-sificava e, quando o Dia D chegou, o tráfego em algumas partes da França havia sido paralisado.

Agora, no dia seguinte ao Dia D, Lloyd estava no alto do barranco junto à linha principal que seguia para Rouen, capital da Normandia, num ponto em que os trilhos entravam num túnel. Daquela posição, podia ver um trem se aproximando a quase dois quilômetros de distância.

Estava acompanhado por dois outros homens, cujos codinomes eram Légionnaire e Cigare. Légionnaire era o chefe da Resistência na sua região. Cigare trabalhava na ferrovia. Lloyd trouxera a dinamite. Fornecer armamentos era o principal papel dos britânicos na Resistência francesa.

Os três estavam parcialmente escondidos pelo mato alto salpicado de flores silvestres. Aquele era o tipo de lugar aonde se poderia levar uma garota num dia bonito como o que fazia, pensou Lloyd. Daisy teria gostado.

Um trem surgiu ao longe. Enquanto o comboio se aproximava, Cigare o observava. Com cerca de 60 anos, Cigare era musculoso, magro e baixinho, e tinha o rosto enrugado de um fumante inveterado. Quando o trem ainda estava a cerca de meio quilômetro, balançou a cabeça numa negativa. Aquele não era a composição que eles estavam esperando. A locomotiva passou cuspindo fumaça e entrou no túnel. Puxava quatro vagões de passageiros, todos lotados, transportando uma mistura de civis e militares. Lloyd tinha presas mais importantes para capturar.

Légionnaire olhou para o relógio. Tinha a pele bem morena e um bigode preto, e Lloyd imaginou que devesse ter antepassados africanos. Agora, estava nervoso. Os três encontravam-se muito expostos, ao ar livre, em plena luz do dia. Quanto mais tempo ficassem ali, maiores as chances de serem vistos.

– Quanto falta? – perguntou Légionnaire, preocupado.

Cigare deu de ombros.

– Vamos ver.

– Se quiser, já pode ir – disse Lloyd em francês. – Está tudo pronto.

Légionnaire não respondeu. Não iria perder a ação. Em nome de seu prestígio e de sua autoridade, queria poder dizer: "Eu estava lá."

Cigare ficou mais tenso e, numa tentativa de enxergar ao longe, estreitou os olhos, fazendo a pele em volta deles se enrugar.

– Então – falou, enigmático. Ergueu-se até ficar de joelhos.

Lloyd mal conseguia ver o trem, muito menos identificá-lo, mas Cigare estava alerta. Uma coisa Lloyd pôde perceber: aquele trem estava andando bem mais depressa do que o anterior. Conforme a composição foi se aproximando, ele observou também que era mais comprida: 24 vagões no mínimo.

– É esse – afirmou Cigare.

O pulso de Lloyd se acelerou. Se Cigare estivesse certo, aquele era um trem militar alemão transportando mais de mil oficiais e soldados para os campos de batalha da Normandia – talvez o primeiro de muitos. A tarefa de Lloyd era garantir que nem aquele, nem qualquer outro que viesse depois dele atravessasse o túnel.

Foi então que viu outra coisa. Um avião seguia o trem. Enquanto ele observava, a aeronave alinhou seu curso ao do trem e começou a perder altitude.

Era britânica.

Lloyd reconheceu o modelo: um caça-bombardeiro Hawker Typhoon, apelidado de Tiffy. Os Tiffies eram tripulados por um homem só e muitas vezes recebiam a perigosa missão de penetrar fundo nas linhas inimigas para perturbar as comunicações. Que piloto corajoso, pensou Lloyd.

Mas aquele avião não fazia parte de seus planos. Ele não queria que o trem fosse destruído antes de chegar ao túnel.

– Que merda! – praguejou.

O Tiffy disparou uma rajada de metralhadora nos vagões.

– Que diabo é isso? – perguntou Légionnaire.

– Não faço a mínima ideia – respondeu Lloyd em inglês.

Podia ver que a locomotiva puxava um misto de vagões de passageiros e de gado. Mas os vagões de animais provavelmente também transportavam pessoas.

Agora voando mais rápido, o avião sobrevoou o trem e metralhou os vagões. Era equipado com quatro canhões de 20mm alimentados por uma cinta, que produziam um barulho assustador, mais alto que o rugido do motor do avião e que o enérgico resfolegar do trem. Lloyd não pôde evitar sentir certa pena dos soldados presos lá dentro, sem poder se abrigar daquela chuva letal de balas. Perguntou-se por que o piloto não disparava seus foguetes. Embora fosse difícil de mirá-los com precisão, tinham alto poder de destruição quando lançados sobre trens e carros. Talvez já tivessem sido disparados contra um alvo anterior.

Alguns dos alemães puseram a cabeça corajosamente para fora das janelas com o intuito de disparar, em vão, pistolas e fuzis contra o avião.

Foi então que Lloyd viu uma bateria antiaérea montada em cima de um vagão plano logo atrás da locomotiva. Dois artilheiros armavam apressadamente a grande peça de artilharia. Ela girou na base e o cano se ergueu em direção à aeronave.

O piloto parecia não ter visto nada, pois manteve o curso e seguiu sobrevoando o trem, disparando rajadas no teto dos vagões.

A peça de artilharia disparou e errou.

Lloyd imaginou se conheceria o piloto. Apenas uns cinco mil homens integravam o serviço ativo da RAF por vez. Muitos deles já tinham ido às festas de Daisy.

Lloyd pensou em Hubert St. John, um rapaz brilhante formado em Cambridge com quem, algumas semanas antes, ele conversara, recordando os tempos de estudante; em Dennis Chaucer, caribenho de Trinidad que reclamava muito da insossa comida inglesa, principalmente do purê de batatas que parecia acompanhar todas as refeições; e em Brian Mantel, australiano simpático que Lloyd guiara em sua última travessia dos Pireneus. O corajoso piloto do Tiffy podia muito bem ser alguém com quem ele já tivesse cruzado.

A bateria antiaérea tornou a disparar e errou de novo.

Ou o piloto não a tinha visto, ou achava que não pudesse ser atingido, pois não fez nenhuma manobra para se esquivar. Em vez disso, continuou a voar perigosamente baixo e a alvejar sem dó o trem de soldados.

A locomotiva estava a poucos segundos do túnel quando o avião foi atingido.

Chamas jorraram do motor do Tiffy, que começou a soltar uma fumaça preta. O piloto se desviou dos trilhos do trem, mas já era tarde.

A composição entrou no túnel e os vagões foram passando velozes pelo ponto em que Lloyd estava. Ele viu que todos encontravam-se lotados, com centenas de soldados alemães.

O Tiffy veio voando bem para cima de Lloyd. Por um instante, ele pensou que seria atingido. Embora já estivesse deitado no chão, levou as mãos à cabeça como se esse gesto estúpido pudesse protegê-lo.

O Tiffy passou rugindo uns trinta metros acima dele.

Então Légionnaire pressionou o detonador.

Um rugido semelhante ao de um trovão ecoou dentro do túnel quando os trilhos explodiram, seguido por um terrível guinchar de aço retorcido.

No início, os vagões cheios de soldados continuaram a passar depressa, mas no instante seguinte seu avanço foi interrompido. As pontas de dois vagões interligados se ergueram no ar, formando um V invertido. Lloyd ouviu os homens lá dentro gritarem. Todos os vagões descarrilaram e tombaram na entrada do túnel, como se fossem palitos de fósforo. Peças de ferro se amassaram feito papel e uma chuva de cacos de vidro atingiu os sabotadores, que assistiam a tudo de cima do barranco. Os três corriam o risco de morrer por causa da explosão que eles mesmos haviam provocado e, sem dizer nada, se levantaram e saíram correndo.

Quando alcançaram uma distância segura, tudo já havia terminado. Uma coluna de fumaça subia do túnel: no caso improvável de algum dos homens a bordo ter sobrevivido ao acidente, iria morrer queimado.

O plano de Lloyd tinha sido um sucesso. Ele não apenas matara centenas de soldados inimigos e destruíra um trem como também bloqueara uma ferrovia importante. Em casos de acidentes em túneis, levava semanas para que as vias fossem liberadas. Aquilo dificultaria muito que os alemães reforçassem suas defesas na Normandia.

Ele estava horrorizado.

Tinha visto morte e destruição na Espanha, mas nada que se comparasse àquilo. E fora ele o responsável.

Um novo estrondo ecoou e, quando ele olhou na direção do barulho, viu que o Tiffy tinha caído. Embora o avião estivesse em chamas, a fuselagem não fora afetada. Talvez o piloto estivesse vivo.

Correu em direção ao avião, com Cigare e Légionnaire em seu encalço.

A aeronave acidentada havia caído de barriga. Uma das asas se partira ao meio. O motor soltava fumaça. A tampa de acrílico estava escurecida pela fuligem, por isso Lloyd não conseguiu ver o piloto.

Pisou na asa e soltou o trinco da tampa. Cigare fez o mesmo do outro lado. Juntos deslizaram-na para trás.

O piloto estava desacordado. Usava capacete, óculos e uma máscara de oxigênio cobrindo o nariz e a boca. Lloyd não soube dizer se era alguém conhecido.

Perguntou-se onde estaria o tanque de oxigênio e se este já teria estourado.

Légionnaire teve um pensamento parecido.

– Temos que tirá-lo daqui antes que o avião exploda – falou.

Lloyd esticou a mão para dentro do cockpit e soltou o cinto de segurança. Então segurou o piloto pelas axilas e o puxou. O homem estava totalmente inerte. Lloyd não tinha como saber quais eram os seus ferimentos. Nem tinha certeza de que ele estava vivo.

Arrastou-o para fora do cockpit e carregou-o sobre o ombro como um bombeiro até uma distância segura do avião. Com a maior delicadeza possível, deitou o homem no chão de barriga para cima.

Ouviu um barulho, um misto de ar se deslocando e pancada, e ao olhar para trás viu que o avião estava em chamas.

Curvou-se por cima do piloto e, cuidadosamente, tirou os óculos e a máscara de oxigênio. O rosto era tão familiar que Lloyd teve um choque.

O piloto era Boy Fitzherbert.

E ele estava respirando.

Lloyd limpou o sangue de seu nariz e de sua boca.

Boy abriu os olhos. No início não pareceu haver qualquer sinal de discernimento por trás deles. Então, um minuto depois, sua expressão se alterou e ele disse:

– Você.

– Nós explodimos o trem – disse Lloyd.

Boy parecia incapaz de mover qualquer coisa além dos olhos e da boca.

– Que mundo pequeno – falou.

– Não é?

– Quem é esse? – perguntou Cigare.

Lloyd hesitou antes de responder:

– Meu irmão.

– Meu Deus!

Boy fechou os olhos.

– Precisamos de um médico – disse Lloyd a Légionnaire.

O francês fez que não com a cabeça.

– Temos que sair daqui. Os alemães vão aparecer em poucos minutos para investigar o acidente com o trem.

Lloyd sabia que ele tinha razão.

– Então teremos que levá-lo.

Boy abriu os olhos e disse:

– Williams.

– O que foi, Boy?

Boy pareceu sorrir.

– Pode se casar com aquela vadia agora.

E então morreu.

VIII

Daisy chorou ao ouvir a notícia. Boy tinha sido um filho da mãe e a tratara muito mal, mas ela o amara um dia, e ele lhe ensinara muito sobre sexo. Ficou triste com sua morte.

O irmão mais novo de Boy, Andy, era agora o visconde e herdeiro do título do pai; sua esposa, May, era viscondessa. Segundo as complexas regras da aristocracia britânica, o título de Daisy agora era viúva viscondessa de Aberowen – isso até ela se casar com Lloyd, quando ficaria aliviada em se tornar apenas a Sra. Williams.

Mas talvez isso ainda fosse demorar muito. Durante o verão, a esperança de um fim rápido para a guerra não se cumpriu. Em 20 de julho, um complô de oficiais alemães para matar Hitler fracassou. O Exército alemão estava agora em franca derrocada no front oriental, e os Aliados conquistaram Paris em agosto, mas Hitler estava decidido a lutar até o terrível fim. Daisy não fazia ideia de quando voltaria a ver Lloyd, quanto mais se casar com ele.

Numa quarta-feira de setembro, quando foi passar a noite em Aldgate, Eth Leckwith a recebeu radiante.

– Ótimas notícias! – disse Ethel quando Daisy entrou na cozinha. – Lloyd foi aprovado como pré-candidato ao Parlamento por Hoxton!

Millie, irmã de Lloyd, estava na casa dos pais com os dois filhos, Lennie e Pammie.

– Não é maravilhoso? – indagou ela. – Aposto que ele vai ser primeiro-ministro.

– É – disse Daisy, antes de se sentar, desanimada.

– Bem, estou vendo que você não ficou muito feliz com a notícia – comentou Ethel. – Como diria minha amiga Mildred, você está com cara de quem chupou limão. Qual é o problema?

– É que estar casado comigo não vai ajudar Lloyd a ser eleito.

Justamente porque o amava tanto ela se sentia tão mal. Como poderia prejudicar seu futuro? Por outro lado, como poderia desistir dele? Quando pensava nisso, sentia o coração pesado, e a vida lhe parecia sem graça.

– Porque você é uma herdeira? – perguntou Ethel.

– Não só por isso. Antes de Boy morrer, ele me disse que Lloyd jamais seria eleito se estivesse casado com uma ex-fascista. – Ela olhou para Ethel, que sempre dizia a verdade, mesmo que fosse dura. – Ele estava certo, não estava?

– Não totalmente – respondeu Ethel. Ela pôs a chaleira no fogo para fazer um chá e então se sentou à mesa da cozinha de frente para Daisy. – Não vou dizer que não seja um problema. Mas não acho que você deva se desesperar.

Você é igualzinha a mim, pensou Daisy. Sempre diz o que pensa. Não é de espantar que Lloyd me ame: sou uma versão mais jovem da mãe dele.

– O amor tudo vence, não é? – disse Millie. Ela viu que seu filho de 4 anos, Lennie, estava batendo com um soldadinho de madeira na pequena Pammie, de 2 anos. – Não bata na sua irmã! – ralhou. Virando-se novamente para Daisy, continuou: – E o meu irmão é louco por você. Para falar a verdade, acho que ele nunca amou outra pessoa.

– Eu sei – disse Daisy, com vontade de chorar. – Mas ele está decidido a mudar o mundo, e não consigo suportar a ideia de ficar em seu caminho.

Pammie estava chorando, então Ethel pôs a menina no colo e ela se acalmou na hora.

– Vou dizer o que você tem que fazer – falou para Daisy. – Esteja preparada para perguntas, espere hostilidade, mas não fuja da questão nem esconda seu passado.

– O que devo dizer?

– Você pode afirmar que foi enganada pelo fascismo, assim como milhões de outras pessoas; mas que trabalhou como motorista de ambulância na Blitz e espera ter pagado as suas dívidas. Ensaie o discurso com Lloyd. Seja confiante, seja você mesma, essa mulher encantadora e irresistível, e não deixe que isso a abale.

– Vai dar certo?

Ethel hesitou.

– Não sei – respondeu, depois de uma pausa. – Não sei mesmo. Mas você precisa tentar.

– Seria horrível se ele tivesse que desistir do que ama por minha causa. Uma coisa dessas pode destruir um casamento.

Daisy estava meio que torcendo para Ethel negar isso, mas ela não o fez.

– Não sei – limitou-se a repetir.

CAPÍTULO DEZENOVE

1945 (I)

Woody Dewar logo se acostumou com as muletas.

Fora ferido no final de 1944, na batalha do Bulge, na Bélgica. Os Aliados que avançavam em direção à fronteira alemã tinham sido pegos de surpresa por um contra-ataque violento. Woody e outros integrantes da 101ª Divisão Aerotransportada tinham defendido com firmeza uma cidade chamada Bastogne, situada num cruzamento importante. Quando os alemães mandaram uma carta formal exigindo rendição, o general McAuliffe respondeu com um recado de apenas uma palavra que ficou famoso: "Loucura!"

A perna direita de Woody foi atingida por tiros de metralhadora no dia de Natal. A dor foi insuportável. Pior ainda: ele levou um mês para conseguir ser removido da cidade sitiada e transferido para um hospital de verdade.

Os ossos iriam calcificar, e talvez um dia ele até deixasse de mancar, mas sua perna jamais voltaria a ser forte o bastante para saltar de paraquedas.

A batalha do Bulge foi a última ofensiva do Exército de Hitler no Ocidente. Depois disso, os alemães não contra-atacariam mais.

Woody retornou à vida civil, o que significava que podia morar no apartamento dos pais em Washington e ser mimado pela mãe. Quando o gesso foi retirado, voltou a trabalhar no escritório do pai.

Na quinta-feira, 12 de abril de 1945, ele estava no prédio do Capitólio, sede do Senado e da Câmara dos Deputados. Ele caminhava devagar pelo subsolo, mancando, entretido numa conversa com o pai sobre refugiados.

– Estimamos que cerca de 21 milhões de pessoas tenham sido tiradas de casa na Europa – dizia Gus. – A Administração de Socorro e Reabilitação das Nações Unidas está pronta para ajudá-las.

– Imagino que isso vá começar a qualquer momento – disse Woody. – O Exército Vermelho já está quase em Berlim.

– E o Exército americano está a apenas oitenta quilômetros.

– Por quanto tempo Hitler ainda vai conseguir resistir?

– Um homem lúcido já teria se rendido.

Woody baixou a voz:

– Alguém comentou comigo que os russos encontraram o que parece ter sido um campo de extermínio. Os nazistas matavam centenas de pessoas por dia lá. Um lugar chamado Auschwitz, na Polônia.

Gus assentiu, com um semblante sombrio.

– É verdade. As pessoas ainda não sabem, mas vão descobrir mais cedo ou mais tarde.

– Alguém tem que ser julgado por isso.

– A Comissão de Crimes de Guerra das Nações Unidas já está trabalhando há uns dois anos, criando listas de criminosos de guerra e reunindo provas. Haverá um julgamento, sim, desde que consigamos manter as Nações Unidas operando depois da guerra.

– É claro que vamos conseguir – disse Woody, indignado. – A campanha de Roosevelt no ano passado foi baseada nisso, e ele ganhou a eleição. A conferência das Nações Unidas começa em São Francisco daqui a 15 dias.

Aquela cidade tinha um significado especial para Woody, pois era lá que Bella Hernandez morava, mas ele ainda não tinha falado com o pai sobre a moça.

– O povo americano quer uma cooperação internacional para nunca mais termos outra guerra como esta – continuou. – Quem poderia ser contra isso?

– Você ficaria surpreso. Veja bem, a maioria dos republicanos é gente de bem, só que com uma visão de mundo diferente da nossa. Mas existe também um núcleo duro formado por uns loucos de merda.

Woody se espantou. Seu pai quase nunca falava naqueles termos.

– Aqueles sujeitos que planejaram uma insurreição contra Roosevelt nos anos 1930 – prosseguiu Gus. – Empresários como Henry Ford, que achava que Hitler fosse um líder forte contra os comunistas. Eles apoiam grupos de direita como o America First.

Woody não se lembrava de ter visto Gus falar com tanta taiva.

– Se esses imbecis conseguirem o que querem, haverá uma terceira guerra mundial ainda pior que as duas primeiras – continuou Gus. – Eu perdi um filho na guerra. Se um dia tiver um neto, não quero perdê-lo também.

Woody sentiu uma pontada de tristeza: se Joanne estivesse viva, poderia ter dado netos a Gus.

Naquele momento, Woody nem tinha namorada e essa possibilidade estava muito distante – a menos que conseguisse encontrar Bella em São Francisco.

– Não podemos fazer nada em relação aos imbecis – continuou Gus. – Mas talvez possamos negociar com o senador Vandenberg.

Arthur Vandenberg era um republicano conservador de Michigan, contrário ao New Deal de Roosevelt. Assim como Gus, fazia parte do Comitê de Relações Exteriores do Senado.

– Ele é nossa maior ameaça – disse Gus. – Pode ser presunçoso e vaidoso, mas impõe respeito. O presidente tem se esforçado para convencê-lo, e ele agora se dobrou ao nosso ponto de vista, mas pode voltar atrás.

– Por que ele faria isso?

– Vandenberg é um anticomunista ferrenho.

– Não há nada de errado nisso. Nós também somos.

– Sim, mas ele é bastante rigoroso em relação a isso. Se fizermos alguma coisa que ele considere baixar a cabeça para Moscou, vai se zangar.

– O quê, por exemplo?

– Só Deus sabe que tipo de compromisso vamos ter que assumir em São Francisco. Já concordamos em reconhecer a Bielorrússia e a Ucrânia como Estados independentes, o que na verdade não passa de uma forma de dar a Moscou três votos na Assembleia Geral. Temos que manter os soviéticos do nosso lado... Mas, se passarmos dos limites, Vandenberg pode começar a se opor ao projeto das Nações Unidas como um todo. Então talvez o Senado não queira ratificá-lo, exatamente como rejeitou a Liga das Nações em 1919.

– Quer dizer então que a nossa tarefa em São Francisco é manter os soviéticos felizes sem ofender o senador Vandenberg.

– Exatamente.

Eles ouviram passos de alguém correndo, um barulho incomum nos distintos corredores do Capitólio. Olharam em volta. Woody ficou surpreso ao ver o vice-presidente Harry Truman passar às pressas. Estava vestido normalmente, com um terno cinza de abotoamento duplo e uma gravata com estampa de bolinhas, mas não usava chapéu. Estava sem sua escolta habitual de assessores e seguranças do Serviço Secreto. Corria num ritmo regular, ofegante, sem olhar para ninguém, muito apressado para chegar a algum lugar.

Como todas as pessoas ali presentes, Woody e Gus observaram, pasmos, Truman passar.

Quando o vice-presidente desapareceu numa esquina, Woody perguntou:

– Mas que droga está acontecendo?

– O presidente deve ter morrido – respondeu Gus.

II

Volodya Peshkov entrou na Alemanha a bordo de um caminhão militar de cinco eixos, um Studebaker US6. Fabricado em South Bend, Indiana, o caminhão fora transportado de trem até Baltimore, atravessara o Atlântico e dobrara o cabo da

Boa Esperança até chegar ao golfo Pérsico, de onde prosseguira de trem da Pérsia até a região central da Rússia. Sabia que aquele era um dos 200 Studebakers cedidos ao Exército Vermelho pelo governo americano. Os russos gostavam daqueles caminhões: eram veículos robustos e confiáveis. Segundo os soldados, as letras "USA" pintadas na lateral significavam *Ubit Sukina syna Adolf*, "matem aquele filho da puta do Adolf".

Eles também gostavam da comida que os americanos mandavam, sobretudo das latas de carne prensada chamada Spam, que, apesar da estranha cor rosada, era gloriosamente gordurosa.

Volodya fora transferido para a Alemanha porque já não recebia de seus espiões em Berlim informações tão atualizadas quanto as que se podia obter interrogando prisioneiros de guerra alemães. O fato de ser fluente naquele idioma fazia dele um interrogador de primeira categoria para a linha de frente.

Ao cruzar a fronteira, viu um cartaz do governo soviético que dizia: "Soldado do Exército Vermelho, agora você está em solo alemão. Chegou a hora da vingança!" Aquela era uma das peças de propaganda mais leves. Já fazia algum tempo que o Kremlin vinha instigando o ódio aos alemães, pois acreditava que isso faria os soldados lutarem com mais vontade. Os comissários políticos haviam calculado – ou ao menos era o que diziam – o número de homens mortos em combate, de casas incendiadas e civis assassinados por serem comunistas, eslavos ou judeus em cada vilarejo e cidade tomada pelo Exército alemão. Muitos soldados do front sabiam de cor os números relativos às suas regiões de origem e estavam ansiosos para causar o mesmo estrago na Alemanha.

O Exército Vermelho chegou ao rio Oder, que serpeava pela Prússia de norte a sul: aquele era o último obstáculo antes de Berlim. Um milhão de soldados soviéticos aguardavam a oitenta quilômetros da capital, prontos para atacar. Volodya fazia parte do 5º Exército de Choque. Enquanto esperava o início dos combates, deu uma olhada no jornal do Exército, chamado *Estrela Vermelha*.

O que leu o deixou horrorizado.

A propaganda de ódio aos alemães ia muito além de tudo o que ele já tinha lido. "Se você não matou pelo menos um alemão por dia, pode considerar esse dia desperdiçado." "Se estiver esperando para lutar, mate um alemão antes do combate. Se matar um alemão, mate outro – não há nada mais divertido do que uma pilha de cadáveres de alemães. Mate o alemão – é o que suplica sua mãe. Mate o alemão – é isso que seus filhos imploram que faça. Mate o alemão – é esse o grito de sua terra russa. Não hesite. Não desista. Mate."

Volodya ficou meio enjoado com aquilo. No entanto, a mensagem implícita era ainda pior. O autor do artigo dizia que não havia problema em pilhar: "As mulheres alemãs estarão perdendo casacos de pele e colheres de prata que já foram roubados." E havia uma piada indireta sobre estupro: "Os soldados soviéticos não recusam os favores das alemãs."

Soldados já não eram os homens mais civilizados do mundo. O comportamento dos alemães durante a invasão de 1941 deixara todos os russos enfurecidos. O governo alimentava sua ira com aquele incentivo à vingança. E agora o jornal do Exército deixava claro que eles podiam fazer o que quisessem com os alemães derrotados.

Aquilo era uma verdadeira receita para o Apocalipse.

III

Erik von Ulrich estava ansioso para que a guerra acabasse.

Junto com o amigo Hermann Braun e seu chefe, o Dr. Weiss, montou um hospital de campanha numa pequena igreja protestante. Depois ficaram sentados na nave, sem nada para fazer exceto esperar as ambulâncias puxadas a cavalo chegarem carregadas de soldados terrivelmente mutilados e queimados.

O Exército alemão havia reforçado as colinas de Seelow, com vista para o rio Oder no ponto em que este passava mais perto de Berlim. O hospital de campanha de Erik ficava a cerca de um quilômetro e meio da linha de combate.

Segundo o Dr. Weiss, que tinha um amigo na inteligência do Exército, 110 mil alemães defendiam Berlim contra um milhão de soviéticos. Com seu sarcasmo habitual, o médico disse:

– Mas nosso moral está elevado, e Adolf Hitler é o maior gênio da história militar, então com certeza vamos vencer.

Não havia nenhuma esperança, mas os soldados alemães continuavam lutando bravamente. Erik achava que isso se devia às histórias que ouviam sobre o comportamento do Exército Vermelho. Prisioneiros eram mortos, casas saqueadas e destruídas, mulheres estupradas e crucificadas em portas de celeiros. Os alemães acreditavam estar defendendo suas famílias da brutalidade comunista. A propaganda de ódio do Kremlin estava produzindo o efeito contrário.

Erik ansiava pela derrota. Queria que aquela matança terminasse. Tudo o que desejava era voltar para casa.

Logo teria seu desejo realizado – ou então seria morto.

Estava dormindo num dos bancos de madeira da igreja quando foi acordado pela artilharia russa, às três da manhã de segunda-feira, 16 de abril. Já ouvira outros bombardeios, mas aquele barulho era dez vezes mais alto que qualquer outro de que se lembrasse. Para os soldados no front, devia ser literalmente ensurdecedor.

Os feridos começaram a chegar ao amanhecer, e a equipe iniciou o trabalho, desanimada, amputando membros, recolocando ossos quebrados no lugar, extraindo balas, limpando e fazendo curativos em ferimentos. Faltava de tudo, de remédios a água limpa, e eles só aplicavam morfina em vítimas que estivessem berrando de dor.

Os soldados ainda capazes de andar e segurar uma arma eram mandados de volta para o front.

Os defensores alemães resistiram por mais tempo do que o Dr. Weiss imaginou. Ao final do primeiro dia, continuavam mantendo a posição e, quando escureceu, o fluxo de feridos diminuiu. Nessa noite, a unidade médica pôde dormir um pouco.

Bem cedo no dia seguinte, Werner Franck foi levado à igreja, com o pulso direito horrivelmente esmagado.

Ele agora era capitão e estava encarregado de um setor da frente de combate equipado com trinta peças de artilharia antiaérea de 88mm.

– Só tínhamos oito projéteis para cada peça – contou ele, enquanto os dedos ágeis do Dr. Weiss trabalhavam lenta e meticulosamente para pôr no lugar seus ossos esmagados. – Nossa ordem era disparar sete deles contra os tanques russos e usar o último para destruir nossa própria peça de artilharia, a fim de impedir que ela fosse usada pelos vermelhos. – Ele estava de pé ao lado de uma das peças quando esta foi atingida diretamente pela artilharia soviética e virou na sua direção. – Tive sorte de ter sido só a mão. Poderia ter sido minha cabeça.

Quando o curativo foi terminado, perguntou a Erik:

– Tem tido notícias de Carla?

Erik sabia que sua irmã e Werner eram um casal.

– Há muitas semanas não recebo nenhuma carta.

– Nem eu. Ouvi dizer que a situação em Berlim está muito ruim. Espero que ela esteja bem.

– Também fico preocupado – disse Erik.

Surpreendentemente, os alemães ainda demoraram mais um dia e uma noite antes de entregar as colinas de Seelow.

O hospital de campanha não recebeu nenhum aviso de que a linha de combate tinha sido rompida. Estavam fazendo a triagem de um novo lote de feridos quando sete ou oito soldados soviéticos entraram na igreja. Um deles disparou uma rajada de metralhadora no teto abobadado. Erik e todos os outros que ainda eram capazes de se mexer se atiraram no chão.

Ao ver que ninguém ali estava armado, os russos relaxaram. Percorreram o recinto recolhendo relógios e anéis, e depois foram embora.

Erik se perguntou o que aconteceria agora. Era a primeira vez que ficava preso atrás das linhas inimigas. Será que deveria abandonar o hospital de campanha e tentar alcançar seu próprio Exército que batia em retirada? Ou os pacientes estariam mais seguros ali?

O Dr. Weiss foi enfático:

– Continuem trabalhando normalmente.

Alguns minutos depois, um soldado soviético chegou trazendo um companheiro no ombro. Apontando a arma para Weiss, disse algumas palavras rápidas em russo. Ele parecia em pânico, e seu companheiro estava todo ensanguentado.

Weiss respondeu com calma. Em um russo hesitante, falou:

– Não há necessidade dessa arma. Ponha seu companheiro em cima desta mesa.

O soldado obedeceu e a equipe médica começou a trabalhar. O soldado manteve o fuzil apontado para o médico o tempo todo.

Mais tarde nesse mesmo dia, os pacientes alemães foram conduzidos ou carregados para fora e postos na traseira de um caminhão que partiu para leste. Erik viu Werner Franck desaparecer, agora prisioneiro de guerra. Quando era pequeno, Erik ouvira muitas vezes a história do tio Robert, que fora capturado pelos russos durante a Primeira Guerra Mundial e voltara a pé da Sibéria até a Alemanha, uma viagem de 6.500 quilômetros. Perguntou-se onde Werner iria parar.

Outros russos feridos foram trazidos e os alemães cuidaram deles como teriam feito com os próprios soldados.

Mais tarde, antes de cair num sono exausto, Erik se deu conta de que agora também era um prisioneiro de guerra.

IV

À medida que os exércitos Aliados se aproximavam de Berlim, os países vitoriosos começaram a brigar entre si na conferência das Nações Unidas, em São Francisco. Woody teria achado isso deprimente, se não estivesse mais interessado em contatar Bella Hernandez.

Durante toda a invasão do Dia D e os combates na França, durante o tempo que passara no hospital e se recuperando, a moça não lhe saíra da cabeça. No ano anterior, ela estava terminando os estudos na Universidade de Oxford e pretendia fazer doutorado em Berkeley, São Francisco. Devia estar morando na casa dos pais em Pacific Heights, a menos que tivesse o próprio apartamento mais perto do campus.

Infelizmente, Woody não estava conseguindo falar com ela.

Suas cartas ficaram sem resposta. Quando ele ligou para o número indicado na lista telefônica, uma mulher de meia-idade que desconfiou ser a mãe de Bella disse, num tom educado porém frio:

– Ela não está no momento. Quer deixar recado?

Mas Bella não retornara a ligação.

Provavelmente tinha um namorado. Nesse caso, ele preferia que ela lhe contasse. Mas talvez a mãe estivesse interceptando sua correspondência e deixando de transmitir seus recados.

Woody deveria desistir. Talvez estivesse fazendo papel de bobo. Mas ele não era assim. Lembrou-se de sua longa e obstinada corte a Joanne. Isso já está virando um padrão, pensou. Será que o problema sou eu?

Enquanto isso, todo dia de manhã ele acompanhava o pai até a suíte no último andar do Hotel Fairmont, onde o secretário de Estado, Edward Stettinius, estava reunido com a delegação americana à conferência. Stettinius substituíra Cordell Hull, que estava hospitalizado. Os Estados Unidos tinham também um novo presidente, Harry Truman, empossado após a morte do grande Franklin D. Roosevelt. Era uma pena, observou Gus Dewar, que num momento tão importante da história mundial seu país fosse liderado por dois novatos inexperientes.

As coisas haviam começado mal. Numa reunião anterior à conferência realizada na Casa Branca, o estouvado presidente Truman ofendera Molotov, ministro soviético das Relações Exteriores. Consequentemente, Molotov já chegara a São Francisco de má vontade. Ele anunciou que voltaria para casa a menos que a conferência concordasse imediatamente em admitir a Bielorrússia, a Ucrânia e a Polônia como membros.

Ninguém queria que a União Soviética se retirasse. Sem ela, as Nações Unidas não seriam as Nações Unidas. A maior parte da delegação americana era a favor de um compromisso com os comunistas, mas, com sua onipresente gravata-borboleta, o senador Vandenberg insistia obstinadamente em que nada fosse feito sob pressão de Moscou.

Numa certa manhã Woody tinha algumas horas vagas e então aproveitou-as para ir à casa dos pais de Bella.

O bairro elegante em que a família morava não ficava muito longe do Hotel Fairmont, situado em Nob Hill, mas Woody ainda estava usando uma bengala, por isso pegou um táxi. A casa era uma mansão vitoriana pintada de amarelo na Gough Street. A mulher que abriu a porta estava bem-vestida demais para ser uma criada. Recebeu-o com um sorriso de viés igualzinho ao de Bella: com certeza era sua mãe.

– Bom dia, senhora – disse ele, educado. – Meu nome é Woody Dewar. Conheci Bella Hernandez em Londres no ano passado e gostaria de revê-la, se for possível.

O sorriso dela desapareceu. A mulher o examinou demoradamente e disse:

– Então é o senhor.

Woody não tinha ideia do que ela estava falando.

– Meu nome é Caroline Hernandez, sou a mãe de Isabel – disse ela. – Entre.

– Obrigado.

Ela não lhe estendeu a mão para um cumprimento e se comportava de forma abertamente hostil, embora não desse nenhuma pista do motivo. Mesmo assim, Woody conseguira entrar na casa.

A Sra. Henandez o conduziu até uma sala de estar espaçosa e agradável, com uma estonteante vista para o mar. Apontou para uma cadeira, indicando-lhe que se sentasse; o gesto beirou a grosseria. Então acomodou-se diante dele e o encarou com o olhar duro.

– Quanto tempo o senhor passou com Bella na Inglaterra? – perguntou.

– Só algumas horas. Mas não parei de pensar nela desde então.

Houve outra pausa cheia de subentendidos e então ela prosseguiu:

– Quando foi para Oxford, Bella estava de casamento marcado com Victor Rolandson, um rapaz maravilhoso que a conhece desde pequena. Os Rolandson são velhos amigos meus e de meu marido... ou melhor, eram, até Bella voltar para casa e romper o noivado.

O coração de Woody se encheu de esperança.

– Ela disse apenas que tinha percebido que não era apaixonada por Victor. Imaginei que tivesse conhecido outra pessoa e agora sei quem foi.

– Eu não fazia ideia de que ela fosse noiva – disse Woody.

– Ela usava um anel de brilhante que dificilmente passaria despercebido. Seu fraco poder de observação causou uma tragédia.

– Sinto muito – desculpou-se Woody. Então disse a si mesmo que deixasse de ser um banana. – Ou melhor, não sinto, não – emendou. – Estou muito feliz por ela ter rompido o noivado, porque eu a considero absolutamente maravilhosa e a quero para mim.

A Sra. Hernandez não gostou nada disso.

– O senhor é bem atrevido, meu jovem.

Woody ficou subitamente ressentido com aquele tratamento arrogante.

– Sra. Hernandez, foi a senhora que acabou de usar a palavra "tragédia". Minha noiva Joanne morreu nos meus braços em Pearl Harbor. Meu irmão Chuck morreu metralhado na praia de Bougainville. No Dia D, mandei cinco rapazes americanos para a morte na tentativa de tomar uma ponte numa cidadezinha minúscula chamada Église-des-Soeurs. Eu sei bem o que é tragédia. E um noivado rompido está longe disso.

O desabafo a deixou espantada. Woody imaginou que ela raramente enfrentasse a resistência dos mais jovens. Ela não respondeu nada, mas empalideceu de leve. Depois de alguns instantes, levantou-se e saiu da sala sem dar nenhuma explicação. Woody não soube muito bem o que deveria fazer, mas ainda não tinha visto Bella, então ficou sentado e aguardou.

Cinco minutos depois, Bella apareceu.

Woody se levantou, com o coração acelerado. A simples visão da moça o fez sorrir. Ela usava um vestido simples amarelo-claro que realçava os cabelos escuros lustrosos e a pele morena. Sempre ficaria bonita usando roupas desprovidas de adereços, pensou ele, igualzinho a Joanne. Teve vontade de abraçá-la e apertar aquele corpo macio de encontro ao seu, mas esperou que ela lhe desse algum sinal.

Bella parecia nervosa e pouco à vontade.

– O que está fazendo aqui? – perguntou.

– Vim procurar você.

– Por quê?

– Porque não consigo tirá-la da cabeça.

– Nós nem nos conhecemos.

– Podemos dar um jeito nisso a partir de hoje mesmo. Quer jantar comigo?

– Não sei.

Ele atravessou a sala até onde ela estava.

Ela ficou surpresa ao vê-lo usando a bengala.

– O que houve com você?

– Levei um tiro no joelho, na França. Está melhorando aos poucos.

– Sinto muito.

– Bella, acho você maravilhosa. E acredito que também goste de mim. Nenhum de nós dois está comprometido. Qual é o problema?

Ela deu aquele sorriso de viés do qual ele tanto gostava.

– Acho que estou com vergonha. Por causa do que fiz naquela noite em Londres.

– Só isso?

– Foi muito para um primeiro encontro.

– Aquele tipo de coisa acontecia o tempo todo. Não comigo necessariamente, mas ouvi falar. Você pensou que eu fosse morrer.

Ela assentiu.

– Nunca fiz nada daquele tipo, nem mesmo com Victor. Não sei o que me deu. E no meio de um parque público! Fiquei me sentindo uma prostituta.

– Eu sei exatamente o que você é – disse Woody. – Uma moça inteligente, linda, com um coração de ouro. Então, por que não esquecemos aquela noite em Londres e começamos a nos conhecer, como os dois jovens respeitáveis e bem-criados que somos?

Ela começou a ceder.

– Podemos mesmo fazer isso?

– Claro.

– Então tudo bem.

– Posso buscá-la às sete?

– Tudo bem.

Aquilo era uma deixa para ele ir embora, mas Woody hesitou.

– Você não sabe como estou feliz por tê-la reencontrado – falou.

Ela o encarou pela primeira vez.

– Ah, Woody, eu também. Estou muito feliz! – Então o abraçou pela cintura.

Era o que ele queria. Retribuindo o abraço, afundou o rosto naqueles cabelos volumosos. Passaram vários instantes assim.

Por fim, ela se afastou.

– Nos vemos às sete – falou.

– Sem falta.

Ele saiu da casa envolto numa aura de felicidade.

De lá, foi direto para uma reunião do comitê diretivo no Prédio dos Veteranos, ao lado da Ópera. Quarenta e seis representantes estavam sentados em volta da mesa comprida, com assessores como Gus Dewar sentados mais atrás. Woody, que era assessor de um assessor, sentou-se encostado na parede.

Molotov, ministro soviético das Relações Exteriores, foi o primeiro a discursar. Não era um homem impressionante, pensou Woody. Com os cabelos já rareando na testa, um bigode bem-cortado e óculos, parecia um vendedor de loja, profissão exercida por seu pai. Mas Molotov tinha resistido muito tempo na vida política bolchevique. Amigo de Stalin desde antes da Revolução, era o arquiteto do pacto nazi-soviético de 1939. Trabalhador incansável, as longas horas que passava à mesa de trabalho haviam lhe rendido o apelido de "Cu de Pedra".

Ele propôs que a Bielorrússia e a Ucrânia fossem aceitas como membros originais das Nações Unidas. Assinalou que essas duas repúblicas soviéticas eram as que mais haviam sofrido com a invasão nazista e que cada uma delas contribuíra com mais de um milhão de homens para o Exército Vermelho. O argumento de que não eram totalmente independentes de Moscou já tinha sido usado, mas o mesmo se podia dizer do Canadá e da Austrália, territórios do Império Britânico que haviam sido aceitos como membros independentes.

A votação foi unânime. Woody sabia que tudo fora previamente combinado. Os países latino-americanos tinham ameaçado se retirar a menos que a Argentina, que apoiava Hitler, fosse aceita, e essa concessão havia sido feita para garantir seus votos.

Então veio a bomba: o primeiro-ministro tcheco, Jan Masaryk, levantou-se para falar. Ele era um célebre liberal e antinazista que saíra na capa da revista *Time* em 1944. Masaryk propôs que a Polônia também fosse aceita nas Nações Unidas.

Os americanos se opunham à inclusão da Polônia até que Stalin autorizasse a realização de eleições naquele país, e Masaryk, como democrata, deveria ter apoiado essa posição, sobretudo porque ele mesmo também estava tentando criar uma democracia com Stalin olhando o tempo todo por cima do seu ombro. Molotov devia ter pressionado Masaryk sobremaneira para levá-lo a trair seus ideais daquela forma. De fato, quando o tcheco se sentou, tinha a expressão de quem acabara de tomar um remédio amargo.

Gus Dewar também tinha o semblante sério. Os acordos feitos anteriormente – em relação à Bielorrússia, à Ucrânia e à Argentina – deveriam ter garantido o bom andamento da sessão. Mas agora Molotov tinha usado um golpe inesperado.

Sentado com a delegação americana, o senador Vandenberg ficou indignado. Sacou uma caneta e um bloquinho e começou a escrever furiosamente. Um minuto depois, arrancou a folha do bloquinho, acenou para Woody, entregou-lhe o recado e disse:

– Leve isso ao secretário de Estado.

Woody foi até a mesa, curvou-se por cima do ombro de Stettinius, pôs o papel na sua frente e disse:

– O senador Vandenberg mandou que eu lhe entregasse isto, secretário.

– Obrigado.

Woody voltou para sua cadeira junto à parede. Essa foi minha participação na história, pensou. Tinha dado uma olhada no recado antes de entregá-lo. Vandenberg escrevera rapidamente um discurso curto e arrebatado de recusa à proposta tcheca. Será que Stettinius faria o que o senador estava pedindo?

Se Molotov conseguisse o que queria em relação à Polônia, Vandenberg poderia sabotar as Nações Unidas no Senado. No entanto, se Stettinius seguisse agora a estratégia de Vandenberg, Molotov poderia se levantar e ir embora, o que também aniquilaria as Nações Unidas.

Woody prendeu a respiração.

Stettinius se levantou, com o recado de Vandenberg na mão.

– Acabamos de honrar nossos compromissos assumidos com a Rússia em Yalta – informou. Ele estava se referindo ao acordo feito pelos Estados Unidos de apoiar as candidaturas de Bielorrúsia e Ucrânia. – Outras obrigações de Yalta também exigem cumprimento. – Ele estava usando as palavras escritas por Vandenberg. – É preciso instaurar um governo provisório novo e representativo na Polônia.

Um murmúrio chocado percorreu o recinto. Stettinius estava desafiando Molotov. Woody olhou para Vandenberg. O senador não cabia em si de tanta satisfação.

– Antes que isso aconteça – prosseguiu Stettinius –, esta conferência não pode, em sã consciência, reconhecer o governo de Lublin. – Ele olhou diretamente para Molotov e repetiu as palavras exatas de Vandenberg: – Isso seria uma sórdida demonstração de má-fé.

Molotov adotou uma expressão enfurecida.

O ministro das Relações Exteriores britânico, Anthony Eden, empertigou seu corpo longilíneo e levantou-se para apoiar Stettinius. Seu tom foi de uma cortesia impecável, mas suas palavras foram duras:

– Meu governo não tem como saber se o povo polonês apoia o governo provisório – afirmou –, porque nossos aliados soviéticos não permitem a entrada de observadores britânicos na Polônia.

Woody sentiu que a reunião estava se virando contra Molotov. Era óbvio que o russo tinha a mesma impressão: ele conversava com seus assessores em voz alta o suficiente para que Woody distinguisse a raiva em sua voz. Mas será que iria se retirar?

O ministro das Relações Exteriores belga, careca, baixo e gordo, com uma papada avantajada, sugeriu um meio-termo: fez uma proposta expressando a esperança de que o novo governo polonês se organizasse a tempo de estar representado ali, em São Francisco, antes do fim da conferência.

Todos olharam para Molotov. Ele tinha a possibilidade de sair com dignidade daquela situação. Mas será que aceitaria?

Apesar da expressão zangada, o russo concordou com um leve mas perceptível meneio de cabeça.

E foi o fim da crise.

Ora, pensou Woody, duas vitórias no mesmo dia. As coisas parecem estar correndo bem.

V

Carla saiu para a fila da água.

Fazia dois dias que as torneiras estavam secas. Por sorte, as donas de casa berlinenses tinham descoberto que, a cada poucos quarteirões, a cidade dispunha de bombas de rua antiquadas, havia muito sem uso, conectadas a poços artesianos. Por incrível que parecesse, apesar de enferrujadas e meio emperradas, as bombas ainda funcionavam. Assim, todo dia de manhã, as mulheres faziam fila com seus baldes e jarros.

Os bombardeios aéreos haviam cessado, supostamente porque o inimigo se encontrava às portas da cidade. Mas ainda era perigoso andar na rua, pois a artilharia do Exército Vermelho estava atacando Berlim. Carla não sabia muito bem por que eles estavam se dando esse trabalho. A maior parte da cidade já estava destruída. Quarteirões inteiros e áreas ainda maiores tinham sido completamente destruídos. Todos os serviços de fornecimento estavam interrompidos. Nenhum ônibus ou trem circulava mais. Os desabrigados se contavam aos milhares, talvez milhões. A cidade não passava de um imenso campo de refugiados. Mesmo assim, os projéteis continuavam a cair. A maioria dos habitantes passava o dia nos porões de casa ou em abrigos antiaéreos públicos. Mas todos tinham que sair para buscar água.

No rádio, pouco antes de a energia ser cortada de vez, a BBC anunciara que o campo de concentração de Sachsenhausen fora libertado pelo Exército Vermelho. Sachsenhausen ficava ao norte de Berlim, o que indicava que os soviéticos, vindos do leste, estavam cercando a capital em vez de entrar direto. A mãe de Carla deduziu que os russos queriam manter afastadas as forças americanas, britânicas, francesas e canadenses, que se aproximavam rapidamente pelo oeste. Maud havia citado Lenin: "Quem controla Berlim controla a Alemanha, e quem controla a Alemanha controla a Europa."

Mas o Exército alemão não havia se rendido. Mesmo em desvantagem numérica, com menos armamentos, pouca munição e gasolina, e passando fome, eles perseveravam. Os líderes continuavam mandando soldados para tentar resistir a inimigos mais fortes, e os soldados alemães obedeciam às ordens, lutavam com energia e coragem, e morriam às centenas de milhares. Entre esses soldados estavam os dois homens que Carla mais amava: Erik, seu irmão, e Werner, seu namorado. Ela não tinha a menor ideia de onde eles estavam lutando ou se ainda estavam vivos.

Carla havia desmantelado a rede de espionagem. O combate estava se transformando em caos, e planos de batalha não significavam quase nada. As informações secretas de Berlim tinham pouco valor para os conquistadores soviéticos. Não valia mais a pena correr riscos para obtê-las. Os espiões tinham queimado seus manuais de código e escondido seus transmissores entre os escombros dos prédios bombardeados. Haviam jurado nunca mencionar seus feitos. Tinham sido corajosos, encurtado a guerra e salvado vidas. No entanto, esperar que o povo alemão derrotado visse as coisas sob essa perspectiva era ser otimista demais. Sua coragem deveria permanecer para sempre secreta.

Enquanto Carla aguardava sua vez na fila, um esquadrão da Juventude Hitlerista, de ação antitanques, passou em direção ao leste, ao combate. Era composto por dois homens na casa dos 50 anos e uma dezena de adolescentes, todos de bicicleta. Presas na frente de cada bicicleta estavam duas das novas peças de artilharia antitanque de um só tiro chamadas *Panzerfäuste*. Os uniformes estavam folgados demais nos adolescentes, e seus capacetes largos teriam parecido cômicos não fosse sua situação lamentável. Estavam indo enfrentar o Exército Vermelho.

Caminhavam para a morte.

Carla olhou para outro lado quando eles passaram: não queria se lembrar de seus rostos.

Quando estava enchendo o balde, Frau Reichs, que estava atrás dela na fila, perguntou-lhe em voz baixa, para que ninguém mais ouvisse:

– A senhorita é amiga da mulher do médico, não é?

Carla ficou tensa. Frau Reichs obviamente estava se referindo a Hannelore Rothmann. O doutor tinha desaparecido junto com os pacientes psiquiátricos do Hospital Judaico. Rudi, filho de Hannelore, jogara fora a estrela amarela e juntara-se aos judeus que viviam na clandestinidade, conhecidos como *"U-Boote"*, submarinos, na gíria de Berlim. Mas Hannelore, que não era judia, continuava na velha casa.

Por 12 anos uma pergunta como a que Carla acabara de ouvir – a senhorita é amiga da mulher de um judeu? – teve o peso de uma acusação. O que representaria agora? Carla não sabia. Frau Reichs era apenas uma conhecida; não podia confiar nela. Carla fechou a torneira.

– O Dr. Rothmann era médico da nossa família quando eu era pequena – respondeu, cautelosa. – Por quê?

A outra mulher assumiu seu lugar junto à bica e começou a encher um latão de óleo de cozinha.

– Frau Rothmann foi levada embora – disse ela. – Achei que a senhorita fosse querer saber.

Aquilo era muito comum. Pessoas eram "levadas embora" o tempo todo. Quando acontecia com alguém próximo, contudo, era uma punhalada no coração.

De nada adiantava tentar descobrir o que havia acontecido com eles – na verdade, era até perigoso: quem fazia perguntas sobre desaparecidos costumava sumir também. Ainda assim, Carla teve que indagar:

– A senhora sabe para onde ela foi levada?

Dessa vez houve resposta:

– Para o campo de trânsito da Schulstrasse. – Ao ouvir aquilo, Carla se encheu de esperança. – Fica no antigo Hospital Judaico, em Wedding. Sabe onde é?

– Sei, sim.

Carla às vezes trabalhava no hospital, ilegalmente, então sabia que o governo havia ocupado um dos prédios, o laboratório de patologia, e cercado a área com arame farpado.

– Espero que ela esteja bem – comentou Frau Reichs. – Ela foi boa comigo quando minha Steffi adoeceu.

A mulher fechou a torneira e se afastou com seu latão cheio d'água.

Carla seguiu apressada na direção oposta, a caminho de casa.

Tinha que fazer alguma coisa por Hannelore. Era quase impossível tirar alguém de um campo, mas, agora que tudo estava desmoronando, talvez houvesse um jeito.

Levou o balde até sua casa e o entregou a Ada.

Maud tinha ido para a fila de compra de comida. Carla vestiu seu uniforme de enfermeira, pensando que o traje talvez pudesse ajudar. Explicou para Ada aonde estava indo e tornou a sair.

Teve que ir a pé até Wedding. A caminhada era de uns quatro quilômetros. Perguntou-se se valeria a pena. Mesmo que encontrasse Hannelore, provavelmente não conseguiria ajudá-la. Mas então pensou em Eva, em Londres, e em Rudi, escondido em algum lugar de Berlim: como seria terrível se perdessem a mãe nas últimas horas da guerra. Ela precisava tentar.

A polícia do Exército estava nas ruas, detendo os passantes e verificando seus documentos. Trabalhavam em grupos de três, formando tribunais sumários, e interessavam-se principalmente por homens em idade de combater. Não incomodaram Carla, vestida com seu uniforme de enfermeira.

Era estranho ver, naquela paisagem urbana bombardeada, as esplendorosas macieiras e cerejeiras cheias de botões brancos e cor-de-rosa, e ouvir, nos instantes de silêncio entre duas explosões, os pássaros cantarem com a mesma alegria de qualquer primavera.

Para seu horror, Carla viu vários homens enforcados em postes de rua, alguns de uniforme. A maioria dos cadáveres tinha um cartaz pendurado no pescoço com as palavras "Covarde" ou "Desertor". Sabia que tinham sido condenados pelos tribunais de três integrantes que coalhavam as ruas. Será que os nazistas ainda não estavam satisfeitos com toda aquela matança? Carla teve vontade de chorar.

Por causa de bombardeios de artilharia, foi forçada a procurar abrigo três vezes. Na última, a poucas centenas de metros do hospital, pareceu-lhe que soviéticos e alemães lutavam a poucas ruas dali. O tiroteio era tão cerrado que Carla sentiu-se tentada a dar meia-volta. Hannelore provavelmente já estava condenada, talvez até morta. Por que Carla deveria sacrificar a própria vida também? Mas seguiu em frente mesmo assim.

Quando chegou a seu destino, a noite já havia caído. O hospital ficava na Iranische Strasse, na esquina com a Schulstrasse. As árvores que margeavam as ruas estavam cobertas de folhas novas. O prédio do laboratório, agora transformado em campo de trânsito, estava vigiado. Carla cogitou abordar o vigia e explicar sua missão, mas essa estratégia lhe pareceu pouco promissora. Imaginou se conseguiria entrar pelo sistema de túneis sem ser notada.

Entrou no prédio principal. O hospital estava funcionando. Todos os pacientes tinham sido removidos para o subsolo e túneis. Os profissionais trabalhavam à luz de lamparinas a óleo. Pelo cheiro, Carla concluiu que a descarga dos banheiros não estava funcionando. A água era trazida em baldes de um velho poço no jardim.

Para sua surpresa, soldados traziam companheiros feridos para receber tratamento. De repente não se importavam mais com o fato de os médicos e enfermeiras serem judeus.

Seguiu um túnel que passava por baixo do jardim até o subsolo do laboratório. Conforme imaginava, havia um vigia na porta. No entanto, o rapaz da Gestapo olhou para seu uniforme e acenou para que ela passasse, sem interrogá-la. Talvez não visse mais finalidade alguma naquele trabalho de guarda.

Carla agora estava dentro do campo. Perguntou-se se conseguiria sair com a mesma facilidade.

O cheiro ali estava pior, e ela logo entendeu por quê. O subsolo estava abarrotado. Centenas de pessoas se espremiam em quatro depósitos. Estavam sentadas ou deitadas no chão; as mais sortudas se apoiavam nas paredes. Estavam todas sujas, fedidas e exaustas. Olharam para Carla com expressão desinteressada.

Ela levou apenas alguns minutos para encontrar Hannelore.

A esposa do médico nunca fora bonita, mas antigamente era uma mulher imponente, de traços fortes. Agora estava macilenta, como a maioria dos outros berlinenses, e tinha os cabelos grisalhos e sem vida. Suas faces estavam encovadas e enrugadas de preocupação.

Hannelore conversava com uma adolescente que estava naquela fase em que uma menina pode parecer voluptuosa demais para sua idade: seios e quadris de mulher, mas rosto de criança. A menina estava sentada no chão, aos prantos, enquanto Hannelore, ajoelhada ao seu lado, segurava sua mão e falava em voz baixa e tranquilizadora.

Ao ver Carla, ela se levantou e exclamou:

– Meu Deus! O que você está fazendo aqui?

– Pensei que, se eu disser a eles que você não é judia, talvez eles a deixem ir embora.

– Que coragem!

– Seu marido salvou muitas vidas. Alguém tinha que salvar a sua.

Por um instante, Carla pensou que Hannelore fosse chorar. Sua expressão pareceu prestes a desmoronar. Ela então piscou e balançou a cabeça.

– Esta é Rebecca Rosen – falou, com voz controlada. – Os pais dela morreram hoje na explosão de um projétil.

– Sinto muito, Rebecca – disse Carla. A menina ficou calada. – Quantos anos você tem? – perguntou Carla.

– Vou fazer 14.

– Você vai ter que ser madura agora.

– Por que não morri também? – lamentou-se a menina. – Estava bem ao lado deles. Deveria ter morrido. Agora estou sozinha.

– Você não está sozinha – disse Carla depressa. – Nós estamos aqui. – Tornou a se virar para Hannelore. – Quem é o responsável por isto aqui?

– Walter Dobberke.

– Vou dizer a ele que precisa deixar a senhora partir.

– Ele já foi embora hoje. E seu sub é um sargento que tem o cérebro do tamanho de uma ervilha. Olhe, ali vem Gisela. Ela é amante de Dobberke.

A moça que se aproximava era graciosa, com longos cabelos louros e pele branca e sedosa. Ninguém olhou para ela. Seu rosto exibia uma expressão desafiadora.

– Eles fazem sexo no leito da sala de eletrocardiograma, no andar de cima – explicou Hannelore. – Em troca, recebe comida a mais. Ninguém fala com ela, só eu. É que eu não acho que possamos julgar os outros pelos acordos que fazem. Afinal, estamos vivendo num inferno.

Carla não tinha tanta certeza. Não ficaria amiga de uma moça judia que fosse para a cama com um nazista.

Gisela olhou para Hannelore e se aproximou.

– Ele recebeu novas ordens – falou, tão baixo que Carla teve que se esforçar para ouvir. Então hesitou.

– E? – insistiu Hannelore. – Quais são as ordens?

A voz de Gisela se transformou num sussurro:

– Fuzilar todo mundo que está aqui.

Carla sentiu um aperto no peito, como se a mão fria de alguém o tivesse espremido. Todas aquelas pessoas – inclusive Hannelore e a jovem Rebecca.

– Walter não quer fazer isso – continuou Gisela. – Na verdade, não é um homem mau.

– Quando ele deve nos matar? – indagou Hannelore com uma calma fatalista.

– Imediatamente. Mas primeiro ele quer destruir os registros. Hans-Peter e Martin estão pondo as pastas no crematório neste exato momento. É um trabalho demorado, então ainda temos algumas horas. Talvez o Exército Vermelho chegue a tempo de nos salvar.

– Ou talvez não – disse Hannelore, firme. – Existe algum jeito de o convencermos a desobedecer às ordens? Pelo amor de Deus, a guerra praticamente acabou!

– Antigamente eu conseguia convencê-lo a fazer qualquer coisa – disse Gisela, triste. – Mas ele está se cansando de mim. Vocês sabem como são os homens.

– Mas ele deveria pensar no próprio futuro. A qualquer momento, os Aliados estarão mandando aqui. Eles vão punir os crimes nazistas.

– Se estivermos todos mortos, quem poderá acusá-lo? – indagou Gisela.

– Eu – respondeu Carla.

As outras duas a encararam sem dizer nada.

Então Carla se deu conta de que, mesmo não sendo judia, seria fuzilada para não poder testemunhar.

Tentando ter alguma ideia, ela disse:

– Se Dobberke nos poupar, talvez isso possa ajudá-lo com os Aliados.

– É uma ideia – respondeu Hannelore. – Poderíamos todos assinar uma declaração dizendo que ele salvou nossas vidas.

Carla olhou para Gisela como quem faz uma pergunta. Apesar da expressão de dúvida, a moça disse:

– Talvez ele aceite.

Hannelore olhou em volta.

– Olhem, ali está Hilde – falou. – Ela serve de secretária para Dobberke. – Ela chamou a outra mulher e explicou-lhe o plano.

– Posso datilografar os documentos de liberação para todo mundo – disse Hilde. – Então pedimos a ele que os assine antes de lhe entregarmos a declaração.

Não havia guardas ali no subsolo, apenas no térreo e no túnel, de modo que os prisioneiros podiam se movimentar livremente. Hilde foi até o cômodo que servia de escritório subterrâneo para Dobberke. Primeiro, datilografou a declaração. Hannelore e Carla percorreram o subsolo explicando o plano e fazendo todo mundo assinar. Enquanto isso, Hilde datilografou os documentos de liberação.

Quando terminaram, já era o meio da noite. Não havia mais nada que pudessem fazer até Dobberke aparecer na manhã seguinte.

Carla se deitou no chão ao lado de Rebecca Rosen. Não havia outro lugar onde dormir.

Algum tempo depois, a menina começou a chorar baixinho.

Carla não soube muito bem o que fazer. Queria reconfortá-la, mas nenhuma palavra lhe ocorreu. O que dizer para uma criança que acabara de ver os pais morrerem? O choro abafado prosseguiu. Por fim, Carla acabou rolando para o outro lado e abraçando Rebecca.

Soube imediatamente que havia feito a coisa certa. A menina se aninhou junto a ela, com a cabeça em seu peito. Carla afagou-lhe as costas como se ela fosse um bebê. Aos poucos, os soluços se acalmaram, e Rebecca enfim adormeceu.

Carla não dormiu. Passou a noite inteira proferindo discursos imaginários para o comandante do campo. Ora apelava aos princípios dele, ora o ameaçava com a justiça Aliada, e às vezes ainda argumentava em nome do interesse do próprio comandante.

Tentou não pensar no processo de fuzilamento. Erik havia lhe contado como os nazistas executavam pessoas na Rússia, 12 de cada vez. Imaginou que eles também fossem ter um sistema eficaz ali. Era difícil pensar nisso. Talvez fosse melhor assim.

Provavelmente conseguiria escapar ao fuzilamento caso fosse embora do campo agora, ou assim que amanhecesse. Não era prisioneira, não era judia, e seus documentos estavam em perfeita ordem. Poderia sair pelo mesmo lugar por onde entrara, vestida com seu uniforme de enfermeira. Mas isso significaria abandonar tanto Hannelore quanto Rebecca. Não conseguia se forçar a fazer isso, por mais que ansiasse sair dali.

O combate nas ruas do lado de fora do hospital prosseguiu até as primeiras horas da madrugada, quando houve uma breve pausa. Quando o dia raiou, foi retomado. Agora estava próximo o suficiente para, além da artilharia, Carla poder ouvir também as rajadas de metralhadora.

Bem cedo de manhã, os guardas trouxeram um panelão de sopa rala e um saco cheio de pedaços descartados de pães velhos. Carla tomou a sopa e comeu o pão, depois, com relutância, foi ao banheiro, cuja imundície era indescritível.

Então, junto com Hannelore, Gisela e Hilde, subiu ao térreo para esperar Dobberke. Os projéteis haviam voltado a cair, e elas estavam correndo perigo a cada segundo que passavam fora do subsolo, mas queriam falar com o comandante assim que ele chegasse.

Dobberke não apareceu no horário habitual. Segundo Hilde, ele costumava ser pontual. Talvez estivesse atrasado por causa dos combates nas ruas. Poderia também ter sido morto, é claro. Carla torceu para que não. Seu sub, o sargento Ehrenstein, era burro demais para escutar qualquer argumento.

Quando Dobberke já estava uma hora atrasado, Carla começou a perder as esperanças.

Uma hora mais tarde, ele chegou.

– O que é isso? – perguntou, ao ver as quatro mulheres esperando por ele no saguão. – Uma reunião de mães?

Foi Hannelore que respondeu:

– Todos os prisioneiros assinaram uma declaração dizendo que o senhor salvou suas vidas. Esse documento pode salvar a *sua* vida, se o senhor aceitar nossos termos.

– Não seja ridícula – retrucou ele.

– Segundo a BBC, as Nações Unidas têm uma lista com os nomes dos oficiais nazistas que participaram de assassinatos em massa – disse Carla. – Daqui a uma semana, o senhor pode ser julgado. Não gostaria de ter uma declaração assinada afirmando que poupou vidas?

– É crime escutar a BBC – disse ele.

– Mas não tão grave quanto assassinato.

Hilde tinha uma pasta na mão.

– Já datilografei ordens de soltura para todos os prisioneiros – disse ela. – Se o senhor as assinar, nós lhe daremos a declaração.

– Eu poderia simplesmente tomá-la.

– Ninguém jamais acreditará na sua inocência se estivermos todos mortos.

Dobberke sentia raiva por estar naquela situação, mas não tinha segurança suficiente para simplesmente virar as costas.

– Eu poderia fuzilar vocês por insolência – ameaçou.

– A derrota é assim – retrucou Carla, impaciente. – Pode ir se acostumando.

O semblante do nazista ficou sombrio de raiva, e ela percebeu que tinha ido longe demais. Desejou poder retirar o que acabara de dizer. Ficou encarando a expressão furiosa de Dobberke, tentando não demonstrar medo.

Nesse exato instante, um projétil caiu em frente ao hospital. As portas sacudiram e uma janela se espatifou. Todos se encolheram instintivamente, mas ninguém se feriu.

Quando tornaram a se empertigar, a expressão de Dobberke havia mudado. A raiva fora substituída por algo que parecia resignação misturada com repulsa. O coração de Carla acelerou. Será que ele havia desistido?

O sargento Ehrenstein se aproximou correndo.

– Ninguém se feriu, comandante – informou.

– Ótimo, sargento.

Ehrenstein estava prestes a entrar novamente quando Dobberke o chamou de volta.

– Este campo está fechado a partir de agora – falou.

Carla prendeu a respiração.

– Fechado, comandante? – Além de espanto, a voz do sargento tinha um tom agressivo.

– Novas ordens. Diga aos homens que eles podem ir... – Dobberke hesitou. – Diga-lhes que se apresentem no bunker ferroviário da estação da Friedrichstrasse.

Carla sabia que Dobberke estava inventando aquilo, e Ehrenstein também pareceu desconfiar.

– Quando, comandante?

– Agora mesmo.

– Agora mesmo. – Ehrenstein ficou parado, como se aquelas palavras suscitassem maiores esclarecimentos.

Dobberke sustentou seu olhar.

– Muito bem, comandante – disse o sargento. – Vou avisar os homens. – E então se retirou.

Carla sentiu uma onda de triunfo, mas disse a si mesma que ainda não estava livre.

– Mostre-me a declaração – disse Dobberke a Hilde.

Hilde abriu a pasta. Esta continha uma dúzia de folhas de papel, todas com as mesmas palavras datilografadas no cabeçalho e o restante do espaço coberto de assinaturas. Entregou-lhe os papéis.

Dobberke os dobrou e guardou no bolso.

Hilde então pôs diante dele os formulários de soltura.

– Assine aqui, por favor.

– Vocês não precisam de mandados de liberação – disse ele. – Não tenho tempo de assinar meu nome centenas de vezes. – Ele se levantou.

– A polícia está nas ruas – disse Carla. – Estão enforcando gente nos postes. Precisamos de documentos.

Ele apalpou o bolso.

– Se encontrarem esta declaração, eu é que serei enforcado. – Ele se encaminhou para a porta.

– Walter, leve-me com você! – gritou Gisela.

O comandante se virou para ela e falou:

– Levar você comigo? O que minha mulher diria?

Então saiu e bateu a porta.

Gisela caiu em prantos.

Carla foi até a porta, a abriu e ficou olhando Dobberke se afastar. Não havia nenhum outro agente da Gestapo à vista: todos já tinham obedecido às ordens do comandante e abandonado o campo.

Quando chegou à rua, Dobberke começou a correr.

Deixou o portão aberto.

Em pé ao lado de Carla, Hannelore assistia a tudo com uma expressão incrédula.

– Estamos livres, acho – disse Carla.

– Temos que contar aos outros.

– Eu conto – falou Hilde. Ela desceu a escada que conduzia ao subsolo.

Cheias de medo, Carla e Hannelore percorreram o caminho que separava a entrada do laboratório do portão aberto. Então hesitaram e se entreolharam.

– Estamos com medo de ser livres – disse Hannelore.

Atrás delas, uma voz de menina exclamou:

– Carla, não vá embora sem mim!

Era Rebecca, que vinha correndo pelo caminho com os seios balançando sob a blusa encardida.

Carla suspirou. Ganhei uma filha, pensou. Não estou pronta para ser mãe, mas o que posso fazer?

– Então vamos – falou. – Mas prepare-se para correr.

Percebeu que não precisava se preocupar com a agilidade de Rebecca: a menina com certeza era capaz de correr mais depressa que Carla e Hannelore.

Elas atravessaram o jardim do hospital até o portão principal. Ali, pararam e olharam para os dois lados da Iranische Strasse. A rua parecia tranquila. Elas atravessaram e correram até a esquina. Quando Carla olhou para a Schulstrasse, ouviu uma rajada de metralhadora e constatou que mais acima estava havendo um tiroteio. Viu soldados alemães recuarem na sua direção, perseguidos por homens do Exército Vermelho.

Olhou em volta. Não havia onde se esconder a não ser atrás das árvores, que não proporcionavam quase nenhuma proteção.

Um obus aterrissou no meio da rua, cinquenta metros mais adiante, e explodiu. Carla sentiu o impacto, mas não foi ferida.

Sem dizer nada umas para as outras, as três correram de volta para o terreno do hospital.

Retornaram ao prédio do laboratório. Alguns dos outros prisioneiros estavam em pé junto ao arame farpado, como se não se atrevessem a sair.

– O subsolo está cheirando mal, mas neste momento é o lugar mais seguro – disse-lhes Carla.

Ela entrou no prédio e desceu a escada, e a maioria dos outros a seguiu.

Perguntou-se quanto tempo teria que ficar ali. O Exército alemão seria obrigado a se render, mas quando? De alguma forma, quaisquer que fossem as circunstâncias, não conseguia imaginar Hitler se entregando. Toda a vida daquele homem tinha se baseado em gritos arrogantes de que ele era o chefe. Como alguém assim podia reconhecer que estava errado, que era estúpido e mau? Que havia assassinado milhões de pessoas e feito o país ser devastado pelas bombas? Que iria entrar para a história como o homem mais cruel que já existira? Não, não era possível. Ele iria enlouquecer, morrer de vergonha ou então pôr uma pistola na boca e puxar o gatilho.

Mas quanto tempo isso levaria para acontecer? Um dia ainda? Uma semana? Mais?

Gritos se fizeram ouvir no andar de cima.

– Eles chegaram! Os russos chegaram!

Carla ouviu botas pesadas descendo a escada. Onde eles tinham conseguido botas tão boas? Com os americanos?

Então eles entraram: quatro, seis, oito, nove homens de rosto sujo, armados com submetralhadoras de carregador tipo tambor, prontos para matar com a mesma rapidez com que olhavam para você. Pareceram ocupar um espaço enorme. Embora estivessem ali para libertar aquelas pessoas, houve quem recuasse ao vê-los.

Os soldados avaliaram o ambiente. Viram que aqueles prisioneiros emaciados, em sua maioria mulheres, não representavam perigo algum. Baixaram as armas. Alguns entraram nos cômodos adjacentes.

Um soldado alto arregaçou a manga esquerda. Usava seis ou sete relógios de pulso. Gritou alguma coisa em russo enquanto apontava para os relógios com a coronha da arma. Carla pensou ter entendido o que ele estava dizendo, mas quase não conseguiu acreditar. Então o homem agarrou uma mulher idosa, levantou a mão dela e apontou para sua aliança de casamento.

– Eles vão nos levar o pouco que os nazistas não roubaram? – perguntou Hannelore.

Sim. O soldado alto adquiriu uma expressão frustrada e tentou tirar a aliança da mulher. Ao entender o que ele queria, ela mesma tirou o anel e entregou a ele.

O russo pegou a aliança, assentiu, então indicou o recinto em volta.

Hannelore deu um passo à frente.

– Essas pessoas são prisioneiras! – disse ela, em alemão. – São judeus ou parentes de judeus, perseguidos pelos nazistas!

Quer tenha entendido ou não, ele não lhe deu atenção, apenas continuou apontando com insistência para os relógios que trazia no braço.

Os poucos que ainda tinham algum objeto de valor que não houvesse sido roubado nem trocado por comida os entregaram.

A liberação pelo Exército Vermelho não seria o acontecimento feliz que tantos ansiavam.

Mas o pior ainda estava por vir.

O soldado alto apontou para Rebecca.

Ela se encolheu para longe dele e tentou se esconder atrás de Carla.

Um segundo homem, baixinho e louro, pegou Rebecca e a arrastou para longe. A menina gritou, e o baixinho sorriu como se aquele som lhe agradasse.

Carla teve a terrível sensação de que sabia o que iria acontecer.

O baixinho segurou Rebecca com firmeza enquanto o mais alto apertava seus seios com violência, e então disse algo que fez ambos rirem.

As pessoas em volta puseram-se a gritar em protesto.

O mais alto ergueu a arma. Carla se apavorou, com medo de que ele atirasse. Se puxasse o gatilho de uma submetralhadora naquele recinto lotado, deixaria dezenas de mortos e feridos.

Os outros também perceberam o perigo e se calaram.

Os dois soldados recuaram em direção à porta levando Rebecca. A menina berrava e se debatia, mas não conseguia se soltar.

Quando eles chegaram à porta, Carla deu um passo à frente e gritou:

– Esperem!

Algo na voz dela os fez parar.

– Ela é jovem demais – disse Carla. – Tem só 13 anos! – Não teve certeza se eles entenderam. Ergueu as duas mãos para mostrar dez dedos, depois uma só, com três. – Treze!

O soldado alto pareceu compreendê-la. Abriu um sorriso e disse, em alemão:

– *Frau ist Frau*. – Mulher é mulher.

Para a própria surpresa, Carla se pegou dizendo:

– Vocês precisam de uma mulher de verdade. – Andou lentamente até eles. – Levem a mim em vez dela. – Tentou dar um sorriso sedutor. – Não sou criança. Sei o que fazer. – Ela chegou mais perto, o suficiente para sentir o cheiro azedo de um homem que não tomava banho havia meses. Tentando ocultar a repulsa, baixou a voz e completou: – Sei do que um homem precisa. – Levou a mão ao próprio seio em um gesto sugestivo. – Deixem a criança em paz.

O soldado alto olhou outra vez para Rebecca. Os olhos da menina estavam vermelhos de tanto chorar e seu nariz escorria, fazendo-a parecer mais criança e menos mulher.

Ele tornou a olhar para Carla.

– Tem uma cama lá em cima – disse ela. – Querem que eu lhes mostre?

Mais uma vez, não teve certeza se ele havia entendido, mas pegou-o pela mão e o fez segui-la pela escada que conduzia ao térreo.

O louro soltou Rebecca e foi atrás.

Agora que tinha conseguido o que queria, Carla se arrependeu de sua bravata. Sua vontade era se desvencilhar dos russos e sair correndo. Mas eles certamente a matariam a tiros, depois voltariam para pegar Rebecca. Carla pensou na menina arrasada que acabara de perder os pais. Ser estuprada no dia seguinte com certeza iria destruí-la para sempre. Carla tinha que salvá-la.

Isso não vai me destruir, pensou Carla. Posso superar uma coisa dessas. Voltarei a ser eu mesma depois.

Conduziu os dois soldados até a sala de eletrocardiograma. Sentiu frio, como se seu coração estivesse congelando, e seus pensamentos ficaram embotados. Ao lado da cama havia uma lata do lubrificante que os médicos usavam para melhorar a condutividade dos eletrodos. Depois de tirar a calcinha, pegou uma boa dose de lubrificante e passou na vagina. Talvez aquilo a impedisse de sangrar.

Precisava manter a farsa. Tornou a se virar para os dois soldados. Horrorizada, viu três outros seguirem os colegas para dentro da sala. Tentou sorrir, mas não conseguiu.

Deitou-se de costas e abriu as pernas.

O soldado alto se ajoelhou diante dela. Com um puxão, rasgou a blusa de seu uniforme para expor os seios. Ela pôde ver que ele estava se acariciando para fazer o pênis ficar ereto. Ele se deitou por cima dela e a penetrou. Carla disse a si mesma que aquilo não tinha nenhuma relação com o que ela e Werner tinham vivido juntos.

Virou a cabeça para o lado, mas o soldado segurou seu queixo e tornou a virar seu rosto de frente, obrigando-a a encará-lo. Carla fechou os olhos. Sentiu que ele a beijava e tentava enfiar a língua em sua boca. Seu hálito cheirava a carne podre. Quando ela fechou a boca, o soldado lhe deu um soco na cara. Ela gritou e abriu a boca ferida para ele. Tentou pensar no quão pior teria sido aquilo para uma menina virgem de 13 anos.

O soldado soltou um grunhido e ejaculou dentro dela. Carla tentou não deixar o nojo transparecer em seu rosto.

O homem então saiu de cima dela e o louro baixinho tomou seu lugar.

Carla tentou fechar a própria mente e transformar o corpo em algo independente, um tipo de máquina, um objeto sem qualquer relação com ela. Aquele não quis beijá-la, mas chupou seus seios e mordeu-lhe os mamilos. Quando ela gritou de dor, pareceu satisfeito e mordeu com mais força.

O tempo passou, e ele também ejaculou.

Um terceiro soldado deitou em cima dela.

Carla percebeu que, quando aquilo tudo terminasse, não poderia tomar um banho, pois não havia água corrente na cidade. Esse pensamento passou a dominar todos os outros. Os fluidos daqueles homens estariam dentro de seu corpo, o cheiro entranhado em sua pele, a saliva em sua boca, e ela não teria como se lavar direito. De alguma forma, isso foi pior do que todo o restante. Toda sua coragem se evaporou, e ela começou a chorar.

O terceiro soldado se satisfez, e então o quarto se deitou sobre ela.

CAPÍTULO VINTE

1945 (II)

Adolf Hitler se matou dentro de seu bunker em Berlim, no dia 30 de abril de 1945, uma segunda-feira. Exatamente uma semana depois, em Londres, às 19h40, o Ministério da Informação anunciou a rendição da Alemanha. Foi decretado feriado para o dia seguinte, terça-feira, 8 de maio.

Sentada à janela de seu apartamento em Piccadilly, Daisy assistia às comemorações. A rua estava apinhada de gente, tornando o tráfego de carros e ônibus quase impraticável. As moças beijavam qualquer homem de uniforme, e milhares de soldados sortudos tiravam proveito da situação. No início da tarde, muitos já estavam bêbados. Pela janela aberta, Daisy pôde ouvir cantos ao longe e imaginou que a multidão em frente ao Palácio de Buckingham estivesse entoando o hino patriótico "Land of Hope and Glory", "terra de esperança e glória". Ela compartilhava aquela felicidade, mas Lloyd estava em algum lugar da França ou da Alemanha e era o único soldado que tinha vontade de beijar. Rezou para que ele não houvesse sido morto nas últimas horas da guerra.

Millie, irmã de Lloyd, passou no apartamento com os dois filhos. Seu marido, Abe Avery, também estava em algum lugar com o Exército. Millie e as crianças tinham ido ao West End participar das comemorações e foram ao apartamento de Daisy para descansar um pouco da confusão. Havia muito tempo a casa dos Leckwith, em Aldgate, era um refúgio para Daisy, e ela ficou feliz por poder retribuir. Preparou um chá para Millie – os criados estavam na rua comemorando – e serviu suco de laranja para as crianças. Lennie agora tinha 5 anos e Pammie, 3.

Desde que Abe fora convocado, era Millie quem administrava o negócio deles. Sua cunhada, Naomi Avery, cuidava da contabilidade, mas a responsável pelas vendas do couro era ela.

– Tudo vai mudar agora – disse Millie. – Nos últimos cinco anos, a demanda foi por couros resistentes para botas e sapatos. Agora precisaremos de couros mais macios, pelica e pele de porco, para bolsas e pastas. Quando o mercado de luxo ressurgir, finalmente poderemos ganhar um bom dinheiro.

Daisy lembrou que seu pai pensava do mesmo modo que Millie. Lev era um homem que também olhava sempre para a frente, em busca de novas oportunidades.

Eva Murray apareceu logo depois, com os quatro filhos a tiracolo. Jamie, de 8 anos, organizou uma brincadeira de pique-esconde, e o apartamento ficou parecendo um jardim de infância. Jimmy, marido de Eva, que agora era coronel, também estava em algum lugar da França ou da Alemanha, e Eva vivia a mesma agonia que Daisy e Millie.

– Teremos notícias deles a qualquer momento – disse Millie. – Então tudo terá acabado de vez.

Eva também estava desesperada por notícias da família, que ficara em Berlim. Achava, porém, que levaria semanas, ou mesmo meses, até se saber o destino de civis alemães no caos do pós-guerra.

– Fico me perguntando se meus filhos um dia vão conhecer os avós – disse ela com tristeza.

Às cinco da tarde, Daisy preparou uma jarra de martíni. Millie entrou na cozinha e, com a rapidez e a eficiência que lhe eram peculiares, arrumou um prato de torradas com sardinha para acompanhar os drinques. Eth e Bernie chegaram bem na hora em que Daisy preparava a segunda jarra.

Bernie contou que Lennie já sabia ler e Pammie cantava o hino nacional do Reino Unido.

– Isso é típico dos avós: eles sempre acham que os netos são as únicas crianças inteligentes do mundo – comentou Ethel, mas Daisy percebeu que, no fundo, estava igualmente orgulhosa das crianças.

Na metade do segundo martíni, sentindo-se relaxada e feliz, Daisy olhou para o grupo heterogêneo ali reunido. Aquelas pessoas lhe tinham dado a honra de aparecer na sua casa sem convite, sabendo que seriam bem-recebidas. Faziam parte da sua vida agora. Eram a sua família.

Sentiu-se profundamente abençoada.

II

Sentado em frente à sala de Leo Shapiro, Woody Dewar examinava uma pilha de fotografias. Eram as imagens que tinha feito em Pearl Harbor na hora anterior à morte de Joanne. O filme permanecera meses dentro da câmera, mas por fim ele mandara revelar e ampliar as fotos. Ficara tão triste ao vê-las que as guardara numa gaveta em seu quarto no apartamento de Washington e as deixara mofando lá dentro.

Mas agora era uma época de mudanças.

Jamais esqueceria Joanne, mas estava apaixonado outra vez. E Bella sentia o mesmo por ele. Ao se despedirem na estação de trem de Oakland, perto de São Francisco, ele lhe dissera que a amava, e ela respondera:

– Também te amo.

Ele a pediria em casamento. Já poderia ter feito isso antes, mas lhe parecera prematuro – havia menos de três meses que tinham se reencontrado –, e ele não queria dar ao hostil casal Hernandez nenhum pretexto para se opor.

Além do mais, precisava tomar uma decisão em relação ao seu futuro.

Não queria entrar para a política.

Sabia que isso deixaria seus pais chocados. Os dois sempre haviam acreditado que Woody seguiria os passos do pai e se tornaria o terceiro senador Dewar. Ele próprio confirmara essa suposição sem hesitar. Durante a guerra, porém, e sobretudo enquanto estava no hospital, ficara se perguntando o que *realmente* desejava fazer caso sobrevivesse; e a resposta não fora ser político.

O momento era bom para ele sair. Seu pai havia realizado a ambição de uma vida inteira. O Senado aceitara discutir as Nações Unidas, que agora se encontravam no mesmo ponto da história em que a antiga Liga das Nações havia naufragado, uma lembrança dolorosa para Gus Dewar. O senador Vandenberg, no entanto, fizera um discurso fervoroso a favor da nova organização, mencionando "o sonho mais caro da humanidade", e a Carta das Nações Unidas fora ratificada por 89 votos a dois. A missão estava cumprida. Woody não decepcionaria o pai se abandonasse a vida política agora.

Torcia para que Gus também pensasse assim.

Shapiro abriu a porta da sala e acenou para ele. Woody se levantou e entrou.

Shapiro era mais jovem do que Woody imaginava: 30 e poucos anos. Era o chefe do escritório da Agência Nacional de Imprensa na capital. Sentado atrás de sua mesa, perguntou:

– O que posso fazer pelo filho do senador Dewar?

– Gostaria de lhe mostrar algumas fotos, se me permitir.

– Pois não.

Woody espalhou as fotografias sobre a mesa.

– Isso é Pearl Harbor? – indagou Shapiro.

– É. No dia 7 de dezembro de 1941.

– Meu Deus!

Woody estava vendo as fotografias de cabeça para baixo, mas ainda assim elas deixaram seus olhos marejados. Viu Joanne, tão linda; e depois Chuck, sorrindo de felicidade por estar com a família e com Eddie. Em seguida viu os aviões se aproximando, as bombas e torpedos sendo lançados, as explosões de fumaça preta nos navios, e os marinheiros se jogando pelas amuradas, caindo no mar e nadando para se salvar.

– Este aqui é seu pai. E esta é sua mãe – disse Shapiro reconhecendo os dois.

– E esta aqui era minha noiva, que morreu minutos depois. Meu irmão, que morreu em Bougainville. E o melhor amigo do meu irmão.

– Que fotos incríveis! Quanto quer por elas?

– Não quero dinheiro – respondeu Woody.

Shapiro o encarou, surpreso.

– Quero um emprego.

III

Duas semanas depois do Dia da Vitória na Europa, Winston Churchill convocou eleições gerais.

A família Leckwith foi pega de surpresa. Assim como a maior parte da população britânica, Ethel e Bernie achavam que Churchill fosse esperar a rendição japonesa. O líder trabalhista Clement Attlee havia sugerido eleições em outubro. Churchill pegou todos desprevenidos.

O major Lloyd Williams foi dispensado do Exército para se apresentar como candidato do Partido Trabalhista à vaga no Parlamento pelo distrito de Hoxton, no East End londrino. O futuro imaginado pelo partido lhe despertava um entusiasmo nervoso. O fascismo fora vencido e agora o povo britânico podia criar uma sociedade que aliasse liberdade e bem-estar. O Partido Trabalhista tinha um plano bem-elaborado para evitar as catástrofes dos últimos vinte anos: um seguro-desemprego universal e abrangente para ajudar as famílias a atravessarem os tempos difíceis, um planejamento econômico para evitar outra Depressão, e uma Organização das Nações Unidas para garantir a paz.

– Você não tem a menor chance – comentou Bernie na cozinha da casa em Aldgate na segunda-feira, 4 de junho. Seu pessimismo foi ainda mais convincente por ser tão pouco característico. – Como Churchill ganhou a guerra, todos vão votar nos conservadores – prosseguiu ele, desanimado. – Aconteceu a mesma coisa com Lloyd George em 1918.

Lloyd estava prestes a responder, mas Daisy falou primeiro:

– Não foram o livre-comércio nem o empreendedorismo capitalista que venceram a guerra – disse ela, indignada. – Foram pessoas trabalhando juntas e dividindo obrigações, cada uma fazendo a sua parte. Socialismo é isso!

Era nesses momentos arrebatados que Lloyd mais a amava, mas ele foi mais ponderado:

– Já temos medidas que os velhos conservadores condenariam como bolchevistas: controle público das ferrovias, das minas e do transporte marítimo, por exemplo, tudo implementado por Churchill. Além disso, Ernie Bevin foi responsável pelo planejamento econômico durante toda a guerra.

Bernie balançou a cabeça, um gesto de mais experiência que irritou Lloyd.

– As pessoas votam com o coração, não com a cabeça – disse Bernie. – Vão querer mostrar sua gratidão.

– Bem, de nada adianta ficar sentado aqui discutindo com você – retrucou Lloyd. – É melhor eu falar com os eleitores.

Ele e Daisy pegaram um ônibus e desceram algumas paradas mais para o norte, no pub Black Lion, em Shoreditch, onde encontraram uma equipe encarregada de fazer campanha porta a porta para o Partido Trabalhista no distrito de Hoxton. Na verdade, como Lloyd bem sabia, esse método não consistia em conversar com os eleitores. Seu principal objetivo era identificar pessoas que já iriam votar nos trabalhistas para que, no dia do pleito, a máquina do partido pudesse garantir que todas elas comparecessem às urnas. Os trabalhistas decididos eram listados; aqueles que fossem votar em outros partidos eram riscados. Apenas quem ainda estivesse indeciso merecia mais do que alguns segundos de atenção: eram esses que tinham a chance de falar com o candidato.

Lloyd confrontou-se com algumas reações negativas.

– Major, é? – comentou uma mulher. – Meu Alf é cabo. Segundo ele, os oficiais quase nos fizeram perder a guerra.

Houve também acusações de nepotismo.

– O senhor não é filho da deputada por Aldgate? Por acaso isso é uma monarquia hereditária?

Lembrou-se do conselho da mãe: "Nunca se conquista um voto provando que o eleitor é tolo. Seja encantador, modesto e nunca perca a paciência. Se um eleitor se mostrar hostil e grosseiro, agradeça-lhe por seu tempo e vá embora. Assim ele pensará que talvez o tenha julgado mal."

Os eleitores de classe operária eram trabalhistas fervorosos. Muitos elogiaram o trabalho de Attlee e Bevin durante a guerra. A maioria dos indecisos pertencia à classe média. Quando as pessoas diziam que Churchill tinha vencido a guerra, Lloyd citava a suave reprimenda de Attlee:

– "O governo não foi de um homem só, assim como a guerra não foi de um homem só."

Churchill já descrevera Attlee como um homem modesto cheio de motivos para sê-lo. A inteligência de Attlee era menos brutal, e por isso mesmo mais eficaz; ao menos era essa a opinião de Lloyd.

Alguns eleitores mencionaram o atual deputado por Hoxton, um liberal, e disseram que votariam nele outra vez porque ele os ajudara a resolver algum problema. Os membros do Parlamento muitas vezes eram solicitados por eleitores que sentiam estar sendo tratados de forma injusta pelo governo, ou por algum patrão ou vizinho. Era um trabalho que tomava tempo, mas também angariava votos.

No fim das contas, Lloyd não soube dizer para que lado pendia a opinião pública.

Somente um eleitor mencionou Daisy. O homem apareceu na porta com a boca cheia de comida.

– Boa tarde, Sr. Perkinson – cumprimentou Lloyd. – Soube que o senhor queria me fazer uma pergunta.

– Sua noiva era fascista – disse o homem, ainda mastigando.

Lloyd imaginou que aquele senhor tivesse lido o *Daily Mail*, que publicara um artigo ferino sobre ele e Daisy intitulado O SOCIALISTA E A VISCONDESSA.

Lloyd assentiu.

– Ela foi enganada pelo fascismo por um curto período, assim como muitas outras pessoas.

– Como um socialista pode se casar com uma fascista?

Lloyd olhou em volta, viu Daisy e acenou para chamá-la.

– O Sr. Perkinson está me perguntando sobre o fato de a minha noiva ter sido fascista.

– Prazer em conhecê-lo, Sr. Perkinson. – Daisy apertou a mão do eleitor. – Entendo bem a sua preocupação. Meu primeiro marido foi fascista nos anos 1930, e eu o apoiei.

Perkinson assentiu. Ele provavelmente pensava que uma esposa devesse abraçar as opiniões do marido.

– Como fomos tolos... – prosseguiu Daisy. – Quando a guerra começou, porém, ele entrou para a RAF e lutou contra os nazistas com a mesma coragem de todo mundo.

– É verdade?

– No ano passado, ele estava pilotando um Typhoon na França, metralhando um trem de soldados alemães, quando foi abatido e morreu. Portanto, sou viúva de guerra.

Perkinson engoliu a comida.

– Lamento muito.

Mas Daisy ainda não havia terminado:

– Quanto a mim, passei a guerra toda em Londres. Dirigi uma ambulância durante a Blitz.

– Que coragem a sua.

– Bem, só espero que o senhor pense que tanto meu falecido marido quanto eu pagamos nossas dívidas.

– Isso eu já não sei – retrucou Perkinson, carrancudo.

– Não vamos mais tomar o seu tempo – disse Lloyd. – Obrigado por compartilhar suas opiniões comigo. Boa noite.

Quando eles estavam se afastando, Daisy disse:

– Acho que não conseguimos o voto dele.

– Você nunca acha – comentou Lloyd. – Mas ele agora ouviu os dois lados da história, o que talvez o faça vociferar um pouco menos sobre o assunto hoje à noite, quando falar sobre nós no pub.

– Pode ser.

Lloyd sentiu que não tinha conseguido tranquilizar Daisy.

Eles terminaram cedo o boca a boca, pois nessa noite começavam os programas eleitorais na rádio BBC, e todos os funcionários do partido estariam ouvindo. Churchill teria o privilégio de fazer a primeira transmissão.

No ônibus para casa, Daisy disse:

– Estou preocupada. Sou um problema para sua campanha.

– Não existe candidato perfeito – respondeu Lloyd. – O que importa é como você lida com as suas fraquezas.

– Não quero ser a sua fraqueza. Talvez devesse ficar fora do caminho.

– Pelo contrário: quero que todos saibam sobre você desde o princípio. Se você for um problema, desistirei da política.

– Nem pensar! Eu detestaria achar que o fiz desistir das suas ambições.

– Não vai chegar a tanto – disse ele, mas novamente constatou que não conseguira aliviar a ansiedade da noiva.

Na Nutley Street, a família Leckwith estava sentada em volta do rádio da cozinha. Daisy deu a mão a Lloyd.

– Vim muito aqui enquanto você estava fora – disse ela. – Nós ficávamos ouvindo swing e falando de você.

Pensar nisso fez Lloyd se sentir um homem de muita sorte.

Churchill começou a falar. Sua voz rascante e familiar era animadora. Durante cinco anos sombrios, aquela voz dera às pessoas força, esperança e coragem. Lloyd ficou desanimado: até ele se sentia tentado a votar naquele homem.

– Meus amigos – disse o primeiro-ministro. – Preciso lhes dizer que a política socialista é abominável para os ideais britânicos de liberdade.

Aquelas eram as críticas de praxe. Qualquer ideia nova era condenada como importada do estrangeiro. Mas o que Churchill podia oferecer às pessoas? O Partido Trabalhista tinha um plano, mas qual seria a proposta dos conservadores?

– O socialismo está intrinsecamente ligado ao totalitarismo – continuou Churchill.

– Não é possível que ele vá fingir que somos iguais aos nazistas – comentou Ethel.

– Acho que vai, sim – disse Bernie. – Dirá que derrotamos o inimigo no exterior e que agora temos que derrotá-lo no meio de nós. É a tática-padrão dos conservadores.

– As pessoas não vão acreditar nisso – disse Ethel.

– Shh! – resmungou Lloyd.

– Um Estado socialista, uma vez completo, com todos os seus detalhes e sob todos os aspectos, não é capaz de tolerar oposição – afirmou Churchill.

– Que absurdo! – exclamou Ethel.

– Porém ouso ir ainda mais longe – prosseguiu Churchill. – Declaro a vocês, do fundo do meu coração, que nenhum sistema socialista pode se estabelecer sem uma polícia política.

– Polícia política? – repetiu Ethel, indignada. – De onde ele está tirando essas coisas?

– De certa forma, isso é bom – afirmou Bernie. – Como não consegue encontrar nada para criticar em nosso manifesto, está nos atacando pelas coisas que na verdade não estamos propondo. Que mentiroso.

– Vamos ouvir! – gritou Lloyd.

– Eles teriam que recorrer a alguma forma de Gestapo – disse Churchill.

De repente, todos se puseram de pé e começaram a protestar. Não se conseguiu mais ouvir a voz do primeiro-ministro.

– Seu maldito! – gritou Bernie, brandindo o punho para o rádio Marconi. – Seu maldito, maldito!

Quando eles se acalmaram, Ethel perguntou:

– Será que vai ser essa a campanha deles? Um monte de mentiras a nosso respeito?

– Droga! É isso mesmo! – disse Bernie.

– Mas será que as pessoas vão acreditar? – perguntou Lloyd.

IV

No sul do Novo México, não muito longe de El Paso, há um deserto chamado Jornada del Muerto, a Viagem do Morto. Durante todo o dia, um sol inclemente castiga a paisagem feita de arbustos de algarobo e iúcas com suas folhas em forma de lança, habitada por escorpiões e cascavéis, formigas lava-pé e tarântulas. Ali, os integrantes do Projeto Manhattan testaram a arma mais mortífera que a raça humana já criara.

Greg Peshkov acompanhou os cientistas que iam assistir à explosão a dez quilômetros de distância. Tinha duas esperanças: primeiro, que a bomba funcionasse; segundo, que os dez quilômetros de distância fossem suficientes.

A contagem regressiva começou na segunda-feira, 16 de julho, nove minutos depois das cinco da manhã, no horário da região das montanhas dos Estados Unidos em vigor durante a guerra. O dia estava começando a despontar, e riscos dourados pintavam o céu a leste.

O codinome do teste era Trinity, trindade. Quando Greg perguntara o motivo daquele nome, o chefe dos cientistas, um nova-iorquino judeu de orelhas pontudas chamado J. Robert Oppenheimer, respondera citando um poema de John Donne: "Castigue meu coração, ó Deus de três pessoas!"

"Oppie" era o homem mais inteligente que Greg já conhecera. Além de ser o mais brilhante físico de sua geração, também falava seis idiomas. Tinha lido *O capital*, de Karl Marx, no original em alemão. Nas horas vagas, aprendia sânscrito. Greg tinha apreço e admiração por ele. A maioria dos físicos era estranha, mas Oppie, assim como o próprio Greg, era uma exceção: alto, vistoso, charmoso, e um verdadeiro sedutor.

No meio do deserto, Oppie tinha instruído o Corpo de Engenheiros do Exército a construir uma torre de trinta metros de altura feita de vigas de aço fincadas em alicerces de concreto. Em cima da torre havia uma plataforma de madeira. A bomba fora içada até a plataforma no sábado.

Os cientistas nunca usavam a palavra "bomba": diziam "o artefato". O centro era composto por uma esfera de plutônio, metal inexistente na natureza, subproduto das pilhas nucleares. A esfera pesava 4,5 quilos e continha todo o plutônio existente na face da Terra. Alguém havia calculado que valia um bilhão de dólares.

Trinta e dois detonadores na superfície da esfera seriam disparados ao mesmo tempo, criando uma pressão interna tão forte que a densidade do plutônio aumentaria até ficar crítica.

Depois disso, ninguém sabia muito bem o que poderia acontecer.

Os cientistas tinham feito um bolão: por 1 dólar, era possível tentar adivinhar qual seria a força da explosão, medida em toneladas equivalentes de TNT. Edward Teller apostou que seria de 45 mil toneladas. Oppie apostou em 300. A previsão oficial era de 20 mil. Na noite anterior, Enrico Fermi sugerira aceitar apostas paralelas para saber se a detonação iria ou não aniquilar o estado do Novo México inteiro. O general Groves não achara nenhuma graça.

Os cientistas haviam tido uma conversa muito séria sobre se a explosão iria incendiar a atmosfera da Terra e destruir o planeta, mas chegaram à conclusão de que não. Se estivessem enganados, Greg só torcia para que tudo fosse rápido.

Inicialmente, o teste fora marcado para o dia 4 de julho. No entanto, sempre que os cientistas testavam um componente, este falhava, por isso a data fora adiada várias vezes. Em Los Alamos, no sábado, uma réplica batizada de Cópia Chinesa não explodira como deveria. No bolão, Norman Ramsey apostara em zero tonelada, prevendo que a bomba seria um fracasso.

Nesse dia, a detonação estava marcada para as duas da manhã, mas bem nessa hora caíra um temporal – em pleno deserto! A chuva faria os destroços radioativos caírem na cabeça dos cientistas que observavam a explosão, que foi novamente adiada.

O temporal terminou de madrugada.

Greg estava dentro de um bunker chamado S-10000, que era a sala de controle. Como a maioria dos cientistas, encontrava-se de pé do lado de fora para ver melhor. A esperança e o medo travavam uma batalha em seu coração. Se a bomba desse errado, o esforço de centenas de pessoas – sem contar cerca de dois bilhões de dólares – de nada teria servido. E, se desse certo, talvez estivessem todos mortos em poucos minutos.

Ao seu lado estava Wilhelm Frunze, jovem cientista alemão que ele conhecera em Chicago.

– Will, o que teria acontecido se um raio tivesse atingido a bomba?

Frunze deu de ombros.

– Ninguém sabe.

Um foguete de sinalização verde cruzou o céu, assustando Greg.

– É o aviso de cinco minutos – explicou Frunze.

A segurança tinha sido irregular. Santa Fé, a cidade mais próxima de Los Alamos, estava repleta de agentes do FBI bem-vestidos. Recostados casualmente nos muros com seus paletós de tweed e suas gravatas, a presença deles era evidente para os moradores da cidade, que só usavam jeans e botas de caubói.

O FBI também estava grampeando ilegalmente os telefones de centenas de pessoas envolvidas no Projeto Manhattan. Isso deixara Greg perplexo. Como a mais importante agência de segurança pública do país podia cometer atos ilegais de forma sistemática?

Apesar de tudo, a inteligência do Exército e o FBI tinham conseguido identificar alguns espiões e afastá-los discretamente do projeto, entre eles Barney McHugh. Mas será que tinham conseguido encontrar todos? Greg não sabia. Groves fora obrigado a correr riscos. Se tivesse demitido todo mundo que o FBI pedira, não teriam sobrado cientistas suficientes para produzir a bomba.

Infelizmente, a maioria dos cientistas era radical, socialista e liberal. Quase nenhum era conservador. Todos acreditavam que as verdades reveladas pela ciência deveriam ser compartilhadas entre toda a humanidade e nunca mantidas secretas em nome de um determinado regime ou país. Assim, enquanto o governo americano mantinha sigilo absoluto em relação àquele imenso projeto, os cientistas organizavam grupos de discussão sobre o compartilhamento de tecnologia nuclear com todos os países do mundo. O próprio Oppie era alvo de suspeitas: só não pertencia ao Partido Comunista porque não tinha o costume de entrar para clubes.

Nesse exato momento, Oppie estava deitado no chão ao lado de seu irmão mais novo, Frank, outro físico notável e também comunista. Ambos seguravam pedaços de vidro usado na fabricação de máscaras de soldador através dos quais poderiam observar a explosão. Greg e Frunze seguravam pedaços parecidos. Alguns dos cientistas usavam óculos escuros.

Outro foguete sinalizador foi disparado.

– Um minuto – disse Frunze.

Greg ouviu Oppie dizer:

– Meu Deus, essas coisas põem mesmo o coração à prova.

Pensou se aquelas seriam as últimas palavras do cientista.

Greg e Frunze se deitaram no chão arenoso ao lado de Oppie e Frank. Todos seguraram seus visores de soldador na frente dos olhos e viraram a cabeça em direção ao local do teste.

Ali, diante da morte, Greg pensou na mãe, no pai e na irmã, Daisy, que morava em Londres. Perguntou a si mesmo se eles iriam sentir sua falta. Pensou, com um leve arrependimento, em Margaret Cowdry, que o havia trocado por um sujeito disposto a se casar com ela. Mas, sobretudo, pensou em Jacky Jakes e em Georgy, agora com 9 anos. Queria muito ver o menino crescer. Percebeu que era ele o principal motivo para querer continuar vivo. Sorrateiramente, Georgy havia entrado na sua alma e roubado o seu amor. A força desse sentimento deixou Greg surpreso.

Ouviu-se o som de um gongo, que soou estranho no deserto.

– Dez segundos.

Greg teve o impulso de se levantar e sair correndo. Por mais bobo que isso fosse – que distância conseguiria percorrer em dez segundos? –, teve que se esforçar para ficar parado.

A bomba explodiu às 5 horas, 29 minutos e 45 segundos.

A primeira coisa que se viu foi um clarão impressionante, de um brilho quase inacreditável, a claridade mais intensa que Greg já vira, mais forte até que o sol.

Então uma estranha cúpula de fogo pareceu brotar do chão. Com uma velocidade aterradora, elevou-se até uma altura monstruosa. Chegou ao mesmo nível das montanhas e continuou a subir, fazendo os picos parecerem minúsculos.

– Meu Deus do céu... – sussurrou Greg.

A cúpula se transformou num quadrado. A luz era mais forte que a do sol de meio-dia, e as montanhas ao longe ficaram tão iluminadas que Greg pôde distinguir cada curva, cada fenda, cada pedra.

Então o formato mudou outra vez. Uma coluna surgiu na parte inferior e pareceu se elevar muitos quilômetros no céu, como o punho fechado de Deus. A nuvem de fogo acima da coluna se espalhou feito um guarda-chuva, até a coisa toda ficar parecendo um cogumelo de 11 quilômetros de altura. As cores da nuvem eram tons infernais de laranja, verde e roxo.

Greg foi atingido por uma onda de calor, como se Deus houvesse aberto um forno gigante. Ao mesmo tempo, o estrondo da explosão atingiu seus ouvidos como o retumbar do Apocalipse. Mas isso foi só o começo. Um barulho semelhante a um trovão altíssimo rugiu pelo deserto, abafando todos os outros sons.

A nuvem incandescente começou a baixar, mas o estrondo perdurou, sustentando-se de forma inacreditável, até Greg se perguntar se aquele seria o barulho do fim do mundo.

Por fim, o rugido foi diminuindo, e a nuvem em forma de cogumelo começou a se dispersar.

Greg ouviu Frank Oppenheimer dizer:

– Funcionou.

– É, funcionou – disse Oppie.

Os dois irmãos cumprimentaram-se com um aperto de mãos.

E o mundo continua aqui, pensou Greg.

Mas agora está mudado para sempre.

V

Lloyd Williams e Daisy foram à prefeitura de Hoxton na manhã de 26 de julho para assistir à contagem dos votos.

Se Lloyd perdesse, ela estava decidida a romper o noivado.

Ele negava veementemente que ela fosse uma ameaça para sua carreira política, mas Daisy sabia que era. Os inimigos políticos de Lloyd faziam questão de chamá-la de "Lady Aberowen". Eleitores reagiam a seu sotaque americano com uma atitude indignada, como se ela não tivesse o direito de participar da vida política britânica. Até mesmo os membros do Partido Trabalhista a tratavam de forma diferente, perguntando-lhe se ela preferia um café quando todos estavam tomando chá.

Conforme Lloyd previra, muitas vezes ela havia conseguido superar a hostilidade inicial das pessoas comportando-se de forma natural e encantadora e ajudando as outras mulheres a lavar as xícaras de chá. Mas será que isso era suficiente? Os resultados da eleição seriam uma resposta definitiva.

Daisy não iria se casar com Lloyd se isso implicasse que ele teria que abrir mão da carreira à qual dedicara toda a sua vida. Ele se dizia disposto a isso, mas era uma base frágil demais para um casamento. Daisy estremecia, horrorizada, ao imaginá-lo fazendo alguma outra coisa, trabalhando num banco ou como funcionário público, profundamente infeliz e tentando fingir que ela não tinha culpa. Pensar nisso era insuportável.

Infelizmente, todos achavam que os conservadores iriam ganhar a eleição.

Durante a campanha, algumas coisas tinham saído como os trabalhistas queriam. O discurso de Churchill sobre a "Gestapo" se provara um tiro no pé. Até mesmo os conservadores tinham se indignado. Clement Attlee, cujo discurso pelo Partido Trabalhista foi transmitido no dia seguinte, reagira com fria ironia:

– Ontem à noite, quando ouvi o discurso do primeiro-ministro, no qual ele passou uma imagem tão deturpada da política do Partido Trabalhista, percebi na hora qual era o seu objetivo. Ele queria que os eleitores entendessem como era grande a diferença entre Winston Churchill, o grande líder de uma nação unida na guerra, e o Sr. Churchill, líder do Partido Conservador. Temia que aqueles que tinham aceitado sua liderança durante a guerra pudessem ser compelidos, por gratidão, a continuar a segui-lo. Agradeço a ele por ter decepcionado essas pessoas de forma tão plena.

O altivo desprezo de Attlee fez parecer que Churchill estava querendo provocar uma briga. O povo estava farto de arrebatamento e raiva, pensou Daisy;

com certeza, em tempos de paz, os eleitores iriam preferir a ponderação e o bom senso.

Uma pesquisa da Gallup feita na véspera da eleição indicou vitória trabalhista, mas ninguém acreditou. George Gallup, que era americano, fizera uma previsão equivocada na última eleição presidencial dos Estados Unidos. A ideia de que se podia prever o resultado perguntando a um número pequeno de eleitores em quem eles iriam votar parecia meio estapafúrdia. O *News Chronicle*, jornal que publicara a pesquisa, previa um empate.

Todos os outros veículos acreditavam na vitória dos conservadores.

Daisy nunca havia se interessado pela mecânica da democracia, mas agora seu destino estava em jogo, e ela ficou observando, fascinada, os votos em papel serem retirados das urnas, separados, contados, empilhados e recontados. O supervisor da contagem era conhecido como Returning Officer, "funcionário do retorno", dando a impressão de que havia passado algum tempo afastado. Na verdade, era um escrevente da prefeitura. Observadores de cada partido vigiavam a operação para garantir que não houvesse nenhum deslize ou trapaça. O processo era demorado e Daisy achou aquele suspense uma tortura.

Às dez e meia, ouviram o primeiro resultado de outro distrito. Harold Macmillan, protegido de Churchill e membro do Gabinete durante a guerra, acabara de perder a vaga de Stockton-on-Tees para o Partido Trabalhista. Quinze minutos depois, veio a notícia de uma grande vitória trabalhista em Birmingham. Não eram permitidos rádios na prefeitura, por isso Daisy e Lloyd tinham que confiar nos boatos que vinham de fora, e ela não soube muito bem em que acreditar.

Já era meio-dia quando o supervisor chamou os candidatos e seus assessores até um canto da sala para lhes comunicar o resultado antes de pronunciá-lo publicamente. Daisy quis acompanhar Lloyd, mas não foi permitido.

O supervisor falou em voz baixa com o grupo reunido. Além de Lloyd e do deputado em exercício, havia um candidato conservador e outro comunista. Daisy analisou o rosto de cada um, mas não conseguiu adivinhar quem tinha ganhado. Então todos subiram ao palanque e o silêncio dominou a sala. Daisy chegou a ficar enjoada.

– Eu, Michael Davies, na condição de supervisor eleitoral nomeado pela lei no distrito parlamentar de Hoxton...

Em pé junto com os membros do Partido Trabalhista, Daisy não desgrudava os olhos de Lloyd. Será que estava prestes a perdê-lo? Pensar nisso lhe deu um aperto no peito e a fez ofegar de medo. Em sua vida, por duas ocasiões ela escolhera um homem totalmente errado. Charlie Farquharson era o contrário de seu pai: bondoso, porém fraco. Já Boy Fitzherbert era muito parecido com o dele: decidido e egoísta. Agora, finalmente, ela havia encontrado Lloyd, que era ao mesmo tempo forte e bondoso. Não o escolhera por causa de seu status social nem pelo que ele podia fazer por ela, mas apenas porque era um homem extraordinariamente bom. Era delicado, inteligente, confiável e tinha verdadeira adoração por ela. Daisy levara muito tempo para perceber que ele era o que ela procurava. Que boba tinha sido!

O supervisor leu o número de votos obtidos por cada candidato. A lista era em ordem alfabética, então o nome Williams foi o último. De tão ansiosa, Daisy mal conseguiu memorizar os números.

– Reginald Sidney Blenkinsop, cinco mil quatrocentos e vinte e sete...

Quando o número de votos de Lloyd foi cantado, todos os trabalhistas em volta de Daisy explodiram em comemorações. Ela levou alguns instantes para entender o que isso significava: ele tinha vencido. Então viu sua expressão solene se transformar num largo sorriso. Começou a bater palmas e a gritar mais alto do que todos os outros. Ele tinha ganhado! E ela não precisava deixá-lo! Teve a sensação de que sua vida acabara de ser salva.

– Declaro, portanto, que o novo membro do Parlamento eleito pelo distrito de Hoxton é Lloyd Williams.

Lloyd era deputado. Quando ele deu um passo à frente para fazer o discurso de posse, Daisy assistiu, orgulhosa. Notou que havia uma fórmula para esses discursos e ouviu o noivo agradecer de forma tediosa ao supervisor eleitoral e sua equipe, depois aos opositores derrotados em uma luta justa. Estava impaciente para abraçá-lo. Ele terminou dizendo algumas frases sobre a tarefa que tinha pela frente: reconstruir a Grã-Bretanha dilacerada pela guerra e criar uma sociedade mais justa. Ao fim do discurso, novos aplausos ecoaram.

Ao descer do palanque, ele foi direto até Daisy para lhe dar um abraço e um beijo.

– Parabéns, meu amor – disse ela, antes de se dar conta de que estava sem palavras.

Depois de algum tempo, os dois saíram e pegaram um ônibus até a sede do Partido Trabalhista, na Transport House. Lá souberam que os trabalhistas já tinham conquistado 106 assentos no Parlamento.

Era uma vitória avassaladora.

Todas as apostas estavam equivocadas, e as expectativas de todos foram contrariadas. Quando os resultados foram divulgados, o Partido Trabalhista havia conquistado 393 assentos, e o Partido Conservador, 210. Os liberais tinham 12 assentos e os comunistas, apenas um – o distrito de Stepney. A maioria trabalhista era acachapante.

Às sete da noite, Winston Churchill, o grande líder da Grã-Bretanha durante a guerra, foi ao Palácio de Buckingham e renunciou ao cargo de primeiro-ministro.

Daisy pensou nas piadas que Churchill fizera sobre Attlee. O homem que ele considerava insignificante acabara de lhe dar uma surra.

Às sete e meia, Clement Attlee foi ao palácio de Buckingham em seu próprio carro conduzido por sua mulher, Violet, e o rei Jorge VI lhe pediu que se tornasse primeiro-ministro.

Na casa da Nutley Street, depois de todos escutarem a notícia no rádio, Lloyd virou-se para Daisy e perguntou:

– Bem, é isso. Podemos nos casar agora?

– Sim – respondeu Daisy. – Quando você quiser.

VI

A recepção do casamento de Volodya e Zoya foi realizada num dos salões de banquete menores do Kremlin.

A guerra contra a Alemanha havia terminado, mas a União Soviética continuava destruída e empobrecida, e uma celebração suntuosa teria sido vista com reprovação. Zoya usou um vestido novo, mas Volodya se casou de uniforme. A comida foi farta, e vodca foi servida à vontade para todos os convidados.

Entre os presentes estavam os sobrinhos de Volodya, o casal de gêmeos de sua irmã Anya e de seu desagradável marido, Ilya Dvorkin. Ainda não haviam completado 6 anos. Dimka, o menino de cabelos escuros, ficou sentado quietinho lendo um livro, enquanto Tania, de olhos azuis, corria pelo salão trombando com as mesas e importunando os convidados: uma inversão do comportamento esperado de meninos e meninas.

Zoya estava tão sexy com seu vestido cor-de-rosa que a vontade de Volodya era ir embora dali imediatamente e levá-la para a cama. É claro que isso estava fora de cogitação. O círculo de amigos de seu pai incluía alguns dos mais importantes generais e políticos do país, e muitos tinham ido brindar à felicidade do casal. Grigori dava indiretas de que um convidado extremamente distinto talvez aparecesse mais tarde. Volodya torceu para que não fosse Beria, o depravado chefe da NKVD.

Apesar de sua felicidade, não conseguia esquecer por completo os horrores que tinha testemunhado e as profundas dúvidas que passara a ter em relação ao comunismo soviético. A indizível brutalidade da polícia secreta, os erros de

Stalin que haviam custado milhares de vidas, a propaganda que incentivara o Exército Vermelho a se comportar como animais enfurecidos na Alemanha – tudo isso o levara a duvidar das coisas nas quais fora criado para acreditar. Preocupado, ele se perguntava em que tipo de país Dimka e Tania iriam crescer. Mas aquele não era um dia para pensar nisso.

A elite soviética estava de bom humor. O país tinha vencido a guerra e derrotado a Alemanha. O Japão, seu velho inimigo, estava sendo combatido pelos Estados Unidos. O código de honra insano dos líderes japoneses tornava difícil uma rendição, mas isso era apenas uma questão de tempo. Tragicamente, enquanto eles se aferrassem à sua honra, mais soldados japoneses e americanos iriam morrer, e mais mulheres e crianças japonesas teriam que deixar suas casas bombardeadas. O resultado, porém, seria o mesmo. Por mais triste que fosse, não parecia haver nada que os americanos pudessem fazer para acelerar esse processo e evitar mortes desnecessárias.

Embriagado e feliz, o pai de Volodya fez um discurso:

– O Exército Vermelho ocupou a Polônia. Esse país nunca mais será usado como plataforma para uma invasão alemã à Rússia.

Todos os velhos camaradas deram vivas e bateram nas mesas. Ele prosseguiu:

– Na Europa Ocidental, os partidos comunistas estão apoiados pelas massas como nunca antes. Nas eleições municipais de Paris, em março, o Partido Comunista obteve o maior número de votos. Parabéns aos nossos camaradas franceses!

Houve mais comemorações.

– Quando olho para o mundo hoje, vejo que a Revolução Russa, na qual tantos homens de fibra lutaram e morreram... – Grigori se calou, e lágrimas embriagadas lhe subiram aos olhos. Um silêncio pairou no salão. Ele se recompôs. – Vejo que a Revolução nunca esteve tão firme quanto hoje!

Todos ergueram os copos para brindar.

– À Revolução! À Revolução!

Enquanto todos bebiam, as portas se abriram de repente, e o camarada Stalin entrou no salão.

Todos os convidados se levantaram.

Stalin tinha os cabelos grisalhos e parecia cansado. Estava com 65 anos e ficara doente recentemente: segundo os boatos, tivera uma série de derrames ou pequenos infartos. Mas nesse dia ele estava muito animado.

– Vim dar um beijo na noiva! – falou.

Ele foi até Zoya e levou as mãos a seus ombros. Ela era quase dez centímetros mais alta que ele, mas conseguiu se abaixar discretamente. Ele a beijou nas faces, fazendo o bigode grisalho se demorar apenas o suficiente para deixar Volodya enciumado. Então se afastou dela e disse:

– Que tal uma bebida para mim?

Várias pessoas se apressaram em lhe buscar um copo de vodca. Grigori insistiu em ceder a Stalin seu lugar no centro da mesa principal. O burburinho das conversas voltou, embora num tom mais abaixo: todos estavam empolgados com a presença do líder, mas precisavam prestar atenção em cada palavra e em cada movimento. Aquele homem podia mandar matar alguém com um simples estalar dos dedos – coisa que já fizera muitas vezes.

Mais vodca foi servida, e a banda começou a tocar músicas folclóricas russas. Aos poucos, os convidados relaxaram. Volodya, Zoya, Grigori e Katerina fizeram uma dança de dois pares chamada *kadril*, cuja intenção era ser cômica e que sempre fazia as pessoas rirem. Depois disso, outros casais dançaram, e os homens começaram a fazer a *barynya*, na qual tinham que se agachar e dar chutes, e muitos caíram no chão. Assim como todas as outras pessoas presentes no salão, Volodya não parava de observar Stalin pelo canto do olho, e este parecia estar se divertindo, batendo com o copo na mesa ao ritmo das *balalaikas*.

Zoya e Katerina dançavam uma *troika* com Vasili, o chefe da noiva, renomado físico que trabalhava no projeto da bomba, e Volodya estava sentado descansando quando a atmosfera mudou.

Um assessor usando um terno de civil entrou no salão, margeou o recinto com passo apressado e foi direto até Stalin. Sem a menor cerimônia, inclinou-se por cima do ombro do líder e falou-lhe em voz baixa, porém urgente.

No início, Stalin pareceu não entender. Em seguida, fez uma pergunta incisiva, depois outra. Então sua expressão mudou. Ele empalideceu e pareceu olhar para os dançarinos sem vê-los.

– O que pode ter acontecido? – perguntou Volodya entredentes.

Os dançarinos ainda não tinham percebido, mas os convidados sentados às mesas pareciam assustados.

Alguns instantes depois, Stalin se levantou. Por respeito, os que estavam à sua volta fizeram o mesmo. Volodya viu que seu pai continuava dançando. Pessoas já tinham sido fuziladas por menos que isso.

Mas Stalin não estava prestando atenção nos convidados. Ladeado pelo assessor, ele se afastou da mesa. Atravessou a pista de dança em direção à porta. Convidados aterrorizados pularam para não atrapalhar seu caminho. Um casal caiu no chão. Mas Stalin não pareceu notar. A banda parou de tocar. Então, sem dizer nada nem olhar para ninguém, o líder soviético saiu do salão.

Com ar assustado, alguns dos generais foram atrás dele.

Outro assessor apareceu, depois mais dois. Cada um deles se encaminhou até seus superiores. Um rapaz de paletó de tweed se aproximou de Vasili. Zoya parecia conhecê-lo e ouviu com atenção o que ele dizia. A notícia pareceu deixá-la chocada.

Vasili e o assessor saíram do salão. Volodya foi até Zoya e perguntou:

– Pelo amor de Deus, o que está acontecendo?

A voz dela tremia:

– Os americanos jogaram uma bomba nuclear no Japão. – Seu lindo rosto pálido parecia ainda mais branco que o normal. – De início, o governo japonês não conseguiu entender o que acontecera. Levou horas para se dar conta do que tinha sido.

– Temos certeza disso?

– Treze quilômetros quadrados de construções foram arrasados. Segundo as estimativas, 75 mil pessoas morreram na hora.

– Quantas bombas foram?

– Uma.

– Uma bomba só?

– Sim.

– Meu Deus! Não é de espantar que Stalin tenha ficado branco daquele jeito.

Ambos se calaram. A notícia se espalhava visivelmente pelo salão. Algumas pessoas pareciam atordoadas; outras se reuniam em grupos e saíam para seus escritórios, telefones, mesas de trabalho.

– Isso muda tudo – disse Volodya.

– Inclusive nossos planos para a lua de mel – disse Zoya. – Com certeza minha folga vai ser cancelada.

– Achamos que a União Soviética estivesse segura.

– Seu pai acabou de fazer um discurso dizendo como a Revolução nunca esteve tão firme.

– Agora nada mais está firme.

– Não – concordou Zoya. – Só quando tivermos a nossa própria bomba.

VII

Jacky Jakes e Georgy estavam em Buffalo, hospedados pela primeira vez no apartamento de Marga. Greg e Lev também estavam lá e, no dia da vitória sobre o Japão – quarta-feira, 15 de agosto –, foram todos ao Humboldt Park. As trilhas do parque estavam cheias de casais eufóricos e centenas de crianças brincavam no lago.

Greg estava feliz e orgulhoso. A bomba havia funcionado. Os dois artefatos lançados sobre Hiroshima e Nagasaki tinham causado uma devastação nauseante, mas também haviam abreviado a guerra e salvado milhares de vidas americanas. Greg tivera um papel nisso. Por causa do seu trabalho e do de seus colegas, Georgy iria crescer num mundo livre.

– Georgy já está com 9 anos – disse ele a Jacky.

Os dois estavam sentados num banco, conversando, enquanto Lev e Marga levavam o neto para comprar um sorvete.

– Mal consigo acreditar.

– Fico me perguntando o que ele vai fazer da vida.

– Com certeza nada tão idiota quanto ser ator ou tocar trompete – respondeu Jacky, arrebatada. – Ele é um menino inteligente.

– Você gostaria que ele fosse professor universitário como o seu pai?

– Sim.

– Nesse caso... – Greg estava mesmo preparando o terreno para abordar essa questão e ficou nervoso, sem saber como Jacky iria reagir. – ...ele deveria estudar numa boa escola.

– Em que você está pensando?

– Que tal um colégio interno? Ele poderia estudar na mesma escola em que estudei.

– Mas ele seria o único aluno negro.

– Não necessariamente. Quando eu era de lá, tínhamos um colega indiano, de Délhi, chamado Kamal.

– Um só.

– Sim.

– E os outros pegavam no pé dele?

– Claro. Nós o chamávamos de Camelo. Mas os meninos se acostumaram, e ele fez alguns amigos.

– E você sabe que fim ele levou?

– Virou farmacêutico. Ouvi dizer que já tem duas drogarias em Nova York.

Jacky assentiu. Greg viu que ela não se opunha ao plano. Vinha de uma família letrada. Embora ela mesma houvesse se rebelado e largado os estudos, acreditava no valor da educação.

– E a anuidade?

– Eu poderia pedir ao meu pai.

– E ele pagaria?

– Olhe só para eles. – Greg apontou para a trilha do parque. Lev, Marga e Georgy estavam voltando da barraquinha de sorvete. Lev e Georgy caminhavam lado a lado, de mãos dadas, cada um comendo um sorvete de casquinha. – Meu pai conservador de mãos dadas com um menino negro num parque público. Acredite em mim: ele vai pagar!

– Na verdade, Georgy não se encaixa em lugar nenhum – disse Jacky, parecendo preocupada. – É um menino negro com um pai branco.

– Eu sei.

– Os vizinhos do prédio da sua mãe acham que eu sou a empregada... você sabia?

– Sabia.

– Tomei o cuidado de não corrigi-los. Se eles soubessem que negros estão no prédio como convidados, poderia haver confusão.

Greg deu um suspiro.

– É... eu sinto muito, mas você tem razão.

– A vida de Georgy vai ser difícil.

– Eu sei – concordou Greg. – Mas ele tem a nós.

Jacky lançou-lhe um raro sorriso.

– É – disse ela. – Já é alguma coisa.

Parte Três

A PAZ FRIA

CAPÍTULO VINTE E UM

1945 (III)

Depois de casados, Volodya e Zoya se mudaram para um apartamento próprio. Poucos russos recém-casados tinham a mesma sorte. Durante quatro anos, toda a potência industrial da União Soviética fora direcionada para a fabricação de armamentos. Quase nenhuma casa fora construída e muitas tinham vindo abaixo. Mas Volodya, que além de major da Inteligência do Exército Vermelho era filho de general, conseguira dar um jeito nisso.

O apartamento era pequeno: uma sala de estar com mesa de jantar; um quarto tão apertado que a cama ocupava praticamente todo o espaço; uma cozinha que já ficava abarrotada com duas pessoas; um banheiro minúsculo com pia e chuveiro; e um hall diminuto com um armário para as roupas. Se o rádio estivesse ligado na sala, era possível ouvi-lo na casa toda.

Eles logo deram seu toque pessoal ao novo lar. Zoya trouxe uma colcha amarelo-vivo para cobrir a cama. A mãe de Volodya lhes deu de presente um conjunto de panelas comprado em 1940, prevendo o casamento do filho, que fora conservado durante toda a guerra. Volodya pendurou um quadro na parede: uma foto da formatura da sua turma na Academia de Inteligência Militar.

Os dois agora faziam amor com mais frequência. Estar a sós fazia uma diferença que Volodya não previra. Nunca se sentira particularmente inibido ao dormir com Zoya na casa dos pais ou no apartamento da família com a qual ela morava; mas agora percebia que isso tinha influência. Era preciso manter a voz baixa, ficar atento para que a cama não rangesse, e havia sempre a possibilidade, ainda que remota, de alguém os surpreender. Era impossível ter intimidade completa na casa dos outros.

Eles muitas vezes acordavam cedo, faziam amor, depois passavam uma hora na cama, namorando e conversando, antes de se arrumarem para o trabalho. Numa dessas manhãs, deitado com a cabeça na coxa da mulher, ainda com o cheiro de sexo nas narinas, Volodya perguntou:

– Você quer um chá?

– Quero, por favor – respondeu ela, se espreguiçando com volúpia, reclinada nos travesseiros.

Volodya vestiu um roupão e atravessou o minúsculo hall de entrada até a cozinha, onde acendeu o fogo sob o samovar. Ficou contrariado ao ver as panelas e a louça do jantar da véspera ainda empilhadas na pia.

– Zoya! – gritou. – Esta cozinha está uma bagunça!

Ela não teve nenhuma dificuldade para escutá-lo no apartamento pequeno.

– Eu sei – retrucou.

Ele voltou para o quarto.

– Por que você não arrumou tudo ontem?

– E você? Por que não arrumou?

Ele nunca pensara que a responsabilidade pudesse ser sua. Mas respondeu:

– Eu tinha um relatório para escrever.

– E eu estava cansada.

A sugestão de que aquilo era culpa dele o deixou irritado.

– Odeio cozinha suja!

– Eu também.

Por que ela estava sendo tão teimosa?

– Se não gosta, limpe!

– Vamos limpar juntos agora mesmo. – Ela pulou da cama. Passou por ele com um sorriso sexy no rosto e entrou na cozinha.

Volodya a seguiu.

– Você lava, eu enxugo – disse Zoya, pegando um pano de prato limpo na gaveta.

Ela continuava nua. Volodya não conseguiu reprimir um sorriso. O corpo de sua mulher era comprido e esguio, a pele muito branca. Zoya tinha seios pequenos e mamilos rijos, e seus pelos pubianos eram finos e louros. Uma das alegrias de estar casado com ela era seu costume de andar sem roupa pelo apartamento. Ele podia admirar seu corpo quanto quisesse. E ela parecia gostar disso. Quando o surpreendia, não demonstrava vergonha nenhuma, apenas sorria.

Ele arregaçou as mangas do roupão e começou a lavar a louça, passando-a para Zoya secar. Aquela não era uma atividade muito máscula – Volodya nunca vira o pai executá-la –, mas Zoya parecia pensar que as tarefas domésticas deviam ser divididas. Era um conceito excêntrico. Será que ela simplesmente tinha uma noção muito desenvolvida do que era a justiça num casamento? Ou será que ele estava sendo castrado?

Pensou ter ouvido alguma coisa do lado de fora. Olhou para o hall. A porta de entrada do apartamento ficava a apenas três ou quatro passos da cozinha, mas ele não viu nada fora do normal.

Então a porta veio abaixo.

Zoya gritou.

Volodya pegou a faca de trinchar que acabara de lavar. Passou por Zoya e postou-se no limiar da porta da cozinha. Um policial de uniforme segurando um martelo estava de pé logo atrás da porta destruída.

Volodya foi dominado pelo medo e pela raiva.

– Que porra é essa?

O policial deu um passo para trás, e um homem baixinho e magro, com cara de rato, entrou no apartamento. Era Ilya Dvorkin, cunhado de Volodya e agente da polícia secreta. Estava usando luvas de couro.

– Ilya! – exclamou Volodya. – Seu rato de merda!

– Olhe o respeito – retrucou Ilya.

Além de zangado, Volodya não estava entendendo. A polícia secreta em geral não prendia agentes da Inteligência do Exército Vermelho e vice-versa. Caso contrário, a situação teria virado uma guerra de gangues.

– Por que derrubou minha porta? Que merda! Eu teria aberto!

Dois outros agentes entraram no hall e se posicionaram atrás de Ilya. Apesar do clima ameno de final de verão, estavam usando seus típicos sobretudos de couro.

O medo somou-se à raiva de Volodya. O que estaria acontecendo?

– Largue essa faca, Volodya – disse Ilya com a voz trêmula.

– Não precisa ficar com medo – respondeu Volodya. – Eu estava apenas lavando a louça. – Ele entregou a faca a Zoya, em pé atrás dele. – Por favor, venha até a sala. Podemos conversar enquanto Zoya se veste.

– Você acha que isto é uma visita social? – perguntou Ilya, indignado.

– Seja o que for, tenho certeza de que você vai querer se poupar o constrangimento de ver minha mulher pelada.

– Estou aqui por causa de um assunto oficial!

– Neste caso, por que mandaram meu cunhado?

Ilya baixou a voz:

– Você não entende que seria muito pior se outra pessoa tivesse vindo?

Aquilo parecia coisa séria. Volodya se esforçou para manter a aparência de coragem.

– O que exatamente você e esses outros babacas querem?

– O camarada Beria assumiu a direção do programa de física nuclear.

Volodya já sabia. Stalin criara um novo comitê para dirigir os trabalhos e nomeara Beria presidente. Beria não sabia nada sobre física e era totalmente desqualificado para organizar um projeto de pesquisa científica. Mas Stalin confiava nele. Era o mesmo problema de sempre no governo soviético: pessoas incompetentes porém leais eram promovidas a cargos para os quais não estavam aptas.

– E o camarada Beria precisa da minha mulher no laboratório, desenvolvendo a bomba – disse Volodya. – Você veio lhe dar uma carona até o trabalho?

– Os americanos produziram uma bomba nuclear antes dos soviéticos.

– É verdade. Será que deveríamos ter dado à pesquisa em física uma prioridade mais alta?

– A ciência capitalista não pode ser superior à ciência comunista!

– Que lugar-comum! – Volodya estava intrigado. Aonde aquilo levaria? – Então, qual é a sua conclusão?

– Que deve ter havido sabotagem.

Era exatamente o tipo de fantasia absurda que a polícia secreta seria capaz de inventar.

– Que tipo de sabotagem?

– Alguns dos cientistas atrasaram deliberadamente o desenvolvimento da bomba soviética.

Volodya começou a entender e teve medo. Mesmo assim, continuou a responder em tom beligerante: demonstrar fraqueza com aquelas pessoas era sempre um erro.

– Por que fariam isso?

– Porque são traidores... E sua mulher é um deles!

– É melhor você não estar falando sério, seu merda...

– Vim aqui para prendê-la.

– O quê? – Volodya estava estupefato. – Mas isso é uma loucura!

– É a opinião da minha organização.

– Não há provas.

– Se quiser provas, vá a Hiroshima!

Zoya falou pela primeira vez desde que havia gritado:

– Tenho que ir com eles, Volodya. Não vá ser preso você também.

Volodya apontou um dedo para Ilya.

– Você não imagina a porra da encrenca em que se meteu.

– Estou só cumprindo ordens.

– Saia da frente. Minha mulher vai até o quarto se vestir.

– Não há tempo para isso – retrucou Ilya. – Ela tem que vir como está.

– Deixe de ser ridículo.

Ilya empinou o nariz.

– Uma cidadã soviética respeitável não anda pelo apartamento sem roupa.

Por um breve instante Volodya se perguntou como a irmã se sentia sendo casada com aquele sujeito execrável.

– A polícia secreta tem alguma objeção moral em relação à nudez?

– A nudez dela é prova de sua degradação. Vamos levá-la como está.

– Mas não vão mesmo!

– Saia da frente.

– Saia da frente você! Ela vai se vestir. – Volodya saiu para o hall e se pôs diante dos três agentes, estendendo os braços para que Zoya passasse por trás dele.

Quando ela se moveu, Ilya esticou o braço por trás de Volodya e a segurou.

Volodya deu um soco na cara do cunhado, depois outro. Ilya gritou e cambaleou para trás. Os dois homens de sobretudo de couro avançaram para cima dele. Volodya mirou um soco no primeiro, mas o agente se esquivou. Então os dois o seguraram, cada um por um braço. Ele se debateu, mas os homens eram fortes e pareciam já ter feito aquilo antes. Jogaram-no contra a parede.

Enquanto eles o seguravam, Ilya lhe deu dois socos na cara com as mãos enluvadas, depois um terceiro e um quarto, e em seguida começou a esmurrá-lo na barriga, desferindo um golpe após outro até Volodya vomitar sangue. Zoya tentou intervir, mas Ilya acertou-a também, e ela gritou e caiu para trás.

O roupão de Volodya se abriu na frente. Ilya lhe deu um chute no saco, depois nos joelhos. Já sem forças, Volodya não conseguia mais ficar em pé, mas os dois agentes de sobretudo o seguraram, e Ilya ainda lhe deu mais uns socos.

Por fim, virou as costas, esfregando os nós dos dedos. Os outros dois soltaram Volodya, que desabou no chão. Mal conseguia respirar e sentia-se incapaz de se mover, mas estava consciente. Pelo canto do olho, viu os dois agentes segurarem Zoya e a carregarem, ainda nua, para fora do apartamento. Ilya os seguiu.

Conforme os minutos foram passando, a dor deixou de ser uma agonia excruciante e se transformou num latejar fundo e difuso, e a respiração de Volodya começou a voltar ao normal.

Ele recuperou os movimentos dos membros e se arrastou até ficar de pé. Conseguiu chegar ao telefone e discou o número do pai, torcendo para que ele ainda não tivesse saído para o trabalho. Ficou aliviado ao ouvir a voz de Grigori.

– Eles prenderam Zoya – contou.

– Filhos da puta – respondeu seu pai. – Quem?

– Ilya.

– O quê?

– Dê uns telefonemas – pediu Volodya. – Veja se consegue descobrir que merda está acontecendo. Tenho que me lavar para limpar o sangue.

– Que sangue?

Volodya desligou.

Apenas alguns passos o separavam do banheiro. Ele deixou cair no chão o roupão sujo de sangue e entrou no chuveiro. A água morna proporcionou certo alívio a seu corpo machucado. Ilya era cruel, mas não era forte, e não chegara a quebrar nenhum osso.

Volodya fechou a torneira. Olhou-se no espelho do banheiro. Tinha o rosto coberto de cortes e hematomas.

Não se deu o trabalho de se secar. Com um esforço considerável, vestiu o uniforme do Exército Vermelho. Queria o símbolo da autoridade.

Seu pai chegou quando ele tentava amarrar os cadarços dos sapatos.

– Mas que porra aconteceu aqui? – rugiu Grigori.

– Eles queriam briga e eu fui idiota o suficiente para cair na armadilha – respondeu Volodya.

No início, seu pai não se mostrou nada compreensivo.

– Pensei que você fosse mais esperto.

– Eles insistiram em levá-la nua.

– Filhos da puta de merda.

– Descobriu alguma coisa?

– Ainda não. Conversei com algumas pessoas. Ninguém sabe de nada. – Grigori tinha um ar preocupado. – Ou alguém cometeu um erro realmente estúpido... ou, por algum motivo, eles têm certeza do que estão dizendo.

– Me dê uma carona até meu escritório. Lemitov vai ficar uma fera. Não vai deixá-los se safar dessa. Se eles tiverem permissão para fazer isso comigo, vão fazer a mesma coisa com toda a Inteligência do Exército Vermelho.

O carro e o motorista de Grigori esperavam em frente ao prédio. Eles foram até o campo de pouso de Khodynka. Grigori ficou no carro enquanto Volodya mancava até a sede da Inteligência do Exército Vermelho. Foi direto para a sala do chefe, o coronel Lemitov.

Bateu na porta, entrou e disse:

– A porra da polícia secreta prendeu minha mulher.

– Eu sei – respondeu Lemitov.

– O senhor sabe?

– Fui eu que autorizei.

O queixo de Volodya caiu.

– Mas que porra é essa?

– Sente-se.

– O que está havendo?

– Sente-se e cale a boca, que vou lhe contar.

Volodya se sentou com dificuldade numa cadeira.

– Nós precisamos ter uma bomba nuclear, e rápido – disse o coronel. – Por enquanto, Stalin está bancando o durão com os americanos, porque temos quase certeza de que eles não têm um arsenal de armas nucleares grande o bastante para nos aniquilar. Mas estão fabricando um estoque, e em algum momento irão usá-lo... a menos que estejamos em condições de revidar.

Aquilo não fazia sentido.

– Minha mulher não pode projetar a bomba com a polícia secreta lhe dando socos na cara. Isso é loucura!

– Cale a porra da boca! Nosso problema é que existem vários projetos de bomba possíveis. Os americanos levaram cinco anos para descobrir qual deles iria funcionar. Não temos esse tempo. Precisamos roubar a pesquisa deles.

– Mesmo assim, ainda vamos precisar de físicos russos para copiar o projeto... E para isso eles terão que estar dentro de seus laboratórios, não trancafiados nos porões da Lubyanka.

– Você conhece um homem chamado Wilhelm Frunze?

– Estudei com ele. Na Academia para Meninos de Berlim.

– Ele nos deu informações valiosas sobre a pesquisa nuclear britânica. Depois se mudou para os Estados Unidos, onde trabalhou no projeto da bomba nuclear. A equipe da NKVD em Washintgon entrou em contato com ele, mas foi tão incompetente que o assustou e arruinou o contato. Precisamos reconquistá-lo.

– E o que isso tem a ver comigo?

– Ele confia em você.

– Não tenho certeza. Faz 12 anos que não o vejo.

– Queremos que você vá aos Estados Unidos falar com ele.

– Mas por que prender Zoya?

– Para garantir que você volte.

II

Volodya disse a si mesmo que sabia como fazer aquilo. Antes da guerra, em Berlim, despistara a Gestapo, identificara espiões em potencial, recrutara-os e conseguira transformá-los em fontes de informações secretas confiáveis. Nunca foi fácil – principalmente quando ele tinha que convencer alguém a virar um traidor –, mas ele era um especialista.

Agora, porém, tratava-se dos Estados Unidos.

Os países ocidentais que ele já visitara, a Alemanha e a Espanha dos anos 1930 e 1940, não tinham nada a ver com aquilo.

Estava impressionado. Durante toda a vida tinham lhe dito que os filmes de Hollywood passavam uma imagem exagerada de prosperidade e que, na verdade, a maioria dos americanos era pobre. No entanto, desde o dia em que ele pisou nos Estados Unidos, ficou claro que os filmes não exageravam em nada. E era difícil de encontrar alguém pobre.

Nova York era repleta de carros, muitos dirigidos por pessoas que obviamente não eram funcionários importantes do governo: jovens, homens vestidos para trabalhar e até mulheres indo às compras. E todo mundo se vestia bem. Todos os homens pareciam usar seus melhores ternos. As pernas das mulheres eram cobertas por meias finas. Todos pareciam calçar sapatos novos.

Ele precisava ficar lembrando constantemente o lado ruim dos Estados Unidos. Havia pobreza em algum lugar. Os negros eram discriminados e não podiam votar no Sul. Havia muitos crimes – os próprios americanos diziam que a criminalidade no país era galopante –, embora Volodya não visse nenhum sinal disso e se sentisse bastante seguro ao andar pelas ruas.

Passou alguns dias explorando Nova York. Tentou melhorar seu inglês, que não era muito bom, mas isso pouco importava: a cidade estava cheia de pessoas que falavam o idioma mal e com sotaque carregado. Identificou o rosto de alguns dos agentes do FBI destacados para segui-lo e encontrou vários lugares onde poderia se livrar deles.

Numa manhã ensolarada, saiu do consulado soviético em Nova York sem chapéu, usando apenas uma calça cinza e uma camisa azul, como se fosse cuidar de afazeres corriqueiros. Um rapaz de terno e gravata escuros o seguiu.

Ele foi até a loja de departamentos Saks, na Quinta Avenida, e comprou uma cueca e uma camisa com estampa marrom pequena. Quem o seguia deve ter pensado que ele estava apenas fazendo compras.

O chefe da NKVD no consulado lhe dissera que uma equipe soviética iria acompanhá-lo durante sua visita aos Estados Unidos para se certificar de seu bom comportamento. Ele mal conseguiu conter a raiva que sentia pela organização que prendera Zoya, e teve de resistir ao impulso de agarrar o homem pelo pescoço e esganá-lo. No entanto mantivera a calma. Comentara com sarcasmo que, para cumprir sua missão, precisaria escapar da vigilância do FBI e, ao fazer isso, também poderia acabar despistando sem querer a escolta da NKVD; mas desejou-lhes sorte. Na maior parte das vezes, conseguiu despistá-los em cinco minutos.

Então o rapaz que o seguia provavelmente era um agente do FBI. Seus trajes conservadores e impecáveis denunciavam isso.

Levando as compras em uma sacola de papel, Volodya saiu da loja por uma porta lateral e chamou um táxi. Deixou o agente do FBI no meio-fio, fazendo sinal. Depois que o táxi virou duas esquinas, lançou uma nota para o motorista e saltou. Entrou depressa numa estação de metrô, tornou a sair por um acesso diferente e ficou esperando cinco minutos na portaria de um prédio comercial.

O rapaz de terno escuro não voltou a aparecer.

Volodya seguiu a pé até a Penn Station.

Ali, checou novamente se não estava sendo seguido, então comprou uma passagem. Subiu a bordo do trem sem bagagem nenhuma a não ser a sacola de papel.

A viagem até Albuquerque levou três dias.

O trem atravessou rapidamente quilômetros e mais quilômetros de ricas terras agrícolas, fábricas imponentes que cuspiam fumaça e imensas cidades com arranha-céus arrogantes. A União Soviética era maior, mas, tirando a Ucrânia, praticamente só tinha florestas de pinheiros e estepes congeladas. Volodya nunca imaginara que pudesse existir uma riqueza naquela escala.

E não era só riqueza. Durante vários dias, alguma coisa o vinha incomodando, algo estranho em relação à vida nos Estados Unidos. Finalmente percebeu o que era: ninguém tinha pedido seus documentos. Depois que passara pela imigração em Nova York, não tornara a mostrar o passaporte. Naquele país, parecia que qualquer um podia entrar numa estação de trem ou terminal rodoviário e comprar uma passagem para qualquer lugar, sem ter que pedir permissão nem explicar para algum funcionário do governo o motivo da viagem. Isso lhe proporcionava uma perigosa euforia de liberdade. Ele podia ir a qualquer lugar!

Tanta riqueza também fez Volodya ter uma noção mais clara do perigo que seu país estava correndo. Os alemães quase haviam destruído a União Soviética, e os Estados Unidos tinham uma população três vezes maior e eram dez vezes mais ricos. Pensar que os russos pudessem se tornar subalternos, acuados até a subserviência, atenuava as reservas de Volodya em relação ao comunismo, apesar do que a NKVD tinha feito com ele e com sua mulher. Se ele tivesse filhos, não iria querer que crescessem num mundo tiranizado pelos Estados Unidos.

Passou por Pittsburgh e Chicago sem chamar atenção. Estava usando roupas americanas, e seu sotaque não causava estranheza simplesmente porque ele não falava com ninguém. Comprava sanduíches e café apontando e depois pagando. Folheava os jornais e revistas que outros passageiros largavam no trem, olhando para as figuras e tentando decifrar o significado dos títulos das matérias.

O último trecho da viagem o fez passar por uma paisagem deserta, de beleza estéril, com picos nevados distantes tingidos de vermelho pelo sol poente, o que provavelmente explicava o fato de aquelas montanhas serem conhecidas como Blood of Christ, "sangue de Cristo".

Ele foi ao banheiro, trocou a cueca e vestiu a camisa nova comprada na Saks.

Imaginou que o FBI ou a inteligência do Exército estariam vigiando a estação de trem de Albuquerque e não se enganou: identificou um rapaz cujo paletó xadrez – quente demais para o clima do Novo México em setembro – não conseguia disfarçar bem a protuberância de uma arma no coldre em seu ombro. O agente, porém, estava interessado em viajantes de longa distância vindos de Nova York ou Washington. Volodya, que estava sem chapéu ou paletó e não trazia bagagem, parecia um morador das redondezas voltando de uma viagem curta. Ninguém o seguiu quando ele foi a pé até a rodoviária e embarcou num ônibus Greyhound com destino a Santa Fé.

Chegou no fim da tarde. Na rodoviária, deparou com dois agentes do FBI, que o examinaram. No entanto, não podiam seguir todo mundo que descesse dos ônibus, e mais uma vez sua aparência casual os levou a se desinteressar.

Fazendo o possível para dar a impressão de que sabia aonde estava indo, Volodya pôs-se a percorrer as ruas. As casas baixas de telhado plano em estilo mexicano e as igrejas atarracadas que esturricavam ao sol lembravam a Espanha. Os prédios com lojas na frente avançavam pelas calçadas, criando arcadas onde havia uma sombra agradável.

Ele evitou o La Fonda, o grande hotel na praça junto à catedral, e pediu um quarto no St. Francis. Pagou em dinheiro e disse que seu nome era Robert Pender, que podia tanto ser americano quanto de uma nacionalidade europeia qualquer.

– Minha mala será entregue mais tarde – disse ele à bela moça da recepção. – Se eu estiver fora quando ela chegar, pode mandar entregar no meu quarto?

– Sim, claro, sem problema – respondeu ela.

– Obrigado – disse ele, e repetiu então uma expressão que ouvira várias vezes no trem. – Fico muito grato.

– Se eu não estiver aqui, alguma outra pessoa vai se encarregar da mala, contanto que o seu nome esteja nela.

– Está. – Ele não tinha bagagem, mas a moça nunca saberia disso.

A recepcionista olhou para o nome do registro.

– Quer dizer que o senhor é de Nova York, Sr. Pender?

Sua voz tinha um quê de ceticismo, sem dúvida porque o sotaque dele não era nova-iorquino.

– Sou suíço – explicou ele, mencionando um país neutro.

– Ah, por isso o sotaque. Nunca conheci ninguém da Suíça. Como é lá?

Volodya nunca estivera na Suíça, mas já vira fotos.

– Neva muito – respondeu.

– Bem, então aproveite o clima do Novo México!

– Vou aproveitar, sim.

Cinco minutos mais tarde, ele tornou a sair.

Seus colegas da embaixada soviética lhe tinham dito que alguns dos cientistas moravam no laboratório de Los Alamos, que parecia uma favela, com poucas comodidades civilizadas. Sempre que podiam, os cientistas preferiam alugar casas e apartamentos por perto. Will Frunze não tinha qualquer restrição financeira para isso: era casado com uma artista de sucesso que desenhava uma tira de quadrinhos chamada *Slack Alice*, publicada em jornais do país inteiro. A esposa, que também se chamava Alice, podia trabalhar em qualquer lugar, então o casal morava no centro histórico da cidade.

Essas informações tinham sido fornecidas pelo escritório da NKVD em Nova York. A agência fizera uma pesquisa minuciosa sobre Frunze, e Volodya tinha seu endereço e telefone, e uma descrição de seu carro, um Plymouth conversível do período pré-guerra com pneus de banda branca.

No térreo do prédio dos Frunze funcionava uma galeria de arte. O apartamento do andar de cima tinha uma janela grande voltada para o norte, que agradaria a uma artista. Um Plymouth conversível estava estacionado na calçada.

Volodya preferiu não entrar: talvez o apartamento estivesse grampeado.

Os Frunze eram um casal abastado, sem filhos, e ele imaginou que não fossem ficar em casa ouvindo rádio numa sexta-feira à noite. Decidiu esperar para ver se eles saíam.

Passou algum tempo na galeria, olhando os quadros à venda. Gostava de imagens claras, vívidas, e não teria desejado possuir nenhum daqueles borrões confusos. Encontrou um café adiante no quarteirão e sentou-se junto à janela, de onde podia ver a porta dos Frunze. Uma hora depois, saiu de lá, comprou um jornal e, enquanto fingia lê-lo, ficou num ponto de ônibus.

A longa espera lhe permitiu verificar que ninguém estava vigiando o apartamento dos Frunze. Isso significava que o FBI e a inteligência do Exército não tinham identificado o alemão como uma pessoa de alto risco. Ele era estrangeiro, mas muitos cientistas também o eram, e provavelmente não havia mais nada que o comprometesse.

Aquele era também o centro comercial da cidade, não um bairro residencial, e as ruas estavam cheias. Mesmo assim, depois de umas duas horas, Volodya começou a se preocupar que alguém pudesse notá-lo zanzando por ali.

Então os Frunze saíram.

Will estava mais pesado do que fora 12 anos antes – nos Estados Unidos não havia restrições alimentares. Apesar de ter apenas 30 anos, seus cabelos estavam começando a rarear na frente. Ele ainda tinha a mesma expressão solene. Usava uma camisa esporte e calça de brim cáqui, uma combinação comum nos Estados Unidos.

A esposa, por sua vez, não estava vestida de forma tão conservadora. Tinha os cabelos presos sob uma boina e usava um vestido de algodão sem corte de um tom indistinto de marrom, mas trazia uma coleção de pulseiras em ambos os braços e vários anéis nos dedos. Volodya se lembrou de que os artistas se vestiam assim na Alemanha antes de Hitler.

O casal seguiu andando pela rua, e ele foi atrás.

Perguntou-se qual seria o posicionamento político da mulher e que diferença sua presença faria na difícil conversa que estava prestes a ter com Frunze. Na Alemanha, o cientista tinha sido social-democrata ferrenho, então era improvável que sua mulher fosse conservadora. Essa suposição era corroborada pela aparência da Sra. Frunze. Por outro lado, ela provavelmente não sabia que o marido tinha revelado segredos aos soviéticos em Londres. Era uma incógnita.

Volodya teria preferido lidar com Frunze sozinho e cogitou ir embora e voltar no dia seguinte. No entanto, a recepcionista do hotel tinha reparado no seu sotaque estrangeiro e talvez no outro dia já houvesse alguém do FBI o vigiando. Poderia lidar com isso, pensou, embora naquela cidade pequena a tarefa não fosse ser tão fácil quanto em Nova York ou em Berlim. E o dia seguinte era sábado, então os Frunze decerto passariam o tempo todo juntos. Quanto mais ele teria que esperar até conseguir encontrar Frunze sozinho?

Nunca havia um jeito fácil de fazer aquilo. Pesando bem os prós e os contras, resolveu agir naquela noite mesmo.

O casal Frunze entrou num restaurante.

Volodya passou em frente ao estabelecimento e olhou pela janela. Era um restaurante barato, com cubículos. Pensou em entrar e sentar-se à mesa com os dois, mas decidiu deixá-los comer primeiro. De barriga cheia, estariam de bom humor.

Esperou meia hora, observando a porta de longe. Então, muito ansioso, entrou.

O casal estava terminando de jantar. Enquanto Volodya atravessava o restaurante, Frunze ergueu os olhos e em seguida os desviou, sem reconhecê-lo.

Deslizou para o assento do compartimento ao lado de Alice e disse em voz baixa, em alemão:

– Olá, Willi, lembra-se de mim, da escola?

Frunze o examinou com atenção por vários segundos, e então abriu um sorriso.

– Peshkov? Volodya Peshkov? É você mesmo?

Volodya foi tomado por uma onda de alívio. Frunze continuava simpático. Não havia nenhuma barreira de hostilidade a ser superada.

– Sou eu mesmo – respondeu. Estendeu a mão, e Frunze a apertou. Virando-se para Alice, falou em inglês: – Desculpe, falo muito mal a sua língua.

– Não precisa tentar – retrucou ela em alemão fluente. – Minha família era de imigrantes da Bavária.

– Sabe que andei pensando em você? – disse Frunze, muito espantado. – Porque conheci outro homem com o mesmo sobrenome... Greg Peshkov.

– É mesmo? Meu pai tinha um irmão chamado Lev que veio para cá por volta de 1915.

– Não, o tenente Peshkov é bem mais jovem. Mas, enfim... O que você está fazendo aqui?

Volodya sorriu.

– Vim falar com você. – Antes que Frunze pudesse perguntar por quê, ele prosseguiu: – Da última vez que o vi, você era secretário do Partido Social-Democrata em Neuköln. – Aquele era seu segundo passo. Depois de estabelecer um primeiro contato cordial, estava fazendo Frunze recordar seu idealismo juvenil.

– Essa experiência me convenceu que a social-democracia não funciona – disse o alemão. – Ficamos totalmente impotentes contra os nazistas. Foi preciso a intervenção da União Soviética para detê-los.

Era verdade, e Volodya ficou satisfeito que Frunze reconhecesse isso. No entanto, o mais importante era que o comentário mostrava que as ideias políticas do cientista não tinham sido atenuadas pela vida abastada nos Estados Unidos.

– Estávamos pensando em tomar uns drinques num bar logo aqui na esquina – disse Alice. – Vários cientistas vão lá na sexta à noite. Quer nos acompanhar?

A última coisa que Volodya queria era ser visto em público com os Frunze.

– Não sei – respondeu. Na verdade, já fazia muito tempo que estava ali no restaurante com o casal. Era hora do passo três: lembrar a Frunze sua terrível culpa. Ele se inclinou para a frente e baixou a voz: – Willi, você sabia que os americanos iriam jogar bombas nucleares no Japão?

Houve uma pausa demorada. Volodya prendeu a respiração. Sua aposta era de que o alemão estava torturado pelo remorso.

Por alguns instantes, temeu ter ido longe demais. Frunze parecia à beira das lágrimas.

Então ele inspirou fundo e se controlou.

– Não. Eu não sabia – respondeu. – Nenhum de nós sabia.

Alice interveio, zangada:

– Achávamos que as Forças Armadas americanas fossem dar *alguma* demonstração do poder da bomba, como uma ameaça para fazer os japoneses se renderem. – Aquilo significava que ela sabia sobre a bomba antes, observou Volodya. Não ficou surpreso. Os homens tinham dificuldade para esconder esse tipo de informações das esposas. – Então nós estávamos esperando uma detonação em algum momento, em algum lugar – prosseguiu ela. – Mas imaginamos que eles fossem destruir uma ilha desabitada, ou talvez algum complexo militar com várias armas e poucas pessoas.

– Isso poderia ter se justificado – retomou Frunze. – Mas... – Sua voz se transformou num sussurro: – ... ninguém imaginou que eles fossem lançar a bomba sobre uma cidade e matar 80 mil homens, mulheres e crianças.

Volodya assentiu.

– Achei mesmo que você pensaria assim. – Na verdade, estivera torcendo por isso.

– E quem não pensaria? – indagou o alemão.

– Deixe eu lhe perguntar uma coisa ainda mais importante. – Aquele era o passo quatro. – Eles vão fazer de novo?

– Não sei – respondeu Frunze. – Pode ser. Deus nos livre.

Volodya disfarçou a satisfação. Tinha feito Frunze se sentir responsável pelo uso de armas nucleares tanto no passado quanto no futuro.

– É isso que nós pensamos – falou, assentindo.

– *Nós* quem? – perguntou Alice, incisiva.

Ela era esperta e provavelmente mais experiente que o marido. Seria difícil enganá-la, e Volodya decidiu nem tentar. Tinha que correr o risco de lhe dizer a verdade.

– Uma pergunta justa – respondeu. – E não fiz essa viagem toda para enganar um velho amigo. Sou major da Inteligência do Exército Vermelho.

O casal o encarou. Aquela ideia já devia ter lhes passado pela cabeça, mas eles ficaram surpresos com a confissão.

– Preciso lhes dizer uma coisa – prosseguiu Volodya. – Algo muito importante. Existe algum lugar onde possamos conversar em particular?

Os dois pareceram hesitar.

– No nosso apartamento? – sugeriu Frunze.

– Deve estar grampeado pelo FBI.

Frunze já tinha alguma experiência em operações clandestinas, mas Alice ficou chocada.

– O senhor acha? – indagou, incrédula.

– Acho. Podemos sair de carro da cidade?

– Tem um lugar aonde vamos de vez em quando por volta desta hora para ver o pôr do sol – disse Frunze.

– Perfeito. Vão para o carro, entrem e esperem por mim. Chegarei um minuto depois de vocês.

Frunze pagou a conta e saiu do restaurante com Alice, e Volodya os seguiu. Durante o curto trajeto, verificou que não havia ninguém atrás dele. Chegou ao Plymouth e entrou. Os três se acomodaram no banco da frente, ao estilo americano. Frunze saiu da cidade.

Eles percorreram uma estrada de terra batida até o cume de um morro baixo. Frunze parou o carro. Volodya acenou para que todos descessem e então os fez avançar uns cem metros, só para o caso de o carro também estar grampeado.

De frente para a paisagem de solo pedregoso e arbustos baixos, com o sol poente ao fundo, Volodya deu o quinto passo:

– Nós achamos que a próxima bomba nuclear vai ser lançada em algum lugar da União Soviética.

Frunze assentiu.

– Que Deus não permita, mas acho que você pode ter razão.

– E não há absolutamente nada que possamos fazer a respeito – prosseguiu Volodya, insistindo sem dó. – Nenhuma precaução que possamos tomar, nem barreiras que possamos erguer ou qualquer forma de proteger nossa população. Não existe defesa contra a bomba nuclear... a bomba que você criou, Willi.

– Eu sei – disse Frunze, arrasado.

Ele obviamente achava que, se a União Soviética fosse atacada com armas nucleares, seria culpa sua.

Passo seis.

– A única proteção seria termos nossa própria bomba nuclear.

Nisso Frunze não quis acreditar.

– Isso não é defesa – disse ele.

– Mas é um fator dissuasivo.

– Pode ser – admitiu ele.

– Não queremos que essas bombas se espalhem – disse Alice.

– Nem eu – disse Volodya. – Mas o único jeito seguro de impedir que os americanos arrasem Moscou da mesma forma que arrasaram Hiroshima é a União Soviética ter sua própria bomba nuclear e ameaçar uma retaliação.

– Ele tem razão, Willi – disse Alice. – Todos nós sabemos disso.

Volodya viu que ela era o lado mais forte do casal.

Para o passo sete, baixou a voz:

– Quantas bombas os americanos têm agora?

Aquele era um momento crucial. Se respondesse àquela pergunta, Frunze teria cruzado um limite. Até então, a conversa deles era genérica. Mas agora Volodya estava pedindo informações confidenciais.

Frunze hesitou por muito tempo. Por fim, olhou para Alice.

Volodya a viu menear a cabeça quase imperceptivelmente.

– Uma só – disse o alemão.

O russo disfarçou a sensação de triunfo. Frunze acabara de trair os americanos. Aquele era o primeiro movimento, o mais difícil. Um segundo segredo seria mais fácil de revelar.

– Mas logo terão outras – acrescentou Frunze.

– É uma corrida e, se nós a perdermos, vamos morrer – disse Volodya em tom de urgência. – Temos que fabricar pelo menos uma bomba nuclear antes que eles as fabriquem em quantidade suficiente para nos aniquilar.

– E vocês conseguem?

Essa era a deixa para o passo oito.

– Precisamos de ajuda.

Ele viu o semblante de Frunze se endurecer, e imaginou que o alemão estivesse recordando o que o fizera se recusar a cooperar com a NKVD.

– E se dissermos que não podemos ajudar? – perguntou Alice a Volodya. – Que é perigoso demais?

Volodya agiu como mandavam seus instintos. Ergueu as mãos no gesto de quem se rende.

– Voltarei para casa e direi que fracassei – falou. – Não posso obrigá-los a fazer nada que não queiram. Não iria querer pressioná-los ou coagi-los de forma alguma.

– Sem ameaças? – perguntou Alice.

Aquilo confirmou o palpite de Volodya de que a NKVD tentara intimidar Frunze. Eles tentavam intimidar todo mundo: era só o que sabiam fazer.

– Eu não estou nem tentando convencê-lo – disse Volodya ao cientista. – Estou apenas expondo os fatos. O resto fica a seu critério. Se você quiser ajudar, estou aqui para ser seu contato. Se não quiser, não se fala mais no assunto. Vocês são inteligentes. Mesmo se quisesse, eu não poderia enganá-los.

O casal tornou a se entreolhar. Ele torceu para que os dois estivessem pensando em quanto ele era diferente do último agente soviético que os abordara.

O silêncio se prolongou, angustiante.

Quem finalmente falou foi Alice:

– Que tipo de ajuda vocês querem?

Aquilo não era um sim, mas era melhor do que uma recusa e conduzia logicamente ao passo nove.

– Minha mulher faz parte da equipe de físicos – disse ele, esperando que a informação desse um toque de humanidade bem na hora em que eles corriam o risco de considerá-lo manipulador. – Segundo ela, há vários caminhos para se chegar a uma bomba nuclear, e não temos tempo de testar todos eles. Se soubermos o que deu certo para vocês, podemos poupar anos de pesquisa.

– Faz sentido – disse Willi.

Agora o passo dez, o maior de todos:

– Precisamos saber que tipo de bomba foi lançado sobre o Japão.

A expressão de Frunze era de pura agonia. Ele olhou para a mulher. Dessa vez ela não meneou a cabeça, tampouco fez que não. Parecia tão dividida quanto o marido.

Frunze deu um suspiro.

– Foram dois tipos – respondeu.

Volodya ficou animado e surpreso.

– Dois modelos diferentes?

Frunze assentiu.

– Em Hiroshima, usaram um artefato de urânio acionado por um projétil também de urânio, como uma bala de revólver. A bomba foi batizada de Little Boy. A outra, Fat Man, lançada sobre Nagasaki, era uma bomba de plutônio com gatilho de implosão.

Volodya mal conseguia respirar. Aquelas eram informações quentíssimas.

– Qual das duas é melhor?

– As duas funcionaram, como ficou claro, mas Fat Man é mais fácil de fabricar.

– Por quê?

– É preciso muitos anos para produzir U-235 suficiente para uma bomba. Depois que se constrói uma pilha nuclear, o plutônio é mais rápido.

– Quer dizer que a União Soviética deveria copiar a Fat Man?

– Com certeza.

– Há mais uma coisa que você poderia fazer para ajudar a salvar a Rússia da destruição – disse Volodya.

– O quê?

Volodya o encarou.

– Conseguir os desenhos do projeto da bomba para mim – falou.

Willi ficou pálido.

– Sou cidadão americano – disse. – Isso que você está me pedindo é alta traição. A punição é a morte. Eu poderia ir para a cadeira elétrica.

Sua mulher também, pensou Volodya; ela é cúmplice. Mas ainda bem que você não pensou nisso.

– Nos últimos anos, pedi a muitas pessoas que arriscassem suas vidas – disse ele. – Pessoas como vocês, alemães que odiavam os nazistas, homens e mulheres que correram riscos terríveis para fornecer informações que nos ajudaram a vencer a guerra. E devo lhes dizer o mesmo que disse a elas: se não aceitarem, muitas outras pessoas vão morrer. – Ele se calou. Aquele era o seu maior trunfo. Não tinha mais nada a oferecer.

O alemão olhou para a mulher.

– Willi, você fabricou a bomba – disse ela.

Frunze então virou-se para Volodya e falou:

– Vou pensar.

III

Dois dias depois, ele entregou os desenhos.

Volodya os levou para Moscou.

Zoya foi solta. Não estava tão brava com a prisão quanto o marido.

– Foi para defender a Revolução – disse ela. – E ninguém me machucou. Foi como ficar hospedada num hotel ruim.

No primeiro dia que passaram em casa, depois do sexo, Volodya disse:

– Tenho uma coisa para mostrar a você, uma coisa que trouxe dos Estados Unidos. – Ele rolou para fora da cama, abriu uma gaveta e pegou um livro. – É o catálogo da Sears Roebuck. Olhe só.

Sentando-se ao lado da mulher na cama, abriu o catálogo na seção de vestidos femininos. Os modelos eram bem compridos, mas os tecidos tinham cores vivas e alegres, listras, quadriculados e cores lisas, alguns com babados, pregas e cintos.

– Que bonito! – comentou Zoya, pondo o dedo sobre um dos modelos. – Dois dólares e 98 cents é muito dinheiro?

– Na verdade, não – respondeu Volodya. – O salário médio é de uns 50 dólares por semana, e o aluguel custa mais ou menos um terço disso.

– Sério? – Zoya estava pasma. – Quer dizer que a maioria das pessoas pode comprar esses vestidos?

– Sim. Talvez não os camponeses. Mas, pensando bem, esses catálogos foram inventados para agricultores que moram a centenas de quilômetros da loja mais próxima.

– E como funcionam?

– Você escolhe o que quer, manda o dinheiro e algumas semanas depois o carteiro traz o que você encomendou.

– É como ser czar, imagino. – Zoya pegou o catálogo da mão do marido e virou a página. – Ah! Veja, aqui tem mais. – A página seguinte mostrava conjuntos de blazer e saia por 4 dólares e 98 cents. – Estes aqui também são elegantes – comentou ela.

– Continue folheando – disse Volodya.

Zoya se espantou ao ver páginas e mais páginas de sobretudos, chapéus, sapatos, roupa de baixo, pijamas e meias femininas.

– As pessoas podem comprar *qualquer um* desses artigos? – indagou.

– Isso mesmo.

– Mas estas páginas têm mais opções do que as lojas normais da Rússia!

– É verdade.

Ela seguiu folheando o catálogo. Havia uma gama semelhante de roupas para homens e também para crianças. Zoya pôs o dedo em um sobretudo pesado de inverno para meninos, feito de lã e vendido a 15 dólares.

– Por este preço, imagino que todos os meninos dos Estados Unidos tenham o seu.

– Devem ter.

Depois das roupas vinham os móveis. Era possível comprar uma cama por 25 dólares. Considerando um salário de 50 dólares por semana, era tudo muito barato. E não acabava nunca. O catálogo oferecia centenas de coisas que, na União Soviética, não podiam ser compradas por dinheiro nenhum: brinquedos e jogos, produtos de beleza, violões, cadeiras elegantes, ferramentas elétricas, romances de capa colorida, enfeites de Natal, torradeiras.

Até mesmo um trator.

– Você acha que qualquer agricultor americano que queira um trator pode comprar um *na hora*? – perguntou Zoya.

– Só se tiver dinheiro para pagar – respondeu Volodya.

– Ele não precisa pôr o nome numa lista e esperar alguns anos?

– Não.

Zoya fechou o catálogo e olhou para o marido com expressão solene.

– Se as pessoas podem ter tudo isso, por que iriam querer ser comunistas? – indagou.

– Boa pergunta – respondeu Volodya.

CAPÍTULO VINTE E DOIS

1946

As crianças de Berlim agora tinham uma nova brincadeira chamada *Komm, Frau* – "Vem, mulher". Era uma daquelas muitas brincadeiras em que meninos perseguem meninas, mas Carla reparou que havia uma novidade: eles se juntavam e escolhiam uma das meninas. Quando conseguiam pegá-la, começavam a gritar *"Komm, Frau!"* e a jogavam no chão. Então a seguravam enquanto um deles se deitava por cima dela e simulava o ato sexual. Crianças de 7 ou 8 anos – que não deveriam saber o que era estupro – brincavam disso porque tinham visto o que os soldados do Exército Vermelho faziam com as mulheres alemãs. Todos os russos sabiam falar pelo menos uma coisa em alemão: *Komm, Frau.*

Qual era o problema com os russos? Carla nunca conhecera ninguém que houvesse sido estuprada por um francês, um britânico, um americano ou um canadense, embora imaginasse que isso devesse acontecer. Por outro lado, todas as mulheres que ela conhecia entre os 15 e os 55 anos tinham sido curradas por pelo menos um soldado soviético: sua mãe Maud; sua amiga Frieda; Monika, mãe de Frieda; Ada. Todas.

Mas elas tiveram sorte, pois ainda estavam vivas. Algumas mulheres, violentadas por dezenas de homens durante horas a fio, tinham morrido. Carla ouvira falar numa menina que fora morta a dentadas.

Apenas Rebecca Rosen havia escapado. Depois que Carla a protegera no dia da liberação do Hospital Judaico, a menina se mudara para a casa dos Von Ulrich. A residência ficava na zona soviética, mas ela não tinha outro lugar para onde ir. Passou meses escondida no sótão como se fosse uma criminosa, descendo apenas à noite, depois de os russos bestiais terem caído num sono embriagado. Sempre que podia, Carla passava algumas horas lá em cima com ela, jogando cartas e dividindo histórias de vida. Queria ser como uma irmã mais velha, mas Rebecca a tratava como mãe.

Então Carla descobriu que seria mãe de verdade.

Maud e Monika estavam na casa dos 50 anos e felizmente já não podiam mais engravidar. Ada teve sorte. Mas tanto Carla quanto Frieda ficaram grávidas de seus estupradores.

Frieda fez um aborto.

Isso era ilegal e a lei nazista que ameaçava as infratoras com a pena de morte ainda estava em vigor. Dessa forma, Frieda havia procurado uma "parteira" idosa que realizara o procedimento em troca de cinco cigarros. Contraíra uma infecção grave e teria morrido, se Carla não houvesse conseguido roubar um pouco da escassa penicilina do hospital.

Mas Carla decidiu ter o bebê.

Seus sentimentos em relação à gravidez variavam violentamente de um extremo a outro. Quando se sentia enjoada pela manhã, maldizia os animais que tinham violentado seu corpo e a deixado com aquele fardo para carregar. Em outros momentos, pegava-se sentada com as mãos na barriga, o olhar perdido, sonhando com roupinhas de bebê. Então imaginava se o rosto da criança a faria pensar em um dos soldados e detestar o próprio filho. Mas com certeza ele também teria alguns traços dos Von Ulrich, ou não? Ela estava ansiosa e amedrontada.

Em janeiro de 1946, estava no oitavo mês de gestação. Assim como a maioria dos alemães, também estava com frio, com fome e muito pobre. Quando a gravidez se tornou aparente, teve que parar de trabalhar como enfermeira e juntou-se aos milhões de desempregados. Os cupons de racionamento de comida eram emitidos a cada dez dias. A quantidade diária de calorias estipulada para as pessoas com privilégios especiais era 1.500. Além disso seria preciso pagar, claro. No entanto, mesmo para quem tivesse dinheiro e cupons, às vezes simplesmente não havia comida para comprar.

Carla havia cogitado pedir um tratamento especial aos soviéticos por conta de seu trabalho como espiã durante a guerra. Mas Heinrich tentara a mesma coisa e tivera uma experiência assustadora. A Inteligência do Exército Vermelho queria que ele continuasse espionando para os russos e lhe pedira que se infiltrasse no Exército americano. Quando Heinrich disse que preferia não fazer isso, eles ficaram desagradáveis e ameaçaram mandá-lo para um campo de trabalho. Ele conseguiu se safar dizendo que não falava inglês, portanto não lhes seria útil. Mas o aviso bastou para Carla, que decidiu que era melhor ficar de boca fechada.

Nesse dia, ela e Maud estavam felizes porque tinham conseguido vender uma cômoda. Era uma peça em estilo Jugendstil, feita de rádica de carvalho, que os pais de Walter haviam comprado ao se casarem, em 1889. Carla, Maud e Ada puseram a cômoda num carrinho de mão emprestado.

A casa continuava sem homens. Erik e Werner estavam entre os milhões de soldados alemães desaparecidos. Podiam estar mortos. O coronel Beck dissera a Carla que quase três milhões de alemães haviam morrido em combate no front oriental, e que um número ainda maior falecera nas mãos dos soviéticos – vítimas da fome, do frio e de doenças. Mas outros dois milhões ainda estavam vivos, presos em campos de trabalho na União Soviética. Alguns tinham voltado: depois de fugirem dos guardas ou de serem libertados por estarem doentes demais para trabalhar, tinham se juntado aos milhares de pessoas desalojadas que vagavam por toda a Europa tentando encontrar o caminho de casa. Carla e Maud haviam escrito cartas, despachadas aos cuidados do Exército Vermelho, mas nunca receberam resposta.

Carla estava muito dividida em relação ao eventual retorno de Werner. Ainda o amava e torcia desesperadamente para que ele estivesse vivo e com saúde, mas temia encontrá-lo naquele estado, grávida do filho de um estuprador. Embora não fosse culpa sua, sentia uma vergonha inexplicável.

As três mulheres saíram pelas ruas empurrando o carrinho de mão. Deixaram Rebecca em casa. O auge aterrador da orgia de estupros e saques do Exército Vermelho tinha passado, e a menina já não morava no sótão, mas ainda não era seguro para uma moça bonita andar na rua.

Imensas fotografias de Lenin e Stalin estavam agora penduradas na Unter den Linden, outrora passarela da elite alemã da moda. A maioria das ruas de Berlim já tinha sido limpa, e o entulho dos prédios desabados formava pilhas a cada cem metros, pronto para talvez ser reutilizado, se os alemães um dia tivessem autorização para reconstruir seu país. Muitos hectares de construções residenciais tinham sido arrasados, às vezes quarteirões inteiros. Levaria anos para se livrarem de todos os destroços. Milhares de corpos apodreciam nas ruínas, e o cheiro nauseante de carne humana em decomposição havia pairado no ar o verão inteiro. Agora, só surgia depois da chuva.

Enquanto isso, a cidade fora dividida em quatro setores: russo, americano, britânico e francês. Diversos prédios que continuavam de pé foram requisitados pelas tropas de ocupação. Os berlinenses moravam onde podiam, muitas vezes buscando um abrigo inadequado nos cômodos restantes de imóveis parcialmente destruídos. O fornecimento de água corrente fora normalizado e a energia elétrica era intermitente, mas era difícil encontrar combustível para a calefação e a cozinha. A cômoda talvez valesse tanto cortada para fazer lenha quanto inteira.

As três levaram o móvel até Wedding, no setor francês, onde o venderam para um charmoso coronel parisiense em troca de um pacote de Gitanes. Como os soviéticos tinham emitido em excesso a moeda da ocupação, esta perdera completamente o valor, então tudo era comprado e vendido em cigarros.

Agora elas estavam voltando, vitoriosas. Maud e Ada empurravam o carrinho vazio, enquanto Carla caminhava ao lado delas. Estava dolorida do esforço de empurrar o carrinho, mas em compensação as três estavam ricas: um pacote inteiro de cigarros renderia bastante.

Escureceu e a temperatura caiu drasticamente. O caminho para casa as fez atravessar um curto trecho da zona britânica. Carla às vezes pensava se os britânicos ajudariam sua mãe caso soubessem das dificuldades que ela estava enfrentando. Por outro lado, fazia 26 anos que Maud era cidadã alemã. Seu irmão, o conde Fitzherbert, era rico e influente, mas recusara-se a ajudá-la depois que ela se casou com Walter von Ulrich, e era um homem turrão: provavelmente não mudaria de atitude.

Elas passaram por umas trinta ou quarenta pessoas vestidas em farrapos, reunidas em frente a uma casa requisitada pela força de ocupação. Detiveram-se para ver o que as pessoas estavam olhando e notaram que dentro da casa havia uma festa. Pelas janelas, puderam observar cômodos muito iluminados, homens rindo e mulheres segurando copos de bebida, além de garçonetes passando entre os convidados com bandejas de comida. Carla olhou em volta. O grupo reunido na rua era composto em sua maioria por mulheres e crianças – não haviam sobrado muitos homens em Berlim, nem na Alemanha como um todo, por sinal – que fitavam com anseio as janelas, como pecadores banidos nos portões do Paraíso. Era uma visão deplorável.

– Que obscenidade – comentou Maud, subindo a passos decididos o acesso que conduzia até a porta da casa.

Um vigia britânico barrou sua entrada e disse:

– *Nein, nein.* – Devia ser a única palavra em alemão que ele conhecia.

Maud lhe respondeu no inglês marcado de classe alta que costumava falar quando jovem:

– Preciso falar com seu superior imediatamente.

Como sempre, Carla admirou a coragem e a altivez da mãe.

O soldado olhou com desconfiança para o casaco puído de Maud, mas, depois de alguns instantes, bateu na porta. Esta se abriu e um rosto espiou para fora.

– Esta senhora é inglesa e quer falar com o oficial – informou o vigia.

Instantes depois, a porta tornou a se abrir e duas pessoas olharam para fora. Poderiam ter sido caricaturas de um oficial britânico e sua esposa: ele de uniforme de gala e gravata-borboleta preta; ela de vestido longo e colar de pérolas.

– Boa noite – cumprimentou Maud. – Lamento muitíssimo atrapalhar sua festa.

Os dois a encararam, espantados ao ouvirem aquelas palavras de uma mulher em andrajos.

– Apenas achei que vocês deveriam ver o que estão fazendo com essas pobres pessoas aqui na rua – continuou ela.

O casal olhou para o grupo reunido do lado de fora.

– Poderiam ao menos ter um pouco de piedade e fechar as cortinas – concluiu Maud.

Depois de alguns instantes, a mulher falou:

– Ah, George, será que fomos muito insensíveis?

– Sem querer, talvez – respondeu o oficial, indelicado.

– Será que poderíamos nos desculpar mandando trazer um pouco de comida para essas pessoas?

– Sim – respondeu Maud depressa. – Seria uma gentileza e também um pedido de desculpas.

O oficial pareceu hesitar. Decerto oferecer tira-gostos a alemães famintos infringia algum tipo de regulamento.

– George, querido, por favor – suplicou a mulher.

– Ah, está bem – cedeu o militar.

A mulher virou-se novamente para Maud:

– Obrigada por nos avisar. Não era nossa intenção fazer isso.

– De nada – retrucou Maud, afastando-se outra vez da casa.

Alguns minutos depois, convidados começaram a surgir pela porta com travessas de sanduíches e bolo, que ofereceram ao grupo esfomeado. Carla sorriu. O atrevimento de sua mãe tinha dado frutos. Pegou um grande pedaço de bolo de frutas que engoliu em poucas mordidas famintas. O bolo tinha mais açúcar do que ela havia comido nos últimos seis meses.

As cortinas foram fechadas, os convidados voltaram para dentro, e a multidão se dispersou. Maud e Ada seguraram os cabos do carrinho e recomeçaram a empurrá-lo até em casa.

– Muito bem, mãe – disse Carla. – Um pacote de Gitanes e uma refeição grátis, tudo na mesma tarde!

Pensando bem, com exceção dos soviéticos, poucos ocupantes eram cruéis com os alemães. Ela achava isso surpreendente. Os soldados americanos distribuíam barras de chocolate. Até os franceses, cujos filhos tinham passado fome durante a ocupação alemã, muitas vezes se mostravam gentis. Depois de toda a infelicidade que nós alemães causamos a nossos vizinhos, pensou ela, é espantoso que eles não nos odeiem mais. Talvez achem que já fomos punidos o suficiente, com os nazistas, o Exército Vermelho e os bombardeios aéreos.

Já era tarde quando elas chegaram. Devolveram o carrinho de mão aos vizinhos que o haviam emprestado, pagando-os com metade de um maço de Gitanes. Então entraram em casa, que por sorte continuava intacta. A maioria das janelas já não tinha vidraça e a alvenaria estava cheia de buracos, mas o imóvel não sofrera nenhum dano estrutural e ainda as protegia do clima.

Mesmo assim, as quatro agora moravam na cozinha, onde dormiam em colchões que traziam do hall à noite. Já era bem difícil aquecer aquele cômodo, quanto mais o restante da casa. Antigamente, queimavam carvão no fogão da cozinha, mas agora era quase impossível conseguir carvão. Tinham descoberto, no entanto, que o fogão podia queimar muitas outras coisas: livros, jornais, móveis quebrados, até mesmo cortinas de filó.

Dormiam duas a duas, Carla com Rebecca, e Maud com Ada. Rebecca muitas vezes adormecia chorando nos braços de Carla, como fizera na noite em que seus pais tinham morrido.

A longa caminhada deixara Carla exausta, e ela se deitou assim que chegou. Ada acendeu o fogão com velhas revistas que Rebecca trouxera do sótão. Maud acrescentou água às sobras da sopa de feijão do almoço e a aqueceu para o jantar.

Quando se sentou para tomar a sopa, Carla sentiu uma forte pontada na barriga. Percebeu que não era por ter empurrado o carrinho. Aquilo era diferente. Verificou a data e fez as contas de trás para a frente até o dia da liberação do Hospital Judaico.

– Mãe – falou, assustada –, acho que o bebê vai nascer.

– Mas ainda está cedo! – exclamou Maud.

– Estou com 36 semanas de gravidez e senti uma contração.

– Então é melhor nos prepararmos.

Maud subiu para buscar toalhas.

Ada trouxe uma cadeira de madeira da sala de jantar. Tinha conseguido um pedaço bem útil de aço retorcido num local atingido por uma bomba, e este lhe servia de martelo. Ela quebrou a cadeira em pedaços de tamanho adequado, e aumentou a chama no fogão.

Carla levou as mãos ao ventre distendido.

– Você bem que poderia ter esperado um tempo mais quente, bebê – falou.

Logo começou a sentir tanta dor que nem ligou mais para o frio. Não sabia que algo podia doer daquele jeito.

Nem que podia demorar tanto. Passou a noite inteira em trabalho de parto. Maud e Ada se revezaram para segurar sua mão enquanto ela gemia e chorava. Rebecca assistia a tudo, pálida e assustada.

A luz cinzenta da manhã já entrava pelo jornal pregado nas janelas sem vidraça da cozinha quando a cabeça do bebê enfim saiu. Carla foi tomada por uma sensação de alívio maior do que tudo o que já havia experimentado, mesmo que a dor não tenha passado na hora.

Depois de fazer uma última força, sentindo uma dor lancinante, Carla viu Maud tirar o bebê do meio de suas pernas.

– É um menino – falou.

Deu uma soprada no rostinho do bebê, que abriu a boca e chorou.

Ela entregou o bebê a Carla e ajudou a filha a se recostar em algumas almofadas trazidas da sala de estar.

Fartos cabelos escuros cobriam a cabeça do menino.

Maud amarrou o cordão umbilical com um pedaço de algodão e o cortou. Carla desabotoou a blusa e levou o bebê ao seio.

Estava com medo de não ter leite. No final da gravidez, seus seios deveriam ter inchado e vazado, mas isso não acontecera; talvez porque o bebê fosse prematuro, ou talvez porque a mãe estivesse desnutrida. No entanto, depois de a criança sugar por alguns instantes, ela sentiu uma dor estranha, e o leite começou a fluir.

O menino logo pegou no sono.

Ada trouxe uma tigela de água morna e um trapo e, com muita delicadeza, lavou o rosto e a cabeça do bebê, depois o restante do corpo.

– Como ele é lindo! – sussurrou Rebecca.

– Mãe, que tal o chamarmos de Walter? – sugeriu Carla.

Não pretendia ser dramática, mas Maud não se aguentou. Seu queixo caiu e ela curvou o corpo para a frente, sacudida por soluços terríveis. Recobrou-se o suficiente para uma única palavra.

– Desculpe. – Então tornou a se contorcer de desespero. – Ah, Walter, meu Walter... – dizia ela, aos prantos.

Depois de algum tempo, seu choro cessou.

– Desculpe – repetiu ela. – Não tive a intenção de fazer drama. – Ela enxugou o rosto com a manga da blusa. – Só queria que o seu pai pudesse ver o menino. É tudo tão injusto.

Ada surpreendeu as duas ao citar o Livro de Jó:

– "O Senhor deu, o Senhor tirou" – disse a empregada. – "Bendito seja o nome do Senhor."

Carla não acreditava em Deus – nenhum ser sagrado teria permitido a existência dos campos de extermínio dos nazistas –, mas mesmo assim a citação a reconfortou. A frase falava sobre aceitar tudo o que a vida comportava, inclusive a dor do parto e a tristeza da morte. Maud também pareceu gostar do significado daquelas palavras e se acalmou.

Carla fitou o bebê Walter com adoração. Jurou cuidar dele, dar-lhe de comer e mantê-lo aquecido, quaisquer que fossem as dificuldades pelo caminho. Era a criança mais maravilhosa que já havia nascido, e ela iria amá-lo e adorá-lo para sempre.

O menino acordou e Carla tornou a lhe dar o seio. Sob o olhar atento das quatro mulheres, ele mamou com vontade, fazendo barulhinhos de sucção. Durante algum tempo não se pôde ouvir nenhum outro barulho na cozinha quente e mal-iluminada.

II

O primeiro discurso de um novo membro do Parlamento é conhecido como discurso de estreia, e geralmente é maçante. Determinadas coisas precisam ser ditas, lança-se mão de frases feitas, e o acordo tácito é que o tema não seja controverso. Colegas e adversários parabenizam o recém-chegado, tradições são observadas e quebra-se o gelo inicial.

Lloyd Williams fez seu primeiro discurso *de verdade* alguns meses depois, durante o debate sobre a Lei Nacional da Seguridade Social. Foi bem mais assustador que o discurso de estreia.

Ao prepará-lo, pensou em dois oradores. Seu avô, Dai Williams, usava a linguagem e os ritmos da Bíblia, não só na capela, mas também – e talvez especialmente – ao falar sobre as dificuldades e a injustiça da vida de um mineiro. Gostava de usar palavras curtas e cheias de significado: labuta, pecado, cobiça. Falava sobre o lar, a mina e a morte.

Churchill fazia o mesmo, mas tinha o humor que faltava a Dai Williams. Suas frases longas e majestosas muitas vezes se encerravam com uma imagem inesperada ou uma inversão de significado. Durante a greve geral de 1926, quando era editor do *The British Gazette*, o jornal do governo, ele alertara os sindicalistas: "Que não reste nenhuma dúvida na mente de vocês: se algum dia soltarem para cima de nós outra greve geral, vamos soltar para cima de vocês outro *British Gazette*." Na opinião de Lloyd, um discurso precisava de surpresas desse tipo; elas eram as passas que davam graça ao bolo.

Quando se levantou para falar, porém, constatou que suas frases cuidadosamente construídas pareciam irreais. Ficou claro que o público pensava a mesma coisa, e ele pôde sentir que os cinquenta ou sessenta deputados presentes no plenário ouviam sem prestar atenção. Por um instante sentiu pânico: como podia ser maçante falando sobre um assunto que tinha tanta importância para as pessoas que representava?

No primeiro banco dos deputados do governo, viu a mãe, agora ministra-adjunta da Educação, e seu tio Billy, ministro-adjunto do Carvão. Sabia que Billy Williams tinha começado a trabalhar na mina aos 13 anos. Ethel tinha a mesma idade quando começou a esfregar os pisos de Tŷ Gwyn. Aquele debate não era sobre frases bonitas: era sobre suas vidas.

Um minuto depois de começar, Lloyd abandonou o roteiro e começou a improvisar. Recordou a miséria das famílias da classe trabalhadora empobrecidas pelo desemprego ou por acidentes de trabalho, cenas que testemunhara em primeira mão no East End londrino e nas minas de carvão de Gales do Sul. Sua voz transmitiu sua emoção e isso lhe causou certo embaraço, mas ele prosseguiu. Constatou que o público começava a prestar atenção. Falou sobre o avô e os outros homens que haviam criado o movimento trabalhista com o sonho de um seguro-desemprego abrangente, que banisse para sempre o temor da privação. Quando se sentou, um rugido de aprovação tomou conta da plateia.

Na galeria de visitantes, sua mulher Daisy deu um sorriso orgulhoso e ergueu o polegar para ele.

Lloyd ouviu o restante do debate envolto por uma aura de satisfação. Sentia que havia passado em seu primeiro teste de verdade como deputado.

Depois da sessão, no lobby, foi abordado por um "chicote" trabalhista, um dos deputados da bancada do partido responsável por garantir que todos votassem como deveriam. Depois de parabenizar Lloyd pelo discurso, o chicote perguntou:

– O senhor gostaria de ser secretário parlamentar particular?

Lloyd logo se animou. Cada ministro e ministro-adjunto tinha pelo menos um secretário parlamentar. Na verdade, seu papel muitas vezes era apenas carregar a pasta do ministro, mas em geral o cargo era o primeiro degrau a caminho de uma nomeação ministerial.

– Seria uma honra – respondeu Lloyd. – Com quem eu iria trabalhar?

– Ernie Bevin.

Lloyd mal pôde acreditar na própria sorte. Ministro das Relações Exteriores, Bevin era também o colega mais próximo do primeiro-ministro Attlee. A relação estreita entre os dois era uma prova de que os opostos se atraem. Attlee pertencia à classe média: filho de advogado, formado em Oxford, oficial na Primeira Guerra. Bevin, por sua vez, era filho ilegítimo de uma empregada doméstica, não conhecia o pai, começara a trabalhar aos 11 anos e fundara o gigantesco Sindicato dos Trabalhadores Gerais e dos Transportes. Os dois também eram opostos no aspecto físico: Attlee era esbelto e elegante, discreto, solene; Bevin era um homem imenso, alto, forte e acima do peso, dono de uma sonora risada.

O ministro das Relações Exteriores chamava o primeiro-ministro de "pequeno Clem". Apesar de tudo, eram fortes aliados.

Bevin era um herói para Lloyd e para milhões de britânicos comuns.

– Nada me daria mais satisfação – disse ele. – Mas Bevin já não tem um secretário parlamentar?

– Ele precisa de dois – respondeu o chicote. – Apresente-se no Ministério das Relações Exteriores amanhã às nove horas, e já pode começar.

– Obrigado!

Lloyd seguiu apressado pelo corredor revestido de painéis de carvalho em direção à sala da mãe. Tinha combinado encontrar Daisy lá depois do debate.

– Mam! – falou ao entrar. – Fui nomeado secretário parlamentar de Ernie Bevin!

Então viu que Ethel não estava sozinha. O conde Fitzherbert estava na sala com ela.

Fitz encarou Lloyd com uma mistura de surpresa e desagrado.

Mesmo chocado, Lloyd reparou que o pai usava um terno cinza-claro de corte perfeito, com um colete de abotoamento duplo.

Tornou a olhar para a mãe. Ethel estava muito tranquila. O encontro não era uma surpresa. Ela própria devia ter planejado aquilo.

O conde chegou à mesma conclusão.

– Que diabo é isto, Ethel? – perguntou.

Lloyd examinou com atenção o homem cujo sangue corria em suas veias. Mesmo naquela situação constrangedora, Fitz continuava altivo e digno. Era bonito, apesar da pálpebra caída por conta de ferimentos na batalha do Somme. Andava apoiado numa bengala, outra sequela da guerra. A poucos meses de completar 60 anos, tinha uma aparência impecável: cabelos grisalhos cortados à perfeição, gravata prateada amarrada com um nó firme, sapatos pretos reluzentes. Lloyd também gostava de andar arrumado. Foi a ele que puxei, pensou.

Ethel postou-se ao lado de Fitz. Lloyd conhecia a mãe bem o suficiente para entender a manobra. Quando queria convencer um homem, muitas vezes usava seu charme. Mesmo assim, não gostou de vê-la ser tão calorosa com alguém que havia se aproveitado dela e a abandonara.

– Fiquei muito triste ao saber da morte de Boy – disse ela a Fitz. – Não há nada tão precioso quanto os filhos, não é?

– Tenho que ir – retrucou Fitz.

Até aquele momento, Lloyd só tivera encontros passageiros com o pai. Nunca passara tanto tempo assim com ele, nem o escutara dizer tantas palavras. Apesar de pouco à vontade, estava fascinado. Por mais mal-humorado que estivesse, Fitz tinha uma espécie de aura.

– Por favor, Fitz – pediu Ethel. – Você tem um filho que nunca assumiu... um filho de quem deveria se orgulhar.

– Ethel, você não deveria fazer isso – disse Fitz. – Um homem tem o direito de esquecer os erros da juventude.

Lloyd se retraiu de constrangimento, mas sua mãe insistiu:

– Por que você quer esquecer? Sei que Lloyd foi um erro, mas olhe para ele agora: um deputado que acaba de fazer um discurso empolgante e ser nomeado secretário parlamentar do ministro das Relações Exteriores.

Fitz fez questão de não olhar para Lloyd.

– Você quer fingir que nosso caso não teve importância – continuou Ethel –, mas no fundo sabe a verdade. Sim, nós éramos jovens e tolos, e fogosos também... Tanto eu quanto você. Mas nos amamos. Nós nos amamos *de verdade*, Fitz. Você deveria reconhecer isso. Por acaso não sabe que, quando nega a verdade sobre si mesmo, perde a alma?

Lloyd viu que a expressão de Fitz agora já não era simplesmente impassível. Ele estava se esforçando para manter o controle. Entendeu que a mãe tinha posto o dedo em sua ferida. O problema principal não era o fato de Fitz sentir vergonha de ter um filho ilegítimo. Ele era orgulhoso demais para aceitar que havia amado uma empregada. Provavelmente amara Ethel mais do que a própria esposa, pensou Lloyd. E isso perturbava todas as suas crenças mais arraigadas em relação à hierarquia social.

Lloyd então se manifestou pela primeira vez:

– Estive com Boy nos últimos instantes, senhor. Ele teve uma morte corajosa.

Pela primeira vez também, Fitz o encarou.

– O meu filho não precisa da sua aprovação – falou.

A frase foi como um tapa na cara.

Até Ethel ficou chocada.

– Fitz! – exclamou ela. – Como você pode ser tão cruel?

Nesse momento, Daisy entrou na sala.

– Olá, Fitz! – disse ela, jovial. – Você deve ter achado que tinha se livrado de mim, mas agora é meu sogro outra vez. Não é engraçado?

– Estou tentando convencer Fitz a apertar a mão de Lloyd – disse Ethel.

– Em geral tento evitar apertar a mão de socialistas – retrucou Fitz.

Ethel estava travando uma batalha perdida, mas não iria desistir.

– Veja só como ele lembra você! São parecidos, se vestem da mesma maneira, têm o mesmo interesse por política... provavelmente Lloyd vai acabar virando ministro das Relações Exteriores, cargo que você sempre quis ocupar!

A expressão de Fitz tornou-se ainda mais fechada.

– Agora é bem improvável que eu algum dia me torne ministro das Relações Exteriores. – Ele foi até a porta. – E não ficaria nada satisfeito se esse grande posto do governo fosse ocupado pelo meu bastardo bolchevique! – Então saiu da sala.

Ethel começou a chorar.

Daisy abraçou Lloyd.

– Sinto muito – falou.

– Não se preocupe – disse ele. – Não estou chocado nem desapontado. – Não era verdade, mas ele não queria parecer patético. – Já fui rejeitado por ele há muito tempo. – Ele olhou para Daisy com ar de adoração. – Tenho a sorte de ter muitas outras pessoas que me amam.

– A culpa é toda minha – disse Ethel, chorosa. – Eu não deveria ter pedido a ele que viesse aqui. Deveria saber que o resultado não seria bom.

– Esqueçam isso – falou Daisy. – Tenho boas notícias.

Lloyd sorriu para a mulher.

– Que notícias?

Daisy olhou para Ethel.

– Está preparada?

– Acho que sim.

– Diga logo – pediu Lloyd. – O que é?

– Nós vamos ter um filho – disse Daisy.

III

Erik, irmão de Carla, voltou para casa no verão, à beira da morte. Contraíra tuberculose num campo de trabalhos forçados soviético, e fora liberado depois de ficar fraco demais para trabalhar. Passara semanas dormindo ao relento, viajando a bordo de trens de carga e pegando carona com caminhoneiros. Chegou à casa dos Von Ulrich descalço e com roupas imundas. Seu rosto parecia uma caveira.

Mas ele não morreu. Talvez tenha sido a companhia de pessoas que o amavam; ou o tempo mais quente à medida que o inverno cedia lugar à primavera; ou apenas o descanso. De todo modo, passou a tossir menos e recuperou força suficiente para fazer alguns serviços na casa: consertar janelas quebradas, arrumar as telhas, desentupir canos.

Felizmente, no começo do ano, Frieda Franck tinha encontrado uma mina de ouro.

Ludwig Franck morrera no bombardeio aéreo que destruíra sua fábrica, e durante algum tempo Frieda e a mãe tinham ficado tão pobres quanto o restante da população. Mas então ela arrumou um emprego de enfermeira no setor americano e, pouco depois, como explicou a Carla, um pequeno grupo de médicos lhe pediu que vendesse o excedente de comida e cigarros no mercado negro em troca de uma porcentagem dos lucros. Depois disso, ela aparecia na casa de Carla uma vez por semana com uma cestinha de suprimentos: roupas quentes, velas, pilhas para lanterna, fósforos, sabão e comida – toucinho, chocolate, maçãs, arroz, pêssegos em conserva. Maud dividia a comida em porções e dava a Carla uma porção dupla. Ela aceitava sem hesitar, não em benefício próprio, mas para amamentar o pequeno Walli.

Sem a comida clandestina de Frieda, o bebê talvez não tivesse sobrevivido.

Ele estava mudando depressa. Os cabelos escuros com os quais nascera tinham caído e em seu lugar haviam nascido cabelos finos e louros. Aos 6 meses, tinha os incríveis olhos verdes de Maud. À medida que seus traços se definiam, Carla reparou numa dobrinha de pele no canto externo dos olhos que lhe dava um olhar puxado, e imaginou se o pai do menino seria siberiano. Não se lembrava de todos os homens que a haviam estuprado. Mantivera os olhos fechados na maior parte do tempo.

Não os detestava mais. Por mais estranho que fosse, sua felicidade por ser mãe de Walli era tão grande que ela mal conseguia lamentar o ocorrido.

Rebecca era fascinada por Walli. Agora que acabara de completar 15 anos, tinha idade suficiente para sentir o princípio do instinto materno, e sempre se mostrava disposta a ajudar Carla a dar banho no bebê e vesti-lo. Brincava com ele o tempo todo, e o menino balbuciava de alegria ao vê-la.

Assim que Erik se sentiu forte o bastante, filiou-se ao Partido Comunista.

Carla ficou pasma. Depois de tudo o que ele havia sofrido nas mãos dos soviéticos, como podia fazer aquilo? Logo percebeu que o irmão se referia ao comunismo da mesma forma que costumava se referir ao nazismo uma década antes. Só torcia para que sua desilusão dessa vez não demorasse tanto a chegar.

Os Aliados estavam ansiosos pela volta da democracia à Alemanha, e eleições municipais para Berlim foram marcadas nesse mesmo ano.

Carla estava certa de que a cidade não voltaria ao normal até que os próprios habitantes assumissem o controle, então decidiu apoiar o Partido Social-Democrata. Mas os berlinenses logo descobriram que os ocupantes soviéticos tinham um conceito curioso de democracia.

Em novembro, eles haviam ficado chocados com o desfecho das eleições na Áustria. Os comunistas austríacos esperavam uma disputa apertada com os socialistas, mas tinham conquistado apenas quatro vagas das 165 disponíveis. Os eleitores pareciam culpar os comunistas pela brutalidade do Exército Vermelho. O Kremlin, pouco habituado a eleições lícitas, não previra isso.

Para evitar um resultado semelhante na Alemanha, os soviéticos propuseram uma fusão entre comunistas e social-democratas, no que chamavam de Frente Unida. Apesar da forte pressão, os social-democratas resistiram. Então os russos começaram a prendê-los no leste do país, da mesma forma que os nazistas tinham feito em 1933. Nessa região, a fusão foi imposta. Mas as eleições em Berlim eram supervisionadas pelos quatro Aliados, e os social-democratas conseguiram sobreviver.

Quando o tempo esquentou, Carla pôde voltar a se revezar na fila da comida. Levava Walli enrolado numa fronha – não tinha roupas de bebê. Certo dia, de manhã, quando estava a alguns quarteirões de casa, na fila para comprar batatas, ficou surpresa ao ver um jipe americano encostar na calçada com Frieda no banco do carona. O motorista de meia-idade já meio calvo se despediu dela com um beijo na boca, e ela desceu do carro. Estava usando um vestido azul sem mangas e sapatos novos. Afastou-se depressa em direção à casa dos Von Ulrich, levando sua cestinha.

Carla entendeu tudo numa fração de segundo. Frieda não vendia artigos no mercado negro, tampouco havia grupo de médicos algum. Ela era amante de um oficial americano que a sustentava.

Isso não era incomum. Milhares de belas moças alemãs tinham sido forçadas a uma escolha: ver a família morrer de fome ou ir para a cama com um oficial generoso. As francesas tinham feito o mesmo durante a ocupação nazista. Ali na Alemanha, as esposas dos oficiais falavam nisso com amargura.

Mesmo assim, Carla ficou horrorizada. Pensava que Frieda amasse Heinrich. Os dois planejavam se casar assim que a vida recuperasse um mínimo de normalidade. Aquilo deixou Carla enojada.

Ela chegou ao começo da fila, comprou sua porção de batatas e voltou depressa para casa.

Encontrou Frieda no andar de cima, na sala de estar. Erik tinha limpado o cômodo e tapado as janelas com jornal, o melhor substituto que havia para o vidro. Havia muito tempo que as cortinas tinham sido transformadas em roupa de cama, mas a maior parte das cadeiras ainda sobrevivia, com o estofado desbotado e gasto. Por milagre, o piano de cauda também continuava ali. Um oficial russo o tinha visto e anunciado que retornaria no dia seguinte com um guindaste para içá-lo pela janela, mas nunca voltara.

Assim que Carla chegou, Frieda pegou Walli do seu colo e começou a cantar para o menino a canção "A, B, C, die Katze lief im Schnee". Carla observou que as mulheres que ainda não tinham filhos, Rebecca e Frieda, não se fartavam de brincar com Walli. Já as que tinham sido mães, Maud e Ada, adoravam o bebê, mas o tratavam de forma prática.

Frieda abriu a tampa do piano e incentivou Walli a bater nas teclas enquanto ela cantava. Havia muitos anos que ninguém tocava o instrumento. Maud não encostava nele desde a morte de seu último aluno, Joachim Koch.

Depois de alguns minutos, Frieda disse a Carla:

– Você está séria. O que houve?

– Sei como você consegue a comida que traz para nós – respondeu Carla. – Não trabalha no mercado negro, não é?

– É claro que trabalho – respondeu Frieda. – Que história é essa?

– Eu a vi descendo de um jipe hoje de manhã.

– O coronel Hicks me deu uma carona.

– Ele beijou você na boca.

Frieda olhou para outro lado.

– Eu sabia que deveria ter descido antes. Poderia ter vindo a pé do setor americano.

– Mas, Frieda, e Heinrich?

– Ele nunca vai saber! Vou tomar mais cuidado, juro.

– Você ainda o ama?

– É claro! Nós vamos nos casar.

– Então por que...?

– Estou farta de passar dificuldades! Quero usar roupas bonitas, ir a boates e dançar.

– Não é isso – disse Carla, convicta. – Você não pode mentir para mim, Frieda... somos amigas há muito tempo. Diga a verdade.

– A verdade?

– Sim, por favor.

– Tem certeza?

– Tenho.

– Fiz isso por Walli.

Carla soltou um arquejo de choque. Isso nunca havia lhe ocorrido, mas fazia sentido. Acreditou que Frieda estivesse fazendo um sacrifício daqueles por ela e pelo filho.

No entanto, sentiu-se péssima. Aquilo a tornava responsável pelo fato de Frieda se prostituir.

– Que horror! – exclamou. – Você não deveria ter feito isso... Nós teríamos dado um jeito.

Ainda com o bebê no colo, Frieda se levantou da banqueta do piano.

– Não teriam, não! – exclamou, arrebatada.

Walli se assustou e começou a chorar. Carla o tomou nos braços e o ninou, afagando suas costas.

– Vocês não teriam dado um jeito – disse Frieda, dessa vez mais baixo.

– Como você sabe?

– Durante todo o inverno bebês foram levados para o hospital nus, enrolados em jornal, morrendo de fome e de frio. Eu mal conseguia olhar para eles.

– Ah, meu Deus! – Carla apertou Walli em seu colo.

– Eles ficam com uma cor azul característica quando morrem congelados.

– Pare.

– Preciso falar sobre essas coisas, senão você não vai entender o que fiz. Walli teria virado um desses bebês azuis congelados.

– Eu sei – sussurrou Carla. – Eu sei.

– Percy Hicks é um homem bom. Tem uma mulher sem graça em Boston, e eu sou a coisa mais sexy que ele já viu na vida. Quando fazemos sexo, ele é carinhoso, rápido e sempre usa preservativo.

– Você precisa parar com isso – disse Carla.

– Você não está falando sério.

– É, não estou mesmo – confessou Carla. – E é essa a pior parte. Sinto-me tão culpada...

– Mas você não tem culpa. A escolha foi minha. As mulheres alemãs têm que fazer escolhas difíceis. Estamos pagando pelas escolhas fáceis que os alemães fizeram 15 anos atrás. Homens como meu pai, que achou que Hitler seria bom para os negócios; e como o pai de Heinrich, que votou a favor da Lei Plenipotenciária. As filhas têm que pagar pelos pecados dos pais.

Alguém bateu com força na porta da frente. Instantes depois, elas ouviram os passos rápidos de Rebecca correndo para o andar de cima, para o caso de ser o Exército Vermelho.

Então Ada falou:

– Ah! Bom dia, senhor!

Ela soou surpresa e um pouco preocupada, mas não pareceu estar com medo. Carla se perguntou quem poderia provocar essa mistura específica de reações na criada.

Passos pesados e masculinos soaram na escada, e então Werner entrou na sala.

Estava sujo, em frangalhos e muito magro, mas seu rosto bonito exibia um sorriso largo.

– Sou eu! – disse ele, eufórico. – Voltei!

Então viu o bebê. Seu queixo caiu, e o sorriso desapareceu.

– Ah – disse ele. – O que... quem... de quem é esse bebê?

– É meu, amor – respondeu Carla. – Deixe-me explicar.

– Explicar? – repetiu ele, zangado. – Que explicação pode haver? Você teve um filho com outro homem! – Ele se virou para ir embora.

– Werner! – gritou Frieda. – Nesta sala estão duas mulheres que amam você. Não vá embora sem nos ouvir. Você não está entendendo.

– Estou entendendo tudo perfeitamente.

– Carla foi violentada.

– Violentada? Por quem? – indagou Werner, pálido.

– Não cheguei a saber o nome deles – respondeu Carla.

– Deles? – Werner engoliu em seco. – Foram... foi mais de um?

– Cinco soldados do Exército Vermelho.

A voz dele se transformou num sussurro:

– Cinco?

Carla assentiu.

– Mas... você não poderia ter... Quer dizer...

– Eu também fui violentada, Werner – disse Frieda. – E mamãe também.

– Meu Deus, o que está acontecendo nesta cidade?

– Um inferno – respondeu Frieda.

Werner sentou-se pesadamente numa poltrona de couro gasta.

– E eu pensando que o inferno fosse o lugar onde eu estava – falou. Então enterrou o rosto nas mãos.

Ainda com Walli no colo, Carla atravessou a sala e ficou em pé na frente da poltrona de Werner.

– Werner, olhe para mim – pediu ela. – Por favor.

Ele ergueu o rosto; sua expressão estava contorcida de emoção.

– O inferno acabou – disse ela.

– Ah, é?

– É – respondeu ela com firmeza. – A vida está difícil, mas os nazistas foram embora, a guerra terminou. Hitler está morto, e os estupradores do Exército Vermelho foram controlados, de certa forma. O pesadelo acabou. Nós dois estamos vivos... e juntos.

Ele estendeu a mão e segurou a dela.

– Tem razão.

– Temos Walli, e daqui a um minuto você vai conhecer uma menina de 15 anos chamada Rebecca, que de certa forma virou minha filha. Precisamos formar uma nova família com o que a guerra nos deixou, da mesma forma que temos que construir novas casas com o entulho espalhado pelas ruas.

Ele assentiu.

– Eu preciso do seu amor – disse Carla. – Rebecca e Walli também.

Werner se levantou devagar. Ela o encarou com um ar de expectativa. Ele não disse nada, mas, depois de uma longa pausa, passou os braços em volta dela e do bebê, abraçando-os delicadamente.

IV

Com as regras dos tempos de guerra ainda em vigor, o governo britânico tinha o direito de abrir minas de carvão onde quisesse, independentemente da vontade do proprietário das terras. Os donos só eram compensados por perdas de lucros agrícolas ou de propriedades comerciais.

O ministro-adjunto do Carvão, Billy Williams, autorizou uma mina a céu aberto no terreno de Tŷ Gwyn, a mansão do conde Fitzherbert situada nos arredores de Aberowen.

Como as terras não tinham uso comercial, nenhuma indenização foi paga.

Houve indignação nos bancos ocupados pelos deputados conservadores da Câmara dos Comuns.

– A sua pilha de escória vai ficar bem debaixo das janelas do quarto da condessa! – disse um deputado indignado.

Billy Williams sorriu.

– A pilha de escória do conde passou cinquenta anos debaixo da janela da minha mãe.

Na véspera do dia em que os engenheiros começaram as escavações, Lloyd Williams e Ethel acompanharam Billy até Aberowen. Lloyd relutou em deixar Daisy, que deveria dar à luz em duas semanas, mas aquele era um momento histórico, e ele queria estar presente.

Seus avós estavam com quase 80 anos. Apesar dos óculos de lentes feitas de cristal de rocha, Granda estava quase cego, e Grandmam andava curvada.

– Que coisa boa – disse Grandmam quando todos se sentaram em volta de sua velha mesa na cozinha. – Meus dois filhos aqui comigo.

Ela serviu carne ensopada com purê de nabo e grossas fatias de pão caseiro cobertas de banha. Para acompanhar, grandes canecas de chá doce com bastante leite.

Lloyd havia comido esse tipo de refeição com frequência quando era criança, mas agora achava a comida tosca. Sabia que, mesmo nos tempos difíceis, as francesas e as espanholas conseguiam servir pratos saborosos, delicadamente temperados com alho e ervas. Sentiu vergonha da própria exigência e fingiu comer e beber com apetite.

– É uma pena os jardins de Tŷ Gwyn desaparecerem – comentou Grandmam sem qualquer delicadeza.

Billy se ofendeu.

– Como assim? As pessoas precisam de carvão.

– Mas todo mundo ama aqueles jardins. Eles são lindos. Desde que eu era menina, ia lá pelo menos uma vez por ano. É uma pena vê-los desaparecer.

– Tem um ótimo parque de recreação bem no meio de Aberowen!

– Não é a mesma coisa – retrucou Grandmam, sem se deixar abalar.

– As mulheres nunca vão entender de política – comentou Granda.

– Não – concordou Grandmam. – Imagino que nunca, mesmo.

Lloyd cruzou olhares com a mãe. Ethel sorriu e não disse nada.

Billy e Lloyd dividiram o segundo quarto, e Ethel fez uma cama no chão da cozinha.

– Passei todas as noites da minha vida neste quarto até ir para o Exército – disse Billy quando os dois se deitaram. – E todos os dias de manhã olhava pela janela e via aquela maldita pilha de escória.

– Fale baixo, tio Billy – disse Lloyd. – Não quero que Grandmam ouça você praguejar.

– É, tem razão – respondeu Billy.

Na manhã seguinte, depois do café, todos subiram a colina até a mansão. O tempo estava ameno e não chovia, o que era raro. A grama nova de verão suavizava a linha das montanhas no horizonte. Quando Tŷ Gwyn apareceu, Lloyd não pôde evitar vê-la mais como uma linda casa do que como um símbolo de opressão. As duas coisas se aplicavam, é claro: em política, nada era simples.

Os grandes portões de ferro estavam abertos. A família Williams entrou na propriedade. Uma multidão já estava reunida: os operários com suas máquinas, uma centena de mineiros e seus familiares, o conde Fitzherbert acompanhado pelo filho, Andrew, alguns jornalistas com bloquinhos e uma equipe de filmagem.

Os jardins estavam esplendorosos. A aleia de castanheiras ancestrais estava repleta de folhas, cisnes nadavam no lago, e os canteiros de flores reluziam com seus inúmeros matizes. Lloyd imaginou que o conde tivesse se esforçado para deixar o jardim no auge da beleza. Ele queria que, aos olhos do mundo, o governo trabalhista parecesse um destruidor.

Lloyd se pegou sentindo empatia por Fitz.

O prefeito de Aberowen estava dando uma entrevista.

– O povo desta cidade é contra a mina a céu aberto.

Lloyd ficou espantado: o conselho municipal de Aberowen era trabalhista e devia ser difícil para seus integrantes se opor ao governo.

– Durante mais de cem anos, a beleza destes jardins consolou a alma de pessoas que vivem numa paisagem industrial sombria – prosseguiu o prefeito. Então deixou de lado o discurso ensaiado para acrescentar uma lembrança pessoal:

– Pedi minha mulher em casamento debaixo daquele cedro.

O prefeito foi interrompido por um barulho metálico muito alto, como os passos de um gigante de ferro. Virando-se na direção do acesso que conduzia à casa, Lloyd viu uma imensa máquina se aproximando. Parecia o maior guindaste do mundo. Tinha uma lança imensa, com trinta metros de comprimento, e uma caçamba que poderia facilmente abarcar um caminhão. O mais espantoso de tudo era que a máquina se movia sobre sapatas de aço giratórias que faziam a terra tremer toda vez que batiam no chão.

– É uma escavadeira de arrasto da Monighan com tração própria. Consegue pegar seis toneladas de terra por vez.

A equipe começou a filmar enquanto a monstruosa máquina subia o acesso à casa.

Lloyd só tinha uma reserva em relação ao Partido Trabalhista: muitos socialistas possuíam uma veia autoritária e puritana. Seu pai era assim, seu tio Billy também. Eles não se sentiam à vontade em relação aos prazeres sensoriais. Preferiam o sacrifício e a abnegação. Desdenhavam a beleza estonteante daqueles jardins, considerando-a irrelevante. Estavam errados.

Ethel não era assim, nem Lloyd. Talvez a veia desmancha-prazeres tivesse sido erradicada de sua linhagem. Ele torceu para que sim.

Fitz dava uma entrevista no caminho de cascalho rosado enquanto o operador da escavadeira manobrava sua máquina até a posição certa.

– O ministro-adjunto do Carvão lhes disse que, quando a mina ficar exaurida, o jardim passará pelo que ele chama de um programa de restauração eficaz – informou ele. – Eu digo a vocês que essa promessa não vale nada. Meu avô e meu pai levaram mais de um século para fazer o jardim chegar ao auge de beleza e da harmonia em que se encontra agora. Seria preciso mais cem anos para restaurá-lo.

A lança da escavadeira foi baixada até ficar em um ângulo de 45 graus em relação aos arbustos e canteiros de flores do jardim. A caçamba foi posicionada acima do gramado de croquê. Houve um longo intervalo de espera. Todos os presentes se calaram.

– Vamos logo com isso, pelo amor de Deus – disse Billy bem alto.

Um engenheiro de capacete soprou um apito.

A caçamba foi largada no chão, produzindo um forte baque. Seus dentes de aço morderam o gramado verde e plano. O cabo de arrasto se retesou, ouviu-se um rangido alto de esforço mecânico e então a caçamba começou a se mover para trás. Ao se arrastar pelo chão, arrancou um canteiro de imensos girassóis amarelos, o roseiral, arbustos e um pequeno pé de magnólia. Ao final da trajetória, a caçamba ficou cheia de terra, flores e plantas.

Então foi erguida a uma altura de sete metros, soltando terra e botões de flor.

A lança girou de lado. Lloyd viu que era mais alta que a casa. Quase pensou que a caçamba fosse quebrar as janelas do andar de cima, mas o operador da escavadeira era experiente e parou bem a tempo. O cabo afrouxou, a caçamba se inclinou e seis toneladas de jardim foram despejadas no chão a poucos metros da entrada.

A caçamba foi recolocada na posição original, e o processo se repetiu.

Lloyd olhou para Fitz e viu que ele estava chorando.

CAPÍTULO VINTE E TRÊS

1947

No início de 1947, parecia possível que a Europa inteira se tornasse comunista.

Volodya Peshkov não estava certo se deveria torcer por isso ou não.

O Exército Vermelho dominava a Europa Oriental, e os comunistas estavam vencendo eleições no Ocidente. Tinham conquistado respeito por seu papel na resistência aos nazistas. Cinco milhões de pessoas votaram no Partido Comunista na primeira eleição francesa do pós-guerra, tornando-o a entidade política mais popular do país. Na Itália, uma aliança entre comunistas e socialistas levou 40% dos votos. Na Tchecoslováquia, os comunistas sozinhos conseguiram 38% dos votos, e passaram a liderar o governo democraticamente eleito.

Na Áustria e na Alemanha, porém, onde os eleitores tinham sido roubados e violentados pelo Exército Vermelho, a situação foi diferente. Nas eleições municipais de Berlim, os social-democratas conquistaram 63 das 130 vagas, e os comunistas, apenas 26. Mas a Alemanha estava arruinada e faminta, e o Kremlin ainda tinha esperança de que as pessoas recorressem ao comunismo por desespero, assim como haviam feito com o nazismo durante a Depressão.

A grande decepção foi a Grã-Bretanha, onde apenas um comunista conquistou uma vaga no Parlamento na eleição do pós-guerra. Além disso, o governo trabalhista estava implantando tudo o que o comunismo prometia: bem-estar social, saúde pública gratuita, educação para todos, e até mesmo uma semana de trabalho de cinco dias para os mineiros.

No restante da Europa, contudo, o capitalismo não conseguia tirar as pessoas da recessão do pós-guerra.

Até o clima estava do lado de Stalin, pensou Volodya ao ver as camadas de neve se espessarem sobre as cúpulas das igrejas ortodoxas. O inverno de 1946-47 foi o mais frio da Europa em mais de cem anos. Chegou a nevar em Saint-Tropez. As estradas e as ferrovias da Grã-Bretanha ficaram interditadas, e a produção industrial parou – algo que não acontecera nem durante a guerra. Na França, o racionamento de comida caiu a níveis menores do que durante o conflito. A Organização das Nações Unidas calculou que cem milhões de europeus estivessem vivendo com 1.500 calorias por dia – nível no qual a saúde começa a ser prejudicada por desnutrição. À medida que a indústria desacelerava cada vez mais os seus motores, as pessoas começaram a sentir que não tinham nada a perder, e a revolução passou a ser vista como a única saída.

Quando a União Soviética tivesse a bomba nuclear, nenhum outro país seria capaz de lhe fazer frente. Zoya e seus colegas haviam construído uma pilha nuclear no Laboratório 2 da Academia de Ciências – nome propositalmente vago para o centro de comando da pesquisa nuclear soviética. A pilha entrou em estado crítico no dia de Natal, seis meses após o nascimento de Konstantin, que na ocasião estava dormindo na creche do laboratório. Se o experimento desse errado, dissera Zoya a Volodya, de nada adiantaria ao pequeno Kotya estar a dois ou três quilômetros de distância: todo o centro de Moscou seria aniquilado.

Os sentimentos conflitantes de Volodya em relação ao futuro se intensificaram ainda mais com o nascimento do filho. Queria que Kotya crescesse como cidadão de um país orgulhoso e forte. Achava que a União Soviética merecia dominar a Europa. Fora o Exército Vermelho que derrotara os nazistas, durante quatro anos cruéis de guerra. Os outros Aliados tinham se mantido na periferia do conflito, travando batalhas menores, e só entraram na briga de verdade nos últimos 11 meses. Todas as suas baixas somadas representavam apenas uma fração das perdas sofridas pelo povo soviético.

Mas então ele pensava no que o comunismo significava: expurgos arbitrários, tortura nos porões da polícia secreta, soldados vitoriosos instigados a cometer excessos bestiais, todo um país forçado a obedecer às decisões aleatórias de um tirano mais poderoso que um czar. Volodya queria mesmo exportar aquele sistema brutal para o restante do continente?

Lembrou-se de entrar na Penn Station, em Nova York, e comprar uma passagem para Albuquerque sem pedir permissão a ninguém nem mostrar documento algum, e da empolgante sensação de completa liberdade que isso havia lhe proporcionado. Havia muito tempo que queimara o catálogo da Sears Roebuck, mas não o tirara da lembrança, com suas centenas de páginas de coisas boas disponíveis a todos. O povo russo acreditava que as histórias sobre liberdade e prosperidade ocidentais não passavam de propaganda, mas Volodya sabia que eram verdadeiras. Parte dele ansiava pela derrota do comunismo.

O futuro da Alemanha – e portanto da Europa – seria decidido na Conferência de Ministros do Exterior a ser realizada em Moscou em março de 1947.

Volodya, agora coronel, era responsável pela equipe de inteligência que cuidava da conferência. As reuniões aconteciam numa sala bem-decorada no Prédio da Indústria da Aviação, local prático por ser próximo ao Hotel Moskva. Como sempre, os representantes e seus intérpretes ficavam sentados em volta de uma mesa, com os assessores acomodados em várias filas de cadeiras mais atrás. O ministro das Relações Exteriores soviético, Viatcheslav Molotov, o velho Cu de Pedra, exigiu que a Alemanha pagasse dez bilhões de dólares em indenizações de guerra à União Soviética. Os americanos e britânicos protestaram dizendo que isso seria um golpe fatal para a economia alemã depauperada. Provavelmente era isso que Stalin queria.

Volodya reencontrou Woody Dewar, agora fotógrafo de um jornal, encarregado de cobrir a conferência. Ele também estava casado e mostrou a Volodya a foto de uma linda mulher de cabelos escuros com um bebê no colo. Sentado no banco de trás de uma limusine ZIS 110-B, voltando de uma sessão de fotos oficiais no Kremlin, Woody lhe perguntou:

– Você sabe que a Alemanha não tem dinheiro para pagar essa indenização, não sabe?

O inglês de Volodya tinha melhorado e eles conseguiam se virar sem intérprete.

– Nesse caso, como eles estão alimentando seu povo e reconstruindo suas cidades? – perguntou ele.

– Nós os estamos ajudando, é claro – respondeu Woody. – Gastamos uma fortuna em auxílio. Qualquer indenização paga pelos alemães na verdade seria dinheiro nosso.

– E isso é tão errado assim? Os Estados Unidos prosperaram durante a guerra. O meu país foi devastado. Talvez vocês devessem pagar mesmo.

– Os eleitores americanos não pensam assim.

– Talvez eles estejam errados.

Woody deu de ombros.

– Pode ser, mas o dinheiro é deles.

De novo o mesmo argumento, pensou Volodya: a deferência à opinião pública. Já tinha reparado nisso antes na conversa com Woody. Os americanos se referiam aos eleitores da mesma forma que os russos se referiam a Stalin: certos ou errados, tinham que ser obedecidos.

Woody baixou o vidro do carro.

– Você se importa se eu tirar uma foto da cidade? A luz está incrível.

O obturador da câmera fez um clique.

Ele sabia que, em tese, só podia tirar fotos aprovadas. Mas não havia nada de sensível na rua, apenas algumas mulheres retirando neve com pás. Mesmo assim, Volodya disse:

– Não, por favor. – Ele se debruçou pela frente de Woody e fechou a janela. – Só fotos oficiais.

Estava prestes a pedir o filme da máquina de Woody quando este perguntou:

– Você se lembra de quando mencionei um amigo chamado Greg Peshkov?

Volodya se lembrava perfeitamente. Willi Frunze dissera algo parecido. Devia ser a mesma pessoa.

– Não, não me lembro – mentiu. Não queria nenhum envolvimento com um possível parente no Ocidente. Esse tipo de vínculo só servia para causar suspeitas e problemas aos russos.

– Ele é membro da delegação americana. Você deveria conversar com ele. Para ver se são parentes.

– Farei isso – disse Volodya, decidindo evitar o sujeito a qualquer custo.

Resolveu não insistir em confiscar o filme de Woody. Uma inofensiva cena de rua não valia tanta confusão.

Na reunião do dia seguinte, o secretário de Estado americano, George Marshall, propôs que os quatro Aliados abolissem os setores separados da Alemanha e unificassem o país a fim de que este voltasse a ser o coração econômico da Europa, com suas minas e fábricas, suas importações e exportações.

Essa era a última coisa que os soviéticos queriam.

Molotov se recusou a discutir a unificação antes de a questão das indenizações ser resolvida.

A conferência chegou a um impasse.

E isso, pensou Volodya, era exatamente o que Stalin queria.

II

O mundo da diplomacia internacional era minúsculo, pensou Greg Peshkov. Um dos jovens assessores da delegação britânica presente na conferência de Moscou era Lloyd Williams, marido de sua meia-irmã, Daisy. À primeira vista, Greg não gostou de Lloyd, que se vestia como um afetado cavalheiro inglês, mas ele acabou se revelando um sujeito normal.

– Molotov é um babaca – disse Lloyd no bar do Hotel Moskva quando ambos estavam sentados diante de martínis com vodca.

– Então o que vamos fazer em relação a ele?

– Não sei, mas esses atrasos são inaceitáveis para o Reino Unido. A ocupação da Alemanha está custando um dinheiro que não temos, e o inverno inclemente transformou o problema em crise.

– Sabe de uma coisa? – disse Greg, refletindo em voz alta. – Se os soviéticos não quiserem participar, deveríamos simplesmente tocar as negociações sem eles.

– Mas como?

– O que nós queremos? – Greg foi enumerando nos dedos: – Unificar a Alemanha e organizar eleições.

– Nós também.

– Eliminar o Reichsmark inútil e introduzir uma nova moeda, para que os alemães possam voltar a fazer comércio.

– Sim.

– E salvar o país do comunismo.

– Os britânicos querem a mesma coisa.

– Não podemos fazer isso no leste porque os soviéticos não deixam. Então eles que se danem! Nós controlamos três quartos da Alemanha... Vamos fazer essas coisas no nosso setor e deixar de lado a parte leste do país.

Lloyd pareceu refletir.

– Você conversou sobre isso com seu chefe?

– Merda, não! Só estou falando da boca para fora. Mas por que não?

– Eu poderia sugerir isso a Ernie Bevin.

– E eu a George Marshall. – Greg tomou um gole de martíni. – A única coisa que os russos sabem fazer é vodca – comentou. – Mas como vai minha irmã?

– Está grávida do nosso segundo filho.

– E que tipo de mãe ela é?

Lloyd riu.

– Você acha que ela deve ser péssima.

Greg deu de ombros.

– Nunca achei que ela fosse uma mulher muito caseira.

– Ela é paciente, calma e organizada.

– E não contratou seis babás para fazer todo o trabalho?

– Só uma, para poder sair comigo à noite, em geral para reuniões políticas.

– Nossa, como ela mudou!

– Não completamente. Ainda adora festas. E você? Continua solteiro?

– Tem uma moça chamada Nelly Fordham que estou levando bem a sério. E imagino que você já saiba que tenho um afilhado.

– Sei, sim – respondeu Lloyd. – Daisy me falou sobre ele. Georgy.

Pela expressão levemente constrangida no rosto de Lloyd, Greg teve certeza de que ele sabia que Georgy era seu filho.

– Eu gosto muito dele.

– Que ótimo.

Um membro da delegação russa se aproximou do bar, e Greg cruzou olhares com ele. Havia algo muito familiar no homem. Tinha 30 e poucos anos e, tirando os cabelos curtíssimos, estilo militar, era um homem bonito, dono de olhos azuis levemente intimidadores. O russo meneou a cabeça para ele, simpático, e Greg perguntou:

– Já nos conhecemos?

– Talvez – respondeu o russo. – Estudei na Alemanha quando criança... na Academia para Meninos de Berlim.

Greg fez que não com a cabeça.

– Já foi aos Estados Unidos?

– Não.

– Esse é o cara com o sobrenome igual ao seu – disse Lloyd. – Volodya Peshkov.

– Talvez sejamos parentes – disse Greg. – Meu pai, Lev Peshkov, emigrou em 1914, deixando na Rússia uma namorada grávida que se casou com o irmão mais velho dele, Grigori Peshkov. Será que sou seu meio-irmão?

A atitude de Volodya mudou na mesma hora.

– Com certeza não – respondeu. – Queiram me dar licença. – E saiu do bar sem comprar nenhuma bebida.

– Que reação mais brusca – comentou Greg com Lloyd.

– Foi mesmo – concordou o inglês.

– Ele pareceu bem chocado.

– Deve ter sido alguma coisa que você disse.

III

Não podia ser verdade, pensou Volodya.

Segundo Greg, Grigori tinha se casado com uma moça que estava grávida de Lev. Se fosse isso mesmo, o homem que Volodya sempre chamara de pai na verdade era seu tio.

Talvez fosse só coincidência. Ou então o americano estivesse apenas tentando criar confusão.

Mesmo assim, Volodya estava completamente tonto de choque.

Voltou para casa na hora de sempre. Ele e Zoya eram um casal em franca ascensão e tinham ganhado um apartamento no Prédio do Governo, a mesma construção de luxo onde seus pais moravam. Como faziam quase todas as noites, Grigori e Katerina foram ao apartamento do filho na hora do jantar de Kotya. Katerina deu banho no neto, depois Grigori cantou para ele e contou-lhe histórias de fadas russas. Kotya estava com 9 meses e ainda não falava, mas mesmo assim parecia gostar de ouvir histórias na hora de dormir.

Volodya seguiu sua rotina noturna como se fosse um sonâmbulo. Tentou se comportar normalmente, mas constatou que mal conseguia conversar com o pai ou com a mãe. Apesar de não acreditar na história de Greg, não parava de pensar naquele assunto.

Depois de Kotya dormir, quando os avós estavam se preparando para ir embora, Grigori perguntou ao filho:

– Por acaso estou com uma verruga no nariz?

– Não.

– Então por que passou a noite inteira me encarando?

Volodya decidiu contar a verdade:

– Conheci um rapaz chamado Greg Peshkov. Ele faz parte da delegação americana. Acha que somos parentes.

– É possível. – O tom de voz de Grigori foi casual, como se aquilo não tivesse muita importância, mas Volodya viu que o pescoço do pai ficou vermelho, um sinal de emoção contida. – A última vez que vi meu irmão foi em 1919. Desde então, não tive mais notícias.

– O pai de Greg se chama Lev e tem um irmão chamado Grigori.

– Então esse Greg deve ser seu primo.

– Ele disse que é meu meio-irmão.

Grigori enrubesceu mais ainda e não falou nada.

– Como isso seria possível? – interveio Zoya.

– Segundo esse Peshkov americano, Lev deixou uma namorada grávida em São Petersburgo, e ela se casou com o irmão dele – explicou Volodya.

– Que coisa mais ridícula! – exclamou Grigori.

Volodya olhou para Katerina.

– Mãe, a senhora não disse nada.

Houve uma pausa demorada. Só isso já era significativo. Se a história de Greg não tivesse fundamento, por que seus pais precisavam pensar? Um frio estranho se abateu sobre Volodya, como uma névoa gelada.

Por fim, sua mãe falou:

– Eu era uma moça volúvel. – Olhou para Zoya. – Não tinha a cabeça no lugar como a sua mulher. – Então suspirou. – Grigori Peshkov se apaixonou por mim à primeira vista... um bobo, coitadinho. – Ela deu um sorriso carinhoso para o marido. – Mas o irmão dele, Lev, tinha roupas vistosas, dinheiro para comprar vodca, amigos gângsteres. Gostei mais de Lev. Fui ainda mais boba.

– Então é verdade? – indagou Volodya, estupefato. Parte dele ainda esperava desesperadamente ouvi-los negar.

– Lev fez o que homens desse tipo sempre fazem – disse Katerina. – Me engravidou e depois me abandonou.

– Então Lev é meu pai. – Volodya olhou para Grigori. – E o senhor é só meu tio! – Teve a sensação de que poderia cair. O chão sob seus pés havia estremecido. Parecia um terremoto.

Zoya postou-se ao lado da cadeira de Volodya e pôs a mão em seu ombro, como se quisesse acalmá-lo, ou talvez contê-lo.

– E Grigori fez o que homens como Grigori sempre fazem – continuou Katerina. – Cuidou de mim. Casou-se comigo, me deu amor e sustentou meus filhos e a mim. – Sentada no sofá ao lado de Grigori, ela segurou sua mão. – Eu não o queria e certamente não o merecia, mas mesmo assim Deus o deu a mim.

– Tive medo de que esse dia chegasse – disse Grigori. – Desde que você nasceu, tive medo.

– Então por que o segredo? – perguntou Volodya. – Por que vocês simplesmente não me disseram a verdade?

Grigori engasgara e foi com dificuldade que respondeu:

– Eu não podia suportar a ideia de lhe contar que não era seu pai. Amo você demais.

– Deixe eu lhe dizer uma coisa, meu filho amado – interveio Katerina. – Ouça o que vou falar agora, e pouco me importa se nunca mais escutar nada do que sua mãe disser. Esqueça esse desconhecido nos Estados Unidos que há muito tempo seduziu uma menina boba. Olhe para o homem sentado na sua frente com os olhos cheios de lágrimas.

Volodya olhou para Grigori e viu em seu rosto uma expressão de súplica que tocou seu coração.

– Este homem alimentou você, o vestiu e durante três décadas nunca deixou de amá-lo – prosseguiu Katerina. – Se a palavra *pai* tem algum significado, seu pai é ele.

– Sim – disse Volodya. – Eu sei.

IV

Lloyd Williams se dava bem com Ernie Bevin. Apesar da diferença de idade, os dois tinham muita coisa em comum. Durante os quatro dias de viagem de trem pela Europa coberta de neve, Lloyd confidenciara ao ministro que, assim como ele, também era filho ilegítimo de uma empregada doméstica. Ambos eram anticomunistas ferrenhos: Lloyd por causa da experiência na Espanha, Bevin por ter testemunhado as táticas comunistas no movimento sindicalista.

– Eles são escravos do Kremlin e tiranos para todos os outros – dizia Bevin, e Lloyd sabia exatamente do que ele estava falando.

Não tinha ido com a cara de Greg Peshkov, que sempre parecia ter se vestido às pressas: camisa com punhos desabotoados, sobretudo com a gola torta, cadarços desamarrados. Greg era astuto, e Lloyd tentou gostar dele, mas sentia que sob o charme casual do americano havia uma crueldade implacável. Daisy lhe dissera que Lev Peshkov era um gângster, e Lloyd podia imaginar que Greg tivesse os mesmos instintos.

Mas Bevin adorou a ideia de Greg para a Alemanha.

– Você acha que ele estava falando em nome de Marshall? – perguntou o corpulento ministro das Relações Exteriores com seu sotaque carregado do sudoeste da Grã-Bretanha.

– Ele disse que não – respondeu Lloyd. – Mas o senhor acha que poderia dar certo?

– Acho que é a melhor ideia que ouvi em três semanas nesta maldita Moscou. Se ele estiver falando sério, organize um almoço informal: só Marshall, esse rapaz, você e eu.

– Farei isso agora mesmo.

– Mas não conte a ninguém. Não queremos que os soviéticos fiquem sabendo. Eles vão nos acusar de conspirar contra eles, e estarão certos.

O encontro foi no dia seguinte, no número 10 da praça Spasopeskovskaya, residência do embaixador americano, um extravagante palacete neoclássico construído antes da Revolução. Alto e magro, Marshall tinha porte de soldado; Bevin, por sua vez, era roliço e míope, e muitas vezes trazia um cigarro pendurado na boca. Apesar das diferenças, os dois simpatizaram na hora. Ambos diziam as coisas com simplicidade. Certa vez Stalin acusara Bevin de fazer um discurso descortês, distinção da qual este muito se orgulhava. Debaixo dos tetos pintados e dos lustres, os dois deram início à tarefa de fazer reviver a Alemanha sem a ajuda da União Soviética.

Concordaram rapidamente em relação aos princípios: a nova moeda, a unificação dos setores britânico, americano e – se possível – francês; a desmilitarização da parte ocidental da Alemanha; eleições; e uma nova aliança militar transatlântica. Então Bevin disse, incisivo:

– Nada disso vai funcionar, o senhor sabe.

Marshall se espantou.

– Então não entendo por que estamos tendo esta conversa – retrucou, ríspido.

– A Europa está enfrentando uma crise grave. Com as pessoas morrendo de fome, esse plano vai fracassar. A melhor proteção contra o comunismo é a prosperidade. Stalin sabe disso... provavelmente é por isso que quer manter a Alemanha pobre.

– Concordo.

– Sendo assim, temos que reconstruí-la. Mas não podemos fazer isso com nossas próprias mãos. Precisamos de tratores, tornos mecânicos, escavadeiras, equipamento ferroviário... e não temos dinheiro para comprar nada disso.

Marshall viu aonde ele estava querendo chegar.

– Os americanos não estão dispostos a dar mais dinheiro aos europeus.

– É justo. Mas deve haver um jeito de os Estados Unidos nos emprestarem o dinheiro necessário para comprarmos equipamentos de vocês.

Houve silêncio.

Marshall não era homem de desperdiçar palavras, mas aquela pausa foi longa demais até mesmo para seus padrões.

Por fim, ele disse:

– Faz sentido. Vou ver o que posso fazer.

A conferência durou seis semanas e, quando todos voltaram para casa, nada tinha sido acertado.

V

Eva Williams estava com 1 ano quando seus molares começaram a nascer. Os outros dentes tinham brotado com relativa facilidade, mas esses doeram. Não havia muita coisa que Lloyd e Daisy pudessem fazer pela menina. Ela ficou exausta, não conseguia dormir e não deixava os pais dormirem, e eles também ficaram exaustos.

Ainda que Daisy tivesse muito dinheiro, a família vivia sem ostentações. Tinham comprado uma agradável casa geminada em Hoxton, onde eram vizinhos de um lojista e de um empreiteiro. Compraram também um pequeno carro familiar, um Morris Eight modelo novo, com velocidade máxima de quase 100km/h. Daisy ainda adquiria roupas bonitas, mas Lloyd tinha apenas três ternos: uma casaca, um risca de giz para a Câmara dos Comuns e um terceiro, de tweed, para percorrer seu distrito eleitoral durante os fins de semana.

Certa noite, Lloyd estava de pijama, tentando ninar a chorosa Evie e fazê-la dormir ao mesmo tempo que folheava a revista *Life*. Reparou numa bela fotografia tirada em Moscou. Mostrava uma velha russa de lenço na cabeça, com o sobretudo amarrado por um barbante, feito um embrulho, e o rosto vincado de rugas, retirando neve da rua com uma pá. Algo na forma como a luz incidia sobre a mulher lhe dava um aspecto atemporal, como se ela estivesse ali havia mil anos. Procurou o crédito do fotógrafo e viu que a foto era de Woody Dewar, que tinha conhecido durante a conferência.

O telefone tocou. Lloyd atendeu e ouviu a voz de Ernie Bevin:

– Ligue o rádio – disse o ministro. – Marshall fez um discurso. – Então desligou sem esperar resposta.

Ainda com Evie no colo, Lloyd desceu até a sala e ligou o rádio. O programa se chamava *Comentário Americano*. O correspondente da BBC em Washington, Leonard Miall, narrava uma reportagem gravada na Universidade Harvard, em Cambridge, Massachusetts.

– O secretário de Estado disse aos alunos que a reconstrução da Europa vai levar mais tempo e exigirá mais esforço do que o previsto originalmente – afirmou ele.

Que promissor, pensou Lloyd, animado.

– Shh, Evie, por favor – pediu à filha, e, por incrível que pareça, a menina se calou. Então Lloyd ouviu a voz grave e sensata de George Marshall:

– Nos próximos três ou quatro anos, as necessidades da Europa em matéria de alimentos e outros produtos essenciais de países estrangeiros, sobretudo dos Estados Unidos, serão tão maiores que a sua atual capacidade de pagar que ela vai precisar de uma ajuda extra significativa... ou terá que enfrentar uma deterioração econômica, social e política muito grave.

Lloyd ficou muito empolgado. "Ajuda extra significativa" era justamente o que Bevin tinha pedido.

– A solução é romper o círculo vicioso e restaurar a confiança do povo europeu no futuro econômico – prosseguiu Marshall. – Os Estados Unidos devem fazer todo o possível para ajudar a recuperar a saúde econômica do mundo.

– Pronto, está feito! – exclamou Lloyd, triunfante, para sua filhinha incapaz de entender. – Ele disse aos Estados Unidos que eles precisam nos ajudar! Mas com quanto? E como? E quando?

A voz no rádio mudou, e o repórter disse:

– O secretário de Estado não expôs um plano detalhado de ajuda para a Europa, mas disse que cabia aos europeus redigirem uma proposta.

– Quer dizer então que temos carta branca? – perguntou Lloyd a Evie, ansioso.

A voz de Marshall voltou para dizer:

– Acho que a iniciativa deve partir da Europa.

A reportagem terminou, e o telefone tornou a tocar.

– Você ouviu? – perguntou Bevin.

– O que isso quer dizer?

– Não me pergunte! – respondeu Bevin. – Se fizer perguntas, vai ouvir respostas que não quer escutar.

– Tudo bem – disse Lloyd, sem entender.

– Pouco importa o que ele quis dizer. A questão é o que nós vamos fazer. Ele disse que a iniciativa deve partir da Europa. Isso significa eu e você.

– O que posso fazer?

– Sua mala – respondeu Bevin. – Vamos para Paris.

CAPÍTULO VINTE E QUATRO

1948

Volodya fazia parte de uma delegação do Exército Vermelho em visita a Praga para negociações com as Forças Armadas tchecas. Estava hospedado no Imperial, um esplendoroso hotel art déco.

A neve caía lá fora.

Sentia saudades de Zoya e do pequeno Kotya. Seu filho tinha agora 2 anos e aprendia palavras novas a uma velocidade estonteante. O menino mudava tão depressa que parecia diferente a cada dia. E Zoya estava grávida outra vez. Volodya não gostou de passar 15 dias longe da família. Para a maioria dos homens do grupo, a viagem era uma chance de escapar das esposas, exagerar na vodca e, quem sabe, se divertir um pouco com mulheres de má reputação. Volodya, porém, só queria voltar para casa.

As discussões militares eram genuínas, mas o papel de Volodya nelas era uma fachada para sua verdadeira missão: relatar as atividades da truculenta polícia secreta soviética, eterna rival da Inteligência do Exército Vermelho.

Volodya havia perdido seu entusiasmo pelo trabalho. Tudo em que ele outrora acreditara tinha sido solapado. Já não tinha fé em Stalin, no comunismo nem na bondade intrínseca do povo russo. Nem mesmo Grigori era seu pai de verdade. Se pudesse dar um jeito de levar Zoya e Kotya com ele, teria fugido para o Ocidente.

Mas estava comprometido com aquela missão em Praga. Era uma chance rara de fazer algo em que acreditava.

Duas semanas antes, o Partido Comunista tcheco assumira o controle total do governo, expulsando seus parceiros da coalizão. O ministro das Relações Exteriores, Jan Masaryk, herói de guerra e democrata anticomunista, tinha se tornado prisioneiro no último andar de sua residência oficial, o Palácio Czernin. A polícia secreta soviética decerto estava por trás do golpe. Na realidade, Ilya Dvorkin, cunhado de Volodya, também estava em Praga, hospedado no mesmo hotel que ele, e era quase certo que houvesse participado dos acontecimentos recentes.

O general Lemitov, chefe de Volodya, considerava o golpe uma catástrofe de relações públicas para seu país. Aos olhos do mundo, Masaryk era uma prova de que as nações do Leste Europeu podiam ser livres e independentes à sombra da União Soviética. Ele permitira à Tchecoslováquia ter um governo comunista simpático àquele país e ao mesmo tempo vestir os trajes da democracia burguesa. Esse era o arranjo ideal, pois dava à União Soviética tudo o que esta queria e, ao mesmo tempo, tranquilizava os americanos. Mas esse equilíbrio fora prejudicado.

Ilya, porém, estava exultante.

– Os partidos burgueses foram esmagados! – disse ele a Volodya certa noite no bar do hotel.

– Você viu o que aconteceu no Senado americano? – perguntou Volodya com voz branda. – Aquele antigo isolacionista, Vandenberg, fez um discurso de oitenta minutos a favor do Plano Marshall e foi aplaudido de pé.

As vagas ideias de George Marshall tinham virado um plano, graças principalmente à esperteza de Ernie Bevin, ministro das Relações Exteriores britânico. Na opinião de Volodya, Bevin era o tipo mais perigoso de anticomunista: um social-democrata de classe trabalhadora. Apesar da corpulência, era um homem ágil. Com uma velocidade espantosa, havia organizado uma conferência em Paris que proporcionara sonoras boas-vindas coletivas ao discurso proferido por George Marshall em Harvard.

Graças a espiões no Ministério das Relações Exteriores do Reino Unido, Volodya sabia que Bevin estava determinado a fazer a Alemanha entrar no Plano Marshall e a manter a União Soviética de fora. E Stalin caíra direitinho na armadilha de Bevin quando ordenara aos países do Leste Europeu que repudiassem a ajuda dos Estados Unidos.

Agora, a polícia secreta soviética parecia fazer todo o possível para ajudar a lei a ser aprovada no Congresso americano.

– O Senado estava preparado para rejeitar Marshall – disse Volodya a Ilya. – Os contribuintes americanos não querem apoiar a lei. Mas o golpe aqui em Praga os convenceu de que precisam fazê-lo, porque o capitalismo americano corre o risco de sofrer um colapso.

– Os partidos burgueses tchecos queriam aceitar o suborno americano – retrucou Ilya, indignado.

– E nós deveríamos ter deixado – rebateu Volodya. – Talvez essa tivesse sido a forma mais rápida de sabotar todo o esquema. O Congresso teria rejeitado o Plano Marshall... Eles não querem dar dinheiro aos comunistas.

– O Plano Marshall é um truque imperialista!

– É mesmo – concordou Volodya. – E, infelizmente, acho que está funcionando. Nossos aliados de guerra estão formando um bloco antissoviético.

– É preciso dar um tratamento adequado a quem quiser impedir o avanço do comunismo.

– Tem razão.

A repetição dos erros de avaliação política de pessoas como Ilya era espantosa.

– E eu tenho que ir para a cama.

Embora ainda fossem dez da noite, Volodya também se recolheu. Ficou acordado pensando em Zoya e Kotya e desejando poder lhes dar um beijo de boa-noite.

Então começou a refletir sobre sua missão ali. Dois anos antes, encontrara Jan Masaryk, símbolo da independência tcheca, numa cerimônia no túmulo de seu pai, Tomas Masaryk, fundador e primeiro presidente da Tchecoslováquia. Sem chapéu, apesar da neve que caía, e usando um sobretudo com gola de pele, Jan Masaryk tinha um aspecto derrotado e deprimido.

Se conseguissem convencê-lo a permanecer como ministro das Relações Exteriores, talvez fosse possível algum compromisso, refletiu Volodya. A Tchecoslováquia poderia ter um governo nacional totalmente comunista, mas, nas relações internacionais, poderia ser um país neutro, ou pelo menos minimizar sua oposição aos Estados Unidos. Masaryk tinha habilidades diplomáticas e credibilidade internacional suficientes para andar nessa corda bamba.

Ele decidiu sugerir isso a Lemitov no dia seguinte.

Dormiu mal e acordou antes das seis, ao som de um despertador imaginário. Era algo em relação à conversa que tivera com Ilya na véspera. Volodya repassou mentalmente as palavras que os dois tinham trocado. Ao mencionar *quem impede o avanço do comunismo*, Ilya estivera se referindo a Masaryk; e, quando um agente da polícia secreta dizia que alguém precisava de um *tratamento adequado*, em geral queria dizer que a pessoa precisava ser *morta*.

Depois disso, Ilya fora para a cama cedo, o que dava a entender que começaria a trabalhar cedo no dia seguinte.

Mas que idiota eu fui, pensou Volodya. Os sinais estavam todos lá e precisei da noite inteira para percebê-los.

Pulou da cama. Talvez não fosse tarde demais.

Vestiu-se depressa e pôs um sobretudo pesado, um cachecol e um chapéu. Não havia táxis em frente ao hotel – era cedo demais. Ele poderia ter mandado chamar um carro do Exército Vermelho, mas o tempo que o motorista levaria para ser acordado e trazer o carro o faria perder quase uma hora.

Por isso decidiu ir a pé. O Palácio Czernin ficava a apenas três quilômetros do hotel. Ele saiu do belo centro de Praga no sentido oeste, atravessou a ponte São Carlos e subiu depressa a colina em direção ao palácio.

O ministro Masaryk não estava à sua espera e não era obrigado a conceder uma audiência a um coronel do Exército Vermelho. No entanto, Volodya teve certeza de que o tcheco ficaria curioso o suficiente para recebê-lo.

Caminhou depressa pela neve. Quando chegou ao palácio, o relógio marcava 6h45. A construção era uma imensa estrutura em estilo barroco, cujos três andares superiores exibiam uma grandiosa fileira de meias-colunas coríntias. Constatou com espanto que o lugar estava muito pouco vigiado. Um guarda apontou para a porta da frente. Volodya atravessou o saguão rebuscado sem que ninguém o interpelasse.

Esperava encontrar um imbecil da polícia secreta atrás de uma mesa na recepção, mas não viu ninguém. Aquilo era um mau sinal. Ele ficou apreensivo.

O saguão conduzia a um pátio interno. Ao olhar por uma janela, viu o que parecia um homem adormecido na neve. Talvez tivesse caído por estar embriagado; nesse caso, corria o risco de morrer congelado.

Volodya testou a porta e descobriu que estava aberta.

Atravessou correndo o pátio quadrado. O homem de pijama azul de seda estava deitado de bruços no chão. Nenhuma neve o cobria, sinal de que devia estar ali havia poucos minutos. Volodya se ajoelhou ao seu lado. O homem estava imóvel e não parecia respirar.

Volodya ergueu os olhos. Fileiras de janelas idênticas davam para o pátio, como soldados em um desfile militar. Estavam todas bem fechadas por causa do tempo frio – menos uma, logo acima do homem de pijama, que estava escancarada.

Como se alguém tivesse sido jogado lá de cima.

Volodya virou a cabeça sem vida do homem para ver seu rosto.

Era Jan Masaryk.

II

Três dias depois, em Washington, o Estado-Maior das três Forças Armadas americanas apresentou ao presidente Truman um plano de guerra emergencial para enfrentar uma invasão soviética à Europa Ocidental.

O risco de uma terceira guerra mundial era um assunto quente na imprensa.

– Nós acabamos de *ganhar* a guerra – disse Jacky Jakes a Greg Peshkov. – Como é possível estarmos à beira de outra?

– É isso que não paro de me perguntar – respondeu Greg.

Os dois estavam sentados no banco de um parque. Greg descansava depois de ter jogado bola com Georgy.

– Que bom que ele é jovem demais para lutar – comentou Jacky.

– Também acho.

Ambos olharam para o filho. Georgy estava de pé, conversando com uma menina loura da sua idade. Os cadarços de seu tênis Ked's estavam desamarrados, a camisa para fora da calça. Tinha 12 anos e estava crescendo. Uma penugem fina despontava no lábio superior e ele parecia quase dez centímetros mais alto do que uma semana antes.

– Temos trazido nossos soldados de volta o mais rápido possível – disse Greg. – Os britânicos e os franceses fizeram o mesmo. Mas o Exército Vermelho não se mexeu. Resultado: eles agora têm três vezes mais tropas na Alemanha do que nós.

– Os americanos não querem outra guerra.

– É claro que não. E Truman espera ser reeleito em novembro, portanto vai fazer de tudo para evitar um conflito. Mas mesmo assim ele pode acontecer.

– Você vai sair do Exército em breve. O que pretende fazer?

Um tremor na voz de Jacky o fez desconfiar de que a pergunta não era tão casual quanto ela queria dar a entender. Ele a encarou, mas não conseguiu ler sua expressão. Então respondeu:

– Supondo que os Estados Unidos não estejam em guerra, vou me candidatar ao Congresso em 1950. Meu pai concordou em financiar a campanha. Vou começar logo depois da eleição presidencial.

Jacky desviou o olhar e perguntou de forma mecânica:

– Por qual partido?

Greg se perguntou se tinha dito alguma coisa que a aborrecera.

– Republicano, claro.

– E o casamento?

Ele ficou espantado.

– Por que está perguntando isso?

Jacky então voltou a encará-lo.

– Você vai se casar? – insistiu.

– Para dizer a verdade, vou sim. O nome dela é Nelly Fordham.

– Foi o que pensei. Quantos anos ela tem?

– Vinte e dois. Como assim? Pensou mesmo?

– Um político precisa de uma esposa.

– Estou apaixonado por ela!

– É claro que está. A família dela é da política?

– O pai é advogado em Washington.

– Boa escolha.

Greg se irritou:

– Você está sendo bem cínica!

– Greg, eu conheço você. Ora, transei com você quando era pouco mais velho do que Georgy é agora. Você pode enganar todo mundo, menos sua mãe e eu.

Como sempre, Jacky estava sendo muito observadora. A mãe de Greg também havia criticado seu noivado. As duas tinham razão: era uma estratégia de carreira. Mas Nelly era bonita, encantadora e adorava Greg. Qual era o problema?

– Vou encontrá-la para almoçar aqui perto em alguns minutos – disse ele.

– Nelly sabe sobre Georgy? – perguntou Jacky.

– Não. E é melhor que continue sem saber.

– Tem razão. Um filho ilegítimo já é ruim o suficiente; o fato de ele ainda por cima ser negro poderia arruinar sua carreira.

– Eu sei.

– É quase tão ruim quanto uma esposa negra.

Greg ficou tão surpreso que não se conteve e perguntou:

– Por acaso achou que eu fosse me casar *com você*?

A expressão dela foi de amargura.

– Caramba, Greg, não! Se eu tivesse que escolher entre você e um assassino, pediria um tempo para pensar.

Ele sabia que era mentira. Por alguns instantes, refletiu sobre a possibilidade de se casar com Jacky. Casamentos inter-raciais eram raros e atraíam bastante hostilidade, tanto de negros quanto de brancos. Mas algumas pessoas enfrentavam o preconceito e aguentavam as consequências. Ele nunca tinha conhecido nenhuma moça de que gostasse tanto quanto de Jacky; nem mesmo Margaret Cowdry, com quem havia namorado por alguns anos até ela se cansar de esperar que ele a pedisse em casamento. Jacky tinha uma língua afiada, mas ele gostava disso, talvez porque sua mãe fosse igual. Havia algo de profundamente atraente na ideia de os três ficarem juntos o tempo todo. Georgy passaria a chamá-lo de pai. Eles poderiam comprar uma casa num bairro onde as pessoas tivessem a mente aberta, um lugar com muitos universitários e jovens professores, talvez Georgetown.

Então viu a amiga loura de Georgy ser chamada pelos pais, e sua mãe branca zangada agitar um dedo reprovador, e percebeu que se casar com Jacky era a pior ideia do mundo.

Georgy voltou para o banco onde os pais estavam sentados.

– Como vai a escola? – perguntou-lhe Greg.

– Estou gostando mais do que antes – respondeu o menino. – A aula de matemática está ficando mais interessante.

– Eu era bom em matemática – comentou Greg.

– Puxa, que coincidência – disse Jacky.

Greg se levantou.

– Tenho que ir. – Apertou de leve o ombro de Georgy. – Continue firme na matemática, companheiro.

– Pode deixar – respondeu Georgy.

Com um aceno para Jacky, Greg se afastou.

Sem dúvida ela havia pensado em casamento ao mesmo tempo que ele. Sabia que sair do Exército era um momento decisivo na vida dele. Greg seria obrigado a pensar no futuro. Não era possível que ela realmente tivesse achado que eles fossem se casar, mas mesmo assim devia ter acalentado uma fantasia secreta. Fantasia que ele acabara de despedaçar. Era uma pena. Greg não faria dela sua mulher mesmo que Jacky fosse branca. Gostava dela e amava o filho, mas tinha a vida inteira pela frente e queria uma esposa que pudesse lhe proporcionar relações e apoio. O pai de Nelly era um homem influente na cena política republicana.

Foi a pé até o Napoli, restaurante italiano a alguns quarteirões do parque. Nelly já estava à sua espera, com os cachos cor de cobre escapando de um chapeuzinho verde.

– Como você está linda! – disse ele. – Desculpe o atraso. – E se sentou.

A expressão no rosto da moça era pétrea.

– Vi você no parque – disse ela.

Ai, merda, pensou Greg.

– Cheguei cedo, então fui me sentar lá um pouco – continuou Nelly. – Você não me viu. Então comecei a me sentir uma enxerida e fui embora.

– Quer dizer que você viu meu afilhado? – perguntou ele com uma alegria forçada.

– É isso que ele é? Você é uma escolha curiosa como padrinho. Nem frequenta a igreja.

– Eu o trato bem!

– Qual é o nome dele?

– Georgy Jakes.

– Você nunca falou nele antes.

– Ah, não?

– Quantos anos ele tem?

– Doze.

– Então você tinha 16 anos quando ele nasceu. Muito jovem para um padrinho.

– É, acho que sim.

– E o que a mãe dele faz da vida?

– É garçonete. Anos atrás, era atriz. Seu nome artístico era Jacky Jakes. Eu a conheci quando era contratada do estúdio do meu pai.

Tudo isso era mais ou menos verdade, pensou Greg, pouco à vontade.

– E o pai do menino?

Greg fez que não com a cabeça.

– Jacky é solteira. – Um garçom se aproximou. – Que tal um drinque? – perguntou Greg. Talvez uma bebida pudesse aliviar a tensão. – Dois martínis – pediu ao garçom.

– Pois não, senhor.

Assim que o garçom se afastou, Nelly perguntou:

– Você é o pai do menino, não é?

– Padrinho.

– Ah, pare de mentir – disse ela, em tom de desdém.

– Como tem tanta certeza?

– Ele pode até ser negro, mas é a sua cara. Não consegue manter os cadarços amarrados nem a camisa para dentro da calça, igualzinho a você. E estava todo sedutor conversando com aquela menininha loura. É claro que é seu filho.

Greg se rendeu. Suspirou e disse:

– Eu ia lhe contar.

– Quando?

– Estava esperando o momento certo.

– Antes de me pedir em casamento teria sido uma boa hora.

– Desculpe.

Apesar de constrangido, ele não estava realmente arrependido. Achava que todo aquele drama era desnecessário.

O garçom trouxe os cardápios, e ambos puseram-se a examiná-los.

– O espaguete à bolonhesa daqui é ótimo – disse Greg.

– Vou querer uma salada.

Os martínis chegaram. Greg ergueu o copo e disse:

– Ao perdão no casamento.

Nelly não pegou sua bebida.

– Não posso me casar com você – falou.

– Querida, por favor, não exagere. Já pedi desculpas.

Ela balançou a cabeça.

– Você não entende...

– Não entendo o quê?

– Aquela mulher que estava ao seu lado no banco do parque... ela é apaixonada por você.

– É? – Na véspera, Greg teria negado, mas depois da conversa de hoje não tinha tanta certeza.

– Claro que é. Por que ela não se casou de novo? É bem bonita. A esta altura, se tivesse tentado, já teria conseguido encontrar algum homem disposto a assumir um enteado. Mas ela é apaixonada por você, seu canalha.

– Não tenho tanta certeza.

– E o menino adora você.

– Eu sou o tio preferido dele.

– Só que não é tio coisa nenhuma. – Ela empurrou o copo para o lado dele da mesa. – Pode tomar o meu drinque.

– Meu bem, relaxe, por favor.

– Vou embora. – Ela se levantou.

Greg não estava acostumado a ser abandonado. Achou aquilo perturbador. Será que estava perdendo o charme?

– Quero me casar com você! – falou. Sua voz soou desesperada até para ele mesmo.

– Você não pode se casar comigo, Greg. – Nelly tirou do dedo o anel de diamante e o pôs sobre a toalha vermelha quadriculada. – Você já tem uma família.

Em seguida, saiu do restaurante.

III

A crise mundial atingiu o auge em junho, e Carla e sua família estavam bem no meio dela.

O Plano Marshall fora ratificado pelo presidente Truman e transformado em lei e, para fúria do Kremlin, os primeiros carregamentos de auxílio já começavam a chegar à Europa.

Na sexta-feira, 18 de junho, os Aliados ocidentais avisaram à Alemanha que fariam um anúncio importante às oito da noite. A família de Carla se reuniu em volta do aparelho da cozinha, sintonizou a Rádio Frankfurt e aguardou, ansiosa. Havia três anos que a guerra acabara, mas eles ainda não sabiam o que o futuro lhes reservava: capitalismo ou comunismo, unidade ou fragmentação, liberdade ou submissão, prosperidade ou miséria.

Sentado ao lado de Carla, Werner segurava no colo o pequeno Walli, agora com 2 anos e meio. Os dois haviam se casado discretamente um ano antes. Carla voltara a trabalhar como enfermeira. Também fazia parte do Conselho Municipal de Berlim pelo Partido Social-Democrata. Heinrich, marido de Frieda, também era membro do conselho.

Os russos haviam banido o Partido Social-Democrata na parte oriental da Alemanha, mas Berlim era um oásis situado no meio do setor soviético e governado por um conselho chamado pelos quatro Aliados de Kommandatura, que vetara a proibição. Consequentemente, os social-democratas tinham vencido as eleições, ao passo que os comunistas amargaram um terceiro lugar, atrás dos democratas cristãos conservadores. Os russos ficaram uma fera e fizeram todo o possível para entravar o conselho eleito. Carla achava isso frustrante, mas não podia abrir mão da esperança de independência em relação aos soviéticos.

Werner havia montado um pequeno negócio. Depois de vasculhar as ruínas da fábrica do pai, conseguira resgatar uma pequena coleção de material elétrico e peças avulsas de rádios. Os alemães não tinham dinheiro para comprar aparelhos novos, mas todos queriam consertar os antigos. Werner entrara em contato com alguns técnicos, ex-funcionários da fábrica, e os pusera para trabalhar consertando rádios quebrados. Trabalhava como gerente e vendedor, indo às casas e apartamentos em busca de mais serviço.

Maud, que também estava sentada à mesa da cozinha nessa noite, trabalhava como intérprete para os americanos. Era uma das melhores em atividade e com frequência traduzia as reuniões da Kommandatura.

Erik, irmão de Carla, estava usando um uniforme de policial. Depois de entrar para o Partido Comunista – para consternação da família –, ele conseguira um emprego de agente na nova força policial do leste, organizada pelos ocupantes russos. Segundo Erik, os Aliados ocidentais estavam tentando dividir a Alemanha em duas.

– Vocês social-democratas são separatistas – afirmou ele, citando a frase comunista da mesma forma que havia repetido feito um papagaio a propaganda dos nazistas.

– Os Aliados ocidentais não dividiram nada – retrucou Carla. – Eles abriram as fronteiras entre seus respectivos setores. Por que os soviéticos não fazem a mesma coisa? Então voltaríamos a ser um só país.

O irmão parecia não escutá-la.

Rebecca tinha agora quase 17 anos. Carla e Werner a haviam adotado oficialmente. Ela ia bem na escola e era boa em idiomas.

Carla estava grávida outra vez, mas ainda não dissera nada para Werner. Estava muito animada. Seu marido já tinha uma filha adotiva e um enteado, mas agora teria também um filho legítimo. Sabia que ele ficaria felicíssimo quando recebesse a notícia. Apenas estava esperando mais um pouco para ter certeza.

No entanto, ansiava por saber em que tipo de país seus três filhos viveriam.

Um oficial americano chamado Robert Lochner começou a se pronunciar no rádio. Criado na Alemanha, falava alemão sem esforço. Ele explicou que, a partir das sete horas da manhã de segunda-feira, a parte ocidental do país teria uma nova moeda, o marco alemão.

Carla não ficou surpresa. O Reichsmark valia menos a cada dia. A maioria das pessoas, quando tinha emprego, recebia em Reichsmarks, e a moeda podia ser usada para comprar itens básicos como cupons de comida e passagens de ônibus, mas todo mundo preferia receber em víveres ou cigarros. No trabalho, Werner cobrava dos clientes em Reichsmarks, mas oferecia serviços noturnos por cinco cigarros e entregas em qualquer lugar da cidade por três ovos.

Maud contara a Carla que a nova moeda fora discutida na Kommandatura. Os russos tinham pedido chapas para imprimir o dinheiro. Mas já haviam desvalorizado a moeda anterior imprimindo-a em excesso e, se isso se repetisse, a nova moeda não adiantaria de nada. Assim, o Ocidente recusara as chapas, e os soviéticos fecharam a cara.

Agora os países ocidentais tinham decidido prosseguir sem o apoio dos soviéticos. Carla ficou feliz, porque a nova moeda seria boa para a Alemanha, mas estava apreensiva com a reação soviética.

Segundo Lochner, a população da parte ocidental do país poderia trocar sessenta antigos Reichsmarks por três marcos alemães e 90 centavos.

Então ele disse que nada disso seria aplicado em Berlim, pelo menos no início, o que provocou um grunhido generalizado na cozinha.

Carla foi para a cama perguntando-se o que os soviéticos iriam fazer. Deitada junto de Werner, manteve parte do cérebro alerta para o caso de Walli chorar no quarto ao lado. Nos últimos meses, os ocupantes soviéticos vinham ficando mais zangados. Um jornalista chamado Dieter Friede fora sequestrado no setor americano e preso pela polícia secreta soviética. No início, os soviéticos negaram saber qualquer coisa a respeito, depois afirmaram que o haviam prendido como espião. Três alunos tinham sido expulsos da universidade por criticar os russos numa revista. E, o pior de tudo, um caça soviético passara muito perto de um avião de passageiros da British European Airways durante o pouso no aeroporto de Gatow, quebrando sua asa e provocando a queda das duas aeronaves e a morte de quatro tripulantes da BEA, de dez passageiros e do piloto do caça soviético. Quando os russos ficavam zangados, alguma outra pessoa sempre sofria.

Na manhã seguinte, os soviéticos anunciaram que passaria a ser crime usar marcos alemães na parte oriental do país. Segundo o pronunciamento, isso incluía Berlim, "que faz parte do setor soviético". Os americanos contestaram na mesma hora, dizendo que Berlim era uma cidade internacional, mas os ânimos estavam esquentando, e Carla continuou ansiosa.

Na segunda-feira, a parte ocidental da Alemanha recebeu a nova moeda.

Na terça, um mensageiro do Exército Vermelho foi à casa de Carla e a convocou à prefeitura.

Ela já havia sido convocada antes, mas mesmo assim saiu temerosa. Nada impedia os soviéticos de prendê-la. Os comunistas tinham os mesmos poderes arbitrários que os nazistas haviam tomado para si. Estavam até usando os antigos campos de concentração.

O famoso prédio vermelho da prefeitura fora danificado pelas bombas, e a sede do governo municipal era agora a Prefeitura Nova, na Parochialstrasse. Ambos os prédios ficavam no bairro de Mitte, onde Carla morava, que fazia parte do setor soviético.

Ao chegar, ela constatou que a prefeita interina Louise Schroeder e outros funcionários municipais também tinham sido convocados para uma reunião com o agente de ligação do Exército soviético, major Otshkin. Este lhes informou que a parte oriental da Alemanha sofreria uma reforma monetária e que, no futuro, apenas o novo Ostmark seria legal no setor soviético.

A prefeita interina percebeu de imediato qual era o ponto crucial.

– Está nos dizendo que isso vai se aplicar a todos os setores de Berlim? – perguntou.

– Sim.

Frau Schroeder não era mulher de se deixar intimidar com facilidade.

– Segundo a constituição da cidade, o poder de ocupação soviético não pode criar uma regra assim para os outros setores – disse ela com firmeza. – Os outros Aliados precisam ser consultados.

– Eles não vão se opor. – O major lhe entregou uma folha de papel. – Aqui está o decreto do marechal Sokolovsky. A senhora poderá apresentá-lo ao Conselho Municipal amanhã.

Nesse mesmo dia, à noite, ao se deitar ao lado de Werner, Carla falou:

– A tática dos soviéticos é óbvia. Se o Conselho Municipal aprovar o decreto, os Aliados ocidentais terão dificuldade em derrubá-lo por causa de sua visão democrática.

– Só que o conselho não vai aprovar o decreto. Os comunistas são minoria e ninguém mais vai querer o Ostmark.

– Não mesmo. É por isso que me pergunto qual será a carta que o marechal Sokolovsky tem na manga.

Os jornais do dia seguinte anunciaram que, a partir da sexta-feira, duas moedas competiriam entre si em Berlim: o Ostmark e o marco alemão. Foi revelado que os americanos haviam mandado trazer em segredo 250 milhões de marcos alemães em caixotes de madeira com os dizeres "Clay" e "Bird Dog", guardados agora por toda Berlim.

Durante o dia, Carla começou a ouvir boatos do lado ocidental da Alemanha. Lá, a nova moeda havia provocado um verdadeiro milagre. Da noite para o dia, mais mercadorias haviam se materializado nas vitrines das lojas: cestas de cerejas e maços bem-amarrados de cenouras trazidos de campos próximos, manteiga, ovos e doces, além de luxos havia muito guardados, como sapatos e bolsas novas, ou até mesmo meias finas, vendidas por quatro marcos o par. As pessoas haviam esperado até poderem vender por dinheiro de verdade.

Nessa tarde, Carla saiu para a prefeitura, onde iria participar da reunião do Conselho Municipal marcada para as quatro horas. Ao se aproximar, viu dezenas de caminhões do Exército Vermelho estacionados nas ruas adjacentes, com os motoristas encostados na lataria, fumando. Quase todos os veículos eram americanos e deviam ter sido cedidos à União Soviética em leasing durante a guerra. Quando começou a ouvir o barulho de uma multidão descontrolada, Carla teve uma ideia do que eles estavam fazendo ali. Desconfiou do que o governador soviético devia ter guardado na manga: um porrete.

Em frente à prefeitura, bandeiras vermelhas tremulavam acima de um mar de vários milhares de pessoas, a maioria com broches do Partido Comunista. Caminhões com alto-falantes transmitiam discursos irados, e as pessoas entoavam as palavras de ordem: "Abaixo os separatistas!"

Carla não viu como poderia chegar ao prédio. Um grupo de policiais observava a cena com ar de desinteresse, sem fazer nenhuma tentativa de ajudar os membros do conselho a passar. Isso despertou em Carla uma dolorosa lembrança da atitude da polícia no dia em que os camisas-pardas tinham invadido o escritório de sua mãe, 15 anos antes. Teve quase certeza de que os membros comunistas do conselho já estavam lá dentro e que, se os social-democratas não conseguissem entrar, essa minoria iria aprovar o decreto e depois reivindicar sua validade.

Respirou fundo e começou a abrir caminho pela multidão.

Conseguiu dar alguns passos sem se fazer notar. Então alguém a reconheceu.

– Puta americana! – gritou o homem, apontando para ela.

Carla seguiu em frente com determinação. Outra pessoa lhe lançou uma cusparada, que sujou seu vestido. Ela prosseguiu, mas começou a entrar em pânico. Estava cercada por pessoas que a odiavam, algo que jamais tinha lhe acontecido antes, e teve vontade de sair correndo. Foi empurrada, mas conseguiu se manter de pé. A mão de alguém segurou seu vestido, e ela se libertou com o barulho do tecido se rasgando. Quis gritar. O que eles iriam fazer, rasgar todas as suas roupas?

Percebeu que outra pessoa tentava abrir caminho na multidão atrás dela e, ao olhar por cima do ombro, viu que era Heinrich von Kessel, marido de Frieda. Ele a alcançou, e os dois continuaram juntos. Heinrich era mais agressivo, pisando no pé das pessoas e dando cotoveladas vigorosas em quem estivesse ao seu alcance. Isso fez com que avançassem mais depressa. Por fim, chegaram à porta da prefeitura e conseguiram entrar.

Mas o calvário deles ainda não tinha terminado. Lá dentro também havia manifestantes comunistas, centenas deles. Carla e Heinrich tiveram que lutar para passar pelos corredores. A assembleia estava tomada por manifestantes – não apenas na galeria de visitantes, mas também no nível do plenário. Seu comportamento ali era tão agressivo quanto do lado de fora.

Alguns social-democratas já estavam presentes e outros chegaram depois de Carla. Parecia incrível, mas a maioria dos 63 que faziam parte do conselho tinha conseguido passar pela turba. Ela ficou aliviada. O inimigo não fora capaz de afugentá-los.

Quando o porta-voz da assembleia pediu ordem no recinto, um dos membros comunistas do conselho subiu num banco e instou os manifestantes a ficarem. Ao ver Carla, ele gritou:

– Traidores, fiquem lá fora!

Tudo lembrava tristemente o ano de 1933: violência, intimidação e a democracia minada por arruaceiros. Carla foi ficando desesperada.

Ao erguer os olhos para a galeria, consternou-se ao ver seu irmão entre a multidão aos gritos.

– Você é alemão! – berrou para ele. – Viveu sob o domínio nazista! Será que não aprendeu *nada*?

Mas ele pareceu não ouvi-la.

Frau Schroeder subiu ao pódio e pediu calma. Os manifestantes a receberam com assobios e vaias. Erguendo a voz até praticamente gritar, ela disse:

– Se o Conselho Municipal não puder ter um debate organizado neste prédio, vou transferir a reunião para o setor americano.

As vaias se repetiram, mas os 26 membros comunistas do conselho viram que uma mudança desse tipo não atenderia aos seus objetivos. Se o conselho se reunisse fora do setor soviético uma vez, poderia fazê-lo outras vezes, ou até mesmo se mudar definitivamente para fora do raio de ação da intimidação comunista. Após um curto debate, um deles se levantou e pediu aos manifestantes que se retirassem. Eles saíram do plenário cantando a *Internacional*.

– Está claro quem manda neles – comentou Heinrich.

Finalmente fez-se silêncio. Frau Schroeder explicou a demanda comunista e disse que esta não poderia ser aplicada fora do setor soviético de Berlim a menos que fosse ratificada pelos outros Aliados.

Um representante comunista fez um discurso no qual a acusou de receber ordens diretas de Nova York.

Acusações e ofensas foram lançadas por ambas as partes. Depois de algum tempo, os membros do conselho votaram. Os comunistas apoiaram por unanimidade o decreto soviético – depois de acusarem os demais de serem controlados por países estrangeiros. Todos os outros membros votaram contra, e o decreto foi derrubado. Berlim não se deixara intimidar. Carla foi dominada por um sentimento cansado de triunfo.

Mas ainda não havia terminado.

Quando eles saíram da prefeitura, já eram sete da noite. A maior parte da turba havia sumido, mas um grupo feroz de valentões ainda rondava o prédio. Uma senhora idosa que integrava o conselho levou chutes e socos ao sair. A polícia assistiu a tudo com indiferença.

Carla e Heinrich saíram por uma porta lateral com alguns amigos, torcendo para conseguirem passar despercebidos, mas um comunista de bicicleta vigiava esse acesso. Ele saiu pedalando depressa.

Enquanto os membros do conselho se afastavam a passos rápidos, ele voltou à frente de uma pequena gangue. Alguém deu uma rasteira em Carla, que caiu no chão. Levou um chute forte, depois dois, três. Aterrorizada, cobriu a barriga com as mãos. Estava com quase três meses de gravidez – sabia que era nesse período que acontecia a maioria dos abortos espontâneos. Será que o bebê de Werner vai morrer chutado por arruaceiros comunistas numa rua de Berlim?, pensou, desesperada.

Então eles sumiram.

Os membros do conselho ajudaram uns aos outros a se levantar. Ninguém estava gravemente ferido. Saíram dali juntos, temendo um segundo ataque, mas os comunistas já pareciam ter batido em pessoas suficientes naquele dia.

Carla chegou em casa às oito horas. Não havia sinal de Erik.

Werner ficou chocado ao ver os hematomas e o vestido rasgado.

– O que houve? – perguntou. – Você está bem?

Carla desatou a chorar.

– Você está ferida – disse Werner. – Quer que a leve ao hospital?

Ela negou com um gesto vigoroso de cabeça.

– Não é isso – explicou. – São só uns hematomas. Já passei por coisa pior. – Ela se deixou cair numa cadeira. – Meu Deus, como estou cansada...

– Quem fez isso? – perguntou seu marido, zangado.

– As mesmas pessoas de sempre – respondeu ela. – Elas agora se dizem comunistas em vez de nazistas, mas são da mesma laia. Parece uma reprise de 1933.

Werner a envolveu com os braços.

Mas Carla não conseguiu se deixar consolar.

– Já faz tanto tempo que os valentões e arruaceiros estão no poder... – lamentou, aos soluços. – Será que isso nunca vai acabar?

IV

Nessa noite, a agência de notícias soviética transmitiu um anúncio. A partir das seis horas da manhã seguinte, todo o transporte de passageiros indo ou vindo da parte ocidental de Berlim – trens, carros, barcas que trafegavam pelos canais – seria interrompido. Nenhum item de abastecimento poderia entrar: fosse comida, leite, remédios ou carvão. Como as estações geradoras de eletricidade seriam fechadas, eles iriam interromper o fornecimento de energia elétrica – apenas nos setores ocidentais.

A cidade estava sitiada.

Lloyd Williams encontrava-se na sede das Forças Armadas britânicas em Berlim. Houvera um curto recesso parlamentar, e Ernie Bevin viajara de férias para Sandbanks, no litoral sul da Inglaterra, mas ficara preocupado o bastante para mandar Lloyd à capital alemã a fim de supervisionar a introdução da nova moeda e mantê-lo informado.

Daisy não havia acompanhado o marido. Davey, seu filho caçula, tinha apenas 6 meses. Além disso, ela e Eva Murray estavam montando em Hoxton uma clínica de controle de natalidade para mulheres que estava prestes a ser inaugurada.

Lloyd estava apavorado que aquela crise conduzisse a uma guerra. Já havia lutado em duas, e não queria ter que passar por uma terceira. Tinha dois filhos pequenos que torcia para crescerem num mundo de paz. Era casado com a mulher mais bonita, mais sexy e mais adorável do mundo, e queria passar muitas e longas décadas ao lado dela.

O general Clay, governador militar norte-americano viciado em trabalho, deu ordens a seus subordinados para organizar um comboio de blindados que avançaria pela *Autobahn* de Helmstedt, na parte ocidental do país, até Berlim, atravessando o território soviético e tirando da frente qualquer obstáculo.

Lloyd ficou sabendo desse plano ao mesmo tempo que o governador britânico, Sir Brian Robertson, e ouviu-o comentar com sua voz marcada de soldado:

– Se Clay fizer isso, haverá guerra.

Porém nenhuma outra coisa fazia sentido. Os americanos ainda fizeram outras sugestões, como Lloyd soube ao conversar com os assessores mais jovens de Clay. O secretário do Exército americano, Kenneth Royal, queria paralisar a reforma monetária. Clay lhe respondeu que esta já tinha ido longe demais para ser revertida. Então Royal propôs evacuar todos os americanos de Berlim. Clay lhe disse que isso era exatamente o que os soviéticos queriam.

Sir Brian sugeriu criar um corredor aéreo para abastecer a cidade. A maioria das pessoas considerava isso impossível. Alguém calculou que Berlim precisava de quatro mil toneladas de combustível e comida por dia. Será que havia aeronaves suficientes *no mundo* para transportar tanta coisa? Ninguém sabia. De todo modo, Sir Brian ordenou à RAF que pusesse o plano em prática.

Na sexta-feira à tarde, Sir Brian se encontrou com Clay, e Lloyd foi convidado a participar da reunião. O britânico disse ao americano:

– Os russos podem bloquear a Autobahn para que seu comboio não passe e esperar para ver se os tanques terão coragem de atacar; mas não acho que irão abater aviões.

– Não vejo como poderemos fornecer víveres suficientes por via aérea – tornou a dizer Clay.

– Nem eu – concordou Sir Brian. – Mas temos que fazer isso até pensarmos em algo melhor.

Clay pegou o telefone.

– Ligue para o general LeMay, em Wiesbaden – pediu. Depois de alguns minutos, tornou a falar: – Curtis, você tem algum avião aí capaz de transportar carvão?

Houve uma pausa.

– Carvão – repetiu Clay mais alto.

Outra pausa.

– Sim, foi isso mesmo que eu disse... carvão.

Instantes depois, Clay ergueu os olhos para Sir Brian.

– Ele disse que a Força Aérea americana pode transportar qualquer coisa.

Os britânicos voltaram para sua sede.

No sábado, Lloyd arrumou um motorista do Exército e entrou no setor soviético para uma missão pessoal. Foi até o endereço no qual visitara a família Von Ulrich 15 anos antes.

Sabia que Maud continuava morando na mesma casa. Ela e sua mãe tinham voltado a se corresponder no final da guerra. As cartas de Maud disfarçavam com bravura o que sem dúvida devia ser uma grave privação. Ela não pedira ajuda. De toda forma, não havia nada que Ethel pudesse fazer por ela – a Grã-Bretanha ainda estava enfrentando o racionamento.

A casa estava muito diferente. Em 1933, era um belo imóvel urbano, um pouco malconservado, mas ainda assim gracioso. Agora parecia abandonada. A maioria das janelas estava fechada por tábuas ou jornais em vez de vidro. Havia buracos de bala na alvenaria, e o muro do jardim tinha desabado. Fazia muitos anos que o madeirame externo não era pintado.

Lloyd passou alguns instantes sentado dentro do carro, olhando a casa. Na última vez que estivera ali, tinha 18 anos, e Hitler acabara de se tornar chanceler da Alemanha. O jovem Lloyd nem sonhava com os horrores que o mundo iria testemunhar. Nem ele nem ninguém desconfiavam de quão perto o fascismo chegaria de triunfar sobre toda a Europa, e de quanto teriam que sacrificar para derrotá-lo. Seu estado de espírito lembrava um pouco o aspecto atual da casa dos Von Ulrich: maltratada, bombardeada e atingida por tiros, mas ainda de pé.

Ele subiu o acesso até a casa e bateu.

Reconheceu a criada que veio abrir a porta.

– Olá, Ada, lembra-se de mim? – perguntou em alemão. – Lloyd Williams.

A casa estava melhor por dentro do que por fora. Ada o conduziu até a sala de estar, onde uma jarra de vidro com flores enfeitava o piano. O sofá estava coberto por uma colcha de cores vivas, sem dúvida para esconder os buracos do estofamento. Os jornais que faziam as vezes de vidraças deixavam entrar uma quantidade surpreendente de luz.

Um menino de 2 anos entrou na sala e examinou o visitante com franca curiosidade. Vestido com roupas visivelmente feitas em casa, tinha um aspecto oriental.

– Quem é você? – perguntou.

– Meu nome é Lloyd. E o seu?

– Walli – respondeu o menino. Então saiu correndo da sala, e Lloyd o ouviu dizer a alguém do lado de fora: – O moço fala esquisito!

E eu crente que meu alemão era bom, pensou Lloyd.

Então ouviu a voz de uma mulher de meia-idade:

– Não fale assim! É falta de educação.

– Desculpe, vovó.

No instante seguinte, Maud entrou na sala.

Sua aparência deixou Lloyd chocado. Ela estava com 50 e poucos anos, mas parecia ter 70. Tinha os cabelos grisalhos, o rosto emaciado, e seu vestido de seda azul estava puído. Ela o beijou no rosto com lábios murchos.

– Lloyd Williams, que alegria ver você!

Essa mulher é minha tia, pensou Lloyd com uma sensação meio estranha. Mas Maud não sabia do parentesco: Ethel soubera guardar segredo.

Ela foi seguida por Carla, irreconhecível, e por seu marido. Quando Lloyd conhecera Carla, ela era uma menina precoce de 11 anos; agora, segundo seus cálculos, estava com 26. Embora tivesse uma aparência semidesnutrida – assim como a maioria dos alemães –, era uma moça bonita e tinha uma atitude confiante que deixou Lloyd surpreso. Algo na sua postura o fez pensar que ela talvez estivesse grávida. Sabia, pelas cartas de Maud, que Carla tinha se casado com Werner. Atraente e sedutor em 1933, o alemão continuava igualzinho.

Eles passaram uma hora pondo a conversa em dia. A família tinha enfrentado horrores inimagináveis e falava sobre isso com franqueza, mas ainda assim Lloyd teve a sensação de que eles estavam omitindo os piores detalhes. Contou-lhes sobre Daisy e Evie. Durante a conversa, uma adolescente entrou e perguntou a Carla se podia ir à casa de uma amiga.

– Esta é nossa filha Rebecca – disse Carla a Lloyd.

A menina devia ter 16 anos. Lloyd imaginou que fosse adotada.

– Já fez o dever de casa? – perguntou-lhe Carla.

– Farei amanhã de manhã.

– Faça agora, por favor – disse Carla com firmeza.

– Ah, mãe!

– Sem discussão – insistiu Carla. Então virou-se de novo para Lloyd, e Rebecca saiu da sala pisando firme.

Eles conversaram sobre a crise. Como membro do Conselho Municipal, Carla estava muito envolvida. Sua visão sobre o futuro de Berlim era pessimista.

Segundo ela, os russos simplesmente fariam a população passar fome até o Ocidente ceder e entregar a cidade ao controle total da União Soviética.

– Deixe eu lhe mostrar uma coisa que talvez faça você mudar de ideia – disse Lloyd. – Podem vir comigo de carro?

Maud ficou em casa com Walli, mas Carla e Werner acompanharam Lloyd. Ele pediu ao motorista que os levasse até Tempelhof, o aeroporto localizado no setor americano. Quando chegaram, conduziu-os até uma janela alta da qual podiam ver a pista.

Lá embaixo estava enfileirada uma dezena de aeronaves Skytrain C-47, nariz contra cauda, algumas pintadas com a estrela americana, outras com o símbolo circular da RAF. As portas dos compartimentos de carga estavam abertas, e havia um caminhão parado diante de cada uma. Carregadores alemães e aviadores americanos descarregavam as aeronaves. Havia sacos de farinha, grandes barris de querosene, caixas de material médico e caixotes de madeira contendo milhares de garrafas de leite.

Enquanto eles assistiam, aviões vazios decolaram, e outros se aproximaram para aterrissar.

– Impressionante – comentou Carla, com os olhos marejados. – Nunca vi nada igual.

– Nunca *existiu* nada igual – retrucou Lloyd.

– Mas os britânicos e americanos vão conseguir sustentar isso? – perguntou ela.

– Acho que seremos obrigados.

– Mas por quanto tempo?

– Quanto for preciso – respondeu Lloyd com decisão.

E foi o que fizeram.

CAPÍTULO VINTE E CINCO

1949

Com o século XX já quase na metade, em 29 de agosto de 1949 Volodya Peshkov estava no platô de Ustyurt, a leste do mar Cáspio, no Cazaquistão. Era um deserto pedregoso situado no sul da União Soviética, onde povos nômades criavam cabras praticamente como nos tempos bíblicos. A bordo de um caminhão militar, Volodya avançava sacolejando desconfortavelmente por uma estrada de terra. A aurora despontava na paisagem de pedras, areia e arbustos baixos cheios de espinhos. Um camelo ossudo, sozinho à beira da estrada, espiou o caminhão que passava com ar malvado.

Ao longe, ainda na penumbra, Volodya viu a torre da bomba, iluminada por uma bateria de canhões de luz.

Zoya e os outros cientistas tinham fabricado seu primeiro artefato nuclear graças aos desenhos que Willi Frunze entregara a Volodya em Santa Fé. Era uma bomba de plutônio com gatilho de implosão. Havia outros modelos possíveis, mas aquele já funcionara duas vezes: primeiro no Novo México, depois em Nagasaki.

Portanto, também deveria funcionar nesse dia.

O codinome do teste era RDS-1, mas eles o chamavam de Primeiro Raio.

O caminhão de Volodya parou em frente à torre. Ao erguer os olhos, ele viu um grupo de cientistas sobre a plataforma, fazendo alguma coisa com um emaranhado de cabos que conduzia aos detonadores na superfície da bomba. Uma figura vestida com um macacão azul deu um passo atrás, e cabelos louros esvoaçaram: era Zoya. Ele sentiu uma onda de orgulho. Minha mulher, pensou; cientista de primeira linha *e* mãe de dois filhos.

Ela conversou rapidamente com dois homens, as três cabeças bem juntas, discutindo. Volodya torceu para que não houvesse nada errado.

Aquela era a bomba que iria salvar Stalin.

Tudo o mais dera errado para a União Soviética. A Europa Ocidental optara decididamente pela democracia, temendo o comunismo por causa das táticas truculentas do Kremlin e dos subornos do Plano Marshall. A União Soviética não conseguira sequer assumir o controle de Berlim: depois de o corredor aéreo de abastecimento perdurar incansavelmente por quase um ano, a União Soviética havia cedido e reabrira as estradas e ferrovias. No Leste Europeu, Stalin só conseguira manter o controle por meio da força bruta. Truman, reeleito presidente, considerava-se o líder do mundo. Os americanos tinham estocado armas nucleares e estacionado bombardeiros B-29 na Grã-Bretanha, prontos para transformar a União Soviética num deserto radioativo.

Mas tudo isso iria mudar nesse dia.

Se a bomba explodisse como deveria, a União Soviética e os Estados Unidos estariam outra vez em pé de igualdade. Quando a União Soviética pudesse ameaçar os Estados Unidos com a devastação nuclear, o domínio do mundo por parte dos americanos iria acabar.

Volodya não sabia se isso seria bom ou ruim.

Se a bomba não explodisse, provavelmente tanto Zoya quanto Volodya seriam expurgados, mandados para campos de trabalho na Sibéria, ou simplesmente fuzilados. Ele já havia conversado com os pais, que tinham prometido tomar conta de Kotya e Galina.

O mesmo valia para o caso de Volodya e Zoya morrerem no teste.

Sob a luz cada vez mais forte, Volodya viu, espalhada a distâncias variadas da torre, uma estranha série de construções: casas de tijolo e madeira, uma ponte sobre nada, e a entrada de alguma estrutura subterrânea. Provavelmente o Exército queria medir o efeito da explosão. Ao observar com mais atenção, viu caminhões, tanques e aviões velhos e supôs que estivessem ali pelo mesmo motivo. Os cientistas também iriam avaliar o impacto da bomba em seres vivos: havia cavalos, bois, ovelhas e cães presos em canis.

A confabulação na plataforma terminou com uma decisão. Os três cientistas assentiram e recomeçaram o trabalho.

Alguns minutos depois, Zoya desceu para cumprimentar o marido.

– Tudo bem? – perguntou ele.

– Achamos que sim – respondeu Zoya.

– Vocês *acham*?

Ela deu de ombros.

– Nunca fizemos isso antes.

Os dois subiram no caminhão e se afastaram, passando por um terreno que já era um deserto, até o distante bunker de controle.

Os outros cientistas foram logo atrás.

Dentro do bunker, todos puseram óculos de soldador, e a contagem regressiva começou.

Faltando sessenta segundos, Zoya deu a mão a Volodya.

Faltando dez segundos, ele sorriu e disse:

– Eu te amo.

Faltando um segundo, ele prendeu a respiração.

Então foi como se o sol houvesse nascido de repente. Uma luz mais forte que a do meio-dia inundou o deserto. Na direção da torre da bomba, uma bola de fogo alcançou uma altura inacreditável, parecendo querer tocar a lua. Volodya ficou espantado com as cores vivas da bola: verde, roxo, laranja, violeta.

Em seguida ela se transformou num cogumelo cujo chapéu não parava de subir. Por fim, o som chegou até eles: um estrondo tão forte que era como se a maior peça de artilharia do Exército Vermelho tivesse sido detonada a menos de meio metro dali, seguido por uma trovoada que fez Volodya se lembrar do terrível bombardeio nas colinas de Seelow.

Por fim, a nuvem começou a se dispersar e o barulho diminuiu.

Houve uma longa pausa de silêncio atônito.

Alguém disse:

– Caramba! Por *isso* eu não esperava.

Volodya abraçou a mulher.

– Foi graças a você – disse ele.

Mas Zoya tinha uma expressão solene.

– Graças a mim o quê?

– Graças a você o comunismo foi salvo – respondeu ele.

II

– A bomba russa foi baseada nos desenhos da Fat Man, a que lançamos sobre Nagasaki – disse o agente especial Bill Bicks. – Alguém entregou o desenho a eles.

– Como você sabe? – perguntou-lhe Greg.

– Um desertor nos contou.

Os dois estavam sentados na sala acarpetada de Bicks em Washington, na sede do FBI; eram nove da manhã. Bicks estava sem paletó. Embora o ar-condicionado desse ao prédio uma temperatura agradável, tinha a camisa manchada de suor nas axilas.

– Segundo esse cara – prosseguiu ele –, um coronel da Inteligência do Exército Vermelho conseguiu os desenhos com um dos cientistas da equipe do Projeto Manhattan.

– Ele disse quem foi?

– Ele não sabe. Por isso chamei você. Precisamos encontrar o traidor.

– O FBI verificou todos eles na época.

– E a maioria representava risco! Não havia nada que pudéssemos fazer. Mas você os conhecia pessoalmente.

– Quem era o tal coronel do Exército Vermelho?

– Eu já ia chegar a essa parte. Você o conhece. O nome dele é Vladimir Peshkov.

– Meu meio-irmão!

– É.

– Se eu fosse vocês, suspeitaria de mim.

Greg disse isso com uma risada, mas estava muito incomodado.

– Ah, nós suspeitamos, pode acreditar – respondeu Bicks. – Você foi submetido à investigação mais completa que já vi nos meus trinta anos de casa.

Greg lançou-lhe um olhar cético.

– É mesmo?

– Seu filho está indo bem na escola, não está?

A pergunta deixou Greg chocado. Quem poderia ter contado ao FBI sobre Georgy?

– Meu afilhado, você quer dizer? – indagou.

– Greg, eu disse *completa*. Sabemos que ele é seu filho.

Greg ficou irritado, mas se conteve. Já havia desencavado segredos pessoais de muitos suspeitos durante o tempo em que trabalhara na inteligência do Exército. Não tinha o direito de reclamar.

– Você está limpo – continuou Bicks.

– Fico aliviado em saber.

– De toda forma, nosso desertor insistiu em que os desenhos foram entregues por um cientista, e não por um dos funcionários militares regulares que estavam trabalhando no projeto.

– Quando encontrei Volodya em Moscou, ele me disse que não conhecia os Estados Unidos – disse Greg, pensativo.

– Ele mentiu – disse Bicks. – Esteve aqui em setembro de 1945. Passou uma semana em Nova York. Então nós o perdemos por oito dias. Ele reapareceu por um breve período e depois voltou para casa.

– Oito dias?

– É. Uma vergonha.

– É tempo suficiente para ir até Santa Fé, passar um ou dois dias lá e voltar.

– É. – Bicks se curvou para a frente por cima da mesa. – Mas pense bem. Se o cientista já tivesse sido recrutado como espião, por que não foi contatado pelo intermediário habitual? Por que trazer alguém de Moscou para conversar com ele?

– Você acha que o traidor foi recrutado durante essa visita de dois dias? Parece rápido demais.

– É possível que ele já houvesse trabalhado para os russos, mas tivesse desistido. De toda forma, estamos imaginando que os soviéticos precisavam mandar *alguém que o cientista já conhecesse.* Isso significa que deve haver alguma ligação entre Volodya e um dos cientistas. – Bicks fez um gesto em direção a uma mesa lateral coberta de pastas amarelas. – A resposta está ali em algum lugar. São as nossas pastas sobre todos os cientistas que tiveram acesso aos desenhos.

– O que você quer que eu faça?

– Examine as pastas.

– Esse trabalho não é seu?

– Já examinamos. Não encontramos nada. Estamos torcendo para que você encontre algo que deixamos passar. Vou ficar sentado aqui lhe fazendo companhia, assim aproveito para arrumar um pouco de papelada.

– Vai ser um trabalho demorado.

– Você tem o dia inteiro.

Greg franziu o cenho. Será que eles sabiam...?

– Não tem nada marcado para o restante do dia – disse Bicks, seguro.

Greg deu de ombros.

– Tem café?

Ele tomou um café e comeu rosquinhas, depois tomou mais café, comeu um sanduíche na hora do almoço e uma banana no meio da tarde. Já conhecia todos os detalhes sobre a vida dos cientistas, suas esposas e parentes: infância, escolaridade, carreira, amor e casamento, conquistas, excentricidades e pecados.

Estava comendo o último pedaço de banana quando exclamou:

– Puta que pariu!

– O que foi? – indagou Bicks.

– Willi Frunze estudou na Academia para Meninos de Berlim. – Greg fez a pasta estalar em cima da mesa, com um gesto triunfante.

– E daí?

– Volodya também estudou lá... ele me contou.

Animado, Bicks socou a mesa.

– Amigos de escola! É isso! Pegamos o canalha!

– Mas isso não prova nada – disse Greg.

– Ah, não se preocupe, ele vai confessar.

– Como pode ter tanta certeza?

– Esses cientistas acham que o conhecimento deve ser compartilhado com todos, e não mantido em segredo. Ele vai tentar se justificar argumentando que agiu assim pelo bem da humanidade.

– E talvez ele tenha razão.

– Seja como for, vai morrer na cadeira elétrica – disse Bicks.

Greg sentiu um frio na espinha. Willi Frunze lhe parecera um bom sujeito.

– Vai mesmo?

– Pode apostar. Ele vai fritar.

Bicks tinha razão. Willi Frunze foi considerado culpado de alta traição e condenado à morte. Foi executado na cadeira elétrica.

Sua esposa também.

III

Daisy observou o marido ajeitar a gravata-borboleta branca e vestir o paletó de sua casaca perfeita, feita sob medida.

– Você está um espetáculo – comentou, e era verdade. Lloyd deveria ter sido astro de cinema.

Lembrou-se dele 13 anos antes, usando uma roupa emprestada no baile do Trinity College, e sentiu um agradável calafrio de nostalgia. Lembrou que ele já era bem bonito na época, apesar da casaca dois tamanhos acima do seu.

Eles estavam hospedados na suíte permanente do pai dela no Hotel Ritz-Carlton de Washington. Lloyd agora tinha um cargo de adjunto no Ministério das Relações Exteriores britânico, e estava em visita diplomática aos Estados Unidos. Seus pais, Ethel e Bernie, tinham ficado encantados em passar uma semana cuidando dos netos.

Nessa noite, Daisy e Lloyd iriam a um baile na Casa Branca.

Ela estava usando um vestido deslumbrante de Christian Dior: feito de cetim cor-de-rosa, tinha uma saia rodada composta por infindáveis camadas de tule armado. Depois dos anos de austeridade da guerra, estava encantada em poder comprar vestidos em Paris outra vez.

Pensou no baile do Iate Clube de Buffalo em 1935, o evento que, na época, acreditava ter arruinado sua vida. A Casa Branca naturalmente tinha muito mais prestígio, mas ela sabia que nada do que acontecesse nessa noite poderia arruinar sua vida. Ficou pensando nisso enquanto Lloyd a ajudava a pôr o colar de diamantes-rosa e os brincos no mesmo feitio que haviam pertencido à sua mãe. Aos 19 anos, Daisy quisera desesperadamente ser aceita pelos membros da alta sociedade. Agora, mal podia se imaginar preocupada com uma coisa dessas. Desde que Lloyd dissesse que ela estava linda, pouco lhe importava o que os outros pensavam. A única outra pessoa cuja aprovação talvez pudesse querer era a sogra, Eth Leckwith, que tinha pouco status social e com certeza jamais usara um vestido de Paris.

Será que toda mulher olhava para trás e relembrava as tolices cometidas na juventude? Daisy tornou a pensar em Ethel, que sem dúvida tivera um comportamento tolo – afinal de contas, engravidara do patrão –, mas nunca falava sobre isso com arrependimento. Talvez essa fosse a atitude correta. Pensou nos erros que ela mesma cometera: ficar noiva de Charlie Farquharson, rejeitar Lloyd, casar-se com Boy Fitzherbert. Não conseguia olhar para trás e pensar no bem que tinha advindo dessas escolhas. Somente quando decidira rejeitar a alta roda e buscar consolo na cozinha de Ethel em Aldgate sua vida mudara para melhor. Ela havia parado de almejar o status social e aprendera o que significava a verdadeira amizade; desde então, era uma mulher feliz.

Agora que já não ligava para nada disso, gostava ainda mais de festas.

– Está pronta? – perguntou Lloyd.

Ela estava. Vestiu o casaco de noite que Dior criara para combinar com o vestido. Os dois desceram no elevador, saíram do hotel e entraram na limusine que os aguardava.

IV

Na véspera de Natal, Carla convenceu a mãe a tocar piano.

Fazia muitos anos que Maud não tocava. Talvez o instrumento a deixasse triste por despertar lembranças de Walter: os dois costumavam tocar e cantar juntos, e ela muitas vezes dissera aos filhos como havia tentado, sem sucesso, ensinar a ele o ragtime. Mas ela não contava mais essa história, e Carla desconfiava que, hoje em dia, o piano também fizesse a mãe pensar em Joachim Koch, o jovem oficial que viera ter aulas com ela, a quem ela enganara e seduzira, e que Carla e Ada mataram na cozinha. A própria Carla não conseguia eliminar completamente a lembrança daquela noite de pesadelo, sobretudo quando tivera que se livrar do corpo. Não estava arrependida – fora a coisa certa a fazer –, mas mesmo assim teria preferido esquecer.

Nessa noite, porém, Maud finalmente concordou em tocar "Noite Feliz" para que todos cantassem juntos. Werner, Ada, Erik e as três crianças – Rebecca, Walli e a bebezinha Lili – reuniram-se na sala de estar em volta do velho Steinway. Carla pôs uma vela em cima do piano e, sob as sombras dançantes que esta lançava, analisou o rosto dos parentes que entoavam a conhecida canção natalina alemã.

Walli, no colo de Werner, faria 4 anos em algumas semanas e tentava acompanhar a canção adivinhando com inteligência as palavras e a melodia. O menino tinha os olhos orientais do pai estuprador. Carla havia decidido que sua vingança seria criar o filho para que tratasse as mulheres com carinho e respeito.

Erik cantava com sinceridade a letra da música. Apoiava o regime soviético da mesma forma cega que havia apoiado os nazistas. De início, isso havia provocado em Carla incompreensão e fúria, mas ela agora via uma lógica triste no fervor do irmão. Erik era uma daquelas pessoas inadequadas cujo medo da vida era tão grande que preferiam viver sob uma autoridade dura, ter um governo que lhes dissesse o que fazer e o que pensar, e que não permitisse nenhuma dissidência. Eram tolas e perigosas, mas havia muita gente assim.

Carla então encarou com ternura o marido. Aos 30 anos, Werner continuava sendo um homem bonito. Lembrou-se de tê-lo beijado, e mais, quando tinha 19 anos, no banco da frente de seu carro estiloso parado na floresta de Grunewald. Ainda gostava de beijá-lo.

Quando pensava no tempo transcorrido desde então, tinha mil lamentações, mas a maior de todas era a morte do pai. Sentia falta dele o tempo todo, e ainda chorava ao se lembrar de vê-lo caído no hall de casa, espancado tão cruelmente que sucumbiu antes de o médico chegar.

Mas todos tinham que morrer, e seu pai perdera a vida em nome de um mundo melhor. Se mais alemães houvessem tido a sua coragem, os nazistas não teriam triunfado. Carla queria fazer tudo o que ele fizera: criar bem os filhos, fazer diferença na política de seu país, amar e ser amada. Mais do que tudo, quando morresse, queria que os filhos pudessem dizer, como ela dizia do pai, que sua vida tinha significado alguma coisa, e que o mundo era um lugar melhor por causa dela.

A canção de Natal terminou. Maud sustentou o último acorde no piano, e o pequeno Walli se inclinou para a frente e apagou a vela com um sopro.

AGRADECIMENTOS

Meu principal consultor histórico para a trilogia *O Século* é Richard Overy. Sou grato também aos historiadores Evan Mawdsley, Tim Rees, Matthias Reiss e Richard Toye, por terem lido e revisado o manuscrito de *Inverno do mundo*.

Como sempre, tive a ajuda inestimável de meus editores e agentes, em especial Amy Berkower, Leslie Gelbman, Phyllis Grann, Neil Nyren, Susan Opie e Jeremy Treviathan.

Conheci meu agente Al Zuckerman por volta de 1975, e desde então ele tem sido meu leitor mais crítico e mais inspirador.

Vários amigos fizeram comentários úteis. Nigel Dean é mais atento aos detalhes que qualquer um. Chris Manners e Tony McWalter tiveram a mesma perceptividade arguta de sempre. Angela Spizig e Annemarie Behnke me salvaram de vários erros nos trechos relativos à Alemanha.

Nós sempre agradecemos às nossas famílias, e é certo que assim o façamos. Barbara Follett, Emanuele Follett, Jann Turner e Kim Turner leram a primeira versão e fizeram críticas pertinentes, além de me darem o presente incomparável de seu amor.

CONHEÇA OUTROS LIVROS DO AUTOR

Um lugar chamado liberdade

Desde pequeno, Mack McAsh foi obrigado a trabalhar nas minas de carvão da família Jamisson e sempre ansiou por escapar. Porém, o sistema de escravidão na Escócia não possui brechas e a mínima infração é punida severamente. Sem perspectivas, ele se vê sozinho em seus ousados ideais libertários.

Durante uma visita dos Jamissons à propriedade, Mack acaba encontrando uma aliada incomum: Lizzie Hallim, uma jovem bela e bem-nascida, mas presa em seu inferno pessoal, numa sociedade em que as mulheres devem ser submissas e não têm vontade própria.

Apesar de separados por questões políticas e sociais, os dois estão ligados por sua apaixonante busca pela liberdade e verão o destino entrelaçar suas vidas de forma inexorável.

Das fervilhantes ruas de Londres às vastas plantações de tabaco da Virgínia, passando pelos porões infernais dos navios de escravos, Mack e Lizzie protagonizam uma história de paixão e inconformismo em meio a lutas épicas que vão marcá-los para sempre.

Com 8 milhões de exemplares vendidos em todo o mundo, *Um lugar chamado liberdade* é mais uma prova de que Ken Follett é um mestre absoluto em criar tramas complexas e emocionantes.

O homem de São Petersburgo

1914: a Alemanha se prepara para a guerra e os Aliados começam a construir suas defesas. Ambos os lados precisam da Rússia, que enfrenta graves problemas internos e vive na iminência de uma revolução. Na Inglaterra, Winston Churchill arquiteta uma negociação secreta com o príncipe Aleksei Orlov, visando a um acordo com os russos.

No entanto, o anarquista Feliks Kschessinsky, um homem sem nada a perder, está disposto a tudo para impedir que seu país envie milhões de rapazes para os campos de batalha de uma guerra que nem sequer compreendem. Para isso, ele se infiltra na Inglaterra com a intenção de assassinar o príncipe e, assim, frustrar a aliança entre russos e britânicos.

Um mestre da manipulação, Feliks tem várias armas a seu dispor, mas precisa enfrentar toda a força policial inglesa, um brilhante e influente lorde e o próprio Winston Churchill. Esse poderio reunido conseguiria aniquilar qualquer homem no mundo – mas será capaz de deter o homem de São Petersburgo?

Costurando com maestria a narrativa ficcional à colcha da História, mais uma vez Ken Follett fala sobre assuntos universais, como paixões perdidas e reencontradas, amores e traições, ao mesmo tempo que oferece uma visão precisa sobre os acontecimentos que mudaram o mundo para sempre.

Mundo sem fim

Na Inglaterra do século XIV, quatro crianças se esgueiram da multidão que sai da catedral de Kingsbridge e vão para a floresta. Lá, elas presenciam a morte de dois homens. Já adultas, suas vidas se unem numa trama feita de determinação, desejo, cobiça e retaliação. Elas verão a prosperidade e a fome, a peste e a guerra. Apesar disso, viverão sempre à sombra do inexplicável assassinato ocorrido naquele dia fatídico.

Ken Follett encantou milhões de leitores com *Os pilares da Terra*, um épico magistral e envolvente com drama, guerra, paixão e conflitos familiares sobre a construção de uma catedral na Idade Média.

Agora *Mundo sem fim* leva o leitor à Kingsbridge de dois séculos depois, quando homens, mulheres e crianças da cidade mais uma vez se digladiam com mudanças devastadoras no rumo da História.

Coluna de fogo

Em 1558, as pedras da antiga Catedral de Kingsbridge testemunham uma cidade dilacerada pelo conflito religioso.

Enquanto católicos e protestantes lutam pelo poder e princípios morais entram em choque com a amizade, a lealdade e o amor, a única coisa que Ned Willard deseja é se casar com Margery Fitzgerald. No entanto, quando os dois se veem em lados opostos do embate, Ned escolhe servir à princesa Elizabeth da Inglaterra.

Assim que Elizabeth é coroada, a Europa inteira se volta contra a Inglaterra e se multiplicam complôs de assassinato da rainha, planos de rebelião e tentativas de invasão do país. Astuta e decidida, a jovem soberana monta um serviço secreto de informações – o primeiro do mundo – para descobrir as ameaças com a maior antecedência possível. Entre seus principais homens de confiança está Ned Willard.

Ao longo das décadas seguintes, parece não haver esperança para o amor de Ned e Margery. Ao mesmo tempo, o extremismo religioso cresce, gerando uma onda de violência que se alastra de Edimburgo a Genebra. Protegida por um pequeno e dedicado grupo de talentosos espiões e corajosos agentes secretos, Elizabeth tenta se manter no trono e continuar fiel a seus valores.

Ambicioso, emocionante e ambientado em um dos períodos mais turbulentos e revolucionários dos últimos séculos, *Coluna de fogo* vai encantar os fãs de longa data de Ken Follett e servir como o ponto de partida perfeito para quem ainda não conhece suas obras.

CONHEÇA OS LIVROS DE KEN FOLLETT

Os pilares da Terra (e-book)
Mundo sem fim
Coluna de fogo
Um lugar chamado liberdade
As espiãs do Dia D
Noite sobre as águas
O homem de São Petersburgo
A chave de Rebecca
O voo da vespa
Contagem regressiva
O buraco da agulha
Tripla espionagem
Uma fortuna perigosa
Notre-Dame
O crepúsculo e a aurora
O terceiro gêmeo

O SÉCULO
Queda de gigantes
Inverno do mundo
Eternidade por um fio

Para saber mais sobre os títulos e autores da Editora Arqueiro,
visite o nosso site e siga as nossas redes sociais.
Além de informações sobre os próximos lançamentos,
você terá acesso a conteúdos exclusivos
e poderá participar de promoções e sorteios.

editoraarqueiro.com.br